Berühre nie das
SCHWERT.

Öffne nie das
PORTAL.

CALLIE HART

Quicksilver

TOCHTER DES SILBERS.
GEFANGENER DER SCHATTEN

Roman

Aus dem Englischen
von Franca Fritz und Heinrich Koop

PENGUIN VERLAG

Die Originalausgabe erschien 2024
unter dem Titel *Quicksilver* bei Grand Central, New York.

MIX
Papier | Fördert gute Waldnutzung
FSC® C014496
FSC
www.fsc.org

Penguin Random House Verlagsgruppe FSC® N001967

1. Auflage

Redaktion: Waltraud Horbas
Karten: © Sveta Dorosheva
Umschlaggestaltung: www.buerosued.de nach einer Originalvorlage
Umschlagabbildungen: © Shutterstock; Dreamstime; Envato;
www.buerosued.de
Vor- und Nachsatz: www.buerosued.de
Satz: Uhl + Massopust, Aalen
Druck und Bindung: GGP Media GmbH, Pößneck
Printed in Germany

ISBN 978-3-328-60420-4

www.penguin-verlag.de

Für alle, die ihre Albträume leben,
damit andere ihre Träume behalten können

N
W
O
S
AJUN-
HIMMEL
DAS
MITTER-
NACHTS-
AUGE
WILDER
WALD
DER WINTERPALAST
YVELIA
CAHLISH
OMNAMERRIN
GRAVE'S
POINT
IRRÍN
WESTERN
DOW
TARRAN ROSS
(INSEL)
AMMONTRAÍETH
SANASROTH

DIE BRESCHE
NEVERCROSS
LÄNDEREIEN DES BALQUHIDDER-CLANS
GILARIA
SHALLOW-GEBIRGE
DARN (FLUSS)
BALLARD
GILLETHRYE
INISHTAR
DER SCHILD
LÌSSIA

Vergiss nie …
Monster gedeihen in der Dunkelheit.
Präge dir alles, was du hier liest, gut ein.
Bereite dich auf einen Krieg vor!!

AUSSPRACHEHILFE

PERSONEN

Saeris	–	Säh-ris
Rusarius	–	Ru-sar-i-us
Omnamshacry	–	Om-nam-scha-krei
Iseabail	–	I-scha-bhal
Belikon	–	Bell-i-kon
Oshellith	–	Oh-schel-lith
Taladaius	–	Tal-ah-dä-us
Daianthus	–	Dä-an-thus
Lorreth	–	Lor-eth
Balquhidder-Clan	–	Bal-kid-der (Clan)
Te Léna	–	Te Le-nah
Danya	–	Dan-jah

ORTE

Zilvaren	–	Sil-wa-ren
Yvelia	–	I-wehl-i-ah
Cahlish	–	Kah-lisch
Sanasroth	–	Sa-nas-rot
Gilaria	–	Gi-lah-ri-a
Lìssia	–	Liss-i-a
Ammontraíeth	–	Ah-mon-trä-eth
Omnamerrin	–	Om-na-mer-rin

1

DIE KLETTERPARTIE

»Es besteht wirklich kein Grund, so *brutal* zu werden …«

In der Stadt Zilvaren war allgemein bekannt, dass es den Tod bedeutete, wenn man eine Wache belog. Im Gegensatz zu den meisten Zilvarern wusste ich das aus erster Hand. Ich hatte es auf schmerzhafte Art und Weise erfahren: Fast auf den Tag genau vor einem Jahr hatte ich gesehen, wie ein Mitglied aus der Garde der Königin in seiner goldenen Rüstung meinen Nachbarn getötet hatte, weil er die Frage nach seinem Alter falsch beantwortet hatte. Und davor – was noch viel schlimmer gewesen war – hatte ich schweigend auf der Straße gestanden, während man meiner Mutter die Kehle aufgeschlitzt hatte und ihr heißes Blut in den sonnenverbrannten Sand gespritzt war.

Als sich die Hand des gut aussehenden Wächters jetzt um meinen Hals schloss und sein wunderschön gravierter Handschuh das grelle Licht der Zwillingssonnen über mir wie ein goldener Spiegel reflektierte, war es ein Wunder, dass ich nicht nachgab und all meine Geheimnisse ausspuckte wie ein Stück überreifes Obst. Die Metallspitzen seiner Finger bohrten sich tiefer in meine Kehlgrube. »Name. Alter. Bezirk. Mach schon. Niederrangige Bürger haben keinen Zutritt zum Herz«, knurrte er.

Wie die meisten Städte war auch Zilvaren – das Große und Glänzende Banner des Nordens – der Form eines Rads nachempfunden. In den äußeren Bereichen der Stadt ragten die verschiedenen Speichen – Mauern, die die Bewohner in ihren Bezirken halten sollten – fünfzig Meter hoch über den heruntergekommenen Vierteln und der überlaufenden Kanalisation auf.

Der Wachmann schüttelte mich ungeduldig. »Antworte, Mädchen, oder ich schicke dich auf der Stelle durch das fünfte Tor der Hölle.«

Ich tippte auf seinen Panzerhandschuh, nicht annähernd stark genug, um seinen eisernen Griff um meinen Hals zu lösen, grinste und verdrehte die Augen leicht, während ich zum knochenweißen Himmel hinaufschaute. »Wie soll ich dir … irgendetwas sagen … wenn ich … nicht atmen kann … verdammt noch eins?«

In den dunklen Augen des Wachmanns brodelte Wut, und der Druck, den er auf meine Luftröhre ausübte, verstärkte sich. »Hast du eine Ahnung, wie heiß es in den Palastzellen während des Helllichts ist, Diebin? Ohne Wasser? Ohne frische Luft? Der Gestank der verrottenden Leichen bringt selbst den Haupthenker zum Kotzen. Eins kann ich dir versprechen: Du würdest innerhalb von drei Stunden verrecken.«

Die Palastzellen waren *tatsächlich* ein ernüchternder Gedanke. Ich war schon mal beim Stehlen erwischt worden und hatte insgesamt acht Minuten dort unten verbracht. Aber diese acht Minuten hatten mir gereicht. In der Zeit, in der die Sonnen Balea und Min uns am nächsten waren und die Nachmittagsluft vor Hitze vibrierte, wäre es kein Vergnügen, unter der Erde in dem eiternden Geschwür festzusitzen, das sich »Gefängnis unter dem Palast der Unsterblichen Königin« schimpfte. Außerdem wurde ich hier oben dringend gebraucht. Wenn ich es nicht vor Anbruch der Dunkelheit zurück zur Schmiede schaffte, würde der Deal, den ich am Abend zuvor über mehrere Stunden ausgehandelt hatte, platzen. Kein Deal bedeutete kein Wasser. Kein Wasser bedeutete, dass die Menschen, die mir am Herzen lagen, leiden würden.

Sosehr es mich auch ärgerte: Ich gab nach. »Lissa Fossick. Vierundzwanzig. *Single.*« Ich zwinkerte ihm zu, aber der Mistkerl drückte nur noch fester zu. Dunkle Haare und blaue Augen waren in der Silberstadt kein alltäglicher Anblick; er würde sich definitiv an mich erinnern. Das Alter, das ich ihm genannt hatte, stimmte, genau wie mein erbärmlicher Beziehungsstatus, aber das galt nicht für den angegebenen Namen. Meinen *richtigen* Namen … den würde ich auf keinen Fall kampflos preisgeben. Dieser Mistkerl würde sich in die Hose machen, wenn ihm bewusst wurde, dass er *die* Saeris Fane in den Fingern hatte.

»Bezirk?«, fragte der Wachmann fordernd.

Lebendige Götter, war der beharrlich! Er würde sich gleich wünschen, er hätte nie gefragt. »Dritter Bezirk.«

»Dri…« Der Wachmann stieß mich in den glühenden Sand. Der extrem heiße Staub versengte mir die Kehle, und beim nächsten Atemzug hielt ich mir den Ärmel meines Hemds vor den Mund. Aber der Sand ließ sich auf diese Weise nur begrenzt herausfiltern; ein paar Körnchen drangen immer durch den Stoff.

Hastig taumelte der Wachmann zurück. »Die Bewohner des dritten Bezirks stehen unter Quarantäne. Die Strafe für das Verlassen des Bezirks ist … ist …«

Es existierte keine Strafe für das Verlassen des dritten Bezirks; niemand hatte es je zuvor gewagt. Diejenigen, die das Pech hatten, sich in den schmutzigen Gassen und stinkenden Seitenstraßen meines Viertels durchzuschlagen, starben in der Regel, bevor sie auch nur an Flucht *denken* konnten.

Während der Wachmann über mir aufragte, verwandelte sich sein Zorn in etwas, das eher wie Angst wirkte. In diesem Moment bemerkte ich den kleinen Pestbeutel, der an seinem Gürtel hing, und erkannte, dass er – wie Tausende andere in Zilvaren – ein Gläubiger war. Panisch hob er den Fuß und ließ seinen schweren Stiefel in meine Seite krachen. Der Schmerz raubte mir den Atem, als er erneut ausholte.

Aber das war bei Weitem nicht meine erste Tracht Prügel. Normalerweise konnte ich genauso gut einstecken wie der nächstbeste unterdrückte Betrüger, aber heute Nachmittag hatte ich definitiv keine Zeit, Madras fanatischen Anhängern gefügig zu sein. Ich musste dringend etwas erledigen, und mir lief die Zeit davon.

Mit einer raschen Drehung schnellte ich vorwärts und packte den Wachmann knapp unterhalb seines Knies – eine der wenigen Stellen, an denen er nicht durch seine schwere goldene Rüstung geschützt war. Heiße Tränen schossen mir in die Augen. Ich lieferte eine solide und überzeugende Vorstellung ab, aber andererseits hatte ich ja auch genug Übung. »Bitte, Bruder! Schick mich nicht dorthin zurück. Sonst werde ich sterben. Meine ganze Familie hat das Röcheln.« Ich hustete zur Bekräftigung – ein trockenes Rasseln, das nicht annähernd so klang wie der feuchte, verschleimte Husten eines Sterbenden.

Aber der Wachmann hatte vermutlich noch nie jemanden mit Röcheln gesehen. Er starrte auf die Stelle, an der sich meine Hand um den Stoff seiner Hose schloss, und sein Mund klappte vor Entsetzen auf.

Eine Sekunde später durchbohrte die Spitze seines Schwerts mein Hemd, genau zwischen meinen Brüsten. Etwas mehr Druck auf das Heft seiner Waffe, und ich wäre nur noch eine weitere tote Diebin gewesen, die in den Straßen von Zilvaren verblutete.

Im ersten Moment dachte ich, er würde es tatsächlich tun – doch dann sah ich, wie er die Situation durchdachte und erkannte, was alles auf ihn wartete, wenn er mich tötete.

In den anderen Bezirken wurden die Toten normalerweise auf den Straßen der Verwesung überlassen, aber in den von Bäumen gesäumten, begrünten Alleen des Herzens galten andere Regeln. Zilvarens wohlhabende Elite war zwar nicht in der Lage, den von den heißen Westwinden herbeigetragenen Sand fernzuhalten, aber sie würde es nicht dulden, dass eine kranke Pestratte auf einer *ihrer* Straßen verrottete. Wenn dieser Wachmann mich tötete, müsste er meine Leiche sofort entsorgen. Und seiner Miene nach zu urteilen, war das eine gefährliche Aufgabe, die er nicht übernehmen wollte. Denn da ich aus dem dritten Bezirk stammte, war ich weitaus gefährlicher als jeder normale, alltägliche Taschendieb: Ich war *ansteckend*.

Der Wachmann riss sich den Panzerhandschuh von der Hand – die Hand, mit der er mich halb erwürgt hatte – und ließ ihn in den Sand fallen.

Das polierte Metall begann zu summen, als es auf dem Boden aufschlug. Es sang in meinen Ohren, und im nächsten Moment lösten sich all meine Pläne in Luft auf. Man hatte mich dabei erwischt, wie ich einen winzigen Rest verbogenen Eisens von einem Marktstand mitgehen ließ. Ich hatte meine Chancen abgewogen und war zu dem Ergebnis gekommen, dass sich das Risiko lohnte – denn ich wusste, dass der kleine Barren mir einen ordentlichen Gewinn einbringen würde. Aber das hier? So viel kostbares Metall, einfach auf den Boden geworfen, als wäre es nichts wert? Da konnte ich nun wirklich nicht widerstehen.

In der nächsten Sekunde bewegte ich mich mit einer Geschwindigkeit, mit der der Wachmann nicht gerechnet hatte: Mit einer geschmeidigen, explosiven Bewegung sprang ich vorwärts und griff nach dem Panzerhandschuh. Das Ding war atemberaubend schön, von einem wahren Meister kunstvoll gefertigt. Die winzigen Goldringe, zu einem kettenhemdartigen Material miteinander verbunden, waren bekanntermaßen undurchdringlich für Klingen oder Magie. Aber das Gewicht des Handschuhs, die massive Menge an Gold, aus der die Rüstung bestand … es war unvorstellbar, dass ich jemals wieder so viel Gold in den Händen halten würde.

»Halt!« Der Wachmann stürzte sich auf mich, doch er war zu langsam.

Ich hatte mir den Panzerhandschuh bereits geschnappt und mir über die Hand gestülpt und sprintete auf die Herz-Mauer zu, so schnell mich meine Beine trugen.

»Haltet das Mädchen auf!« Der gebrüllte Befehl der Wache hallte über den gepflasterten Hof, aber niemand gehorchte. Die Menge, die sich bei meiner Festnahme versammelt hatte, um das Spektakel zu beobachten, war bei der Erwähnung des dritten Bezirks wie verängstigte Kinder auseinandergestoben.

Potenzielle Rekruten für die Garde von Königin Madra gingen durch eine harte Schule. Diejenigen, die sich für das zermürbende, achtzehnmonatige Ausbildungsprogramm qualifizierten, wurden wiederholt halb ertränkt und mit jeder Art von Kampfkunst, die in den staubigen Bibliotheken der Stadt verzeichnet war, windelweich geprügelt. Nach ihrem Abschluss konnten sie unvorstellbare Schmerzen ertragen und beherrschten ihre Waffen so gut, dass sie in einem Duell unschlagbar waren. Sie waren Maschinen. In der Kaserne, auf dem Trainingsplatz, würde ich keine vier Sekunden einen Kampf gegen einen voll ausgebildeten Wachmann überleben. Königin Madras Ego verlangte, dass ihre Gardisten die Besten der Besten waren. Aber Madra war gierig und beinahe unersättlich. Ihre Männer mussten nicht nur die Besten sein. Sie mussten auch am besten *aussehen*, und die Rüstung eines Wachmanns war von größter Bedeutung. Zugegeben, auf dem Trainingsplatz hätte mich das Arschloch, das mich beim Eisendiebstahl erwischt hatte, in kürzester Zeit fertiggemacht. Aber wir waren nicht auf dem Trainingsplatz. Wir waren draußen im Herz, und es war Helllicht, und dieser arme Mistkerl war in seiner ganzen prunkvollen Rüstung so beweglich wie ein Festtagstruthahn kurz vor dem Anschneiden.

Mit all dem Metall an seinem Körper konnte er nicht rennen.

Er konnte nicht mal *joggen*.

Und er konnte definitiv nicht *klettern*.

Ich stürmte in Richtung der Ostmauer und bewegte meine Arme und Beine so schnell, wie es mein schmerzender Körper zuließ. Ein kräftiger Sprung … und dann prallte ich auch schon gegen den bröckelnden Sandstein der Mauer, wobei mir durch die Wucht sämtlicher Sauerstoff aus der Lunge gepresst wurde.

»Au, au, *au.*« Ich hatte das Gefühl, als hätte Elroy einen Hammer aus der Schmiede genommen und ihn direkt in meinen Solarplexus geschleudert. Und an die Blutergüsse, mit denen ich am nächsten Morgen aufwachen würde – vorausgesetzt, ich wachte *tatsächlich* auf –, wollte ich lieber gar nicht denken. Dafür blieb keine Zeit mehr. Rasch schob ich meine Finger in einen schmalen Spalt zwischen den massiven Sandsteinblöcken, biss die Zähne zusammen und zog mich hoch. Meine Stiefel suchten nach Halt, fanden ihn. Aber meine rechte Hand …

Dieser verdammte Panzerhandschuh.

So ein *dämliches* Design.

Das Gold klirrte, und der Widerhall des Metalls war wie ein Sirenengesang, als ich damit gegen die Wand schlug und versuchte, mich an etwas festzuhalten und mich hochzuziehen. Aber die Kraft meiner Finger – geschickt, schlank, wie geschaffen für das Knacken von Schlössern, das Entriegeln von Fenstern, das Zerzausen von Haydens dichtem Haar – würde nicht ausreichen, wenn ich mein Handgelenk nicht beugen konnte. Und das gelang mir nicht.

Verflucht!

Wenn ich überleben wollte, blieb mir keine andere Wahl: Ich würde den Panzerhandschuh fallen lassen müssen. Aber dieser Gedanke war absurd. Der Handschuh wog mindestens vier Pfund. Vier Pfund *Metall*. Diese Menge konnte ich nicht einfach so zurücklassen. Der Handschuh war mehr als nur ein Stück gestohlene Rüstung. Er war die Ausbildung meines Bruders. Nahrung für drei Jahre. Ein Passierschein aus Zilvaren hinaus, nach Süden – dorthin, wo die Helllicht-Winde, die über die trockenen Hügel fegten, zwanzig Grad kühler waren als hier in der Silberstadt. Uns würde genug Geld übrig bleiben, um uns ein kleines Haus zu kaufen. Nichts Aufsehenerregendes. Nur ein wetterfestes Dach über dem Kopf. Etwas, das ich Hayden hinterlassen konnte, sobald – nicht *falls* – die Gardisten mich irgendwann doch schnappten.

Nein, der Verzicht auf diesen Handschuh würde mich etwas kosten, das viel wertvoller war als mein Leben; er würde mich Hoffnung kosten, und ich war nicht gewillt, diese aufzugeben. Eher würde ich mir den Arm auskugeln.

Also machte ich mich an die Arbeit.

»Mach dich nicht lächerlich, Mädchen!«, brüllte der Wachmann. »Du wirst abstürzen, bevor du auch nur die Hälfte der Mauer erklommen hast!«

Wenn der Gardist ohne seinen Handschuh in die Kaserne zurückkehrte, würde das Konsequenzen haben. Zwar hatte ich keine Ahnung, welche, aber das Ganze würde definitiv nicht gut für ihn enden. Doch von mir aus konnte man dem Arschloch die Hände abhacken und ihn bis zum Hals im Sand eingraben, um in der Hitze des Helllichts zu braten: Ich wollte nur noch nach Hause.

Der Schmerz strömte von meinen Fingerspitzen wie ein Feuerstrang meinen Arm hinauf und loderte in meiner Schulter, als ich mich hochzog, mit den Füßen strampelte und die Wand hinaufstieg. Ich zielte auf einen Teil des Gesteins, der abgenutzt, aber stabil aussah. Oder zumindest so stabil, wie ich es nur erhoffen konnte. Wenn man dem Wind genug Zeit ließ, fraß er alles in dieser Stadt, und er hatte sich seit Jahrtausenden an Zilvaren die Zähne ausgebissen. Der Sandstein war trügerisch. Die Gebäude und Mauern der Stadt sahen solide aus, doch der Schein trog. In der Vergangenheit hatte bereits ein einziger harter Tritt ganze Häuser zum Einsturz gebracht. Zwar wog ich nicht übermäßig viel, aber das spielte eigentlich keine Rolle. Ich riskierte Leib und Leben, als ich mich jetzt gegen das Mauerwerk stemmte.

Mein Magen machte einen Satz, während ich durch die Luft segelte … und ballte sich dann fest zusammen, als ich gegen die Mauer prallte. Adrenalin schoss durch meine Adern, als drei Wunder gleichzeitig geschahen.

Erstens: Die Mauer hielt.

Zweitens: Ich hatte mit der linken Hand einen fantastischen Halt gefunden.

Drittens: Meine Schulter war *nicht* ausgekugelt.

Fußhalt. Fußhalt. Fuß…

Verflucht!

Das Herz blieb mir in der Kehle stecken, als ich mit der Sohle meines linken Stiefels von der Mauer rutschte und mein ganzer Körper hin und her baumelte.

Das leise Keuchen einer Frau durchbrach die Stille unter mir. Also hatte ich anscheinend doch einige Zuschauer.

Aber ich schaute nicht nach unten.

Ich brauchte einen Moment, um mich zu beruhigen, dicht gefolgt von einigen unterdrückten Flüchen, bevor ich mich sicher genug fühlte, um weiterzuatmen.

»Mädchen! Du bringst dich noch um!«, rief der Wachmann.

»Vielleicht. Aber was ist, wenn nicht?«, rief ich zurück.

»Dann hast du deine Zeit trotzdem vergeudet! In der ganzen

Stadt gibt es keinen einzigen Hehler, der dumm genug ist, Teile einer gestohlenen Rüstung zu kaufen.«

»Ach, komm schon. Ich glaube, ich kenne sogar ein paar persönlich!«

Was jedoch nicht stimmte. Ganz gleich, wie schlimm die Lage war, wie viele Familien verhungerten und starben, niemand in ganz Zilvaren würde es wagen, mit etwas so Gefährlichem wie diesem Handschuh an meinem Unterarm zu handeln. Aber das spielte keine Rolle – denn ich hatte nicht vor, das Ding zu verkaufen.

»Ich werde dich nicht weiterverfolgen. Du hast mein Wort. Lass den Handschuh fallen, dann lass ich dich laufen!«

Ich schnaubte verächtlich. Und dabei hieß es doch immer, die Wachen hätten keinen Sinn für Humor. Dieser hier war ein verdammter Komödiant.

Ein weiterer Sprung. Ein weiterer stechender Schmerz. Ich berechnete die Flugbahn, so gut ich konnte, immer darauf bedacht, den am wenigsten löchrigen Abschnitt des Mauerwerks anzusteuern. Als ich endlich hoch genug über den Straßen des Herzens war, gönnte ich mir den Luxus, mich einen Moment zu sammeln. Würde ich den Handschuh verlieren, wenn ich ihn an das andere Handgelenk anlegte? Und noch viel wichtiger: Würde ich mich mit meinem schwächeren Arm an der Mauer festhalten können, während ich den Tausch vornahm? Es gab zu viele Variablen, aber nicht genug Zeit, um sie alle durchzukalkulieren.

»Was glaubst du denn, wie du auf der anderen Seite wieder runterkommst, Kind?«

Kind? Ha! Was für ein unverfrorener Mistkerl! Sein Geschrei klang jetzt leiser. Inzwischen war ich etwa fünfzehn Meter über dem Boden – nah genug, um die Mauerkrone zu sehen. Weit genug von der Straße entfernt, dass mir der kalte Schweiß ausbrach, als ich hinunterblickte.

Der Wachmann hatte nicht unrecht: Der Abstieg von der Mauer war genauso gefährlich wie der Aufstieg, aber der Prügelknabe der Unsterblichen Königin dort unten war in ein gutes Zuhause hineingeboren worden. Er war im Herz aufgewachsen. Seine Eltern schlossen ihre Haustür nachts nicht ab. Dieser Mann war nicht mal *auf die Idee gekommen,* die Mauern zu erklimmen, die ihn vor dem undankbaren, ansteckenden Pöbel auf der anderen Seite schützten.

Ich dagegen hatte mein halbes Leben damit verbracht, über diese Mauern zu klettern, von einem Bezirk zum nächsten zu schlüpfen und Wege an Orte zu finden, an denen ich nichts zu suchen hatte.

Darin war ich sehr gut.

Außerdem machte es *Spaß*.

Ich schaffte den Rest der Kletterpartie in weniger als zwei Minuten. Der Panzerhandschuh schlug hart in die winzige Sanddüne ein, die sich auf der Mauerkrone gesammelt hatte. Als ich mich über den Vorsprung hievte und das Gold lebendig wurde, begannen die Quarzpartikel im Sand zu vibrieren und schwebten bebend einen Millimeter über dem Sandstein.

Ich erstarrte, und mir stockte der Atem bei diesem seltsamen Anblick.

Nein. Nicht hier. Nicht jetzt …

Während ich mich an der Mauer hochzog und rittlings daraufsetzte, begann der Panzerhandschuh zu flüstern und zuckte hin und her. Die Quarzpartikel stiegen hoch und immer höher.

Sie sieht uns.

Sie spürt uns.

Sie sieht uns.

Sie spürt uns.

Sie …

Rasch schlug ich eine Hand auf den Handschuh, woraufhin das

gestohlene Stück Rüstung erstarrte. Die glitzernden Quarzpartikel fielen zurück in den Sand.

»Ich werde dich finden, Mädchen! Ich schwöre es! Lass den Handschuh fallen, oder mach dir einen Feind fürs Leben!«

Endlich war es so weit: Ein Hauch von Panik schwang in der Forderung des Wachmanns mit. Die Erkenntnis um seine Situation hatte ihn eingeholt. Ich würde nicht in den Tod stürzen. Und ich würde auch nicht aus Versehen den Panzerhandschuh fallen lassen, den er angewidert zu Boden geworfen hatte, als ihm klar wurde, dass er eine Pestratte angefasst hatte.

Ich war ihm durch die Finger geschlüpft, und er konnte nichts weiter tun, als einem Geist am Himmel Drohungen nachzuschreien. Denn ich war schon verschwunden. Der Idiot da unten wäre nicht der erste Feind, den ich mir unter Madras Männern gemacht hatte, aber ich hatte nicht vor, noch einen Gedanken an ihn zu verschwenden. Ich war viel zu sehr mit all den unglaublichen Sachen beschäftigt, die ich aus seinem beeindruckenden Handschuh fertigen würde.

Aber zuerst musste ich das wunderbare Stück einschmelzen.

2

GLASMACHER

»Nein, kommt nicht infrage. Nicht hier. Nicht in meinem Ofen.«

Elroy funkelte mich an, als wäre ich eine Schlange mit vier Köpfen, von der er nicht wusste, welcher Kopf ihn zuerst angreifen würde. Ich hatte den alten Mann schon Tausende Male verärgert, auf hundert verschiedene Arten, aber dieser missbilligende Blick war neu: eine Mischung aus Enttäuschung und Angst. Und für einen kurzen Moment zweifelte ich an meiner Entscheidung, das Gold in die Werkstatt zu bringen.

Aber wohin hätte ich es sonst bringen sollen? Auf dem Dachboden über der Schenke, wo Hayden und ich die letzten sechs Wochen geschlafen hatten, wimmelte es von Kakerlaken, und es stank schlimmer als in einem Dachsbau. Wir hatten durch eine beschädigte Stelle im rissigen Schieferdach einen Weg in das *Mirage* gefunden. Natürlich waren wir leise, wenn wir uns dort hineinschlichen, um zwischen den verrotteten, längst vergessenen Weinkisten und mottenzerfressenen Stapeln schwerer Zeltplanen zu schlafen, und bis jetzt hatte man uns noch nicht entdeckt. Aber mein Bruder und ich wussten genau: Es war nur eine Frage der Zeit, bis man uns fand und die Besitzer des Wirtshauses uns mit dem spitzen Ende einer Klinge von ihrem Dachboden vertrieben. Uns würde keine Zeit bleiben, unsere Sachen zu holen. Zwar hatten wir außer der Kleidung, die wir am Leib trugen, keine Habseligkeiten. Doch den Panzerhandschuh dort zu verstecken, wäre töricht gewesen.

Elroys Werkstatt war der einzige Ort, an den ich ihn bringen konnte. Denn egal wie: Ich musste einen der Öfen benutzen. Mir blieb keine andere Wahl. Wenn ich das Metall nicht einschmelzen und etwas anderes daraus fertigen würde (und zwar verdammt schnell), wäre der Handschuh ein Mühlstein um meinen Hals, der letztendlich zu Folter und anschließendem Tod führte.

»Es ist schon schlimm genug, dass ich Jarris Wade vor einer Stunde sagen musste, dass du nicht da warst. Er war extrem wütend. Behauptete, du hättest irgendeine Absprache mit ihm nicht eingehalten. Aber dann tauchst du mit *diesem* Ding hier auf. Was zum Teufel hast du dir dabei gedacht?«

Die Verzweiflung in Elroys Stimme ließ mich bedauern, dass ich ihm den Handschuh gezeigt hatte.

»Warum hast du ihn überhaupt mitgehen lassen? Madras Vipern werden auf der Suche danach den gesamten Bezirk fein säuberlich durchkämmen. Wenn sie dich finden, werden sie dir auf dem Platz die Haut von den Knochen abziehen, damit es jeder sehen kann. Und Hayden wird direkt neben dir stehen. Und was ist mit *mir*? Selbst wenn sie mir glauben, dass ich nichts damit zu tun hatte, werden sie mir die Hände abhacken, weil ich dieses Ding überhaupt unter meinem Dach geduldet habe. Wie soll ich ohne Hände meinen Lebensunterhalt verdienen, du dummes, *dummes* Mädchen?«

Elroy bestritt seinen Lebensunterhalt mit der Herstellung von Glas. Da ihm Sand im Überfluss zur Verfügung stand, hatte er es sich zur Lebensaufgabe gemacht, der beste Glasmacher und Glaser in ganz Zilvaren zu werden. Allerdings waren nur die Bewohner des Herzens reich genug, um sich Fenster leisten zu können. Aber im dritten Bezirk gab es Leute, die an anderen Dingen interessiert waren – Dinge, die sich ebenfalls in einem Ofen schmieden ließen. Einst hatte Elroy illegale Waffen für die Rebellenbanden hergestellt, die für Madras Sturz kämpften: grobe Schwerter aus Eisenresten, aber vor allem Messer. Die Klingen waren kürzer und benötigten weniger Stahl. Auch wenn das Roheisen von minderwertiger Qualität war, ließ es sich doch so scharf schleifen, dass es einen Mann zu seinen Schöpfern senden konnte. Aber im Laufe der Jahre war das Dasein als Aufständischer im Inneren von Zilvaren immer schwieriger geworden.

Nirgendwo gab es frische Lebensmittel. Auf den Straßen kratzten sich die Kinder wegen eines Stücks altbackenen Brots gegenseitig die Augen aus. Tauschgeschäfte und Handel bildeten inzwischen die einzige Überlebensmöglichkeit im dritten Bezirk. Oder man flüsterte einem Gardisten Geheimnisse über seine Nachbarn ins Ohr. Die Bewohner des Dritten waren – wenn sie nicht gerade im Sterben lagen – ständig hungrig, und es gab nicht viel, was eine hungernde Person nicht behaupten würde, nur um den Schmerz eines leeren Bauchs zu lindern.

Nachdem Elroy Madras Gardisten zu viele Male nur knapp entkommen war, hatte er verkündet, dass er keine bösartigen, nadelspitzen Messer mehr herstellen würde, und mir untersagt, derartige Waffen in seinen Feuern zu schmieden. Wir würden Glasmacher sein und sonst nichts.

»Ich bin fassungslos. *Fassungslos.* Ich … ich kann es einfach nicht begreifen …« Der alte Mann schüttelte ungläubig den Kopf. »Ich kann mir nicht mal *ansatzweise* vorstellen, was du dir dabei gedacht hast. Hast du auch nur eine Ahnung, was für ein Unheil du über uns gebracht hast?«

Während meiner Kindheit war Elroy ein Riese von einem Mann gewesen. Eine Legende, selbst unter den gefährlichsten Verbrechern im dritten Bezirk. Größer als die meisten, breitschultrig und mit mächtigen Rückenmuskeln unter dem schweißnassen Hemd. Eine Naturgewalt. Eine Felssäule, in einen Berg gehauen. Unerschütterlich. Unzerstörbar. Erst vor Kurzem hatte ich erkannt, dass er in meine Mutter verliebt gewesen war. Denn nach ihrem Tod hatte ich miterleben müssen, wie er nach und nach, Stück für Stück, verkümmerte. Er wurde zu einem Schatten seiner selbst. Der Mann, der jetzt vor mir stand, war kaum wiederzuerkennen.

Seine schwielige Hand zitterte, als er auf das polierte Metall zeigte, das auf dem Tisch zwischen uns glitzerte wie eine Höllensünde. »Du wirst das Ding zurückbringen. Genau das wirst du tun, Saeris.«

Ich schnaubte belustigt. »Die vergessenen Götter und alle vier verdammten Winde wissen, dass ich das *nicht* tun werde. Nicht nach allem, was ich durchgemacht habe, um den Handschuh in die Finger zu bekommen. Ich habe mir fast das Genick gebrochen …«

»*Ich* werde dir das Genick brechen, wenn das Ding nicht innerhalb der nächsten Viertelstunde von hier verschwunden ist.«

»Glaubst du ernsthaft, ich gehe einfach zu den Wachen und *überreiche* ihnen den Handschuh?«

»Mach dich nicht lächerlich! Bei den Göttern, warum musst du so absurd reagieren? Sobald die Zwillinge hinter dem Horizont verschwinden, steigst du wieder auf die Mauer und wirfst das Ding zurück ins Herz. Einer dieser inzüchtigen Mistkerle wird es finden und es den Gardisten zurückgeben, ohne auch nur eine Sekunde zu zögern. Sie werden nicht mal ahnen, wie viel das verdammte Ding wert ist.«

Zähneknirschend verschränkte ich die Arme vor der Brust und versuchte, das Gefühl meiner hervorstehenden Rippen unter dem

Stoff meines Hemds zu ignorieren. Schweiß kribbelte auf meiner Haut. Das bedeutete, dass ich Feuchtigkeit verlor – was ich mir eigentlich nicht leisten konnte. Ich hatte meine Wasserration in einer Wand auf dem Dachboden des *Mirage* versteckt, weil ich das Risiko nicht eingehen wollte, dass *mich* jemand beim Taschendiebstahl überfiel. Und in der Werkstatt war es wie immer höllisch heiß.

Ich konnte schon gar nicht mehr zählen, wie oft ich hier bei den Blasebälgen das Bewusstsein verloren hatte. Und es war mir ein absolutes Rätsel, wie Elroy das aushielt. Einen Moment lang zollte ich dem Mann den Respekt, den er verdiente, und dachte über seine Forderung nach. Doch dann malte ich mir aus, wie sich wohl eine kühle Brise aus dem Süden anfühlen würde und welchen Freudentaumel ein voller Magen auslösen könnte. Und wie herrlich ein Federbett sein mochte und wie eine Zukunft für Hayden aussehen würde. Das alles ließ meine Zuneigung zu dem Mann, der einst meine Mutter geliebt hatte, bis zur Bedeutungslosigkeit schwinden. »Ich kann das nicht tun.«

»Saeris!«

»Ich kann nicht. Ich kann es einfach nicht. Du *weißt*, dass wir so nicht weitermachen können.«

»Ich weiß, dass es besser ist, sich hier ein Leben hart zu erkämpfen, als im verdammten Sand zu verbluten! Willst du das etwa? Auf der Straße sterben, vor Haydens Augen? Und dann verrottet dein Körper in der Gosse wie der deiner Mutter, stinkend und von den Krähen zerpflückt?«

»*Ja!* Ja, *natürlich* will ich das!« Ich schlug mit der Faust auf den Tisch, woraufhin der Panzerhandschuh hochhüpfte und eine Kaskade von Regenbogen an die Wände warf. »Ja, ich will sterben und Haydens Leben ruinieren. *Dein* Leben. Ich will, dass man mich vor aller Augen hinrichtet. Dass jeder im Bezirk mich als das Glasmacher-Lehrmädchen kennt, das dumm genug war,

Madras Wache zu bestehlen, und dadurch sein Leben verlor. Das ist *genau* das, was ich will!«

Nie zuvor hatte ich in diesem Ton mit Elroy gesprochen, wirklich noch nie. Aber der Mann hatte einen Verlust nach dem anderen durch die Taten der Gardisten erlitten. Menschen, die er geliebt hatte, waren aus ihren Betten gezerrt und ohne Gerichtsverfahren hingerichtet worden. Sein eigener Bruder war kurz vor meiner Geburt verhungert – während eines besonders harten Jahres, weil Madra keine Lebensmittel aus dem Herz in die anderen Viertel der Stadt senden wollte. Die reichsten Untertanen der Königin hatten weiterhin rauschende Feste gefeiert, exotische Speisen aus Ländern weit jenseits dieses Reichs gegessen und seltene Weine und teure Whiskys getrunken, während die Menschen in Zilvaren auf den Straßen verhungerten oder von Seuchen geplagt verreckten. Elroy hatte das alles mit eigenen Augen gesehen. Selbst jetzt überlebte er nur mit Mühe von Woche zu Woche. Wenn die Gardisten nicht gerade an seine Tür klopften, um sich zu vergewissern, dass er keine Waffen herstellte, dann traten sie sie ein, um nach mythischen Magieanwendern zu suchen, die gar nicht existierten. Und Elroy ließ das alles geschehen. Er saß einfach nur da und tat nichts.

Er hatte aufgegeben. Aber das würde ich keinesfalls akzeptieren.

Elroys dichte, grau gesträhnte Brauen zogen sich zusammen, seine Augen verfinsterten sich. Vermutlich wollte er gerade eine weitere Schimpftirade loslassen und mich ermahnen, dass ich den Gardisten aus dem Weg gehen und keine Aufmerksamkeit auf mich lenken sollte. Und dass es ein verdammtes Wunder war, wenn es einem hier in diesem Bezirk gelang, dem Tod einen weiteren Tag zu entkommen. Ein Wunder, für das er den Schöpfern jeden Abend dankte, bevor er auf seiner beschissenen Pritsche einschlief. Doch er sah das Feuer in mir schwelen, bereit, außer Kontrolle zu geraten, und ausnahmsweise ließ ihn das innehalten.

»Du weißt, dass ich gekämpft habe. Ich habe genauso gekämpft, wie du jetzt kämpfen willst. Ich habe alles gegeben, alles geopfert, was mir lieb und teuer war, aber diese Stadt ist eine Bestie, die sich von Elend, Schmerz und Tod ernährt, und sie ist *nie* satt. Wir können uns ihr in den Rachen werfen, bis niemand mehr übrig ist, aber das wird nichts ändern, Saeris. Die Leute werden leiden. Werden sterben. Madra herrscht seit tausend Jahren über diese Stadt. Sie wird so leben, wie sie immer gelebt hat, und die Bestie wird weiter und weiter fressen und immer mehr verlangen. Dieser Kreislauf wird ewig so weitergehen, bis der Sand diesen verfluchten Ort verschluckt und nichts mehr von uns übrig bleibt als Geister und Staub. Und was dann?«

»Dann wird es die Leute gegeben haben, die für etwas Besseres gekämpft haben, und die Leute, die sich alles gefallen ließen«, fauchte ich. Wütend schnappte ich mir den Panzerhandschuh und wollte damit aus der Werkstatt stürmen, aber Elroy hatte noch ein wenig Kraft und Schnelligkeit in sich. Er packte meinen Arm und hielt mich lange genug zurück, um mir in die Augen zu sehen. »Was ist, wenn sie dich aufspüren und erkennen, wozu du in der Lage bist?«, fragte er in flehentlichem Ton. »Die Art und Weise, wie du Metall beeinflussen kannst …?«

»Das Ganze ist ein Taschenspielertrick, Elroy, nichts weiter. Es hat nichts zu *bedeuten.*« Doch bereits in dem Moment, als mir die Worte über die Lippen kamen, wusste ich, dass ich log. Es hatte durchaus etwas zu bedeuten. Manchmal zitterten Gegenstände um mich herum. Gegenstände aus Eisen, Zinn oder Gold. Einmal war es mir sogar gelungen, einen von Elroys Dolchen zu bewegen, ohne ihn zu berühren, sodass er, auf der Parierstange balancierend, um seine eigene Achse gewirbelt war. Aber welche Rolle spielte das schon? Ich erwiderte Elroys verärgerten Blick. »Wenn sie mich aufspüren, werden sie mich aus einer ganzen Reihe anderer Gründe hinrichten, bevor sie mich deswegen töten.«

Elroy schnaubte. »Ich bitte dich nicht um deinetwegen. Auch nicht um meinetwegen. Ich bitte dich für Hayden. Er ist noch nicht so wie wir. Der Junge kann noch immer lachen. Ich will nur, dass er sich diese Unschuld noch ein bisschen länger bewahrt. Aber wie soll er das, wenn er zusehen muss, wie seine Schwester gehängt wird?«

Ich riss meinen Arm los, spürte, wie ein Muskel an meinem Kiefer zuckte und sich tausend kalte, harte Beleidigungen darum drängten, um als erste aus meinem Mund hervorzuplatzen. Aber nach einem Moment legte sich meine Wut. »Hayden ist zwanzig Jahre alt, El. Irgendwann muss er der Wirklichkeit ins Auge sehen. Und ich tue es für ihn. Alles, was ich tue, ist nur für ihn.«

Elroy seufzte und versuchte nicht länger, mich aufzuhalten.

In mancher Hinsicht waren Hayden und ich uns durchaus ähnlich. Beispielsweise, was unsere Körpergröße betraf. Wir waren beide groß und schlaksig. Außerdem hatten wir denselben Sinn für Humor und waren beide unerreicht im Nachtragen. Und wir liebten den salzigen, sauren Geschmack der eingelegten Bitterfische, mit denen die Skiffhändler gelegentlich von der Küste zurückkehrten. Aber abgesehen von unseren gemeinsamen Eigenheiten und der Tatsache, dass wir die meisten Personen in einem überfüllten Raum überragten, hatten wir nicht viel gemein. Während ich dunkelhaarig war, schimmerte sein Haar hellblond. Dazu war es extrem lockig und unglaublich dicht. Seine Augen leuchteten in einem satten, dunklen Braun und hatten eine Sanftheit, die meinen blauen Augen fehlte. Das Grübchen in seinem Kinn stammte von unserem verstorbenen Vater, die stolze, gerade Nase von unserer toten Mutter. Sie hatte ihn immer ihr Sommerkind genannt. Und obwohl sie in ihrem ganzen Leben keinen Schnee gesehen hatte, war *ich* genau das Gegenteil für sie gewesen: ihr Eissturm. Distanziert. Kalt. Beißend.

Es dauerte nicht lange, bis ich Hayden fand. Probleme folgten ihm gern auf dem Fuß, und ich war eine Expertin darin, sie aufzuspüren. Deshalb überraschte es mich nicht, dass ich fast über ihn stolperte: Er lag lang ausgestreckt und blutend im Sand vor dem *Haus der Kala*. Das Kala, wie es von den meisten genannt wurde, war einer der wenigen Orte im Bezirk, wo man Essen und Trinken gegen Waren statt gegen Geld tauschen konnte. Wer leere Taschen und einen leeren Magen hatte, konnte auch mit einigen der verrufeneren Typen im Wirtshaus um Lebensmittel spielen – sofern er oder sie mutig oder dumm genug war. Und da Hayden und ich nie Geld oder Gegenstände zum Tauschen hatten und mein Bruder ein unverschämt guter Kartenspieler war (vermutlich der zweitbeste in ganz Zilvaren – nach mir), ergab es durchaus Sinn, dass er hier war und versuchte, jemandem einen Krug Bier abzuknöpfen.

Glühend heiße Sandböen wehten über Hayden hinweg, sammelten sich in kleinen Wehen im zusammengeknüllten Stoff seines Hemds, auf dem sich noch immer die Handabdrücke desjenigen abzeichneten, der ihn gepackt und aus dem Wirtshaus geworfen hatte. Eine unflätige Gruppe Feiernder kam vorbei, die Halstücher zum Schutz gegen die Zwillingssonnen und den Sand über die Gesichter gezogen, und trat einfach über ihn hinweg, ohne ihn eines Blickes zu würdigen. Schließlich war ein junger Mann, der mit aufgeplatzter Lippe und einem blauen Auge in der Gosse lag, in diesem Teil der Welt keine Seltenheit.

Ich postierte mich vor den Füßen meines Bruders und verschränkte die Arme vor der Brust, wobei ich den Beutel mit dem Handschuh sorgfältig an meine Hüfte drückte. Taschendiebe und Handtaschenräuber waren hier ebenfalls keine Seltenheit. Und eine Bande hungriger Straßenratten würde nicht zögern, blitzschnell einen Raubüberfall durchzuführen, wenn sie vermutete, dass die potenzielle Beute es wert war. Dann trat ich gegen Haydens staubigen Stiefel. »Schon wieder Carrion?«

Langsam öffnete Hayden ein Auge und stöhnte, als er mich sah. »Ja, schon wieder … Man sollte doch meinen … der Mistkerl hätte … was Besseres zu tun, als mich windelweich zu prügeln.« Die Art und Weise, wie er seine Rippen umklammerte, deutete darauf hin, dass vermutlich ein paar gebrochen waren.

Erneut stieß ich mit der Stiefelspitze gegen seinen Fuß, dieses Mal deutlich fester. »Man sollte doch meinen, *du* hättest deine Lektion gelernt und würdest dich inzwischen von ihm fernhalten.«

»Argh! Saeris! Zum Teufel, wo bleibt dein Mitgefühl?«

»In Carrions Gesäßtasche, gleich neben dem Geld, das ich dir für *Wasser* gegeben habe.« Einen Moment dachte ich darüber nach, ihm die andere Seite seiner Rippen zu brechen, aber das verlegene Lächeln, das er mir schenkte, dämpfte meine Wut. Er hatte nun mal diese Art an sich. Mein Bruder war häufiger dumm und unvorsichtig, als ich zählen konnte, aber es fiel mir schwer, ihm lange böse zu sein. Widerstrebend streckte ich ihm meine Hand entgegen und half ihm auf die Beine.

Nach einigem Murren und Jammern klopfte Hayden sich den Staub von Hemd und Hose und setzte ein wölfisches Grinsen auf, das andeuten sollte, er hätte den Schmerz in seinen Rippen überwunden und fühlte sich wie neugeboren. »Wenn du mal eine Münze hast, könnte ich das Geld für das Wasser *und* das rote Halstuch, das Elroy mir geschenkt hat, bestimmt zurückgewinnen.«

»Ha! Träum weiter, Kumpel.« Ich lief um ihn herum und joggte die Stufen zum Wirtshaus hinauf.

Wie üblich war das Kala bis auf den letzten Platz gefüllt und stank nach altem Schweiß und gebratenem Ziegenfleisch. Ein Dutzend Köpfe drehten sich in meine Richtung, als ich den Schankraum betrat, und ein Dutzend Augenpaare weiteten sich, als deren Besitzer erkannten, wer gerade hereinkam. Hayden war hier täglich zu finden, aber *ich* verirrte mich nur dann in diese Schenke, wenn ich einen schlechten Tag hatte. Ich kam nur hierher, um Dampf abzulassen. Um zu vögeln. Um zu kämpfen. Hinter den sonnenverbrannten Händen der Stammgäste machten die wildesten Gerüchte über mich die Runde: dass ich einen Mann entweder flachlegen oder aber bewusstlos schlagen würde – je nachdem, in welcher Stimmung ich war, wenn ich meinen Hintern an der Theke parkte.

Heute setzte ich mich jedoch nicht an die Theke. Stattdessen spähte ich über den betrunkenen Pöbel hinweg und reckte den Hals auf der Suche nach einem Farbtupfer in all dem schmutzigen Weiß, Grau und Braun.

Und da war er auch schon. An einem Tisch auf der anderen Seite der Schenke, mit drei seiner dämlichen Freunde, den Rücken zur Ecke, um die Menge im Auge zu behalten: Carrion Swift – der berüchtigtste Spieler, Betrüger und Schmuggler der ganzen Stadt. Darüber hinaus war er auch ungewöhnlich gut im Bett … der einzige Mann in Zilvaren, der mich jemals dazu gebracht hatte, seinen Namen aus Lust und nicht aus Frust zu schreien. Seine schimmernden rotbraunen Haare wirkten in der schwach beleuchteten Schenke wie ein Leuchtfeuer.

Ich steuerte direkt auf ihn zu, aber mein Weg wurde mir schnell von einer müde aussehenden Frau Anfang vierzig versperrt, die eine riesige Holzkelle schwang.

»Nein«, sagte sie.

»Tut mir leid, Brynn, aber er hat geschworen, dass er ihn in Ruhe lässt. Was soll ich denn machen? Ihn einfach so davonkommen lassen?«

Brynn hatte zwar einen Nachnamen, aber niemand kannte ihn. Wenn man sie danach fragte, sagte sie jedes Mal, sie hätte ihn als Kind verloren und sich nicht die Mühe gemacht, danach zu suchen. Mit einem Familiennamen sei man leichter aufzuspüren.

Und damit hatte sie natürlich recht. Leute, die es nicht besser wussten, versuchten, sie – als Besitzerin von *Haus der Kala* – mit diesem Namen anzusprechen, in der Annahme, sie hätte den Laden nach sich selbst benannt. Doch sie funkelte sie nur an und zeigte ihnen die Zähne. Dort, wo sie herkam, bedeutete Kala *Bestattung*, und Brynn mochte es nicht, mit dem Tod gleichgesetzt zu werden.

»Mir ist es egal, ob er damit durchkommt oder nicht.« Sie warf Hayden einen finsteren Blick zu, der sich auf meinen Fersen in die Schenke zurückgeschlichen hatte und ziemlich verlegen aussah. »Er weiß, dass Carrion betrügt, und ich will nicht, dass hier noch eine Schlägerei ausbricht. Nicht heute Nacht. Ich musste schon zwei Stühle zum Flicken in den Hinterhof werfen, dank dieses Mistkerls und deines idiotischen Bruders …«

»Ich bin kein Idiot!«, protestierte Hayden.

»Doch, das bist du«, beharrte Brynn. »Und du hast ab sofort ein vierundzwanzigstündiges Hausverbot. Verschwinde wieder nach draußen. Wenn deine Schwester zahlt, lasse ich dir einen Krug Bier auf die Treppe bringen.«

»Ich denke gar nicht dran, irgendwas zu bezahlen«, entgegnete ich.

Hayden besaß die Frechheit, eine enttäuschte Miene zu ziehen. »Tja, aber ohne dieses Halstuch geh ich nicht«, sagte er. »Wenn ich ohne das Ding nach Hause laufe, scheuert mir der Sand die Lunge wund.«

»Dann solltest du besser die Luft anhalten. Na los, raus mit dir!« Brynn fuchtelte drohend mit der Kelle, und mein Bruder wurde blass. Misstrauisch beäugte er den übergroßen Löffel, als hätte er heute bereits Bekanntschaft damit gemacht und wüsste, was er anrichten konnte. Es hätte mich nicht gewundert, wenn *Brynn* ihm das blaue Auge verpasst hatte und nicht Carrion.

»Ich hole dein Halstuch. Und jetzt verschwinde und warte draußen auf mich«, forderte ich ihn auf.

»Du wirst dir das Ding nicht mit Gewalt nehmen«, warnte Brynn und drohte jetzt mir mit der Kelle. Aber diese hatte nicht die gleiche Wirkung auf mich, und das wusste die Wirtin. Eine Waffe musste schon wesentlich glänzender und viel schärfer sein, um mir auch nur ein Stirnrunzeln zu entlocken. Brynn ließ die Kelle sinken und entschied sich für eine sanftere Vorgehensweise. »Ich meine es ernst, Saeris. Ich bitte dich. Bewahre den Frieden, wenn auch nur um meinetwillen. Ich bin bereits jetzt mit den Nerven am Ende, und dabei ist es noch nicht mal acht.«

»Du hast mein Wort. Ich werde keine weiteren Möbelstücke zertrümmern, mir schnell das holen, weswegen ich hier bin, und wieder verschwunden sein, bevor du es auch nur merkst.«

»Ich nehme dich beim Wort.« Offensichtlich glaubte Brynn nicht, dass ich mein Versprechen halten würde, gab aber trotzdem seufzend den Weg frei.

Hayden warf mir einen Blick zu, der mich anflehte, für ihn zu bürgen – er musste *immer* drängeln. Aber ich würde mich hüten, diesen bettelnden Augen nachzugeben.

»Raus. *Jetzt sofort.* Und halt das hier fest. Verlier es bloß nicht aus den Augen.« Ich drückte ihm meinen Beutel an die Brust und spürte einen Anflug von Panik, als Hayden ihn entgegennahm. Es war eine Sache, mit einem riesigen Handschuh aus Gold, in einem Beutel versteckt, durch den Bezirk zu laufen. Aber es war etwas völlig anderes, mit einem so wertvollen Stück Schmuggelware vor Carrion Swift zu stehen. Der Mann war zu allem fähig. Seine Finger waren flinker und leichter als die Morgenbrise. Er hatte mich aus meiner Unterwäsche herausgequatscht – vielleicht der größte Coup, der je in Zilvaren stattgefunden hatte und über den die Leute sich monatelang das Maul zerrissen hatten. Ich wollte nicht riskieren, dass er etwas Interessantes in meinem Beutel witterte und versuchte, es mir abzuknöpfen.

»Ich brauche zehn Minuten«, teilte ich Hayden mit.

Er verzog das Gesicht, verließ aber die Schenke.

Als ich mich auf den Weg zu Carrion machte, unterbrachen die Gäste im Kala ihre Würfelspiele und lautstarken Unterhaltungen. Alle Augen folgten mir bis zum Tisch des Gauners. Funkelnde blaue Augen tanzten vor Belustigung, als Carrion meinen Blick erwiderte. Sein Haar schimmerte kupfer- und goldfarben, als wäre jede Strähne ein feiner Draht aus genau den Metallen, die für Königin Madra so kostbar waren. Carrion war breitschultrig und immer die mit Abstand größte Person im Raum. Und er verströmte eine Selbstsicherheit, die Mädchen in ganz Zilvaren ein Seufzen entlockte. Ich gab es nur ungern zu, aber es war genau dieses Selbstbewusstsein, das mich in sein Bett gelockt hatte. Ich wollte es widerlegen, ihm zeigen, dass seine Selbstsicherheit nur eine Fassade war. Damals war ich fest entschlossen gewesen, sein Ego zu zerstören, sobald ich mit ihm fertig war. Doch dann hatte er das Undenkbare getan und bewiesen, dass seine Angeberei berechtigt war. *Mehr* als nur berechtigt. Allein der Gedanke daran brachte mein Blut in Wallung. Der Mann war ein Dieb und ein Lügner und viel zu selbstverliebt. Ich meine, wer, der auch nur annähernd bei klarem Verstand war, trug so einen Aufzug? In einer Schenke voller Barbaren, die einem die Kehle aufschlitzen und die dreckigen Stiefel von den Füßen klauen würden, sobald sie einen nur ansahen? Carrion war *verrückt.*

»Arschloch«, sagte ich steif zur Begrüßung.

Er grinste, und mein Magen machte einen Satz, der mich unterdrückt fluchen ließ. »Sonnenschein«, erwiderte er. »Schön, dich zu sehen. Ich hätte nicht gedacht, dass wir noch mal … *Zeit miteinander verbringen* würden.«

Seine Freunde lachten wie Idioten und stießen sich gegenseitig mit den Ellbogen an. Selbst sie wussten, dass Carrion mich damit reizen wollte. Ein verbaler Stich in die Rippen. Bei unserer letzten Begegnung war ich aus seinem Bett geklettert, hatte mein Kleiderbündel an die Brust gedrückt und auf sämtliche vergessenen Götter und alle vier Winde geschworen, dass ich lieber sterben würde, als eine Wiederholung der Show mitzuerleben, die er für mich gerade abgezogen hatte. In diesem Moment hatte er gewusst, dass er gewonnen hatte. Und das anmaßende Arschloch hatte sich nicht gescheut, es laut auszusprechen. Hatte mir gesagt, dass ich bald wiederkommen würde, auf der Suche nach mehr. Woraufhin ich ihm in anschaulichen Worten mitgeteilt hatte, dass ich ihm seinen verdammten Schwanz abreißen würde, wenn er jemals wieder versuchen sollte, sich mir damit zu nähern. Oder so was in der Art.

Jetzt kam ich direkt zur Sache und ignorierte seine Freunde *und* seine anzügliche Bemerkung. »Du hast versprochen, dass du nicht mehr mit Hayden spielst.«

Carrion legte den Kopf schräg, und sein Blick wanderte nach oben, als müsste er erst darüber nachdenken. »Habe ich das versprochen?«, fragte er ungläubig. »Das klingt ganz und gar nicht nach mir.«

»Carrion.«

Der Mistkerl holte scharf Luft und richtete seine Aufmerksamkeit wieder auf mich. »Sie hat meinen Namen gesagt.« Er tat so, als würde er jeden Moment in Ohnmacht fallen. »Ihr habt es alle gehört. Sie hat meinen Namen gesagt.« Erneut erntete er Gelächter von seinen infantilen Komplizen.

»Du hast nicht nur dein Wort gebrochen, du hast ihn auch noch windelweich geprügelt, Carrion.«

»Ach, komm schon. Sei nicht so übellaunig.« Er streckte die Hände aus, Handflächen nach oben, Finger gespreizt. »Hayden hat mich angefleht, mit ihm Karten zu spielen. Wie hätte ich da Nein sagen können? Und wenn ich ihn windelweich geprügelt hätte, hätte dein kleiner Bruder nicht gerade eben noch schmollend an der Theke gestanden, oder? Er würde noch immer auf der Straße liegen und Blut in den Sand spucken. Ich habe ihn nur …«, Carrion überlegte, »… einmal geschlagen. Vielleicht zweimal. Das war bestenfalls eine leichte Tracht Prügel. Und was ist schon eine leichte Tracht Prügel unter Freunden?«

»Hayden ist nicht dein Freund. Er ist mein Bruder. Sich mit ihm anzulegen, verstößt gegen die Regeln.«

Carrion beugte sich vor, stützte die Ellbogen auf den Tisch und wackelte auf extrem aufreizende Weise mit den Augenbrauen. »Ich bin noch nie einer Regel begegnet, gegen die ich nicht verstoßen wollte, Sonnenschein.«

»Wir hatten eine Abmachung. Ich erinnere mich genau daran, dass ich gesagt habe, ich würde mich nicht in deine Versorgungslinien zum und vom Herz einmischen, woraufhin du versichert hast, du würdest nicht mehr mit Hayden spielen.«

Carrion runzelte die Stirn. »Ja, ich schätze, da klingelt was bei mir.«

Diese Frechheit. Diese Dreistigkeit. Diese unfassbare *Unverfrorenheit.* »Also warum spielst du dann noch mit ihm?«

»Vielleicht ist mein Gedächtnis in letzter Zeit etwas lückenhaft«, überlegte Carrion laut.

»Du bekommst *tatsächlich* sehr oft einen Schlag auf den Kopf.«

»Oder aber …«, setzte er an und schwenkte das Bier in seinem Krug, »ich wusste, dass ich dich zu sehen bekommen würde, wenn ich mit Hayden spiele. Und vielleicht wollte ich mir diese Gelegenheit einfach nicht entgehen lassen.«

»Du hast meinem Bruder die Rippen gebrochen, nur damit du mich zu sehen bekommst?« Irgendwie musste ich ihn falsch verstanden haben. So verrückt konnte Carrion nicht sein, dass er Hayden aus so einem lächerlichen Grund verletzte.

Carrions Tonfall klang plötzlich scharf: »Nein, Saeris. Ich habe ihm die Rippen gebrochen, weil er versucht hat, mich mit einem deiner Messer zu erstechen, als ich keine weitere Runde spielen wollte. Nicht mal *dein* Bruder kommt damit durch.«

Mein Schock lag wie ein kaltes, totes Gewicht in meiner Magengrube. »Er würde nicht …«

»Doch, er hat mich angegriffen.« Carrion leerte sein Bier in einem Zug. Als er den leeren Krug absetzte, war sein charmantes Lächeln zurückgekehrt. »Jetzt, da du hier bist, kannst du auch was mit mir trinken. Schwamm drüber und so weiter.«

Es war erstaunlich, wie schnell Carrion von einer Gefühlslage zur nächsten wechseln konnte. Genauso beeindruckend wie seine Fähigkeit, sich selbst etwas vorzumachen, wann immer es ihm passte.

»Ich trinke nicht mit dir. Es spielt keine Rolle, ob Hayden deine Reaktion verdient hat oder nicht. Wahrscheinlich hat er dich nur mit dem Messer bedroht, weil er sein Halstuch zurückhaben wollte. Was nicht nötig gewesen wäre, wenn du ihn nicht zum Spielen ermutigt hättest!«

»Du magst Whisky, richtig? Klingt ein Doppelter gut?« Carrion erhob sich.

»Carrion! Ich trinke *nicht* mit dir!«

Der gut aussehende Teufel versuchte, einen Arm um meine Taille zu legen, aber ich war schon mit Aasgeiern, die viel schneller waren als er, mühelos fertiggeworden. Blitzschnell duckte ich mich und schaffte einen Abstand von drei Schritten zwischen uns, wobei es mich in den Fingern juckte, nach meinen Messern zu greifen – denjenigen, die Hayden sich nicht »geliehen« hatte. Aber ich hatte Brynn mein Wort gegeben, dass ich keinen Kampf anzetteln würde.

Carrions Blick wanderte an meinem Körper hinab, und sein Lächeln wurde breiter, als seine Augen über meine Hüften glitten.

Im nächsten Moment traf mich die Erinnerung an seine *Zunge*, die über meine Hüften glitt, wie aus dem Nichts und sandte eine Woge heißes Blut in meine Wangen.

»Du bist hübsch, wenn du rot wirst.« Dem verdammten Dieb

entging auch nichts. »Ich sag dir was: Setz dich zu mir und trink was mit mir, dann gebe ich dir Haydens Halstuch.«

»Nein, kommt nicht infrage.«

»Nein?« Er wirkte aufrichtig erstaunt.

»Eine Viertelstunde mit dir an einem Tisch ist mehr wert als ein schäbiges Halstuch, du Mistkerl.«

»Wer hat denn was von fünfzehn Minuten gesagt? Du weißt doch, dass ich mir gern Zeit lasse, wenn ich mich amüsiere.«

Heilige Märtyrer! Ich tat mein Bestes, um die anderen Erinnerungen zu unterdrücken, die versuchten, sich in den Vordergrund zu drängen. Carrion wollte mich mit seiner beiläufigen Bemerkung daran erinnern, wie lange er mit seiner Zunge zwischen meinen Schenkeln beschäftigt gewesen war. Wie lange er sein eigenes Vergnügen zurückgehalten hatte – als wäre es seine verdammte *Aufgabe* –, während er sich meiner Lust widmete. Aber diese Genugtuung würde ich ihm nicht schenken.

»Ein Drink. Fünfzehn Minuten. Und ich will auch die Münzen zurück, die du Hayden abgeknöpft hast. Und noch fünf obendrauf für die Unannehmlichkeit, dieselbe Luft wie du atmen zu müssen.«

Carrion zog eine Augenbraue hoch und musterte mich.

Ich wusste bereits, dass mir das, was ihm gleich über die Lippen kommen würde, nicht gefallen konnte.

»Saeris, wenn ich gewusst hätte, dass ich deine Zeit *kaufen* kann, wäre ich bankrott und du eine sehr reiche Frau. Und du hättest die letzten drei Monate auf dem Rücken verbracht und mich angefleht, dich härter ranzunehmen und …«

»Noch ein Wort, und ich schneide dir deine verdammten Eier ab, Dieb«, knurrte ich.

Was Carrion Swift an Manieren fehlte, machte er durch gesunden Menschenverstand wett. Er wusste, wann er im Begriff war, eine Grenze zu überschreiten, die Blutvergießen nach sich ziehen würde. Sein Haar schimmerte rot, dann golden, dann dunkelbraun, als er die Hände hochhob und resigniert den Kopf neigte. »Na gut, na gut. Das Halstuch, die Münzen und fünf extra, weil du gierig bist. Setz dich. Bitte. Ich hole dir den Drink.« Er deutete auf seinen Tisch, als wollte er, dass ich mich zwischen ihn und seine Kumpane zwängte. Aber es gab einige Dinge, die ich für meinen Bruder und ein sauberes Glas Wasser tun würde, und noch mehr Dinge, zu denen ich nicht bereit war. Also suchte ich mir eine leere Sitzecke drei Tische weiter und setzte mich stattdessen dorthin.

Ich würde Hayden umbringen. Ihn totschlagen. Was hatte er vorgehabt? Hatte er tatsächlich versucht, Carrion zu *erstechen*? Der Junge war nur dreieinhalb Jahre jünger als ich, aber er benahm sich, als wartete er noch immer darauf, dass er in den Stimmbruch kam. Irgendwann musste er aufhören, so leichtsinnig zu sein, und anfangen, die Konsequenzen seines Handelns zu bedenken. Noch während ich darüber nachdachte, hallten Elroys Worte in meinem Kopf wider, die meinen eigenen erschreckend ähnlich waren.

Ich kann mir nicht mal ansatzweise vorstellen, was du dir dabei gedacht hast. Hast du auch nur eine Ahnung, was für ein Unheil du über uns gebracht hast?

»Hier.« Carrion stellte ein Glas mit bernsteinfarbener Flüssigkeit vor mir ab; das verdammte Ding war fast bis zum Rand gefüllt.

»Das ist nicht nur *ein* Drink.«

»Der Whisky ist in einem Glas«, erwiderte er. »Deshalb handelt es sich um einen einzigen Drink.«

Wenn ich dieses Glas vollständig leerte, würde ich zum *Mirage* zurücktaumeln und dann beim Versuch, den Dachboden zu erreichen, vom Dach fallen und mir das Genick brechen. Trotzdem nahm ich den Drink und trank einen kräftigen Schluck. Schließlich bestand keine Chance, die nächsten Minuten einigermaßen zu überstehen, wenn ich nicht wenigstens leicht angeheitert war. Der Whisky brannte die ganze Kehle hinunter und entzündete ein Feuer in meinem Magen, aber ich weigerte mich, eine Reaktion zu zeigen. Der Gedanke, dass Carrion Swift jedem, der es hören wollte, erzählte, ich würde keinen Alkohol vertragen, war das Allerletzte, was ich jetzt brauchte.

»Und?«, fragte ich fordernd. »Was willst du?«

»Was meinst du damit, was ich will? Deine Gesellschaft natürlich.«

Ich erkannte einen Lügner, wenn ich einen sah, und der Mann, der mir gegenübersaß, war ein Profi auf dem Gebiet. »Spuck's schon aus, Carrion. Du hättest mich nicht zum Bleiben bequatscht, wenn du dabei nicht irgendwelche Hintergedanken hättest.«

»Kann ich nicht einfach von deiner Schönheit bezaubert sein? Kann ich nicht einfach nur dasitzen und dem engelsgleichen Klang deiner Stimme lauschen?«

»Ich bin nicht schön. Ich bin schmutzig und müde, und in meiner Stimme schwingt jede Menge Sarkasmus und Ärger mit. Also lass uns einfach zur Sache kommen, okay?«

Carrion schnaubte belustigt. Dann hob er sein eigenes (wesentlich kleineres) Glas Whisky an die Lippen und trank einen Schluck. »Vor drei Monaten warst du viel lustiger, weißt du das? Du bist so grausam. Ich musste ständig an dich denken.«

»Ach, jetzt hör schon auf. Mit wie vielen Frauen hast du in der Zwischenzeit geschlafen?«

Er kniff die Augen leicht zusammen und setzte eine verwirrte Miene auf. »Was hat das denn damit zu tun?«

Jetzt wurde es allmählich nervig. Ich schob ihm das Glas entgegen und machte Anstalten, mich zu erheben.

»In Ordnung! Bei den Märtyrern, du hältst dich aber auch nicht lange mit Vorreden auf.« Er holte tief Luft. »Jetzt, da du es erwähnst: Es gibt da tatsächlich etwas, worüber ich mit dir sprechen wollte.«

»Ich bin schockiert.«

Carrion ignorierte meinen Tonfall und fuhr fort: »Ich habe vorhin etwas sehr Interessantes gehört. Mir ist zu Ohren gekommen, dass eine rabenhaarige Rebellin aus dem dritten Bezirk einen Wachmann brutal angegriffen und ein Stück seiner Rüstung gestohlen hat. Einen Panzerhandschuh. Ist das zu fassen?«

Hm. Das Arschloch *liebte* diese Spielchen. Seine lässige Miene und seine *extrem* entspannt wirkenden Muskeln verrieten mir alles, was ich wissen musste. Natürlich war ihm klar, dass *ich* den Panzerhandschuh an mich genommen hatte. Aber das würde ich selbstverständlich nicht zugeben. So dumm war ich nicht. »Ach wirklich? Aber … wie denn? Es ist den Bewohnern des dritten Bezirks doch gar nicht möglich, ihr Viertel zu verlassen.« Ich trank einen weiteren Schluck Whisky.

Einen Moment lang starrte Carrion mich nur an. Versuchte, mich zu durchschauen. Natürlich kaufte er mir meine vorgetäuschte Unwissenheit nicht ab, aber er hatte wohl auch nicht vor, mitten im Kala offen mit Anschuldigungen um sich zu werfen. »Ich weiß. Unfassbar, nicht wahr?«, erwiderte er lässig. »Verrückt. Und noch verrückter ist der Gedanke, dass das arme Mädchen jetzt versucht, da draußen einen Platz zu finden, an dem es ein so großes Stück Gold verstecken kann. Es heißt, sie hätte es hierher in den Bezirk gebracht.« Er lachte leise. »Aber natürlich … hätte sie das bestimmt nicht getan. Das wäre viel zu gefährlich gewesen.«

»Definitiv. Unglaublich gefährlich«, pflichtete ich ihm bei.

»Sie hätte es an einen sicheren Ort gebracht. Irgendwohin, wo die Gardisten nicht nachsehen würden.«

»Zweifellos.«

»Glaubst du, dass ein Mädchen, das dumm genug ist, einen

Wachmann anzugreifen und zu bestehlen, die Geistesgegenwart besitzt, seine Beute an einem sicheren Ort zu verstecken?«

Ich wurde von dem überwältigenden Drang gepackt, Carrion das attraktive Gesicht zu zerkratzen; es brauchte all meine Selbstbeherrschung, um mich zurückzuhalten. »Ich glaube nicht, dass das Mädchen dumm ist. Wenn überhaupt, dann halte ich sie für mutig«, stieß ich zwischen zusammengebissenen Zähnen hervor. »Ich glaube eher, dass der Wachmann versucht hat, sie zu verhaften, und dabei seine verdammte Rüstung in den Sand fallen ließ. Ich glaube …«

»Aber hat sie das Gold an einen *sicheren* Ort gebracht?«, zischte Carrion. »Wir können bis in alle Ewigkeit über die Handlungen dieses Mädchens diskutieren, wenn es allerdings im Bezirk ein Problem gibt …«

Ich lehnte mich auf meinem Stuhl zurück. »Was kümmert dich der dritte Bezirk? Du wohnst doch gar nicht mehr hier, Carrion. Jeder weiß, dass du dir eine gemütliche kleine Wohnung unterhalb der zweiten Speiche genommen hast.«

»Ich habe ein *Lagerhaus* außerhalb dieses Bezirks«, entgegnete er mit leiser Stimme. »Es ist der sicherste Weg, meine Waren von einem Bezirk zum nächsten zu transportieren. Aber ich *wohne* hier, damit ich mich um meine Großmutter kümmern kann. Das weißt du doch. Gracia, schon vergessen? Du hast sie mal kennengelernt. Graue Haare? Hitziges Temperament?«

»Ja, ich kenne Gracia, Carrion.«

Er beugte sich vor, und der Blick in seinen Augen wirkte jetzt scharf. »Diese goldenen Dreckskerle werden ein mächtiges Höllenfeuer auf diesen Ort herabregnen lassen, wenn sie davon überzeugt sind, wir hätten etwas, das ihnen gehört, Saeris. Das weißt du ganz genau. Morgen früh wird ein Strom von Blut durch diese Straßen fließen, falls *dieses Mädchen* die Beute hierhergebracht hat.«

Er hatte nicht ganz unrecht. Die Gardisten waren allmächtig. Sie mussten sich nicht vor vielen Dingen fürchten, aber sie hatten eine Heidenangst vor der Königin. Ihre Reaktion würde schnell und brutal erfolgen, wenn sie auch nur ahnten, dass der Panzerhandschuh hier war. Der Panzerhandschuh, den *ich* hierhergebracht hatte. Plötzlich wirkte Elroys Bestürzung gar nicht mehr so übertrieben. Wenn ausgerechnet Carrion besorgt auf die ganze Sache reagierte, dann sollte ich meinen Plan vielleicht noch mal überdenken. Oder sagen wir lieber, mir überhaupt erst einmal einen Plan einfallen lassen.

»Du denkst nach. Ich kann dir ansehen, dass du nachdenkst. Das ist gut«, sagte Carrion. Er setzte ein arrogantes Lächeln auf, aber das war nur Show. Er wollte, dass die anderen Gäste und seine Freunde, die noch immer in der Ecke saßen, dachten, dass er schamlos versuchte, mich wieder ins Bett zu kriegen. Aber der Funke Besorgnis, den ich in seinen Augen entdeckte, war echt. »Dieses Lagerhaus … ist nicht weit von der Mauer entfernt«, setzte er an. »Es würde nur eine halbe Stunde dauern, einen Gegenstand von hier dorthin zu bringen.«

Bei den Göttern, er war wirklich verrückt.

»Glaubst du ernsthaft, ich würde *dir* den Handschuh geben?« Zu spät erkannte ich, dass ich mich verraten hatte. Aber was machte das schon? Dieses Spiel, das wir spielten, dieses Herumschleichen um die Wahrheit, war reine Zeitverschwendung. »Du hast nicht annähernd genug Geld, um mich davon zu überzeugen, dir den Panzerhandschuh zu überlassen, Carrion Swift.«

»Ich will ihn nicht für mich, du Närrin. Ich will ihn nur aus dem dritten Bezirk hinausbefördern«, murmelte er und tat so, als würde er mir ein paar Zärtlichkeiten zuflüstern. Aber in seinen Worten schwang pures Gift mit. »Unser Volk leidet schon genug, auch ohne dass hundert Gardisten den Bezirk stürmen, alles in Stücke reißen und jeden töten, der ihnen in die Quere kommt.

Bring das Ding ins Lagerhaus. Bring es irgendwo hin. Es spielt keine Rolle, solange es nur weit weg von hier ist. Hast du mich verstanden?«

Es war zutiefst kränkend, von Typen wie Carrion belehrt zu werden. Er war einer der egoistischsten und arrogantesten Männer der Welt. Und er ließ die Welt gern im Glauben, dass er sich um nichts und niemanden scherte. Aber allem Anschein nach interessierte es ihn sehr wohl. Und *ich* hatte jetzt etwas so Egoistisches getan, dass er nicht einfach tatenlos zusehen konnte? Bei den Göttern!

Ich trank einen weiteren kräftigen Schluck Whisky und schob das Glas weg. »Ich muss los.«

»Du wirst dich darum kümmern?« Carrions hellblaue Augen durchbohrten mich, als ich aufstand und mich zum Gehen wandte.

»Ja, ich werde mich darum kümmern«, knurrte ich.

»Gut. Ach ja, und noch was, Saeris …«

Der Kerl wusste einfach nicht, wann er aufhören musste. Ich drehte mich um und funkelte ihn an. »Was ist denn noch?«

»Selbst wenn du schmutzig und müde bist, bist du noch immer wunderschön.«

»Götter und Märtyrer«, flüsterte ich. Er war unerbittlich. Aber ich hielt mich nicht lange mit Carrion Swifts Schmeicheleien auf. Ich hatte Wichtigeres zu tun.

Denn als ich in den strahlenden Abend hinaustrat, war Hayden verschwunden. Und der Panzerhandschuh mit ihm.

3

DIE BESTEN ABSICHTEN

Hayden hörte *nie* zu. Klar, er tat so, als würde er zuhören: Er wiederholte die Worte, die man ihm sagte, und nickte dazu. Aber wenn es darauf ankam, weigerte er sich, das zu tun, was man von ihm verlangte. Er scherte sich einen Dreck darum und tat dann typischerweise genau das Gegenteil.

Normalerweise ging es dabei nur um Kleinigkeiten, aber heute stand so viel mehr auf dem Spiel. Heute ging es um alles. Es ging *um Leben und Tod.*

So gelassen wie möglich schlenderte ich in Richtung des *Mirage* – immerhin bestand die Chance, dass Hayden nicht länger auf mich hatte warten wollen und sich mit dem Beutel auf den Weg zurück zur anderen Schenke gemacht hatte. Aber je öfter ich die verschiedenen Szenarien in meinem Kopf durchging und darüber nachdachte, welches am wahrscheinlichsten war, desto mehr legte sich aufkommende Panik wie eine Hand um meine Kehle.

Wenn er in den Beutel geschaut hatte …

Wenn er darin herumgewühlt hatte, konnten nur die Märtyrer wissen, wo er jetzt steckte und was zum Teufel er vorhatte. Die Strahlen der Zwillingssonnen stachen auf meinen Kopf ein, und ihre Bruthitze bewirkte, dass mir alles vor den Augen verschwamm. Wann hatte ich zum letzten Mal Wasser getrunken? Heute Morgen? Nein, ich hatte mir meine Ration für die Rückkehr in die Schmiede aufgespart, aber nach dem Streit mit Elroy hatte ich vergessen, sie zu holen. Und den Whisky hätte ich *definitiv* nicht trinken dürfen.

Als ich weit genug vom *Haus der Kala* entfernt war, erhöhte ich das Tempo und joggte nervös los. Dabei versuchte ich, einen unauffälligen Eindruck zu machen, aber in Zilvaren gab es kein unauffälliges Joggen. Die Leute hier sparten Energie, wo immer sie konnten. Es gab nur einen Grund, warum jemand hier durch die Gegend sprintete: wenn er oder sie auf der Flucht war.

Misstrauische Blicke folgten mir, während ich durch die Straßen hastete, vorbei an baufälligen Sandsteinhäusern und überdachten Marktständen von Händlern, die gebratenes, zähes Fleisch, Stoffballen und scharf riechende Kräuterheilmittel aus dem Norden verkauften. In den Gassen hingen vertraute, verblasste Plakate, die saftige Belohnungen für jeden Hinweis versprachen, der zur Ergreifung mutmaßlicher Magieanwender führte. Ich kannte diese Seitenstraßen meines Bezirks wie meine Westentasche. Wenn ich links abbog, kam ich am Haus von Rojana Breen vorbei – meine Mutter hatte mich immer dorthin geschickt, sobald sie hörte, dass die Händler mit Obst zurückgekehrt waren. Im Gegensatz zu den übrigen Schmugglern des dritten Bezirks handelte Rojana nur mit Lebensmitteln und Wasser. Solche Geschäfte waren zwar noch immer illegal genug, dass man ihr dafür die Hände abhacken konnte, aber sie würden sie nicht ins Grab bringen.

Weiter rechts hatte sich jedoch ein ganz anderer Händler

angesiedelt. Vorath Shah war ein Quacksalber. Er verkaufte winzige Metallsplitter, die angeblich Spuren verborgener Magie enthielten; ausgestopfte, stinkende Pfoten von Sandhasen, die Seuchen abwehren sollten; Phiolen mit trüben Flüssigkeiten, deren Genuss einem besondere Gaben verlieh – Fähigkeiten, die wir längst nicht mehr besaßen. Kein Mensch war noch in der Lage, anderer Leute Gedanken zu lesen, das Blut in den Adern seiner Feinde zum Kochen zu bringen oder sich selbst ewiges Glück zu schenken. Jeder wusste, dass uns diese ketzerischen Kräfte vor Jahrhunderten genommen worden waren, aber Shah verdiente noch immer ein hübsches Sümmchen mit dem Verkauf von nutzlosem Krimskrams an die Hoffnungsvollen und die Verzweifelten. Er hatte haarsträubende Erklärungen für die ewige Frage, die sich alle Zilvarer hinter verschlossenen Türen flüsternd stellten: Wie konnte die Königin nach über tausend Jahren noch immer leben? Madra war menschlich, also warum war sie nicht längst schon tot? Shah behauptete, Zugang zum Quell ihrer ewigen Jugend zu haben, und verkaufte auch diesen in Flaschen.

Darüber hinaus war er für den Ankauf von Artefakten bekannt. Wenn ein Dieb in den Besitz eines wirklich außergewöhnlichen Objekts kam, konnte Shah ihn theoretisch mit einem interessierten Käufer zusammenbringen. Andererseits bestand auch immer die Möglichkeit, dass er jemanden einfach aufschlitzte und die Leiche ausplünderte, bevor er sie den Krebsen überließ. Wer ihn an einem schlechten Tag erwischte, von dem blieb am nächsten Morgen kaum mehr übrig als sonnengebleichte Knochen.

»Sag mir, dass du es nicht getan hast«, murmelte ich vor mich hin und bog in die rechte Gasse. »Hayden Fane, sag mir, dass du *nicht* versucht hast, das Gold zu Sh…«

Ein durchdringender Schrei zerriss die Stille der Wüstenluft. Er kam aus einiger Entfernung. Gedämpft. Aber er wehte aus dem

Osten herüber, und diese Tatsache ließ mich mit den Zähnen knirschen. Das *Mirage* lag im Osten. Und im dritten Bezirk hörte man einen solchen Schrei nur dann, wenn eine Wache sich Freiheiten herausnahm oder Blut vergoss. Instinktiv wusste ich Bescheid, spürte es bis ins Mark: Der Schrei hing mit Hayden zusammen. Mein Bruder war in Gefahr.

Ohne auch nur eine Sekunde nachzudenken, rannte ich los. Die Straßen verschwammen vor meinen Augen. Mein Herz trommelte einen chaotischen Rhythmus, und Angst brodelte in meinem Bauch wie Säure.

Plötzlich ertönte hinter mir, wie aus dem Nichts, das Klirren von Metall.

»Haltet sie auf! Haltet das Mädchen auf!«

Der Schrei kam von hinten. Wachen. Fünf? Zehn? Ich riskierte einen Blick über die Schulter, sah aber nur eine Wand aus glänzendem, blitzendem Gold. Dann drang das Donnern ihrer Stiefelschritte an meine Ohren.

Bei allen Göttern, Saeris, beweg dich! Beweg dich, verdammt noch mal!

Ich erhöhte mein Tempo und mobilisierte meine letzten Kräfte. Ich *musste* einfach schneller laufen. Wenn sie mich einholten, war ich erledigt. Hayden war erledigt.

Ein weiterer unheimlicher, gequälter Schrei ließ mein Herz einen Schlag aussetzen, aber ich zwang es weiterzupumpen, denn ich durfte nicht langsamer werden. Von diesen verdammten Mistkerlen würde ich mich nicht einholen lassen – *auf keinen Fall!*

Die Bewohner des dritten Bezirks schrien auf und sprangen aus dem Weg, als ich an ihnen vorbeiraste. Hinter mir brüllten die Wachen Befehle und forderten erneut, mich aufzuhalten, aber niemand reagierte. Ich war hier bekannt. Die Menschen, an denen ich vorbeirannte, liebten mich, weil sie meine Mutter geliebt hatten. Andererseits hassten sie mich, weil ich eine Unruhestifterin und ihnen ein Dorn im Auge war. Aber die Wachen hassten sie noch mehr.

Meine Lunge brannte. Meine Muskeln schrien nach Sauerstoff und flehten um Gnade, aber ich lief immer schneller und trieb mich selbst bis an den Rand der Erschöpfung. Die Zwillingssonnen pulsierten am Himmel und tauchten die Straßen in ein blassgoldenes Licht. Die größere der beiden Sonnen war von einer seltsamen blauen Korona umgeben, während ich auf das *Mirage* und dessen Dachboden zustürmte, auf dem sich mein Bruder hoffentlich *nicht* befand.

Falls er auch nur einen Funken Verstand besaß, hatte er die Wachen gesehen oder gehört, dass Madras Wachen in den dritten Bezirk einmarschierten. Aber das setzte einiges an Hoffnung voraus. Hayden war schon im besten Fall nicht sehr aufmerksam, und Carrion hatte ihm ordentlich eins verpasst, weil er versucht hatte, ihn abzustechen. Wahrscheinlich verlor er sich noch immer in seiner eigenen kleinen Welt und weinte bitterlich über das verlorene Geld und seinen blöden Schal.

Ich zog mir meinen Schal vom Gesicht und schnappte keuchend nach Luft, nur um einen Schwall glühender Sandkörner einzuatmen, während ich am Stand mit den Teigtaschen an der Straßenecke vorbeistürmte …

»Halt! Sofort stehen bleiben!«

Blankes Entsetzen brachte mich ruckartig zum Stillstand. Es schloss sich um mich wie eine eiserne Faust und presste mir die Rippen zusammen, während ich die Szenerie vor dem *Mirage* betrachtete. Nie zuvor hatte ich so viel Gold auf einem Fleck gesehen. Eine Unmenge glitzernder Sonnen spiegelte sich auf Armschienen, Brustpanzern und Handschuhen wider und bildete leuchtende, weißgoldene Kugeln, die hell genug waren, mir die Netzhaut zu versengen. Flecken und Schlieren zogen sich durch mein Blickfeld, während ich von einer Wache zur nächsten blickte und versuchte, sie alle in meinem Kopf zu zählen. Aber was nützte das Zählen? Eine einzige Wache konnte ich abhängen. Und auch zweien konnte ich mit etwas Glück entkommen. Aber drei Wachen? Keine Chance. Und vor dem *Mirage* hatten sich weit mehr als drei von Madras Stadtwachen in Phalanx versammelt … es waren mindestens dreißig und bewaffnet, die Schwerter kampfbereit in den Händen, während ihre polierten goldenen Schilde eine undurchdringliche Mauer bildeten. Sie alle trugen glitzernde Kettenhemden über Armen und Beinen und leichte, helle Tücher vor dem Mund. Und ihre Augen, die über diesen Halbmasken zu sehen waren, waren zu Schlitzen verengt und von einem brennenden Hass erfüllt, der sich auf meinen Bruder richtete.

»Nein. Nein, nein, nein …« Genau *das* hätte nicht passieren dürfen. Eigentlich hatte ich das Gold in der Schmiede einschmelzen und es an einem unauffälligen Ort verstecken wollen. Hayden hätte nicht mal von der Existenz des Handschuhs erfahren sollen – geschweige denn, damit in Berührung kommen.

Wenn dieser dämliche Hund doch nur nicht mit Carrion gespielt hätte …

Wenn er doch nur auf mich gehört und vor der Schenke auf mich gewartet hätte …

Wenn er doch nur nicht in den verdammten Beutel geschaut hätte …

Doch selbst während ich nach Entschuldigungen suchte und ihm die Schuld an dieser Zwangslage gab, wurde ich von Gewissensbissen geplagt. *Ich* hatte den Panzerhandschuh gestohlen. *Ich* war beim Stehlen erwischt worden. *Ich* hatte den Beschluss gefasst, dass der Diebstahl des Metalls das damit verbundene Risiko wert war. Und jetzt würde Hayden von einer ganzen Einheit von Wachen getötet werden, und das war allein meine Schuld.

Stolpernd wich Hayden vor den Männern und ihren scharfen Schwertklingen zurück. Er wäre noch weiter zurückgewichen, aber nach drei Schritten prallte sein Rücken gegen eine Wand. Von seinen Fingern baumelte der Panzerhandschuh – was ihn schon aus einer Meile Entfernung zum Täter machte. Das Entsetzen in seinen Augen glühte wie ein Leuchtfeuer.

»Bleib, wo du bist, du Ratte!«, brüllte der Gardist an der Spitze der Phalanx. Wie ein Mann rückten die Wachen Zentimeter für Zentimeter vor; ihre polierten Stiefel schoben sich durch den Sand. Über ihre Halbmasken hinweg starrten sie Hayden unerbittlich an, schöpften alle aus der gemeinsamen Quelle ihres Hasses. Sie verachteten ihn wegen seiner sonnengebleichten Kleidung, seiner schmutzigen Haut und den dunklen Rändern unter seinen Augen. Aber sie verachteten ihn vor allem deshalb, weil jeder von ihnen Hayden hätte sein können. Schließlich bestimmte allein das Glück, wo man in dieser Stadt landete. Ein Glücksfall hatte ihren Großeltern eine Unterkunft in einem der ranghöheren Bezirke beschert, die dem Zentrum am nächsten lagen. Sonst hätten sie keine Chance gehabt, Wachen zu werden. Dagegen hatte sich das Pech gegen unsere Großeltern verschworen, weshalb wir uns in einem Seuchenviertel wiederfanden – einem dreckigen Bezirk der Stadt, von dem Madra hoffte, dass wir dort verhungern würden oder dass eine Krankheit uns so lange auszehrte, bis wir ihr alle den Gefallen taten und starben.

Es hing *alles* vom Glück ab. Und das Glück konnte sich jeden Moment wenden.

»Der Handschuh in deiner Hand ist Eigentum der Königin!«, rief der Hauptmann. »Wirf ihn rüber, oder wir töten dich auf der Stelle!«

Mit großen Augen starrte Hayden auf den Panzerhandschuh, als würde er dessen Existenz jetzt erst bemerken. Er drehte ihn hin und her, und die Muskeln an seinem Hals zuckten, als er zu schlucken versuchte.

Wenn er ihnen den Panzerhandschuh gab, würden sie ihn in

Ketten legen und in den Palast schleifen. Und von dort würde er nicht wieder zurückkehren. Doch wenn er ihnen den Handschuh nicht gab, würden sie sich sofort auf ihn stürzen. All das geschliffene Metall würde auf Fleisch treffen und den Sand rot färben, und ich würde mich ein weiteres Mal neben einer geliebten Person wiederfinden, die im Sterben lag. Keine der beiden Optionen sah vor, dass Hayden lebend davonkam … und den Gedanken konnte ich nicht ertragen.

Der Hauptmann machte einen Schritt auf ihn zu, und seine Männer folgten ihm wie ein schimmerndes goldenes Tier an einer Leine. Hayden presste sich mit dem Rücken gegen die Wand der Schenke. An den schmutzigen Fenstern tauchten Gesichter auf und verschwanden schnell wieder, als die Gäste – die ihren Nachmittagsschluck genossen hatten, während Madras Männer das Viertel stürmten – erkannten, dass draußen auf der Straße die Hölle los war. Haydens Kopf schnellte herum, und seine weit aufgerissenen Augen suchten nach einem Fluchtweg, den es aber nicht gab. Doch dann entdeckte er mich, etwa sechs Meter von ihm entfernt, und für eine Sekunde zeichnete sich Erleichterung auf seinem Gesicht ab.

Ich war hier.

Ich würde ihm helfen.

Ich würde ihn da herausholen.

Ich würde alles in Ordnung bringen, so wie ich immer alles in Ordnung gebracht hatte.

Als ich sah, wie seine Erleichterung jedoch verflog, schnürte sich mir die Kehle zu. Das hier war keine Hinterhofschlägerei oder irgendein dummer Streit, den er mit Carrion angezettelt hatte. Das hier war eine todernste Angelegenheit. Er hatte es mit einer ganzen Einheit von Wachen zu tun, und ich konnte nichts dagegen tun.

»Wirf ihn mir zu!«, befahl der Hauptmann mit donnernder

Stimme. Aus einer schmalen Gasse auf der anderen Seite der Schenke stürmte eine bunt zusammengewürfelte Schar von Kindern auf die Straße und rannte laut schreiend davon. Aber die Wand aus Wachen bewegte keinen Muskel. Ihre Blicke blieben auf Hayden und das Gold in seiner Hand gerichtet, das ich gestohlen hatte. Blass wie ein sonnengebleichter Knochen warf mein Bruder mir einen langen, kläglichen Blick zu, und ich sah in seinen Augen, was er als Nächstes vorhatte: Der Narr wollte *weglaufen.*

»Wag es ja nicht, Junge«, knurrte der Hauptmann. Offensichtlich hatte auch er Haydens Blick bemerkt. Wenn Hayden die Flucht ergriff, würden die Wächter ihn sofort töten – auch wenn Madra nicht erfreut wäre, dass ihre Männer mit einer Leiche im Schlepptau in den Palast zurückkehrten. Wahrscheinlich hatte sie ihnen befohlen, ihr einen *lebendigen* Dieb zu bringen – jemanden, den sie stundenlang verhören und foltern konnte. Ein Leichnam hatte für sie keinen großen Unterhaltungswert.

»Saeris!«, jammerte Hayden. Seine Angst schnürte ihm förmlich die Kehle zu.

»Rühr dich ja nicht!« Der Hauptmann war inzwischen fast in Schlagdistanz. Seine Einheit strotzte vor spitzem Stahl, die Schwerter gezückt. In wenigen Sekunden würde alles vorbei sein.

Hayden stiegen die Tränen in den Augen. »Saeris! Es tut mir leid!«

»Wartet.« Das Wort blieb mir fast in der schmerzenden Kehle stecken.

»So ist es gut, Junge. So ist es gut.« Die Wachen rückten näher.

»Wartet! STOPP!« Dieses Mal hallte meine Aufforderung von den Gebäuden auf beiden Seiten der Straße wider. Die Wachen hörten meinen Schrei, aber nur der Hauptmann ließ sich zu einem Blick in meine Richtung herab. Für den Bruchteil einer Sekunde wechselte seine Aufmerksamkeit zu mir; seine Augen glitten über mich hinweg, dann richtete er seinen Blick wieder auf Hayden.

»Das geht dich nichts an, Mädchen«, sagte er kalt. »Geh wieder rein und lass uns unsere Arbeit machen.«

»Aber es geht mich sehr wohl was an.« Ich trat näher und biss mir auf die Innenseite meiner Wange, um mich zu beruhigen. Noch während ich den Kupfergeschmack von Blut wahrnahm, breitete ich die Arme aus. »Er hat nichts falsch gemacht. Ich habe ihn gebeten, meinen Beutel zu halten. Der Panzerhandschuh, den er in der Hand hält, gehört mir.«

Die scharfen Augen des Hauptmanns richteten sich schlagartig auf mich. »Sie gehört nicht *dir.* Nur ein Mitglied der Garde darf Teile einer Rüstung besitzen. Sie zu tragen, ist eine Ehre, die man sich verdient – sie ist nichts für Leute wie *dich.*«

Seine Stoffmaske blähte sich unter der Wucht seiner Worte auf, die er förmlich ausspuckte, und sein Tonfall verriet seine weißglühende Wut. Das war nicht der Wachmann, dem ich den Panzerhandschuh abgenommen hatte. Nein, dieser Mann war kälter. Härter. Gemeiner. Seine Augenwinkel besaßen keine Falten, aber in seinen dunkelbraunen Iriden lag eine bodenlose Ewigkeit, die mir einen eiskalten Schauer über den Rücken jagte.

»Ich bin diejenige, die den Panzerhandschuh genommen hat«, sagte ich langsam. »Ich bin diejenige, die die Mauer hinaufgeklettert und damit entkommen ist. Nicht er.« Ich deutete mit dem Kinn auf Hayden. »Er hatte keine Ahnung, was in dem Beutel war.«

»Sie lügt«, sagte Hayden mit zittriger Stimme. »Ich war's. Ich habe ihn gestohlen.«

Von allen dummen, halb garen Ideen, die mein Bruder je gehabt hatte, war dies die dümmste. Er wollte mich schützen. Das wusste ich. Er hatte Angst – so viel Angst wie nie zuvor –, aber dahinter wappnete er sich und nahm allen Mut zusammen, um sich dem zu stellen, was gleich kommen würde. Um mich *zu retten.*

Aber für den Panzerhandschuh war ich verantwortlich. Elroy

hatte in der Werkstatt völlig recht gehabt: Der Diebstahl des Handschuhs war das Dümmste, was ich je getan hatte. Ich hätte ihn niemals stehlen dürfen. Aber ich hatte mich von meiner Gier und meiner eigenen Hoffnung blenden lassen, und ich würde nicht zulassen, dass Hayden den Preis für eine solche Dummheit zahlen musste.

»Hört nicht auf ihn«, sagte ich und warf ihm einen finsteren Blick zu.

»*Ich* habe ihn genommen«, beteuerte er und erwiderte meinen Blick.

»Frag ihn, woher er ihn hat«, forderte ich den Hauptmann auf.

»Genug«, knurrte der Hauptmann. »Nehmt sie fest.«

Mit einem ungehaltenen Fingerschnippen befahl er drei seiner Männer, sich aus der Phalanx zu lösen. Sie stampften auf mich zu, die Schultern hochgezogen, die Schwerter im Anschlag … und das Feuer, das seit meiner Kindheit in mir brodelte, kochte endlich über.

Ich würde mich nicht festnehmen lassen. Ich würde mich nicht schikanieren oder fesseln oder von diesen Mistkerlen zum Schweigen bringen lassen. Nie wieder.

Was ich dann tat, war purer Wahnsinn: Ich griff in meinen Stiefel und zog den Dolch heraus, den ich dort versteckt hatte. Diese Tat konnte nicht rückgängig gemacht werden – es gab kein Zurück. Ich hatte eine Waffe gegen die Wachen der Unsterblichen Königin gezogen. Kurz gesagt, ich war tot. Mein Körper wusste es nur noch nicht.

»Sieh an, sieh an. Da haben wir ja eine echt Streitsüchtige erwischt«, knurrte der Gardist auf der rechten Seite.

»Dann wollen wir ihr mal eine Lektion erteilen«, höhnte der in der Mitte.

Ich konzentrierte mich auf die dritte Wache, den ruhigen Mann ganz links – den, der sich wie ein Raubtier bewegte. Den mit dem Tod in den Augen. *Er* war derjenige, um den ich mir Sorgen machen musste.

Er ließ den großmäuligen Gardisten auf der linken Seite zuerst angreifen. Ich wich zurück, bis ich außerhalb seiner Reichweite war, und benutzte meinen kurzen Dolch, um sein Schwert abzuwehren, mit dem er wild nach mir schwang. Der Typ in der Mitte fluchte, stürzte vorwärts und versuchte, mir sein Schwert in die Brust zu rammen, doch ich wich seinem Angriff mit einem Schritt zur Seite aus. Dadurch kam ich dem stillen Wachmann gefährlich nahe – was wahrscheinlich die ganze Zeit sein Plan gewesen war.

Er zwinkerte mir über seine Maske hinweg zu. Und dann griff er an.

Die Rebellen, denen meine Mutter vor ihrem Tod geholfen hatte, hatten sich nicht nur auf unserem Dachboden versteckt. Sie hatten mich ausgebildet. Mir beigebracht, wie man stiehlt. Wie man überlebt. Wie man kämpft.

Und nun kämpfte ich wie die fleischgewordene Ausgeburt der Hölle.

Seine Hiebe hagelten auf meine Klinge nieder, überlegt und genau durchdacht. Jede seiner Bewegungen war eine Frage, auf die ich eine Antwort hatte. Ich beobachtete, wie sein Ärger wuchs, als ich sein Schwert zum vierten Mal zur Seite schlug und nur mit meinem kurzen Dolch seine tödlichen Hiebe abwehrte.

Der mittlere Wachmann, der kleinste der drei, stürzte sich mit einem gellenden Wutschrei auf mich. Ich wich leichtfüßig zurück und entfernte mich dadurch auch aus der Reichweite des erfahrenen Kämpfers. Dann drehte ich mich plötzlich seitwärts und ließ meinen Dolch von oben herab durch die Luft fahren. Der Winkel und der Stoß wirkten unbeholfen, aber ich hatte ihn häufiger geübt, als ich zählen konnte. Es war der Winkel, in dem die Klinge nach unten geführt werden musste, um die Öffnung in der Rüstung einer Wache zu treffen – der schmale Spalt zwischen Achselstück und Halsberge, durch den eine dünne Klinge die Halsschlagader treffen konnte. Zwar hatte ich diesen Stoß noch nie in einem echten Kampf angewandt, aber ich führte ihn jetzt ohne Zögern aus. Ich hielt nicht mal inne, um den Bogen aus leuchtend rotem Blut zu betrachten, der aus der Halsschlagader des Gardisten spritzte, während er auf die Knie sank und seine Kehle umklammerte.

Keine Schuldgefühle.

Keine Gnade.

Keine Zeit.

Ich schnappte mir das Schwert des Gardisten und ließ ihn sterbend im Sand zurück.

Der ruhige Wachmann sah mich mit zusammengekniffenen Augen an, als würde er die Situation überdenken. Sein Mitkämpfer war nicht so schlau. Er heulte auf und stürzte sich wutentbrannt auf mich, wobei er seine Maske abriss und einen Mund voller Zahnstümpfe entblößte. »Dummes Miststück! Das wirst du büßen!«

Ich wirbelte herum, machte einen Rückwärtsschritt und ließ mein Schwert vorschnellen. Es lag schwerer in der Hand als die hölzernen Übungsschwerter, mit denen ich immer trainiert hatte, aber an die Länge war ich durchaus gewöhnt. Ich wusste genau, wo die geschärfte Stahlspitze auf seine Haut treffen würde: an seinem rechten Handgelenk. Mein Timing war perfekt. Mit einer leichten Bewegung meiner Schwerthand fuhr die Klinge nach unten, und die Hand des Gardisten, die das Schwert noch immer umklammerte, landete mit einem dumpfen Aufprall im Sand.

»Meine Hand! Sie … sie hat mir die Hand abgeschlagen!«

»Als Nächstes hole ich mir deinen Kopf«, zischte ich.

Die Wut färbte meine Sicht blutrot.

Sie hatten meine Mutter getötet.

Meine Freunde.

Elroys gesamte Familie.

Sie hatten den Tod von Tausenden auf dem Gewissen, und jetzt bedrohten sie Hayden. All die aufgestaute Wut in meiner Brust entlud sich in einer unaufhaltsamen Woge. Langsam trat ich auf den Gardisten zu, den Dolch in der einen und das Schwert in der anderen Hand, bereit, sein elendes Dasein zu beenden … doch stattdessen sah ich mich dem schweigsamen Wachmann gegenüber.

Er blieb weiterhin stumm. Allerdings flackerte ein Funken Belustigung in seinen Augen auf. Dann schüttelte er langsam den Kopf, und diese Bewegung konnte nur eines bedeuten: *Wenn du gegen einen von uns kämpfst, kämpfst du auch gegen* mich.

Das Geräusch von krachendem Stahl hallte durch die Luft. Er kämpfte wie ein Wirbelwind, mit geschmeidigen, anmutigen Bewegungen. Jedes Mal, wenn seine Klinge auf meinen Kopf zuflog, erwartete ich, dass die Welt schwarz werden würde. Aber irgendwie passierte das nicht. Irgendwie gelang es mir, das Schwert in meinen Händen rechtzeitig hochzureißen. Irgendwie schaffte ich es, mich zu behaupten.

Und gerade als er sich seiner Sache sicher war, als dieses Raubtier dachte, er hätte endlich meine Fähigkeiten als Kämpferin durchschaut … hielt ich mich nicht länger zurück.

Seine Augen wurden groß, als er es bemerkte. Als ich meine Fußstellung änderte und die Klinge zum Schutz meines Gesichts in die Höhe hob. Als ich die Zähne fletschte und *ihn* angriff.

Und in diesem Moment sagte er endlich etwas. Nur ein Wort: *»Verdammt!«*

Zwar wich er keinen Zentimeter zurück. Er blieb an Ort und Stelle. Aber er wusste, dass dies nicht die Art von Kampf werden würde, wie er ihn sich vorgestellt hatte. Unsere Waffen prallten aufeinander, Klinge gegen Klinge, und wir kämpften ohne jede Zurückhaltung – im Wissen, was es uns kosten würde, diesen Kampf zu verlieren.

Er war gut. Wirklich gut. Meine Füße wirbelten den Sand auf, während ich mich drehte und ständig darauf achtete, dass er meine Deckung nicht durchbrach.

Dann stürzte er vor und versuchte, meinen Brustkorb zu durchbohren, aber ich ließ den Dolchgriff auf seinen Unterarm krachen und zertrümmerte den Knochen. Ohne auch nur mit der Wimper zu zucken, griff der Mistkerl mit der anderen Hand nach dem Schwertgriff und attackierte mich mit einer Reihe von Hieben, die mich fast in die Knie zwangen. Ein heißer Schmerz flammte in meiner Brust auf, als seine Klinge über mein Schlüsselbein fuhr.

Ich sah das Lächeln in seinen Augenwinkeln. Er dachte, er könnte mich fertigmachen. Und fast hätte er es auch geschafft. Sein Schwert zischte durch die Luft – ein indirekter Stoß, der mich überraschte –, aber dafür hatte ich trainiert. Er war nicht der Einzige, der schnell denken konnte. Und er war auch nicht der Einzige, der schnell *handeln* konnte.

Ich ließ mich fallen, rollte vorwärts und stieß meinen Dolch ruckartig aufwärts. Die Klinge fand ihr Ziel, und es war vorbei. Einfach so.

Zuerst bemerkte er es nicht. Er drehte sich zur Seite, um sich mir wieder zu stellen. Erst als er versuchte, einen Schritt vorwärts zu machen, und seine Beine unter ihm nachgaben, erkannte er, dass etwas nicht stimmte.

Einen Moment lang hatte ich überlegt, den Dolch in seinem Bein stecken zu lassen. Das hätte ihm etwas mehr Zeit gegeben, seinen Tod zu verarbeiten. Aber letztendlich war die tiefe Wunde in seinem Oberschenkel gnädiger. Schneller. Dunkles, rubinrotes Blut quoll in Wellen aus der Wunde, die ich ihm zugefügt hatte, und lief sein Bein hinunter. Bei diesem Anblick blickte er zu Boden und stieß ein überraschtes Keuchen aus. Und dann kippte er tot in den Sand, mit dem Gesicht voran.

Meine Brust hob und senkte sich. Keuchend rang ich nach Luft und versuchte, das wahnsinnige Rauschen in meinen Ohren zum Schweigen zu bringen. Ich …

»Du dummes Ding«, sagte eine kalte Stimme. Die Stimme des Hauptmanns, der seinen Männern befohlen hatte, mich festzunehmen. Er hatte sich von Hayden abgewandt und konzentrierte sich nun ganz auf mich. »Ich gebe zu, ich hätte nicht gedacht, dass du in der Lage wärst, einer Wache einen Panzerhandschuh abzunehmen. Aber jetzt weiß ich, dass ich mich geirrt habe.«

Langsam nahm ich die Straße um mich herum wieder wahr. Die Phalanx der Gardisten, die mich alle mit erhobenen Schwertern finster anstarrten. Und Hayden. Mein kleiner Bruder. Tränen strömten ihm übers Gesicht, als er mich ansah – völlig geschockt von dem, was ich gerade getan hatte.

»Saeris, lauf!«, zischte er. *»Lauf!«*

Der Hauptmann lachte. »Nicht mal alle vier Winde zusammen könnten sie weit genug von mir forttragen, Junge. Sie hat gerade zwei Wachmänner der Königin getötet und einen weiteren verstümmelt. Ihr Todesurteil ist bereits unterschrieben.«

»Nein! Halt! Nehmt mich mit. Ich bin derjenige, der den Handschuh gestohlen hat!« Hayden stürmte vor und versuchte, sich dem Hauptmann in den Weg zu stellen, aber der Mann stieß ihn grob in den Sand.

»Sie hat dir Mistkerl gerade das Leben gerettet. Verschwende dein Leben nicht, indem du ebenfalls Hand an eine Wache legst.«

Die Phalanx marschierte auf mich zu, und ich wusste, dass der Hauptmann recht hatte. Ich konnte nicht entkommen. Sie würden mich fangen, und sie würden mich für meine Taten töten. Aber für meinen Bruder bestand noch eine Chance. »Es wird alles wieder gut, Hayden!«, rief ich ihm zu. »Geh zum alten Mann. Er wird dich bei sich wohnen lassen. Mach schon, geh. Ich bin zum Abendessen zurück, versprochen.« Eine glatte Lüge, aber jede falsche Hoffnung war besser als nichts. Ich musste ihn einfach überzeugen, dass das alles vorübergehen würde – sonst würde er nie auf mich hören. Er würde uns bis zu den Toren folgen, schreien und brüllen und verlangen, dass man mich freiließ. »Hast du mich gehört? Besuch den alten Mann, Hayden. Es ist wichtig. Geh zu ihm und sag ihm, was passiert ist. Er muss davon erfahren.«

Tränen rannen Hayden übers Gesicht. »Ich lasse dich nicht allein.«

»Tu nur ein einziges Mal in deinem Leben, was man dir sagt! *Verschwinde*, verdammt noch mal! Ich brauche deine Hilfe nicht. Ich *will* nicht, dass du mir hinterherläufst wie ein kleines heulendes Gör, das ständig an die Hand genommen werden muss.« Es klang gnadenlos, aber manchmal verbergen sich hinter unseren grausamsten Worten die besten Absichten.

Genau wie ich gehofft hatte, flammte Wut in Haydens Augen auf. Er presste die Lippen zusammen, ließ die Arme sinken, und mein Beutel fiel in den Sand. »Ich wusste nicht, dass ich eine solche Last bin«, zischte er.

»Tja, das bist du aber, Hayden. Dein ganzes verdammtes Leben lang bist du nie was anderes gewesen. Und jetzt lass mich in Ruhe. Folge mir auf keinen Fall. Und komm ja nicht auf die Idee, nach mir zu suchen. Verschwinde!«

4

DER PREIS

Als Kind hatte ich immer davon geträumt, den Palast zu besuchen. Ich stellte mir vor, dass man mich irgendwie auserwählen, auf der Straße anhalten und mir sagen würde, dass Königin Madra *mich*, ein gewöhnliches Straßenkind aus dem dritten Bezirk, gesehen und beschlossen hätte, mich als Zofe an ihren Hof zu holen. Ich würde wunderschöne Kleider bekommen, exotische Blumen für mein Haar, und ich hätte Hunderte von Parfümflaschen zur Auswahl. Jeden Abend würde ich mit der Königin dinieren, und die Köche aus dem Norden würden uns mit Festmahlen verwöhnen, die jedes Mal aus anderen köstlichen Speisen bestanden. Ich würde nur die besten Weine aus Madras Kellern trinken, denn ich war natürlich der Liebling der Königin, und sie wollte nur die besten und schönsten Dinge für ihre Lieblingszofe.

Je älter ich wurde, desto mehr schmückte ich diese Tagträume aus. In meinen Fantasien wurde ich noch immer als Madras Zofe ausgewählt, aber die Kleider und die Speisen interessierten mich weniger. Zwar träumte ich noch immer von der Stellung am Hof und wollte unbedingt Madras Liebling sein – aber nicht, um aus der Armut geholt und wie ein exotisches Haustier gehalten zu werden. Inzwischen hatte ich schon zu viel Negatives erlebt, zu viel Ungerechtigkeit erfahren und so unsägliche Gewalttaten gesehen, dass von meiner Unschuld nichts übrig geblieben war. Jetzt wollte ich von der Königin auserwählt werden, damit ich nahe genug an sie herankam, um sie zu töten. Jeden Abend beim Schlafengehen stellte ich mir genau vor, wie ich sie beseitigen würde. Nachdem man meine Mutter auf der Straße erschlagen und ihre Leiche den Aasvögeln überlassen hatte, waren diese Fantasien das Einzige, was mich bei Verstand hielt.

Ich überlegte mir eine Million verschiedener Möglichkeiten, um mir eine Audienz bei der Ewigen Jungfrau, unserer Herrscherin von Zilvaren, der hochverehrten, hochwohlgeborenen Königin, zu erschleichen. Von der Bewerbung um eine Stelle in der Palastküche über das Erlernen von Kunststücken für den Wanderzirkus, der während des Equinox in der Stadt gastierte, bis hin zum Erklimmen der Mauern und dem Einbruch in den Palast hatte ich alle Optionen und Eventualitäten durchdacht und beschlossen, dass es möglich war und dass es durchgeführt werden würde. Und zwar von mir persönlich.

Aber ich hätte mir niemals träumen lassen, dass ich mich unter diesen Umständen im Kerker des Palastes wiederfinden würde, mit auf den Rücken gefesselten Händen, geprellten und gebrochenen Rippen und einem violetten Bluterguss unter meinem rechten Auge, der langsam aufblühte wie eine Todesblume. Und in meiner Fantasie hatte ich auch nicht in einer winzigen, fensterlosen Zelle sechs Stunden lang nach Luft geschnappt, während mir der Schweiß den Rücken hinunterlief. *Meine* Pläne hatten ganz anders ausgesehen.

Hauptmann Harron – so hieß der Mistkerl, wie ich erfahren hatte – hatte mich kurzerhand in die winzige Zelle geworfen, um die Ankunft der Königin abzuwarten, und seitdem war ich in dem zwei Meter langen Raum auf und ab gegangen und hatte die Minuten gezählt, bis sie langsam zu Stunden wurden. Inzwischen zählte ich nur noch um des Zählens willen und um die dunklen Gedanken zu verdrängen, die mich seit meiner Ankunft überfallen hatten. Ich würde niemandem etwas nützen, wenn ich zuließ, dass sich die Angst in mir festsetzte, bis ich in Panik geriet.

Die Glocken der Stadt läuteten das Ende des Tages ein, als Hauptmann Harron endlich zurückkehrte. Mein Mund fühlte sich an, als wäre er voller Sand, und die Hitze machte mich fast wahnsinnig, aber ich hielt mich kerzengerade und reckte das Kinn vor, als er die Zelle betrat. Er hatte seine glänzende, prachtvolle Rüstung abgelegt und durch einen gut geölten ledernen Brustpanzer ersetzt, aber das bedrohliche Schwert mit dem stoffumwickelten Heft hing noch immer an seiner Hüfte, und sein Kurzschwert steckte an der anderen Seite in einer Scheide. Lässig lehnte er sich gegen die Wand, schob die Daumen unter den Gürtel und musterte mich von oben bis unten – wobei er von meinem Anblick nicht sonderlich beeindruckt zu sein schien. »Wo hast du gelernt, so zu kämpfen?«, fragte er fordernd.

»Häng mich einfach auf und bring es hinter dich«, fauchte ich. »Wenn du dich nicht beeilst, wirst du deine einzige Chance dazu verpassen.«

Er zog eine Augenbraue hoch. »An deiner Stelle würde ich gar nicht erst versuchen zu fliehen.«

Ich rollte mit den Augen. »Ich meinte, dass ich mich hier drin sonst zu Tode *langweile*.«

Der Hauptmann stieß ein freudloses Lachen aus. »Entschuldige die Verzögerung. Aber keine Sorge: Die Königin hat viele Möglichkeiten, ihre *Gäste* zu unterhalten. Sie wollte zuvor nur einige Dinge erledigen, um sicherzugehen, dass sie dir ihre volle Aufmerksamkeit widmen kann.«

»Oh, da habe ich aber Glück gehabt. Ich fühle mich geehrt.«

Der Hauptmann warf mir einen ungehaltenen Blick zu und nickte. »Das solltest du auch. Weißt du, wie viele Leute Königin Madra heutzutage persönlich zu sehen bekommen?«

»Nur wenige? Ich kann mir nicht vorstellen, dass sie viele Freunde hat.«

Harron rieb mit dem Daumen über den Knauf seines Schwerts. »Lass deine scharfe Zunge besser hier zurück. Sie wird dir dort, wo ich dich hinbringe, keine guten Dienste erweisen.«

»Es wird dich vielleicht überraschen, Hauptmann, aber die meisten Leute finden mich ziemlich witzig.«

»Madras Sinn für Humor ist schwärzer, als selbst *du* es gewohnt bist, Saeris Fane. Du solltest sie nicht dazu provozieren, ihn an dir auszuprobieren. Aber mach ruhig, was du willst. Schließlich sind das *deine* letzten Stunden in der Silberstadt.« Er zuckte die Schultern. »Bist du bereit, deiner Königin gegenüberzutreten?«

»So bereit wie nur was.« Erleichtert stellte ich fest, dass meine Stimme nicht zitterte – denn tief in meinem Inneren war ich ein zitterndes Nervenbündel, während Harron mich am Arm packte und durch die unteren Geschosse des Palastes führte. Ich versuchte, durch die Nase ein- und auszuatmen und die Luft möglichst gleichmäßig einzusaugen und auszustoßen, aber diese – normalerweise entspannende – Technik trug dieses Mal nicht dazu bei, meine Nerven zu beruhigen.

Vierundzwanzig Jahre.

Mehr Zeit war mir in diesem verfluchten Leben nicht geschenkt worden.

Auch wenn mein Dasein hart, elend, heiß und frustrierend

gewesen war, hatte ich seltsamerweise auf ein längeres Leben gehofft.

Wir stiegen endlose Treppen hinauf, und jedes Mal, wenn ich ins Stocken geriet oder über eine Stufe stolperte, stieß Harron mich in den Rücken. Als wir die Kellergeschosse verlassen hatten, breitete sich der eigentliche Palast vor uns aus, mit hohen Gewölbedecken, Alkoven und beunruhigend lebensechten Gemälden, die die mürrischen Gesichter von Männern und Frauen zeigten, bei denen es sich vermutlich um Madras Vorgänger handelte. Nie zuvor hatte ich etwas so Grandioses gesehen, doch mir schwirrte der Kopf, schwarze Flecken tanzten vor meinen Augen, und ich brachte nicht die Kraft auf, irgendetwas davon zu bewundern. Außerdem wurde ich zu meiner *Exekution* geführt. Seltsam, wie das eigene drohende Ende einem Mädchen die Lust daran nimmt, ihre Umgebung zu genießen.

Unser Weg durch den Palast schien eine halbe Ewigkeit zu dauern, aber tatsächlich bewegte ich mich so langsam, dass Harron mir dreimal drohte, er würde mich über seine Schulter werfen und tragen. Als ich ins Straucheln geriet und der riesige Korridor sich in einem Wirbel aus Licht und Farben um mich zu drehen begann, zerrte Harron mich grob auf die Beine und drückte mir dann, zu meiner großen Überraschung, eine Feldflasche gegen den Bauch.

Ich nahm sie entgegen und schraubte den Deckel auf, so schnell es meine zitternden Finger vermochten. »Das schockiert mich. Du verschwendest Wasser an die Toten?«

»Du hast recht. Gib die Flasche zurück«, knurrte er.

Aber ich hatte sie bereits angesetzt. Ich war so durstig, so hoffnungslos dehydriert, dass sich das Wasser wie flüssiges Feuer anfühlte – was ich jedoch ignorierte. Ich trank und schluckte und atmete keuchend durch die Nase, während das Wasser durch meine Kehle strömte.

»Schon gut, schon gut, das reicht. Du wirst dich noch ertränken«, warnte Harron. Als ich ihm die Feldflasche nicht zurückgab, versuchte er, sie mir aus der Hand zu reißen, aber ich wich zurück, sodass seine Hände ins Leere griffen. »Du wirst das verdammte Ding noch vollständig leeren«, murrte er.

Diese Bemerkung brachte mich endlich dazu, die Feldflasche abzusetzen. »Ach ja? Lass mich raten. Du wirst jetzt den ganzen Weg zu einem Wasserhahn laufen müssen, um sie wieder aufzufüllen, nicht wahr, Harron? Mein Herz blutet bei dem Gedanken. Sag mir, hast du jemals versucht, einen Tag mit der Wasserration zu überleben, die Madra austeilen lässt?«

»*Königin* Madras Wasserzuteilung ist mehr als großzügig.«

»Ich spreche nicht vom Herz oder einem der schicken inneren Bezirke. Weißt du überhaupt, wie viel sie *uns* im dritten Bezirk jeden Tag zu trinken gibt?«

»Ich bin mir sicher, es ist genug.«

»Einen fünftel Liter.« Ich rammte ihm die Feldflasche so fest in den Magen, dass er ein *»Uff«* ausstieß. *»Ein fünftel Liter.* Und unser Wasser kommt nicht aus einem Wasserhahn. Es kommt aus einer Zisterne, die von euren Abflüssen gefüllt wird. Verstehst du, was das bedeutet?«

»Es gibt durchaus einen Filtrationsprozess …«

»Der aus einem *Gitter* besteht«, knurrte ich. »Ein Gitter, das die Feststoffe auffängt.«

Harrons Miene blieb teilnahmslos, aber ich glaubte, in seinen Augen so was wie Abscheu aufflackern zu sehen. Dann lockerte er die Schultern, schüttelte den Kopf und hängte sich die Feldflasche wieder um. »Wenn die Berater der Königin der Meinung sind, dass dieses System für den dritten Bezirk genügt, dann bin ich mir sicher, dass das auch so ist. Und sieh dich an: Du scheinst mir ziemlich gesund zu sein.«

Das Geständnis lag mir förmlich auf der Zunge. *Wenn ich dir ziemlich gesund erscheine, dann nur deshalb, weil ich mein ganzes Leben lang von den Wasservorräten des Herzens gestohlen habe.*

Stattdessen schluckte ich meine Worte hinunter. Ich steckte schon bis zum Hals in der Scheiße, also musste ich die Liste meiner Vergehen nicht auch noch um Wasserdiebstahl erweitern. Außerdem musste ich an Hayden und Elroy denken. Sie würden zum Überleben weiterhin Wasser abzapfen müssen, dazu aber nicht mehr in der Lage sein, wenn die Wächter auch nur ansatzweise vermuteten, dass ein solches Verbrechen möglich war.

Harron stieß mich wieder vorwärts, doch dieses Mal fühlte sich der Steinboden unter meinen Stiefeln beim Gehen etwas fester an. »Ihr Typen lauft mit diesen Pestbeuteln am Gürtel herum«, sagte ich. »Ihr sagt, unser Viertel muss deshalb so gut abgeriegelt werden, weil wir unter Quarantäne stehen. Ihr behauptet, wir seien mit einer Krankheit behaftet und ansteckend. Aber das stimmt nicht, Hauptmann. Wir werden langsam und methodisch vergiftet, weil wir unwichtig sind. Weil wir Fragen stellen. Weil wir Nein sagen. Weil Madra uns als eine Belastung für die Stadt ansieht. Deshalb gibt sie uns nur fauliges, schmutziges Wasser, und deshalb sterben wir scharenweise. Währenddessen drehen du und deinesgleichen den Kran auf, und frisches, sauberes Wasser fließt in eure Kanister. Und dabei ragt niemand über euch auf, schaut euch über die Schulter, prügelt euch und sagt euch, dass es genug ist. Hast du dich jemals gefragt, warum …«

»Ich werde nicht fürs *Fragen* bezahlt«, unterbrach Harron mich scharf.

»Nein, natürlich nicht. Wie ich schon sagte: Wer Fragen stellt, endet im dritten Bezirk. Aber dort sind nicht nur die Krankheiten ansteckend, Hauptmann, sondern auch das *Andersdenken.* Anarchie und Rebellion verbreiten sich wie ein Lauffeuer. Und was macht man mit einem Feuer? Man hält es auf. Dämmt es hinter einer Mauer ein. Gibt ihm keinen Raum, bis es sich selbst auffrisst und einen stillen Tod stirbt. Genau das macht Madra mit meinen Leuten. Nur mit dem Unterschied, dass unser Feuer nicht so ausgebrannt ist, wie sie es sich erhofft hatte. Wir sind zwar auf die Glut reduziert worden, aber die Kohlen unter der Asche meines Viertels sind noch heiß genug, um zu brennen. Kennst du dich mit Metallarbeiten aus, Hauptmann? Ich schon. Unter den unerträglichsten Bedingungen werden die schärfsten und gefährlichsten Waffen geschmiedet. Und wir *sind* gefährlich, Hauptmann. Sie hat uns *alle* in Waffen verwandelt. *Deshalb* wird sie nicht zulassen, dass meine Leute überleben.«

Harron schwieg eine ganze Weile. Dann knurrte er: »Geh einfach weiter.«

Die Luft flimmerte vor Hitze, als wir einen Innenhof überquerten. Dankbar atmete ich auf, als wir das Gebäude durch einen zinnenbewehrten Torbogen wieder betraten, unendlich erleichtert, wieder in den Schatten zu kommen. Harron sagte kein weiteres Wort mehr, während er mich zu unserem Ziel führte, vorbei an endlosen Alkoven und Korridoren. Dabei drückte er mir den Knauf seines Schwerts die ganze Zeit in den Rücken, bis wir vor einer hohen Doppeltür aus dunklem Holz standen, dreimal so groß wie ich und mindestens achtmal so breit. Dann zog er einen schweren, verrosteten Eisenschlüssel aus der Tasche und schob ihn in das Schlüsselloch.

Warum brauchte ein Raum in Madras eigener Festung solch eine imposante Tür, und warum musste sie verriegelt sein? Ich hätte die Antwort nur zu gern erfahren, doch ich verkniff mir meine Frage. Es war unwahrscheinlich, dass Harron mir eine Antwort gab, und ich würde es sowieso früh genug herausfinden. Vermutlich würde man mich schon bald an eine Horde Drachen verfüttern. Als Harron mich durch die Tür schob, spürte ich ein unangenehmes Kribbeln in meinen Ohrenspitzen. Die Luft in dem großen, gewölbeartigen Raum dahinter war nicht kühler als sonst wo im Palast, aber sie fühlte sich seltsam an – irgendwie schwerer und seit langer Zeit nicht mehr ausgetauscht. Und meine Füße schienen wie durch Treibsand zu waten, während ich durch das Halbdunkel auf eine einsame brennende Fackel an der Wand zuging.

Reihen riesiger Sandsteinsäulen füllten den höhlenartigen Raum, wobei mindestens dreißig die Strebepfeiler der Decke hoch über uns stützten. Unsere Schritte hallten in der Halle wider. Harron führte mich inzwischen an der Schulter. Ich dachte, die Halle müsse völlig leer sein, doch als wir uns der flackernden Flamme näherten, die Schatten an die Wand warf, entdeckte ich eine Reihe von Steinstufen, die zu einer staubigen, erhöhten Plattform hinaufführten.

Irgendetwas Langes und Schmales ragte aus der Plattform heraus. Aus der Ferne sah es aus wie eine Art Hebel. Meine Aufmerksamkeit schien von dieser schattenhaften Form regelrecht gefesselt zu sein, denn sosehr ich mich auch bemühte, ich konnte meinen Blick einfach nicht davon abwenden. Je näher wir kamen, desto stärker konzentrierten sich all meine Sinne darauf. Es schien, als würde mich die Plattform anziehen, mich zu sich locken …

»Das würde ich an deiner Stelle lassen.« Harron zerrte mich von der Plattform weg, zurück in Richtung der flackernden Fackel; ich hatte gar nicht bemerkt, dass ich den Kurs geändert hatte und direkt auf die Steintreppe zugesteuert war. Einen Moment lang war ich total gedankenverloren darauf zugelaufen, aber der Klang der tiefen, leisen Stimme des Hauptmanns holte mich ruckartig in die Realität zurück.

Plötzlich war mir speiübel. Das Wasser, das ich aus Harrons Feldflasche getrunken hatte, schwappte in meinem Magen herum, und ich hatte einen üblen Geschmack im Mund, aber ich schluckte das Gefühl entschlossen hinunter. Ich wollte dem Mistkerl nicht die Genugtuung schenken, dass er recht gehabt hatte mit seiner Bemerkung, ich solle nicht so schnell trinken. »Was ist das für ein Ort?«, flüsterte ich.

»Das hier war einst ein Spiegelsaal«, antwortete der Hauptmann. »Aber das ist schon sehr lange her. Bleib hier stehen. Und komm ja nicht auf die Idee, zu fliehen: Es wimmelt hier nur so von Wachen. Du würdest es keinen Meter weit durch diese Tür schaffen.« Dann trat er hinter mich, packte meine Handgelenke und fesselte sie mit seinen schwieligen Händen. »Na also. *Nicht* bewegen.« Er nahm die Fackel von der Wand und warf mir einen strengen Blick zu, wobei die Hälfte seiner stolzen Gesichtszüge durch die Flamme in Schatten getaucht wurde.

Als Nächstes machte er sich daran, weitere Fackeln an den Wänden zu entzünden. Kurz darauf warfen mindestens zehn Wandfackeln Kreise aus goldenem Licht und brachten die mürrischen Gesichter längst vergessener Gottheiten zum Vorschein, die in das Mauerwerk gemeißelt waren. Allerdings erkannte ich nur zwei: Balea und Min, Verkörperung der Sonnen von Zilvaren – Zwillingsschwestern, identisch im Aussehen, schön und grausam. Die Schwestern starrten mit königlicher Gleichgültigkeit auf mich herab, während Harron seine Aufgabe beendete. Selbst im Licht der zusätzlichen brennenden Fackeln war die Halle so gewaltig, dass die Dunkelheit noch immer über die Wände und das Mauerwerk kroch – als ob sie die Grenzen des Lichts testen und versuchen würde, es zurückzudrängen.

Ich tat mein Bestes, um die Stufen, die Plattform und den Hebel zu ignorieren. Stattdessen verfolgte ich Harrons konturlose, verschwommene Gestalt, bis er zu mir zurückkam, aber trotzdem schweifte mein Blick immer wieder zu den Stufen hinüber.

Die Stille pulsierte in meinen Ohren – ein unheimliches, beunruhigendes Gefühl, wie in den Momenten nach einem Schrei, wenn das schreckliche Geräusch die Luft in zwei Teile zerrissen hatte und die Erinnerung daran für den Bruchteil einer Sekunde im Raum schwebte, entschlossen, noch gehört zu werden. Ich ertappte mich dabei, wie ich nach Kräften lauschte – auf der Suche nach einer Stimme, die nicht da war.

Harrons dunkelbraunes Haar wirkte im Licht der Fackeln von kupferroten Strähnen durchzogen. Er öffnete den Mund, um etwas zu sagen, als …

»Mir sind Gerüchte zu Ohren gekommen«, sagte eine kühle Stimme. Sie klang voll und tief, aber unbestreitbar weiblich.

Überrascht schaute ich mich nach der Quelle um. Ich hatte nicht gehört, dass sich die Tür wieder geöffnet hatte, und es waren keine Schritte auf den Steinplatten verhallt, aber dennoch stand nun jemand mit uns in der Halle.

Königin Madra tauchte aus der Dunkelheit auf, als wäre sie aus ihr gemacht. Die Leute sagten, sie sei jung. Wunderschön. Eine erhabene Erscheinung. Ich hatte sie schon zuvor von Weitem gesehen, aber noch nie aus dieser Nähe. Es fiel mir schwer zu verstehen, wie jemand, der so lange regiert hatte, so aussehen konnte.

Ihre Haut war hell und makellos, mit einem rosigen Schimmer auf den Wangen. Ihr kräftiges Haar war zu komplizierten Knoten geflochten und besaß die Farbe von gesponnenem Gold. Leuchtende, scharfe, intelligente blaue Augen musterten mich, während sie auf mich zukam. Sie war wirklich wunderschön – schöner als jede Frau, die ich je zuvor gesehen hatte. Ein saphirblaues Gewand aus einem atemberaubend schönen, seidigen Stoff, von dessen Existenz ich nicht mal geahnt hatte, umspielte ihre Gestalt. Die Königin wirkte zierlich und anmutig, aber wie alles in diesem unwirklichen Saal hatte auch sie etwas Unwirkliches an sich.

Während sie näher trat und mir ein kokettes Lächeln schenkte, drehte sie geistesabwesend ein goldenes Armband um ihr Handgelenk. Harron wandte den Blick ab und senkte den Kopf, als die Königin ihn ansah. Seine Ehrerbietung schien ihr zu gefallen, denn sie legte ihm vertraulich eine Hand auf die Schulter, auch wenn sie sich dafür recken musste. Dann wandte sie sich mir zu.

»Gerüchte sind gefährlich«, sagte sie. Eben noch hatte ihre Stimme tiefer geklungen und einen Nachhall gehabt, doch jetzt schien sie sich irgendwie verändert zu haben und klang hoch und hell – so klar und angenehm wie das Läuten einer von Elroys gläsernen Glocken. Auf Madras Gesicht war kein Anflug von Zorn zu entdecken. Ihre Miene wirkte eher neugierig, vermischt mit leichter Belustigung. Ein Lächeln umspielte ihre Lippen, und das Leuchten ihrer Augen grenzte fast an Freundlichkeit. »Ich mag keine Gerüchte, Saeris Fane. Gerüchte sind die Nachbarn des Klatsches, und Klatsch bricht *immer* mit Lügen das Brot. So ist nun mal der Lauf der Welt.«

Langsam schritt sie im Kreis um mich herum, wobei ihre scharfen blauen Augen mich von oben bis unten musterten. »Ich entschuldige mich für die Fesseln, aber ich bin keine große Freundin von Ratten niedriger Abstammung aus dem dritten Bezirk. Man weiß nie, wo sie mit ihren Händen waren. Außerdem sind sie immer schmutzig, und Flecken lassen sich aus Satin nur sehr schwer entfernen.«

Ratten niedriger Abstammung.

Ihr Lächeln war einladend, genau wie die Sanftheit ihres Blickes, aber wenigstens ihre Worte verrieten die Wahrheit. Sie legte den Kopf zurück und entblößte dabei ihren Hals, um mich besser betrachten zu können. An ihren Ohren blitzten Diamanten, und ihr Halsband war mit glitzernden Juwelen besetzt, für die ich nicht mal einen Namen hatte. Aber sie trug keine Krone – was mir in Anbetracht ihrer ansonsten so atemberaubenden Aufmachung seltsam erschien. »Harron hat mir erzählt, dass du mich heute bestohlen hast. Er sagte mir, du hättest zwei meiner Wachen *ermordet*?«

Ich schwieg. Bisher hatte man mir noch nicht zu antworten

befohlen, und ich wusste, wie diese Dinge abliefen. Die Wachen hatten mir genug Schläge verpasst, um mir einzubläuen, dass ich keinen Ton von mir geben durfte, bis ich direkt dazu aufgefordert wurde.

Madra rümpfte die Nase und zog eine sardonische Augenbraue hoch, während ihr Lächeln breiter wurde. Ich hatte den Eindruck, dass sie enttäuscht war, weil ich nicht gegen die Anstandsformen verstoßen wollte. »Diebstahl von Kroneigentum ist ein schwerwiegender Vorwurf, Saeris, und wir werden gleich zu dem Panzerhandschuh kommen, den du an dich genommen hast. Doch zuerst wirst du mir erklären, wie es dir gelungen ist, zwei meiner Männer zu besiegen. Du wirst mir erzählen, wer dir den Umgang mit dem Schwert beigebracht hat. Du wirst mir Details nennen. Namen. Treffpunkte. Alles, was du weißt. Und wenn du damit fertig bist und ich das Gefühl habe, dass du ehrlich warst, werde ich darüber nachdenken, einen Teil deiner Strafe umzuwandeln. Also, fang an«, befahl sie.

Sie drehte mir den Rücken zu und ging auf und ab, immer an der Wand entlang, wobei sie das Mauerwerk, die Fackeln und die Decke betrachtete und darauf wartete, dass ich etwas sagte.

»Na los, mach schon«, stieß Harron zwischen zusammengebissenen Zähnen hervor und funkelte mich an. »Eine Verzögerung hilft dir auch nicht weiter, das kann ich dir versichern.«

»Schon gut, Harron. Lass sie ihre Unwahrheiten in Reih und Glied bringen. Das macht nichts. Ich werde ihr Netz entwirren, noch während sie es spinnt.«

Eine Schweißperle rann mir über die Schläfe und dann die Wange hinunter, aber ich fröstelte trotz der drückenden Hitze. Gleichzeitig wollte ich unbedingt einen Blick auf die erhöhte Plattform werfen. Jede Faser meines Körpers sehnte sich verzweifelt danach. Und nur mit größter Anstrengung gelang es mir, den Blick weiterhin auf Madra zu richten. »Ich habe es mir selbst beigebracht«, sagte ich. »Ich habe mir ein hölzernes Übungsschwert geschnitzt und allein trainiert.«

Königin Madra schnaubte.

Ich wartete ab, ob sie etwas sagen würde – denn offensichtlich gingen ihr *viele* Gedanken durch den Kopf. Doch sie zog nur die Augenbrauen hoch als stumme Aufforderung an mich, um weiterzureden.

»Das ist alles«, sagte ich. »Niemand hat mich ausgebildet.«

»Lügnerin«, schnurrte die Königin. »Meine Wachen sind erfahrene Kämpfer. Unübertroffen im Schwertkampf. Jemand hat dir gezeigt, wie man eine Waffe benutzt, und ich will wissen, wer das war.«

»Ich habe Euch doch schon gesagt …«

Die Hand der Königin schoss blitzschnell vorwärts und verpasste mir mit voller Wucht eine Ohrfeige. Ein Klatschen hallte durch den leeren Saal, als ihre Handfläche auf meine Haut traf.

Der Schmerz explodierte in meinem Kiefer und wanderte hinauf in meine Schläfe. Verdammt, das hatte *wehgetan.*

»Die Fae haben dich ausgebildet, nicht wahr?«, zischte sie. »Sie haben einen Weg hierher gefunden. Sie sind also endlich hergekommen, um mich zu töten?«

Zugegeben, sie hatte mich hart geschlagen, aber so hart nun auch wieder nicht. Eigentlich hätte ich nicht irgendwelche verrückten Dinge hören sollen, doch das schien eindeutig der Fall zu sein, denn es klang so, als hätte sie gerade »die Fae« gesagt. »Ich verstehe nicht, was Ihr meint.« Rasch schaute ich zu Harron und versuchte, seinem Gesichtsausdruck zu entnehmen, ob Madra irgendein Spiel mit mir trieb, aber seine Miene blieb ausdruckslos, unleserlich.

»Was gibt es da nicht zu verstehen?« Die scharfen Worte der Königin trieften vor Eiseskälte.

»Ich habe ein paar Geschichten gehört. Aber …« Ich war mir

nicht ganz sicher, was ich sagen sollte. War sie verrückt? Glaubte sie etwa auch an Einhörner? An verlorene Länder, die vor Jahrtausenden existiert hatten und von der Wüste verschluckt worden waren? An Geister und vergessene Gottheiten? Nichts davon war real.

Als hätte die Königin meine Gedanken gelesen, setzte sie ein verschlagenes Grinsen auf. »Die Fae waren Kriegstreiber. Kannibalen. Bestialische Kreaturen ohne Mäßigung, ohne Sinn für Moral und ohne jegliche Vorstellung von Gnade. Die ältesten Unsterblichen regierten mit eiserner Faust. Ihr Zorn brach über das Land herein und hinterließ Chaos und Zerstörung. Die sieben Städte jubelten, als ich sie vertrieb. Und jetzt haben sie dich geschickt, um mich zu töten?«

»Ich versichere Euch, dass mich niemand geschickt hat, um irgendetwas in dieser Richtung zu tun.«

Mit einem gelangweilten Lächeln winkte Madra ab. »Vermutlich wollen sie dieses Land. Sag mir, was werden sie tun, wenn ich ihnen diese trockenen, wertlosen, unfruchtbaren Sanddünen nicht gebe?«, fragte sie.

»Ich habe Euch doch schon gesagt …«

»HÖR AUF ZU LÜGEN!«, stieß die Königin schroff hervor. »Beantworte einfach meine Frage. Die Fae wollen hier einfallen und mir diese Ländereien nehmen. Was glaubst du, was sie tun müssen, um mir meinen Thron zu entreißen?«

Das fühlte sich wie eine Frage an, die ich besser nicht beantworten sollte. Aber ich musste ihr irgendeine Antwort geben. Sie war eindeutig verrückt, und es würde mir nichts bringen, wenn ich meine Unschuld beteuerte. »Sie müssen Euch töten«, sagte ich.

»Und wie wollen sie das anstellen?« Sie schien aufrichtig daran interessiert zu sein, wie ich *diese* Frage beantwortete.

»Ich … ich weiß es nicht. Ich bin mir nicht sicher.«

»Hmm.« Madra, die noch immer auf und ab ging, nickte zutiefst nachdenklich. »Es scheint mir, dass die Fae nicht wirklich darüber nachgedacht haben, wie sie eine Unsterbliche vernichten können, Saeris. Ich habe wirklich den Eindruck, dass sie leichtsinnig und schlecht darauf vorbereitet sind, sich mit meinesgleichen auseinanderzusetzen.« Ihr schillernder Rock raschelte, als sie sich mir näherte. »Ich muss zugeben, dass der Tumult, den du heute verursacht hast, etwas *Aufregendes* an sich hatte. Ich spürte einen Hauch von …« Sie blickte hinauf zu den zinnenbewehrten Torbögen über ihr und runzelte die Stirn. Als suchte sie nach einem Wort, das ihr nicht einfiel. Dann zuckte sie die Schultern und senkte den Blick. »Aber vermutlich *langweile* ich mich einfach nur«, sagte sie. »Ich bin schon so lange an der Macht. Es gibt keine wirkliche Bedrohung für den Thron. Nichts anderes zu tun, als Wein zu trinken und zum Spaß Untertanen abzuschlachten. Eine Sekunde lang habe ich mich gefragt …« Selbst das breite, kalte Grinsen in ihrem Gesicht konnte ihre Schönheit nicht trüben. Wenn die Frauen aus dem dritten Bezirk im gleichen Überfluss leben könnten wie Madra, hätten sie vielleicht genauso hübsch ausgesehen wie sie – aber im Hier und Jetzt war sie trotz ihrer Bosheit und Kälte noch immer das schönste Geschöpf, das ich je zu Gesicht bekommen hatte.

Plötzlich wirbelte sie herum, breitete die Arme aus und lachte trocken, während sie auf den Saal um sich herum deutete. »Natürlich haben wir uns deshalb *hier* getroffen. Ich musste mit eigenen Augen sehen, ob dieser Ort unberührt ist. Die verbannten Fae können nicht zurückkehren, solange hier alles beim Alten bleibt. Ich *wusste* zwar, dass sich nichts verändert hat, aber ich habe die unangenehme Angewohnheit, mich von krankhaftem Misstrauen überwältigen zu lassen.«

Dann wurde sie wieder ernst. Ein hübsches junges Ding in einem prunkvollen Gewand, verwöhnt und wählerisch … aber hinter ihren strahlend blauen Augen lauerte etwas Uraltes und

Böses. »Ich sollte es inzwischen besser wissen, als dem Gesindel nachzugeben, Harron.« Ihre Worte galten dem Hauptmann, aber ihre Augen waren auf mich geheftet.

»Gesindel in der Tat, Majestät«, sagte Harron steif. »Allerdings ist es die Pflicht einer Königin, ihr Volk zu schützen. Daher ist es nur recht und billig, dass Ihr die Drohungen gegen Zilvaren untersucht.«

Stiefelleckender, schmeichelnder, charakterloser Kriecher. Der Harron, den ich in den Straßen des dritten Bezirks erlebt hatte, war nirgends zu sehen, ebenso wenig wie der Mann, der mich aus dem Kerker gezerrt hatte. Diese Version des Hauptmanns hier war duckmäuserisch und würdelos. Verängstigt – aus Gründen, die ich nicht erkennen konnte.

Auch Madra schien nicht sonderlich beeindruckt von seinem Gesäusel. Ihre Mundwinkel zuckten und hoben sich kaum merklich. »Kümmere dich um sie, Harron. Wenn du mit ihr fertig bist, geh dorthin zurück, wo du sie gefunden hast, und rotte den Rest ihrer Leute aus.«

Meine Leute.

Sie wollte doch nicht etwa …

Eine Woge der Panik ergriff mich. »Nein. Mein Bruder … Ich habe es Euch doch gesagt. Er hatte mit dem Panzerhandschuh nichts zu tun. Ich schwöre …«

Das Gesicht der Königin wirkte ausdruckslos, als sie mir mit dem Zeigefinger über die Wange strich. Ich triefte vor Schweiß, die Luft stank nach meiner Angst, doch das schien die Frau vor mir gar nicht wahrzunehmen. Ihre Haut war blass und perfekt, sie zeigte nicht das kleinste Anzeichen von Schweiß. »Du bist eine Ratte«, sagte sie schlicht. »Und wir wissen, dass Ratten ein ewiger Fluch für jede Stadt sind. Man kann eine töten, doch dann ist es schon zu spät. Sie wird zehn weitere in die Welt gesetzt haben, bevor sie ihren Weg ans Licht gefunden hat. Zehn weitere groteske, fette Ratten, die an Getreide nagen, das ihnen nicht gehört, und Wasser vergiften, das ihnen niemand zu trinken erlaubt hat. Die einzige Möglichkeit, mit einem Rattennest fertigzuwerden, besteht darin, es aufzuspüren und seine Bewohner auszuräuchern. Auch wenn es in der Silberstadt keine Fae gibt, hat dich jemand ausgebildet. Jemand hat dir gezeigt, wie man meine Männer verletzt und tötet. Glaubst du, wir würden eine so heimtückische Form der Rebellion schwären lassen? Oh nein.« Sie fletschte die Zähne, umfasste mein Kinn, und ihre langen, scharfen Nägel bohrten sich plötzlich in meine Haut.

»Du hast mir etwas genommen, Mädchen, und ich dulde keinen Diebstahl. Also werde ich *dir* etwas nehmen. Zuerst dein Leben. Dann werde ich all jene, die dir etwas bedeuten, in eine Säule aus dunklem Rauch verwandeln, und wenn sie verschwunden sind, werde ich den dritten Bezirk dem Erdboden gleichmachen. Und für die nächsten einhundert Jahre wird jeder, der töricht genug ist, mich bestehlen zu wollen, es sich zweimal überlegen – im Gedenken an den schwarzen Tag, an dem Saeris Fane die Krone von Zilvaren beleidigte und hunderttausend Leute den Preis dafür bezahlten.«

5

KETZEREI

Ein ganzer Bezirk würde meinetwegen in Brand gesteckt werden. Hunderttausend Menschen, verbrannt zu Asche und Knochen. Das konnte sie nicht ernst meinen. Elroy hatte mir mal erklärt, wie früher Kühe geschlachtet wurden. Man jagte ihnen einen Bolzen in die Stirn und überrumpelte sie auf diese Weise. Genau so traf mich meine Schuld nach dem Versprechen der Königin: aus dem Nichts. Mitten zwischen die Augen.

Königin Madra wandte sich ruckartig ab, wodurch ihr Kleid raschelte und die Farbe sich veränderte wie das Schillern eines Ölflecks. Dann ging sie lautlos davon, quer durch den großen Saal. »Bring sie zum Singen, Harron. Ich möchte, dass ihre Musik von den Kerkern bis zu den Türmen widerhallt. Es ist schon viel zu lange her, dass wir etwas so Schönes gehört haben.«

Krank. Wahnwitzig. Anders konnte man sie nicht nennen. Madras schönes Gesicht mochte viele andere getäuscht haben, aber hinter der Maske, die sie trug, brodelte ein dunkles, hässliches Loch. Ich hatte es gesehen. Hatte es in ihren Worten gespürt. Das unendliche Grauen, das diese Frau mit ihrer süßen, sanften Stimme verursacht hatte …

Mit glasigen Augen griff Harron nach seinem Schwert. Als er die Waffe herauszog, erfüllte das schabende Geräusch der Klinge, die aus der Scheide fuhr, die Luft. Er zeigte keine Reue. Kein Bedauern. Was auch immer er für mich empfunden haben mochte, als er mich aus den Zellen hierhergeschleppt hatte, war jetzt verschwunden, ersetzt durch … *nichts.*

Und dann griff er nach mir – schnell und schweigend.

Eigentlich hätte es so zu Ende gehen sollen. Mein Leben wäre in einem Herzschlag vorüber gewesen, mein Schrei in der Kehle abgeschnitten, bevor er ins Freie gelangen konnte. Aber Madra *wollte,* dass meine Schreie durch den Palast hallten. Sie hatte es gesagt, und Harron folgte ihren Worten bedingungslos. Ich konnte ihn nicht aufhalten, als er mich packte. Da meine Handgelenke noch immer gefesselt waren, hatte ich keine Möglichkeit, mich zu wehren. Zwar versuchte ich, ihm einen Tritt in den Magen zu verpassen, aber er wich meinem Fuß mit einer schnellen Seitwärtsdrehung aus, eine Mischung aus Verachtung und Langeweile im Blick.

»Das lässt dich völlig kalt, oder? Einer Unschuldigen das Leben zu nehmen.«

Irgendetwas flackerte in seinen Zügen auf, erstarb aber sofort wieder. Kein Mitgefühl. Eher … Erschöpfung. »Du bist nicht unschuldig. Du bist eine Diebin«, erwiderte er gleichgültig. Wie ein eiserner Schraubstock umklammerte seine Hand meinen Oberarm. Ich versuchte, die Fersen in den Boden zu stemmen, um ihn aufzuhalten, während er mich durch den Saal zerrte, doch die Steinplatten unter meinen Füßen waren zu rutschig.

»Im dritten Bezirk wimmelt es von Dieben«, fauchte ich. »Das ist das Einzige, was uns bleibt. Entweder wir nehmen mehr, als uns gegeben wird, oder wir sterben. Eine einfache Entscheidung. Und du würdest dasselbe tun, wenn es um Leben und Tod ginge.«

»Lass die Mutmaßungen darüber, wohin mein moralischer Kompass zeigt, Mädchen.« Er zerrte mich weiter und knurrte, als ich versuchte, mich loszureißen. Meine Schulter pochte und drohte, sich auszukugeln, wenn ich das Gelenk noch stärker belastete, aber ich würde alles tun, um zu überleben – und Diebstahl war das Geringste von allem. Wenn eine ausgekugelte Schulter mir die Möglichkeit zur Flucht gab, dann würde ich den Schmerz ertragen.

»Es ist leicht, aus einer privilegierten Position heraus zu urteilen«, stieß ich hervor. »Aber wenn deine Familie … im Sterben liegt …«

»Der Tod ist ein offenes Tor, das durchschritten werden muss. Auf der anderen Seite liegt Frieden. Du kannst von Glück sagen, dass du diese Reise überhaupt antreten darfst.« Er versetzte mir einen Stoß, der mich zu Boden warf. Ich landete hart auf der Seite, mein Kopf schlug auf dem Steinboden auf, und hinter meinen Augenlidern sprühten Funken. Der schneidende Kopfschmerz ließ mich aufkeuchen, und meine Sicht klärte sich gerade noch rechtzeitig, um zu sehen, wie Harron sein Schwert hob.

»Übrigens, es tut mir *wirklich* leid«, sagte er. Und dann ließ er die Klinge herabfahren.

Blitze bahnten sich einen Weg durch meine Seite und zuckten hinauf in mein Gehirn. Das weißglühende Gefühl überstieg jeden Schmerz. Es war schlimmer. Unverfälschte Qual, wie ich sie noch nie erlebt hatte, zersplitterte meinen Verstand, während mein Entsetzen zunahm. Ich hätte nie gedacht, dass solche Schmerzen überhaupt existierten. Ein Schwall feuchter Hitze breitete sich auf meinem Bauch aus. Ich schaute nach unten und wünschte mir sofort, ich hätte es nicht getan. Harrons Klinge steckte in meinem Bauch; das Metall war tief in mein Inneres gedrungen. Eine Sekunde lang runzelte der Hauptmann die Stirn – das kurze Aufflackern einer Regung, der er nicht nachgeben wollte –, dann glätteten sich seine Gesichtszüge. »Bereit, Saeris?«, fragte er und schloss beide Hände um das Heft seines Schwerts. »Jetzt kommt der Moment, in dem du schreien wirst.« Und dann drehte er den Schwertgriff …

Eine Explosion panischer Schreie brach aus mir heraus – der Schmerz war einfach zu groß. Die Angst und das bösartige Brennen in meinen Eingeweiden überwältigten meine Sinne. Wie ein wildes Tier, das in einer Schlinge gefangen saß, bäumte ich mich auf und wand mich, im verzweifelten Versuch, zu entkommen. Aber die Fesseln, die meine Hände auf dem Rücken banden, wurden immer enger, je mehr ich daran zerrte. Harron hatte seine silberglänzende Klinge nur gedreht, sie aber nicht herausgezogen. Ich war auf den Stein aufgespießt, und kein noch so starkes Strampeln würde daran etwas ändern.

Ich gab Madra den Gesang, den sie verlangte: Ich schrie, bis ich Blut schmeckte und meine Kehle wund war. Erst als ich anfing, Blut hochzuwürgen, erkannte ich, dass ich es aushustete. Es quoll in einem heißen Strom aus meinem Mund, der nicht enden wollte.

»Ich weiß, dass es wehtut«, murmelte Harron. »Aber das ist nur vorübergehend. Es wird schon bald vorbei sein.«

Ich klammerte mich an diese Worte, während er sich über mich beugte und einen wunderschön gravierten Dolch aus einer Scheide an seinem Oberschenkel zog. Bald würde es vorbei sein. Ich würde in der Besinnungslosigkeit versinken. Zwar glaubte ich nicht an ein Leben nach dem Tod, aber das Nichts würde reichen. Ich …

Ein Feuer brach unter meinem Schlüsselbein aus. Ich bekam keine Luft mehr. Einen Moment lang glaubte ich, er hätte mich geschlagen, aber das war nicht der Fall: Sein Dolch ragte aus meiner Schulter heraus. Mein stoßweises Heulen hallte durch den Saal und wurde mit jeder Wiederholung lauter und lauter. Ein unmenschliches Geräusch, durchdringend und erbärmlich.

Flieh.

Flieh.

Flieh.

Das Wort verdrängte jeden anderen Gedanken.

Ich konnte nicht …

Ich musste …

Ich …

FLIEH!

»Du hast Glück. Für die anderen wird es viel länger dauern«, sagte Harron leise. Ein fast freundlicher Ton schwang in seiner Stimme mit. Dann zog er einen weiteren Dolch hervor und betrachtete nachdenklich dessen Schneide. »Sie werden verbrennen oder ersticken. Zugegeben, Bauchwunden sind schmerzhaft, aber ich habe sie nicht lange hinausgezögert, um deinetwillen. Und jetzt …« Er schüttelte den Kopf und drehte die Klinge in seiner Hand. »Ein letzter, wirklich lauter Schrei für die Königin, und wir bringen dich auf den Weg. In Ordnung?«

Der Dolch leuchtete auf, schnell wie ein Blitz. Harron stieß die Klinge abwärts, wollte sie mit der Spitze in meine andere Schulter rammen, aber … irgendetwas geschah. Die metallene Spitze erstarrte einen Zentimeter vor meinem dreckigen, zerrissenen Hemd, schwebte über mir. Er … er hatte innegehalten?

Ich würgte einen weiteren Mund voll Blut hoch und hatte Mühe, es wieder hinunterzuschlucken und weiterzuatmen. Als ich zu Harron aufsah, waren seine Augen weit aufgerissen, klarer als noch vor einem Moment. Er starrte mich an, seine Fassungslosigkeit war unübersehbar. Zitternd vor Anstrengung versuchte er jetzt mit beiden Händen, mir das Messer in den Körper zu rammen.

»Wie … machst du das?«, ächzte er. »Das … ist nicht … möglich.«

Ich konnte ihm keine Antwort geben. Ich war ein brennender Docht, der langsam von Schmerzen verzehrt wurde – aber da war etwas in mir, kühl und ruhig und wie aus Stahl, das sich erhob und von Harrons Messer *Besitz ergriff*.

Dieses kühle, ruhige Etwas wollte die Klinge … und es nahm sie sich. Als hätte ich eine dritte, unsichtbare Hand, griff ich in Gedanken nach dem Dolch und umklammerte ihn mit meinem Willen. Die Waffe zitterte, ihre Spitze bebte.

»Aufhören«, flüsterte Harron. »Das ist *Ketzerei.*«

Aber ich konnte nicht aufhören. Ich hatte keine Kontrolle über das, was geschah. Ich wollte nur, dass der Dolch nicht länger auf mich zeigte, also stemmte ich mich in Gedanken dagegen und befahl ihm …

Harron keuchte auf, als der Dolch weiß zu glühen begann. Das Metall kreischte in meinen Ohren – ein entsetzliches Geräusch, das mir bis tief in die Seele schnitt. Der Klang des Wahnsinns. Zähneknirschend antwortete ich der Stimme in meinem Inneren, die mir befahl, den Dolch zu *vernichten* – als wäre so was überhaupt möglich. Aber es war tatsächlich möglich. Fast so fassungslos wie Harron beobachtete ich, wie das Messer in der behandschuhten Hand des Hauptmanns flüssig wurde und in silbernen Rinnsalen durch seine Finger rann.

»Ketzerei … *Magie!*«, keuchte Harron. Er versuchte zurückzuspringen, verlor aber das Gleichgewicht und setzte sich rückwärts auf den Hintern. Seine Stiefel rutschten über den Stein, während er verzweifelt versuchte wegzukommen. »Wo hast du gelernt, wie man … nein. *Nein!*«

Entsetzen erfasste den Hauptmann. Mit irrem Blick schaute er um sich, und sein Atem ging schwer, als die dünnen Ströme der metallischen Flüssigkeit, die einst seine Waffe gewesen waren, auf ihn zuflossen, sich bündelten und wieder auseinanderstrebten, als suchten sie ihn. Als wären sie *lebendig*.

»Mach, dass es aufhört«, keuchte Harron. »Selbst wenn es mich packt, wirst du nicht aus dem Palast entkommen. Du verblutest sowieso. Du bist bereits so gut wie tot!«

Ein seltsames Gewicht bewegte sich wie eine Welle durch meinen Magen. Ich konnte es vor lauter Schmerz kaum spüren, aber ich merkte, dass das ruhige, unbekannte Etwas in mir sich wieder auf mich konzentrierte. Es stellte eine Frage: Wollte ich den Kurs ändern? Es wäre einfach, das einstige Messer zurückzurufen, es in die Schranken zu weisen. Denn es *war* gefährlich. Es gab Dinge, die es *tun* konnte. Ich wusste nicht, was, aber …

Ich würde es herausfinden.

Harron hatte recht: Ich war bereits so gut wie tot. Niemand konnte die Verletzungen überleben, die er mir zugefügt hatte. Aber Hayden war noch am Leben. Und Elroy. Vielleicht sogar Vorath – obwohl der Schrei, der bei meiner Flucht aus seinem Laden kam, etwas anderes vermuten ließ. Solange meine Freunde noch lebten, hatte ich allen Grund, Harron zu verletzen. Und wenn das fließende Metall – das ich aus dem Dolch geschaffen hatte, mit dem er mich erstechen wollte – ihn davon abhalten konnte, die Menschen zu verletzen, die mir etwas bedeuteten, dann würde ich es benutzen, um ihn zuerst zu verletzen.

Ich konnte nicht mehr sprechen. Konnte mich nicht bewegen. Mir war so schwindlig, dass der große Saal auf und ab schwankte, als wäre ich betrunken … aber ich war noch nicht am Ende. Mir blieb noch genug Kraft, um es durchzuziehen.

Madra würde jemand anderen finden müssen, der mein Volk ermordete. Natürlich hatte sie einen endlosen Vorrat an Gardisten, die nur zu gern bereit waren, ihre Befehle zu befolgen, aber dieser Mann würde nicht dazu gehören. Harron würde nicht derjenige sein, der das Blut von Hayden oder Elroy vergoss, so wie er meines vergossen hatte. Ich wusste, dass ich ihn mit diesem seltsamen, hungrigen Metall töten konnte, wenn ich wollte. Und warum sollte ich das nicht tun? Das Leben war nicht fair. Ich hatte nie etwas anderes erwartet, aber ich war davon überzeugt, dass man in dieser Stadt erntete, was man säte – und das bedeutete, dass Harron, der Hauptmann von Madras Garde, vor meinem Tod eine Schuld zu begleichen hatte.

»Saeris? Saeris! Ruf es zurück! Du verstehst nicht … du *verstehst* nicht …«

»Und ob ich es verstehe!«, krächzte ich. »Du erwartest, dass ich durch deine Hand sterbe, aber …« Ich hielt mir den Bauch, während ich hustend einen weiteren Schwall Blut ausspuckte. »Dann willst du nicht mit mir durch das Tor schreiten, das du eben erwähnt hast, Hauptmann?«

»Ich kann nicht. Sie lässt mich nicht!« Harron hatte genug Platz, um zu fliehen, aber er war wie erstarrt, die Muskeln verkrampft, zu versteinert, um sich auch nur einen Zentimeter zu bewegen. Er wimmerte, als die summenden Silberströme sich verzweigten wie die Nebenflüsse der Flüsse, die ich staunend in den Büchern der Bibliothek bewundert hatte, und langsam die Spitze seines Lederstiefels hinaufkrochen.

Was würde mit ihm geschehen?

Es spielte keine Rolle. Er würde genauso leiden, wie er mich hatte leiden lassen. Ich wurde von Sekunde zu Sekunde schwächer, meine Wunden verloren in rasantem Tempo Blut. Die Uhr tickte. Ich würde bald krepieren, aber … der sture Teil von mir wollte, dass Harron zuerst starb. Und ich wollte auf meinen eigenen Füßen stehen, wenn es passierte. Also machte ich mich an die Arbeit.

Saeris Fane war vierundzwanzig Jahre alt, als sie starb. Ehrlich gesagt hätte sie schon viel früher sterben müssen, aber das Mädchen wusste nie, *wann es genug war.*

Meine Grabinschrift würde kurz und bündig sein. Elroy würde sich darum kümmern – vorausgesetzt, er überlebte das alles. In der Zwischenzeit würde ich meinen blutenden Hintern von diesem harten Steinboden hochstemmen und mir ansehen, was als Nächstes passierte.

Schwitzend, mit zitternden Knien und schwankend vor Übelkeit, gelang es mir schließlich, mich aufzurappeln. Heftig schnaubend taumelte ich einen Schritt auf den Hauptmann zu und erkannte, wie schwer es werden würde, bei Bewusstsein zu bleiben. Ich war ein – gerade noch – lebendes, atmendes Nadelkissen. Harrons Schwert und sein anderer Dolch steckten noch immer in mir. Es war ein Wunder, dass das Schwert noch nicht herausgefallen war. Das Gewicht, mit dem es sich in mir bewegte, war unerträglich, aber ich unterdrückte meine Schreie, während ich mich stolpernd und auf eiskalten Füßen zu Harron schleppte.

Panisch schlug er auf seine Hosenbeine ein und strich mit hektischen Bewegungen über den Stoff, wobei er jedoch sorgfältig darauf achtete, das geschmolzene Silber nicht zu berühren. »Du Monster«, zischte er. »Du wirst die Welt damit vernichten. L… lass nicht zu, dass es mich holt. B… bitte!«

Was hatte er erwartet? Hatte er etwa auf mich gehört, als ich um mein Leben flehte? Hatte er Mitleid mit mir gehabt, kurz bevor er mir sein Schwert in den Bauch rammte? Nein. Ich hatte keine Ahnung, was ich da tat, aber wenn diese Gabe die Welt beendete, dann sollte es so sein. Scheiß auf diese Stadt und scheiß auf diese Welt. Meine Familie war bereits dem Untergang geweiht – was kümmerte mich da noch irgendjemand anderes? Wenn Harron die Wahrheit sagte, dann würde ich dem Rest der Leute im dritten Bezirk einen Gefallen tun.

Die Fackeln in den Wandleuchtern loderten auf, ihre Flammen fauchten und tanzten und warfen einen unheimlichen orangefarbenen Schein auf die Wände. Auf dem Boden vor mir kletterten die Silberfäden unaufhörlich an Harrons Beinen hinauf, tasteten sich immer weiter nach oben, auf der Suche nach bloßer Haut.

Ich hatte keine Ahnung, woher ich das wusste. Aber mir war völlig klar, dass Madra Harrons Gesang zu hören bekommen würde, sobald sie ihr Ziel erreichten.

»Bitte«, flüsterte Harron.

»Nein.« Das Wort klang so hart wie Granit. Ich sah auf das Schwert des Hauptmanns hinunter, das aus meinem Bauch ragte, und wünschte, ich könnte es herausziehen. Was für eine finstere, wunderbare Ironie wäre es gewesen, das Leben dieses Dreckskerls mit seinem eigenen Schwert zu beenden – aber ich würde in dem Moment sterben, in dem ich das Ding herauszog, und ich wollte lange genug leben, um zuzusehen, wie …

Ich brauchte etwas anderes. Vielleicht eine der Fackeln. Wenn ich die Kraft aufbrächte, durch den Saal zu schlurfen und einen der Wandleuchter zu erreichen, könnte ich sie benutzen, um ihn in Flammen aufgehen zu lassen, so wie er es mit dem dritten Bezirk vorgehabt hatte. Ich hatte gerade drei anstrengende, qualvolle Schritte hinter mich gebracht, als ich das *andere* Schwert links von mir bemerkte. Es war mir bereits beim Hereinkommen aufgefallen, aber ich hatte nicht genau erkennen können, um was es sich handelte. Ich hatte es für eine Art Hebel gehalten. Aber jetzt, aus der Nähe, wurde deutlich, dass es sich tatsächlich um ein Schwert handelte, das bis zum Heft im Boden steckte.

Nur die Götter wussten, ob mir genug Kraft blieb, um es herauszuziehen, aber ich würde es versuchen.

Einige Stufen führten hinauf zu der erhöhten Plattform, auf der die verzierte Waffe im Boden steckte. Als ich mich, laut stöhnend vor Schmerzen, die erste dieser Stufen hinaufgeschleppt hatte, löste Harron sich aus seiner Hysterie. Er kam auf die Beine und rief etwas, laut und eindringlich.

»Saeris, nein! Fass das Schwert nicht an. Dreh … den Schlüssel nicht um!«, keuchte er. »Du darfst das Tor nicht öffnen! Du … du hast keine Ahnung, welche Hölle du hier entfesseln wirst!«

Dachte er etwa, das würde mich interessieren?

Rote Punkte flackerten vor meinen Augen – ein Leben voller Wut und Ungerechtigkeit verlangte endlich nach Vergeltung. Die Hölle war schon vor Jahrhunderten hier entfesselt worden. Was machte ein wenig mehr Leiden da noch aus?

Der zweite Schritt hinauf zur Plattform fiel mir etwas leichter, aber nur, weil er mich dem Tod einen Schritt näher brachte. Ein kaltes, taubes Gefühl überkam mich, trübte meine Sinne und vernebelte meine Gedanken. Ich hatte eine Blutlache auf dem Boden zurückgelassen und eine breite Blutspur hinter mir hergezogen, als ich mich aufgerappelt hatte und hierhergetaumelt war, doch jetzt kämpfte mein Herz, weil es kaum noch Blut zum Pumpen fand.

Schwindlig und erschöpft erreichte ich die oberste Stufe der Plattform, wo ich sofort auf die Knie fiel und würgte. Ich wollte mich so gern übergeben, aber mein Körper weigerte sich. Entweder wusste er nicht mehr, wie das ging, oder mein Magen konnte sich nicht richtig zusammenziehen, weil die Klinge eines Schwerts ihn durchdrungen hatte. Also spuckte ich stattdessen Klumpen geronnenen Blutes auf den glatten Boden.

Das Schwert war uralt. Ich konnte sein Alter irgendwie spüren – als Kribbeln einer Energie, die von verborgenen, alten Orten erzählte.

»Fass das Schwert *nicht* an!«, wiederholte Harron. Panisch stürzte er auf mich zu, wollte die Stufen hinauflaufen. Er hatte es aufgegeben, gegen die silbernen Ströme anzukämpfen, die sich über seine Brust ausbreiteten und langsam zu seiner Kehle aufstiegen.

Wenn er es bis zur letzten Stufe schaffte, war ich erledigt. Ich ignorierte den Schmerz und die sich verdunkelnde Sicht, ließ mich auf die Fersen sinken, drehte der Klinge den Rücken zu und legte meine Handgelenke gegen die Schneide der alten Waffe. Ich hatte erwartet, dass sie stumpf sein würde – irgendwie *wusste* ich, dass sie seit Jahrhunderten von keinem anderen Lebewesen mehr berührt worden war. Doch dann zischte ich überrascht auf, als ich mich aufrichtete und das Ding durch die Fesseln an meinen Handgelenken schnitt wie ein heißes Messer durch Butter.

»Saeris, *nein!*«

Harron hatte mich fast erreicht. Ich drehte mich ruckartig um und stieß einen grässlichen Schrei aus, weil jetzt sein Schwert nach vorn kippte, aus meinem Bauch glitt und klirrend zu Boden fiel. Und dann spürte ich es: Irgendetwas Grundlegendes hatte sich tief in meinem Inneren gelöst, war ein für alle Mal auseinandergefallen. Nichts würde mich je wieder zusammenfügen können. *Lass es uns endlich hinter uns bringen,* flüsterte eine Stimme im Hintergrund meines immer schwerfälligeren Geistes. Ich packte das alte Schwert am Heft, und ein Energieblitz schoss durch meine Arme, als ich es aus dem Stein zog und auf Harron richtete.

Und dann stieß ich zehn Worte hervor, im Wissen, dass es meine letzten sein würden, und genoss die Einfalt dieses Satzes: »Jetzt kommt der Moment, in dem *du* schreien wirst … Hauptmann.« Dann schwang ich das Schwert mit aller Kraft.

Die Klinge drang in Harrons Schulter ein, durchtrennte seinen geölten ledernen Brustpanzer, als wäre er gar nicht vorhanden, und hinterließ eine leuchtend rote Blutspur. Harrons Schmerzensschrei hallte von der Kuppeldecke wider. Die Wunde würde nicht ausreichen, um ihn zu töten, aber ich hatte ihn mit Sicherheit schwer verletzt.

Er taumelte auf mich zu, eine Hand auf seine Brust gepresst, um seinen eigenen Blutfluss zu stoppen. Ich nahm an, dass er mich erneut packen wollte, aber dieses Mal stürzte er sich auf das Schwert, und ich konnte das Weiße in seinen Augen erkennen.

»Steck es zurück! Steck es wieder in den Boden!«

Doch dafür war es bereits zu spät. Meine Tat ließ sich nicht mehr umkehren. Das Schwert war frei, und jede Faser meines Körpers wusste, dass es nicht zurück in den …

In …

Ich versank.

Der Boden, den ich für massiven Stein unter meinen Füßen gehalten hatte, löste sich auf. Harrons Klinge war zu einer beachtlichen Menge flüssigen Metalls geschmolzen, aber der Stein zu meinen Füßen … die *Lache* unter meinen Füßen … zerfloss zu mehr Silber, als ich je gesehen hatte, fauchend und zischend wie eine wütende Katze. Vor einem Moment hatte sich der Boden noch ganz anders angefühlt. Er war fest gewesen. Doch jetzt wurde er von Sekunde zu Sekunde weicher. Die brodelnde Masse reichte mir bereits bis zu den Knöcheln.

Ich konnte meine Stiefel nicht daraus befreien. Die Oberfläche des silbernen Beckens glänzte im Halbdunkel des Saals und strahlte eine eigene Art von Licht aus. Da meine Füße feststeckten, hätte Harron mich ein für alle Mal erledigen können, aber die dünnen Silberströme, die einst sein Dolch gewesen waren, hatten inzwischen den Kragen seines Brustpanzers erreicht und kletterten gierig seinen Hals hinauf.

Seine Haut war aschfahl. »Bei den Göttern«, flüsterte er. »Es ist so …« Doch er beendete seinen Satz nicht, verdrehte die Augen und begann zu zittern.

Die silberne Lache, in der ich stand, wuchs in beängstigendem Tempo. Oder wurde sie nur tiefer? Es ließ sich nicht sagen. Meine Gedanken waren so wirr, dass sie überhaupt keinen Sinn mehr ergaben. Das war der Blutverlust. Es musste so sein. Ich würde bald sterben, und dann war alles vorbei.

Hayden. Hayden würde …

Die Königin würde ihn vergessen.

Hayden und Elroy wären in Sicherheit.

Sie alle würden …

Meine Lider waren so schwer. Drei Meter entfernt, am Fuße der Treppe, wehrte Harron sich fluchend gegen einen unsichtbaren Feind. Ich würde ihn seinem Privatkrieg überlassen. Ich musste jetzt schlafen. Ich …

Das flüssige Metall brach unter mir auf, und das Silber schwappte über die Ränder des nun eindeutig kreisförmigen Beckens. Ohne irgendetwas, das mich aufrecht halten konnte, fiel ich seitwärts auf die Steinstufen, und ein Knacken durchzuckte mich, obwohl ich dankenswerterweise keinen Schmerz empfand.

Mein Augenlicht schwand endgültig dahin. Schwärze kroch auf mich zu, wallte vor meinen Augen auf wie ein mitternächtlicher Nebel. Aber es war kein Nebel. Es war etwas anderes. Es war …

Der Tod.

Der Mistkerl war hergekommen, um mich persönlich zu holen.

Eine riesige Gestalt tauchte aus dem Silber auf und erhob sich aus dem Becken, als käme sie aus den Tiefen der Hölle. Breite Schultern. Nasses, schulterlanges schwarzes Haar. Groß. Größer als jeder andere Mann, den ich je gesehen hatte. Seine Augen leuchteten in einem irisierenden, schimmernden Grün, und die Pupille des rechten Auges war von demselben metallisch glänzenden Silber umrandet, das über die schwarze Lederrüstung an seiner Brust und seinen Armen strömte.

Er ragte hoch über mir auf, die Lippen zu einem verächtlichen Grinsen verzogen, das strahlend weiße Zähne und scharfe Eckzähne enthüllte. In seiner Hand hielt er ein monströses Schwert, geschmiedet aus schwarzem Metall und sirrend vor einer stürmischen Energie, die mir bis in die Knochen drang. Er hob sein Schwert und wollte es gerade auf mich niederfahren lassen, um mich in zwei Hälften zu spalten, als sein Blick auf das uralte Schwert fiel, das *ich* noch immer umklammert hielt. In diesem Moment erstarrte er, den Arm über den Kopf erhoben.

»Gnadenlose Götter«, zischte er. »Was ist das? Ein schlechter Scherz?«

»Stirb!«, brüllte Harron. »Nimm deine Lügen und deine gespaltene Zunge. Ersticke daran! Stirb!«

Der Tod wandte sich ruckartig Harron zu und vergaß dabei anscheinend, dass er hier war, um mein Leiden zu beenden. Seine Haare hingen in feuchten Wellen über sein Gesicht, doch das Silber, aus dem er auferstanden war, überzog weder seinen Kopf noch seine Kleidung oder seine Haut, so wie bei Harron. Die metallische Flüssigkeit perlte von seinen Stiefeln ab und widersetzte sich den Gesetzen der Natur, als sie sich wieder sammelte, die Stufen *hinaufströmte* und zurück in das Becken floss.

Ich hatte nicht die Kraft, den Kopf zu heben und zuzusehen, wie der Tod die Stufen zu Harron hinabstieg. Ich sah nur noch Blitze. Dann ein Flackern. Aber meine Ohren funktionierten noch.

»Obsidian. Ob… Obsidian!«, rief Harron. »Zerbrochen. Überall, überall, überall. Unten im Boden. In den Passagen. In den Wänden. Sie bewegen sich. In der Erde. Ich kann nicht … Es will nicht *sterben*! Aber es *muss*!«, schrie er.

»Wie bedauerlich.«

Ich hatte die Stimme des Todes nur als heulenden, heißen Wind in der ausgedörrten Wüste kennengelernt. Als verschleimten, abgehackten Husten in der Nacht. Als durchdringenden Schrei eines verhungernden Babys. Niemals hätte ich mir träumen lassen, dass diese Stimme auch ein samtiges Streicheln in der immer näher rückenden Dunkelheit sein konnte.

»Wo ist Madra?«, fragte er fordernd.

Harron schwieg. Ein Scharren und Kratzen war das einzige Geräusch, das mich erreichte, während ich auf der Treppe lag.

»Ich kann es nicht aus dir herausholen«, sagte der Tod müde. »Dein Schicksal ist besiegelt, Hauptmann. Dabei verdienst du etwas deutlich Schlimmeres.«

»Der Boden. Die Passagen. Sie … Sie bewegen sich. Im Boden. Obsidian. Ob… Obsid… Obsidian …«

Ein Scharren. Ein Kratzen. Ein tiefer, harter Aufprall ertönte. Harron stieß einen panischen Schrei aus, der ruckartig verstummte.

Als der Tod wieder die Stufen hinaufstieg, waren seine Stiefel das Einzige, was ich in meinem enger werdenden Sichtfeld von ihm sehen konnte. Mein Herz wollte wie rasend klopfen, als er sich neben mich hockte und damit in mein Blickfeld, aber ihm gelang nur ein schwaches Pochen.

Natürlich war der Tod schön. Warum sonst würde irgendjemand widerstandslos mit ihm gehen? Auch wenn er mich mit finsterer Miene ansah und seine dunklen Brauen sich zu einer schwarzen, unzufriedenen Linie zusammenzogen, war er noch immer das schönste, grausamste Wesen, das ich je gesehen hatte.

»Erbärmlich«, murmelte er. »Absolut …« Er schien keine weiteren Worte mehr zu finden. Stattdessen griff er kopfschüttelnd in die Vorderseite seines Brustpanzers und suchte dort nach etwas. Einen Moment später kam seine Hand wieder zum Vorschein, eine lange Silberkette um seinen Zeigefinger geschlungen. Er öffnete ihren Verschluss.

»Wenn du stirbst, bevor du sie mir zurückgeben kannst, wird mich das *nicht* glücklich machen«, brummte er und legte sie mir um den Hals. Die Kette fühlte sich warm an auf meiner Haut. Seit dem Sturz auf die Stufen hatte sich mein Körper glücklicherweise wie betäubt angefühlt, aber diese Gnadenfrist war jetzt vorüber, als der Fremde in Schwarz mich grob in seine Arme nahm und hochhob.

Dieses Mal zerriss mich der Schmerz, bis nichts mehr von mir übrig blieb. Ein stummer Schrei erstarb auf meinen Lippen, als der Tod mich in das Becken trug.

Und die Dunkelheit umhüllte mich, noch bevor das Silber dazu in der Lage war.

6

EVERLAYNE

Vor vielen Jahren, als ich ungefähr acht war, hatte es in der Silberstadt tatsächlich mal geregnet. Der Himmel riss auf, und einen ganzen Tag lang stürzten Ströme von Wasser vom Himmel. Die Straßen waren überschwemmt, und Gebäude, die seit Generationen standen, wurden einfach so weggespült. Nie zuvor hatte jemand eine solche Wolkendecke gesehen, die die Sonnen auslöschte. Und zum ersten und einzigen Mal in meinem Leben hatte ich erfahren, was frieren bedeutete.

Jetzt war mir nicht kalt. Das hier war etwas ganz anderes, und es war *unerträglich.* Meine Knochen waren wie aus Eis. Sie drohten zu zerbrechen, wenn ich es wagte, mich zu bewegen. Aber sosehr ich mich auch bemühte, ich konnte nicht aufhören zu zittern. Eingesperrt in der Dunkelheit, konnte ich absolut nichts sehen. Doch dafür nahm ich in diesem eisigen Gefängnis Geräusche wahr. Stimmen. Manchmal viele. Manchmal nur eine. Mit der

Zeit war ich in der Lage, sie zu unterscheiden, sie zu erkennen. Die weibliche Stimme hörte ich am häufigsten. Sie sprach zu mir, redete leise und erzählte mir Geheimnisse. Und sie sang für mich. Ihre Stimme war sanft und angenehm und ließ mich meine Mutter so heftig vermissen, dass ich einen Stich im Herzen verspürte. Allerdings konnte ich die Dinge, von denen diese Stimme sang, nicht verstehen. Ihre Worte waren ein Rätsel, ihre Sprache fremd.

Zitternd lag ich in der Dunkelheit und wünschte, sie würde verschwinden. Ich wollte nicht von diesen Gespenstern heimgesucht werden. Viel lieber wollte ich ins Leere hinübergleiten, bis die Kälte mich gefror, die Stille meine Ohren verstopfte und ich zu einem Nichts wurde und vergaß, dass ich jemals existiert hatte.

Stattdessen konnte ich irgendwann meine Fingerspitzen wieder spüren. Dann meine Zehen. Dicht gefolgt von meinen Armen und Beinen. Allmählich – innerhalb einer Zeitspanne, bei der es sich möglicherweise um eine Stunde handelte, möglicherweise aber auch um eine ganze Woche – kehrte mein Körper Stück für Stück zurück. Der Schmerz weckte in mir den Wunsch, ich wäre in meinem bisherigen Leben ein besserer Mensch gewesen. Denn dieser Zustand hier musste eine Bestrafung sein. Bei jedem Atemzug drohten meine Rippen zu brechen – und ich *atmete*, daran bestand kein Zweifel. Mein Inneres fühlte sich an, als hätte man es mir aus dem Körper gerissen, in Stücke zerfetzt und dann wieder hineingestopft. Alles tat weh, jede Sekunde, jede Minute, jede Stunde …

Ich betete um ein Vergessen, das sich allerdings nicht einstellen wollte. Und dann, wie aus dem Nichts, öffnete ich die Augen, und die Dunkelheit war verschwunden.

Das Bett, in dem ich lag, gehörte nicht mir. Die einzige Federmatratze, auf der ich je geschlafen hatte, hatte dem Mistkerl Carrion Swift gehört, aber dieses Bett hier war anders. Zum einen war es viel größer, zum anderen roch es nicht nach Bisamratte.

Makellose weiße Laken bedeckten meinen Körper, darüber lag ein dickes Plaid aus warmer Wolle.

Und die Decke hoch über mir hatte nicht die blassgoldene Farbe von Sandstein. Sie war überwiegend weiß, aber … Nein, das stimmte nicht. Sie war nicht weiß. Tatsächlich handelte es sich um ein helles, verwaschenes Blau, und hier und da waren taubengraue Streifen und Tupfer zu sehen, die kunstvoll gemalte Wolken bildeten. Die Wände des Zimmers hatte man in einem dunkleren Blauton gehalten, der fast an Violett grenzte.

In dem Moment, als ich die Farbe bemerkte – und dazu nicht nur ein, sondern gleich fünf verschiedene Gemälde in schweren Goldrahmen, ein plüschiges Sofa in der Ecke des Zimmers und ein Regal gegenüber dem Bett, das mit mehr Büchern vollgestopft war, als ich je an einem Ort gesehen hatte –, packte mich das Grauen.

Ich musste noch immer im Palast sein. Wo auch sonst? Niemand im dritten Bezirk hätte so viel Geld zusammenkratzen können, um den Farbstoff für dieses Violett herzustellen. Ganz zu schweigen davon, dass die einzigen Kunstwerke, die ich je gesehen hatte, verblasste Bilder in Büchern gewesen waren. Aber die hier waren echt. Ölfarbe auf Leinwand, mit richtigen Holzrahmen.

Panisch keuchte ich auf, und meine Angst verstärkte sich, als ich sah, wie mein Atem eine weiße Wolke bildete. Wo war ich? Und was zum Teufel war hier los? Warum konnte ich meinen Atem *sehen*?

Ich versuchte, mich zu bewegen, aber mein Körper gehorchte mir nicht. Nicht mal das kleinste Zucken ließ er zu. War ich etwa gelähmt? Wenn ich meine Beine aus dem … ah, ah, nein. Nein, nein, nein. *Nein*. Das würde nicht funktionieren. Ich …

Als die Tür aufschwang, erstarrte ich. Da ich die Augen bereits geöffnet hatte, war es sinnlos, sie jetzt zu schließen und mich schlafend zu stellen. Allerdings traute ich mich nicht, die Person anzusehen, die den Raum betreten hatte, weshalb ich reglos verharrte, zu den an die Decke gemalten Wolken hinaufstarrte und den Atem anhielt.

»Master Eskin meinte, du würdest heute aufwachen«, sagte eine weibliche Stimme. Dieselbe Stimme, die mir etwas vorgesungen hatte. Die mich in der Dunkelheit erreicht hatte. »Aber ich habe an ihm gezweifelt. Dabei sollte ich es inzwischen wirklich besser wissen.« Die Frau, wer auch immer sie sein mochte, lachte leise.

War sie eine von Madras Zofen? Wollte sie mich in dem Moment umbringen, in dem ich mich nicht länger tot stellte und sie ansah? Mein gesunder Menschenverstand verwarf beide Möglichkeiten. Eine Zofe wäre nicht so geschwätzig. Und warum hätte man sich die Mühe machen sollen, mich am Leben zu halten, wenn man mich eigentlich töten wollte?

Langsam bewegte ich den Kopf in Richtung des Neuankömmlings, um sie zu betrachten.

Sie lehnte an der Wand neben der Tür und hielt einen Stapel staubiger Bücher in der Hand. Ihr hellblondes Haar war zu zwei kunstvollen Zöpfen geflochten – jeder so dick wie mein Handgelenk – und reichte ihr bis über die Taille. Wie alt mochte sie sein? Vielleicht vierundzwanzig? Fünfundzwanzig? Ungefähr so alt wie ich. Ihre Haut war blass, und ihre Augen hatten einen leuchtenden Grünton.

Das jagdgrüne Kleid, das sie trug, war ein wahres Kunstwerk. In ihrem Mieder aus Brokat schimmerten goldene Fäden, die je nach Lichteinfall aufleuchteten, und der bodenlange Rock war mit gestickten Blättern verziert. Die Fremde grinste mich an, die Bücher noch immer in der Hand. »Wie fühlst du dich?«, fragte sie.

Wie aus dem Nichts überkam mich ein Hustenanfall. Ich tat mein Bestes, um ihre Frage zu beantworten, doch ich konnte nichts dagegen machen. Ich begann zu stammeln, und ein Netz aus Schmerzen breitete sich über meine Seiten aus, während mein Körper vom Husten geschüttelt wurde.

»Oh nein, nicht doch! Warte, lass mich dir helfen«, sagte die Frau. Sie hastete ins Zimmer, legte ihren Bücherstapel auf einem kleinen Tisch am Fenster ab, nahm dann einen Becher und brachte ihn zum Bett. Lächelnd hielt sie ihn mir entgegen. »Hier, trink das. Eskin meinte, du wärst bestimmt extrem durstig, wenn du wieder aufwachst.«

Ich sank zurück in die Kissen, schlang die Arme um meinen Körper und musterte sie misstrauisch. »Was ist das?«

»Nichts. Nur Wasser, Ehrenwort.«

Nichts? Ich nahm den Becher, spähte über den Rand und bekam einen regelrechten Schwindelanfall. Die Frau hatte nicht gelogen. Das Gefäß war bis zum Rand mit Wasser gefüllt. Die Ration von vier Tagen. Ich müsste mich einen ganzen Monat lang abrackern, im Versuch, die Schulden zu begleichen, die ich mit dieser Menge Wasser im dritten Bezirk anhäufte. Und sie reichte es mir einfach so?

»Trink ruhig.« Sie lächelte unsicher. »Wenn du den Becher geleert hast, fülle ich ihn gleich wieder auf.«

Sie spielte mit mir … aber ich würde nicht mitspielen. Ich führte den Becher an meine Lippen, begann zu trinken und schluckte, so schnell ich nur konnte. Das Wasser war kalt – so kalt, dass mir die Kehle schmerzte. Es tat weh, es so schnell zu trinken, aber ich ließ ihr keine Zeit, ihre Meinung zu ändern. Bis sie begriffen hatte, dass ich kein Anrecht auf eine so große Ration hatte, würde das Wasser in meinem Magen verschwunden sein, und es bestand keine Möglichkeit mehr, es zurückzubekommen.

Bei den Göttern, wie klar das Wasser war! Sauberes Wasser, das fast süß schmeckte.

»Whoa, langsam«, sagte die Frau. »Immer mit der Ruhe. Du verdirbst dir noch den Magen, wenn du nicht … vorsichtig bist.«

Zu spät: Ich hatte den Becher bereits geleert. Zögernd reichte ich ihn zurück, in der Erwartung, dass sie jetzt die Hand ausstrecken und ein Entgelt verlangen würde. Aber sie lächelte nur und kehrte zu dem Tisch am Fenster zurück, wo sie den Becher aus einem großen Kupferkrug nachfüllte. Misstrauisch musterte ich sie, als sie zurückkam und mir erneut den vollen Becher in die Hand drückte, und ich fragte mich, ob sie vielleicht den Verstand verloren hatte.

»Ich heiße Everlayne. Ich habe dich besucht«, sagte sie.

»Ich weiß.«

Sie blickte auf den Becher hinunter und deutete mit dem Kinn darauf. »Nur zu. Du darfst auch diesen Becher leeren, wenn du so durstig bist.«

Dieses Mal nippte ich an dem Wasser, beobachtete sie und wartete darauf, dass sie einen Dolch aus ihren voluminösen Röcken zog und mich angriff.

»Da ich dir meinen Namen gesagt habe, könntest du mir vielleicht auch deinen verraten?« Sie legte den Kopf schräg. »Bei den Göttern, macht es dir etwas aus, wenn ich mir einen Stuhl hole? Ich bin schon den ganzen Tag auf den Beinen, treppauf, treppab gelaufen, habe aber heute Morgen vergessen, etwas zu essen.«

»O-kay …«

Sie – *Everlayne* – grinste, als sie sich einen einfachen Holzstuhl schnappte und ihn zum Bett schleppte. In dem Moment, als sie den Stuhl in die gewünschte Position gebracht hatte, ließ sie sich schwerfällig darauf sinken und strich sich mehrere lose Haarsträhnen hinter die Ohren. »Also gut. Ich bin so weit. Wie heißt du denn nun? Marika? Angelika?« Ihre Augen, leuchtend wie Jade, blitzten bei jedem Wort auf. »Zugegeben, Geduld ist nicht meine Stärke«, räumte sie in schuldbewusstem Ton ein. »In den letzten zehn Tagen habe ich dich einfach Liss genannt. Dieser Name erschien mir so gut wie jeder andere, aber …« Sie zögerte, und das

Licht in ihren Augen wurde schwächer, als sie meinen Gesichtsausdruck bemerkte. »Was ist los? Was hast du?«

»Deine *Ohren«*, flüsterte ich. Ich hatte sie seit dem Moment angestarrt, als sie ihre losen Haarsträhnen dahintergeschoben hatte. Sie waren …

Ich schluckte schwer.

Holte tief Luft.

Sie waren *spitz.*

Mit einem Finger berührte Everlayne ihre Ohrenspitzen und runzelte leicht die Stirn. Ihre Miene trübte sich, als sie begriff, worauf ich mich bezog. »Ahh, richtig. Sie sind nicht so wie deine.«

Die Fae waren Kriegstreiber. Kannibalen. Bestialische Kreaturen ohne Mäßigung, ohne Sinn für Moral und ohne jegliche Vorstellung von Gnade. Die ältesten Unsterblichen regierten mit eiserner Faust. Ihr Zorn brach über das Land herein und hinterließ Chaos und Zerstörung. Die sieben Städte jubelten, als …

»Mein Aussehen hat dich bestürzt«, sagte Everlayne leise und legte die Hände in den Schoß. Ihr Enthusiasmus war vollkommen verpufft. »Hast du schon einmal von meiner Spezies gehört?«, fragte sie.

»Ja.« Geschah das hier wirklich, oder war es nur irgendein kranker Scherz? Wollte Hayden mich auf den Arm nehmen? Wollte er sich dafür rächen, dass ich bei unserem letzten Gespräch so grausam zu ihm gewesen war? Diese Show hier wäre eine gute Form der Rache – mich an meinem Verstand zweifeln zu lassen. Aber …

Ich hatte meinen Bruder auf der Straße vor dem *Mirage* zurückgelassen. War von Hauptmann Harron in den Palast gebracht worden. Hatte die Königin persönlich kennengelernt. Und sie hatte meine Hinrichtung angeordnet, zusammen mit der Hinrichtung meiner Freunde, meiner Familie und jedem anderen Lebewesen im dritten Bezirk.

Der Tod hatte mich geholt, mit schwarzen Locken und funkelnden, grünen Augen.

Er hatte mich aus dem Palast weggetragen.

Hatte mich *hierher*gebracht.

Eine Hitzewallung erfasste mich, und mir brach der Schweiß aus. Da ich im Sterben gelegen hatte, hatte ich nicht besonders gut aufgepasst, doch als der dunkelhaarige Fremde mich hochgehoben hatte, war mir aufgefallen, dass auch die Spitzen seiner Ohren eine seltsame Form besaßen. Und seine Eckzähne …

»Zeig mir deine Zähne.« Die Forderung rutschte mir heraus, bevor ich es verhindern konnte.

Die Frau in der grünen Robe schlug sich eine Hand vor den Mund und riss die Augen auf. »Was? Nein!«, rief sie hinter vorgehaltener Hand. »Auf gar keinen Fall! Das ist … Das ist so *unhöflich*!«

»Es tut mir leid. Aber … Du bist eine *Fae*?«

Die Aussage klang wie die Pointe eines schlechten Witzes, aber Everlayne lachte nicht. »Ja«, bestätigte sie, noch immer hinter vorgehaltener Hand.

»Aber … du bist nicht real.«

»Da bin ich aber anderer Ansicht«, entgegnete sie.

»Mythen. Geschichten. Die Fae sind Folklore. So was wie die Fae existiert nicht.«

»Wirke ich vielleicht nicht real auf dich?«

»Doch, schon. Aber … die Fae hatten Schwingen.«

Everlayne schnaubte. »*Die* haben wir schon seit Jahrtausenden nicht mehr.« Sie senkte die Hand und deutete leicht eingeschnappt auf den Becher mit Wasser, den ich noch immer in der Hand hielt. »Hör zu: Du hast eine Gehirnerschütterung. Trink den Becher aus, vielleicht geht es dir danach ja besser. Es dürfte noch eine Weile dauern, bis sich alles wieder normal anfühlt.«

Meine Fassungslosigkeit hatte jedoch nichts mit der Beule an meinem Hinterkopf zu tun. Man vergaß nicht einfach eine ganze Spezies, nur weil man sich den Kopf zu heftig gestoßen hatte. Die Fae waren *nicht* real. Ich rutschte unter der Decke hin und her und versuchte, mich ein wenig aufzusetzen, während ich Everlaynes Ohren nicht aus den Augen ließ. »Meine Mutter hat mir in meiner Kindheit Geschichten über die Fae erzählt«, sagte ich. »Die Fae tauchten an den Küsten unseres Landes auf und brachten Krieg, Seuchen und den Tod mit sich …«

Ein indignierter Ausdruck zeichnete sich auf Everlaynes hübschen Zügen ab. »Entschuldige mal, aber die Fae sind nicht verseucht. Wir haben seit einem Jahrtausend keine Pestilenz mehr gehabt. Die Menschen dagegen sind mit allen Arten von Keimen behaftet. Du und deinesgleichen … ihr werdet im Handumdrehen krank und sterbt.«

Ich hatte sie beleidigt. Schon wieder. Zweimal innerhalb von einer Minute. Was erste Eindrücke betraf, hatte ich mich hier nicht mit Ruhm bekleckert. Also holte ich tief Luft und versuchte, eine Frage zu formulieren, die nicht unhöflich wirken würde.

Doch Everlayne schnaubte erneut und fuhr fort: »Willst du mir etwa sagen, dass die Fae zu einer Gutenachtgeschichte geworden sind, die den Kindern in Zilvaren Angst machen soll?«

»Ja!«

»Was erzählt man sich noch über uns?«

»Ich … ich weiß es nicht. Ich kann mich im Moment nicht erinnern.« Natürlich erinnerte ich mich an zahlreiche Geschichten, aber keine davon war schmeichelhaft. Und ich hatte keine Lust, Everlayne ein weiteres Mal zu beleidigen, indem ich ihr erzählte, dass Zilvaren-Mütter ihre ungezogenen Kinder warnten, eine Fae-Hexe würde nachts kommen und sie auffressen, wenn sie sich nicht benahmen.

Everlayne runzelte die Stirn und betrachtete meine Schläfe.

»Hmm. Wie steht es um dein Kurzzeitgedächtnis? Woran kannst du dich als Letztes erinnern?«

»Ah. Ich war im Palast. Madras Hauptmann versuchte gerade, mich zu töten. Ich … hab seinen Dolch irgendwie aufgehalten und dann nach einem Schwert gegriffen. Anschließend verwandelte sich der Boden in geschmolzenes Silber. Ein großes Becken mit Silber. Und … irgendetwas ist daraus hervorgekommen.«

»Irgendetwas? Oder irgend*jemand*?«

»Ein Mann«, flüsterte ich.

Doch Everlayne schüttelte den Kopf. »Ein Fae. Er hatte sich auf den Weg gemacht, weil das Schwert nach ihm rief …« Sie verstummte und hob die Hände. »Bei den Göttern, ich weiß noch immer nicht, wie du heißt. Es sei denn, du hast gar keinen Namen.«

»Natürlich habe ich einen Namen«, erwiderte ich. »Ich heiße Saeris.« Ich konnte an einer Hand abzählen, wie oft ich in meinem Leben meinen richtigen Namen herausgerückt hatte. Doch aus irgendeinem Grund erschien es mir falsch, sie anzulügen. Ich hatte keine Ahnung, wie lange ich bewusstlos gewesen war, aber Everlayne hatte mich besucht. Mit mir geredet. Sie hatte über mich gewacht, mir vorgesungen und mir Gesellschaft geleistet. Das waren nicht die Handlungen einer Person, die mir Schaden zufügen wollte.

Everlayne zog eine Augenbraue hoch. »Ah. *Saeris*. Ein schöner Name. Ein Fae-Name. Wie geht es dir? Ich wette, du bist noch immer erschöpft, fühlst dich aber viel besser als bei deiner Ankunft.«

»Ich fühle mich …« Wie *fühlte* ich mich? Soweit ich wusste, hatte ich ein gewaltiges Loch im Bauch und einen Dolch in der Schulter – ganz zu schweigen davon, dass ich fast sämtliches Blut verloren hatte. Mit steifen Armen hob ich langsam die Decke an und begutachtete den Schaden. Doch es gab nicht viel zu sehen. Ich trug eine Art Tunika, hellgrün und aus butterweichem Material. Vorsichtig strich ich mir über den Bauch und tastete nach der klaffenden Wunde unter dem Stoff, aber da war nichts. Mein Bauch fühlte sich glatt an. Ich spürte nicht den geringsten Schmerz.

»Unsere Heiler sind äußerst begabt. Allerdings ist es schon eine Weile her, dass sie sich mit einem Menschen mit solch katastrophalen Verletzungen beschäftigt haben«, räumte sie ein. »Sie hatten beschlossen, dich so lange in ein Koma zu versetzen, bis deine inneren Organe verheilt waren. Ich war dafür, dich anschließend sofort zu wecken, aber Eskin meinte, du bräuchtest noch ein paar Tage, um dich von dem erlittenen Trauma zu erholen.«

»Moment mal! Ich werde also *nicht* sterben?«

Everlayne lachte leise und schüttelte den Kopf. »Nein. Eskin ist sehr stolz auf seine Erfolgsquote. Er hat seit fast zwei Jahrhunderten keinen Patienten mehr verloren.«

Zwei *Jahrhunderte*? Alle Lieder, die unsere Mutter Hayden und mir während unserer Kindheit vorgesungen hatte, hatten die unnatürliche Lebensspanne der Fae betont. Allerdings konnte ich es noch immer nicht fassen, dass Everlayne eine Fae war. Wollte ich ihr wirklich Glauben schenken? War mein Verstand überhaupt in der Lage, das als Wahrheit zu akzeptieren? Das Ganze war einfach nicht *möglich*.

»Dann sind wir vermutlich nicht in der Silberstadt«, sagte ich gedehnt.

Sie lächelte. »Nein, sind wir nicht.«

Mir drehte sich der Magen um. »Und wo sind wir dann?«

»In Yvelia.« Sie strahlte, als ob ihre knappe Antwort meine gesamte Situation erklärte.

»Und … wo ist das?«

»In *Yvelia*! Genauer gesagt, im Winterpalast. Hat dir deine Mutter in ihren Gutenachtgeschichten nichts davon erzählt …?«

Die Tür flog auf.

Kaltes Licht flutete aus dem Korridor herein, und ein in eine Lederrüstung gekleidetes Monster platzte in den Raum – was Everlayne einen Schrei entlockte. Seine Augen schimmerten im dunkelsten Braunton, den ich je gesehen hatte, und seine helle Haut war von etwas bespritzt, das an Schlamm erinnerte. Seine hellbraunen Haare reichten ihm über die Schultern, wobei er den oberen Teil nach hinten gekämmt und zu einem Kriegszopf geflochten hatte. Er war erschreckend groß, und seine nackten, muskulösen Unterarme waren mit komplizierten, ineinander verschlungenen Tätowierungen bedeckt, die verschwammen, als ich mich darauf zu konzentrieren versuchte. Der mörderische Blick in seinen Augen wurde etwas weicher, als er Everlayne entdeckte.

Everlayne dagegen zog eine wütende Miene. »Renfis! Was zum Teufel und allen fünf Höllen …?! Mir ist fast das Herz stehen geblieben.«

Betroffen ließ Renfis den Kopf hängen. Und da waren sie wieder: ein weiteres Paar spitze Ohren. Allerdings vor Verlegenheit gerötet. »Layne«, sagte der Fae. Seine Stimme hatte einen leichten Akzent und einen schwungvollen Klang, wirkte aber durch die tiefe Stimmlage rau. »Tut mir leid. Ich wusste nicht, dass du hier bist.«

»Offensichtlich. Du hast die verdammte Tür fast aus den Angeln gerissen. Es ist ein Gebot der Höflichkeit, anzuklopfen, *bevor* man in ein Zimmer stürmt.«

Der Fae – Renfis – warf einen kurzen Blick in meine Richtung und über mein Bett, bevor er seine Aufmerksamkeit wieder Everlayne zuwandte. »Richtig. Entschuldigung. Manieren waren noch nie meine Stärke. Irrín hat selbst das bisschen Etikette zerstört, das ich zuvor noch besessen hatte.«

Everlaynes Mundwinkel zuckten. Versuchte sie etwa, ein Lächeln zu unterdrücken? »Warum platzt du hier überhaupt rein?«, fragte sie.

»Ich bin auf der Suche nach dem Menschen.« Renfis' Blick zuckte wieder zu mir. »Er braucht seine Kette zurück.«

»Seine Kette? Oh!« Everlaynes Stirnrunzeln spiegelte meine eigene Verwirrung wider, doch ihres verschwand so schnell, wie es gekommen war. Offensichtlich hatte sie verstanden, worauf Renfis anspielte, während ich noch im Dunkeln tappte. Sie drehte sich zu mir um und warf einen Blick auf meine Kehlgrube, wobei sich ihre Lippen zu einem kleinen Schmollmund verzogen. »Möglicherweise braucht sie sie noch eine Weile«, wandte sie ein.

Ich hob eine Hand an meinen Hals. Und in dem Moment, als meine Fingerspitzen das kühle Metall auf meiner Haut berührten, erinnerte ich mich wieder: Der Tod, ganz in Mitternachtsschwarz gekleidet, hatte eine Kette von seinem Hals genommen und mir angelegt. Und mich dann auf seine Arme gehoben, mit einem enttäuschten Blick in den Augen. Der Tod …

»Glaub mir, er braucht die Kette im Moment dringender als sie«, sagte Renfis düster.

Plötzlich fühlte sich die Kette wie eine Schlinge um meinen Hals an. Worum zum Teufel handelte es sich dabei? Und warum hatte der Fae, der mich aus Madras Palast fortgebracht hatte, sie *mir* angelegt?

Everlayne stand auf. »Es ist gerade mal zehn Tage her. Er kann doch noch nicht unter den Auswirkungen leiden, oder?«

»Er hat zu kämpfen«, antwortete der Krieger unbeholfen. »Eigentlich hätte er gar nicht auf die Kette verzichten dürfen. Es wird mit jedem Mal schlimmer. Wenn dein Vater erfährt, dass er überhaupt hier ist …«

»Ich weiß, ich weiß. Bei den Göttern! Ich will ihn *sehen*, Ren. Das Ganze wird allmählich lächerlich.«

Renfis betrachtete seine Stiefel. »Er war nicht in bester Verfassung. Das ist er noch immer nicht. Im Moment kannst du für ihn nichts Besseres tun, als mir zu helfen, ihm den Anhänger zurückzubringen.«

Everlaynes Schultern versteiften sich, und die beiden tauschten einen angespannten Blick aus. Doch dann neigte sie den Kopf, seufzte und wandte sich mir zu: »Also gut. Saeris, ich bitte dich nur ungern darum, aber die Kette an deinem Hals …«

Doch ich fummelte bereits an dem Verschluss herum und versuchte, das verdammte Ding abzunehmen. Wenn der Barbar, dem die Kette gehörte, sie zurückhaben wollte, würde ich ihm keinen Grund geben, sie sich persönlich zu holen. Ein kalter Schauer fuhr durch meine Adern, als es mir endlich gelang, den Verschluss zu öffnen und Everlayne die Kette entgegenzustrecken.

Ich hatte es bisher nicht bemerkt, aber an der Halskette baumelte etwas – eine kleine Silberscheibe. Vielleicht ein Familienwappen? Auf der Scheibe waren winzige Zeichen eingraviert, aber ich wollte verdammt sein, wenn ich sie aus der Nähe betrachten würde. Jetzt, da die Kette nicht mehr um meinen Hals lag, hatte ich das Gefühl, als würde sie summen. Und im nächsten Moment strömte eine äußerst merkwürdige Energie meinen Arm hinauf und hinunter, nicht schmerzhaft, aber definitiv auch nicht angenehm. Eine kalte Energie. *Eisig* kalt. Als Renfis den Raum durchquerte, neben dem Bett stehen blieb und einen kleinen schwarzen Samtbeutel in die Höhe hielt, hätte die Kette auch aus Eis sein können.

»Leg sie hinein«, forderte Renfis mich auf und öffnete den Beutel weit, sehr darauf bedacht, dass seine Haut nicht mit der Kette in Berührung kam, während ich seiner Aufforderung folgte. In dem Moment, als die Kette darin verschwunden war, zog der Krieger an einem Band auf beiden Seiten des Beutels und verschloss ihn. Dann machte er wortlos kehrt und ging zur Tür.

»Ich möchte ihn vor seinem Aufbruch wenigstens kurz sehen«,

rief Everlayne Renfis nach. »Wir haben eine Reihe von Fragen zu klären.«

Renfis hielt inne, und seine massige Gestalt füllte den Türrahmen aus. »Er muss sofort aufbrechen, Layne. Ich habe ihn nur durch pures Glück so lange verstecken können. Die Wachen werden langsam misstrauisch. Wenn sie herausfinden, dass er hier ist …«

Everlayne blickte auf ihre Füße. »Ja, du hast recht.«

»Er wird sowieso in Cahlish gebraucht. Schreib ihm, wenn es unbedingt sein muss. Besuch ihn in ein oder zwei Monaten. Aber wenn er auch nur einen Moment länger als nötig hierbleibt, wäre das …«, er wählte seine letzten Worte sorgfältig, »dann wäre das … *unklug.*«

Everlayne war blass geworden, widersprach Renfis aber nicht. »Okay, ich werde ihm schreiben. Sag ihm, er soll ja zurückschreiben, sonst gibt es mächtig Ärger.«

Renfis senkte den Kopf. »Es war schön, dich wiederzusehen«, murmelte er. Und dann war er auch schon weg. Und mit ihm verschwand auch die Spannung, die beim Abnehmen der Halskette den Raum erfüllt hatte – wofür ich ihm unendlich dankbar war.

Everlayne entspannte sich jedoch nicht. In ihren Augen glitzerten die ersten Anzeichen von Tränen, als sie sich mit dem Rücken an die Tür lehnte und mit gezwungen fröhlicher Stimme verkündete: »Also gut. Ich nehme an, du wirst ein Bad nehmen wollen.«

»Ein *Bad*?«

»Ja. Dein letztes Bad muss doch mindestens zehn Tage zurückliegen. Komm schon. Ich werde dir heißes Wasser einlassen. Dann fühlst du dich gleich viel besser. Ehrenwort.«

Heißes Wasser? Eine ganze Wanne voll? Nur für mich, um mich darin zu *waschen*? An jedem anderen Tag hätte mich die Verschwendung von so viel Wasser sprachlos gemacht, aber der heutige Tag hatte mir weitaus seltsamere Dinge beschert. Außerdem war ich zu sehr auf einen Umstand konzentriert, den sowohl Renfis als auch Everlayne erwähnt hatten.

Zehn Tage. So lange hatte ich bewusstlos in diesem Bett gelegen und mich in Ruhe erholt, während mein Bruder in Zilvaren war und möglicherweise um sein Leben kämpfte.

»Ich brauche kein Bad«, entgegnete ich. »Ich muss nach Hause. Mein kleiner Bruder braucht mich.«

Was auch immer Everlayne erwidern wollte, erstarb ihr auf den Lippen. Und ihr Lächeln verblasste. »Es tut mir leid, Saeris, aber das ist nicht möglich.«

»Was meinst du damit? Ich muss nach Hause. Mir bleibt keine andere Wahl. Madra hat vor, meinen gesamten Bezirk auszulöschen. Ich habe dort Familie. Freunde.« Entschlossen ignorierte ich die kleine Stimme in meinem Hinterkopf, die mir zuflüsterte, dass es wahrscheinlich schon zu spät war. Madra musste wütend gewesen sein, als sie erfuhr, was im Spiegelsaal passiert war. Nein, *wütend* traf es nicht mal annähernd. Ich war nicht nur nicht gestorben, sondern hatte auch Harrons Dolch irgendwie verflüssigt, woraufhin der ihn angegriffen hatte. Und danach hatte ich … Verdammt, ich wusste nicht mal, *was* ich mit diesem Schwert gemacht hatte. Ich hatte es irgendwo rausgezogen, wo ich es nicht hätte rausziehen sollen, und den Teufel in Person heraufbeschworen. Harron war vermutlich tot. Und Madra war keine barmherzige Königin: Sie hatte bestimmt schnell und grausam Rache genommen. Wahrscheinlich war der dritte Bezirk nur noch ein Krater im Sand, aber ich musste trotzdem dorthin zurück. Wenn auch nur die geringste Chance bestand, dass Madra noch nicht Vergeltung geübt hatte, musste ich versuchen, sie aufzuhalten. Das war das Mindeste.

Everlaynes Miene wirkte zwar mitfühlend, als sie langsam zur Tür ging, aber auch resigniert. »Ich werde dich nicht anlügen: Einige der Geschichten, die dir deine Mutter erzählt hat, entsprechen der Wahrheit. Mein Volk kann bisweilen rücksichtslos und grausam sein. Manche von uns bemühen sich zwar um andere Methoden, aber … manchmal bleibt uns einfach keine andere Wahl. Wir haben sehr lange darauf gewartet, das Schwert, das du gezogen hast, wieder in unseren Besitz zu bringen. Aber die Tatsache, dass wir *dich* dabei gefunden haben …« Sie schüttelte den Kopf. »Du hast keine Ahnung, wie wichtig du bist, Saeris. Ich fürchte, mein Vater wird dich so schnell nicht gehen lassen. Und er will dich in einer Stunde sehen, also führt leider kein Weg um das Bad herum.«

»Ihr könnt mich hier nicht gefangen halten. Das ist ein unmenschliches Verhalten!«

Everlayne hatte wenigstens den Anstand, eine zerknirschte Miene zu ziehen. »Ja, es ist ein un*menschliches* Verhalten. Aber wir sind nun mal keine Menschen, Saeris. Wir sind Fae. Wir verhalten uns nicht wie ihr. Denken nicht wie ihr. Und wir handeln auch nicht nach den gleichen moralischen Prinzipien wie *einige* eurer Spezies. Je schneller du dir das einprägst, desto einfacher wird dein Aufenthalt hier verlaufen«, sagte sie ein wenig sanfter. »Also: Bitte nimm ein Bad, bevor das Wasser kalt wird. Wenn du mit meinem Vater sprichst, kannst du ihn fragen, ob du in deine Silberstadt zurückkehren darfst.«

»Und wer zum Teufel ist dein Vater, dass er mir vorschreibt, ob ich nach Hause zurückkehren darf?« Mein zorniger Ton hallte laut durch den Korridor. Die beiden Wachen links und rechts neben der Tür zuckten zusammen und zogen höchst betretene Mienen.

»Er ist Belikon de Barra«, antwortete Everlayne gleichmütig. »König der Yvelia-Fae.«

Schluchzend hockte ich im warmen Wasser in der Kupferwanne. Mir stand eine unvorstellbare Ressource zur Verfügung, aber ich hatte keine Möglichkeit, sie mit den Menschen zu teilen, die ich liebte. Wenn Hayden und Elroy noch lebten, dann war ihnen vor

Durst bestimmt extrem schwindlig, so wie an jedem Tag in ihrem Leben. Ich dagegen suhlte mich in so viel Wasser, dass ich darin *ertrinken* könnte. Inzwischen war es schwarz vor Schmutz, und auf seiner Oberfläche schwappte ein Schaumfilm, nachdem ich meine Haut rosig geschrubbt hatte. Vermutlich war ich so sauber wie nie zuvor. Da ich meine Haare noch nie richtig gewaschen und auch keinen Zugang zu Shampoo gehabt hatte, benutzte ich viel zu viel, weil ich nicht damit rechnete, dass die Menge in meiner Handfläche so viel Schaum erzeugen würde. Es dauerte eine halbe Ewigkeit, bis ich das Shampoo in all meine Haarknoten und Verfilzungen eingearbeitet hatte, und eine weitere Ewigkeit, um die ganze Seife wieder auszuspülen.

Everlayne lief vor dem Zimmer auf und ab wie eine eingesperrte Höllendrachin, bis ich ihr schließlich mitteilte, dass ich fertig war. Sie wirkte gehetzt, als sie ins Zimmer eilte. »Uns bleibt keine Zeit, darüber nachzudenken, was du jetzt anziehen sollst. Wir müssen dich in das erste Kleidungsstück schnüren, das dir passt, und uns ein anderes Mal um den Stil kümmern.«

»Schnüren? Wovon redest du?«

»Von deinem *Kleid!*« Everlayne stürmte schnurstracks zu einem großen Kleiderschrank aus dunklem Holz und riss die Türen auf. »Bei dem dunklen Haar und deinen schönen blauen Augen sollten wir bei Königsblau bleiben. Oder aber …« Die obere Hälfte ihres Körpers verschwand im Kleiderschrank. Als sie wieder auftauchte, hielt sie eine schwindelerregende Menge an kobaltblauem Stoff in den Armen.

Hastig wich ich zurück. »Nein. Nein, ich bin nicht … Ich *trage* keine Kleider, Everlayne.«

»Was meinst du damit?« Sie wirkte wirklich verwirrt.

»Ich trage Hosen. Hemden. Dinge, in denen ich mich mühelos bewegen kann. Damit ich sprinten und klettern kann und …« *Menschen töten.*

»Während deiner Audienz wirst du auf Hemd und Hose verzichten müssen, Saeris. Alles andere würde der König als Beleidigung empfinden. Wenn du nicht gut gekleidet bist, wird er dich in den Kerker werfen lassen.«

Ha! Ein neuer Tag, ein neuer Herrscher, der mich einsperren würde. Aber ehrlich gesagt hatte ich nichts anderes verdient. Nachdem ich den Panzerhandschuh gestohlen und meinen gesamten Bezirk in so große Gefahr gebracht hatte, hatte ich es nicht verdient, jemals wieder das Licht der Sonnen zu erblicken. Wie betäubt ließ ich mir von Everlayne in das Kleid helfen. *Gewand* traf es eigentlich viel besser.

»Du siehst traumhaft aus«, verkündete Everlayne, als sie nicht länger an mir rüttelte und zupfte und so heftig an den Korsettstäben zerrte, dass ich befürchten musste, jeden Moment das Bewusstsein zu verlieren.

»Und doch fühle ich mich wie in einem Albtraum gefangen«, erwiderte ich trocken.

Tadelnd schnalzte sie mit der Zunge. »Dreh dich um und setz dich auf den Stuhl. Als Nächstes muss ich mich um deine Haare kümmern.«

»Was ist denn mit meinen Haaren?«

»Tja, hm, wie soll ich das vorsichtig formulieren? Deine Haare sehen so aus, als hätte eine ganze Familie von Feldmäusen jahrelang darin gelebt. Und ich wette, es ist schon eine Weile her, dass sie eine Bürste gesehen haben. Also …«

»Meine Haare müssen nicht gebürstet werden, wenn ich sie einfach zu einem Zopf flechte.« Ihre Kritik traf mich nicht im Geringsten. Nein, wirklich nicht.

Everlayne lachte leise. Glaubte sie vielleicht, ich könnte ihr Lachen nicht hören? Aufgebracht ließ ich mich auf den Stuhl fallen, auf den sie gezeigt hatte, und fluchte unterdrückt, während sie mit den Knoten in meinen Haaren kämpfte. Anscheinend gefiel ihr das. Eine eigene kleine Gefangene. Eine Puppe, die sie nach Belieben ankleiden konnte. Aber ich war weder ein Spielzeug noch ein Schoßhündchen. Das würde sie auf die harte Tour lernen, wenn sie mich weiterhin so behandelte.

»Du hast wunderschönes Haar«, sagte sie und fuhr mit einem grobzinkigen Kamm durch die Strähnen. Ich zuckte zusammen, als sie es mir über die Schultern warf. »Es wird hier sehr gut wachsen. Langes Haar gilt bei Fae-Frauen als Zeichen von hohem Status. Und auch auf den dunklen Ton werden viele neidisch sein. Dunkles Haar ist ein königliches Merkmal unter den Yvelia-Fae.«

Ich scherte mich einen Dreck um Fae-Moden oder Trends. Es war mir egal, ob Fae-Frauen neidisch auf mein Aussehen waren oder ob sie mich für ein hässliches Monster hielten. Vor vier Stunden hatte ich noch nicht mal von ihrer Existenz gewusst. Reglos saß ich da, während Everlayne mit flinken Fingern meine Haare zu einem Zopf flocht, und hielt den Mund.

Als sie fertig war, führte sie mich vor einen hohen Spiegel in einem verschnörkelten Goldrahmen an der Wand und strahlte vor Stolz, während sie mir ihr Kunstwerk zeigte.

Ich hatte in der Werkstatt mit Elroy viele Spiegel hergestellt, aber persönlich keine große Verwendung für sie gehabt. Ich wusste, wie ich aussah. Okay, ich hatte ein hübsches Gesicht, aber hübsche Gesichter dienten im dritten Bezirk als Währung, wenn einem Mädchen die Münzen oder das Wasser als Tauschmittel ausgingen – und das war eher ein Fluch als ein Segen. Masken und Halstücher waren meine Freunde. Da niemand wusste, wie ich hinter einem Stück sandgestrahltem Stoff aussah, bestand auch kein Grund, mir meine Waren zu stehlen.

Aber hier gab es keine Masken oder Halstücher, hinter denen ich mich verstecken konnte.

Es stimmte zwar, dass ich im Vergleich zu Everlaynes Schönheit verblasste – die Frau strahlte förmlich, perfekt in jeder Hinsicht. Aber die Farbe des lächerlichen Kleids, das sie für mich ausgesucht hatte, passte tatsächlich hervorragend zu meinem Teint. Es lenkte die Aufmerksamkeit auf meine Augen und brachte sie zum Leuchten. Und das Wunder, das sie mit meinem Haar vollbracht hatte … Der kunstvoll geflochtene Haarkranz war einfach umwerfend. Nie zuvor hatten meine Haare so gesund ausgesehen.

»Du brauchst kein Rouge«, sagte Everlaynes Spiegelbild. »Du bist schon rosig genug. Aber … Moment!« Sie lief kurz weg und kam dann mit einem kleinen Tiegel zurück, nahm den Deckel ab und reichte ihn mir. »Bei deiner Ankunft waren deine Lippen furchtbar rissig. Ich habe dir das hier alle paar Stunden aufgetragen, aber jetzt, da du wach bist, kannst du es auch selbst machen. Hier, genau so.« Sie strich mit der Fingerspitze über das dicke, wachsartige Harz im Inneren des Tiegels und rieb es über ihre Lippen.

Ich tauchte meinen Finger hinein und folgte ihrem Beispiel, nur damit sie Ruhe gab.

Everlayne wirkte extrem zufrieden mit dem Ergebnis. »Wunderbar! Also gut. Ich würde sagen, wir sind bereit. Straff die Schultern. Es wird Zeit, den König kennenzulernen.«

7

DER HUND

Das Schlafzimmer, in dem ich gelegen hatte, war für mich ein nie gekannter Luxus gewesen, doch es hatte mir nichts über die Welt jenseits seiner Tür verraten. Mit offenem Mund folgte ich Everlayne durch die Gänge des Winterpalastes. Dieser Ort hier ließ Madras königliche Residenz in Zilvaren wie eine heruntergekommene Bruchbude erscheinen.

Die Wände und der Boden bestanden aus glänzend weißem Marmor, abgesetzt in metallisch schimmernden Blau- und Grüntönen. In Zilvaren hatten wir kein solches Gestein, aber Everlayne erklärte, dass es sich dabei um eine seltene Art von hellem Labradorit handelte. Hohe Torbögen säumten die Flure und gaben den Blick auf Treppen und andere Gänge in anderen Ebenen frei. An den Wänden hingen üppige Wandteppiche und gerahmte Gemälde, und überall quollen frische Blumensträuße aus riesigen Vasen hervor. Sonnenlicht drang durch die großen Fenster herein, aber das Licht strahlte keinerlei Wärme aus – es war nicht annähernd mit dem grellen Licht der Zwillingssonnen zu vergleichen. Everlayne drängte mich schnell an diesen Fenstern vorbei, und die Welt dahinter erschien mir wie ein verschwommener weißer und grauer Fleck.

Als wir an einer Reihe von Statuen vorbeigingen, senkte Everlayne ehrfürchtig den Kopf und drückte die Kuppen ihres Zeige- und Mittelfingers an ihre Stirn. Diesen Vorgang wiederholte sie in einem anderen Korridor, als wir an einer weiteren Reihe in Stein gemeißelter Statuen vorbeikamen, die ebenfalls in Nischen standen.

»Wer sind diese Gestalten?«, fragte ich und betrachtete die bedrohlich aufragenden gekrönten Männer und Frauen, während Everlayne die Finger zwischen ihre Brauen presste.

»Die Götter natürlich.« Sie wirkte ein wenig überrascht. »Betet ihr in der Silberstadt die Corcoran denn nicht mehr an?«

Ich schüttelte den Kopf und blickte in das kalte, schöne Gesicht einer der männlichen Gottheiten. »Meine Mutter hat mir mal erzählt, dass die Menschen in Zilvaren früher zu Göttern gebetet haben. Aber ihre Namen und ihre Tempel wurden schon vor langer Zeit von der Wüste verschlungen. Wir sagen ›bei den Göttern‹, wenn wir uns über unser schweres Schicksal beklagen oder besonders aufgebracht sind. Davon abgesehen ist Madra das, was in Zilvaren einer Gottheit am nächsten kommt. Zumindest präsentiert sie sich gern selbst so. Die Unsterbliche Heroldin des Nord-Banners. Ihre Anhänger tragen eine ihrer Haarsträhnen in Lederbeuteln an ihren Gürteln. Und sie kratzen die Asche von den Scheiterhaufen der Lebendopfer, die Madra zu Ehren verbrannt werden, und bewahren sie ebenfalls in diesen Beuteln auf. Das Ganze soll als Schutz gegen die Pest dienen. Sie glauben, wenn sie sich als würdig erweisen, werden sie dadurch ewiges Leben erlangen.«

Everlayne schnaubte. »Aberglaube und Gotteslästerung. Eure

Königin ist ein Mensch. Und selbst wenn Sand und Wind die Namen der Götter weggefegt haben, versichere ich dir, dass Madra sie kennt. Die Tatsache, dass sie sie aus der Geschichte ihres Volkes hat verschwinden lassen, spricht Bände über ihre Verderbtheit.« Everlayne zeigte auf die männliche Statue, die ich noch immer anstarrte. »Styx, Gott der Schatten.« Sie ging weiter, neigte den Kopf und berührte ihre Stirn vor jeder der Gottheiten, bevor sie ihre Namen nannte. »Kurin, Gott der Geheimnisse. Nicinnai, Göttin der Masken. Maleus, Gott der Morgendämmerung und des Neubeginns. Und diese beiden hier werden oft als eine Gottheit betrachtet«, sagte sie und deutete auf zwei schöne Frauen, die Arm in Arm auf demselben Marmorsockel standen. »Balmithin. Zwillingsschwestern. Göttinnen des Himmels. Der Legende nach waren sie einst eine einzige Gottheit, aber ein mächtiger Gewittersturm kam auf, und Balmithin weigerte sich, Schutz davor zu suchen. Der mächtige Geist im Inneren des Sturms war wütend, dass Balmithin sich nicht vor ihm beugen wollte, und peitschte sie deshalb mit Blitzen. Wieder und wieder schlug der Blitz in Balmithin ein, aber sie starb nicht. Stattdessen zerbrach sie und spaltete sich in zwei Teile, die zu Bal und Mithin wurden. Bal ist die Göttin der Sonne, aber im weiteren Sinne auch die Göttin des Tages. Mithin ist die Göttin des Mondes, aber sie wacht auch über die ganze Nacht.«

Bal. Mithin.

Balea. Min.

Die Zwillingssonnen.

Als ich die Gesichter der Statuen näher betrachtete, erkannte ich, dass diese beiden Frauen eine verblüffende Ähnlichkeit mit den gemeißelten Gesichtern aufwiesen, die ich im Spiegelsaal gesehen hatte. Zwischen diesem Ort und meiner Heimat existierte definitiv eine Verbindung. Eine Verbindung, die mir ein seltsames Gefühl bereitete.

Ich hätte Everlayne von der Ähnlichkeit zwischen den Namen dieser Göttinnen und den Namen der Sonnen über Zilvaren erzählen können, doch aus irgendeinem Grund blieben mir die Worte im Hals stecken. Ich hatte zu viele Fragen – allen voran die Frage, woher die Fae hier von Madra wussten. Everlayne sprach von ihr, als wäre sie mit der Königin der Silberstadt vertraut: Sie hatte mit absoluter Gewissheit gesagt, dass Madra ein Mensch war. Außerdem hatte ich keine Ahnung, was ein Mond war, aber all das verschob ich erst mal auf später.

Die letzte Statue stand viel tiefer in ihrer Nische als die anderen. Und im Gegensatz zu diesen war sie so aufgestellt, dass sie mit dem Rücken zum Korridor zeigte und mit dem Gesicht zur Wand. Fragend deutete ich mit dem Kinn auf den Gott mit den breiten Schultern. »Und der hier? Wofür ist der Gott?«

Everlayne musterte die Statue misstrauisch und schenkte mir dann ein gequältes Lächeln. »Das ist Zareth, der Gott des Chaos und der Veränderung.« Sie ging auf ihn zu, verbeugte sich und legte die Finger an ihre Stirn, genau wie bei allen anderen. Doch dann griff sie um ihn herum und berührte seinen Fuß.

Ich bemerkte, dass der Stein dort, an Zareths rechtem Stiefel, verfärbt war – als hätten Tausende von Händen den Gott dort getätschelt.

»Auch wir Fae können manchmal etwas abergläubisch sein«, räumte Everlayne ein. »Wenn man Zareths Gesicht betrachtet, zieht man damit seine Aufmerksamkeit auf sich. Und nur sehr wenigen gefällt es, wenn Zareths Aufmerksamkeit auf sie gerichtet ist. Wir respektieren und verehren ihn, aber es wäre uns allen lieber, wenn er sich um andere Personen kümmern würde als um uns. Deshalb berühren wir ihn am Fuß … um ihn von uns abzulenken.« Sie tätschelte seinen Stiefel und trat einen Schritt zurück. »Wir beten zu jedem Mitglied der Corcoran, dass sie eines Tages nach Yvelia zurückkehren. Doch insgeheim hoffen viele von uns, dass Zareth auf seiner Heimreise etwas vom Weg abkommt.«

Als Everlayne sich wieder in Bewegung setzte, blieb ich noch einen Moment neben dem Rücken des großen Gottes stehen und betrachtete ihn. Keine Ahnung, warum. Aber es erschien mir richtig. Dann streckte ich meine Hand aus, legte sie kurz auf den Stiefel der Statue und hastete davon.

Wir gingen weiter, vorbei an zu vielen offenen Türen, um sie alle zu zählen. Schlafgemächer und Arbeitszimmer. Räume voller Landkarten. Räume voller Bücher. Räume mit Arbeitstischen und Glasphiolen mit blubbernden Flüssigkeiten, die über einem Feuer hingen. Eigentlich hätten mich diese seltsamen neuen Eindrücke zu Tode erschrecken müssen, aber meine Neugier siegte über meine Angst.

Auch die Personen, an denen wir vorbeikamen, waren interessant. Dutzende von Fae, deren Kleidung und Gesichtszüge so seltsam waren, dass ich mich ermahnen musste, sie nicht anzustarren. Sie alle besaßen spitze Ohren, aber mehr hatten sie auch nicht gemein. Ihre Haare schimmerten in allen Regenbogenfarben, ihre Augen in allen natürlichen und unnatürlichen Schattierungen. Einige waren schlank und hochgewachsen, andere klein und gedrungen. Die Fae, die diesen Palast bewohnten, waren definitiv ein faszinierender Haufen. Aber sie starrten mich mit unverhohlener Feindseligkeit an, während ich versuchte, mit Everlaynes anmutigen, langen Schritten mitzuhalten.

Die Kälte durchdrang einfach alles. Everlayne hatte mir einen verwunderten Blick zugeworfen, als ich sie um weitere wärmende Kleidung gebeten hatte, mir dann allerdings einen Seidenschal gegeben – der mir natürlich auch nicht half. Die Kälte in der Luft kroch mir in die Knochen, setzte sich in meinen Gelenken fest und bildete dort förmlich Eiskristalle. Meine Zähne klapperten laut, während wir uns auf unser Ziel zubewegten.

»Jetzt übertreibst du aber«, sagte Everlayne und zog die Augenbrauen hoch. »In jedem Kamin brennt ein Feuer. Und selbst wenn das nicht der Fall wäre, wird der Palast rund um die Uhr auf einer angenehmen Temperatur gehalten.«

»Auf welche Weise?« Es war nicht so, dass ich ihr nicht geglaubt hätte. Andererseits … fiel es mir verdammt schwer. Denn ich konnte noch immer sehen, wie mein Atem weiße Wolken in der Luft bildete.

»Natürlich mithilfe von Magie«, antwortete Everlayne. »Ganz Yvelia ist mit Schutzzaubern versehen, um die Kälte in Schach zu halten.«

Mein Verstand sträubte sich gegen diese Aussage. Magie. Everlayne sprach dieses Wort so selbstverständlich aus, als wäre die Existenz von Magie eine Tatsache und nicht einfach nur ein Ding der Unmöglichkeit. Aber meine Definition von »unmöglich« musste offenbar neu durchdacht werden. Wenn Everlayne existierte, dann konnte auch Magie existieren, und ich war mir ziemlich sicher, dass Everlayne real war. Natürlich bestand die Möglichkeit, dass ich Halluzinationen hatte, aber die Wahrscheinlichkeit dafür sank mit jedem Schritt, den sie mich durch den Königshof der Yvelia-Fae führte. Halluzinationen endeten irgendwann, aber dieser Albtraum nahm einfach kein Ende.

Schließlich bogen wir nach links in einen Korridor ein. Vor uns erstreckte sich ein langer, gerader Gang, an dessen Ende sich ein massives Holztor befand – bestimmt sechs Meter hoch, prunkvoll verziert und von bewaffneten Wachen in Kampfmontur flankiert. Während wir durch den Gang hasteten, flogen winzige Vögel mit leuchtend bunten Federn über unseren Köpfen und vollführten zwitschernd akrobatische Flugmanöver. Einfach atemberaubend. Unter anderen Umständen wäre ich stehen geblieben, um ihr beeindruckendes Spiel zu beobachten, aber mein Herz hatte zu hämmern begonnen, und meine Handflächen fühlten sich klamm an, während sich meine Aufmerksamkeit ganz auf die ominösen Türen richtete – und auf das, was uns dahinter erwartete.

Aus der Nähe betrachtet waren die Wachen weitaus beeindruckender als die vor meinem Zimmer. Everlayne beachtete die beiden Männer nicht mal. Ohne ihre selbstbewussten Schritte zu verlangsamen, marschierte sie zu den Türen. Wortlos gingen die Männer in Habtachtstellung, ergriffen die geschnitzten Griffe der Türen wie eine Person und stießen sie für uns auf.

»Lady Everlayne de Barra«, verkündete eine kraftvolle Stimme, als wir den Saal betraten. Ich dagegen wurde nicht angekündigt. Wie ein Hündchen, das sich an die Fersen seiner Herrin heftete, eilte ich hinter Lady Everlayne her und fühlte mich wie ein Vollidiot, weil ich sie für eine Art Zofe gehalten hatte.

Wenn mir der Spiegelsaal in Zilvaren schon groß erschienen war, dann wirkte der Große Saal des Yvelia-Hofs geradezu absurd riesig. Der Bau dieses ungeheuren Raums musste Jahre gedauert haben. Links und rechts von uns erstreckten sich zahlreiche Sitzbänke, bestimmt fünfzig Reihen tief. Und auf ihnen saßen Hunderte von Fae und musterten uns schweigend, als wir den Mittelgang betraten.

Die zwölf Meter hohe Decke über uns war mit Skulpturen verziert und das Mauerwerk mit Figuren und Details, die ich jedoch nicht erkennen konnte. An den Wänden hingen prächtige Wandteppiche und bestickte Banner. Vor uns brannte ein Feuer in einem Kohlenbecken, am Fuß eines Podiums, das aus weiterem Labradorit bestand, und …

Ach, du heilige Scheiße! Der Schädel einer riesigen Bestie ragte über dem Podium auf, die Knochen weiß gebleicht und gespenstisch. Seine Augenhöhlen waren knapp zwei Meter breit, seine gehörnte Stirnplatte ragte aus den Schatten wie der Mast eines Sandskiffs, und seine Zähne … Heilige Märtyrer, seine Zähne!

Sie waren fleckig und schrecklich, jeder einzelne messerscharf und mindestens drei Meter lang.

»Was *ist* das?«, flüsterte ich.

»Ein Drache«, erwiderte Everlayne hastig und ebenfalls im Flüsterton. »Der *letzte* Drache. Sein Name war Omnamshacry. Eine Legende in meinem Volk.«

»Er muss dreißig Meter groß gewesen sein!« Ich legte den Kopf in den Nacken, während wir darauf zugingen, konnte aber die schiere Größe des Ungeheuers noch immer nicht ganz fassen. »Wie ist er gestorben?«

»Später«, zischte Everlayne.

Ich war so fasziniert von dem überwältigenden Anblick des Schädels, dass ich die sechs stattlichen Stühle auf dem Podium erst wahrnahm, als wir vor dem knisternden Kohlenbecken standen.

»Tochter«, sagte eine kalte, raue Stimme.

Die Stimme des Königs. Ein imposanter Fae mit pechschwarzen Haaren und grauen Strähnen an den Schläfen sowie trüben dunkelbraunen Augen, die scharf und unfreundlich wirkten. Obwohl er keineswegs dünn war, neigte er eindeutig nicht zu Ausschweifungen. Er trug einen schweren Umhang aus grünem Samt, auf dessen goldenen Schulterklappen die Köpfe geschuppter, knurrender Bestien prangten. Eine Hand ruhte auf der Armlehne seines prunkvollen Throns. Aber die andere, in einen Lederhandschuh gehüllt, umklammerte das Heft eines Schwerts, dessen Spitze sich in das Podium zu seinen Füßen bohrte. Es handelte sich um *das* Schwert – die Klinge, die ich im Spiegelsaal aus dem Boden gezogen hatte. Das Metall glitzerte und reflektierte die Flammen im Kohlenbecken, während der König gedankenverloren den Griff drehte.

Everlayne verbeugte sich mit einem tiefen Knicks vor dem König, ihrem Vater. »Eure Hoheit.«

Belikons trübe Augen senkten sich auf mich und trafen mich mit der Wucht eines Vorschlaghammers.

Ich versuchte mein Bestes, seinen Blick zu erwidern, doch dessen Intensität wirkte wie eine Waffe und war schwer zu ertragen.

Links von ihm saß ein anderer Mann, der mich mit rauer Stimme anknurrte: »Verneigst du dich nicht vor einem König, Kreatur?«

Der Typ war abgemagert und sah kränklich aus, mit blasser und pergamentdünner Haut. Ein Netz aus blauen Adern schlängelte sich wie zuckende Blitze über seine Wangen. Und Augen von der Farbe matten Zinns musterten mich mit unverhohlenem Widerwillen. Im Gegensatz zum König war er einfach gekleidet: in eine schlichte schwarze Robe, die seine dürre Gestalt regelrecht verhüllte.

»Er ist nicht mein König«, antwortete ich scharf.

Everlayne zuckte zusammen, fing sich jedoch schnell wieder. »Vergebt ihr, Majestät. Euer Gast ist müde und noch nicht an die neue Umgebung gewöhnt.«

Verdammt richtig: Ich hatte mich nicht an meine neue Umgebung gewöhnt. Und es hätte ein Wunder jeder einzelnen Gottheit gebraucht, die Everlayne mir gerade vorgestellt hatte, um mich an all das hier zu gewöhnen. Außerdem: Everlaynes Worten nach zu urteilen, gab es diese Gottheiten nicht mal mehr.

»Unwissenheit ist keine Entschuldigung für Respektlosigkeit«, fauchte der Mann.

»Sei still, Orious«, dröhnte König Belikon. »So eine offene Verachtung habe ich schon lange nicht mehr erlebt. Irgendwie erfrischend. Ich werde es vorerst tolerieren … bis es mir lästig wird. Tritt vor, Mädchen.«

Nur drei der sechs Plätze auf dem Podium waren besetzt. Eine uralte, ganz in Weiß gekleidete Frau mit dichtem grauem Haar und knorrigen Händen beobachtete mich mit unergründlichem

Blick in den dunklen Augen, als ich trotzig das Kinn hob und der Aufforderung des Königs folgte.

»Du stehst vor mir als Gast dieses Hofs, Mädchen. Als solcher hast du Anspruch auf ein gewisses Maß an politischer Nachsicht«, verkündete Belikon. »Wenn du diesen Thronsaal verlässt, bist du nicht mehr mein Gast. In dem Moment wirst du meine Untertanin und kommst daher nicht mehr in den Genuss meiner Nachsicht.«

Ich öffnete den Mund, um dieser Ankündigung zu widersprechen, doch Everlaynes schneller Tritt gegen meinen Knöchel ermahnte mich, meine Zunge zu hüten.

»In diesem Reich gibt es Regeln. Regeln, die befolgt werden müssen. Du wirst viel Zeit in der Bibliothek verbringen, um unsere Sitten und Gebräuche kennenzulernen. Jeder vorsätzliche Verstoß gegen unsere Gesetze wird sofort geahndet. Also: Du wurdest hierhergebracht, um eine bestimmte Aufgabe zu erfüllen. Und du wirst diese Aufgabe schnell und effizient durchführen …«

Ich konnte mich nicht länger zurückhalten. »Es tut mir leid, aber … was meint Ihr mit *Aufgabe*?«

Ein Aufschrei ging durch die Reihen der Fae. Natürlich brauchte mir niemand zu sagen, dass das Unterbrechen eines Königs ein Todesurteil bedeuten konnte, aber die Frage war mir herausgerutscht, bevor ich es verhindern konnte. Und überhaupt: Wenn er mich köpfen wollte, dann sollte es eben so sein. Harron hatte mich windelweich geprügelt, und ich war dem Tod nur knapp entkommen. Zugegeben, das Ganze war wirklich übel gewesen, aber inzwischen hatte ich keine Angst mehr vor dem Tod. Ich war wütend, und ich wollte Antworten.

Der König legte den Kopf leicht nach links und betrachtete mich mit dem grausamen Interesse eines Jägers, der seine Beute musterte. »Was ich meine?«, wiederholte er.

Neben mir murmelte Everlayne leise vor sich hin. Betete sie etwa?

Erneut hob ich das Kinn und erwiderte mit fester, klarer Stimme: »Niemand hat etwas von einer Aufgabe gesagt. Ich wurde gegen meinen Willen hierhergebracht.«

»Hätte man dich dort gelassen, wo du gefunden wurdest, hätte dich das dein Leben gekostet.« Belikons Stimme hallte so laut durch den Saal, dass die Wände zu vibrieren schienen. »Wäre es dir lieber gewesen, man hätte dich dort zum Sterben zurückgelassen?«

»Ich muss nach Zilvaren zurück. Mein Bruder …«

»… ist bereits tot.« Die Endgültigkeit in Belikons Worten raubte mir den Atem. »Diese Schlampe von Königin hat deiner Heimat und allen, die dort wohnten, ein Ende bereitet.«

»Das könnt Ihr nicht wissen.«

Der Mund des Königs verzog sich grimmig. »Sie hat verkündet, dass sie es tun würde. Zumindest hat man mir das berichtet. Wir kennen deine Königin: eine machtgierige Despotin mit einem verschrumpelten schwarzen Herzen. Gewalt ist ihr Glaubensbekenntnis. Wenn sie geschworen hat, sie alle zu töten, dann ist jeder, den du einst gekannt hast, jetzt tot … zusammen mit Tausenden anderen. Du dagegen bist noch am Leben und schuldest den Fae von Yvelia meines Erachtens Dankbarkeit. Mit Erfüllung deiner Aufgabe wirst du diese Schuld begleichen. Ich habe gerade erst die Details über deine Ankunft in Yvelia erfahren. Die Person, die dich an meinen Hof gebracht hat …« Belikon fuhr sich mit der Zunge über die Zähne, als wollte er einen üblen Geschmack wegwischen. »Diese Person hat meinen Wachen mitgeteilt, dass du diejenige warst, die das Portal wieder geöffnet hat. Zwar scheint es höchst unwahrscheinlich, dass ein Mensch das Quicksilver geweckt hat …«, er schnaubte verächtlich, »aber nach tausend Jahren des Wartens können wir es uns nicht leisten, dies ohne genauere Überprüfung als Irrglauben abzutun. Und du darfst mir ruhig glauben: Wir alle hoffen und beten, dass ein so heiliges Amt nicht in solch unheilige Hände gefallen ist.« Er holte tief Luft. »Aber die Wege der Schicksalsgöttinnen sind unergründlich. Und so oder so werde ich dafür sorgen, dass die Portale wiederhergestellt werden.«

»Ich …«

Der König hob das Schwert in seiner Hand und ließ es so heftig herabfahren, dass dessen Spitze auf das Podium krachte und einen Hagel hellblauer Funken in die Luft versprühte. »Du wirst mich kein zweites Mal unterbrechen!«, donnerte er. Innerhalb eines Herzschlags hatte sich seine Miene von Missmut zu bitterer Empörung gewandelt. »Du hast den Auftrag, das Quicksilver zu erwecken und die Passagen zwischen dieser und den anderen Welten wieder zu öffnen. Je nachdem, wie bereitwillig du deiner Aufgabe nachkommst, wird sich deine Zeit in Yvelia gestalten. Widersetze dich, und dein Leben innerhalb der Mauern dieses Palastes wird unendlich unangenehmer werden. So soll es geschehen!«

Ich wartete darauf, dass er *mir* das Wort erteilte – eine Litanei von Einwänden und ausgewählten Schimpfwörtern brannte mir bereits auf der Zunge. Doch dieses Gebot der Höflichkeit interessierte Belikon scheinbar nicht. Stattdessen winkte er mich mit einer gelangweilten Handbewegung weg, als wäre ich für ihn nicht weiter von Interesse. Heiße Wut brodelte in meinem Magen. Da ich mich nicht so unhöflich fortschicken lassen wollte, rührte ich mich nicht von der Stelle und blieb stur stehen.

Doch Everlayne packte mich am Arm und versuchte, mich nach rechts zu schieben. Offenbar war meine Audienz beim König beendet.

»Geh schon.« Everlayne übte stärkeren Druck aus und zwang mich, mich in Bewegung zu setzen. Wie betäubt gehorchte ich und ließ mich von ihr vom Podium weg zu der unbesetzten Bank am vorderen Ende des Saals führen. Als ich mich setzte, zischte sie: »Bedeutet dir dein Leben wirklich so wenig?«

»Wenn Hayden wirklich tot ist … dann ja«, flüsterte ich zurück. »Dann bedeutet mir mein Leben nichts mehr.«

Everlayne betrachtete mich nachdenklich, aber mein Blick war auf den Mistkerl oben auf dem Podium gerichtet.

Der König schien mich bereits vergessen zu haben. Seine grausamen Züge wirkten wieder gleichgültig. »Ich habe noch andere Dinge zu erledigen«, rief er. »Bringt den Hund herein und lasst uns diese Angelegenheit beenden.«

Den Hund?

Ein Raunen ging durch die versammelten Fae. Doch auf der anderen Seite des Podiums schlug ein hochgewachsener rothaariger Fae mit einem schweren vergoldeten Stab dreimal dröhnend auf den Boden, woraufhin die Menge verstummte. Die Türen am Ende des Thronsaals knarzten laut, und Chaos brach aus, als eine Gruppe von Fae in voller Rüstung den Saal betrat. Vielleicht sechs oder sieben Wachen, die einen Mann, der sich wie ein tollwütiges Tier hin und her wand, durch den Mittelgang zum Podium zerrten.

Der Mann trat wie wild um sich, und die Wachen taten ihr Bestes, um ihn festzuhalten. Doch trotz ihrer Bemühungen brachte er zwei von ihnen zu Fall. Schließlich gelang es den Wachen, die sich wehrende Gestalt vor den Thron zu schleifen und dort auf die Knie zu zwingen.

Dunkle Locken fielen dem ganz in Schwarz gekleideten Fae ins Gesicht, und seine Schultern waren bis zu den spitzen Ohren hochgezogen. Seine Brust hob und senkte sich bei jedem schweren Atemzug, während Tätowierungen wie Rauch über seine Haut zogen, seinen Nacken hinaufkrochen und über seine Handrücken wirbelten.

Es handelte sich um den Tod.

Allerdings hatte er in diesem wilden Zustand nur wenig Ähnlichkeit mit dem Mann, der mich im Spiegelsaal vom Boden hochgehoben hatte. Erst als er den Kopf zurückwarf und die Zähne fletschte, konnte ich es wirklich glauben.

Neben mir holte Everlayne scharf Luft und rutschte an den Rand der Bank. »Verdammt!«

Als der Rest der Menge einen klaren Blick auf das Gesicht des Mannes erhaschte, begannen auch diese Fae zu fluchen.

»Der wandernde Fluch.«

»Der Tod von Gillethrye.«

»Der Schwarze Ritter.«

»Kingfisher.«

»Kingfisher.«

»Kingfisher.«

Der Name Kingfisher hallte durch den Saal, mit einer Mischung aus Ehrfurcht und Angst in den Stimmen.

»Er lebt!«

»Er ist zurückgekehrt!«

Neben mir starrte Everlayne diesen Kingfisher an, der sich knurrend und murrend gegen die Wachen stemmte. »Es ist schlimmer geworden«, flüsterte sie. »So viel schlimmer.«

»Was ist mit ihm los?«, zischte ich.

Doch Everlayne reagierte nicht. Stattdessen war ihr starrer Blick weiterhin auf den Mann geheftet, der vor Belikon kniete, und sie presste die zitternden Finger an ihre Lippen.

»Seht!«, rief Belikon und erhob sich. Dann schritt er auf Kingfisher zu, und anstatt das Schwert in die Scheide zu schieben, zog er es hinter sich her, dass die Spitze der Klinge Funken sprühte. Während das Metall über das Podium schabte, ertönte ein schrecklicher, vielstimmiger Schrei in meinem Kopf. Ein ohrenbetäubendes Kreischen. Mir drehte sich der Magen um, und Galle stieg mir in die Kehle. Hektisch drückte ich mir die Hände auf die Ohren, im Versuch, das Geräusch auszublenden. Doch der übelkeiterregende Ton wurde noch lauter, als Belikon die Waffe zum Rand des Podiums schleifte.

»Das hier … ist der Preis der Torheit!«, dröhnte er. »Wahnsinn. Wahnsinn und Tod!«

Kingfisher versuchte, sich zu befreien und sich auf den König zu stürzen, aber die Wachen rangen ihn nieder und drückten ihn zu Boden. Einer rammte ihm ein Knie in den Nacken, doch der Mann bäumte sich auf und versuchte, seine Unterdrücker abzuschütteln.

König Belikon sog scharf die Luft ein und schüttelte verächtlich den Kopf.

Mit einer theatralischen Geste breitete er die Arme aus und rief: »Die Geißel von Yvelia! Der Mann, der eure Kinder in ihren Albträumen verfolgt. Der Mann, der aus einer Laune heraus eine ganze Stadt in Brand gesteckt hat. Der Mann, der euch die Kehle durchschneiden würde, sobald er eurer auch nur ansichtig wird. Aber macht diese erbärmliche Kreatur auch jetzt noch eine so imposante Figur?«

Ein Raunen ging durch den Saal, doch es ließ sich unmöglich sagen, welcher Konsens unter den Fae herrschte. Diejenigen, die Kingfisher für ein furchterregendes Monster hielten, überschlugen sich fast, um Abstand zwischen ihn und sich und ihre Familien zu bringen. Andere dagegen saßen mit versteinerten Mienen da und sahen sich gegenseitig mit zusammengebissenen Zähnen und geblähten Nasenflügeln an, da ihnen die Vorführung offensichtlich nicht gefiel.

»Sein Exil war noch nicht beendet, aber er ist trotzdem zurückgekehrt. Etwas mehr als ein Jahrhundert ist seit Gillethrye vergangen. Unser Kummer ist etwas abgeklungen. Der Schmerz brennt etwas weniger stark. Aber heißt das auch, dass wir ihm verzeihen sollten?«

Um uns herum brauste ein Gebrüll auf, das so laut auf meine Trommelfelle einschlug, dass sie jeden Moment zu platzen drohten.

»Gnade!«

»Tötet ihn!«

»Verbannt ihn!«

»Beschützt Yvelia vor der Geißel!«

»Kingfisher!«

»Kingfisher!«

»Kingfisher!«

»Schickt ihn ins Grab!«

Pure Angst strahlte von Everlayne aus, während sie die Untertanen ihres Vaters über ihre Schulter hinweg betrachtete. Zitternd rang sie die Hände. »Er wird ihn ermorden«, flüsterte sie. »Er wird sie in einen Rausch versetzen, bis sie seinen Tod fordern.« Sie schien einen Moment zu überlegen, drehte sich dann hastig um und blickte wieder zum Podium hinauf – nicht zu Belikon, der über Kingfisher drohend aufragte, sondern zu der alten Frau mit den knorrigen Händen und den milchweißen Augen.

»Malwae.« Everlayne sprach den Namen nur einen Hauch lauter als ein Flüstern aus, aber die alte Frau wandte sich langsam von Belikon ab, der wild über Kingfisher gestikulierte, und drehte sich der schönen Frau neben mir zu.

»Tu etwas. Bitte!«, flehte Everlayne.

Malwae erstarrte auf ihrem Stuhl. Dann setzte sie sich aufrechter und warf Everlayne einen Blick zu, der zu sagen schien: »Was soll ich denn tun?«

Everlayne wimmerte und stieß einen noch lauteren Schrei aus, als König Belikon das Schwert, das er zu Kingfisher geschleift hatte, anhob und es über den Oberkörper des dunkelhaarigen Mannes hielt.

»Was sagt ihr, Fae von Yvelia? Sollen wir diesen Mistkerl von hinten erstechen, so wie er uns seine Klinge in den Rücken gerammt und uns niedergestochen hat?«

»Gnade! Bitte, Gnade!«

»Macht ihn fertig!«

»Beschützt Yvelia!«

Allem Anschein nach hatte dieser Kingfisher viele Menschen getötet. Der König tat so, als hätte er aus einer Laune heraus gehandelt, aus purer Bosheit. Wenn das stimmte, hätte man argumentieren können, dass der Mann eine Bestrafung verdiente. Aber die theatralische Inszenierung des Ganzen fühlte sich irgendwie falsch an. Belikons Verhalten war zu einstudiert und anmaßend, und Everlaynes Panik griff auch auf mich über. Zugegeben, ich kannte sie kaum, aber sie schien … na ja … eine gute Person zu sein. Wäre sie genauso besorgt, wenn ihr Vater drohte, einen kaltherzigen Mörder hinzurichten? Würde sie nicht genau wie der Rest der Menge Gerechtigkeit fordern?

Nervosität erfasste mich. »Er wird ihn doch nicht wirklich töten, oder?«

Die Frage stieß auf taube Ohren. Denn Everlayne starrte zum Podium hinauf und konzentrierte sich mit brennendem Blick auf die grauhaarige Frau. »Malwae, jetzt! Wenn du meiner Mutter auch nur einen Funken Liebe entgegengebracht hast, wirst du jetzt etwas unternehmen, um ihn zu retten«, zischte sie.

Ein resignierter Ausdruck huschte über Malwaes faltige Züge. Sie ächzte, als sie sich widerstrebend aufrichtete und langsam zum Rand des Podiums schritt.

Die Rufe der Menge wurden noch lauter, als der König die gebückte alte Frau aus dem Augenwinkel wahrnahm. »Was ist das denn? Unterstützung für den Verräter?« Belikon lachte kalt. »Setz dich wieder, Malwae. Ruh deine alten Knochen aus. Wir sind hier bald fertig, und dann kannst du dich wieder deinen Wahrsagungen widmen.«

»Ach, ich wünschte, das wäre möglich, Hoheit«, krächzte Malwae. »Aber das Schwert ruft nach mir. Ich spüre es deutlich. Die letzten Reste seiner Macht hallen in ihm wider, künden von einer Prophezeiung. Ich bin schon halb taub … so laut, wie das verfluchte Ding in meinen Ohren klingelt.«

»Eine Prophezeiung?«

»Das Schwert hat noch immer eine gewisse Macht?«

Um uns herum wurden Fragen laut. So viele Fragen. Die Erklärung des alten Weibs schien die Fae sichtlich zu beunruhigen.

»Um die Prophezeiung vollständig zu hören, muss ich das Schwert halten, Hoheit«, sagte Malwae und streckte erwartungsvoll die Hand aus.

»Das Orakel erhält eine Prophezeiung!«, rief eine junge Frau ein paar Reihen weiter hinten. »Ein Segen! Es ist ein Segen!«

Belikon taxierte die Menge und kniff die dunklen Augen leicht zusammen. Dann wandte er sich an Malwae: »Dies verlangt nach einer Audienz unter vier Augen. Das Deuten von Prophezeiungen steht nur dem König zu. Aber keine Sorge, du darfst das Schwert halten, sobald meine Arbeit hier getan ist.«

Blitzschnell streckte Malwae die Finger aus und schloss sie um Belikons Handgelenk. Und im Bruchteil einer Sekunde leuchteten ihre trüben Augen strahlend weiß. Licht strömte aus ihnen hervor und erhellte das Podium. »Den Göttern muss Folge geleistet werden!« Ihre Stimme, die kurz zuvor nur ein Krächzen gewesen war, klang jetzt ganz nach Donner und Gottesurteil. Und ihre Worte dröhnten durch den großen Saal. »Den Anweisungen der Götter muss Folge geleistet werden, sonst wird das Haus de Barra untergehen!«

Belikon starrte sie mit offenem Mund an, doch bevor er etwas sagen konnte, packte Malwae das Schwert und schloss die knochige Hand um dessen Schneide. Ein Strom Blut – leuchtend blau – ergoss sich über den Stahl.

Fassungslose Stille legte sich über die Menge, nur durchbrochen von dem Mann in Schwarz, Kingfisher. Er brüllte, rappelte sich auf und versuchte noch immer, sich zu befreien.

»Dieser Kingfisher wird nicht durch deine Hand sterben. Nicht heute«, dröhnte Malwae. »Der Kingfisher wird nicht durch deine Hand sterben.«

»Was zum Teufel ist hier los?«, flüsterte ich.

»Warte.« Everlayne packte meine Hand. »Warte einfach.«

»Was soll ein König, der sein Volk liebt, dann tun?«, stieß Belikon hervor. »Zulassen, dass wahnsinnige Verbrecher unter ihnen wandeln?«

Das Licht, das aus Malwaes Augen drang, verblasste kurz und flammte dann wieder auf. »Gib ihm zurück, was du ihm genommen hast«, psalmodierte sie.

»Das Schwert gehört mir …«

»Der Anhänger«, unterbrach Malwae ihn. »Er muss zurückgegeben werden.«

»Dieser Anhänger enthält mächtige Magie. Er gehört nicht um den Hals eines verräterischen Hundes. Er gehört mir. Eher gehe ich in die ewigen Jagdgründe ein, bevor ich den Anhänger zurückgebe …«

»Den Anweisungen der Götter muss Folge geleistet werden, sonst wird das Haus de Barra untergehen!«, donnerte Malwae. »Den Anweisungen der Götter muss Folge geleistet werden, sonst wird der Winterpalast untergehen!«

Der König hatte sichtlich Mühe, seine Wut zu unterdrücken. »Wie könnte ich mich den Wünschen der Götter widersetzen?« Er schenkte Malwae ein Grinsen – ein kurzes Aufblitzen strahlend weißer Zähne, scharf wie Dolche – und wandte sich dann reumütig wieder der Menge zu.

Die Fae waren von ihren Sitzen aufgesprungen und stritten miteinander über das Schicksal dieses Kingfishers.

»Frieden. Frieden, meine Freunde. Malwae hat mich daran erinnert, dass Angelegenheiten wie diese angemessen behandelt werden müssen. Der Fluch wird seinen Verstand für eine Weile zurückerhalten.«

»Sperrt ihn weg!«, schrie eine Frau mit hysterischer Stimme.

»Sperrt ihn in den Kerker!«

»Lasst ihn frei!«

»Schickt ihn zurück an die Front«, dröhnte eine tiefe Stimme. »Lasst ihn kämpfen! Er soll beenden, was er angefangen hat!« Die donnernde Stimme hallte von Wand zu Wand, vom Boden bis zur hoch aufragenden Decke und brachte die anderen Fae zum Verstummen.

Mein Blick war auf den Mann gerichtet gewesen, der noch immer am Boden lag und sich wand. Doch jetzt schaute ich über meine Schulter und versuchte zu erkennen, wer diese laute Forderung gestellt hatte – genau wie Everlayne. Ich konnte sehen, wie ihr Puls in der Kehle heftig flatterte.

Belikon lächelte matt, während er ebenfalls nach dem Störenfried unter seinen Untertanen Ausschau hielt. »Es wäre unklug, eine derartige Bedrohung in einem Kriegslager frei herumlaufen zu lassen. Tritt vor und verteidige deinen Vorschlag, Sprecher. Erkläre deine Motive.«

Eine angespannte Stille erfasste den Saal. Malwae und Everlayne tauschten vorsichtig einen Blick, schwiegen aber beide, als sich die Menge teilte und der riesige Mann, der kurz zuvor in mein Zimmer gestürmt war, zum Vorschein kam.

Renfis, weit über zwei Meter groß, stark tätowiert und mit schulterlangem hellbraunem Haar, trat aus der Menge hervor und gab sich zu erkennen. Seit unserer letzten Begegnung hatte er sich ein blaues Auge und eine aufgeplatzte Lippe zugezogen. Außerdem hinkte er leicht, was mich zu der Annahme veranlasste, dass die letzten Stunden kein Vergnügen für ihn gewesen sein konnten. Ein Raunen und Tuscheln folgte ihm auf den Fersen, als er sich auf den Weg zu Belikon und dem gefesselten Kingfisher machte.

»General Renfis?« Belikon sah sich um und runzelte die Stirn, als wäre er verwirrt. »Du solltest doch an der Front sein. Habe ich dich nicht damit beauftragt, meinen Krieg zu gewinnen? Aber jetzt bist du hier und betrittst meinen Palast, noch dazu bis an die Zähne bewaffnet? Ich muss schon sagen, ich bin erstaunt.«

Bei allen Göttern, dieser Mistkerl liebte es, eine Show abzuziehen.

»Jawohl, Eure Hoheit«, antwortete Renfis. »Ich war an der Front, doch als ich von seiner Rückkehr erfuhr, bin ich sofort hierhergekommen.«

Von *seiner* Rückkehr.

Kingfisher.

Selbst der General wollte seinen Namen nicht aussprechen.

»Also gegen meinen Befehl?« Belikons Lächeln hatte jetzt eine gefährliche Note.

»Ich habe Eure Befehle direkt befolgt, Hoheit.«

»Ach ja? Ich kann mich nicht erinnern, dass ich dir befohlen hätte, deinen Posten zu verlassen.«

Während andere vor Belikons Zorn zurückschreckten, blieb der General gleichmütig, die Hände locker an den Seiten. »Die Lage in Cahlish ist ernst. Unsere Männer sterben jeden Tag scharenweise. Die Bestien, die an den Grenzen des Feinds patrouillieren, breiten sich immer weiter aus und überwältigen unsere Wachen und Außenposten regelmäßig. Unsere Nachschubwege sind abgeschnitten. Wir leben nur von dem, was wir jagen und sammeln können. In sechs Monaten ist der Krieg vorbei, aber Yvelia wird nicht auf der Seite der Sieger stehen. Also tue ich genau das, was Ihr mir befohlen habt, Eure Hoheit: Ihr habt mich beauftragt, den Krieg mit allen Mitteln zu gewinnen. Und deshalb bin ich hergekommen, um das einzige Mittel zu holen, das uns einen Vorteil vor dem Feind verschafft. Ich bin seinetwegen hier.«

Belikon stieß ein ungläubiges Lachen aus. Dann zeigte er auf die sich sträubende Gestalt des Kingfishers. »Seinetwegen? Deshalb bist du hergekommen? Willst du mir ernsthaft sagen, dass dieser verräterische, verlogene, raubgierige Hund das Einzige ist, was zwischen uns und der völligen Vernichtung steht? Du bist genauso verrückt wie er, General.«

Vereinzeltes nervöses Gelächter erhob sich unter den Fae. Doch General Renfis bewahrte erneut die Fassung. »Wie Malwae bereits andeutete, Eure Majestät, braucht er nur diesen Anhänger, dann wird es ihm wieder besser gehen. So oder so ist es mir lieber, er kämpft für uns – wenn auch auf etwas ungewöhnliche und unberechenbare Weise – als gar nicht.«

»Wenn es so schlimm ist, wie du sagst, wird er in wenigen Tagen getötet werden«, entgegnete Belikon abschätzig.

»Vermutlich, Majestät. Aber, bei allem Respekt, würde Euch diese Wahrscheinlichkeit nicht die Mühe eines Prozesses wegen der Vorfälle in Gillethrye ersparen?«

Der König zögerte, wollte wohl gerade etwas sagen, überlegte es sich dann aber anders. Trotz all seines Prunks und Gehabes war er kein guter Schauspieler. »Nun, jetzt, da du es erwähnst … Vielleicht hast du recht, Renfis. Vielleicht wäre eine Rückkehr an die Front eine gerechte Strafe. Warum sollte er die Kriegsanstrengungen nicht unterstützen?«

Noch vor wenigen Sekunden hatte Belikon Renfis dafür bestrafen wollen, dass er im Winterpalast aufgetaucht war, doch das strahlende Lächeln, das er ihm jetzt schenkte, sollte wohl so etwas wie Vergebung andeuten.

»Eine Woche«, verkündete Belikon, der offensichtlich einen Beschluss gefasst hatte. »Du kannst ihn in einer Woche mitnehmen. Da er so viel über das Quicksilver weiß, wird er hierbleiben und Rusarius dabei helfen, sich um das Mädchen zu kümmern. Sobald sie in der Lage ist, das Quicksilver im Becken eigenständig aufzuwecken, wird Kingfisher ein weiteres Mal von diesem Hof verbannt.«

Renfis verbeugte sich tief. Seine Erleichterung war deutlich spürbar.

Der König schob eine Hand in seine bestickte Robe, holte denselben Anhänger heraus, den Kingfisher mir in Zilvaren um den Hals gehängt hatte, würdigte den Mann aber keines Blickes und warf den Anhänger stattdessen Renfis vor die Füße.

»Schaff ihn mir aus den Augen, General. Bevor mein gütiges Naturell es sich doch noch anders überlegt.«

Blitzschnell hob Renfis den Anhänger vom Boden auf; die glänzende Silberkette wirkte in seinen riesigen Händen total zerbrechlich. Er zuckte zusammen, als er sie hastig zu Kingfisher trug, und knurrte dann die Wachen an, die noch immer versuchten, ihn festzuhalten.

Belikons Männer schienen erleichtert, ihren Häftling loslassen zu können. Kingfisher fletschte die Zähne in Renfis' Richtung, und ein animalisches Knurren bildete sich in seiner Kehle. Im ersten Moment sah es so aus, als wollte er ihn angreifen, doch hinter dem Wahnsinn, der in seinen leuchtend grünen Augen lauerte, blitzte ein Hauch von Erkennen auf.

»Bitte, bitte. Bei den Göttern …«, flüsterte Everlayne und zog die Unterlippe zwischen die Zähne, den Blick auf die beiden Männer am Fuß des Podiums geheftet.

Ich hatte keine Ahnung, worum sie betete, aber sie war angespannt wie eine Stahlfeder, bereit, jeden Moment aufzuspringen.

Gequält holte sie Luft, als Kingfisher erstarrte und den Kopf so tief senkte, dass sein schwarzer Haarschopf sein Gesicht verdeckte.

Renfis handelte schnell: Er legte dem Mann die Kette um

den Hals, schloss sie, trat zurück und wartete. Es dauerte einen Moment, aber …

Ja, jetzt war es deutlich zu sehen: Kingfisher begann zu zittern, zuerst nur leicht, aber schon bald am ganzen Körper. Renfis fing ihn auf, als seine Arme ihm den Dienst versagten.

»Du hast fünf Sekunden Zeit«, warnte Belikon.

»Los, los, los«, murmelte Everlayne nervös.

Renfis packte Kingfisher, zerrte ihn auf die Beine, warf dessen Arm über seine eigene Schulter und setzte sich in Bewegung. Kingfishers Kopf rollte etwas hin und her, doch er wehrte sich nicht. Mit Renfis' Hilfe gelang es ihm, einen Fuß vor den anderen zu setzen, bis die beiden die Türen am Ende des Saals erreichten.

Mit großen Augen beobachtete Everlayne, wie die Männer dort innehielten, und schlug sich besorgt die Hände vor den Mund. »Los, macht schon!«, zischte sie in ihre verschränkten Finger.

Renfis sprach mit Kingfisher, sein Mund bewegte sich nah an dessen Ohr, und zum ersten Mal schien Kingfisher seine Umgebung wahrzunehmen. Er schüttelte den Kopf und warf dann langsam einen Blick über die Schulter in Richtung des versammelten Hofstaats.

Sämtliche Fae erstarrten.

Sämtliche Gespräche verstummten.

Mir schlug das Herz bis zum Hals, als ich den Ausdruck in Kingfishers Gesicht sah.

Bei den Göttern, er wirkte so jung. Viel jünger als im Spiegelsaal, als er scheinbar nur aus Schatten und Rauch bestanden hatte.

Seine Miene verhieß Schmerz, Blut und Tod.

Und er sah den König direkt an. Vielleicht hatte aber auch der Schädel des toten Drachen seinen Hass geweckt. Ich konnte es nicht sagen.

»Komm schon. Wir müssen von hier verschwinden.« Everlayne packte mich am Handgelenk und zerrte mich von der Bank hoch.

Eine Sekunde später standen wir vor dem Podium, und sie zog mich zu einer tiefen Verbeugung hinunter. »Wir bitten um Eure Erlaubnis, uns entfernen zu dürfen, Hoheit«, verkündete sie. »Saeris kann es kaum erwarten, sich ans Werk zu machen.«

Das Einzige, was ich kaum erwarten konnte, war, mich aus dem Staub zu machen. Doch ich hielt den Mund. Je schneller wir aus diesem Saal herauskamen, desto besser.

»Ihr dürft gehen«, sagte Belikon. Als wir auf halbem Weg zu den Türen waren, rief der König seiner Tochter etwas nach: »Behalte sie im Auge, Everlayne. Du bist jetzt für sie verantwortlich.«

Doch Everlayne verringerte ihre Geschwindigkeit keine Sekunde: Sie eilte aus dem Thronsaal und zog mich hinter sich her. Wir fanden Renfis im Korridor hinter den Türen, mit aschfahlem Gesicht. Sechs Schritte entfernt stand Kingfisher, die Hände an die Wand gestützt und leicht vorgebeugt, während er auf den Boden spuckte. Zu seinen Füßen befand sich eine Lache aus Erbrochenem.

Everlayne sah Renfis fest in die Augen. »Du bist wohl vollkommen wahnsinnig!«

»Was hätte ich denn tun sollen? Er wollte ihn verdammt noch mal hinrichten.«

»Du solltest ihm den Anhänger geben und ihn schon vor Stunden von hier wegbringen!«

Der Bluterguss unter Renfis' rechtem Auge vertiefte sich von Sekunde zu Sekunde. Und der Riss in seiner Lippe hatte zu bluten begonnen. Aufgebracht deutete er auf seine Verletzungen. »Acht von Belikons Mistkerlen haben sich auf mich gestürzt, bevor ich sein Zimmer betreten konnte. Sie müssen mir gefolgt sein. Sie haben mich bewusstlos geschlagen, Layne. Als ich wieder zu mir kam …«

»Ja, ja, schon gut, schon gut. Die Sache ist entschieden. Wir müssen einfach mit den Konsequenzen leben, und …«

»Hört auf zu streiten.«

Bei diesen Worten schoss mir ein heißer Schauer den Rücken hinauf. Kingfishers Stimme klang rau und gequält, aber auch energiegeladen. Jede Faser meines Körpers war in höchster Alarmbereitschaft.

Renfis und Everlayne wandten sich ihm zu, der General mit hängendem Kopf, Everlayne den Tränen nahe. »Du hast das Becken passiert? Von allen leichtsinnigen, idiotischen, dummen Dingen, die du hättest tun können …« Everlaynes Stimme brach.

Kingfisher fuhr sich mit der Hand übers Gesicht und strich sich dann die Haare aus den Augen. Im Spiegelsaal war es ziemlich dunkel gewesen – ganz zu schweigen davon, dass ich viel Blut verloren hatte. Außerdem hatte er sich im Thronsaal so sehr zur Wehr gesetzt, dass ich nicht viel von ihm hatte erkennen können. Doch jetzt sah ich ihn zum ersten Mal richtig, und eine Schockwelle durchströmte meinen Körper, bis tief in meine Seele hinein.

Dunkle Bartstoppeln zeichneten sich auf seinem markanten Kiefer ab. Er hatte hohe Wangenknochen, eine pfeilgerade, stolze Nase und eine dunkle Sommersprosse direkt unter seinem rechten Auge. Und diese Augen! Bei den Göttern! Nie zuvor hatte ich eine solche Iris gesehen. Einen derartigen Grünton: eine Jadeschattierung, so hell und leuchtend, dass sie irgendwie unecht wirkte. In Madras Spiegelsaal waren mir die silbernen Fäden in seiner rechten Iris aufgefallen, aber ich hatte angenommen, dass ich sie mir nur eingebildet hatte, weil ich dem Tod so nahe gewesen war. Doch das Silber leuchtete jetzt, ganz real, und bildete eine reflektierende, metallische Korona um die schwarze Grube seiner Pupille. Dieser Anblick verwirrte mich, genau wie die Gefühle, die sie in mir weckten und die ich nicht begriff.

Kingfisher warf mir nur einen kurzen Blick zu und wandte sich dann wieder an Everlayne. »Hallo, Layne.«

Everlayne stieß einen erstickten Schluchzer aus, und Tränen

liefen ihr über die Wangen. Aber dann funkelte sie den schwarz gekleideten Krieger finster an. »Nach hundertzehn Jahren kannst du dir dein ›Hallo, Layne‹ sparen. Beantworte mir lieber eine Frage: Warum zum Teufel hast du dieses Becken passiert?«

Er seufzte müde. »Mir blieben zwei Sekunden, um mich zu entscheiden. Das Portal schloss sich bereits wieder. Was hätte ich also tun sollen?«

»Du hättest es sich schließen lassen sollen!« Ihre Stimme klang hart wie Stein.

Kingfisher stöhnte auf, beugte sich dann vor und erbrach sich erneut. »Tadel mich morgen. Im Moment brauche ich nur zwei Dinge: Whisky und ein Bett.«

Everlayne machte nicht den Eindruck, als wollte sie ihm diese Dinge gewähren. Sie schnaubte und verschränkte die Arme vor der Brust.

Hastig stellte Renfis sich zwischen die beiden und schüttelte den Kopf. »Wie wäre es, wenn wir uns alle etwas ausruhen? Morgen früh können wir alles Weitere besprechen.«

»Ihr könnt beide in meinem Zimmer schlafen«, erklärte Everlayne. »Dort seid ihr am sichersten. Und jetzt geht endlich, bevor er den ganzen Hof entlässt. Ich komme gleich nach.«

Ich war unsichtbar, unwichtig. Weder Renfis noch Kingfisher würdigten mich eines Blickes, als sie sich umdrehten und gingen. Kingfisher stolperte ein wenig, schlug aber Renfis' Hand weg, als dieser versuchte, ihm zu helfen.

»Komm schon. Wir müssen auch dich in dein Zimmer zurückbringen.« Everlayne versuchte erneut, mein Handgelenk zu packen, aber ich riss es zurück, bevor sie mich zu fassen bekam.

»Wenn du willst, dass ich irgendwo hingehe, dann frag mich einfach, ob ich mitkomme«, fauchte ich. »Ich habe es satt, wie ein Tier an der Leine herumgeschleift zu werden.«

»Es ist hier nicht sicher für dich, Saeris.«

»Du hast recht. Anscheinend bin ich hier wirklich nicht in Sicherheit. Meinst du nicht, du hättest mir sagen sollen, dass dein Volk sich im Krieg befindet?«

Sie runzelte die Stirn. »Habe ich das denn nicht erwähnt?«

»Nein!«

»Oh. Okay. Wir befinden uns schon länger im Krieg mit Sanasroth, als ich denken kann. Das muss mir entfallen sein«, sagte sie ungeduldig. »Würdest du bitte mit mir in dein Zimmer zurückkehren, Saeris? Ich werde dir all deine Fragen zu gegebener Zeit beantworten, aber nicht hier und jetzt.«

Elroy hatte immer behauptet, ich wäre bockig wie ein Esel. Am liebsten hätte ich mich auch jetzt stur gestellt und mich keinen Zentimeter gerührt, aber irgendwie hatte ich das Gefühl, dass ich das bereuen würde. Und das Versprechen auf Antworten war zu verlockend. Ich hatte mehr Fragen, als ich zählen konnte – so viele, dass mir fast der Kopf platzte. Außerdem schien niemand sonst gewillt, mir Auskunft über die üble Situation zu geben, in der ich mich befand.

Mit finsterer Miene setzte ich mich in Bewegung.

Everlayne schenkte mir ein dankbares Lächeln. »Eines kann ich dir jetzt schon sagen«, verkündete sie und ging voran. »Selbst in Friedenszeiten befinden sich die Fae immer im Krieg. In unseren Reihen gibt es Personen, die dich anlächeln und vorgeben werden, deine Freunde zu sein, dabei aber ein Messer verborgen bei sich tragen, das sie dir jederzeit in den Rücken rammen würden. Du tust gut daran, dir das zu merken.«

Während ich ihr folgte und versuchte, mit ihr Schritt zu halten, fragte ich mich unwillkürlich, ob sie sich selbst wohl auch zu dieser Gruppe zählte.

8

ALCHEMISTIN

Der nächste Morgen brachte eine Reihe von Überraschungen mit sich. Als Everlayne mich abholte, war es dunkel – an sich nichts Ungewöhnliches. Selbst das ärmste Haus in Zilvaren zog vor dem Schlafengehen Verdunklungsvorhänge vor die Fenster. Doch während Everlayne mich in ein weiteres pompöses Kleid zwängte, wurde mir bewusst, dass vor den Fenstern in meinem Zimmer gar keine Vorhänge hingen. Die *Welt* jenseits der Scheiben war schwarz.

»Die Sonnen stehen also immer am Himmel? Und es gibt gleich zwei?«, fragte Everlayne und schnürte mein Korsett so fest, dass ich aufkeuchte.

»Ja.«

»Tja, hier sieht die Situation etwas anders aus.«

Es kostete mich eine gewaltige Kraftanstrengung, um zu begreifen, *wie* anders sie aussah. Yvelia hatte nur eine einzige Sonne.

Und die ging abends unter und verschwand hinter dem Horizont. Bei dieser Vorstellung hatte ich das Gefühl, erneut zu halluzinieren – eine Befürchtung, die sich noch verstärkte, als es auf dem Weg zur Bibliothek draußen heller wurde und ich sah, was sich dort befand.

»Was meinst du damit, was das ist? Das ist Schnee!«, sagte Everlayne und lachte.

Ich stand vor dem riesigen Fenster im Korridor, die Zunge an den Gaumen gepresst, vollkommen sprachlos. Die Welt hinter der Glasscheibe war nicht real. Konnte einfach nicht real sein. In der Ferne erhoben sich Berge, riesige, zerklüftete Monstrositäten, bei deren Anblick mir die Knie zitterten. Und da waren Bäume. So viele Bäume. Ich kannte nur die dürren Gewächse mit den gelblichen Blättern, die die Gehwege im Herz säumten. Diese Bäume hier waren jedoch groß und grün, standen dicht beieinander und bildeten ein gewaltiges Blätterdach, so weit das Auge reichte. Direkt unter dem Fenster erstreckte sich eine ausgedehnte Stadt mit Gebäuden aus dunklem Gestein, die sich bis zu einem blaugrau schimmernden Band hinunterzogen. Ein Band, das ich erst als Fluss erkannte, als ich sah, wie sich seine Oberfläche kräuselte.

Alles war von einer dicken weißen Schicht überzogen. Alles, bis auf den Fluss. So viel Wasser, das rauschte und strömte und wirbelte. Benommen starrte ich darauf. Ich konnte einfach nicht verstehen, wie eine so große Wasserfläche überhaupt existieren konnte.

»Das hier ist der *Winter*palast«, erinnerte mich Everlayne und versuchte, mich vom Fenster wegzuziehen. »Hier schneit es das ganze Jahr über. Mindestens einmal täglich. Komm schon, wir sind spät dran.«

Ich folgte ihr und bewegte mich durch den Palast wie durch einen Traum: Sämtliche Farben wirkten zu grell, die Anblicke und Geräusche zu surreal, um sie in Worte zu fassen.

Yvelia.

Ich konnte es noch immer nicht begreifen. Wohin ich auch schaute, warfen mir schöne Fae-Frauen verächtliche Blicke zu. Männer musterten mich im Vorbeigehen, höhnisch grinsend, mit hasserfüllten Augen. Ich war hier *nicht* willkommen, so viel stand fest, und doch brauchten sie mich für irgendetwas. Anscheinend sollte ich das wiederholen, was ich im Spiegelsaal mit dem Silberbecken gemacht hatte. Bis ich herausfand, wie ich das anstellen musste, genoss ich den Schutz des Königs. Aber Schutz war nicht gleichbedeutend mit Freundlichkeit – und schon gar nicht mit Respekt.

Die Bibliothek befand sich ganz am Ende des Palastes, endlose Treppen hinauf, die gar kein Ende nehmen wollten. Als wir endlich ankamen, schnappte ich keuchend und schwitzend nach Luft, obwohl die Temperatur mit jeder Treppenstufe zu sinken schien. Hinter einer riesigen schwarzen Doppeltür mit Holzschnitzereien öffnete sich ein gewaltiger Raum mit kathedralenartigen Decken und sechs Meter hohen Buntglasfenstern, die Elroy Tränen der Rührung entlockt hätten.

Vor ihrem Tod hatte meine Mutter eine Weile in der Bibliothek im dritten Bezirk gearbeitet. Das unterirdische Labyrinth aus Tunneln und ausgehöhlten Kavernen glich einer Gruft und hatte schlimmer gestunken als der Tod. Die winzige Anzahl der dortigen Bücher war zwar halb verschimmelt gewesen, aber wenigstens war es dort unten kühl – bestimmt zehn Grad kühler als an der Oberfläche. Die Bewohner des Dritten mussten einen Antrag stellen, um die Bibliothek besuchen zu dürfen; sie brauchten eine Genehmigung *und* eine Empfehlung ihres Arbeitgebers, bevor ihnen der Zutritt gewährt wurde. Die Stellung meiner Mutter als Angestellte bedeutete, dass sie nach Lust und Laune kommen und gehen konnte, und dieses Privileg war auch mir zuteilgeworden. Anfangs hatte ich den ungehinderten Zugang zur Bibliothek nicht wirklich zu schätzen gewusst. Doch nachdem Elroy mich als Lehrmädchen angenommen hatte, durchforstete ich die gesamte Bibliothek, allerdings nicht auf der Suche nach Informationen zum Thema Glasherstellung, wie er dachte, sondern im Bemühen, alles über Metallbearbeitung herauszufinden. Rußig und nach der Schmiede stinkend, hatte ich bis spät in die Nacht die Werke der alten Meister von Zilvaren studiert und davon geträumt, wie es wohl wäre, Zugang zu so viel Metall zu haben.

Yvelias Bibliothek raubte einem im Vergleich dazu förmlich den Atem. So viele Bücher an einem Ort. Regale über Regale. Ich war so sehr daran gewöhnt, zusammengekrümmt und bei Kerzenlicht zerbröckelnde, schimmelüberzogene Schriftrollen zu studieren, dass mich der Anblick so vieler gebundener Bücher vollkommen unvorbereitet traf. Das hier war ein Schatz, der Madras Goldschatz bei Weitem übertraf. Wertvoller als Rubine und Diamanten. Die Fülle der Informationen an einem Ort wie diesem war zu umfangreich, um sie zu begreifen. Und erst das Licht!

Knapp zehn Meter über unseren Köpfen präsentierte eine Glaskuppel einen kristallklaren, strahlend blauen Himmel. Rosa angehauchte Wolkenstreifen zogen sich von einer Seite der Kuppel zur anderen, als hätte ein Künstler sie mit seinem Pinsel aufgemalt. Das Licht des frühen Morgens hatte eine harte Komponente, die die Wände der Bibliothek in blaue, grüne und weiße Schattierungen tauchte statt in die warmen Gelb-, Orange- und Goldtöne, die ich gewöhnt war.

Es war wunderschön.

So wunderschön.

»Dir wird noch schwindlig, wenn du weiterhin in den Himmel starrst«, sagte eine fröhliche Stimme. Hinter einem der Regale am Ende des Saals kam ein stattlicher Mann zum Vorschein, in einer blauen Robe, mit drahtigem grauem Haar und warmer dunkelbrauner Haut. Haselnussbraune Augen, die vor Freude tanzten, hefteten sich auf mich, als der Mann durch die Bibliothek auf uns zuschlenderte, einen zerfledderten Folianten an die Brust gepresst und leicht hinkend. Er war alt, aber wie alt genau, ließ sich schwer sagen. Sein Haar wirkte schütter und machte den Eindruck, als hätte es seit einem Monat keine Bürste mehr gesehen.

»Rusarius.« Everlaynes Lächeln ließ ihre Augen leuchten. In diesem Moment wurde mir bewusst, wie vorgetäuscht ihr Verhalten gegenüber anderen Mitgliedern des Hofs gewesen war. Doch jetzt strahlte sie den alten Mann förmlich an und quietschte auf, als er einen Arm um ihre Taille schlang, sie herumwirbelte und hochhob.

»Lass mich runter, du Narr. Du wirst dir noch den Rücken verrenken!«, protestierte sie lachend.

»Unsinn.« Rusarius setzte sie dennoch ab, hielt sie auf Armeslänge und betrachtete sie mit unverkennbarer Zuneigung von Kopf bis Fuß. »Es ist viel zu lange her. Ich kann dir gar nicht sagen, wie überrascht ich war, als ich mitten in der Nacht geweckt wurde und diese grobschlächtigen Mistkerle mich aus meinem Bett zerrten. Ich dachte, sie wollten mich töten. Und als sie mir endlich mitteilten, dass ich an den Hof zurückkehren sollte, hatte ich einem von ihnen schon ein Messer in die Pobacke gerammt.«

Everlayne lachte. »In die Pobacke? Wohl kaum eine tödliche Wunde. Wie gut, dass du zu deinen Büchern zurückgebracht wurdest. Allem Anschein nach musst du deine Anatomiekenntnisse auffrischen.«

Rusarius drohte ihr mit dem Finger. »Wenn ich den Tod dieses Mistkerls gewollt hätte, dann läge er jetzt unter der Erde. Ich wollte ihn nur für sein schlechtes Benehmen bestrafen. In Zukunft wird er anklopfen, bevor er jemandem die Schlafzimmertür eintritt. Also …« Er verstummte und richtete seine Aufmerksamkeit wieder auf mich. »*Das* ist eine faszinierende Wendung. Eine *höchst* faszinierende Wendung. Zum ersten Mal seit einer halben

Ewigkeit betritt ein Mensch die heiligen Hallen des Winterpalastes. Ich hätte nie gedacht, dass ich diesen Tag mal erleben würde. Ich bin Rusarius, Bibliothekar und gerade wiederernannter Gebieter dieses Reichs. Wer bist du? Und welchen Namen trägst du? Man hat mir vor meiner Ankunft hier nicht viel gesagt.«

Seit dem Aufwachen am Vortag hatte man mich ständig angestarrt, über mich getuschelt, mir gedroht und mich wie einen dressierten Affen behandelt. Diese ganze Aufmerksamkeit ging mir allmählich auf die Nerven. Aber Rusarius' Neugierde war nicht hinterhältig. Er strahlte eine kindliche Neugier aus, als er um einen Tisch herumging und auf der anderen Seite stehen blieb, wobei sein Blick mit scheinbar rein akademischem Interesse über mich schweifte.

Ich kam zu dem Schluss, dass mir seine Fragen nichts ausmachten, und verbeugte mich tief. »Ich bin Saeris Fane«, verkündete ich vollmundig, »Lehrmädchen des Glasmeisters der Unsterblichen Königin. Ich stamme aus der dritten Speiche des gesegneten Rades der heiligen Silberstadt.«

Rusarius' Mundwinkel sanken herab, dann nickte er. »Aus der Silberstadt? Also Zilvaren. Tatsächlich?«

»Ja, tatsächlich«, bestätigte Everlayne leise.

Das Licht in Rusarius' funkelnden Augen erlosch. »Aber … das Quicksilver ist also erwacht? Das ist doch nicht …« Plötzlich schien ihm eine Erkenntnis zu kommen, und er wandte den Kopf ruckartig in meine Richtung. »Oh! Dann … dann ist das hier eine Alchemistin?«

»Pst!«, sagte Everlayne hastig. »Wir wissen noch nicht, *was* sie ist. Kingfisher hatte gespürt, dass Solace nach ihm rief, woraufhin er reagiert hat. Und das Schwert in Saeris' Händen vorfand.«

Rusarius' Lippen öffneten sich leicht. »Sie hat Solace *in den Händen gehalten*?«

»Ja.«

»Entschuldigt die Störung, aber was ist eine Alchemistin? Und was ist Solace?« Ich war es nicht gewöhnt, bei solchen Gesprächen außen vor zu sein. Und es gefiel mir nicht im Geringsten. Aber keiner der beiden machte sich die Mühe, mir zu antworten.

»Dann kann man wohl davon ausgehen, dass sie tatsächlich eine Alchemistin ist, oder?«, fragte Rusarius und schaute Everlayne mit hochgezogenen Augenbrauen an.

»Es ist … nein! Nein, so einfach ist es nicht. Die Alchemisten waren alle *Fae* …«

»In ihren Adern muss wenigstens etwas Fae-Blut fließen«, verkündete in diesem Moment eine tiefe Stimme. »Genug, um Solace davon abzuhalten, ihr die Hände zu verbrennen. Aber nicht genug, um wirklich von Bedeutung zu sein.« Der Besitzer der Stimme befand sich irgendwo tief zwischen den Regalen. Ich hatte ihn am Vortag nur kurz sprechen hören, aber er war es tatsächlich.

Kingfisher.

Everlayne rollte mit den Augen und rang die Hände. »Du solltest doch im Badehaus auf Ren warten, bis er fertig ist. Bist du allein hierhergekommen?«

Der Himmel auf der anderen Seite der Glaskuppel leuchtete noch immer strahlend blau, aber die Bibliothek wirkte jetzt irgendwie dunkler, als Kingfishers hochgewachsene Gestalt zwischen den Regalen hervortrat. Am Tag zuvor hatte er ein schlichtes schwarzes Hemd und eine schwarze Hose getragen. Keine Rüstung. Keine Waffen. Aber heute war er so gekleidet wie an dem Tag, als er mich aus dem Spiegelsaal geholt hatte: ein Brustpanzer aus Leder, der jedoch nur die Hälfte seines Oberkörpers und eine Schulter bedeckte und mit einem Riemen unter seinem rechten Arm und um seine Rippen befestigt war. Schwarze Beinschürze über den Oberschenkeln. Armschienen an den Unterarmen. Eine silberne Halsberge glänzte an seiner Kehle. Seine welligen tintenschwarzen Haare waren nass, und von ihren Spitzen tropfte Wasser auf die Seiten des aufgeschlagenen Buchs in seinen Händen.

Bestürzt sprang Rusarius auf und riss Kingfisher den Wälzer aus den Fingern. »Gib das her! Hast du den Verstand verloren? Dieses Buch ist eine Erstausgabe.«

Kingfisher sah Rusarius mit ausdrucksloser Miene an. Er überragte den Bibliothekar deutlich, aber das schien den älteren Fae nicht zu stören. Und für Kingfisher schien das Gleiche zu gelten, denn der Krieger neigte den Kopf und senkte kurz seinen unheimlichen Blick. »Ich bitte um Verzeihung, Rusarius. In Zukunft werde ich vorsichtiger sein.«

»Wo ist Ren?«, fragte Everlayne fordernd.

Kingfishers Miene verhärtete sich. »Vermutlich schrubbt er sich noch immer die *Eier*«, sagte er trocken.

»Wenn du glaubst, mich durch die Erwähnung irgendwelcher Teile der männlichen Anatomie schockieren zu können, hast du Pech gehabt«, fauchte die blonde Fae. »Ich habe Rens Eier gesehen. Und deine ebenfalls. Ich habe *alles* gesehen«, sagte sie und starrte demonstrativ auf Kingfishers Schritt. »Also weiß ich genau, wohin ich mein Knie richten muss, wenn du meine Geduld weiter auf die Probe stellst. Du scheinst nicht zu begreifen, in welcher Gefahr du dich gerade befindest, Fisher.«

Der riesige Mann blickte stirnrunzelnd an sich hinunter und dann wieder zu Everlayne. »Die Menge an Rüstung, die ich heute trage, besagt eigentlich das Gegenteil«, erwiderte er mit tiefer Stimme, die so glatt wie Seide klang.

»Belikons Attentäter könnten überall sein.«

»Ich habe eher das Gefühl, als wärst *du* diejenige, vor der ich mich hüten sollte, meine liebe Layne. Denn du hast mir gerade damit gedroht, mir ein Knie in die Eier zu rammen.« Der Hauch eines Lächelns umspielte seine Mundwinkel, erstarb jedoch sofort wieder, als er – jetzt todernst – hinzufügte: »Keiner von Belikons

Männern wäre so dumm, mich innerhalb der Mauern dieses Hofs anzugreifen. Nicht, wenn ich ein Schwert auf dem Rücken trage und wieder klar denken kann.«

Bei den Göttern, er hatte *tatsächlich* ein Schwert auf dem Rücken. Es war mir nicht sofort aufgefallen, da nur das glatte schwarze Heft über Kingfishers Schulter hinausragte. Wie aus dem Nichts zuckte sein Blick zu mir – das erste Mal, dass er meine Anwesenheit überhaupt zur Kenntnis nahm. Und erneut wurde es in der Bibliothek noch einen Hauch dunkler. Hatte *er* das bewirkt?

»Es ist unhöflich, das Kriegsgerät eines Mannes anzustarren«, sagte er steif.

Wie hatte er mich im Spiegelsaal genannt? Erbärmlich? Ein schlechter Scherz? Unter dem Gewicht seines kalten Blickes hatte ich das Gefühl, dass beides auf mich zutraf. Trotzdem hatte ich nicht vor wegzusehen. Von jemandem wie ihm würde ich mich nicht einschüchtern lassen. Er war der Grund, warum ich mich überhaupt in Yvelia befand und hier gegen meinen Willen festgehalten wurde. Wenn er mich doch einfach im Spiegelsaal zurückgelassen hätte …

Hätte er dich dort zurückgelassen, wärst du jetzt tot.

Bei den Göttern, selbst die leise Stimme in meinem Hinterkopf wandte sich gegen mich. Tja, ich würde einen Teufel tun und ihm dafür danken. Nicht, wenn er so unverhohlen feindselig war.

»Keine Sorge. Ich hatte nicht vor, es zu stehlen. Es ist nicht sehr beeindruckend. Sieht für mich eher wie ein *Zahnstocher* aus.«

Everlayne unterdrückte ein Lachen hinter der vorgehaltenen Hand.

»Oh, ho-ho! Ich glaube, da hat jemand einen echten Treffer gelandet!« Renfis stand in der offenen Tür der Bibliothek und schüttelte seine Haare aus wie ein nasser Hund. Sein Hemd war völlig durchnässt. Allem Anschein nach hatte er sich vor dem Anziehen nicht die Mühe gemacht, sich abzutrocknen. Unter einem

Arm trug er ein Bündel Lederrüstungen, unter dem anderen ein Schwert, das in einen schwarzen Stoff gewickelt war. Trotz seines breiten Grinsens (das wir offenbar meiner scharfen Zunge verdankten) war der General ziemlich sauer. Ärger brannte in seinen Augen, als er seine Sachen mit einem Klirren auf dem langen Bibliothekstisch ablegte.

Kingfisher schenkte ihm jedoch keine Beachtung. Er starrte noch immer mich an. »Dieses Schwert hat Tausende zur Strecke gebracht«, zischte er.

»Ich hätte nicht gedacht, dass *das* etwas ist, womit es sich anzugeben lohnt«, antwortete ich. »Du solltest es vielleicht mal untersuchen lassen.«

»Ha!« Renfis schob sich die Faust in den Mund und biss sich auf die Knöchel in dem Versuch, sein Lachen zu unterdrücken.

Rusarius dagegen blickte uns der Reihe nach an, seine warmen braunen Augen zuckten von mir zu Kingfisher, dann zu Ren und schließlich zu Everlayne, die rot angelaufen war und betont beiläufig einen Stapel Bücher auf dem Tisch sichtete.

»Ich verstehe das nicht«, sagte der Bibliothekar. »Nimerelle ist in der Tat ein furchterregendes Schwert. Alchemianisch. Eine viel gepriesene, sagenumwobene Waffe der Urväter. Es ist eine Ehre, überhaupt einen Blick darauf werfen zu dürfen …«

»Lasst uns anfangen, okay?«, fiel Everlayne ihm ins Wort. »Wir verschwenden nur unsere Zeit, und wir müssen noch eine Menge Informationen nachschlagen. Fisher, setz dich hin und hör auf, eine finstere Miene zu ziehen, die steht dir nicht. Ren, du gehst mit ihm und sorgst dafür, dass er auf seinem Platz bleibt. Saeris, du setzt dich hierher.« Sie deutete auf den Stuhl am Kopf des langen Tischs. Der Stuhl, der am weitesten von dem Platz entfernt war, den sie Kingfisher zugewiesen hatte.

Rusarius runzelte noch immer verwirrt die Stirn, doch als Everlayne ihm ein Buch in die Hand drückte, hellte sich seine Miene auf. »Ah ja, wunderbar! *Morgendämmerung: Yvelias Entstehung.* Eines meiner Lieblingsbücher.«

Inzwischen hatte ich mich auf meinen Platz gesetzt – wenn auch nur, um das Wettstarren zu beenden, zu dem Kingfisher mich schweigend herausforderte. Doch als ich den Titel des Buchs hörte, wäre ich aus Protest fast wieder aufgesprungen. »Ein *Geschichtsbuch*?«

»Eines der besten«, sagte Rusarius strahlend. »Aber darin geht es nicht nur um Geschichte. Einige Kapitel beschäftigen sich auch mit Fae-Etikette und Politik – was meines Erachtens in dieser besonderen Situation sehr nützlich sein wird.«

»Die Geschichte Yvelias ist mir egal. Und die Etikette ist mir scheißegal.«

»Offensichtlich«, stotterte Rusarius.

»Eure Politik und eure Hofangelegenheiten sind *eure* Sache«, fügte ich hinzu. »Ich will nur herausfinden, wie ich diese Quicksilver-Portale wieder öffnen kann, und danach von hier verschwinden. Ihr beharrt alle darauf, dass mein Bruder und meine Freunde tot sind …« Es fiel mir schon schwer, die Worte laut auszusprechen, und meine Kehle schmerzte, als ich mich zwang fortzufahren: »Wenn sie tatsächlich tot sind, dann will ich ihre Leichen mit eigenen Augen sehen. Und ihre sterblichen Überreste begraben. Sie haben es nicht verdient, in der Gluthitze herumzuliegen und von Ratten und Aasgeiern aufgefressen zu werden.«

Stille breitete sich in der Bibliothek aus. Statt sich zu setzen, legte Ren hastig seine Rüstung an – als würde er sie jeden Moment brauchen.

»Saeris, das Ganze ist schon gut eine Woche her. Ich bin mir sicher, dass es dafür bereits zu spät ist«, sagte Everlayne sanft. »So schwer es auch fallen mag, es wäre besser, wenn du einfach akzeptierst, dass …«

»Hast du einen Bruder, Everlayne?«, knurrte ich.

»Ich …« Sie blinzelte verwirrt. Aus irgendeinem Grund zuckte ihr Blick zu Kingfisher, der mit ruhiger, gleichmütiger Miene auf einen Punkt am anderen Ende der Bibliothek starrte. »Ja«, bestätigte sie.

»Und liebst du ihn?«

»Natürlich.«

»Und würdest du nicht mit Sicherheit wissen wollen, ob er noch lebt oder wirklich tot ist?«

Everlayne saß vollkommen reglos da, mit kerzengeradem Rücken, aber es schien, als würde ein Teil tief in ihrem Inneren in sich zusammensacken. Sie blickte auf ihre im Schoß gefalteten Hände hinunter und sagte mit leiser Stimme: »Es tut mir leid, Saeris, aber die Sache ist komplizierter.«

»Tatsächlich?«, fragte Kingfisher abrupt. Er starrte nicht länger ins Leere, sondern musterte stattdessen Everlayne mit einem derart bohrenden Blick, dass ich insgeheim den Göttern dankte, dass er nicht mich so ansah. »Menschen sind normalerweise schwache, wankelmütige Geschöpfe, aber ich muss zugeben, dass ich ihre Loyalität bewundere. Sie stellt ihre Familie über alles andere. Das hat schon etwas für sich.«

»Fisher«, mahnte Ren.

Ich erstarrte, als Fisher den Blick von Everlayne abwandte und mir seine Aufmerksamkeit widmete. »Die anderen werden es dir nicht sagen, weil sie wollen, dass du dich benimmst. Aber es besteht durchaus eine Chance, dass dein Volk noch lebt, Mensch. Eine gute Chance.«

Ein Funke weißglühender Hoffnung flammte in meiner Brust auf. »Und wie …? Was weißt du?«

»Fisher!«, rief Everlayne.

»Gnadenlose Götter!« Ren drehte sich um und ging vom Tisch weg, wobei er sich frustriert mit den Händen durch die nassen Strähnen fuhr. Nur Rusarius bewahrte die Ruhe.

»Madra hat Solace vor langer Zeit benutzt, um die Passagen zu versiegeln. Aber jetzt, da das Schwert zu uns zurückgekehrt ist und wir eine Alchemistin in unserer Mitte haben, weiß sie, dass sie jederzeit mit einem Krieg rechnen muss.«

»Sie weiß *keineswegs*, dass wir eine Alchemistin haben«, widersprach Everlayne.

»Die Passage hätte sich nicht ohne eine solche öffnen lassen«, konterte Kingfisher und fragte mich dann: »Wie viele Soldaten unterhält Madra heutzutage?«

»Keine Ahnung. Ein- oder zweitausend.«

»Zweitausend?« Kingfisher schnaubte. »Sie weiß genau: Ohne eine anständige Armee wird sie von einem Meer aus dreißigtausend Fae-Kriegern hinweggefegt werden, sobald Belikon das Tor zu ihrer Welt aufstößt. Sie hat ihn belogen. Ihn ausgetrickst. Hat seine Handelswege zu den anderen Reichen abgeschnitten. Ganz zu schweigen von der Tatsache, dass noch immer Gerüchte im Umlauf sind, denen zufolge der Erbe von Daianthus irgendwo in Zilvaren ist. Der König wird einen Krieg *wollen* … und noch dazu einen blutigen. Er wird ihn als Vorwand benutzen, um sicherzustellen, dass es in der Silberstadt niemanden mehr gibt, der ihm den Thron streitig machen könnte. Madra wird nicht zehn Prozent ihres Volkes verbrennen, nur um sich an einem dummen Mädchen zu rächen. Sie wird die Bevölkerung zwangsrekrutiert haben.«

Zwangsrekrutiert?

Kingfisher dachte also, Madra hätte Hayden eher ein Schwert in die Hand gedrückt, als ihn zu töten? Könnte das wirklich stimmen? Seit Jahrhunderten hatte es in Zilvaren keinen Krieg mehr gegeben. Die Wüste forderte von bewaffneten Truppen beim Durchqueren einen hohen Tribut. Wenn eine Armee Zilvaren tatsächlich erreichte, war sie nur noch halb so groß wie bei ihrem Aufbruch und extrem dehydriert. Ohne Zugang zu einer Wasserquelle konnten feindliche Truppen niemals gegen Zilvarens Königin gewinnen, deshalb unternahm schließlich kein Feldherr mehr auch nur den Versuch. Inzwischen unterhielt Madra kaum noch Streitkräfte. Das brauchte sie auch nicht. Aber wenn Kingfisher recht hatte und sie sich Sorgen machte, dass eine Armee sich aus dem Quicksilver erheben könnte, würde sie vielleicht Leute aus den Bezirken zwangsrekrutieren. Auch wenn mir die Aussicht auf einen Krieg zwischen diesem Reich und meinem eigenen nicht gerade gefiel, verschaffte mir die Möglichkeit doch etwas Zeit. Okay, ich klammerte mich an einen Strohhalm, aber das war zumindest etwas.

»Also kann nur einer dieser Alchemisten diese Passagen zwischen Yvelia und Zilvaren öffnen, stimmt's?«, fragte ich.

Everlayne wurde blass. »Das ist ein gefährlicher Vorgang, Saeris. Und wir wissen nicht mal, ob du wirklich diejenige warst, die das Quicksilver beim letzten Mal aktiviert hat.«

»Sie war diejenige, die Solace in den Händen hielt«, sagte Kingfisher schlicht. »Es war sonst niemand im Spiegelsaal. Harron hat das Quicksilver nicht geweckt … und *ich* ganz sicher auch nicht. Denn wenn ich in der Lage dazu wäre, hätte ich diese Höllenstadt schon vor langer, langer Zeit dem Erdboden gleichgemacht.«

Er sprach diese Worte ohne jede Gefühlsregung aus. Es handelte sich schlichtweg um eine Tatsache. Er würde eine Million Leben im Nu auslöschen, einfach so. Das konnte ich jetzt erkennen. Und er würde nichts dabei empfinden.

»Du hättest ihr den Anhänger vor dem Passieren nicht geben sollen«, flüsterte Everlayne.

Kingfisher hielt die linke Faust hoch. »Ich hatte noch den Ring.« Und tatsächlich blitzte ein schlichter Silberring an seinem Mittelfinger auf, als er das Licht einfing.

Everlayne schüttelte den Kopf; in ihren Augen schimmerten Tränen. »Das reicht nicht. Du hast noch mehr aufgenommen, oder?«

Kingfisher schaute weg, zum Himmel hinauf und zu den dichten Wolken, die sich über ihm auftürmten. »Was spielt das schon für eine Rolle? Ich habe das Schwert. Und dir habe ich sogar ein neues Schoßhündchen mitgebracht. Eines, das in der Lage ist, ausgefallene Zaubertricks zu vollführen, die unser aller Leben verbessern werden. Also lass uns einfach weitermachen, in Ordnung?«

Während er sprach, musste ich die ganze Zeit auf die Silberplatte an seinem Hals starren. Das Ding war mit kunstvollen Linien graviert, aber der knurrende Wolfskopf in der Mitte erregte meine besondere Aufmerksamkeit. Ein grimmiges, auffälliges Abzeichen. Es war ein kluger Schachzug, dass er es an diesem Morgen in der Bibliothek trug, denn Everlayne machte den Eindruck, als wollte sie ihm die Kehle aufschlitzen.

»Wir werden es in Ordnung bringen«, murmelte sie leise vor sich hin.

Das Silber in Kingfishers Auge schien bei ihrem Versprechen aufzuflackern. »Aber da gibt es nichts in Ordnung zu bringen«, sagte er. »Wir müssen nur einen Menschen unterrichten und eine Königin unter die Erde befördern. Sobald das erledigt ist, können wir alle mit unserem Leben weitermachen. Das Mädchen kann in ihre Stadt zurückkehren und zu dem, was von ihrem Volk noch übrig ist, und Belikon kann sich von mir aus durch ein weiteres Reich fressen. Meine Arbeit ist damit erledigt.«

»Sag doch so was nicht. Bitte.«

»Du vergisst, dass wir bereits einen Krieg führen.« Ren lehnte sich gegen die Rückenlehne eines der Holzstühle, und seine Knöchel stachen weiß hervor. »Der wahre Krieg mit Sanasroth tötet jeden Tag Mitglieder unseres Hofs … *deines* Hofs.«

»Als ich das letzte Mal in diesem Krieg gekämpft habe, brannte eine Stadt bis auf die Grundmauern nieder. Ich denke, ich habe genug Blut für Yvelia vergossen, Bruder.«

»Dann vergieß es für deine Freunde! Vergiss diese ganze Madra-Sache. Lass Belikon sich um sie kümmern und hilf *mir*!«

Plötzlich hatte ich den Eindruck, als gäbe es einen Draht mitten in Kingfishers Seele, und ich konnte förmlich sehen, wie dieser Draht ihn zurückzog, fort von diesen Leuten, die sich so offensichtlich um ihn sorgten. Allem Anschein nach war er unerreichbar für sie. Nichts würde ihn zu ihnen zurückbringen. Er blinzelte und ließ Rens Bitte unbeantwortet. »Ich habe zwei Fragen an dich, Mensch.«

Da ich der einzige Mensch in diesem Raum war, hatte er offensichtlich mich angesprochen.

»Okay«, sagte ich.

»Hast du schon zuvor die Energie eines Metalls kanalisiert?«

Ich kniff die Augen zusammen und wand mich innerlich. »Was meinst du damit?«

»Wenn du es getan hättest, bräuchtest du nicht zu fragen. Du wüsstest, wovon ich rede«, entgegnete er unverblümt.

Ich dachte darüber nach. Dachte an all die Male, die ich Elroys Werkzeuge zum Sirren gebracht hatte. An die sich drehende Klinge auf dem Esstisch meiner verstorbenen Mutter. An den Panzerhandschuh des Wachmanns, als ich das Ding auf die Mauerkrone knallte – daran, wie seine Vibrationen die Quarzkörner im Sand zum Tanzen gebracht hatten. Daran, wie ich Harrons Dolch in einen Strom aus geschmolzenem Silber und Stahl verwandelt hatte.

»Ja.« Ich erwiderte Kingfishers stählernen Blick, ohne auch nur einmal zu blinzeln. »Ja, das habe ich.«

»Gut. Und meine zweite Frage: Hast du Erfahrung mit der Arbeit in einer Schmiede?«

Ein Lachen drang aus meiner Kehle und über meine Lippen. »In einer Schmiede? Ja, man kann durchaus behaupten, dass ich mich in einer Schmiede auskenne.«

9

REDLICHE ZWECKE

»Sie werden dich nicht reinlassen. Du hast keine Chance. Die Mistkerle bewachen diese Tür schon seit Anbeginn der Zeit.« Renfis hastete hinter Kingfisher her, aber sein Hinken behinderte ihn dabei.

»Ihnen bleibt keine andere Wahl«, antwortete Kingfisher. Er verlangsamte sein Tempo für niemanden, weder für seinen verletzten Freund noch für die Königstochter. Und schon gar nicht für mich, den einzigen Menschen in der Gruppe, dessen Beine deutlich kürzer waren als die der anderen. Ich stand kurz davor, in einen Laufschritt zu verfallen, nur um die drei nicht aus den Augen zu verlieren.

Eigentlich wäre jetzt der perfekte Moment zur Flucht gewesen. Ich hatte die ganze Zeit auf den richtigen Augenblick gewartet, aber dann hatte Kingfisher das Zauberwort gesagt. *Schmiede.* Ich konnte nichts dagegen machen. Wie sah eine Fae-Schmiede wohl aus? Funktionierte sie auf die gleiche Weise wie eine menschliche Schmiede? Oder war da *Magie* im Spiel? Bei den Göttern, ich hoffte inständig, dass das der Fall war. Außerdem wäre eine Flucht vor Everlayne und den beiden Kriegern zu diesem Zeitpunkt einfach sinnlos.

Ich konnte nirgendwo hin. Als Kingfisher mich durch das Becken mit flüssigem Silber hergebracht hatte, war ich bewusstlos gewesen. Deshalb hatte ich keine Ahnung, wo es sich befand. Oder ob es überhaupt in diesem Palast war. Die Wahrscheinlichkeit, dass ich es allein finden würde, war gering – und selbst wenn, was dann?

Im Spiegelsaal hatte ich das Schwert aus Madras Becken gezogen. Doch jetzt befand es sich in Belikons Besitz. Würde ich es brauchen, um das Becken zu aktivieren? War ich erneut dazu in der Lage? Und auf welche Weise? Ich hatte keine Ahnung, wie ich das Quicksilver beim letzten Mal zum Leben erweckt hatte, und allem Anschein nach ging es den Fae genauso. Außerdem sprachen sie immer von »Passagen«. In der *Mehrzahl.* Wie zum Teufel sollte ich nach Zilvaren zurückfinden, wenn es mehr als nur eine Passage gab?

Meine Angst um Hayden überschattete alles andere. Ich musste unbedingt zu meinem Bruder zurückkehren, koste es, was es wolle. Aber ich durfte dabei nicht unbedacht vorgehen. Etwas zu überstürzen, das ich nicht mal ansatzweise verstand und das so gefährlich war, würde mich zweifellos in größte Schwierigkeiten bringen oder sogar den Tod bedeuten.

Also musste ich erst einmal hierbleiben. Entschlossen verfiel ich schließlich in einen Laufschritt und holte die Gruppe ein. Die drei Fae kamen an einer der vielen Nischen vorbei, in denen die Statuen der Götter standen. Everlayne verbeugte sich und berührte mit den Fingern ihre Stirn, während sie an ihnen vorbeihastete. Ren brummte etwas und nickte ihnen flüchtig zu. Aber

Kingfisher streckte eine Hand aus und zeigte allen sieben Statuen im Vorbeigehen den Mittelfinger.

Everlayne keuchte entsetzt auf, doch Kingfisher rollte nur mit den Augen und fuhr unbeirrt mit dem fort, was er gerade gesagt hatte. »… dann sprich mit Belikon. Du hast ihn gehört. *Er* hat schließlich gesagt, ich solle Rusarius mit dem Menschen helfen.«

»Das nützt dir nichts. So stürzt du dich nur kopfüber in eine Sache, ohne die Konsequenzen zu bedenken!« Seit Renfis den Anhänger um Kingfishers Hals gelegt hatte, schien Everlayne nur noch frustriert zu sein. »Wir müssen uns zuerst mit der Theorie befassen.«

»Welche Theorie denn?«, schnaubte Kingfisher verächtlich.

»Er hat nicht unrecht«, mischte sich Ren ein. »Es gibt einfach keine schriftlichen Aufzeichnungen über die Prozesse der Alchemisten. Wenn es so wäre, hätten die Ältesten zumindest Teile ihrer Fähigkeiten ergründen können. Aber wie sollen wir am Anfang beginnen, wenn es keinen Anfang *gibt*?«

Everlaynes loses Haar wehte hinter ihr her wie ein goldenes Banner, als sie ein paar schnelle Schritte vorwärts machte und Kingfisher hart in den Rücken stieß. »Dann lasst uns langsam anfangen. Mit den wichtigsten Dingen, die sie über Yvelia wissen muss. Sie wird hier nicht überleben ohne …«

Abrupt blieb Kingfisher stehen und drehte sich um. Everlayne prallte geradewegs gegen seine Brust, aber der dunkelhaarige Krieger zuckte nicht mal mit der Wimper. Er trat um sie herum und kam auf mich zu wie ein Höllendrache, der sich seinem Abendessen nähert. Ich war eine erfahrene Kämpferin. Ich wusste, wie man einen Gardisten in drei Sekunden von den Füßen holte. Ich konnte zehn Meter hohe Mauern erklettern und über verrottende Dächer sprinten, aber beim Anblick von Kingfisher, der sich auf mich zubewegte, drehte sich mir der Magen um.

Stolpernd wich ich zurück, im Versuch, etwas Abstand zwischen uns zu bringen, und wäre fast über meine eigenen Füße gefallen. Aber der Mistkerl kam immer näher.

»Also gut, *Oshellith*. Layne wird nicht lockerlassen, bis du die Kurzzusammenfassung erhalten hast, also hör genau zu. Ich werde dir jetzt die *einzige* Information geben, die du wirklich brauchst. Du hast das große Vergnügen, der einzige lebende Mensch in ganz Yvelia zu sein. Du bist hier *nicht* in Sicherheit.« Er fletschte die Zähne und ließ lange, scharfe Eckzähne aufblitzen, die direkt vor meinen Augen immer länger wurden. »Einst hat es hier von deiner Art nur so gewimmelt.«

»Fisher, hör auf!« Ren versuchte, ihn an der Schulter zu packen, aber der Krieger in Schwarz schüttelte ihn ab.

»Unsere Vorfahren wurden vor Jahrtausenden verflucht. Infolgedessen haben wir diese hier«, fuhr er fort und deutete auf seine Eckzähne. »Wir haben sie benutzt, um deinesgleichen leer zu trinken. Haben euch zu Millionen ausgesaugt, bevor der Blutfluch aufgehoben wurde. Das war natürlich lange vor *unserer* Zeit, aber unser Familienzweig trägt noch immer die Spuren dieser Vergangenheit. Wir mögen vielleicht kein Blut mehr brauchen, um unsere Unsterblichkeit zu bewahren, aber bei den Göttern, wir haben noch immer die Zähne dafür. Unser schmutziges kleines Geheimnis. Unsere furchtbare, schreckliche Schande …«

»Fisher!« Everlayne stand am Rande eines Nervenzusammenbruchs. Tränen liefen ihr übers Gesicht und hinterließen feuchte Spuren auf ihren Wangen. Sie stellte sich vor Kingfisher und presste die Hände gegen die Brust. »Was ist nur los mit dir?«, schrie sie.

Kingfisher zuckte die Schultern. »Ich sage ihr nur die Wahrheit.«

»Du benimmst dich wie ein Arschloch!«

Doch der Krieger lachte nur höhnisch. »Daran solltest du inzwischen gewöhnt sein, Layne. Oder hast du in den letzten hundert Jahren verdrängt, was für ein Mistkerl ich bin? Ich bin der Tod von Gillethrye, schon vergessen? Der Schwarze Ritter.«

»Du bist mein *Bruder*«, zischte Everlayne. »Auch wenn ich mir manchmal wünsche, das wäre nicht der Fall!«

Kingfisher zuckte zusammen, als hätte sie ihn geschlagen. Sogar Renfis wich einen Schritt zurück und starrte die Fae mit offenem Mund an, doch dann fing er sich schnell wieder und blickte in beide Richtungen des Korridors. Ich hatte das Gefühl, dass er überprüfte, ob irgendjemand Everlaynes kleinen Ausbruch gehört hatte. Aber der lange, offene Korridor lag – abgesehen von unserer Gruppe – völlig verlassen da.

»Vorsicht, kleine Schwester«, knurrte Kingfisher. »Wir wollen doch jetzt nicht *alle* unsere Geheimnisse auf einmal ausplaudern.«

Everlaynes Schluchzen erfüllte den Gang. »Ach, fick dich, Fisher.« Sie stürmte los und lief den Weg zurück, den wir gekommen waren, so schnell ihre Beine sie trugen.

Hm. Anscheinend waren sogar die unsterblichen Fae anfällig für Familiendramen. Ich schaute Everlayne nach und beobachtete die arme Frau bei ihrer Flucht. »Ich … Ich sollte ihr nachgehen und sicherstellen, dass es ihr gut geht …«

»Ich komme mit. Du kannst dich nicht frei an diesem Hof bewegen, ohne dass einer von uns über dich wacht«, knurrte Renfis und warf Kingfisher einen Blick voll unverhohlener Abscheu zu. »Und was dich betrifft: Everlayne hat recht. Du bist *wirklich* ein Arschloch. Der Kingfisher, den wir kannten, kümmerte sich um seine Familie und seine Freunde.«

Selbst mit dem grausamen Grinsen, das seine Mundwinkel umspielte, war Kingfisher unglaublich attraktiv. »Was soll ich sagen?«, schnurrte er. »Völlig von der Zivilisation abgeschnitten zu sein und einfach vergessen zu werden, verändert einen nach einer Weile.«

Renfis bewegte sich bereits von ihm weg. »Wir haben dich nicht vergessen. Du hast keine Ahnung, was wir durchgemacht haben, während wir versuchten, dich zurückzuholen.«

»Oh, ja. Ich bin mir sicher, dass mein Leiden im Vergleich zu eurem regelrecht *verblasst.*«

Ein gekränkter Ausdruck huschte über Rens Gesicht, aber er schwieg. Dann wandte er sich an mich: »Lass uns gehen, Saeris. Wir suchen Layne und kehren dann in die Bibliothek zurück.«

»Ach, hör schon auf. Sie wird dir nicht folgen«, sagte Kingfisher gedehnt. »Sie wird mit mir gehen, oder, *Oshellith*? Sie will Geheimnisse wissen, und ich bin der Einzige, der sie ihr verraten wird.«

»Warum nennst du mich so?«, fauchte ich. »Was soll das überhaupt bedeuten?«

Doch er hatte sich schon umgedreht und ging weg. Seine Stiefelsohlen knallten auf den kalten Stein unter seinen Füßen, und jeder Schritt dröhnte in meinen Ohren. »Ein *Oshellith* ist eine Schmetterlingsart«, rief er im Weggehen. »Die Kurzform lautet *Osha.* Sie schlüpfen, leben und sterben, alles innerhalb eines Tages. Die Kälte tötet sie *sehr* schnell. Stimmt's, Renfis?«

Ren warf Kingfishers Rücken einen finsteren Blick zu, reagierte aber nicht. »Ignoriere ihn. Kommst du, Saeris?«

Ich stand wie angewurzelt zwischen den beiden und sollte eine Entscheidung treffen, für die ich in keiner Weise qualifiziert war. Everlayne war nett zu mir gewesen. Sie hatte sich um mich gekümmert, hatte dafür gesorgt, dass ich mich hier wohlfühlte. Renfis steckte voller Fröhlichkeit und schien vertrauenswürdig und geradeheraus zu sein. Kingfisher dagegen war ein miserabler, griesgrämiger Mistkerl, der für niemanden ein freundliches Wort übrig hatte. Die Art und Weise, wie er mich nannte – *Oshellith,* als wäre es ein Schimpfwort –, weckte in mir das Verlangen, meine Faust direkt in sein wunderschönes Gesicht zu schlagen.

Aber er würde mir die Wahrheit sagen, auch wenn sie beängstigend war. Der schnellste Weg hinaus aus diesem Albtraum führte über Kingfisher.

Ich sah Ren an und verzog entschuldigend das Gesicht. »Tut mir leid. Können wir später in die Bibliothek gehen? Ich … Ich wollte nur …«

»Ich hab's dir ja gesagt!«, rief Kingfisher im Singsangton.

Renfis nickte nur, die Lippen zu einem dünnen Strich zusammengepresst. »Ja, natürlich. Ich verstehe das. Ich hol dich in ein paar Stunden ab.«

Im Gegensatz zu allen anderen Türen im Palast war diese normal hoch. Schlicht. Ohne verschnörkelte Schnitzereien oder Verzierungen. Einfach nur eine Holztür. Und sie war verschlossen.

Ich riskierte einen Seitenblick auf Kingfisher. »Sollen wir … äh … anklopfen?«

Sein Mundwinkel verzog sich zu einem arroganten Lächeln. *»Sicher«,* sagte er, als wäre dies der charmante Vorschlag einer minderbemittelten Närrin. Eine Sekunde später krachte die Sohle seines Stiefels gegen das Holz, und die Tür lag zerbrochen auf dem Boden. »Klopf, klopf.« Er trat zur Seite, streckte die Hand aus und bedeutete mir mit einer gespielt höflichen Geste, einzutreten. »Ich glaube nicht, dass jemand zu Hause ist.«

»Ich gehe da nicht als Erste rein. Was ist, wenn der Raum durch, keine Ahnung … durch *Magie* oder so was geschützt ist?«

Kingfisher riss die Augen auf. »Oh nein, nur keine *Magie*!«

»Blödmann.«

»Feigling«, erwiderte er ungerührt. »Ich wusste, dass der Raum nicht geschützt war.«

»Woher?«

»Weil *ich* magisch bin.«

»Was an *dir* ist denn magisch?«

»Alles«, sagte er und betrat den Raum. »Mein Aussehen. Meine Fähigkeiten mit dem Schwert. Meine Persönlichkeit …«

»Deine Persönlichkeit ist das Letzte.« Der Spruch kam mir über die Lippen, bevor ich mich zurückhalten konnte. Schon seit meiner Kindheit wurde ich großmäulig, sobald ich nervös war, und im Moment war ich wirklich nervös. Buchstäblich alles an diesem Mann schrie: *Provozier mich, dann wirst du ja sehen, was passiert.* Ich presste die Kiefer zusammen und verfluchte mich für meine eigene Dummheit, während ich ihm folgte und dabei angestrengt auf den Boden starrte.

Kingfisher schwieg.

Ich sah auf und …

Verdammte Scheiße!

Vielleicht war dieser Ort einst eine Schmiede gewesen, aber jetzt erinnerte kaum noch etwas daran. Die rauen Steinwände glitzerten vor Frost. Über die Werkbänke wucherten Ranken, die so dunkelgrün waren, dass sie fast schwarz wirkten. Hellblaue, violette und rosa Blüten zierten ihre Stiele wie winzige, aufwärts gebogene Dolche, deren Form irgendwie seltsam und ungewöhnlich war. Eine Vielzahl anderer Blumen, Ranken und Pflanzen wuchsen an der Wand am anderen Ende des höhlenartigen Raums empor und drängten sich um ein großes Fenster, ganz gierig nach Licht.

Die dickste der Ranken ragte sogar *aus* dem Fenster hinaus, da die Scheibe zertrümmert war. Glasscherben bedeckten den unebenen Steinboden – von Phiolen, Bechergläsern, Gefäßen und Flakons. Überall lagen zerbrochene Gerätschaften verstreut, als hätte jemand in einem Wutanfall den ganzen Raum verwüstet.

Der Rost hatte alle Kneifzangen, Flachzangen und Hämmer angefressen. Offensichtlich hatte das seinen unersättlichen Appetit aber nicht gestillt, denn der Amboss neben dem rissigen Wasserbecken aus Emaille war so angerostet, dass das Eisen in großen orangefarbenen Spänen abblätterte. Und die Schmiede erst! Bei den Göttern, die Schmiede! Die offene Esse war breit und groß, das ließ sich nicht leugnen. Jedenfalls groß genug für eine ganze Familie von Pelztieren, die sich darin anscheinend ein Nest gebaut hatte – auch wenn die Bewohner entweder unterwegs waren oder sich aus dem Staub gemacht hatten, als Kingfisher die Tür eingetreten hatte. Dank des gähnenden Lochs im Dach direkt darüber war das Ding auch noch gut belüftet.

Kingfisher durchwühlte mit der Stiefelspitze einen Haufen morsches Holz und verzog finster das Gesicht. »Jetzt verstehe ich, warum Clements diesen Ort so streng bewacht hat.«

»Wer ist Clements?«

»Der königliche Archivar. Er hat in den letzten zweihundert Jahren ein Gehalt vom Hof bekommen, um herauszufinden, wie die Alchemisten das Quicksilver aktivieren konnten. Eine stattliche Summe, wenn ich mich recht erinnere. Aber allem Anschein nach hat er das ganze Geld versoffen, denn dieser Ort ist eine verdammte Katastrophe.«

Kingfisher hatte recht: Das hier war keine funktionsfähige Schmiede. Die Esse war schon lange nicht mehr angeheizt worden, und der ganze Raum stank nach Staub, Verwesung und Moschus.

»Ich werde ihm die Zähne einschlagen«, verkündete Kingfisher.

»Wie wäre es, wenn du mir hilfst, statt mit Gewalt zu drohen?«, konterte ich.

Als ich mich bückte und begann, einige der zerbrochenen Holzstücke neben dem nun leeren Türrahmen aufzustapeln, verzog sich sein Mund verächtlich. »Du willst das alles von Hand aufräumen?«

»Es sei denn, du kennst einen Zauberspruch, der das mit Magie beseitigen kann.«

»Ich kann nicht *zaubern*. Ich bin keine Hexe. Fae-Magie ist nicht irgendeine Art von billigem Zaubertrick, Mensch. Unsere

Fähigkeiten sind heilige Gaben, die nur mit Bedacht und für redliche Zwecke eingesetzt werden.«

Bei diesen Worten liefen meine Wangen glühend rot an. Natürlich hatte ich nicht erwartet, dass er einfach mit den Fingern schnippen und den ganzen Unrat verschwinden lassen würde. Aber er hatte eine echte Begabung dafür, mich dumm aussehen zu lassen. Dabei hätte er das nicht tun müssen. Nein, er tat es, weil er es *wollte*.

Arroganter Mistkerl.

Offensichtlich war er der Meinung, ich wäre weniger wert als der Dreck unter seinen Füßen. Er mochte keine Menschen. Unter anderen Umständen hätte er sich vermutlich nicht mal die Mühe gemacht, mich zu löschen, wenn ich in Flammen stand. Aber im Moment brauchte er mich – was bedeutete, dass ich mir ein paar Fragen erlauben konnte.

Ich nahm einen rostigen alten Eimer und machte mich daran, die Trümmer auf dem Boden nach brauchbaren Werkzeugen zu durchsuchen. »Wenn es einen Winterpalast gibt, dann gibt es auch andere königliche Residenzen, oder? Einen Herbstpalast? Frühling? Sommer?«

Kingfisher zog sein Schwert.

»Whoa! Whoa, whoa, whoa! Entschuldigung. Bei den Göttern! Ich habe nicht … Ich bin nicht …«

Seine Nasenflügel weiteten sich, als er den Lederriemen an seiner Brust löste und die Scheide von seinem Rücken zog, die Waffe wieder in die Scheide steckte und sie an die Wand lehnte. Dann fuhr er sich mit der Hand durch die Haare und schaute fragend in meine Richtung, während seine Finger geschickt über weitere Lederriemen und Schnallen glitten und Teile seiner Rüstung entfernten. »Nervös?«, fragte er im Plauderton.

»Nein! Ich dachte nur … na ja, ich dachte …«

»Du kannst in den Bibliotheksstunden mit Layne und Rusarius

alles über die anderen Höfe erfahren. Ich habe dir vorhin Wahrheiten versprochen. Also solltest du die Chance, *interessantere* Fragen zu stellen, nicht vergeuden.« Er griff sich mit der Hand in den Nacken, löste die silberne Platte mit dem eingravierten Wolfskopf und warf sie auf den Stapel, den seine Lederrüstung jetzt bildete – Brustpanzer, Schulterschützer, Handgelenkschützer. Dann öffnete er die obersten Knöpfe seines Hemds. Vor nicht allzu langer Zeit hätte ich mich auf die Platte gestürzt und wäre damit davongerannt. Aber ich brauchte das Silber nicht mehr. Ich hatte hier genug zu essen und zu trinken, um ein Leben lang damit auszukommen, und man hatte mich nicht aufgefordert, dafür zu bezahlen. Jedenfalls noch nicht.

Also ignorierte ich die Halsberge und zeigte stattdessen auf die Kette an seinem Hals. »Na schön. Was ist das? Wozu dient sie? Und warum stehst du ohne sie völlig neben dir?«

Kingfisher lächelte kalt und presste die Spitze seiner Zunge gegen einen seiner scharfen Eckzähne. »Direkt an die Gurgel, kleine Osha? Gnadenlos. Das gefällt mir.«

»Du hast gesagt, ich solle interessantere Fragen stellen. Und ich möchte etwas über die Kette erfahren.«

Kingfisher lachte leise und bückte sich, um einen Haufen Blätter und verrottendes Holz aus der Esse zu schaufeln. Bei den Göttern, wollte er tatsächlich helfen? Deshalb hatte er also die ganze Rüstung abgelegt. Und ich hatte angenommen, er hätte sie nur ausgezogen, um es sich bequem zu machen, während er mir bei der Arbeit zusah. »Um den Anhänger zu erklären, musst du zuerst ein paar andere Dinge erfahren. Dinge, die Layne dir wahrscheinlich nicht erzählt hat.«

»Bisher hat sie mir noch fast gar nichts erzählt.«

»Also gut, dann fangen wir am Anfang an. Die Quicksilver-Becken sind Passagen, die verschiedene Reiche miteinander verbinden. Darauf bist du wahrscheinlich auch schon gekommen.«

»Ja.«

»Das Quicksilver an sich ist unbeständig. Einige unserer Ältesten glauben, dass es in gewissem Maße zu Empfindungen fähig ist. Ob das stimmt oder nicht, spielt eigentlich keine Rolle. Denn das Zeug ist gefährlich. Wenn Quicksilver mit der bloßen Haut in Berührung kommt …« Kingfisher verstummte.

»Es steckte auch in Harrons Dolch, oder?«, fragte ich.

Kingfisher nickte. »Bei dem Dolch handelte es sich um eine der uralten Klingen. Früher schmiedeten die Alchemisten aus dem Quicksilver Waffen für Fae-Krieger. Harron hatte kein Recht, diese Waffe zu besitzen – geschweige denn, sie als seine Waffe zu führen.«

»Ich glaube, das Quicksilver hat ihn Dinge sehen lassen. Als es seine Haut berührte, fing er an zu schreien.« Das entsetzte Wimmern des Hauptmanns verfolgte mich noch immer, sobald ich meine Augen schloss. Die Tatsache, dass ein so mächtiger, starker Kämpfer um sein Leben gefleht hatte, war beängstigend gewesen.

»Oh ja, und ob er Dinge gesehen hat! Das Quicksilver lässt jedes Lebewesen den Verstand verlieren.«

Also das hatte ich Harron angetan. Ich war in Panik geraten und hatte um mich geschlagen, woraufhin Harrons Klinge reagierte und sich darangemacht hatte, ihn zu vernichten. Doch Harron hatte zuerst *mich* mit seinem Schwert durchbohrt – er hatte versucht, mich auf Madras Befehl hin zu töten. Und es wäre ihm auch gelungen, wenn Kingfisher mich nicht hierhergebracht hätte. Also hatte ich nicht vor, mich schuldig zu fühlen, nur weil ich mich verteidigt hatte.

Wenn es doch nur so einfach wäre …

Rasch wechselte ich das Thema. »Also, diese Alchemisten. Haben sie ihre Fähigkeiten geerbt? Hat das etwas mit Blut zu tun?«

»*Alles* dreht sich um Blut, Mensch. Willst du jetzt etwas über den Anhänger wissen, oder willst du mir mit ständigen Unterbrechungen lästig fallen?«

Ich tat so, als würde ich meinen Mund verschließen.

»Meine Mutter hat mir diesen Anhänger geschenkt, diese *Reliquie*, als ich elf war«, erklärte er. »In der Nacht vor unserer Abreise zum Winterpalast. Sie wusste, dass ich ihn brauchen würde. Jahre später, als ich volljährig wurde und mich Belikons Armee anschloss, erhielt ich den Auftrag, zwischen Yvelia und den anderen Reichen hin- und herzureisen, weil mein Anhänger einer der mächtigsten seiner Art war. Um es kurz zu machen und dich nicht länger zu langweilen: Eines Tages war ich gezwungen, eine Passage ohne den Anhänger zu durchqueren. Das Quicksilver ergriff von mir Besitz, so wie es von jedem Besitz ergreift. Nach meiner Rückkehr zum Winterpalast gelang es einem Heiler, das meiste davon aus mir herauszuholen, aber ich behielt ein paar … *bleibende Erinnerungen* zurück. Die meisten Fae trugen ihre Reliquien nur, wenn sie von einem Reich zum nächsten reisten. Aber ich muss meinen Anhänger ständig tragen – nur dann beruhigt sich der Lärm in meinem Kopf. Ohne ihn verschwimmt die Grenze zwischen dem, was real ist, und dem, was nicht real ist, sehr, sehr schnell.«

Sein Auge … war das seine »bleibende Erinnerung«? So musste es einfach sein. Die silbernen Fäden in seiner jadegrünen Iris waren Reste von Quicksilver. Bei den Göttern! Es steckte in ihm, war immer da, flüsterte ihm ins Ohr, trieb ihn in den Wahnsinn. Die Reliquie war *tatsächlich* das Einzige, was ihn bei Verstand hielt.

Übelkeit stieg in dem Hohlraum auf, der früher mein Magen gewesen war. Ich tat mein Bestes, um sie hinunterzuschlucken, während ich eine weitere verrostete Zange aufhob und in den Eimer warf. Das Eisen klirrte laut, und eine Rostwolke stieg in die Luft. »Und … warum hast du dann *mir* die Reliquie gegeben? Damals in Zilvaren?«

Kingfisher hielt eine Hand hoch, und der dicke Siegelring blitzte an seinem Finger auf.

»Ah, richtig. Ja. Du hast auch einen Ring«, sagte ich.

»Wenn ich dir die Reliquie nicht gegeben hätte, wärst du jetzt tot.«

»Und warum hast du mich nicht einfach sterben lassen? Du hättest mich dort zurücklassen können.«

Mit ausdrucksloser Miene warf Kingfisher den Haufen verblasster, mit Eselsohren versehener Papiere, die er aufgesammelt hatte, auf die Werkbank. »Du hast nicht zugehört, Mensch. Yvelia befindet sich im Krieg, und Kriegsmaschinen sind hungrige Bestien. Sie müssen ständig gefüttert werden. Nahrung. Kleidung. Gold. Baumaterialien. Waffen. Bevor Madra das Schwert in ihr Becken trieb und *alle* Becken in *allen* Reichen erstarren ließ, nutzte Belikon diese Passagen als Nachschubwege. Es war die einzige Möglichkeit, mit magischen Gegenständen zu handeln. Als sich die Passagen schlossen, schloss sich auch die Tür zu unseren Versorgungswegen. Eigentlich hättest du nicht in der Lage sein dürfen, das Schwert anzufassen – geschweige denn, es aus dem erstarrten Quicksilver zu ziehen. Aber das Silber hat auf dich reagiert. Du hast es aktiviert. Du hast getan, was nur ein Alchemist tun kann. Mit anderen Worten: Nein, ganz gleich, ob Mensch oder nicht, ich hätte dich *nicht* einfach sterbend zurücklassen können.«

»Okay. Du hast mich also hierhergebracht, damit du dein Volk retten und den Krieg gewinnen kannst.«

Erneut fuhr Kingfisher sich mit der Hand durch die welligen tintenschwarzen Haare. Seine Augen waren kalt wie Eissplitter. »Du hast wirklich eine hohe Meinung von mir, Mensch. In gewisser Weise mag es wohl stimmen. Aber verwechsle mich nicht mit einem Heiligen. Ich schere mich einen Dreck um Yvelia, und ich schere mich einen Dreck um Belikons Krieg. Du bist ein Faustpfand. Ich erkannte meinen einzigen Weg in die Freiheit und griff mit beiden Händen danach. Du kannst mich ja mal fragen, was ich getan hätte, wenn ich dich unter anderen Umständen in diesem Zustand gefunden hätte.«

Ich starrte ihn an, sah den abweisend vorgereckten Kiefer, die Anspannung in seinen Schultern und den grausamen Zug um seinen Mund, und ein Schauer jagte durch meinen Körper, gefolgt von heller Panik. »Ich glaube nicht, dass ich das wissen will«, flüsterte ich.

Ein mattes Lächeln breitete sich auf Kingfishers Gesicht aus. »Kluges Mädchen.«

Es dauerte Stunden, bis wir die Schmiede aufgeräumt hatten. Während der ganzen Zeit arbeiteten wir schweigend vor uns hin. Ich stellte keine weiteren Fragen, weil ich Angst vor den Antworten hatte, und Kingfisher behielt seine Gedanken für sich.

Ab und zu ertappte ich mich dabei, wie ich ihn beobachtete. Mit seinen bis zu den Ellbogen hochgekrempelten Ärmeln und den rußverschmierten Wangen wirkte er fast normal. Aber dann knurrte er leise oder erwiderte meinen Blick mit seinen silberdurchzogenen Augen, und ich wurde daran erinnert, dass dieser Mann kein Mensch war. Also war es weder sicher noch klug, ihn zu eingehend zu betrachten. Am besten fand ich so schnell wie möglich heraus, auf welche Weise ich versehentlich das Becken aktiviert hatte, und floh dann bei nächster Gelegenheit zurück nach Zilvaren.

Der Himmel verdunkelte sich vor dem Fenster – wirklich ein *bizarrer* Anblick –, als Renfis mich abholen kam. Er wirkte müde, obwohl der Bluterguss unter seinem Auge und die aufgeplatzte Lippe in den letzten Stunden auf wundersame Weise abgeheilt waren. Von der Tür aus begutachtete er den fast sauberen Boden und den Eimer mit den rostigen Werkzeugen, die ich gesammelt hatte, und warf Kingfisher einen verwirrten Blick zu. »Was soll das? Ihr habt ja mit der Arbeit noch nicht mal angefangen.«

»Der Raum war eine Katastrophe!«, rief ich. Einfach hier hereinzuspazieren und zu nörgeln! Dabei sah die Schmiede viel besser aus als zuvor – und er hatte sie in ihrem früheren Zustand überhaupt nicht gesehen.

Kingfisher seufzte. Die Kühle in der Luft verwandelte sich in Eiseskälte, und Schatten krochen die Wände hinauf, wie aus dem Nichts heraufbeschworen. Sie verteilten sich wie nasse Farbe auf dem Boden, huschten an den Beinen der Werkbank hinauf und erfüllten die Luft, bis alles schwarz wurde. Wirklich *alles.* Die Schmiede wurde zu einer pechschwarzen Grube. Als ich aufkeuchte, hatte ich das Gefühl, als glitten die Schatten meine Kehle hinunter und in meine Lunge. Das hier war totale Dunkelheit. Selbst tief in den unterirdischen Tunneln, die ein Netz unter der Silberstadt bildeten, war die Dunkelheit nicht so allumfassend gewesen.

»Bei den Göttern! Was ist hier los?«

»Fisher«, schimpfte Renfis. »Es reicht.«

Die Dunkelheit schnappte zurück wie ein Gummiband. Die Reste des Tageslichts fluteten zurück in die Schmiede … und die Schmiede war makellos. Das Fenster war repariert, eine frische Glasscheibe glitzerte im Rahmen. Die zerbrochenen Phiolen und Becher, die wir zu kleinen Haufen zusammengefegt hatten, waren verschwunden, die Esse ausgebürstet, die Ziegel leuchtend rot und nagelneu. In den Regalen standen fantastische Gerätschaften, Dinge, die ich nie zuvor gesehen hatte. Die Pflanzen, die die Schmiede erobert hatten, waren noch da, aber gezähmt in Kübeln und einem kleinen Blumentopf, der unter dem Fenster stand. Und es war warm. Ich hatte den ganzen Tag über gefroren und mit klammen Fingern und klappernden Zähnen geputzt und aufgeräumt, und *jetzt war es warm?*

Aufgebracht wirbelte ich herum, auf der Suche nach etwas, mit dem ich Kingfisher verletzen konnte. Mein Blick fiel auf eine glänzende, wunderschöne Zange. Ich schnappte sie mir und stach damit auf den dunkelhaarigen Krieger ein. »Du! Wir haben uns hier abgerackert, um sauber zu machen! Warum *tust* du so was? Was ist mit ›Unsere Fähigkeiten sind heilige Gaben, die nur mit Bedacht und für redliche Zwecke eingesetzt werden‹, oder was auch immer du da erzählt hast?«

»Er? Redliche Zwecke?« Renfis unterdrückte ein Husten, das stark an ein Lachen erinnerte. »Der Mann, der vor dir steht, scheut sich nicht, seine Gaben für ganz banale Arbeiten zu nutzen.«

Wütend starrte ich Kingfisher an. »Du *Ungeheuer*.«

Auf dem Gesicht des Kriegers war nicht der Hauch von Reue zu erkennen. Er griff nach seiner Rüstung und seinem Schwert und blieb dann – auf dem Weg zur nagelneuen Tür, die inzwischen im Rahmen hing – kurz neben mir stehen.

»Ich wollte nur sehen, ob du weißt, was harte Arbeit ist. Ich habe dir doch gesagt, dass ich *magisch* bin«, flüsterte er.

Und dann war er weg.

10

KRÜMEL

Am nächsten Morgen brachte Everlayne frisches Obst und Joghurt zum Frühstück mit – exotische Köstlichkeiten, die ich noch nie probiert hatte. Sie setzte sich zu mir aufs Bett und aß, schweigend und niedergeschlagen. Eigentlich hätte ich sie gern gefragt, was sie gestern auf dem Korridor gemeint hatte. Sie hatte Kingfisher als ihren Bruder bezeichnet, aber nicht so, wie Kingfisher und Renfis sich gegenseitig »Bruder« nannten – wie Krieger, die Seite an Seite gekämpft hatten. Everlayne hatte es in einem wörtlicheren Sinne gemeint, als hätten sie und der Mistkerl das gleiche Blut in den Adern.

Aber ich sprach das Thema lieber nicht an. Ich hatte eine Entscheidung getroffen, als ich mit Kingfisher zur Schmiede gegangen war, anstatt ihr nachzulaufen und mich zu vergewissern, dass es ihr gut ging. Und so wie Everlayne jetzt eingeschnappt schniefte, während sie ihren Joghurt löffelte, hatte ich damit wohl ihre Gefühle verletzt.

Sie zwang mir ein weiteres Kleid mit voluminösen Röcken auf – dieses Mal in schimmerndem Violett – und frisierte meine Haare, indem sie die dicken Zöpfe so arrangierte, dass sie mir den Rücken hinunterhingen.

Als es Zeit zum Aufbruch war, strich sie mit den Händen über ihr schönes elfenbeinfarbenes Kleid und fummelte dann an den Spitzenmanschetten an ihren Handgelenken herum, ohne mich jedoch anzusehen. »Wenn du mit mir in die Bibliothek kommen willst … Rusarius und ich haben gestern alle Informationen zusammengetragen, die wir über die Alchemisten und ihre Verfahren finden konnten. Es ist nicht viel, aber ich glaube, es lohnt sich, das Ganze zu lesen.«

»Ich möchte dich definitiv begleiten«, versicherte ich. »Es tut mir leid, dass ich gestern nicht mitgekommen bin. Ich weiß, wie sehr du versuchst, mir zu helfen, und ich möchte wirklich lernen.« *Wie ich von hier wegkomme. Wie ich wieder nach Hause finde.* Als ich ihr meinen Arm reichte, lächelte sie zögernd und hakte sich dann unter. Und allem Anschein nach brauchte es nicht länger, bis Everlayne de Barra eine Kränkung verziehen hatte.

In der Bibliothek hatte Rusarius gerade einen Anfall.

»Renfis, bitte! Das hier ist *keine* Kantine! Hier werden wertvolle Kunstwerke aufbewahrt, und … und … *sieh nur*! Sieh dir all das *Fett* an!«

Ich roch Rusarius' Problem, bevor ich es sah. Der Duft von etwas Fleischigem und Geräuchertem hing in der Luft – ein Aroma so verlockend, dass mein Magen hörbar knurrte. Was *war* das? Es roch einfach himmlisch.

»Bei den Göttern, Fisher«, murmelte Everlayne, als sie sah, was er da tat.

Der Mann saß am Kopfende des langen Bibliothekstischs, einen Teller auf dem polierten Holz vor sich, spießte ein Stück undefinierbares Fleisch auf eine Gabel und steckte es sich dann in den Mund.

Renfis lehnte am anderen Ende an der Wand, die Arme vor der Brust verschränkt, und beobachtete das Ganze mit resignierter Miene. »Tut mir leid, Rusarius. Ich weiß wirklich nicht, was ich deiner Meinung nach dagegen tun könnte. Der Tag, an dem ich Kingfisher dazu bringe, auf mich zu hören, ist der Tag, an dem die Corcoran zurückkehren.«

»Aber, aber … das ist doch kein Grund, blasphemisch zu werden«, quietschte der alte Bibliothekar.

»Wohin sind eure Götter eigentlich verschwunden?«, flüsterte ich Everlayne zu. Ich war zu überwältigt gewesen, um diese Frage früher zu stellen.

»Sie pilgerten vor Jahrtausenden nach … ach, vergiss es! Ein anderes Mal. Ich beschlagnahme besser das Essen, bevor Rusarius der Kopf explodiert.«

Kingfisher konzentrierte sich weiterhin ungerührt auf sein Frühstück und sagte kein Wort, als Everlayne sich neben ihn an das Kopfende des Tischs stellte. Er *knurrte* nur.

»Und da wunderst du dich, warum Belikon dich einen Hund nennt?«, bemerkte sie.

Diese Worte erregten Kingfishers Aufmerksamkeit. Langsam hob er den Kopf, und das Silber in seinem rechten Auge blitzte hell auf, als er Everlayne einen bösen Blick zuwarf. »Das wundert mich nicht. Ich *weiß,* warum er mich so nennt.«

»Das liegt an seiner tiefen Loyalität gegenüber der Krone«, sagte Renfis und verkniff sich ein Lächeln.

Kingfishers Augen blitzten auf, und das Quicksilver züngelte inmitten des Grüns. Er sah seine Schwester an und fletschte die Zähne. *»Das liegt daran, dass ich beiße.«* Sein gnadenloser Blick hätte erwachsene Männer veranlassen können, den Schwanz einzuziehen und verängstigt in die dunkle Nacht zu rennen, aber Everlayne zog nur eine Augenbraue hoch und wartete.

Auch heute war Kingfisher schwarz gekleidet und bis zum

Hals bewaffnet. Der gravierte Brustpanzer, den er an diesem Morgen trug, bestand nicht wie gestern aus dunkelbraunem, sondern aus schwarzem Leder und zeigte ein Wappen aus zwei gekreuzten und von Ranken umwobenen Schwertern, mit der Silhouette eines sich aufbäumenden Hengstes im Hintergrund. Allerdings prangte an seiner Kehle die gleiche Halsberge – glänzend poliertes Silber mit einem knurrenden, in das Metall geätzten Wolf. Sein dichtes, dunkles Haar wirkte besonders wellig, fast schon lockig und reichte knapp bis an seine breiten Schultern.

Als mir auffiel, wie eingehend ich die Spitzen seiner Ohren studierte, die aus seinen Haaren hervorragten, schaute ich schnell zur Glaskuppel hinauf, räusperte mich und tat so, als würde ich den Himmel inspizieren.

»Gib mir den Teller.« Everlaynes Tonfall duldete keinen Widerspruch.

»Aber natürlich.« Kingfisher legte seine Gabel ab, nahm den Teller und hielt ihn seiner Schwester entgegen, die ihn an sich nahm. »Nur zu«, sagte er. »Stell mein Frühstück ruhig auf den Boden, draußen bei den Ställen. Dort kann ich zusammen mit den anderen Hunden fressen.«

Everlayne ließ die Schultern hängen. *»Fisher.«*

»Vergiss es.« Die Beine seines Stuhls scharrten laut über den Boden, als er aufstand. Dann schnappte er sich seinen Teller und ging damit zur Tür … und direkt auf *mich* zu. »Ich erspar dir die Mühe und bringe ihn selbst dorthin«, sagte er. Seine Augen glitzerten, als er an mir vorbeiging. »Viel Spaß mit deinen staubigen Büchern, Mensch. Ich werde am Nachmittag in der Schmiede auf dich warten. Zwing mich nicht, dich zu holen.«

»Fisher, sei nicht albern. Komm zurück!«, rief Everlayne ihm nach.

Doch er ignorierte sie, die Wirbelsäule kerzengerade, das Mitternachtsschwert auf dem Rücken, das eine Schattenspur hinter ihm herzog, als er die Bibliothek verließ.

»Nun, es war nicht meine Absicht, dass er gleich wieder *geht*«, murrte Rusarius. »Aber ich habe es schon tausendmal gesagt, und ich werde es gern noch mal wiederholen: Kein gekochtes Essen in der Bibliothek. Ich selbst esse bei der Arbeit nur trockene Kekse. Auch wenn ich gelegentlich ganze Tage hier verbringe. Und selbst dann lehne ich mich aus dem Fenster, um Krümel zu vermeiden!«

»Ist schon in Ordnung, Rusarius«, sagte Everlayne leise. »Er ist im Moment nicht er selbst. Es könnte eine Weile dauern, bis er aufhört, sich wie ein verwöhntes Balg zu benehmen.«

»Ich werde mit ihm trainieren. Damit er etwas Dampf ablassen kann«, sagte Renfis und stieß sich von der Wand ab. Doch dann hielt er neben dem Stuhl inne, auf dem Kingfisher eben noch gesessen hatte, legte eine Hand auf die geschnitzte Holzlehne und blickte stirnrunzelnd darauf. »Allerdings verdient er durchaus etwas Verständnis. Er hat hier kein eigenes Zimmer. Keinen Platz zum Essen. Oder zum Schlafen. Keinen Rückzugsort. Und hundertzehn Jahre, Layne. Kannst du dir vorstellen, wie hundertzehn Jahre an diesem Ort gewesen sein müssen? Vollkommen allein?« Aus jedem seiner Worte sprach tiefer Kummer.

Die Prinzessin und der Soldat tauschten einen langen Blick. Schließlich löste sich die Anspannung in Everlaynes zuckendem Kiefermuskel.

»Ja, das kann ich mir tatsächlich vorstellen. Die ersten drei Jahrzehnte habe ich mir das jeden Tag bis ins kleinste Detail ausgemalt. Danach habe ich mein Bestes getan, überhaupt nicht mehr daran zu denken … oder an *ihn*. Mein Herz konnte es nicht länger verkraften. Aber jetzt ist er wieder da, und ich muss mich nicht mehr fragen, welche Höllenqualen er durchgemacht hat. Jetzt darf ich dabei *zusehen*.«

Ihre Stimme klang erstickt, aber sie brach nicht in Tränen aus.

Stattdessen nahm sie ein Buch vom Tisch, legte es auf einen Stapel und fummelte anschließend an einem Haufen loser Papiere herum.

Es fiel mir schwer, sie so leiden zu sehen. Und sie litt gewaltig. Man hätte blind sein müssen, um das nicht zu erkennen. Ich stand am Rande dieser Gruppe, was mir einen hervorragenden Blick auf die Dynamik untereinander ermöglichte. Zwischen ihnen existierte so viel Schmerz. So viel Zeit, so viel gemeinsame Vergangenheit und so viele Geheimnisse. Von außen betrachtet war es unmöglich, all die Fäden zu entwirren, die sie miteinander verbanden.

Renfis seufzte. »Es gibt einen Weg, ihn zu heilen. Wir haben ihn nur noch nicht gefunden. In der Zwischenzeit werde ich ihn nicht abschreiben. Du etwa?«

Stille breitete sich in der Bibliothek aus. Rusarius hüstelte betreten, sammelte einen Satz Federkiele ein, trug sie in Richtung der Regale und verschwand, wer weiß wohin. Da ich keine Federkiele wegzutragen hatte und auch nicht einfach so in der Bibliothek herumstöbern konnte, blieb mir nichts anderes übrig, als schweigend am Ende des Bibliothekstischs zu verharren und auf meine Füße zu starren. Oder auf die Stelle, wo meine Füße hätten sein sollen. Ich konnte sie unter den Röcken meines verdammten Kleids nicht sehen.

»Das war's dann also? Du *hast* ihn abgeschrieben?«, fragte Renfis in forderndem Ton.

»Nein! Nein, natürlich nicht. Ich habe nur … Ich habe die Hoffnung verloren.«

»Wenn ich genug Hoffnung für ihn habe, dann habe ich auch genug für dich.« Renfis stieß einen langen, schweren Seufzer aus und trommelte mit den Fingerspitzen auf den Tisch. »Wir sehen uns später. Viel Glück. Und auch dir viel Glück, Saeris.« Er lächelte mir im Vorbeigehen freundlich zu, wodurch ich nicht länger das Gefühl hatte, eine private Unterhaltung zu belauschen.

Als er weg war, beschäftigte sich Everlayne angelegentlich mit weiteren Pergamentstücken auf dem Tisch, stapelte sie und ordnete sie dann erneut. »Also gut.« Sie schniefte. »Wo sollen wir anfangen? Hm. Ich denke, wenn du uns zuerst erzählst, was du über alchemistische Praktiken weißt und wie sie angewendet werden könnten …«

»Äh, ich weiß nicht mal, was alchemistisch *bedeutet.*« Ich wollte sie nicht unterbrechen, aber ich hielt es für das Beste, das von vornherein klarzumachen, bevor sie fortfuhr.

»Oh! Richtig!« Sie lächelte breit, strahlte aber auch einen Hauch von Hysterie aus. »Tja. Das ist schon in Ordnung. Vermutlich ist es sogar das Beste. Auf diese Weise schleichen sich keine schlechten Angewohnheiten ein. Wir fangen ganz von vorne an, sobald Rusarius …« Sie verstummte und warf einen Blick über die Schulter. »Rusarius? Wohin zum Teufel und allen fünf Höllen ist er verschwunden?«

»Everlayne? Alles in Ordnung mit dir? Du wirkst ein bisschen …«

»Nein, nein, mir geht's gut. Alles bestens. Wirklich, es geht mir gut.« Sie presste die Finger auf ihre Stirn und kniff für einen Moment die Augen zusammen. Es war offensichtlich, dass es ihr alles andere als gut ging. »Ich …« Sie ließ die Hand sinken und gab jeden Versuch auf, sich selbst etwas vorzumachen. »Er war in meinem ganzen Leben immer das Allerbeste«, sagte sie. »Das *einzig* Gute. Und jetzt ist er weg. Zwar wusste ich, dass es so kommen würde, aber es fällt mir schwer … es zu sehen und … zu akzeptieren und …«

»Apropos Kekse, ich wusste doch, dass ich irgendwo noch welche hatte. Ich habe ein ganzes Tablett auf einem Regal in der Abteilung für Grundbucheinträge aus der siebten Ära gefunden. Ich muss sie neulich dort vergessen haben.« Rusarius tauchte wieder hinter den Regalen hervor, ein kleines Silbertablett in der Hand, mit etwas, das tatsächlich wie sehr trockene Cracker aussah. Völlig blind gegenüber der Tatsache, dass Everlayne sich mit dem Handrücken die Tränen wegwischte, stellte er das Tablett mit Schwung auf den Tisch. »Bedient euch, meine Lieben. Aber … äh … bitte achtet darauf, die Krümel auf ein Minimum zu beschränken.«

Alchemie entpuppte sich als eine Form der Magie. Längst vergessene, alte Magie, die für die Yvelia-Fae genauso ein Mythos war wie für die Menschen in Zilvaren. Einst hatte es drei Arten von Alchemisten gegeben: Fae, die den Weg zur Unsterblichkeit zu entdecken versuchten; Fae, die durch die Transmutation verschiedener Metalle und Erze neue Dinge zu erschaffen und zu erfinden versuchten, und schließlich Fae, die Krankheiten zu heilen versuchten.

Everlayne und Rusarius dachten, ich gehörte irgendwie zu der zweiten Art von Alchemisten – die Art, die Metalle transmutierte. Zu Beginn unserer ersten Bibliothekssitzung hatte ich keine Ahnung, was das Wort »transmutieren« überhaupt bedeutete, und am Ende war ich mir noch immer nicht sicher, ob ich es wirklich verstanden hatte.

Vor Tausenden von Jahren nutzten die Alchemisten ihre magischen Fähigkeiten, um den Zustand von Verbindungen zu verändern und sie in Edelmetalle zu verwandeln. Allerdings gab es keine Aufzeichnungen darüber, welche Verbindungen sie verwendeten oder was sie mit ihnen machten, aber die Alchemisten waren erfolgreich. Sie fanden einen Weg, Elemente in riesige Mengen Gold und Silber umzuwandeln, die dem Vernehmen nach dazu dienten, die königlichen Schatztruhen zu füllen. Irgendwann wurden dann das Quicksilver und die anderen, mit ihm verbundenen Reiche entdeckt, woraufhin totales Chaos ausbrach.

»Das alles sagt aber nichts darüber aus, wie ich das, wozu die ursprünglichen Alchemisten in der Lage waren, nachahmen kann«, wandte ich ein und klappte das Buch zu, in dem ich geblättert hatte. »Wie haben sie das Quicksilver überhaupt unter Kontrolle gebracht?«

Everlayne zuckte die Schultern. »Man nimmt an, dass sie es mit ihrer Magie aktiviert und deaktiviert haben – und so auch die Passagen geöffnet und geschlossen haben.«

»Es ist bis heute umstritten, ob sie das Quicksilver wirklich unter Kontrolle hatten«, sagte Rusarius. »Den meisten Dokumenten aus dieser Zeit zufolge lebte der zweite Zweig der Alchemisten nicht sehr lange. Sie verloren häufig den Verstand und nahmen sich das Leben.«

»Na *fantastisch*!« Was auch immer die alten Alchemisten getan hatten, um dieses Schicksal zu erleiden, ich wollte es genau wissen, damit ich das exakte Gegenteil tun konnte. Aber … verdammt. Den Kopf in den Sand zu stecken, würde mir nicht dabei helfen, das Quicksilver wieder zu aktivieren. Und ich musste herausfinden, wie ich das anstellen sollte, wenn ich wissen wollte, was mit Hayden passiert war. Der Gedanke, dass man meinen Bruder möglicherweise in Madras Armee eingezogen hatte, war zwar besser als die Vorstellung, dass er tot war, aber ich brauchte Gewissheit. Wenn Hayden nicht mehr lebte, musste er begraben werden, und ich musste die übliche zweiundsiebzigstündige Totenwache an seinem Grab halten. Und wenn er als neuer Rekrut in Madras Armee festsaß, musste ich ihn da rausholen.

So oder so musste ich es herausfinden – ganz gleich, was es mich kostete.

Ich rieb mir die Schläfen und versuchte, den Spannungskopfschmerz zu lindern, der sich dort bildete. Bei all den Diebstählen und dem Schwarzmarkthandel – nur um mein Überleben zu sichern – hatte mir das Leben in der Silberstadt nicht viel Zeit zum Lesen gelassen. Meine Augen waren nicht daran gewöhnt. Ich starrte auf das Buch, das ich …

Hm.

Moment mal!

Ich hielt das Buch hoch, legte den Kopf schräg und sah Rusarius mit leicht zusammengekniffenen Augen an. »Wie kommt es, dass ich das lesen kann?«

»Was meinst du?«, fragte er.

»Na ja, ich komme aus einem anderen Reich. Aus einer ganz anderen Welt. Wie groß sind die Chancen, dass wir beide dieselbe Sprache sprechen? Dass wir eine gemeinsame Schriftsprache haben? Das ist einfach … unmöglich.« Irgendwie verrückt, dass mir das nicht schon früher aufgefallen war.

»Hm, nein. Nicht unmöglich. Im Grunde nicht mal unwahrscheinlich«, sagte Rusarius. »Erklär du es ihr, Liebes«, wandte er sich an Everlayne. »Ich muss unbedingt noch ein bestimmtes Buch finden, bevor ihr aufbrecht.«

Everlayne schien über diesen Auftrag froh zu sein. »Tja«, sagte sie, beugte sich über den Tisch und nahm mir das Buch aus der Hand. »Im Moment sprichst du Standard-Fae. Dieses Buch wurde ebenfalls in Standard-Fae geschrieben. Zwar gibt es noch andere Sprachen in Yvelia. Andere Dialekte. Aber Standard-Fae wird von allen Höfen als eine gemeinsame, nun ja, *Standard*-Sprache gesprochen. Als die ersten Fae in dein Reich reisten, sprachen die Menschen dort eine ganz andere Sprache. Im Laufe der Jahre wurden unsere Sprache und unser geschriebenes Wort von den Menschen übernommen. Und obwohl wir lange von den anderen Reichen abgeschnitten waren, scheint es, als ob unsere Sprache sich weiterhin behauptet hat. Zumindest in Zilvaren. Zilvaren hatte Madra, und eure Königin hat immer Standard-Fae gesprochen. Sie diente als Anker für unsere Sprache. Vielleicht haben sich in anderen Reichen die Sprachen und Alphabete verändert.«

Madra.

So alt wie die steinernen Säle im Zentrum des Universums.

Ich musste einfach fragen. Musste es unbedingt herausfinden. »Du scheinst ziemlich viel über sie zu wissen«, sagte ich.

»Madra?« Everlayne schürzte die Lippen. »Ich denke, ich weiß nicht mehr als jeder andere hier. Sie war noch jung, als sie den Thron von Zilvaren bestieg. Blutrünstig und machthungrig.«

»Aber wie kann sie so alt sein, wenn sie ein Mensch ist? Wie hat sie es geschafft, über tausend Jahre zu regieren? Und wie konnte sie alle Passagen mit diesem Schwert verschließen, wenn sie keine Alchemistin war?«

»Wir wissen nicht, wie sie das gemacht hat, aber du hast recht: Madra hätte schon vor Jahrhunderten sterben müssen. Es muss sich um eine Form von Magie handeln, aber wir haben keine Ahnung, wer sie für sie ausgeführt hat oder warum. Und wir wissen auch nicht, wie sie herausgefunden hat, dass das Quicksilver mit einem Alchemia-Schwert verfestigt werden kann. Dieses Geheimnis wurde von unserem Volk über Generationen streng gehütet. Aber man muss kein Fae sein oder eine besondere Gabe besitzen, um die Tore zwischen unseren Reichen zu *schließen*. Das Schwert übernimmt das. Soweit wir wissen, passiert Folgendes: Wenn ein Quicksilver-Becken aktiviert wird, wird dadurch sämtliches Quicksilver an anderen Orten ebenfalls aktiviert. Die verschiedenen Silberbecken sind verbunden durch eine Art von …« Sie runzelte die Stirn und suchte offenbar nach den passenden Worten. »Vermutlich durch eine Art Energieband. Wenn man ein Schwert wie Solace nimmt und es in das Quicksilver stößt, durchtrennt es diese Energie auf eine Weise, die das Silber lähmt. Bis zu dem Moment, in dem Solace entfernt wurde, war jeder Zugang zu den Passagen erstarrt. Damals, als Madra das Band durchtrennte, waren ein paar Mitglieder dieses Hofs als Kundschafter unterwegs, um neue Passagen zu erforschen, die sich erst kurz zuvor geöffnet hatten. Freunde. Familienmitglieder. Sie waren gefangen, wo auch immer sie sich gerade befanden, und wurden seitdem nicht mehr gesehen.«

»Wäre es … Ich meine, besteht die Chance, dass einige von ihnen noch am Leben sind? Ich weiß sehr wenig über die Lebenserwartung der Fae. Wie lange lebt euer Volk überhaupt? Wie alt bist *du*?«

Everlayne erlitt eine Mischung aus Husten- und Lachanfall und schlug sich eine Hand vor den Mund. Bildete ich mir das ein, oder war es ihr ein wenig peinlich? »Das ist … Darüber sprechen wir eigentlich nicht. Aber das kannst du nicht wissen, weil wir uns noch nicht mit der Hofetikette beschäftigt haben.«

»Tut mir leid. Bei den Göttern, ich sollte mich um meine eigenen Angelegenheiten kümmern. Ich …«

»Nein, nein, ist schon gut.« Sie schüttelte den Kopf. »Ich weiß, wir kennen uns erst seit ein paar Tagen, aber ich habe während deiner Genesungszeit lange bei dir gesessen. Ich gehe mal davon aus, dass wir Freundinnen sind.«

»Ich auch.« Das entsprach der Wahrheit. Inzwischen betrachtete ich sie auch als Freundin, und ich war froh, dass sie dasselbe von mir dachte. Es war nie verkehrt, in einem Palast voller Feinde einen Freund zu haben.

»Also gut. Jetzt, da das geklärt ist …«, setzte sie an und grinste. »Darf ich dich zuerst fragen, für wie alt du mich *hältst*?«

»Wenn du ein Mensch wärst, würde ich sagen, du bist etwas älter als ich. Siebenundzwanzig? Vielleicht achtundzwanzig?«

»Bei den Göttern!« Everlayne schaute mich mit großen Augen an. »Das wird also ein kleiner Schock werden.« Sie holte tief Luft. »Ich wurde am Anfang der zehnten Ära geboren und lebe seit eintausendvierhundertsechsundachtzig Jahren.«

»Eintau…?« Ich verschluckte mich beinahe. Everlayne war fast *fünfzehnhundert* Jahre alt. Irgendwie konnte ich das kaum begreifen. Sie sah so jung aus. Aber sollte ich auch meine nächste Frage stellen? Die Frage, die mir auf der Zunge brannte? Eigentlich hätte es mich gar nicht interessieren dürfen, aber ich konnte nichts dagegen machen. »Und Kingfisher? Wie alt ist *er*?«

Everlayne betrachtete mich, ein kleines Lächeln umspielte ihre Lippen. Sie ließ sich etwas Zeit, bevor sie antwortete, und in diesen Sekunden verfluchte ich mich innerlich selbst, weil ich meiner verdammten Neugier nachgegeben hatte. Doch dann erklärte sie: »Eigentlich würde ich sagen, dass du *ihn* fragen musst. Es steht mir nicht zu, solche Informationen weiterzugeben. Oft wissen wir nicht einmal selbst, wie alt die anderen Mitglieder unseres Hofs sind. Aber ich kenne Kingfishers Alter, und es wäre grausam, dich zu ihm zu schicken, damit du ihn fragst. Er würde es dir nicht sagen und sich außerdem über dich lustig machen. Kingfisher wurde am Ende der neunten Ära geboren. Hilft dir das für eine ungefähre Schätzung?«

»Keine Ahnung. Ich bin mir nicht sicher. Er sieht aus, als wäre er um die dreißig. Also würde ich sagen, er ist …« Bei den Göttern, es gelang mir nicht, die Worte über die Lippen zu bringen. Das hier war Wahnsinn.

»Nur zu«, forderte Everlayne mich auf.

»Ich weiß nicht … achtzehnhundert Jahre?«

»Nicht schlecht. Er ist eintausendsiebenhundertdreißig Jahre alt.«

»Eintausendsiebenhundert*drei*unddreißig«, ertönte eine tiefe Stimme.

Adrenalin schoss durch meine Adern und versetzte meinem Körper einen derartigen Schock, dass ich fast seitlich von meinem Stuhl kippte. Ich drehte mich um, und da stand Kingfisher in einer kleinen Lesenische.

Die Hälfte seines Körpers war in Schatten gehüllt, die in der gut beleuchteten Bibliothek völlig fehl am Platz wirkten. Er studierte seine Fingernägel, wobei der metallene Wolfskopfschmuck an seiner Kehle glitzerte. »Aber was sind schon drei Jahre unter Verwandten?«, bemerkte er und stieß sich von der Wand ab, hinaus ins Licht. »Ich bin mir sicher, es fällt schwer, die Zeit im Auge zu behalten, wenn man durch das Kommen und Gehen des Hoflebens abgelenkt ist.« Er schenkte seiner Schwester ein schmallippiges Lächeln. »Es freut mich, dass du deinem neuen Schoßhündchen endlich ein paar Wahrheiten erzählst, Layne. Allerdings muss ich sagen: Ich bin ein wenig schockiert, dass ich feststellen muss, dass es sich dabei um *meine* handelt.«

»Du hättest gar nichts festgestellt, wenn du nicht gelauscht hättest.«

»Verzeih mir. Mir war langweilig. Also beschloss ich, den Menschen doch noch zu holen, und ihr beide schient ein *so* interessantes Gespräch zu führen.«

Everlayne rollte mit den Augen und legte eine Hand auf meinen Unterarm. »Vergiss ihn. Um deine andere Frage zu beantworten: Ja, theoretisch könnten die an einem fernen Ort gefangenen Fae noch leben. Doch das Reich, das sie besuchten, gilt als unbeständig und gefährlich. Es ist unwahrscheinlich, dass sie dort an Altersschwäche gestorben sind. Das dürften eher die örtlichen Clans übernommen haben.«

»Wenn du das nächste Mal irgendetwas über mich wissen willst, kannst du mich gern direkt fragen«, sagte Kingfisher, als er eine Hand auf die nagelneue Tür der Schmiede legte. Seine ersten Worte seit dem Verlassen der Bibliothek. Bis dahin hatte er es vorgezogen, in eisernem Schweigen durch den Winterpalast zu marschieren.

Die Tür schwang auf, und er ging hinein.

Ich blieb auf der Schwelle stehen und überlegte, ob ich ihm folgen oder in die entgegengesetzte Richtung laufen sollte, zurück in mein Zimmer, wo er mir keinen Ärger bereiten konnte. Zwar war der Palast ein regelrechter Albtraum aus verwinkelten Gängen, Treppen und Korridoren, aber mit etwas Mühe würde ich den Weg schon irgendwie finden.

Meine Beine waren so schwer wie gehauener Stein, als ich ihm in die Schmiede folgte. »Wenn ich dich gefragt hätte, hättest du mir nicht geantwortet. Und wenn doch, wäre es nicht die Wahrheit gewesen.«

»Falsch. Wenn du mich etwas fragst, das einer Antwort *würdig* ist, dann antworte ich auch. Und in dem Fall handelt es sich dann immer um die Wahrheit.« Genau wie am Tag zuvor begann er, seine Rüstung abzulegen, wieder mit dem Schwert zuerst. Aber dieses Mal war ich vorbereitet und zuckte nicht zurück, als er die Waffe zog.

»Klar. Ja, sicher doch.« Menschen und Fae mochten in vielerlei Hinsicht verschieden sein, aber Sarkasmus war universell.

Seine Finger hantierten geschickt mit dem Gurt, der um seine Seite führte, und lösten seinen Brustpanzer. »Versuch's doch mal, Mensch.«

»Also gut, von mir aus.« Dank Kingfishers kleinem Aufräumtrick am Abend zuvor war die Schmiede heute tadellos. Die Werkbank war aufgeräumt, der Boden makellos sauber. Sämtliche Werkzeuge waren so gut wie neu und hingen an der Wand gegenüber der Esse. Während Kingfisher weiterhin seine Rüstung ablegte, manövrierte ich mich auf die andere Seite der Werkbank und brachte damit das größte und schwerste Hindernis zwischen uns – nur für den Fall, dass ihm meine Fragen nicht gefielen und er sich auf mich stürzen wollte. Denn ich hatte vor, ihn zu ärgern. Ihn richtig auf die Palme zu bringen. Ihn zu provozieren, so wie er mich provozierte, indem er mich ständig *Osha* nannte und mich unverhohlen verspottete.

Er konnte mich mal.

Kingfisher ließ seinen Brustpanzer auf den Boden fallen.

Ich stützte mich auf die Werkbank. »Elroy schwört, dass ein Mann jedes Mal lügt, wenn eine Frau ihn nach der Größe seines Schwanzes fragt.«

Kingfisher erstarrte. »Fragst du mich, wie groß mein Schwanz ist, Osha?«

»Es ist mir egal, wie groß er ist. Mich interessiert die Art und Weise, wie du antwortest.«

Ein furchterregendes Grinsen breitete sich langsam auf seinem Gesicht aus. »Er ist groß genug, um *dich* zum Schreien zu bringen und noch viel mehr.«

»Siehst du.« Aufgebracht zeigte ich mit dem Finger auf ihn. »Du bist nicht ehrlich.«

Langsam sah er sich in der Schmiede um und tat so, als wäre er verwirrt. »Tut mir leid, ich bin mir nicht sicher, ob ich verstehe, was du meinst.«

»Frag einen Mann, wie groß sein Schwanz ist, und er wird dir zeigen, dass er nur Scheiße im Kopf hat.«

»Vielleicht. Aber ich bin kein Mann. Ich bin ein *Fae.*« Er hielt inne. »Und vielleicht bin ich ja einfach nur gut bestückt.«

»Oder aber du verschwendest bloß meine Zeit, und wir sollten mit dem weitermachen, was du mir hier beibringen willst«, fauchte ich.

Kingfishers Hände wanderten in seinen Nacken. Er brauchte nur vier Sekunden, um seine Halsberge zu öffnen und die Silberplatte abzulegen. »Vielleicht liegt es ja daran, dass du mir eine Frage über meinen *Schwanz* gestellt hast wie eine kleine, willige Bitch, statt mich irgendetwas zu fragen, das wirklich wichtig ist.«

Bei den Göttern, er überraschte mich immer wieder. Jedes Mal, wenn ich dachte, ich hätte die Obergrenze dessen erreicht, wie sehr ein Lebewesen ein anderes verabscheuen konnte, bewies er mir, dass ich zu so viel mehr fähig war. »Na schön. Okay. Ich werde dich etwas fragen, das wichtig ist. Du wurdest vom Yvelia-Hof verbannt, weil du etwas Schlimmes getan hast. Belikon hat gesagt, du hättest eine ganze Stadt dem Erdboden gleichgemacht.«

Kingfisher zog eine dunkle Augenbraue hoch. »War das eine Frage?«

»Hast du es getan?«, fragte ich.

»Warum willst du das wissen?«

»Weil ich im Moment einen sehr kleinen Raum mit dir teile. Weil wir allein sind. Weil ich wissen will, ob ich die gleiche Luft atme wie ein Massenmörder. Und hör auf, einer Frage mit einer Gegenfrage auszuweichen. *Hast du es getan?*«

Er musterte mich eingehend. Selbst aus dieser Entfernung konnte ich das Quicksilver sehen, das in diesem Meer aus leuchtendem Grün herumwirbelte. »Ja.« Das Wort kam ihm abrupt über die Lippen. Trotzig. »Ja, das habe ich.«

»Warum?«

»Weil mir keine andere Wahl blieb.«

Ich schlug mit den Händen auf die Werkbank; meine Wut ballte sich wie eine eiserne Faust in meiner Brust. *»Warum?«*

»Du bist für diese Informationen nicht bereit. Wirst es nie sein.«

»Warum?«

»Weil du ein Mensch bist, und Menschen sind schwach«, knurrte er. »Weil es dich nichts angeht. Weil es keine Rolle spielt, *warum* ich es getan habe. Denn ganz gleich, welchen Grund ich dir nenne, er wird nicht gut genug sein. Und jetzt frag mich etwas anderes.«

Meine Stimme zitterte, als ich seiner Aufforderung folgte: »Renfis hat gesagt, dass du die letzten hundert Jahre über leiden musstest, weil man dich nach der Zerstörung der Stadt verbannt hat. Wohin hat man dich geschickt?«

Kingfisher kam langsam auf die Werkbank zu; er hatte sämtliche Rüstungsteile abgelegt. Darunter trug er erneut ein schlichtes schwarzes Hemd und eine schwarze Hose. Die silberne Kette an seinem Hals – die er mir geliehen hatte, als ich im Sterben lag – glitzerte und erregte meine Aufmerksamkeit. Ich versuchte, nicht zurückzuweichen, als er näher kam, aber er war riesig. Er überragte mich, nahm so viel Platz ein, drang in meinen persönlichen Raum ein und blendete das Licht förmlich aus. Ich konnte nur noch ihn sehen. Nur noch ihn riechen: kalte Morgenluft und Rauch und frisch aufgewühlte Erde und tausend andere komplexe Gerüche, für die ich nicht mal Namen hatte.

Mit gefletschten Zähnen beugte er sich so weit vor, dass unsere Nasenspitzen sich fast berührten. Und dann knurrte er: »In die *Hölle*. Dahin hat man mich geschickt.«

Ich bekam kaum noch Luft. Konnte nicht denken. Er war so nah. So wütend. Irgendwie hatte ich das Gefühl, er stand kurz davor, die Geduld zu verlieren, und konnte sich nur mit äußerster Anstrengung zurückhalten.

Aber im nächsten Moment hatte er sich plötzlich wieder im Griff, und seine Eckzähne verschwanden blitzschnell. »Bete, dass du das nie am eigenen Leib erfahren musst, Mensch«, flüsterte er. »Streck deine Hand aus.«

»Meine Hand …?«

»Ja, streck deine Hand aus.«

Aus dieser Nähe wäre er in der Lage, mir meine Hand und den Arm, an dem sie hing, einfach abzureißen. Er könnte mich in Stücke zerfetzen, und ich wäre außerstande, etwas dagegen zu tun. Benommen und zitternd streckte ich meine Hand aus und betete von ganzem Herzen, dass er mir nicht jeden Finger einzeln brechen würde, weil ich ihn verärgert hatte. Doch dann drückte sich etwas Kühles und Glattes in meine Handfläche.

Kingfisher schloss meine Finger darum und legte seine großen tätowierten Hände fest um meine. Zuerst nahm ich gar nichts wahr. Ich war mir viel zu sehr seiner Nähe bewusst und der wilden Vielfalt an Düften, die von ihm ausgingen und mich bedrängten.

Holz und Leder und Gewürze und etwas Grünes und schwach Moschusartiges und …

»Au!«

Kingfisher kniff die Augen zusammen. »Was ist los?«

»Au! Das tut weh!« Ich versuchte, meine Hand wegzuziehen, aber Kingfisher verstärkte seinen Griff. Er hielt meine Hand fest und drückte sie immer fester, und das Brennen in der Mitte meiner Handfläche tat jetzt richtig weh. »Kingfisher«, sagte ich warnend. Doch er gab mich nicht frei, stand einfach nur da, starrte auf mich herab und beobachtete mich, während die metallischen Silberfäden in seinem rechten Auge wild herumwirbelten. »Fisher, was soll das?«

»Sag mir, was los ist«, forderte er.

»Es *tut weh* … das ist los!«, schrie ich und zerrte jetzt wirklich an meiner Hand. Ich riss und zog, setzte mein ganzes Körpergewicht ein, um mich zu befreien, aber Kingfisher hielt mich weiterhin fest.

»Ist es heiß? Kalt? Scharf? Weich?«

»Kalt! Es ist kalt! Es *brennt*, so kalt ist es!« Okay, das ergab keinen Sinn, aber es entsprach der Wahrheit. Das Eis kroch in meinen Körper und sickerte in meine Knochen. »Es tut weh! Lass los, Fisher! Bitte! Mach, dass es aufhört!«

»Sorg du dafür, dass es aufhört«, befahl er.

»Ich kann nicht! Ich kann nicht!«

Entschlossenheit flackerte in seinen Augen auf. »Doch, du kannst.«

»Lass mich los!«

»Du willst mir beweisen, dass ich recht habe, richtig? Du bist schwach? Du bist ein Mensch, also bist du schwach, nutzlos und erbärmlich? Willst du mir das zeigen?«

»FISHER!«

Er wirbelte uns beide herum, sodass ich mit dem Rücken zur Werkbank stand. Ich spürte, wie sich mir die Holzkante ins Kreuz presste, aber der Druck war nichts im Vergleich zu dem schrecklichen Schmerz, den er zwischen unseren Händen eingeklemmt hatte. »Hör zu«, befahl er.

»Was?« Das ergab keinen Sinn.

Kingfisher nahm eine Hand weg, aber das machte keinen Unterschied – er brauchte nur eine Hand, um meine beiden festzuhalten. Mit seiner nun freien Hand packte er mich am Kinn und zwang mich, still zu sein. Ihn anzuschauen. *»Hör zu«*, wiederholte er. »Was sagt es?«

»Es sagt, dass du ein … verdammtes … Arschloch bist«, stieß ich hervor.

Doch er reagierte nicht darauf. »Je eher du tust, was ich sage, desto eher ist es vorbei, Mensch.«

Mein Kiefer schmerzte höllisch, so sehr biss ich die Zähne zusammen. »Fick … dich …«

»Da, du machst es schon wieder: die kleine Bitch, die darum bettelt, gefickt zu werden«, höhnte er.

»Lass los!«

»HÖR ZU!« Kingfishers Brüllen raubte mir den Atem. Raubte auch das Licht. Die ganze Schmiede wurde pechschwarz, und der Schmerz in meiner Hand, der meinen Arm hinaufzog, verwandelte sich in einen Feuerstrang. »Es gibt nur dich und diesen Schmerz, sonst nichts«, flüsterte er. »Ignorier ihn. Passier ihn. Lass ihn über dich hinwegrollen.«

Das war grausam. Es war Folter. Ich brannte bei lebendigem Leib. Er würde mich umbringen. »Ich kann nicht«, schluchzte ich.

»Doch, du kannst. Zeig mir, dass ich mich irre. Zeig mir, dass du härter bist, als ich denke.«

Von all den Dingen, die er mir gesagt hatte, drangen diese Worte irgendwie zu mir durch. Gequält holte ich Luft und versuchte, meinen Geist zu beruhigen. Und tatsächlich: Der pochende, pulsierende, panische, verzweifelte Teil von mir beruhigte sich kaum merklich. Marginal. Und bewirkte, dass der Schmerz eine Sekunde lang aussetzte. Nicht lange genug, um mir wirklich Erleichterung zu verschaffen, aber doch lange genug, um zu hören.

Da war eine Stimme.

Eine Million Stimmen.

Annorath mor!

Annorath mor!

Annorath mor!

Annorath mor!

Ein ohrenbetäubendes Stimmengewirr. Ich schrie auf, schüttelte den Kopf und versuchte, es loszuwerden, aber es durchdrang jede Faser meines Geistes, verzehrte mich, löschte jede Erinnerung, jeden Gedanken, jedes Gefühl …

»Annorath … *MOR*!«, schrie ich.

Der Schmerz verblasste.

Das Licht kehrte zurück.

Die Stimmen verstummten, und die Stille, die sie hinterließen, war mindestens so ohrenbetäubend.

Kingfisher stand wie erstarrt da, noch immer viel zu nah für meinen Geschmack, und seine Hand umfasste jetzt locker meine Finger. Die kalte Arroganz, die er sonst immer ausstrahlte, war seltsamerweise verschwunden. Mit weit aufgerissenen Augen schaute er auf unsere verschränkten Hände hinunter, und sein Atem stockte leicht in seiner Kehle.

Ich versteifte mich, als ich die winzige Kugel mit der silbernen

Flüssigkeit in meiner Handfläche herumrollen sah. Quicksilver. Nicht viel. Etwas mehr als fingernagelgroß. Aber dennoch Quicksilver. Und in *flüssigem* Zustand.

Von Panik erfasst, versuchte ich, die Kugel wegzuschleudern, aber Fisher hielt mein Handgelenk fest und schüttelte den Kopf. »Solange ich dich berühre, bist du in Sicherheit. Ich trage den Anhänger. Das Quicksilver wird uns keinen Schaden zufügen.«

»Was redest du da? Es wird uns definitiv Schaden zufügen! Es hat mich gerade fast von innen heraus erfroren!«

»Das war gar nichts. Nur ein Test, und der ist jetzt vorbei. Du hast bestanden.«

Ungläubig starrte ich ihn an. »Was wäre passiert, wenn ich nicht bestanden hätte?«

»Das ist unerheblich. Du hast bestanden.«

»Nimm es *weg*, Fisher!«

»Sorge dafür, dass es erstarrt«, befahl er.

»Wie zum Teufel … ich weiß nicht, wie!«

»Schließ die Augen. Spür es tief in deinem Inneren. Taste danach …«

Ich folgte seiner Aufforderung, schloss die Augen und versuchte, mich daran zu erinnern, wie ich weiteratmen sollte, während ich doch wusste, dass diese winzige Menge Quicksilver in meiner Hand ausreichen würde, um meinen Verstand zu zerreißen. Ich hatte gesehen, was es mit Harron gemacht hatte. Gerade wollte ich Kingfisher erneut verfluchen, ihm sagen, dass ich das verdammte Quicksilver nicht spüren konnte, als … als ich es plötzlich wahrnahm.

Ein solides Gewicht, das genau in der Mitte meines Geistes ruhte. Es war nichts. Nicht heiß. Nicht kalt. Nicht scharf. Nicht weich. Es war einfach nur da. Und es wartete.

»Ich spüre es«, flüsterte ich.

»Okay. Jetzt sag ihm, was du willst. Sag ihm, es soll schlafen.«

Und genau das tat ich: Ich befahl ihm in Gedanken, sich zu verfestigen, zu schlafen.

Doch das massive kleine Gewicht schien sich unruhig hin und her zu winden. *»Nein, nicht schlafen. Noch nicht. Habe zu lange geschlafen«,* zischte es, wobei sich unzählige Stimmen überlagerten.

»Schlaf«, befahl ich mit Nachdruck.

Dieses Mal gehorchte das Quicksilver.

Nach und nach verschwand das Gewicht, das auf meinem Geist lastete, bis ich mich fast wieder normal fühlte.

Fast, denn Fisher hielt noch immer meine Hände. Als ich die Augen öffnete, schaute er auf die erstarrte Perle aus mattem Metall in meinen Händen, mit einem Ausdruck spöttischer Belustigung auf seinem aufreizend attraktiven Gesicht.

»Ich muss sagen, ich hatte einen anderen Ausgang erwartet«, sinnierte er.

Und dann schlug ich ihm mitten ins Gesicht.

11

DU MUSST SCHLUCKEN

»Zu eng! Zu eng! Ich bekomm keine Luft!«

Es wäre eine Untertreibung gewesen, Everlayne als wütend zu bezeichnen. Mit einer Kraft, die ich ihr nie zugetraut hätte, zerrte sie an den Korsettschnüren im Rücken meines Kleids.

»Wenn du weiter so ziehst, brichst du mir noch die Rippen«, schimpfte ich.

»Gut! Vielleicht hörst du … dann endlich auf … zu jammern!«

»Gebrochene Rippen werden mich nicht vom Jammern abhalten«, murmelte ich mürrisch und zupfte an den Korsettstäben. Sie bohrten sich in meine Haut und zwickten mich an Stellen, an denen mich meine Kleidung zu Hause noch nie gezwickt hatte. Das Ganze war einfach ätzend.

»Lass das!« Everlayne schlug meine Hand weg und schnalzte missbilligend mit der Zunge. Sie fummelte an meinen Röcken, huschte um mich herum und wischte imaginäre Fussel weg, die nur sie sehen konnte. Wie die anderen Kleidungsstücke, die sie mir gegeben hatte, war auch dieses Gewand absolut umwerfend. Ein schimmernd rotes Etwas aus Rohseide – genau die Art von Kleid, das bei den meisten Männern für weiche Knie sorgen würde. Und ich hasste es abgrundtief.

»Was hast du dir überhaupt dabei *gedacht*?«, knurrte Everlayne und klopfte die Falten des Rocks noch etwas zurecht, damit sie richtig fielen. »Er ist ein Fae-Krieger, Saeris. Du *kannst* nicht einfach so einen Fae-Krieger schlagen.«

»Kann ich *bitte* eine Hose anziehen?« Mürrisch betrachtete ich mich im Standspiegel. »Und erzähl mir nicht, dass Hosen nur was für Männer sind. Ich hab in diesem Palast schon viele Frauen in Hosen gesehen.«

»Das haben wir doch schon besprochen. Du bist zu *hübsch*, um Hosen zu tragen. Hörst du überhaupt zu? Die Sache mit Kingfisher …«

Ich warf ihr einen unfreundlichen Blick zu. »Nein.«

»Dann verrate mir wenigstens, was er getan hat, um sich so einen Schlag einzufangen.«

»Vertrau mir einfach. Er hatte es verdient.«

»Tja, *das* bezweifle ich gar nicht.«

Sie hatte mich in der letzten Stunde siebenmal gebeten, ihr zu erklären, was passiert war, aber ihr Flehen hatte mich nicht umgestimmt. Es würde nichts nützen, ihr von dem »Test« zu erzählen, den Kingfisher mit dem Quicksilver gemacht hatte. Ich wollte die Spannungen zwischen den beiden nicht noch verstärken. Wenn Everlayne erfuhr, dass er mich in eine Situation gebracht hatte, die mich mit ziemlicher Sicherheit hätte töten können, hätte das die Lage nicht nur verschlechtert – sie wäre katastrophal geworden. Außerdem waren sie und ich Freunde, und ich wollte nicht, dass sie noch mehr litt als ohnehin schon. Es war bereits schlimm genug, Kingfisher als Bruder zu haben – da war ich mir sicher.

»Du hast Glück, dass er nicht noch heftiger reagiert hat«, sagte sie.

»Ach ja?«, schnaubte ich. »Und dabei hatte ich *die* Reaktion schon für etwas übertrieben gehalten.«

Bei meiner Rückkehr in mein Zimmer hatte Everlayne schon auf mich gewartet. Allerdings hatte sie nicht damit gerechnet, dass Kingfisher meine Zimmertür eintreten würde, während ich wie ein Sack Kartoffeln über seiner Schulter hing und wie eine Todesfee heulte. Ebenso wenig hatte sie mit seiner extrem schlechten Laune, seiner aufgeplatzten Unterlippe oder der dünnen Blutspur gerechnet, die sein Kinn hinunterlief. Und sie hatte lautstark protestiert, als er mich kurzerhand auf mein Bett warf und mich anknurrte: »*Böser* Mensch.«

»Es hätte wirklich weitaus schlimmer kommen können«, versicherte sie jetzt. »Krieger wie Fisher nehmen Gewaltakte sehr übel.«

»Willst du damit sagen, er ist so unzivilisiert, dass ein kleiner rechter Haken ausreicht, um ihn zu einem plötzlichen Amoklauf zu veranlassen?«

Sie dachte darüber nach, während sie eine Decke faltete. »Ja«, antwortete sie schließlich.

»Dann ist dein Bruder kein Krieger, Everlayne, sondern ein hirnloser Wilder mit einem beschissenen Temperament. Aber das hätte ich dir auch so sagen können.«

»Bitte nenn mich einfach Layne. Und sag das *nicht* laut!«

»Das ist wohl kaum ein Geheimnis. Ich glaube, alle wissen, dass Fisher ein Wilder ist.«

»Das meine ich nicht – sondern das mit dem *Bruder*«, zischte sie in lautem Flüsterton.

»Ist das nicht allgemein bekannt?«

»Na ja, eigentlich schon. Es wird nur nicht darüber gesprochen. Und es ist äußerst, *äußerst* kompliziert.«

»Lass mich raten: Deine Mutter hatte eine Affäre, weil der

König ein abscheuliches Monster ist, und am Ende wurde sie von einem anderen schwanger?«

Everlayne – *Layne* – seufzte. »Nein. Meine Mutter war vor der Ehe mit meinem Vater mit einem Fürsten aus dem Süden verheiratet. Und mit dem hatte sie Fisher. Als Fisher zehn Jahre alt war, schickte der König Fishers Vater auf eine Mission nach Zilvaren – von der er nicht zurückkehrte. Damals wurden die Passagen verschlossen. Der König behauptete, dass Finran, Fishers Vater, für das Erstarren des Quicksilvers verantwortlich sei, und erklärte ihn zum Hochverräter.«

»Moment mal, Kingfisher hat gesagt, dass *Madra* für das Erstarren des Quicksilvers verantwortlich sei.«

Everlaynes Miene verdüsterte sich. »Das mag durchaus stimmen. Fisher hat Belikons Behauptung ohnehin nie geglaubt, aber niemand konnte das Gegenteil beweisen. Und so verkündete Belikon einfach, dass Finran die Schuld daran trug. Nicht mal ein Jahr später gab Belikon seine Verlobung mit meiner Mutter bekannt. Dem Vernehmen nach wurde sie von dieser Nachricht überrascht, da sie dem König noch nie *begegnet* war. Aber Belikon machte ihr klar, dass nur eine Heirat mit ihm beweisen würde, dass sie nicht auch eine Hochverräterin sei. Außerdem war Finran sehr wohlhabend, und Belikon brauchte Geld, um den Krieg gegen Sanasroth zu finanzieren. Belikon teilte meiner Mutter per königlichem Boten mit, dass sie sich im Winterpalast melden und ihr gesamtes Vermögen mitbringen solle. Rusarius erzählt bis heute davon, wie wütend der König war, als sie mit Kingfisher im Schlepptau eintraf.«

»Er hat einen Sohn aus einer früheren Ehe nicht als Gewinn betrachtet?«

Layne lachte freudlos. »Ganz und gar nicht. Er wollte einen eigenen Sohn, und zwar so schnell wie möglich. Belikon hätte Kingfisher nie als seinen angeheirateten Erben geduldet, aber es dauerte lange, bis meine Mutter wieder schwanger wurde. Kinder sind für uns Fae ein kostbares Geschenk, eine Seltenheit. Die meisten Paare haben Glück, wenn sie überhaupt ein Kind bekommen. Belikon dachte, Fisher hätte meine Mutter ›aufgebraucht‹. Das hat er tatsächlich einmal gesagt. Und als unsere Mutter lange Zeit später mit mir schwanger wurde, sah er es als Fishers Schuld an, dass sie nicht stark genug war, einen weiteren männlichen Erben hervorzubringen – darauf besteht er bis heute. Genau wie es angeblich Fishers Schuld ist, dass sie nicht stark genug war, die Geburt zu überleben. Ihre Schwangerschaft mit mir verlief schwierig. Es überraschte keinen ihrer Heiler, als sie kurz nach meiner Geburt verstarb, aber Belikon …« Everlayne schüttelte traurig den Kopf. »Für den König trägt Fisher an allem die Schuld. Aber unsere Mutter ist nicht seinetwegen gestorben, sondern wegen mir.«

»Niemanden trifft hier eine Schuld«, entgegnete ich. »Frauen sind seit Anbeginn der Zeit bei Geburten gestorben. Ganz gleich, ob Mensch oder Fae – das Kind kann nie dafür verantwortlich gemacht werden.«

Layne hatte all das vermutlich bereits zuvor gehört. Sie nickte nur und strich mit den Händen über die Decke, die sie auf die Lehne meines Lesesessels gelegt hatte. »Woher wusstest du, dass Fisher nicht Belikons unehelicher Sohn ist?«, fragte sie. »Er hatte im Laufe der Jahre genug Affären.«

Die Antwort war einfach. »Ob unehelich oder nicht, kein Vater würde sein eigenes Blut so hassen, wie Belikon Fisher hasst.«

»Tja, also …« Ein Muskel an Laynes Kiefer zuckte, während sie an die Zimmerdecke starrte. »Da hast du recht. Wie auch immer …« Sie holte tief Luft, straffte die Schultern und schüttelte das belastende Thema ab wie ein zu schweres Gewand. »Ich werde uns etwas zum Frühstück holen. Und wenn wir damit fertig sind, gehen wir nach oben in die Bibliothek.«

Sie verließ den Raum, und ich setzte mich auf die Kante meines Betts, erleichtert, dass ich endlich allein war.

Annorath mor.

Annorath mor.

Annorath mor.

Kingfisher hatte mich aufgefordert, auf das Quicksilver zu lauschen, und ich hatte es tatsächlich gehört. Aber jetzt musste ich ständig daran denken. Die Stimmen in meinem Kopf waren zwar verstummt, in dem Moment verschwunden, als das Quicksilver erstarrt war, aber diese *Worte* … Ich wiederholte sie wieder und wieder, als wären sie die Antwort auf eine Frage, die ich nicht zu stellen vermochte.

Annorath mor.

Annorath mor.

Annorath mor.

Als ich sie laut aussprach, hatte Kingfisher darauf reagiert – mit großen Augen, sogar ein wenig schockiert. Allerdings hatte er mir nicht erklärt, was sie bedeuteten, und dieses Nichtwissen machte mich bald wahnsinnig.

Ich grub die Fingernägel in meine Handfläche, im Rhythmus dieser Worte, die in meinem Kopf kreisten. Es fühlte sich fast so an, als hätten sie meinen Puls ersetzt. Meine Trance endete erst, als ein lautes Klopfen an der Tür die Stille durchbrach.

Genervt seufzte ich. Irgendwann würde Layne akzeptieren, dass ich nicht so viel aß. Sie würde meinen Teller nicht länger mit Speisen beladen und für mich einfach einen Apfel einstecken oder so was. Auf diese Weise hätte sie selbst mit vollem Frühstücksteller noch immer eine Hand frei, um die Tür zu öffnen. Murrend durchquerte ich den Raum und drückte auf die Klinke. Während die Tür aufschwang, lief ich zurück zum Bett und sank auf die Knie, um nach den Schuhen zu suchen, die ich am Abend zuvor mit Schwung ausgezogen und darunter befördert hatte.

»Zugegeben, ich genieße es, wenn eine Frau vor mir kniet, aber in *diesem* speziellen Fall …«

Ich hatte gerade den Arm ausgestreckt und die Finger um den Absatz meines Schuhs unter dem Bett gelegt, als ich diese Stimme hörte und erstarrte. Das Blut schoss mir in die Wangen, während ich rückwärts unter dem Bett hervorkroch, mich auf die Fersen hockte und zu Kingfisher aufblickte. »Du bist hier nicht willkommen«, teilte ich ihm mit.

Seine Lippen waren noch wunder und stärker gerötet als am Tag zuvor. In den Händen hielt er ein großes Holzbrett, auf dem sich alle möglichen Wurst- und Käsesorten, Obst und mindestens drei verschiedene Brotsorten stapelten. Er trug übermäßig viel Rüstung – doppelt so viel wie sonst. Seine Schienbeine waren von schwarzen Beinschienen bedeckt, verziert mit goldenen Sonnenaufgängen, deren Strahlen bis zu den Knien hinaufreichten. Passende Armschienen schützten seine Handgelenke. Er schaute an sich hinunter und verzog den Mund zu einem kalten Lächeln, als er sah, dass ich seine komplettierte Rüstung betrachtete.

»Gefällt sie dir?«, säuselte er. »Ich dachte mir, dass heute Morgen ein zusätzlicher Schutz angebracht wäre, da du dich offenbar jeden Moment wie eine tollwütige Katze auf mich stürzen könntest.«

»Katzen kratzen«, erwiderte ich ohne Umschweife. »Ich war *so* kurz davor, dich bewusstlos zu schlagen.«

»Träum weiter, Mensch.« Er trat die Tür zu, stampfte ins Schlafzimmer und stellte den Berg Essen auf dem kleinen Tisch ab. Dann ging er zu den drei großen Fenstern im Raum und zog die Vorhänge mit Schwung zu.

Ich stand auf, folgte ihm und öffnete die Vorhänge wieder. »Was *soll* das?«

»Ich bin verkatert«, verkündete er. »Die Sonne versucht, meinen Schädel aufzubrechen, und das macht mich *wirklich* übellaunig. Aber bitte, tu dir keinen Zwang an und öffne die Vorhänge.«

Wie tötete man eigentlich einen Fae-Krieger? Brauchte man dazu eine besondere Waffe? Konnten sie vergiftet werden? Ich nahm mir vor, Rusarius danach zu fragen – der alte Bibliothekar musste es wissen. Mit finsterer Miene ging ich zu den Fenstern und zog die Vorhänge wieder zu. »Ich meinte, was machst du hier? In meinem Zimmer?«

»Anscheinend darf ich nicht in der Bibliothek essen. Und im Gegensatz zu Layne habe ich keinen eigenen Wohntrakt am Hof. Nachdem ich gestern gesehen habe, wie schön *deine* Zimmer sind, dachte ich mir, ich komme hierher und frühstücke. Mach dir keine Sorgen. Ich habe dir etwas Käse mitgebracht.« Er nahm einen der kleinen Teller, die er auf seinem überquellenden Brett balanciert hatte, und legte ein großes Stück Hartkäse darauf. Fairerweise musste man sagen, dass der Käse ziemlich appetitlich aussah – aber die Art und Weise, wie er mir den Teller über den Tisch hinweg zuschob, brachte mein Blut in Wallung.

Der Mistkerl fing an zu essen, als ob sein Leben davon abhinge.

»Rusarius hat gesagt: Kein gekochtes Essen in der Bibliothek. Das hier ist alles kalt. Also nimm es und belästige ihn damit.«

Kingfisher ignorierte mich.

»Fisher!«

Er zuckte zusammen und zog den Kopf ein. »Für heute brauchen wir Regeln, Mensch.« Er begann sie an seiner Hand abzuzählen, einen Finger nach dem anderen. »Brüll nicht herum. Teil keine Schläge aus. Zwing mich nicht zu irgendeiner körperlichen Anstrengung. Versuch nicht …«

»Deine Lippe blutet schon wieder«, unterbrach ich ihn.

Seine Zungenspitze schoss zwischen den Lippen hervor, benetzte sich mit Blut, und ein Paar bösartige, scharfe Eckzähne funkelten mich an. Ihr Anblick jagte eine Mischung aus Neugier und Panik durch meinen Körper. Hitze stieg in meinem Bauch auf, und das Blut schoss mir in die Wangen.

Kingfishers Blick zuckte hoch und fixierte mich. »Vorsichtig, Mensch! Wir Fae haben einen ausgezeichneten Geruchssinn. Du wärst erstaunt, was wir alles riechen können.«

»Ich … Ich habe nichts getan. Ich habe nicht …« Bei allen Göttern! Gleich würde ich vor Verlegenheit sterben. Die Vorstellung war kaum länger als einen Sekundenbruchteil durch meine Gedanken gezuckt. Ich hatte nicht mal beabsichtigt, so was zu denken. Schließlich verachtete ich Kingfisher. Ich fühlte mich definitiv *nicht* zu ihm hingezogen. Und ich dachte auch nicht an seine Zunge oder seine Zähne …

Er legte die mit Fleisch belegte Brotscheibe beiseite und lehnte sich *ganz* langsam auf seinem Stuhl zurück. Plötzlich war seine Miene ernst, seine Augen wachsam, seine Stimme tief und weich wie Samt. »Du machst es nur noch schlimmer.«

Ich unterdrückte meinen Drang, laut zu schreien, setzte mich stattdessen an den Tisch und zwang mich, seinen unerträglich selbstgefälligen Blick zu erwidern. *Wechsle das Thema. Wechsle das Thema. Wechsle das Thema.* »Warum hast du deine Lippe nicht behandeln lassen? Eure Heiler können sie doch heilen. Eine kleine Wunde wie diese wäre doch mit einer winzigen Berührung im Nu verschwunden.«

Kingfisher kniff die Augen leicht zusammen und taxierte mich. »Eigentlich hatte ich das nach dem Besuch hier auch vor. Aber jetzt habe ich mich dagegen entschieden.«

»Ha! Ja, klar.« Ich brach ein Stück von dem Käse ab, den er mir auf den Teller gelegt hatte, und schob es mir in den Mund.

»Ja. Gerade eben, um genau zu sein. Ich werde die Narbe als Andenken behalten.«

»Eine Erinnerung an den Tag, als ein schwaches Menschenmädchen dir eine blutige Lippe verpasst hat? Willst du, dass deine

Freunde davon erfahren?« Verdammt, dieser Käse hatte die Konsistenz von Klebstoff. Ich kaute weiter, aber mein Mund war so trocken, dass er sich in einen dicken Brei verwandelte.

»Ich lass mich nun mal gern überraschen«, erwiderte Fisher und drehte die Gabel in seiner Hand. »Und ich stehe auf ein aggressives Vorspiel. Die Narbe wird eine amüsante Erinnerung sein.«

Keuchend schnappte ich nach Luft und inhalierte dabei den Käse. Und dann versuchte ich würgend und spuckend, ihn wieder auszuhusten – was mir aber nicht gelang.

Kingfisher beugte sich vor, und seine Zunge fuhr wieder über seine Zähne. »Du musst schlucken«, sagte er mit einem anzüglichen Grinsen.

»Was zum Teufel und allen fünf Höllen ist hier los? Willst du das arme Mädchen umbringen?«

Layne war wie aus dem Nichts aufgetaucht – eine Wolke aus süßem Parfüm und safranfarbener Seide. Sie stellte die Teller ab, die sie aus der Küche geholt hatte, und rieb mir beruhigend über den Rücken. »Was hast du mit ihr gemacht?«, fragte sie Fisher wütend.

»Bei allen Göttern, die es je gegeben hat oder geben wird, könntest du bitte leiser reden?«, stöhnte er.

»Sie erstickt, Fisher. Hast du sie vergiftet? Atme, Saeris. So ist es gut. Langsam einatmen. Und wieder aus.« Sie demonstrierte das Atmen durch die Nase. »Und … und warum stinkt es hier wie in einem *Bordell*? Wenn du schon die Nacht mit Huren und Alkohol verbringst, dann könntest du wenigstens den Sexgeruch abwaschen, bevor du hier zum Frühstück erscheinst.«

Kingfisher machte den Eindruck, als würde er gleich losprusten. Der widerwärtige Mistkerl genoss die Situation immens. Ich rechnete mit einem grausamen Seitenhieb – schließlich brauchte er seiner Schwester nur zu sagen, dass der Geruch von mir stammte und nicht von ihm. Doch seine nächsten Worte überraschten mich. »Tut mir leid, Layne. Du hast recht, das war gedankenlos. Ich verschwinde jetzt mit meinem Frühstück und lasse euch beide in Ruhe. Wenn Ren auftaucht, sag ihm, dass ich unten im Badehaus bin und meine Sünden abwasche. Und *dich* sehe ich heute Nachmittag, Osha. Bereite dich darauf vor, mehr von dem zu üben, was wir gestern gelernt haben.«

Moment mal …

Ich sah ihm nach, als er den Raum verließ.

Er hatte für mich den Kopf hingehalten.

Warum hatte er das getan?

Und würde Layne nach seinem Verschwinden erkennen, dass *ich* die Quelle der Erregung war, die in der Luft lag? Vermutlich nicht. Schließlich dachte ich schon längst nicht mehr an Fishers Zunge, die meinen Hals hinaufwanderte. Stattdessen stellte ich mir vor, wie er mich zwang, das Quicksilver wieder in die Hand zu nehmen, und wie stark der Schmerz sein würde.

Annorath mor!

Annorath mor!

Annorath mor!

Die Erinnerung an die Stimmen in meinem Kopf hallte in mir nach wie ein Kriegsruf.

Fisher hatte mich vor einer Demütigung bewahrt, aber das hatte nicht viel zu bedeuten. Nicht, wenn mir im Gegenzug ein Nachmittag mit dem Quicksilver bevorstand. Er war wirklich verrückt, wenn er dachte, dass ich mich dem Ganzen noch einmal freiwillig aussetzen würde.

Die Temperatur in der Bibliothek war unerträglich. Der Raum wirkte noch kälter als sonst, Kondenswasser lief an den Fensterscheiben herunter, und bei jedem gesprochenen Wort bildeten sich Nebelschwaden in der Luft.

»Heute Nacht wird es schneien«, verkündete Rusarius und blickte stirnrunzelnd auf die düstere Wolkendecke jenseits der Glaskuppel.

Schnee.

Die Aussicht darauf, ihn mit eigenen Augen vom Himmel fallen zu sehen, war aufregend, aber im Moment gab es Wichtigeres. Ich hatte meine Entscheidung getroffen, und ich würde mich daran halten.

»Ich möchte heute gern mehr über das Quicksilver erfahren«, sagte ich. »Ich weiß, dass ihr vorhattet, mir von Sanasroth und den anderen Höfen zu erzählen, aber der König hat uns nur eine Woche gegeben, bevor Kingfisher den Hof verlassen muss. Inzwischen sind schon drei Tage vergangen, und ich weiß noch immer nicht viel über die Passagen.«

»Die genaue Kenntnis der Höfe wird unerlässlich sein, sobald du außerhalb von Yvelia unterwegs bist. Ich denke, es lohnt sich, das durchzugehen«, erwiderte Layne und legte eine Hand auf den beängstigenden Bücherstapel, den sie für den heutigen Tag zusammengesucht hatte.

»Saeris hat vielleicht nicht unrecht.« Rusarius' weißes Haar war wolkenartiger als je zuvor und bauschte sich in alle Richtungen auf. »Wenn wir nicht nachweisen können, dass Saeris in der Lage ist, das Quicksilver zu aktivieren, dürfte das Kingfisher in große Schwierigkeiten bringen. Er ist derjenige, der sie hergeholt hat. Der König hat ihm eine Woche Zeit gegeben, um unserer neuen Freundin hier beizubringen, wie man das Quicksilver lenkt. Wenn sie versagt …«

»… wird er Fisher bestrafen«, beendete Layne den Satz.

»Und Saeris vermutlich auch, oder?«, fragte Rusarius zögernd.

Widerstrebend schob Layne die sorgsam aufgestapelten Bücher beiseite. »Also gut. Beschäftigen wir uns mit dem Quicksilver. Wenn wir jetzt ein paar rudimentäre Dinge klären, kann Fisher dich heute Nachmittag in der Schmiede mit einigen anderen, minderwertigen alchemistischen Verbindungen bekannt machen.«

Aber Fisher würde sich nicht mit minderwertigen alchemistischen Verbindungen aufhalten. Schließlich hatte er mich schon gestern ins kalte Wasser geworfen und mir rohes Quicksilver in die Hand gedrückt, ohne auch nur um Erlaubnis zu fragen. Doch ich beschloss erneut, diese kleine Information für mich zu behalten. »Ich habe mich gefragt, ob es irgendwelche Hinweise darauf gibt, wie die Alchemisten die Passagen nutzten, um von einem Ort zum anderen zu reisen. Oder anders gefragt: Wie haben sie sichergestellt, dass sie dort landeten, wo sie hinwollten? Gab es eine Instrumententafel oder eine Beschwörungsformel oder …« Ich zuckte die Schultern und versuchte, so lässig wie möglich zu wirken. »… mussten sie den Namen eines Ortes laut aussprechen oder so was in der Art?«

Rusarius wischte sich mit seinem Robenärmel die Nase und pustete dann auf den heißen Tee, den er sich irgendwo im hinteren Teil der Bibliothek zubereitet hatte. »Oh nein, ich bezweifle, dass wir irgendwelche Bücher oder Pergamente haben, die *das* schildern«, sagte er.

»Oh.« Enttäuschung machte sich in mir breit.

»Nein, dieser Teil war einfach. Schließlich war allgemein bekannt, wie sie sich von einem Punkt zum anderen bewegten.« Rusarius nippte an seinem Tee, jaulte auf und fächelte sich Luft in den Mund. »Bei den Göttern, Geduld war noch nie meine Stärke. Man sollte doch meinen, ich hätte inzwischen gelernt zu warten …«

»Wie haben sie es denn gemacht? Wenn es allgemein bekannt war?«

»Ah, richtig. Na ja, sie haben ihre Gedanken ganz bewusst auf ihren Zielort gerichtet, sich offenbar völlig darauf konzentriert. Und wenn sie einen neuen Ort erkunden wollten, dachten sie an *die Art von Ort*, den sie besuchen wollten. Wenn sie beispielsweise einen Ort finden wollten, der reich an Eisenerz war, dachten sie an Eisenerz und ließen sich vom Quicksilver an einen Ort mit reichlich Eisenerz bringen. Ein sehr einfaches System. Natürlich mit Nachteilen. Es kam durchaus vor, dass ein Alchemist an einen noch unbekannten Ort dachte und in ein Becken stieg, nur um auf Nimmerwiedersehen zu verschwinden. Einst begab sich eine Gruppe auf die Suche nach Wasserstoff. Dieser Wichtigtuer, Archivar Clements, vertrat die These, dass das Quicksilver sie direkt in das Zentrum eines Sterns befördert hätte. Völliger Blödsinn, wenn man mich fragt, und …«

Doch ich hörte nicht länger zu. Ich wollte keine neuen Orte entdecken. Ich wollte nur nach Hause. Und dafür musste ich nichts anderes tun, als an Zilvaren zu denken, bevor ich in das Becken stieg? Das klang viel zu einfach. Aber Rusarius schien sich sicher zu sein.

»Und wo ist das Becken hier im Winterpalast? Belikon hat doch eines, oder?«, unterbrach ich den alten Mann, der noch immer von verschiedenen Alchemistengruppen erzählte, die bei der Erkundung unbekannter Ziele verschollen waren.

»Oh natürlich! Unser Becken ist das größte seiner Art, das jemals dokumentiert wurde«, erklärte der Bibliothekar und strahlte, als wäre er persönlich für dessen Existenz verantwortlich. »Belikon ließ es so groß konstruieren, damit er bei Bedarf ganze Armeen transportieren kann. Es befindet sich unter uns, ganz tief unten im Inneren des Palastes. Fast jeder Tunnel, auf den du stößt, führt dich dorthin. Obwohl ich einmal fünf Tage damit verbracht habe, herauszufinden …«

Auch wenn es wie Selbstlob klingen mag, aber ich heuchelte äußerst überzeugend echtes Interesse, während Rusarius weiter plauderte. Die Pläne, die sich unterdessen in meinem Kopf formten, hätten eigentlich meine ganze Aufmerksamkeit erfordert, doch ich nickte und lachte über die Erzählungen des Bibliothekars – gerade so viel, um auch Layne davon zu überzeugen, dass ich ihm zuhörte.

Die nächsten drei Stunden wollten einfach nicht vergehen, und ich tat mein Bestes, um nicht unruhig herumzuzappeln.

Währenddessen machte ich mir Notizen über das Becken in Sanasroth, das sich in der Mitte des Ratssaals dieses verfeindeten Hofs befand. Und ich notierte mir die Standorte von zwei anderen Becken in zwei weiteren Fae-Königreichen. Die Gilaria-Fae in den Bergen im Osten hatten ihr Becken in einem Saal auf dem höchsten Gipfel ihres Reichs. Und von den Lìssia-Fae – den Seefahrer-Fae, die auf einer Insel im Süden lebten – hieß es, dass ihr Becken sich tief in einer Meereshöhle befand und fast so groß war wie das Becken in Yvelia. Allerdings war dies nie bestätigt worden, da die Lìssianer es als ihre heiligste Weihestätte betrachteten.

All das prägte ich mir ein, während sich meine Gedanken die ganze Zeit überschlugen.

Offenbar brauchte ich nichts weiter zu tun, als mich auf die Silberstadt zu konzentrieren. Ich musste das Quicksilver in Gedanken ansprechen und aufwecken, und dann könnte ich nach Hause reisen. Das Ganze würde *wirklich* total einfach ablaufen.

Aber es gab da etwas, das ich zuvor noch erledigen musste.

12

FUCHS

Kingfisher hatte den größten Teil seiner Lederrüstung abgelegt, und ich konnte verstehen, warum. Denn als ich die Schmiede betrat, brannte ein loderndes Feuer in der Esse, und weißglühende Flammen leckten am Mauerwerk. Zum ersten Mal seit fast einer Woche drang eine wohlige Wärme in meine Knochen – ein wirklich wunderbares Gefühl.

Laynes dunkelhaariger Bruder grinste wie ein Dämon, als er bemerkte, dass ich die brütend heiße Werkstatt betreten hatte, doch er wandte sich nicht von seiner Aufgabe ab. Mit schweißüberströmtem Gesicht schob er eine glühende Zange in das Inferno, beugte sich dann vor, konzentrierte sich einen Moment mit leicht zusammengekniffenen Augen und zog die lange Zange wieder heraus, dieses Mal mit einem kleinen Eisentopf in den Greifbacken der Zange.

Aber ich schenkte diesem Topf – dem *Schmelztiegel*, den Kingfisher auf den Amboss neben der Werkbank stellte – kaum Beachtung. Mein Blick war auf die Schweißperle gerichtet, die an Fishers Kinn hing; ich konnte beim besten Willen nichts anderes sehen. Sie glitzerte eine Sekunde lang, fiel dann herab und traf zischend auf den Eisentiegel, wo sie in Rauch aufging.

Fishers normalerweise lockeres schwarzes Hemd klebte ihm an der Brust. Er holte tief Luft, seine Schultern hoben sich und …

Ich zuckte zusammen, als er mit den Fingern vor meinem Gesicht herumschnippte.

»Sag wenigstens Hallo, bevor du anfängst, mich mit deinem Blick zu ficken.«

»Ich habe dich nicht mit meinem Blick gefickt. Ich habe nur versucht, in diesem ganzen … Dampf was zu sehen.« Demonstrativ wedelte ich mit der Hand, aber die Luft war klar, es gab keinen Dampf, und Kingfisher wirkte nicht sonderlich beeindruckt.

»Eines hat mich immer gewundert: Menschen sind nicht an die gleichen Gesetze gebunden wie die Eidgebundenen Fae. Ihr Kreaturen könnt lügen, wann immer ihr wollt. Im Grunde die ganze Zeit. Und doch seid ihr alle so verdammt *schlecht* darin.« Seine Wangen waren von der Hitze gerötet und glänzten vor Schweiß. Kein einziges Haar auf seinem Kopf war trocken, und einige Locken klebten ihm seitlich am Gesicht. Als wäre er sich dessen plötzlich bewusst geworden, schüttelte er den Kopf wie ein Hund und verteilte seinen Schweiß in alle Richtungen.

Hastig riss ich eine Hand vor mein Gesicht, um die Tropfen abzuhalten. »Ekelhaft.«

Fisher lachte leise und blickte wieder in den Schmelztiegel. Während er den Inhalt inspizierte, löste er das Hemd von seiner Brust. »Und wieder lügst du das Blaue vom Himmel herunter. Du magst meinen Schweiß, *nicht wahr*, Mensch?«

Seit unserer ersten Begegnung kannte das Arschloch kein größeres Vergnügen, als mich auf die Palme zu bringen. In der ganzen Zeit hatte ich kein einziges Mal darauf reagiert, wenn er mich »Mensch« oder »Osha« nannte, also konnte ich nicht sagen, woher er wusste, dass mich das zur Weißglut brachte. Aber so war es nun mal. Ich hatte es gründlich satt. »Ich habe einen *Namen.* Benutz ihn.« Wütend drängte ich mich an ihm vorbei in Richtung Werkbank. Dort warf ich den Beutel, den ich mitgebracht hatte, auf die Arbeitsfläche und griff mir eine der dicken Lederschürzen, die an der Wand neben dem Fenster hingen.

Dann drehte ich mich um, bereit, ihm einen Vortrag über Manieren zu halten und darüber, dass es höflich sei, eine Person mit ihrem Vornamen anzusprechen und nicht mit einem beschissenen Namen, den er sich ausgedacht hatte, als …

»Heilige Götter und Märtyrer!« Das Herz schlug mir bis zum Hals.

Weniger als einen Zentimeter von mir entfernt lächelte Kingfisher auf mich herab. Wie zum Teufel war er so schnell so nah herangekommen? Seine Augen tanzten förmlich vor Vergnügen. Eigentlich war es eine Schande, dass diese erstaunlichen Augen einem solchen Mistkerl gehörten. Sie ließen sich mit nichts vergleichen, was ich je gesehen hatte: strahlend hell, mit einem einzigartigen, verblüffenden Grünton. Und obwohl mich das Quicksilver, das in seiner rechten Iris gefangen war, zu Tode erschreckte, konnte ich nicht leugnen, dass es ihn faszinierend aussehen ließ.

»Du bist nur *vorübergehend* hier«, erwiderte er hoch über mir, und seine riesige Gestalt war einfach … überall.

»Und du bist *rüde*«, fauchte ich zurück.

Schulterzuckend wandte er sich ab. In dem Moment, als er mit dem Rücken zu mir stand, holte ich tief Luft und versuchte, mich wieder zu beruhigen, während er nicht hinsah. »Es lohnt sich nicht, die Namen von Menschen zu lernen«, sagte er. »Ihr kommt und geht so schnell. Ich mache mir nur die Mühe, die

Namen von Kreaturen zu lernen, die länger als einen Herzschlag leben.«

Meine Hände zitterten, als ich die Schürzenbänder um die Taille schlang und sie dann über meinem Bauch verknotete. »Ich heiße Saeris. Das ist mein Name. Nenn mich entweder so oder sag gar nichts.«

Er warf mir einen belustigten Blick über die Schulter zu, und seine Lippen öffneten sich kaum merklich und gaben kurz seine Zähne frei. »Sag gar nichts? Das gefällt mir. Komm her und sieh dir das an, Sag gar nichts.«

Wieder war ich ihm voll in die Falle getappt. Seufzend trat ich zu ihm, um mir anzusehen, worauf er im Inneren des Schmelztiegels deutete. »Es gibt da auch noch ein paar andere Worte: Bitte und danke. Beide hab ich noch nicht von dir gehört, aber ich bin mir sicher, dass dein Wortschatz sie umfasst.«

»Nein, das ist nicht der Fall«, sagte er fröhlich.

Auf dem Boden des Schmelztiegels lag eine winzige Menge eines dunkelgrauen Pulvers, fein wie Asche.

»Was ist das?«

»Das sind Knochen«, antwortete Fisher.

»Menschliche?«

Er schüttelte den Kopf. »Ich hatte keine. Aber wenn du bereit wärst, etwas beizutragen …«

»Es reicht.«

Fisher richtete sich auf und kniff ein Auge zusammen, während er mich musterte. »Muss deine Spezies eigentlich ein Mittagsschläfchen machen? Du bist immer so reizbar. Dabei bin *ich* hier derjenige mit dem Kater.«

»Was hast du letzte Nacht überhaupt gemacht?«

»Das wüsstest du wohl gern.«

»Weißt du, was? Vergiss es. Ich hab es mir anders überlegt. Es interessiert mich nicht.«

»Ren und ich waren im *Blind Pig*. Wir haben die Hälfte seiner Ersparnisse verspielt und die Bar leer getrunken. Nächstes Mal lade ich dich ein.«

Ich verzog das Gesicht. »Bitte nicht.«

Plötzlich packte Kingfisher mich und schloss seine Hand um mein Handgelenk. Ich hatte gerade mit der Fingerspitze das Pulver im Schmelztiegel antippen wollen, aber …

»Wo du herkommst, steckt dort ein Schmied den Finger in einen Schmelztiegel, der gerade glühend heiß aus dem Feuer kommt, Osha?«, fragte Fisher.

Ruckartig schloss ich den Mund und kam mir absolut, wirklich, völlig idiotisch vor. Wenn ich das Gleiche in Elroys Werkstatt versucht hätte, hätte er mich bis zur Heiserkeit angeschrien und dann eine Woche lang aus der Schmiede verbannt. Bei ihm hätte ich mich dem Schmelztiegel ohne hitzebeständige Handschuhe nicht mal nähern dürfen. Aber hier konnte ich einfach nicht klar denken. Ich war zu abgelenkt. Und der Grund für meine Ablenkung hatte mich gerade davor bewahrt, im schlimmsten Falle meine ganze Hand zu verlieren. Meine Wangen glühten heißer als das Feuer in der Esse. »Nein. Nein, definitiv nicht.«

Kingfisher gab meine Hand frei. Zwar verlor er kein weiteres Wort über mein Verhalten, aber der harte, verärgerte Blick, den er mir zuwarf, sagte genug. *Sei vorsichtig, Osha.* »Das hier waren Fae-Knochen«, erklärte er nach einem Moment. »Seit Jahrhunderten versucht unsere Spezies herauszufinden, wie die Reliquien hergestellt werden, die es uns ermöglichen, durch das Quicksilver zu reisen. Im Laufe der Jahre hat es viele Theorien darüber gegeben, mehr aber auch nicht – einfach nur Theorien. Da das Quicksilver schlief, konnten wir keine Experimente durchführen, um diese Theorien zu überprüfen. Aber jetzt, da du hier bist …«

»Du möchtest, dass ich das Quicksilver aufwecke, damit du versuchen kannst, Gegenstände mit ihm zu verbinden, in der Hoffnung, daraus eine Reliquie zu fertigen.«

»Genau.« Er grinste. Das erste echte Lächeln, das ich von ihm zu sehen bekam, und es war erschreckend. Nicht weil es ihn furchterregend aussehen ließ. Ganz im Gegenteil: Er wirkte so viel jünger, wenn er lächelte. Regelrecht *glücklich*, und genau das haute mich wirklich um. Es war leicht, Kingfisher zu hassen, wenn er sich wie ein Mistkerl benahm, aber gerade jetzt wirkte er ganz und gar nicht so, und das war … verwirrend.

Aber im Moment hatte ich weder die Zeit noch die Lust, mich damit zu beschäftigen. Es spielte auch keine Rolle – schließlich gab es Wichtigeres, um das ich mich kümmern musste. »Du benutzt also Knochen, um herauszufinden, ob die Verschmelzung des Quicksilvers mit organischer Materie das Becken zu der Annahme verleitet, dass das Lebewesen, das es passiert, ein Teil von ihm ist?«, fragte ich.

Kingfisher wippte auf den Fersen vor und zurück und zog die Augenbrauen hoch. »Ja. Genau das habe ich vor.«

»Okay, dann lass es uns versuchen.«

»Wirklich? Nach dem gestrigen Tag hätte ich erwartet, dass du zögern würdest, das Quicksilver erneut zu aktivieren.«

»Ich bin nicht besonders versessen darauf. Aber wenn es bedeutet, dass wir … Oh! *Heilige Götter!*«

Wir waren nicht allein.

Meine Hand schloss sich um eine Zange. Ich umklammerte sie wie einen Dolch, machte einen Satz vorwärts und nahm eine Verteidigungshaltung ein. Mein Puls hämmerte in meinen Fingern, meinen Zehen und überall sonst, wo er nur konnte. Im Nu war ich kampfbereit, aber Kingfisher reagierte schneller als ich. Er verwandelte sich in eine Wolke aus schwarzem Rauch. Kalter Wind zerrte an meinen Haaren, und dann war er verschwunden. Eine

Sekunde später tauchte er wieder auf – auf der anderen Seite der Werkstatt, Mordlust in den Augen, das tödliche schwarze Schwert in beiden Händen, triefend vor Rauch.

»Was *ist* das?« Ich deutete mit dem Finger auf das scheußliche Ding, das neben der Esse kauerte. Es zischte mich an, fletschte die Zähne und zeigte das Weiße in seinen Augen.

Kingfisher warf einen Blick auf die Kreatur, richtete sich auf und fluchte in einer Sprache, die ich nicht verstand. »Was ist nur mit dir *los*? Das ist ein Fuchs! Bei den Göttern, ich dachte, man würde dir gleich das Gesicht abreißen.«

»Ein Fuchs? Was ist ein Fuchs?«

Kingfisher murmelte finster vor sich hin, während er sich über das seltsame Tier beugte. Es hatte ein dickes, pelziges Fell, weiß wie der Schnee vor dem Fenster, und glasige kohlschwarze Augen. Und es kauerte sich zusammen, drückte seinen Körper auf den Steinboden, presste die kleinen Ohren mit ihren schwarzen Spitzen an den winzigen Schädel und verfolgte, wie Kingfisher sein Schwert über den Kopf hob.

»Nur damit du es weißt«, knurrte der Krieger, »nichts ist schlimmer, als sich mit Kopfschmerzen zu teleportieren.« Dann ließ er die Klinge herabfahren.

»NEIN! STOPP! Was tust du da?«

Gerade noch rechtzeitig riss Fisher die Waffe zur Seite. »Gnadenlose *Scheißgötter*, Mensch! Hör auf, herumzubrüllen!«

»Ich will nicht, dass du es tötest! Das Ding hat mich nur überrascht, das ist schon alles.«

»Es ist ein Fuchs! Ein Schädling! Wahrscheinlich hat er in der Esse gelebt, bevor wir seinen Bau herausgerissen haben. Füchse stehlen Nahrung aus den Küchen.«

Die Kreatur war nicht annähernd so abscheulich, wie ich zuerst gedacht hatte. Hastig lief ich darauf zu, bückte mich und schützte das kleine Ding mit meinem Körper, von plötzlichen Gewissensbissen gepackt. »Dann darfst du ihn erst recht nicht töten. Nicht, nachdem wir sein Zuhause zerstört haben.«

»Er wird dich beißen«, sagte Kingfisher.

»Nein, das wird es nicht. Er …«

Der Fuchs schnappte zu.

Seine Zähne waren spitz wie Nadeln. Während seine Kiefer meinen Unterarm umklammerten, zitterte und quiekte das kleine Wesen und brachte alle möglichen seltsamen Laute hervor. Allem Anschein nach wollte er weglaufen und sich verstecken, wusste aber nicht, wie er *aufhören* sollte, mich zu beißen.

Kingfisher platzierte die Schwertspitze auf den Steinboden neben sich, stützte sich lässig auf seine Waffe und beobachtete die Szene, ohne irgendeine Gefühlsregung zu zeigen. »Sie übertragen alle möglichen Krankheiten. Beispielsweise Lungenfäule«, sagte er. »Und etwas, das ganz schuppige Haut macht. Eine Art Pilzinfektion, glaube ich.«

»Au! Er beißt mich fast bis auf den Knochen, Fisher. *Hilf* mir!«

Kingfisher stieß sich von seinem Schwert ab und richtete sich auf. Dann schaute er zu den Dachsparren hoch und blinzelte. »Das hier … ist eine wichtige Lektion, würde ich sagen. Jede unserer Handlungen hat Konsequenzen. Dein neues pelziges Armband ist eine Konsequenz menschlicher Schwäche. Trage es mit Stolz.«

Der kleine Fuchs nieste, und seine schwarzen Augen starrten mich an. Wenn ein Fuchs eine Gefühlsregung haben konnte, dann handelte es sich hier um nackte Panik. *Er will, dass ich ihm helfe,* dachte ich – aber wie sollte ich das tun, wenn er sich immer stärker festbiss?

»Lass los, lass los, lass … los«, flehte ich. »*Bitte* lass los. Ich will dir nicht wehtun müssen. Es tut mir leid, dass wir dein Zuhause zerstört haben. Und ich verspreche dir, dass wir dir ein viel schöneres bauen werden.«

»Mach keine Versprechungen in *meinem* Namen«, warf Kingfisher ein. »Ich glaube, er würde einen tollen Hut abgeben.«

Ich knurrte Kingfisher an.

Der Fuchs knurrte ebenfalls.

Und als hätten wir eine Gemeinsamkeit gefunden, lockerte der kleine Fuchs langsam seinen Biss um meinen Unterarm – wobei seine Kiefer zitterten, als würde er mich wider besseres Wissen loslassen. Ich stand auf und presste meine Hand auf die Bissstellen auf meiner Haut, um das Blut zu stoppen. Der Fuchs warf Kingfisher einen misstrauischen Blick zu und sprintete unter meine Röcke, wo er sich in den raschelnden Stofffalten versteckte.

»Oh, wie schön«, bemerkte Kingfisher. »Endlich eine Verwendung für all die lächerlichen Stoffmengen. So eine hübsche kleine Puppe in ihrem hübschen Kleidchen.«

»Hey! Ich wollte das hier nicht anziehen«, fauchte ich und zupfte an meinem Kleid. »Was habe ich getragen, als du mich gefunden hast?«

»Eine ganze Menge Blut.« Fisher grübelte, runzelte nachdenklich die Stirn. »Ah, Moment mal: Ich meine, mich zu erinnern, dass deine *Eingeweide* auch zu deinem Ensemble gehört haben könnten.«

»Eine Hose und ein Hemd«, erwiderte ich kurz angebunden. »Und ein Paar Stiefel mit richtig guten Sohlen. Hast du eine Ahnung, was mich diese Stiefel gekostet haben?«

»Lass mich raten: deine Jungfräulichkeit.«

»Du kannst mich mal, Fisher.«

»Aber gern.« Er grinste. »Doch ich fürchte, ich habe keine neuen Stiefel, die ich dir für deine Zeit schenken könnte.«

Ich stürzte mich auf ihn, bereit, ihn zu *töten*, und zuckte zusammen, als ich weiches Fell an meinen Waden spürte und mich an den kleinen Fuchs erinnerte, dem ich Unterschlupf gewährt hatte. Seine Krallen kratzten über mein Bein. Ich versuchte, nicht zu reagieren, aber Fisher sah, wie ich zusammenzuckte.

»Bei den Göttern!«, stöhnte er. »Lass ihn mich töten und es hinter uns bringen.«

»Nein! Auf keinen Fall!«

»Also gut. Schön. Wie du willst.« Er wandte sich wieder dem Schmelztiegel zu und wedelte mit der Hand.

In diesem Moment wehte ein kühler Luftzug unter meinen Rock, begleitet von einem erschrockenen Jaulen, und dann erschien ein großer Weidenkäfig am anderen Ende der Werkbank. Darin befanden sich eine mit Wasser gefüllte Schale, ein kleiner Haufen von etwas, das wie Hühnerknochen aussah, und – natürlich – der Fuchs.

»Du musst das verdammte Ding außerhalb des Palastes freilassen. Hier drin wird es keine fünf Sekunden überleben. Nicht mal als dein Spielgefährte. Aber fürs Erste kann es dort sitzen und *still* sein«, sagte Kingfisher und warf dem Käfig einen bedeutungsvollen Blick zu. »Und was dich angeht …« Erneut machte er eine Geste mit der Hand, und das enge rote Kleid, in das Layne mich am Morgen gezwängt hatte, löste sich in nichts auf.

Zum ersten Mal seit sechs Stunden konnte ich tief durchatmen, und ich wäre fast in Tränen ausgebrochen, als ein Schwall frischer Luft meine Lunge erfüllte.

Ich trug normale Kleidung. *Meine* Kleidung … Nein, das stimmte nicht. Das war nicht meine Kleidung. Die Sachen waren ähnlich, aber es bestanden deutliche Unterschiede zwischen den Kleidungsstücken, in denen Kingfisher mich gefunden hatte, und diesen hier. Die Hose war dicker. Schwarz und nicht schmutzig weiß. Das Material war kräftig, aber geschmeidig. *Hauteng.* Tja, darüber konnte ich mich wohl nicht beschweren, nachdem ich mich so sehr über die Rüschen geärgert hatte, in die Layne mich gesteckt hatte. Das Hemd war eher eine Tunika. Schwarz.

Etwas länger, als ich es gewöhnt war. Mehr im Einklang mit der Fae-Mode. Und es hatte *so* viele Taschen. An meiner Taille hing ein Ledergürtel mit zahlreichen Schlaufen für Werkzeuge und … Waffen? Denn an meinem Oberschenkel war ein echtes *Messer* festgeschnallt. Sprachlos starrte ich auf den schwarzen Onyxgriff und versuchte, mir einen Reim darauf zu machen.

»Soll ich dir erklären, wie das funktioniert?«

Ruckartig hob ich den Kopf. Kingfisher stand mit dem Rücken zu mir und zog sich das Hemd über den Kopf. Bei allen Göttern! Als er sich umdrehte, mit entblößter Brust, die glatten Muskeln akzentuiert durch ein Meer geschwungener schwarzer Tintenstriche, wirkte sein Gesicht so ausdruckslos wie eine Maske. Genau in der Mitte der Brust prangte ein weiterer Wolfskopf, knurrend und wild, umgeben von vielen kleineren Tätowierungen. Aber ich konnte sie nicht richtig erkennen, ohne Kingfisher genauer zu inspizieren – was ich definitiv nicht vorhatte. Ich rechnete fest mit einem sarkastischen Spruch, während ich mir Mühe gab, ihn nicht anzustarren. Doch er machte einen ruhigen Eindruck, als er das Kinn in Richtung des Messers reckte, das er an meinen Oberschenkel gezaubert hatte. »In den richtigen Händen kann eine solche Klinge großen Schaden anrichten. Renfis ist ein guter Lehrer. Wenn nötig, wird er dir zeigen, wie man es benutzt.«

In seinem Käfig am Ende der Werkbank begann der Fuchs, gierig Wasser aus seinem Napf zu schlabbern.

»Ich kenne mich mit Messern aus«, sagte ich und richtete den Blick auf den Boden.

»Gestern hast du gesagt, du kennst dich in einer Schmiede aus. Und dann wolltest du deinen Finger in einen glühend heißen Schmelztiegel stecken.«

»Ich kenne mich tatsächlich in einer Schmiede aus. Vorhin habe ich nur … Ich habe nicht nachgedacht.«

Kingfisher wischte sich die Hände an seinem Hemd ab und

warf es auf die Werkbank. »Wenn du nicht nachdenkst, Osha, könntest du dir mit so einem Messer die Kehle aufschlitzen.«

»Gib mir einfach das verdammte Quicksilver. Mal sehen, ob wir diesen Knochen daran binden und in etwas Nützliches verwandeln können.«

Es gelang uns nicht.

Ich brauchte drei Stunden, um herauszufinden, wie ich das Quicksilver wieder aufwecken konnte. Bis ich das matte, solide Silber endlich in einen flüssigen Zustand verwandelt hatte, war ich erschöpft und leicht traumatisiert, und mein ganzer Körper pochte vor Schmerz.

Als Kingfisher die Knochenreste in den Bottich mit dem Quicksilver fallen ließ, gingen sie sofort in Flammen auf und verdampften, bevor sie überhaupt die Oberfläche der Flüssigkeit berührten – und dabei war das Quicksilver nicht mal erhitzt. Es lockte und verfluchte mich in einem Tonfall, der mir wie Hohn vorkam, und ich tat mein Bestes, um nicht vor Frustration laut zu schreien.

Ich schwitzte in der Hitze der Schmiede, war müde und wurde von Sekunde zu Sekunde wütender. Kingfisher bemerkte es nicht – oder ließ es sich nicht anmerken. Er beugte sich über die Werkbank, Schweiß rann über seinen Rücken, und seine mächtigen Muskeln spannten sich zu beiden Seiten seiner Wirbelsäule, während er sich Notizen in einem Buch machte, das er von irgendwo hergezaubert hatte.

So viel Haut. So viel *Tinte.* Seine Tätowierungen auf dem Rücken waren miteinander verwoben – kühne, geschwungene Linien, die Pfade zu bilden und Geschichten zu erzählen schienen. Wenn ich ganz ehrlich war, wollte ich alles über sie erfahren – was sie bedeuteten und wann er sie bekommen hatte. Aber ich wollte ihm nicht die Genugtuung schenken, danach zu fragen. Außerdem gab es andere Dinge, um die ich mich kümmern musste.

Ein Gefühl der Dringlichkeit erfasste mich und verlieh mir den nötigen Mut zum Handeln. Ich holte tief Luft und straffte die Schultern. »Wie wäre es … wenn ich mir den Anhänger mal anschaue? Ihn in den Händen halte? Wenn bei seiner Herstellung ein anderes Element mit ihm verbunden wurde, könnte ich vielleicht spüren, worum es sich dabei handelt.«

Ich spielte ein gefährliches Spiel. Wenn es funktionierte, würde ich nach Hause zurückkehren können. Wenn nicht, hatte ich einen wütenden Kingfisher am Hals und würde wahrscheinlich eingesperrt in meinen Räumen hocken, bis ich an Altersschwäche starb. Fisher musterte mich mit leicht zusammengekniffenen Augen. Bei den Göttern – er war ein echter Hingucker. Jede Linie seines Körpers war Kunst. Mit seinen vollen Lippen, dem Anflug von Bartstoppeln am Kinn, seinen faszinierenden Augen und der Fülle seiner nachtschwarzen Haare fiel es schwer, ihn *nicht* mit brennendem Verlangen anzuschauen. Ich war in einem Elendsviertel aufgewachsen, in dem mehr Menschen starben als lebten. In meinem kurzen Leben hatte ich nur wenige schöne Dinge gesehen – und von diesen wenigen schönen Dingen war Fisher mit Abstand das schönste.

Es wäre falsch gewesen, die Männer, denen ich in Zilvaren begegnet war, auf die gleiche Weise zu betrachten. Einige waren attraktiv gewesen. Manche waren sogar so heiß gewesen, dass ich ihren Anblick bis in die Zehen gespürt hatte. Aber Fisher war der Inbegriff von Stärke, Männlichkeit und Macht. Er war so viel mehr als alles, was ich bisher kennengelernt hatte. Er war einfach *wunderschön*. Wenn ich ihn ansah, hatte ich das Gefühl, keine Luft mehr zu bekommen.

»Wenn du willst, komm her und leg deine Hand darauf«, murmelte er.

Bei den verdammten Göttern!

Das Blut schoss mir in die Wangen und färbte sie purpurrot vor Begierde und Scham.

Kingfishers Pupillen verengten sich zu Stecknadelköpfen. Dieses Mal sagte er jedoch kein einziges spöttisches Wort. Seine Lippen öffneten sich, und sein Blick bohrte sich in meinen, als würde er mich beobachten und abwarten, was ich tat.

»Wäre es nicht besser, wenn du die Kette einfach abnimmst?«, schlug ich vor und lachte nervös. »Du hast sie mich schließlich zehn Tage lang tragen lassen, während ich mich erholt habe. Was sind da schon ein paar Minuten?«

»Ren hatte mich die ganze Zeit über in einem Raum mit meterdicken Wänden und einer Eisentür eingeschlossen«, erwiderte er schlicht.

»Oh.«

»Ganz genau: *Oh.* Ohne den Anhänger bin ich wirklich nicht sehr umgänglich. Nicht mal für ein paar Minuten.«

Mir war nicht klar, dass er während meiner Genesungszeit so sehr gelitten hatte. Zwar wusste ich, dass er die Kette in dem Moment, als er sie zurückbekam, dringend brauchte, aber ich hatte angenommen, dass seine zweite Reliquie – sein Ring – während der Abwesenheit des Anhängers dessen Rolle übernommen hatte.

Ich nickte und machte einen zögernden Schritt auf ihn zu. »Also gut.« Dabei gab ich mir alle Mühe, ruhig und nüchtern zu klingen – auch wenn ich mich ganz anders fühlte. »Ich werde sie berühren, während du sie trägst.«

Kingfishers Miene zeigte keine Regung. Als ich an ihn herantrat, richtete er sich auf. Einen Moment lang dachte ich, er wollte sich von mir wegbewegen, doch stattdessen zog er einen Hocker unter der Werkbank hervor, setzte sich darauf und positionierte sich so, dass er mir zugewandt war.

Zwischen uns blieb kaum noch Platz.

Er setzte sich breitbeinig hin, und sein harter, wachsamer Blick forderte mich förmlich heraus, ganz dicht heranzutreten und die Lücke zwischen uns zu schließen. Mir setzte fast das Herz aus, als ich diesen Schritt machte und seine unausgesprochene Herausforderung annahm. Er war so verdammt *groß*. Sein Körper vibrierte vor Energie; je näher ich kam, desto mehr konnte ich spüren, wie sie von ihm abstrahlte. Wie Hitze. Wie Rauch. Wie pure Macht. Fisher stützte seine tätowierten Hände auf die Oberschenkel, und seine leuchtend grünen Augen folgten jeder meiner Bewegungen, als ich nach oben griff und die feine Silberkette berührte.

Unmenschlich still saß er da. Atmete nicht. Zuckte nicht mal zusammen. Die Hitze seiner Haut versengte meine Fingerspitzen und jagte einen elektrisierenden Stoß durch meinen Körper, während meine Finger die Halskette entlangfuhren und über die Tätowierung mit dem knurrenden Wolfskopf an seiner Brust hinunterglitten, bis ich das massive Gewicht des Anhängers erreichte.

Das Ding war rechteckig, ein paar Zentimeter lang und leichter, als ich es in Erinnerung hatte. Als er es mir im Spiegelsaal zum ersten Mal umgelegt hatte, hatte es sich angefühlt wie ein Amboss, der um meinen Hals hing. Das Wappen auf der Vorderseite war so oft berührt worden, dass es fast glatt schien, aber ich konnte noch immer das Muster erkennen: zwei gekreuzte Schwerter, umschlungen von dünnen Ranken. Ich drehte es in der Hand, während ich an meiner Unterlippe nagte und versuchte, nicht daran zu denken, dass das glänzende Metall nicht mit Wasser, sondern mit Kingfishers Schweiß benetzt war.

Ich konnte ihn riechen.

Der leichte Moschusgeruch seines Schweißes stieß mich nicht ab – im Gegenteil: Es war ein süßer, berauschender Duft, der ein Feuer in meiner Magengrube entfachte, das ich mir nicht erklären konnte. Am liebsten hätte ich mich an ihn gelehnt und tief eingeatmet. Das Verlangen danach war so übermächtig, dass ich ihm fast nachgegeben hätte. Bei den Göttern, ich …

»Spürst du irgendetwas?« Kingfishers Stimme klang so rau wie Rauch.

Bei seiner Frage zuckte ich zusammen. »Oh! Äh, ähm, nein. Nichts … noch nicht. Ich … äh … Lass mich nachdenken.«

»Was weißt du über die Anatomie der Fae, Osha?«, raunte er.

Ich konzentrierte mich so sehr auf den Anhänger, dass mir die Sicht verschwamm. Aber ich traute mich nicht zu blinzeln. Und ich war definitiv nicht mutig genug, zu ihm hochzuschauen und ihm in die Augen zu sehen – auch wenn ich wusste, dass er mich taxierte. Ich hätte diesen intensiven Blick durch eine Sandsteinmauer spüren können.

»Nicht viel«, sagte ich und starrte auf den Anhänger. »Eure Spezies sieht den Menschen sehr ähnlich. Ich nehme an, vieles funktioniert genauso.«

Ich wartete auf einen spöttischen Spruch. Eine spitze Erwiderung. Es konnte Kingfisher nicht gefallen, mit einem Menschen verglichen zu werden. Überraschenderweise entpuppte sich seine Antwort aber als weniger verächtlich als erwartet.

»Auf den ersten Blick stimmt das«, sagte er leise. »Unsere inneren Organe sind ähnlich – obwohl wir einige besitzen, die die Menschen nicht haben.«

Zusätzliche innere Organe? Das klang faszinierend.

»Natürlich sind wir größer gewachsen«, fuhr er fort.

Bei dieser Bemerkung zog ich eine Augenbraue hoch. »Natürlich.«

»Unsere Herzen sind im Verhältnis größer.«

Ich konnte nichts dagegen tun, ich musste einfach hochschauen. »Tatsächlich?«

Er nickte. »Mm-hmm.«

»Wow! Seltsam.«

»Unsere Sehkraft ist deiner weit überlegen. Genau wie unser … Geruchssinn«, sagte er, und sein Blick senkte sich und wanderte über meinen Körper.

Hitze flammte in der Mitte meiner Brust auf. Die Art und Weise, wie er mich ansah … das hatte nichts Freundschaftliches an sich. Kingfisher und ich waren keine Freunde. Im besten Fall waren wir Zufallsverbündete, die sich gegenseitig auf die Nerven gingen. Also warum sah er mich gerade jetzt so an, als wäre ich eine Verbündete, die er gern vögeln würde?

Sein Blick wanderte wieder hoch, und er schaute mir direkt in die Augen. »Unser Geschmackssinn ist deinem überlegen. Genau wie der Tastsinn. Unser Gehör ist sehr scharf. Wir können kleinste Geräusche über große Entfernungen wahrnehmen.« Das Silber in seinem rechten Auge flackerte auf, als er ausatmete und sein Atem über meine Wange strich. »Wir können den Herzschlag unseres Gegenübers hören.«

Wie aus dem Nichts packte er mich am Handgelenk.

Ich zuckte zusammen und versteifte mich, doch er tat mir nicht weh. Stattdessen nahm er den Anhänger, klemmte das Metall zwischen seine Zähne, damit es nicht im Weg war, und führte meine Hand in die Mitte seiner Brust. »Spürst du das?«, fragte er, den Anhänger noch immer zwischen den Lippen, wobei die Spitzen seiner Eckzähne auf die Wölbung seiner Unterlippe stießen. Wie gebannt starrte ich darauf.

»Bumm. Bumm. Bumm.«

Kingfisher klopfte im Rhythmus seines Herzens auf meinen Handrücken. Die Pausen zwischen den einzelnen Schlägen waren so lang, dass ich am liebsten geschrien hätte – so groß war die Spannung, die sich zwischen den einzelnen Schlägen aufbaute. »Langsam. Ruhig«, murmelte er. »Unsere Fae-Herzen verraten uns selten. Wir sind ruhige Geschöpfe. Aber du, Osha? Du bist ein einziges Chaos. *Dein* Herz verrät dich auf Schritt und Tritt.« Mit einer schnellen Geste legte er seine Hand auf meinen Oberkörper, genau zwischen meine Brüste. Mir blieb keine Zeit, auf die Berührung zu reagieren, als er auch schon im Rhythmus meines Herzens auf mein Brustbein klopfte. »*Bump, bump, bump, bump, bump.* Schnell. Flatternd wie ein Kolibri. Ich höre es wie wild schlagen, wenn du mich ansiehst. Hast du das gewusst?«

»Nein.« Ich schluckte, und eine Woge der Übelkeit stieg in mir hoch, als ich mich von ihm löste. Mich von ihm zu lösen *versuchte.* Er hielt mein Handgelenk weiterhin umklammert und gab es *nicht* frei. Dafür ließ er den Anhänger von seinen Lippen herabfallen, und ein Lächeln umspielte seine Mundwinkel, als er mich enger an sich zog. Seine andere Hand wanderte von meiner Brust nach unten und um meine Taille, bis sie knapp über dem Po lag. Dann presste er die Schenkel zusammen und klemmte mich damit an den Hüften ein.

Panik.

Panik, Panik, Panik!

Äußerlich blieb ich ruhig, aber innerlich schrie ich aus Leibeskräften. »Lass mich los, Fisher.«

Er reagierte sofort: Seine Schenkel öffneten sich und gaben mich frei. Auch der Griff um mein Handgelenk lockerte sich. Nur seine Hand über meinem Po bewegte sich nicht. Aber er benutzte sie nicht, um mich festzuhalten – sie war nur ein Berührungspunkt, und die Hitze dieser Berührung fühlte sich an, als würde sie mich durch mein Hemd hindurch versengen.

Fisher rutschte auf dem Hocker ein paar Zentimeter vorwärts und senkte den Kopf, sodass sein Mund meinen Lippen unangemessen nahe war. »Ich habe schon viele Menschen gefickt«, raunte er. »Überrascht dich das?«

»Ja. Wenn man bedenkt, wie sehr du uns … zu *hassen* scheinst.« Sein Mund. Bei den Göttern, sein verdammter Mund! Ich musste wegsehen. *Dringend.*

»Nein, ich hasse deine Spezies nicht. Ich bin nur enttäuscht, wie *zerbrechlich* ihr seid. Wenn ich dich festhalten und so ficken würde, wie ich es mir gerade vorstelle, bezweifle ich, dass du das überleben würdest.«

Ich brannte bei lebendigem Leib. War eine lebende Fackel, die außer Kontrolle geriet. »Ich würde dich nicht mal ficken … wenn du der letzte lebende …«

»Bemüh dich nicht«, unterbrach er scharf. »Lügen ist zwecklos, wenn dein Herz dich so offensichtlich verrät.«

»Es schlägt so schnell, weil ich *Angst* habe«, fauchte ich.

»Vor mir?«, schnaubte Kingfisher belustigt. »Nein, du hast keine Angst. Du *solltest* Angst haben, aber das ist nicht der Fall. Und genau das ist eines der Dinge, die ich am meisten an dir mag.«

»Du hältst mich gegen meinen Willen fest.«

»Wirklich?« Er schaute an unseren Körpern hinab: Seine Beine befanden sich noch immer rechts und links von mir, waren aber weit geöffnet. Seine andere Hand lag wieder auf seinem Oberschenkel. Meine Hände hingen zu Fäusten geballt an meinen Hüften herab. »Du kannst dich jederzeit zurückziehen. Für mich sieht es eher so aus, als hättest du dich entschieden zu bleiben. Und als müsstest du dich selbst davon abhalten, mich zu berühren. Du willst mich so berühren, wie ich dich berühre, oder? Mein Gewicht unter deinen Handflächen spüren. Meine Wärme …« Er legte den Kopf schräg, und etwas Wildes tanzte in seinen Augen. »Nur um zu sehen, was passiert.«

»Du irrst dich.«

Er schüttelte den Kopf. »Oh nein.«

»Oh doch! Du *irrst* dich!«

Kingfisher warf mir einen vorwurfsvollen Blick zu. »Willst du mich zwingen, es auszusprechen?«

»*Was* auszusprechen?«

Er beugte sich noch weiter vor. Mein Atem stockte in meiner Brust, meine Kehle schnürte sich zu, aber ich konnte mich nicht bewegen. Er streifte mit dem Nasenrücken über meinen Kiefer, hauchzart, bis hinauf zu meiner Ohrmuschel. »Dass dein Körper dich noch auf andere Arten verrät. Dass ich dich riechen kann, kleine Osha, und dass ich daran denke, den süßen Nektar, den du für mich bereithältst, direkt aus der verdammten Quelle zu trinken.«

Ich reagierte, bevor ich überhaupt begriff, was passierte. Kingfisher hatte jedoch aus dem letzten Mal gelernt und sah meine Faust kommen. Er packte mein Handgelenk und hielt auch das andere fest, als ich versuchte, ihn mit der Linken zu schlagen. Ein hartes, raues Lachen kam über seine Lippen und verwandelte mich in Schutt und Asche.

»Bist du nicht neugierig? Willst du nicht wissen, wie *ich* schmecke?«

»Lass mich verdammt noch mal *los*!«

Erneut gab er meine Handgelenke frei. »Wenn du noch mal versuchst, mich zu schlagen, werde ich dir die Hände auf dem Rücken fesseln«, versprach er grinsend, aber er meinte es ernst. Ich konnte es in seinen Augen erkennen. »Du stehst ja noch immer hier«, sagte er spöttisch.

Fuck! Ich stand *tatsächlich* noch immer zwischen seinen Beinen. Was zum Teufel war nur mit mir los? Ich wollte einen Schritt zurücktreten …

Aber Kingfisher legte seine Hände auf meine Hüften – ganz leicht, so wie er seine Hände auf meinen Rücken platziert hatte. »Na los, tritt zurück. Ich werde dich nicht aufhalten«, sagte er. »Du könntest mich aber auch küssen. *Du* könntest *mich* küssen. Ich werde einfach hier sitzen. Mich nicht rühren.«

»Warum sollte ich das tun?«

»Weil du fasziniert bist. Weil du dich langweilst. Weil du gerade verdammt erregt bist und die kleinen Fantasien ausleben willst, die dir im Kopf herumgehen.«

»Ja. Na klar. Ich werde dich also einfach … küssen. Und du wirst einfach nur dasitzen. Und dich nicht rühren. Du wirst den Kuss nicht mal erwidern?« Bei den Göttern – wenn man das Ganze laut aussprach, klang es nur noch lächerlicher.

Kingfisher starrte mich bloß an. *»Finde es heraus.«*

War es vorübergehende Unzurechnungsfähigkeit? Ein völliger Verlust des gesunden Menschenverstands? Was auch immer es sein mochte: Es packte mich mit Leib und Seele. Ich stürzte mich auf ihn, presste mich an ihn, drückte meine Brust gegen seine, fuhr mit den Fingern durch seine Haare. Gerade eben hatte ich noch dagestanden und unbedingt etwas Abstand zwischen uns bringen wollen, und eine Sekunde später stellte ich mich auf die Zehenspitzen, musste mich noch immer nach ihm recken, obwohl er saß, und presste meinen Mund auf seinen …

Die Schmiede verschwand.

Alles verschwand.

Alles außer ihm.

Sein Mund traf auf meinen, und ein Gewirr von Stimmen explodierte in meinem Kopf – meine eigenen Stimmen, die mich bedrängten, anflehten, mich baten, langsamer zu machen, die Sache zu überdenken. Aber ich wollte nicht auf sie hören.

Seine Lippen fühlten sich unglaublich an. Sie öffneten sich für mich, und ich konnte sein Lächeln an meinem Mund spüren, als meine Zunge auf seine traf. Er erwiderte den Kuss. Seine Hände blieben exakt dort, wo sie waren, genau wie er versprochen hatte. Aber sein Griff wurde fester, seine Finger gruben sich in meine Hüften, während er seine Zunge in meinen Mund tauchte, kostend und tastend mit jeder Bewegung.

Sein Duft überflutete meine Sinne, überwältigte mich, raubte mir den Verstand. Minze. Rauch. Die Wintermorgenluft, an die ich mich allmählich gewöhnte, je länger ich hier an diesem seltsamen Ort war.

Sein Atem strömte in kurzen, scharfen Stößen über mein Gesicht, während er immer stärker drängte und seine Bartstoppeln rau über meine Wangen streiften. Er hielt mich jetzt so fest, dass er definitiv Blutergüsse hinterlassen würde. Aber ich wollte sie. Ich wollte mich an diesen Augenblick erinnern. Irgendwann in ferner Zukunft, wenn ich an diesen Moment zurückdachte, würde ich mich darüber freuen, dass ich den Sprung gewagt hatte. Dies war der Kuss aller Küsse – fordernd, drängend und leidenschaftlich.

Ich hasste diesen Mann. Ich hasste ihn mit jeder Faser meines Herzens. Aber verdammt, genauso sehr wollte ich ihn auch. Ich schob eine Hand in seine Haare, wickelte diese fest um meine Finger und ballte meine Hand zu einer Faust. Kingfishers Kopf wippte zurück, ein tiefes, knurrendes Stöhnen drang aus seiner Kehle. Ich knabberte und sog an seiner Unterlippe, stöhnte an seinem Mund, und der riesige Mann unter mir erstarrte.

»Vorsicht«, keuchte er. »Ich habe geschworen, stillzuhalten, während du mich küsst. Aber ich habe nicht versprochen, mich zurückzuhalten, wenn du auf meinen Schoß kletterst und dich an meinem Schwanz reibst.«

Ich hatte nicht … Ich war nicht …

Fuck! Ich *hatte* … Und ich *war* … Ohne es überhaupt zu merken, hatte ich mich rittlings auf ihn gesetzt und meine Beine um seine Taille geschlungen. Sein Schwanz war steinhart, eingeklemmt zwischen unseren Körpern. Ich konnte ihn spüren, wie er sich an mir rieb und einen köstlichen Druck ausübte, sobald ich mein Gewicht verlagerte.

Keine.

Verdammte.

Chance.

Zwei Sekunden später stand ich auf der anderen Seite der

Schmiede und fuhr mir mit den Händen durch *meine* Haare statt durch seine. Was zum Teufel hatte ich mir dabei *gedacht*?

Fisher lachte leise, richtete sich auf und nahm sein Hemd von der Werkbank. Er schüttelte es aus und streifte es über seine Arme, hob es aber nicht über den Kopf. Noch nicht. Er stand einfach nur da, starrte mir ins Gesicht, und ein provozierendes, wunderschönes Grinsen breitete sich auf seinen Zügen aus. »Ich habe nicht gesagt, dass ich etwas *dagegen* hätte. Aber merk dir das fürs nächste Mal: Das ist die Grenze. Wenn du sie überschreiten willst, wechsle ich gern mit dir auf die andere Seite. Aber behaupte nicht, ich hätte dich nicht gewarnt.«

Ich kämpfte damit, die beschämende Hitze zu verdrängen, die über meinen Nacken zog. »Es wird kein nächstes Mal geben.«

Fisher grinste so breit, dass sich ein kleines Grübchen in seiner Wange bildete. Ein verdammtes *Grübchen*. Wieso hatte ich das bis jetzt übersehen? Schließlich warf er sich das Hemd über den Kopf und bedeckte seine tätowierte Brust. »Wenn du meinst, kleine Osha.«

»Oh, bei den Göttern, kannst du jetzt endlich verschwinden? Ich will dich nicht in meiner Nähe haben, wenn du dich so unausstehlich benimmst.«

»Ich muss dich zurück auf dein Zimmer begleiten.«

»Das will ich aber nicht«, fauchte ich.

»Pech. Layne wird mich an den Eiern aufhängen, wenn ich dich irgendwo allein hingehen lasse.«

»Dann hol Ren, damit er mich begleitet.«

Kingfisher durchquerte die Werkstatt und stellte sich vor mich, die Augen glühend vor Begierde. So hatte ich ihn noch nie gesehen. Es war erregend und beängstigend zugleich. »Wenn ich Ren schicke, wartest du dann hier auf ihn?«

»Ja.«

»Also gut, wie du willst. Dann verschwinde ich jetzt.«

»*Danke!*«

Mir drehte sich der Kopf, als er sich herunterbeugte und seinen Mund wieder dicht an mein Ohr brachte. »Sei ehrlich: War es wirklich so schlimm?«

»Ja!«

Er lachte erneut, kalt und grausam. Dann legte er seine Hand ein weiteres Mal auf die Mitte meiner Brust und begann zu klopfen. »*Bump, bump, bump, bump, bump, bump, bump, bump*. So schnell. Wie ein Kolibri. Lass den Fuchsbiss untersuchen, kleine Osha, wenn du nicht willst, dass dir der Arm abfällt.«

Und damit löste sich Fisher vor meinen Augen in eine schwarze Wolke aus Sand und Rauch auf und verschwand.

13

UNTER ZWANG

In Zilvaren hatte ich die Hälfte meines Lebens im Laufschritt verbracht. Auf der Flucht vor den Gardisten. Vor den Händlern, die ich betrogen hatte. Vor den Leuten, die ich bestohlen hatte. Ich war nicht nur blitzschnell, sondern hatte auch Ausdauer – was sich jetzt auszahlte, denn ich hatte keine Ahnung, wie weit ich zu laufen hatte. Ich wusste nur, dass ich mein Ziel schnell erreichen musste. Denn es würde nicht lange dauern, bis Kingfisher meine Abwesenheit bemerkte und sich dann auf die Suche nach mir machte.

Der Beutel, den ich kurz zuvor gepackt hatte, schlug mir ständig gegen den Rücken – schließlich war er etwa zehn Pfund schwerer als beim Betreten der Schmiede. Ursprünglich hatte ich nur ein paar Kleidungsstücke und etwas Proviant hineingestopft. Das meiste Gewicht stammte von der großen Wassermenge in einem weichen, bis zum Rand gefüllten Lederschlauch. Aber jetzt befand sich auch noch ein Fuchs darin, und allem Anschein nach war der pelzige kleine Scheißer nicht gerade erfreut über das ganze Auf und Ab.

Er jaulte, während ich durch die Gänge sprintete, nach unten, immer weiter in die Tiefe. Fae-Männer und -Frauen schrien verärgert auf, als ich an ihnen vorbeirannte, ohne ihnen Zeit zu geben, mich zu erkennen. Jeder einzelne Palastbewohner konnte mich aufhalten. Aber ich war nicht so weit gekommen, nur um mich von jemandem schnappen zu lassen, der wissen wollte, warum Belikons kostbarer Mensch nicht in der Bibliothek saß und etwas über Passagen lernte, damit die Fae ihren dämlichen Krieg gewinnen konnten.

Der Fuchs jaulte erneut, als ich um eine Ecke bog und eine Treppe hinunterstürmte, wobei meine Füße den glänzenden Marmorboden kaum berührten. »Sei still«, zischte ich. »Oder hätte ich dich in der Schmiede zurücklassen sollen? Du hast ihn doch gehört. Er wollte dich in einen *Hut* verwandeln.«

Das Jaulen verstummte und wurde durch ein verärgertes (wenn auch viel leiseres) Grummeln ersetzt. Ein Geschoss tiefer sprintete ich durch Lesesäle und Gewächshäuser mit exotischen Pflanzen und Blumen. Dann über eine Art Spielplatz, auf dem acht oder mehr langgliedrige Fae-Frauen anmutig einen Ball über ein Netz hin- und herspielten. Trainingsräume, Kunstateliers, alle möglichen Werkstätten und großen Säle rauschten wie im Flug an mir vorbei.

Jedes Mal, wenn ich auf eine Treppe stieß, lief ich sie hinunter. Nach einigem heftigen Zappeln und Nagen war es dem Fuchs gelungen, den Kopf aus dem Beutel zu schieben, und jetzt leckte er mir ängstlich den Hals.

»Es ist alles in Ordnung. Ich werde nicht zulassen, dass er dir wehtut. Pst, ist ja gut.«

Ich hätte Rusarius und Layne bitten sollen, mir zu zeigen, wo sich das Quicksilver-Becken befand. Aber sie hätten bis morgen warten wollen, und ich konnte mir keinen weiteren Tag Verzögerung leisten. Nicht, wenn ich schon so lange gewartet hatte.

Sechs Geschosse.

Sieben.

Acht.

Zwölf.

Fünfzehn.

Danach zählte ich nicht länger mit. Meine Oberschenkel brannten, als ich schließlich eine Ebene ohne Fenster erreichte. Die Räume wurden kleiner, die Decken niedriger. Soweit ich feststellen konnte, waren dies alles Anzeichen dafür, dass ich die unterirdischen Geschosse erreicht hatte. Und endlich begegnete ich niemandem mehr – außer Belikons Soldaten.

Fuck! Natürlich waren hier unten Soldaten postiert: Das Quicksilver mochte tausend Jahre lang geschlummert haben, aber es zählte zu Yvelias wertvollsten Besitztümern … und mir war es gelungen, das Silber aufzuwecken. Jetzt, da Belikon wusste, dass das möglich war, würde er das Becken nicht mehr unbewacht lassen. Schließlich bestand die Möglichkeit, dass es sich wieder öffnete und feindliche Armeen nach Yvelia eindringen ließ.

Verdammt! Ich verlor kostbare Minuten. Ich konnte regelrecht spüren, wie das Quicksilver nach mir rief. Nachdem es so lange geschlafen hatte, wollte es aufwachen. Es wollte, dass ich es fand. Inzwischen wusste ich, in welche Richtung ich laufen musste. Geradeaus vor mir öffnete sich ein gähnender, grob behauener Torbogen in der Steinmauer, der zu etwas führte, das wie einer von Rusarius' Tunneln aussah. Wenn ich diesen Tunnel nahm, würde ich das Becken finden, das wusste ich genau. Das einzige Hindernis waren die drei Wachen, die am Eingang des Tunnels standen, den Blick nach vorn gerichtet und die behandschuhten Hände auf die Schwertknäufe gestützt. Ich hatte nur den kleinen Dolch, den Kingfisher mir gegeben hatte, und einen gereizten Fuchs als Verteidigung. Was im Grunde kein großes Problem darstellte. Ich war durchaus in der Lage, die Wächter zu töten, aber ein Kampf würde nur Zeit kosten, die ich nicht hatte.

»Was sollen wir tun?«, murmelte ich vor mich hin. »Was sollen wir nur tun? Wie komm ich da raus?«

Ein anderer Weg. Ein anderer Weg. Komm. Komm!

Das Flüstern des Quicksilvers in meinem Kopf war gelinde gesagt beunruhigend. Es wollte mich wissen lassen, dass es einen anderen Weg zu ihm gab, und es war bereit, mir diesen Weg zu zeigen. Aber ich musste eine Entscheidung treffen: *Noch* blieb genug Zeit. Noch konnte ich umdrehen, in mein Zimmer zurückkehren und so tun, als hätte es diese wilde Flucht durch den Palast nie gegeben. Ich könnte meine Tage mit Layne und Rusarius in der Bibliothek verbringen und verstaubte Bücher über Fae-Bräuche und die Alchemisten lesen, die vor Tausenden von Jahren gelebt hatten. Kingfisher durfte sich nur für eine Woche innerhalb der Palastmauern aufhalten. In ein paar Tagen würde er wieder verschwunden sein. Jemand anderes würde seinen Platz in der Schmiede einnehmen und mit mir Experimente durchführen. Vielleicht wäre meine Situation gar nicht so schlimm, wenn ich mich nicht jeden Tag mit ihm herumschlagen müsste …

Doch zu meiner Bestürzung musste ich feststellen, dass mich der Gedanke an Fishers Aufbruch nicht wirklich glücklich stimmte. Er ging mir auf die Nerven, aber er war eine bekannte Größe. Die Vorstellung, die Schmiede mit jemand anderem zu teilen, schnürte mir die Brust zu. Durch wen würde man ihn ersetzen? Bei den Göttern, was spielte das überhaupt für eine Rolle?

Ich würde *nicht* hierbleiben.

Gerade wollte ich mich wieder in Bewegung setzen, als eine große Gruppe Gardisten um die Ecke bog. Hastig duckte ich mich in eine Nische und presste mich an die Wand, im Versuch, mit den Schatten zu verschmelzen und sie vorbeimarschieren zu lassen. Der Fuchs starrte mich an; seine Ohren mit den schwarzen Spitzen drehten sich, während er auf die Geräusche um uns herum lauschte. Sein Körper, der viel dünner war, als sein Fell vermuten ließ, zitterte wie ein Blatt.

Sobald Belikons Krieger durch den Gang weitergezogen waren, sprang ich aus meinem Versteck und schob mich an der Wand entlang, in der Hoffnung, dass die Soldaten, die noch immer am Tunneleingang standen, mich nicht sahen. Glücklicherweise hatte sich einer von ihnen umgedreht, um mit den anderen zu sprechen, und sie waren abgelenkt. So schnell und lautlos ich nur konnte, schlich ich um die Ecke.

Geradeaus, geradeaus …

Eigentlich brauchte ich die Stimmen nicht, die mir sagten, wohin ich mich jetzt wenden sollte. Ich wusste es instinktiv. Aber das hielt das Quicksilver nicht davon ab, mir weiterhin zuzuflüstern.

Geradeaus. Ja, komm. Komm!

Der Fuchs jaulte erneut und zappelte im Inneren des Beutels herum, aber da der Verschluss um seinen Hals zugeschnürt war, saß er darin gefangen.

»Hör auf! Es ist nur zu deinem Besten. Ich verspreche dir, ich werde einen Weg finden, dich hier herauszuholen. Ich bring dich an einen sicheren Ort. Aber bitte hör auf zu zappeln.«

Was er natürlich nicht tat. Schließlich war er ein Fuchs und hatte keine Ahnung, was zum Teufel ich von ihm verlangte. Aber wenigstens biss er mich nicht wieder.

Hier entlang. Hier entlang.

Ich bog bereits an der Gabelung des Gangs nach links ab.

Geradeaus. Ja. Hier herein. Herein …

Die Tür am Ende des Gangs wirkte ungefährlich. Also verschwendete ich keine Zeit mit der Frage, was sich auf der anderen Seite befinden könnte. Ich drehte den Griff, riss sie auf und lief hindurch. Kalter, nackter Stein empfing mich. Und ein Tunnel – viel kleiner als der, den die Soldaten bewachten, mit einer so niedrigen Decke, dass ich mich tief bücken musste, als ich in die Dunkelheit eindrang.

Zwar hatte ich keine Fackel dabei, aber ich war es gewöhnt, mich im Dunkeln durch unterirdische Tunnel zu bewegen. Damit hatte ich schon in Zilvaren reichlich Erfahrungen gemacht, wo ich mich regelmäßig in Madras unterirdische Lager geschlichen hatte, um Wasser abzuzapfen. Rusarius hatte gesagt, dass alle Tunnel direkt zum Quicksilver führten, deshalb wusste ich, dass ich es letztendlich finden würde.

Ja, komm. Komm. Hier entlang …

Ein paar Minuten. Länger brauchte ich nicht.

Nach einer letzten Biegung kam ich in eine riesige Höhle. Hier brannten Fackeln in Wandleuchtern, die Licht in alle Richtungen warfen – was ein Segen war. Sechs Meter hohe Statuen alter Fae und anderer seltsamer Kreaturen standen um ein gewaltiges Becken in der Mitte der Höhle. Als ich innehielt, um einen Moment zu verschnaufen, fühlte die Luft sich irgendwie schwer an, als ob sie zu dick zum Atmen wäre. Und da war ein Geräusch – ein durchdringender, so hoher Fiepton, dass ich ihn nicht wirklich hören konnte. Stattdessen spürte ich förmlich, wie er auf meine Trommelfelle einprasselte. Der kleine Fuchs in meinen Armen wimmerte und versuchte, den Kopf zurück in den Beutel zu ziehen – offenbar konnte er das Fiepen hören, und es gefiel ihm ganz und gar nicht.

»Pssst. Ist ja gut. Es wird alles wieder gut, keine Sorge.«

Komm, lockte das Becken. *Komm zu uns. Wir werden dir nicht wehtun.*

Kalter Schweiß bildete sich auf meiner Stirn, als ich das Becken eingehender betrachtete. Es war nicht einfach nur groß – es war riesig: zwölf Meter breit und knapp fünf Meter lang. Im Vergleich zu dieser gewaltigen Fläche wirkte Madras Becken wie eine Pfütze. Seine silbern glänzende, reflektierende Oberfläche war so glatt wie die eines Spiegels. Aber der einzige Zweck eines Spiegels bestand darin, die Wahrheit zu zeigen. Er machte keinen Unterschied zwischen Gut und Böse. Ein Spiegel hatte nicht den Wunsch, die Sorgen des Betrachters zu lindern oder ihn zu täuschen. Er war einfach nur Glas und sonst nichts. Aber dieses Becken aus glänzendem Silber war lebendig, und es wimmelte von Lügen.

Meine Füße bewegten sich darauf zu, und ich hatte bereits die Hälfte des glatten Höhlenbodens überquert, als mir bewusst wurde, was hier gerade passierte. »Bei den Göttern …« Ich konnte meinen Atem förmlich sehen. Die riesigen Säulen, die die schwarze Höhlendecke in fast zwanzig Metern Höhe stützten, waren von Frost überzogen. Aber die Gänsehaut auf meinen Armen stammte nicht von dieser Kälte. Es handelte sich um viel mehr als nur um Eis: eine stechende, tastende Präsenz, die auf meiner Haut prickelte und versuchte, sich in mich hineinzuwinden.

Hier. Ja, komm her. Komm zu uns …

Ich straffte die Schultern und gewann die Kontrolle über meine Beine zurück. Verdammt, wenn ich mich der riesigen Silberfläche näherte, dann zu meinen Bedingungen. Der Fuchs wimmerte inzwischen, rollte mit den Augen und hechelte ängstlich. Das verfluchte Tier hörte einfach nicht auf zu zappeln. Als ich das Becken erreicht hatte, strampelte er wie wild, im verzweifelten Versuch, sich zu befreien.

»Okay, okay. Ist ja gut! Bei den Göttern!« Rasch setzte ich den Beutel vor der breiten, erhöhten steinernen Einfassung ab, die den Rand des Beckens bildete, und löste die Schnur. In dem Moment, als ich den Beutel öffnete, sprang der Fuchs heraus und floh wie ein weißer Blitz Hals über Kopf in die Schatten. »Mach's gut«, rief ich ihm nach.

Zumindest hatte er jetzt eine halbwegs gute Chance, den Weg

aus dem Palast herauszufinden, ohne mit Kingfishers Klinge Bekanntschaft zu machen. Er verfügte über bessere Nachtsicht als ich, und er konnte frische Luft aus einer Meile Entfernung riechen. Im Handumdrehen würde er wieder im Schnee tollen – da, wo er hingehörte. Dieser Fuchs war nicht für Zilvaren geschaffen. Für die Hitze. Den Sand. Ich hatte mir auch keine ernsthaften Gedanken darüber gemacht, wie ich ihn füttern oder genug Wasser für ihn besorgen sollte. Yvelia war sein Zuhause. Es war besser, wenn er hierblieb. Trotzdem breitete sich ein trauriges Gefühl in meiner Brust aus, während ich ihm nachstarrte.

Komm. Komm. Komm …

Die Stimmen waren beharrlich. Der Sog, den das Quicksilver auf mich ausübte, verstärkte sich, als würden mich reale Hände schieben, drücken, ziehen, mich drängen, in das Becken zu steigen. Und ich wollte es ja auch. Ich würde ihm geben, was es wollte. Aber zuerst musste ich noch etwas anderes erledigen …

Am Tag zuvor, als Kingfisher mich gezwungen hatte, das Quicksilver zu aktivieren, hatte er gesagt, es wäre ein Test. Ein Test, den ich bestanden hatte. Ich hatte keine Ahnung, ob *er* mich auf die Probe gestellt hatte oder das Quicksilver, aber bei dessen Aktivierung hatte ich keinen Schmerz empfunden. Nur … das Gefühl, dass sich in meinem Geist ein Schlüssel drehte. Ein Schloss, das sich öffnete. Ein Energiestrom, der wieder fließen wollte.

Würde es hier mit diesem Quicksilver genauso verlaufen? Oder würde ich bei diesem Becken einen weiteren Test bestehen müssen? Der Schmerz, den ich im Umgang mit der winzigen Menge Silber in der Schmiede gespürt hatte, hatte mir den Atem geraubt. Doch der Schmerz, den mir diese Menge Quicksilver zufügen konnte, würde meinen Verstand brechen.

Es gab nur eine Möglichkeit, das herauszufinden.

Das Silber in der Schmiede hatte sich wie ein kleines Gewicht in der Mitte meines Geistes angefühlt. Nur ein leichter Druck.

Doch als ich jetzt die Augen schloss und in Gedanken nach dem Quicksilver tastete, erschien es mir wie ein Meer, unendlich tief und weit, und ich war das kleine Gewicht, das darauf trieb – ohne jedoch darin zu ertrinken. Stattdessen fühlte ich mich sicher, weil ich an der Oberfläche schwamm. Wenn ich wollte, konnte ich darin versinken, es über mir zusammenschlagen und mich von der Welt abkapseln lassen.

Ich holte tief Luft und streckte die Hand aus, bis meine Fingerspitzen die kalte, harte Oberfläche des Silbers fast berührten. Dann sprach ich zu ihm.

Wach auf.

Es ging schnell. In der einen Sekunde war das Becken noch erstarrt, und in der nächsten wogte eine glitzernde Fläche aus flüssigem Quicksilver im Licht der Fackeln hin und her. Ein lautes Sirren drang an meine Ohren, unnatürlich und disharmonisch. Ein unangenehmes Geräusch, aber ich war wie hypnotisiert davon, und meine Gedanken schweiften ab …

Komm. Komm zu uns, Saeris. Komm …

Ja, ich würde zu ihm kommen. Ich würde in das Becken steigen, und alles wäre wieder in Ordnung. Ich kehrte zurück nach … nach … Ja, *wohin* eigentlich?

Mein Fuß schwebte über der Oberfläche des Beckens. Nur wenige Zentimeter. Mehr bräuchte es nicht, und ich war drin …

Im nächsten Moment heulte ein schrecklicher Wind durch die Höhle. Die Spitze meines Schuhs berührte bereits das Silber, doch bevor ich einen Schritt vorwärts machen konnte, stürmte eine Wand aus glitzerndem schwarzem Sand auf mich zu und schleuderte mich zurück.

Ich ging krachend zu Boden, landete auf der Seite, und meine Hüfte explodierte vor Schmerz. Atem strömte frostklirrend in meine Lunge – so eisig, dass ich vor Schreck hörbar aufkeuchte. Ich war … ich …

Bei den Göttern!

Kingfisher.

Er tauchte aus der schwarzen Rauchwolke auf wie ein nächtlicher Albtraum, der durch die schattenhaften Tore der Hölle fegte. Zwar trug er dasselbe Hemd und die gleiche Hose wie in der Schmiede, aber jetzt auch seinen Brustpanzer und seine Halsberge. Und in der Hand hielt er Nimerelle, das schwarze Schwert, das vor unsichtbarer Macht knisterte – eine Macht, die die Dunkelheit wie einen Schleier anzog.

Mit festen Schritten stellte er sich auf den Rand des Beckens und versperrte mir so den Weg zu meinem Bruder. Seine Augen funkelten böse. »Das ist verletzend. Du wolltest gehen ohne das kleinste Lebewohl?«

Ich stützte mich auf einen Ellbogen, setzte mich dann mühsam auf und zuckte angesichts des stechenden Schmerzes in meiner Seite zusammen. »Ich schulde dir kein Lebewohl. Ich schulde dir gar nichts!«

»DU VERDANKST MIR DEIN *LEBEN*!« Seine Wut hallte in der Höhle wider und brachte das Quicksilver zum Brodeln. Langsam stieg er vom Beckenrand und kam auf mich zu wie ein Raubtier, das sich jeden Moment auf seine Beute stürzen wird. Und zum ersten Mal in meinem Leben verspürte ich *echte* Angst.

Fisher war der leibhaftige Tod, und er hatte es auf mich abgesehen.

Welchen Schmerz ich auch beim Aktivieren einer solchen Menge Quicksilver befürchtet hatte … all das verblasste im Vergleich zu den Schrecken, die Kingfishers kalte Miene verhieß. Er packte mich am Knöchel und riss mich grob zu sich heran, sodass ich über den Boden schleifte. Im Bruchteil einer Sekunde war ich unter seinem massigen Körper eingeklemmt, Nimerelles scharfe Schneide an meiner Kehle.

»Regel Nummer drei: Zwing mich nicht zu irgendeiner körperlichen Anstrengung«, knurrte er. »Welchen Teil von ›Ich bin verkatert‹ hast du verdammt noch mal nicht verstanden?«

Meine Augen brannten vor Tränen. »Ich gehe nach Hause zurück, Fisher. Du kannst mich nicht aufhalten.«

Er drehte sein Schwert, bis sich dessen scharfe Spitze in meine Haut bohrte. »Offensichtlich kann ich das sehr wohl.«

»Du bist so ein Mistkerl«, zischte ich.

Er fletschte die Zähne. »Und du bist eine verlogene kleine Diebin.«

»Bin ich nicht!«

Seine Augen waren grüner als je zuvor. Das Quicksilver darin vibrierte wie wild. Fisher starrte auf meine Hand hinunter. Insbesondere auf meinen Daumen und den schlichten silbernen Siegelring, den ich daran trug. »Ach, tatsächlich? Denn wenn ich mich nicht irre, trägst du da *meinen* Ring, und ich kann mich verdammt noch mal nicht daran erinnern, ihn dir gegeben zu haben.«

»Okay, okay, ich habe deinen blöden Ring genommen, aber ich habe dich nicht angelogen!« Ich versuchte, Nimerelle wegzuschlagen, aber in der Sekunde, in der meine Hand die schwarze Klinge berührte, durchzuckte mich ein grauenhafter Schmerz. Ich schrie auf und riss meine Hand zurück, doch an der Stelle, wo meine Handfläche das Metall berührt hatte, war meine Haut verkohlt.

»Nur wer mit einem aktiven Alchemia-Schwert verbunden ist, kann es auch berühren. Ich hätte dich ja davor gewarnt, aber du hörst nie zu, oder, Mensch? Also habe ich es gar nicht erst versucht«, knurrte er.

Die Tränen schossen mir jetzt heiß und schnell in die Augen, mehr aus Wut als wegen des Schmerzes. »Mistkerl«, stieß ich gepresst hervor.

»So nennst du mich gern, oder? Nur zu. Aber du *hast* gelogen. Du hast mit deinem Körper gelogen. Mit deinem Mund. Du bist auf meinen Schoß gekrochen, hast mich geküsst, dich an mir gerieben und die Gelegenheit genutzt, mir etwas *wegzunehmen.*«

Eine Million Emotionen prallten in mir aufeinander und kämpften um die Vorherrschaft. Doch dann explodierten sie alle gleichzeitig und platzten aus mir heraus. »Ich brauchte den Ring, damit ich nach Hause zurückkehren kann! Und es tut mir überhaupt nicht leid. Dir würde es auch nicht leidtun, wenn du an meiner Stelle wärst!«

»Ich wäre gar nicht erst so dumm gewesen, das zu versuchen.«

»Mir blieb keine andere Wahl. Ich muss das Silber passieren …«

»Du wärst *gestorben*, wenn du einen Fuß in dieses Becken gesetzt hättest.«

Wütend funkelte ich ihn an. »Aber nicht mit dem Ring.«

»Dieser Ring ist keine Reliquie, sondern nur ein Schmuckstück. Nichts weiter. Er hätte dich nicht beschützt.«

»Er hat dich gegen das Quicksilver abgeschirmt, als du mich durch das Becken gebracht hast!«

»Nein, hat er nicht«, entgegnete er eisig. »Natürlich nicht.«

»Du hast Layne gesagt …«

»Ich habe Layne gesagt, dass ich ihn *getragen* habe. Mehr auch nicht. Was immer sie daraus abgeleitet hat, ist ihr Problem.«

Der Schock schoss mir durch den Körper, bis tief in meine Knochen. »Du bist also ohne deinen Anhänger nach Yvelia zurückgereist? Um mich zu retten?«

»Ha!« Er zog sich zurück und nahm Nimerelle beiseite, während sich seine Brust hob und senkte. Spöttisch grinste er auf mich herab, und sein attraktives Gesicht verzog sich zu einer mitleidigen Grimasse. »Um meine Freunde zu retten. Um mein Exil zu beenden. Um endlich zu leben oder zu sterben, so oder so. Das Ganze hatte nichts mit *dir* zu tun.«

»Dann … wäre ich auch ohne Ring zurechtgekommen. Wenn du dich ohne Schutz durch die Passagen bewegen kannst …«

»Ich bin stärker als du, du Närrin. Ich habe Hunderte von Jahren damit verbracht, Barrieren und Schutzwälle um meinen Geist zu errichten, die du nicht mal ansatzweise begreifen kannst. Mein Geist ist ein undurchdringlicher Tresor, und trotzdem habe ich einen hohen Preis für meine Übertretung bezahlt. Dein Verstand dagegen ist so flach wie die Pfütze in einer verdammten Teetasse. Er wäre in tausend Stücke zersplittert, wenn du in dieses Becken gestiegen wärst.«

»Ich …« Ich wusste nicht, was ich sagen sollte. Es gab nichts, was ich sagen *konnte*. Resigniert schloss ich die Augen, und all die Hoffnung, an die ich mich geklammert hatte, verließ mich mit einem langen Seufzer. Erneut liefen mir Tränen über die Wangen. Vor Erschöpfung. Wegen der Niederlage. »Ich werde nicht aufhören, es zu versuchen. Ich kann einfach nicht anders«, flüsterte ich.

»Du musst aber.«

»Nein, ich kann nicht. Es geht um meine Familie.« Das musste er doch verstehen. Auch er war ein großes Risiko eingegangen, weil er dachte, dass es all jenen, die ihm wichtig waren, helfen würde. Also warum konnte er das nicht begreifen? Warum wollte er mich nicht einfach gehen lassen?

Als hätte Kingfisher meine Gedanken gelesen, hockte er sich vor mich und balancierte auf den Fußballen, während sein ganzer Körper noch immer Wut ausstrahlte. Aufgebracht stach er mit einem Finger auf mich ein. »Du wirst hierbleiben und herausfinden, wie du Reliquien für uns herstellen kannst. Du wirst herausfinden, wie du das Quicksilver manipulieren kannst – und wenn es das Letzte ist, was du tust.«

Ich war so müde. Jede Faser meines Körpers tat weh. Schmerzte vor Kummer. Mühsam setzte ich mich auf und zischte, als ich mein Gewicht auf meine frisch versengte Hand verlagerte. Dann stützte ich die Ellbogen auf die Knie, ließ den Kopf hängen und seufzte. »Ich verspreche dir, dass ich nichts dergleichen tun werde. Eher lasse ich mich foltern. Ich werde den Fae nicht helfen. Nicht bevor ich weiß, was in Zilvaren passiert ist. Ich kann einfach nicht.«

Kingfisher streckte die Hand aus und hob mein Kinn sanft mit dem Finger an, bis sich unsere Blicke trafen. »Nicht *ich* werde dir wehtun«, sagte er leise, »sondern Belikon. Und nicht mal ich kann etwas gegen ihn unternehmen.«

»Dann werde ich wohl sterben.«

»Törichtes Mädchen.« Langsam schüttelte er den Kopf. »Du hast ja keine Ahnung, wovon du redest.«

»Schau mir in die Augen. Nein, warte … Warum hörst du nicht einfach auf meinen Herzschlag, Kingfisher, und sagst mir, ob ich lüge?«

Wir starrten einander an, und ich ließ ihn meine Entschlossenheit sehen, weigerte mich, den Blick abzuwenden. Seine dunklen Locken fielen ihm in die Wimpern, umrahmten sein Gesicht. Und die Muskeln an seinem Kiefer zuckten, zuckten, zuckten, während er darauf wartete, in meinen Augen etwas zu lesen, das darauf hindeutete, ich würde einknicken. Stille breitete sich um uns aus, fraß uns auf.

Plötzlich sprang er auf und stürmte laut fluchend davon. Er hatte das Quicksilver-Becken noch nicht ganz erreicht, als er auch schon auf dem Absatz kehrtmachte und zu mir zurückgestampft kam. »Also gut. Du bekommst *einen*.«

»Was meinst du damit, ich bekomme *einen*?«

»Ich werde das Quicksilver passieren.« Er schnaubte verärgert durch die Nase. »Ich werde nach Zilvaren reisen und *versuchen*, einen dieser Menschen zu holen, die dir so verdammt wichtig sind. Ich werde versuchen, diesen Menschen hierher zurückzubringen, und du wirst diesem Wahnsinn ein Ende setzen. Im Gegenzug erklärst du dich bereit, alles zu tun, was ich von dir verlange, um mir beim Schmieden neuer Reliquien und anderer Instrumente zu helfen, die ich für angebracht halte.«

»Das würdest du tun? Du würdest nach Zilvaren reisen?«

Fisher sah aus, als wollte er am liebsten laut schreien. »Ja, gegen meinen Willen. Unter Zwang.«

Er würde für mich nach Zilvaren zurückkehren – alles nur, um eine Abmachung zu treffen. So sehr brauchte er also meine Hilfe. Und wenn das stimmte, dann bedeutete das auch …

»Ich will zwei.«

Kingfisher warf den Kopf in den Nacken und stieß ein schroffes Lachen aus. *»Was?«*

»Meinen Bruder Hayden *und* Elroy.«

Mit einem leicht hysterischen Blick in den Augen breitete er die Arme aus, während Nimerelle begann, ihn in schwarze Rauchschwaden zu hüllen. »Wer zum Teufel ist Elroy?«

»Er ist mein Freund. Und er ist mir wichtig. Außerdem …«, fügte ich schnell hinzu, als mir ein spontaner Gedanke kam, »ist er ein Meisterschmied. Er kann mir vermutlich helfen, die Reliquien für dich herzustellen. Elroy wird sich als nützlich erweisen.«

Fisher musterte mich mit leicht zusammengekniffenen Augen. »Kann er Metallenergie kanalisieren, so wie du?«

»Keine Ahnung. Ich glaube nicht«, räumte ich ein.

»Dann ist er für mich nutzlos. Du bekommst einen. Triff deine Wahl.«

»Ich kann nicht einfach so wählen! Wie soll ich … auswählen, wer von ihnen leben darf und wer *stirbt*?«

»Du teilst mit einem von ihnen das gleiche Blut. Die Antwort ist einfach.«

Für ihn war es wirklich so einfach. Er würde diese Entscheidung blitzschnell treffen, ohne das geringste Schuldgefühl. So war Kingfisher nun mal.

»Ich kann nicht …«

»Lass es mich mal anders formulieren: Ich habe eine einzige Reliquie. Damit kann ich immer nur eine Person zurückbringen.

Und ich werde – *kann* – nicht zweimal an einem verdammten Tag das Quicksilver passieren, ohne dass irgendein Schutz zwischen mir und diesem Albtraum steht. Das würde mir den Rest geben. Du wirst mir also sagen, dass ich Hayden für dich holen soll, und dann sind wir mit dieser Farce fertig.«

Ein Teil von mir wollte mit ihm deswegen streiten, aber ich wusste, dass er die Wahrheit sagte. Er würde endgültig den Verstand verlieren, wenn er zweimal ohne seinen Anhänger reiste. Trotz der Übelkeit in meinem Magen nickte ich kurz. »Okay, einverstanden.« Ich holte tief Luft. »Hayden.«

Kingfisher nahm Nimerelle und biss die Zähne zusammen, als er seine Hand um das schwarze Metall schloss und mit der Handfläche an der Klinge entlangfuhr. Blut quoll zwischen seinen Fingern hervor, tropfte herab und spritzte auf den Stein. Dann richtete er Nimerelle auf mich.

»Blut, kleine Osha. Es ist der einzige Weg, diese Abmachung zwischen uns zu besiegeln.«

Erschrocken wich ich vor dem Schwert zurück. »Ich werde das Ding nicht noch mal anfassen. Kannst du mich nicht einfach beim Wort nehmen?«

Er schnaubte freudlos. »Wie niedlich! Nein, das kann ich nicht. Nimm von mir aus den Dolch, den ich dir zur Verfügung gestellt habe, aber du wirst mir dein Blut geben. Es muss ja nicht viel sein.«

Ich musterte ihn misstrauisch, als ich den Dolch aus dem Oberschenkelholster zog und die Zähne zusammenbiss, während ich mit der Schneide über meine Handfläche fuhr. Ein winziger Schnitt. Die kleinste Wunde, die ich mir zufügen konnte, aber immerhin trat Blut aus.

Kingfisher streckte seine Hand aus, zog mich auf die Beine und brachte einen spöttischen Laut hervor, als er die winzige Wunde in meiner Handfläche sah. »Baby.«

Ich schnitt ihm eine Grimasse. »Tu einfach, was immer du tun musst.«

»Ich werde versuchen, deinen Bruder zu holen. Im Gegenzug hilfst du mir, tust, was ich dir sage, und unterstützt mich auf jede erdenkliche Weise. Bist du mit diesem Pakt einverstanden?«

Ich nickte. »Ja.«

»Du verstehst, dass dies ein Bluteid ist? Und du bis zum Tod an diesen Eid gebunden bist?«

»Ja! Bei den Göttern, das verstehe ich! Ich bin einverstanden. Mach einfach weiter …«

Im nächsten Moment packte Kingfisher meine Hand und drückte seine Handfläche auf meine.

Eis schoss durch meine Adern. Schwarzer Rauch trübte meinen Blick, raubte mir die Sicht, bahnte sich einen Weg durch meine Nase, schlängelte sich meine Kehle hinunter. Eine Sekunde später war alles vorbei, und … nichts hatte sich geändert. Meine Handfläche blutete noch immer. Tat noch immer höllisch weh. Aber was auch immer Kingfisher getan hatte, er schien zufrieden zu sein.

»Gib mir etwas von ihm«, forderte er.

»Was?«

»Gib mir etwas von Hayden. Oder glaubst du, ich kann einfach in deiner gottverlassenen Stadt auftauchen und sofort jemanden finden, den ich noch nie gesehen habe? Ich brauche etwas von deinem Bruder, damit ich ihn ausfindig machen kann.«

»Oh, richtig.« Das ergab Sinn. Aber … Verdammt! »Ich habe nichts von Hayden bei mir.«

Kingfisher rollte mit den Augen. »War ja klar. Ist er dein vollblütiger Bruder? Habt ihr die gleichen Eltern?«

»Ja.«

»Dann sollte dein Blut ausreichen.« Er hielt seine Hand hoch. »Und das habe ich ja schon. Warte hier. Rühr dich nicht von der Stelle.«

»Du brichst jetzt sofort auf?«

Er zog die Augenbrauen hoch. »Willst du vielleicht noch warten? Nach all dem hier?«

»Nein, definitiv nicht. Du solltest jetzt aufbrechen.«

»Schließ das Portal, sobald ich es passiert habe. Dann warte eine Stunde und aktivier es wieder.«

Ich schüttelte den Kopf. »Ich sollte es offen lassen. Was ist, wenn …«

»Was ist, wenn fünf Minuten nach meinem Aufbruch eine Horde von Fressern hindurchbricht? Du vergisst: Wenn dieses Becken offen ist, sind alle Becken offen. *Überall.*«

»Was ist ein Fresser?«

Kingfisher seufzte. Er hob Nimerelle über die Schulter, und wie aus dem Nichts tauchte dessen Schwertscheide auf, genau wie die Riemen und die Schnalle über Fishers Brust – gerade rechtzeitig, um die Klinge hinter seinem Rücken verschwinden zu lassen. Dann folgten seine Bein- und Armschienen, und an seinen Schultern bildeten sich Achselstücke aus Rauch. In weniger als einer Sekunde war Kingfisher gepanzert und bereit für einen Kampf. »Glaub mir: Das willst du gar nicht wissen. Eine Stunde, Osha. Du sorgst dafür, dass dieses Portal bereit ist, sich zu öffnen, sobald ich daran klopfe. Wenn du mich auf der anderen Seite einsperrst, werde ich alles zerstören, was von deiner glänzenden Silberstadt noch übrig ist.« Er drehte sich um und stieg in das Becken, ohne auch nur eine Sekunde zu zögern.

Zitternd sah ich zu, wie er in das Quicksilver eintauchte. Meine Brust war wie zugeschnürt, meine Hände ballten sich noch fester, und mein Herz setzte einen Schlag aus, als sein dunkler Lockenkranz unter der wogenden Oberfläche des Beckens verschwand.

Das Quicksilver wollte nicht gehorchen, als ich ihm befahl, zu erstarren. Die schiere Menge in diesem Becken! Viel mehr, als ich zuvor manipuliert hatte, und es hatte einen eigenen Willen.

Es *wollte* nicht schlafen, und ich brauchte vier Versuche, um ihm meinen Willen aufzuzwingen.

Als das riesige Becken wieder eine feste, durchgehende Fläche bildete, setzte ich mich an die nächste Säule, lehnte den Rücken dagegen und zitterte vor Kälte … und die ersten Zweifel stellten sich ein.

Nichts konnte Kingfisher davon abhalten, Hayden ausfindig zu machen und zu töten. Elroy ebenfalls. Die Situation wäre für den Fae-Krieger viel einfacher, wenn er die Leute, die mir wichtig waren, in Zilvaren schlichtweg ermordete. Er müsste nicht ohne seinen Anhänger durch das Quicksilver zurückkehren. Müsste sich nicht mit einem weiteren Menschen herumschlagen, der an seinem Königshof herumlief. Und was wäre, wenn er gar nicht nach Zilvaren gereist war? Er hätte in ein ganz anderes Reich reisen können. Eines, das unbewohnt war. Er könnte jetzt in diesem Moment auf einem Felsen sitzen, in einen fremden Himmel starren und darauf warten, dass die Stunde verstrich, um dann zurückzukehren und mir mitzuteilen, dass meine Familie und meine Freunde bereits tot waren. Dass er seinen Teil der Abmachung erfüllt hatte und es nun an der Zeit war, dass ich meinen einhielt. Woher sollte ich wissen, ob er die Wahrheit sagte?

Außerdem fehlte mir jede Möglichkeit, hier unten die Zeit abzulesen. Ich hatte keinen Zeitmesser, und es gab keine Fenster, um den Lauf von Yvelias einziger Sonne am Himmel zu verfolgen. Ich musste mich auf mein eigenes Urteilsvermögen verlassen, was ein Problem war, weil …

Klick.

Ruckartig hob ich den Kopf und drehte mich nach links, in Richtung der Geräuschquelle.

Klick, klick, klick.

Klick.

Reglos saß ich da. Was *war* das? Ich beugte mich vor, blinzelte in die Dunkelheit, mit rauschendem Blut, rasendem Puls und schrecklicher Angst vor dem, was aus den pechschwarzen Schatten hervorkommen könnte. Was lebte in den dunklen, lichtlosen Bereichen dieses Königshofs? Es wäre töricht anzunehmen, dass in diesen Tunneln nur Belikons Männer herumliefen und sonst nichts und niemand. Ein klapperndes Geräusch hallte in der Höhle wider, und meine Haare standen mir zu Berge.

Der Dolch, den Kingfisher mir gegeben hatte, war zwar scharf, aber gegen mehr als einen Feind nutzlos – vor allem, wenn jemand aus der Ferne angriff. Ich rappelte mich auf, aber …

Ein weißer Blitz schoss aus der Dunkelheit hervor und steuerte direkt auf mich zu.

Weißes Fell, ein buschiger Schwanz und Ohren mit schwarzen Spitzen, die nach hinten zeigten.

Der Fuchs.

Mein Fuchs.

Er war zu mir zurückgekehrt.

Die Krallen des kleinen Wesens *klickten, klickten, klickten* auf dem Boden, während er auf mich zustürmte. Zwar versuchte er, langsamer zu werden, als er mich erreichte, aber der Stein war zu glatt, und seine Pfoten fanden keinen Halt, woraufhin er den letzten Meter hilflos weiterrutschte. Er kläffte, sprang in meinen Schoß und stieß seine Schnauze unter meinen Ellbogen, sodass er sein Gesicht in meiner Seite vergraben und sich verstecken konnte.

Sein kleiner Brustkorb hob und senkte sich wie verrückt, während er sich an meinen Körper drängte und dabei keuchte, als wäre er gerade fünf Meilen gelaufen.

»Du hast also deine Meinung geändert?«, flüsterte ich, wobei mir schmerzlich bewusst wurde, wie laut meine Stimme klang – jetzt, da ich hier unten allein war und das Quicksilver nicht mehr auf mich einredete. Der kleine Fuchs schnatterte als Antwort und zwängte sich tiefer in meine Achselhöhle.

»Ist ja gut. Keine Sorge. Wir dürfen alle unsere Meinung ändern«, teilte ich ihm mit. »Du bist vermutlich nicht gut darin, die Zeit im Auge zu behalten, oder?«

Der kleine Fuchs nieste.

»Nein, ich auch nicht.«

Nie zuvor war ich so dankbar für Gesellschaft wie in diesem Moment. Ich streichelte den Fuchs, unendlich erleichtert, dass ein anderes lebendiges, atmendes Wesen bereit war, mit mir hier zu sitzen und diese Wache zu halten. Er war eindeutig verängstigt. Sehr verängstigt, aber er ließ mich nicht mehr allein.

»Wie soll ich dich nennen? Wenn du hierbleiben willst, brauchst du einen Namen.«

Er spähte zu mir hoch, die kleinen Onyxaugen zu Schlitzen verengt, und blinzelte so langsam, dass ich jede einzelne seiner winzigen, weißen Wimpern erkennen konnte.

»Was hältst du von Onyx?«, fragte ich.

Der Fuchs schloss eine ganze Weile die Augen, was ich als Zeichen der Zustimmung interpretierte. Kurz darauf war er eingeschlafen. Ich zählte die Sekunden und Minuten an meinen Händen ab, bis ich zu dem Schluss kam, dass eine Stunde vergangen sein musste.

Onyx war nicht erfreut, als ich ihn auf meinen Beutel setzte. Mit kläglichem Blick beobachtete er, wie ich mich an den Rand des Beckens stellte und vorsichtig die Hand ausstreckte, um den silbernen Ozean aufzuwecken.

Die Oberfläche hatte sich erst halb verwandelt und war an den Rändern noch fest, als eine Explosion aus schwarzem Rauch aus der Mitte des Beckens aufstieg. Kingfisher tauchte auf, watete durch das Silber, das Gesicht vor Schmerz verzerrt. In seiner rechten Hand tropfte rote Flüssigkeit von Nimerelle. Dagegen rann von dem Körper, den er im Genick gepackt hatte und hinter sich herzog, helles Quicksilver herab. Er hievte die leblose Gestalt über den Rand des Beckens, warf sie auf den Boden und ließ sich dann keuchend neben ihr nieder.

»Schnell. Bevor …« Er verstummte, warf den Kopf zurück und stieß einen Schrei aus, der nur aus Angst und Schmerz bestand. »Schnell. Den … den … Anhänger«, keuchte er. *»Schnell!«*

Das Quicksilver wirbelte durcheinander, eine Million zersplitterter Stimmen schrien gleichzeitig. Das Stimmengewirr bereitete mir Übelkeit, aber ich blendete es aus und rannte zu der Gestalt, die Kingfisher auf den Steinboden geworfen hatte. Mit flinken Händen nahm ich ihr die Kette mit dem Anhänger ab und hastete zu Kingfisher. Inzwischen zuckte und stöhnte er, die Zähne zusammengebissen und die Sehnen an seinem Hals zum Zerreißen angespannt, als ich ihm die Kette um den Hals legte und den rechteckigen Anhänger hektisch hinter seinen Brustpanzer schob.

»Fisher? Fisher!«

Er reagierte nicht. Stattdessen knurrte er und bäumte sich auf, sodass die Absätze seiner Lederstiefel schwarze Schlieren auf dem Stein hinterließen.

»Fisher! Bei den Göttern! Was zum Teufel …? Was … was soll ich tun?« Ich geriet fast in Panik, als der Mann sich plötzlich versteifte, die Augen aufriss und gequält nach Luft schnappte.

»Heilige … Scheiße«, krächzte er. »Das war … übel.«

»Alles in Ordnung mit dir?« Ich wollte seinen Brustpanzer abtasten, nicht sicher, wo ich ihn untersuchen sollte, verzichtete dann aber lieber darauf.

»Schließ … das … Portal!«, keuchte er.

Fuck, fuck, fuck. Das Portal. Dieses Mal gab ich dem Quicksilver keine Gelegenheit zum Widerstand. In Gedanken schlug ich die Hände zusammen und verriegelte das Portal. Und das Becken reagierte mit einem Knacken auf meine Aufforderung und erstarrte so schnell, dass der steinerne Rand an mehreren Stellen zerbarst.

»Ich hoffe, du bist jetzt zufrieden, Mensch. Denn ich werde das nie … *nie* … wieder tun«, stöhnte Kingfisher, rollte sich auf die Seite und hielt sich den Bauch.

Er war wieder zurück. Hatte es geschafft.

Er …

Bei den Göttern! *Hayden!* Fisher hatte es tatsächlich geschafft. Er hatte Hayden mit zurückgebracht! Ich überließ ihn sich selbst und warf mich so heftig neben dem bewusstlosen Körper auf den harten Boden, dass mir die Knie schmerzten. Aber das spielte keine Rolle. Es war mir egal. Hayden lebte. Er war hier. Er …

Oh.

Oh nein.

Ich hockte mich auf meine Fersen und betrachtete stirnrunzelnd die am Boden liegende Gestalt. Jede Hoffnung, die in mir aufgestiegen war, brach in sich zusammen. Sollte das ein Scherz sein? Nein. Fisher hatte keinen Sinn für Humor, und das hier … das war *nicht* lustig.

»Es wird eine Weile dauern, bis er aufwacht. Menschen sind so …« Kingfisher stöhnte, als er versuchte, sich aufzusetzen. »Ihr seid alle so verdammt *zerbrechlich*.«

Wütend wandte ich mich dem Krieger zu, und das dumpfe Dröhnen in meinen Ohren wurde immer lauter, lauter, lauter …

»Verdammt, Fisher, das hier ist nicht mein Bruder. Das ist Carrion Swift!«

14

DAS KLEINGEDRUCKTE

Kupferfarbenes Haar.

Nervtötend perfekter Mund.

Herzförmiges Muttermal auf dem Kinn.

Es war eindeutig Carrion.

Kingfisher warf einen Blick auf ihn und zuckte die Schultern. »Ich bin deinem Blut gefolgt. Es hat mich direkt zu ihm geführt. Ich habe ihn gefragt, wer er ist. Woraufhin *er* sagte, er sei Hayden Fane. Also habe ich dir Hayden Fane mitgebracht.«

»Hast du ihn beim Fragen an die Wand gepresst und ihm ein Schwert an die Kehle gedrückt?«, hakte ich aufgebracht nach.

»Nein, ich hatte ihn im Schwitzkasten. Das Schwert hatte ich nicht mal gezogen. Jedenfalls nicht zu diesem Zeitpunkt.«

»Kein Wunder, dass er dich angelogen hat! Er dachte wahrscheinlich, du wärst ein Schuldeneintreiber oder einer von Madras Leuten!«

»Schuldeneintreiber?«, knurrte Fisher. »Lass mich dir eine Frage stellen: Weißt du noch, wo das Portal in Zilvaren ist?«

»In Madras Palast.«

»Richtig. Und was glaubst du wohl, was mich dort erwartete, als ich aus dem Quicksilver stieg?«

»Keine Ahnung.«

»Fünfzig gut ausgebildete Gardisten und eine Einheit von Bogenschützen, deren Pfeile mit Eisenspitzen bestückt waren. Ich musste mir den Weg ins Freie erkämpfen, dieses ausgedörrte, verseuchte Drecksloch durchqueren, in das du so dringend zurückkehren willst, deinen Bruder finden, dann *zurück* durch die Stadt, *zurück* in Madras Palast, *zurück* in diesen verfluchten Saal und *zurück* ins Quicksilver – in weniger als einer Stunde. Mir blieb keine Zeit, den Mistkerl zu befragen! Also, reicht der hier nun oder nicht?«

»Nein! Er reicht nicht! Unsere Abmachung ...«

»Unsere Abmachung steht«, knurrte Kingfisher, bückte sich, um Carrion aufzuheben, und warf sich den bewusstlosen Schwarzmarkthändler über die Schulter, als wäre er federleicht. Dann starrte er mich mit einem Blick an, so glühend wie tausend Sonnen. »Ich hasse diesen verdammten Ort, aber ich war deinetwegen dort. Ich habe sieben Stichwunden an verschiedenen Stellen meines Körpers eingesteckt. *Für dich.* Dieser Wichser sagte, er sei Hayden. Sein Blut sagte, er sei Hayden. Ich habe meinen Teil der Abmachung erfüllt. Und jetzt beweg dich. Ab nach oben.«

»Ich gehe nicht in mein Zimmer zurück!«

»Wir gehen auch nicht in dein Zimmer. Zuerst muss ich einen Heiler finden. Dann werde ich Ren suchen, und danach werden wir so schnell wie möglich von hier verschwinden.«

Fisher hatte den Großteil seiner Jugend im Winterpalast verbracht. Er kannte die Burganlage wie seine Westentasche. Jetzt öffnete er verborgene Türen, marschierte durch geheime Gänge, stürmte eine lachhafte Anzahl von Treppen hinauf und ignorierte mich, als ich ihn anflehte, langsamer zu gehen. Am liebsten wäre ich einfach stehen geblieben und hätte mich geweigert, noch einen Schritt zu machen, aber mein Körper wollte mir nicht gehorchen. Kingfisher hatte mir befohlen, ihm zu folgen, und das tat ich auch, obwohl mein Herz wie ein Kolben pumpte und ich das Gefühl hatte, jeden Moment das Bewusstsein zu verlieren. Aber mir blieb keine andere Wahl. Und die ganze Zeit über quiekte Onyx untröstlich und schlug Purzelbäume in meinem Beutel.

Nach geschätzten dreiundzwanzig Treppen hielt Fisher schließlich inne und ließ Carrion auf den kalten Steinboden vor meinen Füßen fallen. »Bleib hier. Warte auf mich, bis ich zurückkomme. Und keinen Mucks!«

Ich bedachte ihn mit einer Flut von Schimpfwörtern, die mir aber nicht über die Lippen kamen. Wie er es befohlen hatte, gab ich keinen Mucks von mir. Was zum Teufel hatte er mit mir gemacht? Warum gehorchte mir mein eigener Körper nicht mehr?

Ich wartete, kochend vor Wut. In meinem Kopf schrie ich Carrion an, er solle aufwachen und etwas unternehmen. Doch es stellte sich heraus, dass der Schmuggler mich in seiner Bewusstlosigkeit genauso auf die Palme bringen konnte wie im Wachzustand. Der Idiot rührte sich nicht ein einziges Mal.

Eine Stunde verging, und Onyx schlief vor Langeweile ein. Als Fisher endlich aus dem geheimen Gang auftauchte, waren die Risse in seinem Hemd verschwunden, genau wie das ganze Blut, mit dem er bedeckt gewesen war. Er wirkte frisch und erholt und trug etwas Langes, Dünnes unter dem Arm, das in eine Art Vorhang eingewickelt war.

»Ich konnte Ren nicht finden, habe ihm aber eine Nachricht hinterlassen«, teilte er mir mit und hob Carrion hoch. Und dann ging er ohne ein weiteres Wort die Treppe wieder hinunter.

Ich schwieg.

Rührte mich nicht von der Stelle.

Er bemerkte erst, dass ich ihm nicht folgte, als er schon um die Ecke gebogen und aus dem Blickfeld verschwunden war. »Mach schon, kleine Osha!«, rief er. »Beeil dich. Du kannst jetzt wieder sprechen, aber fang bloß nicht an, dich zu beklagen.«

Ich folgte Fisher die Treppe hinunter, kochend vor Zorn, während ich finster auf seinen Hinterkopf starrte.

Und dann stiegen wir eine gefühlte Ewigkeit lang Treppen hinab. Mir war schwindlig, und meine Oberschenkel brannten, als er mich endlich aus dem Palast führte, über einen überdachten Innenhof und in ein dunkles, zugiges Gebäude mit breiten, offenen Türen an beiden Enden. Dahinter kamen zahlreiche Stallboxen zum Vorschein. Und über einigen der Stalltüren warfen riesige Pferde, die durch unser plötzliches Auftauchen aufgeschreckt worden waren, ihre Köpfe hin und her und wieherten laut.

»Auf keinen Fall!«, sagte ich.

Kingfisher legte Carrion auf den nassen Stallboden, trat über seinen Körper hinweg und marschierte in Richtung einer offenen Tür zu unserer Rechten, die nicht zu einem Stall, sondern zu einem Futterlager und einer Sattelkammer führte.

»Lass mich raten. Du magst keine Pferde?«, fragte er.

»Nein, ich mag keine Pferde. Und Pferde mögen mich nicht. Wir können uns gegenseitig nicht ausstehen.«

Fisher hievte einen Sattel von einem Gestell an der Wand, stapfte damit an mir vorbei und trug ihn aus der Sattelkammer. »Du musst dich damit abfinden.«

Ich folgte ihm und machte einen Schritt über Carrion hinweg, während Kingfisher eine der Stallboxen betrat. »So funktioniert das nicht! Ich kann mich nicht einfach *damit abfinden*!«

»Klar kannst du das. Bleib mit deinem Hintern im Sattel und halt den Mund. Ganz einfach.«

»Fisher!«

Der Fae legte den Sattel, den er in den Armen hielt, vorsichtig auf den Rücken eines monströsen schwarzen Pferds und befestigte geschickt den Sattelgurt. »Keine Diskussion! Du hast einen Bluteid geleistet, Mensch. Daran bist du gebunden, und das bedeutet, dass du mit mir mitkommst.«

»Ich habe geschworen, den Yvelia-Fae zu helfen und herauszufinden, wie man das Quicksilver benutzt …«

Er wedelte mit dem Finger vor meiner Nase herum. »Denk noch mal nach. Was habe ich dir gesagt, als ich dich gefragt habe, ob du mit dem Pakt einverstanden bist?«

»Du hast gesagt, du würdest meinen Bruder holen, und im Gegenzug würde ich dir helfen, Reliquien für Yvelia zu erschaffen!«

Kingfisher schob sich an mir vorbei, aus der Box und zurück in die Sattelkammer. »Ich habe wortwörtlich gesagt: ›*Ich werde versuchen, deinen Bruder zu holen. Im Gegenzug hilfst du mir, tust, was ich dir sage, und unterstützt mich auf jede erdenkliche Weise. Bist du mit diesem Pakt einverstanden?*‹ Woraufhin du geantwortet hast: ›*Ja, bei den Göttern, ich bin einverstanden! Mach einfach weiter.*‹«

»Aber wir wissen doch beide, was ich meinte! Das sollte nicht bedeuten, dass ich mit dir mitten in der Nacht irgendwohin aufbrechen würde.«

»Das, dem du zustimmen willst, und das, dem du *tatsächlich* zustimmst, sind bei den Fae oft zwei sehr unterschiedliche Dinge, kleine Osha. Du hast zugestimmt, mir zu helfen, mich auf jede erdenkliche Weise zu unterstützen und alles zu tun, was ich dir sage. Diesen Pakt hast du mit Blut besiegelt. Und jetzt sage ich dir, dass du dir ein Pferd suchen und es so schnell wie möglich satteln sollst, bevor mein verrückter Stiefvater mitbekommt, was wir vorhaben, und uns auf der Stelle umbringt.«

»Du hast mich reingelegt!«

»Nein«, antwortete er unverblümt. »Ich habe dir eine wertvolle

Lektion erteilt, die dir für den Rest deines sehr kurzen menschlichen Lebens in diesem Reich von großem Nutzen sein wird. Achte immer auf das Kleingedruckte. Der Teufel steckt im Detail. Und jetzt mach dich an die Arbeit.«

Seit meiner Ankunft in Yvelia hatte ich die Außenwelt nur durch Fenster gesehen. Ein Teil von mir hatte sogar vermutet, dass die Stadt unterhalb des Palastes und der Wald, der sich bis zu den Bergen dahinter erstreckte, Illusionen seien.

Aber das stimmte nicht.

Als Kingfisher mich aus dem Stall schickte, hatte mein Verstand fast ausgesetzt. Zunächst war ich nur wegen der großen, eckigen Zähne des Pferds besorgt gewesen, das er für mich gesattelt hatte. Doch als ich das Tier ins Freie führte und mit schräg gelegtem Kopf nach oben in die endlose Dunkelheit blickte, erlebte ich zum ersten Mal den Kuss des Schnees auf meinen Wangen, schmeckte und spürte ihn. Es war eine Sache, ihn hinter den Fenstern zu beobachten, aber jetzt, hier draußen …

Mein ganzes Leben war von dem Bedürfnis nach Wasser beherrscht gewesen. Ich hatte miterlebt, wie Menschen um einen Schluck Wasser kämpften. Aus Wassermangel starben. Sich gegenseitig blutig kratzten, logen, betrogen und stahlen, um an Wasser zu kommen. Ein schrecklicher Durst dominierte Zilvaren. Dieser Durst war der Herzschlag der Stadt. Ganz gleich, wer man war oder wohin man ging, man spürte den Rhythmus dieses Herzschlags wie einen Hammer auf einem Amboss. Er lebte im eigenen Blut. Die Zwillingssonnen brannten so heiß, dass der Boden unter den Füßen zu flüssigem Glas wurde und der Körper mit jedem Atemzug an Kraft verlor. Vom Moment des Erwachens bis zu der Sekunde, in der man einschlief, lief die Uhr, und diese Uhr tickte.

Wasser.

Wasser.

Wasser.

Wasser.

Wer überleben wollte, musste bereit sein, dafür zu sterben.

Aber in Yvelia schwebte es einfach so vom Himmel herab.

Am liebsten hätte ich laut geschrien.

Als die dichte Wolkendecke über uns kurz aufriss, konnte ich einen Blick auf den Nachthimmel darüber werfen: Eine Handvoll strahlend weißer Lichter flackerte in der tiefen Dunkelheit. Eigentlich hatte ich Kingfisher nicht fragen wollen, aber ihr Anblick raubte mir den Atem. Ich *musste* es einfach in Erfahrung bringen. »Was ist das?«, flüsterte ich.

Fisher ging um sein Pferd herum und schaute ebenfalls kurz zum Himmel hinauf. »Sterne«, antwortete er knapp. »Es gibt Milliarden. Mehr, als jeder Verstand begreifen kann. Und es handelt sich bei allen um Sonnen – wie die beiden, die am Himmel von Zilvaren hängen.«

»Aber sie sind so weit weg.« Meine Stimme klang ehrfürchtig.

»Das Quicksilver überbrückt diese Distanz. Mit ihm können wir in Reiche reisen, die diese Sterne umkreisen.« Es klang wie eine einfache Feststellung, als hätte er nicht gerade offenbart, dass Zilvaren nicht hinter einer mystischen Tür versteckt lag. Meine Heimat war dort oben. Inmitten der Sterne. Ich starrte auf die glitzernden Lichtpunkte und fragte mich, welche dieser Sterne *meine* Sonnen waren. Als die Wolkendecke sich wieder schloss und den Himmel verdunkelte, spürte ich eine tiefe Sehnsucht in der Brust.

»Steig auf«, befahl Kingfisher und deutete mit dem Kinn in Richtung meines Pferds. Er wirkte wie ein dunkelhaariges Gespenst aus Schatten, und das Aufblitzen seiner hellen Hände und seines Gesichts war das Einzige, was ich von ihm erkennen konnte, während er zwei große Taschen am Sattel seines eigenen Pferds befestigte.

»Wir können noch nicht los. Wir müssen auf Ren warten.« Meine Worte verloren sich in einer Nebelwand.

Kingfisher ging um sein Pferd herum, und das Tier verlagerte sein Gewicht und hob einen Hinterlauf, um auszuschlagen. Es war riesig, mit einem Fell so schwarz wie die Sünde, und in seinen Augen lag ein Anflug von Wahnsinn, der fast mit dem von Kingfisher konkurrieren konnte. Als Fisher verärgert knurrte, schnaubte das Pferd, warf den Kopf herum und schien sein Vorhaben zu überdenken.

»Ren wird uns unterwegs einholen. Wir haben einen Treffpunkt für Situationen wie diese. Steigst du jetzt auf das Pferd, oder soll ich dich daraufsetzen?«

»Es schneit. Ich werde erfrieren.«

Ich hatte das dicke Bündel in seinen behandschuhten Händen übersehen. Kingfishers Augen blitzten hell, und seine Nasenflügel blähten sich, als er mir den schwarzen Stoff zuwarf. »Das Ding ist schwer und lässt sich leichter anziehen, wenn du schon auf dem Pferd sitzt. Aber da du so störrisch bist und dich weigerst, Befehle zu befolgen …«

»Soldaten befolgen Befehle. *Ich* bin kein Soldat.«

»Dessen bin ich mir sehr wohl bewusst, das kannst du mir glauben. Hier, lass mich dir helfen.«

Ich wollte seine Hilfe nicht, aber meine Hände waren bereits taub vor Kälte, und das riesige Stück Stoff, das er mir zugeworfen hatte, schien weder einen Anfang noch ein Ende zu haben. Fisher dagegen hatte es in wenigen Sekunden geordnet und legte es mir um die Schultern. Es handelte sich um einen Umhang, außen steif und gewachst und innen mit einem seidenweichen Fell gefüttert. Die Innenseite war so warm und wohlig, dass ich vor Erleichterung fast in Tränen ausgebrochen wäre. Die bittere, beißende Kälte in meinem Körper verschwand augenblicklich, sodass nur noch meine Hände und mein Gesicht unter den eisigen Temperaturen zu leiden hatten.

Erschrocken quietschte ich auf, als Kingfishers Hände meine Taille umfassten und er mich in den Sattel meines Pferds hob. Das Tier war kleiner, kastanienbraun und drehte seinen Kopf hin und her, im Versuch, mich zu beißen, während ich mich um eine richtige Sitzposition bemühte.

»Bring dein Bein nach vorne«, befahl Fisher.

Es hatte keinen Zweck, mit ihm zu streiten. Sein Entschluss stand fest: Wir würden den Palast heute Abend verlassen, und es gab nichts, was ich dagegen tun konnte. Erneut wollte ich seinen Befehl verweigern, nur um ihn zu ärgern, aber mein ganzer Körper drängte danach, seiner Anordnung nachzukommen. Ich *wollte* mein Bein für ihn nach vorne bringen … konnte es nicht verhindern.

Fisher hob das Sattelblatt an und zog den Sattelgurt fest. Dann band er das lange, schmale Bündel, mit dem er von den Heilern zurückgekehrt war, unter dem Sattelblatt fest und zerrte in allen Richtungen daran, um sicherzugehen, dass es gut befestigt war. »Fass das nicht an. Hast du mich verstanden?«

»Ja.«

»Gut. Bein zurück«, befahl er.

Ich bewegte mein Bein zurück.

Schnee rieselte herab, landete auf seinen dichten Locken, setzte sich auf seinen Wimpern ab und bestäubte seine Schultern weiß. »Bequem?«, fragte er.

»Nein.«

»Ausgezeichnet! Nicht an den Zügeln reißen. Aida ist ein braves Mädchen. Sie wird auch ohne dein Zutun folgen, also lass sie einfach in Ruhe.«

Aida sah nicht aus wie ein braves Mädchen. Sie wirkte eher wie ein gemeines Miststück, das mich bei nächster Gelegenheit abwerfen würde. Aber ich hielt die Zügel locker in der Hand und gehorchte Fisher ohne einen einzigen Einwand. »Warte! Wo ist mein Beutel?« Hastig drehte ich mich im Sattel um und suchte danach.

»Ich habe genug Proviant und Wasser für uns beide dabei. Du brauchst den Beutel nicht.«

»Proviant und Wasser sind mir egal. Ich mache mir Sorgen um Onyx!«

»Was ist ein Onyx?«

»Gib mir einfach den Beutel, Fisher.« Bei den Göttern: Wenn er mir das verweigerte, würde ich ihm die Hölle heißmachen. Zum Glück seufzte der Mistkerl nur, ging zurück in die Scheune und kam kurz danach mit meinem Beutel zurück.

»In dem Moment, in dem dieses Nagetier zum Problem wird, werde ich es häuten«, sagte er und hielt mir den Beutel entgegen.

»Er ist kein Nagetier. Wenn überhaupt, dann ist er ein Hund.« Ich zog den Verschluss des Beutels auf, um sicherzugehen, dass Kingfisher Onyx nicht durch einen Stein, einen besonders dicken Laib Brot oder etwas in der Art ersetzt hatte. Aber der kleine Fuchs schob seinen Kopf heraus und sondierte mit hängender rosa Zunge und aufgestellten Ohren unsere Umgebung.

»Eigentlich sollte es neben uns herlaufen«, brummte Fisher und stieg auf sein eigenes Pferd. »Es muss nicht getragen werden.«

»Onyx ist ein *Er*, kein *Es*. Und er kann nicht neben uns herlaufen. Ihm würde kalt werden.«

»Er …«, sagte Kingfisher mit so viel Verachtung wie möglich in der Stimme, »ist ein wildes Tier, und das hier ist sein natürlicher Lebensraum. Was meinst du, warum er so ein dichtes weißes Fell hat?«

Zugegeben, damit hatte er recht. Onyx war in Yvelia heimisch und ganz offensichtlich für diese Umgebung geschaffen. Doch als ich zu ihm hinuntersah, kroch er zurück in den Beutel, bis nur noch seine kleine, feuchte Nase hervorschaute. Und ich hatte den Eindruck, dass er sich an seinem jetzigen Platz sehr wohlfühlte.

»Wie wäre es, wenn du dich um dein Gepäck kümmerst statt um meins«, fauchte ich Fisher an. »*Dein* Passagier wird dir alle möglichen Probleme bereiten, wenn er zu sich kommt.«

Carrion war auf dem Rücken von Fishers Pferd festgezurrt und noch immer bewusstlos. Seine Arme hingen schlaff über seinem Kopf, sein feuerrotes Haar war bereits dicht mit Schnee bedeckt. Die Haltung konnte auf keinen Fall bequem sein. Wenn er erwachte, würde er einen höllischen Muskelkater haben, und ich wusste aus eigener Erfahrung, wie gereizt Carrion Swift reagieren konnte, wenn er nicht gut geschlafen hatte.

Kingfisher warf ihm einen desinteressierten Blick zu. »Und du bist sicher, dass er nicht dein Bruder ist?«

»Ich werde doch wohl noch wissen, wie mein eigener Bruder aussieht, oder?«

Der Blick, mit dem Fisher mich bedachte, verriet, dass er nicht so recht wusste, wie er auf diese Frage reagieren sollte. »Auf die Gefahr hin, mich zum elfhundertsten Mal zu wiederholen: Wir sollten ihn hierlassen. Wenn er nicht dein Bruder ist, dann …«

»Wir werden ihn *nicht* hierlassen. Belikon wird ihn töten, sobald er merkt, dass du mich entführt hast.«

»Es ist keine Entführung, wenn du freiwillig mitkommst«, sagte Kingfisher in einem berechnenden Ton.

»Ich mache das alles nicht freiwillig! Ich will nach Hause!«

Er zuckte die Schultern und schwang sich in den Sattel. »Und doch begleitest du mich, um einen Krieg zu beenden. Welch nobleren Grund könnte es geben? Ich gratuliere dir zu deinem Heiligenschein.«

15

SARRUSH

Unser Weg führte uns nicht durch die Stadt am Fuß des Winterpalastes – worauf ich eigentlich gehofft hatte. Denn dann hätte eine Chance bestanden, von Belikons Männern entdeckt und aufgehalten zu werden, bevor wir weit kamen. Doch Kingfisher war schlau. Er konnte ein wütendes, arrogantes, halb verrücktes, unverschämt gut aussehendes Arschloch sein *und* ein intelligenter Taktiker zugleich. Wie sich herausstellte, schlossen sich beide Seiten nicht gegenseitig aus. Ich verfluchte den Tag, an dem ich geglaubt hatte, mit dem Diebstahl eines Panzerhandschuhs davonzukommen, während Fisher uns um die Stadt herum über felsige, steile, unebene Pfade führte, die unter einer dicken Schneeschicht begraben lagen. Es war ein Wunder, dass er wusste, wohin er ritt. Noch erstaunlicher war die Tatsache, dass die Pferde auf diesem tückischen Weg nicht stolperten und sich die verdammten Beine brachen. Ein falscher Schritt, und wir hätten in großen Schwierigkeiten gesteckt, aber die Pferde trotteten weiter, unbeirrt von unserem gefährlichen nächtlichen Abenteuer.

Ich beobachtete, wie Carrions Kopf immer wieder gegen die Flanke von Fishers Pferd prallte, und kochte die ganze Zeit vor Wut angesichts des bewusstlosen Mistkerls. Mit kühler Befriedigung sah ich zu, wie sein Kopf von den niedrigen Ästen der Bäume gepeitscht wurde, als wir den dunklen Wald erreichten. Der Scheißkerl hatte jede Verletzung verdient, die er für seine Taten bekam. Er hatte Fisher angelogen. Warum zum Teufel hatte er behauptet, er wäre Hayden?

Hatte Fisher etwa gefragt: »*Wie ist dein Name, stinkender, menschlicher Wicht?*« Oder hatte er gesagt: »*Ich bin hier, um Hayden Fane in ein Fae-Reich zu bringen, wo er so viel Wasser und Essen bekommt, wie er will, und ein bequemes Bett zum Schlafen.*« Denn wenn Letzteres der Fall gewesen war, konnte ich mir durchaus vorstellen, dass Carrion seine wahre Identität verschwiegen hatte.

Das Licht und die Geräusche, die aus dem Winterpalast drangen, verschwanden bald. Dem Fae-Krieger schien die pechschwarze Umgebung jedoch ebenso wenig auszumachen wie den Pferden. Sie trotteten immer weiter und schnaubten, als wäre es hier draußen nicht eiskalt und furchterregend. Ein gespenstisches Heulen hallte durch den Wald, und die Laute klangen so menschlich, dass ich eine permanente Gänsehaut bekam. Onyx winselte in dem Beutel, den ich halb unter meinem Mantel an mich drückte, und versuchte, sich so klein wie möglich zu machen. Dabei verursachte er aber auch so viel Lärm, dass Kingfishers Unmut darüber noch aus drei Metern Entfernung zu spüren war. Doch er erwähnte den hysterischen Fuchs mit keinem Wort, sondern brütete schweigend vor sich hin – was noch viel schlimmer war.

Das Heulen, das durch den Wald hallte, näherte und entfernte sich in unregelmäßigen Abständen, und ich fühlte, wie mein Atem schnell und stoßweise ging. Schließlich kam es uns so nah, dass es sich anhörte, als lauerte eine hungrige Kreatur direkt unter Aidas Hufen. Ich schrie auf, zuckte heftig im Sattel zusammen und zog die Beine hoch. Mein Puls raste in meiner Brust.

Kingfisher zügelte sein Pferd und sah mich müde an. »Was ist denn jetzt schon wieder los?«

»Da ist … Da sind … argh, wir werden hier draußen *sterben*, Arschloch! Hörst du das Heulen nicht?«

Er musterte mich, als wäre ich das Ermüdendste, was ihm je begegnet war. »Das sind *Schatten,* Mensch.«

»Was meinst du mit ›Schatten‹?«

»Du weißt schon: Echos. Was von einer Kreatur übrig bleibt, nachdem sie unter Qualen gestorben ist.«

Meine Panik steigerte sich nur noch mehr. »Du meinst *Geister*?«

Kingfishers Mund verzog sich nachdenklich. »Dieser Begriff ist mir nicht geläufig. Aber diese Wesen sind in einem nicht-körperlichen Zustand, besitzen keine physische Substanz. Sie können dich nicht verletzen. Sie wissen nicht mal, dass du hier bist.«

Bei den Göttern, ich konnte kaum schlucken. »Warum heulen sie dann?«

»Sie durchleben ihre letzten Momente aufs Neue. Du würdest auch heulen, wenn du denselben Tod erlitten hättest wie sie.«

»Sie sind hier gestorben? In diesem Wald?« *Nein, frag ihn nicht. Frag bloß nicht!* Aber ich musste es einfach herausfinden. »*Wie* sind sie gestorben?«

Kingfishers scharfe, silbern schimmernde Augen blickten in der Dunkelheit um sich. »Schau genau hin, dann kannst du es selbst sehen.«

»Hier draußen ist es stockdunkel! Ich sehe überhaupt nichts, nicht mal meine eigene Hand vor Augen.« In diesem Moment durchbrach ein durchdringender Schrei die Stille – so nah, dass

Onyx aufjaulte und versuchte, ein Loch in den Boden des Beutels zu kratzen und sich in Sicherheit zu bringen.

»Ich vergesse immer wieder, wie erschreckend unterentwickelt die menschliche Sehkraft ist«, bemerkte Kingfisher.

»Ach ja? Aber du kannst jedes kleinste Detail um uns herum sehen, oder wie?«, konterte ich und zeigte mit dem Finger auf den Wald. Eigentlich hatte ich die Frage ironisch gemeint – schließlich waren wir von einer schwarzen Wand umgeben.

Doch Kingfisher zuckte nur die Schultern. »Zugegeben, es ist nicht kristallklar. Bei Tageslicht könnte ich viel feinere Details erkennen. Aber es stimmt: Ich kann sehr gut sehen. Führe Aida neben mich, dann schenk ich dir vorübergehend eine bessere Sicht.«

»Nein.«

»Nein?«

»Nein!«

»Was meinst du mit Nein?«

»Ich möchte gern irgendwann wieder schlafen können. Ich muss keine gequälten Seelen sehen, die ihren Tod wieder und wieder neu durchleben, vielen Dank auch. Ich verzichte.«

Kingfisher schnaubte. »Wie du willst. Aber selbst wenn du sie heulen hörst, solltest du kein Mitleid mit ihnen haben, Mensch. Dieser Ort ist ein Gefängnis. Nur diejenigen, die sich der abscheulichsten Verbrechen schuldig gemacht haben, werden in den Wilden Wald verbannt. Diese Bäume bewachen die bösartigsten Monster.«

Aus den Minuten wurden erst eine, dann drei Stunden. Möglicherweise auch mehr. Es fällt schwer, die Zeit zu messen, wenn man auf dem Rücken eines mächtigen, unbequemen Tiers hockt. Aidas fassartiger Brustkorb war zu breit, und jedes Mal, wenn ich gegen die Vorderseite des Sattels gedrückt wurde, beschwerten sich meine Hüften bitterlich. Auch mein Hintern und noch viel empfindlichere Teile meiner Anatomie fühlten sich an, als würden sie wund gerieben, aber *nicht* auf angenehme Weise.

Das Heulen steigerte sich bis zur Hysterie. Aida hielt sich dicht hinter Kingfishers Pferd und warf den Kopf ängstlich hin und her. Ein- oder zweimal versuchte sie, mit ihren Zähnen nach Carrion zu schnappen, weil ihr das seltsame, bewusstlose Wesen zu nahe kam. Es war reines Glück, dass ich sie davon abhalten konnte, ihm ins Gesicht zu beißen. Wenn wir es bis zu unserem Ziel – wo auch immer das sein mochte – schafften, ohne dass der Schwarzmarkthändler eine Verletzung im Gesicht davontrug, dann schuldete er mir großen Dank.

Ich riss mich zusammen, so lange ich konnte, aber irgendwann forderten die Dunkelheit, die heulenden Schatten und die stürmische, endlose Kälte ihren Tribut. »Wie lange müssen wir das noch ertragen?« Eigentlich hatte ich vorgehabt, die Worte laut zu rufen, damit Kingfisher mich über das Pfeifen des Winds in den Ästen und das metallische Knirschen der Pferde, die nervös auf ihrem Zaumzeug herumkauten, hinweg hören konnte. Aber meine Frage kam nur in einem rauen Flüsterton heraus. Es war einzig Fishers Fae-Gehör zu verdanken, dass ich sie nicht wiederholen musste.

Sein Kopf bewegte sich einen Zentimeter nach rechts – der einzige Hinweis darauf, dass er mich gehört hatte. Dann verkündete er: »Wir sind fast am Ziel. Nur noch eine halbe Stunde. Wenn wir traben, werden wir sogar noch schneller ankommen.«

Traben? Ich lachte höhnisch. »Nichts, was du sagst oder tust, wird mich dazu verleiten, meine Genitalien noch härter oder schneller von diesem Sattel zerreiben zu lassen als bisher.«

»Fühlen wir uns ein bisschen wund, Mensch?«

»›Wund‹ beschreibt es nicht mal annähernd«, brummte ich.

»Ich küsse dir gern all deine Wehwehchen weg, sobald wir unser

Ziel erreicht haben. Wie man mir gesagt hat, verfügt mein Mund über heilende Eigenschaften. Vor allem dann, wenn er zwischen zwei Schenkeln zum Einsatz kommt.« Kingfishers Stimme ließ seine Worte wie ein Versprechen aus dunkler Seide klingen: verführerisch und ein wenig erregend, wenn ich ehrlich war. Aber ich war nicht in der Stimmung, ehrlich zu sein. Ich war mürrisch und hatte es einfach satt, jedes Mal zusammenzuzucken, wenn ein abstehender Zweig meinen Arm streifte. Was mich betraf, konnte dieser kleine mitternächtliche Ausflug nicht früh genug enden. »Das überrascht mich«, schnaubte ich.

»Was?«

»Es überrascht mich, dass du so viel Zeit zwischen meinen Beinen verbringen willst. Schließlich habe ich dir beim letzten Mal, als ich dich in meine Nähe gelockt hatte, etwas ziemlich Wertvolles gestohlen.«

Ich konnte die Umrisse von Fishers Schultern gerade noch auf und ab hüpfen sehen, während er leise lachte. »Glaubst du wirklich, ich hätte nicht bemerkt, dass du den Ring genommen hast?«

»Ich weiß, dass es so war.«

»Ach, ich *bitte* dich. Ich wusste sofort, was du vorhattest, als du auf meinen Schoß geklettert bist.«

Kingfishers Selbstgefälligkeit war schwerer zu ertragen als die uns umgebende, nur von Todesschreien durchbrochene Stille. »Bei den Göttern, du hasst es, nicht wahr? Von einem Menschen reingelegt zu werden. Warum kannst du nicht einfach zugeben, dass ich dich ausgetrickst habe?«

»Eher friert die Hölle zu, bevor du mich reinlegst«, erwiderte er so sachlich, als wäre es eine Selbstverständlichkeit. »Als du in die Schmiede kamst, wusste ich sofort, dass du etwas planst. Allerdings gebe ich zu, dass ich ein klein wenig gespannt war, was du dir wohl einfallen lassen würdest.«

»Wow! Du lügst lieber weiter und gräbst dir ein noch größeres Loch, als die Wahrheit einzugestehen. Dein Ego ist wirklich beeindruckend, Fisher.«

»Ich lüge nicht.«

»Tatsächlich?«

»Tatsächlich.«

»Also gut. Na schön. Dann sag mir, wie ich mich verraten habe, wo ich doch so offensichtlich nichts Gutes im Schilde führte?«

»Du hast einen Beutel mit in die Schmiede gebracht. Einen Beutel mit Proviant und Kleidung. Auch bekannt als *Vorräte*.«

»Woher wusstest du, dass er mit Proviant und Kleidung gefüllt war?«

»Weil ich hineingeschaut habe, als du nicht hingesehen hast.«

Ich starrte ihn mit offenem Mund an. »Du Arschloch! Du kannst nicht einfach die Sachen anderer Leute durchwühlen!«

»Sagt ausgerechnet die Diebin, die mir ein wertvolles Schmuckstück direkt vom Körper gestohlen hat. Während sie *ihren* Körper an mir rieb, um mich abzulenken.«

Tja, da hatte er nicht unrecht. In der Vergangenheit hatte ich viele skrupellose Dinge getan, um das zu bekommen, was ich brauchte. Allerdings hatte ich dafür nie jemanden so küssen müssen, wie ich Kingfisher geküsst hatte. Dabei hatte ich gar nicht beabsichtigt, ihn *so* zu küssen. Das war ein Unfall gewesen – einer, mit dem ich mich zum jetzigen Zeitpunkt nicht genauer auseinandersetzen wollte. »Du gibst also zu, dass du dich von mir hast ablenken lassen«, konterte ich.

Er lachte nur. »Gerade noch habe ich mich darüber geärgert, dass ich einen hilflosen, nutzlosen Menschen mit mir herumschleppen muss, der nichts als eine Last ist. Aber jetzt stellt sich heraus, dass du witzig bist! Also bist du immerhin für etwas Unterhaltung gut.«

Also ehrlich – was für ein Mistkerl! Wie kam er dazu, mich so zu behandeln? Ich war damals in der Schmiede nicht allein gewesen. Ich hatte seine Hände auf meinem Körper gefühlt. In meinen Haaren. Hatte gespürt, wie eindringlich er meinen Mund mit seiner Zunge erforschte. Er hatte sich ablenken lassen, daran bestand kein Zweifel. »Du redest so eine Scheiße. Ich habe genau gespürt, wie hart dein …« Ruckartig klappte ich den Mund zu. Hitze kribbelte in meinen Wangen, und die Situation stand kurz davor, peinlich zu werden.

Kingfisher zügelte sein Pferd und zwang auch Aida zum Anhalten. Carrion schwankte auf der Kruppe des Pferds vor und zurück und wäre fast heruntergefallen, doch Kingfisher schien das weder zu bemerken noch zu kümmern. Er drehte sich in seinem Sattel herum, und ein selbstgefälliges Grinsen umspielte seine Mundwinkel. »Wie hart mein *was* ist, Mensch?«

»Nichts!« Ich antwortete viel zu schnell, um lässig zu wirken. »Ich will damit nur sagen, dass … dass du abgelenkt warst, okay? Du hast die Finger nicht von mir lassen können. Deine Hände …«

»Meine Hände haben ihren eigenen Willen. Meine *Gedanken* waren auf das gerichtet, was *deine* Hände taten – und eines kann ich dir sagen, Mensch: Sie sind bei Weitem nicht so geschickt, wie du glaubst. Du hast mir fast den Finger ausgerenkt, als du an diesem verdammten Ring gezerrt hast.«

»Was bildest du dir ein!« Aida hatte zu Fishers Pferd aufgeschlossen, wohl um weiterzutrotten – was mich dem Fae-Krieger unangenehm nahe brachte. Ich nutzte diese Nähe, um mit dem Fuß nach ihm zu treten, aber er dirigierte seinen Hengst aus dem Weg und wich dem Tritt aus.

»Immer mit der Ruhe, Mensch. Wenn du Bill trittst, wird er losgaloppieren. Möchtest du allein in diesem Wald zurückbleiben? In dieser Finsternis?«

Ich gab ihm nicht die Genugtuung, darauf zu antworten. Stattdessen zog ich eine kindische Grimasse und schob die Spitze meines Stiefels wieder in den Steigbügel. »Bill? Wer nennt sein Pferd *Bill*?«

»Ich. Also dann: Möchtest du uns den Weg zeigen?« Er deutete mit der behandschuhten Hand auf einen Pfad, von dem ich annehmen musste, dass er existierte, da ich ihn nicht sehen konnte.

»Nein.«

»Das dachte ich mir.«

Kurz darauf stießen wir auf eine Straße. Obwohl sie verlassen vor uns lag, schien sie – soweit ich das beurteilen konnte – stark befahren zu sein, denn der Schnee war hier nicht liegen geblieben. Tiefe Furchen schnitten durch den aufgewühlten Schlamm, zusammen mit Hufabdrücken, Fährten von Pfoten und Fußspuren, die so riesig waren, dass ich erschauderte beim Gedanken daran, was sie verursacht haben mochte. Die Hufe unserer Pferde versanken bei jedem Schritt schmatzend in dem stinkenden schwarzen Untergrund, während sie weiterstapften.

Unser Ziel war ein heruntergekommenes, zweigeschossiges Steingebäude, das direkt am Ufer eines breiten, zugefrorenen Flusses lag. Das Dach war mit einer etwa fünfzig Zentimeter dicken Strohschicht bedeckt und nur leicht mit Schnee gepudert. Licht strömte aus kleinen Fenstern. Als sich die Tür an der Vorderseite des Gebäudes öffnete, quollen Gelächter und Gesprächsfetzen und eine halbe Strophe eines schief gesungenen Lieds in die Nacht hinaus, gefolgt von einer großen, breiten Gestalt, die fünf taumelnde Schritte machte und dann mit dem Gesicht voran in eine Schneewehe fiel.

Kingfisher hatte sein Pferd gezügelt, als das Gebäude in Sichtweite kam. Er saß einen Moment lang da und starrte hinüber, die Lippen leicht geöffnet, mit ungewohnt wehmütiger Miene. Stirnrunzelnd musterte ich das Haus, im Versuch zu erkennen, was er da sah. Man hätte meinen können, dass er eines der größten architektonischen Wunder in ganz Yvelia betrachtete – aber von meinem schmerzhaften Sitzplatz auf dem Pferd aus gesehen, erinnerte der Bau verdammt an eine Schenke.

»Werden wir hier übernachten?«, fragte ich und deutete mit dem Kinn in Richtung des Gasthauses. Die Gestalt, die aus der Schenke gestolpert war, hatte sich jetzt auf Hände und Knie hochgerappelt und übergab sich in den Schnee.

»Vielleicht. Vielleicht auch nicht.« Kingfisher trieb sein Pferd an und gab mir ein Zeichen, ihm zu folgen. »Das hängt davon ab, wie lange Ren braucht, um uns einzuholen.«

Als wir abstiegen, nahm ein schmuddeliger Stallknecht die Zügel der Pferde entgegen. Ich versuchte, nicht auf die gebogenen Widderhörner zu starren, die aus den Löchern seiner Wollmütze ragten, aber es gelang mir nicht wirklich. Ich fragte mich, wie sie wohl mit seinem Schädel verbunden waren. Den Stallknecht schienen meine Blicke nicht zu stören. Er grinste nur, bis ich meinen Beutel öffnete und einen verschlafenen Onyx zu meinen Füßen in den Schnee kippte.

»Oooh, das ist ja ein dicker Brocken! Und so selten. Schwarze Spitzen an den Ohren und am Schwanz … so was sieht man heut nicht mehr. Kannst zwei Kronen dafür haben.«

»Was?«

Onyx flitzte hinter mich, mit aufgerichteten Nackenhaaren, als würde er den Stallknecht verstehen und ihm einen Finger abbeißen wollen, falls der irgendwelche Tricks versuchte.

Der Stallknecht musterte mich verschlagen. »Also gut. Vier Kronen. Mehr sind aber nicht drin. Meine Frau wird mich umbringen, wenn …«

Meine Hand tastete nach dem Griff des Dolchs an meinem Oberschenkel. »Er steht nicht zum Verkauf.«

»Der Mensch hat sich in den Kopf gesetzt, dass diese von Flöhen verseuchte Kreatur ein Haustier ist«, erklärte Fisher und hievte eine der Taschen von seinem Sattel. Dann zog er mit schnellen Bewegungen den langen eingewickelten Gegenstand unter meinem Sattelblatt hervor, den er dort verstaut hatte.

Onyx sprang in meine Arme, schmiegte sich in meine Ellbogenbeuge und kuschelte seine Schnauze tief hinein. »Er hat keine Flöhe.«

»Soweit du weißt«, sagte Kingfisher.

»Und was ist mit dem hier? Steht der zum Verkauf?« Der Stallknecht deutete mit der Hand in Carrions Richtung.

»Was bietest du mir denn für ihn?«, fragte Fisher.

»Nein!«

Kingfisher hatte die Frechheit, eine gelangweilte Miene zu ziehen, als ich ihm auf den Arm schlug. »Nein, dieser Mensch steht auch nicht zum Verkauf«, sagte er in einem lustlosen, genervten Ton. »Leg ihn in einen Stall mit etwas Heu und deck ihn mit einer Decke zu. Und sollte ich herausfinden, dass er in irgendeiner Weise verletzt wurde …« Kingfisher legte seine Hand vielsagend auf Nimerelles Knauf und lenkte die Aufmerksamkeit des Stallknechts auf das bedrohliche schwarze Schwert.

Der Faun erblasste unter seinem kastanienbraunen Bart. Er schätzte die Bewegung richtigerweise als ein Versprechen ungeahnter Schmerzen ein und reagierte entsprechend. »Natürlich, Sir. Macht Euch keine Sorgen. Unter meinem wachsamen Auge wird ihm nichts passieren. Er wird schlafen wie ein Baby, Ihr werdet schon sehen.«

Als wir das Gasthaus betraten, schlug mir eine Woge aus Hitze und Lärm entgegen – und legte meine Nerven blank: Dies hier war nicht das *Haus der Kala*. Dort war ich bekannt. In Sicherheit. Na ja, so sicher, wie man in einer Schenke von zweifelhaftem Ruf sein konnte, in deren dunklen Ecken zwielichtige Geschäfte abgewickelt wurden. Dieses Gasthaus dagegen war völlig neu für mich. Ich war hier eine Fremde und konnte nicht sagen, was mich erwartete. Doch wie sich herausstellte, war es jeder anderen Schenke, die ich jemals betreten hatte, sehr ähnlich.

Jeder klapprige Stuhl war besetzt und jeder Tisch übersät mit einer Vielzahl von angeschlagenen, nicht zueinander passenden Krügen, die meisten davon leer. Fae-Männer und -Frauen hockten in Gruppen zusammen und unterhielten sich leise miteinander. Im Winterpalast hatte ich bereits die verschiedensten Kreaturen gesehen, aber die Vielfalt der Wesen in diesem Raum ließ mich fassungslos innehalten.

Große, schlanke, feingliedrige Geschöpfe mit rindenartiger Haut und dünnen weißen Haarbüscheln.

Kleine, haarlose Kreaturen mit kohlschwarzer Haut, katzenartigen bernsteingelben Augen und nadelspitzen Zähnen.

Zwei männliche Wesen mit zotteligen, behaarten Beinen und Paarhufen saßen an der Theke. Lange, gerillte Hörner ragten aus ihrer Stirn und zogen sich bis über ihre Rücken.

Geschöpfe mit Knollennasen und grüner Haut und Wesen mit wallendem, dichtem kastanienbraunem Haar, das ihnen um den Kopf wehte, als würde es von einer unsichtbaren Brise erfasst.

Wohin ich auch schaute, überall sah ich derart wilde, wunderbare, seltsame und beängstigende Kreaturen, dass es mir den Atem verschlug.

Kingfisher zog die Kapuze seines Umhangs in die Stirn und senkte den Kopf, sodass sein Gesicht im Schatten lag, während wir uns der Theke näherten. Ein Schwarm winziger Feenwesen mit hauchdünnen Flügeln huschte um unsere Köpfe herum, zerrte an meinen Haaren, schnappte sich die losen Strähnen, die sich aus meinem Zopf gelöst hatten, und riss ruckartig und boshaft daran herum.

»Au!« Ich versuchte, sie wegzuschlagen, aber Kingfisher hielt mich am Handgelenk fest.

»Das würde ich lassen. Sie sind betrunken. Und wenn sie betrunken sind, werden sie bösartig.«

»Ich bin tausendmal größer als sie. Ich könnte sie zerquetsch… *Auu!*«, zischte ich und zog meine Hand aus der Wolke flatternder Plagegeister heraus. Genau auf dem Handballen hatte sich eine perfekt ovale Beule gebildet. Aus der winzigen Wunde quoll eine Blutperle, glänzend wie ein Rubin. »Ein Biss? Ist das eine *Bisswunde*?« Ich hielt Fisher meine Hand entgegen, damit er sie sich ansah, aber er schaute nicht mal hin.

»Sie werden nicht nur wütend, wenn man versucht, sie aus der Luft zu holen, sondern sprechen auch Standard-Fae und haben etwas dagegen, dass jemand sie zerquetschen will. Zwei Bier, bitte. Und dazu ein Glas von deinem stärksten Schnaps.«

Der Barkeeper war ein kleiner, rundlicher Mann mit borstigem grauem Haar, einer Hakennase und den buschigsten Augenbrauen, die ich je gesehen hatte. Er grunzte lediglich als Antwort auf Fishers Bestellung und schenkte keinem von uns weitere Beachtung, während er unsere Getränke holte.

Als er zurückkam, stellte er krachend zwei Krüge vor uns ab, wobei eine ordentliche Menge unseres Biers auf die Theke schwappte. Dann schob er Kingfisher ein kleines Glas mit einer giftig aussehenden, grünen Flüssigkeit zu. Kingfisher bezahlte wortlos, nahm unsere Krüge und den Schnaps und zwängte sich durch die Menge, um uns einen Platz zu suchen.

Wir hatten Glück. Zwei Fae-Frauen in königsblauer Kleidung und dicken Reisecapes erhoben sich gerade von einem Tisch in der Ecke am Feuer, als wir an ihnen vorbeikamen. Kingfisher hielt den Kopf gesenkt und den Blick auf seine Stiefel gerichtet, während er darauf wartete, dass sie aufbrachen. Dann deutete er mit dem Kinn auf die Plätze und gab mir zu verstehen, dass ich mich zuerst setzen sollte. Onyx, der seit Betreten der Schenke wie ein Schatten an meiner Seite klebte, sprintete unter den Tisch.

Zischend sog ich die Luft ein, als mein Hintern den Holzstuhl berührte. Bei den Göttern, das tat weh! Ich würde mich nie wieder hinsetzen können, ohne scharf einzuatmen. Fishers widerwärtiges Grinsen war der einzige Teil seines Gesichts, der sich unter der dunklen Kapuze erkennen ließ. »Schön, dass du das lustig findest«, knurrte ich und nahm das Bier entgegen, das er mir reichte.

»Ich finde es *urkomisch*«, konterte er. »Seit wir uns kennen, hast du dich ein ums andere Mal als Arschgeige erwiesen. Jetzt hat das Universum es für angebracht gehalten, einmal *deinen* Arsch zu geigen. Das nenne ich ausgleichende Gerechtigkeit.«

»Das ist nicht gerecht, sondern einfach nur verflucht nervig. Hey, was *machst* du da?«

Er beugte sich über den Tisch und packte mein Handgelenk. Ich versuchte, meine Hand zurückzuziehen, aber sein Griff war fest wie ein Schraubstock. Fisher gab meinem Arm einen nicht sonderlich sanften Ruck und zischte: »Hör zu. In den letzten zwölf Stunden wurdest du von diesem räudigen Fuchs gebissen, von einem Schwert versengt, das du nicht hättest anfassen sollen, und jetzt hat dich auch noch eine Pixie gebissen. Du bist hier fremd. Wahrscheinlich schwirren unzählige Keime und Krankheiten durch die Luft, die dich unter die Erde bringen könnten. Dein Körper ist ohnehin schon schwach und heilt nur langsam. Darum muss ich all diese Schnitte und Kratzer desinfizieren, bevor du Fieber bekommst und stirbst.«

Widerstrebend hielt ich inne und wehrte mich nicht länger gegen seinen Griff. »Vorsicht, Kingfisher. Wenn du so weitermachst, könnt ich noch denken, dass du dich tatsächlich um mein Wohlergehen sorgst, und … Auu! Auu, au, au! Au, das tut *weh,* verflucht!«

Ohne Vorwarnung hatte er mir den giftgrünen Schnaps aus dem Glas über die Hand gekippt und packte jetzt mein Handgelenk noch fester, als meine Finger sich verkrampften. Unter dem

Tisch stieß Onyx ein nervöses Winseln aus und kratzte an meinen Beinen.

»Tief durchatmen«, befahl Fisher. »Es ist gleich vorbei.«

Der Schmerz ließ zwar nach einem Moment nach, aber meine Wut … das war eine andere Geschichte. »Du bist krank«, zischte ich. »Du hast das genossen. Was für ein Mann tut anderen gern weh?«

Sein Gesicht war ausdruckslos, als er mich freigab. »Ich empfinde keine Freude daran, andere zu verletzen. Ganz im Gegenteil. Aber das heißt nicht, dass es nicht notwendig ist. Um weitaus schlimmere Schmerzen zu vermeiden, müssen wir manchmal einen kleinen Stich ertragen. Und gelegentlich müssen einige von uns einigen anderen kleine Stiche *zufügen*. Du sagst es so spöttisch, aber ich sorge mich in der Tat um dein Wohlergehen. Du bist wertvoll. Ohne dich kann ich diesen Krieg nicht beenden oder mein Volk beschützen. Und damit ich meine Ziele erreichen kann, muss ich für deine Sicherheit sorgen. Also werde ich dir wehtun, wenn es bedeutet, dass dadurch deine Sicherheit garantiert ist. Ich werde dich zwingen, mir bis ans Ende dieses Reichs zu folgen, denn nur so kann ich sicherstellen, dass du am Leben bleibst. Und jetzt trink dein Bier.«

Aus seinem Mund klang das alles so vernünftig – dass er das Richtige tun würde und alles nur für das Allgemeinwohl. Aber diese Ziele ließen sich auch auf andere Weise erreichen. Auf sanftere, freundlichere Weise. Doch davon hatte er offensichtlich keine Ahnung. Die Welt hatte ihn grausam behandelt, also behandelte er andere auch grausam. Ich brauchte niemanden, der mich in Watte packte, ich war es gewöhnt, mich der harten Wirklichkeit zu stellen, und ich konnte schon gar nicht mehr zählen, wie oft man mich misshandelt oder verprügelt hatte. Aber das bedeutete nicht, dass Fisher sich die ganze Zeit wie ein Arschloch benehmen musste.

Ich trank einen großen Schluck von meinem Bier, denn ich wusste bereits, dass ein Krug nicht ausreichen würde, um meine Stimmung zu verbessern. Im Stillen hatte ich erwartet, dass das Getränk schlecht schmecken würde, aber es war süß und reichhaltig und eigentlich ganz schmackhaft. *Sehr* schmackhaft.

»Mach langsam damit«, warnte Fisher, als ich einen weiteren großen Schluck trank. »Das Zeug ist stark.«

Dieser Idiot hielt mich *tatsächlich* für schwach. Dabei wusste er nichts von den Trinkspielen, die ich in Zilvaren gespielt und gewonnen hatte. Und wir hatten dabei Whisky getrunken und kein verdammtes Bier. Trotzdem war ich nicht so dumm, den ganzen Krug zu leeren, nur um zu beweisen, dass ich das Getränk mühelos vertrug. Dies alles hier war Neuland, und ich hatte keinen Plan – weder im wörtlichen noch im übertragenen Sinne.

Mit leicht zusammengekniffenen Augen musterte ich Kingfisher. »Wann wird Carrion aufwachen?«

»Woher soll ich das wissen?« Fisher trank einen Schluck von seinem eigenen Bier, und seine grünen Augen funkelten mich über den Rand seines Krugs hinweg an. In den dunklen Schatten seiner Kapuze schienen sie auf faszinierende Weise zu blitzen.

»Ich war zehn Tage lang bewusstlos. Hast du vor, ihn tagelang auf dem Rücken deines Pferds durch die Gegend zu schleppen?«

»Nein«, sagte er knapp.

»Was meinst du mit Nein?«

»Nein, das habe ich nicht vor. Du lagst im Sterben. Deshalb hat es auch so lange gedauert, bis du aufgewacht bist. Und wir müssen nicht mehr weiter reiten, um an unser Ziel zu kommen, also ist die Karriere deines Freundes als Satteltasche bereits zu Ende.«

»Wo bringst du mich hin?«

»Nach Hause.«

»Und wo ist das?«, drängte ich, während mein Zorn langsam wieder hochkochte.

Er trank einen großen Schluck von seinem Bier, und die Muskeln unter der tätowierten Haut seines Halses traten hervor. »Der Ort, an dem ich geboren wurde.«

»Verdammt! Musst du immer so nervig sein?«

Seine Augen funkelten. »Es ist keine Pflicht, aber ich genieße es.«

»Kingfisher!«

»Ich bringe dich ins Grenzland, Osha. Ein kleines Lehnsgut am Rande des yvelianischen Territoriums. Ein Ort namens Cahlish.«

Cahlish? Ich hatte den Namen schon mehrfach gehört. Everlayne hatte Ren aufgefordert, Fisher dorthin zurückzubringen, bevor er im Winterpalast entdeckt werden konnte. Und Belikon hatte gesagt, Fisher könne eine Woche lang im Palast bleiben, bevor er nach Cahlish zurückkehren müsse.

»Ist das klug? Der König wollte dich sowieso dorthin schicken. Wird er nicht einfach dort auftauchen und nach uns suchen?«

Fisher schüttelte den Kopf. »Meinen Vater und Belikon verbindet eine lange Geschichte. Er erkannte, was Belikon plante, lange bevor der die königliche Familie ermordete und die Krone stahl. Also traf mein Vater Vorsichtsmaßnahmen und schützte seine Ländereien, damit weder Belikon noch seine Anhänger sie betreten konnten. Mein Vater war mächtig und seine Schutzzauber stark. Und sie sind auch heute noch so undurchdringlich wie eh und je. Belikon kann bis an die Grenzen von Cahlish reisen, aber er kann das Land nicht betreten. Solange ich lebe und den Stammbaum meines Vaters weiterführe, wird ihm das nicht gelingen.«

Okay, das war eine gute Nachricht. Aber es gab noch ein paar andere Dinge, um die ich mir Sorgen machte. »Vielleicht liege ich ja falsch, aber ich hatte den Eindruck, dass Cahlish ein Schlachtfeld ist«, sagte ich.

»Das ist richtig.«

»Ich meine ein echtes Kriegsgebiet.«

Fisher fischte ein Stückchen Bodensatz aus seinem Bier. »Das stimmt.«

»Du hältst mir also einen Vortrag darüber, wie du für meine Sicherheit sorgen willst, um deine Freunde zu retten«, sagte ich langsam, »und *dann* erzählst du mir, dass du mich mitten in einen offenen Konflikt hineinschleppst?«

»Klingt spannend, oder?«

»Wie zum Teufel soll ich mitten in einem Kriegsgebiet überleben, Fisher?«

Dieses Mal klang sein Lachen hohl. »Indem du in meiner Nähe bleibst, Osha. *Ganz nah.*«

Ich trank drei Bier und verfütterte den Großteil des Essens, das Fisher für uns bestellt hatte, an Onyx unter dem Tisch. Der Eintopf aus geräuchertem Fleisch ließ mir das Wasser im Mund zusammenlaufen, aber ich brachte ihn kaum hinunter. Carrion Swift lag draußen im Stall. Der verdammte Carrion Swift, obwohl ich Hayden gewollt hatte. Ich war an einen Bluteid gebunden, und ich hatte nicht mal annähernd das bekommen, was ich mir vorgestellt hatte. Im besten Fall hockte mein Bruder noch immer in Zilvaren, hungrig, durstig und ständig auf der Flucht vor Madras Wachen. Im schlimmsten Fall war er bereits tot, und das meinetwegen – und ich konnte nichts tun, um es wiedergutzumachen. Mit anderen Worten: Mir war der Appetit gründlich vergangen.

Zwei Stunden nachdem man unsere Schüsseln mit dem Eintopf abgeräumt hatte, tauchte Ren auf. Ich sah ihn eintreten; seine große Gestalt füllte den Eingang der Schenke aus, sein langes hellbraunes Haar war nass vom Schnee. Eine Woge der Erleichterung erfasste mich. Endlich eine Stimme der Vernunft.

Belikons General entdeckte mich in der Ecke am Feuer, in der wir noch immer saßen, und die Anspannung in seinen Schultern löste sich sichtlich. Als er Kingfishers Rücken sah, dessen Kapuze noch immer seine Züge verbarg, breitete sich ein so erleichtertes Lächeln auf seinem Gesicht aus, dass es mir einen Stich in der Brust versetzte. Vermutlich hatte meine Miene der von Ren geähnelt, als ich wenige Sekunden lang angenommen hatte, dass Fisher Hayden aus Zilvaren geholt hatte. Diese wenigen glücklichen Momente, in denen ich dachte, mein Bruder wäre am Leben und in Sicherheit …

Bei den Göttern!

Kingfisher drehte sich zu seinem Freund um, als dieser an unseren Tisch trat, und ein breites, offenes Lächeln erschien auf seinem Gesicht. Er stand auf, und Ren umarmte ihn fest und klopfte ihm auf den Rücken. Als der General ihn freigab und ihn auf Armeslänge hielt, schnaubte er kurz und tätschelte dann Fishers Wange. »Du, mein Freund, sitzt offiziell *in der Scheiße.*«

»Everlayne ist stinksauer. Sie wird nie wieder mit dir reden. Was hast du dir nur dabei gedacht?« Ren hatte jetzt sein eigenes Bier, was bedeutete, dass ein vierter Krug vor mir auf dem Tisch stand. Aber ich fühlte mich nicht im Geringsten betrunken. Ich war nur müde und wund geritten und unfassbar gereizt, und ich wollte mein Bett in der Silberstadt zurück. Aber daran war nicht mal im Traum zu denken, und Ren hatte Neuigkeiten mitgebracht, also riss ich mich zusammen und beugte mich weit vor, um der leisen Diskussion zwischen den beiden Männern zu lauschen.

»Wir hatten einen Plan«, zischte Ren.

»Schau nicht *mich* an. Unsere kleine Freundin hier hat mich gezwungen. Sie hat versucht, Selbstmord zu begehen.«

»Lügner! Das stimmt nicht!«

»Als ich sie fand, war sie gerade im Begriff, ohne Reliquie ein Bad zu nehmen«, sagte Fisher.

»Ich hatte deinen Ring, Klugscheißer. Ich dachte, er wäre eine Reliquie.«

Kingfisher warf mir über den Rand seines Krugs hinweg einen Blick zu, und das Silber um seine Iris schimmerte, als er mir ein breites Grinsen schenkte. »Ach ja? Du hattest also meinen Ring? Möchtest du Ren nicht erzählen, wie er in deinen Besitz gekommen ist, Mensch?«

»Das spielt keine Rolle.« Hasserfüllt funkelte ich ihn an.

»Es ist mir egal, was Saeris gestohlen hat«, sagte Ren angespannt. »*Du* hast Belikons Alchemistin entführt. Und nicht nur das. Du hast auch das *Schwert* gestohlen.«

Kingfishers Hand schloss sich so fest um seinen Krug, dass seine Fingerknöchel weiß hervortraten. »Das letzte Mal, als Belikon ein berühmtes Schwert in die Hand bekam, hat er damit den wahren König und das ganze verdammte Geschlecht der Daianthus ermordet. Wenn Rurik Daianthus …«

»Wie du gerade richtig bemerkt hast: Rurik Daianthus ist tot. Es hat keinen Sinn, eine Runde ›Was wäre, wenn‹ zu spielen. Belikon ist der König. Und ob es dir nun gefällt oder nicht: Als König kann er beanspruchen, was immer er will. Die Götterschwerter sind alle tot. Sie lassen sich nur noch als Briefbeschwerer verwenden. Belikon könnte damit nicht mehr Schaden anrichten als mit einem ganz gewöhnlichen Schwert. Du hättest es ihm einfach für seine Sammlung überlassen sollen. Welchen Schaden hätte das schon angerichtet?«

»Schaden?«, brauste Fisher auf. »Das soll wohl ein Scherz sein! Schaden … Ha!« Er schüttelte den Kopf. »Dieses Schwert ist eine heilige Reliquie, Renfis. Dieser verdammte Mistkerl ist es nicht wert, es auch nur anzusehen, geschweige denn, es zu führen. Eher sterbe ich, bevor ich Belikon erlaube, es an seiner Hüfte zu tragen. Und du irrst dich: Nicht alle Schwerter sind inaktiv. Nimerelle …«

»Das Ganze hatte also nichts damit zu tun, dass Solace die Klinge deines Vaters war? Nein, nein, vergiss, dass ich überhaupt gefragt habe. Ich weiß längst, dass das die Wahrheit ist. Und was *dein* Schwert angeht, so ist Nimerelle schon seit Jahren korrumpiert«, fauchte Ren.

Kingfisher schlug mit beiden Handflächen auf den Tisch, und seine Kapuze glitt herab. »Nimerelle ist das Einzige, was in den letzten vierhundert Jahren zwischen Yvelia und der ewigen Dunkelheit gestanden hat!« Er war jetzt zu laut. Zu aufgebracht. Als seine Wut aus ihm herausbrach, wurde es an den Tischen um uns herum still. Gespräche verstummten, Getränke wurden beiseitegeschoben, und hundert Augenpaare wandten sich uns zu.

Zitternd vor Zorn starrte Fisher Ren an. Er bemerkte nicht, wie ein Raunen durch den Raum ging: *»Renfis der Orithianer, Renfis Bluteid, Renfis vom Silbersee.«* Und er bemerkte auch nicht, wie sich die Aufmerksamkeit auf ihn richtete. Erst als es zu spät war.

Kingfisher.

Nein. Das kann nicht sein.

Es ist wahr!

Er ist zurückgekehrt.

Er ist hier.

Kingfisher.

Kingfisher.

Kingfisher.

Fishers Zorn löste sich auf wie Rauch. Er ließ den Kopf hängen, und seine Wangen wurden trotz der Hitze des lodernden Feuers aschfahl. Das gedämpfte, gemurmelte *»Fuck«* war ihm nur von den Lippen abzulesen, aber nicht zu hören.

»Zeit zum Aufbruch«, sagte Ren.

»Wieso? Was ist das Problem?« Ich schaute mich um und versuchte, die Emotionen in den Gesichtern um uns herum einzuschätzen. Aber der ganze Raum schien vor Schock wie erstarrt. Während wir auf Ren gewartet hatten, hatte Fisher mir widerstrebend erklärt, welche Arten von Kreaturen hier in diesem Gasthaus saßen. Woher sie alle stammten. Und jetzt waren die Fae und die winzigen Pixies, die in der Luft schwebten, und die Satyrn an der Bar und die Kobolde und die Selkies und alle anderen … sie waren alle sprachlos. Wohin ich auch sah, entdeckte ich große Augen und offene Münder. Selbst der Barkeeper, der uns bei unserer Bestellung kaum eines Blickes gewürdigt hatte, wirkte wie versteinert, das schwere Glas, das er gerade polierte, in seiner Hand erstarrt …

Oder auch nicht.

Das Glas rutschte ihm aus den Fingern und zerschellte klirrend auf dem Boden.

Renfis erhob sich mit gesenktem Kopf von seinem Stuhl. Er reichte mir die Hand und half mir auf. Kingfisher stand ebenfalls auf. Er hatte die Schultern bis zu den Ohren hochgezogen und hielt seine leuchtend grünen Augen auf den Boden gerichtet, das Gesicht ausdruckslos.

Dann ging er voran in Richtung Tür. Ich folgte dicht hinter ihm, Onyx eng an mich gedrückt, und Renfis bildete die Nachhut. Wir waren auf halbem Weg zum Ausgang, als ein muskulöser Fae-Krieger mit einem langen blonden Zopf und an den Seiten kurz geschorenem Kopf vor Kingfisher trat und ihm den Weg versperrte. Er war riesig, mindestens genauso groß wie Kingfisher oder Ren. Seine Gesichtszüge wirkten edel, aber er hatte nichts Sanftes an sich. Der harte Blick in seinen bleigrauen Augen kündete von Blutvergießen. Ich keuchte überrascht auf, als er vor Kingfisher auf ein Knie sank. »Es ist eine Ehre, zu Füßen des Drachenfluchs zu knien. Ich bitte Euch um Euren Segen, Kommandant. Natürlich … natürlich nur, wenn Ihr es für angebracht haltet«, stammelte er.

»Es tut mir leid.« Kingfisher legte dem Krieger eine Hand auf die Schulter. »Du verwechselst mich mit jemandem.«

Der blonde Krieger setzte ein wehmütiges Lächeln auf. »Mein Cousin hat mit Euch und Euren Wölfen in Ajun-Himmel gekämpft. So wie er Euch beschrieben hat …« Er schüttelte entschuldigend den Kopf. »Ihr seid der Fischerkönig. Ihr könnt kein anderer sein.«

Fisher schluckte sichtlich. Ich sah, wie er nach Worten rang, sich dazu zwang, sie auszusprechen. »Vermutlich entspreche ich der Beschreibung deines Cousins … *äußerlich.* Ich fühle mich geehrt, dass er sich so an mich erinnert. Aber … ich bin nicht mehr der Mann, mit dem er in Ajun gekämpft hat. Es tut mir leid, Bruder. Ich …«

»Ihr habt das wehende Banner des stolzen westlichen Annach-Reichs gerettet«, unterbrach ihn der blonde Krieger. »Im Morgengrauen des fünften Tages habt Ihr bei Sonnenaufgang Euren Ruf ausgestoßen und damit die Herzen unseres Volkes geweckt, sodass selbst diejenigen, die bereit waren, durch die schwarze Tür zu gehen, sich vom Tod abwandten und die Kraft fanden, sich ihm entgegenzustellen. Mit ihren Bogen. Und ihren Schwertern. Und ihren Freunden. Ihr habt den Angriff auf den blutroten Berg angeführt …« Die Stimme des Kriegers brach.

Eine hochgewachsene Fae trat an seine Seite, gekleidet in eine lederne Waldläufer-Rüstung. Eine zerklüftete Narbe zog sich über ihr Gesicht und verformte ihre Unterlippe. »Im Sinder-Territorium habt Ihr die Horde zurückgeschlagen, die alles niederzubrennen drohte, was mein Volk aufgebaut hatte. Fünfzigtausend Leute. Fünfzigtausend *Leben*. Tempel. Bibliotheken. Schulen. Heimstätten. Sie alle existieren bis heute. Euretwegen.«

An Kingfishers Kiefer zuckte ein Muskel. Er konnte der Frau nicht in die Augen sehen.

An der Theke trat einer der Satyrn mit den beeindruckenden,

geschwungenen Hörnern und den zotteligen, ziegenartigen Beinen vor. Seine Augen leuchteten hell und reflektierten die Flammen des Feuers im Kamin, als er sein Glas auf Kingfisher erhob. »Inishtar«, erklärte er mit tiefer, rauer Stimme. »Es war nicht so eindrucksvoll wie diese anderen Städte. Nur ein kleiner Ort. Wir waren bei Eurer Ankunft nicht sehr freundlich Euch gegenüber. Damals waren die Fae und meine Leute noch nicht die Verbündeten, die wir heute sind. Aber fünf von Euch haben in dieser Nacht gegen das Dunkel gekämpft. Und vierhundert Leben gerettet. *Du* warst auch dabei, Renfis der Orithianer.«

Ren neigte den Kopf, Trauer in den dunklen Augen. »Ich erinnere mich«, sagte er leise.

Der Satyr hob sein Glas etwas höher und deutete damit zuerst auf Ren und dann auf Kingfisher. »Ein Leben lang werde ich euch beiden dankbar sein für das, was ihr getan habt. Auch wenn es nie genug sein wird. *Sarrush.*« Er drückte das Glas an seine Lippen und kippte sich die bernsteingelbe Flüssigkeit in die Kehle.

»*Sarrush!*«

»*Sarrush!*«

Jeder einzelne Gast im Raum nahm einen Krug oder ein Glas in die Hand. Sie alle riefen das Wort. Sie alle tranken.

»Ihr habt die Brücke in Lothbrock gerettet.«

»Ihr habt den Turrordan-Pass gehalten, bis der Schnee kam.«

»Ihr habt Malcolm und seine Truppen an den Ufern des Darn bekämpft, bis der Fluss schwarz von ihrem Blut war.«

Immer mehr Gäste in der Schenke erhoben sich und ergriffen das Wort. Jeder von ihnen schien eine Geschichte zu haben.

Kingfisher schwieg, sein Adamsapfel hüpfte auf und ab. Schließlich aber brach es aus ihm heraus. »Ich bin nicht … Ich bin nur …« Sein Blick ging ins Unendliche. »All das liegt *lange* zurück. Diese Person existiert nicht mehr.« Und dann stürmte er an dem Fae-Krieger vorbei, der noch immer zu seinen Füßen kniete, riss die Tür des Gasthauses auf und verschwand in der Nacht.

Ich starrte ihm nach, unfähig zu begreifen, was ich gerade gesehen und gehört hatte. All das für Kingfisher. Kingfisher *und* Ren. So viele Geschichten über heldenhafte Kämpfe und Siege, allen Widrigkeiten zum Trotz. Der ersten Reaktion der beiden nach zu urteilen, hatte ich erwartet, dass man uns angreifen würde. Aber das war ein gewaltiger Irrtum: Für mich war Kingfisher ein mürrischer, ungenießbarer Mistkerl, dem ich nicht mal ein Stück Brot geben würde, wenn er am Verhungern wäre.

Für alle anderen in dieser Schenke war er ein lebendiger Gott.

16

SCHATTENTOR

Auf der Lichtung vor der Schenke erwartete uns das Tor zur Hölle.

Der spiralförmige Schlund aus Schatten und Rauch war relativ klein. Gerade groß genug, um ein Pferd zu verschlucken – was praktisch war, denn Kingfisher stand mit Bill, Aida und Rens braunem Pferd direkt davor. Carrions schlaffer Körper hing bereits wieder über Bills Kruppe. Irgendwo zwischen dem Stall und der Lichtung hatte er einen Stiefel verloren, aber Fisher hatte den Verlust offensichtlich nicht für wichtig genug gehalten, um umzudrehen. Mir war Swifts fehlender Stiefel auch ziemlich egal – ich war zu sehr damit beschäftigt, auf den wirbelnden schwarzen Strudel vor Fisher zu starren, um mich um irgendetwas anderes zu kümmern.

Die Art und Weise, wie der Strudel am Licht zerrte, wie er das orangefarbene Leuchten aus den Fenstern der Schenke zu sich heranzog, es in feine Fäden spann und in die wirbelnde Singularität in seinem Zentrum sog, weckte in mir den Wunsch, mich sehr, sehr langsam von ihm zu entfernen. Vor dem Verlassen der Schenke hatte ich Onyx erneut in meinen Beutel gesteckt, aber ich konnte spüren, wie er darin zitterte, als würde er die seltsame Kraft durch das Sackleinen hindurch wahrnehmen – und sie ganz und gar nicht mögen.

Windböen peitschten Kingfishers dunkle Locken und fegten sie ihm ins Gesicht. Die silberne Halsberge saß wieder an seiner Kehle. Sie glitzerte, und die Gravur des Wolfskopfs wirkte grimmiger denn je. Nach seinem Verhalten in der Schenke hatte ich erwartet, dass Fisher extrem aufgewühlt sein würde. Doch seine Miene wirkte ausdruckslos, seine Schultern entspannt, als er mir Aidas Zügel reichte und sich dem Wall aus wirbelndem Rauch zuwandte. »Bringen wir es hinter uns«, sagte er leise. »Du folgst Ren. Ich bin direkt hinter dir.«

Eine Gänsehaut überzog meine Arme. »Ich … Ich geh da nicht rein. Was *ist* das überhaupt?«

»Es ist ein Schattentor. Ein Mittel zum Zweck. Du kannst es benutzen oder aber die nächsten zwei Monate im Sattel verbringen, in verschneiten Gräben schlafen und dir dein Abendessen erjagen. Was darf's sein?«

»Ich entscheide mich für die zweite Möglichkeit.« Darüber brauchte ich nicht mal nachzudenken. Mein Hintern würde sich irgendwann an einen Sattel gewöhnen; der Mantel, den Kingfisher mir gegeben hatte, hielt die Kälte hervorragend ab; und ich hatte mein halbes Leben damit verbracht, in den Sanddünen von Zilvaren mein eigenes Abendessen zu jagen. Außerdem war ich nicht im Geringsten daran interessiert, in ein Kriegsgebiet zu reisen. Eine Verzögerung unserer Ankunft in Cahlish erschien mir sogar äußerst erstrebenswert.

Fisher schürzte die Lippen. »Lass es mich anders formulieren: Du *wirst* durch das Tor gehen, Mensch.«

Ich trat einen Schritt zurück und ließ Aidas Zügel fallen. »Nein, das werde ich nicht.«

Der Fae-Krieger betrachtete mich und zog interessiert eine Augenbraue hoch. »Denkst du etwa an Flucht? Bei den Göttern, das hoffe ich inständig. Wenn du willst, gebe ich dir auch einen Vorsprung. Es ist eine halbe Ewigkeit her, dass ich etwas *gejagt* habe.«

»Lass gut sein, Fisher«, sagte Ren müde und streifte ein Paar Lederhandschuhe über. »Sie hat Angst. Gib ihr einen Moment Zeit, um sich an den Gedanken zu gewöhnen.«

»Ich habe keine Angst«, log ich. »Ich werde nur dieses Tor nicht passieren. Vermutlich würde ich es nicht lebend auf die andere Seite schaffen.«

Kingfisher öffnete den Mund – zweifellos, um etwas Spöttisches und Gemeines zu erwidern –, aber die Tür der Schenke öffnete sich, und schemenhafte Gestalten traten ins Freie. Fishers Augen nahmen einen harten Ausdruck an, und was auch immer er hatte sagen wollen, kam ihm nicht mehr über die Lippen. »Wir haben keine Zeit für so was. Ren wird durch das Tor gehen. Du *wirst* ihm folgen. Dein Eid mir gegenüber lässt dir keine andere Wahl.«

Ren erstarrte und sah seinen Freund mit großen Augen an. Kingfisher musste die plötzliche Intensität seines Blickes gespürt haben, aber er schaute nicht mal in dessen Richtung. »Sag mir, dass ich mich verhört habe«, forderte Ren. »Sag mir, dass du dieses Mädchen nicht durch einen Eid an dich gebunden hast.«

»Geh durch das Tor, Ren«, befahl Fisher.

»Ein *Eid*?«, flüsterte er.

»Sie hat etwas dafür zurückbekommen«, erwiderte Fisher. »Und jetzt geh bitte durch das Tor. Wir besprechen alles Weitere auf der anderen Seite.«

Ren schüttelte den Kopf, eine Mischung aus Bestürzung und Enttäuschung zeichnete sich auf seinem Gesicht ab. Er schien nicht zu wissen, was er sagen sollte. Resigniert nahm er Aidas Zügel und reichte sie mir wieder. »Mach dir keine Sorgen, Saeris. Es ist wirklich nicht schlimm. Du wirst einen Moment lang verwirrt sein, aber geh einfach weiter. Das Ganze ist in wenigen Sekunden vorbei. Ehrenwort.«

Rens beruhigende Worte waren eine Wohltat. Ohne sie hätte mich die Angst bei lebendigem Leibe aufgefressen, während der General ein paar Schritte vorwärts machte und sein Pferd in den tiefschwarzen Strudel hineinführte.

Aber ich hatte nicht vor, ihm zu folgen.

Auf keinen Fall.

Elroy hatte nicht umsonst gesagt, ich wäre stur wie ein Esel. Meine Willenskraft war stärker als dieser Eid, den ich Fisher geleistet hatte – es musste einfach so sein. Ich presste die Kiefer zusammen, fest entschlossen, Kingfishers verärgerte Miene zu genießen, wenn er feststellte, dass ich Ren nicht folgte. Doch der Fae schenkte mir nur ein schmallippiges Lächeln, als mein Körper sich von selbst bewegte und seinem Befehl ohne meine Erlaubnis folgte.

Mein Puls raste, als ich mich dem wirbelnden Tor näherte, und der Atem stockte mir in der Kehle. Wie konnte er mir das antun? Indem er den Eid gegen mich einsetzte und mich zwang, mich seinen Befehlen zu beugen, nahm er mir meinen eigenen Willen. Selbst damals in Madras Spiegelsaal, als ich um mein Leben gekämpft hatte und Harron mir überlegen war, hatte ich mich nicht so machtlos gefühlt.

Meine Gedanken überschlugen sich, als die Spitze meines Stiefels in dem wirbelnden Tor verschwand. Liebend gern hätte ich Fisher angefleht, nachzugeben, aber die steinerne Miene des Kriegers machte mir klar, dass dies reine Zeitverschwendung wäre. »Dafür werde ich dich ewig hassen«, zischte ich ihm zu.

Und dann trat ich durch das Tor.

Der heulende schwarze Wind stülpte mein Innerstes nach außen.

Ich wurde zum Strudel.

Der Strudel wurde zu mir.

Meine Gedanken zerstreuten sich in tausend verschiedene Richtungen, im Bruchteil einer Sekunde aus mir herausgerissen.

Ich war ein Nichts.

Ich war blind. Ich war taub. Ich war ein seelenloses Flüstern, das in der Dunkelheit zitterte.

Und dann war ich purer Schmerz.

Er durchzog mich, explodierte in meinen Knien, meinen Handgelenken und meinen Handflächen. Er blühte hinter meinen Augen auf, und helle Lichter flackerten und versengten meine Netzhaut. Rot. Orange. Weiß. Grün.

Keuchend öffnete ich die Augen, und mir blieb gerade noch Zeit, Luft zu holen, als mein Magen auch schon revoltierte und die wenigen Bissen Eintopf, die ich in der Schenke gegessen hatte, über einen rauen Steinboden verteilte.

»Mylord«, sagte eine fassungslose Stimme. »Ich … Bei den Göttern! Es tut mir so leid, ich … Es ist nichts vorbereitet. Wir hatten ja keine Ahnung!«

»Es ist schon gut, Orris.« Rens Stimme klang weit weg. »Danke. Nimm die Pferde und sorge dafür, dass sie heute Nacht mit wärmenden Decken versehen werden. Vor dem Morgengrauen wird es noch viel kälter werden.«

»Aber …«

»Ja, ich weiß. Fisher ist wieder da. Er wird morgen mit uns allen reden, da bin ich mir sicher. Aber im Moment ist es wohl das Beste, wenn wir ihm etwas Zeit geben, um richtig anzukommen. Wenn du das bitte bis morgen früh für dich behalten könntest …«

»Natürlich, Sir. Natürlich.«

Die Welt lag auf der Seite. Meine Schläfe war kalt. Kalt wie Eis. Es dauerte lange, bis ich begriff, dass ich auf dem Boden lag und mein Kopf auf hartem Stein ruhte. Ich sah Kingfisher nach, der durch einen langen Korridor schritt – allein, schweigend, mit gesenktem Kopf. Und ich schwor mir mit jeder Faser meines Körpers, dass ich mich an dem Mistkerl rächen würde.

Wütend versuchte ich aufzustehen, doch als ich mich auf einen Ellbogen stützte, wurde die Decke zum Boden, wurde oben, wurde unten … und dann schoss mir ein weiterer Schwall Erbrochenes durch die Kehle. Ich übergab mich erneut und hustete abgehackt, während ich versuchte, wieder zu Atem zu kommen.

»Oh, Saeris. Es tut mir so leid. Komm, gib mir deine Hand.«

Lass mich in Ruhe. Verschwinde. Fass mich ja nicht an. Ich dachte daran, Renfis diese Dinge entgegenzuschreien, aber in seiner Stimme lag echtes Mitleid. Und es war nicht seine Schuld. *Er* hatte mir nicht meinen freien Willen genommen. Hatte mich nicht an diesen elenden Ort geschleift oder mich dazu gebracht, einem bindenden Bluteid zuzustimmen, der mich praktisch zu seiner verdammten Marionette machte. Also nahm ich die Hand an, die er mir reichte, und wimmerte leise, als meine Beine zitterten.

»Glücklicherweise wirst du das nicht noch mal erleben. Aus irgendeinem Grund beeinträchtigen uns die Tore nur beim ersten Passieren. Danach spüren die meisten von uns bloß einen leichten Schwindel. Möglicherweise auch Kopfschmerzen. Aber allem Anschein nach ist es für einen Menschen etwas schwieriger. Leider haben wir hier seit langer Zeit keinen Menschen mehr gesehen. Deshalb haben wir eine Menge vergessen. Es tut mir leid.«

»Du brauchst dich nicht bei mir zu entschuldigen. Nicht für *ihn*«, keuchte ich.

Ren stieß einen langen, angespannten Seufzer aus. »Er ist nicht … das, was du denkst.«

»Ein Mistkerl? Er ist definitiv ein Mistkerl.«

Der General zuckte leicht zusammen, während ich versuchte,

mich aufzurichten. »Kannst du gehen? Oh. Also nicht. Verdammt! Du kannst nicht mal stehen. Äh … okay. Ist schon in Ordnung. Ich werde dich stützen.«

Eigentlich gab es nichts Würdeloseres, als in den Armen eines Mannes zusammenzubrechen, den man kaum kannte. Aber ich konnte nicht viel dagegen tun. Mein Kopf drehte sich noch immer wie wild, und ich würde mich definitiv bald wieder übergeben. Ich hätte mich nicht aus seinen Armen befreien können, selbst wenn ich es versucht hätte. Als er mich hochhob, gab ich keinen Mucks von mir.

Mein Kopf fühlte sich an, als würde er gleich platzen. »Moment! Onyx. Wo ist … Onyx?«

»Mach dir keine Sorgen. Ich kümmere mich um ihn. Er wird bei dir sein, wenn du wieder aufwachst.«

»Danke.« Ich schloss die Augen und versuchte, die Übelkeit wegzuatmen, während Ren sich mit mir in Bewegung setzte.

»Früher war er freundlicher«, murmelte der General. »Aber das Quicksilver in ihm … macht es ihm schwer, klar zu denken. Es zermürbt ihn. Das Ausblenden der vielen Stimmen strengt ihn an. All das hat ihn gnadenlos gemacht.« In seiner Stimme schwang unendliche Trauer mit, die in mir den Wunsch weckte, die Augen zu öffnen und ihn anzuschauen. Aber es gelang mir einfach nicht.

»Du solltest für ihn … keine Ausreden suchen.«

»Das sind keine Ausreden, Saeris. Ich kenne ihn schon mein ganzes Leben lang. Wir haben vielleicht unterschiedliche Eltern, sind aber in jeder anderen Hinsicht wie Brüder. Ich kenne ihn besser als mich selbst. Als Belikon ihn das erste Mal zwang, ohne Reliquie durch das Quicksilver zu reisen, schwächte es ihn so sehr, dass ich dachte, wir hätten ihn verloren. Sein Geist war so zerrüttet. Und es dauerte sehr lange, bis er sich erholte. Die Heiler taten ihr Bestes, aber der Rest Quicksilver, der in seinem Auge verblieben ist, quält ihn Tag und Nacht. Außerdem scheint die Reliquie seiner Mutter an Wirkung zu verlieren. Und jetzt war er gleich *zweimal* dem Quicksilver schutzlos ausgesetzt. Ich … ich weiß einfach nicht mehr, was ich von ihm erwarten soll.«

»Wo …« Ich holte tief Luft. »Wo war er?«

»Hm?« Rens fragender Laut vibrierte an meinem Ohr.

»Du hast gesagt … du hast ihn seit … hundert und … zehn Jahren nicht mehr gesehen. Wo *war* er in der Zeit?«

Angespannte Stille breitete sich im Korridor aus, und das Geräusch von Rens widerhallenden Schritten war lange das Einzige, was sie durchbrach. Doch dann seufzte er schwer, als hätte er einen Entschluss gefasst. »Das kann ich dir nicht sagen. Es wäre nicht fair. Irgendwann wird er es dir vielleicht selbst sagen. Aber bis dahin …«

Ich drang nicht länger in ihn – ich fühlte mich zu elend zum Reden. Und wen interessierte es schon, wo Kingfisher gewesen war? Selbst wenn er das vergangene Jahrhundert in einem der Bäume im Wilden Wald verbracht hatte, wäre das keine Entschuldigung gewesen für die Art und Weise, wie er mich behandelte. Keine, die ich akzeptieren würde.

Ich wusste nicht, wohin Renfis der Orithianer mich brachte. Denn ich war bereits bewusstlos, als er mit mir dort eintraf.

»Es wäre wirklich schade, wenn ich dich kneifen müsste, aber ich langweile mich, und dieses tollwütige Tier zeigt mir ständig seine Zähne.«

Ich stöhnte.

Rollte mich auf die Seite.

Ich schwebte auf einer Wolke. Es war himmlisch. Die bequemste Wolke, die ich je …

Ruckartig setzte ich mich auf und fasste mir an die Seite. *»Fuck!«* Die Haut direkt über meiner Hüfte pochte schmerzhaft. »Was zum Teu…?« Abrupt verstummte ich, als ich den rothaarigen Räuber am Fußende meines Betts entdeckte. Nein, nicht an meinem Bett. An *irgendeinem* Bett. Warm. Bequem. Riesig. Aber definitiv nicht meins. Onyx hockte auf der Decke und knurrte mit gefletschten Zähnen einen sehr zerzaust wirkenden Carrion Swift an.

»Da, sieh selbst. Sieh dir das an! Immer mit der Ruhe, ist ja gut. Sie ist aufgewacht. Ich habe sie nicht getötet«, beteuerte Carrion mit erhobenen Händen. »Also hör auf, so überzureagieren.«

»Wenn du den Fuchs anfasst, ziehe ich *dir* das Fell über die Ohren«, fauchte ich Carrion an.

Carrion starrte mich mit seinen hellblauen Augen an, einen vorgetäuschten Schmerz im Blick, der mir nur allzu vertraut war. »Dir auch ein ›Guten Morgen‹! Was ist das für eine Begrüßung? Und das, nachdem wir über so viele Wochen grausam voneinander getrennt waren.«

Ich schlug die Decke zurück und sprang aus dem Bett. Zwei Sekunden später hatte ich Carrion mit dem Rücken an die Wand gedrückt und fuchtelte wütend mit dem Finger vor seiner Nase herum. »Du hast Glück, dass ich dir nicht die Zähne einschlage«, knurrte ich. »Was zum Teufel hast du dir dabei gedacht, als du Fisher gesagt hast, du wärst Hayden?«

Die Hände des Diebes waren noch immer in der Luft. Er blickte auf den Zeigefinger hinab, den ich ihm ins Gesicht stieß, und grinste ihn an, als würde er sich fragen, was ich damit vorhatte. Ungerührt erwiderte er: »Du solltest mir dankbar sein. Dieses psychotische Ungeheuer machte den Eindruck, als wollte es deinen Bruder ermorden. Ich habe Hayden einen Gefallen getan. Wenn ich nicht gewesen wäre …«

»Halt einfach die Klappe und sag mir, ob er noch *lebt,* Carrion! Ich muss … Ich muss es unbedingt herausfinden.« Mein Herz schlug wie eine Faust in meiner Kehle. Meine gesamte Existenz hing von dem ab, was als Nächstes über Carrions Lippen kam. Ich wartete darauf, dass sich seine Miene verfinsterte oder zumindest etwas nüchterner wurde, aber sein aufreizendes kleines Lächeln schwankte keine Sekunde.

»Natürlich lebt er noch. Wieso auch nicht?«

»Weil Madra … Weil Madra geschworen hat, dass sie ihn finden und töten wird. Sie sagte, sie würde den ganzen Bezirk niederbrennen.«

Carrion runzelte die Stirn. »Und warum bei allen vier Winden sollte sie *das* tun?«

»Du weißt genau, warum! Weil ich diesen verfluchten Panzerhandschuh geklaut habe!«

»Ach ja, richtig.« Er stieß sich von der Wand ab, und seine blauen Augen funkelten belustigt. »Der Panzerhandschuh. Der, von dem ich dir geraten habe, ihn aus dem dritten Bezirk zu schaffen, bevor unsere Leute verletzt werden? *Dieser* Panzerhandschuh?«

Ich würde *ihn* gleich verletzen. Und zwar übel. »Das reicht, Carrion. Ich weiß, dass ich Mist gebaut habe, und fühle mich auch so schon schrecklich genug. Sag mir einfach, was passiert ist. Ist Hayden wirklich noch am Leben?«

»Ja, ja, er ist noch am Leben. Bei den Göttern, Geduld war noch nie deine Stärke.« Er rollte mit den Augen. »Hayden ist im siebten Bezirk. Ich habe ihm neue Ausweispapiere besorgt und ihn in der ersten Nacht nach deinem Abtransport in den Palast dorthin verfrachtet. Er hat jetzt eine Anstellung als Verkäufer. Zugegeben, keine glamouröse Arbeit, aber besser als nichts. Er erhält die dreifache Menge an Wasserrationen und hat ein Zimmer über dem Laden. Zwar habe ich ihn in den letzten Tagen nicht mehr besucht – ich wollte nicht zu viel Aufmerksamkeit erregen, weil er ein neues Gesicht in der Gegend ist und so weiter –, aber er ist dort gut untergebracht. Allerdings kann ich nicht behaupten, dass er besonders glücklich wirkt. Er überlegt ständig alles Mögliche, wie er dich aus dem Palast befreien kann, aber …«

»Halt! Halt, halt, halt. Moment mal …« Ich schlug die Hände vors Gesicht.

»Mist. *Weinst* du etwa? Ich dachte, du würdest dich freuen.«

Hayden war am Leben.

Hayden war *am Leben.*

Er war in Sicherheit.

Er war im siebten Bezirk. Er hatte einen Job, ein Dach über dem Kopf und genug Essen und Wasser? Vor Erleichterung zitterte ich am ganzen Körper. Ich ließ die Hände sinken, riss mich zusammen und versuchte, wieder einen klaren Kopf zu bekommen. »Madra hat ihn nur noch nicht gefunden.« Ich schniefte und räusperte mich.

»Madra sucht nicht nach ihm.«

»Aber die Gardisten …«

»… bereiten sich alle auf das Equinox vor. Es ist in einem Monat. In der ganzen Stadt wird darüber geredet, welches Geschenk Madra uns dieses Jahr machen wird. Sie lässt die Gardisten ein Podium in der Mitte des Marktplatzes errichten.«

»Bist du dir auch sicher, dass es kein neuer Galgen ist?«, fragte ich misstrauisch.

»Definitiv kein Galgen. Da sind überall Blumen drauf.«

»Blumen?«

»Ja, Blumen.«

»Erzähl mir alles … alles ab dem Moment, als die Wächter mich in den Palast gebracht haben«, forderte ich. Irgendetwas musste passiert sein. Irgendeine schreckliche Gewalttat, die die Grundfesten unseres Bezirks erschüttert hatte. Madra war viele Dinge, aber wohlwollend gehörte nicht dazu.

Doch Carrion stieß nur ein trockenes Lachen aus. »Es ist alles in Ordnung. Elroy ist natürlich eine echte Nervensäge. Er geht jeden Tag zu den Palasttoren und verlangt, dich zu sehen, aber sie weisen ihn immer wieder ab. Danach kehrt er in die Schmiede zurück, macht sich an die Arbeit und beschwert sich über den Schlamassel, in dem du ihn zurückgelassen hast. Hayden kommt mit seinen Gewissensbissen einigermaßen zurecht. Er gibt sich die Schuld daran, dass du abgeführt wurdest. Ansonsten macht der dritte Bezirk ohne dich weiter wie bisher. Stell dir *das* mal vor: eine Welt, die so dreist ist, ohne Saeris Fane weiterzumachen.«

»Ich meine es ernst, Carrion. Du hast Madra nicht gehört. Sie hat geschworen, dass alle im Dritten *sterben* werden.«

»Und doch ist noch niemand abgekratzt«, erwiderte er schulterzuckend. »Also, meiner Meinung nach war ich ziemlich geduldig, während wir diesen ganzen Panzerhandschuh-Quatsch wieder aufgewärmt haben. Ich denke, jetzt bin ich an der Reihe, mir ein paar Dinge erklären zu lassen. Zuallererst: Wo zum Teufel sind wir hier? Warum sind wir hier? Und waren die Leute, die vor einer halben Stunde hier reingekommen sind und ihre Hände auf dich gelegt haben, wirklich *Fae*? Oder habe ich mir den Teil nur eingebildet? Und schließlich …« Er zeigte auf seinen Fuß. »Wo zum Henker ist mein anderer Stiefel?«

»Jemand kam hier rein und hat mich *angefasst*?«

Carrion warf den Kopf in den Nacken und stöhnte. »All diese Fragen … und du antwortest, indem du eine Gegenfrage stellst? Bei den Göttern! Ja, sie kamen herein und haben ein paarmal deine Hände berührt. Sie sagten, sie würden dich heilen.«

Und tatsächlich: Als ich auf meine Hände hinunterblickte, war Onyx' Bisswunde verschwunden, genau wie die kleine Blutblase, die diese Pixie hinterlassen hatten. Die Brandwunde von Nimerelles Klinge war noch da, aber kaum sichtbar: Die Haut in meiner Handfläche war zwar weiterhin empfindlich, allerdings wieder rosa und sah nicht mehr so aus, als würde sie gleich aufplatzen und eitern.

Kingfisher. Er hatte Heiler geschickt. Er wollte wirklich sichergehen, dass ich kein Fieber bekam. Aber das war irgendwie auch logisch, oder? Für ihn war ich nichts weiter als ein Werkzeug – und wie sollte er mich nutzen, wenn ich tot war?

Zum ersten Mal seit dem Aufwachen machte ich mir ein Bild von der Situation: Hayden war am Leben, und es ging ihm gut. Elroy ebenfalls. Zumindest vorläufig. Aber jetzt saß ich in den yvelianischen Grenzgebieten fest, mitten in einem Krieg zwischen sich bekämpfenden Fraktionen von Unsterblichen, und Carrion Swift drängte mich nach einer Erklärung für den Grund.

Also erzählte ich ihm alles, was ich wusste, während ich umherlief und unsere Umgebung inspizierte. Der Raum hatte keine Fenster – eine Enttäuschung. Denn das bedeutete, es bestand keine Möglichkeit, die Landschaft um uns herum zu sondieren oder in die Freiheit hinauszuklettern. Der Schlafraum – denn es handelte sich definitiv um einen solchen – war doppelt so groß wie mein Zimmer im Winterpalast und umfasste vier große Doppelbetten: zwei auf jeder Seite des Raums, mit dicken, schönen Tagesdecken in leuchtenden Blau- und Grüntönen und Bergen von Kissen. Ein Plüschteppich bedeckte den größten Teil des Steinbodens. An den Wänden hingen gewebte Wandteppiche, und am anderen Ende des Raums brannte ein Feuer in einem großen Kamin. Daneben stand ein breiter Tisch mit Obst, Brot, geräuchertem Fleisch und Käse, dazu vier kupferne Wasserkrüge und zwei separate Waschschüsseln.

Alles vollkommen unberührt.

Den zerknitterten Laken und zerwühlten Kissen nach zu urteilen, musste Carrion in dem Bett geschlafen haben, das dem Tisch am nächsten stand – was bedeutete, dass er nach dem Aufwachen als Erstes die Nahrung gesehen haben musste. Aber er hatte sich nicht mal ein Glas Wasser eingeschenkt.

Jetzt stand er mit verschränkten Armen da, die Stirn gerunzelt, den Kopf schräg gelegt, während er mir zuhörte und alles, was mir widerfahren war, in allen Einzelheiten aufnahm – allerdings ohne das geringste Anzeichen dafür, dass er meinen Worten Glauben schenkte. Als ich meinen Bericht beendet hatte, blies er die Wangen auf, setzte sich schwerfällig auf einen der Stühle am Kamin und fuhr sich mit den Händen durch die Haare.

»Du hast also diesen Typen geküsst. Den mit dem unheimlichen Schwert und dem arroganten Verhalten?«

Verständnislos starrte ich ihn an, begriff die Frage anfangs gar nicht. Schließlich entgegnete ich: »Was hat das mit all dem zu tun, was ich dir gerade erzählt habe?«

Carrion schüttelte den Kopf. »Du hast recht. Ignorier mich. Du hast also die Fähigkeit, dieses Quicksilver zu erwecken … in diesem Becken, in das mich dein neuer Freund geschleift hat …«

»Er ist *nicht* mein Freund.«

»… und etwas Derartiges ist seit tausend Jahren niemandem mehr gelungen. Und dazu hast du einem bösartigen, legendären Fae-Krieger, der vielleicht völlig verrückt ist, eine Art nicht zu brechendes Versprechen gegeben. Aber du weißt nicht, was er von dir will.«

»Er will, dass ich Reliquien für ihn herstelle. Damit mehr Fae das Quicksilver passieren können, ohne den Verstand zu verlieren.«

»Aber wie willst du das machen?«

»Das wird sie bald herausfinden.«

Instinktiv tastete ich nach dem Dolch, der eigentlich an meinem Oberschenkel hätte sein sollen, aber meine Finger griffen ins Leere.

Kingfisher stand in der Tür, eine Hand lässig auf Nimerelles Knauf. Seine Brauen zogen sich zusammen und bildeten einen Wulst über seinen funkelnden grünen Augen. Eine dunkle Wolke schien ihn ohnehin auf Schritt und Tritt zu begleiten, doch jetzt hatte er etwas besonders Düsteres und Stürmisches an sich. Er trug keine Rüstung über seinem schwarzen Hemd und seiner Hose, aber die silberne Halsberge bedeckte wie immer seine Kehle.

Carrion nahm eine defensive Haltung ein, als Fisher den Raum betrat, und platzierte seinen Körper zwischen mir und dem dunkelhaarigen Krieger – was Kingfisher ein belustigtes Lächeln entlockte, als er sich umschaute.

»Nur damit du über *alle* Fakten verfügst«, setzte er in aalglattem Tonfall an. »Ich bin nur *halb* verrückt. Und es stimmt: Deine Freundin ist an mich gebunden. Hat sie dir auch gesagt, dass du nur ihretwegen noch am Leben bist?« Fisher nahm einen Apfel aus der Schale auf dem Tisch und drehte ihn in der Hand. »Ich wollte dich im Winterpalast zurücklassen, aber sie hat darauf bestanden, dass du mit uns kommst.«

Carrion schenkte mir ein zuckersüßes Lächeln. »Und ich dachte schon, du wärst nicht mehr in mich vernarrt. Allerdings muss ich sagen, dass ich lieber in Zilvaren geblieben wäre. Ich stand kurz davor, ein spektakuläres Geschäft abzuschließen, das mich zu einem sehr reichen Mann gemacht hätte.«

Kingfisher hielt inne, seine Fingerspitzen krümmten sich fester um Nimerelles Heft. Seine Augen zuckten von Carrion zu mir und wieder zurück, dann blickte er ans andere Ende des Raums, scheinbar ins Leere. Langsam legte er den Apfel zurück in die Schale. »Du musst mich begleiten, Mensch«, sagte er.

»Na fantastisch! Ein weiterer Tag, an dem ich gezwungen bin, alles zu tun, was du von mir verlangst. Ich Glückspilz.«

Ernst musterte er mich. »Ich werde dich zu nichts zwingen.«

»Ach wirklich?« Ich konnte den spöttischen Unterton in meiner Stimme nicht unterdrücken. »Wenn ich mich also entschließe, hierzubleiben und dir zu sagen, dass du dich ins Knie ficken sollst, dann wirst du nicht wütend reagieren und mir *befehlen,* dich zu begleiten?«

»Ich wäre ein wenig verärgert, wenn du mir sagst, dass ich mich ins Knie ficken soll«, erwiderte er. »Doch jetzt, da wir darüber reden, wird deutlich, dass die Liste der Dinge, um die ich mich dringend kümmern muss, atemberaubend lang ist. Und die Bitte, die Tiefen deiner Fähigkeiten auszuloten und sie anzuwenden, um unzählige Leben zu retten, damit ihr beide in eure staubige Stadt zurückkehren könnt, steht auf dieser Liste viel weiter unten, als du vielleicht denkst.«

Carrion hob die Hand. »Wenn er es so formuliert, stimme ich dafür, dass du ihm hilfst, das Reliquienproblem zu lösen.«

Ich packte sein Handgelenk und riss seine Hand herunter. »*Du* hast hier gar nichts abzustimmen«, knurrte ich und wandte mich dann Fisher zu. »Und *du* hast mich schon mal ausgetrickst, um deinen Willen durchzusetzen. Einen Teufel werde ich tun und irgendetwas machen, das du verlangst – nur weil du vage angedeutet hast, dass du uns nach Zilvaren zurückkehren lässt, wenn ich mit der Herstellung deiner Reliquien fertig bin.«

Fisher lächelte breit. Das Silber in seinem Auge blitzte wie eine Klinge. »Ich brauche dich nicht auszutricksen, damit du etwas für mich tust. Wie du bereits festgestellt hast, kann ich dich einfach dazu zwingen.«

»Warum tust du es dann nicht?«

»Weil mein Bruder sauer auf mich ist«, räumte er ein. »Und weil das Ganze viel glatter verlaufen wird, wenn du dich freiwillig bereit erklärst, meinem Volk zu helfen.«

Er gab mir also meinen eigenen Willen zurück, um Ren zu besänftigen. Das überraschte mich nicht. Genauso wenig wie die Tatsache, dass Fisher mein Murren nicht gefiel. Tja, dann würde er bald eine unangenehme Überraschung erleben. Denn ich war durchaus in der Lage, ihm bereitwillig zu helfen und ihm gleichzeitig die Hölle heißzumachen. »Okay, ich werde dich begleiten. Unter einer Bedingung.«

Fishers ansonsten so unbeteiligte Miene ließ einen Anflug von Verärgerung durchschimmern. »Die da wäre?«

»Dass du mir genau dieses Versprechen gibst. Buchstabengetreu. Wort für Wort: ›Ich schwöre, ich werde dich freilassen und dir und Carrion erlauben, nach Zilvaren zurückzukehren, sobald du genug Reliquien für mein Volk hergestellt hast.‹«

Kingfishers Mundwinkel zuckten unmerklich. »Wie du wünschst. Wort für Wort. Ich schwöre, ich werde dich freilassen und dir und Carrion erlauben, nach Zilvaren zurückzukehren, sobald du genug Reliquien für mein Volk hergestellt hast. So. Bist du nun zufrieden?«

»Bist du an dieses Versprechen *gebunden*?«, fragte ich.

Fisher senkte den Kopf und machte eine gespielte Verbeugung. »Das bin ich.«

»Also gut. In diesem Fall bin ich zufrieden. Dann mal los.«

»Lass den Fuchs hier. Er wird dich nur stören.«

Ich wollte protestieren, aber Onyx war zwischen den Kissen auf einem der unbenutzten Betten eingeschlafen, und er wirkte zu friedlich, als dass ich ihn hätte wecken wollen.

»Und was ist mit mir?«, fragte Carrion fordernd. »Willst du mich für immer hier einsperren?«

Fisher schnaubte. »Du warst doch gar nicht hier eingesperrt.«

Aufgebracht warf ich Carrion einen Blick über die Schulter zu. »Du hast die Tür nicht überprüft?«

»Ich habe einfach angenommen …«

»Argh!«

Kingfisher wirbelte herum und schlenderte zielstrebig aus dem Raum. »Es steht dir frei, ganz nach Lust und Laune zu kommen und zu gehen, Junge. Tu, was immer du willst. Allerdings bezweifle ich, dass du mit nur einem Stiefel weit kommen wirst.«

17

CAHLISH

»Was ist das hier für ein Anwesen?«

Ich hatte mir Cahlish als ein Kriegslager vorgestellt. Ein Meer von Zelten, aufgeschlagen im Schnee. Dazu Lagerfeuer, die Rauchsäulen in den Himmel sandten, so weit das Auge reichte. Doch dieser Ort war nichts dergleichen. Das hier war ein stattliches Haus. Wunderschön. Jenseits des Schlafraums, in dem Carrion und ich aufgewacht waren, erstreckte sich ein weitläufiges Haus voller hoher Fenster, heller, luftiger Flure und hübscher Zimmer, die sich endlos hinzogen. An den Wänden hingen Porträts von dunkelhaarigen Männern und Frauen, von denen viele eine verblüffende Ähnlichkeit mit Fisher besaßen. Die Möbel waren wunderschön, und die Polsterstühle und Sofas hingen in der Mitte durch, was darauf schließen ließ, dass dieser Ort bewohnt wurde. Geliebt wurde. Draußen zwitscherten Vögel. Und die Sonne schien auf die dicke Schneedecke, die auf dem gesamten Anwesen lag, und strahlte so hell, dass es aussah, als wäre das Gelände mit einer Million Diamanten übersät.

»Mein Ururgroßvater hat es vor langer Zeit gebaut«, antwortete Fisher in schroffem Ton. Die Absätze seiner Stiefel klapperten, als er durch den Korridor marschierte. »Es war mein Zuhause, bevor Belikon meine Mutter zur Vermählung in den Winterpalast beorderte.«

Als Everlayne mir erzählt hatte, auf welche Weise ihre Mutter im Winterpalast gelandet war, hatte ich nicht lange darüber nachgedacht, wie ihr Leben vor dieser Zeit wohl ausgesehen hatte. Und auch nicht darüber, wie es für Fisher gewesen sein musste. Wie alt war er bei seiner Reise zu Belikons Machtzentrum gewesen? Gerade mal zehn Jahre alt? Elf? Ich konnte mich nicht erinnern. Die Unterschiede zwischen Cahlish und dem Winterpalast waren immens. Es musste furchtbar sein, diesen Ort hinter sich zurückzulassen.

Eine friedliche Stille lag in der Luft. Das Haus fühlte sich sicher an. Ruhig. Die Zimmer und Korridore lagen verlassen vor uns. Erst als wir eine geschwungene Treppe hinabstiegen, deren Steinstufen glatt und in der Mitte von vielen Füßen abgetreten waren, trafen wir auf ein anderes Lebewesen: eine kleine Kreatur, nur einen Meter groß, mit einem runden, vorstehenden Bauch, bernsteingelben Augen und der seltsamsten Haut, die ich je gesehen hatte. Das Wesen machte den Eindruck, als wäre es aus der letzten Glut eines Feuers geformt – rau und kohleähnlich, mit winzigen Rissen, die sich über den ganzen Körper zogen und an deren Rändern es glühte und flackerte, als könnte dort jeden Moment eine Flamme auflodern.

Das Wesen trug ein silbernes Tablett mit einer dampfenden Kanne und zwei Tassen. Bei Fishers Anblick jaulte es auf und ließ das Tablett fallen, sodass die Kanne und die Tassen zu Boden krachten. »Oh! Oh nein. Oh nein, oh nein, *oh nein!*« Die Stimme des Wesens klang hoch, aber eindeutig männlich. Es trug keine nennenswerte Kleidung, aber das spielte keine Rolle, denn es schien keine Körperteile zu besitzen, die bedeckt werden mussten. Mit weit aufgerissenen Augen taumelte es ein paar Schritte zurück, weg von dem Chaos, das es angerichtet hatte. Aber das zerbrochene Porzellan zu seinen kleinen, rauchenden Füßen schien nicht der Grund für seine Panik zu sein.

Kingfishers Reaktion überraschte mich total. Sprachlos sah ich zu, wie er auf die Knie ging und die Scherben des zerbrochenen Geschirrs aufhob. »Es ist alles in Ordnung, Archer. Alles in bester Ordnung.«

Archer starrte ihn mit offenem Mund an. Unsere Blicke trafen sich, und ich stellte erstaunt fest, dass seine pechschwarzen Pupillen von einem winzigen Ring aus flackerndem Feuer umgeben waren. Mit zitterndem Finger deutete er auf Fisher. »*Siehst* du ihn?«, quietschte er in meine Richtung.

Ich musterte Fisher. »Leider ja.«

»Er ist …« Archer schluckte. »Er ist wirklich hier?«

Kingfisher hielt bei seinen Aufräumarbeiten inne und ließ den Kopf hängen. Und eine Sekunde lang starrte ich wie gebannt auf seinen bloßen Nacken herab. Die Halsberge schützte nur seine Kehle, und die Spitzen seiner dunklen Locken waren zu kurz, um den Nacken vollständig zu bedecken. Fishers Haut war hell, abgesehen von einer einzigen schwarzen Rune zwischen dem Schädelansatz und dem Hemdkragen: komplex und aus ineinandergreifenden feinen Linien, Schleifen und Kreisen geformt. Die meisten Runen, die ich bei den Fae gesehen hatte, waren ziemlich hässlich, aber diese hier …

Kingfisher schaute zu Archer hoch, woraufhin die Rune verschwand. »Gräm dich nicht länger, Arch. Du hast keine Halluzinationen. Ich bin gestern spät in der Nacht nach Hause zurückgekehrt.«

Archer warf seinen kleinen Kopf in den Nacken und heulte auf. Und dann trampelte er über das zerbrochene Teeservice hinweg auf Fisher zu, warf seine dünnen, feurigen Arme um dessen Hals und schluchzte hysterisch: »Ihr seid hier. Ihr seid *hier*!«

»Whoa! Immer mit der Ruhe.« Ich wartete darauf, dass Fisher das kleine Wesen jetzt wegstieß, doch stattdessen schlang er die Arme um ihn und drückte ihn fest an sich.

»Beruhige dich, Archer. Die anderen denken sonst noch, dass wir angegriffen werden.«

Archer lehnte sich zurück, presste seine kleinen Hände an Fishers Gesicht und tätschelte ihn überall, als wollte er sich vergewissern, dass er wirklich hier war. Dabei hinterließ er schwarze Rußflecken auf Fishers Wangen und Stirn. »Ihr habt mir so sehr gefehlt. Ich habe es mir gewünscht und gehofft, und ich …« Archer verschluckte sich. »Ich habe es mir gewünscht, und ich habe gehofft. *Jeden* Tag.«

»Ich weiß. Du hast mir auch gefehlt, mein Freund.«

»Oh nein, oh *nein*!« Archer sprang zurück und klopfte verzweifelt auf Fishers Brust herum. »Euer Hemd, Mylord. Ich habe Euer Hemd angesengt!«

Kingfisher lachte leise ohne auch nur den Hauch von Bosheit in der Stimme. Kein Spott, keine kalte, grausame Schärfe. Er lachte einfach nur. »Das lässt sich leicht beheben, keine Sorge. Hier!« Plötzlich bestand Fishers Hemd nicht länger aus Stoff, sondern aus Rauch. Dieser schlängelte sich eine Sekunde lang um Fishers Oberkörper und wurde dann wieder zu einem Hemd, ohne die geringsten Brandspuren. Im nächsten Moment sammelte sich weiterer Rauch um Fishers Stiefel, rollte über den Boden und verdeckte die zerbrochene Kanne und die Tassen. Als er sich auflöste, stand das Geschirr wieder unversehrt auf dem silbernen Serviertablett. »Siehst du: So gut wie neu«, sagte Fisher.

»Ihr seid zu gütig, Mylord. Zu gütig. Aber *Ihr* solltet meine

Fehler nicht ausbessern müssen. Ich sollte vorsichtiger sein. Und …«

»Archer, bitte. Es ist alles in Ordnung. Und jetzt geh einfach weiter. Ich verspreche, ich komme vor dem Essen zu dir. Denn ich will alles hören, was hier während meiner Abwesenheit passiert ist.«

Archers Augen schimmerten feucht. Es schien unfassbar, dass jemand bei Kingfishers Anblick Freudentränen vergießen würde. Hätte ich es nicht selbst gesehen, ich hätte es nicht geglaubt. Jedes Mal, wenn eine Träne auf Archers Wangen fiel, zischte sie und verwandelte sich in eine kleine Dampfwolke. »Ja, Mylord. Selbstverständlich. Es wäre mir ein Vergnügen.«

Ich sah Archer verwirrt nach, während Kingfisher sich schweigend wieder in Bewegung setzte. Hastig joggte ich los und schloss zu ihm auf. »Was für eine Art von Pixie war das?«

»Kein Pixie. Ein Feuerkobold.«

»Okay. Und warum schien er *dich* so sehr zu mögen?«

Fisher würdigte meine Frage nicht mal mit einer Antwort. »Hier gibt es eine Menge Feuerkobolde. Und Wassernymphen und Luftgeister. Nicht ganz so viele Erdwichte. Du solltest dir vielleicht die Mühe machen, die Namen aller rangniederen Fae-Wesen zu lernen. Wenn du sie alle als Pixies bezeichnest, wirst du irgendwann die falsche Person beleidigen.« In diesem Moment kamen wir an einer Wandnische vorbei, in der sieben Marmorbüsten auf Podesten standen, von denen eine der Wand zugewandt war. Kingfisher zeigte den Gottheiten im Vorbeigehen den Mittelfinger, ohne sein Tempo zu verringern.

Ich schnaubte frustriert. »Hör zu, ich werde nicht lange genug hier sein, um die Namen aller Kreaturen in Yvelia zu lernen. Du wirst sehen, dass ich hoch motiviert bin, diese Reliquien herzustellen und dann von hier zu verschwinden.«

»Hm, natürlich. Du kannst es kaum erwarten, in diese schreckliche Stadt zurückzukehren.« Kingfisher bog um eine Ecke, blieb dann abrupt stehen und öffnete eine Tür zu seiner Linken. »Zurück zu all der Unterdrückung und der Hungersnot. Ich kann den Reiz durchaus nachvollziehen.«

»Ausgerechnet du solltest am besten verstehen, warum ich zurückkehren möchte. Du willst alles in deiner Macht Stehende tun, um deinen Freunden hier zu helfen. Ich habe ebenfalls Freunde und Familie, die Hilfe brauchen. Sie sind zu erschöpft, um Madra allein zu bekämpfen. Sie haben aufgegeben. Wenn ich nicht zurückkehre, wer wird *ihnen* dann helfen?«

Im nächsten Moment wurde ich von einer Woge seines Geruchs getroffen – der Duft des kalten Morgengrauens und das Versprechen von Schnee –, und mir stockte der Atem. Doch ich ignorierte die Reaktion meines Körpers und zwang mich, stattdessen an alle zu denken, die im dritten Bezirk litten. Was mir allerdings schwerfiel, jetzt, da Kingfisher mir so nah war. Die Spitzen seiner Ohren ragten aus seinen Locken heraus, und zwischen den leicht geöffneten Lippen blitzten seine spitzen Eckzähne hervor. Sein schiefes, spöttisches Lächeln weckte in mir den Wunsch, meinen Bezirk zu vergessen. Und mich stattdessen daran zu erinnern, wie ich auf seinen Schoß gekrochen war und wie seine starken Hände meine Taille umfasst hatten und …

Nein.

Ich würde jetzt nicht den Kopf verlieren. Nicht nach dem, was er mir am Abend zuvor angetan hatte, als er mir seinen Willen aufzwang.

»Ich bin nicht freiwillig in dieser Position – wenn ich nicht hier sein *müsste*, wäre ich nicht hier. Es handelt sich um mein Geburtsrecht, und diese Aufgabe wurde mir in dem Moment zuteil, als ich meinen ersten Atemzug tat. Aber du bist nur einer von Hunderttausenden von Menschen, die in deiner Stadt leben. Warum solltest du die Verantwortung für ihre Rettung übernehmen, wenn sie sich weigern, sich selbst zu retten?«

Er kannte die Antwort auf seine Frage bereits. Schließlich war er nicht dumm. Trotzdem sprach ich sie laut aus, da er sie offensichtlich hören musste. »Weil es das Richtige ist, Fisher.«

Daraufhin schwieg er. Musterte mich nur von oben bis unten, sodass ich mir winzig und dumm vorkam. »Nach dir, kleine Osha.«

Die Schmiede dieses Anwesens war mit der im Winterpalast nicht zu vergleichen: riesig und mit so vielen Gerätschaften ausgestattet, dass ich gar nicht wusste, wo ich zuerst hinschauen sollte. Die Esse war so groß, dass ich aufrecht darin hätte stehen können – was eine schlechte Idee gewesen wäre angesichts des mächtigen Feuers, das bereits darin loderte. Entlang einer Wand standen Regale mit Schmelztiegeln in allen Formen und Größen. Dazu Becher, Rührstäbchen und Kolben, Mörser und Stößel sowie große Glasgefäße mit Pulvern, getrockneten Kräutern, Blüten und allen möglichen Flüssigkeiten.

Auf der anderen Seite war die Schmiede nach außen hin offen und gab den Blick frei auf einen kleinen schneebedeckten, ummauerten Garten mit einer Bank und einem hohen, kahlen Baum in der Mitte. Hinter der hohen Ziegelmauer konnte ich die Kronen weiterer Bäume erkennen – immergrüne Nadelgehölze – und dazu die felsigen Ausläufer eines majestätischen Gebirges in nicht allzu weiter Ferne.

»Sie sind wunderschön«, sagte ich, bevor ich mich zurückhalten konnte. »Die Berge. Ich habe Bilder von ihnen in Büchern gesehen, aber ich wusste nicht, dass sie so … majestätisch sein können.«

Fisher betrachtete die Berge in der Ferne mit schwer zu deutender Miene. »Omnamerrin. Das ist der Name des höchsten Gipfels. Derjenige mit der steilen Felswand. Das bedeutet ›schlafender Riese‹ auf Alt-Fae.«

»Versuchen die Leute, ihn zu besteigen?«

»Nur wenn sie sterben wollen«, antwortete Fisher.

Moment mal! Ich warf einen Blick über die Schulter und versuchte, mir einen Reim auf das zu machen, was ich vor mir sah.

»Warum runzelst du die Stirn?«, fragte Fisher.

»Weil …« Ich schaute zur Tür und zum warmen, gemütlichen Flur dahinter. »Die Maße stimmen irgendwie nicht. Wir waren vorhin im dritten Geschoss. Und die anderen Räume, an denen wir vorbeigekommen sind, waren viel kleiner. Diese Schmiede befindet sich im Erdgeschoss, und das Dach ist zu hoch, und …«

»Magie.« Kingfisher zuckte die Schultern, schritt zu einer Werkbank und begann, das Schwert von seiner Halterung zu lösen. Ein Vorgang, der mir inzwischen vertraut war. »Die Türöffnung ist verzaubert: Sie ist mit dem Eingang der Schmiede verbunden, die sich außerhalb des Hauses befindet. Das ist viel sicherer, als hochexplosive Verbindungen und Chemikalien im Haus zu haben. Wenn wir durch die Tür im Haus gehen, bringt sie uns hierher. Ganz einfach.«

Einfach? Es war tatsächlich einfach. Was in mir den Wunsch weckte, laut zu schreien. Ich würde ihn erwürgen. »Wenn du das kannst, warum zum Teufel hast du dann nicht einfach ein paar Türen in der Schenke mit diesem Anwesen verbunden, statt mich dieses Schattentor passieren zu lassen?«

»Weil ich das nicht kann«, antwortete Fisher und legte Nimerelle auf die Werkbank. »Das war Rens Werk. Ich besitze diese Gabe nicht.«

»Dann hätte *Ren* doch …«

»Diese Magie funktioniert nur über kurze Distanzen, Mensch, also beruhig dich wieder. *Ich* hätte es nicht gekonnt. *Ren* hätte es nicht gekonnt. Wir mussten achthundert Meilen zurücklegen, und ein Schattentor war die einzige Möglichkeit dazu.«

»Okay«, brummte ich. »Aber wenn du wusstest, dass wir nur

auf diese Weise hierherkommen konnten, warum hast du das Schattentor nicht einfach im Winterpalast heraufbeschworen? Warum musste ich die ganze Nacht auf einem Pferd durch diesen schrecklichen Wald reiten?«

Er warf mir einen spöttischen Seitenblick zu. »Ich dachte, du hättest keine Angst vor dem Wald?«

»Habe ich auch nicht! Beantworte … einfach meine Frage.«

Kingfisher stützte die Ellbogen auf die Werkbank und beugte sich zu mir vor, wobei seine Haare sein Gesicht halb verdeckten. »Weil, kleine Osha, das Schattentor eine Menge Magie benötigt. Wir Fae nehmen solche Dinge sehr genau wahr. Wenn Belikon gespürt hätte, dass ich so viel Magie in die Katakomben unter seinem Palast ziehe, hätte er sich selbst dorthin teleportiert, bevor wir auch nur mit der Wimper hätten zucken können – von einer Reise durch das Schattentor ganz zu schweigen. Die Schenke liegt fünfzig Meilen vom Winterpalast entfernt, was zufälligerweise genau die Entfernung ist, die man braucht, um gravierende Magie zu wirken, ohne jemanden zu alarmieren, den man darüber lieber im Dunkeln lassen will. So. Hast du noch mehr lästige Fragen?«

»Ja, und ob: Warum kannst du nicht einfach die Schattentore benutzen, um von hier in die anderen Reiche zu reisen? Für die Schattentore braucht man keine Reliquien. Und sie rauben den Benutzern eindeutig nicht den Verstand. Also warum müht ihr euch mit dem Quicksilver ab?«

»Märtyrer … habt Erbarmen«, murmelte Fisher. »Schattentore gehören zu diesem Reich«, fügte er dann in einem Tonfall hinzu, als würde er einem fünfjährigen Kind die rudimentärsten, offensichtlichsten Dinge erklären. »Sie können nur innerhalb dieses Reichs benutzt werden. Quicksilver ist nicht von dieser Welt. Deshalb kann es in diesem Reich verwendet werden, aber auch in anderen Reichen oder auf dem Weg dorthin. Und jetzt keine weiteren Fragen mehr. Wir müssen uns an die Arbeit machen.«

Und das war's dann. Er durchquerte die Schmiede und ging zu einer riesigen Holztruhe neben einem der größten Schmelztiegel, packte die Truhe am Griff und zog sie zur Werkbank hinüber – ohne auch nur eine Sekunde ins Schwitzen zu geraten, obwohl das verdammte Ding allem Anschein nach mehr wog als Bill und Aida zusammen. Und als er den Deckel aufklappte, fielen mir fast die Augen aus dem Kopf.

In der Truhe befand sich ein Berg silberner Ringe in unterschiedlichen Formen und Größen. Einige trugen eine Aigis oder ein Familienwappen. Andere waren mit Diamanten, Rubinen oder Saphiren besetzt. Und wieder andere wirkten zierlich und elegant. Doch die meisten waren einfach nur klobig mit schweren, eingravierten Bändern. Nie zuvor hatte ich so viel Edelmetall auf einem Fleck gesehen. »Oh. Wie gut, dass Carrion nicht hier ist. Er hätte schon acht von den Dingern gestohlen, bevor es einer von uns auch nur bemerkt.«

»Ich denke, wir haben bereits festgestellt, dass *ich* es durchaus bemerke, wenn jemand versucht, mir etwas zu stehlen.«

Bei allen verdammten Göttern, das würde er mir ewig vorhalten! Ich warf ihm einen finsteren Blick zu, bückte mich und hob einen der Ringe auf. Er wirkte sehr feminin, mit eingravierten Rosen auf beiden Seiten eines wunderschönen Aquamarins. »Das müssen bestimmt tausend Ringe sein«, sagte ich atemlos.

»Achtzehnhundert«, berichtigte Kingfisher. »Und das sind nur die in dieser Truhe. Auf der anderen Seite der Werkbank stehen noch acht weitere Truhen.«

Ich schaute in die Richtung, in die er zeigte, und sah zwei weitere Holztruhen, die an der Wand standen. Die anderen mussten irgendwo außer Sichtweite versteckt worden sein.

»Schmieden wir daraus Schwerter?«, fragte ich, während ich den Ring zurück in die Truhe warf. In Zilvaren war Silber zu verformbar, um daraus Waffen zu schmieden, aber vielleicht hatten die Fae-Schmiede besondere Techniken entwickelt, um es stärker zu machen. Vielleicht konnten sie das Metall mit Magie versehen. Vielleicht …

Meine Gedanken kamen abrupt zum Stillstand, und meine Logik starb einen jämmerlichen Tod, als ich bemerkte, dass Fisher mich wieder angrinste. Dieses Grinsen verhieß nichts Gutes.

»Im Notfall lässt sich jede alte Reliquie benutzen, aber sie sind dann am mächtigsten, wenn sie aus etwas geschmiedet wurden, das ihrem Besitzer wichtig ist. Das hier sind die Familienringe der Krieger, die für mich kämpfen. Jeder Ring hat für seinen Besitzer oder seine Besitzerin eine große Bedeutung. Du wirst jeden einzelnen dieser Ringe nehmen und sie in Reliquien verwandeln.«

»Fisher, *nein*! Das sind fast …« Ich konnte zwar gut mit Zahlen umgehen, war aber zu geschockt, um klar zu denken, geschweige denn, um Multiplikationen durchzuführen. Es dauerte einen Moment, bis ich die Zahl ausgerechnet hatte. »Das hier sind fast *fünfzehntausend* Ringe! Hast du eine Ahnung, wie lange es dauern würde, jeden dieser Ringe einzuschmelzen und erneut zu schmieden?«

»Garantiert Jahre. Aber keine Sorge. Wir sind nicht auf hübsche Schmuckstücke aus. Du wirst jeden Ring einschmelzen, seine Eigenschaften so umwandeln, dass er den Träger gegen das Quicksilver abschirmt, und ihn dann in etwas Einfaches wie das hier schmieden.« Er schob einen Finger unter seine Kette und zog seinen eigenen Anhänger heraus. »Wenn sich auf dem Ring ein Edelstein oder eine Gravur befindet, findest du einen Weg, diese in den geplanten Anhänger zu integrieren. Ansonsten sollte das Ganze ziemlich unkompliziert sein.«

»Unkompliziert?« Mir verschwamm die Sicht. Das konnte doch nicht sein Ernst sein. »Okay, ich habe gesagt, ich würde dir helfen … genug Reliquien herzustellen …« Ich verstummte, und ein ungutes Gefühl erfasste mich. Ich hatte es wieder getan. Ich

hatte nicht auf die Details geachtet, oder? Und dieses Mal war es noch schlimmer, weil ich dachte, ich hätte ganze Arbeit geleistet.

»Ich schwöre, dass ich dich freilassen und dir und Carrion erlauben werde, nach Zilvaren zurückzukehren, sobald ihr genug Reliquien für mein Volk hergestellt habt. War das nicht das Versprechen, das du mir gegeben hast?«

»Ja, aber …«

»Ich habe fünfzehntausend Krieger, kleine Osha. Wenn ich genug Reliquien für mein Volk haben will, brauche ich fünfzehntausend Stück. Sobald du mit all diesen Ringen fertig bist, werde ich dich von deinem Eid entbinden und dich zum nächsten Quicksilver-Becken bringen, damit du Yvelia verlassen kannst. Bis dahin …« Er warf einen vielsagenden Blick auf die Truhe voller Ringe.

»Aber ich weiß noch nicht mal, *wie* ich sie in Reliquien verwandeln kann! Das allein wird Wochen dauern. Wenn nicht sogar *Monate*!«

In Fishers silbergefleckten Augen war nicht mal ein Hauch von Mitgefühl zu erkennen. »Dann solltest du dich wohl besser an die Arbeit machen.«

18

SCHMELZTIEGEL

Kingfisher besaß Bücher, die die Alchemisten vor ihrem Aussterben verfasst hatten. Stapel über Stapel jahrhundertealter Werke, deren Pergament bröckelte und von denen viele in Alt-Fae geschrieben waren. Ich verstand kaum ein Wort – was bedeutete, dass sie so gut wie nutzlos waren. Als ich Kingfisher fragte, wie ich diesen Büchern nützliche Informationen entnehmen sollte, wenn es niemandem aus seinem eigenen Volk gelungen war, murmelte er nur irgendwas von Eigeninitiative und verließ die Schmiede in einer schwarzen Rauchwolke.

Um die Mittagszeit tauchte wie aus dem Nichts ein Teller mit Essen auf der Werkbank auf: eine Art Fleischpastete mit einer köstlichen Saucenfüllung, dazu ein paar Käsestückchen und ein in Scheiben geschnittener Apfel. Die Tatsache, dass Onyx zusammen mit dem Essen in die Schmiede gekommen war, bemerkte ich erst, als ich ihn unter der Werkbank wimmern hörte. Mit hoffnungsvollem Blick starrten seine schwarzen Augen aufmerksam auf meinen Teller, bereit, sofort zuzuschlagen, wenn auch nur der kleinste Bissen auf den Boden fallen sollte. Zwar wusste ich nicht, wie gesund Menschennahrung – oder besser gesagt Fae-Speisen – für ihn war, aber der Teig war so buttrig und leicht, die Füllung so schmackhaft und gut, dass ich schließlich nachgab und die Hälfte der Pastete an ihn verfütterte. Danach rannte er zufrieden nach draußen in den Schnee und jagte die Vögel, die dort landeten. Eine gute Viertelstunde sah ich lachend zu, wie er sich auf die Hinterbeine setzte, mit seinem flauschigen Hintern wackelte, dann in die Luft sprang und bei der Landung mit den Vorderpfoten auf den Schnee aufschlug. Doch das Lachen verging mir, als ich erkannte, dass er auf der Jagd war und bei den meisten Versuchen tatsächlich mit einem kleinen Nagetier im Maul wieder aus dem lockeren Schnee hervorkam. Wenigstens amüsierte er sich.

Nachdem ich eine weitere Stunde damit verschwendet hatte, über den Büchern zu brüten, und nicht weiterkam, beschloss ich, die Lektüre erst mal zu vergessen und mich auf praktischere Dinge zu konzentrieren. Meine erste Überlegung ging dahin, einen der Ringe einzuschmelzen und einfach herumzuexperimentieren. Doch dann wurde mir bewusst, dass ich bei einem Misserfolg – und darauf lief es vermutlich hinaus – einen von Fishers Kriegerringen zerstört hätte, und das würde gar nicht gut ankommen. Also machte ich mich stattdessen auf die Suche, entdeckte ein paar Metallreste in einem Eimer neben einer der Werkbänke und entschied mich dafür, diese für einige Experimente zu verwenden.

Allerdings stieß ich sofort auf das erste Problem: Ich hatte buchstäblich *keine* Ahnung, wo ich anfangen sollte. Ratlos nahm ich ein Stück Metallrest in die Hand und konzentrierte mich darauf, anhand der ausgesandten Vibrationen herauszufinden, um welche Art von Metall es sich handelte. Als ich diese Vibrationen in Zilvaren zum ersten Mal bemerkt hatte, hatten sie mich derart erschreckt, dass ich mir angewöhnt hatte, sie total zu ignorieren. Doch jetzt nutzte ich dieses merkwürdige Gefühl dazu, um zwischen beschichteten Metallen, Silber und einer ganzen Reihe verschiedener Eisenverbindungen zu unterscheiden, die wir in Zilvaren nicht kannten. Die Metalle besaßen alle ihre eigene Frequenz.

Es dauerte nicht lange, bis ich die Frequenz für Yvelia-Silber isoliert hatte: Ich hielt einfach ein paar der Ringe in der Hand, schloss die Augen, während ihre Energie meine Arme hinaufwanderte, und prägte mir das Gefühl ein. Dann ging ich den Eimer durch und sortierte alle Metallreste aus, die dieselbe Frequenz aufwiesen. Nach etwa einer halben Stunde hatte ich eine beachtliche Menge des glänzenden Metalls beiseitegelegt, zum Einschmelzen bereit.

Bei meinem ersten Versuch schmolz ich eine Menge an Silber, die etwa einem Ring entsprach, und goss es in einen Schmelztiegel. Anschließend fügte ich dem geschmolzenen Silber verschiedene Zutaten aus den Glasgefäßen auf den Regalen hinzu, allerdings ohne das Gefühl, damit wirklich etwas *zu erreichen*. Die meisten Zusätze verbrannten schlichtweg in dem Moment, als sie auf die glühend heiße Oberfläche des Metalls trafen. Das Salz dagegen schien sich gut damit zu verbinden. Ich ließ das Silber abkühlen, hämmerte es zu einer flachen Platte und machte mich dann auf die Suche nach dem Quicksilver, um das von mir erschaffene, grobschlächtige Medaillon irgendwie zu testen.

Aber meine Suche blieb erfolglos. Ich konnte in keinem der Gefäße oder Tiegel auch nur einen Hauch Quicksilver entdecken. Wie zum Teufel erwartete Fisher, dass ich dieses Problem für ihn löste, wenn er mir kein Quicksilver anvertraute? Dachte er etwa, ich würde versuchen, damit zu fliehen? Ich hatte meine Lektion nach dem letzten Mal gelernt. Schließlich besaß ich noch keine eigene Reliquie …

Hier.

Hier.

Ich bin hier …

Nur ein Flüstern, kaum wahrnehmbar.

Als ich das Quicksilver im Palast gehört hatte, hatte es sich um einen Chor von Stimmen gehandelt. Aber das hier war viel subtiler. Leiser. Ich musste die Augen schließen und meine ganze Aufmerksamkeit darauf richten, um es zu hören. Aber das Quicksilver befand sich in der Schmiede. Und ganz in meiner Nähe. Langsam ging ich um die Werkbank herum, bis ich einen sanften Ruck fühlte, so schwach, dass er kaum zu spüren war. Dann steuerte ich direkt darauf zu.

Auf einem Regal über einem kleinen Waschbecken in einer Ecke stand eine silberne Schatulle, verborgen hinter einer üppigen Topfpflanze. Ich nahm die Schatulle mit zur Werkbank, öffnete den Deckel und lachte freudlos, als ich feststellte, wie wenig Quicksilver sich darin befand. Natürlich war es erstarrt, aber in flüssigem Zustand würde es bestenfalls ein paar Esslöffel ergeben. Das war alles, was er mir zum Arbeiten überließ? Ich schnaubte, holte das Metall mit einer Zange aus der Schatulle und legte es auf den Boden des kleinsten Schmelztiegels, den ich finden konnte.

Inzwischen fiel es mir leichter, Quicksilver von seinem festen in einen flüssigen Zustand zu überführen. Eine Hand, die in die Dunkelheit hinausreichte. Ein Finger, der einen Schalter umlegte. Und bei dieser kleinen Menge brauchte es nur wenig Überzeugungskraft: In der einen Sekunde war es noch ein Klumpen mattes Metall und in der nächsten eine Pfütze aus glänzendem Silber, die auf dem Boden des gusseisernen Tiegels herumrollte. Ich ließ das Medaillon in den Schmelztiegel fallen und verzog das Gesicht, als ich feststellte, dass die Menge an Quicksilver kaum ausreichte, um das Medaillon zu bedecken.

Und nichts passierte.

Ich wartete.

Noch immer nichts.

Hier. Hier. Ich bin hier, flüsterte das Quicksilver mit seiner einen Stimme. *Allein. Ganz allein. Komm zu mir. Finde mich. Spiel mit mir.*

Das Medaillon veränderte sich nicht.

Ich unternahm einen zweiten Versuch und fügte dem geschmolzenen Silber dieses Mal eine Salzlösung hinzu und etwas, das wie Sand aussah. Erneut vergebens. Beim dritten Versuch testete ich ein mattrotes Pulver aus einem der Glasgefäße, aber es ging bereits in Flammen auf, noch bevor es die wogende Oberfläche des geschmolzenen Silbers berührte, und erzeugte eine Wolke giftigen roten Rauchs, der auf meiner Haut kribbelte und sie taub werden ließ. Onyx wollte danach nicht mehr in die Schmiede zurückkehren, also saß ich mit ihm auf der Gartenbank im kalten Nachmittagslicht, streichelte sein Fell und fröstelte, während Schneeflocken meine Hose bestäubten.

Mein vierter und letzter Versuch an diesem Tag – ich fügte eine Prise Holzkohle und einen Zweig eines Krauts mit der Aufschrift *Witwenfluch* hinzu – brachte ebenfalls kein Ergebnis, und dann hatte ich offiziell genug. Ich pfiff Onyx herbei, der widerstrebend folgte, und marschierte aus der Schmiede, wobei ich das Chaos, das ich mit meinen fehlgeschlagenen Versuchen angerichtet hatte, einfach zurückließ.

Nach unserer Rückkehr ins Haupthaus keckerte Onyx lebhaft, hüpfte zwischen meinen Knöcheln hin und her und sprang mit heraushängender Zunge an meinen Beinen hoch. Offenbar war er sehr froh, die Schmiede weit hinter sich zu lassen. Als Fisher mich am Morgen dorthin begleitet hatte, hatte ich zwar nicht besonders auf den Weg geachtet, aber ich war ziemlich gut darin, mich an neuen Orten zurechtzufinden. Es mochte vielleicht eine Weile dauern, aber irgendwann würde ich den Weg zurück in den Raum finden, in dem ich aufgewacht war.

Doch dazu kam es nicht. Ich war erst ein paar Schritte von der Tür entfernt, als Ren in einem dunkelroten Hemd und einer verblichenen braunen Lederhose um die Ecke bog. Er war mit Schlamm bedeckt, und auf seiner Wange klaffte eine lange Wunde, aus der Blut floss. Sein Haar schien schweißnass zu sein, und die dunklen Schatten unter seinen Augen ließen ihn erschöpft aussehen. Bei meinem Anblick rang er sich jedoch ein Lächeln ab und wischte sich die schmutzigen Hände an einem Handtuch, das er bei sich trug.

»Ich dachte, ich schaue mal vorbei und sehe nach dir«, sagte er und grinste. »Ich habe gehört, du hast eine große Aufgabe bekommen.«

»Eine unmögliche Aufgabe.« Ich zog eine finstere Miene. »Ich habe nur vier Versuche durchgeführt, bin aber total erschöpft. Was ist mit *dir* passiert?«

»Ach, nur ein paar Scharmützel oben auf dem Pass. Wenn die Wolken so schneeverhangen sind und die Tage so dunkel, kann man darauf wetten, dass ein Angriff erfolgt. Wir waren in der Unterzahl, haben aber niemanden von unseren Leuten verloren. Dagegen haben wir etwa dreißig Feinde ausgeschaltet.«

»Herzlichen Glückwunsch.« Es fühlte sich seltsam an, jemandem zu gratulieren, der so viele Leute getötet hatte, selbst wenn es sich dabei um Feinde der Yvelia-Fae handelte.

Ren bemerkte meinen unsicheren Tonfall und lachte leise. »Danke. Glaub mir, der Tod dieser dreißig hat jetzt schon ein paar Hundert Unschuldigen das Leben gerettet. Wären sie durch den Pass gekommen, hätten sie auf unserer Seite der Grenze schreckliche Verwüstungen angerichtet. Das hätte übel geendet.«

»Da muss ich mich auf dein Wort verlassen«, erwiderte ich.

Ren rieb sich die schmutzigen Finger am Handtuch, den Blick fest auf mich geheftet. »Tatsächlich? Würdest du das tun? Dich auf mein Wort verlassen? Wenn ich dir jetzt etwas sagen würde?«

Onyx sprang an Rens Beinen hoch und drehte sich im Kreis. Geistesabwesend kraulte der General ihn am Kopf – seine ganze Aufmerksamkeit galt mir.

»Keine Ahnung«, antwortete ich. »Ich denke, das kommt ganz darauf an.«

Er seufzte. »Verständlich. Tja, ich werde dir jetzt sagen, dass ich Fisher heute Nachmittag die Hölle heißgemacht habe, weil er dich diesen Eid hat leisten lassen. Und ich habe ihm auch gesagt, dass er das nur wiedergutmachen kann, indem er versucht, dich etwas besser kennenzulernen.«

Ich kämpfte gegen den Instinkt an, einen Schritt zurückzuweichen. »Warum hast du das getan?«

»Fisher ist manchmal sehr zielbewusst. Für ihn gibt es kein Grau. Nur Schwarz und Weiß. Ich fürchte, dieser Teil von ihm hat sich während seiner Abwesenheit nur noch verschlimmert. Er muss die Dinge sehr klar im Kopf trennen, sonst verschwimmen die Konturen. Im Moment bist du ein Werkzeug, das er meint, benutzen zu müssen, um unser aller Leben zu verbessern. Aber meine Sorge ist, dass ein Werkzeug, das bis an seine Grenzen getrieben wird, wahrscheinlich zerbricht. Und um es ganz offen zu sagen, Saeris: Du bist ein Werkzeug, dessen Zerbrechen sich keiner von uns leisten kann. Fisher muss dich als Person sehen. Er muss erkennen, dass du mehr bist als nur unser Ausweg aus einer Notlage. Und *das* kann er nur, wenn er mehr über dich erfährt.«

Warum klang das nicht gut? »Okaaaay.«

»Ich habe ihm gesagt, dass er nachher mit dir zusammen zu Abend essen muss.«

»Oh.«

»Und ich glaube, er war einverstanden.«

»Du *glaubst,* er war einverstanden?«

Ren grinste verlegen. »Du kennst ihn doch. Manchmal lässt sich schwer sagen, ob er einverstanden ist.«

»Er ist der aalglatteste Mistkerl der Welt«, brummte ich.

»Stimmt. Aber … bitte. Geh einfach hin. Iss mit ihm zu Abend. Erzähl ihm von dir. Das Ganze wird schnell vorbei sein, Ehrenwort.«

Wenn die Beteuerung *»Das Ganze wird schnell vorbei sein, Ehrenwort«* erforderlich war, um mich davon zu überzeugen, an einer Veranstaltung teilzunehmen, dann war das keine Veranstaltung, an der ich teilnehmen wollte. Ich konnte mir kaum etwas vorstellen, das weniger Spaß machen würde, als mit Fisher zu Abend zu essen. Aber Ren sah mich so flehentlich an. Er wollte wirklich, dass ich in den Speisesaal ging. Und was sollte ich auch sonst tun? Mit Carrion in unserem *gemeinsamen* Zimmer abhängen? Wenn ich es mir recht überlegte, war ein Abendessen mit Fisher vermutlich weniger unangenehm als diese Vorstellung.

»Also gut. Ich mach's. Aber nur, weil du gefragt hast. Und nur, wenn du schwörst, dass da auf jeden Fall Alkohol ausgeschenkt wird.«

Der Esstisch war eine Meile lang.

Okay, okay, vielleicht waren es nur neun Meter, aber noch immer viel zu groß für zwei Personen, die dort sitzen und essen sollten. *Allein.* Fisher saß an einem Ende, ich am anderen. Zwischen uns hatte eine Armee von Feuerkobolden, angeführt von Archer, einen Berg von Speisen aufgetischt. Ein riesiger Blumenschmuck mit lila und rosa Blüten stand in der Mitte der Tafel – wirklich wunderschön, aber er blockierte derart die Sicht, dass ich Fisher nicht mal sehen konnte.

Vielleicht war das ja der Zweck der Übung.

Bei meiner Rückkehr in unser Zimmer war Carrion schon weg gewesen – ein Segen, denn ich wollte noch baden und mir den Schweiß von der Schmiede abwaschen. Das Kleid, das auf magische Weise am Ende meines Betts aufgetaucht war, während ich in der Wanne saß, hatte ich keines Blickes gewürdigt. Ich wusste nur, dass es schwarz war. In einer der Schubladen hatte ich eine saubere Hose und ein frisches Hemd in meiner Größe gefunden (die offensichtlich für mich bestimmt waren) und diese dann übergestreift.

Zwar fühlte ich mich in der Hose wohl, aber Archers missbilligende Seitenblicke vermittelten mir das Gefühl, dass ich für ein Abendessen mit seinem Gebieter nicht passend gekleidet war. Ich stocherte mit der Gabel in einem Stück Fisch herum, griff nach dem leeren Weinglas, das rechts neben meinem Teller stand, und hielt es hoch. »Ich nehme nicht an, dass man mir etwas einschenken könnte?«, rief ich über den Tisch.

Ich sah, wie Fishers wellige Locken kurz hinter den Blumen hervorschauten. Aber das war auch schon alles.

Doch als er antwortete, hörte er sich nah an, als wäre er direkt hinter mir und nicht am anderen Ende des Tischs. »Sag mir, wie deine Experimente heute verlaufen sind, dann werde ich es mir überlegen.«

Die Nähe seiner Stimme und die Art, wie er sprach, fühlten sich … intim an. Als wären seine Lippen so nah an meinem Ohr, dass sein Atem meine Haare hätte bewegen müssen. »Wie machst du das?«, flüsterte ich.

»Magie strömt durch diesen Ort wie Blut durch deine Adern. Sie liegt in der Luft. Die Dinge, die du hier schon gesehen hast, reichen doch sicher aus, um deinen Unglauben abzulegen … und dann schockiert dich eine solche Kleinigkeit wie das Aussenden meiner Stimme?« Aus jedem seiner Worte sprach unverhohlene Belustigung.

Allerdings hatte ich keine Antwort darauf. Ich hatte in diesem Reich schon so viele bemerkenswerte Dinge gesehen, dass dies hier im Vergleich nicht sonderlich beeindruckend war. Aber das *Gefühl,* das die Nähe seiner Stimme auslöste, ließ mich zurückzucken.

Ich räusperte mich. »Wie du dir sicher denken kannst, war ich nicht sehr erfolgreich. Ich habe vier Versuche unternommen, die alle fehlgeschlagen sind. Dabei habe ich fast das gesamte Restmetall vergeudet, das ich finden konnte. Ich werde mehr brauchen, wenn ich morgen weitere Versuche durchführen soll.«

»Kann es geläutert werden? Das Silber, das du heute verwendet hast?«, fragte er.

»Ja, aber das wird noch länger dauern. Ich werde einen ganzen Tag zwischen den Experimenten vergeuden …« Ich schnaubte. »Aber lass mich raten: Es stört dich nicht, dass ich zwischen den Experimenten einen Tag für die Läuterung des Metalls verschwende, oder?«

»Nein«, bestätigte er.

»Weißt du …« Ich ließ meine Gabel fallen. Sie schlug klirrend auf meinem Teller auf. »Du widersprichst dir gern selbst. In der einen Minute entführst du mich, weil ich dringend diese Reliquien für dich anfertigen soll. Und dann legst du mir Hindernisse in den Weg und tust alles, um den Prozess so schwierig und zeitaufwendig wie möglich zu machen. Du musst dich schon entscheiden. Was ist wichtiger? Die Reliquien für dein Volk oder das kranke Vergnügen, das du daraus zu ziehen scheinst, mich nach deiner Pfeife tanzen zu lassen?«

Vom anderen Ende des Tischs ertönte das Kratzen eines Messers auf einem Teller. Wenigstens ließ er sich durch meine Verärgerung nicht das Essen verderben. *Arschloch.*

»Ich versichere dir, dass unser Bedarf an diesen Reliquien bei Weitem den Spaß mit dir überwiegt. Aber ich verweigere dir kein Silber, nur um mit dir zu spielen. In Cahlish sind die Ressourcen knapp. Normales Silber kann nicht dafür erübrigt werden.«

»Was redest du da? Hier wimmelt es nur so von Prunk und Pracht. Allein das Gold …« Demonstrativ sah ich mich um und deutete auf die Wandleuchter mit den Kerzen für unser Abendessen, die Servierplatten auf der Anrichte und die Bilderrahmen. Selbst das Besteck auf dem Tisch. »Hier ist buchstäblich überall Gold. Die Hälfte des Nippes in diesem Haus ist vergoldet, und du willst mir erzählen, dass die Ressourcen *knapp* sind?«

»Wenn du Gold für deine Experimente bräuchtest, würden wir dieses Gespräch nicht führen.«

Ich sah Fishers Weinglas über das verfluchte Blumenarrangement herausragen, und meine Wut kochte hoch. Rasch beugte ich mich zur Seite, spähte um den Tafelaufsatz herum und beobachtete mit finsterer Miene, wie er an seinem Glas nippte.

»Wenn *du* Wein hast, sollte *ich* auch Wein haben«, knurrte ich.

»Ach, findest du?«

Ich bekam eine Gänsehaut, und die Härchen in meinem Nacken stellten sich auf. Dieses Mal war seine Stimme noch näher. Seine Worte fühlten sich auf meiner Haut wie eine Liebkosung an. Ich tat mein Bestes, um den Schauer zu unterdrücken, der meinen Rücken hinaufjagte. »Ren hat mir versprochen …«

»Renfis wird sich hüten, in meinem Namen Versprechen abzugeben. Aber … wenn du so dringend ein Glas Wein brauchst, kannst du dir gern eins einschenken.«

Hatte er sich seinen Wein selbst eingeschenkt? Das bezweifelte ich. Wahrscheinlich hatte Archer sein Glas gefüllt. Aber ich war kein hochnäsiger, hochwohlgeborener Mistkerl wie er. Ich hatte kein Problem damit, mir selbst Wein einzuschenken. Entschlossen stand ich auf, schnappte mir mein Glas und wollte zum anderen Ende des Tischs stürmen. Doch dann hielt ich inne und griff auch nach meinem Teller und meiner Gabel, da ich schon mal dabei war. Was immer das hier für ein Spiel war – mich so weit weg von ihm zu platzieren, uns die Sicht aufeinander zu versperren und dann mit Magie in mein Ohr zu flüstern, als wollte er Zärtlichkeiten austauschen –, ich würde jedenfalls nicht mitspielen.

Fishers Mundwinkel zuckten, als ich meinen Teller und meine

Gabel rechts von ihm auf den Tisch knallte. Ich funkelte ihn herausfordernd an, als ich mich neben ihn setzte. Er sollte es ja nicht wagen, auch nur ein Wort darüber zu verlieren! Doch er strich mit den Fingerspitzen über den Rand seines Weinglases und wandte sich auf seinem Stuhl mir zu, während er mir dabei zusah, wie ich mir ein unanständig großes Glas Wein aus der Karaffe einschenkte, die er bis dahin für sich mit Beschlag belegt hatte.

Der Wein war dunkel wie Tinte. Trotzig trank ich einen Schluck, die Augen über den Rand meines Glases auf Fisher geheftet.

Lässig zeigte er auf mein Glas, als ich es abstellte. »Schmeckt er dir?« Er sprach ganz normal. Dieses Mal ohne Magie.

»Ja. Er ist … er ist interessant.«

Kingfisher verzog den Mund und nickte. Irgendetwas sagte mir, dass er verzweifelt versuchte, nicht zu lächeln. »Bitte, schenk dir ruhig nach. Ich muss erst in ein paar Stunden mit den Männern reden. Ich habe Zeit, die Flasche zu teilen.«

Jetzt betrachtete ich ihn eingehender, nahm alles in mich auf. Irgendetwas war anders an ihm. Etwas, das ich nicht genau benennen konnte. Jedenfalls nicht sofort. Aber dann erkannte ich, woran es lag: seine Kleidung. Ich hatte ihn bisher immer nur in Schwarz gesehen, doch an diesem Abend schimmerte sein Hemd jagdgrün. Ein sehr dunkler Farbton, aber noch immer grün. Es war schlicht, aber aus feinstem Stoff und perfekt geschnitten. Die Art und Weise, wie es sich an seinen Körper schmiegte, betonte seine breiten Schultern und kräftigen Arme. Und die dunkelgrüne Farbe unterstrich das Rabenschwarz seiner dichten Haare, bildete einen starken Kontrast zu seiner blassen Haut, und … und …

Bei allen Göttern, reiß dich zusammen, Saeris Fane. Konzentrier dich!

Ich zwang mich, den Blick auf meinen halb gegessenen Fisch

zu senken. »Warum ist Silber hier so knapp, wenn ihr so viel Gold habt?«

»Weil Silber in Yvelia einen ganz bestimmten Zweck erfüllt. Wir brauchen alles, was wir in die Finger bekommen können.«

»Und warum verscherbelt ihr dann nicht das ganze Gold und kauft Silber? Gold ist mehr wert.«

Fisher schüttelte langsam den Kopf und lächelte in sich hinein. Bei den Göttern, warum war es manchmal so schwer, ihn anzusehen? Dieses Problem hatte ich in Zilvaren nie gehabt. »Vielleicht da, wo *du* herkommst«, erwiderte er und schaute mich an, während er mit seinem Weinglas auf dem Tisch spielte und dessen Stiel träge drehte. Da seine Lippen leicht geöffnet waren, konnte ich die Spitzen seiner Zähne gerade noch ausmachen. Es war zwar unhöflich, ihn anzustarren, aber ich konnte nicht anders. Jedes Mal, wenn ich seine Eckzähne sah, setzte mein Herz einen Schlag aus. Und als wüsste er genau, worauf ich mich so sehr konzentrierte, öffnete er den Mund einen Hauch weiter, wodurch sich seine Oberlippe leicht anhob und mehr von seinen Zähnen entblößte. Ein subtiler Unterschied. Vielleicht nur ein Millimeter mehr dieser spitzen weißen Eckzähne, aber … Hitze explodierte zwischen meinen Beinen, und plötzlich … Bei den Göttern, ich brauchte noch einen Drink.

Ich vergrub mein Gesicht in meinem Weinglas. Fisher fuhr sich mit der Zunge über die Unterlippe und wandte ebenfalls den Blick ab. Die Sehnen an seinem Hals traten hervor, und ein Muskel zuckte an seinem Kiefer, während er stirnrunzelnd in Richtung Fenster schaute. »Wir können kein weiteres Silber kaufen. Das ganze Reich ist regelrecht leer gefegt. Außerdem hat Belikon ein Embargo verhängt: Alles Silber, das innerhalb der Grenzen Yvelias gefunden wird, muss an die Krone abgeliefert werden. Das ist auch einer der Gründe, warum wir das Quicksilver so dringend benötigen. Andere Reiche haben Silber im Überfluss. Wir könnten mehr eintauschen, als wir brauchen, wenn wir einfach zwischen den Reichen hin und her reisen könnten.«

»Wenn Belikon alles Silber in Yvelia besitzt, dann kann er dir doch sicher etwas davon geben? Wenn es so wichtig ist, um den Krieg zu gewinnen?«

Kingfisher schnaubte. »Das sollte man meinen. Aber Belikon wird uns kein Silber geben, und er wird uns auch keine Hilfe zukommen lassen. Er stellt uns weder Proviant zur Verfügung noch Kleidung oder Waffen. Der König schert sich einen Dreck um diesen Krieg.«

»Aber das ist … Das ergibt doch keinen Sinn.« Ich trank einen kräftigen Schluck Wein. Der einzigartige Geschmack entfaltete sich zu blumigen Noten in meinem Mund. Er schmeckte weich, reichhaltig und komplex zugleich. Sein Geschmack hatte mich anfangs überrascht, aber allmählich gefiel er mir.

Der Fae-Krieger beobachtete mich mit ruhigem Blick. Das Quicksilver, das seine rechte Iris durchzog, pulsierte und fing das Kerzenlicht auf, bewegte sich und wirbelte inmitten des Grüns. An diesem Abend schien es besonders aktiv zu sein. Wie zur Bestätigung umklammerten Kingfishers Finger sein Weinglas. Seine Schultern versteiften sich, seine Nasenlöcher blähten sich kurz auf, doch dann atmete er hörbar aus und entspannte sich wieder. Das Ganze verlief blitzschnell. Wenn ich auch nur eine Sekunde weggeschaut hätte, wäre es mir wahrscheinlich gar nicht aufgefallen.

Kingfishers Augen sahen mich eindringlich an. Er wusste, dass ich sein Zusammenzucken registriert hatte. Und so wie er mich anstarrte, mit einer fragend hochgezogenen Augenbraue, wartete er förmlich darauf, dass ich ihn danach fragte. Was ich auch liebend gern getan hätte – aber ich wusste bereits, dass das Ganze nur damit enden würde, dass ich frustriert und wütend war. Denn er würde mein Interesse irgendwie gegen mich verwenden. Er würde einen Weg finden, grausam zu reagieren – das lag einfach in seiner Natur. Also machte ich einen großen Bogen um das Thema. Ich wollte ihn gerade fragen, welche Experimente *er* zur Herstellung einer Reliquie unternommen hatte, als die Feuerkobolde in den Raum platzten. Ihre kohleartigen Körper sandten Funken und Rauchschwaden aus, während sie sich dem Tisch näherten. Die beiden Kobolde an der Spitze der Gruppe trugen große Schüsseln mit Speisen – allem Anschein nach zwei verschiedene Sorten Dessert. Doch als sie mich am Kopfende des Tischs neben Fisher sitzen sahen, ließen sie beinahe die Schüsseln fallen.

»Mylord!«, krächzte eine von ihnen – eine Koboldin. *»Mylord!«* Mit offenem Mund wirbelte sie herum. Jetzt erkannten auch die anderen Feuerkobolde, dass ich es gewagt hatte, mich neben ihren edlen Gebieter zu setzen, und drehten ebenfalls durch.

»Es ist …«

»Sie ist …«

»Der Mensch!«

»Lord Kingfisher!«

Archer betrat als Letzter den Speisesaal. In dem Moment, als er mich erblickte, fiel er auf seinen Hintern, direkt an Ort und Stelle, und begann, auf dem Plüschteppich zu hyperventilieren. »Verzeiht … mir … Mylord. Ich … habe nicht … damit gerechnet …«

»Alles in Ordnung, Archer. Beruhigt euch, ihr alle.« Fisher hatte seine Position nicht verändert. Er saß noch immer sehr entspannt auf seinem Stuhl, hatte aber eine Hand vor den Mund gelegt und versuchte, ein Lächeln zu verbergen. Dann blickte er schnell auf den Tisch und hustete, als wollte er sich zusammenreißen. »Ihr könnt die Teller erst einmal stehen lassen. Das Dessert ebenfalls. Stellt es einfach auf den Tisch, und dann könnt ihr alle gehen. Vielen Dank.«

Sämtliche Feuerkobolde stießen schwarzen Rauch aus. Die

Risse und Spalten auf ihren kompakten, kleinen Körpern blitzten und glühten wie aufgewühlte Glut. Als einer der Kobolde versuchte, Archer aufzuhelfen, bildete sich eine kleine Flamme auf Archers Arm. Bestürzt stieß er einen Schrei aus, und alle Kobolde klopften auf ihm herum und versuchten, ihn zu löschen.

»Tut mir leid, Mylord! Es tut mir so leid! Bei den Göttern, ist das *peinlich*!«, jaulte Archer.

Schließlich stand Kingfisher auf, ging zu dem Haufen panischer Kobolde und geleitete sie aus dem Speisesaal, wobei er Archer die ganze Zeit beruhigte und sein Lachen von den Wänden widerhallte. Er grinste noch immer, als er sich kurz darauf wieder auf seinen Stuhl setzte.

»Heilige Märtyrer! Dachten die, ich würde versuchen, dich mit meiner Fischgabel zu erstechen?«

Fisher rieb sich den Nacken, sein Lächeln verblasste. »Feuerkobolde sind einfach sehr emotional. Sie neigen zu Überreaktionen, das ist schon alles.« Als er den Satz beendet hatte, saß seine ausdruckslose Maske wieder fest an ihrem Platz. »Morgen werden sie alles vergessen haben.«

»Morgen werde ich in der Schmiede zu Abend essen«, sagte ich. »Dann müssen sie sich nicht mit einem schmutzigen, ungehobelten Menschen herumschlagen, der die Etikette dieses Anwesens verletzt.«

»Du wirst hier essen«, berichtigte Fisher.

»Ich habe keinerlei Mitspracherecht?«

»Du wirst dich vergiften, wenn du in der Schmiede isst.«

»Dann eben in meinem Zimmer.«

»Du wirst *hier* essen«, wiederholte Fisher. Und bevor ich auch nur einen der tausend anderen Orte vorschlagen konnte, an denen ich meine Mahlzeiten lieber einnehmen würde, fuhr er fort: »Was die Feuerkobolde angeht, so mögen sie die Menschen. Weit mehr als die anderen Fae.«

»Schon klar. Dabei behandeln sie dich, als hättest du das Rad erfunden.«

»Bei mir sieht die Sache anders aus«, erwiderte er, als wäre das total offensichtlich. »Archer hat dabei geholfen, mich aufzuziehen. Nach meinen Eltern war er der Erste der rangniederen Fae, der mich auf dem Arm hielt. Vermutlich hat er eine Schwäche für mich.«

Eine Schwäche? Es war mehr als nur das. Der Feuerkobold liebte Fisher. Ich dagegen … »Archer sieht mich an, als wäre ich es nicht wert, dieselbe Luft wie du zu atmen.«

Fisher schüttelte den Kopf. »Nein, das stimmt nicht. Er ist an dir *interessiert*. Er fragt sich, ob du bleibst.«

Ich nahm eine geröstete Möhre von meinem Teller und biss das Ende ab. »Es wird ihn freuen, wenn er erfährt, dass ich mich nicht lange hier aufhalten werde.«

Fisher schwieg. Er saß vollkommen reglos da und sah mir zu, wie ich die Möhre aß, wobei seine jadefarbenen Augen über meine Gesichtszüge wanderten. Zuerst zu den Augen, dann über den Nasenrücken und meine Wangenknochen und schließlich hinunter zu meinem Mund. Sein Blick verweilte dort länger, als es schicklich schien.

Als er mich weiterhin anstarrte, sagte ich das Erste, was mir einfiel, um die angespannte Stille zu beenden. »Auch wenn du mich noch nicht gehen lassen willst, solltest du Carrion nach Hause schicken.«

Bei diesen Worten machte er einen überraschten Eindruck. »Tatsächlich?«

»Ja, er hat Familie in Zilvaren. Seine Großmutter. Sie wird sich Sorgen um ihn machen. Und er kann Hayden und Elroy sagen, dass es mir gut geht. Das würde sie wahrscheinlich erst mal davon abhalten, irgendwas Verhängnisvolles zu tun.«

»Mm. Wir werden sehen, was der Junge dazu zu sagen hat.«

»Er ist sechsundzwanzig Jahre alt, wohl kaum ein Junge«, murmelte ich.

»Er ist ein Kleinkind mit einer großen Klappe, was mich betrifft. Aber … du verteidigst ihn«, sinnierte Fisher. »Was vermutlich nicht anders zu erwarten war. Ehrlich gesagt überrascht es mich, dass du ihn nicht länger hier haben willst.« Er trank einen Schluck von seinem Wein.

»Ich verteidige ihn?«

Fisher strahlte eine ungewohnte Anspannung aus. Er schien sich sehr um Nonchalance zu bemühen. »Hm. Ich hätte nicht gedacht, dass er dein Typ ist, aber das erklärt so manches.«

Mein *Typ*? Plötzlich drehte sich alles vor meinen Augen, und mich erfasste ein derartiges Schwindelgefühl, dass ich mich auf meinem Stuhl zurücklehnen musste. »Wovon redest du?«

»Er erwähnte, dass du in ihn vernarrt bist. In eurem gemeinsamen Zimmer.«

»Tja, da hat er gelogen!«, stieß ich empört hervor. »Carrion ist eine Nervensäge. Er ist dafür berüchtigt, dass er sich spontan irgendwelche Geschichten ausdenkt.«

»Als ich nach Zilvaren gereist bin, um ihn zu holen …«

»Als du nach Zilvaren gereist bist, solltest du *Hayden* holen.« Das Schwindelgefühl wurde durch heiße Wut ersetzt. Ich stellte mein Weinglas ab. »Was mich daran erinnert, dass du deinen Teil der Abmachung nicht eingehalten hast. Jedenfalls nicht richtig. Wie kommt es, dass ich meinen Teil der Abmachung noch immer einhalten muss, während du dich einfach so davon befreien kannst?«

Es war so leicht für ihn, meine Frage abzutun. Eine abschätzige Handbewegung und ein Augenrollen, und alles, was ich gesagt hatte, wurde bedeutungslos. Der Gedanke machte mich so wütend.

»Ich befreie mich nicht davon. Ich habe geschworen, dass ich *versuchen* würde, deinen Bruder herzuholen. Und genau das habe ich getan«, erwiderte er. »Eid erfüllt.«

»Dabei kannst du dich aber nicht sehr angestrengt haben.«

»Ich habe nie gesagt, dass ich mich sehr anstrengen würde, oder? Und außerdem wirst du feststellen, dass ich unter den gegebenen Umständen das Beste getan habe, wozu irgendjemand in der Lage gewesen wäre.«

»Du hast gesagt, du könntest meinen Bruder finden, weil wir die gleichen Eltern haben. Dass es *einfach* wäre, weil du mit meinem Blut bedeckt warst.«

Fisher hielt inne. Inzwischen hatte ich genug Zeit mit ihm verbracht, um zu erkennen, wann er kurz davor stand, etwas zu sagen, das mir nicht gefallen würde. Und die Schadenfreude in seinen Augen versprach, dass ich seine nächsten Worte regelrecht *hassen* würde. »Das stimmt. Aber ich war nicht nur mit deinem Blut bedeckt, oder? Ich trug auch ein ganz anderes deiner … *Parfüms.*«

Parfüm. Er hatte diesen Ausdruck mit Bedacht gewählt. Schwelgte förmlich darin. Die dunkle, anzügliche Art und Weise, wie er ihn aussprach, überließ nichts der Fantasie. Er kannte keine Gnade, also hatte es wenig Zweck, darum zu betteln, aber ich musste es trotzdem versuchen. »Nein, tu das *nicht,* Fisher. Bitte nicht …«

»Als du dich an meinem Schoß gerieben hast, hast du mich sehr effizient mit deinem Duft markiert«, erklärte er.

Ein Feuer brannte in meiner Kehle und ließ meine Stimme brechen. »Ich *hasse* dich.«

»Das sagst du ständig. Aber ich bin noch immer nicht davon überzeugt, dass es der Wahrheit entspricht. Wie auch immer, dein Bruder war nicht an dem Ort, den du mir genannt hast. Und als ich deinen Bezirk erreichte, konnte ich deinen Geruch aus drei Meilen Entfernung wahrnehmen …«

»Hör einfach auf, Fisher.«

»… denn er klebte am ganzen Körper dieses *Jungen*«, fügte er mit einem grausamen Grinsen hinzu. »Pheromone sind für unsere Nasen wie Signalfackeln, kleine Osha. Ich hatte es eilig, deshalb habe ich nicht zwischen Blut und Sex unterschieden. Doch als ich vorhin in den Raum kam und dein Freund Carrion deine kleine Vernarrtheit ihm gegenüber erwähnte …«

»Halt. Die. Verdammte. Klappe.«

»… da wurde mir klar, was passiert war. Er riecht ja jetzt noch nach dir.«

»Ich habe vor Monaten mit ihm geschlafen. Vor *Monaten.* Und nur ein einziges Mal. Außerdem war ich betrunken. Aber er kann es einfach nicht lassen, kommt immer wieder darauf zurück. Es kann nicht sein, dass du mich noch an ihm riechst.«

»Und ob das sein kann«, erwiderte Fisher, und seine Augen verdunkelten sich. »Ich würde deinen Geruch überall erkennen. An jedem. Ich würde ihn blind und im Dunkeln wahrnehmen. Über ein verdammtes Meer hinweg. *Dich* würde ich überall …«

BUMM!

Die Fenster an der Ostwand des Speisesaals zerbarsten.

Das Ganze passierte schnell und mit ungebremster Wucht.

In der einen Sekunde starrte ich Kingfisher noch entsetzt an und sank mit jedem seiner Worte mehr in mich zusammen – und in der nächsten hagelte ein glitzernder Schauer aus Glas auf uns herab. Scherben von der Größe meiner Hand schnitten wie Dolche durch die Luft, schlugen auf dem Tisch ein, zerfetzten die Blumen und schlitzten meine Haut auf. Instinktiv riss ich die Hände hoch, um mein Gesicht und meinen Kopf zu schützen. *»Fuck!«*

Kingfisher verwandelte sich augenblicklich in den Tod.

Wut spiegelte sich auf seinem Gesicht, seine Lippen zogen sich zurück, und seine Eckzähne fuhren heraus. Wie ein Blitz aus Schatten war er bereits am anderen Ende des Tischs, mit

Nimerelle in den Händen, bevor die dunklen Gestalten vollständig durch die Fensterrahmen in den Saal krochen.

Sie waren zu viert: riesige Ungeheuer mit schütteren Haaren, wächserner weißer Haut, hageren, von schwarzen Adern durchzogenen Wangen und krummen Fingern, die in Krallen endeten. Dazu gerötete Augen – nicht nur die Iris, sondern auch das Weiße, als wären sämtliche Äderchen unter der Oberfläche geplatzt. Wütend rissen sie die Mäuler auf und entblößten längliche gelbe Fangzähne, von denen zähflüssige Speichelfäden tropften. Alle vier waren bekleidet, aber ihre Kleidung war zerfetzt und hing an ihren ausgemergelten Körpern.

Der größte der vier, ein Mann mit einer dicken schwarzen Runentätowierung auf der Stirn, stieß ein gewaltiges Wutgebrüll aus und stürzte sich auf Fisher.

Kingfisher bewegte sich wie Wasser. Nimerelle zuckte um ihn herum, die mattschwarze Klinge peitschte durch die Luft und zog Rauch nach sich. Das Schwert war wie eine Verlängerung von Kingfishers Arm. Einen Moment lang konnte ich nur dasitzen und gebannt zuschauen, wie er über das Ungeheuer herfiel. Fisher war stark und schnell, sein Körper drehte sich mühelos, als das Ungeheuer versuchte, ihn zu packen. Die Hand, die nach Fisher geschlagen hatte, fiel mit einem dumpfen Aufprall zu Boden und rollte unter den Tisch. Aus dem Stumpf, den Nimerelle zurückgelassen hatte, quoll ein dampfendes schwarzes Sekret, und stechender Schwefelgeruch erfüllte den Speisesaal.

Hastig warf Fisher einen Blick über die Schulter in meine Richtung und rief: *»Verschwinde!«*

Im nächsten Moment nahm ich den Speisesaal wieder wahr. Ich sprang auf, und mein Blut hämmerte unter meinen Schläfen: Zwei der kränklich aussehenden Kreaturen stürmten mit schnappenden Fangzähnen auf mich zu.

Ich griff nach dem Dolch, der an meinem Oberschenkel befestigt war, und hielt ihn fest umklammert, während mein Blick von einem der Ungeheuer zum anderen zuckte. Die Kreatur auf der rechten Seite, eine Frau mit silbergrauen Haaren und aufgesprungenen Lippen, hechtete auf den Tisch und landete auf allen vieren. Mit abgehackten Bewegungen rückte sie vorwärts und schwang den Kopf von einer Seite zur anderen, während sie den Hals in meine Richtung reckte und wie ein Tier Witterung aufnahm. Das linke Ungeheuer war kleiner als die Frau, irgendwo zwischen Erwachsenem und Kind. Der Jugendliche knurrte, stieß dann ein haarsträubendes Knacken aus, das tief aus seiner Kehle kam, und warf Fishers Stuhl um, als er auf mich zusteuerte. Seine Augen wirkten leer, genau wie die der Frau. Ohne jedes Anzeichen von Intelligenz oder irgendeinem Gedanken. Nur das Verlangen, zu zerfetzen und zu töten. Der Hass, der von ihnen ausging, verpestete die Luft so sehr, dass ich nach Atem rang.

Die Frau griff zuerst an. Zwar ohne Waffen, aber die brauchte sie auch nicht. Ihre Krallen waren Waffen genug. Sie holte aus und schlug damit nach meiner Brust. Hektisch wich ich zurück und entging den ekelerregenden schwarzen Spitzen nur knapp, aber sie attackierte erneut mit einer ausholenden Armbewegung. Sofort stieß ich mit dem Dolch zu, führte ihn dabei in einem Bogen. Das Metall traf auf die Frau und hinterließ eine tiefe Wunde an ihrem sehnigen Unterarm. Fauliges Blut, dick wie Öl, spritzte auf mein Hemd.

Von der anderen Seite des Speisesaals ertönte ein knirschender, schrecklicher Schrei, der mir durch Mark und Bein ging, dicht gefolgt von einer Reihe krachender, klirrender Geräusche. Aber ich konnte es mir nicht leisten, den Kopf in Kingfishers Richtung zu drehen. Denn in dem Moment, in dem ich mich nicht mehr konzentrierte, war ich so gut wie tot.

Die Frau brüllte und schüttelte ihren Arm, als könnte sie nicht verstehen, warum er schmerzte. Ich wirbelte den Dolch herum und verpasste ihr eine weitere Schnittwunde, dieses Mal an der Schulter. Ihr Hemd riss auf, und die dünne schwarz geäderte Haut darunter platzte auf wie eine verfaulte Frucht. Winzige weiße Punkte quollen aus der Wunde, schlugen auf dem Boden auf und wanden sich auf dem Teppich.

Maden.

Der Junge zu meiner Linken schlich mit schnappenden Zähnen näher. Ich holte mit dem Dolch aus und zielte auf seine Kehle, während ich mich gleichzeitig drehte, um seinen Klauen auszuweichen. Doch ich war zu langsam. Er bewegte sich zu schnell. Unnatürlich schnell. Mit einem leisen »*Uff!*« wich mir sämtliche Luft aus der Lunge, als er sich auf mich stürzte. Der Speisesaal kippte auf die Seite, ich fiel, und meine Rippen explodierten vor Schmerz, als ich hart auf dem Boden aufschlug. Panisch stieß ich einen Schrei aus, als sich sowohl die Frau als auch der Junge auf mich warfen.

Heilige Götter und Märtyrer, ich würde sterben.

Sie würden mich *fressen.*

Daran bestand kein Zweifel. Diese Zähne waren nur für einen einzigen Zweck erschaffen: zum Zerreißen von Haut und Muskeln. Im nächsten Moment durchzuckte ein heißer Schmerz mein Bein wie ein Blitzschlag. Ihre Krallen zerrten an meiner Kleidung. Zerkratzten meine Haut. Ich konnte nichts mehr sehen. Nicht mehr atmen. Die Frau bäumte sich auf, Speichelfäden tropften auf meine Brust. Sie öffnete das Maul, und ihr Kiefer klappte unnatürlich weit auf und enthüllte einen pulsierenden schwarzen Stumpf, wo eigentlich ihre Zunge hätte sein sollen. Sie schnaubte, und dann stieß ihr Kopf herab.

Ich versteifte mich und wartete auf den Moment, in dem sich diese schrecklichen Zähne in meine Haut bohrten, doch der kam nicht. Eine schwarze Rauchschwade wickelte sich um die Kehle der Frau. Der Rauch verwandelte sich zu Metall, und dann löste sich der Kopf der Frau von ihrem Hals und war plötzlich *verschwunden.* Ihr zuckender Körper fiel von mir herab, strampelte und zappelte und rollte mit knackenden Knochen über den Teppich.

Kingfisher ragte wie der Gott des Todes über mir auf.

Seine Brust hob und senkte sich schnell, seine Augen blitzten grün und silbern und funkelten mörderisch.

»Alles in Ordnung mit dir?«, keuchte er.

Ich umklammerte noch immer den Dolch, dessen kurze Klinge mit klebrigem schwarzem Blut bedeckt war. Hastig schluckte ich und nickte, obwohl ich genau spürte, dass mit mir nicht alles in Ordnung war. Ganz und gar nicht. »Der Junge …«, röchelte ich.

Kingfishers Miene verfinsterte sich. Er drehte sich um, und wir sahen den Jugendlichen beide gleichzeitig. Acht Schritte entfernt hockte er auf Händen und Knien und leckte stöhnend über eine Blutlache auf dem Teppich. Seine Zunge war – genau wie die der Frau – nur ein roher Fleischstummel. Ohne auch nur eine Sekunde zu zögern, ließ Kingfisher Nimerelle auf den Hals herabfahren und enthauptete ihn ebenfalls. Der Körper des Jungen sackte augenblicklich in sich zusammen, seine dürren Hände öffneten sich, und seine Krallen entspannten sich auf dem besudelten Teppich.

Ich rollte mich auf die Seite und übergab mich.

Kingfisher würde sich wahrscheinlich über mich lustig machen, weil ich den Inhalt meines Magens nicht bei mir behalten konnte, aber das war mir egal. Ich zitterte zu sehr, um mich auch nur auf die Knie zu hieven.

Was …

… zum Teufel …

… war gerade passiert?

Starke Hände fanden meine Seiten. Ich keuchte auf, und erneut tanzte ein heißer Schmerz mein Bein hinauf. Kingfisher veränderte seinen Griff und murmelte unglücklich vor sich hin, während er mich in seine Arme hob. »Sie hat dich erwischt. Die Kratzwunde muss ausgebrannt werden«, verkündete er.

»Ausgebrannt?«

»Das Gift wird dich sonst töten. Hat dich einer der beiden gebissen?«

»N… nein. Ich glaub nicht …« Mir schwirrte der Kopf, und eine weitere Woge der Übelkeit erfasste mich. Weiße Punkte flackerten vor meinen Augen, sodass es so aussah, als wären Fishers Haare voller Sterne. Sie zogen über die Decke: erst eine Sternschnuppe, dann noch eine und schließlich eine Million, die über mein Sichtfeld rasten. Es war … wirklich schön. Genau wie Kingfisher. Sein Hals war mit schwarzem Sekret bespritzt, sein Haar zerzaust. Seine Augen wirkten wild, aber er sah atemberaubend schön aus. Ich konnte sein Herz spüren, das wie eine Trommel gegen meine Seite schlug. *Bumm bumm bumm bumm.*

Aber meine Finger konnte ich nicht mehr spüren.

Warum … konnte ich sie nicht … spüren?

Warum rannte Kingfisher?

»Was … waren das für … Kreaturen?«, krächzte ich.

Sterne rasten über Kingfishers schönen Schopf. Er presste den Kiefer zusammen, und seine Halsmuskeln traten hervor, als er eine Tür aufstieß und mich hindurchtrug.

»Sanasrothisches Fußvolk. Soldaten«, antwortete er kurz angebunden. »Fresser. *Sie* sind der Grund, warum wir das Silber so dringend brauchen. Denn es ist das Einzige, das in der Lage ist, sie zu töten. *Kann uns jetzt endlich mal jemand helfen, verdammt noch mal?!*«

19

MIT HAUT UND HAAREN

Ein Traum von Tod und flüssigem Feuer.

Nein.

Ein Albtraum.

Ich war darin gefangen, und es gab keinen Ausweg. Dunkle Gänge dehnten sich endlos aus, Türen auf allen Seiten. Jedes Mal, wenn ich eine davon mit rasendem Puls öffnete, schlug mir der faulige Gestank von Verwesung entgegen, dicht gefolgt von scharfen, schnappenden gelben Fangzähnen. Ganze Scharen von Fressern. So hatte Kingfisher sie genannt. Er hatte sie auch Soldaten genannt, aber sie sahen nicht wie Soldaten aus. Ein Soldat musste in der Lage sein, Befehle zu befolgen … um den Willen eines anderen auszuführen. Diese Wesen hinter den Türen waren Ungeheuer, die nur ihrem Blutdurst gehorchten. Frauen, Kinder und alte Männer, alle wahnsinnig und hungrig. Sie rissen mit krallenbewehrten Fingern an mir. Schlugen ihre fauligen Zähne in meine Haut. Ich schrie und strampelte, riss mich los und kam nur knapp mit dem Leben davon, nur um eine weitere Tür zu öffnen und von einer neuen Woge dieser Monster angegriffen zu werden.

Es bestand nicht die geringste Chance, ihnen zu entkommen. Gegen sie zu kämpfen. Sie sprinteten hinter mir her, trotzten der Schwerkraft, gruben ihre Krallen in das Mauerwerk, schwärmten die Wände hinauf und stürmten auf allen vieren über die Decke. Grausame, bösartige Dämonen, entschlossen, mir das Blut aus den Adern zu saugen und sich meine Seele einzuverleiben.

Ich rannte, so schnell ich nur konnte, doch vergebens. Es waren einfach zu viele. Meine Lunge brannte, die Wunde in meiner Seite pochte. Das Blut rann mir die Beine hinunter und überzog meine nackten Füße mit einem Film, der mich ausrutschen und fallen ließ …

Ich fiel und fiel.

Ein nicht enden wollender Fall, brennend und lodernd, bis sich mein Blut in purpurroten Dampf verwandelte und sich mein Fleisch von meinen spröden Knochen löste.

Und dennoch fiel ich weiter.

Fiel und fiel.

Ich …

Ich erwachte ruckartig und holte gequält Luft, während ich mich hastig aufsetzte.

Wo …

Wo *war* ich?

Der Geschmack in meinem Mund erinnerte an Galle und Asche. Alles tat verdammt weh. Meine Glieder fühlten sich an, als hätte man sie an vier Pferde gefesselt, und die verdammten Biester wären in vier verschiedene Richtungen gestürmt. Einatmen tat weh. Schlucken tat weh. Selbst Blinzeln schmerzte. Eine gute Minute lang stützte ich mich mit den Händen auf die Matratze unter mir, im Versuch, meine Sinne in den Griff zu bekommen, während ich darauf wartete, dass der Schmerz abebbte.

Es dauerte lange, aber schließlich konnte ich wieder einen klaren Gedanken fassen und meine Umgebung wahrnehmen. Licht strömte durch die bestimmt drei Meter hohen Fenster zu meiner Linken. Davor hingen schwere Samtvorhänge, auf einer Seite halb zugezogen. An den Wänden prangten Gemälde in vergoldeten Rahmen, doch die Kunstwerke darin waren zerfetzt. Die schwarz gestrichene Decke über mir zeigte zahllose weiße Tupfer, allerdings ohne erkennbares Muster oder Ordnung. An der Wand neben der Tür stand eine Kommode aus edlem, dunklem Holz, und in einer Ecke ragte ein Kleiderschrank aus demselben Holz auf, dessen Türen offen standen und den Blick auf eine Reihe dunkler Kleidungsstücke freigaben.

Ich lag in einem Bett. Einem Pfostenbett mit geschnitzten Vögeln, Wölfen und Drachen. Mit schwarzen Laken und schwarzen Zierkissen am Fußende des Betts. Zusammen mit den hauptsächlich schwarzen Kleidungsstücken im Kleiderschrank …

Ein schrecklicher Gedanke klopfte mir auf die Schulter. Und in dem Moment, als ich durch die Nase einatmete und den Geruch von Minze in der Luft wahrnahm, wusste ich sofort, dass ich in der Scheiße steckte.

»Oh, sieh an. Sie lebt«, ertönte eine gedämpfte Stimme.

In dem Spiel aus Licht und Schatten, das durch den zugezogenen Vorhang entstand, hatte ich den Ohrensessel nicht bemerkt. Genauso wenig wie den Fae, der halb ausgestreckt darin saß, die Füße an den Knöcheln gekreuzt, die Hände über dem Bauch gefaltet. Doch jetzt, da ich wusste, dass er da war, ließ er sich nicht mehr übersehen. Fishers Haare standen zerzaust in alle Richtungen ab. Sein Gesicht hob sich aschfahl von seiner dunklen Kleidung ab – er war wie immer ein Geschöpf starker Kontraste. Sogar aus gut vier Metern Entfernung konnte ich die

Wundsekretflecken auf seinen Wangen sehen. Zwar machte er einen entspannten, geradezu gelangweilten Eindruck, aber die Energie, die er ausstrahlte, traf mich wie ein Schlag. Mit Augen aus grün flackerndem Feuer starrte er mich so eindringlich an, dass ich fast nachgab und unter dem Gewicht seines Blickes einknickte.

Doch ich biss die Zähne zusammen und wappnete mich gegen den Sturm, den ich am Horizont aufziehen spürte. »Es war nicht meine Schuld«, sagte ich.

Kingfisher blinzelte. »Das habe ich auch nie behauptet.«

»Aber du siehst mich so an«, konterte ich, zog die Bettdecke an meine Brust und umklammerte sie, als könnte ich sie als Schutzschild gegen ihn nutzen.

»Klingt für mich, als würdest du mit einem schlechten Gewissen kämpfen«, brummte er.

»Ich habe kein schlechtes Gewissen. Ich habe ein Loch in der Seite *und* im Bein, weil du uns an einen Ort gebracht hast, an dem sich tollwütige Ungeheuer durch Fenster stürzen und uns angreifen.«

»Du bist nicht verletzt«, sagte er gleichmütig.

»Was?«

»Wir haben hier ausgezeichnete Heiler. Sogar bessere als im Winterpalast. Einer der Vorteile, wenn man am Rande eines Kriegsgebiets lebt. Man braucht seine Krieger nicht zu ersetzen, wenn man sie dem Tod rechtzeitig aus dem Rachen reißen kann.«

Ich warf ihm einen finsteren Blick zu. »Bleib ganz nah bei mir, hast du gesagt. Tja, ich war so nah bei dir, wie ich nur konnte, ohne gleich auf deinen Schoß zu kriechen, und jetzt sieh dir an, was passiert ist: Wir wurden in deinem eigenen *Haus* angegriffen.«

»Pffft.« Er brachte einen verächtlichen Laut hervor und fummelte an einem Knopf seines Hemds herum. »Das war doch gar nichts. Vier abtrünnige Späher, die einen Angriff unternahmen, den sie gar nicht überleben konnten. Es wird nicht wieder vorkommen.«

»Das kannst du nicht garantieren.«

»Doch, das kann ich. Das Haus war nach unserer Ankunft unbewacht. Ren wollte eine Einheit hierherschicken, um das Gelände zu bewachen und sicherzustellen, dass wir keine ungebetenen Gäste haben, aber ich habe ihn davon abgehalten. Mir war nicht bewusst, dass die Fresser so …«

»… dreist sind?«

»… *hungrig* sind.« Er drückte seine Zungenspitze gegen die Spitze eines scharfen Eckzahns und musterte mich. »Du hast bei einem von ihnen einen Treffer gelandet«, sagte er.

»Zwei Treffer.« Wenn er mich schon loben wollte, dann bitte auch richtig.

»Beeindruckend.« Eigentlich eine als Kompliment gedachte Bemerkung, die aber durch seinen Tonfall eher sarkastisch klang.

»Beeindruckend für ein Mädchen?«, fragte ich verbittert.

Er zog eine dunkle Braue hoch. »Für einen *Menschen*.«

»Ach, leck mich doch, Prinzling. Was hast du überhaupt gegen Menschen?«, fauchte ich. »Du bist so wild entschlossen, uns zu hassen, aber wir haben so viel gemein … Uns verbindet mehr, als uns trennt.«

Bei dieser Bemerkung schnaubte er, erhob sich aus dem Sessel und kam auf das Bett zu. Als er neben mir stand, streckte er die Hand aus, wickelte eine meiner Haarsträhnen um seinen Zeigefinger und betrachtete sie nachdenklich. »Wir haben nichts gemein«, sagte er leise. »Du wärst fast an einem Kratzer gestorben, der bei mir nur eine kleine Schramme hinterlassen hätte. Du bist schwach. Du bist zerbrechlich. Du bist verwundbar. Du bist ein neugeborenes Rehkitz, das in der Dunkelheit umherstolpert, umgeben von Raubtieren mit sehr scharfen Zähnen. Ich bin das

Ding, das jenseits der Dunkelheit existiert. Ich bin das Ding, das den Monstern, die dich mit Haut und Haaren fressen würden, eine Heidenangst einjagt.«

Warum sah er mich so an? Seine Augen wirkten hart, aber seine Miene war vollkommen ausdruckslos. Ich konnte es nicht begreifen. Wurde aus ihm einfach nicht schlau. Seine Finger zuckten, die Kuppen so nah an meiner Wange. Offenbar litt ich noch immer unter Fieberfantasien. Etwas anderes war gar nicht möglich, denn es fühlte sich wirklich so an, als wollte er über meine Wange streichen und müsste sich zwingen, sich zurückzuhalten. »Das hier ist dein Schlafzimmer«, flüsterte ich.

Blitzschnell zog Fisher seine Hand zurück. Er stand einfach nur da, mit weit aufgerissenen Augen und leicht geöffneten Lippen, als könnte er nicht verstehen, wie es dazu gekommen war, dass er mein Haar berührte. Ich sah, wie sich seine Miene verhärtete, und spürte ein mulmiges Gefühl im Magen. Warum war er so? Was genau war sein Problem? Ich hatte ihn gerade unverblümt gefragt, was er für ein Problem mit Menschen hatte. Aber irgendwie wurde ich das Gefühl nicht los, dass mehr dahintersteckte. Dass er vor allem mit *mir* ein Problem hatte.

»Richtig«, bestätigte er. »Es war der nächstgelegene Raum, wo ich dich ablegen konnte.«

»Warum sind all diese Gemälde zerfetzt?«, fragte ich.

Die Spannung, die zwischen uns knisterte, riss wie eine zu stark gestraffte Schnur.

»Weil ich sie zerstört habe«, antwortete er rundweg.

»Warum?«

Er atmete hörbar aus, wirbelte herum und ging mit langen, entschlossenen Schritten auf die Tür zu. Und genau wie beim Abendessen – bevor plötzlich die Hölle los war – sandte er seine Stimme so aus, dass sie direkt neben meinem Ohr erklang. Der raue Unterton, so nah an meiner Haut, ließ mich zusammenzucken. »Weil mein Anhänger die Dunkelheit, die sich einschleicht, manchmal nicht länger abwehren kann.«

Genervt sah ich ihm nach. »Wirklich? Das war's? Du gehst einfach?«, stieß ich zwischen zusammengebissenen Zähnen hervor. »Wenn das so ist, kann ich ja wieder in mein eigenes Zimmer zurückkehren!«

Fisher hielt inne und stützte sich mit der Hand am Türrahmen ab. »Solange du dich nicht erleichtern musst, wirst du das Bett nicht verlassen, Osha. Und selbst dann wirst du nur schnell zur Toilette gehen und dich danach sofort wieder ins Bett legen. In deinen Adern sind noch immer Spuren von Gift. Du musst dich ausruhen, bis alles vollständig verheilt ist.«

»Ich kann in meinem eigenen Bett heilen.« Doch schon in dem Moment, als mir die Worte über die Lippen kamen, bildete sich eine Frage in meinem Gehirn. *Hatte* ich hier überhaupt ein Bett? Ein Zimmer, das ich als meins bezeichnen konnte? Der Schlafraum, in dem ich aufgewacht war, war luxuriöser als alles, was ich mir in der Silberstadt je hätte erträumen können. Aber die Aussicht darauf, ein Zimmer mit Carrion zu teilen, klang nicht gerade verlockend, zumal ich mich wirklich beschissen fühlte.

»Bleib in diesem Bett, kleine Osha.« Der Befehl klang sanft, fast freundlich, hatte aber einen Unterton, der keinen Raum für Diskussionen ließ.

Mein Griff um die schwarze Seidenbettwäsche verstärkte sich. »Und wo wirst *du* dann schlafen?« Wenn er auch nur eine Sekunde glaubte, ich würde ein Bett mit ihm teilen, hatte er sich gewaltig geirrt.

Er musste meine Gedanken gelesen haben, denn er grinste breit. »Ich muss für eine Woche nach Irrín, um mich um ein paar Dinge zu kümmern.«

»Irrín?«

»Das Kriegslager. Auf der anderen Seite der Berge.« Er deutete mit dem Kinn in Richtung des Fensters. »Sie dienen als Barriere zwischen diesem Anwesen und dem Gemetzel auf der anderen Seite.«

»Oh.« Also hatte ich doch recht gehabt. Das Kriegslager, das ich mir bei der ersten Erwähnung von Cahlish vorgestellt hatte, gab es wirklich. Zwölfhundert Meter hohe, steile, zerklüftete Felsen standen zwischen ihm und diesem Haus, aber es existierte tatsächlich da draußen.

»Nur der Vollständigkeit halber: Ich würde eine Verletzung nie als Vorwand nutzen, um mich in ein Bett zu schleichen«, sagte Fisher. Seine Stimme klang jetzt noch näher. Fast konnte ich seine Lippen an meiner Ohrmuschel spüren. »Ich hatte noch nie ein Problem damit, mir eine Einladung zu sichern.«

Er war so sehr von sich selbst überzeugt. Seine Arroganz kannte keine Grenzen.

»Tja, rechne lieber nicht mit einer Einladung von *mir*«, fauchte ich und zog die Bettdecke noch höher.

Verdammt! Dieses Lächeln … mit leicht geöffneten Lippen und der winzigen Andeutung von spitzen Zähnen. Bei diesem Lächeln musste ich sehr, sehr vorsichtig sein. Es würde mich ruinieren, wenn ich nicht aufpasste.

»Hm. Du hast recht«, erwiderte er. »Ich glaube nicht, dass du mich einladen wirst. Wenn der Moment gekommen ist, wirst du eher betteln …«

Ich stieß einen wütenden Schrei aus, griff nach dem nächstbesten Gegenstand, den ich in die Finger bekam, und schleuderte ein Kissen in seine Richtung. Doch es war zu schwer und prallte auf den Boden, ohne sein Ziel zu erreichen.

Kingfishers Lachen schallte durch den Flur, als er verschwand und seine Schlafzimmertür hinter sich zuzog.

Aufgebracht warf ich die Bettdecke beiseite, fest entschlossen, ihm etwas *viel* Schärferes hinterherzuschleudern. Doch als ich versuchte, meine Beine aus dem Bett zu schwingen … passierte nichts. Meine Muskeln bewegten sich keinen Millimeter. Sie zuckten nicht mal.

Bei den Göttern, ich war gelähmt. Irgendwas stimmte nicht. Die Heiler … sie … Ich konnte meine … oh Götter. Oh nein, oh nein, *oh nein* …

Aber in dem Moment, als ich nicht länger aufzustehen versuchte und stattdessen vorsichtig mit den Zehen wackelte, gehorchte mein Körper. Die Erleichterung darüber schüttelte mich so sehr, dass ich einen Schluchzer ausstieß und mir den Handrücken auf den Mund presste. Ich konnte meine *Beine* bewegen. Ich konnte nur nicht aufstehen.

Ich …

Moment mal!

Nein.

Das hatte er doch nicht wirklich …

Solange du dich nicht erleichtern musst, wirst du das Bett nicht verlassen, Osha. Und selbst dann wirst du nur schnell zur Toilette gehen und dich danach sofort wieder ins Bett legen.

Die Erkenntnis drückte schwer auf meine Brust. Deshalb hatte Fishers Stimme so fest geklungen, als er mir sagte, ich solle im Bett bleiben und mich ausruhen – weil es sich um einen Befehl gehandelt hatte. Ein Befehl durch den Eid erteilt, der mich an ihn band.

Ich *musste* in seinem Bett bleiben.

Er ließ mir keine andere Wahl.

Fünf Tage.

Fünf verdammt lange Tage. Ich aß in Fishers Bett. Schlief in Fishers Bett. Wann immer ich mich *erleichtern* musste, wie er es so elegant formuliert hatte, erlaubte mir mein Körper, aufzustehen. Aber meine Füße trugen mich nur zu der diskreten Tür neben dem Kleiderschrank und erlaubten mir, das schöne weiße

Marmorbad zu betreten. Ich konnte mein Geschäft erledigen und mir auch die Hände waschen, aber sobald ich fertig war, trugen mich meine Beine zurück in das bequeme Gefängnis, das sein Bett für mich darstellte.

Ich hatte keine Ahnung, welche Art von Magie die Bettwäsche so perfekt kühl und sauber hielt, aber ich kam schon bald zu dem Schluss, dass es sich um eine trickreiche und bösartige Magie handeln musste. Der Duft von Fisher hing unaufhörlich in der schwarzen Seide. Ich konnte ihn riechen – den komplexen Duft eines kalten Winterwaldes –, jede Sekunde, jede Stunde, jeden Tag, bis ich buchstäblich nur noch an ihn dachte.

Am liebsten hätte ich ihn erwürgt.

Und mir war so langweilig, dass ich glaubte, den Verstand zu verlieren. Onyx' Anwesenheit war das Einzige, was mich rettete. Der Fuchs war kurz nach Kingfishers Abgang in den Raum gekommen und seitdem fast die ganze Zeit bei mir geblieben. Er rollte sich neben mir zusammen und schlief. Und er brachte komische Laute hervor, die so klangen, als würde er lachen, wenn ich ihn streichelte oder unter dem Kinn kraulte. Drei- oder viermal am Tag hüpfte er vom Bett und schlich aus dem Zimmer, wobei er die Tür mit seiner Schnauze aufstieß – vermutlich, um sich selbst zu erleichtern oder um zu jagen. Aber er kam immer zurück.

Jedes Mal, wenn die Feuerkobolde mir mein Essen brachten, bat ich sie inständig, Fisher zu holen. Doch sie zuckten nur verlegen die Schultern und teilten mir mit, er sei noch nicht zurück. Nach jedem Mittagessen tauchte Te Léna auf, eine Fae-Heilerin mit wunderschöner, bronzefarbener Haut und den hinreißendsten bernsteingelben Augen. Sie legte die Hände auf meinen Unterleib und »las mein Blut«. Ich hatte keine Ahnung, was das bedeutete, aber irgendetwas tat sie dabei: Ein kribbelndes, nicht unangenehmes Gefühl fuhr durch meine Adern und ließ meinen Körper leicht summen. Anschließend schenkte sie mir ein entschuldigendes Lächeln, verkündete »Noch nicht« und gab mir ein neues Buch als Lektüre. Am vierten Tag wirkte ihr Lächeln jedoch strahlender. Optimistischer. »Noch einen Tag«, sagte sie.

»Aber ich fühle mich gut!« Bereits seit Fishers Aufbruch zum Kriegslager hatte ich mich gut genug gefühlt, um halb Zilvaren zu durchqueren, ohne dabei ins Schwitzen zu geraten. Aber keiner meiner Besucher hatte ein Einsehen und am wenigsten Te Léna.

»Selbst wenn ich dich von seinem Befehl entbinden wollte, könnte ich das nicht. Der *Eid* weiß, dass du noch nicht vollständig genesen bist, also wird er dich nicht aus diesem Raum herauslassen.« Beruhigend drückte sie meine Schulter. »Aber es dauert nicht mehr lange. In deinem Körper kursiert nur noch eine winzige Menge Gift … so wenig, dass ich es kaum noch wahrnehmen kann. Nur noch vierundzwanzig Stunden.«

Am letzten Tag meiner Gefangenschaft kam keiner der Feuerkobolde mit meinem Frühstück ins Zimmer, sondern Carrion. Er hatte mich schon zuvor besucht, mich aber mit seinem Herumlaufen und seinen Fragen so sehr genervt, dass ich ihn angeschrien und rausgeworfen hatte. Danach war er nicht wieder aufgetaucht. Bis heute. Mit einem belustigten Schimmer in den Augen grinste er mich über das Tablett hinweg an, das er auf meinem Schoß abstellte.

»Du siehst sauer aus«, sagte er.

Das war nicht die Untertreibung des Jahrhunderts, sondern die der gesamten Ära. »Ich bin *stinksauer*.«

Carrion warf sich auf das Bett und streckte sich neben mir aus – wodurch Onyx unsanft aus seinem Nickerchen geweckt wurde. Der Fuchs knurrte Zilvarens meistgesuchten Mann an, fletschte die Zähne und legte die Ohren an den Kopf. Doch Carrion ignorierte ihn einfach. Er grunzte, schüttelte Fishers Kissen auf und machte es sich bequem. »Weißt du, was *ihn* wirklich stinksauer machen würde?«

Natürlich wusste ich, dass er nicht von Onyx sprach. »Vergiss es, Carrion.«

»Rachesex in seinem Bett.«

Ich schob mir einen Apfelschnitz in den Mund. »Ja, klar. Klingt nach einer *tollen* Idee. Idiot! Was glaubst du, was er mit dir machen würde, wenn du jemanden in *seinem* Bett fickst?«

Carrion wackelte mit den Augenbrauen. »Ich glaube, er würde es nie erfahren.«

Ich verschluckte mich fast an dem Apfel. »Oh, und ob er davon erfahren würde.« Die bissige Bemerkung, die Fisher im Speisesaal gemacht hatte, schoss mir durch den Kopf, als wäre er persönlich hier und würde sie spöttisch wiederholen: *Ich konnte deinen Geruch aus drei Meilen Entfernung wahrnehmen, denn er klebte am ganzen Körper dieses Jungen. Pheromone sind für unsere Nasen wie Signalfackeln, kleine Osha.*

»Ich würde es riskieren«, sagte Carrion. »Wie auch immer seine Strafe ausfallen mag, es würde sich lohnen.«

Ha! Carrion hatte nicht gesehen, wie Fisher den Fresser mit einer schonungslosen Bewegung seines Handgelenks enthauptet hatte. Anderenfalls würde er diese Aussage vielleicht überdenken. Ich warf ihm einen scharfen Blick zu. *»Nein.«*

Carrion schnappte sich ein Stück Toast von meinem Frühstückstablett, biss hinein und verursachte einen Krümelhagel, der jedoch auf magische Weise verschwand, noch bevor er die Bettdecke erreichte. »Nur zu meiner Information …«, setzte er kauend an. »Ist das ein Nein zum Sex im Bett deines Entführers? Oder ein Nein zum Sex im Allgemeinen?«

»Was glaubst du wohl?«

Nachdenklich zeigte er mit der Ecke seiner Toastscheibe auf mich. »Mit diesem Gesichtsausdruck könntest du einen Mann ausweiden. Noch eines der Dinge, die ich an dir besonders liebe.«

Ich riss ihm die Toastscheibe aus der Hand und warf sie auf meinen Teller. »Ich liebe nichts an dir.«

»Lügnerin. Es gibt *so* viele Dinge, die du an mir liebst.« Er zwinkerte mir anzüglich zu und versuchte, mir die Scheibe erneut zu stehlen. Aber ich schlug ihm auf den Handrücken. »Hol dir dein eigenes verdammtes Frühstück. Das hier ist meins.«

»Meine Haare. Meine Augen. Mein Verstand. Mein Charme …« Carrion zählte die Dinge an seinen Fingern ab, als würde er eine Liste erstellen.

»Du hast *null* Charme.«

»Ich bin viel charmanter als *Kingfisher*«, protestierte er.

»Ihr seid beide gleich unausstehlich. Kannst du jetzt bitte deine dreckigen, schlammbespritzten Stiefel vom Bett nehmen?«

»Was macht das schon? Der Schlamm verschwindet doch sowieso«, entgegnete er, wischte die schlammverschmierten Stiefelsohlen demonstrativ an den zerwühlten Laken ab und zog eine sehr zufriedene Miene, als die von ihm verursachte Sauerei prompt verschwand. »Siehst du?«

»Was zum Teufel hast du gemacht?«, fragte ich fordernd. »Warum bist du so schmutzig? Und … Moment mal, woher hast du überhaupt diese Stiefel? Bei deinem letzten Besuch bist du barfuß herumgelaufen.« Ich lachte höhnisch. »Du sahst vielleicht *albern* aus.«

»Tja, ich hätte wohl kaum mit nur einem Stiefel herumlaufen können, oder? Während *du* hier drin festsitzt und an die Decke starrst, habe ich mit den neuen Wachen trainiert. Sie haben ein faszinierendes Kampfsystem.« Eine kleine Stichelei. Die Rache für meine Bemerkung, er hätte albern ausgesehen. Denn eines konnte Carrion Swift überhaupt nicht ertragen: dass man ihn verspottete. »Was die Stiefel angeht, so hat dein Freund Fisher sie mir gegeben.«

Ich legte meine Gabel ab. »Tatsächlich?«

Carrion nickte. »An dem Abend, als du mit ihm zu Abend gegessen hast. Kurz davor, um genau zu sein – du warst bereits zum Speisesaal aufgebrochen. Er tauchte mit diesen Stiefeln in der Hand auf und sagte, er würde sie mir unter einer Bedingung geben.«

»Welche Bedingung?«

Blitzschnell schnappte Carrion sich eine Weintraube vom Tablett und schob sie sich in den Mund. »Unter der Bedingung, dass ich ein Bad nehme.«

»Ein Bad?«

»Ja, ein Bad.«

»Das ist eine seltsame Forderung.«

»Ich weiß. Denn selbst nachdem man mich entführt, in ein anderes Reich verschleppt und meilenweit auf dem Rücken eines Pferds transportiert hatte, roch ich noch gut. Aber er hämmerte darauf herum, dass er meinen Geruch nicht mochte. Also dachte ich mir, scheiß drauf. Was soll's? Ein Bad für ein neues Paar Stiefel war ein fairer Tausch. Und es fühlte sich toll an, in all dem heißen Wasser zu baden. Seltsam, oder? All das Wasser … Ich kann es noch immer nicht fassen, dass hier solche Mengen …«

Carrion plapperte weiter, aber das Stück Toast, das ich gerade abgebissen hatte, schmeckte plötzlich zäh wie Kleber. »Er hat gesagt, er würde deinen Geruch nicht mögen?«

»Ja, und zwar auf *sehr* unhöfliche Weise. Er ließ einen Haufen Bedienstete kommen und mich mit diesen harten Bürsten schrubben, bis meine Haut ganz aufgeraut und rosa war. Ich schwöre, sie haben mir vier Hautschichten weggescheuert. Danach haben sie mich mit einem dicken weißen Lehm eingerieben und ihn so lange trocknen lassen, bis er hart wurde und sie ihn aufbrechen mussten, um ihn vollständig zu entfernen.«

»Bei den Göttern!«

»Aber *dann* …«, setzte er an und nahm eine weitere Traube, »haben sie mich mit dieser speziellen Art von Moos abgerieben, und ab da wurde es interessant. Sie haben sich besonders um meinen …« Sein Blick wanderte an seinem Körper hinunter, bis er in seinem Schritt landete.

Ich musterte ihn mit hochgezogenen Augenbrauen. »Du hast dir von einem Feuerkobold mit einer Handvoll Fae-Moos einen runterholen lassen?«

»Kein Feuerkobold«, protestierte er. »Das waren Wassernymphen. Gleich drei. Sie sind kleiner als die Fae-Frauen und sehr hübsch anzuschauen. Ich hatte nicht das Geringste gegen ihre Aufmerksamkeit einzuwenden.«

»Du bist erst seit fünf Sekunden in Yvelia und hast schon einen Vierer mit einer anderen Art magischer Wesen gehabt?« Ich wusste nicht, warum mich das überraschte – es war typisch Carrion.

»Eifersüchtig?«, fragte er und zwinkerte erneut.

»Nein! Ich bin … Ich bin angewidert! Was ist, wenn du dir eine Art Fae-Krankheit eingefangen hast?« Dieses Mal warf *ich* einen demonstrativen Blick auf seinen Schoß.

Eine weitere Weintraube wanderte in seinen Mund. »Ah, da mache ich mir keine Sorgen. Sie waren *sehr* gründlich mit dem Moos.«

»Ekelhaft!«

»Komm schon: Beeil dich mit deinem Frühstück. Die schöne Heilerin hat mir gesagt, ich soll dir sagen, dass du hier rauskannst, sobald du alles auf dem Tablett aufgegessen hast.«

Ich starrte ihn mit offenem Mund an. »Carrion Swift, du bist so ein Arschloch! Das hättest du gleich beim Reinkommen als Erstes sagen sollen.«

Nie zuvor hatte ich ein Tablett mit Speisen so schnell geleert. Nicht mal, als ich im dritten Bezirk fast verhungert war.

Das Silber spritzte im Schmelztiegel und blubberte wütend. Die Kombination aus Eisenspänen und dem gelben Pulver, das ich zuerst in einer Kochsalzlösung verrührt und dann dem geschmolzenen Silber zugegeben hatte, war nicht gut verlaufen. Genauso wenig wie das Experiment, bei dem ich versucht hatte, einen kleinen Goldsplitter und ein menschliches Haar (meins) zum Metall zu geben. Beide Male, als ich das so angefertigte Medaillon in das Quicksilver legen wollte, hatte das Silber gebrodelt, und die Stimme darin hatte wütend in einer fremden Sprache gezischt. Für den nächsten Versuch hatte ich etwas Holz verbrannt, die übrig gebliebene Holzkohle zermahlen und in das Silber gestreut. Die beiden wollten sich nicht verbinden, aber ich goss den Inhalt des Schmelztiegels in die Gussform, tauchte das Ganze trotzdem ins Härtebecken und zuckte leicht zurück, als das Wasser das Metall abkühlte und eine Wolke aus scharfem Rauch erzeugte.

In dem Moment, als ich das Medaillon in den Tiegel mit dem Quicksilver fallen ließ, wusste ich, dass auch dieser Versuch gescheitert war. Denn das Quicksilver *lachte.*

Und das war's. Ich konnte nur drei Experimente am Tag durchführen. Da mir so wenig Silber zur Verfügung stand, musste ich den Rest des Tages damit verbringen, es zu läutern, damit ich am nächsten Morgen wieder experimentieren konnte. Fluchend sammelte ich den Schrott ein, den ich erzeugt hatte, und schüttete ihn in einen Läuterungstiegel, wobei meine Wut mit der Temperatur in der Schmiede stieg. Obwohl eine Seite der Werkstatt offen war, war es hier am Ende des Arbeitstages so heiß wie in den Kerkern von Madras Palast.

Wenn Onyx nicht gerade den Vögeln hinterhersprang oder Mäuse jagte, lag er am liebsten unter der riesigen Eiche, beobachtete mich aus der Ferne und kühlte seinen Bauch im Schnee.

Seit dem Verlassen von Fishers Zimmer waren inzwischen acht Tage verstrichen, was vierundzwanzig gescheiterte Versuche zur

Herstellung einer Reliquie bedeutete. Die Truhe mit den Silberringen stand neben der Bank, dort, wo Fisher sie zurückgelassen hatte, und erinnerte mich täglich daran, dass ich im Grunde genommen am Arsch war, solange ich nicht jeden einzelnen Ring darin in einen Schild verwandelte, der Fishers Kriegern das unbeschadete Passieren der Quicksilver-Becken ermöglichte. Und wenn mein Blick danach auf die anderen Truhen voller Ringe fiel, musste ich den Drang unterdrücken, laut zu schreien.

Ich wollte lieber nicht daran denken, was passieren würde, wenn ich nicht bald vorankam. Jedes Mal, wenn ich das Altsilber läuterte, verlor ich einen Teil davon. Die Menge, mit der ich weiterarbeiten konnte, wurde jeden Tag kleiner – und damit auch meine Chancen, Hayden und Elroy jemals wiederzusehen.

Während ich gerade vor mich hin arbeitete, jaulte Onyx aufgeregt wegen irgendetwas auf der anderen Seite der Gartenmauer. Das tat er häufig. Auf dem Gelände von Cahlish streiften Tiere umher und Wächter, die jetzt auch auf der anderen Seite der Mauer patrouillierten. Ich sah sie nicht sehr oft, konnte sie aber von Zeit zu Zeit hören. Jetzt ignorierte ich Onyx' empörtes Jaulen, während ich das Altsilber vorsichtig in einen Bottich mit Säure legte. Wie gebannt starrte ich auf die drei kleinen Medaillons und sah zu, wie sie sich langsam auflösten – wodurch ich den Eindringling erst bemerkte, als es zu spät war und er bereits über die Mauer kletterte.

Ruckartig hob ich den Kopf, als Onyx jetzt ein sehr hundeähnliches Bellen ausstieß. Und entdeckte den Eindringling: eine dunkle Gestalt, die durch den Garten direkt auf mich zukam.

Ein Fresser.

Mein Herz machte einen Satz, meine Hand griff nach meinem Dolch, ein panischer Schrei stieg in meiner Kehle auf …

… aber es war kein Fresser.

Sondern Ren.

Er schenkte mir ein warmes Lächeln, als er die Schmiede betrat. »Hallo, Saeris.«

»Im Ernst? Du kletterst lieber über die Gartenmauer und erschreckst mich zu Tode, als die Tür zu benutzen?«

»Auf diese Weise ging es schneller«, erklärte er. »Entschuldige, ich wollte dich nicht aufregen.«

Eigentlich hätte mir der General Angst einjagen müssen, aber selbst nach dieser Überraschungsaktion war das nicht der Fall. Er strahlte eine Wärme aus, die mir trotz seiner imposanten Erscheinung ein Gefühl der Beruhigung schenkte. Die obere Hälfte seiner langen hellbraunen Haare hatte er zu zwei Kriegszöpfen zurückgebunden, die am Schädelansatz zu einem Pferdeschwanz zusammenkamen, während ihm der Rest bis weit über die Schultern hing – fast so lang wie meine eigenen Haare. Ein wachsamer Blick lag in seinen dunkelbraunen Augen, als er an mir vorbei in die Schmiede schaute.

»Alles in Ordnung?«, fragte ich. »Ist das … *Blut*?«

Seine Hände waren mit schwarzen Flecken übersät, genau wie seine Hose. Auch auf seiner goldenen Brustplatte mit dem Siegel in Gestalt eines knurrenden Wolfskopfs – das dem auf Fishers Halsberge sehr ähnlich sah – prangten schwarze Spritzer. Vielleicht von dunklem Schlamm, aber … nein. Er war jetzt nahe genug, dass ich ihn riechen konnte, und verdammt: Der General verströmte denselben üblen Gestank wie die Fresser beim Angriff im Speisesaal. Das da war eindeutig Blut. Verwirrt sah er an sich herab, die Brauen hochgezogen, als hätte er gerade erst bemerkt, wie schmutzig er war.

»Ah, Mist! Also … äh … wir haben im Lager keinen Zugang zu einem Badehaus. Zwar gibt es einen Fluss, aber der ist zugefroren. Ich … ich sollte verschwinden und mich sauber machen. Entschuldige, Saeris. Ich war so darauf konzentriert, dir kurz Hallo zu sagen, dass …« Vergebens versuchte er, seine Hände an seiner

Hose abzuwischen. »… dass ich das Blut ganz vergessen hatte. Keine Sorge, ich werde es gleich abwaschen. Aber zuerst habe ich das besondere Vergnügen, dir mitzuteilen, dass Fisher heute Abend wieder um deine Anwesenheit beim Abendessen bittet.«

»Ach, dann ist er also zurück?« Ich verschränkte die Arme vor der Brust. »Und *bittet* um meine Anwesenheit? Bist du dir sicher, dass er meine Anwesenheit nicht eher *verlangt*?«

Der General zuckte zusammen, und ich wusste, dass ich den Nagel auf den Kopf getroffen hatte. Ren war tausendmal netter als dieser Mistkerl und hatte die Nachricht, die er mir überbringen sollte, umformuliert. »Fisher will nicht so schroff sein«, sagte er. »Er kämpft jetzt schon so lange in diesem Krieg, dass er vergessen hat, wie es ist, sich in feiner Gesellschaft zu bewegen.«

Ich kehrte in die Schmiede zurück und warf meine hitzebeständigen Handschuhe auf die Werkbank. »Du solltest wirklich aufhören, dich für ihn zu entschuldigen. Das hilft weder ihm noch mir noch sonst irgendjemandem. Er ist einfach ein Mistkerl.«

Ren lächelte matt. »Er ist auch mein bester Freund. Ich muss einfach glauben, dass er noch irgendwo da drinsteckt. Die Person, die ich einst kannte. Nicht diese kalte, abweisende Version seiner selbst.« Seine Trauer lastete schwer auf ihm, das konnte ich sehen. »Aber ich will dich nicht länger aufhalten. Du musst dich für das Abendessen fertig machen, und …«

»Wirst du dieses Mal dabei sein?«

Ren blickte auf seine schmutzigen Fingernägel hinunter, ein kleines Lächeln umspielte seinen Mund. »Nein. Normalerweise esse ich mit Fisher, aber heute Abend bin ich nicht eingeladen.«

Ich kniff meine Augen leicht zusammen. »Und was glaubst du, ist der Grund dafür?«

»Ich möchte ungern irgendwelche Vermutungen anstellen.«

Feigling. Wir wussten beide, dass Fisher nur mich eingeladen hatte, weil er mich dann nach Lust und Laune quälen konnte, ohne dass ihn jemand davon abhielt. Aber nicht mit mir. »Du kommst zum Abendessen«, teilte ich Ren mit.

»Nein, ich denke, eher nicht«, antwortete er langsam.

»Doch. *Ich* lade dich ein.«

»Ich fühle mich geehrt und danke dir, aber …«

»Willst du, dass Fisher mich suchen muss, weil ich mich geweigert habe, zum Essen zu erscheinen? Willst du, dass er mich zwingt mitzukommen? Glaubst du, er würde das tun?«

»Nein, natürlich nicht! Das würde er nicht tun.«

Ich wartete.

»Okay, vermutlich schon«, räumte Ren ein.

»Gut. Dann kommst du also auch.«

»Saeris.«

»Weil du nicht willst, dass er mir wieder etwas befiehlt, das ich nicht tun will. Weil du ein netter Fae-Krieger bist, im Gegensatz zu Fisher, der der leibhaftige Teufel ist.«

Ren war sichtlich hin- und hergerissen, doch schließlich gab er nach. »Also gut, ich werde kommen. Aber er wird nicht begeistert sein.«

»Wann ist Fisher jemals begeistert?«, konterte ich und runzelte die Stirn. »Wo steckt er überhaupt? Warum ist er nicht persönlich hergekommen, um mich mit Neuigkeiten vom Abendessen zu quälen?«

Renfis blickte zur Tür, beunruhigter als noch vor einem Moment. Ich hatte das Gefühl, dass sein überlegenes Fae-Gehör eine Bewegung im Flur des Haupthauses wahrgenommen hatte. Aber wenn das stimmte, verlor er jedenfalls kein Wort darüber.

»Er ist bei Te Léna«, sagte er geistesabwesend.

»Ah, verstehe. Ist er verletzt oder so was?«

»Hmm? Nein, nein, es geht ihm gut. Nichts, worüber man sich Sorgen machen müsste. Im Ostwald hinter dem Lager ist es zu einem Scharmützel gekommen, aber es war schnell vorbei. Kingfisher ist unversehrt.« Ren nickte, als wollte er sich selbst davon überzeugen, dass dies der Wahrheit entsprach. »Wir sehen uns beim Abendessen, Saeris.«

»Warte mal. Da ist noch eine letzte Sache, bevor du gehst: Ich habe viel nachgedacht, während ich hier festhocke und versuche, diese Reliquien herzustellen, und … Fishers Schwert, Nimerelle, besitzt noch immer etwas Magie, oder? Der Rauch und die dunkle Energie, die von der Klinge aufsteigen …«

Jetzt spiegelte sich ein Hauch von Misstrauen auf Rens Gesicht. »Ja.«

»Wie … wie kann das sein?«

Renfis rieb sich den Kiefer und dachte eine Sekunde lang nach. »Ich bin mir nicht sicher«, antwortete er schließlich. »Keiner von uns versteht es. Wir wissen nur eines: Als die anderen Götterschwerter verstummten und den Rest der Fae, die sie trugen, im Stich ließen, blieb Nimerelle hier in Yvelia. Allerdings zu einem hohen Preis: Die Klinge glänzte einst silbern, doch im Laufe der Jahrhunderte wurde sie schwarz und trübe. Trotzdem ist Nimerelle hiergeblieben. Der Geist dieses Schwertes oder die Magie, die ihm innewohnt … was auch immer du glauben magst … ist *geblieben.* Ganz gleich, was auch passiert ist, das Schwert hat ihn nie im Stich gelassen.«

»Ich weiß wirklich nicht, warum *ich* mitkommen muss«, murrte Carrion und zerrte an seinem Hemdkragen, während er mir durch den langen Korridor folgte. »Ich war mitten in einer tollen Sparringsrunde. Ich bin schmutzig. Und ich hätte mich umgezogen, wenn ich gewusst hätte, dass ich mich mit meinem Kidnapper zu einem feinen Essen zusammensetzen werde. Da wir gerade davon reden: *Du* hättest dich nach dem Verlassen der Schmiede auch umziehen sollen.«

»Das hab ich«, erwiderte ich knapp.

Carrion verzog das Gesicht. »Wirklich? Ich meine mich zu erinnern, dass bei meiner Rückkehr ins Zimmer ein sehr tief ausgeschnittenes, durchsichtiges schwarzes Kleid am Fußende deines Betts lag. Und ich komme nicht umhin festzustellen, dass du ein verblichenes, abgenutztes Hemd und eine sehr schäbige Hose trägst.«

»Na und? Die Sachen sind sauber.«

»Das ist aber auch das einzig Positive, was man über sie sagen kann.« Carrion rümpfte die Nase. »Ich hatte ein berechtigtes Interesse daran, dich in diesem Kleid zu sehen.«

»Warum?« Ich stieß die Tür zum Speisesaal auf.

»Wegen deiner phänomenalen Titten. Sie hätten in diesem Kleid großartig ausgesehen. Und erst dein Arsch. Der Stoff war hauchdünn. Hätte nicht viel der Fantasie überlassen. Nicht dass ich meine Fantasie bemühen müsste, wenn es um deinen Körper geht, aber …«

Ein finsteres Knurren hallte durch den Speisesaal.

Und Carrion besaß genügend Geistesgegenwart, um den Satz nicht zu beenden.

Die Fenster waren nach dem Angriff repariert worden. Aber dieses Mal ragte kein riesiges Blumenarrangement in der Tischmitte auf. Fisher saß am Kopfende, gekleidet in Mitternachtsschwarz. Ein maßgeschneidertes Hemd umschmeichelte seine Brust und Schultern auf höchst ablenkende Weise. Seine Haare waren feucht, und die Spitzen kräuselten sich, als wäre er erst kurz zuvor aus dem Bad gekommen. Seine Lippen waren zu einem dünnen Strich zusammengepresst, der vermuten ließ, dass er am liebsten die Hände um Carrions Hals legen und ihm das Genick brechen wollte. Ren saß frisch gewaschen und mit einem Glas Whisky in der Hand links von Fisher und zog eine gequälte Miene.

»Du bist spät dran«, sagte Fisher in eisigem Ton. »Und bitte klär mich doch auf: Warum hast du den halben Haushalt zu einem Treffen eingeladen, das eigentlich nur für uns beide gedacht war?«

»Treffen? Ich dachte, das wäre ein Abendessen. Und es wäre doch nicht fair, wenn ich das Vergnügen deiner Gesellschaft genieße, während die beiden hier das alles verpassen?«

Carrion hob die Hand. »Ehrlich gesagt würde ich es auch vorziehen, woanders zu sein.«

»Setz dich verdammt noch mal *hin*«, zischte ich.

»Okay, okay. Bei den Göttern!«

Für mich war wieder ein Platz am hinteren Ende des Tischs reserviert worden, obwohl man dieses Mal wohl ein Zugeständnis gemacht hatte, denn der Tisch war bei Weitem nicht so lang wie zuvor. Nur drei Meter oder so. Trotzdem war ich keine Bürgerin zweiter Klasse, die man an das hintere Ende eines verdammten Tischs verbannte. Mit erhobenem Kopf stapfte ich schnurstracks an dem Gedeck vorbei, schnappte mir nur das Weinglas, zog wieder den Stuhl zu Fishers rechter Seite heraus und setzte mich darauf.

Renfis nippte gerade an seinem Glas, aber in dem Moment, als er merkte, dass ich ihm gegenüber, neben Fisher saß, spritzte der Alkohol in einem hohen Bogen aus seinem Mund und fast auf die andere Tischseite. Glücklicherweise hatte er sich noch nicht beim Brot bedient.

»Heilige Märtyrer!« Keuchend schlug er sich auf die Brust. »Was zum Teufel …?«

»Ach ja: Sie hat nicht nur kein Zeitgefühl, sondern auch noch unkonventionelle Sitzvorlieben, nicht wahr, Mensch?«

»*Ich* könnte mich stattdessen dort hinsetzen«, bot Carrion an.

»Auf keinen Fall«, knurrte Kingfisher. »Nur über deine Leiche.«

»Whoa! Okay. Ich habe nur versucht, den Frieden zu wahren. Wenn ihr einen Puffer braucht …«

»Nein, brauchen wir nicht«, entgegnete Fisher. »Und selbst

wenn, würde ich jemanden fragen, der viel sympathischer ist als du.« Er zeigte wütend auf Carrion. »Und erzähl mir jetzt *nicht*, dass dich in Zilvaren alle sympathisch finden. Ich will es nicht hören.«

Carrion schenkte ihm ein mattes Lächeln und ließ sich auf dem nächsten Stuhl nieder.

»Komm hierher, setz dich auf diese Seite«, forderte Ren mich auf, nahm sein Glas und schob seinen Stuhl zurück. »Es macht mir nichts aus, woanders Platz zu nehmen.«

»Welchen Unterschied macht es schon, ob ich hier oder auf der anderen Seite sitze?«, fragte ich. »Ich muss mir so oder so sein selbstgefälliges Gesicht ansehen.«

»Sie hat recht«, sagte Fisher. »Sie hat ihre Entscheidung getroffen. Soll sie doch sitzen, wo sie will.«

Ren warf ihm einen seltsamen Blick zu. »Wirklich?«

»Wirklich.«

Ich kannte den General nicht besonders gut, konnte aber deutlich erkennen, dass ihn Fishers Erklärung verblüffte. Er lehnte sich auf seinem Stuhl zurück und ließ seinen Blick über die Miene seines Freundes schweifen, während ich nach der Weinflasche griff, die vor Fisher stand, und mir ein großes Glas einschenkte. Ich wollte die Flasche gerade wieder abstellen, als Carrion sie mir aus der Hand nahm. Fisher sah, wie Carrion sich über mich beugte, und seine Nasenflügel blähten sich.

»Du hast mit den Wachen trainiert«, sagte er.

Carrion nickte. »Die Art, wie die Fae kämpfen, ist erstaunlich. So flüssig und geschmeidig wie ein Ballett.«

»In Yvelia werden die Zuschauer beim Ballett selten in Stücke gehackt«, bemerkte Fisher trocken.

»Wirklich? Es würde mich nicht überraschen, wenn es so wäre. Ihr seid fast so blutrünstig wie die Streithähne, die im dritten Bezirk in den Kampfgruben um Wasserrationen kämpfen.«

»Wir haben uns weiterentwickelt. Für so etwas Belangloses wie eine Wasserration würden wir nicht kämpfen.«

Carrion schnaubte belustigt. »Das würdest du, wenn du sonst verdursten müsstest. Glaub mir, ich habe es gesehen.«

Ich konnte die unausgesprochenen Worte in seiner Bemerkung förmlich hören: *Ich habe es am eigenen Leib erfahren.* Zwar hatte er es nicht laut gesagt, aber das brauchte er auch nicht. Es hatte Zeiten gegeben, in denen er in der Silberstadt ums Überleben gekämpft hatte. Ich wusste das, weil jeder in Zilvaren kämpfen musste. Es war unvermeidlich. Für jeden Bewohner unseres Bezirks kam der Moment, in dem er sich in einer extremen Situation befand und sich entscheiden musste. Entweder man kämpfte um Wasser, oder man stahl es. Carrion hatte wahrscheinlich beides öfter getan, als er zählen konnte.

Fisher schaute von Carrion zu mir, als fragte er sich, ob *ich* mich jemals mit einem Dolch in der Hand auf dem Grund einer Kampfgrube befunden und um einen Becher Wasser gekämpft hatte.

Wie würde er wohl reagieren, wenn er wüsste, dass das der Fall war?, überlegte ich.

Doch im nächsten Moment räusperte sich Ren und lenkte das Gespräch diplomatisch auf ein anderes Thema. »Du kannst gern mit der Garnison trainieren, jetzt, da sie zurück ist. Morgen früh werden wir eine Übung durchführen.«

Er hatte mit Carrion gesprochen, aber ich antwortete ihm als Erste. »Um wie viel Uhr? Ich würde gern trainieren.«

»Das überrascht mich«, sagte Fisher und trank einen Schluck Whisky. »Ich dachte, du hättest es so eilig, nach Hause zu kommen.«

»Das stimmt auch. Du weißt, dass ich unbedingt nach Hause will.«

Kingfisher sah mich nicht an. »Aber du verbringst deine Zeit lieber im Schnee mit einem Schwert in der Hand, statt an der Aufgabe zu arbeiten, die dir die Freiheit schenken wird?«

Archer und sein Team von Feuerkobolden hatten den Speisesaal betreten. Sie schlurften um den Tisch herum und stellten Tabletts mit heißen, dampfenden Speisen darauf, den Blick abgewandt. Alle bis auf Archer, der mich mit großen Augen anstarrte, während er einen Suppenlöffel neben meine Schüssel legte. Ich schenkte ihm ein Lächeln, woraufhin er aufquietschte und hastig zu Boden schaute. Sein raues Gesicht war nicht in der Lage, zu erröten, aber ich hatte das Gefühl, es war ihm peinlich, dass ich ihn beim Anstarren erwischt hatte.

»Ich komme mit dem Fertigen der Reliquien nicht weiter«, teilte ich Fisher mit. »Die Art und Weise, wie du mich im Moment damit arbeiten lässt, ist sinnlos. Ich könnte diese Versuche bis ans Ende der Zeit durchführen, ohne den Transmutationsprozess zu entdecken. Und ich muss sagen, es scheint dich auch nicht sonderlich zu interessieren. Allem Anschein nach ist es dir egal, ob ich für immer hierbleiben muss.«

Archer stieß ein nervöses Kichern aus, verschluckte sich und huschte dann zur Tür.

Kingfisher schien sich nichts aus dem seltsamen Verhalten des kleinen Kobolds zu machen. »Natürlich möchte ich, dass du bleibst. Du bist unsere einzige Alchemistin«, sagte er. »Wenn es nach mir ginge, würde ich dich hierbehalten und in der Schmiede arbeiten lassen, bis du an Altersschwäche stirbst. Aber eine Abmachung ist eine Abmachung.«

Die Tatsache, dass ich ihn nicht anfauchte, während er in Seelenruhe an seinem Glas nippte, war ein Beweis dafür, dass ich mein Temperament eisern im Griff hatte.

»Es ist wirklich schockierend, wie wenig Vertrauen du zu dir selbst hast«, fuhr er fort. »Du wirst es schon herausfinden. Bitte iss etwas«, forderte er und deutete auf das Festmahl auf dem Tisch.

Carrion hatte erst gar nicht auf eine Einladung gewartet und war bereits dabei, seinen Teller mit kleinen Pasteten, gebratenem Gemüse und fünf verschiedenen Brötchensorten zu füllen. Ren hatte sich ebenfalls ein Stück Brot genommen, dem er allerdings nicht viel Aufmerksamkeit schenkte. Er zupfte daran herum, riss ein Stück ab, schob es sich in den Mund und kaute langsam, während sein Blick unauffällig zwischen mir und Kingfisher hin- und herwanderte.

»Ich habe keinen Hunger«, sagte ich.

»Doch, hast du«, widersprach Fisher. »Wir können alle hören, wie dein Magen knurrt. Und jetzt iss etwas, damit wir uns nicht die nächste Stunde lang sein Gejammer anhören müssen.«

Die Suppe in der Terrine, die mir am nächsten stand, roch unglaublich gut. Sie war dick und sämig. Vielleicht mit Huhn? Und Pilzen und Mais. Wäre ich nicht so sauer darüber gewesen, dass er mich zum Herkommen gezwungen hatte, dann hätte ich meine Schüssel bis zum Rand gefüllt. Aber da ich nun mal stinksauer *war*, ignorierte ich das Essen und meinen knurrenden Magen und warf Fisher meinen besten Todesblick zu. Den, von dem Carrion behauptet hatte, er könne einen Mann ausweiden. »Du hast gesagt, du musst für eine Woche ins Lager. Aber du warst zwei Wochen weg.«

»Habe ich dir gefehlt?«

»Es hat mir nicht gefallen, fünf Tage lang in deinem Bett festzusitzen.«

»Wirklich?« Kingfisher nahm ein Stück Käse. »Die meisten Frauen verbringen *gern* Zeit in meinem Bett.«

»Wie lange bleibst du, bevor du ins Lager zurückmusst?«, wandte Carrion sich mit vollem Mund an den General.

Ren zog eine Augenbraue hoch, und offenbar gelang es ihm nur mit Mühe, den Blick von mir loszureißen und Carrion anzuschauen. »Äh … eine Woche vielleicht?«

»Ich will gar nicht wissen, was für eine perverse Scheiße du in diesem Zimmer getrieben hast«, zischte ich.

Fishers Lachen erfüllte den Speisesaal. »Du hast recht. Das willst du nicht.«

»Argh!«

»Dann werde ich jeden Morgen vor Sonnenaufgang unten im Hof sein«, verkündete Carrion.

»Gern. Morgen trainieren wir Abwehrtechniken und die Entwaffnung des Gegners …« Ren riss ein weiteres Stück Brot ab, schob es sich in den Mund und warf mir einen Seitenblick zu. »Du könntest vermutlich etwas Training auf diesem Gebiet gebrauchen, Saeris.«

»Prima! Dann komm ich morgen auch. Danke.« Ich versuchte, meine Stimme etwas leichter klingen zu lassen, aber es gelang mir nicht.

Ren lachte leise und blickte auf seinen Teller hinunter. Offensichtlich fand er den Kampf, den ich mit Fisher führte, amüsant und nahm mir meinen bissigen Tonfall nicht übel.

Aber ich war nicht sauer auf ihn. Er hatte meinen Zorn nicht verdient. »Tut mir leid«, sagte ich und holte tief Luft. »Ich wollte nicht unhöflich sein. Jedenfalls nicht *dir* gegenüber.«

Der General schüttelte den Kopf und unterdrückte ein Lächeln. Dann griff er nach einer Pastete und legte sie auf seinen Teller. »Kein Problem. *Mich* treibt er auch in den Wahnsinn.«

Kingfisher hatte während dieses Gesprächs nicht eine Sekunde den Blick von mir abgewandt. »Sorge dafür, dass sie ein Trainingsschwert benutzt«, forderte er Ren schroff auf. »Eines mit einer sehr stumpfen Klinge.«

»Ich brauche *kein* Übungsschwert!«

»Ach nein? Du hast also Erfahrung im Umgang mit einer Klinge? Und ich meine ein richtiges Schwert und nicht irgendein schlecht zusammengehämmertes Hinterhofding.«

Ich würde ihm gleich mein sehr stumpfes *Buttermesser* in den Hals rammen! Dann würde er mal sehen, wie gut ich mit einer Klinge umgehen konnte. Und genau genommen wäre ich auch dazu in der Lage gewesen. Denn an diesem Abend trug er keine Halsberge. Seine Kehle war entblößt und bettelte geradezu darum, aufgeschlitzt zu werden – und ich war in der Stimmung, blanken Stahl sprechen zu lassen. Allerdings registrierte ich erst, dass ich auf seine Kehle starrte, als Fisher sein Kinn leicht anhob und den Kopf so neigte, dass die Sehnen an seinem Hals hervortraten. Schon wieder dieses verdammte Lächeln, das ich ihm am liebsten aus seinem selbstgefälligen Gesicht gewischt hätte.

»Ja«, bestätigte ich. Er hatte keine Ahnung von dem Waffentraining, das ich zu Lebzeiten meiner Mutter absolviert hatte. Hatte nicht die geringste Ahnung, wozu ich überhaupt fähig war. »Ich habe jede Menge Erfahrung mit Langschwertern. Sie sind wie Dolche, nur größer. Man benutzt die scharfe …«

»Du stehst kurz davor, dich zu blamieren«, murmelte Fisher. »Hör lieber auf zu reden, bevor du Renfis vorzeitig ins Grab bringst.«

»Ach, fick dich doch, Fisher.«

Er biss sich auf die Unterlippe, seine Augen funkelten grün und silbern. Inzwischen wusste ich, wie Belustigung bei ihm aussah, und es gefiel mir ganz und gar nicht. »Na los, sag es ihr, Ren«, forderte er.

»Einen Teufel werde ich tun und mich ins Kreuzfeuer dieses … dieses … was auch immer *das* hier ist … begeben«, erwiderte Ren und deutete auf uns beide. »Ich bin gern bereit, dir morgen früh den Unterschied zwischen dem Nahkampf mit dem Dolch und dem mit dem Schwert zu demonstrieren, Saeris. Aber bis dahin werde ich mein Abendessen genießen. Carrion, was für ein Kampfsystem verwenden die Gardisten in der Silberstadt?«

Allem Anschein nach hatte Carrion nur darauf gewartet, dass

Ren diese Frage stellte. Denn er stürzte sich in eine ausführliche, lebhafte Diskussion mit dem General und erzählte Ren alles über die Kampftechniken und Formationen, die er bei Madras Wachen beobachtet hatte. Ich war mir sicher, dass er sich die Hälfte davon nur ausgedacht hatte, trug aber nichts zu dem Gespräch bei. Stattdessen konzentrierte ich mich auf den stillen Krieg mit Fisher an unserer Ecke des Tischs – und ich hatte nicht vor, den Kampf zu verlieren.

Fisher deutete mit dem Kinn auf meinen Teller. »Iss, kleine Osha.« Seine Lippen bewegten sich, aber er sprach so leise, dass ich ihn erst hören konnte, als er seine Stimme in meine Richtung aussandte.

»Bei den Göttern, kannst du das mal bleiben *lassen*?«, zischte ich.

»Warum? Ich habe genau gesehen, dass du eine Gänsehaut bekommst, wenn ich auf diese Weise mit dir rede.«

»Es ist mir *unangenehm*«, entgegnete ich mit gesenkter Stimme, obwohl ich das eigentlich nicht hätte tun sollen. Es war unhöflich, eine solche Unterhaltung am Esstisch zu führen, aber Ren und Carrion waren in ihr Gespräch vertieft. Und es stellte sich heraus, dass ich Fisher eine Menge zu sagen hatte. »Du hast mich schon wieder mit dem Eid gezwungen«, stieß ich zwischen zusammengebissenen Zähnen hervor.

»In der Tat«, bestätigte er.

»Das hättest du nicht tun sollen.«

»Warum nicht?«

»Ich kann es nicht fassen, dass ich das wirklich laut aussprechen muss«, fauchte ich. »Du solltest es nicht tun, weil es *falsch* ist. Du kannst Leute nicht einfach zwingen, Dinge zu tun, die sie nicht tun wollen.«

Endlich aß Fisher den Käse, den er in der Hand hielt. »Doch, das kann ich – wenn sie einen Bluteid leisten, der sie meiner Gnade unterwirft.«

Bei diesen Worten verfinsterte sich Rens Miene, doch er unterhielt sich weiterhin mit Carrion.

»Hast du denn gar kein Gewissen? Bist du einfach nur bösartig? Ist das der Grund?«

Fishers Mundwinkel zuckten belustigt. Er beugte sich vor, nahm meinen Teller und füllte ihn mit verschiedenen Dingen von den Servierplatten und Tellern, die die Kobolde hereingetragen hatten. Einen Moment lang schwebten seine Finger über einem Tablett mit scharf angebratenem Fleisch, und er schien zu überlegen, ob er mir etwas davon auf den Teller legen sollte. Doch dann entschied er sich wohl dagegen. Als er mit seiner Auswahl zufrieden war, platzierte er den Teller vor mir auf dem Tisch und lehnte sich auf seinem Stuhl zurück. Die Tätowierungen an seiner Kehle bewegten sich, als er schluckte. Und die kunstvollen Muster auf seinen Handrücken, die seine Handgelenke umschlossen und dann unter den Ärmeln verschwanden, waberten wie Rauch.

»Iss etwas von diesen Speisen, dann beantworte ich deine Frage«, raunte seine Stimme an meinem Ohr.

Ich schenkte ihm ein säuerliches Lächeln. »Bestechung?«

Kingfisher spreizte die Hände. »Was auch immer bei dir funktioniert.«

Wütend funkelte ich ihn an.

»Soll *ich* dich vielleicht füttern?« Er machte den Eindruck, als würde er nicht davor zurückschrecken.

»Also gut, von mir aus.« Ich nahm die Gabel, schaufelte etwas Kartoffelpüree darauf und schob es mir in den Mund. Die Mischung aus Butter, reichhaltiger Sahne und Schnittlauch explodierte förmlich auf meiner Zunge, und als ich den Bissen hinunterschluckte, versuchte ich, mir nicht anmerken zu lassen, wie ich dahinschmolz, weil das Gericht so köstlich war. »So. Bist du jetzt zufrieden?«

Fisher beugte sich vor und stützte die Ellbogen auf den Tisch. Seine Augen funkelten. »Ich bin nicht bösartig.«

»Was du nicht sagst!«

»Wenn ich bösartig wäre, hätte ich deinen Eid schon längst zu meinem Vorteil genutzt.«

»Das hast du doch«, fauchte ich.

»Tatsächlich?« Er wirkte aufrichtig interessiert.

»Ja!«

»Ich habe dich dreimal gezwungen. Und ich denke, du wirst feststellen, dass es in allen drei Fällen zu deinem eigenen Besten war.«

»Das ist doch einfach nur eine Ausrede! Du …«

»Wenn ich bösartig wäre und deinen Eid für meine Zwecke nutzen wollte, würde ich dir befehlen, vor mir auf die Knie zu gehen«, unterbrach er mich. »Ich würde dir befehlen, deine Beine für mich zu spreizen. Würde dir befehlen, mir einen zu blasen und mich zu vögeln, bis du vor Erschöpfung das Bewusstsein verlierst. Willst du *das* vielleicht, kleine Osha?«

Hitze explodierte in meiner Brust. Ein Inferno, das in mir tobte und mir den gesamten Sauerstoff aus der Lunge raubte. Meine Hand zitterte, und meine Wangen färbten sich purpurrot, während ich die Gabelkante in die kleine Fleischpastete drückte, die er mir auf den Teller gelegt hatte. »Natürlich nicht. Warum sollte ich das wollen?«, krächzte ich.

Er deutete mit dem Kinn auf das Stück Pastete auf meiner Gabel. »Iss.«

Meine Wut fraß mich förmlich auf, aber ich führte die Gabel zum Mund.

»Wenn ich dich dazu zwingen würde, wärst du unschuldig. Deine Handlungen lägen nicht in deiner Verantwortung. Du müsstest dich nicht der Tatsache stellen, dass du mich *willst*.«

»Hör einfach auf, Fisher.«

»Und ich würde damit beweisen, was für ein abscheuliches Monster ich bin, oder? Wie befriedigend für dich! Genau das zu bekommen, wonach dein Körper schreit, und gleichzeitig recht zu behalten.«

»Du hast wohl den Verstand verloren«, flüsterte ich.

»Das hat man mir schon öfter gesagt. Aber ich weiß nicht recht. Abgesehen von dem unaufhörlichen Geplapper des Quicksilvers in meinem Kopf, denke ich, dass es mir ganz gut geht.«

»Ich will dich *nicht*, Fisher.«

»Du stellst dir gerade vor, wie meine Hände an der Innenseite deiner Schenkel hinaufwandern«, erwiderte er. »Wie meine Finger in deine feuchte Mitte gleiten. Wie sie sich gegen deine geschwollene Klitoris drücken, dich reiben, bis du keuchend und wimmernd darum bettelst, dass ich meinen Schwanz in dir versenke …«

Zum zweiten Mal an diesem Abend verschluckte sich Renfis fast an seinem Getränk. Er wirbelte auf seinem Stuhl herum und warf Fisher einen empörten Blick zu, der besagte: *»Im Ernst? Ich sitze direkt neben dir, verdammt noch mal!«*

Aber Fisher beachtete ihn nicht.

Ich dagegen wäre fast vom Stuhl gefallen und vor Scham gestorben. Denn wenn Rens überragende Fae-Sinne Fishers geflüsterte Worte hören konnten, dann konnte er auch riechen, welche Wirkung die Worte seines Freundes auf mich ausübten, und … *Bei den Göttern, diese Schmach würde ich nie verwinden.*

Ich wollte es mir nicht eingestehen, wollte den Gedanken nicht zulassen, aber mein Körper war nicht so gut im Lügen wie mein Geist. Ich *wollte* Fisher. Ich hasste mich selbst dafür. Hasste es, dass er es wusste. Und jetzt wusste Ren es ebenfalls. Wie demütigend!

»Sei still. Bitte. Halt einfach … die Klappe.«

Ein gieriger Blick lag in Kingfishers silberumrandeten Augen, als er sich auf seinem Stuhl zurücklehnte. »Iss dein Abendessen, Osha. Du wirst deine Kraft noch brauchen. Denn wir werden nicht noch eine Woche hierbleiben, sondern bereits morgen früh ins Kriegslager zurückkehren … und dieses Mal kommst du mit.«

20

AMMONTRAÍETH

Das Kriegslager war ein Schandfleck im Vorgebirge auf der anderen Seite des Omnamerrin-Gebirges. Es lag zwischen Cahlish und der Grenze zu Sanasroth: zwanzigtausend Zelte, verstreut zwischen Felsbrocken und niedrigem, schneebedecktem Gestrüpp. Als ich aus dem Schattentor heraustrat und mein Magen sich anfühlte, als wäre er ruckartig in meinen Brustkorb geschleudert worden, entdeckte ich Zelt an Zelt, in blassem, schmutzigem Grau bis weit in die Ferne, und mir stockte der Atem.

Das hier war das echte Kriegslager.

Offensichtlich existierte es hier schon so lange, dass man inzwischen sogar feste Gebäude errichtet hatte – zweigeschossige Bauten aus Holz, über das ganze Lager verteilt. Und die Holzkonstruktion, die dem schlammigen Platz, an dem Fishers Schattentor uns abgesetzt hatte, am nächsten lag, sah für mich verdammt nach einer *Schenke* aus.

Überall liefen Fae-Krieger durch die Gegend – männlich und weiblich, schwer bewaffnet und in den verschiedensten Rüstungen. Am Horizont bahnte sich ein breites Band aus gefrorenem Wasser seinen Weg durch die Landschaft und trennte das Lager von … von …

Gnadenlose *Götter*!

Das Land auf der anderen Seite des Flusses war ein verkohltes Ödland. Keine einzige Schneeflocke bedeckte den schwarzen Boden. Stattdessen stiegen Rauchsäulen hinauf in einen düsteren, Unheil verkündenden Himmel, der von eisengrauen Wolken verdeckt war. Ich sah keine Bäume. Kein Grün. Nur schwarze Erde und Rauch und die zerklüfteten Umrisse einer furchterregenden schwarzen Festung auf einem Hügel.

»Was zum Teufel und allen fünf Höllen ist *hier* passiert?« Carrion ließ seinen Beutel fallen und betrachtete die Szenerie vor uns mit offenem Mund. Sein Schock war nicht zu übersehen – und entsprach genau meiner Gefühlslage.

Schnell suchte ich vor mir auf dem Boden nach Onyx, um ihn hochzuheben und an meine Brust zu drücken, aber er war natürlich nicht hier. Mit Erleichterung erinnerte ich mich daran, dass er sich in Cahlish befand, in Sicherheit. Fisher hatte sich geweigert, ihn mitzunehmen: weil der Fuchs in diesem Lager nicht länger als fünf Minuten überleben würde, seine eigenen Krieger ihn fangen würden, bevor einer von uns auch nur blinzeln konnte, und ich ihn in Archers Obhut zurücklassen müsse, wenn ich weiterhin dem Irrglauben anhängen wolle, dass er ein gutes Haustier sei.

Ein mulmiges Gefühl machte sich jetzt in mir breit, während ich die Augen leicht zusammenkniff, um die Festung auf dem Hügel besser erkennen zu können. »Was *ist* das für ein Ort?«

»Das ist Ammontraíeth«, sagte Ren, der aus dem Schattentor trat und sein Pferd hinter sich herführte. »Die Festung des Feindes.«

»Ammontraíeth?« Selbst der Name erschien mir wie eine Perversion, als ich ihn ausstieß.

»Die Zähne der Hölle.«

Die Stimme kam von hinten, kalt und hart. Kingfisher trat aus dem Schattentor, Bills Zügel in der behandschuhten Hand. Der riesige schwarze Hengst wieherte und schnaubte. Seine Flanken waren schweißnass, obwohl er nur die kurze Strecke von den Stallungen zum Schattentor zurückgelegt und dieses dann passiert hatte. Offensichtlich gefiel ihm das Kriegslager ebenso wenig wie mir. In dem Moment, als das Hinterteil des Pferds die schwarze Rauchwand hinter sich gelassen hatte, bildete das Tor einen Strudel und löste sich in Schattenfetzen auf, die in alle Richtungen über den Boden auseinanderstoben.

»Die steilen Mauern der Festung sind aus Obsidian, glatt wie Glas und aus den Knochen von Dämonen gefertigt«, berichtete Kingfisher. »Und die Spitzen und Türme sind so scharf wie Rasierklingen.«

Die Zähne der Hölle, in der Tat. Ich schob mein Kinn in den Kragen des Reitcapes, das Fisher mir vor unserem Aufbruch aus dem Winterpalast gegeben hatte, und kämpfte gegen mein Unbehagen an. Die Festung wirkte unheilvoll und bedrohlich, selbst aus so vielen Meilen Entfernung.

Plötzlich zuckte ich zusammen: Eine große, drahtig aussehende Kreatur mit Ranken, die sich um ihre dünnen Arme und Beine schlangen, tauchte hinter der Schenke auf und schritt zielstrebig auf uns zu. Die Haut des Wesens war knorrig wie Baumrinde, und es besaß dunkelbraune Augen, die an lehmige Erde erinnerten. Anstelle von Haaren wucherte ein Gewirr von Ranken und Blättern aus seinem klobigen Kopf hervor und zog sich den Rücken hinunter. Aufgrund der Hose und des Hemds, das die Kreatur trug, war ich mir einigermaßen sicher, dass es sich um ein männliches Wesen handelte – obwohl das keine solide Grundlage für eine Vermutung war, wenn man bedachte, dass ich ganz ähnliche Kleidung trug.

»Guten Morgen, Mylord«, sagte das Wesen. Seine Stimme – eindeutig männlich – klang, als rieben zwei trockene Holzscheite aneinander. »Ich freue mich, dass Ihr so schnell zurückgekehrt seid. Die von Euch gewünschte Unterkunft ist vorbereitet, und in Eurem Zelt erwartet Euch ein kleines Frühstück. Inzwischen sind weitere Krieger von ihren Erkundungsmissionen zurückgekommen. So wenige Eurer Reiter haben Euch gesehen, dass nur eine Handvoll geneigt ist, den Gerüchten von Eurer Rückkehr zu glauben. Sie versammeln sich gerade im Kommandozelt und streiten miteinander …«

»Vielen Dank, Holgoth. Renfis wird mit ihnen reden«, sagte Fisher und reichte ihm die Zügel.

Holgoth warf Ren einen unsicheren Blick zu, dann wandte er sich erneut an Fisher: »Sire, es … wäre das Beste, wenn Ihr mit Euren Kriegern sprechen würdet. Es ist schon so lange her, seit …«

»*Ren* wird mit ihnen reden«, wiederholte Fisher und lächelte sanft. »Er hat diesen Krieg während meiner Abwesenheit hervorragend geführt. Ich sehe keinen Grund für einen Wechsel in der Führung. Es sind seine Krieger, nicht meine.«

Ren blickte auf seine Stiefel. Er war nicht glücklich über diese Antwort. Holgoth ging es anscheinend genauso, denn er schien nicht recht zu wissen, wie er darauf reagieren sollte. Zögernd wechselte er Bills Zügel von einer knorrigen Hand in die andere, doch schließlich seufzte er und griff nach den Zügeln von Rens Pferd. »Wie Ihr wünscht, Sire …«

»Nur Fisher. Das genügt völlig.«

Holgoth schüttelte bedauernd den Kopf. »Nein, Sire. Ich bitte um Entschuldigung, aber … nein.«

Kingfisher entschuldigte sich, schlug seine Kapuze hoch und

verschwand im Kriegslager. Währenddessen nahm Holgoth die Pferde und bestand darauf, uns auch unsere Beutel abzunehmen, wobei er uns versicherte, dass er sie sicher aufbewahren und wir sie später in unseren Zelten wiederfinden würden. Als er weg war, knurrte Ren etwas in einer Sprache, die ich nicht verstand, und stampfte eilig in östlicher Richtung davon. »Kommt ihr mit?«, rief er über die Schulter.

»Wohin willst du?«, rief Carrion ihm nach.

»Wohin wohl? In die gottverdammte Waffenkammer!«

Der Darn begann im Osten als Quelle, hoch oben im Shallow-Gebirge, wo die Gilaria-Fae und der Herbsthof ihren Herrschaftssitz hatten. Everlayne hatte sie in der Bibliothek erwähnt, als sie und Rusarius versucht hatten, mich über die Quicksilver-Becken der anderen Höfe aufzuklären. Damals hatte ich natürlich kaum zugehört. Meine Gedanken waren einzig und allein darauf gerichtet gewesen, wie ich Fishers Anhänger stehlen konnte. Deshalb hatte ich von den Informationen, die sie mir über die anderen Höfe gegeben hatten, nur wenig mitbekommen.

Doch jetzt, als Ren über den Fluss sprach, hörte ich aufmerksamer zu.

»Am Anfang ist er nur ein kleines Rinnsal. Während er durch das Gebirge fließt, gewinnt er an Fahrt und sammelt immer mehr Wasser. Und ein paar Hundert Meilen oberhalb dieses Lagers gibt es Ebenen, in denen der Darn über eine Meile breit ist.« Der General hob sein Schwert über den Kopf, ließ die Eckzähne aufblitzen und attackierte. Es war ein Wunder, dass Carrion sich bei diesem Anblick nicht in die Hose machte.

Nie zuvor hatte ich etwas so Furchterregendes gesehen wie einen blutbespritzten Fae-Krieger, der mit vollem Tempo angriff, und ich hätte darauf gewettet, dass es Carrion genauso ging. Zu seiner Ehrenrettung musste aber gesagt werden, dass es ihm gerade noch rechtzeitig gelang, sein Schwert hochzureißen und Rens Abwärtshieb zu parieren. Aber das war's auch schon. Ren schlug Carrion das Schwert aus den Händen – und bevor der auch nur ein zweites Mal blinzeln konnte, lag er schon auf dem Rücken im Schnee.

Ich unterdrückte ein Lachen, als der General seine Hand ausstreckte und ihm auf die Beine half.

»Du wirst dich schon bald an deinem Lachen verschlucken.« Carrion wischte sich mit einer Hand den Schnee von der Hose und zeigte mir mit der anderen den Mittelfinger. »Gleich bist du an der Reihe. Mein Hintern hält das nicht mehr lange aus.«

»Ich wette, das ist das erste Mal, dass du *das* sagst«, rief ich grinsend.

Er streckte mir die Zunge heraus wie ein bockiges Kind. »Geben ist nun mal seliger als Nehmen.«

Ren stieß mit seiner Klinge gegen Carrions Schwert. »Konzentrier dich. Du lässt die Klinge sinken, sobald irgendetwas damit in Berührung kommt. Wenn du das in einem echten Gefecht machst, bist du in drei Sekunden tot.«

Carrion spuckte auf den Boden und holte tief Luft. Es war eiskalt. Frische Schneeflocken wirbelten durch den Himmel, aber Carrion hatte seinen Mantel schon vor einer halben Stunde abgelegt, und sein Hemd war schweißnass. Einst wäre mein Herzschlag beim Anblick seiner muskulösen Brust unter dem feuchten Stoff ins Stolpern geraten. Aber das war früher.

Vor *Fisher.*

»Ich denke, wir können mit Sicherheit davon ausgehen, dass ich generell nicht länger als drei Sekunden durchhalten werde, egal wie ich mein Schwert halte«, keuchte er. »Du bist ein Zauberer mit dem Schwert. Und außerdem doppelt so groß wie ich!«

»Ach, ich bitte dich! Er ist *dreimal* so groß wie du«, warf ich ein.

Erneut bekam ich seinen Mittelfinger zu sehen.

»Das könnte dein größter Vorteil sein«, erwiderte Ren. »Du bist kleiner als ich, also könntest du schneller sein …«

»Ha! Bitte lüg mich nicht an. Du besitzt Fae-Schnelligkeit. Ich bin zwar ziemlich leichtfüßig, aber *du* …« Carrion schüttelte resigniert den Kopf.

Swift war tatsächlich leichtfüßig. Trotz meiner Zweifel war er im Umgang mit Waffen geübt und wusste, wie man mit dem Schwert umging, aber Ren ließ ihn aussehen wie ein ungelenkes Kleinkind. Zwischen den beiden konnte es keinen fairen Kampf geben.

Ren ignorierte Carrions Protest. »Ich habe an der Seite von Menschen gekämpft, die dem sicheren Tod ins Gesicht brüllten, sich im Angriff behaupteten und siegreich aus der Schlacht hervorgingen. Ihr Volk konnte stolz auf sie sein. Und du willst so leicht aufgeben?« Ein weiteres Mal schlug er mit der Spitze seines Schwerts auffordernd gegen Carrions Klinge. Das Klirren von Metall auf Metall hallte über das Ufer des gefrorenen Flusses. »Und damit ihr Vermächtnis beschämen? Hmm?«

»Wow! Also gut, wenn du es so formulierst …«

Carrion griff an – aber man konnte es nur deshalb als Angriff bezeichnen, weil er derjenige war, der sich zuerst bewegte. Ren trat gewandt und wie beiläufig ein paar Schritte zurück und überließ ihm das Terrain, während er seine Schläge mit Leichtigkeit abwehrte, jede seiner Bewegungen vorausahnte, bevor Carrion sie überhaupt gemacht hatte, und ihn ganz allgemein wie einen Idioten aussehen ließ, ohne sich auch nur einen Hauch Mühe zu geben.

»In Loyanbal, in der Mitte der Ebene, fällt die Temperatur, und der Darn wird zu einem Band aus massivem Silber. Dort gefriert das Wasser zuerst.« Ren wehrte Carrions Schwert ab, als würde er eine lästige Fliege wegschlagen. »Zu Beginn der Jahreszeit ist das Eis dort über zwanzig Zentimeter dick. Stark. Sicher. Fest genug, um einen Reiter und ein Pferd über den Fluss zu tragen.«

Ich beobachtete Ren genau. Die lockere Haltung seiner Schultern. Die Art und Weise, wie er die Hüften drehte, nicht die Schultern. Die eigentliche Fechtkunst fand jedoch weiter unten statt, kurz über dem Boden. Er bewegte seine Füße mit beeindruckender Leichtigkeit, platzierte sie immer wieder neu und verlagerte anmutig und katzenhaft sein Gewicht, ohne ins Stolpern zu geraten. Er hatte seinen Körper vollkommen unter Kontrolle. Bei ihm wirkte das Kämpfen so leicht wie Atmen.

Klirr!

Klirr!

»*Uff!*« Carrion stellte die Füße über Kreuz – ganz offensichtlich hatte er nicht auf Rens Technik geachtet – und versuchte, sich zurückzuziehen, als Ren endlich attackierte und der Dieb in der nächsten Sekunde zu Boden ging. Carrion prallte so hart auf, dass ich seine Zähne noch aus drei Metern Entfernung zusammenschlagen hörte.

»Im tiefen Winter ist der Darn die einzige Verbindung zwischen den Bergen und dem Meer«, fuhr Ren fort und umkreiste sein Opfer. »Die Pässe versinken im Schnee und sind unpassierbar. Händler, Pilger und Piraten müssen sich alle über den knirschenden Darn bewegen, wenn sie ihren Lebensunterhalt verdienen wollen.«

Carrion hob die Hände. »Ich ergebe mich! Ich bin … echt am Ende.« Er schluckte mühsam. »Du kannst jetzt *sie* foltern. Ich muss … erst mal zu Atem kommen.«

Ren wandte mir seine Aufmerksamkeit zu, und meine Wirbelsäule versteifte sich leicht. Nicht unbedingt vor Angst. Eher vor … Erwartung. Ich kannte mehr als nur die Grundlagen des Schwertkampfes. Ich hatte schon viele Klingen in der Hand gehalten und während meiner Lehrzeit bei Elroy genügend heimlich hergestellt. Ich wusste, wie ihr Gewicht verteilt war. Wie sie in der Hand abkippten, wenn man sie schwang. Wusste, wie sich der Druck eines kalten Stahlgriffs in der geschlossenen Handfläche anfühlte. Aber Fae-Schwerter waren anders. Sie besaßen schlankere, längere Klingen. Und sie kamen ohne Parierstange aus – als wäre kein Fae-Krieger jemals so dumm, einen Fehler zu machen und zuzulassen, dass seine Hände vorwärts auf die geschärfte Klinge rutschten.

Ren tat jedoch genau das. Er fasste die Waffe, mit der Carrion geübt hatte, an der Klinge, kam über das Flussufer auf mich zu und bot sie mir mit dem Heft voran an. »Wie sieht's aus, Saeris? Willst du dich ein wenig im Schlagen und Zustoßen versuchen?«

Nein. Ich wollte Nein sagen. Definitiv. Hundertprozentig. Und ich war noch immer davon überzeugt, dass ich ablehnen würde, als sich meine Hand auch schon um das lederumwickelte Heft schloss. *Verdammt!* Ich brachte es einfach nicht fertig, eine Herausforderung abzulehnen …

Ren grinste breit. »Braves Mädchen.« Er drehte sich um und ging zu der Lichtung zurück, auf der er gegen Carrion »gekämpft« hatte, wobei er die Klinge seines eigenen Schwerts auf die Schulter legte. »Im Westen, in Voriel, nahe der Hafenstadt Western Dow, fließt der Darn hinaus in den Ozea…«

Er wirbelte herum und parierte. Blitzschnell. In der einen Sekunde hatte er mir noch den Rücken zugekehrt; in der nächsten war er in die Knie gegangen, seine Schulter auf Höhe meiner Brust, und hielt sein Schwert abwehrend über den Kopf, Schneide an Schneide mit meinem.

Ich hatte nicht wirklich vorgehabt, ihn zu attackieren – meine Klinge war so gedreht, dass nur die flache Seite mit seiner Schulter in Berührung gekommen wäre. Eine ziemlich überhebliche Art und Weise, unsere Lektion zu beginnen. Elroy hatte mich mit dem alten Spruch *Du darfst nie deine Deckung aufgeben und dem Feind den Rücken zuwenden* öfter erwischt, als ich zählen konnte. Aber was hatte es mir gebracht? Wie sich herausstellte, hatte

Renfis seine Deckung nicht eine Sekunde vernachlässigt – oder aber er hatte Augen im Hinterkopf. Jedenfalls zuckte er nicht mal mit der Wimper und erzählte weiter: »An einem klaren Tag kann man von den Klippen von Western Dow bis ganz weit hinüber zur Insel Tarran Ross sehen.«

Und dann griff er mich an.

Ich sah nur einen silbernen Blitz, als seine Klinge durch die Luft zischte.

Dann sah ich den schneeverhangenen Himmel.

Danach den Erdboden.

Und schließlich Sterne.

In einem einzigen Augenblick war alles vorbei.

Carrions lautes Gejohle hallte über das Flussufer. »Das war *echt* lustig. Jetzt verstehe ich, warum du so laut gelacht hast.«

Eigentlich hätte ich ihn verfluchen sollen, weil er sich wie ein Arschloch verhielt, aber er hatte recht. Ich hatte mich ausgiebig über ihn lustig gemacht. Von daher war das Ganze nur fair. Außerdem bekam ich im Moment sowieso keine Luft mehr.

Ren erschien in dem Himmelsfleck über meinem Kopf und blickte stirnrunzelnd auf mich herab. »Alles in Ordnung?«

»Argh! Äh … ja?«

Er lachte. »Willst du's noch mal probieren?«

»Klar.« Wenn einem schon mal die Beine unter den Füßen weggezogen worden waren, was machten dann zehn oder elf weitere Stürze auf den harten Schnee, mit dem Gesicht voran, schon aus? Doch während ich mir von Ren auf die Beine helfen ließ, beschloss ich, dass ich nicht noch mal zu Boden gehen würde.

Ich hatte Renfis beobachtet, seine Bewegungen studiert. Also passte ich meine eigene Kampfhaltung an, und ich lernte schnell dazu. Als er wieder angriff, war ich bereit. Schlag auf Schlag prasselte auf mich nieder, die Klinge in Rens Händen zuckte funkelnd wie ein Blitz, aber ich wehrte jede seiner Attacken mit einer passenden Parade ab. Und als er seine Haltung änderte und sein Schwert wie einen Knüppel schwang, passte ich meine Haltung erneut an und konterte jeden seiner Angriffe.

Zuerst verteidigte ich mich einfach nur. Eine Stunde verging, die Wolken über uns zogen sich immer mehr zusammen, und Rens aufmunternde Kommentare bekamen eine herausfordernde Note. »Was ist los, Saeris? Du wirst nie einen Kampf gewinnen, wenn du Angst hast, deine Klinge mit Blut zu beflecken. Also los. *Kämpfe* gegen mich.«

Ach, er wollte also kämpfen?

Das konnte er haben.

Es tat gut, sich wieder so bewegen zu können. Eine richtige Waffe in der Hand zu halten. Seit Harron mir die Hände gefesselt und mich durchbohrt hatte, hatte ich mich verwundbar gefühlt. Schwach. Unfähig. Aber jetzt … Jetzt war ich wieder ich selbst. Das Mädchen, das drei von Madras Gardisten vor dem *Mirage* zur Strecke gebracht hatte. Das Mädchen, das so viele Zilvaren-Schläger unterschätzt hatten – wofür sie teuer bezahlen mussten. All die Wut und die Angst, die mir seit dem Spiegelsaal die Kehle zugeschnürt hatten, kochten in mir hoch und drängten hinaus aus den Tiefen meiner Kehle.

Ich flog mit erhobenem Schwert auf Renfis zu und *schrie.*

Der General hatte es schon mit viel gefährlicheren Gegnern zu tun gehabt. Und ich konnte mir nicht mal annähernd vorstellen, mit welchen Schrecken er in diesem Krieg konfrontiert worden war. Aber er kniff die Augen etwas zusammen, als er meine ersten Schläge parierte. Er musste sich konzentrieren, wenn auch nur leicht. Natürlich gab ich mich keinen Illusionen hin: Wenn er wollte, konnte er das Ganze im Handumdrehen beenden. Aber mein Stolz regte sich, als es mir gelang, Ren einen Schritt zurückzudrängen. Ein echter Rückzug, den ich nicht geschenkt bekam. Carrion war das nicht gelungen. Ich …

»Du stürzt dich auf sein Schwert, als *wolltest* du sterben.«

Ich hatte gerade zu einem weiteren Stoß angesetzt, aber die Nähe der Stimme, direkt neben meinem Ohr, warf mich aus der Bahn. Rens Schwertspitze umkreiste die Spitze meines eigenen Schwerts, entriss die Waffe meinem Griff und ließ sie durch die Luft segeln. In einem wunderschönen Bogen landete sie mit der Spitze voran im Schnee – genau vor Kingfishers Füßen.

Der Mistkerl *klatschte.* »Wie ich sehe, hast du die Kunst der Selbstentwaffnung perfektioniert.« Er trug noch immer seinen dicken schwarzen Umhang, hatte aber die Kapuze zurückgeschlagen. Wir waren weit genug vom Rand des Lagers entfernt, dass niemand ihn hier unten sehen würde. Die Halsberge mit dem Wolfskopf blitzte silbern an seiner Kehle.

»Ich weiß, es ist praktisch unmöglich – aber könntest du wenigstens *versuchen*, nett zu sein?«, fragte Ren und blinzelte Fisher durch die dichten Schneeflocken an, die wie aus dem Nichts zu fallen begannen.

Fisher dachte über diese Bitte nach. Zuckte die Schultern. »Ich könnte es *versuchen.*«

Natürlich musste er genau in dem Moment auftauchen, in dem ich gerade dabei war, Rens Deckung zu durchdringen. Und natürlich musste er meine Konzentration stören – das war wieder mal typisch. Aber ich würde ihm nicht die Genugtuung schenken, mir meine Verärgerung anmerken zu lassen. Dieses Mal nicht. »Lass mich raten: Du bist hier aufgetaucht, um mir persönlich zu zeigen, wie nutzlos ich mit einem Schwert bin. Dann mal los.« Ich winkte ihn heran. »Tu dir keinen Zwang an.« Gegen jemanden wie ihn würde ich nicht lange bestehen, aber ich würde dafür sorgen, dass ich wenigstens einen Treffer landete, bevor er mich haushoch schlug.

Kingfisher grinste unheilvoll. »Du bist für *mich* noch nicht bereit, Mensch. Ich kenne keinen Trainingsmodus.«

»Haben sich die Hauptleute versammelt?«, fragte Ren und ging auf Fisher zu. »Sind wir so weit, mit ihnen zu reden?«

Fisher nickte. »Wir warten nur auf ein oder zwei Nachzügler.«

»Dann muss ich in mein Zelt und mich umziehen. Ich seh dich dort.«

Fisher ergriff Rens Arm, als er an ihm vorbeiging. »Ich glaube nicht, dass ich dort gebraucht werde.«

Im nächsten Moment erlebte ich zum ersten Mal, wie Renfis wütend wurde. »Du wirst nicht nur gebraucht, deine Anwesenheit ist *zwingend erforderlich.* Es reicht jetzt, Bruder. Wenn du mir auch nur einen Hauch Zuneigung oder Respekt entgegenbringst, erscheinst du beim Treffen.«

Fishers Lippen formten zunächst ein trotziges *Nein*, aber dann bemerkte er Rens Blick, schnaubte verärgert und gab ihn frei. »Also gut, ich werde da sein. Aber nimm den Jungen mit. Ich muss mit der Alchemistin reden.«

War »Alchemistin« eine Verbesserung gegenüber »Osha«? Es klang jedenfalls nicht danach. Nicht, wenn es mit der gleichen geballten Dosis Verachtung ausgesprochen wurde. Ich hastete Fisher hinterher, der sich mit frustrierender Geschwindigkeit durch das Lager bewegte, den Kopf gesenkt, um den neugierigen Blicken der Fae-Krieger an verschiedenen Kochfeuern zu entgehen. Nach einer Weile wurde mir klar, dass nicht Fisher ihre Neugier geweckt hatte, sondern ich.

»Mensch?«

»Ein Mensch.«

»Es ist ein *Mensch* …«

Ich vergaß immer wieder, dass ich hier eine Kuriosität war. Schon im Winterpalast hatte sich die Anwesenheit eines Menschen schnell herumgesprochen, nachdem meine Spezies so lange aus den Ländern der Fae verschwunden war. Der Reiz des Neuen war allerdings ziemlich schnell verflogen, und es hatte nicht lange gedauert, bis die Mitglieder des Yvelia-Hofs mich völlig vergessen hatten. Hier war ich jedoch ein Phänomen, das man seit Jahrhunderten nicht mehr gesehen hatte. Einige der Krieger hatten offensichtlich noch nie zuvor eine menschliche Frau zu Gesicht bekommen. Bei ihren bohrenden Blicken hätte ich mich am liebsten in ein dunkles Loch verkrochen. Aber dieser Luxus war mir nicht vergönnt, also joggte ich stattdessen Fisher hinterher.

»Wo zum Teufel willst du mit mir hin?«

»In mein Quartier«, sagte er knapp.

Sein Quartier? Ich würde ihm die Hölle heißmachen, wenn er wieder versuchte, mich durch meinen Eid zu binden. »Bei den Göttern, könntest du verdammt noch mal langsamer machen? Meine Beine sind viel kürzer als deine.«

Fisher brummte etwas, verlangsamte aber seine Schritte. Ich ging davon aus, dass er mich in eines der hölzernen Gebäude in der Mitte des Lagers führen würde. Wir kamen an einem Warenhaus und an etwas vorbei, das wie ein Lebensmittelladen aussah, sowie an einer Reihe anderer geheimnisvoller Bauten. Aber kurz darauf hatten wir sämtliche festen Gebäude hinter uns gelassen. Vor uns lag nur noch ein Meer von Zelten.

Okay, dann also ein großes Zelt. So musste es einfach sein. Fisher brauchte schließlich genügend Platz, um sein verdammtes Ego unterzubringen. Aber ich konnte nirgends Zelte mit großen Vordächern oder Eingängen entdecken, die mit schimmernden Stoffen geschmückt waren. Sie hatten alle die gleiche Größe, und eines war genauso schmutzig und wettergegerbt wie das andere.

Irgendwann stürmte Kingfisher nicht länger durch den aufgewühlten Schlamm – dank der Hunderte von Stiefeln, die über die Gehwege stapften, konnte der Schnee hier nicht liegen bleiben. Er griff nach einer Zeltklappe, trat zur Seite und hielt sie auf. »Hier entlang, bitte.« Als er »bitte« sagte, zuckte er zusammen; offensichtlich bereiteten ihm gute Manieren körperliche Schmerzen.

Dank dieses Wortes betrat ich bereitwillig das Zelt. Im Inneren brannte ein kleines Feuer in einer Feuerstelle, die jedoch nicht belüftet war. Aber die Flammen erzeugten keinen Rauch. Ich würde lange brauchen, bis ich mich an den alltäglichen, ganz natürlichen Gebrauch von Magie gewöhnt hatte. Andererseits war es ziemlich beeindruckend – genau wie die Größe von Fishers Quartier. In gewisser Hinsicht hatte ich recht gehabt: Fisher hatte ein bequemes Heim für sich selbst geschaffen – was man von außen allerdings nicht sah. Das Zeltinnere bestand aus einem großen Raum, der mindestens zehnmal größer war, als er angesichts der Abmessungen des Zelts hätte sein dürfen. Im hinteren Teil befand sich ein riesiges Bett – bei Weitem nicht so imposant wie sein Bett in Cahlish, aber noch immer weitaus beeindruckender als die kleine Pritsche, von der ich annahm, dass sie irgendwo in dieser Schlammhölle auf mich wartete. Neben der Feuerstelle stand ein hohes Bücherregal mit unordentlichen Bücherstapeln. Genau genommen lagerten überall Bücher: auf dem Teppich – ja, dem *Teppich* –, am Fußende des Betts und auf dem Boden neben dem schweren Polstersofa. Sogar auf dem Waschtisch am Zelteingang lag ein Band, auf einer Seite aufgeschlagen.

»Betreibst du Nachforschungen?« Ich konnte mir nicht vorstellen, dass Fisher der Typ war, der es sich mit einem spannenden Roman bequem machte.

Fisher betrachtete die Ansammlung von Büchern, die jede verfügbare Fläche bedeckten, und brummte: »Das kann man wohl sagen.«

»Etwas Wichtiges?«

»Für mich sehr wichtig«, antwortete er knapp. Der harte Tonfall seiner Stimme verriet, dass er in dieser Angelegenheit nicht mehr sagen würde.

Ich ging nicht weiter darauf ein.

In der Mitte des Zelts stand ein Holztisch, groß genug für vier Personen und mit einem Korb mit Brötchen und zwei Schüsseln mit dampfend heißer Suppe gedeckt.

Misstrauisch betrachtete ich den Tisch – die Suppe und die *beiden* Gedecke. »Und was ist das hier?«

Fisher schnaubte resigniert, setzte sich schwerfällig auf einen Stuhl am Tisch und rieb sich die Schläfe. »Es ist nur eine Mahlzeit«, sagte er. »Lass uns einfach was essen und versuchen, dieses Mal kein Blut zu vergießen, in Ordnung? Bitte?«

Da war es wieder, dieses Wort.

Der Streit mit ihm war mir zur zweiten Natur geworden. Ich kannte es einfach nicht anders. Aber er sah so müde aus, und seine Stimmung war wirklich so gedrückt, dass ich es nicht übers Herz brachte, einen Aufstand zu machen. Also setzte ich mich ebenfalls an den Tisch und aß schweigend vor mich hin.

Nach einem Moment ließ Fisher die Hand sinken und beobachtete mich, verfolgte jede meiner Bewegungen. Das Quicksilver in seinem rechten Auge umkreiste seine Pupille, als säße es in einem Wirbelsturm gefangen. Als ich mehr als die Hälfte der Suppe gegessen hatte, nahm er seinen eigenen Löffel und begann ebenfalls zu essen. »Ich habe dich vorhin eine Weile beobachtet. Du kämpfst gut«, murmelte er.

Ein Kompliment? Von Fisher? Anstatt mich mit Stolz zu erfüllen, kochte Erbitterung in mir hoch. »Und ich wette, das hat dich *echt* schockiert. Ein weiblicher Mensch, der sich gegen einen Fae-Krieger behauptet. Das muss dich ganz schön geärgert haben.«

Er warf mir einen schiefen Blick zu. »Nein. Ich war nicht schockiert. Man erkennt an der Art und Weise, wie sich eine Person bewegt, ob sie trainiert hat. Ich wusste vom ersten Moment an, dass du kämpfen kannst. Aber bilde dir nicht zu viel darauf ein, Osha. Ren wollte dich nur schonen.«

»Du glaubst also nicht, dass ich ihn hätte besiegen können?« Selbst ich wusste, dass das unmöglich war. Natürlich wusste ich es. Aber es machte trotzdem Spaß, Fisher mit dem Gedanken zu nerven, ich würde meine Worte ernst meinen.

Doch er ließ sich nicht darauf ein. »Ren wäre nicht der General dieser Armee, wenn du das könntest.« Er nickte mir zu, während ich einen Löffel Suppe hinunterschluckte. »Du kannst also doch nachgiebig sein«, sagte er leise.

Ich hielt inne, einen weiteren Löffel Suppe auf halbem Weg zwischen meinem Mund und der Schüssel. »Erstaunlich, nicht wahr? Die Leute geben lieber einer Bitte nach, als sich von einem Befehl zwingen zu lassen. Wer hätte das gedacht!«

Fisher schob sich einen Löffel Suppe in den Mund, warf mir einen schnellen Blick zu, und als er schluckte, bewegten sich die Muskeln an seinem Hals. Jetzt, aus der Nähe, konnte ich die Tätowierungen auf seinen Handrücken genauer betrachten. Beide stellten Fae-Runen dar. Die verschlungenen, ineinandergreifenden Linien bewegten sich über die Oberfläche seiner Haut, und ihre Muster veränderten und entfalteten sich, noch während ich sie beobachtete. Ich wandte den Blick ab. »Warum willst du überhaupt, dass ich nachgiebig bin?«, fragte ich. »Menschen einschüchtern, Macht über sie ausüben … willst du das wirklich? Wie Belikon? Treibt *das* dich etwa an?«

Bei der Erwähnung seines Stiefvaters verfinsterte sich seine Miene. Zwar fing er sich schnell wieder, aber ein Muskel zuckte an seinem Kiefer, während er sich ein Brötchen aus dem Korb nahm. »Ich habe nie nach Macht gestrebt, kleine Osha«, sagte er leise. »Und ich bin nicht wie der König.«

»Das habe ich auch nicht angenommen. Aber warum bist du dann so fest entschlossen, jeden meiner Schritte zu kontrollieren? Sind Menschen hier nur … nur *Sklaven*? Geht es darum?«

Er lachte freudlos und schüttelte den Kopf. »Die Menschen

waren hier nie Sklaven. Zumindest nicht für die Yvelia-Fae. Als wir vor Tausenden von Jahren mit unserem Blutfluch belegt wurden, wart ihr definitiv ein *Abendessen*. Aber nie Sklaven.«

Der Blutfluch. Der Fluch, von dem er in den Gängen des Winterpalastes gesprochen hatte. Er hatte gesagt, dass die spitzen Eckzähne der Fae ein Überbleibsel dieses Fluchs waren. Aber kamen Fae-Kinder schon mit ihnen auf die Welt? Oder hatte Kingfisher damals bereits gelebt? Hatte er unter dem Fluch gelitten und war dann von ihm befreit worden? Alle Fae, die ich gesehen hatte, besaßen spitz zulaufende Zähne, also bezweifelte ich, dass das der Fall war. Es erschien mir wahrscheinlicher, dass sie jetzt Teil ihrer Erbanlagen waren.

Fisher sah mir in die Augen. »Ich will, dass du mir gehorchst, weil *ich* dich hierhergebracht habe. Damit bin ich für dich verantwortlich. Und ich brauche dich lebend, damit du für uns diese Ringe bearbeiten kannst. Ohne sie werden wir für immer in dieser Pattsituation mit Sanasroth feststecken, ohne dass eine Seite gewinnt oder verliert. Ich werde nicht in der Lage sein, das Land meiner Familie zurückzugewinnen. Also *werde* ich dich zwingen, mir – wenn nötig – zu gehorchen. Und ich werde diese Entscheidung keine Sekunde bereuen. Dafür steht zu viel auf dem Spiel.«

»Hast du dir mal überlegt, dass ich vielleicht am Leben bleiben *will*? Dass ich alles tun würde, was du von mir verlangst – solange du mir nur erklärst, warum es für mein Wohlbefinden wichtig ist?«

Er musterte mich lange; seine Locken hingen ihm in die Stirn und verdeckten teilweise seine Augen. Plötzlich glühte ein warmes und nicht gänzlich unangenehmes Gefühl direkt hinter meinem Brustbein auf. Es lag nicht nur an seinem Aussehen – da war noch etwas anderes. Etwas, das meinen Körper zum Leben erweckte. Sein Geruch und die Tatsache, dass ich, noch bevor ich ihn sah, es sofort wusste, wenn er einen Raum betrat. Und die tiefe Melancholie im Zentrum meiner Seele, wann immer er *nicht* im Raum war, und …

Fisher riss seinen Blick von mir los und schaute auf seine Schüssel hinunter. »Meine Methode ist schneller«, flüsterte er. »Du darfst keiner Gefahr ausgesetzt werden. Diese Ringe dürfen keiner Gefahr ausgesetzt werden. Es steht zu viel auf dem Spiel.«

Wütend knallte ich den Löffel auf den Tisch. »Du bist unverbesserlich!«

»Ich weiß nicht, was das bedeutet.«

»Und ob du das weißt, verdammt noch mal!«

»Also gut. Ich weiß es. Worauf willst du hinaus?«

»Ich will dir helfen, Fisher! Und ich werde es gern tun. Ich mag dein Volk vielleicht nicht verstehen, und ich glaube auch nicht, dass jeder in diesem Reich es verdient, gerettet zu werden, aber das habe nicht ich zu entscheiden, oder? Aus irgendeinem Grund besitze ich diese seltsame Fähigkeit, die Yvelia davor bewahren kann, von einer Flut blutrünstiger Monster zerstört zu werden. Ich habe gesehen, wozu sie fähig sind. Ich weiß, wie grauenhaft sie sind, und ich würde niemandem eine Konfrontation mit ihnen wünschen! Kannst du nicht einfach darauf *vertrauen*, dass ich …«

Schwarze Schatten flossen aus Fishers Fingern. Rauch stieg an den Tischbeinen hoch und waberte über die Tischplatte wie Morgennebel über ein Feld. Er verschluckte unser Essen, den Weidenkorb, einfach alles. Im nächsten Moment stürzte der Tisch krachend um, und dann war Fisher auf den Beinen, hob mich von meinem Stuhl in seine Arme … und durchquerte das Zelt. Mein Rücken prallte gegen etwas Festes und Hartes – ein Bücherregal? Doch nicht der schmerzhafte Schock raubte mir den Atem, sondern Fishers Mund.

Seine Lippen pressten sich auf meine. Eine Sekunde lang reagierte ich nicht. Ich war in einem Tagtraum gefangen. Es musste eine Fantasie sein. Das Ganze war nicht … es war nicht real.

Aber in dem Moment, als seine Zunge an meinen Lippen und meinen Zähnen vorbeiglitt und ich ihn schmeckte und den Hauch seines Atems auf meinem Gesicht spürte, wurde mir klar: Es *war* real, schockierend real sogar … und ich wollte diesen Kuss mehr als die Luft zum Atmen. Ich schüttelte meinen Schock ab, schlang meine Beine um seine Taille und verhakte meine Füße hinter seinem Rücken. Dann griff ich mit den Fingern in sein Haar und erwiderte seinen Kuss, als hinge mein Leben davon ab. Er hielt mich fest, drückte mich gegen das, was auch immer hinter mir war, und ließ seine dadurch befreiten Hände zu meiner Taille wandern. Dort blieben sie allerdings nicht lange. Als Fishers Hände meine Brüste fanden, ihre Wölbung kneteten und eine meiner Brustwarzen durch mein Hemd hindurch zwickten, keuchte ich auf, und eine Woge des Verlangens brach sich zwischen meinen Beinen. Ich wurde mir seiner Nähe überdeutlich bewusst – all der Stellen, an denen unsere Körper aufeinandertrafen. Ich berührte ihn. Berührte ihn überall. Er bestand nur aus harten Muskeln und heißem, forderndem Atem und dem Duft von frischem, kühlem Bergwind und Minze und mitternächtlichem Wald und …

»Bei den Göttern! *Fisher!*«

Sein Mund lag auf meinem Hals. Ich bekam eine Gänsehaut, als er die empfindliche Stelle küsste und liebkoste. Die feuchte, glühende Hitze seiner Zunge, die die Konturen meines Halses entlangwanderte, überraschte mich so sehr, dass ich laut aufstöhnte.

»Verflucht«, flüsterte Fisher rau an meiner Kehlgrube und schob mir seine Hüften entgegen, und ich spürte … *bei den Göttern!* Sein Schwanz war zwischen unseren Körpern eingeklemmt, und er war *so verdammt hart*. Da ich meine Beine um seine Taille geschlungen hatte, war er perfekt auf meinen Unterleib ausgerichtet. Der Druck, den Fisher ausübte, als er mir seine Hüften entgegenstieß, löste in meinem Kopf tausend kleine Explosionen aus.

Oh …

Verdammt …

Ich brauchte …

»Fisher!«, stöhnte ich laut.

Er brachte ein animalisches Knurren hervor, das mir einen Schauer der Vorfreude über den Rücken jagte. Hitzewellen überrollten mich, setzten sich in meinem Bauch fest und rissen mich mit wie eine brennende Flut. Ich hatte keine Ahnung, wann ich angefangen hatte, mich an seinem Schwanz zu reiben – ich wusste nur, dass Fisher sich jedes Mal versteifte, dass sich seine Finger in meine Haut gruben, dass sein Mund an meinem Hals immer drängender wurde.

»Fuck! Fisher, ich will … Ich will dich …«, keuchte ich.

Und als hätte ich ihn gerade mit einem Eimer kalten Wassers übergossen, riss Fisher seinen Mund von meiner Haut und zog sich zurück. Einen Sekundenbruchteil später berührten meine Füße wieder festen Boden, und Fisher stand auf der anderen Seite des Zelts und fuhr sich mit den Händen durch die Haare. Ich spürte seine Abwesenheit wie einen Schlag ins Gesicht.

Verdammt!

Eine Million Gedanken stürmten gleichzeitig auf mich ein.

Das war ein Fehler gewesen.

Das hätte ich nicht zulassen dürfen.

Ich hätte den Kuss nicht erwidern dürfen.

Ich hätte mich nicht so an seinem Schwanz reiben dürfen.

Ich hätte nicht stöhnen dürfen.

Ich hätte ihm definitiv *nicht* sagen dürfen, dass ich ihn wollte.

Bei allen Göttern im Himmel, warum hatte ich das *gesagt*?

Ich stand kurz davor, mich zu übergeben.

Fisher presste sich die Handballen auf die Augen und stöhnte. Dann schaute er hoch, sah mich an …

… und mein Magen machte einen Satz. »Fisher …«

Mit wenigen Schritten durchquerte er das Zelt, nahm mein Gesicht in beide Hände und küsste mich erneut. Hart. Schnell. Seine Lippen lagen wieder auf meinen, aber sie öffneten sich nicht.

Der Kuss dauerte nur eine Sekunde, doch er löste in meinem Kopf ein völliges Chaos aus. »Fisher …«

Nachdrücklich schüttelte er den Kopf, seine Augen *flehten* mich an, nicht zu sprechen. Dann ergriff er meine Hand und legte sie auf seine Brust, genau in die Mitte.

Bumm, bumm, bumm, bumm, bumm, bumm …

Sein Herz raste so sehr, dass ich die Pausen zwischen den Schlägen kaum wahrnahm. Nichts erinnerte an den langsamen, gleichmäßigen Rhythmus, den er mir in der Schmiede des Winterpalastes gezeigt hatte. Ich versuchte, meine Hand wegzuziehen, erschrocken über den donnernden Rhythmus, aber Fisher hielt sie fest.

Er sagte kein einziges Wort. Sah mich nur unverwandt an – und ausnahmsweise blieb das Quicksilver in seinen Augen ganz ruhig. Ich entdeckte keine Arroganz in seinen Zügen. Keine Großspurigkeit. Kein selbstgefälliges Grinsen. Der Blick, den er mir schenkte, war todernst. Als würde er etwas bedeuten. Fisher schluckte, sein Brustkorb hob und senkte sich zu schnell, und dann nickte er.

»Ich kann auf *nichts* mehr vertrauen«, flüsterte er atemlos. Und damit ließ er mich los. Genau in dem Moment, als er es nicht hätte tun dürfen. Als ich von ihm eine Erklärung brauchte, was die letzten hundertzwanzig Sekunden zu bedeuten hatten. Stattdessen nahm er seinen Umhang, warf ihn sich um die Schultern und ging hinaus in die aufkommende Dämmerung.

Fisher hatte mich nicht gebeten, in seinem Zelt zu bleiben. Er hatte mich auch nicht gezwungen, dort zu warten, also tat ich das, was jede vernünftige Frau getan hätte: Ich machte mich aus dem Staub. Das Tageslicht wurde schnell schwächer, während ich durch das Kriegslager lief. Wo ich auch hinsah: Aus allen Richtungen strömten Fae-Krieger, bewaffnet und in voller Rüstung, ins Zentrum des Lagers. Nur die Hälfte machte sich die Mühe, mir einen Blick zuzuwerfen. Eine hektische, fieberhafte Energie lag in der Luft. Der Geruch von Rauch und gebratenem Fleisch umgab mich von allen Seiten, aber nichts konnte den Duft von Minze und mitternächtlichem Wald in meiner Nase verdrängen.

Kingfisher hatte mich geküsst.

Eigentlich hatte er noch verdammt viel mehr getan. Ich konnte noch immer seine Hände auf meiner Taille spüren. Und meine Brustwarze pochte jetzt noch vor Sehnsucht nach seinen Fingern. Mit rasendem Puls schlüpfte ich durch die Menge, auf der Suche nach …

Bei den Göttern, wohin wollte ich überhaupt? Ich hatte keinen blassen Schimmer. Ich musste einfach nur weg von Fishers Zelt. Unbeabsichtigt ließ ich mich vom Strom der Krieger mitreißen. Es hatte irgendwann aufgehört zu schneien, und jetzt war der Himmel so violett wie ein Bluterguss, die Wolken wütend und bedrohlich. Schließlich konnte ich einfach nicht mehr weiterlaufen. Vor mir ragten die Berge steil in den Himmel, und im Süden wand sich der Darn um das Lager und schloss mich innerhalb seiner Ufer ein. Ich war gezwungen, den Kriegern hinunter zu dem großen Zelt auf der Lichtung vor mir zu folgen, wo ein gewaltiges Feuer loderte und die Dämmerung zurückdrängte.

Es war reines Glück, dass ich auf Ren stieß. Die Menge der Krieger teilte sich vor ihm, während er sich einen Weg zum Zelt bahnte, und wie durch ein Wunder stand ich plötzlich in seinem Weg. Rens dunkle Augen wirkten düster, aber sein Blick wurde weicher, als er mich entdeckte. »Saeris? Wo ist Fisher?«, fragte er, legte mir eine Hand auf die Schulter und drängte mich, ihn zu begleiten.

»Ich bin mir nicht sicher.« Das war die Wahrheit.

Er sah mich an, und ein angespannter, wissender Ausdruck zeichnete sich auf seinem Gesicht ab. Seine Nasenflügel weiteten sich, und er witterte … Ach *verdammt*! »Alles in Ordnung mit dir?«, fragte er vorsichtig.

»Ja! Ja, natürlich. Er hat mich nicht …« Meine Wangen glühten rot auf. »Er hat nichts Falsches getan.«

»Natürlich nicht. Ich kenne ihn. Fisher würde niemals …« Ren verkniff sich seine nächsten Worte und führte mich ins Zelt. Dort fuhr er taktvoll fort: »Ich kann nicht nur ihn riechen, sondern auch *dich*, Saeris. Ich habe mir keine Sorgen gemacht, dass er dir wehtun könnte. Ich wollte nur wissen, ob mit dir alles in Ordnung ist. Das ist ein Unterschied.«

Ich unterdrückte meine erneut aufflackernde Verlegenheit und weigerte mich, ihr nachzugeben. Musste ich mich etwa darauf einstellen, dass mir jedes Mitglied des Fae-Volkes immer dann, wenn ich auch nur ein bisschen erregt war, einen Seitenblick zuwarf? Argh! »Mir geht's gut«, erwiderte ich, dieses Mal mit mehr Selbstvertrauen. »Wirklich. Ehrenwort. Ich hatte nur keine Ahnung, wohin alle plötzlich verschwunden waren, das ist schon alles.«

Im Inneren des Kommandozelts schlug uns eine erdrückende Hitze entgegen. Oder besser gesagt: im *Kommandoraum*. Die Magie hatte das Innere des Zelts nicht nur vergrößert, sondern in einen leibhaftigen Saal verwandelt, mit Steinmauern, an denen Wandteppiche und Schlachtengemälde hingen, einem richtigen Kamin und breiten Steinfliesen. Der Raum musste gut sechs Meter hoch sein. Bücherregale, kleine Beistelltische und alle anderen verfügbaren Flächen waren mit Kerzen übersät, deren Licht wie Flammen an den Wänden emporzüngelte. Mindestens zwanzig Krieger hatten sich hier versammelt und warteten auf Ren. Als sie bemerkten, dass er den Saal betreten hatte, wandten sich alle ihm zu und neigten die Köpfe in Ehrerbietung.

Carrion war ebenfalls im Raum und hatte es sich auf einem

Stuhl am Feuer gemütlich gemacht. Auf seinem Bauch thronte ein kleiner Teller. Der Mistkerl aß ein riesiges Stück Kuchen, scheinbar unbeeindruckt von der ganzen Anspannung, die in der Luft lag.

»Setz dich zu Swift«, raunte Ren mir zu. »So nah ans Feuer, wie es nur geht. Die Hitze verbrennt den … äh …« Er verzog das Gesicht. »Na ja, du verstehst schon.«

Und ob ich verstand! Die Hitze würde all die Pheromone wegbrennen, mit denen ich bedeckt war, weil ich *kurz* davor gestanden hatte, Kingfisher zu vögeln. Bei allen lebendigen Göttern!

Als ich das Feuer erreichte, versetzte ich Carrions Stiefel einen Tritt und forderte ihn mit einem Grunzen auf, Platz zu machen. Sein anzügliches Grinsen weckte kurzfristig die Befürchtung, auch *er* könnte riechen, was zwischen Fisher und mir gelaufen war. Aber das konnte nicht sein: So empfindlich waren unsere menschlichen Nasen nicht.

»Ich kann es nicht fassen, dass du Kuchen isst«, murrte ich und zog einen Schemel gefährlich nah ans Feuer heran.

»Das ist kein Kuchen, sondern Quiche«, erwiderte Carrion mit vollem Mund.

»Was ist Quiche?«

»Keine Ahnung. Wird anscheinend aus Eiern und ein paar anderen Sachen gemacht. Und es schmeckt köstlich. Hier.« Er hielt mir den Teller mit dem Essen entgegen. »Willst du auch was?«

Eigentlich war ich nicht hungrig. Genau genommen war mir sogar ziemlich mulmig im Magen, aber ich brauchte etwas, um meine Hände zu beschäftigen. Also nahm ich die Quiche, biss hinein, ohne sie wirklich zu schmecken, und reichte sie dann zurück.

»Hier wird es gleich richtig zur Sache gehen«, bemerkte Carrion und nahm noch einen Bissen.

Also hatte er die angespannte Atmosphäre auch wahrgenommen. »Was du nicht sagst!«

»Die da schreit förmlich nach Blut.« Er deutete wenig subtil auf eine Kriegerin, die an dem großen Tisch in der Raummitte stand und sich eindringlich mit drei Männern unterhielt. Ihr Haar war so hellblond, dass es fast weiß schien, und ihre Augen besaßen einen leuchtend violetten Ton. Sie war auf eine Weise schön, die beim Hinsehen schmerzte. »Zwar kann ich nicht sagen, was genau sie da wispern, aber einer nach dem anderen ist zu ihr gegangen und hat mit ihr geredet. Einige Krieger haben sich mit ihr gestritten. Und den da hat sie *geschlagen*«, berichtete Carrion und deutete mit dem Kinn auf einen Mann mit langen schwarzen Kriegerzöpfen und einem ledernen Brustpanzer mit Wolfskopf-Siegel. »Ich habe das Gefühl, dass Fisher der Grund für all das hier ist. Äh, Saeris?«

Der Mann mit den dunklen Kriegerzöpfen bemerkte, dass ich ihn ansah. Doch anstatt wütend zurückzustarren, legte er den Kopf schräg und schenkte mir ein kleines, freundliches Lächeln.

Carrion schnippte gegen meine Ohrmuschel.

»Au! Was zum Teufel …? Was ist mit dir los? Das tut weh!« Ich presste meine Finger gegen die Ohrmuschel.

»Warum blutet dein Hals?«, fragte er gedehnt und betonte dabei jedes einzelne Wort.

»Was?«

Er streckte die Hand aus und strich über meine Haut. Ich zuckte zur Seite, weg von ihm, aber es war bereits zu spät: Als er mir seine Fingerspitzen zeigte, leuchteten sie rot.

»Nur ein Kratzer.« Carrion zuckte die Schultern. »Du bist wahrscheinlich irgendwo hängen geblieben. Hier.« Erneut reichte er mir die Quiche.

Ich nahm sie entgegen und biss hinein, während in meinem Kopf Chaos ausbrach. Warum zum Teufel blutete mein Hals?

Wie von meinen sich überstürzenden Gedanken herbeigezaubert, betrat ein dunkler Schemen in einem schwarzen Umhang das Zelt. Er hatte die Kapuze hochgeschlagen, um seine Gesichtszüge zu verbergen. Aber allein seine Anwesenheit beschleunigte meinen Puls. Und auch Fisher entdeckte mich sofort. Er beobachtete, wie ich Carrion die Quiche reichte, aber seine Miene verriet keinerlei Regung. Vom anderen Ende des Kommandoraums ertönte überraschtes Aufkeuchen, als die Krieger der Reihe nach begriffen, wer gerade eingetroffen war.

»Dann stimmt es also«, verkündete die blonde Kriegerin. »Du bist *tatsächlich* noch am Leben.«

»Natürlich ist er am Leben, Danya«, sagte Ren in einem müden Ton. »Wir haben nie geglaubt, dass er *tot* wäre. Also bitte, lasst uns vernünftig miteinander reden. Fisher, leg endlich den Umhang ab. Du täuschst hier niemanden.«

Fisher senkte den Kopf, als er den Umhang abnahm. Sein Haar war nass, klatschnass. Genau wie seine Kleidung. Wasser rann ihm über die Wangen, und zu seinen Füßen bildete sich eine kleine Pfütze. Mit erhobenem Kinn lehnte er sich an die Wand und verschränkte die Arme vor der Brust.

»Wie kommt's, Fish? Hast du eine abendliche Schwimmrunde absolviert?« In Danyas Stimme lag ein spielerischer Ton, aber ich war nicht die Einzige, die auch das Gift darin erkannte.

Carrion warf mir mit hochgezogenen Augenbrauen einen vielsagenden Blick zu wie eine der alten Klatschtanten, die ihre Nachmittage gern vor dem *Haus der Kala* verbrachten. Dann biss er in die Quiche und reichte mir den Rest.

Kingfisher beobachtete ihn vom anderen Ende des Saals aus, und an seinem Kiefer zuckten mehrere Muskeln. Im nächsten Moment senkte er jedoch wieder den Kopf und schnaubte. »So ähnlich«, sagte er leise.

»Dann mal los.« Danya breitete die Arme aus. »Wir sind alle

hier, Fisher. Raus mit der Sprache. Wir alle wollen unbedingt wissen, warum du uns die letzten einhundert Jahre im Stich gelassen hast. Und warum du jetzt mit eingezogenem Schwanz wieder zu uns zurückgeschlichen kommst.«

»Ich schleiche nirgendwo hin.« Fisher klang gelangweilt.

»Blödsinn«, fauchte Danya. »Du warst die ganze letzte Woche hier im Lager! Und in der Woche davor auch!«

»Danya …«

»Nein! *Nein*, Fisher. Du warst hier, und du hast keinem von uns auch nur ein verdammtes Wort davon erzählt. Wie oft hat jeder Einzelne von uns in diesem Raum an deiner Seite gekämpft und mit dir geblutet? Wir sollten eine Familie sein, aber du hast uns verdammt noch mal einfach im Stich gelassen!«

Fisher schwieg. Stattdessen nahm Ren ihn in Schutz. »So ist es nicht gewesen, und das weißt du auch.«

»Ha! Also ehrlich! *Ich* weiß nur, dass ich hoch über Gillethrye stand und zusehen musste, wie yvelianische Familien in den Flammen verbrannten, während Malcolms Horden die Stadt plünderten … als *er* plötzlich verschwand wie vom Erdboden verschluckt!«

»Du weißt nicht, wovon du redest.« Rens Gesicht verzerrte sich vor Wut – eine Wut, die ich von ihm nicht erwartet hätte.

»Du hast recht! *Ich weiß es nicht!* Jemand sollte mich aufklären, bevor ich diesem verräterischen Mistkerl mein Schwert in die Kehle ramme!«

»Pass auf, was du sagst, Danya«, mahnte eine Stimme, allerdings nicht Rens. Der Mann mit den schwarzen Kriegerzöpfen, der mich kurz zuvor angelächelt hatte, kam um den Tisch herum und stellte sich neben Fisher. »Ich lasse ja zu, dass du mir zum Spaß einen Schlag verpasst, aber wenn du glaubst, dass ich dir erlaube, dem Kommandanten die Kehle aufzuschlitzen, hast du völlig den Verstand verloren.«

»Ist schon gut, Lorreth«, sagte Fisher leise.

»Er ist *nicht* unser Kommandant!«, schrie Danya und zeigte wütend auf Fisher. »Er hat diesen Titel verloren, als er uns im Stich gelassen hat!«

»Es reicht, Danya«, knurrte Ren und fletschte die Zähne.

Bei den Göttern, das Ganze würde in Blutvergießen enden. Ich brach ein Stück von der Kruste der Quiche ab und schob es mir in den Mund. Zu jedem anderen Zeitpunkt wäre mir der Bissen wahrscheinlich auf der Zunge zergangen, aber jetzt schmeckte er wie Asche.

Kingfisher schaute erneut zu mir und zuckte zusammen.

»Verdammt noch mal, erzähl ihnen, was passiert ist«, fuhr Ren Fisher an. »Sie werden es verstehen, sobald …«

»Nein.« Das Wort hallte durch den Kommandoraum. Kingfisher stieß sich von der Wand ab und richtete sich zu seiner vollen Größe auf. Aus seinen Augen sprach Bedauern, als er die Gesichter der Fae vor ihm betrachtete. »Es tut mir leid, wirklich. Ich wollte keinen von euch in Gillethrye zurücklassen. Ich wünschte, ich könnte euch sagen, warum ich gehen musste, aber ich kann es nicht. Ich kann euch nur sagen, dass mir keine andere Wahl blieb.«

Eine Träne rollte über Danyas Wange. Sie machte einen Schritt auf ihn zu und fragte mit brechender Stimme: »Belikon war der Grund, nicht wahr? Er hat dich gezwungen zu fliehen. Ich verstehe ja, dass wir die Stadt niederbrennen mussten, aber …«

»Ich kann es dir nicht sagen«, wiederholte Fisher. Seine aufgesetzte Gleichgültigkeit zerbrach, in seinen Augen leuchtete reinste Qual. »Ich wünschte, ich könnte es, aber ich kann nicht. Ich bin in dem Moment zurückgekehrt, als ich es endlich konnte. *Das musst du mir glauben.*«

Danya starrte ihn an, und in ihren schönen violetten Augen standen weitere unvergossene Tränen. *Sie will ihm wirklich glauben,* dachte ich. Wollte, dass seine Worte ausreichten. Aber das war nicht der Fall. Danya riss ihr Schwert aus der Lederscheide an ihrer Hüfte und fletschte die Zähne. »Verräter!«, schrie sie. Und dann stürzte sie sich auf Kingfisher, schnell wie ein goldglänzender Lichtstrahl, der ihren Körper verschwimmen ließ.

Ich sah es mit an: den Schmerz in ihrem Gesicht, die Spitze ihres Schwerts, die auf Fishers Kehle gerichtet war, und die Art und Weise, wie seine Schultern nach unten sackten, als hätte er seinen Frieden mit dem gemacht, was als Nächstes kam, und wäre dafür bereit. Eigentlich hatte ich nicht die Absicht gehabt aufzuspringen. Aber meine Hand hob sich aus eigenem Antrieb, und ein panischer Schrei drang aus meiner Kehle: »STOPP!«

Danyas Körper wurde zur Seite geworfen. Sie krachte gegen den Tisch, ihre Hüfte prallte gegen das Holz. Aber das war nicht der Grund, warum zwanzig fassungslose Augenpaare sich auf mich richteten. Denn ihr Schwert zerbrach in tausend Stücke: Stahlsplitter schossen durch die Luft und trafen so hart auf die Wand über Rens Kopf auf, dass sie sich tief in das unebene Mauerwerk bohrten.

Carrion warf sich zur Seite und stützte sich an der Seite des Kamins ab. »Heilige *Scheiße*!«, keuchte er.

Alle anderen wirkten genauso fassungslos. Nur Fisher blieb ruhig. Er betrachtete mich sehr ernst, und seine dunklen Brauen zogen sich zusammen.

Danya richtete sich auf und drehte sich langsam zu mir um – es war das erste Mal, dass sie mich seit meinem Betreten des Zelts wirklich wahrnahm. Sie machte den Eindruck, als würde ihr gleich der Kopf explodieren. »Wir haben eine verdammte *Alchemistin*?«

»Sie gehört *mir*«, sagte Fisher.

Bevor irgendjemand darauf reagieren konnte, erschütterte ein donnerndes *BUMM!* den Boden unter unseren Füßen.

»EISBRECHER! EISBRECHER! EISBRECHER!« Der Schrei kam von draußen.

»Was ist los?«, flüsterte ich.

Plötzlich war im Kommandoraum die Hölle los. Sämtliche Fae-Krieger, Ren eingeschlossen, zogen ihre Waffen und stürmten zum Ausgang. Fisher blieb den Bruchteil einer Sekunde länger zurück als die anderen – die Augen noch immer auf mich gerichtet, die Stirn gerunzelt. Doch dann setzte auch er sich in Bewegung und verschwand in einem Strahl aus glitzerndem schwarzem Sand.

Der schwarzhaarige Mann namens Lorreth verließ als Letzter das Zelt. »Bleibt hier«, befahl er. »Verlasst diesen Ort auf keinen Fall. Ich meine es ernst.«

»Aber was zum Teufel ist hier los?«, fragte Carrion fordernd.

»Sanasroth. Der Feind steht am anderen Ufer. Das Eis muss gebrochen werden, damit die Toten den Fluss nicht überqueren können.«

21

EISBRECHER

Während wir im Kommandozelt gestritten hatten, war draußen die Nacht hereingebrochen. Der Himmel war pechschwarz, und ein eisiger Wind hatte aufgefrischt, der jetzt die Funken der Wachfeuer wie einen Strudel über das ganze Lager verteilte. Einer landete auf meinem Mantel und versengte ihn, aber das war die geringste meiner Sorgen. Sämtliche Krieger des Lagers hasteten zum Ufer des Darn, mit gewaltigen Vorschlaghämmern und gefährlich aussehenden Äxten in den Händen.

»Wir sollten uns hier raushalten«, wiederholte ich zum tausendsten Mal. Aber Carrion hatte schon beim ersten Mal nicht auf mich gehört, und er interessierte sich auch jetzt nicht für meine Bedenken.

»Ich verkrieche mich nicht in einem Zelt, wenn es so aussieht, als würden wir alle in großer Gefahr schweben«, entgegnete er.

»Hast du vergessen, wie oft Ren dich heute Morgen auf den

Hintern befördert hat? Das hier ist eine Nummer zu groß für uns.«

Doch Carrion hatte eine entschlossene Miene aufgesetzt. »Ich kann vielleicht nicht so gut kämpfen wie diese Mistkerle, aber ich kann verdammt gut Eis brechen. Außerdem hat sich herausgestellt, dass meine Ex Schwerter in Schrapnelle verwandeln kann – also schätze ich mal, dass wir prima zurechtkommen werden.«

»Ich bin nicht deine Ex. Und ich wusste nicht, dass ich das kann. Außerdem glaub ich nicht, dass ich das wiederholen könnte!«

»Dann lass uns nur hoffen, dass wir das nicht herausfinden müssen.« Carrion stürmte in halsbrecherischem Tempo los.

Einen Moment lang dachte ich darüber nach, wieder in den Kommandoraum zurückzukehren, aber er hatte recht. Ich konnte mich nicht einfach da drin verstecken, während hier draußen die Welt unterzugehen drohte. Es dauerte zwanzig Sekunden, bis ich zu ihm aufgeschlossen hatte. Und eine weitere Minute, bis wir den Weg zum Flussufer zurückgelegt hatten.

Fassungslos standen wir da und starrten auf das Chaos vor unseren Augen.

Riesige Krieger, doppelt so groß, doppelt so breit wie Fisher, hatten sich am Flussufer aufgereiht. Im Takt eines Trommelschlags, der weiter flussabwärts ertönte, hoben sie gewaltige Vorschlaghämmer über ihre Köpfe und ließen sie mit furchterregender Wucht auf das dicke Eis krachen.

BUMM!

BUMM!

BUMM!

Die eisige Oberfläche zerbrach und splitterte und erzeugte metallische, hohle Geräusche, aber das Eis hielt. Auf der anderen Seite des Ufers hatte sich eine brodelnde, dunkle Masse versammelt und *brüllte.*

»Was … ist das?«, flüsterte Carrion.

Ein Kämpfer eilte keuchend an uns vorbei. Allerdings keiner der Fae, sondern Holgoth, der Erdwicht, der uns bei unserer Ankunft im Lager begrüßt hatte. »Das …«, schnaufte er, »… ist der Großteil der sanasrothischen Horde. Fünfzigtausend Mann stark. Es gab … keine Vorwarnung. Wenn sie es über den Fluss schaffen, werden sie … uns überrennen!«

»Was meinst du mit ›Horde‹?«, rief Carrion ihm nach, als er zum Fluss hinunterlief.

Holgoth brüllte nur ein Wort als Antwort: *»Vampire!«*

Bumm! Bumm! Bumm!

Die Vorschlaghämmer dröhnten auf das Eis nieder.

Ich suchte die Dunkelheit nach einem Anzeichen von Fisher ab, aber er war nirgends zu sehen – ebenso wenig wie Ren. Von überallher kamen Unbekannte mit angespannten Gesichtern angerannt und schlugen mit ihren Hämmern auf das Eis ein. Ein blauer Funke erhellte vorübergehend die Szenerie und beleuchtete die andere Seite des Ufers – und was ich dort sah, ließ meine Beine zu Blei werden.

Es waren Tausende.

Brodelnd. Knurrend. Sich windend. Schnappend.

Fünfzigtausend Fresser, die am Flussufer nach Blut schrien.

Als die Quelle des blauen Lichts erschien – eine weißglühende Kugel, die sich in hohem Bogen in die Luft erhob und in der Mitte des Flusses zu Boden ging –, waren die ersten Vampire bereits auf halbem Weg über das Eis. Die Kugel explodierte und schlug beim Aufprall ein kleines Loch in die Oberfläche. Wasser schoss fünfzehn Meter hoch in die Luft, aber die Vampire schienen es nicht zu bemerken. In Scharen drangen sie über das Eis.

»Fuck«, murmelte Carrion. »Fuck, fuck, fuck.«

Ich war außerstande zu reden. Aber ich dachte dasselbe.

Eine weitere blau-weiße Kugel schoss in den Nachthimmel und warf zuckende Schatten über die herannahende Masse und die

Krieger auf unserer Seite des Ufers. Noch eine und noch eine und noch eine stiegen in die Luft. Laute Knackgeräusche zerrissen die Nacht, als sie explodierten und größere Löcher in das Eis sprengten. Jetzt, da dieser Flussabschnitt instabil wurde, waren die Hämmer, die am Ufer auf die Oberfläche einschlugen, effektiver. Nach und nach bekam das Eis Sprünge und Risse.

»Wird es funktionieren?«, flüsterte Carrion.

»Keine Ahnung. Ich weiß es nicht. Komm, wir müssen helfen.«

Ein lächerlicher Gedanke. Ein einziger dieser gewaltigen Krieger mit den Hämmern hätte die Hälfte der Gebäude im dritten Bezirk allein niederreißen können, und doch war das Eis so dick, dass sie nur langsam vorankamen. Wir waren im Vergleich dazu so schwach. So menschlich. Trotzdem griffen wir beide zu den schweren Hämmern, die wir am Ufer gefunden hatten, und ließen sie mit aller Kraft auf den Darn krachen.

Als die erste Welle von Vampiren in Reichweite war, zogen Feuerfontänen über den Fluss. Die Kreaturen brannten wie Zunder, aber die Flammen hielten sie nicht auf. Sie kamen näher. Immer näher.

Meine Arme ächzten vor Schmerz, und mein Rücken brannte höllisch, aber ich schlug weiterhin auf das Eis ein. Die Haut auf meinen Handflächen riss auf, während ich den Hammer herabfahren ließ.

Das Eis erbebte, stieß ein unheilvolles Ächzen aus, und plötzlich zerbrach es vollends.

Im nächsten Moment zog eine schwarze Rauchwolke über den Fluss und näherte sich dem Feind rasch. Die Vampire, die auf das Eis hinausgetaumelt waren, stürzten in das eiskalte Wasser, und der Rauch schien sich schlagartig zu verdichten und sie unter die Oberfläche zu drücken. Er packte sie, umhüllte sie und zog sie in ihr nasses Grab.

»Was ist das?« Carrion starrte mit großen Augen auf das Flussufer.

»Fisher«, antwortete ich grimmig. »Das ist *alles* Fisher.«

Die Vampire drängten nicht länger auf den Fluss hinaus. Die riesigen Eisbrecher-Fae links und rechts neben uns hieben weiterhin auf das Eis ein, aber die tollwütige Horde auf der sanasrothischen Seite des Flusses stellte ihren Vormarsch ein. Sie knurrten und stöhnten, doch sie hielten ihre Position.

»Guten Abend, Kingfisher!«, rief eine Stimme aus der Dunkelheit. »Wie schön, dass du wieder zurück bist! Willst du nicht Hallo sagen?«

Eine Kriegerin, die sich uns am gleichen Uferabschnitt angeschlossen hatte, eine Frau mit leuchtend rotem Haar, erblasste beim Klang dieser Stimme – genau wie eine Reihe anderer Kämpfer. »Ist das *Malcolm*?«, fragte sie, als könnte sie ihren Ohren nicht trauen. »Das kann nicht sein …«

»Und ob er das ist«, antwortete ein Mann mit einer zerklüfteten Narbe am Kiefer und blickte finster hinaus in die Dunkelheit. »Er hat seine Festung verlassen, um den Kommandanten zu verhöhnen.«

»Aber …«

»Komm schon, Kingfisher! Warum willst du dich uns nicht zeigen? Ich zeige mich gern, falls du darauf wartest!« Die Schar der Ungeheuer am anderen Ufer teilte sich, und dann tauchte er auf: ein großer, schlanker, unauffällig wirkender Mann in schwarzer Kleidung. Sein glattes schneeweißes Haar hing ihm bis über die Schultern, und seine eleganten Gesichtszüge wirkten fast schon attraktiv. Mit blutroten Augen sondierte er unsere Seite des Ufers, als hätte er keinerlei Schwierigkeiten, durch die schwarzen Rauchschwaden zu sehen, die noch immer über die Oberfläche des Flusses zogen. »Komm schon, Kingfisher«, rief der Teufel in einem höhnischen Singsang. »Ich weiß, dass du da bist. Wir haben uns zwar erst vor wenigen Wochen das letzte Mal gesprochen, aber was soll ich sagen? Du fehlst mir.«

Ein Raunen ging durch die Reihen der Fae. Kingfisher *fehlte* Malcolm? Und sie hatten erst vor wenigen Wochen miteinander gesprochen? Diese Worte dienten nur einem Zweck: Malcolm, der König der Vampire, wollte alle Fae wissen lassen, dass ihr verehrter Anführer, der endlich zu ihnen zurückgekehrt war, auf irgendeine Weise mit ihm im Bunde stand. Guerillakriegsführung vom Feinsten. Der einfachste Weg, einen Krieg zu gewinnen, bestand darin, Uneinigkeit in den Reihen des Feindes zu säen – damit sie ihre Zeit und Energie damit verschwendeten, sich gegenseitig zu bekämpfen anstatt ihren wahren Gegner. Ein kluger, wenn auch ziemlich offensichtlicher Schachzug. Aber den Gesichtern der Krieger um uns herum nach zu urteilen, würde Fisher einiges zu erklären haben.

»Also gut. Ganz wie du willst, Süßer!«, rief Malcolm. Ein grausames Lächeln breitete sich auf seinem Gesicht aus und entblößte eine Reihe spitzer Zähne. »Versteck dich hinter deinen kleinen Freunden. Wir werden uns schon bald wiedersehen!«

22

VERLANGEN

Kingfisher kam eine halbe Stunde später zu mir.

Ich saß am Feuer vor dem Kommandozelt und trank den heißen Apfelwein, den Ren mir gereicht hatte. Seine Augen waren wild, die Haare noch wilder. Er steuerte direkt auf mich zu, aber seine Frage war an den General gerichtet: »Ist der nervtötende Mensch bei dir?«

»Ja, ist er«, antwortete Ren müde.

»Äh, ich hoffe, du meinst nicht mich«, sagte Carrion, aber Fisher würdigte ihn keines Blickes.

Er streckte mir die Hand entgegen. »Nimm meine Hand, oder ich werde dich tragen«, verkündete er.

Ich reichte ihm meine Hand.

»Wir sind morgen früh wieder zurück«, teilte er Ren mit. Und damit trat er rückwärts in den wirbelnden schwarzen Strudel, der hinter ihm erschien, und zog mich durch das Schattentor.

Onyx knurrte mit gefletschten Zähnen, als ich Fishers Schlafzimmer betrat. Der Raum sah noch genauso aus wie während meines Zwangsaufenthalts nach dem Angriff der Fresser. Düster. Voller Schatten und dunkler Ecken. Mit anderen Worten, genau wie *Fisher.* Ich versteifte mich, als der Geruch von wilder Minze und Tannennadeln meine Sinne überflutete. Doch dieses Mal war nicht der Raum die Ursache, sondern der Fae-Krieger selbst, der so dicht hinter mir stand, dass die Hitze seines Körpers meinen Rücken wärmte. Fishers tätowierte Hände griffen um mich herum, hantierten geschickt an den Schnüren des Reitcapes und lösten sie, sodass der Stoff von meinen Schultern rutschte.

»Du hast die Kleider, die ich für dich ausgesucht habe, kein einziges Mal getragen«, murmelte er an meinem Haar.

»Ich will nicht über Kleider reden«, flüsterte ich.

»Also gut. Dann lass uns über den Proviant reden.«

»Proviant?«

Er nickte. »Teile keinen weiteren Proviant mit diesem Arschloch, kleine Osha.«

»Was?«

»Ich meine Swift. Vorhin. Im Kommandoraum. Du hast dir mit ihm diesen Kuchen geteilt, ihn hin und her gereicht.«

»Das war kein Kuchen.«

»Es ist mir egal, was es war. Hör einfach auf, dir Proviant mit ihm zu teilen.« In seiner Stimme lag ein gefährlicher Unterton. Einer, der mich warnte, mich diesem Befehl ja nicht zu widersetzen.

Aber wenn er bis jetzt noch nicht gelernt hatte, dass ich mir nicht sagen ließ, was ich zu tun und zu lassen hatte, war es vermutlich Zeit für eine kleine Erinnerung. »Warum nicht?«

»Weil ich es verdammt noch mal sage.«

»Ist das irgendeine seltsame Sitte der Fae, von der ich nichts weiß?«

»Nein, dahinter steckt keine Bedeutung«, antwortete er stur. »Teile dir so viel Eintopf, wie du willst, mit Lorreth oder Ren. Aber nicht mit diesem Arschloch. Es ist schon schlimm genug, dass er überhaupt hier ist. Mir wäre es lieber, ihr würdet nicht auch noch vom selben Teller essen.«

»Was hast du gegen Carrion?«

»Ich will nicht über Carrion reden«, knurrte er.

In diesem Moment hätte ich fast gelacht. *Fast.* »Okay, okay, von mir aus.« Meine Nackenhaare stellten sich auf. Irgendetwas tief in meinem Inneren entglitt mir. Ich spürte, wie es schrittweise passierte, und es war beängstigend. Die Mauer zwischen uns – die Barriere, die meine Sicherheit garantierte – fiel zusammen und brach Stein für Stein auseinander. Wenn ich wollte, konnte ich ihren Zerfall aufhalten, sie wieder neu errichten. Aber … ich bekam in seiner Nähe kaum Luft, jetzt, da ich wusste, wie sich seine Hände auf meinem Körper anfühlten. Wirklich anfühlten. Ich sehnte mich nach ihm, wollte mehr von ihm, obwohl er egoistisch und grausam sein konnte … obwohl ich wusste, dass dieses Verlangen höchstwahrscheinlich meinen Untergang bedeutete.

»Dann entscheide *ich* jetzt, worüber wir uns unterhalten wollen. Lass uns mal darüber reden, was gerade passiert ist …«

»Im Zelt?« Dieses Mal sandte er seine Stimme nicht aus – für Magie bestand keine Notwendigkeit. Denn er stand so dicht hinter mir, dass sein Mund meine Ohrmuschel berühren würde, wenn ich mich nur *einen* Zentimeter zurücklehnte.

»Am Flussufer.«

»Ich habe dich hierhergebracht, damit wir das Flussufer vergessen können.«

Vergessen? Wie kam er nur auf die Idee, dass ich das jemals vergessen würde? »Wenn diese Fresser es auf unsere Seite des Flusses geschafft hätten …«

»… dann hätte ich sie niedergemäht und ihre Knochen zu

einem Haufen aufgestapelt.« Er war so verdammt selbstsicher. Nicht der geringste Zweifel an seinen Fähigkeiten.

»Dabei wären Leute verletzt worden.«

Fishers trockenes Lachen bewegte meine Haare. »Wir befinden uns im Krieg. Und im Krieg werden Leute verletzt. Manche sterben. Einige erwachen von den Toten und ernähren sich von den Lebenden. Es ist ein Kreislauf.«

Ich spürte meinen Herzschlag im ganzen Körper. Er pulsierte in meinen Händen, an meinen Schläfen und in meiner Kehle. Langsam drehte ich mich zu Fisher um, wollte ihm unbedingt in die Augen sehen. Sein markantes Kinn mit dem Bartschatten war nur wenige Zentimeter von mir entfernt, die Halsberge glitzerte an seiner Kehle, und der Wolf darauf befand sich auf meiner Augenhöhe. Sein verdrecktes Hemd stand nur leicht auf – aber weit genug, um eine Fülle wirbelnder schwarzer Tinte zu enthüllen. Mit ausdrucksloser Miene blickte er auf mich herab und wartete darauf, dass ich etwas sagte. »Das ist kein Scherz! Ich … ich hatte …« Eigentlich wusste ich genau, was ich sagen wollte, aber ich konnte mich nicht dazu durchringen. Wir standen kurz vor einem Punkt, an dem es kein Zurück mehr gab, und ich war nicht bereit, diese Schwelle zu überschreiten.

»Du hast dir Sorgen um mich gemacht«, sagte Fisher mit rauer Stimme.

»Nein! Ich …«

»Ich habe deine Miene gesehen. Im Kommandoraum, als Danya mir den Kopf abschlagen wollte. Du hattest Angst. Um mich.«

»Ich hatte Angst, dass du sterben würdest und ich nicht mehr nach Hause zurückkehren könnte. Du hast geschworen, mich zurückzuschicken, wenn ich mit den Ringen fertig bin. Die anderen würden sich vielleicht nicht an diese Abmachung halten, und …«

Fishers schiefes, unglückliches Lächeln ließ keinen Zweifel

daran, dass er mir kein Wort glaubte. Allerdings widersprach er nicht.

»Sie werden dich in Stücke reißen, wenn du morgen früh ins Lager zurückkehrst«, flüsterte ich.

»Ich komme schon klar«, erwiderte er.

»Machst du dir denn gar keine Sorgen, dass deine sogenannten *Freunde* denken werden, du hättest diesem Malcolm geholfen, und …«

Fisher sog seine Unterlippe zwischen seine Zähne, seine Augen schauten so sanft, wie ich sie noch nie gesehen hatte. Behutsam strich er mir eine Strähne hinters Ohr, die sich aus meinem Zopf gelöst hatte. »Entspann dich, kleine Osha.«

»Du kannst mir nicht einfach sagen, dass ich mich entspannen soll, wenn diese Fresser es fast über den verdammten Fluss geschafft hätten, okay?«

»So weit sind sie nicht mal annähernd gekommen. Gerade mal bis zur Mitte des Flusses, und weiter haben sie es noch nie geschafft. Malcolm schickt seine Armee von Zeit zu Zeit aus, um uns daran zu erinnern, dass er noch da ist. Wir brechen das Eis. Er verliert einen Haufen Fußvolk. Und danach geht alles wieder seinen gewohnten Gang.«

»Du hast gerade Hunderte von Vampiren ertränkt!«

»Man kann etwas, das bereits tot ist, nicht ertränken.«

Warum war er nicht mal ansatzweise besorgt wegen dieser ganzen Geschichte? Ich hatte den Eindruck, dass er bis zum Hals im Dreck steckte, aber sehr wenig tat, um da wieder rauszukommen. »Danya …«

»Danya wird sich wieder beruhigen. Genau wie alle anderen. Morgen früh hat sich der Sturm im Wasserglas wieder gelegt und ist längst vergessen. Wir Fae haben ein langes Leben. Und wir haben schon vor vielen Jahren gelernt, dass ein Groll hervorragend dazu geeignet ist, ein oder zwei Jahrzehnte zu ruinieren. Wir klären unsere Streitigkeiten schnell und kehren dann zur Tagesordnung zurück.«

Er musste unter Wahnvorstellungen leiden. »Ich war im Kommandoraum dabei. Du hast rein gar nichts mit diesen Hauptleuten geklärt, Fisher.«

»Warum kümmerst du dich nicht weniger um meine Freunde und mehr um …«

»Ich will Antworten!«, rief ich. »Warum war Malcolm anders? Er war nicht wie die Fresser. Er wirkte …«

»Normal?«

»Ja!«

»Malcolm ist ein hochrangiger Fae-Vampir. Der allererste. Wir wurden vor Jahrtausenden mit einem Fluch belegt, woraufhin sich die Fae in etwas verwandelten, das große Ähnlichkeit mit Malcolms Zustand besaß. Als ein Heilmittel entdeckt wurde, nahmen mein Urgroßvater und die meisten der anderen Yvelia-Fae es sofort. Sie waren entsetzt darüber, in welche Ungeheuer sie sich verwandelt hatten, und wollten in ihr altes Leben zurückkehren. Aber es gab andere Fae, denen die dunkle Magie gefiel, die der Fluch ihnen verliehen hatte. Sie liebten die Macht und das Versprechen der Unsterblichkeit.«

»Sind die Fae nicht sowieso unsterblich?«

Fisher lachte leise. »Nein, kleine Osha, das sind wir nicht. Unsere Lebensspanne ist Gegenstand zahlreicher Forschungen und Spekulationen. Wir überleben deine Spezies um viele, viele Jahre. Aber wir altern. Und irgendwann sterben wir. Doch es gibt auch Fae wie Malcolm, die nicht altern wollen. Sie sind nicht damit zufrieden, das Beste aus den Tausenden von Jahren zu machen, die ihnen ohnehin vergönnt sind. Also begrüßen sie das, was eigentlich eine Strafe sein sollte, mit offenen Armen. Malcolm ist der Stärkste unter ihnen. Ihr König. Von allen Fae, die sich entschieden haben, Vampire zu bleiben, ist er allein stark genug, um jemanden vollständig zu verwandeln und gleichzeitig sicherzustellen, dass die betreffende Person sie selbst bleibt. Mit allem, was sie zu dem macht, was sie ist – ihre Persönlichkeit und ihre Charaktereigenschaften. Wenn Malcolms Fürsten jemanden beißen und verwandeln, sterben ihre Opfer und kehren ohne ihre Seelen zurück als hirnlose, hungrige Hülsen. Sie gehorchen ihren Gebietern und werden zu Fressern.«

In Fishers Worten lag ein bodenloses Grauen. Ich konnte mir nicht mal ansatzweise vorstellen, wie schrecklich es sein musste, von einem von Malcolms Fürsten völlig ausgesaugt zu werden und zu wissen, dass man dazu verdammt war, als eine dieser *Kreaturen* zurückzukehren. »Passiert das auch mit Menschen?«, fragte ich und fürchtete mich bereits vor der Antwort.

»Was glaubst du denn, wohin die meisten deiner Spezies verschwunden sind? Die große Mehrheit von Malcolms Horde war einst menschlich. Die Fae, die sich entschieden haben, sich von ihrem Fluch zu heilen, versuchten, die rangniederen Fae und die Menschen in diesem Reich zu beschützen, aber sie waren leichte Ziele. Verwundbarer als Fae. Sie besaßen keine Magie, um sich zu schützen, also …«

»Also …« Ich stand kurz davor, mich zu übergeben. Okay, okay, ich hatte es wissen wollen, aber jetzt, da ich die Antwort kannte, konnte ich den Gedanken nicht länger ertragen. »Du warst bei ihm, stimmt's? Während all dieser Jahre, in denen du verschollen warst.«

Auf Fishers Gesicht zeichnete sich Anspannung ab. »Das kann ich dir nicht sagen«, antwortete er.

Das kann ich dir nicht sagen.

Als ich sah, wie sich die Anspannung um seine Augen verschlimmerte, erkannte ich plötzlich, wie sich das anfühlen musste – als versuchte er, sich zu wehren oder etwas zu überwinden. Als hätte er keinerlei Kontrolle darüber …

Und genau darum handelte es sich.

Er hatte keinerlei Kontrolle darüber.

»Du bist *gebunden*, oder?«, fragte ich erschrocken. »Du *kannst* mir buchstäblich nicht sagen …«

»Stopp«, befahl er.

Ich hatte Erleichterung erwartet. Zumindest eine Art Anerkennung, dass endlich jemand verstand, warum er nicht sagen wollte, wo er gewesen war oder was er getan hatte. Aber aus Fishers Reaktion sprach Sorge, sogar Verärgerung.

»Hast du schon mal in Betracht gezogen, dass ich es dir nicht sagen will, weil es dich nichts angeht?«, erwiderte er scharf.

»Und ob es mich etwas angeht.« Ich stützte die Hände in die Hüften.

»Nein, tut es nicht.«

»Was auch immer mit dir passiert, betrifft mich ebenfalls. Und ich bin nicht dumm. Du warst in den letzten fünfzehn Minuten nicht annähernd so ein Arschloch wie in den vergangenen Wochen … wie seit dem Moment, als du mich im Spiegelsaal vom Boden hochgehoben und mich gerettet hast. Und du hast mich erst wieder angeschnauzt, als du mich wegstoßen wolltest. Die bissigen Bemerkungen und der ganze Scheiß, der dir über die Lippen kommt, dient nur dazu, andere auf Abstand zu halten, oder?«

»Du hast nicht die leiseste *Ahnung*, wer ich bin«, knurrte er.

Möglicherweise hatte er damit ja recht. Aber allmählich fing ich an, aus ihm schlau zu werden. Und wie oft hatte Ren es bereits gesagt? *Ich kenne ihn. Diese Person ist nicht er. Fisher ist im Moment nicht er selbst.* Das war alles nur eine Fassade. Und als würde ein Schleier langsam zurückgezogen, begann ich, ihn zu durchschauen. »Du hasst mich nicht so sehr, wie du vorgibst«, sagte ich.

Er kam auf mich zu, raubtierartig, gefährlich. »Ach nein?«

»Nein.«

»Das ist eine interessante Theorie.«

»Ich glaube nicht, dass du mich überhaupt hasst.«

Er lachte, trat aber noch einen Schritt vor. »Du hast eine sehr hohe Meinung von dir, stimmt's?«

»Ich weiß, dass du mich willst.« Ich weigerte mich, auch nur einen Schritt zurückzuweichen, obwohl mein Körper mich lautstark dazu aufforderte.

»Ich kann dich ficken wollen und dich trotzdem hassen, kleine Osha.«

Ich schüttelte den Kopf und versuchte, die Hitze in seinen Augen zu ignorieren. »Nein, darum geht's nicht.«

Noch ein Schritt, und er würde wieder Brust an Brust vor mir stehen. »Worum geht es dann?«

»Da ist etwas … zwischen uns. Das weißt du ganz genau.«

»Bist du dir sicher, dass du dir nichts einbildest? Viele Frauen fallen ihren eigenen verzweifelten Fantasien zum Opfer, wenn es um mich geht.«

»Hör einfach auf, okay? Es reicht! In dem Moment, in dem du mich fickst, wird sich die Situation zwischen uns ändern.«

»Natürlich. Dann habe ich ein perverses kleines Verlangen befriedigt. Und kann mein Leben einfach fortsetzen.« Seine Lippen öffneten sich, und der Anblick seiner scharfen Eckzähne schickte einen Schwall Hitze direkt zwischen meine Beine.

»Du willst mich beißen«, flüsterte ich.

»Ha!« Er warf den Kopf in den Nacken und stieß ein freudloses Lachen aus. »Du hast ja keine *Ahnung,* auf welchem Drahtseil du gerade balancierst, oder?«

»Du hast es fast getan. Vorhin in deinem Zelt. Du hast mich mit deinen Zähnen gekratzt. Bis meine Haut geblutet hat!«

Der kleine Abstand zwischen uns verschwand im Nu. Fishers Hand schloss sich um meine Kehle, Wut zeichnete sich auf seinen attraktiven Zügen ab. *»Vorsicht«,* knurrte er. »Es ist gefährlich, so leichtfertig über Dinge zu reden, die du nicht verstehst.«

»Dann erklär es mir. Zeig es mir«, keuchte ich.

Seine Wut verebbte. »Was?«

»Zeig es mir. Lass es mich verstehen. Beweis mir, dass ich mich irre.«

»Du dummer, törichter Mensch …«

Ich hatte kein Recht, noch mehr zu sagen. Es war riskant, einen Mann wie Fisher zu provozieren – so etwas konnte nur allzu leicht schiefgehen. Aber das Ganze würde auf jeden Fall in Tränen enden, und nach dem, was ich an diesem Abend gesehen hatte und was auf der anderen Seite des Flusses auf uns alle wartete, wollte ich nicht sterben, ohne diese Theorie wenigstens zu testen. »Ich sage dir, dass du mich *ficken* sollst, Fisher. Ich fordere dich auf …«

Seine Lippen stürzten sich auf meine. Er raubte mir die Worte und nahm mit einem gequälten Knurren von meinem Mund Besitz. Der Kuss war feurig. In dem Moment, als ich ihn schmeckte und seine Zunge an meinen Zähnen vorbeistreichen spürte, stöhnte ich und griff nach dem Saum seines Hemds.

Keine weiteren gegenseitigen Beschimpfungen.

Keine weiteren, kaum verschleierten Anspielungen.

Keine weiteren Drohungen.

Es passierte, weil ich es wollte.

Ich riss Fishers Hemd hoch und musste die Arme über den Kopf heben, um ihm das verdammte Ding auch nur halb auszuziehen. Er unterbrach den Kuss für den Bruchteil einer Sekunde und zerrte sich den rauchverschmierten Stoff über den Kopf. In der Sekunde, in der er das Hemd aus der Hand legte, fiel er wieder über mich her, und sein Mund erkundete meinen so gründlich, dass ich nicht wusste, wo oben und unten war. Seine Bewegungen waren nicht so ungelenk wie meine. Seine Hände wirkten sicher und fest, als er den Kragen meines Hemds packte und es mir vom Leib riss. Ohne die Korsetts und Stützstäbe der Kleider, die Everlayne mir im Winterpalast aufgedrängt hatte, hatte ich mir die Brüste gebunden, so wie zu Hause in Zilvaren. Als er den um meinen Brustkorb gewickelten Stoff sah, brachte Fisher einen verärgerten Laut hervor. Ich hob die Arme und erwartete, dass er ihn so schnell wie möglich abwickeln würde, aber weit gefehlt. Stattdessen fuhr er mit dem Zeigefinger an der Vorderseite des Stoffes entlang, zwischen meinen Brüsten hindurch, und der Stoff riss auseinander und löste sich unter seiner Berührung in Luft auf.

Meine Brüste befreiten sich aus ihrem Gefängnis, meine Brustwarzen wurden hart, und Fisher stöhnte und fluchte unterdrückt, als er die festen Kuppen in die Hände nahm, sie knetete und seine Augen darüber wandern ließ. Hatte er auf diese Weise an mich gedacht? Nackt und ihm ausgeliefert? Hatte er sich vorgestellt, wie es sein würde, mich zu berühren und zu schmecken und mich dazu zu bringen, seinen Willen zu erfüllen?

Ich hatte meiner Fantasie definitiv erlaubt, mit mir durchzugehen. Hatte so getan, als wollte ich nicht *seine* Hände auf meinem Körper spüren, während ich mich selbst berührte. Und hatte mir eingeredet, dass es nicht *sein* wissendes Grinsen war, das mich in meinen Träumen verfolgte. Aber genau das war der Fall. Und jetzt stand er vor mir, ohne Hemd, mit schweißglänzender, muskelbepackter Brust, umhüllt von schwarzer Tinte, die sich spiralförmig um seinen Oberkörper wand – und ich konnte kaum glauben, dass wir endlich an diesem Punkt angekommen waren.

Schon eine ganze Weile lang hatte kein Zweifel mehr bestanden: Wir würden uns entweder gegenseitig umbringen oder miteinander vögeln. Und ich war froh, dass wir uns beide für die letztere Option entschieden hatten.

Fishers Augen funkelten, als er mich vorn am Hosenbund packte und grob zu sich heranzog. »Du hast es so gewollt. Wenn du wund bist, weil du so heftig gekommen bist, dass du dich nicht mehr an deinen eigenen Namen erinnern kannst, dann erinnere dich an *das* hier, kleine Osha.«

Er erwiderte meinen Blick, während er meine Hose aufriss und sie mir über die Schenkel schob. Sein Blick war so schwer wie die Klinge eines Schwerts, die an meiner Kehle ruhte, und scharf genug, mir tief in die Haut zu schneiden. Er schob seine rechte Hand zwischen meine Beine und packte mich mit der anderen Hand an der Kehle, was mich zu Tode erschreckte.

Normalerweise hätte ich nach Luft geschnappt, als er meine Unterwäsche zur Seite zerrte und seine Finger in die feuchte Hitze meiner Mitte tauchte. Aber seine Hand schloss sich um meine Luftröhre und raubte mir die Fähigkeit zu atmen. Wie ein dunkelhaariger, Unheil verkündender, gefallener Engel knurrte Kingfisher, als er seine Finger tiefer in mich schob.

»Meine Güte! Schon so erregt? Du bist verdammt feucht. Wie schmeckst du wohl, hm? Wirst du wie ein braves Mädchen nach mehr schreien, wenn ich dich auf meinem Gesicht reiten lasse?«

»J… ja …« Es hatte keinen Zweck. Ich konnte nicht sprechen. In meinem Kopf drehte sich alles, sowohl wegen des Blutmangels als auch wegen dieses wilden Verlangens, das mich bis ins Mark erschütterte. Ich wollte ihn. Aber ich wollte auch dieses Gefühl tief in meinem Inneren verstehen. Fisher hatte sich bei jeder Gelegenheit als unerträgliches Arschloch erwiesen. Ich konnte an einer Hand abzählen, wie viele höfliche Worte der Mistkerl mir gegenüber geäußert hatte. Aber da war noch etwas anderes, das mich an ihn fesselte. Mich anzog, als wäre ich gefangen. Ein Teil von mir wusste, dass Fisher eine Falle war, und ich saß wirklich tief in der Grube …

Die Welt wurde dunkel, bis es nur noch mich und ihn gab. Mich und diese blitzenden, grün-silbernen Augen. Fisher neigte den Kopf, lehnte sich an mich, sein Mund dicht an meinen Lippen. »Wenn du mich ganz in dich aufnimmst, vergiss nicht zu *atmen.*« Er gab meine Kehle frei, und mir schwirrte der Kopf, als ich nach Luft schnappte.

Mir blieb keine Zeit, mich zu wappnen. Es wäre vernünftiger gewesen, meine Stiefel von den Füßen zu kicken und dann meine Hose auszuziehen, aber das war nicht möglich, wenn man es mit dem ungeduldigsten Mann in ganz Yvelia zu tun hatte. Zuerst schien der Rauch aus Fishers Händen zu quellen. Dann hatte es den Eindruck, als käme er von einer Stelle hinter ihm. Aber wer konnte schon sagen, woher er wirklich stammte? Ich wusste nur, dass er von ihm kam – derselbe Rauch, der eine Horde Vampire unter ein Meer aus Eis geschoben hatte. Und jetzt wirbelte er über meinen Körper wie …

Er verflüchtigte sich in dem Moment, als ich mich versteifte. Und mit ihm verschwand auch meine restliche Kleidung. Fisher trat einen Moment zurück und begutachtete sein Werk, wobei seine Augen voller Lust dreimal meinen Körper auf und ab wanderten, als wäre einmal nicht annähernd genug.

»Ich kann es kaum erwarten, herauszufinden, welche Laute du hervorbringst, wenn ich zum ersten Mal in dich stoße«, flüsterte er. »Ich werde dich keuchen lassen, kleine Osha. Und wenn wir fertig sind, schließe ich die Augen und höre dein Stöhnen in meinem Kopf … jedes Mal, wenn ich es mir selbst besorge.«

Bei den Göttern! Allein der Gedanke, dass er sich selbst *berührte …*

Das sündige Bild, das sich in meinem Kopf zu formen begann, zerfiel, als Fisher sich bewegte. Er packte mich, seine Hände fanden die Rückseiten meiner nackten Oberschenkel – und plötzlich hoben meine Füße vom Boden ab. Ein Gefühl der Schwerelosigkeit und des Fallens machte sich in meinem Magen breit, während ich rückwärts durch die Luft segelte. Eine Sekunde später fing mich die weiche Matratze auf, und kühle Seidenlaken glitten über meine Haut. Panik schnürte mir die Kehle zu, als sich meine

Augen wieder auf Fisher hefteten. Ich sah einen dunkelhaarigen, mit Asche und Ruß bedeckten Fae-Krieger am Ende des Betts, der langsam seine Hose öffnete, mit einem Ausdruck sinnlicher Begierde auf dem Gesicht. Und mein Selbsterhaltungstrieb riet mir, um mein Leben zu laufen.

Nicht bewegen. Um Himmels willen nicht bewegen, Saeris …

In Zilvaren konnten sich Raubtiere nicht in der Dunkelheit verstecken. Sie nutzten Tarnung und Täuschung, um sich an ihre Beute heranzuschleichen – was uns wiederum lehrte, schnell zu reagieren, wenn wir plötzlich diesen Jägern gegenüberstanden. Jetzt schrie mich jede Faser meines Körpers an, aus dem Bett zu klettern und zur Tür zu stürmen – aber ich wusste, dass das töricht war. Fisher hätte mich gejagt wie ein Höllendrache. Also krallte ich die Finger in die Laken und zwang mich, still dazuliegen, während ich jede seiner Bewegungen verfolgte.

»Stell deine Fußsohlen auf das Bett.« Kein Befehl, der über den Eid erteilt wurde. Nur ein einfaches Kommando. Es hätte sich aber genauso gut auch um Nötigung handeln können, wenn man bedachte, dass ich seinem Befehl hilflos ausgeliefert war. Ich beugte die Knie und platzierte meine Füße auf das Bett … und rohe Kraft schien die Luft um Fishers starke Schultern zu verzerren. Mit gemessenen, aufreizenden Bewegungen ließ er seine schlammbespritzte Hose herunter, und …

Gnadenlose Götter und heilige Märtyrer! Er trug keine Unterwäsche. Aber nicht das überraschte mich, sondern die schiere *Größe* seines steifen Schwanzes, der sich aus seiner Hose befreite. Mit großen Augen starrte ich darauf.

Waren alle Fae so gut bestückt? War das eine Besonderheit der Yvelia-Fae? Oder etwas, das nur Fisher auszeichnete? Jetzt, da er seine Kleidung abgelegt hatte, stand er reglos da und gestattete mir, seinen Körper zu betrachten. Ein belustigtes kleines Lächeln umspielte seine Mundwinkel. Er war absolut unglaublich, bestand nur aus harten Konturen, straffen Muskeln und wirbelnder Tinte. Und sein Schwanz war perfekt – festes Eisen, umhüllt von Samt und Seide. Eine dicke Ader verlief an der Unterseite seines Schafts und hob sich stolz davon ab. Meine Handflächen kribbelten bereits bei der *Vorstellung*, ihn zu berühren.

Als hätte Fisher meine Gedanken gelesen, nahm er sich jetzt selbst in die Hand und ließ sie langsam an seinem Schwanz auf und ab wandern. »Spreiz deine Beine«, forderte er.

»Ich …«

»Keine Widerrede, Osha. Ich habe mich halb verrückt gemacht, weil ich wissen wollte, wie du aussiehst. Jetzt muss ich es verdammt noch mal mit eigenen Augen sehen. Erlöse mich von meinem Leid.«

Bisher war ich in einem Schlafzimmer nie besonders schüchtern gewesen. Doch dieses Mal fühlte ich mich total überfordert. Ich kämpfte gegen eine Woge der Nervosität an, als ich meine Knie öffnete.

Und Fisher brachte ein angespanntes Knurren hervor. »Perfekt. Du bist absolut perfekt. Wenn Danya mir morgen den Kopf abreißt, sterbe ich wenigstens als glücklicher Mann.«

Der träumerische Ausdruck auf seinem Gesicht war gefährlich. Ein Mädchen konnte leicht nach Fishers Miene süchtig werden und was dann? Dann wäre ich für immer verloren. Dem Untergang geweiht. Ich sonnte mich in seiner Aufmerksamkeit, wohl wissend, dass ich mich auf gefährliches Terrain begab. Aber wenn Fisher recht hatte … dann pfeif drauf! Es war nur für eine Nacht. Ein einziges Mal, und danach wäre er mit mir fertig. Ich würde es nicht noch mal erleben, also konnte ich das Ganze genauso gut genießen …

»So eine hübsche Blume, die nur für mich blüht«, raunte er und kletterte auf das Bettende. Seine Hände schlossen sich um meine Knöchel, und ich hielt den Atem an. Er würde …

Ich schrie auf, als er mich mit einem Ruck zu sich heranzog. Stieß einen weiteren kleinen Schrei aus, als er zwischen meine Beine tauchte. Sein Mund fand zuerst die Beuge meiner Leiste. Ich erschauderte und verlor fast das Bewusstsein, als ich nach unten sah und seinem Blick begegnete. Er fuhr mit seiner Nasenspitze hoch und immer höher und atmete dabei tief ein. Als er den Kopf leicht anhob, waren seine Eckzähne nicht nur zu sehen, sondern auch viel länger als je zuvor. Spitzer. Sein linker Eckzahn hatte bereits seine Unterlippe punktiert, und Blut quoll daraus hervor.

»Du riechst so verdammt gut«, sagte er mit erstickter Stimme. »In der Schmiede im Palast habe ich einen Hauch davon wahrgenommen und in dem Moment gewusst, dass ich dich schmecken muss. Dieser Duft hat mich in meinen verdammten Träumen heimgesucht. Ich konnte nicht mehr klar denken, weil ich mich ständig an den Duft deines Verlangens erinnerte.«

»Ich könnte vermutlich ein Bad gebr…«

»Wage es ja nicht, diesen Satz zu beenden«, knurrte er. »Ich will keinen Mund voll Seife und Parfüm. Ich will *dich* schmecken.« Und damit platzierte er seinen Mund genau auf meine Mitte, als würde er in ein Stück reife, köstliche Frucht beißen – und meine ganze Welt ging in Flammen auf.

Seine Zunge. Heilige Scheiße, seine Zunge war unglaublich. Die Art und Weise, wie er meine Klitoris leckte, rieb und saugte, steigerte meine Erregung ins Unermessliche. Die Wärme seines Mundes verband sich mit meiner eigenen Hitze und würde mich garantiert in den Wahnsinn treiben.

»Fisher! Oh, fffff-fuck! Fisher! Bei den Göttern!« Ich glaubte, sein Lachen zu spüren, war mir aber nicht sicher. Meine Ohren klingelten. Mein ganzer … Körper … reagierte so … seltsam. Mein Gaumen kribbelte wie verrückt. Ich konnte meine Füße nicht mehr spüren. »Das … oh Götter … verdammt … ich … ich …«

»Noch nicht«, murmelte er an meiner Haut. »Du darfst erst kommen, wenn ich es sage.«

»Bitte! Ich … oh Götter, ich bin kurz davor!«

Dieses Mal lachte er definitiv. Ich griff nach ihm, verzweifelt auf der Suche nach der Erlösung, die auf der Spitze seiner Zunge lag. Hastig schob ich meine Finger in seine Haare, drückte seinen Kopf zu mir hinunter und drängte ihn zu mehr, mehr, mehr. Ich spürte, wie sein Knurren durch meinen Körper vibrierte, doch er zuckte nicht zurück. Stattdessen verstärkte er die leckenden und kreisenden Bewegungen seiner Zunge, übte mehr Druck aus, und dann tauchte er seine Finger in mich hinein, reizte meinen Eingang nur mit den Kuppen seines Zeige- und Mittelfingers – und mein Rücken wölbte sich vom Bett.

Mehr.

Ich wollte *mehr*.

Nicht nur seine Finger. Ich wollte ihn in mir, mehr, als mein Stolz es je zugeben würde. »Fisher, bitte«, keuchte ich. »Ich will … ich will …«

»Keine Sorge. Ich weiß, was du brauchst.« Im nächsten Moment stieß er seine Finger tief in mich hinein, und ich wurde förmlich aus der Realität gerissen. Als ich die Augen öffnete, sah ich nur noch einen glitzernden schwarzen Wind. Die Kerzen in Fishers Zimmer waren verschwunden, sämtliches Licht erloschen. Aber die schwindelerregende Kraft, die von Fisher ausging, schien ihr eigenes inneres Licht zu besitzen. Es war schwer zu verstehen – wir waren definitiv noch in Fishers Zimmer. Ich konnte sein Bett unter uns spüren. Aber wir trieben auch in einem Meer aus Schwärze, schwebten in einem endlosen Nichts. Wir sanken, fielen, stiegen auf und ertranken gleichzeitig.

Schillernde Rauchschwaden zogen meine Arme hinauf, umkreisten meine Handgelenke und strichen über meine Haut, so sanft und verführerisch, dass ich unter der Berührung erbebte.

Der Rauch war Fisher. Eine Verlängerung seiner selbst und überall um mich herum. Sein Mund liebte mich, seine Finger lockten mich zu einer steilen Klippe, die mich mit Leib und Seele verschlingen würde.

Und dieses Mal hielt er mich nicht auf. Mit wilder Entschlossenheit trieb er mich zum Höhepunkt. Und ein befriedigtes, triumphales Knurren drang aus seiner Kehle, als er mich über die Klippe brachte.

Es war nicht nur ein Orgasmus. Es war eine Erweckung. In Fishers Kraft gebettet, spürte ich, wie sich seine Hände fester um meine Schenkel schlossen, während ich mich aufbäumte und wand. Aber ich spürte auch, wie sich seine Schatten eng um mich schlangen. Sie glitten über mich hinweg, sammelten sich in meiner Kehlgrube, ergossen sich über meinen Bauch, hauchten über meine schweren Brüste – ein Ausmaß an Ekstase, das ich noch nie zuvor erlebt hatte. Ich hatte das Gefühl, als würde ich ihn einatmen, einen Teil von ihm in mich aufnehmen …

»FUCK!« Ruckartig öffnete ich die Augen. Fisher kniete zwischen meinen Beinen, die Spitze seines Schwanzes stieß gegen meinen Eingang. Seine rechte Hand fand meine Hüfte. Und als seine linke Hand sich erneut um meine *Kehle* legte, strömte ein Schleier aus Schatten seinen Arm hinunter und in einer warmen, berauschenden Liebkosung meinen Hals hinauf.

Meine Augen begannen zurückzurollen. Doch dann …

»Oh nein, kleine Osha. Für das, was jetzt kommt, wirst du mich *direkt* ansehen«, sagte Fisher. *»Sieh mich an.«* Er wartete, bis ich wieder Blickkontakt mit ihm aufgenommen hatte, dann wanderte seine Hand zu meinem Kiefer. Fast zärtlich hielt er mich fest, als er fragte: »Willst du es noch immer?« Seine Brust, seine Arme, seine gut definierten Bauchmuskeln, die tiefe Kuhle an seinen Hüften, die zwischen seinen Beinen hinabführte: Sein ganzer Körper war ein Kunstwerk. Er raubte mir den Atem. Die Tinte auf seiner Haut wirbelte, während er auf die Antwort wartete, von der er bereits wusste, dass ich sie ihm geben würde.

»Ja. Ich will es. Ich will *dich.*«

Aus seinem Lächeln sprach pure, mächtige, männliche Zufriedenheit. »Dann halt dich gut fest. Ich hoffe, du hast keine Angst vor der Dunkelheit.« Und im nächsten Moment stieß er zu, drang in mich ein, und ich *schrie auf.* Nicht vor Schmerz. Da war kein Schmerz. Nur ein Drängen, ein Dehnen und eine unglaubliche Energiewelle, die meine Wirbelsäule in einer Reihe von Stößen hinaufschoss, welche sich wie kleine Explosionen anfühlten. Es war so viel und alles auf einmal, dass ich schreien *musste.*

Und als würde Fisher etwas ganz Ähnliches erleben, warf er den Kopf zurück. Die Muskeln an seinem Hals traten hervor, sein Kiefer presste sich zusammen, und er stieß ein unterdrücktes Brüllen aus: *»Fuuuuck!«*

Nur ein Stoß. Er war bloß *einmal* in mich eingedrungen, aber ich war erledigt. Ich war ein Gefühlsknäuel, das vor Energie sprühte.

In der Dunkelheit senkte Fisher langsam den Kopf, die Lippen leicht geöffnet, die Haare zerzaust. Und die Mischung aus Verwirrung und Überraschung auf seinem Gesicht sandte einen Adrenalinstoß durch meine Adern.

Heilige Götter und Märtyrer! Ich würde seinen Anblick hier in diesem Moment nie vergessen. Wenn es mir gelang, nach Hause zurückzukehren, würde mich das Bild von ihm – in mir und über mir, mit schweißnasser Haut und sich rasch hebendem und senkendem Brustkorb – bis an mein Lebensende begleiten.

Fisher.

Kingfisher.

Gebieter von Cahlish.

Ich hasste ihn, wirklich. Aber niemand kann etwas hassen, ohne einen kleinen Teil davon zu mögen.

»Du Hexe«, stieß er anklagend hervor. »Du besitzt *doch* Magie.« Er war so verdammt *groß*; sein harter Schaft zuckte in mir, und mein Körper reagierte in gleicher Weise, zog sich um ihn herum zusammen. Seine Finger bohrten sich in meine Haut, gruben sich tiefer in meine Hüften. Mit einem Umhang aus schwarzem Rauch, der wie ein dunkler Wind um ihn herumwirbelte, bewegte er sich. Erst nur langsam. Die Sehnen an seinem Hals traten hervor, als er sich zurückzog und nur einen Zentimeter aus mir herausbewegte. Doch ein winziger Stoß brachte ihn wieder zurück. Erneut bewegte er sich, rollte die Hüften und schob seinen Schwanz mit jedem Eindringen etwas tiefer. Das Tempo, das er vorgab, war quälend, aufreizend. Inzwischen hatte ich mich vollständig gedehnt, um ihn ganz aufnehmen zu können, und die köstliche Reibung, die sich zwischen uns aufbaute, verwandelte sich schnell in ein verzweifeltes Sehnen.

»Bitte …« Ich griff nach ihm, als wäre es mein Recht. Sein Brustkorb war warm und fest und perfekt. Unter meinen Handflächen erwachte das Wolfstattoo auf seinen Brustmuskeln zum Leben: Die Tinte floss unter seiner Haut hindurch, von ihm zu … zu … Himmel, sie floss an meinen Fingerspitzen entlang, breitete sich auf meiner Haut aus, strömte genau wie sein Rauch über meine Handrücken. Auf der Innenseite meines rechten Unterarms nahm ein zarter, kleiner Vogel Gestalt an. Er spreizte die Flügel, flog los, und sein winziger Körper flatterte über meinen Bauch, während seine Flügel tausend Mal pro Minute schlugen.

»Verflucht!«, flüsterte Fisher. Ich zog meine Hände weg, aus Sorge, dass noch mehr Tinte zu mir herüberwandern würde.

Doch Fisher schüttelte nur den Kopf, ergriff eine meiner Hände und legte sie wieder auf seine Haut. Er schwieg, warnte mich nicht, ob noch mehr von seiner Tinte auf meinen Körper übergehen würde. Er drang einfach nur noch tiefer in mich ein, stieß jetzt schneller zu und ließ mit jedem Stoß mehr von seiner Beherrschung zurück.

»Wunderschön«, stöhnte er und umfasste meine Brüste. Seine Pupillen hatten sich so weit geöffnet, dass das Schwarz das Grün *und* das Silber geschluckt hatte. Ich war wie gebannt, konnte nicht wegsehen, während seine Hände meinen Körper erkundeten.

Bei unserer ersten Begegnung hatte ich ihn »Tod« genannt. Die Ähnlichkeit war jetzt noch ausgeprägter. Dieser Mann besaß die Macht, ganze Zivilisationen auszulöschen, wenn er es wollte. Ich konnte es spüren – eine stille, tiefe Quelle in ihm, deren Oberfläche sich kräuselte, während er in mir immer härter wurde. Ich würde in dieser Quelle ertrinken. In ihren dunklen Tiefen versinken und nie wieder an die Oberfläche kommen. Und ich würde es gern tun.

Ich zerfiel in eine Million Teile, zerlegt und willenlos, als ich erneut kam. Es gab nur eines, das mich in dem warmen Kokon festhielt, den Fisher um uns herum geschaffen hatte: seine starken Hände an meiner Taille und der raue Ton seiner angespannten Stimme.

»Heilige Götter und Märtyrer! Heilige *Scheiße*! Ja, so ist es richtig. Komm! Zeig mir, wie schön du bist, wenn du dich auflöst.«

Ich schloss die Augen und schrie stumm auf. Gerade als ich die Wellenkrone meines zweiten Orgasmus erreichte, zündeten die Sterne an Fishers Schlafzimmerdecke und flackerten so hell, dass mir ihr Licht sogar durch meine Lider in den Augen brannte.

Fisher kam hart und stieß tief in mich hinein. Er brüllte seinen Höhepunkt hinaus, und wir beide zerbrachen gemeinsam in tausend Splitter.

Ein Rauschen erfüllte meine Ohren.

Mein Blut hämmerte direkt unter der Oberfläche meiner Haut. *Bumm, bumm, bumm, bumm, bumm.*

Fisher sank auf meine Brust, sein Gewicht seltsam beruhigend, obwohl er mich fast erdrückte. Er blieb in mir, noch immer hart wie Stahl. Seine Finger fuhren in kleinen Kreisen über meine Haut, und die Realität dessen, was gerade passiert war, zeigte langsam ihre hässliche Fratze.

Ich hatte gerade Sex mit Fisher gehabt.

Ich hatte mich gerade von ihm durchvögeln lassen, und jetzt waren wir nackt, unsere Körper ineinander verschlungen.

Nach einer Weile verblasste das Schattenmeer um uns herum, und das Kerzenlicht kehrte zurück, zusammen mit dem Rest des Raums. Und ein Stern nach dem anderen an der Decke erlosch.

Mit langsamen Bewegungen, als hätte er es überhaupt nicht eilig, stützte Fisher sich auf und glitt aus mir heraus. Seine Tinte hatte sich wieder beruhigt, seine Pupillen waren zu Punkten verengt. Schweigend zog er sich an.

Ich deckte mich mit einem Laken zu, mir plötzlich nur allzu sehr der Tatsache bewusst, dass ich keinen Fetzen am Leib trug. Aber ich beobachtete ihn und weigerte mich, den Blick abzuwenden. Nicht nach dem, was hier gerade gelaufen war.

Als Fisher wieder vollständig bekleidet war, schnürte er seine Stiefel und sah mich schließlich an. »Ich möchte, dass du heute Nacht hierbleibst.« Keine Vorrede. Kein Wort über das, was gerade passiert war.

»Warum?«

»Weil im Lager noch Chaos herrschen wird. Ich muss mich um viele Dinge kümmern, und ich will genau wissen, wo du bist.«

»Habe ich ein Mitspracherecht in dieser Angelegenheit?«, fragte ich.

Er blickte auf seine Stiefel hinunter. Als er mich wieder ansah, wirkten seine Augen distanziert. »Nicht wirklich. Ich werde dich morgen früh abholen. Du wirst den Tag in der Schmiede des Lagers verbringen und an den Reliquien arbeiten. In der Zwischenzeit wird Archer für dich da sein, falls du etwas brauchst.«

Ein lauter Knall erfüllte das Schlafzimmer, und einige Kerzen erloschen, als ein wirbelndes Schattentor hinter Fisher auftauchte.

»Versuch, etwas zu schlafen«, murmelte er. Und dann trat er rückwärts in die Dunkelheit und verschwand.

Ich sollte versuchen, etwas zu *schlafen*? Was zum Teufel war mit ihm los? Ich war nicht in der Lage zu schlafen. Meine Gedanken überschlugen sich förmlich. Ich ließ mich in die Kissen fallen, während sich Frustration und Verwirrung ununterbrochen abwechselten, und … Moment mal! Ich öffnete die Augen.

Er hatte doch nicht …

Das würde er nicht …

Ich sprang aus dem Bett, wickelte das Laken um mich und rannte zur Tür. Sie öffnete sich beim ersten Versuch, und als ich einen Schritt in den Korridor wagte …

… trafen meine nackten Füße ohne Probleme auf kalten Stein. Keine unsichtbare Barriere, die mich in Fishers Zimmer eingeschlossen hätte. Dem Himmel sei Dank!

»Guten Abend, Miss.«

Hastig hielt ich mich am Türrahmen fest, um mich abzustützen. »Bei den Göttern, Archer, du hast mich zu *Tode* erschreckt!«

Der kleine Feuerkobold war allein in dem schwach beleuchteten Flur. Okay, abgesehen von Onyx, der auf dem Rücken lag und die Füße in die Luft streckte. Allem Anschein nach hatte Archer ihm gerade den Bauch gekrault, als ich wie eine Verrückte, nur in ein Laken gewickelt, aus dem Schlafzimmer gestürmt war.

»Verzeiht, Mylady. Ich bin hergekommen, weil ich einen Tumult in Lord Fishers Zimmer gehört hatte. Und bei meiner Ankunft hier fand ich Onyx wimmernd an der Tür vor und beschloss zu warten, bis … nun, bis Ihr fertig wart … um mich zu vergewissern, ob Ihr vielleicht etwas braucht. Intime Beziehungen können sehr anstrengend sein.«

»Bei den Göttern, Archer, nein, ist schon okay. Wir haben

nicht …« Ich errötete heftig. Die Situation hätte nur dann noch schlimmer sein können, wenn Elroy mich nach dem Koitus erwischt hätte. Und wie zum Teufel war es Onyx gelungen, sich selbst aus dem Zimmer auszuschließen?

»Oh?« Archer verzog verwirrt die Miene. »Wenn das so ist, braucht Ihr vielleicht einen Heiler? Seid Ihr verletzt? Es hörte sich an, als ob …«

»Nein, nein, mir geht's gut. Ehrlich. Ich … wir …« Ich warf einen Blick über die Schulter zurück ins Schlafzimmer und zog die Tür hinter mir halb zu. »Wir haben nur ein paar Möbel umgestellt, das ist schon alles. Aber dann hat Fisher beschlossen, dass er es lieber wieder so haben wollte wie zuvor, also … haben wir alles wieder zurückgestellt.« Ich kratzte mich am Kopf und zuckte zusammen, als ich die riesige Haarsträhne spürte, die sich beim »Umstellen der Möbel« verheddert haben musste.

Archer wirkte nicht überzeugt. Er war jedoch so taktvoll, mich nicht auf meine Lügen anzusprechen. »Ich verstehe. Jedenfalls habe ich Euch einen Krug Apfelsaft und etwas Kuchen gebracht, damit Ihr wieder zu Kräften kommt. Hier …« Er drehte sich um, hob ein kleines Silbertablett auf und bot es mir an.

Ich nahm es mit einer Hand entgegen und lächelte angespannt. »Danke, Archer. Das war sehr aufmerksam von dir. Gute Nacht.«

Onyx stürmte in dem Moment ins Schlafzimmer, als ich die Tür aufstieß und der kleine Feuerkobold sich tief verbeugte. Und er verbeugte sich noch immer, als ich ins Zimmer zurückkehrte und die Tür wieder schloss.

23

GELÄUTERT

Ich war aufgestanden, gebadet, angezogen und für einen Streit bereit, als das Schattentor am nächsten Morgen in Fishers Schlafzimmer auftauchte. Allerdings trat Fisher nicht aus den wogenden Schatten hervor. Ich wartete eine geschlagene Minute und dann noch eine, bis ich verärgert erkannte, dass er mich nicht abholen würde, sondern davon ausging, dass ich das Tor allein passierte.

Scheißkerl.

Entgegen aller Erwartungen war es mir in der Nacht gelungen, doch noch einzuschlafen und mit halbwegs guter Laune wieder aufzuwachen. Aber das hatte sich in dem Moment geändert, als ich meinen nackten Körper im Standspiegel neben der Kupferwanne gesehen hatte. Fisher würde einiges zu erklären haben.

Ohne auch nur einen Hauch von Übelkeit trat ich durch das Schattentor und in den kalten, hellen Wintermorgen im Kriegslager hinaus. Fae-Krieger gingen zügig ihren Aufgaben nach, versammelten sich vor dem Eingang des Warenhauses und hasteten über den schlammigen Platz. Fisher stand zehn Meter vom Schattentor entfernt an einen Holzpfosten gelehnt, die Hände in den Taschen und den Kopf gesenkt. In dem Moment, in dem ich auftauchte, stieß er sich von dem Pfosten ab und marschierte mit schnellen Schritten los.

»Hey!«, rief ich und folgte ihm auf dem Fuß. »He, Arschloch! Was …? Komm zurück!«

Doch er kümmerte sich nicht um mich, hielt nicht inne, wurde nicht mal langsamer. Mir blieb nichts anderes übrig, als zu joggen, und als ich endlich zu ihm aufschloss, bildete mein Atem eine weiße Wolke. »Würdest du mir mal erklären, was zum Teufel das hier ist?«, fauchte ich und zog meinen Hemdkragen herunter.

In Fishers Augen flackerte ein Anflug von Verärgerung auf, aber er sah mich nicht an. »Mach dir keine Sorgen. Das verblasst wahrscheinlich schon wieder«, sagte er in einem gelangweilten Ton.

Aha, dann wusste er also, weshalb ich sauer war. Bei den Göttern, was für ein Mistkerl! »Ich habe definitiv nicht um ein *Tattoo* gebeten, Fisher«, zischte ich. »Und schon gar nicht um einen Vogel auf meiner Brust. Du musst ihn zurücknehmen.«

Sein Blick blieb starr geradeaus gerichtet. »So funktioniert das nicht.«

»Blödsinn! Die Tätowierung kommt von der Tinte auf deinem Körper. Du hast mich berührt. Sie ist von deiner Haut auf meine übergegangen. Also … keine Ahnung, gib mir einfach die Hand oder so was und nimm den Vogel wieder weg!«

»Ich werde dir *nicht* die Hand geben«, sagte er abschätzig.

»Was zum Teufel soll ich dann damit machen?«

Fisher machte den Eindruck, als fiele es ihm schwer, nicht mit den Augen zu rollen. »Es ist ein Tattoo, Osha. Es wird dich nicht umbringen. Vergiss einfach, dass es überhaupt da ist.«

»Das werde ich nicht! Ich habe Pläne für meine eigenen Tattoos. Die, die ich mir freiwillig stechen lasse. Und das hier ist genau in der Mitte meiner verdammten Brust!«

»Ich weiß nicht, was ich dir sagen soll«, grollte er. »Du kannst es gern von jemandem übertätowieren lassen, wenn es dich so sehr aufregt.«

Abrupt blieb ich im Schlamm stehen. »Das kann ich tun?«

»Es würde mich nicht stören …« Er räusperte sich. »Natürlich kannst du das. Hier im Lager gibt es jede Menge gelangweilter Krieger mit einer Nadel und etwas Tinte.«

»Okay. Also gut. Ich *werde* es übertätowieren lassen. Hör zu, kannst du bitte mal eine Sekunde warten! Wohin bringst du mich?«

»Zum Heiler des Lagers«, stieß er hervor. »Du musst etwas einnehmen.«

»Was meinst du damit, dass ich etwas *einnehmen* muss?«

»Wegen letzter Nacht. Weil Kinder von Fae und Menschen zwar außerordentlich selten sind, aber noch immer entstehen können, und …«

Ich brach in Gelächter aus.

Fisher blieb stehen und schaute mich überrascht an. »Ich gebe nicht vor, dich selbst unter günstigsten Bedingungen zu verstehen, aber warum findest du das lustig?«, fragte er.

»Ich kann keine Kinder bekommen, Fisher. Man hat mich im Alter von vierzehn Jahren geläutert.«

Eigentlich hatte ich einen Ausdruck der Erleichterung auf seinem Gesicht erwartet. Stattdessen wich ihm sämtliche Farbe aus den Wangen. »Was zum *Teufel* hast du gerade gesagt?«

Mir erstarb das Lachen in der Kehle. »Ich wurde geläutert. Als ich vierzehn war. Das macht man bei etwa siebzig Prozent der Mädchen in meinem Bezirk.«

Er kam zurück und stellte sich ganz dicht vor mich, den Kopf über meinen gebeugt, die Nasenflügel gebläht. »Was meinst du mit … geläutert?«

»Sie haben uns sterilisiert«, flüsterte ich. Ich war davon ausgegangen, dass er das letzte Nacht schon gewusst hatte. Andernfalls hätte ich erwartet, dass er das Thema Verhütung zumindest angesprochen hätte. Aber seinem schockierten Blick nach zu urteilen, hatte er nicht die geringste Ahnung gehabt. »Der dritte Bezirk ist der ärmste«, erklärte ich. »Madras Gesundheitsberater haben beschlossen, dass wir uns nicht fortpflanzen dürfen, weil wir sonst nicht in der Lage wären, uns selbst zu versorgen. Diese Politik ist seit über hundert Jahren in Kraft. Sieben von zehn weiblichen Babys werden markiert, sobald sie bei den Bezirksbeamten registriert werden.« Ich zeigte ihm das kleine schwarze Kreuz, das man mir hinter mein linkes Ohr tätowiert hatte. Das Zeichen, das bedeutete, dass ich mich nicht fortpflanzen durfte.

Fishers Miene wurde ausdruckslos, sein Blick leer.

»Was denn? Ich dachte, du würdest das für eine gute Nachricht halten.«

Mit zusammengebissenem Kiefer drehte er sich um und sondierte den Horizont. Keine Ahnung, wonach genau er Ausschau hielt. Hatte er etwas gehört? Eine herannahende Gefahr, die mein minderwertiges menschliches Gehör nicht wahrgenommen hatte? »Hey, Fisher! Was ist los?«

Als er mich wieder ansah, waren seine Augen fast schwarz, die Pupillen weit. »Nichts, gar nichts. Geh zur Schmiede und mach dich an die Arbeit. Dort ist schon alles für dich vorbereitet. Ich erwarte heute Mittag deinen Bericht.«

Und dann stürmte er davon, ohne auch nur einen Blick über die Schulter zu werfen.

Geh zur Schmiede. Ha! Leichter gesagt als getan. Ich brauchte dreißig Minuten, um meinen neuen Arbeitsplatz zu finden, und als ich ihn endlich entdeckt hatte, war ich verschwitzt, außer Atem und bereit, ein paar Schläge auszuteilen. Denn Fisher hatte vergessen zu erwähnen, dass sich die Schmiede auf halber Höhe des kleinen Hügels hinter dem Kriegslager befand. Und der Pfad, der dorthin führte, war so steil, dass ich an einigen Stellen die Hände benutzen musste, um den Hang hinaufzukraxeln.

Als ich oben ankam, knisterte und fauchte bereits ein Feuer in der Esse, den Göttern sei Dank. Und meine gesamte Ausrüstung aus Cahlish lag ausgebreitet auf einer hölzernen Werkbank. Der Raum war kaum mehr als eine Scheune, aber ich war dankbar dafür. Von hier oben konnte ich das ganze Kriegslager überblicken. Und es war ruhig. Ich war allein. Die Stille und die Einsamkeit würden mir Zeit zum Nachdenken geben. Entschlossen machte ich mich an die Arbeit.

Auch dieses Mal hatte Kingfisher die winzige Menge Quicksilver, mit der ich arbeiten sollte, irgendwo versteckt. Ich sah mich in der Schmiede um, durchwühlte verrottende Holzkisten mit Kupfermünzen, danach Schränke und Regale, aber vergebens. Nachdem ich alles zweimal durchsucht hatte, lehnte ich mich an die Werkbank, versuchte, meine zunehmende Wut in den Griff zu bekommen, und lauschte. Die Stimme war nur ein Flüstern. Leise und weit entfernt. Fast hätte ich sie für einen Windhauch gehalten. Doch als ich den Kopf neigte und die Augen schloss, um die Stimme zu orten, fand ich schließlich heraus, aus welcher Richtung sie kam: aus Osten. Von außerhalb der Schmiede. Von einer Stelle weiter oben am Berg.

»Verdammt«, murmelte ich und stapfte den steilen Hang hinauf. Bei jedem Schritt, den ich machte, rutschte ich drei Schritte zurück. Die Sohlen meiner Stiefel hatten kaum noch Profil, und in der Nacht war so viel Neuschnee gefallen, dass der Boden tückisch war. Ich landete hart auf den Knien und rutschte zweimal auf dem Hintern den Berg hinunter, bevor ich das kleine Felsplateau etwa dreißig Meter oberhalb der Schmiede erreichte.

Carrion erwartete mich schon. Er saß am Eingang einer Höhle, hütete fröhlich ein Feuer und las ein Buch. »Wusstest du, dass die Yvelia-Fae das jüngste der Fae-Geschlechter sind? Um tausend Jahre jünger. Damals entbrannte ein Streit zwischen zwei Brüdern, woraufhin die Yvelia-Fae sich abgespalten haben, um ihren eigenen Hof zu gründen.«

Ich verschränkte die Arme vor der Brust und baute mich auf der anderen Seite des Feuers vor ihm auf.

»Äh, könntest du mal einen Schritt zur Seite gehen? Du verdeckst das Licht«, brummte er.

»Wie zum Teufel kann es sein, dass du mit all dem hier so einverstanden bist?«, fragte ich aufgebracht. »Seit deiner Ankunft hast du alles einfach *akzeptiert*. Dabei hattest du vorher doch gar keine Ahnung von der Existenz der Fae. Aber plötzlich sind wir von mächtigen Kriegern mit spitzen Ohren und spitzen Zähnen umgeben, und du reagierst darauf mit: Okay, ja klar, natürlich gibt es Fae. Natürlich gibt es andere Reiche. Natürlich gibt es Magie und Vampire und alle möglichen schrecklichen, furchterregenden Dinge, die mich töten wollen. Natürlich ergibt das alles total Sinn!«

Carrion ließ sein Buch sinken und schnaubte. »Und wer sagt, dass ich nicht von der Existenz der Fae wusste?«

»Was?«

»Ich wusste von den Fae, Saeris. Meine Großmutter hat mir von ihnen erzählt.«

»Ach, komm schon. Jetzt mal im Ernst. Wenn man als Kind Geschichten erzählt bekommt, ist das ja eine Sache. Aber keiner von uns hat diese Geschichten je *geglaubt*.«

»Ich schon«, erwiderte Carrion schlicht und vertiefte sich wieder in sein Buch. »Du hast meine Großmutter doch kennengelernt. Hat sie auf dich wie eine Frau gewirkt, die in ihrer Freizeit Fantasiegeschichten und Märchen verbreitet?«

Jetzt, da ich darüber nachdachte, hatte er recht. Gracia Swift war eine der nüchternsten und vernunftbetontesten Personen, die mir je begegnet waren. Sogar noch geradliniger als Elroy. Sie war Ingenieurin und dafür zuständig, dass neue Gebäude im dritten Bezirk auf stabilen Fundamenten errichtet wurden. Wenn sie Carrion während seiner Kindheit überhaupt Bücher vorgelesen hatte, dann hätte ich darauf gewettet, dass es sich um mathematische Wälzer handelte, die sich mit Berechnungen zur Hangstabilität befassten, und nicht um fantasievolle Geschichten über erfundene Kreaturen.

»Sie besitzt dieses Buch«, berichtete er und hielt das Buch in seiner Hand hoch, als handelte es sich um das fragliche Werk. »Darin sind alle möglichen Bilder. Illustrationen. Der Text ist an einigen Stellen verblasst, aber sie kennt das verdammte Ding von vorn bis hinten, also spielte das keine Rolle. Und ich würde sogar behaupten, dass ich den Text inzwischen auch auswendig kann. ›Fae-Wesen der Gilaria-Berge‹, so heißt der Wälzer. Auf der ersten Seite hat jemand eine handschriftliche Notiz hinterlassen. Da steht: *›Vergiss nie … Monster gedeihen in der Dunkelheit. Präge dir alles, was du hier liest, gut ein. Bereite dich auf einen Krieg vor!!*‹« Carrion hielt seinen Mittel- und Zeigefinger hoch. »*Zwei* Ausrufezeichen. Die Familie Swift war schon immer sehr nüchtern veranlagt. Gracia verstand das überzählige Satzzeichen als Mahnung: Sollten sich diese Gilaria-Fae jemals blicken lassen, würde die Situation wirklich sehr ernst werden. Ich durfte keinen Nachtisch essen, bevor ich nicht mindestens sieben Merkmale des Griffonkobolds rezitiert oder in allen Einzelheiten erklärt hatte, wie man einen hochrangigen Fae-Krieger in voller Rüstung tötet.«

Okay, das hatte ich jetzt nicht erwartet. Wo zum Teufel war so ein Buch über die Fae hergekommen? Madra hatte schon vor langer Zeit jegliche Literatur verbrannt, in der die Fae oder Magie auch nur erwähnt wurden. Irgendwie war es seltsam – die Tatsache, dass Carrion in gewisser Weise in dem Glauben erzogen worden war, dass er irgendwann mal in so einer Situation sein würde. Aber mir blieb jetzt keine Zeit, länger darüber nachzudenken.

»Hat Fisher dich hierhergeschickt, um auf mich zu warten?«, fragte ich.

»So kann man es auch nennen«, sagte Carrion. »Ich schlief tief und fest in meinem Zelt. Und dann tauchte er plötzlich auf als schlecht gelaunte schwarze Wolke und knurrte mich an, ich solle aufstehen. Die Sonne war noch nicht mal aufgegangen, und er motzte mich an, dass ich faul sei. Nannte mich eine Vergeudung von Kohlenstoff. Was soll das überhaupt *bedeuten*?«

Ich ignorierte ihn und streckte ihm die Hand entgegen. »Gib es mir. Das, was er dir mitgegeben hat … damit du darauf aufpasst.«

Carrion zog eine mürrische Miene, griff in seine Tasche, holte die gleiche silberne Schatulle hervor, in dem Kingfisher das Quicksilver beim letzten Mal versteckt hatte, und warf sie mir zu. »Unser gütiger Entführer hat mir dringend davon abgeraten, das Ding zu öffnen. Ich hätte ihm schon aus Prinzip nicht gehorcht und es sofort nach seinem Abgang aufgeklappt. Aber meine Hand begann zu kribbeln, als ich die Schatulle in den Fingern hielt, und da dachte ich mir, dass ich vielleicht nur dieses eine Mal auf ihn hören sollte.«

Was wäre mit Carrion passiert, wenn er die Schatulle geöffnet hätte? Das Quicksilver befand sich in seinem Ruhezustand, massiv und schlafend, aber Carrion hätte es versehentlich wecken können. Und warum auch nicht? Wenn ich dazu in der Lage war, dann galt das für ihn vielleicht auch. Ich hatte keine Ahnung, warum *ich* mit der Fähigkeit zur Bearbeitung des Quicksilvers auf die Welt gekommen war. Vielleicht war es eine latente Gabe, die sich in Carrion noch nicht manifestiert hatte. Schließlich hatte seine Hand *gekribbelt*, als er das Ding in den Fingern hielt. Vielleicht hatte das ja etwas zu bedeuten.

»Was machst du gerade?«, fragte ich ihn.

»Abgesehen davon, das Feuer mit einem Stock zu schüren und mein Buch zu lesen?«, erwiderte er und hielt den Wälzer erneut in die Höhe. »Nicht viel. Warum fragst du?«

»Willst du mitkommen und ein paar viel aufregendere Dinge in Brand stecken?«

Mit einer schwungvollen Handbewegung klappte er sein Buch zu. »Aber unbedingt!«

– Magnesiumpulver, fein gemahlenes Salz, destilliertes Wasser
– Wismut, Kupfer, Antimon
– Blauer Galitzenstein, Kreide, Blei
Ergebnis: Keine Reaktion

Drei weitere Versuche und drei weitere Misserfolge. Und nicht nur das: Ich hatte noch nie zuvor von Antimon gehört, geschweige denn damit gearbeitet, und das feine weiße Pulver entpuppte sich als ein außerordentlicher Reizstoff für die Haut. Es ging in Flammen auf, sobald es mit dem Quicksilver in Berührung kam, und die dadurch entstandenen Dämpfe bereiteten Carrion und mir solche Übelkeit, dass wir beide aus der Schmiede rannten und uns in den Schnee übergaben.

Am Nachmittag hatten wir uns jedoch wieder erholt und waren mutig genug, ein verspätetes Mittagessen zu riskieren. Carrion wanderte hinunter ins Lager, während ich mit dem Läuterungsprozess begann. Gerade als es zu schneien begann, kehrte er mit einem Arm voller Snacks und einem Krug mit Wasser zurück.

Wir setzten uns vor die Schmiede und aßen. Kalter Braten. Käsestücke. Ein paar Nüsse. Brot und eine Handvoll kleiner, gesalzener Fische, die köstlich schmeckten.

»Bei der Arbeit, wie ich sehe.«

Ich verschluckte mich fast, als Kingfisher aus der Schmiede

kam. Er hatte sich uns lautlos genähert. In dem Moment, als ich ihn erblickte, erinnerte mich mein verräterischer Verstand an die letzte Nacht, an seine Hände und seinen Mund auf meinem Körper und an die tausend sündigen Dinge, die er mit seiner Zunge getan hatte. Er warf mir einen kurzen Blick zu, kniff dann die Augen leicht zusammen und richtete seine Aufmerksamkeit auf das Lager, als erinnerte auch er sich an mich in einer Reihe kompromittierender Stellungen. Doch dann bemerkte ich seine blutende Lippe, den Schatten eines Blutergusses an seinem Kiefer und die roten – nicht schwarzen – Blutflecken auf seinem Hemd … und meine Gedanken an die Nacht verflogen.

»Was ist mit dir passiert? Warum blutest du?«

»Training«, antwortete er steif. »Wechsle nicht das Thema. Warum arbeitest du nicht?«

Plötzlich machte es mir nicht mehr so viel aus, dass er verletzt war. Ich hatte sogar Lust, ihm persönlich wehzutun. »Da wir keine *Sklaven* sind, machen wir gerade eine Pause, um etwas zu essen. Und wir haben zwei Teller«, sagte ich, um ihm zu zeigen, dass ich tatsächlich mein eigenes Essen aß und mir nichts mit Carrion teilte. Aber auch das schien ihn nicht freundlicher zu stimmen. »Außerdem habe ich für heute alles getan, was ich tun konnte«, fügte ich hinzu.

»Und was ist mit den Versuchen, die du durchgeführt hast?«

Ich zog eine Augenbraue hoch. »Was glaubst du wohl?«

Darauf hatte er offenbar keine Antwort.

»Aber ich habe eine Frage an dich«, sagte ich. »In Cahlish hast du das Quicksilver in der kleinen Schatulle auf dem Regal vor mir versteckt. Heute hast du es Carrion gegeben und ihn auf halber Höhe dieses gottverfluchten Berges auf mich warten lassen. Warum bestehst du darauf, es vor mir zu verbergen? Warum kannst du es nicht einfach für mich dalassen oder irgendwo deponieren, wo ich es leichter finde? Wenn ich nicht so viel Zeit damit verschwenden würde, das Quicksilver aufzuspüren, hätte ich wahrscheinlich mehr Zeit für weitere Versuche.«

Tiefe Schatten lagen unter Fishers Augen. Er sah erschöpft aus. »Verzeih mir, dass ich deinen Tag etwas interessanter gestaltet habe. Es ist wichtig, dass du deine Fähigkeiten zum Aufspüren des Quicksilvers verbesserst. Du weißt nie, ob du nicht eines Tages kleinste Mengen über große Entfernungen aufspüren musst.«

»Es *nervt.*«

»Tja, aber jetzt hast du dein Quicksilver. Sind noch weitere Versuche für den Nachmittag geplant?«

»Nein«, erwiderte ich gereizt. »Ich muss das Silber läutern.«

Fisher warf Carrion einen zweifelnden Blick zu. »Verstehst *du* etwas vom Läutern von Silber?«

»Nein, überhaupt nicht«, antwortete er. »Ich bin eher ein Logistiker.«

»Was soll das bedeuten?«

»Ich bin sehr gut darin, Dinge von einem Ort zum anderen zu bewegen.«

»Dafür haben wir genug andere Typen. Du solltest verschwinden und dir eine sinnvolle Tätigkeit suchen«, knurrte Kingfisher.

»Äh, er geht *mir* zur Hand!« Ich stand auf und wischte mir die Finger an der Hose ab, während ich Carrion die kleine Schale mit Nüssen reichte. Carrion nahm sie entgegen, warf sich eine Nuss in den Mund und schenkte Fisher ein breites, aufreizendes Grinsen. Fisher reagierte nicht. Zumindest nicht persönlich. Doch ein Schwall schwarzen Rauchs fegte über das Lagerfeuer – das wir im Freien angezündet hatten, um uns während des Essens zu wärmen – und traf Carrion mitten in die Brust. Zwar kein harter Stoß, eher vergleichbar mit einer starken Brise, aber er fegte die Schale mit den Nüssen aus Carrions Händen, sodass ihr Inhalt über den Boden verstreut wurde.

Was für ein Kindskopf!

»Mach dich auf die Suche nach Ren. Bitte ihn um einen Job, oder *ich* werde einen für dich finden«, drohte Fisher. »Und Latrinenreinigen ist nicht sehr verlockend, wenn du keine Magie hast und es von Hand machen musst.«

Carrions Grinsen verebbte. »Du bist heute besonders mies drauf. Du solltest dich wirklich mal wieder flachlegen lassen. Das könnte deine Laune heben. Sag's ihm, Sonnenschein.«

Ich verschluckte mich. Hustete laut. Carrion hätte keinen unpassenderen Vorschlag machen können. Keuchend schlug ich mir auf die Brust und versuchte, wieder Luft zu bekommen, während Fisher mich die ganze Zeit nur ansah. Ohne jede Emotion. Ohne irgendeinen Ausdruck auf dem Gesicht. Das Quicksilver in seiner Iris war das Einzige, das darauf hindeutete, dass er innerlich vielleicht nicht so ruhig war, wie er nach außen hin wirkte. Seine Augen schienen das Licht aufzusaugen, als er Carrion schließlich verächtlich anfunkelte.

»Nenn sie nicht Sonnenschein«, befahl er.

»Warum nicht?«

Falls Carrion vorhatte, den Fae-Krieger zu reizen, dann wusste er offensichtlich genau, wie er das anstellen musste. Aber Kingfisher reagierte nicht auf den spöttischen Ton in seiner Frage. Er legte nur den Kopf leicht schräg, blähte die Nasenflügel auf und erwiderte mit tiefer Stimme: »Weil sie Mondlicht ist. Der Nebel, der die Berge einhüllt. Das Knistern von Elektrizität in der Luft vor einem Gewitter. Der Rauch, der über ein Schlachtfeld zieht, bevor das Töten beginnt. Du hast keine Ahnung, was sie ist. Was sie sein könnte. *Du* solltest sie *Majestät* nennen.«

Hitze flammte in meinem Gesicht auf, versengte den Bereich hinter meinem Brustbein und verwandelte mein Inneres zu Asche. Ich hatte eine Bemerkung von ihm über Carrions Vorschlag, sich flachlegen zu lassen, durchaus erwartet, aber nicht … das. Was war das gerade gewesen?

Carrion sank unter dem Gewicht des brodelnden Zorns in Kingfishers Augen sichtlich in sich zusammen, und sein schlecht verstecktes Grinsen verschwand aus seinem Gesicht.

Zwar hatte ich in meinem Leben schon einige unangenehme Situationen erlebt, aber das hier war bei Weitem die unangenehmste. Hastig räusperte ich mich und erinnerte die beiden dadurch an meine Anwesenheit. »Brauchst du etwas, Fisher? Oder können wir wieder an die Arbeit gehen?«, fragte ich.

Als er sich mir zuwandte, wirkte seine Miene genauso ausdruckslos wie zuvor.

»Du bist hier für heute fertig. Ich werde jemanden herschicken, um das Silber zu läutern. Im Lager gibt es genug Schmiede, die diese Arbeit erledigen können. Bedauerlicherweise ist da noch etwas anderes, wofür ich dich brauche, Osha.«

24

LUPO PROELIA

Die nadelspitzen Metallsplitter steckten noch immer im Mauerwerk und glitzerten im Licht des Feuers. Stirnrunzelnd betrachtete ich sie eingehender.

»Es sind fünfhundertdreiundsechzig Fragmente«, sagte Renfis. »Einer unserer Metallarbeiter hat versucht, sie mit einer Zange herauszuziehen, aber sie sind so fein, dass er sie nicht richtig greifen konnte. Zwei sind abgebrochen. Die Reste stecken noch im Stein, was … na ja, nicht ideal ist.« Über einer von Rens Wangenknochen schillerte ein Bluterguss, der sich während unseres Gesprächs zu einem kränklichen Violett verfärbte.

»Was zum Teufel ist heute beim Training passiert?«, fragte ich leise.

Ren sah mich weiterhin an, den Blick bewusst von Fisher abgewandt, der auf der anderen Seite des Kommandoraums stand. »Nichts. Warum fragst du?«

»Weil ihr beide blutet und herumlauft, als hätte man euch den Arsch aufgerissen!«

»Fisher hat schlechte Laune – das ist beim Training passiert«, sagte Lorreth, der dunkelhaarige Fae mit den Kriegerzöpfen. Er saß auf einem Hocker am Feuer, und seine hellblauen Augen verfolgten die Bewegungen aller Anwesenden im Kommandoraum. Im Moment beobachtete er Kingfisher, der in einen heftigen Streit mit Danya verwickelt war, aber offensichtlich konzentrierte er sich tatsächlich auf Ren und mich.

»Fisher geht's gut«, erwiderte Ren in gleichmütigem Ton. »Das gilt für uns beide. Wir werden später zu Te Léna gehen. Können wir uns in der Zwischenzeit auf das eigentliche Problem konzentrieren? Hat einer von euch einen Vorschlag, wie wir die Splitter aus dem Stein herausbekommen können?«

Ich hatte das Gefühl, dass er mir etwas verschwieg. Aber da er offensichtlich nicht darüber reden wollte, hakte ich nicht weiter nach. »Warum trennt ihr nicht einfach sämtliche Splitter ab und schleift die Enden bündig mit dem Stein?«, schlug ich vor. »Danya könnte sich doch ein ganz neues Schwert anfertigen lassen.«

Ren lachte freudlos. »So einfach ist das nicht. Danyas Schwert war einst eine außergewöhnliche Waffe … wie Nimerelle, durchdrungen von alter, mächtiger Magie. Es ist …« Er schaute auf die spitzen Metallsplitter, die aus der Mauer ragten, und verzog das Gesicht. »Es *war* ein wertvolles Fae-Erbstück. Danyas Geburtsrecht. Ein Götterschwert, geschmiedet von den alten Alchemia-Meistern. Solche Schwerter sind für uns Fae religiöse Ikonen. Dieses hier repräsentierte Danyas Rang und kennzeichnete sie als ein Gründungsmitglied der Lupo Proelia. Wie die meisten …«

»Äh, Moment mal, Lupo *was*?«

»Lupo Proelia. Kingfishers Wölfe«, erklärte er und seufzte. »Normalerweise waren wir zu acht. Aber in letzter Zeit hat sich unsere Zahl verringert. Wir kämpfen als Team, gemeinsam, wie ein Wolfsrudel. Ich bin mir sicher, dass du den Wolf auf einigen unserer Rüstungen bemerkt hast.«

Und ob ich den bemerkt hatte! Das Siegel befand sich sowohl auf Fishers Halsberge als auch auf seinem Brustpanzer. Und seine Tätowierung hatte ich mehr als nur einmal gesehen. Letzte Nacht beispielsweise, als mich der Anführer der Lupo Proelia geritten hatte wie ein gottverdammtes Pferd.

»Wie du ja bereits weißt, trägt Nimerelle noch immer einen Kern von Magie in sich. Alle anderen Alchemia-Schwerter sind vor Jahrhunderten erloschen, aber für Danya war ihres noch immer von großer Bedeutung. Genau genommen war es das für uns alle, für unser Volk. Deshalb können wir die Splitter nicht einfach abschleifen und den Rest vergessen. Das wäre ein Sakrileg.«

»Na fantastisch! Das heißt also, dass ich keine fünf Minuten im Lager war und schon eine uralte Waffe zerstört habe, die für alle Fae von großer kultureller Bedeutung ist«, rekapitulierte ich.

»Siehst du, es ist ihr total egal!«, rief Danya und zeigte auf mich. »Sie weiß, was sie getan hat, aber es ist ihr scheißegal!«

»Es ist ihr nicht egal.« Fisher stieß einen Seufzer aus, während er den Kommandoraum durchquerte und sich den Überresten des Schwerts näherte. »Sie hat einfach nur einen furchtbar schlechten Sinn für Humor.«

Der hasserfüllte Blick, den Danya mir zuwarf, gefiel mir nicht, und auch die Art und Weise, wie sie immer wieder mit dem Finger auf mich zeigte, bereitete mir nicht gerade Wohlbehagen. »Tut mir leid, aber stehst du eigentlich permanent am Rande eines Nervenzusammenbruchs? Oder bin ich zu einem unpassenden Zeitpunkt hier aufgetaucht?«, fragte ich spitz.

Danya starrte mich mit offenem Mund an. »Unglaublich! Willst du wirklich zulassen, dass sie auf diese Weise mit einer hochrangigen Fae spricht?«, wandte sie sich an Fisher.

»Und was soll *ich* dagegen tun?«, entgegnete er. »Sie hat ihren eigenen Kopf und ihre eigene Meinung. Und ich bin für keines von beidem verantwortlich.« Er zupfte an einem der feinen Splitter, die aus dem Stein ragten, und betrachtete ihn mit gerunzelter Stirn.

»Würdest du es zulassen, dass einer der Männer so respektlos mit einer Vorgesetzten redet?«

»Nein, das würde ich nicht«, räumte er ein.

»Warum willst du dann nicht …«

»… weil sie nicht zu dieser Armee gehört und weil du nicht ihre Vorgesetzte bist«, sagte Fisher. »Also: Willst du ihr jetzt einen Moment Zeit geben, um herauszufinden, ob sie das Schwert wieder zusammenfügen kann, mit dem du mich töten wolltest? Oder willst du einfach nur auf und ab laufen und weiter herumbrüllen?«

Ganz offensichtlich wusste Danya nicht, was sie darauf antworten sollte. Sie starrte Fisher an, dann Ren und schließlich Lorreth, wobei sie mich total ignorierte. »Lorreth …«, setzte sie an.

Der Mann, der am Feuer saß, hob die Hände und schüttelte den Kopf. »Oh nein. Auf keinen Fall. Ich habe noch immer einen Bluterguss an der Stelle, wo du mich gestern Abend geschlagen hast. Du bist zu weit gegangen … so wie du Fisher attackierst hast. Es ist deine eigene Schuld, dass dein Schwert in tausend Splitter zersprungen ist, die zum Großteil in einer Mauer stecken«, fügte er hinzu. »Ich finde es beeindruckend … das, was der Mensch mit deinem Schwert gemacht hat. Und total verdient.«

»Du Arschloch«, fauchte sie. »Ich hätte dich härter schlagen sollen.«

»Das hättest du beim besten Willen nicht geschafft«, erwiderte Lorreth grinsend.

Ich schenkte ihrem Hickhack keine Beachtung. Danya hatte unrecht: Es machte mir sehr wohl etwas aus, dass ich etwas so Wertvolles zerstört hatte. Nachdenklich betrachtete ich die Mauer, inspizierte die Splitter und versuchte, einen Weg zu finden, sie aus dem Stein zu ziehen, als ich ein schwaches Klopfen am Rande meiner Wahrnehmung spürte. Das Flüstern, das ich vom Quicksilver in der Schmiede gehört hatte, war im Vergleich dazu ein lautes Dröhnen, aber … ich registrierte es trotzdem.

Hastig wirbelte ich herum und entdeckte Fisher vor mir. »Dieses Schwert bestand nicht nur aus gehärtetem Stahl. In der Klinge befand sich auch Quicksilver.«

Er nickte, und ein Anflug von Zufriedenheit zeigte sich auf seinem Gesicht. »Stimmt. Wenn auch nicht viel. Eine geringe Menge. Aber genau deshalb hat es auf dich reagiert, als du ihm befohlen hast aufzuhören.«

»Das heißt also … damals in Zilvaren … hat nicht das Eisen oder Kupfer oder Gold auf mich reagiert, sondern …«

Kingfisher nickte erneut. »Es war immer das Quicksilver. Zu den Zeiten, als es noch viele Alchemisten gab und die Passagen zwischen den Reichen offen waren, band man es an die verschiedensten Legierungen und Metalle. Das Quicksilver machte die Waffen mächtiger. Verwandelte sie in Leiter, die große Mengen an Magie kanalisieren konnten.«

Meine Gedanken überschlugen sich. »Deshalb war es so schwer, Metall aufzutreiben. Madra hatte alles beschlagnahmt. Sie wollte das Quicksilver von den Menschen fernhalten. Weil sie genau wusste, dass es in der Stadt Leute wie mich geben würde, die es manipulieren können.«

Als Kingfisher schwieg, holte Ren tief Luft und erklärte: »Unsere historischen Aufzeichnungen zeigen, dass die meisten Alchemisten nur dann Objekte manipulieren konnten, wenn das betreffende Objekt mindestens fünf Prozent Quicksilver enthielt. Und selbst dann waren sie lediglich in der Lage, das Quicksilver von seinem festen in seinen flüssigen Zustand umzuwandeln, damit es sich schmieden ließ. Aber es existieren keinerlei Aufzeichnungen über Objekte, die auf diese Weise zersplittert wurden.« Er deutete auf das, was von Danyas Schwert noch übrig war.

»Okay. Das macht mich also … zu einer Anomalie?« Ich schaute Kingfisher an, denn ich war an seiner Antwort auf diese Frage interessiert. Ungeachtet des Katz-und-Maus-Spiels, das wir mit den Gefühlen des jeweils anderen spielten – falls Fisher überhaupt Gefühle *besaß* –, wollte ich wissen, was er von Rens Erklärung hielt.

Doch er sah mich nicht an, sondern lehnte sich mit dem Rücken gegen den Kartentisch, stützte sein Gewicht auf die Tischkante und starrte zu Boden, während ein Muskel an seinem Kiefer zuckte.

»Das macht dich zur *mächtigsten Alchemistin, die je in den Archiven verzeichnet wurde*«, sagte Lorreth. »Du bist in der Lage, unsere bisherige Kriegsführung in einer Weise zu verändern, die selbst *wir* uns nicht vorstellen können. Die meisten von uns waren noch Kinder, als sich die Passagen zwischen den Reichen schlossen und die Alchemisten ausstarben. Einige waren noch nicht mal auf der Welt. Wir haben keine Ahnung, wie frühere Schlachtfelder ausgesehen haben – mit einem Alchemisten im Lager, der bereit war, neue Waffen zu schmieden, welche Magie anziehen …«

»Whoa, Moment mal! Ich weiß nicht, wie man Waffen schmiedet, die *Magie anziehen* können! Ich weiß nicht mal, wie man eine Reliquie herstellt!« Mir brach der kalte Schweiß aus. »Ich bin damit keinen Schritt weitergekommen. Weder im Winterpalast noch in Cahlish. Und auch die Versuche, die ich heute Vormittag hier durchgeführt habe, waren reine Zeitverschwendung. Wenn ihr euch der Illusion hingebt, dass ich irgendwie entscheidend zum Sieg in diesem Krieg beitragen könnte, dann überdenkt diese Strategie *bitte* noch mal.«

»Genau! Wenn sie nicht mal weiß, wie sie sich selbst den Hintern abwischen …«

»Danya, ich schwöre bei allen sieben Göttern, wenn du nicht die Klappe hältst, werfe ich dich persönlich raus«, murmelte Ren finster.

Danya wankte zurück, als hätte man sie geschlagen. Ihre Lippen bebten, Tränen stiegen ihr in die Augen. »Das kann nicht dein Ernst sein«, flüsterte sie. »*Du?* Du willst dich einfach blindlings in das alles einreihen? Wir sind diejenigen, die hiergeblieben sind. Die im Schlamm gekämpft und miterlebt haben, wie ein Freund nach dem anderen fiel. Als dieser Mensch geboren wurde, da hatten *wir* uns schon jahrhundertelang diesem Kampf verschrieben!«

»Du hast recht«, knurrte Ren. »Wir sitzen hier fest, mitten im Nirgendwo, in einer vergessenen Ecke unseres Landes, und verteidigen eine Grenze, die den hochwohlgeborenen Arschlöchern im Norden scheißegal ist. Seit Jahrhunderten. Wenn diese Front fällt, fällt das ganze Reich. Wir werden diesen Krieg nicht noch weitere hundert Jahre führen.«

»Doch, das werden wir, wenn es sein muss …«, setzte Danya an.

»Nein, werden wir nicht. Denn jeden Tag wird unsere Schar kleiner und Malcolms Horde größer. Hier gibt es kein Wild mehr, das wir jagen können. Belikon schickt keinen Nachschub an die Front. Wir haben kein Holz für unsere Feuer. Keinen Proviant für unsere Truppen. Keine Kleidung, um sie warm zu halten. Keine Waffen, um sie auszurüsten. Und genau deshalb werde ich einen Plan unterstützen, bei dem ein Mensch auf magische Weise auftaucht und uns hilft, das Blatt zu wenden. Denn ohne sie werden wir alle untergehen. Und ich rede hier nicht von den nächsten hundert Jahren. Oder fünfzig oder zehn. Uns bleibt *ein* Jahr, Danya. Zwölf Monate. Wenn wir dieses Problem nicht in den Griff bekommen, wird Malcolm nächstes Jahr um diese Zeit gewonnen haben.«

»Klemm deinen Kopf zwischen die Beine, vielleicht hilft das ja.« Lorreth schnitt sich eine Scheibe von seinem Apfel ab und schob sie sich mit der Schneide seines Dolchs in den Mund.

Hinter ihm drehte sich der Himmel, schwankte auf und ab, und die Konturen des Kriegslagers verschwammen. Ich stützte die Hände auf die Oberschenkel, beugte mich vor und versuchte, tief durchzuatmen. Meine Brust war wie zugeschnürt.

Rens Worte hallten in meinen Ohren nach. Am liebsten hätte ich sie aus meinem Gedächtnis getilgt, aber sie drehten sich im Kreis und lösten bei jeder Wiederholung eine neue Woge der Panik in mir aus. Ein Jahr. Nur ein Jahr. Sie hatten alles in ihrer Macht Stehende getan, um das Blatt zu ihren Gunsten zu wenden, aber nichts hatte funktioniert. Jetzt war es nur noch eine Frage der Zeit. Die Uhr würde bald ablaufen. Kingfisher und die anderen würden die Front nicht halten können, und Hunderttausende von Vampiren würden in einer blutroten Todeswelle über Yvelia hinwegfegen.

Es sei denn, *ich* fand heraus, wie man irgendein verdammtes Metall bearbeitete.

Bei allen Göttern, Sündern, Märtyrern und Geistern!

Wir waren alle *dermaßen* am Arsch.

»Man gewöhnt sich daran«, versicherte Lorreth im Plauderton. »An dieses überwältigende Gefühl des bevorstehenden Untergangs. Irgendwann wird es zum Hintergrundgeräusch. Man nimmt es gar nicht mehr wahr.«

»Wo ist … Fisher?«, keuchte ich. Nachdem Ren gegangen war, um mit einigen zurückkehrenden Spähern zu sprechen, war ich aus dem Kommandozelt gestolpert, dicht gefolgt von Danya, die knurrend in Richtung Fluss stampfte. Zehn Minuten später war Lorreth aufgetaucht und hatte sich ein paar Meter entfernt auf einen Baumstumpf gesetzt, unbeeindruckt wie immer. Aber Fisher hatte das Zelt bisher nicht verlassen.

»Er ist nach Cahlish zurückgekehrt.« Lorreth versenkte die Zähne in einen weiteren Apfelschnitz.

»*Was?*«

»Er sagte, er wolle Te Léna besuchen.«

Te Léna? Die hübsche Heilerin hatte sich nach dem Vampirangriff aufopfernd um mich gekümmert; seitdem hatte ich allerdings kaum noch an sie gedacht. Aber das war jetzt schon das zweite Mal, dass Fisher sie in letzter Zeit aufsuchte – und beide Male war er nicht verletzt gewesen.

Bei den Göttern, was zum Teufel war nur mit mir los? Dieses Reich stand am Rande der totalen Zerstörung, und natürlich war ich wütend und hatte große Angst davor, was das für mich und alle anderen in Yvelia bedeuten könnte. Aber ich war auch eifersüchtig. Und dieser Gedanke bewirkte, dass ich mich erbärmlich fühlte. Rasch verkniff ich mir die Fragen, die ich Lorreth stellen wollte – *Sind Te Léna und Fisher zusammen? Mag er sie? Haben die beiden eine gemeinsame Vergangenheit?* –, zutiefst beschämt darüber, dass ich sie überhaupt gedacht hatte. Stattdessen stellte ich eine weitaus angemessenere Frage: »Wo zum Teufel bekommt man hier einen Drink?«

Das Holzgebäude in der Mitte des Lagers war tatsächlich eine Schenke, und die Drinks waren *erstklassig*. Inzwischen hatte ich fünf großzügig eingeschenkte Gläser eines sehr starken Whiskys getrunken und fühlte mich allmählich leicht benebelt. Meine Angst war längst verflogen, und jetzt begann ich, die Lächerlichkeit des Ganzen zu erkennen.

»Letztendlich ist es ganz einfach«, sagte ich.

Lorreth spähte in sein Glas, als befände sich auf dessen Boden definitiv noch ein Tropfen Whisky, den er aber einfach nicht entdecken konnte. »Wie das?«, fragte er.

»Er ist ein verdammter Lügner. Er hat mich die ganze Zeit über belogen.«

Lorreth runzelte die Stirn. »Wer, *Fisher*?«

»Ja, Fisher. Wer sonst?«

Der Mann schüttelte den Kopf. »Unmöglich! Er ist ein Eidgebundener Fae.«

»Und?«

»Und wir können nicht lügen.«

Ich musterte ihn skeptisch, ein Auge geschlossen, das andere halb zugekniffen. »Das stinkt nach einer sehr bequemen Ausrede, wenn du mich fragst.«

Lorreth zuckte die Schultern. »Beim Erreichen unseres einundzwanzigsten Geburtstags knien wir vor dem Firinn-Stein nieder und treffen unsere Entscheidung. Jeder Einzelne von uns. Wir haben die Wahl. Entweder benetzen wir den Stein mit unserem Blut und legen einen Eid ab. Den Eid, immer aufrichtig zu sein. Immer zu unserem Wort zu stehen, ganz gleich zu welchem Preis.«

»Oder?«

»Oder wir wählen den Weg der Gesetzlosen. Gesetzlose Fae können lügen. Und betrügen. Und stehlen. Zugegeben, in vielen Situationen recht nützliche Hilfsmittel. Aber das Ganze ist mit einem Preis verbunden, den Kingfisher – und wir anderen, möchte ich hinzufügen – nicht zu zahlen bereit waren.«

Skeptisch zog ich eine Augenbraue hoch. »Und der wäre?«

Der Krieger zuckte lässig die Schultern, als wäre die Antwort offensichtlich. »Unsere Ehre.«

Bei diesen Worten schnaubte ich nur.

»Du siehst also: Sosehr wir es manchmal auch wollen, wir sind physisch nicht in der Lage, unser Wort zu brechen oder zu lügen.«

»Hmm. Ja, okay«, räumte ich ein. »Kingfisher hat das damals in der Schmiede im Winterpalast gesagt. Aber ich habe ihm nicht geglaubt.«

»Mit welcher Begründung?«

»Mit der Begründung, dass ein Lügner, der nicht bei einer Lüge erwischt werden will, seinem Gegenüber einfach vorlügt, nicht lügen zu können. Bei den Göttern, das war … verwirrend.«

»Was hast du denn gedacht, wobei er lügen würde?«

Natürlich erinnerte ich mich sofort daran. An meine kaum verhohlene Frage nach der Größe seines Schwanzes. Und an Fishers arrogantes Lächeln, das sich langsam auf seinem Gesicht ausgebreitet hatte.

»Er ist groß genug, um dich *zum Schreien zu bringen und noch viel mehr.«*

Und damit hatte er tatsächlich die Wahrheit gesagt, wie ich mit einer gesunden Portion Verärgerung feststellte. Fuck! »Das spielt keine Rolle«, antwortete ich. »Wichtig ist nur, dass er weiß, dass ihr mich für die Herstellung von Waffen braucht, weil ihr sonst gegen Malcolm verliert. Aber er hat mir geschworen, dass ich nur diese Ringe in Reliquien für euch alle verwandeln muss, und dann lässt er mich nach Hause zurückkehren.«

Obwohl Lorreth etwa zehn Prozent betrunkener war als ich, schloss er bei dieser Aussage die Lider. »Das war der Deal?«

Ich nickte und leerte mein Glas.

»Tja, wenn er diesen Eid geleistet hat, dann brauchst du daran nicht zu zweifeln. Selbst wenn Fisher nicht durch seine eigene Magie verpflichtet wäre, einen Eid zu halten – was aber der Fall ist –, würde er ihn aus Prinzip halten. So ist er nun mal.« Die Stimme des Kriegers klang angespannt. Die Einzelheiten meiner Abmachung mit Fisher schienen ihn zu überraschen, auch wenn er es gut verbarg.

Aber ich wollte ohnehin das Thema wechseln. »Sag mal …« Ich beugte mich über den Tisch und deutete auf Lorreths Mund. »Diese *Zähne* … Fisher hat gesagt, sie seien ein Überbleibsel des Blutfluchs. Aber … sie funktionieren doch noch, oder? Du kannst sie noch immer benutzen, um Blut zu trinken?«

Lorreth wurde augenblicklich nüchtern. Seine Pupillen verengten sich zu schwarzen Punkten. Hektisch schaute er sich um und musterte die Tische links und rechts von uns, als wollte er sicherstellen, dass niemand sonst mich gehört hatte. »Das ist eigentlich kein Thema, über das wir in Schenken reden«, antwortete er mit gesenkter Stimme.

»Warum nicht?«

»Verflucht! Für dieses Gespräch brauche ich *viel* mehr Alkohol. Warte mal.« Er gestikulierte dem Barkeeper, damit der unsere Gläser nachfüllte. Und das Wesen mit den markanten Gesichtszügen, von dem Lorreth mir erzählt hatte, er wäre ein Bergtroll, kam zu uns und schenkte uns beiden eine weitere Runde ein. Als er wieder weg war, seufzte Lorreth und prostete mir zu: »Sarrush.«

Ich stieß mit ihm an. »Sarrush.«

Lorreth holte tief Luft. »Also gut. Okay. Sonst hat dir noch niemand was erzählt? Über … irgendetwas davon?«, fragte er hoffnungsvoll.

»Nein.«

»Na ja …« Lorreth war im Kommandoraum die Ruhe selbst gewesen – als Danya versucht hatte, Fisher die Kehle aufzuschlitzen, und auch, als Ren die erschütternde Nachricht überbracht hatte, dass eine Niederlage kurz bevorstand. Aber jetzt machte er einen äußerst verstörten Eindruck. »Ja, unsere Eckzähne funktionieren noch immer. Genau wie die eines Vampirs. Aber das Trinken von Blut ist ein Tabu. Nein, schlimmer als ein Tabu. Es ist skandalös.«

»Aber die Fae tun es trotzdem manchmal?«

Seine Wangen färbten sich rötlich. »Ja.«

»Aber ihr *braucht* kein Blut zum Überleben?«

»Nein.«

»Warum solltet ihr so was dann tun?«

»Weil …« Erneut warf er einen misstrauischen Blick in die Runde und rutschte unbehaglich auf seinem Stuhl hin und her.

»Das ist so eine Sex-Sache. Wenn ein Mann von jemandem Blut trinkt, wird sein Schwanz härter als je zuvor. Es macht einen euphorisch. Beide Partner. Während des Sex.«

»Oh.«

»Ja, genau: *Oh*«, bestätigte er. »Aber das Ganze ist gefährlich. Wenn wir jemanden beißen, können wir uns vollkommen vergessen. Es erfordert eine unermessliche Willenskraft, nicht weiter zu trinken. Dieses Thema ist … nichts, worüber man in feiner Gesellschaft spricht.«

Mein Gehirn war durch den Whisky so benebelt, dass ich nicht wusste, was ich davon halten sollte. Vermutlich erklärte das Fishers Reaktion, als ich ihn aufgefordert hatte, mich zu beißen. Aber darüber hinaus … wusste ich nicht, was ich denken sollte.

»Wenn du noch weitere Fragen dazu hast, solltest du sie vielleicht ein anderes Mal stellen. Unter vier Augen. Vorzugsweise demjenigen, der vorgeschlagen hat, von dir zu … äh … *trinken*«, murmelte Lorreth und vergrub das Gesicht in seinem Glas.

Ich errötete heftig. »Ja, natürlich.« Bisher hatte ich mit niemandem darüber gesprochen, was zwischen Fisher und mir passiert war. Danach hatte ich mich unter der Dusche abgeschrubbt, in der Hoffnung, seinen Geruch auf meiner Haut zu überdecken. Aber die Fae konnten solche Dinge offenbar auch trotz Seife wahrnehmen. Bedeutete das, dass Lorreth wusste, dass ich letzte Nacht Sex gehabt hatte? Und zwar mit Fisher? Aber eigentlich war es egal. Und es würde nichts ändern, wenn ich mir deswegen Sorgen machte. Außerdem wusste ich rein gar nichts über Lorreth – also wen interessierte es, was er dachte? Er war ein Fremder. Aber ich mochte ihn. Ich wollte nicht, dass er ein Fremder *blieb*.

»Wie bist du eigentlich hier gelandet?«, fragte ich.

»In Yvelia? Ich bin hier auf die Welt gekommen«, antwortete er.

»Nein. Mitten in diesem Krieg.«

»Oh.« Lorreth winkte lässig ab. »Hm, na ja, mal sehen. Ich

war mal ein fahrender Barde, auch wenn du das vielleicht kaum glauben kannst.«

Er hatte zwar eine angenehme Sprechstimme, aber ich konnte mir diesen großen, gefährlich aussehenden, tödlichen Krieger nicht als Sänger vorstellen. »Ein guter Barde?«, fragte ich.

»Ein mittelmäßiger. Wie sich herausstellte, hatte ich mehr Talent zum Töten als zum Singen. Na ja, jedenfalls begegnete ich Fisher eines Abends auf der Straße. Er war gerade auf dem Weg zu Freunden, um ihnen zu helfen. Als er mich fand, lag ich im Graben.«

Ich unterdrückte ein Grinsen. »Betrunken?«

»Nein. Tot, um genau zu sein. Oder zumindest so gut wie tot.« Er zwinkerte, obwohl er im gedämpften Licht der Schenke plötzlich etwas blass um die Nase wirkte. »Zwei Vampire hatten mich angegriffen. Abtrünnige. Sie gehörten nicht zur Horde. Aber sie waren definitiv hungrig. Also warfen sie nur einen einzigen Blick auf mich – ein dürres Kind, mutterseelenallein, mit einer Laute auf dem Rücken – und beschlossen, dass ich eine gute Mahlzeit abgeben würde. Die beiden haben mich fast vollständig ausgesaugt.«

»Verdammt! Das klingt ja furchtbar.«

»Tja, das Ganze war kein Spaß, so viel steht fest. Aber das alles liegt schon lange zurück. Seitdem habe ich wesentlich Schlimmeres erlebt. Jedenfalls waren wir meilenweit von allem entfernt. Wenn Fisher und die anderen Wölfe mich zu einem Heiler transportiert hätten, wäre ich dort nicht lebend angekommen. Und wenn ich auf dem Transport gestorben und von den Toten wiedergekehrt wäre, hätte ich möglicherweise einige von ihnen getötet, und das Risiko wollten viele der Wölfe nicht eingehen. Also rieten sie Fisher, mich zu beseitigen, doch er weigerte sich. Stattdessen forderte er sie auf, ein Nachtlager aufzuschlagen, nahm mich auf die Arme und brachte mich nach Cahlish. Okay, ich war damals *viel* kleiner«, räumte Lorreth ein. »Kingfisher legte mich in ein Bett und ließ Heiler kommen, die sich um mich kümmerten. Aber sie waren nicht zuversichtlich, was meine Chancen anging. Ich hatte mehr Gift als Blut in den Adern, und selbst die geschicktesten Heiler können unter solchen Umständen nur noch wenig ausrichten. Sie sagten ihm, er solle zu seinen Wölfen zurückkehren und sie würden mich nach meinem Tod unter einer Eibe auf einem der Felder begraben, die an das Anwesen grenzen. Aber Fisher weigerte sich.«

»Was … hat er getan?«

Lorreth warf den Kopf in den Nacken und lachte. »Etwas, das er seitdem sicher unzählige Male bereut haben dürfte. Er hat mich zu seinem Bruder gemacht. Eine Blutsbruderschaft. Er gab mir einen Teil seiner Seele.«

»Einen Teil seiner …?« Bestimmt hatte ich ihn nicht richtig verstanden, und der Alkohol spielte meinen Ohren einen Streich. Wenn Seelen tatsächlich existierten – wovon ich nicht völlig überzeugt war –, dann konnte man nicht einfach Teile davon verschenken.

»Es handelt sich um einen uralten Ritus«, sagte Lorreth. »Nur wenige wissen noch, wie man ihn ausführt. Aber Fishers Vater war einst fast gestorben, und sein Freund hatte ihn auf diese Weise gerettet. Also sorgte er dafür, dass Fisher auch davon erfuhr – damit er dieses Ritual eines Tages anwenden konnte, um das Leben von jemandem zu retten, der ihm wichtig war.«

»Aber du warst ein Fremder …«

Lorreths scharfe blaue Augen glitzerten hart wie Diamanten. Er nippte an seinem Whisky, stellte das Glas ab und betrachtete es. »Genau: ein Fremder. Aber Fisher hat es trotzdem getan. Er verband einen kleinen Teil von sich mit dem winzigen Lebensfunken, der sich in mir festgekrallt hatte, und das war's dann. Zwar war ich noch immer krank wie ein Hund, aber der Tod lockerte seinen Griff um meine Kehle. Ich wusste, dass ich überleben würde, und Kingfisher wusste es auch. Er sagte mir, dass er losziehen würde, um die anderen Wölfe zu suchen, und dass er in drei Monaten zurückkäme. Er meinte, ich könne gehen, sobald ich mich besser fühlte. Aber wenn ich wollte, gäbe es hier immer einen Platz für mich.«

»Und du hast dich entschieden hierzubleiben. Und zu kämpfen.«

Lorreth nickte langsam. »Ich hatte keine Familie. Niemanden, der mich irgendwo anders brauchte. Also dachte ich mir, scheiß drauf. Ich bin sowieso nur seinetwegen noch am Leben. Da kann ich mir genauso gut auch den Arsch aufreißen und in der Zeit, die mir noch bleibt, so viel Gutes tun, dass ich mich seines Geschenks würdig erweise. Also blieb ich in Cahlish. In dem Moment, als ich wieder auf den Beinen war, begann ich mit dem Training. Bis dahin hatte ich noch nie ein Schwert in der Hand gehalten, aber ich bemühte mich nach Kräften. Und ich *aß*. Ich aß so viel, dass der Koch schrie, sobald er mich in die Küche kommen sah. Als Fisher drei Monate später zurückkehrte, fand er mich nicht in Cahlish vor. Denn ich wartete schon im Kriegslager auf ihn, einen halben Kopf größer und doppelt so schwer wie bei seiner Abreise. Aber viel wichtiger war die Tatsache, dass ich bereit war, Vampire zu töten.«

»Moment mal! Du hast den Omnamerrin überquert? Zu *Fuß*?«, fragte ich ungläubig. Fisher hatte gesagt, dass nur Fae mit selbstmörderischen Anwandlungen versuchten, die Berge zu überqueren, die zwischen Irrín und Cahlish Wache hielten.

»Ja. Ich habe neun Tage gebraucht und wäre fast unter einer Lawine begraben worden, aber ich habe es schließlich geschafft.«

»Du hast Glück, dass du nicht gestorben bist. Moment mal, was wäre dann passiert? Wenn du gestorben wärst? Was wäre dann mit dem Stück von Fishers Seele passiert, das er dir gegeben hat?«

»Gute Frage. Wenn ich zuerst sterbe, kehrt das Stück von Fishers Seele zu ihm zurück. Er wird wieder eins, alle feiern eine große Party und Ende. Aber sollte *er* zuerst sterben, ist er dazu verdammt, hier auf meinen Tod zu warten, bevor er weiterziehen kann. Er wäre hier gefangen, in einem körperlosen Zustand, unfähig, etwas oder jemanden zu berühren. Unfähig, gehört zu werden. *Das* ist das Opfer, das er gebracht hat, als er sich entschied, mir das Leben zu retten. Das Ganze ist schon zuvor passiert. Wenn der oder die Fae, die ein Stück ihrer Seele abgegeben hat, zuerst stirbt, sei es eines natürlichen oder unnatürlichen Todes, dann kann der Empfänger noch weitere Jahrtausende bei bester Gesundheit weiterleben.

Nehmen wir beispielsweise Saoirse, die Königin der Lìssia-Fae. Ihre Mutter, die vor ihr Königin war, rettete ihr einst während ihrer Kindheit das Leben. Hundertachtzig Jahre später wurde ihre Mutter von Unbekannten ermordet, und Saoirse kam an die Macht. Sie war jung und schön. Es gefiel ihr, Königin zu sein. Und sie umgab sich mit verliebten Männern, die bereit waren, sie mit ihrem eigenen Leben zu schützen. Kurz darauf verkündete sie, dass sie vorhabe, ewig zu leben. Sie nahm Stärkungsmittel und Elixiere zu sich und trank Gerüchten zufolge Vampirblut, um ihr Leben zu verlängern. Inzwischen sind fast dreitausend Jahre seit dem Tod ihrer Mutter vergangen, aber Saoirse sieht keinen Tag älter aus als dreißig. Während der ganzen Zeit ist der Geist ihrer Mutter an sie gekettet und gezwungen, die Welt der Lebenden mitzuerleben, ohne mit ihr interagieren zu können. Unfähig, die ewige Ruhestätte aufzusuchen …«

Lorreth sah aus, als wäre ihm speiübel. Ich musste zugeben, dass mir selbst auch leicht übel war. Die Vorstellung, dass jemand seine eigene Mutter zu einem so einsamen, schrecklichen Dasein verdammt hatte, begleitet vom unvermeidlichen Wahnsinn, der mit Sicherheit einsetzen würde, war für mich unbegreiflich.

»Fisher sagt, er mache sich keine Sorgen darüber, was mit ihm passiert, wenn er zuerst stirbt«, erklärte Lorreth. »Und ich mache mir auch keine Sorgen. Ich habe ohnehin vor, als Erster zu sterben. Aber wenn die Schicksalsgöttinnen die Sterne in eine andere Richtung lenken und unsere Engel ihn zuerst holen, werde ich nach Kingfishers letztem Atemzug keinen einzigen Atem mehr in meinen Körper hineinlassen. Ich werde eigenhändig dafür sorgen, dass das Stück Seele, das er mir geliehen hat, seinen Weg zurück zu ihm findet. Und wenn die Schicksalsgöttinnen es für gerecht halten und ich genug getan habe, um mir einen Platz an seiner Seite zu verdienen, dann werde ich still und glücklich mit meinem Bruder ins Jenseits gehen.«

25

BALLARD

Kingfisher sagte kaum ein Wort, als er mich in dieser Nacht zum Anwesen zurückbrachte. Ich schwankte leicht und lallte wahrscheinlich ziemlich stark, als ich ihm mitteilte, dass ich im Lager bleiben wollte, aber er weigerte sich, mir zuzuhören. Sein Gesicht hatte sich zu einer ausdruckslosen Maske verzogen, als er mich in der Schenke fand, wo ich mit Lorreth trank. Und daran änderte sich auch nichts, während er mich sicher in sein Schlafzimmer brachte – und selbst dann noch nicht, als er mir kurz angebunden eine gute Nacht wünschte und verschwand.

Am nächsten Morgen erwachte ich mit rasenden Kopfschmerzen, als mir ein kleiner Fuchs über das Gesicht leckte. Die Sonne stand bereits hoch am Himmel, aber Fisher war nicht erschienen, um mich abzuholen. Er tauchte an diesem Tag überhaupt nicht auf. Nach einem herzhaften Frühstück, das meine Laune erheblich verbesserte, verbrachte ich den Nachmittag damit, Cahlish zu erkunden, durch die Räume zu wandern und mich fehl am Platz und nutzlos zu fühlen. Ich gehörte nicht hierher. Und obwohl das Anwesen wunderschön und gemütlich war und den Eindruck erweckte, als wäre es irgendwann einmal geliebt worden, konnte ich aber auch nicht erkennen, wie Kingfisher hierher passte. Das Haus war für eine Familie errichtet worden. Hier sollten Kinder durch die Flure toben und Gelächter in der Luft liegen, doch stattdessen herrschte in den imposanten Räumen eine schmerzhafte Stille, die mich mit Trauer erfüllte.

Ich stellte mir vor, wie Kingfishers Mutter den Brief des Königs erhielt, in dem er ihr mitteilte, dass sie sich mit ihrem gesamten Vermögen in den Winterpalast zu begeben habe, wo sie mit ihm vermählt werden und ein ganz neues Leben beginnen sollte. Und ich stellte mir auch vor, wie sie ihren dunkelhaarigen Jungen ansah und sich fragte, was für ein Leben *er* jenseits der Mauern dieser Zufluchtsstätte führen würde, an einem Hof voller Giftschlangen.

Mein Abendessen aß ich in Fishers Schlafzimmer, an seinem Schreibtisch, und als es dunkel wurde, rollte ich mich in seinem Bett zusammen und kuschelte mich an Onyx, bis ich irgendwann erschöpft einschlief.

Als Fisher mich auch am nächsten Morgen nicht abholte, wurde ich allmählich unruhig. Ich hatte am Tag zuvor keine Gelegenheit gehabt, weitere Versuche mit dem Quicksilver durchzuführen, und ich wollte nicht noch mehr Zeit vergeuden. Am Vormittag lief ich so nervös hin und her, dass die Feuerkobolde gar nicht mehr nachsehen kamen, ob ich vielleicht etwas brauchte. Und sogar Onyx knurrte leise und schlich dann nach draußen, um im Schnee Eichhörnchen zu jagen.

Um drei Uhr nachmittags ließ Kingfisher sich endlich blicken. Allerdings ertönte dieses Mal kein lautes Knacken eines Schattentors, das sich im Schlafzimmer plötzlich bildete, sondern nur ein knappes Klopfen an der Tür. Da es Fishers Schlafzimmer war, wartete er nicht auf eine Einladung, sondern öffnete die Tür, stand einfach nur da und musterte mich. »Du trägst mein Hemd«, sagte er schließlich.

»Mag sein, aber ich hatte nichts anderes«, entgegnete ich scharf. »Meine ganzen Sachen aus dem Zimmer, das ich mir mit Carrion geteilt habe, sind verschwunden. Archer hat mir einen anderen Raum am Ende des Flurs gezeigt, aber dort hingen nur Kleider. Und wir wissen ja beide, was ich von Kleidern halte.«

Fisher brummte. »Das Hemd ist zu groß für dich«, bemerkte er.

»Das ist mir auch schon aufgefallen.«

Er trug an diesem Tag kein Schwarz, jedenfalls nicht von Kopf bis Fuß: Sein Umhang schimmerte dunkelgrün, genau wie sein Hemd. Die Schatten unter seinen Augen besaßen allerdings die Farbe von Blutergüssen, und er wirkte blasser als sonst. Er hatte eindeutig nicht gut geschlafen. Und ich entdeckte eine Wunde an seiner Wange, die relativ frisch aussah. Vermutlich stammte sie vom Vortag …

»Was ist passiert?«, fragte ich und stand auf.

»Nichts. Etwa eine Stunde weiter nördlich zog ein Rudel Fresser an der Grenze entlang. Ren hielt es für das Beste nachzusehen, bevor sie uns überraschen oder versuchen würden, weiter flussaufwärts überzusetzen, aber es war keine große Sache. Nach einem kurzen Gefecht machten die Fresser kehrt und flohen.«

Ich wusste nicht, was ich mit dieser Information anfangen sollte. Während er da draußen gekämpft hatte, war ich in seinem alten Haus herumgelaufen, hatte Kuchen gegessen und Tee getrunken. Und jetzt hatte er eine Schnittwunde im Gesicht. Ich konnte nicht genau sagen, welche Gefühle das Ganze in mir auslöste, aber sie gefielen mir nicht besonders.

»Ich muss Te Léna aufsuchen«, sagte er, und bei dieser Ankündigung ballte sich tief in meinem Inneren etwas zusammen. Ich war ein brennendes Wrack von einem Mädchen, das langsam unterging, und ich hatte keine Ahnung, wie ich mich selbst retten sollte.

Also lächelte ich nur matt. »Oh. Grüß sie von mir.« Ich wusste, dass Te Léna hier irgendwo in der Nähe lebte. Allerdings hatte ich gar nicht erst versucht, sie ausfindig zu machen, nachdem Fisher mich vorgestern Abend hier im Haus abgesetzt hatte. Mir war nicht nach Gesellschaft zumute gewesen. Oder besser, mir war nicht nach *ihrer* Gesellschaft zumute gewesen – was lächerlich und äußerst unfair war, das wusste ich genau.

»Ich werde ein paar Stunden bei ihr sein. Danach komme ich wieder her und hole dich ab«, sagte er.

»Ich bleibe heute Nacht im Lager?«

Fisher schüttelte den Kopf. »Nein. Wir übernachten heute woanders. Es gibt da etwas, das ich dir zeigen will.«

»Es gibt da etwas, das ich dir zeigen will« klang verdammt bedrohlich. Und wo genau würden wir übernachten? Auch der Gedanke beruhigte mich nicht gerade. Eine Weile lief ich am Fußende von Fishers Bett hin und her, dann ging ich ans Fenster, schaute hinaus auf die dunkler werdenden Rasenflächen und kaute an meinen Fingernägeln. Bei Fishers Rückkehr war ich das reinste Nervenbündel und schrie überrascht auf, als er sich leise ins Zimmer stahl.

Die Schnittwunde auf seiner Wange war verschwunden, und die violetten Blutergüsse unter seinen Augen wirkten heller als bei seiner Ankunft. Er sah erholter aus, und auch seine Stimmung schien sich aufgehellt zu haben – was nicht gerade dazu beitrug, dass ich mich besser fühlte. Jeder vernünftige Mensch wäre froh gewesen, dass der Gebieter von Cahlish nicht so mürrisch wirkte wie sonst, aber aus irgendeinem Grund ärgerte mich das zutiefst.

»Ich denke, du wirst darin alles finden, was du brauchst«, sagte er und hielt mir eine kleine Leinentasche entgegen.

»Wohin gehen wir?«

»Es ist besser, wenn ich es dir einfach zeige.«

»Werde ich zurückkehren?« Eigentlich gab es keinen Grund dafür, dass ich diese Frage so erstickt herausquetschte, aber er hatte sich so rätselhaft verhalten, dass ich beim besten Willen nicht wusste, was er vorhatte. Außerdem hatte ich genug Zeit gehabt, mich selbst verrückt zu machen.

»Ja, natürlich wirst du zurückkehren. Nimm den Fuchs mit, wenn du dich dann besser fühlst.« Seit wann interessierte sich Fisher für meine Gefühle? Und wieso erlaubte er mir, Onyx mitzunehmen? »Hör auf, mich so anzuschauen«, sagte er.

»Warum?«, fragte ich misstrauisch.

»Bei allen Göttern und verdammten Sündern, vergiss es. Lass uns einfach aufbrechen.«

Kurz darauf trat ich aus dem Schattentor auf eine dunkle, von hohen Bäumen umgebene Lichtung hinaus. Am anderen Ende der Lichtung standen kleine Zelte unter einem riesigen Baum, dessen Äste so gewaltig waren, dass er die anderen Bäume in den Schatten stellte und im Vergleich dazu winzig erscheinen ließ. Wohin ich auch blickte, funkelten helle Lichter – Abertausende blitzten und flackerten in den Bäumen und dem hohen Gras, das sich vor uns wie ein Teppich ausbreitete. Die Abendluft war erfüllt von sanfter, beschwingter Musik, dem Geruch von gebratenem Fleisch und Zucker und dem Klang vieler Stimmen.

Onyx zappelte in meinen Armen, kläffte aufgeregt und wollte abgesetzt werden. Ich tat ihm den Gefallen und beobachtete verblüfft, wie er davonsprintete, in Richtung der Zelte – ein weißer Fleck inmitten der hohen Gräser. Hier war es so kühl, dass drüben bei den Ständen Feuer brannten. Ich konnte gerade noch erkennen, wie Onyx um eine Feuerstelle herumhüpfte und den Fae, der dort kochte, um etwas zu fressen anbettelte.

»Ist er hier in Sicherheit?«, fragte ich.

Fisher verzog das Gesicht. »Wahrscheinlich. Winterfüchse haben einen siebten Sinn für Gefahr. Wenn er annehmen würde, dass jemand von diesen Leuten ihm etwas Böses will, hätte er sich schon längst irgendwo versteckt.«

Tja, das war zumindest beruhigend. Aber der Anblick rund um mich herum verwirrte mich noch immer. »Was ist das für ein Ort? Was ist hier los?«

»Das hier …«, setzte Fisher an und rieb sich den Nacken, »ist Ballard. Es ist … Ich bin während meiner Kindheit ein- oder zweimal hier gewesen. Es ist nur ein kleines Dorf. Heute Abend ist einer der Festtage. Die Dorfbewohner feiern die längste Nacht des Jahres.«

»Und warum sind *wir* hier?« Bei den Göttern! War er etwa hierhergekommen, um dieses hübsche Dorf zu zerstören, und hatte mich mitgenommen, damit ich Zeuge der harten Entscheidungen wurde, die er manchmal treffen musste?

Vermutlich konnte Fisher all das in meinem Gesicht lesen, denn er schüttelte den Kopf und zog eine leicht verstörte Miene.

»Sie besitzen etwas, das wir brauchen. Das ist schon alles. Sobald wir es bekommen haben, lassen wir sie in Ruhe. Niemand hier schwebt in irgendeiner Gefahr. Wenigstens nicht, was mich betrifft. Oder hast *du* vor, jemanden anzugreifen?«

»Nein!«

»Freut mich zu hören. Und jetzt komm. Ich rieche Bettell-Kekse. Die habe ich seit mindestens hundertzwanzig Jahren nicht mehr gegessen.«

Bei den Bewohnern von Ballard handelte es sich um eine Mischung aus hochrangigen Fae und rangniederen Fae – ein Querschnitt durch das Volk, den ich so noch nie gesehen hatte. Winzige, blitzschnelle Pixies, die unsere Haare mit Blütenblättern überschütteten, während sie mit schillernden Flügeln durch die unteren Äste der Bäume sausten. Scheue, langbeinige Dryaden, mit silbernem Haar bis zur Taille und fließenden grünen Gewändern, die aus den Schatten des Waldes hervortraten und wenige Minuten später wieder darin verschwanden. Wichtel. Satyrn. Sogar drei Nymphen, die kichernd und planschend in dem Fluss schwammen, der sich am Südhang des Hügels entlangzog. Unser Anblick schien niemanden zu überraschen – obwohl uns einige neugierige Blicke folgten, während wir unseren Weg ins Zentrum der Feierlichkeiten fortsetzten.

Hier befanden sich diverse Stände, die Speisen und Tausende bunte Blüten anboten oder zu Spielen einluden. Im Mittelpunkt des Festes hatten sich Musiker im Kreis um ein loderndes Lagerfeuer versammelt und spielten eine lebhafte Melodie, zu der eine Dryade ein schlüpfriges Lied über einen alten Schreiner sang, der Probleme mit seinem Ständer hatte.

Fisher versuchte, bei einer Frau, die mit einem Tablett voll Bierkrügen an uns vorbeikam, Getränke für uns zu kaufen, doch sie schüttelte lächelnd die blonden Locken und teilte ihm mit, dass an diesem Abend kein Geld den Besitzer wechseln würde.

Die Häuser, die zwischen den Bäumen verteilt standen, waren einfach und rustikal, besaßen aber einen unbestreitbaren, gemütlichen Charme. Überall waren Gemüsebeete angelegt – ein Anblick, der mich total verblüffte. Natürlich wusste ich, wie Lebensmittel angebaut wurden. Bevor Madra den dritten Bezirk unter Quarantäne gestellt hatte, hatte ich mich immer mit den Bauern unterhalten, die zu uns nach Zilvaren kamen, um Handel zu treiben. Und ich hatte gebannt zugehört, als sie mir erklärten, wie sie ihre Pflanzen anbauten und ihre Ernte einfuhren. Aber der Anblick von Möhren, Kohlköpfen, Lauch und Bohnen, die einfach so vor mir in der Erde wuchsen, faszinierte mich maßlos.

Ballard war voller Leben. Es sprudelte aus dem Boden, schwebte in den Bäumen und hing in der Luft wie wunderschöne Musik.

Die Kinder rannten durch die Gegend, lachten und spielten, während ihre Eltern in geselliger Runde aßen und tranken und die Ältesten am Feuer hockten und tratschten. Ein ungewohnter Schmerz pochte in meiner Brust, während Fisher mich zu einem kleinen, grasbewachsenen Hang in der Nähe des Feuers führte und mir zu verstehen gab, dass ich mich setzen sollte. Dieser Ort war ein *Zuhause.* Die Bewohner von Ballard wurden nicht unterdrückt. Niemand ragte einschüchternd über ihnen auf oder drohte ihnen mit dem Tod, wenn sie sich nicht fügten. Die Lebensmittel und das Wasser, das sie zum Überleben brauchten, waren nicht so rationiert, dass sie nicht wussten, ob sie es von einem Tag zum nächsten schaffen würden. Und hier gab es keinen Krieg. Keine Vampire. Keinen Malcolm. Keinen Belikon.

»So was habe ich mir immer für Hayden gewünscht, als er noch klein war«, platzte ich unwillkürlich heraus. »Einen friedlichen und sicheren Ort, an dem er sich hätte entfalten können.«

Fisher schlang die Arme um die gebeugten Knie und schaute in seinen Bierkrug, während er über meine Worte nachdachte. »Das könnte ihm noch immer gelingen«, sagte er leise. »Allem Anschein nach hat Swift ihm einen guten Job und eine Bleibe besorgt.«

»Wenn das doch nur ausreichen würde, um Hayden zu bändigen«, sagte ich wehmütig. »Mein Bruder war als Kind völlig auf sich allein gestellt. Er ist im Grunde genommen verwildert. Außerdem hat er eine schwere Spielsucht, die ihm schon vier Knochenbrüche eingehandelt hat. Falls ich es jemals nach Hause schaffe, wäre es ein Wunder, wenn ich ihn noch lebend vorfinde.«

Ohne mich anzusehen, erwiderte Fisher: »Das wirst du. Es nach Hause schaffen, meine ich. Ich kann nicht garantieren, dass dein Bruder noch lebt, aber …«

»Danke für die beruhigenden Worte, aber bitte verzeih mir, wenn ich nicht gleich vor Erleichterung in Jubel ausbreche. Bestimmt erinnerst du dich daran, dass ich noch den Transmutationsprozess lösen und Tausende von Ringen in Reliquien verwandeln muss. Und das …«, fügte ich müde hinzu, »erscheint mir immer mehr wie eine Lebensaufgabe.«

Fisher seufzte und grub den Absatz seines Stiefels ins Gras. »Ich werde dir dabei helfen«, verkündete er.

»Entschuldige mal, aber hast du gerade gesagt, dass du mir bei meiner Arbeit helfen wirst? Hab ich das richtig verstanden?«

Er verzog das Gesicht. »Wenn ich dir in der Schmiede helfe, haben wir vermutlich sogar eine reelle Chance, das Ganze erfolgreich zu Ende zu bringen. Das bedeutet auch, dass ich mich nicht länger mit Danyas ständigen Todesdrohungen herumschlagen muss.«

»Du glaubst also nicht, dass sie dich in der Schmiede aufsuchen und angreifen würde?«

»Um mich anzugreifen, muss sie mich erst mal finden«, antwortete er.

Zugegeben, ich war keine großmütige Gewinnerin. *»Ich habe es dir ja gleich gesagt«* gehörte zu meinen Lieblingssätzen, aber ich wollte nicht zu sehr darauf herumreiten. »Schon komisch, aber es scheint fast so, als hättest du völlig *unrecht* gehabt, als du meintest, dass der ganze Schlamassel mit deinen Freunden bis zum nächsten Morgen vergessen sein würde«, sinnierte ich. »Ich glaube nicht, dass Danya dir jemals verzeihen wird, dass du einfach so verschwunden bist.«

Eigentlich hatte ich eine bissige Antwort darauf erwartet, aber Fisher lächelte nur traurig. Er trank einen Schluck Bier, wobei der warme orangefarbene Schein des Feuers seine Gesichtszüge in Bronze tauchte und seine mitternachtsschwarzen Locken in ein dunkles, warmes Braun verwandelte. »Ich weiß nicht, was du meinst. Danya ist längst wieder die Alte, charmant und fröhlich wie immer.«

Er hatte einen Scherz gemacht. Es konnte nicht anders sein.

Niemand hätte sie so lange ertragen, wenn sie wirklich immer so aggressiv war.

Eine Weile lang schwiegen wir einfach, tranken unser Bier und sahen den Musikern beim Spielen zu. Um uns herum feierte Ballard ausgelassen. Es dauerte nicht lange, bis eine Gruppe junger Fae-Mädchen die ersten Runden um das Feuer drehte, wobei sie hinter vorgehaltener Hand kicherten und verstohlene Blicke in Fishers Richtung warfen. Sie sahen aus, als wären sie in Menschenjahren etwa zwölf oder dreizehn Jahre alt – im schwierigen Alter zwischen der Kindheit und dem Chaos der Pubertät. Aber ich hätte nicht sagen können, wie alt sie in Fae-Jahren waren.

Da Fisher bisher noch keine einzige bissige Bemerkung gemacht hatte, beschloss ich, eine Frage zu riskieren. »Wie altert ihr hier? Eure Kinder? Ihr lebt alle so lange, aber … kommt man auf die Welt und bleibt dann hundert Jahre lang ein Kind, oder …?«

Er schüttelte den Kopf. »Ein Kind ist verwundbar. Schwächer als ein Erwachsener. Zu anfällig für Angriffe von Raubwesen. Unsere Nachkommen altern doppelt so schnell wie Menschenkinder. Mit ein- oder zweiundzwanzig sind wir ausgewachsen. Danach verlangsamt sich der Alterungsprozess dramatisch.«

»Raubwesen?«

»In den vergessenen Winkeln dieses Reichs lauern viele finstere, hungrige Kreaturen, kleine Osha. Mindestens vier verschiedene Arten von Banshees ernähren sich von den Seelen der Jüngsten. Deren pulsierende Lebenskraft ist einfach zu stark, als dass sie ihr widerstehen könnten. Dazu kommen Geister, Meerjungfrauen mit Sägezähnen und eine Fülle von Höhlenbewohnern, die gern aus dem Boden hervorbrechen und alles verschlingen, was in ihren Rachen passt. In dieser Gegend muss man wirklich höllisch aufpassen.«

Bei den Göttern! Ich hatte ja geahnt, dass Yvelia voller Gefahren steckte, aber mir war nicht klar gewesen, wie gefährdet jeder Einzelne hier war.

»Auch die Pflanzenwelt kann sich als tückisch erweisen, mit giftigen Stacheln und fleischfressenden Blütenknospen. Wenn sie dich nicht umbringen, hinterlassen sie auf jeden Fall eine Narbe. Und natürlich …«, fuhr Fisher fort, und seine Augen verfinsterten sich, »ist da noch Malcolm.« Er sagte nicht *»die Vampire«.* Er sprach von *»Malcolm«,* als wäre der bleiche Schemen mit dem silbernen Haar, den ich auf der anderen Seite des Flussufers gesehen hatte, allein für den Tod und die Zerstörung verantwortlich, die seine Horde hinterließ. »Wenn man ihm freie Hand ließe, würde sein Hass allein diese Welt auslöschen.«

Eine kalte Brise wehte heran, schlängelte sich mit eisigen Fingern über meinen Rücken und ließ mich frösteln. Im ersten Moment dachte ich, der Wind hätte aufgefrischt, aber die Luft wirkte plötzlich seltsam still, als würde die Welt den Atem anhalten.

Wechsle das Thema, Saeris. Um Himmels willen, wechsle das Thema.

»Du erregst ganz schön viel Aufsehen«, sagte ich in meinen Bierkrug hinein und trank dann einen Schluck.

»Hmm?«

Demonstrativ schaute ich zu der Schar junger Mädchen, die ihre vierte Runde um das Feuer drehten und noch immer hoffnungsvolle Blicke in Fishers Richtung warfen. »Ich glaube, diese kleine Gruppe fragt sich, ob der Gebieter von Cahlish auf der Suche nach einer *Gebieterin* von Cahlish ist«, sagte ich neckend.

Okay, ich war nicht davon ausgegangen, dass Fisher diese Bemerkung *gefallen* würde, hatte aber angenommen, er würde zumindest wissen, dass ich einen Scherz gemacht hatte. Doch seine Hand umklammerte seinen Krug fester, und er zog unangenehm berührt die Schultern hoch. »Nenn mich nicht so. Ich bin nicht der Gebieter von Cahlish«, stieß er hervor.

»Aber … das ist doch dein Titel. Bist du nicht der einzige Sohn deines Vaters?«

»Das spielt keine Rolle. Ich bin nicht …« Er verstummte, setzte neu an: »Ein Gebieter hat die Aufgabe, über sein Volk zu wachen. Es zu beschützen. Zu verteidigen. Ihm einen sicheren Ort zum Leben zu schaffen. Aber weißt du, wo sie jetzt sind? Die Leute, die früher auf meinem Land lebten?«

Ein furchtbarer Zorn brannte in seinen Augen, als er mich ansah. Ich wusste, dass mir seine nächsten Worte nicht gefallen würden, aber ich antwortete trotzdem: »Keine Ahnung.«

»Sie sind auf der falschen Seite des Darn, gierend nach dem Blut ihrer eigenen Kinder«, sagte er verbittert. »Oder sie haben ihre Häuser verlassen und sind weggezogen, damit ihnen nicht die ganze sanasrothische Horde mitten in der Nacht die Tür eintritt. Einhundertzehn Jahre. Ich habe sie *einhundertzehn Jahre* lang allein gelassen. Ren und die anderen haben alles in ihrer Macht Stehende getan, um die Flut aufzuhalten. Es ist nicht ihre Schuld. *Ich* hätte sie beschützen müssen. *Ich* habe sie im Stich gelassen. Deshalb verdiene ich es nicht, Gebieter von Cahlish genannt zu werden. Ich gebiete über gar nichts.«

Die Arroganz, die er sonst wie einen Plattenpanzer trug, war verschwunden. Die aufgesetzte Fassade, die Mauern, die zwischen ihm und der Außenwelt standen, verschwunden. Das Silber in seinem Auge pulsierte, reflektierte das Licht des Feuers, unerbittlich wie immer, und schenkte ihm keine Ruhe. Es tat weh, ihn so zu sehen, zerrissen von einer Trauer, die – wie ich jetzt erkannte – direkt unter der Oberfläche der steinernen, gleichgültigen Fassade saß, die er der Welt präsentierte.

Meine Kehle schmerzte. Am liebsten hätte ich den Arm ausgestreckt und seine Hand genommen, aber ich war mir nicht sicher, wie er reagieren würde. Würde er diesen kleinen Trost akzeptieren? Oder würde er mir hämisch ins Gesicht lachen? Meine eigenen Abwehrmechanismen regten sich – und meine Mauern waren genauso hoch wie seine und ebenso dick. Wenn er sich jetzt umdrehte und mich dafür verspottete, dass ich ihm in irgendeiner Form eine Stütze sein wollte, würde ich diese Zurückweisung kaum unbeschadet überstehen.

Doch dann sagte ich mir: *Nur Mut*. Und außerdem: *Scheiß auf ihn*. Wenn er auf Freundlichkeit mit Grausamkeit reagierte, dann hatte er es verdient, unglücklich und allein zu sein. Ich holte tief Luft und wollte gerade nach seiner Hand greifen, als …

»Warum hast du nichts gesagt?«, fragte er und wandte sich mir zu.

»Das wollte ich gerade! Ich habe nur … Ich habe nur noch mal überlegt!«

»Das meine ich nicht.« Er schnaubte. »Sondern die Nacht vor ein paar Tagen. Was passiert ist. Zwischen uns.«

Ah! *Das* musste er nicht genauer erklären. Ich musterte sein Gesicht, während mein Puls wie verrückt raste. »Du hast sehr deutlich gemacht, dass es für dich eine einmalige Sache wäre«, antwortete ich langsam. »Du hast keinen Zweifel daran gelassen, dass du mich hassen könntest und trotzdem mit mir vögeln wolltest. Und ich gehöre nicht zu den Leuten, die immer wieder nach etwas greifen, an dem sie sich verletzen. Deshalb habe ich nichts gesagt. Was hätte das für einen Sinn gehabt? Hättest du mir eine Tasse Tee gemacht und mir zugehört, während ich versucht hätte, dich davon zu überzeugen, was für ein tolles Paar wir abgeben könnten?«

Er schnaubte abschätzig.

»Ganz genau.«

»Ich …« Fisher suchte sichtlich nach den richtigen Worten – ein seltsamer Anblick. »Ich hasse dich nicht«, stieß er schließlich hervor – und atmete hörbar aus, als ob ihn das Eingeständnis viel Überwindung gekostet hätte. »Aber es gibt Dinge, die du nicht verstehst. Dinge, die es mir *unmöglich* machen …«

»Die Sterne seien gepriesen, ich hatte also doch recht!«, erklärte plötzlich eine raue Stimme.

Keiner von uns hatte die Gestalt bemerkt, die sich uns von der anderen Seite des Feuers genähert hatte. Eine Frau stand vor uns, das runzlige Gesicht vom Alter gezeichnet. Es war schwer zu sagen, wo eine Falte anfing und eine andere aufhörte. Sie war klein für eine Fae und groß für einen Menschen – obwohl ich nicht sagen konnte, welchem Volk sie angehörte. Irgendwie machte sie auf mich den Eindruck, als könnte sie ein Mensch sein. Doch dann lächelte sie breit und zeigte ein Paar abgenutzte, aber noch immer längliche Eckzähne, und die Frage nach ihrer Herkunft war geklärt. »Ich behalte den Himmel immer im Auge«, krächzte sie. »Seltene Vögel sind hier in der Gegend äußerst rar, aber ich wusste, dass ich eines Tages Glück haben würde, wenn ich nur lange genug Ausschau halte.«

Fisher setzte ein Lächeln auf – überzeugend, auch wenn es nicht ganz seine Augen erreichte. Dann hievte er sich stöhnend auf die Beine, als wäre er nicht der vermutlich gefährlichste Krieger in ganz Yvelia, auf dem Höhepunkt seiner Macht, und als würden stattdessen seine alten Knochen schmerzen. Zu meiner Überraschung schlang er die Arme um die alte Frau und umarmte sie kräftig.

»Guten Abend, Wendy«, sagte er.

Sie drückte ihn fest an sich und schubste ihn dann theatralisch von sich weg. »Guten Abend, Wendy? Komm mir nicht mit ›*Guten Abend, Wendy*‹. Jahr für Jahr habe ich diese verfluchten Kekse für dich gebacken, und du bist nicht ein einziges Mal hier aufgetaucht, um sie zu essen. Niemand sonst mag sie, du frecher Mistkerl. Was für eine Verschwendung von Zutaten!«

Fisher betrachtete sie mit ernstem Blick, aber dann kam endlich die echte Wärme zum Vorschein, die seinem Lächeln vor Sekunden noch gefehlt hatte, und seine Augen funkelten vor Vergnügen. »Es tut mir leid, Wen. Das war furchtbar unhöflich von mir. Ich schulde dir eine Entschuldigung.«

Sie boxte ihn auf den Oberarm – den höchsten Punkt seines

Körpers, den sie erreichen konnte. »Du schuldest mir *Geld*!«, rief sie. »Weißt du, wie teuer Zucker heutzutage ist?«

Und Fisher lachte. Lachte aus ganzem Herzen. Der Klang war voll und tief und sorgte dafür, dass sich tief in meinem Inneren etwas regte und aufmerksam aufsetzte. Damals, als ich im Winterpalast einen Wasserkrug in die Hand genommen und mir zum ersten Mal ein Glas eingeschenkt hatte, hatte ich geglaubt, dass der Klang dieser rauschenden, *kostenlosen* Flüssigkeit bis zu meinem Tod mein Lieblingsgeräusch sein würde. Aber ich hatte mich geirrt. Der Klang von Fishers echtem Lachen war wertvoller, als es das Wasser von Zilvaren je hätte sein können – und es trieb mir fast die Tränen in die Augen.

»Ich werde mein Bestes tun, um einige dieser Handelslinien wieder zu öffnen«, versprach Fisher.

Wendy brummte und zog ein so mürrisches Gesicht, dass ich ebenfalls fast lachen musste. »Bemüh dich nicht. Die Händler bringen heutzutage zu viele schlechte Nachrichten mit ihren Waren. Wir kommen besser ohne aus.« Sie packte Fisher an der Taille und drückte ihn, als würde sie auf dem Markt ein Stück Obst inspizieren. »Aber wo auch immer du gewesen bist, man hat dich nicht richtig ernährt. Kommt mit. Ich habe zwei Plätze an meinem Tisch reserviert, und zwei große Schüsseln Rindereintopf warten schon auf euch.«

»Danke, Wendy.«

Sie warf ihm einen tadelnden Blick zu. »Und ganz bestimmt hast du nicht deine Manieren vergessen und wirst mich nicht zwingen, mich deiner hübschen kleinen Begleiterin selbst vorzustellen, Kingfisher vom Ajun-Tor.«

Fisher wurde blass, seine Lippen öffneten sich, und einen Moment lang wirkte er sprachlos. Aber ich war schon aufgestanden und streckte Wendy die Hand entgegen. »Ich heiße Saeris Fane. Ich bin …«

»Ah, ein Zilvaren-Mädchen! Bei den Göttern!« Wendy packte mich an den Schultern, hielt mich fest und musterte mich von Kopf bis Fuß. »Ich habe es gespürt! Ich wusste es in dem Moment, als sich die Portale wieder öffneten, und ich konnte spüren, wie du hindurchgegangen bist. An jenem Tag lag ein *Sirren* in der Luft.«

»Es freut mich sehr, dich kennenzulernen«, antwortete ich.

Hatte sie tatsächlich gespürt, dass ich das Portal passiert hatte? War das überhaupt möglich? Yvelia war ein Land voll unerwarteter Magie und einzigartigen Wesen. Die alte Frau hatte nur einen Blick auf mich geworfen und gewusst, dass ich aus Zilvaren stammte. Das allein war schon ziemlich beeindruckend.

Wendy kniff die Augen leicht zusammen und betrachtete mich unter halb gesenkten Lidern, und ihre Lippen öffneten sich langsam. »Hmm.« Sie *beschnüffelte* mich.

»Also mehr als nur eine Begleiterin?« Wendy warf Fisher einen tadelnden Seitenblick zu.

»Sie ist eine Freundin«, sagte Fisher ohne einen Hauch von Gefühl in der Stimme. »Und nur vorübergehend hier. Sie wird bald nach Zilvaren zurückkehren, wo sie ihr Leben wiederaufnimmt und alles vergisst, was hier passiert ist.«

Wendy nickte, noch immer mit leicht geöffnetem Mund. Sie machte nicht den Eindruck, als würde sie ihm glauben. »Tatsächlich?«

»Hast du nicht etwas von Eintopf gesagt?« Obwohl Fisher Wendy gegenüber nicht so reizbar war wie mir gegenüber – irgendwas sagte mir, dass er damit bei ihr nicht durchgekommen wäre –, wirkte er von Minute zu Minute angespannter.

Doch Wendy hatte Mitleid mit ihm und ließ die Sache auf sich beruhen. »Genau, Eintopf! Und Karobkuchen und Kartoffeln und Karotten mit Honigglasur! Ihr zwei verlasst Ballard erst, wenn ihr aus allen Nähten platzt und keinen Bissen mehr in euch hineinbekommt. Folgt mir.«

Wendy hatte nicht übertrieben. Sie schaufelte uns wieder und wieder die Teller voll und wechselte dabei zwischen herzhaften und süßen Gerichten, sobald sie sich daran erinnerte, dass es noch dieses geräucherte Fleisch oder jenen Nachtisch gab, den wir unbedingt probieren mussten.

Ich trank mehr, als ich sollte – wenn man bedachte, wie viel Whisky ich zwei Nächte zuvor mit Lorreth in mich hineingeschüttet hatte. Aber das Bier war nicht sehr stark und sorgte nur für ein angenehm warmes Gefühl im Magen.

Und auch Fisher ließ sich ohne Widerstand seinen Bierkrug regelmäßig nachfüllen, wie ich überrascht feststellte. Als er bemerkte, dass ich ihn dabei beobachtete, wie er seinen sechsten Krug leerte, zog er fragend eine Augenbraue hoch. »Was ist?«

»Ach, nichts. Ich dachte nur, du würdest nach zwei Krügen oder so abwinken und dann irgend so einen Spruch loslassen …« Ich räusperte mich und senkte die Stimme: *»Ein wahrer Krieger betäubt seine Sinne niemals mit Alkohol. Er muss immer für den Kampf bereit sein.«*

Fisher lehnte sich auf seinem Stuhl zurück. »Und *das* soll ich sein?«

»Definitiv«, antwortete ich.

»Blödsinn! So aufgeblasen klinge ich nicht.«

»Du klingst sogar noch schlimmer. Hey!« Eine winzige Pixie mit hauchzarten rosa Flügeln balancierte auf dem Rand meines Tellers und versuchte, einen meiner Bettell-Kekse herunterzurollen. Der Keks war fast so groß wie sie selbst und hätte sie erschlagen, wenn er auf sie gefallen wäre. Als ich nach dem Keks griff, beschwerte sie sich mit hoher, wütender Stimme. »Du wirst dir noch wehtun«, schimpfte ich. »Wie willst du mit dem schweren Ding fliegen?«

Ihre Antwort war schwer zu verstehen, aber ich war mir ziemlich sicher, dass ich die Worte »Kümmere dich« und »um deinen«

und »eigenen Kram« hörte, zusammen mit ein paar anderen, verdammt unverblümten Kraftausdrücken. Ich tat so, als wäre ich zutiefst beleidigt, brach dann aber den Keks in kleine Stücke und legte sie für sie auf einen Beilagenteller. »Hier, bitte. Das sollte jetzt besser zu schaffen sein. Gern geschehen.«

Die Pixie machte eine unhöfliche Handbewegung, schnappte sich aber ein Stück Keks und schoss damit in den Nachthimmel hinauf. Als ich mich wieder zu Fisher umdrehte, lehnte er träge gegen seine Stuhllehne und beobachtete mich aufmerksam. Ich sah, wie seine Mundwinkel zuckten, und nutzte die Gelegenheit, mich über ihn lustig zu machen.

»Du wirst doch jetzt nicht etwa lächeln, Kingfisher vom Ajun-Tor?«

»Und was wäre, wenn?«, entgegnete er in gleichmütigem Ton.

»Ich kann an einer Hand abzählen, wie oft ich dich hab lächeln sehen. Wenn ich den anderen im Lager davon erzähle, wird mir niemand glauben.«

Daraufhin lächelte er, langsam und wehmütig, wandte den Kopf ab und spielte mit seiner Gabel. »Sie werden dir glauben, kleine Osha. Sie alle haben mich schon oft lächeln sehen.«

»Nur nicht in letzter Zeit?«, flüsterte ich.

»Nein. In letzter Zeit nicht. In letzter Zeit ist mir das Lächeln ziemlich schwergefallen.« Sein Adamsapfel hüpfte auf und ab. »Aber allmählich wird es etwas leichter.«

Er wirkte ruhig, doch in seinen Schultern lag eine Anspannung, die ich im Gegensatz zu den anderen Dorfbewohnern sehen konnte. Das Silber in seinem Auge spielte verrückt. Ich presste meine Zungenspitze gegen die Innenseite meiner Zähne, damit ich den Moment nicht mit unpassenden Fragen verdarb, aber ich wusste, dass es ihn quälte. Es quälte ihn die ganze Zeit.

Annorath mor!

Annorath mor!

Annorath mor!

Die Stimmen kamen wie aus dem Nichts, laut und zu Tode verängstigt.

Annorath mor!

Annorath mor!

Annorath mor!

Lauter. Schneller. Immer lauter. Immer schneller.

Panisch klammerte ich mich an die Tischkante, während die Schreie mir den Atem raubten …

»Saeris? Kannst du mich hören, Liebes? Alles in Ordnung mit dir?«

Schlagartig kam Ballard wieder in Sicht. Mein Teller lag vor mir auf dem Boden, und das Gras war mit Bettell-Keksen übersät. Kingfisher starrte mich mit weit aufgerissenen Augen an. Wendy war diejenige, die sich voller Sorge an mich gewandt hatte. Ich saß einfach nur da, steif wie ein Brett, während sie mir den Handrücken auf die Stirn legte.

»Kein Fieber. Geht's dir gut, Saeris? Du schienst einen Moment lang nicht ganz bei Sinnen gewesen zu sein.«

»Ja. Mir geht's gut. Ich …« Ich schluckte schwer. »Mir war nur ein bisschen schwindlig, das ist schon alles.« Bei den Göttern: Das Ganze war nicht nur Fisher und Wendy aufgefallen. Eine Gruppe von Dorfbewohnern am Feuer hatte ihre Gespräche eingestellt und beobachtete uns. Und ein paar Fae-Frauen, die etwa zwanzig Schritte entfernt am Stamm der massiven Eiche lehnten, tuschelten ebenfalls leise und schauten mit besorgten Blicken zu uns herüber. Ich schluckte meine Panik hinunter und lächelte so überzeugend, wie ich nur konnte. »Wirklich, es geht mir gut, ganz bestimmt.«

Er weiß es. Er weiß, dass du gerade etwas gehört hast.

Die Stimme in meinem Hinterkopf hatte recht. Fisher war kreidebleich und wirkte beunruhigt, als er seinen Stuhl zurückschob, um meinen Teller aufzuheben. »Es war ein langer Tag«, sagte er und stellte den Teller zurück auf den Tisch. »Ich fürchte, wir haben zu viel gegessen und getrunken, und die Erschöpfung macht sich bemerkbar.«

Wendy nickte. »Natürlich, natürlich. Du weißt ja, wohin du musst, nicht wahr? Selbst wenn es schon eine ganze Weile zurückliegt. Oder hast du den Weg vergessen?«

Fisher lachte gutmütig und zog die alte Frau mit einem Arm an sich. »Auch wenn der Rest von mir nicht mehr perfekt ist: Mit meinem Gedächtnis ist alles in Ordnung«, versicherte er. »Gute Nacht, Wendy.«

Ich umarmte die Frau ebenfalls, und meine Augen brannten angesichts der mütterlichen Wärme in ihrem Gesicht. Und sie rief uns noch einen Gutenachtgruß hinterher, als Onyx bereits mit einem Bettell-Keks im Maul vor uns den Pfad hinauflief.

Ich nahm an, dass wir sofort nach Cahlish zurückkehren würden – nach meiner seltsamen Anwandlung wollte Fisher garantiert nicht hierbleiben. Doch er öffnete kein Schattentor und zerrte mich hindurch, sondern führte mich schweigend durch den Wald, vorbei an den malerischen Häusern, die den Pfad säumten. Ein paarmal ballte und lockerte er die Hände an seinen Seiten, bevor er sie schließlich in seine Taschen schob – offenbar wusste er nicht, was er mit ihnen anfangen sollte.

Die Waldwege waren kaum breit genug für einen kleinen Karren. Und sie lagen verlassen da, weil sich das ganze Dorf noch auf der Lichtung aufhielt und die Feierlichkeiten genoss.

Plötzlich blieb Fisher so abrupt mitten auf dem Weg stehen, dass ich fast gegen seinen Rücken geprallt wäre. »Diese Worte vorhin … Warum hast du sie gesagt?«, fragte er fordernd.

Hatte ich sie etwa laut ausgesprochen? Verdammt! »Ich weiß es nicht. Wirklich nicht. Sie kamen aus heiterem Himmel. Ich saß einfach nur da und hab dir zugehört, wie du etwas über dein Lächeln erzählt hast, und dann … *Bumm*. Ich konnte nichts anderes mehr hören. *Annorath mor. Annorath mor. Annorath m…*«

»Stopp!« Fisher hob seine Hand wie einen Schild. »Sag … das nicht. Bitte, sag das nicht.« Er war in meiner Gegenwart schon verärgert, wütend, aufgebracht, erregt und tausend andere Dinge gewesen, aber er hatte noch nie Angst gehabt.

»Das Quicksilver hat mir diese Worte eingeflüstert, als du mich im Winterpalast gezwungen hast, es in die Hand zu nehmen. Was genau bedeuten sie?«, hakte ich nach und trat auf ihn zu.

Im selben Moment machte er einen Schritt zurück und schüttelte den Kopf. »Es ist besser, wenn du nicht fragst. Ich kann es dir sowieso nicht sagen, also … lass es einfach.«

»Fisher …«

Plötzlich stürzte er auf mich zu und ergriff meine Hand. »Komm mit.«

Das Dorf flog förmlich an mir vorbei, während Fisher mich hinter sich herzerrte. In den Bäumen hingen überall glitzernde Lichter. Hübsche Teiche und Grasflächen mit Bänken säumten die Wege. Und noch immer lag Musik in der Luft, wenn auch in weiter Ferne, als er mich tiefer in den Wald hineinführte. Schließlich erreichten wir einen gepflasterten Platz mit einem kreisrunden Brunnen in der Mitte. Die Statue im Brunnen – eine Frau mit wallendem, wunderschönem Haar und einem herzförmigen, sanft lächelnden Gesicht – hielt eine steinerne Urne, aus der sich ein stetiger Wasserstrahl in das Becken zu ihren Füßen ergoss. Das Geräusch des rieselnden Wassers hätte beruhigend gewirkt, wenn Fisher nicht so aufgebracht gewesen wäre. Er stürmte über den Platz, wandte den Kopf von der Statue ab und steuerte auf eine unscheinbare rote Tür zwischen zwei kleinen Läden zu – allem Anschein nach eine Bäckerei und eine Schneiderei.

»Nicht so schnell, Fisher …« Ich stolperte fast über meine

eigenen Beine, als wir den Brunnen passierten. Dabei fiel mein Blick auf die kleine Messingtafel am Fuß der Frau, und plötzlich traf mich eine schmerzliche Erkenntnis. Jetzt wusste ich, warum mir die Statue so bekannt vorkam: Sie sah Everlayne erschreckend ähnlich. Und sie hatte dieselben hohen Wangenknochen wie Kingfisher. Oder besser gesagt, *er* besaß *ihre* hohen Wangenknochen.

Edina von den Sieben Türmen. Gebieterin von Cahlish.

Kingfishers Mutter.

Er hatte erzählt, dass sie ihn als Kind hierhergebracht hatte. Sie war für die Bewohner von Ballard von großer Bedeutung gewesen. Gleiches galt auch für Fisher – aber das war mir schon klar geworden, bevor Wendy ihn tadelte, weil er sich so lange nicht hatte blicken lassen. Die Dorfbewohner hatten sich zwar sehr zurückgehalten, aber sie alle waren sich seiner Anwesenheit nur allzu bewusst. Fisher war hier kein Fremder, war vermutlich nie einer gewesen, und jetzt öffnete er die Tür zu einem Gebäude auf dem Platz, weil er einen verdammten *Schlüssel* dafür hatte.

»Komm.« Er zeigte auf die offene Tür. »Lass uns reingehen. Es wird kalt.«

Die Temperatur war eine lächerliche Ausrede. In Cahlish war es viel kälter als in Ballard, und dort lief er bloß in einem Hemd und einer Hose herum, ohne auch nur mit der Wimper zu zucken. Allerdings verstand ich, warum er ins Haus wollte, und ich hatte nicht vor, ihn aufzuhalten.

Hinter der Tür befand sich ein schmales Treppenhaus, das jedoch nur ein einziges Geschoss hinaufführte. Die Kerzen in den Wandleuchtern flackerten auf, und Kingfisher bedeutete mir voranzugehen. Ich machte einen Schritt auf die Treppe zu, aber Onyx, wie immer neugierig, zwängte sich zwischen meinen Füßen hindurch, weil er als Erster oben sein wollte. Seine Krallen kratzten über die Holzdielen, während er die Stufen hinaufhüpfte.

Die Luft roch nach Staub und Verwahrlosung. Oben angekommen war ich plötzlich von Geistern umgeben, doch bevor ich in Panik geraten konnte, flammten weitere Kerzen am anderen Ende des Raums auf, und ich erkannte, dass die unheimlichen weißen Gestalten gar keine Geister waren. Es handelte sich nur um große Möbelstücke, über die man Staubschutztücher drapiert hatte.

Sogar die Bilder an den Wänden waren abgedeckt. Drei große Fenster gingen auf den kleinen Platz und den Brunnen hinaus, aber Fisher durchquerte bereits das bescheidene Wohnzimmer und zog die schweren burgunderroten Samtvorhänge zu – wodurch er jeden Blick auf die sanftmütig wirkende Frau versperrte, die Wasser aus ihrer Urne goss.

Das hier war keine Wohnung, die Fisher für eine Nacht gemietet hatte. Diese Wohnung gehörte Fisher. Vermutlich war sie einst im Besitz seiner Mutter gewesen, und jetzt gehörte sie ihm.

Langsam schlenderte ich durch den Raum und strich mit der Hand über die Schutztücher. Onyx' Nase klebte förmlich am Boden, während er heftig schnüffelnd herumlief. Plötzlich nieste er explosionsartig, um dann gleich wieder weiteren Staub einzuatmen. Ich wollte gerade das Tuch von dem großen Gemälde über dem Kamin herunterziehen, als Fisher mein Handgelenk festhielt.

»Nicht«, sagte er und fügte dann etwas sanfter hinzu: »Nicht heute Abend.«

Warum waren wir überhaupt hier? Das Ganze musste für ihn wie das Herumstochern in einer offenen Wunde sein. Dabei war er derjenige, der mich nach Ballard gebracht hatte. »Das Bad ist dort drüben«, sagte er und deutete auf einen Durchgang zu unserer Linken. »Dort sind auch zwei Schlafzimmer. Ich werde das kleinere nehmen. Das war ohnehin mein Zimmer.«

Zwei Schlafzimmer. Er schlief in seinem eigenen Zimmer. Ich sollte in dem anderen schlafen. Das überraschte mich nicht. Fisher würde sich vielleicht dazu herablassen, mich zu ficken, aber ich machte mir keine Illusionen darüber, ob er im selben Zimmer mit mir schlafen wollte.

»Danke. Oh, Mist.« Ich zuckte zusammen. »Meine Tasche liegt noch auf der Lichtung. Die hab ich total vergessen. Ich laufe schnell los und hol sie.«

Aber Kingfisher streckte eine Hand aus, und seine Handfläche verwandelte sich in einen Kranz aus schwarzem Rauch, aus dem zuerst ein Stück Segeltuch auftauchte, das sich dann als die vergessene Tasche entpuppte. »Hier bitte«, sagte er leise. »Gute Nacht, kleine Osha.«

26

STAUB UND ASCHE

Schreie rissen mich aus dem Schlaf. Schreie, in denen blankes Entsetzen mitschwang – die Art von Laut, die eine Person kurz vor ihrer Ermordung hervorbrachte. Hektisch sprang ich aus dem Bett, prallte gegen ein Möbelstück und stieß mir den großen Zeh.

»*Fuck! Fuck, fuck, fuck!*« Ich kannte dieses Schlafzimmer nicht. Beim Betreten war es stockdunkel gewesen, und ich hatte das Bett bloß finden können, indem ich im Dunkeln herumgetappt war. Nur die Götter wussten, was für Hindernisse zwischen mir und der Tür standen. Wo die Tür überhaupt *war*. Die Schreie wurden lauter. Endlich fand ich den Türgriff und stolperte fast über einen hechelnden Onyx, der an mir vorbei aus der Tür sprintete. Ich folgte dem weißen Fleck seines Fells durch den Flur.

»Stopp! Nein. Ich sagte Nein! *STOPP!*«, schrie Fisher.

Ohne lange zu überlegen, riss ich die Tür auf und stürmte hinein. In diesem Raum waren die Vorhänge nicht zugezogen, und das

Mondlicht strömte durch die Fenster herein und tauchte alles in leuchtendes Silber. Fisher war nur mit einer Hose bekleidet und lag in der Mitte eines viel zu kleinen Betts, zitternd und mit schweißnasser Haut. Zuerst dachte ich, er hätte einen Albtraum, doch dann sah ich, dass seine Augen geöffnet waren und an die Decke starrten. Er blinzelte, und eine Träne lief ihm aus dem Augenwinkel, rann über seine Schläfe und verschwand in seinen Haaren.

»Fisher?«

Als er meine Stimme hörte, begann er zu zittern, ballte die Hände zu Fäusten und umklammerte das Laken. »Geh«, stieß er mit brechender Stimme hervor und beobachtete mich aus dem Augenwinkel. Aber sein Kopf auf dem Kissen rührte sich keinen Millimeter.

»Was ist los? Bist du …«

»Geh!«

»Ich kann nicht einfach gehen. Irgendwas stimmt nicht mit dir.«

»Ich komm schon klar. Ich …« Eine Woge des Schmerzes zuckte über sein Gesicht, seine Augen rollten zurück, und sein Rücken bäumte sich auf, während er einen bösartigen Fluch in Alt-Fae zwischen zusammengebissenen Zähnen hervorstieß. »Verflucht! Stopp! Stopp, stopp, stopp!«, schrie er. »Bitte! Hör auf …«

Der Anfall, der Krankheitsschub oder was auch immer ihm so viele Qualen bereitete, verebbte, und ich sah mit rasendem Puls zu, wie sein Körper auf die Matratze zurückfiel. In dem Moment, als sein Rücken das Bett erneut berührte, setzte das Zittern wieder ein.

»Ich werde jemanden holen. Das hier ist nicht normal«, verkündete ich fest entschlossen.

»Nein. Nein!« Fisher versuchte zu schlucken, aber das schien ihm zu große Schmerzen zu bereiten, also räusperte er sich stattdessen. »Es wird bald vorbei sein«, krächzte er.

»Wie bald?«

»In einer … einer Stunde. Vielleicht auch zwei. Ich … schaffe das schon.«

»Fisher, nein! Du brauchst Hilfe. Hier muss es doch einen Heiler geben.«

»Nein … bitte. Hol mir etwas Wasser. Das wird mir helfen. Und dann … geh wieder ins Bett. Schlaf … weiter …«

Ja, klar – als könnte ich weiterschlafen, während er im Zimmer nebenan vor Schmerzen schrie. Das konnte er vergessen. Aber er war so verdammt stur. »Ich bin gleich wieder da«, teilte ich ihm mit. Sämtliche Kerzen waren längst erloschen, und ich besaß keine Magie, die im Bedarfsfall einfach Flammen herbeizaubern konnte. Also machte ich mich auf die Suche. Im Wohnzimmer zog ich einen der Vorhänge auf und dankte den Göttern, dass das Mondlicht die Möbel und all die anderen Stolperfallen beleuchtete, die zwischen mir und der Küche standen.

In einem der Küchenschränke fand ich ein verstaubtes Glas, füllte es aus einem Krug auf der Anrichte und kehrte, so schnell ich nur konnte, zu Fisher zurück. Während meiner Abwesenheit war Onyx auf das Bett gesprungen, hatte sich an die Seite des Fae-Kriegers geschmiegt und den Kopf auf seinen Bauch gelegt. Er winselte, als ich das Zimmer betrat, und seine Augen wanderten von mir zu Fisher, als wollte er mir etwas mitteilen.

»Kannst du den Kopf heben?«, fragte ich.

»Nein. Ich kann mich nicht bewegen … kein einziges Glied.« Fisher schloss die Augen und kniff sie fest zusammen.

»Okay. Dann werde ich dir helfen.«

»Stell das Wasser einfach auf den Nachttisch. Ich … trinke es später.« Seine Stimme klang gepresst, und sein Körper war so angespannt, dass die Sehnen an seinem Hals und seinen Armen den Eindruck machten, als würden sie jeden Moment reißen.

»Ich lasse dich hier nicht so liegen, du Idiot.« Resolut kletterte ich auf das Bett und hob seinen Kopf hoch. Es kostete mich erhebliche Mühe, meine Hände unter seine Schultern zu schieben und seinen Oberkörper so weit anzuheben, dass ich hinter ihn rutschen konnte. Anschließend lehnte ich mich mit dem Rücken gegen das Kopfbrett und bugsierte ihn so, dass sein Kopf auf meinem Bauch ruhte und meine Beine rechts und links von seinem Rumpf zu liegen kamen. Als ich ihm das Glas an die Lippen führte und ihm vorsichtig etwas Wasser in den Mund goss, protestierte er nicht. Es dauerte eine ganze Weile, bis er schluckte, aber schließlich leerte er das ganze Glas.

»Du kannst jetzt gehen. Ich glaube, es ist … bald vorbei.«

Er redete so eine Scheiße. Seinem Zittern nach hatte dieser Anfall gerade erst begonnen. »Ich gehe nirgendwo hin.«

Seine dunklen Locken klebten an seinen Schläfen. Unsere Blicke trafen sich, und mein Herz setzte zwei Schläge aus, als ich das Quicksilver in seinem rechten Auge sah: Es pulsierte, bedeckte fast die gesamte Iris und ließ nur einen Hauch Grün durchscheinen. »Wenn es sein muss … werde ich dich … zum Gehen zwingen«, stieß er hervor.

Mich zwingen? Er würde mich tatsächlich *zwingen*? Dieses verdammte Arschloch! Ich versuchte, ihm zu helfen, und er war wild entschlossen, mich wegzustoßen. Wie konnte er nur so nervig sein, obwohl er außer Gefecht gesetzt war und vor Schmerzen kaum sprechen konnte? Ich sah ihn fest an. »Wenn du den Eid, zu dem du mich überlistet hast, jetzt benutzt, um mich aus diesem Raum zu verbannen, werde ich dir nie verzeihen«, verkündete ich klar und deutlich, damit es keine Missverständnisse gab. »Ich werde einen Weg finden, dir das Leben zur absoluten Hölle zu machen. Und da wir schon mal hier sind und uns gerade so toll darüber unterhalten, lass mich dir noch was sagen: Du wirst mich nie wieder gegen meinen Willen zu irgendetwas zwingen. Ist das klar? Hast du mich verstanden?«

»Ich brauche nicht …«

»Ich meine es ernst, Fisher. Wenn du auch nur einen Funken Respekt vor mir hast, wenn dir auch nur das Geringste an mir liegt, dann wirst du mich *nie* wieder zu etwas zwingen. Hast du das verstanden?«

Er fuhr sich mit der Zunge über die Lippen und musterte mich eindringlich. Obwohl ich für sein Sichtfeld auf dem Kopf stand, musste er die Wut in meinem Gesicht erkannt haben, denn er schloss die Lider und nickte leicht. »Ich … habe dich verstanden.«

»Hervorragend! Und jetzt hör auf, mich wegschicken zu wollen. Ich bleibe.«

Ein weiteres Nicken. »In Ordnung.«

Die nächsten vier Stunden – nicht eine, nicht zwei, sondern *vier* – waren hart. Onyx verbarg die Schnauze unter der Bettdecke, sobald Fisher von einer weiteren Woge des Schmerzes erfasst wurde. Und ich hielt ihn fest, so gut ich nur konnte, wenn er sich aufbäumte. Aber das schien ihm nicht zu helfen, also gab ich ihn frei, sodass sich sein Körper ungehindert verrenken und zittern konnte. Die Kette um Fishers Hals klebte an seiner Haut, und der Anhänger mit den gekreuzten, von Ranken umwobenen Schwertern ruhte in seiner Kehlgrube, feucht vor Schweiß. Ich starrte auf das verfluchte Ding und fragte mich, warum zum Teufel es seine Aufgabe nicht erfüllte. Fishers Zustand wurde vom Quicksilver verursacht – daran bestand für mich kein Zweifel. Selbst wenn ich nicht gesehen hätte, wie stark es sich in seinem Auge ausgebreitet hatte, hätte ich es an dem Sprechgesang erkannt, der mir nicht mehr aus dem Kopf ging.

Annorath mor!

Annorath mor!

Annorath mor!

Wie ein Donner in meinen Ohren.

Ein düsteres Omen.

In den dunkelsten Stunden der Nacht, als die Wolken den Mond verdeckt haben mussten und sich tiefe Schatten im Raum ausbreiteten, beruhigte Fisher sich für eine Weile. »Erzähl mir etwas. Lenk mich ab«, bat er. »Manchmal beruhigt es meinen Geist, wenn … meine Gedanken woanders sind.«

Ich fuhr mit den Händen über seine Schultern und massierte seine angespannten Muskeln, genau wie während der letzten Stunde. Als die Tinte unter seiner Haut sich den Stellen näherte, an denen sich unsere Haut traf, überraschte mich das überhaupt nicht. Ich sah zu, wie sie meine Finger hinaufkletterte, zuerst Schnörkel bildete, dann Runen und schließlich zarte Muster, während sie sich nach oben bewegte. Gut möglich, dass sie morgen früh noch da war, aber das war mir im Moment egal. »Was soll ich dir erzählen?«, fragte ich.

»Irgendwas. Erzähl mir von deinem Leben … von früher.«

Einen Moment lang saß ich einfach nur da und kämpfte mit diesem Gedanken. Ich wusste nicht, wo ich anfangen sollte. Es gab eine Menge Dinge, über die ich nicht reden wollte. Viele Dinge, an die ich mich nicht erinnern wollte. Gefährliche Nischen in meinem Verstand, in die ich nicht zurückkehren wollte.

Fishers Kopf bewegte sich an meinem Bauch. »Warum runzelst du die Stirn?«, fragte er.

Ich blickte nach unten und stellte fest, dass er *mich* stirnrunzelnd musterte. Allerdings war seine Stirn nicht mehr schweißnass. Und auch das Zittern schien etwas nachgelassen zu haben. Eine Erleichterung.

»Keine Ahnung. Ich habe nur sehr wenige schöne und glückliche Erinnerungen an Zilvaren.« Während der vergangenen Stunden hatte ich Fishers Haut oft berührt, also dachte ich nicht mal darüber nach: Ich fuhr mit dem Finger über seine Stirn, seine Schläfe hinunter und strich ihm das nasse Haar aus dem Gesicht.

Er schloss die Augen; seine Wimpern waren fein und zart wie

schwarze Tintenstriche auf seiner blassen Haut. »Ich will keine schönen und glücklichen Erinnerungen«, flüsterte er. »Ich will die *Wahrheit*.«

Solch bedeutungsvolle Worte – und das ausgerechnet von einem Mann, der sich weigerte, mir die wahren Antworten auf meine Fragen zu geben. Die Vorstellung allein reichte, um ein Mädchen zum Schreien zu bringen. Aber mein Verdacht, dass Fisher irgendwie gebunden war und nicht antworten *konnte*, hatte sich irgendwann als Tatsache in meinem Kopf verfestigt. Und nun lag er in meinen Armen, unbeweglich und im wahrsten Sinne des Wortes verwundbar. Entblößt. Da konnte ich mich auch ein wenig verwundbar zeigen.

»Mein Vater starb, als ich zwei Jahre alt war. Ich kann mich nicht mal mehr an ihn erinnern. Meine Mutter war im vierten Monat mit Hayden schwanger, als es passierte. Eine Sanddüne stürzte auf einen Händlerstützpunkt in den Glas-Ebenen. Er wurde entweder erdrückt, oder er ist erstickt, eins von beidem. Und als unsere Familie sein Einkommen verlor, ging meine Mutter anschaffen, um uns am Leben zu erhalten«, sagte ich unverblümt. Das war in Zilvaren kein Geheimnis gewesen. Jeder hatte Iris Fane gekannt, entweder durch den Tausch von Münzen für ihre Zeit oder weil die anderen Mütter in unserem Bezirk sich lauthals darüber beschwerten, dass eine Frau mit lockerer Moral unter ihnen lebte. »Sie verkaufte ihren Körper in erster Linie für Essen und Wasser, aber sie verdiente auch etwas Geld. Ihre Kundenliste bestand hauptsächlich aus Gardisten. Madras Männer. An fünf Tagen in der Woche arbeitete sie in diesem Haus in der Nähe des Markts. Dem *Haus der Kala*. Die Wirtin beschäftigte Sicherheitsleute, sodass die Frauen, die dort arbeiteten, in den Räumlichkeiten sicherer waren als auf der Straße. Ein einziger Schrei aus einem der Schlafzimmer genügte, und schon traten fünf riesige Mistkerle die Tür ein und verprügelten denjenigen, der den Frauen

Ärger machte. Aber manchmal arbeitete meine Mutter auch von zu Hause aus. Um über die Runden zu kommen. Dann beobachtete ich die Wächter durch einen Spalt in ihrer Schlafzimmertür – die Gardisten, prächtig und stolz, in ihren goldenen Rüstungen.

Der Mann, bei dem ich in die Lehre gegangen bin … Elroy … er hat meine Mutter geliebt. Sie war wunderschön und voller … voller Feuer und Leidenschaft. Ab und zu kam er zu uns ins Haus, um Dinge zu reparieren. Aber er hat sie nie angefasst. So war er nicht drauf. Ich kann mich gar nicht erinnern, wie oft er sich um sie gekümmert hat, nachdem einer der Palastwächter sie bei uns zu Hause grün und blau geprügelt hatte …« Ich schüttelte den Kopf und wickelte gedankenverloren eine von Fishers feuchten Strähnen um meinen Finger.

»Da sie nicht wollte, dass ich in ihre Fußstapfen trete, nahm sie Elroy das Versprechen ab, mich zu gegebener Zeit in der Schmiede anzustellen. Ich war zehn, als ich das erste Mal seine Werkstatt betrat. Und meine Mutter … hatte zu diesem Zeitpunkt bereits begonnen, Waffen in den Bezirk zu schmuggeln. Es begann mit kleinen Metallresten. Mit Dingen, die man in Waffen *verwandeln* konnte. Anfangs hatte Elroy sie gern hergestellt. Nur Dolche. Kleine Messer. Meine Mutter verteilte sie zuerst an ihre Freundinnen im Kalas, damit sie sich schützen konnten, wenn sie von zu Hause aus arbeiteten. Aber dann brachte meine Mutter irgendwann Schwerter und Schilde mit nach Hause. Dinge, die ihren sicheren Tod zur Folge hätten, wenn man sie beim Handeln damit erwischte.«

Ich erinnerte mich nur ungern an das Klopfen an unserer Tür mitten in der Nacht, während meine Mutter im Kalas arbeitete. An die maskierten Männer, die mir schwere Jutesäcke in die Hand drückten und dann sofort wieder verschwanden. Aber ich zwang mich, Fisher davon zu erzählen: »Bald darauf ließ sie mich jeden Tag Gegenstände von unserem Haus zur Schmiede bringen. Die

Wächter schenkten einem schmächtigen Kind auf dem Weg zur Arbeit keine große Beachtung. Auf diese Weise vergingen mehrere Jahre, und meine Mutter machte mich schließlich mit allen möglichen Männern bekannt …«

Fishers Atem ging nun stoßweise. Er hatte sich allmählich entspannt, doch jetzt versteifte er sich wieder, und seine Nasenflügel blähten sich. Er sagte kein Wort, aber ich wusste, was er dachte.

»Nein, nicht diese Art von Männern. Sie haben mich nie angefasst. Aber sie zeigten mir, wo die Eingänge zu verschiedenen Tunneln waren. Tunnel, die zu den unterirdischen Lagern führten, in denen Madra Wasserreservoirs angelegt hatte. Genug Wasser, um die ganze Stadt mehr als ausreichend zu versorgen. Die Männer zeigten mir, wie man die Tanks anzapft und hier und dort kleine Mengen entnimmt. Wie man Schlösser knackt und wie man klettert. Ich lernte, wie man mit Dolchen kämpft und wie man sie wirft. Gelegentlich blieb einer der Rebellen eine Weile im Haus, versteckt auf dem Dachboden, für eine Woche oder einen Monat. Manchmal auch zwei. Danach wurde er ausgewechselt, und ein neuer Rebell tauchte auf. Hayden wusste nichts davon. Er war zu jung, um das meiste zu verstehen, und er wusste nicht, dass er seinen Mund halten musste. Also lernte ich zu kämpfen und zu stehlen und mich um ihn zu kümmern, da unsere Mutter nur noch selten zu Hause war. Und so ging das eine ganze Weile. Ich verbrachte meine Tage in der Schmiede. Danach kümmerte ich mich um Hayden, kochte für ihn, hielt das Haus sauber. Und sobald er einschlief, zog ich los, um das zu stehlen, was wir zum Leben brauchten.«

»Wann hast du denn dann geschlafen?« Fisher kämpfte nicht mehr gegen die Schmerzen an. Seine Stimme klang eher so, als hätte er Mühe, wach zu bleiben.

»Eigentlich gar nicht. Ich habe kurze Nickerchen gemacht, wann immer ich konnte, und … keine Ahnung. Ich habe einfach weitergemacht.«

»Klingt übel.«

»Ja, das war es auch. Und es wurde noch schlimmer. Meine Mutter begann, wütend zu werden. Sie hatte es satt, von den Männern, die sich für so viel besser hielten als sie, wie Dreck behandelt und erniedrigt zu werden. Also weigerte sie sich, Gardisten weiterhin als Kunden zu akzeptieren. Einigen ihrer Stammkunden, die immer zu uns ins Haus gekommen waren, gefiel das nicht. Eines Morgens, vor sechs Jahren, verließ meine Mutter das Haus und machte sich auf den Weg zum Kalas. Aber sie hatte ihre Wasserration vergessen: Sie stand auf dem Küchentisch, eine ganze Flasche. Meine Mutter hatte nicht mal einen Schluck davon getrunken. Ich wusste, ohne die Flasche würde sie den ganzen Tag kein Wasser bekommen, also schnappte ich sie mir und lief ihr nach. Kurz darauf entdeckte ich sie auf dem Platz, wo sie bereits auf den Knien lag. Der Gardist, den sie in der Nacht zuvor abgewiesen hatte, stand selbstgefällig da, während seine Untergebenen ihre Taschen durchsuchten. Sie fanden zwei Messer bei ihr. Winzige, sinnlose Dinger. Die Klingen waren nicht mal zehn Zentimeter lang, aber das spielte keine Rolle.«

»Weil das Tragen einer Waffe im dritten Bezirk mit dem Tod bestraft wird«, flüsterte Fisher.

»Ich habe gesehen, wie sie ihr die Kehle aufgeschlitzt haben«, sagte ich. »Keine Verhaftung. Keine Verhandlung. Die Dreckskerle lieben es, ihr Urteil an Ort und Stelle zu vollstrecken. Das spart vermutlich Zeit und Energie. Meine Mutter starb mit dem Gesicht voran im Sand, in der sengenden Hitze, während fünf Männer ihr auf die Haare und den Rücken pissten. Und dann ließen sie sie einfach dort liegen. In dem Moment, als sie weg waren, rannte ich zu ihr. Drehte sie um. Schüttelte sie.« Ich zuckte die Schultern. »Aber sie war schon tot. Da ich sie nicht allein tragen konnte, musste ich zur Schmiede rennen und Elroy holen. Als wir zum Platz zurückkehrten, standen unsere Nachbarn schon dort, um sie herum, und spuckten ihr ins Gesicht. Elroy schlug einen Mann nieder, der versuchte, ihr die Kleider vom Leib zu reißen.«

»Wo ist das Problem? Sie war eine dreckige, von Krankheiten verseuchte Hure. Ihr war es egal, dass die Welt ihre Titten zu sehen bekam. Wie wär's, wenn ich sie jetzt bezahle?«

Der Mann hatte eine abgewetzte Münze auf den Bauch meiner Mutter fallen lassen und ihr dann in die Rippen getreten. Daraufhin hatte Elroy ihm den Kiefer gebrochen. Doch diesen Teil erzählte ich Fisher nicht. Es gab Erinnerungen, die man in Worte fassen konnte, selbst wenn man das Gefühl hatte, dabei innerlich zu sterben. Und dann gab es Erinnerungen, die sich *nicht* in Worte fassen ließen. Das, was dieser Mann über meine Mutter gesagt hatte, würde ich gegenüber niemandem wiederholen.

»Wir verbrannten sie am nächsten Morgen in den Dünen, eine Meile von den Glas-Ebenen entfernt. Die Luft war so heiß, dass sie mir die Nasenlöcher versengte. Hayden verlor das Bewusstsein, und Elroy musste ihn nach Hause tragen. Aber ich blieb und beobachtete den Scheiterhaufen, bis meine Mutter nur noch Staub und Asche im Wind war. Als ich schließlich nach Hause stolperte, fand ich unser Haus verrammelt vor, die Tür und die Fenster mit Holzbrettern zugenagelt. Auf dem Mauerwerk leuchtete ein großes schwarzes X. Unser Haus war das erste, das unter Quarantäne gestellt wurde. Aber es folgten bald weitere. Eine Woche später veranlasste Madra, dass der gesamte Bezirk zwangsisoliert wurde. Kein Rein- oder Rauskommen mehr. Madras Männer behaupteten, der Bezirk sei von einer Seuche befallen.«

Jene Tage waren ferne, verschwommene Albträume, die mich sowohl im Schlaf als auch im Wachzustand heimsuchten. Haydens Trauer hatte sich sehr schnell in Wut verwandelt. Er gab unserer Mutter die Schuld für den Verlust unseres Zuhauses. Seine Freunde hatten ihm irgendwann erzählt, dass sie im Kalas nicht hinter der Theke gearbeitet hatte. Einige hatten ihm sogar gesteckt, dass ihre eigenen Väter Iris Fane für den Gegenwert eines Krugs mit billigem Bier gevögelt hatten. Daraufhin hatte mein Bruder auf jede erdenkliche Weise rebelliert, und als er damit fertig war, hatte er sich dem Glücksspiel zugewandt.

»Du bist bei Elroy geblieben?«, fragte Fisher. Er rieb sich die Stirn, massierte die Stelle zwischen seinen Augenbrauen, und ich registrierte, dass er sich jetzt bewegen konnte. Allerdings hatte er sich nicht vom Fleck gerührt und lehnte noch immer an mir. Als er seine Hand wieder senkte, legte er sie auf meinem Bein ab. Eine tröstliche, vertraute Geste.

»Nein. Wenn Elroy uns aufgenommen hätte, hätten die Gardisten eins und eins zusammengezählt und erkannt, dass er die Dolche hergestellt hatte, die meine Mutter an diesem Tag bei sich trug. Ich wollte ihn nicht gefährden, also sind Hayden und ich einfach untergetaucht. Wir suchten uns andere Dachböden zum Schlafen. Meistens über den Schenken, wo ein bisschen Lärm in der Nacht nicht auffallen würde. In der Zeit schlich ich mich in der Schmiede ein und aus, damit niemand erfuhr, dass ich dort arbeitete. Die Dinge, die mir die Rebellenfreunde meiner Mutter beigebracht hatten, hielten uns am Leben. Wir kamen irgendwie zurecht.«

Ich hatte so vieles ausgelassen. Lange Nächte mit heftigen Streitereien. Nächte, in denen wir in der brütenden Hitze auf harten Böden schliefen und nichts die Strahlen der Zwillingssonnen jenseits der Fenster fernhielt. Unendlicher Hunger und ein Durst, der nie gestillt wurde. »Wir kamen zurecht« war eine großzügige Umschreibung für das Leben, das wir führten, nachdem dieser Dreckskerl meiner Mutter die Kehle aufgeschlitzt hatte.

Fisher drehte sich schließlich um und legte den Kopf auf sein Kissen. »Komm her«, sagte er.

»Was?«

»Zwing mich nicht, dich hier runterzuziehen.« In seiner Stimme lag ein müder, aber spielerischer Unterton.

Er wollte, dass ich mich neben ihn legte. Verdammt! Darüber würde ich morgen früh nachdenken müssen, denn eine ungekannte Woge der Erschöpfung erfasste mich, als ich auf dem Bett weiter nach unten rutschte und zum ersten Mal seit Stunden meine gefühllosen Beine wieder ausstreckte. Dabei achtete ich darauf, mich so hinzulegen, dass kein Teil meines Körpers Fisher berührte. Doch er brummte verärgert und schlang einen Arm um meine Schultern. Dann legte er eine Hand auf meinen Bauch und zog mich eng an sich heran, sodass mein Rücken dicht an seiner Brust lag. Die Wärme, die von seinem Körper abstrahlte, war einfach himmlisch. Ich spürte, wie sein Herz an meinem Rücken schlug – langsam und gleichmäßig, im Takt mit dem sanften Heben und Senken seines Brustkorbs. Irgendwo am Fußende des kleinen Betts gähnte Onyx wohlig und schmiegte sich tiefer in die Decken.

Das hier war … neu.

Anders.

Fisher schob seine Finger unter den Saum meines Hemds und legte sie auf meine Haut. Allerdings keine sexuelle Geste. Einfach nur ein Kontakt zwischen einer Person und einer anderen. Erdend. Intim. Eine Verbindung.

»Meine Mutter ist auch umgebracht worden«, flüsterte er mit belegter Stimme. »Das haben wir gemein, kleine Osha.«

Ich wollte ihn fragen, was er damit meinte, doch er war bereits eingeschlafen.

27

MARKIERT

Als ich aufwachte, war es noch immer dunkel. Ich brauchte einen Moment, bis ich mich daran erinnerte, wo ich war und wer sich so eng an mich schmiegte. Dann lag ich da, vollkommen ruhig, atemlos und mir nur allzu sehr der Tatsache bewusst, dass Fishers harter Schwanz sich in meinen Hintern bohrte und er mit ziemlicher Sicherheit wach war. Ich hatte schon mit genug Leuten das Bett geteilt, um an der Atmung zu erkennen, ob jemand bei Bewusstsein war oder nicht. Und Fishers Atem ging nicht flach wie bei jemandem, der noch schlief, sondern tief und viel zu gemessen. Außerdem fühlte er sich hinter mir irgendwie angespannt an.

Er wird aufstehen und das Schlafzimmer verlassen.

Er wird sich umdrehen und mir sagen, dass er mich nicht hier haben will.

Er wird irgendeine Gemeinheit von sich geben, damit ich *verschwinde.*

Nervös stellte ich mir ein schreckliches Szenario nach dem anderen vor, bis sich meine Gedanken überschlugen … Doch nichts von alldem passierte. Fishers Hand befand sich noch immer unter meinem Hemd, aber sie hatte sich im Schlaf entspannt und halb geschlossen. Während der Nacht hatte sich der Stoff, mit dem ich meine Brüste gebunden hatte, gelöst und war hochgerutscht, und jetzt streiften Fishers Knöchel die Unterseite meiner linken Brust. Ganz langsam, aber mit eindeutiger Absicht, spreizte er seine Finger und presste seine Handfläche gegen meine Rippen. Als er mit den Fingerkuppen an der Unterseite meiner Brust entlangfuhr, sie dabei nur hauchzart berührte, sog ich, von plötzlicher Panik erfasst, die Unterlippe zwischen meine Zähne, und mein Puls beschleunigte sich.

Seine Berührung war eine Frage.

Willst du das hier?

Ich konnte meine Antwort auswählen. Wenn ich die Schultern hochzog und mich von ihm entfernte, würde er seine Hand wegnehmen und mich freigeben, das wusste ich genau. Wir würden beide aufstehen und unserem Tagewerk nachgehen, und das war's dann. Zwischen uns würde sich eine Tür schließen.

Oder …

Oder …

Scheiß drauf.

Ich wollte nicht, dass sich die Tür schloss.

Langsam und zitternd atmete ich aus, wölbte den Rücken und presste meinen Hintern gegen Fishers Schwanz. Bei allen Göttern und Sündern, er war *so* verdammt hart. Fisher brachte ein raues Stöhnen hervor, sein Atem strich über meinen Nacken und verursachte mir eine Gänsehaut. Seine Finger pressten sich hart gegen meine Rippen, und ich schloss die Augen und genoss die Vorfreude auf das, was gleich passieren würde.

Und als gäbe es einen unausgesprochenen Vertrag zwischen uns, brach keiner von uns das Schweigen. Allerdings bewegte sich Fisher nur langsam, als wollte er mir Zeit geben, meine Meinung zu ändern. Dadurch, dass er seine Hüften vor- und zurückschob, zeigte er mir, *wie* hart sein Schwanz war und was er damit vorhatte.

Ich wusste bereits, wie es sich anfühlte, wenn er in mich eindrang, und trotzdem war es nicht so wie beim letzten Mal, als wir Sex hatten. Das hier versprach mehr. Die Spannung, die sich zwischen uns aufbaute, war von einer anderen Art Energie durchdrungen. Ich spürte, wie sie wie ein Energiefeld einen Millimeter über meiner Haut schwebte, überall gleichzeitig, brennend heiß, wo seine Hände über meinen Unterleib wanderten.

Ich wölbte meine Wirbelsäule, drückte sie an ihn und spürte einen heißen Schauer bis tief in mein Innerstes, als Fisher seine Stirn an meinen Hinterkopf legte und erneut stöhnte.

Ich wollte ihn. Viel mehr, als nach Hause zurückzukehren. Heilige Götter und Märtyrer, was war ich nur für eine Schwester? Hayden brauchte mich. Elroy brauchte mich. Aber in diesem Moment, als Fishers Geruch die ganze verdammte Welt überdeckte und mir jeden gesunden Menschenverstand raubte, war ich nicht fähig, mich deswegen schlecht zu fühlen. Für Schuldgefühle war später noch reichlich Zeit, aber im Moment …

Fishers Nase streifte mein Ohr, und ein Seufzer bahnte sich einen Weg aus meiner Kehle. Aber das Gefühl, das mich erfasste, als Kingfisher mir heftig ins Ohr atmete … das ließ sich nicht leicht erklären: Zuerst war da ein Schauer. Er begann in meinem Nacken und breitete sich aus, kribbelte an meinem Hinterkopf und suchte sich einen heiß-kalten Weg meine Wirbelsäule hinunter, wobei er sich wie ein hüpfender Stein über jeden einzelnen Wirbel fortsetzte. In dem Moment, als der Schauer mein Kreuzbein erreichte, verwandelte er sich in etwas anderes, wurde schwer. Eine tiefe Sehnsucht, die sich in meinem Bauch bildete, zunahm, tiefer sank und heftig gegen den Scheitelpunkt meiner

Oberschenkel klopfte, sodass ich meine Beine zusammenpressen musste.

Der Schauer.

Die Sehnsucht.

Dann das Verlangen.

Es tobte so heiß, dass es einen Strudel aus Energie, Lust und Begierde erzeugte, der so schnell in mir herumwirbelte, dass ich das Gefühl hatte, ich müsste vom Bett aufspringen und schreien oder auf etwas *einschlagen.*

Jetzt, jetzt, jetzt …

Begehren pochte in meinem Blut. Als könnte Fisher hören, wie es ihn lockte, griff er nach meiner Brust und bewegte sich *endlich* schnell – und gab *endlich* den Anschein auf, dass es vielleicht doch nicht passieren würde. Er zwirbelte meine Brustwarze und drückte seine Hüften so heftig nach oben, dass ich seine starke Erektion in meinem Rücken spürte. Ein scharfer Schmerzimpuls breitete sich zwischen meinen beiden Brüsten aus und wanderte zwischen meine Beine, und ich hatte das verdammte Gefühl, als würde er meine Klitoris und die empfindliche Knospe meiner Brustwarze zugleich reizen.

Ich wollte ihn anflehen, in mich einzudringen, scheute mich aber zu reden. Denn wenn wir jetzt unser Schweigen brachen, mussten zuerst andere Worte ausgesprochen werden. Die Ereignisse der letzten Nacht waren schrecklich gewesen, für ihn und für mich. Sie hatten die Dynamik zwischen uns unwiderruflich verändert, aber ich hatte nicht den Eindruck, dass einer von uns beiden schon bereit war, sich damit auseinanderzusetzen. Also presste ich die Lippen zusammen und lehnte mich an ihn, als er den anderen Arm unter mir hindurchschob und mich mit beiden Armen umfing. Während er mit einer Hand meine Brust knetete, riss er mit der anderen den Knopf an meinem Hosenbund ungestüm auf und schob sie in meine Hose.

Und als er mich dazu brachte, mich zu öffnen, und er seine Finger in meine benetzte Mitte tauchte, entdeckte er, wie feucht ich bereits war, und knurrte tief. Ein Laut so männlich und gefährlich, dass ich fast den Verstand verlor.

Fick mich. Bitte fick mich.

Nimm mich.

Nimm Besitz von mir.

Kingfishers Zähne knabberten an meinem Ohrläppchen, als er das geschwollene Nervenbündel zwischen meinen Beinen zu reiben begann, und mein Verstand zerbrach augenblicklich in tausend Splitter. Sein Mund. Seine Hände. Sein Schwanz. Das waren die einzigen Dinge, die noch zählten. Er wusste, wie er mich berühren musste. Wie er mich zur Raserei bringen konnte. Die Art und Weise, wie er meine Klitoris streichelte, wie er den perfekten Druck und die perfekte Bewegung fand, zeugte von den vielen Stunden, die er damit verbracht hatte, sich mit dem weiblichen Körper vertraut zu machen. Gut investierte Zeit, was mich betraf. Denn jetzt erntete ich all die Früchte dieser gesammelten Erfahrungen.

Schamlos drückte ich mich an ihn, nahm mir, was ich brauchte, und ritt auf seiner Hand, während er mich massierte.

Fick mich mit deinen Fingern.

Würge mich.

Halt mich fest und reite mich, bis ich schreie.

Fisher brachte einen animalischen, verzweifelten Laut an meiner Halsbeuge hervor – als könnte er meine Gedanken lesen und wüsste von all den schmutzigen Dingen, die ich mir von ihm wünschte. Und als wollte er sie ebenfalls mit mir machen. Er knurrte, riss seinen Arm unter meinem Hemd hervor und schloss seine Hand um meine Kehle.

Ich werde dich zum Betteln bringen, kleine Osha.

Ich werde jedes einzelne dieser hübschen kleinen Löcher dehnen.

Ich werde es dir so hart besorgen, dass du nie wieder einen anderen Mann willst.

Diese Worte hatte ich mir eingebildet. Hatte sie aus der Luft gegriffen und sie mir irgendwie in meinem Kopf mit seiner Stimme laut vorgestellt. Aber Fishers Körper versprach mir diese Dinge ganz offensichtlich, und ich wollte nicht länger warten.

Er zog mich noch enger an sich, sein Griff um meine Kehle wurde fester, sein Daumen grub sich in meinen Kiefer, und ich ließ meinen Kopf zurücksinken. Fisher presste sein Gesicht in meine Halsbeuge, stöhnte, und ein Gedanke schoss mir unaufgefordert durch den Kopf. Ein gefährlicher Gedanke.

Beiß mich.

Fisher schob seine Finger in mich hinein und atmete angespannt aus. Der Griff um meine Kehle verstärkte sich, und er schüttelte mich leicht, fast wie ein Tadel. Das Gefühl seiner Finger, die in mich eindrangen und meine feuchte Hitze erforschten, erschütterte mich so sehr, dass ich für einen Sekundenbruchteil an nichts anderes denken konnte als an diese Lust.

Bei den Göttern, wir waren noch immer bekleidet. Fisher trug zwar kein Hemd, aber noch immer seine Hose, und ich war vollständig angezogen. Plötzlich wollte ich unbedingt, dass wir beide nackt waren. Ich wollte seinen Körper an meinem fühlen. Wollte ihn überall spüren. Ich griff nach meinem Hemd, bereit, es irgendwie auszuziehen, ohne Kingfisher bei seinem Tun zu unterbrechen. Doch dann spürte ich ein Rascheln am ganzen Körper, und im nächsten Moment waren meine Kleider zerfetzt und fielen von meinem Oberkörper, meinen Armen und meinen Beinen. Und Fishers Hose war einfach *verschwunden.*

Ich hatte bekommen, was ich mir so verzweifelt gewünscht hatte. Unsere Körper trafen aufeinander. Unsere Beine verschränkten sich ineinander, unsere Haut war feucht vor Hitze. Fisher widmete mir erneut seine Aufmerksamkeit, ließ seine Finger in meine

Mitte ein- und ausfahren und rieb gleichzeitig mit dem Handballen meine Klitoris – was mich in einen regelrechten Rausch versetzte.

Ich bekam kaum noch Luft. Mein Kopf drehte sich, als er sein Gesicht wieder in meinen Haaren vergrub und erneut tief stöhnte.

Fick mich.

Bitte! Bei den Göttern, bitte fick mich einfach.

Ich möchte …

Ich brauche …

Fishers unterdrückter Schrei hallte durch das kleine Schlafzimmer. Er bewegte sich schnell und zog seine Finger gerade noch rechtzeitig aus mir heraus, um Platz für seinen steifen Schwanz zu schaffen. Aber im Gegensatz zum letzten Mal stieß er nicht sofort in mich hinein. Dieses Mal spürte ich, wie sich seine Eichel gegen mich presste … und dann den überwältigenden, erschütternden Moment, als er meinen Eingang passierte und nach oben zu stoßen begann.

Bei.

Allen.

Göttern.

Er …

Er drang so verdammt tief in mich ein. Ich …

Jeder Krieger in Irrín wird mich an dir riechen, dröhnte Fishers Stimme in meinem Kopf. *Ich werde dafür sorgen, dass du nur noch krächzen kannst, so laut wirst du meinen Namen schreien. Ich werde dich auf jede erdenkliche Weise markieren, damit jeder weiß, dass du mir gehörst.*

Heilige Scheiße!

Er …

War das …

Ich konnte nicht …

Fisher legte ein gnadenloses Tempo vor, stieß tief in mich

hinein, immer fester. Seine Hand lag noch immer zwischen meinen Beinen, seine Finger bearbeiteten meine Klitoris, während er mich vögelte. Er umfasste mich ganz und gar, voll und ganz, wahrhaftig. Ich war in seiner Umarmung gefangen, vollständig umfangen, und erbebte bei jedem seiner Stöße … aber da war noch eine Sache …

Beiß mich, Fisher.

Ein atemloser Gedanke. *Ich kann nicht …*

Beiß mich. Tu es! Ich will es!

Ich kann nicht!

BEISS MICH!

Der scharfe Stich seiner Eckzähne, die sich in meine Haut bohrten, ließ mich laut zischen. Ruckartig öffnete ich die Augen, und der Schock ließ meinen Herzschlag einen Sekundenbruchteil aussetzen, doch dann …

Ein ungekanntes Glücksgefühl überwältigte meine Sinne – wie Blitze in meinen Adern.

Fisher erstarrte, reglos wie eine Statue. Sein Atem ging schwer und schnell. Er hatte mich in die Schlüsselbeingrube gebissen, aber noch kein Blut aus der Wunde gesogen. Er wartete, obwohl ich nicht wusste, worauf genau.

Inzwischen drückte er mir nicht länger die Luft ab, und seine freie Hand lag jetzt wieder auf meiner Brust. Und dann strich er mit den Fingern langsam über meine Brustwarze, wobei er leicht und aufreizend meinen Warzenhof umkreiste. Meine Nervenenden explodierten, Euphorie schoss durch meinen Körper, bis ich mich regelrecht high fühlte. Und erst als ich nicht länger geradeaus denken konnte, zog er seine Hüften millimeterweise zurück und stieß dann seinen Schwanz bis zum Ansatz in mich hinein. Gleichzeitig spürte ich das erste Kribbeln an meinem Hals – sein erster kleiner Schluck von meinem Blut.

»*FUCK!*« Ich schrie laut auf, meine Augen rollten zurück, und das Crescendo der Lust brach wie ein Erdrutsch über mich herein. Ich wurde von ihr erdrückt. Sie zerschmetterte mich und ließ meine Seele singen. Das Ganze war besser als jede Droge, die ich je zuvor genommen hatte.

Ruhig. Nur die Ruhe. Nicht … bewegen.

Die Worte wirkten abgehackt. Verzweifelt. Sie waren in meinem Kopf, und ich … Ich hatte nicht die geringste Chance, ihnen zu gehorchen. In dem Moment, in dem Fisher wieder in mich eindrang und noch einen Schluck Blut trank, verlor ich jeglichen Stolz, griff nach hinten, packte seinen Kopf und drückte ihn, so fest ich nur konnte, auf meinen Hals.

Ruiniere mich.

Dieser Befehl reichte: Fishers Arme legten sich wie ein Schraubstock um meinen Körper, und er vögelte mich mit der Wucht all dieser Vorschlaghämmer, die auf die gefrorene Oberfläche des Darn eingeschlagen hatten. Und ich zerbrach viel leichter als der Fluss. Zerfiel in Stücke, und Fisher war das Einzige, was mich noch zusammenhielt. Mit jedem berauschenden Zug seines Mundes spürte ich, wie ich mich mit Licht füllte, bis ich strahlend wie eine Sonne leuchtete.

Nicht aufhören. Nicht aufhören …

Ich spürte, wie seine Begierde in ihm hochkochte. Auch er ertrank in diesem Verlangen. Jetzt nahm er mich härter, trank kräftiger, seine Arme so fest wie Stahlbänder um meinen Körper.

Und dann ging die Welt unter.

Die Existenz verschwand in einer tiefen Leere.

Die Sterne stürzten vom Himmel, und die Hölle hob sich ihnen entgegen.

Alles und nichts, hier und weg.

Jeder ekstatische Moment, den ich je erlebt hatte, verdichtet und millionenfach vervielfacht. Mein Körper wurde zu einer feurigen Fackel, und da war Fisher, der direkt neben mir brannte.

Er stieß wie rasend tief in mich hinein, stöhnte, riss dann seinen Mund von meiner Haut und brüllte, als würde er sterben.

Nein. Nicht so, als würde er sterben.

Als würde er *wiedergeboren* werden.

Nach und nach kehrte die Welt zurück wie Schneeflocken, die von der Decke rieselten. Es dauerte eine ganze Weile, bis mein Körper nicht länger zitterte. Wie beim Aufwachen lag Fisher hinter mir, reglos wie ein Toter, atemlos. Nur mit dem Unterschied, dass er sich dieses Mal mit aller Kraft an mir festhielt. Und mich nicht mehr losließ.

Frisches, warmes Brot. Buttrig. Köstlich.

Mein Magen knurrte, und meine Lider öffneten sich flatternd. Ich befand mich in Fishers Bett, an einen schnarchenden Fuchs gekuschelt. Onyx blinzelte träge mit den Wimpern, und ich hätte schwören können, dass er mit seiner kleinen Schnauze lächelte.

»Du stinkst«, teilte ich ihm mit und tätschelte seinen Kopf. »Du brauchst ein Bad. Keine weiteren Übernachtungen im Bett.«

Er fletschte die Zähne, legte die Ohren an, sprang vom Bett und verschwand durch die offene Schlafzimmertür. Vermutlich gefiel ihm die Aussicht auf ein Bad nicht besonders.

Seufzend und köstlich wund, sank ich wieder in die zerwühlten Kissen, starrte an die Decke und beobachtete die Staubpartikel, die durch die goldene Morgenluft wirbelten. Wo zum Teufel steckte Fisher?, fragte ich mich mit einem Anflug von Resignation. Wie ich ihn kannte, war er längst wieder in Irrín, halb durchgedreht und wütend. Und ich würde hier die nächsten drei Tage festsitzen, weil er nicht in der Lage war, seine verdammten Gefühle in den Griff zu bekommen. Langsam drehte ich den Kopf, und mein Atem stockte beim Anblick des winzigen getrockneten Blutstropfens auf dem Laken neben mir.

Mein Blut.

Fisher hatte mich gebissen.

Mein Verstand setzte aus, und ich ließ diese Information durch meinen Kopf schweben, versuchte erst gar nicht, sie zu verarbeiten. Wenn es um die Analyse all dessen ging, was seit dem Spiegelsaal passiert war, hatte ich offiziell den Punkt erreicht, an dem ich nicht noch mehr aufnehmen konnte. Das hier war nur eine weitere Sache, die sich an der Spitze einer sehr langen und verwirrenden Liste von Dingen befand, mit denen ich mich irgendwann auseinandersetzen musste. Im Moment wusste ich nur, dass ich es gewollt hatte. Ich hatte ihn darum angefleht, und, nebenbei bemerkt, Fisher und ich waren jetzt in der Lage, uns telepathisch zu unterhalten.

Da war er wieder: der Duft von frischem Gebäck und reichhaltiger Butter, aber dieses Mal vermischt mit einem zarten Hauch von Zucker. Und *Kaffee.* Der Gedanke an Kaffee brachte mich dazu, endlich aus dem Bett zu klettern. Steif und leicht schwindlig wickelte ich mich in ein Laken und machte mich auf die Suche nach der Quelle des Dufts.

Licht strömte in das Wohnzimmer. Da die Staubschutztücher nicht mehr auf den Möbeln und Gemälden hingen, wirkte der Raum mit den kleinen Schätzen, Büchern, Nippes und den Gläsern mit Kohlestücken und Pinseln auf dem Kaminsims jetzt gemütlich und wie ein Zuhause.

Fisher saß an einem runden Tisch am Fenster, die langen Beine vor sich ausgestreckt. Das hereinströmende Licht verwandelte das Schwarz seiner Haare in ein warmes Dunkelbraun, vergoldete eine Seite seines Gesichts, milderte die markanten Konturen seines Kiefers und seiner stolzen Nase. Er starrte aus dem Fenster und beobachtete, wie sich die Zweige des Baums auf der anderen Seite der Scheibe sanft im Wind wiegten. Er schien in Gedanken versunken zu sein. Sogar entspannt. Ein Teil von mir wollte sich nicht bemerkbar machen. Nachdem er in letzter Zeit so unruhig gewesen war, wollte ich, dass er diesen friedlichen Moment genoss. Außerdem war ich ein verdammter Feigling, wie sich herausstellte. Zwischen uns gab es noch immer Dinge, die angesprochen werden mussten, und ich hatte Angst vor diesem Gespräch. Das Ganze konnte nur schlecht enden, und …

Fisher schloss die Augen und ließ das Sonnenlicht über sein Gesicht schweifen. »Ich wusste nicht, wie du deinen Kaffee trinkst«, sagte er leise.

Mist. »Wie lange weißt du schon, dass ich hier bin?«

Er lächelte traurig. »Ich weiß *immer*, wo du bist, kleine Osha.« Dann öffnete er die Augen, drehte sich um und sah mich an. Und sein Lächeln bekam eine gefährliche Note, als er mich eingehend betrachtete.

»Ich hätte mich ja angezogen«, erklärte ich, »aber in der Tasche, die du für mich gepackt hast, befand sich keine Kleidung. Ich weiß deine Absicht zwar zu schätzen, aber vier verschiedene Wurfmesser, ein Verbandskasten und eine Flasche Whisky waren vielleicht etwas zu viel des Guten. Ein sauberes Paar Unterwäsche und eine Zahnbürste wären schön gewesen.«

Meine Bemerkung entlockte ihm ein Lachen. »Gutes Argument. Und notiert: Beim nächsten Mal nur zwei Messer und einen Flachmann. Dazu Unterwäsche und eine Zahnbürste.«

Ich lachte leise. »Ich war ja durchaus bereit, die Sachen von gestern anzuziehen, aber dann fand ich sie im Bett, vollkommen zerfetzt.«

»Keine Sorge. Ich werde mein Fehlverhalten mit Freuden korrigieren.« Mit einer Handbewegung zauberte Fisher eine schimmernde Rauchwolke herbei. Sie breitete sich über den Teppich aus, direkt auf mich zu, und umkreiste meine Knöchel wie eine freundliche Katze, die gestreichelt werden will. Dann stieg der Rauch meine Beine hinauf, ließ meine Haut vor Wärme kribbeln und hinterließ luxuriöse schwarze Seide: eine weite Hose und ein hübsches Trägerhemd, mit feiner Spitze am tiefen Ausschnitt und lang genug, um meinen Bauch zu bedecken – wenn auch nur knapp. Doch anscheinend hatte Fishers Magie mir keine Unterwäsche beschert: Meine spitzen Brustwarzen waren durch den durchsichtigen Stoff deutlich sichtbar.

Ich zog eine Augenbraue hoch und schaute dann an meiner Brust hinunter. »Stellst du dir oft vor, dass ich so was trage?«

»Wenn ich mir dich vorstelle, kleine Osha, dann trägst du *sehr* selten überhaupt irgendwelche Kleidung.«

Oh. Wow! Okay. Blut schoss mir in die Wangen, und eine angenehme Wärme breitete sich auf meinem Gesicht aus. Ich senkte den Kopf, sah auf meine nackten Füße hinunter und nahm mir einen Moment Zeit, um mich an den Gedanken zu gewöhnen, dass Fisher an diesem Morgen kein unerträglicher Mistkerl war. Die Tatsache, dass er noch immer hier saß, war schon eine Überraschung, aber diese Erkenntnis kam wie ein Schock, auf den ich nicht vorbereitet war.

»Komm und setz dich. Iss etwas«, sagte er.

Okay, dazu war ich definitiv in der Lage. Denn ich hatte einen Bärenhunger. Ich setzte mich rechts von ihm an den Tisch, damit ich während des Frühstücks aus dem Fenster sehen und dem Dorf beim Aufwachen zuschauen konnte. Fisher grinste verhalten, als ich mich über den Tisch beugte und mich auf die kleinen Gebäckstücke, die mit Vanillepudding gefüllten Törtchen und das klein geschnittene Obst stürzte.

»Was denn?«

»Nichts, nichts«, versicherte Fisher mit einem Lachen in der Stimme.

»Soll ich mich auf die andere Seite setz… Bei den Göttern! *Fisher!* Was zum …?« Ich spürte, wie mir sämtliches Blut aus dem Gesicht wich. Was zum Teufel war das an meinen Händen? Bestürzt ließ ich das kleine Gebäckstück fallen, das ich mir genommen hatte, und Onyx hechtete los und fing es aus der Luft auf, bevor es den Boden berühren konnte. Fassungslos streckte ich meine Hände aus. Die Tätowierungen, die mir in den frühen Morgenstunden so egal gewesen waren, befanden sich noch immer auf meiner Haut. Nur mit dem Unterschied, dass es jetzt mehr waren. Viel mehr. Reihen kleiner Runen zogen sich über jeden meiner Finger, zarte Schriftzeichen schlängelten sich um meine Handgelenke und über meine Unterarme. Und ich hatte keine Ahnung, was zum Teufel da stand. Als mein Blick auf meine Handrücken fiel, wurde mir endgültig schwindlig. Das Muster auf meiner linken Hand wirkte einfach. Relativ simpel. Die feinen Linien waren ineinander verschlungen und bildeten eine Form, die fast einer Blume ähnelte, wenn man lange genug darauf starrte. Aber das Muster auf meiner rechten Hand …

Diese Tätowierung war größer und bedeckte meinen gesamten Handrücken. Außerdem waren die Linien kräftiger, wanden sich umeinander und bildeten eine Vielzahl von Knoten, die ich nicht mal mit dem Auge unterscheiden konnte. Es handelte sich nicht nur um eine einzige Rune, sondern um viele, ineinander verwobene und einander überlagernde Gebilde. Eine der Runen war nicht mal schwarz; sie bestand aus einem schillernden, dunklen Blaugrünton, der im Licht metallisch blitzte.

Sogar Fisher schluckte schwer, als er all die neuen Tattoos betrachtete, die ich in dieser Nacht dazubekommen hatte.

Anklagend streckte ich ihm die Hände entgegen. »Meine Mutter wäre damit *nicht* einverstanden gewesen!«

Lobenswerterweise lachte er mich nicht aus. Er nahm seine Kaffeetasse, zog ein ernstes Gesicht und trank einen Schluck. Anschließend umfasste er meine linke Hand und studierte die Runen an meinen Fingern mit ausdrucksloser Miene. Nur seine Augenbrauen zuckten, als er meinen Arm hin und her drehte und die Schrift las, die mein Handgelenk umfing. Doch als er mit einem Finger über die blumenartige, größere Rune auf meinem Handrücken fuhr, wurden seine Gesichtszüge vollkommen undurchdringlich.

Nachdenklich begutachtete er die Tätowierung auf meiner rechten Hand – viel zu lange für meinen Geschmack. Ungeduldig saß ich da, meine Gedanken überschlugen sich, und ich konnte mich einfach nicht beruhigen.

Sag was. Sitz nicht einfach so da und runzle die Stirn. Na los, sag was!

Fisher schnaubte leise. »Ich denke nach«, erwiderte er. »Gib mir eine Minute.«

»Oh, fuck! Das war also echt? Du kannst tatsächlich meine Gedanken lesen?« Ein Hauch von Hysterie schwang in meiner Stimme mit.

»Nein, ich kann deine Gedanken nicht lesen«, entgegnete er und blickte für einen Sekundenbruchteil zu mir hoch. »Aber ich kann dich hören, wenn du direkt mit mir sprichst. Das ist schon alles.«

»Das ist schon alles? Das ist schon *alles*?!«

»Atme tief durch, kleine Osha«, mahnte Fisher. »Dein Herz rast.«

»Mir geht's gut«, log ich.

Fisher zog eine sehr nachdenkliche Miene. Irgendetwas schien ihn zu verwirren. Als er meine rechte Hand zu sich drehte, legte er sogar den Kopf schräg, um einen anderen Blickwinkel auf die vielschichtige Rune zu bekommen.

»Was … was hat das alles zu bedeuten?«, fragte ich nervös.

Fisher atmete tief durch und schaute hoch. »Eigentlich nicht viel.« Er nahm eines der mit Vanillepudding gefüllten Törtchen, drehte meine Hand um, legte es in meine Handfläche und gab mich frei. »Hier. Iss das. Dein Blutzucker ist niedrig.«

»Mein Blutzucker ist niedrig? Was …? Fisher, *was bedeuten die Tattoos*?«

Er seufzte und lehnte sich auf seinem Stuhl zurück. Jetzt tauchte ihn das warme Licht, das durch das Fenster hereinfiel, erneut in Gold. Er war atemberaubend. »Das linke Tattoo bedeutet *Gesegnete*«, sagte er beiläufig. »Die auf den Fingern …« Er zuckte die Schultern und blickte viel zu lässig an die Decke. »Sie bedeuten alle möglichen Dinge.«

»Geht's vielleicht noch etwas vager?«

»Na ja, ich könnte es ja mal versuchen …«

»Fisher!«

»Okay, okay. Viele der Tätowierungen sind miteinander verbunden. Hell. Dunkel. Silber. Stahl. Erde. Luft. Feuer. Wasser. So was in der Art. Alchemistenkram.«

Alchemistenkram? Die Art und Weise, wie er das sagte … es klang so, als sollte das als Erklärung reichen und ich sollte damit zufrieden sein. Aber ich hatte noch mehr Fragen. Viel mehr Fragen. Und eine war dringender als alle anderen. Ich hob meine rechte Hand und zeigte auf die Mutter aller Runen, die dort auf meiner Haut schimmerte. »Was zum Teufel bedeutet *diese* hier?«

Fisher erwiderte meinen Blick. »Das ist eine schwierige Frage. Darauf kann ich dir keine endgültige Antwort geben. Noch nicht.«

»Da steckt Magie drin, oder?«

»In allen steckt Magie«, antwortete er lässig und biss kräftig in sein eigenes Frühstück. »Wenn du sie nicht behalten willst …«

»Wie soll ich wissen, ob ich sie behalten will, wenn ich nicht mal weiß, was sie *bedeuten*?«

»Es tut mir leid. Du hast recht. Hier.« Er bedeutete mir, ihm meine Hände zu geben. Im nächsten Moment kroch eine eisige Kälte über meine Haut, und die Tattoos verblassten der Reihe nach, bis selbst die komplexe, vielschichtige Rune verschwunden war.

Benommen starrte ich ihn an. »Aber …«

»Sie sind nicht für immer weg«, sagte er kurz angebunden.

»Ich … Du kannst deine Meinung später noch ändern, wenn du willst. Dir bleibt ein Monat oder so. Wenn du dich in den nächsten Wochen entschließt, sie zu behalten, gebe ich sie dir zurück.«

»Aber was ist, wenn ich nach diesem Monat entscheide, dass ich solche coolen Hand-Tattoos haben möchte? Kann ich mir dann jedes Mal, wenn wir miteinander schlafen, ein anderes Design aussuchen oder so?«

Fisher lachte trocken und schüttelte den Kopf. »Nein. Die Markierungen sind für dich speziell ausgewählt und lösen sich nach einem Monat auf. Wenn du dich entscheidest, sie nicht anzunehmen, verschwinden sie für immer.«

Ich ließ diese Aussage eine Weile im Raum stehen, weil ich wusste, dass er mir etwas verschwieg. Eine ganze Menge sogar. Aber mir fehlte die Kraft, weiter nachzuhaken. Also biss ich in das Törtchen und betrachtete die ganze Tinte, die noch immer auf seiner Haut schimmerte. »Was bedeuten deine?«, fragte ich nach einem Moment.

»Meine?«

»Deine Tattoos. *Deine* sind nicht verschwunden.«

»Oh.« Er schaute an sich hinab. »Tja. Unsere Runen sind kompliziert. Aber sie haben durchaus eine Bedeutung. Diese hier …«, setzte er an und hielt seine linke Hand hoch, »bedeutet *Rache.*« Er hob die andere Hand. »Und diese hier bedeutet *Gerechtigkeit.*«

»Was ist mit der da?«, fragte ich und zeigte auf die große, wirbelnde Tätowierung auf seinem Unterarm.

»Opfer«, antwortete er mit belegter Stimme.

»Warum ist sie so viel größer als die anderen?«

Fisher betrachtete die Rune, dann zog er langsam den Ärmel seines Hemds herunter und bedeckte sie. »Du kannst dir vermutlich denken, warum«, sagte er leise.

Er hatte recht. Ich hatte die Frage schon in dem Moment bereut, als ich sie stellte. Die größte Tätowierung auf Fishers

Arm bedeutete Opfer, weil *er* so viel geopfert hatte oder opfern musste …

Die Runen waren eine Art Prophezeiung. Sie erzählten seine Geschichte. Eine Geschichte, über die er nicht unbedingt gern sprach. Irgendwann vielleicht mal. Aber nicht im Moment …

Ich wechselte das Thema und zeigte auf das kleine Vogel-Tattoo unterhalb meines Schlüsselbeins. »Du hast mir gesagt, dass du *das* nicht zurücknehmen kannst.«

Jeglicher Humor verschwand aus Fishers Gesicht. Wie aus dem Nichts wurde das Sonnenlicht schwächer, und der Raum verdunkelte sich mit Schatten, die sich aus allen vier Ecken über die Wände ergossen. Ich wusste sofort, dass sich etwas verändert hatte. Die gemeinsame Zeit beim Frühstück war vorbei. Fisher stand auf und schob seinen Stuhl sorgfältig wieder unter den Tisch. »Nein, *das* kann ich nicht zurücknehmen«, sagte er steif. »Und das tut mir leid.«

»Es muss dir nicht leidtun. Inzwischen hänge ich ziemlich daran. Ich dachte nur, da du die hier entfernt hast …« Bei den Göttern, ich stotterte unzusammenhängend.

»Nicht entfernt. Nur versteckt. Jedenfalls vorerst.« Er schenkte mir ein angespanntes Lächeln. »Wir müssen bald aufbrechen. Auf deinem Bett liegen frische Sachen für dich bereit. Außerdem hab ich dir ein Bad eingelassen. Ich gehe jetzt zu Wendy, um mich zu verabschieden. Wenn ich zurück bin, brechen wir auf.«

Ich ließ Fisher gehen, weil ich wusste, dass ich nichts sagen konnte, um die gelöste Stimmung wiederherzustellen. In dem Schlafzimmer, in dem ich *eigentlich* hätte schlafen sollen, ließ ich meinen wunden Körper in das heiße Schaumbad sinken und dachte noch mal über alles nach, was ich gesagt hatte. Doch erst als ich nackt und tropfend auf dem Teppich vor dem großen, verzierten Spiegel an der Wand stand, wurde mir klar, was den Stimmungsumschwung in der Küche verursacht hatte: Nur wenige

Zentimeter über dem Vogel-Tattoo befanden sich zwei kleine rote Punkte. Sie waren schon fast zugewachsen, taten nicht mal weh.

Nein, das *kann ich nicht zurücknehmen. Und das tut mir leid.*

Fisher hatte nicht von der Vogel-Tätowierung gesprochen.

Er hatte die Bisswunde an meinem Hals gemeint.

28

EINE EINFACHE BITTE

– Wismut. Galmei. Zinnober
– Graphit. Kalk. Kalkspat
– Zinnchlorid. Kupferchlorid. Markasit
Ergebnis: Keine Reaktion

Als Carrion am späten Nachmittag in die Schmiede stürmte, stand ich hinter dem Gebäude bei den Wasserbecken und schleuderte Bechergläser gegen den Berghang. Ich zog eine finstere Miene und versuchte, meinen Unmut über seine Anwesenheit mit einer Grimasse statt mit Worten auszudrücken. Und wie ich Carrion kannte, verstand er sehr gut, was ich meinte. Aber es war ihm scheißegal. Er holte eine Dose aus der Tasche seines sehr warm aussehenden Mantels und zündete sich einen Zigarillo an. Dann bot er mir einen an, doch ich schüttelte den Kopf und schleuderte ein weiteres Becherglas gegen die Felsen.

Ein kräuterartiger, warmer Geruch erfüllte die kalte Luft. »Was machen wir hier?«, fragte er.

»Wonach sieht's denn aus?« Das Becherglas, das ich gerade geworfen hatte, flog zwar nicht so hoch die Felswand hinauf, explodierte aber trotzdem in einem beeindruckenden Hagel aus Glasscherben.

»Darf ich mitmachen?«

Ich rollte mit den Augen.

»Prima.« Carrion schob sich seinen Zigarillo zwischen die Zähne und wählte einen dicken Glaskolben mit rundem Boden aus der Kiste, die ich hierhergeschleift hatte. Dann schleuderte er das Ding mit aller Kraft, und der Rundkolben machte einen ganz ordentlichen Bogen, bevor er abwärtssegelte und gegen die Felsen prallte. Der daraus resultierende Scherbenhagel war einer der bisher besten. »Tja, das hat sich ziemlich gut angefühlt«, sagte er und blies eine dicke Rauchwolke aus. »Willst du mir sagen, *warum* wir das tun?«

»Zerstörung«, antwortete ich.

Carrion nickte und legte den Kopf schräg. »So gut wie jeder andere Grund. Gefällt mir.«

Ich schnappte mir die beiden kleineren Glaskolben aus einem alten Destillierapparat und drückte einen davon Carrion an die Brust. »Halt die Klappe und wirf.«

Er lachte, kam meiner Aufforderung aber nach und ließ das Glas durch die Luft fliegen. Ich warf meins zur gleichen Zeit, und die beiden Kolben prallten mit einem donnernden Knall gegen die Felsen.

»Ich nehme an, du hattest heute kein Glück mit deinen Versuchen?«, fragte Carrion.

Bei den Göttern, kapierte er es denn nicht? Ich war nicht in der Stimmung, meine Misserfolge zu diskutieren. Außerdem hatte ich mir den Arm verbrannt, was die Sache nicht gerade besser machte. »Offensichtlich nicht. Und dieses *verdammte* Quicksilver …«

»Hast du Probleme, es dazu zu bringen, sich zu verflüssigen und herumzurollen?«

»Nein. Ich kann seinen Zustand jetzt sehr gut ändern, muss kaum noch darüber nachdenken. Ich sage ihm einfach, dass es eine Flüssigkeit sein soll, und dann verwandelt es sich in eine Flüssigkeit. Das Problem ist nur, dass es sich über mich lustig macht.«

Carrion schnaubte. »Es macht sich über dich *lustig*?«

»Ja! Es lacht jedes Mal, wenn ich versuche, etwas Neues damit zu kombinieren. Das reine Silber nimmt es an, aber sobald ich etwas anderes hineinschütte, verbrennt diese Beimischung, noch bevor sie die Metalle berührt. Und das Quicksilver lacht sich tot!«

»Es kann doch nicht empfindungsfähig sein«, wandte Carrion skeptisch ein.

»Und ob es empfindungsfähig ist! Du würdest nicht daran zweifeln, wenn du hören könntest, was ich hören kann.«

Carrion nickte und sog an dem Zigarillo, an dessen Ende die kirschrote Glut hell aufflackerte. »Hast du die Möglichkeit in Betracht gezogen, dass du verrückt sein könntest?«

»Ja, das habe ich tatsächlich«, antwortete ich säuerlich. »Aber in Fishers Büchern in Cahlish stand, dass viele Alchemisten berichteten, sie könnten das Quicksilver hören.«

»Dann sind vielleicht *alle* Alchemisten verrückt. Vielleicht ist ein gewisser Grad an Wahnsinn eine Grundvoraussetzung für die Arbeit mit diesem Zeug.«

Ich schnappte mir einen weiteren Glaskolben aus der Kiste, warf ihn und knurrte vor mich hin. »Hör zu, wenn du mir nicht helfen willst … Du siehst ja, dass ich hier beschäftigt bin.«

»Ja, klar. *Das* seh ich.«

Blitzschnell drehte ich mich um und hob einen weiteren Glaskolben über den Kopf, bereit, ihn nach ihm zu werfen.

Doch Carrion hob kapitulierend die Hände. »Okay, okay. Entschuldigung. Zugegeben, ich bin nicht in der Absicht hergekommen, dir zu helfen, aber … Du sagst, du hast keine Probleme damit, das Quicksilver von einem Zustand in den anderen zu bringen? Weil du es bittest, sich zu verändern. Richtig?«

»Richtig.«

»Hast du dann mal daran gedacht, es einfach zu *bitten,* mit dem reinen Silber zu verschmelzen?«

»Pah! Mach dich nicht lächerlich. Natürlich nicht!«

»Warum nicht?«

»Das wäre zu einfach, Carrion. Ich kann es nicht einfach *bitten*, sich in eine Reliquie zu verwandeln.«

»Mir scheint, wenn du das Quicksilver bitten kannst, flüssig oder fest zu werden, kannst du es um alles Mögliche bitten«, sagte er und schlug den Kragen seines Mantels hoch.

Ich funkelte ihn an, während meine Wut anstieg. Nicht Carrion Swift. Er würde *nicht* der Auslöser sein, warum ich herausfand, wie ich diese Aufgabe bewältigen konnte. Damit würde er mich bis ans Ende meiner Tage aufziehen. Es war ohnehin hochgradig ärgerlich, dass ich diese Möglichkeit nicht selbst in Betracht gezogen hatte.

»Willst du es versuchen?«, fragte er und richtete sich auf. »Darf ich zusehen?«

Bei den Göttern, das würde furchtbar werden. »Ich kann heute keine weiteren Versuche zur Herstellung einer Reliquie durchführen. Das Silber ist noch nicht geläutert. Ich hatte nur kurz eine Pause eingelegt, um das hier zu erledigen.« Und um zu schmollen. »Allerdings … gibt es eine Möglichkeit, die Theorie halbwegs zu testen«, sagte ich. »Und du darfst zusehen. Aber nur wenn du versprichst, den Mund zu halten und mir nicht im Weg zu stehen.«

Carrion war körperlich nicht in der Lage, den Mund zu halten und nicht im Weg zu stehen. Das wusste ich bereits, als ich eingewilligt hatte, dass er mich zum Kommandozelt begleiten durfte.

Deshalb überraschte es mich nicht allzu sehr, dass er den ganzen Pfad den Berghang hinunter und auch auf dem Weg durch das Lager permanent redete. Als wir den Kommandoraum betraten, plapperte er irgendwas über einen kleinen Schmuggler namens Davey in Zilvaren, der ihm noch einen Haufen Geld schuldete.

Glücklicherweise war der Raum leer. Denn ich hatte insgeheim befürchtet, dass ich Danya hier antreffen würde, weil das Kommandozelt der einzige Ort war, an dem ich ihr bisher im Lager begegnet war. Doch anscheinend war mir das Schicksal hold: Selbst Ren war nirgends zu sehen. Für diesen Versuch wollte ich lieber kein Publikum. Carrion zählte nicht wirklich, und er wusste ohnehin schon, was ich vorhatte, da der Vorschlag schließlich von ihm stammte. Wenn der Versuch scheiterte, würde ich ziemlich dumm dastehen – und ich zog es vor, dass keiner der Fae das brühwarm mitbekam.

»Verdammt dunkel hier drin«, brummte Carrion. Im Kamin brannte ein Feuer, aber keine der Fackeln an den Wänden war angezündet. Carrion nahm die erste, die er fand, hielt das Ende ins Feuer, ging dann durch den Raum und zündete die anderen an, wobei er die ganze Zeit vor sich hin redete.

Ich achtete nicht auf sein Geschwafel, sondern konzentrierte mich stattdessen auf die widerspenstigen Metallsplitter, die aus der Mauer ragten.

Das wird nicht funktionieren. Warum sollte es auch? Bestimmt hat es schon jemand versucht …

Alle möglichen Bedenken überkamen mich, doch ich schob sie beiseite. Schließlich hatte ich nichts zu verlieren. Und es kostete mich auch nichts, das Quicksilver um seine Mithilfe zu bitten. Wenn nichts passierte oder es mich nur auslachte, war das nicht weiter schlimm. Dann würde ich in die Schmiede zurückkehren, das Silber läutern und morgen weitere Versuche durchführen. Aber wenn es funktionierte …

Sie kommt.

Sie kommt.

Sie nähert sich.

Bei meinem letzten Aufenthalt in diesem Raum hatte das Quicksilver nicht geredet. Jedenfalls nicht so wie jetzt. An jenem Tag hatte ich lange neben den eingebetteten Splittern gestanden und mich sehr auf sie konzentrieren müssen, bevor ich auch nur das leiseste Flüstern wahrnehmen konnte. Jetzt drangen jedoch mehrere Stimmen aus dem Metall – eine eilig geführte Unterhaltung, leise, aber laut genug, dass ich sie wahrnehmen konnte, als ich mich der Mauer näherte.

Sie kommt.

Sie sieht.

Sie hört.

Ich streckte eine Hand aus und legte meine Zeigefingerkuppe auf einen der Schwertsplitter. *Ja, ich bin hergekommen. Ich sehe dich. Ich höre dich,* dachte ich.

In diesem Moment explodierte ein Stimmengewirr in meinem Kopf. Viele, viele Stimmen, die sprachen, schrien, flehten, bettelten, lachten, riefen. Erschrocken keuchte ich auf und riss meine Hand weg.

»Das sah schmerzhaft aus«, sagte Carrion beiläufig. Er stand direkt neben mir und hielt die Fackel hoch, deren Flamme sein kastanienbraunes Haar kupfergolden färbte.

»Kannst du ein paar Schritte zurückgehen?«, fragte ich. »Ich tue mich vermutlich leichter, wenn ich deinen heißen Atem nicht im Nacken spüre.«

»Ich glaube mich zu erinnern, dass er dir gefallen hat … mein heißer Atem in deinem Nack…«

»Wenn du es wagst, diesen Satz zu beenden, kannst du draußen warten«, fauchte ich.

»Schon kapiert!« Carrion trat einen Schritt zurück und verbeugte sich höflich. »Aber wenn es so aussieht, als würde dir der Verstand aus dem Körper gesogen … oder wenn du unerträgliche Schmerzen hast, aber die Mördersplitter dieses Quicksilver-Schwerts nicht loslassen kannst, habe ich dann deine Erlaubnis, dich zu Boden zu werfen?«

Das schien tatsächlich ein kluger Plan zu sein. »Okay, von mir aus.«

»Ausgezeichnet.«

Vorsichtig berührte ich einen der Splitter und wappnete mich für das Stimmengewirr. Doch dieses Mal blieb alles ruhig. Hatte ich mir die Schreie und das Flehen nur eingebildet? Eher unwahrscheinlich. Ich kehrte zum ersten Splitter zurück und machte mich vorsichtshalber wieder auf das Geschrei gefasst, aber da war nur hallende Stille.

Hallo?, dachte ich. *Jemand hier?*

Die Antwort erfolgte sofort.

Wo ist hier …

Hier …

Hier …

Hier …

Hier …

Die Stimmen kamen von links und rechts, von hinten und vorn.

Wir können überall sein, schnurrten sie unisono.

Sie hatten meine Frage beantwortet. Oder vielleicht nur *es*? Ich konnte nicht sagen, ob die Stimmen im Quicksilver zu einer Person oder vielen gehörten, aber ich war auch nicht hier, um das zu herauszufinden. *Könnt ihr aus dem Stein herauskommen?*, fragte ich.

Heraus?

Heraus?

Heraus?

Warummmmmm?

Die Stimmen summten wie Fliegen.

Weil die Kriegerin, der ihr gehört, wütend auf mich ist. Und weil ich euch wieder zusammensetzen will.

Das war komplett bizarr. Bisher hatte ich kein einziges richtiges Gespräch mit dem Quicksilver geführt, hatte nicht mal daran gedacht, es zu versuchen – was vermutlich ziemlich blöd gewesen war, da es mit schöner Regelmäßigkeit vor sich hin quasselte.

Gehören?

Gehören?

Wir gehören niemandem.

Ich konnte die Wut in den vielschichtigen Stimmen deutlich wahrnehmen. Zugegeben, mir hätte klar sein müssen, dass besitzergreifende Ausdrücke nicht gut ankommen würden, aber jetzt war es bereits zu spät. Der einzige Weg vorwärts bestand in Schadensbegrenzung.

»Du ziehst ein komisches Gesicht«, bemerkte Carrion im Theaterflüsterton. »Redest du mit ihm?«

»Ja, ich rede mit ihm. Was hast du denn gedacht, was ich hier tue?«

»Keine Ahnung. Irgendwie siehst du so aus, als hättest du Verstopfung.«

»Pst!« Ich schloss die Augen, um ihn auszublenden. *Die Kriegerin, die euch getragen, nicht* besessen *hat,* dachte ich. *Sie wünscht sich, euch wieder zu tragen. Aber das geht nicht, wenn ihr nicht wieder zusammengefügt werden könnt.*

Wir interessieren uns nicht für die Begierden der Fae und Menschen …

Menschen …

Menschen …

Verdammt! Ehrlich gesagt hätte mir die Vorstellung, von Danya getragen zu werden, auch nicht sonderlich gefallen, aber ich hätte nicht erwartet, dass ich auf Verhandlungstaktiken zurückgreifen musste. Wenn das Quicksilver empfindungsfähig war, musste es etwas wollen. Alles, was fühlen und denken kann, wollte immer irgendetwas.

Wofür interessiert ihr euch denn dann?, fragte ich.

Das Quicksilver reagierte nicht sofort. Es schien über die Frage nachzudenken. Nach einer Weile antwortete es: *Musik. Gib uns Musik, und wir werden gehorchen.*

Musik? Bei allen Göttern und Sündern, wozu zum Teufel brauchte es Musik?

Wie wäre es damit: Erlaubt mir, euch neu zu schmieden, und dann lasse ich jemanden ein Lied nur für euch singen.

Das würde im Leben nicht funktionieren. Definitiv nicht.

Ein Lied? Vom Anfang bis zum Ende? Für uns ganz allein, damit wir es behalten können?

Behalten können?

Behalten können?

Falls es eine Möglichkeit gab, ein Lied zu behalten, hatte ich keine Ahnung, wie das aussehen sollte. Aber zu diesem Zeitpunkt war ich bereit, fast alles zu akzeptieren. *Ja, versprochen: ein ganzes Lied, das ihr behalten könnt.*

Und du wirst uns zu einer mächtigen Klinge schmieden, die es so noch nie gab?

Ja, wenn ihr es erlaubt.

Wir akzeptieren …

Akzeptieren …

Akzeptieren …

Ich wollte mein Glück zwar nicht überstrapazieren, aber es gab da noch eine Sache, die ich wissen wollte. *Und werdet ihr die Klinge, die ich schmiede, mit Magie ausstatten, damit die Trägerin sie benutzen kann?*

Das Geschenk ist abgelehnt!, rief das Quicksilver. *Du verlangst etwas, das nicht geschenkt werden kann.*

»Saeris …«

»Klappe, Carrion«, zischte ich. »Ich werd dir alles erzählen, wenn ich fertig bin.« Verdammt, ich hätte ihn in der Schmiede zurücklassen sollen. Rasch schloss ich erneut die Augen und versuchte eine andere Vorgehensweise.

Liegt es nicht in eurer Macht, diese Gabe zu schenken?

Alles liegt in unserer Macht. Das Quicksilver klang beleidigt über die Unterstellung, es sei zu etwas nicht fähig. *Aber dieses Geschenk ist unverdient. Das haben wir vor langer Zeit entschieden.*

Woher wisst ihr das denn? Woran erkennt ihr, dass ein Krieger dieses Geschenk nicht verdient hat? Habt ihr jeden Krieger, der ein Schwert führen will, auf seine Tauglichkeit geprüft?

Ich bewegte mich hier auf einem sehr schmalen Grat. Wenn ich nicht aufpasste, würde sich das Quicksilver komplett zurückziehen und sich nicht mal mehr aus dem Stein lösen. Ich konnte spüren, dass mein Drängen es aufwühlte. Aber ich konnte auch seine Neugier wahrnehmen.

Alle Krieger sind gleich, verkündete es nach einer Weile. *Sie wollen nur töten.*

Das stimmt nicht. Die meisten Krieger kämpfen, weil sie dazu gezwungen sind. Sie kämpfen, um zu schützen und zu verteidigen.

Sehr unwahrscheinlich.

Wie können wir euch das Gegenteil beweisen?

Es folgte die bisher längste Stille. Dreißig Sekunden verstrichen, dann eine Minute. Und erst nach weiteren drei Minuten antwortete das Quicksilver endlich: *Wir werden das Blut kosten.*

Was … bedeutet das?

Wir gestatten dir, uns neu zu schmieden. Wenn du deinen Teil der Abmachung eingehalten hast, werden wir das Blut desjenigen kosten, der uns tragen soll. Wenn diese Person ehrenhaft ist, werden wir es in Betracht ziehen, die alte Magie erneut durch uns hindurchströmen zu lassen.

Danke! Vielen Dank!

Dank uns nicht zu früh. Die Würfel sind noch nicht gefallen, Saeris Fane. Zuerst musst du uns wiederherstellen und uns ein Lied bringen – ein Lied, das uns zur Ehre gereicht.

Oh, ich werde beides für euch tun. Macht euch darüber keine Sorgen. Als der Metallsplitter, den ich berührte, unter meiner Fingerkuppe erbebte, erschrak ich, riss die Augen auf und sah erstaunt zu, wie sich der dünne, spitze Splitter langsam aus dem Stein löste. Dann schwebte er einen Moment in der Luft, zitterte kurz und fiel schließlich in meine Handfläche.

»Heilige *Scheiße*!«, flüsterte ich.

Nach und nach begannen die anderen Teile von Danyas Schwert zu vibrieren und lösten sich aus der Mauer. Schließlich schaute ich zu Carrion hinüber, der am Kartentisch lehnte und einen kleinen schwarzen Stein in die Luft warf und wieder auffing. »Siehst du das, Swift?«, fragte ich in forderndem Ton.

»Hmm? Oh, du hast es herausgefunden. Cool! Hast du ihm eine Standpauke gehalten?« Er stieß sich vom Tisch ab und sah zu, wie über fünfhundert Splitter des geborstenen Schwerts zu Boden fielen.

»Nein, ich habe ihm etwas versprochen, das es haben wollte.«

»Ah, Bestechung. Daran hätte ich denken sollen.« Carrion bückte sich und half, die Metallsplitter aufzusammeln.

Wir hatten bereits eine kleine Menge zusammengetragen, als sich plötzlich eine Stimme hinter uns zu Wort meldete und mich derart erschreckte, dass ich mich fast auf den Hintern gesetzt hätte. »Wenn ihr wollt, kann ich die Sache beschleunigen.«

»Bei den Göttern!« Mit rasendem Puls wirbelte ich herum und entdeckte den Krieger in einem Sessel am Feuer. »Du hättest mich warnen können, dass wir nicht mehr allein sind«, zischte ich Carrion zu.

»Komm mir jetzt nicht so! Ich hab versucht, es dir zu sagen, und du hast verlangt, dass ich die Klappe halte. Das war sehr unhöflich.«

»Entschuldige, ich wollte dich nicht erschrecken«, sagte Lorreth und stand auf. »Vorsicht!«

Carrion und ich lehnten uns zurück, als erneut Hunderte von glitzernden Metallsplittern in die Luft stiegen – dieses Mal dank Lorreths Hilfe, der seine Magie einsetzte, um sämtliche Teile zu einem schwebenden Bündel zusammenzusammeln. Dann gab er dem Metall mit einer Geste zu verstehen, dass es in einen Keramiktopf auf dem Kaminsims fallen sollte. Anschließend nahm er den Topf, brachte ihn zu uns und reichte ihn mir mit einem selbstzufriedenen Grinsen. »So, das war's. Ganz einfach.«

Vieles war einfacher, wenn man magische Kräfte hatte. Ich drückte den Topf an meine Brust, und in meinen Adern kribbelte es bereits vor Aufregung. Wenn ich das Quicksilver davon überzeugen konnte, sich auf diese Art von Handel einzulassen, dann sollte die Herstellung der Ringe ein Kinderspiel sein. Und ich durfte ein Schwert schmieden. Nicht irgendeinen winzigen Dolch, der kaum eine Schnittwunde verursachen konnte, sondern ein richtiges Schwert!

Mit einem breiten Grinsen schaute ich zu dem dunkelhaarigen Krieger hoch. »Lorreth. Was für ein Zufall! Ich wollte mich gerade auf die Suche nach dir machen.«

29

DIE BALLADE VOM AJUN-TOR

Die Schmiede war heißer als der fünfte Schlund der Hölle. Schweiß lief mir den Rücken hinunter und durchnässte mein Hemd. Meine Hose klebte an meinen Beinen – aber verschwitzte Kleidung war ein geringer Preis für den Fortschritt, und bei den Göttern, ich machte Fortschritte.

Danyas Schwert ließ sich perfekt einschmelzen. Das Quicksilver lachte mich nicht aus, während ich daran arbeitete. Es spaltete sich nicht vom Stahl ab, weigerte sich nicht, sich erneut zu verbinden. Ausnahmsweise blieb es still *und* kooperativ. Aber ich spürte seine Anwesenheit wie eine Hand, die auf meiner Schulter ruhte. Es war neugierig. Es wollte sehen, was für eine Waffe ich mit ihm erschaffen würde und ob ich in der Lage war, meinen Teil der Abmachung einzuhalten.

Schon seit Jahren hatte ich davon geträumt, eine solche Klinge zu erschaffen. In Zilvaren hatte ich ganze Skizzenbücher mit Entwürfen gefüllt, die ich aus Mangel an Material nie hatte schmieden können. Aber wenn das Quicksilver in eine aufsehenerregende Waffe verwandelt werden wollte, würde ich es nicht enttäuschen. Allerdings gab es Arbeiten bei diesem Schmiedevorgang, bei denen ich Hilfe brauchte. Bereiche, in denen ich nicht viel Erfahrung hatte.

Die Sonne ging gerade unter, als ich aus der Schmiede in den Schnee trat und nach Lorreth Ausschau hielt. Er saß auf einem Felsen neben dem Feuer und schleuderte einen Wurfdolch auf einen toten Baumstamm, der bereits schwer von Klingenspuren gezeichnet war.

Carrion kochte etwas in einem Topf über dem Feuer, die Lippen zu einem dünnen Strich zusammengepresst. Als er mich sah, zeigte er finster auf Lorreth. »Diese Mistkerle sind allesamt Betrüger.«

Lorreth lachte herzhaft und streckte seine Hand aus. Der Dolch, den er gerade tief in den Baumstamm versenkt hatte, löste sich und flog auf ihn zu, bis er mit dem Griff voran in seiner Handfläche landete. »Und *du* bist ein schlechter Verlierer«, erwiderte er.

»Er hat mich gerade um elf Münzen erleichtert. Das ist die Hälfte meiner Ersparnisse.«

»Du kannst sie hier doch nicht mal ausgeben, Carrion«, wandte ich ein.

»Darum geht's gar nicht, sondern um seine verdammte Hinterhältigkeit. Wir hatten eine Wette unter Ehrenmännern abgeschlossen. Dabei wollten wir versuchen, das Ziel so oft wie möglich hintereinander zu treffen. Derjenige, der die längste Serie hatte, hätte gewonnen.«

»Und? Wie hat er dich ausgetrickst?« Ich versuchte, mein Grinsen zu unterdrücken.

»Ich habe mich wie ein Ehrenmann verhalten und ihm den Vortritt gelassen.«

»Und?«

»Und er hat nicht ein einziges Mal danebengeworfen! Dabei hatte ich ihn gefragt, ob er dieses Spiel schon mal gespielt hat, *und er hat Nein gesagt*«, knurrte Carrion mit einem anklagenden Unterton in der Stimme.

»Ich habe es auch noch nie gespielt.« Lorreths Handgelenk zuckte, und der Dolch löste sich aus seiner Handfläche und flog mit rasender Geschwindigkeit durch die Luft. Dann schlug die Klinge so tief in den Baumstamm ein, dass der Dolchgriff zitterte. »Wenn ich diese Waffe in die Hand nehme, ist das für mich kein Spiel. Normalerweise schleudere ich sie auf den Kopf eines Vampirs. Und unter *den* Umständen zahlt es sich aus, wenn man sein Ziel nie verfehlt.«

Carrion hatte vor Wut rote Flecken auf den Wangen. »Wie zum Teufel kann ich gegen ihn gewinnen, wenn er eine Art Tötungsmaschine ist?«

Ich schnaubte. »Wie oft hat er schon den Baum getroffen?« Eine gemeine Frage, aber ich hatte Carrion selten so genervt gesehen – und diesen Moment wollte ich verdammt noch mal genießen.

»Keine Ahnung«, maulte er. »Über fünfzig Mal.«

»Zweihundertundsiebzehn Mal«, sagte Lorreth. Das Messer riss sich ruckartig aus dem Stamm los, zischte zurück in Lorreths Hand und wurde erneut geschleudert – alles in einer einzigen fließenden Bewegung. »Zweihundertachtzehn.« Er wiederholte den Vorgang, ohne auch nur in die Richtung des Baumstamms zu blicken. »Zweihundertneunzehn.«

»Okay, okay, du kannst jetzt aufhören. Ich bin ja schon dabei, das verdammte Essen zu kochen.«

»Darum hast du mit ihm gewettet?«, fragte ich Lorreth. »Dass er kochen muss?«

Der Krieger zuckte die Schultern. Als er grinste, waren die Spitzen seiner Eckzähne im Halbdunkel der Abenddämmerung gerade noch auszumachen. »Ich hatte nun mal Hunger.«

»Hinterhältig«, murmelte Carrion erneut und rührte den Inhalt des Topfs um, der über dem Feuer brodelte.

»Er hat dich nicht reingelegt«, teilte ich ihm mit. »Er hat es dir nur mit gleicher Münze heimgezahlt. Wie viele dieser unfairen, nicht zu gewinnenden Wetten hast *du* mit Hayden abgeschlossen, hm?«

»Es ist nicht meine Schuld, wenn dein Bruder beim Kartenspiel zu selbstsicher ist, Saeris.«

»Und wie groß war deine Selbstsicherheit, als du einem zwei Meter großen Vollblut-Fae mit Hunderten von Jahren Erfahrung im Töten gegenübergestanden und gedacht hast, du könntest ihn beim Messerwerfen besiegen?«

»Ach, leckt mich doch alle mal«, murrte Carrion und zog eine Grimasse. »Wenn ich angefangen hätte, würden wir diese Unterhaltung jetzt nicht führen. Dann würde mein Messer noch immer in den blöden Baumstumpf krachen.«

Als der Griff des Dolchs dieses Mal in Lorreths Hand landete, drehte er die Waffe um, hielt sie an der Klinge fest und bot sie Carrion mit einem boshaften Funkeln in den Augen an. »Wie du willst, Mensch. Versuch dein Glück.«

Carrion lief noch röter an. »Zu spät. Ich hab bereits verloren, oder? Jetzt hat es auch keinen Sinn mehr.«

Lorreth schüttelte den Kopf. »Ein schlechter Verlierer.«

»Der schlechteste von allen«, pflichtete ich ihm bei.

»Hey! Wie wär's, wenn ihr jetzt einfach das esst, was ich gekocht habe, und den Mund haltet?«

»Ich hab keine Zeit zum Essen. Ich bin nur hergekommen, um dich etwas zu fragen, Lorreth.«

Der Krieger drehte sich auf seinem Felsen um und schenkte mir seine volle Aufmerksamkeit. »Worum geht's?«

»Hast du Erfahrung mit Schnitzereien? Du weißt schon, Dinge aus Holz schnitzen?«

»Zufälligerweise ja.«

»Sei mit deinen Fragen lieber etwas genauer, Sonnenschein. Er schnitzt wahrscheinlich in jeder freien Minute. Vermutlich hat er sogar schon *Wettbewerbe* im Holzschnitzen gewonnen.«

Ich rollte mit den Augen. »Ich versuche nicht, ihn bei einer Wette zu schlagen, Carrion. Ich möchte, dass er gut darin ist.«

Lorreths dröhnendes Gelächter schallte in die einbrechende Nacht. »Wenn das so ist, dann lautet die Antwort Ja: Ich bin nicht einfach nur gut darin. Ich bin sogar *verdammt* gut.«

Die Stunden vergingen wie im Flug. Nachdem ich das frisch gegossene Stück Metall – das ich aus den Splittern von Danyas Schwert geschmolzen hatte – abgekühlt hatte, erhitzte ich den Rohling, formte ihn und glättete ihn. Und als das neue Schwert langsam Gestalt annahm, griff ich zum Hammer und begann zu hämmern. Anschließend erhitzte ich die Klinge erneut. In dem Moment, in dem der Stahl weiß glühte, faltete ich ihn. Hämmerte ihn. Faltete ihn. Wieder und wieder. Nicht nur einmal. Tausendmal. Und noch viel mehr.

Der Abend wurde zur Nacht. Die Wolken verzogen sich, und die Sterne kamen zum Vorschein, aber ich arbeitete ohne Pause. Meine Arme waren schwer wie Blei, die Muskeln in meinem Rücken schrien jedes Mal auf, wenn ich den Hammer anhob, aber irgendwie wusste ich, dass das Schwert noch nicht vollendet war. Immer wenn ich dachte, ich sei fertig und der Stahl sei ausreichend gehärtet, sagte eine Stimme tief in meinem Inneren: *Noch einmal, Saeris Fane.*

Gegen ein Uhr nachts brachte Lorreth mir den Wolfskopf, den er aus einem Stück Eibe geschnitzt hatte. Eine beeindruckende Arbeit, sehr detailliert, mit perfekten Proportionen. Wie ich gehofft hatte, besaß das knurrende Tier eine verblüffende Ähnlichkeit mit

Fishers Tätowierung und dem Wolfskopf, der auf der Rüstung der Mitglieder der Lupo Proelia prangte.

Ich erklärte Lorreth die einzelnen Schritte zur Herstellung einer Gussform, und er befolgte sie klaglos, obwohl er dafür ein Loch in den gefrorenen Boden graben musste, bis er auf Lehm stieß, und diesen dann mit bloßen Händen mit einem Haufen Pferdemist mischen musste. Der Krieger genoss es, den von ihm geschnitzten Wolfskopf in den Lehm zu drücken, und saß ungeduldig neben dem Brennofen, während das kleine Feuer, das er darin entfacht hatte, die Form langsam austrocknete, damit sie nicht rissig wurde und zersprang.

Gegen vier Uhr morgens, als ich vor Hitze und Erschöpfung schon fast fantasierte, verkündete Carrion, dass er schlafen gehen würde. Doch anstatt zum Lager hinunterzulaufen und sein Zelt aufzusuchen, streckte er sich auf dem Boden der Schmiede aus – am anderen Ende neben der Tür, wo es etwas kühler war. Er knüllte seinen Mantel zusammen, stopfte ihn sich unter den Kopf und schlief sofort ein.

Auch für dich wird es Zeit, dich auszuruhen, Osha.

Bei allen Göttern – diese Stimme! Ich zuckte zusammen, als ich sie in meinem Kopf hörte, obwohl ich im Grunde darauf gewartet hatte.

Nicht bevor ich fertig bin, antwortete ich. *Es ist gleich so weit.*

Fisher war in der Nähe. Ich konnte seine Anwesenheit auf unerklärliche Weise spüren. Als ich einen kurzen Blick zur Tür der Schmiede warf, glaubte ich, seine Gestalt in den zuckenden Schatten zu erkennen, die um das Feuer tanzten.

Wie lange bist du schon da draußen?, fragte ich.

Ein paar Stunden, lautete seine Antwort.

Warum bist du nicht reingekommen?

Nach einer langen Stille antwortete er: *Ich wusste nicht, ob dir das recht ist.*

Komm endlich ins Warme, Kingfisher.

Das werde ich. Bald. Ich bleibe nur noch ein bisschen hier sitzen.

Als er nach einer Weile schließlich in die Schmiede kam, konzentrierte ich mich weiterhin auf meine Aufgabe. Lautlos setzte er sich auf einen Stuhl am Fenster, und während er mir bei der Arbeit zusah, strich das Mondlicht über seine Haare, und Schatten umspielten seine Hände und sein Gesicht. Er und Lorreth unterhielten sich leise, während ich hämmerte. Und als ich den Stahl für den Wolfskopfknauf goss, waren sie beide zur Stelle und halfen. Fisher pfiff durch die Zähne, als wir die Form aufbrachen und er sah, was Lorreth geschnitzt hatte. Wir wechselten nur wenige Worte. Während ich die breite, sich verjüngende Klinge mit dem Heft und der Parierstange verband und das Heft mit einer glitzernden schwarz-goldenen Schnur umwickelte, lag eine atemlose Spannung in der Luft.

Und dann, endlich, war es so weit.

Und ich brach vor Erschöpfung fast zusammen.

Das Schwert war ein wahres Kunstwerk, daran bestand kein Zweifel. Abgesehen von dem beeindruckenden Wolfskopfknauf wanden sich Ranken um die Parierstange, die ich ohne Lorreths Hilfe geschmiedet hatte. Auf der Klinge erstreckte sich eine gekräuselte Welle vom Heft bis zur Schwertspitze, da der Stahl unzählige Male gefaltet und geschliffen worden war. Ich hatte die letzte Stunde damit verbracht, Worte in die Mitte der Klinge zu gravieren. Worte, die der Trägerin und ihrer Waffe hoffentlich Glück brachten – und den Tod all jenen verhießen, die ihrer Schwertspitze gegenüberstanden.

Die gerechte Hand erlöst vom ungerechten Tod.

»Unglaublich«, sagte Fisher atemlos. Er schaute mich an, und seine Augen glänzten vor Erstaunen.

»Darf ich es in die Hand nehmen?«, fragte Lorreth hoffnungsvoll.

»Natürlich.«

Mit ehrfürchtig leuchtenden Augen hob er das Schwert an. Unerklärlicherweise spürte ich einen Kloß im Hals, als er die Waffe in der Hand hielt. Dann fuhr er mit dem Zeigefinger über die Schneide – doch kaum hatte seine Fingerspitze den Stahl berührt, als er sie auch schon zischend wieder zurückzog. »Bei den Göttern, man braucht das verdammte Ding nur anzusehen und hat sich schon geschnitten.« Kopfschüttelnd schob er sich den Zeigefinger in den Mund und sog daran.

Zum ersten Mal seit Verlassen des Kommandozelts meldete sich das Quicksilver zu Wort, und seine Stimme bestand nicht länger aus vielen einzelnen Stimmen. Jetzt sprach es mit *einer* Stimme, klar und kraftvoll.

Es ist so weit. Gib uns unser Lied.

Vor der Schmiede erhellte eine Explosion aus grünem und rosa Licht den Himmel. »Was ist das?«

»Die Aurora«, antwortete Fisher leise. »Ein Segen.«

»Heilige Scheiße!« Lorreth sank im Schnee auf die Knie und starrte mit offenem Mund in den Himmel. »Das ist … wunderschön. Die Aurora haben wir hier nicht mehr gesehen seit … seit …«

»… seit weit über tausend Jahren«, sagte Fisher. »Sie leuchtet schon die ganze Nacht am Himmel. Ich wollte euch beide eigentlich rufen, damit ihr sie euch anseht, aber irgendetwas sagte mir, dass sie auch später noch da sein würde … nachdem ihr fertig wart.«

Lorreths Augen strahlten, während er zusah, wie das Grün der tanzenden Lichter in Rot- und Rosatöne überging und sich wellenartig in einem breiten Band über den Horizont zog. Der Krieger war den Tränen nahe, und ich musste zugeben, dass ich selbst auch feuchte Augen bekam. Ich war völlig erschöpft. Komplett ausgelaugt. Aber ich hatte noch immer die Kraft, dazustehen und den Himmel zu betrachten, im Wissen, dass ich etwas sehr Seltenes und Wunderbares miterlebte.

Das Schwert lag auf Lorreths Schoß. Er legte eine Hand auf das Heft, noch immer von Ehrfurcht ergriffen angesichts der wunderschönen Lichter am Himmel, und begann zu singen:

Für alle, die mir heute lauschen
und niemals haben es gehört,
das Lied vom allerletzten Drachen
der brüllend durch die Lüfte röhrt.
Vom jungen König, der vor Jahren,
umhüllt von Schatten und von Blut,
die üble Kreatur besiegt hat
durch Stärke und mit Edelmut.

Es ist die Mär vom Fischerkönig,
dem stärksten Wolf in seinem Reich
der heulend durch die schwarze Nacht jagt,
mit Kriegern, einem Rudel gleich.
Der Frost, er küsst die Morgenröte,
das Rudel, es heult auf im Chor,
und so beginnt uns're Ballade
der großen Schlacht am Ajun-Tor.

Fisher, der neben mir stand, wirkte plötzlich angespannt. Er presste die Kiefer zusammen, senkte den Kopf und richtete den Blick nicht länger auf die Aurora, sondern auf den zertrampelten, verschneiten Boden vor seinen Füßen, während Lorreths kraftvolle Stimme von Strophe zu Strophe schwebte.

In der Schenke hatte der Krieger behauptet, er sei einst ein mittelmäßiger Sänger gewesen – aber diese Darbietung war alles andere als das. Sein Gesang war erfüllt von Rauch und Schmerz, und sogar die Luft schien zu weinen, während er sein Klagelied vortrug. Die Ballade mit ihren Höhen und Tiefen erzählte eine tragische Geschichte von unmöglichen Bürden und heldenhaften Opfern, wobei fast jede Zeile Kingfisher Tribut zollte. Der Mann neben mir rührte sich nicht, aber er hasste den Text. Seine Nasenflügel weiteten sich, seine Hände hingen zitternd an seinen Seiten herab, aber das Lied ging ungerührt weiter.

Der Drache, dem sie sich dort stellten,
man nannte ihn Omnamshacry.
Und er betrachtete die Welten
mit Augen, böse und verrückt dabei.
Die schwarzen Blutsauger der Nächte
war'n ihm im Tode fest verschwor'n,
auf dass er ihre Feinde strafte,
ihr Fleisch verbrannt' in seinem Zorn.

Omnamshacry stieg in die Lüfte
und schloss im Kampf sich ihnen an,
die Fae zu töten, die ihr Erbe
beschützen wollten, Frau und Mann.
Mit glitzernd scharfem Schuppenpanzer
aus weißem Gold und dunklem Rot
stürzt sich der Drache in die Tiefe
und säet Angst und Flucht und Tod.

Die Fae auf ihren Abwehrtürmen,
sie gingen mutig in die Schlacht.
Doch bald schon waren sie vertrieben
und Schreie schallten durch die Nacht.
Die dunklen Schwingen warfen Schatten
auf Berg und Tal und Wald und Sonn'.
Omnamshacry, er brüllte böse,
die Fae, sie liefen ihm davon.

Die Wölfe stiegen auf zum Gipfel,
die Schwerter schon zum Kampf bereit.
Der Drache sah, dass sie ihn suchten,
und wusste, es war an der Zeit.
So stellt' er sich ihnen entgegen,
mit Zähnen, Krallen, Schwingen, Tod.
Und seine bösartigen Flammen,
sie färbten das Gebirge rot.

Sein Feuer heiß, es schmolz die Felsen
und rann in Strömen durch den Schnee,
und es gab keinerlei Entkommen
für diese tapf're Schar von Fae.
Das Maul vor Wut weit aufgerissen,
der Drache greift die Wölfe an,
bereit, sie alle zu vernichten,
den Kingfisher allen voran.

Die Wölfe aber standen eisern
und gaben keinen Meter preis.
Omnamshacry, er musste sterben,
so lautet ihres Volks Geheiß.
Ihr Kriegsruf tönte laut und lange
durch Himmel, Wolken, Berg und Tal
und sprach von Mut und Blut und Ehre.
Die Furcht, sie schwand mit einem Mal.

Die Wölfe fielen an den Drachen,
und an der Spitze ihrer Schar
stand furchtlos stolz der Fischerkönig
mit Nimerelle so unschlagbar.
Omnamshacry sah ihn vorrücken

mit großer Tapferkeit und Mut,
und das erfüllt' den alten Drachen
mit einer nie gekannten Wut.

Der König ließ sich nicht beirren
und schwang mit großer Macht sein Schwert,
und seine Wölfe zeigten mutig,
wie man des Drachen sich erwehrt.
Der Drache und die Horde hörten
den Ruf des Königs laut und klar:
Der Tod sollt' ihnen zuteilwerden,
denn niemand floh von seiner Schar.

Und ihre Opfer war'n gewaltig
an Leib und Leben, Blut und Tod.
Doch diese Toten, sie erlösten
das Volk der Fae aus größter Not.
Und so bezwangen sie den Drachen,
das letzte Monster seiner Art
und schenkten ihrem Volke Leben.
Das Ajun-Tor, es blieb erspart.

Der Drache brüllt aus Leibeskräften
und reizt den König voller Wut,
doch Kingfisher erblickt die Lücke,
versenkt sein Schwert im Drachenblut.
Omnamshacry beginnt zu zittern
und schlägt um sich ein letztes Mal,
bis Blut und Rauch quillt aus dem Rachen
und endet seine Höllenqual.

Er schrie und fauchte und schlug um sich,
der boshafte Omnamshacry,
bis endlich ihn der Tod sich holte.
Die Schlacht am Tor, sie war vorbei.
Die Ajun-Fae, sie war'n gerettet,
die Horde, sie floh in die Nacht,
und damit endet die Ballade
vom Kingfisher und seinen Acht.

Als das Lied schließlich sein schmerzhaftes, bittersüßes Ende fand, ging Lorreths Atem schwer, und seine Augen funkelten, während er den Tanz der Aurora am Himmel verfolgte.

»Es ist einfach *unverschämt*, dass er auch noch singen kann.« Carrion war aufgewacht und stand rechts von mir. Er hatte die Arme vor der Brust verschränkt und musterte Lorreth böse. »Aber das war wirklich gut. Durchgeknallt, aber gut.«

Fisher verlagerte sein Gewicht von einem Bein aufs andere, richtete sich auf und hob den Kopf. »Glaubst du, es wird reichen?«

»Keine Ahnung. Ich denke, wir sollten jetzt besser Danya holen.« Mir war klar gewesen, dass wir sie irgendwann in die Schmiede rufen mussten. Nach allem, was wir getan und erreicht hatten, war ich zwar nicht besonders erfreut von der Aussicht darauf, dass sie hierherkommen und diesen besonderen Moment ruinieren würde, aber …

Wir haben eine Entscheidung getroffen.

Ruckartig richtete sich Fisher vollständig auf – genau wie Lorreth. Hatten sie *beide* gerade das Quicksilver sprechen hören? Fisher musste es dank des Quicksilvers in seinem eigenen Körper wahrgenommen haben, aber Lorreth hätte es nicht hören dürfen.

»Warum seht ihr alle so aus, als hättet ihr euch kollektiv in die Hosen geschissen?«, fragte Carrion.

Wir akzeptieren das Lied als Tribut. Die Abmachung ist erfüllt. Eine Vereinbarung ist getroffen.

»Aber … du hast gesagt, du würdest über das Blut desjenigen richten, der dich tragen wird!« Mir sank der Mut. »Danya …«

Wir haben beschlossen, dass wir das erste Blut akzeptieren, das unsere Klinge berührt, sagte das Quicksilver.

»Aber …«

Lorreth sprang auf. Er hielt das Schwert wie eine Schlange von sich weg und taumelte zurück, als ob es ihn beißen wollte. »Verdammt! Ich bin so ein Idiot! Es tut mir leid!«, rief er. »Hier! Nimm es!« Er streckte Fisher das Schwert entgegen.

Doch der sah ihn nur mit einem erfreuten Funkeln in den Augen an. »Auf keinen Fall. Ich fass das Ding nicht an. Das ist ganz allein deine Angelegenheit.«

»Könnte mir jemand mal sagen, was zum Teufel hier los ist?« Carrions ultrahöflicher Ton versprach unmittelbare Gewalt, wenn ihm nicht bald jemand alles erklärte.

»Man braucht das verdammte Ding nur anzusehen und hat sich schon geschnitten«, flüsterte ich. Das waren Lorreths Worte, gleich nachdem er mit den Fingern über die Klinge gefahren war. *Sein* Blut hatte als Erstes die neu geschmiedete Waffe berührt. Das Schwert hatte über *sein* Blut gerichtet.

Lorreths Gesicht wurde aschfahl. »Das wollte ich nicht«, stammelte er. »Ich bin mit meinen Dolchen zufrieden, Ehrenwort. Ich hatte *nie* die Absicht, Danyas Schwert für mich zu beanspruchen.«

Wir sind nicht Danyas *Schwert,* zischte das Quicksilver. *Wir sind neu geschmiedet. Neu an diesem Ort.* Du *erhebst keinen Anspruch auf uns, Lorreth von den Gespaltenen Türmen.* Wir *erheben Anspruch auf* dich.

»Das kann ja heiter werden«, sagte Fisher, lachte dabei aber nicht.

Lorreth ging es genauso. »Danya wird komplett ausrasten.«

»Sie muss sich damit abfinden. Ihr bleibt keine andere Wahl. Du bist seit vierhundert Jahren ein Mitglied der Lupo Proelia und hast nie ein Götterschwert getragen. Und jetzt ist sie für eine Weile an der Reihe.«

Skeptisch verzog Lorreth das Gesicht, aber seine Finger schlossen sich besitzergreifend um das Heft des Schwerts. Es wirkte in seiner Hand irgendwie *passend*.

Und was mich betraf, *war* es auch sein Schwert. »Du hast es dir verdient, Lorreth. Du hast den Wolf für den Knauf geschnitzt. Du hast beim Gießen geholfen, und es war dein Lied, das die Abmachung mit dem Quicksilver besiegelt hat.«

Ein Anflug von Verwirrung huschte über Lorreths Gesicht. Kingfisher und Carrion schauten mich an und schienen von meinen Worten ebenso verblüfft zu sein. »Mein *Lied*?«, fragte Lorreth. »Was soll das heißen, mein Lied?«

»Das Lied, das du gerade gesungen hast. Über die Schlacht am Ajun-Tor. Über den Drachen Omnamshacry. Der von Fisher durchbohrt wurde. Klingelt da nichts?«

Fisher, Lorreth und Carrion starrten mich jetzt alle an, als hätte ich den Verstand verloren. »Ich wollte schon immer ein Lied über die Schlacht am Ajun-Tor schreiben, bin aber nie dazu gekommen«, erwiderte Lorreth.

»Wag es ja nicht«, knurrte Fisher. »Das liegt alles lange zurück. Lass die Vergangenheit ruhen.«

Jetzt gehört es uns, flüsterte das Quicksilver. *Unser Lied. Ein Lied, das wir behalten dürfen.*

Dieses Mal hatten die anderen das Quicksilver definitiv nicht gehört. *Das hast du also gemeint? Dass du von dem Lied Besitz ergreifen und es verschwinden lassen würdest? Auf dass sich niemand daran erinnern kann?*

Jetzt gehört es uns, wiederholte das Quicksilver.

Uns.

Uns.

Uns.

Eigentlich war es eine Schande, dass Lorreths Lied aus dieser Welt verschwand und jede Erinnerung daran gelöscht worden war. Die Ballade hatte mich sehr bewegt, so vieles erklärt. *Und warum kann* ich *mich noch daran erinnern?*, fragte ich.

Wir erinnern uns, also erinnert sich die Alchemistin.

Hm. Ich wusste nicht, was ich davon halten sollte. Es erschien mir wie ein Sakrileg, dass ich mich als einzige lebende Person an die Ballade erinnerte, die Lorreth über Fisher verfasst hatte. Wie viele weitere Dinge würden alle anderen vergessen und ich im Gedächtnis behalten müssen, um all diese Reliquien herzustellen? Ich wusste, dass noch jede Menge dieser Abmachungen auf mich warteten. Abertausende. Kleine Händel, die abgeschlossen werden wollten. Wie zum Teufel sollte ich sie alle einhalten, ohne in Riesenschwierigkeiten zu geraten? Allein beim Gedanken daran brach mir der Schweiß aus, und ich schob diese Bedenken schnell beiseite, um mir später Sorgen darüber zu machen.

Und nun? Wirst du diesem Schwert erlauben, Magie zu leiten?, fragte ich.

Ich wartete auf die Antwort des Quicksilvers. Im Grunde war es mir egal, ob das Schwert Magie leiten konnte oder nicht. Ich hatte das verdammte Ding hergestellt – was sogar mich selbst ziemlich beeindruckt hatte –, und die Chancen standen gut, dass ich das Quicksilver überreden konnte, sich mit den Ringen zu verbinden und sie in Reliquien zu verwandeln. Wenn mir das gelang, hätte ich meine Vereinbarung mit Fisher erfüllt. Aber dazu kam jetzt auch noch mein Stolz. Ich wollte unbedingt herausfinden, was ich hier erreichen konnte, wenn ich mit einem so faszinierenden, widerspenstigen Material arbeitete. Ich hätte nicht damit leben können, es nicht zu wissen …

Halte mich mit beiden Händen und gib mir einen Namen, Lorreth von den Gespaltenen Türmen, forderte das Quicksilver.

Lorreth wirkte etwas verwirrt. »Ich?«, fragte er laut.

Es ist dein Privileg.

Der Krieger sah mich zweifelnd an. Offenbar hatte in Yvelia der Schmied einer Waffe das Recht, sie zu benennen – genau wie in Zilvaren. Deshalb zog Lorreth eine so schuldbewusste Miene. Ich dagegen hatte überhaupt keine Einwände, denn ohne Lorreth hätte ich die Klinge nicht fertigstellen können. »Na los«, forderte ich ihn auf. »Du hast es gehört. Gib ihm seinen Namen.«

Ein entschlossener Ausdruck breitete sich auf Lorreths Gesicht aus. Zwar schien er noch immer leicht zu zögern, doch dann legte er beide Hände um das Heft, hob das Schwert in die Höhe und verkündete mit klarer, lauter Stimme: »Ich nenne dich Avisiéth. Das nie gesungene Lied. Die Dämmerung der Erlösung.« In dem Moment, als er geendet hatte, zuckte eine blaue Flamme über die Klinge und brannte Runen in das Metall – neben die Worte, die ich dort eingraviert hatte. Und dann brach ein grellweißes Licht aus Avisiéth hervor. Blendend und mächtig schoss es steil in den Himmel hinauf – ein Energiestrahl, der die Nacht zum Tag machte und den Boden unter unseren Füßen erbeben ließ.

Fisher stieß einen überraschten Schrei aus, und seine Augen leuchteten triumphierend, während sein Blick der Energiesäule hinauf in den Himmel folgte. »Der Atem des Engels, Bruder!«, brüllte er. *»Der verdammte Engelsatem!«*

30

SCHWÖR ES!

Im Lager herrschte Chaos, als Fisher mich zu seinem Zelt zurückbegleitete. Fast alle hatten den Engelsatem gesehen, der den Himmel vor der Morgendämmerung erhellte – und diejenigen, die den Lichtstrahl verpasst hatten, bombardierten die anderen mit Fragen. Aber alle waren von einer Mischung aus Ehrfurcht und Aufregung erfasst. Fisher hatte Lorreth geraten, sich schlafen zu legen, bis er ihn am Abend holen würde. Der Krieger hatte noch immer vollkommen sprachlos gewirkt, als er in Richtung seines Zelts ging und Avisiéth wie ein Baby in den Armen hielt. Dagegen hatte Carrion offenbar keine Lust gehabt, den Hügel hinunterzuwandern, und angekündigt, dass er in der Schmiede schlafen würde.

Während der ganzen Zeit hatte ich keine Ahnung, worum es sich bei diesem Engelsatem handelte oder wie er auf einem Schlachtfeld von Nutzen sein konnte. Ich war so erschöpft, dass ich nicht mehr klar denken und mich kaum noch an meinen eigenen Namen erinnern konnte. In dem Moment, als Fisher mich ins Zelt brachte, sank ich in einen Sessel, doch er schüttelte den Kopf und zog mich an den Handgelenken wieder hoch. »Nein, kleine Osha. Komm mit. Du schläfst hier im Bett.«

»Mit dir?« Eine Herausforderung. Ich hatte es satt, um den heißen Brei herumzureden.

Fisher runzelte kurz die Stirn. Er wirkte frustriert, nickte dann aber. »Ich muss erst noch etwas mit Ren besprechen. Aber dann werde ich hier schlafen. Bei dir.«

»Okay.«

»Doch zuerst …«, er verzog das Gesicht, »brauchst du ein Bad.«

Ich konnte ihm die Aufforderung nicht verübeln.

Schließlich hatte ich fünfzehn Stunden in einer glühenden Schmiede geschuftet und den halben Dreck von Irrín unter den Fingernägeln. Meine Haare standen vor Schweiß: Meine Finger blieben regelrecht darin stecken, als ich versuchte, mit der Hand hindurchzufahren. Nichts wäre mir lieber gewesen als ein reinigendes Bad, doch als ich mich überreden wollte, das Zelt zu durchqueren und zu der schönen Kupferbadewanne zu gehen, die Fisher mit seinem Rauch herbeigezaubert hatte, verweigerten meine Beine die Mitarbeit. Ich hatte nicht mal die Kraft, um irgendetwas zu sagen.

Fisher warf einen einzigen Blick auf mich und hob mich auf seine Arme. Früher hätte er jetzt vermutlich eine bissige Bemerkung gemacht: *Siehst du, kleine Osha. Genau wie der Schmetterling, nach dem ich dich benannt habe. So schwach. So verwundbar*. Doch er schwieg, als er mich zur Wanne trug und mich vorsichtig absetzte. Seine Augen zogen wahre Flammenspuren über meine Haut, während er mir aus den Kleidern zu helfen versuchte. Als es mir nicht gelang, die Arme zu heben, und ich frustriert zischte, gab er den Versuch auf und sandte winzige nachtschwarze Sandpartikel über meinen Körper, die meine Kleidung vollständig auflösten.

Selbst nach einem langen Arbeitstag in Elroys Schmiede hatte ich mich nie so eklig gefühlt. Aber Kingfisher betrachtete mich, als wäre ich das Erstaunlichste, das er je gesehen hatte. Als würde er den Dreck und die Erschöpfung nicht wahrnehmen, die wie eine zweite Haut an mir klebten. Mitternachtsschwarzes Haar. Jadegrüne Augen. Dieser markante Kiefer. Der volle Mund, der die kraftvoll-maskulinen Linien seiner übrigen Gesichtszüge milderte. Die Runen an seiner Kehle pulsierten wie ein Herzschlag, als er mich erneut hochhob und sanft in die Badewanne setzte.

Erleichtert seufzte ich auf. Das Wasser hatte die perfekte Temperatur. Die Wärme drang in meinen Körper, löste die Verspannungen in meinen Gelenken und massierte die Verhärtungen in meinen Muskeln. Einfach himmlisch.

Fisher kniete sich auf den Boden und stützte sich mit den Unterarmen auf den Rand der Kupferwanne. Er betrachtete mich weiterhin, und sein Blick war so eindringlich, dass ich mich nur noch stärker entblößt fühlte.

Zwar kostete es mich eine lachhafte Menge an Kraft, aber ich hob meine Hand gerade so weit aus dem Wasser, dass ich Fishers Hand berühren konnte. Er zuckte nicht zurück, hob stattdessen seine Finger einen Zentimeter an und richtete sie neu aus. Eine kaum wahrnehmbare Bewegung. Subtil, aber mit entscheidendem Ergebnis: Seine Fingerspitzen ruhten jetzt auf meinen.

Wir hatten uns geküsst und geleckt und uns gegenseitig wund gevögelt. Er hatte sich bei seinem Höhepunkt in mich ergossen und laut gebrüllt. Aber dieser kleine, bewusste Kontakt zwischen uns war die intimste Berührung, die wir je miteinander geteilt hatten. Verwundert betrachtete ich unsere sich berührenden Finger, und eine ganze Reihe von Gefühlen wetteiferte um meine Aufmerksamkeit.

Fisher stützte sein Kinn auf die Unterarme und seufzte.

»Was ist?«, fragte ich leise.

Er dachte einen Moment nach und schien zu überlegen, ob er die Frage beantworten sollte. »Ich habe mich geirrt«, sagte er schließlich. »Du bist eine geschickte Diebin.«

»Was habe ich denn gestohlen?«

Doch er schenkte mir nur ein kleines, trauriges Lächeln und schüttelte langsam den Kopf. »Versuch zu schlafen. Das Wasser wird warm bleiben. Sobald ich mit Ren gesprochen habe, komme ich zurück.«

Ich erwachte, als Hände, die für Gewalttaten geschaffen waren, sanft meine Kopfhaut einseiften. Nie zuvor hatte mir jemand die Haare gewaschen. Ein Gefühl, das ich gern wieder und wieder erleben wollte. Aber nur mit ihm. Nur mit Fisher.

Als ich zum zweiten Mal aufwachte, hob er mich gerade aus der Wanne. Seine Magie summte über meinen nackten Körper und ließ mich trocken in seinen Armen zurück. Eigentlich wollte ich keine Kleidung, sondern nackt sein. Und er sollte auch nackt sein. Aber die schieferblauen Shorts und das Trägertop, das er aus dem Nichts für mich herbeigezaubert hatte, waren butterweich und sehr hübsch und ließen meine Haut *fast* nackt. Die Geräusche des Kriegslagers jenseits des Zelts verstummten, ersetzt durch selige Stille, als Fisher mich in sein Bett legte und direkt hinter mir hineinkletterte.

Als ich zum dritten Mal erwachte, war es wieder dunkel, und mein Magen knurrte so laut, dass er Tote hätte wecken können. Fishers Arm lag auf meiner Seite, eines seiner Beine war mit meinem verschränkt, und das Gewicht und die Wärme seines Körpers wirkten wunderbar beruhigend. Ich blieb so lange wie möglich ruhig liegen und genoss die stille Dunkelheit und Kingfishers leisen Atem. Eine halbe Stunde verstrich. Schon bald würde ich aufstehen und ins Bad gehen müssen, aber vorerst wollte ich einfach nur hier liegen und das alles in mich aufnehmen.

Der Krieg stand vor der Tür. Der morgige Tag war ungewiss. Verdammt, *heute* war ungewiss, aber dieser winzige Moment war real. *Verdammt* real, und ich wollte ihn nicht mehr loslassen. Als ich versuchte, mich zu entspannen und ihn noch etwas auszukosten, schlich sich jedoch eine Idee in meine Gedanken. Eine Idee, die sich nicht ignorieren ließ.

Ich hatte ein Alchemia-Schwert geschmiedet. Ich. Eine Taschendiebin aus Zilvaren. Ich hatte gelernt, mit dem Quicksilver zu reden, und mit ihm einen Handel abgeschlossen, und jetzt besaß Lorreth eine Waffe, die riesige Mengen an Energie leiten konnte. Noch vor wenigen Monaten hätte ich das nicht für möglich gehalten. Aber jetzt erschien mir vieles möglich. Also war es zumindest einen Versuch wert, oder?

Vorsichtig sandte ich meinen Geist aus und suchte nach dem Summen des Quicksilvers. Ich fand es mühelos, und bei den Göttern, es war laut! So laut! Zu laut, um einen klaren Gedanken fassen zu können. Hatte Fisher damit zu kämpfen? Jede wache Stunde?

Annorath mor!

Annorath mor!

Ich holte tief Luft und sprach ein stilles Gebet zu den Göttern. *Hallo?*

Die Rufe verstummten.

Kingfisher rührte sich im Schlaf und stieß einen gequälten Seufzer aus, wachte aber nicht auf. Ich biss mir auf die Unterlippe und wappnete mich. Wenn ich mich beeilte, dann konnte das alles in wenigen Augenblicken vorbei sein. Zögernd sandte ich erneut meinen Geist aus und dehnte dessen Grenzen, bis ich das rastlose Gewicht des Quicksilvers spürte. Eigentlich hätte ich mich auf diesen Moment vorbereiten sollen, mir überlegen sollen, was ich sagen wollte. Aber ich hatte es nicht geplant, und wie viele Gelegenheiten würde ich dazu überhaupt bekommen?

Ich bin Saeris. Ich bin eine Alchemistin. Ich …

Wir wissen, wer Saeris ist, zischte das Quicksilver. *Sie ist die Morgendämmerung. Sie ist der Mond. Sie ist der Himmel. Sie ist der Sauerstoff in unserer Lunge.*

»Ich …« Ich wusste nicht, was ich darauf antworten sollte. Warum sagte das Quicksilver so was? Ich war die Morgendämmerung? Der Himmel? *Der Sauerstoff?* Rasch schüttelte ich den Kopf – mir blieb keine Zeit für irgendwelche Rätsel. »Ich möchte, dass ihr Fisher verlasst«, stieß ich hastig hervor.

Ihn verlassen?, fragte das Quicksilver mit einem skeptischen Ton in der Stimme.

Ja. Verlasst ihn. Seinen Körper. Ich möchte, dass ihr aus ihm herauskommt. Ich schließe einen Handel mit euch ab.

Wir können ihn nicht verlassen. Wir sind er.

Eine Vielzahl von Stimmen überlagerte sich – ein widerhallender Chor, der mir etwas mitteilte, das ich nicht hören wollte.

Er ist ein Fae. Ihr seid … ihr seid …

Ich hatte keine Ahnung, was das Quicksilver war. Nicht wirklich. Was zum Teufel sollte ich ihm jetzt sagen? Ich musste für größtmögliche Einfachheit sorgen.

Ihr seid Quicksilver. Ihr dürft euch nicht mit Lebewesen verbinden.

Wir verbinden uns mit allen Arten von Waffen.

Fisher ist keine Waffe! Er ist ein lebendiger, atmender …

Eine Waffe, sagte das Quicksilver. *Die beste. Wir sind er. Er ist wir. Wir können ihn nicht verlassen. Wir würden sterben.*

Würdet ihr *sterben? Oder Kingfisher?*

Wir alle, betonte das Quicksilver. *Wir sind eins. Eine Waffe.*

Das Quicksilver war entweder absurd oder stellte sich stur, eins von beidem. Und dafür war ich nun wirklich nicht in der Stimmung. *Ich kann euch in ihm spüren. Ich könnte euch herausführen, euch zu dem anderen Quicksilver in Cahlish bringen. Oder euch zu der beeindruckendsten Klinge schmieden, die es je gab …*

Wir wurden vor Hunderten von Jahren geschmiedet. Wir können nicht getrennt werden.

Ihr tut ihm weh. Selbst in meinem eigenen Kopf schien meine Stimme vor Emotionen zu brechen. *Er leidet euretwegen.*

Das Quicksilver schwieg. Ich konnte spüren, dass es darüber nachdachte. Aber kurz darauf erwiderte es: *Wir sind er. Er ist wir. Wir alle leiden, Alchemistin. Daran lässt sich nichts ändern.*

Dann werdet ihr ihn also so lange bedrängen, bis er zusammenbricht? Bis er stirbt? Und wenn ihr ihn tötet, was dann?

Dann tun wir das, was alle sterbenden Dinge tun. Wir kehren in die Erde, ins Meer und in den Himmel zurück. Wir schlafen. Wir entwickeln uns. Wir verändern uns. Wir transzendieren.

Ihr stehlt ihm sein Leben, fauchte ich. *Ihr habt kein Recht …*

Wir haben ihm sein Leben geschenkt. Einem Jungen. Einem kleinen Jungen. Er war sehr jung, als er in unser Becken stieg. Eigentlich hätte er das nicht überleben dürfen. Aber er war stark, und in den großen Sälen des Universums hallte seine Bestimmung laut wider. Wir erlaubten ihm zu leben, damit er seine Bestimmung erfüllen kann. Wir haben uns an ihn gebunden, damit er überleben kann.

Aber … gibt es denn keinen anderen Weg? Dass er ohne euch …

Diese Würfel sind schon vor Jahrhunderten gefallen. Wir haben unser Schicksal akzeptiert, Alchemistin. Wir alle.

Ich hörte die Andeutung in den Worten des Quicksilvers. Es wollte mir zu verstehen geben, dass Fisher dem irgendwie zugestimmt hatte. Dass er dem Quicksilver erlaubt hatte, sich mit ihm zu verbinden, im vollen Wissen, was das bedeutete. Aber damit konnte ich mich nicht abfinden. Warum sollte er eine Vereinbarung treffen, die ihn letztendlich den Verstand kosten würde?

Meine Augen brannten hinter ihren Lidern. Ich konnte … wollte das nicht akzeptieren. Es musste einen Weg geben, das Quicksilver dazu zu bringen, Fishers Körper freiwillig zu verlassen. Wenn es mir gelungen war, das Quicksilver in Danyas Schwert zu überreden, sich neu schmieden zu lassen und Magie zu leiten, dann konnte ich doch sicher auch mit diesem Quicksilver irgendeine Abmachung treffen, die es aus dem schlafenden Mann neben mir herauslockte.

Plötzlich streifte etwas meine Wange, und ich zuckte erschrocken zusammen und riss die Augen auf … Bei den Göttern: Fisher schlief also doch nicht. Na fantastisch! Das hatte mir gerade noch gefehlt. Eigentlich hatte ich nicht gewollt, dass er von meinen Verhandlungen mit seinem Quicksilver erfuhr.

Fisher strahlte eine tiefe Trauer aus, als er mir die Träne wegwischte, die mir über den Nasenrücken gerollt war. »Ich nehme an, das ist nicht so gelaufen wie erhofft«, flüsterte er.

Ich schniefte. »Hast du alles gehört?«

Er schüttelte leicht den Kopf. »Nur Teile von dem, was das Quicksilver zu dir gesagt hat. Aber anhand seiner Antworten ließ sich ziemlich leicht schlussfolgern, worüber ihr gesprochen habt.«

Verdammt! Ich hätte meine Gedanken für mich behalten sollen. Jetzt wusste er, dass ich herumgeschnüffelt hatte. Kein besonders schönes Gefühl. Ich hätte mich einfach um meine eigenen Angelegenheiten kümmern sollen.

Als wüsste Kingfisher, was ich dachte, murmelte er: »Ich hatte schon darauf gewartet, dass du versuchst, es aus mir herauszuholen.«

»Dann bist du nicht wütend?«

Ein mattes, extrem trauriges Lächeln umspielte seine Mundwinkel, und er schloss die Augen und seufzte. »Natürlich nicht. Wie könnte ich wütend sein? Du wolltest helfen. Aber jetzt weißt du Bescheid. Das Quicksilver ist nicht nur in mir. Es ist ein Teil von mir. Ohne es würde ich sowieso sterben. Also ist es …«

In diesem Moment stürmte Renfis ins Zelt, in voller Rüstung, mit wildem Blick und dreckbespritztem Gesicht.

Hastig setzte ich mich auf, griff nach der Bettdecke und drückte sie an meine Brust, hellwach und bereit. Das Gespräch war vergessen. Das Quicksilver war vergessen. Genau wie die Tatsache, dass ich unter der Decke nicht viel anhatte.

Als Ren mich entdeckte, stieß er auf Alt-Fae einen unterdrückten Fluch aus und wandte den Blick ab. »Bei den Göttern! Entschuldigung. Ich dachte, du wärst in Cahlish, Saeris. Es tut mir leid, wirklich, aber ich brauche ihn.«

Eine Sekunde später war Fisher aus dem Bett gesprungen, ein schattenhafter Schemen, der durch das Zelt huschte. Als er am Bücherregal innehielt, trug er bereits seine schwarze Lederrüstung, die Halsberge an der Kehle und Mordlust in den Augen. »Was ist passiert?«, fragte er drängend.

»Die Horde … sie steht wieder am Ufer«, stieß Ren hervor. »Da draußen ist die Hölle los.«

»Verflucht!« Wie aus dem Nichts zerriss die Stille, die sich bei unserem Betreten des Zelts wie eine Glocke über uns gelegt hatte, und der Klang des Chaos brach über uns herein. Schreie und Rufe. Das Donnern von Hunderten von Stiefeln, die durch den aufgewühlten Schlamm liefen. Befehle hallten von einem Ende des Lagers zum anderen. Und unter all dem dröhnte der gleichmäßige Rhythmus von Hämmern, die auf dickes Eis schlugen.

BUMM!

BUMM!

BUMM!

»Verflucht!«, wiederholte Fisher. In seiner Hand erschien eine schwarze Schattenranke, die sich in Nimerelle verwandelte. »Es tut mir leid …«

»Nein, das muss es nicht«, versicherte Ren. »Es besteht kein Grund für eine Entschuldigung. Niemand ist verletzt worden. Das Ganze ist ein Scheinangriff. Kaum tausend Vampire. Trotzdem solltest du mitkommen«, stieß er hastig hervor. »Wir sehen uns am Fluss. Saeris, es wäre das Beste, wenn du hierbleibst.«

»Nein. Ich komme mit.« Das war's. Endgültig. Ich war es leid, dass man mir sagte, ich solle warten, solle bleiben, mich an einem Ort verstecken, an dem ich in Sicherheit war. Ich wollte nicht hierbleiben und in einem Zelt herumlaufen, während Fisher, meine Freunde und der Rest des ganzen verdammten Kriegslagers Malcolms Monster bekämpften. Das kam nicht infrage. Ich stieg aus dem Bett – es war mir egal, dass ich nur mit Shorts und Trägertop bekleidet war. Aber Fisher kümmerte sich darum: Als meine nackten Füße den Teppich berührten, trug ich bereits eine schwarze Kampfhose und ein dazu passendes, langärmeliges Hemd.

Ren erwartete eine Antwort von seinem Freund. »Fisher?«

Fisher starrte mich an. Die harte Arroganz, die er noch vor ein oder zwei Wochen an den Tag gelegt hätte, war verschwunden, ersetzt durch eine fragende Miene.

»Ich bleibe nur dann im Zelt, wenn du mich dazu zwingst«, sagte ich mit zittriger Stimme. Und da war er: der Moment, in dem er mich offiziell für sich gewann oder für immer verlor. Wenn er mir jetzt zu bleiben befahl und mir meinen freien Willen nahm, spielte es keine Rolle, wie sehr sich die Situation zwischen uns verändert hatte. Oder wie sehr ich ihn brauchte. Ich würde nie wieder mit ihm reden. Ihn nie wieder ansehen. Das alles wäre vorbei, bevor es überhaupt begonnen hatte. Natürlich würde es wehtun, aber bei Weitem nicht so sehr wie ein Verrat seinerseits. Ich wartete und betete zu den Göttern – deren Namen ich erst vor Kurzem erfahren hatte –, dass er die richtige Entscheidung traf.

Fisher schluckte schwer. »Du willst nicht nach Cahlish zurückkehren?«, fragte er leise.

»Auf keinen Fall.« Eine Verbannung nach Cahlish wäre sogar noch schlimmer. So weit entfernt, dass ein ganzes Gebirge zwischen mir und dem Kampf stand? Das würde ich ihm nie verzeihen. Ich wäre nicht dazu in der Lage, selbst wenn ich es versuchte.

Tu das nicht, Fisher. Ich bitte dich. Schick mich verdammt noch mal nicht weg.

Ein Muskel zuckte an seinem Kiefer. Er hatte einen Entschluss gefasst.

Ich wappnete mich und wartete darauf, dass sich ein Schattentor bildete, aber …

»Wenn du jetzt mitkommst, bleibst du dann in meiner Nähe?«, fragte er.

Mir wurden die Knie weich. Ich antwortete schnell, bevor er es sich anders überlegen konnte. »Ja, definitiv.«

»Und wenn ich dir sage, du sollst an einem Ort bleiben, bis die Gefahr vorüber ist?«

»Dann bleibe ich dort.«

»Und wenn ich dir sage, du sollst weglaufen?«

»Dann laufe ich weg.«

Er kniff seine wunderschönen Augen leicht zusammen und musterte mich. *»Schwör es.«*

»Ein Versprechen bindet mich nicht so, wie es dich bindet.«

»Ich weiß. Aber die Menschen geben sich trotzdem gegenseitig Versprechen, auch wenn sie gebrochen werden können, oder? Weil sie darauf vertrauen, dass der andere sein Wort hält.«

»Ja.«

»Dann schwör es, kleine Osha, und ich werde dir vertrauen.«

Eine Woge heißer Gefühle traf mich mitten in die Brust. *Das* war die Art von Mann, mit dem ich zusammen sein wollte. »Ich schwöre es.«

Kingfisher nickte. »Also gut. Dann soll es so sein.« Schnell ging er zu der Truhe am Fußende seines Betts, öffnete den Deckel und holte ein langes, schmales Stoffbündel heraus. Ich erkannte es sofort: Es handelte sich um das Bündel, das Fisher bei unserer Flucht aus dem Winterpalast an Aidas Sattel befestigt hatte.

Rens Augen weiteten sich, als Fisher das Bündel auf das Bett legte, den Stoff abwickelte und das Schwert darin zum Vorschein kam.

Nicht nur irgendein Schwert. Die Klinge, mit der alles angefangen hatte. Das Schwert, das ich aus dem erstarrten Quicksilver-Becken in Madras Palast gezogen hatte: Solace. Im Schein des Feuers blitzte dessen Heft auf, jetzt hellsilbern, ohne die Spuren des Alters, die seine Schneide stumpf gemacht hatten. Eine atemberaubende Waffe. Die Art, über die Lieder geschrieben wurden. Der Knauf war mit einer Mondsichel verziert, deren spitze Enden so nah beieinanderlagen, dass sie sich fast berührten und einen vollständigen Kreis bildeten. Eine Inschrift zog sich um das Heft, über die Parierstange und an der Klinge entlang, geschrieben in Alt-Fae.

Fisher drehte sich um und hielt mir das Schwert entgegen. »Die Gebeine meines Vaters ruhen irgendwo in Zilvaren. Sein Schwert hat die letzten Jahrtausende dort verbracht, was …« Er hielt inne und betrachtete das Schwert. »Das macht es jetzt vermutlich eher zilvarisch als yvelianisch.«

Ich hatte das Gefühl, als würde die Luft brennen – zu heiß zum Atmen. Fisher nahm eine Lederscheide von der Zeltwand und schob Solace hinein. Sprachlos hob ich die Arme, als er den Gürtel der Scheide um meine Taille wickelte. Seine Hände arbeiteten geschickt und passten den Gürtel an meine viel schmalere Taille an, und ich musste mich zusammenreißen, um nicht in Tränen auszubrechen.

Das Schwert seines Vaters?

Ren stand da, die Arme vor der Brust verschränkt, und sah zu. Unsere Blicke trafen sich, und in meiner Brust stieg eine sorgenvolle Frage auf: Würde er das Ganze verurteilen? Würde sich auf seiner Miene Zorn spiegeln? Empörung darüber, dass ein wertvolles Fae-Erbstück in die Hände eines Menschen gelangt war? Nein, natürlich nicht. Tiefe Zufriedenheit zeichnete sich auf seinem

Gesicht ab, als wollte er sagen: *»Gut. Na endlich. So hatte es schon immer sein sollen, Saeris Fane.«*

Fisher richtete sich auf und musterte mich. »Okay. Bist du bereit?«

»Ja.« Mein Herz schlug zwar wie ein Maultier gegen meine Rippen, aber das Gewicht des Schwerts an meiner Hüfte übte eine beruhigende Wirkung auf mich aus.

»Sei unnachgiebig und unbarmherzig im Angesicht der bösartigen Toten«, sagte Fisher.

Ren legte mir eine warme Hand auf die Schulter. »Und solltest du feststellen, dass deine Seele vom Körper getrennt wurde, bestell in der ersten Schenke, die du im Jenseits findest, einen Drink für uns. Wir werden die Rechnung begleichen, sobald wir dort ankommen.«

31

DER DARN

Blitze fuhren wie Krallen über den Nachthimmel. Regen prasselte auf uns herunter, sintflutartig und eiskalt, als wir am westlichen Rand des Kriegslagers entlangliefen. Ren und Fisher schlängelten sich wie dunkle Geister durch das Chaos, sprangen über Lagerfeuer, die bereits umgetreten worden waren, und sprinteten an Gruppen von Kriegern vorbei, die versuchten, gewaltige Felsbrocken in Richtung des gefrorenen Flussufers zu rollen. Fisher ließ sich zurückfallen und wartete auf mich, aber ich war den beiden ohnehin dicht auf den Fersen und folgte ihnen im Eiltempo.

Auf der anderen Seite des Darn sammelte sich eine Reihe gieriger Vampire knurrend und schnappend am Rand des Eises. Selbst durch den peitschenden Regenvorhang hindurch konnte ich ihre zerbrochenen Zähne und verstümmelten Zungen ausmachen. In dieser Nacht war es etwas wärmer als bisher, und der Gestank, der über den Fluss zog – verrottendes Fleisch und der Geruch von fauligem, metallischem Blut –, ließ mich würgen. Schnell versuchte ich, durch den Mund zu atmen, und schaffte es gerade noch, meinen Mageninhalt bei mir zu behalten.

Fisher und Ren hielten abrupt an einer Flussbiegung inne, wo die schneebedeckten Ufer einander am nächsten waren und einen Engpass bildeten. Nur fünfzehn Meter trennten Irrín und Sanasroth hier voneinander. Es würde nicht lange dauern, bis den Fressern die Überquerung gelang.

Panik lebte und atmete in meinen Adern und stieg von Sekunde zu Sekunde an, aber ich unterdrückte sie eisern und weigerte mich, ihr nachzugeben. »Warum sind hier nur so wenige?«, keuchte ich. Die Horde von Vampiren auf dem gegenüberliegenden Ufer war bei Weitem nicht so groß wie weiter flussabwärts, wo der Strom breiter war.

»Das Wasser fließt noch immer unter dem Eis. Und da der Fluss diesen Engpass durchqueren muss, ist die Strömung hier stärker – was bedeutet, dass das Eis dünner ist«, erklärte Fisher. »Das macht die Überquerung gefährlicher.«

»Und sie wissen das?«, fragte ich ungläubig.

»Nicht auf intelligente Art und Weise«, ergänzte Ren. »Vampire können fließendes Wasser nicht durchqueren. Sie spüren die Strömung hier und haben Angst. Aber einer von ihnen wird unweigerlich den ersten Schritt aufs Eis hinaus wagen. Und dann folgen die anderen.«

»Und dann sind wir hier, um zu verhindern, dass sie es herüberschaffen.« Finster musterte Fisher die Gruppe von Vampiren, die sich am gegenüberliegenden Ufer drängten und schubsten. Sein Blick wirkte geistesabwesend, seine Miene besorgt. »Dieses Mal ist er nicht dabei«, murmelte er.

Ich brauchte nicht zu fragen, wen Fisher damit meinte – Ren und ich wussten bereits, dass er von Malcolm sprach. Der silberhaarige König der Vampire war nirgends zu sehen. An diesem

Abend hatte er sich nicht dazu herabgelassen, persönlich zu erscheinen, und stattdessen seine Domestiken losgeschickt, um die Drecksarbeit für ihn zu erledigen. Ehrlich gesagt war ich darüber erleichtert. Malcolms Anblick auf der anderen Seite des Flusses hatte in mir eine Angst ausgelöst, die mir noch immer in den Knochen steckte. Zwar war er nicht größer als ein durchschnittlicher Fae gewesen und dazu weniger muskulös als die meisten der Krieger hier im Lager. Aber das Gefühl der Macht, das von ihm ausging, war überwältigend gewesen. Ich hatte gespürt, wie sie an mir zerrte und riss, nach meinen Schwachstellen suchte, als wollte sie mich auf die Knie zwingen. Selbst wenn ich noch tausend Jahre lebte und diesen Mann mit dem maskenhaften Gesicht nie wiedersah, würde ich mich an diesen Moment erinnern.

BUMM! BUMM!

BUMM! BUMM!

Das Geräusch der Hämmer, die auf das dicke Eis einschlugen, klang in meinen Ohren wie ein doppelter Herzschlag.

»Mach dich bereit«, sagte Fisher. Rauch strömte aus seinen Händen, bildete zuerst eine dunkle Lache vor seinen Füßen, waberte dann bis zum Rand des Flusses und verharrte dort.

Schreie drangen aus dem Osten herüber – ein wütendes Kriegsgebrüll. Ich beobachtete die sich windende Masse von Körpern auf beiden Seiten des Darn und empfand eine Mischung aus Entsetzen und Erleichterung, als ich sah, dass die erste Welle von Vampiren auf den gefrorenen Fluss hinausrannte, dessen Oberfläche jedoch von den riesigen Eisbrechern zerschmettert worden war.

»Sie haben es geschafft«, bemerkte Ren. »Gleich ist es vorbei. Noch ein paar Volltreffer …«

Und als wüsste die Vampirhorde uns gegenüber, dass dies ihre letzte Chance war, trat ein zerlumpter alter Mann, dem der halbe Kiefer herunterhing, mutig auf das Eis hinaus. Ein zerfetztes

Hemd klebte an seinem ausgemergelten Körper, und eine ausgefranste und schmutzige Hose hing von seinen Hüftknochen herab. Sein Unterkiefer bewegte sich von einer Seite zur anderen, und aus seinen aufgesprungenen Lippen quoll schwarzes Wundsekret hervor.

Der Alte begann, auf verwesenden Füßen über den Fluss zu schlurfen, als etwa dreißig Meter entfernt, in Richtung des Lagers, der Darn auseinanderbrach und das Eis ächzend den Hämmern und Äxten nachgab. Vampire stürzten durch die sich öffnenden Spalten und versanken in der reißenden Strömung darunter.

Die Toten konnten nicht schwimmen und trieben auch nicht auf dem Wasser. Ein paar der blutrünstigen Fresser klammerten sich an Eisschollen, um sich damit über Wasser zu halten, aber vergebens. Die Entschlossensten unter ihnen konnten sich vielleicht zehn Sekunden lang festklammern, bevor ihre leblosen Hände den Griff verloren und sie unter die rauschende Wasseroberfläche sanken.

Der alte Mann, der uns entgegengetaumelt kam, musste so hohle Knochen wie ein Vogel haben. Das Eis hielt unter seinen Füßen, während er langsam näher kam – was seinen Begleitern Mut machte. Als Nächstes folgte eine Frau. Ihr Gesicht war zerrüttet, die Augen fehlten, die Wangen hingen zerfetzt herab. Die Wunden sahen frisch aus – an manchen Stellen war die Haut noch rosa. Vor ein oder zwei Tagen musste sie noch am Leben gewesen sein. Sie trug eine Schürze mit getrockneten braunen Blutflecken, die mich an die Schürzen der Köche im Winterpalast erinnerte. Hatte sie irgendwo auf einem vornehmen Anwesen gearbeitet? War sie für einen Moment ins Freie gegangen, um der Hitze der Küche zu entfliehen oder einen schnellen Blick auf die Sterne am Nachthimmel zu werfen? Und war ein schrecklicher Albtraum aus den Schatten aufgetaucht und hatte ihr das Gesicht zerfetzt, während er sich an ihr satt fraß?

Dann folgte ein Junge, nackt und schmächtig.

Anschließend eine Frau mit verkohlten Händen und dunklen Korkenzieherlocken, die eine leblose Puppe hinter sich herzog. Mein Magen krampfte sich zusammen, als ich erkannte, dass es sich nicht um eine Puppe handelte, sondern um … einen Säugling, wie ein Nadelkissen durchbohrt von Hunderten von Zahnabdrücken.

»Bei allen Göttern und Sündern«, flüsterte ich. »Was *ist* das?«

»Die Hölle auf Erden«, antwortete Renfis grimmig. »Und es hört nie auf.«

Schon bald befanden sich mindestens zwanzig Vampire auf dem Eis. Die anderen verharrten am Ufer und weigerten sich weiterzugehen – entweder zu überwältigt von dem Gefühl des rauschenden Wassers in ihrer Nähe oder zurückgehalten von einem anderen, stummen Befehl. Aber die zwanzig auf dem Eis reichten aus, dass ich mir Sorgen machte.

»Sie haben fast die Hälfte geschafft«, murmelte Ren.

»Sobald sie die Grenze überschreiten, schlage ich ihnen die verdammten Köpfe ab«, knurrte Fisher.

Der Regen wurde stärker, peitschte gegen die Zelte und löschte die unbeaufsichtigten Feuer im Lager. Er prasselte auf uns herab, durchnässte unsere Kleidung bis auf die Haut und bewirkte, dass unsere Haare an unseren Köpfen klebten. Besorgt beobachtete ich das langsame, aber entschlossene Vorrücken der Vampire und musste einfach fragen: »Warum warten? Warum reagierst du nicht jetzt sofort?«

»Wir sind an die Regeln des Kriegs gebunden«, antwortete Fisher. »Solange der Feind nicht unsere Grenzen überschritten hat, dürfen wir keine Magie einsetzen. Außerdem funktioniert unsere Magie nicht auf sanasrothischem Boden. Fae-Magie braucht Licht und Leben, um ihre Wirkung zu entfalten. Und auf der anderen Seite des Flusses herrscht nichts außer Tod, Dunkelheit und Verfall.

Die Grenze unserer Länder führt genau mitten durch den Darn. Aber in dem Moment, in dem diese Höllenbrut sie überquert …«

Er hatte den Satz noch nicht beendet, als es so weit war: Der alte Mann mit dem zertrümmerten Kiefer stolperte über die Grenzlinie. Ren und Fisher handelten wie ein Mann und sammelten ihre Magie. Die Luft knisterte vor Energie – meine Zähne vibrierten regelrecht. Beide Krieger bewegten sich mit tödlicher Präzision. Ren zog seine Hand zurück und jagte eine Kugel aus blau-weißem Licht hoch in den eisengrauen Himmel. Gleichzeitig strömte ein kraftvoller pechschwarzer Wind aus Fishers ausgestreckten Händen. Er stieß dem alten Vampir gegen die Brust, heulte um ihn herum und brannte sich durch die Reste seiner Kleidung, durch seine schlaffe Haut, durch die bloßen, vergilbten Knochen seines Brustkorbs. Der Vampir schnappte zu, wütend über den Angriff, taumelte aber weiter vorwärts.

Ein weiterer Schritt.

Zwei.

Dann riss ihm der Wind die Reste seines Kiefers fort …

… und Rens Leuchtkugel stürzte auf den Fluss in einer Explosion aus Licht und Hitze, die das zerbrechliche Eis von einem Ufer zum anderen zertrümmerte. Die anderen Vampire, die noch immer auf der sanasrothischen Seite des Flusses standen, kreischten und heulten, während sie in die schnell dahinrauschenden Fluten stürzten und aus der Sicht verschwanden.

Überall entlang des Flusses war das Eis zerbrochen, der Weg unpassierbar. Mit anderen Worten: Wir alle waren in Sicherheit.

Jubel erhob sich unter den Yvelia-Fae, unflätig und voller Verachtung. Wie oft hatten sie schon an diesem Ufer gestanden und Malcolms Bestien nach Ammontraíeth zurückgeschickt mit verfaulendem, eingeklemmtem Schwanz?

Irrín war ein Ouroboros – eine Schlange, die ihren eigenen Schwanz fraß. Die Aufgabe dieses Kriegslagers würde niemals erfüllt werden. Es würde immer eine weitere Nacht geben, und das Eis würde immer wieder gefrieren, und es würde immer ein Bataillon von Kriegern hier vor Ort sein müssen, um die Horden in Schach zu halten und sie zurückzuschlagen, falls den Vampiren eines Tages die Überquerung gelang. Die Vorstellung war einfach nur deprimierend. Einige dieser Krieger lebten schon seit Jahrzehnten hier und verrichteten in jeder verdammten Nacht dieselbe Aufgabe – so lange schon, dass sie diesem Ort einen *Namen* gegeben hatten. Sie hatten hier Häuser gebaut. Hatten Familien gegründet! Denn was für ein Leben war das hier, ohne geliebte Menschen um sich herum und ein Gefühl von vermeintlicher Normalität? Ohne die Hilfe von Belikon …

»Am Ufer! Dort, am Ufer!« Ein entsetzter Schrei unterbrach abrupt meine Gedanken.

Kingfisher wirbelte herum und wandte sich dem Lager zu. Sein Gesicht war weiß wie Schnee, und das Quicksilver in seinem Auge bildete wechselnde Muster, während er das Flussufer sondierte, um die Ursache des Alarms zu finden.

Er entdeckte den Grund vor mir – genau wie Renfis. Beide versteiften sich, und Ren keuchte bestürzt auf. »Was? Das … Das *kann* nicht sein. Das ist nicht … möglich.«

Jetzt konnte ich es auch sehen: Zwischen den eisigen Felsen und dem aufgewühlten Schlamm kroch etwas aus dem Fluss. Und es hatte Zähne, so scharf wie Rasierklingen.

»Eindringling! Eindringling! Eindringling!« Die Warnung verbreitete sich wie ein Lauffeuer.

»Geh. Ich bleib bei ihr. Geh!«, forderte Ren Fisher auf.

»Heute hältst du dein Versprechen und bleibst, wo du bist, Osha«, sagte Fisher. Im Bruchteil einer Sekunde hatte er sich in eine wilde Kreatur verwandelt. Seine Haut schimmerte plötzlich bleich und unheimlich, die dunklen Locken wehten in einem unsichtbaren Wind. Er war mir nie sehr menschlich vorgekommen, aber jetzt, da er am Abgrund der Gefahr stand, war er durch und durch Fae.

»Ich bleibe hier. Versprochen.« Ein krachendes Donnergrollen übertönte meine Worte, doch Fisher nickte. Er schaute mir noch einen Moment in die Augen, dann war er verschwunden.

»Da kommen noch mehr! Mehr überqueren den Fluss!«, rief eine Kriegerin.

Und tatsächlich begannen die Vampire, die am anderen Ufer stehen geblieben waren, auf dem schmutzigen Schnee in den Fluss zu rutschen. Ich sah, wie sie zu zweit und zu dritt von der Strömung mitgerissen wurden, sich blindlings aneinanderklammerten und versuchten, unser Ufer zu erreichen. Einige versanken unter der Wasseroberfläche und tauchten nicht wieder auf. Doch dann stellte ich entsetzt fest, dass mehr und mehr Vampire aus dem Wasser krochen.

»Mach dich bereit«, sagte Ren angespannt. »Lass uns die Arschlöcher mit Stahl empfangen.«

Und mit uns …, flüsterte eine aufgeregte Stimme. *Mit uns! Mit uns!*

Solace. Die Klinge mit dem Mondsichelknauf war schließlich ein Götterschwert. Natürlich enthielt es Quicksilver. Und es war wach. Lebendig. Hörte zu. Sprach. Sprach mit *mir.*

Mir blieb keine Zeit, mich darüber zu wundern. Drei Vampire krochen aus dem Wasser, aber ihr Bad im eiskalten Fluss hatte sie nicht beeinträchtigt. Der erste schüttelte sich wie ein Hund, fletschte die Zähne, sah uns und setzte sich in Bewegung. Mit unnatürlichen, ruckartigen Bewegungen galoppierte der nackte Junge auf allen vieren das Ufer hinauf, wobei seine zerklüfteten Krallen Löcher in den Schnee rissen. Ren reagierte auf die Attacke mit einem blitzschnellen Schwerthieb und bewegte sich kaum, während seine Klinge sichelförmig durch die Luft pfiff und der Kreatur den Kopf von den Schultern trennte.

Der alte Mann griff als Nächster an, wenn auch nicht so schnell. Nachdem er Fishers Magie ausgesetzt war, schien er in schlechter Verfassung und schaffte es gerade noch, sich im Laufschritt auf uns zuzubewegen. Ren wirbelte herum, führte das Schwert aufwärts und durchtrennte die krallenbewehrte Hand, mit der der Alte nach ihm schlagen wollte. Als er durch den Schlag das Gleichgewicht verlor, zischte Rens Klinge erneut durch die Luft und trennte auch ihm den Kopf ab.

Immer mehr Leichen stiegen aus dem Darn – weit mehr als die zwanzig, die in den Fluss gefallen waren, als das Eis unter ihren Füßen zerbrach. Es ergab keinen Sinn. Ren tötete sie so schnell, wie sie aus dem Wasser auftauchten, aber schon bald waren es zu viele für ihn allein. Er jagte Leuchtkugeln in die Luft, die mit beängstigender Wucht zu Boden krachten und in der Sekunde explodierten, in der sie mit verwesender Haut in Berührung kamen. Die Fresser gingen in hellblauen Flammen auf, stolperten übereinander und schrien, aber es kamen immer mehr.

»Saeris! Such Lorreth! Geht zurück in die Schmiede!«, brüllte Renfis.

»Nein!« Ich zog Solace, und eine Hitzewelle schoss meinen Arm hinauf. Das Gefühl überraschte mich. Zwei Sekunden später stand ich Schulter an Schulter mit Ren vor sechzig knurrenden Vampiren.

Ren sah mich an, als hätte ich völlig den Verstand verloren. »Du hast es ihm versprochen!«, rief er.

Ich nickte und hob das Schwert. »Ich habe versprochen, dass ich hierbleibe. Wenn ich allein in die Dunkelheit fliehe, werde ich definitiv sterben. Er wusste, dass ich bessere Überlebenschancen habe, wenn ich bei dir bin.«

Es gab nichts, was Ren hätte tun können. Zähneknirschend machte er einen Ausfall und rammte sein Schwert durch den Schädel eines Vampirs, der so entstellt war, dass ich nicht mal sagen konnte, ob es sich um einen Mann oder eine Frau handelte. »Eigensinniges Mädchen«, knurrte er. »Wag es ja nicht, hier zu sterben, Saeris Fane! Fisher wird mir nie verzeihen, wenn der Sinn seines Lebens auf ihrem ersten verdammten Schlachtfeld zerfetzt wird.«

Moment mal! Was hatte … oh! *FUCK!* Gerade noch rechtzeitig riss ich Solace hoch. Der Vampir, der sich auf meine Kehle stürzen wollte, bekam die Schneide der Waffe genau zwischen die Zähne. Ich zog den Hieb bis zum Ende durch und trennte dem verfluchten Monster die obere Hälfte seines Kopfs ab.

Der Vampir sackte zu Boden, war aber noch nicht mit mir fertig. Zwar war von seinem Kopf nur noch ein Haufen zerfetztes Gewebe und ein Stück seines Unterkiefers übrig, aber das reichte offenbar aus. Er schlug mit den Klauen nach meinen Beinen, seine Krallen kratzten über meine Lederrüstung, seine nackten Füße traten gegen den Schnee. Teerdickes schwarzes Wundsekret spritzte über meine Stiefel.

»Der ganze Kopf! Du musst den ganzen Kopf abschlagen!«, brüllte Ren.

Also den ganzen Kopf. Okay, das würde ich hinkriegen. Ich atmete tief durch, beruhigte und konzentrierte mich. Mein Training übernahm die Kontrolle. All die endlosen Stunden, die ich mit den Rebellenfreunden meiner Mutter auf dem Dachboden verbracht hatte, um zu lernen, wie man eine Klinge zu seinem Vorteil anwendete. Wie man seinen Körper bewegte. Wie man den Schwung des Gegners gegen ihn selbst nutzte. Wie man angriff und sich zurückzog, angriff und sich zurückzog. Wie man sich völlig auf die anstehende Aufgabe konzentrierte.

Der Unterkiefer des Vampirs und das, was von seinem Hirnstamm übrig war, flogen sauber abgetrennt in den Schlamm. Die Kreatur sackte schlaff zu Boden, dieses Mal für immer. Und dann machte ich mich an die Arbeit.

Ich hatte festgestellt, dass die Vampire für den Bruchteil einer Sekunde relativ träge waren – genau dann, wenn sie aus dem Wasser auftauchten. Ren erledigte sie scharenweise, während sie das Ufer hinaufkamen, aber ich lief noch näher ans Wasser und begann sie zu zerlegen, bevor sie sich orientieren konnten.

Solace summte in meinen Händen und sandte mit jedem Schlag Wellen von Energie durch meine Schultern. Ich krümmte mich leicht zusammen, verlagerte mein Gewicht auf die Fußballen und die Hüften und überließ mich ganz dem Tanz des Tötens.

»Zurück, Saeris! Komm zurück!« Ren hatte recht. Es waren zu viele, die jetzt gleichzeitig das Ufer erreichten. Leichtfüßig sprang ich zurück und ging neben ihm in Stellung. »Ich werde sie verwunden. Du erledigst sie«, knurrte er.

Eine schwarze Rauchwolke fegte über den Fluss und drängte viele Vampire, die das Ufer erklimmen wollten, zurück in die Fluten. Schwarzer Rauch bedeutete, dass Fisher irgendwo in der Nähe war – und dass er noch lebte. Erleichterung schoss wie ein Blitz durch meine Adern. Ich rammte einem Vampir meine Schwertspitze durch die Wange und spießte ihn am Boden auf, dann riss ich das Schwert los und trennte der abscheulichen Kreatur den Kopf ab – gerade noch rechtzeitig, um den Vorgang zu wiederholen, als Ren einen weiteren sabbernden Fresser in meine Richtung schickte.

Die Zeit schien sich zu verlangsamen, und dann geschah etwas Seltsames: Meine Herzfrequenz sank. Ein Gefühl der Ruhe überkam mich. Akzeptanz und Einsicht. Der Vampir auf der linken Seite umging Ren und steuerte direkt auf mich zu. Ich wusste, dass er sich schnell bewegte, und doch schien es so, als würde er auf weichem Sand laufen. Er wollte sich zusammenkrümmen und versuchen, mich zu Boden zu reißen; ich konnte sehen, wie der hirnlose, animalische Angriffsplan ihn jetzt schon dazu brachte, dass er seine Knie beugte und seine Schultern nach vorn nahm.

Die Krallen an den Enden seiner Finger, scharf wie Glasscherben, krümmten sich und griffen nach mir, förmlich darum bettelnd, meine Haut zu zerreißen.

Die Antwort darauf war einfach. Ich ging auf die Knie und schwang mein Schwert sichelförmig über meinem Kopf, winkelte die Schneide aufwärts an … und es war vorbei.

Der Kopf des Vampirs rollte das Ufer hinunter, prallte gegen den Haufen von Leichen, der sich dort gebildet hatte, und landete mit einem Platschen im Fluss.

Ren hielt inne und musterte mich mit großen Augen. »Was war *das* denn?«, flüsterte er.

»Keine Ahnung. Ich habe nur …« Ich konnte den Satz nicht beenden, weil eine schwarze Rauchwolke mich vom Boden aufhob und ich plötzlich in Fishers Armen lag.

Sein Gesicht war mit Wundsekret verschmiert, und Panik stand in seinen Augen. »Alles in Ordnung mit dir? Was ist passiert? Bist du verletzt?«

»Mir geht's gut. Ehrenwort.«

Die Zweifel in seinem Gesicht verrieten, dass er mir nicht glaubte, doch die verflogen, als Ren ihm etwas zurief. »Sie reißt ihnen den Arsch auf, Bruder. Sie führt Solace fast so gut wie dein Vater.«

Na ja, das war vermutlich eine starke Übertreibung – aber noch immer besser, als wenn der General gesagt hätte, ich sei eine Belastung. Also nahm ich das Kompliment gern an.

Fisher betrachtete mich mit einem Ausdruck in den Augen, der verdammt nach Stolz aussah. »Tatsächlich?«

»Lass uns später weiterreden!«, rief Ren. »Wir sind im Moment ziemlich beschäftigt!«

Sofort konzentrierte Fisher sich wieder auf den Kampf. Er setzte mich ab und trat an Rens Seite, wobei seine Magie wie ein schwarzer Vorhang aus ihm hervorquoll. In dem Moment, als er

Nimerelle zog, wusste ich, dass dieses Gefecht vorbei war. Ren bewegte sich geschmeidig und hielt sich die angreifenden Vampire mit Leichtigkeit vom Hals, aber Fisher war ihm im Kampf bei Weitem überlegen. Er schwang das Schwert nicht. Er führte es nicht. Die mattschwarze Klinge und der Krieger waren eins. Er *floss* förmlich. Wo Nimerelle durch die Luft schnitt und Rauchschwaden hinter sich herzog, sanken die Vampire zu Boden wie niedergemähte Weizenhalme.

Ein wunderschöner und zugleich erschreckender Anblick. Kingfisher erhob das Töten zu einer Kunstform.

Ich bewunderte noch immer die Art und Weise, wie er sich bewegte, als weiter flussabwärts ein grelles weißes Licht wie eine Peitsche durch die Luft jagte. Für einen Sekundenbruchteil wurde die Nacht zum Tag. Rohe, ungefilterte Energiestränge zuckten den Darn entlang, suchten sich mehrere Ziele gleichzeitig, und überall am Flussufer ertönten überraschte Rufe, als die in den Kampf verwickelten Krieger ihre Gegner wie Fackeln in Flammen aufgehen sahen.

Das war Lorreths Werk – und das des Engelsatems, den Aviséth ihm gewährt hatte. Und sein Anblick entflammte etwas in *meiner* Seele.

Fisher schwang Nimerelle ein letztes Mal und durchtrennte den Hals seines Opfers so schnell, dass es einen Moment dauerte, bis der Kopf der Kreatur nach hinten von den Schultern kippte. Endlich war unser Flussabschnitt frei von Vampiren. Fisher grinste wie ein Verrückter, und seine Augen leuchteten und reflektierten die Stränge aus weißem Licht, als er sich umdrehte, um das Spinnennetz der Magie zu beobachten, die inmitten des Kampfgetümmels von Punkt zu Punkt sprang, alles zerstörte, was sie berührte, und Malcolms Armee in Aschesäulen verwandelte.

Fisher warf den Kopf in den Nacken und heulte. Ren schloss sich ihm an, und langsam gesellten sich überall im regennassen

Lager weitere Stimmen dazu. Die Wölfe heulten ihren Sieg in die Nacht hinaus.

Das Geheul war noch nicht verstummt, als Fisher Nimerelle mit der Spitze nach unten in den schmutzigen Schnee stieß, die Hände um den Mund legte und so laut brüllte, dass sein Schrei den Himmel zu erschüttern schien. *»Lorreth von den Gespaltenen Türmen! Lorreth vom Darn!«*

»Lorreth!«

»Lorreth!«

»Lorreth vom Darn!«

Der Name schallte wieder und wieder durch die Luft – und der Klang aller Fae-Krieger im Lager, die Lorreths Namen riefen, war so mächtig, dass es mir die Brust zuschnürte. Zum ersten Mal seit tausend Jahren hatte ein Götterschwert einen Yvelia-Fae für würdig befunden und ihm magische Kräfte für die Verteidigung seines Volkes gewährt. Ich kam nicht aus Yvelia, doch selbst *ich* wurde von den ungezügelten Emotionen mitgerissen, die die Luft erfüllten. Mir fehlten regelrecht die Worte …

»KINGFISHERRRR!« Ein schriller Schrei erhob sich über das Gebrüll und Gejohle. Sogar das wütende Grollen des Donners konnte ihn nicht übertönen. *Und er stammte von einer Frau.*

Abrupt wandten wir drei den Feierlichkeiten den Rücken zu und suchten nach der Stimme. Es dauerte nicht lange, bis wir sie fanden. Dort, auf der anderen Seite des Flusses, stand eine Frau in einem rubinroten Kleid. Ihr hellblondes Haar wehte hinter ihr wie eine goldene Fahne im heulenden Wind.

Everlayne.

Und sie wurde von mindestens hundert Vampiren flankiert.

32

TALADAIUS

Bei Everlaynes Anblick fluchten Ren und Fisher. Everlaynes Mund war leicht geöffnet, stumme Panik zeichnete ihr schönes Gesicht. Von diesem Aussichtspunkt aus, wo der Fluss am schmalsten und Yvelia und Sanasroth einander am nächsten waren, fiel es leicht, ihre zarten Gesichtszüge zu erkennen. Und zu sehen, wie verängstigt sie war.

Hinter Fisher erschien ein schwarzes Loch. Er war nur den Bruchteil einer Sekunde davon entfernt, hindurchzuspringen, als Ren ihn am Riemen seiner Rüstung festhielt. »Sei doch nicht dumm! Das Tor wird sich auf der anderen Seite des Flusses nicht öffnen. Nur die Götter wissen, wo es dich ausspuckt!«

»Schon gut.« Fisher schlug seine Hand weg. »Dann schwimme ich eben rüber.«

Dieses Mal packte Ren ihn mit beiden Händen und schüttelte ihn. »Genau das wollen sie doch. Sobald du den Fluss überquert hast, bist du geliefert. Drüben fehlt dir jede Magie und was dann?«

»Dann drehe ich ihnen die Hälse um und staple ihre verrottenden Leichen zu einem Haufen«, knurrte Fisher.

»Bevor du auch nur zehn von ihnen umgemäht hast, wird Everlayne sterben. Kannst du damit leben?«

»Natürlich nicht!«

»Dann *denk nach.* Warum zum Teufel halten sie Layne da drüben fest? Warum ist sie nicht schon längst tot?«

Eine gute Frage. Mir drehte sich der Magen um, als einer der Vampire, die neben Everlayne standen, mit seiner verstümmelten Zunge an ihrer nackten Schulter entlangfuhr und geifernd über ihre Haut sabberte. Er wollte sie beißen. Unbedingt. Aber er hielt sich zurück. Diese Menge an Vampiren hätte die zitternde Fae innerhalb einer Sekunde in Stücke reißen können, aber irgendetwas hinderte sie daran. Ein anderer Vampir drückte seine Nase gegen Everlaynes Arm und erschauderte, während er gegen seine Natur, seine Fressgier ankämpfte.

Ren brachte einen erstickten Schrei hervor und schien seine eigenen Worte ignorieren und sich blindlings in den Fluss stürzen zu wollen.

Nur Laynes ausgestreckte Handfläche hielt ihn auf. »Nein, nicht! Bleib, wo du bist!«, rief sie.

»Bist du verletzt?«, fragte Fisher.

Seine Halbschwester lächelte traurig. »Nur leicht. Ich komme schon klar, Fisher. Mach dir keine Sorgen.« Sie sah so seltsam aus. Ihre helle Haut leuchtete von innen und strahlte einen ätherischen Glanz aus. Ihr Haar wirbelte um sie herum, als wäre sie unter Wasser, aber sie war nicht nass. Inzwischen prasselte der Regen stärker denn je, doch kein einziger Tropfen landete auf Everlayne.

»Lauf zum Fluss!«, rief Ren. »Schwimm! Sobald du die Hälfte geschafft hast, können wir dich holen!«

Layne reagierte mit einem bedauernden Kopfschütteln. »Ich würde es nie schaffen, Renfis. Und überhaupt … ich kann nicht.«

»Was soll das heißen, du kannst nicht?« Helle Panik schwang in der Frage mit.

Die süße Everlayne. Im Winterpalast war sie so nett zu mir gewesen. Damals war ich von meiner neuen Umgebung zwar zu überwältigt gewesen, um es wirklich zu schätzen, aber sie war mir eine Freundin gewesen. Sie hatte sich um mich gekümmert. Und jetzt schwebte sie in Lebensgefahr, und ich konnte nichts tun, um ihr zu helfen. Keiner von uns konnte etwas tun.

Ein Muskel zuckte an Fishers Kiefer, und Verzweiflung zeichnete sich auf seinem Gesicht ab. Er wusste, warum sie nicht herüberkommen konnte. »Ihr Hals«, flüsterte er. »Sieh dir ihren Hals an.«

An Laynes Kehlgrube glänzte ein dünnes Band aus Gold. Eigentlich ganz nett. Hübsch. Und es schien mit einem Muster versehen zu sein, obwohl ich dessen Details von meinem Standort aus nicht erkennen konnte. An dem Metallband war eine dünne Goldkette befestigt. Und in dem Moment, in dem ich die Kette bemerkte, wurde sie mit einem Ruck von hinten gestrafft, und Everlayne taumelte nach links und verlor dabei fast das Gleichgewicht.

Fisher zischte, als sich die Vampirschar teilte und ein großer, gut aussehender Mann mit leuchtender Haut und kurz geschnittenem blondem Haar sich neben sie stellte. In seiner schwarzen Hose und dem maßgeschneiderten weißen Hemd wirkte er nicht für den Krieg gerüstet; seine Kleidung ließ eher vermuten, dass dieser kleine Ausflug in den Regen ihn von einer Art Dinnerparty weggeholt hatte. Er war jünger als Malcolm, ein wenig größer, ein wenig breiter in den Schultern und genauso gefährlich. Ich konnte seine Macht spüren – eine eisige, durchdringende Kälte, die über den Fluss waberte und mir bis ins Mark drang.

»Sei gegrüßt, Fisher!«, rief der Vampir über den Fluss. »Wie ich sehe, ist es dir gelungen, eines eurer kostbaren Schwerter zu restaurieren. Ich gratuliere. Darauf bist du sicher sehr stolz.«

Als hätte Lorreth den Sarkasmus in der Stimme des Vampirs persönlich genommen, knisterte ein Lichtstrahl durch die Luft. Der Engelsatem war heller als die Blitze, die die Wolken durchzuckten, und brannte mir in den Augen, als er in eine unsichtbare Barriere in der Mitte des Flusses einschlug, sofort abgelenkt wurde und in den Himmel hinaufschoss, ohne Schaden anzurichten.

Der Vampir zuckte nicht mal mit der Wimper. Seinem Lächeln nach zu urteilen, fand er die Vorstellung höchst unterhaltsam. »Warum kommst du nicht rüber und sagst einem alten Freund Hallo, Fisher? Deine Schwester und ich haben eine Flasche von dem Rotwein, den du so gern trinkst. Warum trinkst du nicht ein Glas mit uns?«

»Fick dich, Taladaius«, knurrte Fisher. »Wenn du sie verletzt hast …«

»Ach, ich bitte dich! Du kennst mich doch. Ich habe nicht das Zeug dazu, die Dinge zu verletzen, die *dir* am Herzen liegen. Mein Vater dagegen …« Er verstummte und blickte nachdenklich auf die Kette in seiner Hand. »Er liebt es, seine Sammlung zu erweitern. Und da er vor Kurzem sein wertvollstes Stück verloren hat, ist es nur logisch, dass er es ersetzen will. Komm schon, so was musst du doch von ihm erwartet haben.«

In Fishers Augen brodelte purer Hass. Aber auch Schmerz. Mit gesenkter Stimme wandte er sich an Everlayne. Ich konnte ihn hören, allerdings nur mit Mühe. »Malcolm hat dich gebissen?«, fragte er bemüht ruhig.

Ich sah, wie sich Everlaynes Mund bewegte, aber da ich nicht mit Fishers Fähigkeit gesegnet und mein menschliches Gehör nicht annähernd so scharf wie seins war, verstand ich nichts. Everlayne sagte vier oder fünf Worte, woraufhin der winzige Funken Hoffnung in Fishers Augen erlosch. Ren sah seine Reaktion und sank auf die Knie, da seine Beine ihn nicht mehr tragen konnten.

»Dann hat er sie also gebissen. Aber sie ist nicht tot!« Ich trat näher an Fisher heran und legte ihm eine Hand auf die Schulter. »Sie wird doch sicher wieder gesund? Wenn Gift durch ihre Adern strömt, kann Te Léna sie heilen, so wie sie mich geheilt hat.«

Ren schüttelte den Kopf. Er starrte Layne an, und sie erwiderte seinen Blick. Ihre Schultern zitterten, ihr Brustkorb hob und senkte sich stockend.

Ich empfand es fast als Segen, dass ich ihr Weinen nicht hören konnte, weil der Regen so laut auf den Fluss prasselte.

»Sie kann jetzt nicht mehr nach Hause kommen«, flüsterte Ren mit gebrochener Stimme. »Sie gehört ihm.«

Ich schaute von Ren zu Fisher und wieder zurück, und mein Puls raste. »Was meinst du damit, sie gehört *ihm*?«

»Es bedeutet, dass sie ihm hörig ist«, sagte Fisher.

Meine Augen brannten heftig. »Hörig? Was … Was soll das heißen?«

»Später, kleine Osha. Ich werde dir alles später erklären.« Fisher hatte Mühe, die Worte vor lauter Kummer hervorzubringen.

Ren kam schwerfällig wieder auf die Beine. »Was willst du, Taladaius? Warum hast du sie hierhergebracht?«, brüllte er über den Fluss. Er zitterte.

Der blonde Vampir schenkte Ren ein höhnisches Grinsen. »Vorsicht, Renfis. Für dich bin ich der Lord der Mitternacht. Derart vertraulich lasse ich mich nicht von so einem rangnied…«

»Er ist tausendmal besser, als du jemals sein wirst«, zischte Fisher. »Jetzt beantworte die verdammte Frage und sag uns, warum sie hier ist!«

»Was denkst du denn?«, antwortete Taladaius kurz angebunden. »Er hat mich aufgefordert, sie herzubringen. Sie ist eine Falle.

Er will dich seinem Willen unterwerfen, also hat er etwas genommen, das dir lieb und teuer ist, und hat es zerbrochen. Schockiert dich das?« Er wartete Fishers Antwort gar nicht erst ab und fuhr fort: »Entweder kommst du rüber und versuchst, sie zu retten, auch wenn das aussichtslos ist, oder du kommst rüber, um dich zu rächen. Wie auch immer, er weiß, dass du kommen wirst. Der Grund ist ihm egal. Hauptsache, du kommst her.«

Rache? Das klang nicht gut. Wie zum Teufel war Everlayne überhaupt in Malcolms Fängen gelandet? Ich hatte noch jede Menge Fragen, aber jetzt war nicht der richtige Zeitpunkt dafür. Also wartete ich ab, wie Fisher darauf reagieren würde. Doch sein Kinn senkte sich, das Quicksilver in seinem Auge drehte sich so schnell, dass es einen festen, glänzenden Ring um seine Iris bildete, und er schwieg. Allem Anschein nach wartete er auf irgendetwas. Einen Moment später wusste ich auch, worauf.

Lorreth rutschte atemlos den Hang hinunter und gesellte sich zu uns. Genau wie alle anderen war auch er mit Wundsekret und Schmutz bedeckt. Auf seinem Gesicht spiegelte sich eine Wut, die das Ende der Welt versprach. Als er Taladaius auf der anderen Seite des Flusses sah, der Everlayne an der Kette hielt wie ein Tier, verfinsterte sich seine Miene noch mehr. *»Du Dreckskerl!«*

»Guten Abend, Lorreth.« Taladaius schenkte dem Krieger ein bösartiges Grinsen.

»Verflucht! Ist das …« Lorreth wurde bleich. »Ist das Everlayne?«

Fisher stand wie erstarrt da und schaute über den Fluss zu seiner Schwester. Ren beantwortete Lorreths Frage: »Ja, das ist Layne. Malcolm hat sie bereits markiert.«

»Aber …« Lorreth schaute sich wild um. »Aber das ist … das …«

»Wo ist er?«, knurrte Fisher schließlich. Seine Worte waren leise, an Taladaius gesandt.

Doch der Vampir zog es vor, seine Antwort mit einem lauten Lachen über den Fluss zu schicken, sodass es alle hören konnten. »Er wartet auf dich, mein Freund!«

»Wo?«

»An dem Ort, an dem ihr beide euren letzten Handel abgeschlossen habt. Ehrlich gesagt glaube ich, er hofft auf eine Wiederholung.«

»Es wird keinen weiteren Handel geben«, knurrte Fisher.

»Das werden wir dann ja wohl sehen, nicht wahr?« Taladaius betrachtete seine Fingernägel. »Deine liebste Everlayne wurde vor zwölf Stunden gebissen. Du kannst es dir ausrechnen. Während wir hier reden, reitet mein Vater mit dem Großteil seiner Horde nach Norden. Wenn du nicht da bist, wenn er an seinem Ziel ankommt, wird er dafür sorgen, dass sie die Verwandlung übersteht und dann den Rest der Ewigkeit auf dem Rücken verbringt, durchgevögelt von den verdorbensten Bewohnern Ammontraíeths, einer nach dem anderen … Oder aber du gibst ihm, was er will. So einfach ist das.«

»Und was zum Teufel *will* er?«, rief Lorreth fordernd.

Fisher zuckte zusammen, als wünschte er, der Krieger hätte gar nicht erst gefragt. »Er will mich«, flüsterte er.

Taladaius' belustigtes Schnauben war so harsch wie knackendes Eis. »Ja, es stimmt, du stehst auf seiner Wunschliste. Heute und bis in alle Ewigkeit, mein Freund. Aber dieses Mal will er nicht nur dich. Du magst eine wertvolle Figur in diesem Spiel gewesen sein, aber in letzter Zeit hat sich viel verändert. Mittlerweile gibt es weitaus interessantere Figuren auf dem Spielbrett.«

»Er bekommt sonst niemanden.«

»Gerade du solltest doch wissen, dass Malcolm immer bekommt, was er will«, tadelte Taladaius. »Er wird seinen Willen durchsetzen, und das weißt du.«

»Tja, aber sie bekommt er nicht!« Fishers Antwort dröhnte über

den Darn und war vermutlich bis tief ins Zentrum von Ammontraíeth zu hören. Die Angst, die von ihm abstrahlte, traf mich wie ein Schlag. Ich spürte sie bis ins Mark. Und ich spürte noch etwas anderes. Taladaius.

Seine Aufmerksamkeit richtete sich jetzt auf mich, doch seine dunklen Augen, die vor Belustigung nur so sprühten, blieben auf Fisher geheftet. »Du kannst schreien und zappeln, so viel du willst«, sagte er. »Aber er will die Alchemistin, Fisher. Und wenn er ganz Yvelia dafür niederbrennen muss – das weißt du genau.«

33

BLUT ZUM DANK

»Ich kann es nicht fassen. Wir können doch nicht einfach so zulassen, dass er sie verschleppt.« Lorreth lief vor dem Kartentisch auf und ab, die Hände zu Fäusten geballt. Jedes Mal, wenn er sich umdrehte, schlug er mit Avisiéths Scheide gegen irgendetwas – offensichtlich war er noch nicht an das Tragen der Waffe gewöhnt. »Wir hätten etwas *unternehmen* müssen, verdammt!«

»Und was?« Nie zuvor hatte ich Ren so niedergeschlagen erlebt. Er saß am Kopfende des Tischs und kaute auf seinem Daumennagel. Seit unserer Rückkehr ins Kommandozelt, vollkommen benommen und durchnässt bis auf die Haut, hatte der General eine ganze Reihe von Plänen geschmiedet, laut mit sich selbst darüber diskutiert, nur um dann auf ein Problem zu stoßen und erneut zu beginnen. Doch inzwischen schien er das Pläneschmieden aufgegeben zu haben.

Fisher hatte kein einziges Wort gesagt, seit er ins Zelt gestürmt war und sich auf den Stuhl mir gegenüber geworfen hatte. Er starrte mir einfach nur ins Gesicht, mit Augen wie ein Meer aus Grün und Silber, während seine Halsmuskeln arbeiteten. Anfangs war es beunruhigend gewesen, so intensiv angestarrt zu werden, aber im Laufe der letzten Stunde hatte ich mich daran gewöhnt und zurückgestarrt, während ich ihn in Gedanken wieder und wieder ansprach, im Versuch, ihn zum Reden zu bewegen.

Komm schon, rede mit mir. Sag was. Irgendwas, drängte ich in Gedanken. *Du kannst nicht einfach die Klappe halten.* Doch Fisher reagierte nicht. In Anbetracht der Situation hielt er das Versinken in einen katatonen Zustand offensichtlich für eine durchaus akzeptable Bewältigungsstrategie.

»Es *muss* doch einen Weg geben.« Lorreth trat so wütend gegen den Stapel von Holzscheiten neben dem Feuer, dass ein Scheit zersplitterte und auseinanderbrach. Ohne das Chaos, das er angerichtet hatte, auch nur zu bemerken, drehte er sich um, wobei Avisiéth gegen Rens Schienbein prallte, und stürmte in Richtung Ausgang. Dort angekommen machte er erneut kehrt und marschierte zum Tisch zurück. »Fisher, in der Bibliothek von Cahlish gibt es Tausende von Manuskripten. In einem davon muss etwas über dieses Thema stehen. Dein Vater hat den Blutfluch jahrzehntelang studiert. Ich wette, er hat Aufzeichnungen hinterlassen, wie man das Blut eines Hörigen läutert. Wie man den Zauberbann zwischen Gebieter und Hörigem bricht, bevor die Verwandlung einsetzt.«

Fisher runzelte die Stirn und starrte mich noch intensiver an.

»Fisher?«, drängte Lorreth.

»Er kann dich nicht hören«, sagte Ren müde, rieb sich den Nasenrücken und ließ sich auf seinen Stuhl zurücksinken. »Gib ihm einfach etwas Zeit. Er denkt nach.«

Könnte es in Cahlish Informationen darüber geben?, fragte ich Fisher. Doch er zeigte keinerlei Anzeichen, dass er mich gehört hatte. Sein Pech: Wenn er mir keine Antworten geben wollte, dann mussten mich die beiden anderen Männer eben aufklären. Denn mein Gehirn stand kurz davor, zu implodieren.

»Warum ist Malcolms Biss so anders als der der anderen Vampire?«, fragte ich Ren und warf ihm einen finsteren Blick zu, damit er die Frage nicht einfach abtat.

Glücklicherweise antwortete er: »Malcolm war der allererste Fae, der von dem Blutfluch betroffen wurde. Und als Rurik Daianthus, der letzte yvelianische König, das Heilmittel entdeckte, entschied Malcolm sich als einer der wenigen dafür, Vampir zu bleiben. Im Laufe der Jahrhunderte wurden die anderen Fae, die ihren Fluch akzeptiert hatten, der Reihe nach getötet, bis nur noch Malcolm übrig blieb. Gerüchten zufolge hat Malcolm ihre Kräfte auf irgendeine Weise in sich aufgenommen. Er ist Jahrtausende alt, untot und altert nicht. Mit jedem Jahr, das er überlebt, wachsen seine Kraft und seine Fähigkeiten. Sein Gift ist unvorstellbar stark. Wenn einer seiner Vampirlords ein Opfer beißt, kann er dessen Blut trinken und seinen Durst stillen, ohne es zu töten. Wenn er dasselbe Opfer mehrmals beißt, wird es ihm schließlich hörig …«

»Da. Dieses Wort. Was soll das heißen?«

»Das Opfer wird an den Vampir gebunden, der es gebissen hat«, ergänzte Lorreth. »Hörige geben sich bedenkenlos den Bedürfnissen ihrer Gebieter hin. Sie nähren und vögeln sie, ohne einen einzigen Gedanken an sich selbst zu verschwenden. Auf Dauer werden sie ihren Gebietern jedoch zu langweilig und werden von ihnen vollständig ausgesaugt. Woraufhin sie sterben – und sich drei Tage später von dem Ort, an dem sie gestorben sind, erheben und zu den Fressern werden, die du am Fluss gesehen hast.«

»Aber Everlayne …« Ich bekam kein weiteres Wort heraus. Der Gedanke daran, wie dieser Dreckskerl seine Zähne in ihren Hals versenkte, ließ mir die Galle hochsteigen.

»Malcolm braucht nur einen Biss, um jemanden hörig zu machen. Everlayne steht jetzt vollkommen unter seiner Kontrolle. Selbst wenn wir in Ammontraíeth eindringen und sie befreien könnten, würde sie uns nicht folgen, sondern darum kämpfen, dortzubleiben und ihrem Gebieter zu Willen zu sein. Und in weniger als sechsundfünfzig Stunden wird sie sterben.«

»Sag doch so was nicht! Wir können das nicht mit Sicherheit sagen. Er könnte beschließen, sie nicht auszusaugen. Vielleicht will er sie ja nur als Tauschobjekt für …«

»Malcolms Gift ist tödlich, Saeris. Ein einziger Tropfen reicht aus. Er muss sie nicht mehr aussaugen, um sie zu töten. Es ist bereits zu spät. Für Everlayne gibt es nur noch zwei Möglichkeiten: Wenn Malcolm ihr erlaubt, von ihm zu trinken, und sie es tatsächlich tut, dann wird sie als einer von Malcolms Vampirlords zurückkehren. Und wenn sie sich weigert, von Malcolm zu trinken, oder wenn er ihr sein Blut verwehrt, dann wird sie sterben und als Fresserin zurückkehren.«

Ein Teil von Fisher musste diese Worte gehört haben. Tief in seinem Inneren registrierte er die Information, und sie riss die Mauer ein, hinter der er sich zu verstecken versucht hatte. Er stand auf, atmete tief durch und fuhr sich mit den Händen durch die Haare.

»Willkommen daheim«, flüsterte Ren.

Fisher wollte gerade etwas sagen, als die Zeltklappe zurückflog und Danya hereinstürmte, noch immer in ihrer Kampfrüstung. Ihre Augen loderten vor Wut. Sie knurrte und fletschte die Zähne, während sie quer durch das Zelt geradewegs auf Lorreth zusteuerte.

»Danya …«, warnte Ren.

Doch es war zu spät. Die Kriegerin holte aus und schlug Lorreth mit der Faust ins Gesicht. Er hatte den Schlag kommen sehen. Hatte seine Haltung angepasst und die Arme vor der Brust verschränkt, aber nichts unternommen, um ihren Hieb abzuwehren. Blut spritzte aus seiner Nase, als die Faust ihr Ziel traf.

»Du Arschloch! Gib es mir. Gib mir mein verdammtes Schwert.«

»Es ist nicht mehr dein Schwert, Danya«, sagte Fisher.

»Von wegen. Ich trage diese Waffe seit dreihundertdreizehn Jahren! Ich habe sie mir *verdient*!«

»Du hast sie von deinem Vater vermacht bekommen«, korrigierte Fisher trocken. »Das Schwert, das du getragen hast, wurde eingeschmolzen und neu geschmiedet. Dieses hier ist neu. Und es hat sich für Lorreth entschieden.«

»Es ist meins«, zischte Danya und stürmte los.

Wir alle sahen zu, wie sie sich auf Avisiéth stürzte. Ich hätte sie nicht davon abhalten können, etwas derart Unüberlegtes zu tun, doch Fisher, Ren oder Lorreth wären dazu in der Lage gewesen. Aber keiner von ihnen rührte auch nur einen Finger. Manche Lektionen mussten eben auf die harte Tour gelernt werden.

Das Schwert, das Danya getragen hatte, war bereits stumm gewesen, als man es ihr gegeben hatte. Es hatte keinen einzigen Funken seiner alten Magie besessen. Vermutlich kannte Danya die alten Geschichten darüber, was mit denjenigen geschah, die unerlaubt ein Götterschwert berührten, aber ihre Arroganz war so groß, dass sie wirklich glaubte, die Waffe an Lorreths Hüfte gehörte ihr.

Der Krieger hielt sie nicht davon ab.

In der Sekunde, in der sich Danyas Hand um das Heft schloss, stieß sie einen markerschütternden Schrei aus, und ihre Hand löste sich in einer Wolke aus hellrotem Nebel auf. Eine Schockwelle aus grellem Licht schoss aus Avisiéths Knauf hervor, und Danya wurde quer durch das Kommandozelt geschleudert. Sie krachte gegen einen Stuhl und verwandelte ihn in Brennholz.

»Heilige Scheiße!«, stieß Ren hervor. »Es hat sich ihre verdammte *Hand* geholt.«

»Vielleicht hört sie ja jetzt auf, Leuten ins Gesicht zu schlagen.« In Fishers Stimme lag nicht ein Fünkchen Mitgefühl. Er ging zu Danya und blickte auf sie herab, und seine Augen funkelten kalt wie Eis.

Währenddessen erwachte Danya aus ihrer Ohnmacht und erkannte, was mit ihrer Hand passiert war. Ihrer *Schwerthand*. Ich machte mich auf einen weiteren Schrei gefasst, aber stattdessen stieß sie ein Schluchzen aus. »Bei den Göttern! Nein. Nein, nein, nein!«

»Es besteht die Möglichkeit, die Hand wieder aufzubauen. Wenn ich dich jetzt nach Cahlish bringe und dort von einer Heilerin versorgen lasse, hörst du dann endlich mit diesem ganzen Mist auf und beruhigst dich?«, fragte Fisher.

Danya hatte es nicht verdient, dass ihre Hand nachwuchs. Ihre Aufgeblasenheit hatte einen Punkt erreicht, an dem sie es verdiente, mit den Konsequenzen ihres beschissenen Temperaments zu leben. Das war zwar kein besonders mitfühlender Gedanke, aber ich hatte endgültig die Schnauze voll von ihrem Verhalten. Seit Kingfisher wieder im Lager erschienen war, hatte sie sich wie ein Miststück benommen. Und wir hatten Wichtigeres zu tun, als uns mit einer launischen Kriegerin abzugeben, die jedes Mal einen Wutanfall bekam, wenn sie in diesem verdammten Zelt auftauchte. Zu ihrem Glück war Fisher nachsichtiger als ich.

»Ja«, stöhnte Danya. Sie umklammerte den blutenden Stumpf an ihrem Handgelenk, während Tränen über ihre Wangen liefen. »Ja, ganz bestimmt. Ich … schwör's.«

»Das war's also? Du reist zurück nach Cahlish?«, fragte Ren.

»Wir alle werden dorthin reisen. Drei von uns fünf müssen zu Te Léna. Und dann werden wir diese Bibliothek auseinandernehmen, bis wir einen Weg finden, Everlayne zu helfen. Noch bleibt etwas Zeit. Nicht viel, aber immerhin etwas. Lasst sie uns weise nutzen.«

Renfis war kreidebleich. Aber wenn ich mich nicht irrte, zitterten seine Hände jetzt eher vor Erleichterung als vor Angst. Fisher hatte das Kommando übernommen, was bedeutete, dass Ren nicht länger dafür verantwortlich war, eine Lösung für diese katastrophale Situation zu finden. Er öffnete den Mund zu einer Antwort, doch Fisher kam ihm zuvor.

»Bevor wir dieses Zelt verlassen, müssen wir allerdings noch etwas erledigen.« Er sah mich entschlossen an. »Unsere Alchemistin hat sich heute Abend dem Feind gestellt und sich tapfer behauptet. Wir haben eine frischgebackene Kriegerin unter uns.«

Oh nein.

Bei den Göttern!

Nein.

Die Blicke, mit denen die drei mich ansahen, gefielen mir ganz und gar nicht. Fisher mit ruhigem Stolz. Ren mit ehrlichem Wohlwollen. Lorreth mit einem wölfischen Grinsen. Unter normalen Umständen hätte ich mich wahrscheinlich über die Anerkennung gefreut, die sie mir dafür zollten, dass ich eine Reihe von Fressern erledigt hatte. Doch angesichts Everlaynes düsterer Zukunftsaussichten konnte ich den Gedanken kaum ertragen. »Ich will keine große Sache draus machen«, sagte ich.

»Du willst keine große Sache draus machen?« Lorreth lachte. »Hier geht es nicht um *dich*, Saeris. Es geht darum, dass wir eine der Unseren anerkennen und ihr den gebührenden Respekt erweisen. Du hast in dieser Sache nichts zu sagen.«

Hilfesuchend schaute ich zu Ren, doch er zuckte entschuldigend die Schultern. »Tut mir leid. Er hat recht.«

»Hört zu, was immer *das hier* ist – es kann warten. Wir befinden uns mitten in einer Krise. Später ist noch genug Zeit für … Ich weiß nicht mal, was ihr vorhabt, aber es kann warten!«

Fisher ließ sich von meinem Argument nicht überzeugen. Nicht mal ansatzweise. Er lehnte sich gegen den Tisch und verschränkte die Arme vor der Brust. »Solche Dinge können nicht warten. Wir befinden uns im Krieg. Es gibt keine Garantie dafür, dass irgendeiner von uns den morgigen Tag erlebt. Wir feiern unsere Siege, sobald wir sie errungen haben. Und wir sorgen verdammt noch mal dafür, dass unsere Krieger ihre Anerkennung bekommen.«

Lorreth trat als Erster vor. Er zog Avisiéth, ging auf ein Knie und strich mit der Handfläche über die Klinge. Ein Strom purpurrotes Blut floss über die Schneide. Dann drückte er seine Hand auf meine Brust, genau zwischen meinen Brüsten. Die Berührung hatte nichts Erregendes, aber Kingfisher sog dennoch scharf den Atem ein. »Mein Blut zum Dank, Schwester«, sagte Lorreth leise.

Er stand auf, grinste mich noch immer wie ein Idiot an und ging aus dem Weg, damit Renfis seinen Platz einnehmen konnte. Der General sank auf ein Knie und nickte, während er seine Hand mit einem Dolch aufschnitt und sie über den blutigen Abdruck legte, den Lorreth hinterlassen hatte. »Es war mir eine Ehre, an deiner Seite zu kämpfen«, sagte er. »Mein Blut zum Dank, Schwester.«

Meine Wangen glühten brennend heiß, als Fisher wortlos vortrat und zu meinen Füßen niederkniete. Sein dunkler Haarschopf war völlig zerzaust, seine Haut wirkte blass im flackernden Schein der Fackeln. Doch er sah mich unverwandt an. Seine Augen wanderten über mein Gesicht, während er Nimerelle aus der Scheide zog und seine Faust um ihre Klinge schloss. Als er seine Hand auf meine Brust legte, klopfte er mit Zeige- und Mittelfinger ganz leicht gegen mein Brustbein, im Takt mit meinem rasenden Herzen. Dann sagte er mit einem müden, tieftraurigen Lächeln: »Ich gebe dir mein Blut zum Dank, Saeris Fane.«

34

EIN GEHEIMNIS

Zuerst »Mensch«. Danach »Oshellith« oder »Osha«, mit einer gehörigen Portion Verachtung in der Stimme. Anschließend »*kleine* Osha«, was zuerst spöttisch gemeint war, sich dann aber zu einem Kosenamen entwickelt hatte.

Doch jetzt hatte Fisher meinen Namen gesagt. *Endlich.* Und es war … seltsam.

Lorreth rieb sich stirnrunzelnd mit den Fingerknöcheln das Brustbein. Ren lachte leise vor sich hin und senkte den Kopf. Danya sagte irgendwas auf Alt-Fae und spuckte auf den Boden, während sie noch immer den blutigen Stumpf am Ende ihres rechten Arms umklammerte. Ach, scheiß auf Danya. Danya war einfach ein Miststück. Und ich? Ich stand nur da und wusste nicht, was ich tun oder sagen sollte, während ich diesen Schock verarbeitete.

Fisher war sofort wieder konzentriert und öffnete ein Schattentor. Ich ging als Erste hindurch und fand mich im Speisesaal wieder, wo ich den Fressern zum ersten Mal begegnet war. Während ich auf die anderen wartete, setzte ich mich an den Tisch und trommelte ungeduldig mit den Fingernägeln auf die Holzplatte.

Danya kam als Nächste. Ihr dicker blonder Kriegerzopf war mit Blut bespritzt. Als sie mich entdeckte, musterte sie mich finster. »Ach, sieh an! Die eingebildete kleine Alchemistin, die stolz am Familientisch sitzt. Du solltest den Platz wechseln, bevor die anderen kommen, sonst wirst du dich *total* blamieren.«

Ich saß dort, wo ich jetzt immer saß – rechts von Fishers Stuhl. Aber die Art und Weise, wie Danya mich angrinste, weckte in mir die Befürchtung, dass ich schwer gegen irgendeine Etikette verstoßen hatte. Schließlich war es nicht das erste Mal, dass jemand bestürzt auf meine Sitzwahl reagiert hatte – allen voran die Feuerkobolde. Archer war regelrecht in Flammen aufgegangen, als er mich auf diesem Platz hatte sitzen sehen. Dann Ren, der sich bei meinem Anblick an seinem Essen verschluckt hatte. Lässig lehnte ich mich jetzt auf meinem Stuhl zurück und schaute an die Decke.

»Was ist denn so schlimm daran? Ist doch nur ein Stuhl«, erwiderte ich betont beiläufig. Wenn Danya merkte, dass ich wirklich an ihrer Antwort interessiert war, würde sie es mir vermutlich nicht sagen – schon allein, um mich zu ärgern.

Danya trat gegen die Beine des Stuhls mir gegenüber und schob ihn zurück, damit sie sich setzen konnte. »Dieser Platz ist für die Gebieterin des Hauses reserviert, du dumme Göre. Die Etikette schreibt vor, dass nur Fishers Frau dort sitzen darf. Es ist ein Ehrenplatz für eine Fae, die in eine der alten Familien hineingeboren wurde, und du lümmelst einfach darauf herum, als würde der Platz dir gehören. Es ist schon ungehörig, dass er einen Menschen überhaupt am selben *Tisch* sitzen lässt. Aber das …« Sie deutete mit ihrer verbliebenen Hand auf mich. »Das ist einfach der Gipfel. Wie ich schon sagte: Du solltest den Platz wechseln.«

Während sie mich verhöhnte, trat Ren durch das wirbelnde Tor, einen Stapel Bücher, Ledertaschen und sechs oder sieben lange Schriftrollen auf dem Arm. Danya grinste, als wäre ich jetzt reif und als könnte sie es kaum erwarten, dass ich gleich zur Schnecke gemacht wurde. Doch Ren warf nur einen einzigen Blick auf die Szenerie und zwinkerte mir zu. »Mach dir keine Sorgen, Saeris. Du sitzt genau richtig«, versicherte er.

Danya starrte ihn mit offenem Mund an. »Was zum Teufel …? Ihr behandelt sie alle wie eine wichtige ausländische Abgesandte. Dabei ist sie nur ein Mensch. Gegen welche Regeln wird sie noch verstoßen dürfen?«

Zwar hatte ich Fisher nicht durch das Tor kommen hören, aber ich spürte seine Anwesenheit sofort – eine angenehme Wärme in meinem Hinterkopf. Der Duft des Waldes umhüllte mich, während sich starke, tätowierte Hände auf meine Schultern legten. »Hier wurde gegen keine einzige Regel verstoßen, Danya. Und selbst wenn, ginge dich das nichts an.«

Entgeistert musterte die Fae ihn – dass er hinter mir stand, seine Hände auf meinem Körper. »Das kann *nicht* dein Ernst sein, Fisher. Wir alle wissen, dass du sie gevögelt hast – das ganze Lager kann es an euch beiden riechen. Aber sie ist ein *Mensch*!«

»Und?«, knurrte Ren und ließ sämtliche Bücher, Taschen und Schriftrollen auf den Boden fallen. »Sie ist ehrenhaft und mutig, ganz zu schweigen von der Tatsache, dass sie die mächtigste Alchemistin ist, die je in den Archiven verzeichnet wurde. Sie hat dich in einer halben Sekunde entwaffnet, schon vergessen? Für wen zum Teufel hältst du dich, dass du behaupten willst, Fisher und sie gehören nicht zusammen?«

Whoa! Zusammengehören? Ich spürte, wie Fisher sich hinter mir versteifte. Jeden Moment würde er eine bissige Bemerkung machen und den anderen sagen, dass sie nicht so albern sein sollten. Und ich würde den Stich, den seine Richtigstellung von Rens Bemerkung in meinem Herzen verursachen würde, einfach weglachen, und danach würden wir uns wieder um das wirklich Wichtige kümmern: Everlayne.

Doch Fisher erwiderte in einem *sehr* ruhigen Ton: »Mein Privatleben steht hier nicht zur Debatte.«

»Heilige Scheiße, warum ist es hier so kalt?« Carrion hielt ein Schwert und eine Topfpflanze unter dem Arm. Er trug noch immer seinen warmen Mantel mit dem dicken Fell über dem breiten Kragen.

»Ich hab ihn oben in der Schmiede gefunden«, berichtete Lorreth, der hinter ihm durch das Tor trat. *»Er hatte noch immer geschlafen.«*

»Hey, sag das nicht so!« Swift warf ihm einen gekränkten Blick zu. »Das war eine sehr lange Nacht …«

»Du hast eine Schlacht verschlafen«, sagte Lorreth.

»Ich habe nun mal einen sehr tiefen Schlaf!«

»Was hat es mit der Pflanze auf sich?«, fragte Ren.

Carrion zuckte die Schultern. »Keine Ahnung, mir gefiel ihr Anblick: das einzige Grün weit und breit. Da dachte ich mir, dass sie ein besseres Leben verdient hat, wenn sie es schon so weit geschafft hat und aus einer Schneewehe herausgewachsen ist. Außerdem war mein Zelt so kahl. Es brauchte ein wenig Farbe.«

»Verdammt! Das ist doch lächerlich.« Danya erhob sich von ihrem Stuhl. »Ich kann hier keine Sekunde länger mit diesen wirrköpfigen Menschen verbringen. Nur weil sie … attraktiv sind …« Sie schwankte, und ihre Augen wurden glasig. Hastig senkte sie das Kinn und tastete nach der Tischkante, aber ihre Finger griffen ins Leere.

»Lorreth?«, bat Fisher leise.

»Verdammt, muss das wirklich sein?«

»Bitte?«

Lorreth brummte, als er den Speisesaal mit vier langen Schritten durchquerte und Danya auffing, die in dem Moment das

Bewusstsein verlor. Er wirkte nicht besonders glücklich, die Frau in den Armen zu halten – was ich ihm nicht verübeln konnte.

»Sie hat eine Menge Blut verloren«, seufzte Fisher. »Komm. Wir bringen sie zur Heilerin.«

»Und was ist mit uns?«, fragte ich. »Wir können hier nicht einfach rumsitzen. Ich muss etwas tun.«

Fisher streckte die Hand nach mir aus. Und ich hob meine gerade so weit, dass er die Kuppe seines Zeigefingers kurz an meinen legen konnte. »Geh in die Schmiede. Mach dich an die Arbeit mit den Reliquien. Fertige so viele an, wie du nur kannst, Saeris. Ich habe das Gefühl, dass wir sie brauchen werden.«

Ren verkündete, er müsse das Gelände überprüfen und den Wachen Bescheid geben, dass wir hier seien. Dann folgte er den anderen aus dem Raum.

In dem Moment, als wir allein waren, warf Carrion seinen Mantel ab und deutete mit Nachdruck auf die Tür, hinter der die Fae gerade verschwunden waren. »Hast du das gehört?«, fragte er.

»Was?«

»Die heiße Blondine hat gesagt, ich sei attraktiv.«

»Bei den Göttern, Carrion! Sag mir *nicht*, dass du auf Danya stehst. Sie ist einfach nur schrecklich.«

»Na ja.« Er schenkte mir ein verschmitztes Grinsen. »Ich liebe nun mal Mädchen mit scharfer Zunge und launenhaftem Temperament. Das macht meinen Schwanz hart.«

Zum Glück hatte der Regen aufgehört.

Onyx kam schnüffelnd in die Schmiede, die Schnauze dicht über dem Boden, während er einer Spur folgte. Als er mich sah, quiekte er auf und wackelte vor Freude nicht nur mit dem Schwanz, sondern mit dem ganzen Körper. Die nächste halbe Stunde verbrachte ich damit, ihn zu streicheln und ihm Leckerbissen von dem Teller mit Essen zu geben, den ein schüchterner

Feuerkobold gebracht hatte. Danach lief Onyx zufrieden hinaus in den Hof, setzte sich in der Dunkelheit in den Schnee und hob den kleinen, flauschigen Kopf, um die Sterne zu betrachten. Inzwischen war es weit nach Mitternacht. An jedem anderen Tag wäre es Zeit zum Schlafengehen gewesen, aber wir hatten vom Morgengrauen bis zur Abenddämmerung geschlafen – bis zu dem Moment, als Ren ins Zelt gekommen war und uns von der Horde am Fluss berichtet hatte. Und nach dem harten Kampf und der Beseitigung so vieler Fresser und der schrecklichen Nachricht von Everlaynes Gefangennahme war ich wirklich und wahrhaftig wach.

Gut, dass ich einen Haufen Arbeit hatte, um mich zu beschäftigen.

Die winzige Kugel aus Quicksilver rollte auf dem Boden des Schmelztiegels träge gegen den Uhrzeigersinn im Kreis. Und die Verhandlungen mit ihm gestalteten sich schwieriger als mit Avisiéths Quicksilver. Es beharrte darauf, dass es nichts wollte – und dass es kein Interesse daran hätte, sich in eine Reliquie zu verwandeln. Außerdem war dieses Quicksilver es leid, dass ich mit ihm herumexperimentierte, und wollte nicht mehr belästigt werden.

»Wir vergeuden Zeit. Und ich bin verwirrt. Du hast die Fähigkeit, dem Zeug zu befehlen, was es tun soll. Warum *zwingst* du es nicht einfach, sich zu fügen?«, fragte Carrion.

»Ich zwinge es zu gar nichts. Es ist empfindungsfähig, Carrion. Es hat seinen eigenen Willen. Es denkt. Es redet …«, ich wünschte wirklich, es wäre nicht so, »… und ich werde es nicht *zwingen,* etwas zu tun, das es nicht will.«

Carrion wusste von dem Handel, zu dem mich Fisher verleitet hatte. Er wusste, was ich davon hielt, meines freien Willens beraubt zu werden. Die Tatsache, dass er so eine Lösung überhaupt vorschlug, überraschte mich. Er nahm einen der Fae-Ringe aus der Truhe neben der Esse und schnippte ihn in die Höhe.

Der Ring blitzte silbern auf, während er im hohen Bogen durch die Luft flog. »Dann hast du unserem wohlmeinenden Entführer seine Verbrechen verziehen?«, fragte er geistesabwesend. »Ihr beide scheint euch ja sehr nahezustehen.«

»Mit *dir* rede ich nicht über Fisher.« Ich stellte den Schmelztiegel ab, um die Kohlen in der Esse zu schüren.

»Warum nicht? Schließlich sind wir keine Ex-Partner, wie du mich kürzlich so eindringlich ermahnt hast. Wir haben nur ein einziges Mal miteinander geschlafen. Ich versichere dir, dass du meine Gefühle nicht verletzen wirst.« Carrion lehnte sich gegen die Werkbank und wartete.

»Ich will nicht mit dir über ihn reden, weil du jedes meiner Worte dazu benutzen wirst, um dich über mich lustig zu machen. Komm lieber her und betätige diesen Blasebalg.«

Carrion zog eine gekränkte Miene. »Was denn, bin ich jetzt etwa dein Sklave?«

»Wenn du darauf bestehst, hierzubleiben und mich zu nerven, dann wirst du dich gleichzeitig nützlich machen. Das sind die Regeln.«

Er verzog das Gesicht, kam aber trotzdem herüber, nahm die Griffe des Blasebalgs in die Hand und begann mit dem Pumpen. »Ach, komm schon. Wir werden hier noch stundenlang festsitzen. Da kannst du es mir genauso gut sagen. Ich werde mich nicht über dich lustig machen, versprochen.«

Ich schnaubte. Carrions Versprechen waren das Papier nicht wert, auf dem sie standen. Er war dafür berüchtigt, auf Teufel komm raus Dinge zu schwören und dann sein Wort nicht zu halten. Es wäre sehr dumm von mir, von ihm zu erwarten, dass er dieses Versprechen hielt … aber ich ertappte mich dabei, wie ich zögernd mit der Wahrheit herausrückte: »Ja, ich denke schon, dass ich ihm verziehen habe. Er hat mich zu nichts gezwungen, was mir oder anderen geschadet hätte. Sondern immer nur dann, wenn er dachte, es würde mich beschützen. Und er weiß, was passiert, wenn er es doch noch mal versucht.«

Dieses Geständnis musste Carrion einfach eine abfällige Bemerkung entlocken. Doch das war nicht der Fall. Alle fünf Höllen mussten zugefroren sein, denn er nickte nur. »Als er mich mit diesen Stiefeln bestochen hat, ein Bad zu nehmen, fand ich das irgendwie seltsam. Ich habe eine der Bediensteten gefragt, die mich baden sollten. Du weißt schon, eine der Wassernymphen mit den riesigen …« Mit den Händen deutete er ein Paar große Brüste an. »Ich hab sie gefragt, warum sie versuchten, mir drei Hautschichten mit diesem seltsamen Moos abzuscheuern, und sie meinte, dieses Moos sei etwas Besonderes. Die Fae, die gern von Bett zu Bett hüpften, würden es mögen, weil es die Gerüche ihrer vorherigen Partner auslöscht. Zuerst fiel mir kein Grund ein, warum es Fisher etwas ausmachen sollte, dass ich nach den Drillingen roch, die gerade im Kalas angefangen hatten …«

»Bei den Göttern, du bist unverbesserlich.«

Carrion wackelte mit den Augenbrauen. »Aber dann habe ich erkannt, dass es um dich ging. Er wollte nicht, dass ich *deinen* Geruch auf der Haut habe.«

Ich enthielt mich eines Kommentars. Natürlich hatte ich längst vermutet, dass Fisher Carrion deshalb dieses Bad hatte nehmen lassen, aber ich hatte es nie laut ausgesprochen. Nicht mal, um ihn zu ärgern. Damals hatte ich nicht gewusst, wie ich mich bei diesem Gedanken fühlte. Und ich war zu feige, um zuzugeben, wie ich mich jetzt dabei fühlte.

Also ging ich zur Werkbank und hob mit einer Zange den Schmelztiegel hoch. Auf dem Weg zur Esse schnippte Carrion den Ring, mit dem er gerade herumspielte, wieder in die Luft, und ich fing ihn vor ihm auf und warf ihn zusammen mit dem Quicksilver in den Eisentiegel.

»Was denn? Hast du dazu nichts zu sagen?«, fragte er.

»Nicht wirklich. Wer weiß schon, warum er das getan hat. Vielleicht dachte er einfach, dass du stinkst.«

»Hey!«

»Hör zu, Fisher hat seine Geheimnisse. Und ich stecke meine Nase nicht in …«

Ein Geheimnis …

Ich verstummte und legte den Kopf schräg. Hatte ich das richtig gehört? Hatte das Quicksilver gerade wirklich gesprochen?

»Was?«, fragte ich laut.

»Ich sagte …«, setzte Carrion an, doch ich legte einen Finger auf meine Lippen, funkelte ihn an und zeigte dann auf den Schmelztiegel.

Er verstand sofort und hielt den Mund.

Ein Geheimnis, flüsterte das Quicksilver. *Wir mögen Geheimnisse. Wir werden uns für dich verändern, wenn du uns ein Geheimnis verrätst.*

Hm. Also *das* wollte dieses Quicksilver. Ein Geheimnis? Okay, kein Problem. Aber ich hatte meine Lektion gelernt, nachdem ich dem Quicksilver in Avisiéth das Lied versprochen hatte – ein Lied, das daraufhin für alle anderen zu existieren aufgehört hatte. Dieses Mal würde ich schlauer vorgehen. »Wenn ich dir ein Geheimnis erzähle, werde ich mich danach noch daran erinnern?«, fragte ich laut.

Natürlich, antwortete die Stimme.

»Und wird es noch immer ein Geheimnis sein?«

Du wirst es wissen und ich auch, aber ich werde es nicht verraten. Ehrenwort.

Also gut. Das Quicksilver würde weder Informationen aus meinem Gedächtnis tilgen noch sie verbreiten, sodass alle davon erfuhren. Dann bestand kein Grund zur Sorge, überlegte ich, sprach mein Geheimnis aber nicht laut aus. Stattdessen erwiderte ich nur für das Quicksilver hörbar:

Ich will nicht mehr nach Zilvaren zurückkehren. Jedenfalls nicht für immer. Ich will nach Hause, Hayden und Elroy holen und sie dann hierher nach Yvelia bringen.

Zugegeben, nicht die faszinierendste, weltbewegendste Neuigkeit, die man sich vorstellen konnte. Aber für mich wog dieses Eingeständnis sehr schwer. Ich hatte jede wache Minute an diesem Ort damit verbracht, für meine Heimkehr zu kämpfen, damit ich meinen Bruder und meinen Freund retten konnte. Aber dann hatte ich erfahren, dass sie nicht gerettet werden mussten. Jedenfalls nicht so, wie ich es mir vorgestellt hatte. Und ich hatte hier Freunde gefunden. Freunde, die mir etwas bedeuteten und denen ich helfen konnte, einen Krieg zu gewinnen, der seit Jahrhunderten ihr Leben beherrschte.

Und dann war da noch Fisher.

Was ihn betraf, war die Situation zwar ungewiss – und vielleicht machte ich mir etwas vor, und er würde mich wegschicken, nachdem er seinen Spaß gehabt hatte. Aber so oder so … Ich wollte ihn nicht verlassen.

Das Quicksilver kräuselte sich im Schmelztiegel, und auf seiner Oberfläche bildeten sich geometrische Muster zu immer neuen Formationen. Ein wunderschöner Anblick, aber auch ungewöhnlich – nie zuvor hatte ich eine solche Verhaltensweise bei ihm gesehen.

Ja, ein gutes Geheimnis. Ein sehr gutes. Du willst bleiben. Du willst ihn retten. Du musst. Du musst.

Ich runzelte die Stirn und beobachtete das Quicksilver, das neben dem Ring im Schmelztiegel vibrierte. *Ihn retten?*, dachte ich. *Hayden? Ja, ich will ihn hierher holen.*

Nicht deinen Bruder. Kingfisshhherrrr, brummte das Quicksilver. *Rette ihn. Rette die Tore. Rette Yvelia.*

»Ich *liebe* es einfach, wenn du in eindringliche Gespräche mit gruseligem Portalmetall vertieft bist«, bemerkte Carrion spöttisch und hievte sich auf die Werkbank. »Es ist faszinierend, dir bei dieser ganzen Gesichtsgymnastik zuzusehen.«

»Einen Moment, Carrion«, flüsterte ich. Dann wandte ich mich wieder dem Quicksilver zu: *Was meinst du mit Kingfisher retten? Er ist doch hier. Es geht ihm gut.*

Ich sah zu, wie das Quicksilver über den Ring rollte, seine Oberfläche umhüllte, ihn beschichtete und dann in ihn eindrang. *Wir sind Symbole. Schlüssel. Reliquien. Schutzschilde,* antwortete es. Die Worte überlagerten sich wie mehrere Stoffschichten, aber ich konnte trotzdem jedes einzelne perfekt hören. *Besiegle uns mit Blut, Alchemistin,* verlangte die Reliquie.

Blut. Am Ende lief es immer auf Blut hinaus. Seufzend holte ich den Dolch hervor, den Fisher mir damals im Winterpalast gegeben hatte, und stach damit in die Kuppe meines Zeigefingers. Eine winzige Perle aus glänzendem rotem Blut quoll daraus hervor.

»Argh, ich glaube, mir wird schlecht«, stöhnte Carrion und blickte an die Decke. »Ich kann kein Blut sehen.«

Ich rollte mit den Augen, drückte meinen Finger zusammen und hielt ihn über den Tiegel. Die winzige Perle bildete eine Träne, die einen Moment zitternd an meinem Finger hing … dann hinunterfiel und auf den Ring traf. Unfassbar: Mein Blut perlte nicht vom Ring ab, sondern wurde von ihm aufgesogen, genau wie das Quicksilver.

Vollständig. Wir sind vollständig.

Ich nahm den Ring, hielt ihn gegen das Licht und spürte, dass er tatsächlich vollständig war. Sowohl der Schlüssel als auch das Schloss. Vollständig. Zwar konnte ich nicht erklären, woher ich wusste, dass der Prozess funktioniert hatte, aber ich war mir sicher. Das silberne Band war wunderschön und besaß noch immer die ursprünglichen Gravuren. Wem auch immer dieser Ring gehörte, er oder sie würde sich freuen, dass er noch immer das Familienwappen trug. *Aber was meinst du damit, ich soll Fisher retten?*, drängte ich. *Er ist hier in Sicherheit. Warum muss er gerettet werden?*

Der Ring schwieg.

Sagte keinen Ton.

Frustration stieg in mir auf, und ich hatte keine Ahnung, warum ich es tat, aber ich fühlte mich gezwungen zu handeln. Mir war nicht einmal bewusst, was ich da tat, aber ich schob die neu angefertigte Reliquie auf meinen Mittelfinger.

Die Schmiede wurde dunkel.

Ein eisiger Wind fuhr durch mich hindurch, peitschte meine Seele. Und der Klang. Bei den Göttern, der *Klang.* Eine Million Stimmen, die mit ohrenbetäubender Kraft skandierten.

ANNORATH MOR! ANNORATH MOR! ANNORATH MOR! ANNORATH MOR! ANNORATH MOR! ANNORATH MOR!

»Saeris?«

Das Gebrüll verstummte. Die Kerzen in der Schmiede brannten wieder heller, die Flammen in der Esse züngelten hoch und leckten über das geschwärzte Mauerwerk. Und dann war alles wieder normal, so wie nur wenige Augenblicke zuvor.

Keuchend riss ich mir den Ring vom Finger. Mein Herz raste, und ein schreckliches Gefühl der Hoffnungslosigkeit machte sich in meinem Bauch breit. *Das* würde ich nicht noch mal tun.

Te Léna stand an der offenen Tür, also genau genommen noch im Inneren von Cahlish. Rens Magie überlagerte nach wie vor die Tür zu einem der Gästezimmer mit dem Eingang zur Schmiede draußen bei den Stallungen, sodass das Haus außer Gefahr war, falls ich mich versehentlich in die Luft sprengen sollte. Die Heilerin rang die Hände und musterte die Tür mit überraschendem Misstrauen. Ihr tiefschwarzes Haar, aus dem ihre spitzen Ohren hervorragten, war wie immer zu einem langen Zopf geflochten, der ihr bis weit über den Rücken reichte. Passend zu ihrer makellosen bronzefarbenen Haut trug sie ein Kleid aus schillerndem blauem Stoff, der sie umschmeichelte, während sie ihr Gewicht von einem Fuß auf den anderen verlagerte.

»Ich wollte nur mal nachsehen, wie es dir geht. Ich habe gehört, dass du vorhin gekämpft hast«, sagte sie. »Hast du irgendwelche Schnitte oder Kratzer, die versorgt werden müssen?«

Doch ich erhielt keine Gelegenheit zu einer Antwort. Denn Carrion, der ewige Weiberheld, reagierte, bevor ich ein Wort sagen konnte. Er sprang von der Werkbank, durchquerte die Schmiede und lehnte sich auf seine erprobt lässige Weise gegen die Wand neben der Tür. »Du siehst heute Abend umwerfend aus, Te Léna. Du bist buchstäblich das einzig Gute an der Tatsache, wieder hier zu sein.«

Sie lachte. »Abgesehen vom fließend heißen Wasser, meinst du? Und den weichen Federbetten? Und dem endlosen Angebot an köstlichen, warmen Speisen?«

»Nein, nein, ich hasse jedes einzelne dieser Dinge«, entgegnete er theatralisch. »Du bist hier der einzige helle Stern in einem Meer aus Dunkelheit. Sag mir, dass du es dir anders überlegt hast und mit mir zu Abend essen wirst.«

Te Léna warf ihm einen tadelnden Blick zu, hielt beide Hände hoch und zeigte ihm die Handrücken. »Ich bedaure, dir mitteilen zu müssen, dass ich noch immer glücklich verheiratet bin, Carrion Swift. Und mein Mann ist nicht der Typ, der gern teilt.«

»Sieht er gut aus?« Carrion zog anzüglich eine Augenbraue hoch. »Ich liebe ein Team aus Mann und Frau. Vielleicht lässt er mich bei euch beiden mitmachen, wenn er …«

Ein hochfrequentes Sirren ertönte in meinen Ohren, überlagerte Carrions unverhohlene Verführungsversuche und Te Lénas sehr höfliche Abfuhr. Die Fae-Heilerin hatte die Hände wieder gesenkt, doch ich starrte unverwandt darauf. Sie waren mit Runen übersät: Einige ihrer Finger trugen eine oder zwei, andere gar keine Zeichnungen. Und auf dem Rücken ihrer rechten Hand befand sich ein elegantes Muster, wohingegen die linke nicht tätowiert war. Das Sirren in meinen Ohren wurde immer stärker. Ich hatte nicht mal bemerkt, dass ich die Schmiede durchquerte – bis ich vor Te Léna stand und auf ihre Hände deutete.

»Hast du … Es tut mir leid, aber ich … äh … habe noch nie so schöne Tattoos gesehen. Würde es dir etwas ausmachen, sie mir zu zeigen?«

»Du klingst komisch«, sagte Carrion. »Ich tue mein Bestes, dass sie diese Tätowierungen vergisst, und du machst so ein Theater darum. Bei den Göttern, du verstehst es wirklich, einem Mann jegliche Chance auf eine heiße Nacht zu verderben.«

Te Léna lachte erneut. »Carrion, lass es mich so deutlich sagen, wie ich es nur kann: Solange die Sonne noch jeden Tag auf- und untergeht, werde ich nicht mit dir schlafen.« Dann wandte sie sich an mich: »Natürlich. Danke, Saeris. Ich finde sie auch sehr schön. Mein Mann und ich haben sie zusammen entworfen.«

Sie hatte wunderschöne Hände. Anmutig und schlank, mit langen Fingern. Drei der fünf Finger ihrer linken Hand hatten Runen: zwei an ihrem Zeigefinger, zwei an ihrem Mittelfinger und eine an ihrem kleinen Finger. An ihrer rechten Hand befand sich eine einzelne Rune am Zeigefinger und eine weitere am Ringfinger, aber das war auch schon alles.

Nachdenklich fuhr sie mit den Fingern über die Tinte auf ihrem rechten Handrücken und strahlte, als sie sie mir entgegenstreckte, damit ich sie richtig sehen konnte. »Es ist ein Fae-Brauch, unsere Haut an unserem fünften Hochzeitstag zu markieren. Wir tätowieren die Segnungen, um die wir die Götter bitten, auf unsere Hände, in der Hoffnung, dass sie sich manifestieren. Yaz und ich haben uns für ein Harmoniezeichen, ein Langlebigkeitszeichen und zwei Kinderzeichen entschieden. Ich weiß, es ist gierig, sich zwei Kinder zu wünschen. Eines wäre schon ein Segen, aber …« Sie zuckte die Schultern. »Es hat doch keinen Sinn, sich bei solchen Dingen zurückzuhalten, oder?«

»Es tut mir leid, ich …« Verdammt, warum fiel mir das *Atmen* so schwer? »Ich bin mir nicht sicher, ob ich das alles verstehe. Ihr habt diese Tattoos also selbst entworfen? Und sie euch von jemand in die Haut ritzen lassen?«

Te Léna nickte. »Genau. Wir warten damit bis zum fünften Hochzeitstag, denn manche Ehen scheitern schon in den ersten Jahren. Das *kann* passieren. Man rät uns, vorsichtig zu sein und zu warten, bis wir uns ganz sicher sind, bevor wir unsere Haut miteinander verbinden. Yaz und ich wollten unsere Zeichen schon nach zwei Jahren bekommen, aber die Ältesten sagten, wir sollten warten.«

Meine Gedanken rasten, eine Million Meilen pro Minute. »Dann tauchen sie also nicht einfach von selbst auf? Die Zeichen? Wie … aus heiterem Himmel? Über Nacht? Oder … während man … du weißt schon … mit jemandem Sex hat?«

Die Heilerin lachte fröhlich. »Nein, natürlich nicht. Sei nicht albern.« Der Anflug von Panik, der in mir aufstieg, legte sich etwas. Doch dann fuhr Te Léna fort: »Vor langer Zeit war das tatsächlich der Fall. Damals, als es noch *wahre* Seelenverbindungen gab. Vereinigungen zwischen wahren Seelengefährten wurden von den Schicksalsgöttinnen gesegnet. Daher stammt die Tradition unserer Handtätowierungen. Aber so was wie wahre Seelengefährten gibt es nicht mehr. Als die Götter Yvelia verließen, starben bestimmte Elemente unserer Magie entweder aus oder verschwanden mit der Zeit. Beispielsweise die Götterschwerter. Sie wurden sehr langsam von der Quelle der Magie, die sie leiteten, abgeschnitten. Auch unsere Fähigkeit, Seelenverbindungen einzugehen, ging im Laufe der Jahrtausende verloren, bis sie schließlich ganz verschwand.«

»Okay …« Bei den Göttern, ich musste mich setzen. »Also ist

es nur noch eine Tradition. Die Leute bedecken ihre Hände mit Runen … als Glücksbringer.«

»Ich würde nicht sagen, dass wir uns mit ihnen *bedecken*«, antwortete Te Léna. »Ich kannte mal ein Paar, das sich für sieben Runen entschieden hat. Sieben ist schließlich eine verheißungsvolle Zahl. Aber es gibt Leute, die das für etwas gierig halten.« Ihrem Tonfall nach zu urteilen, gehörte sie auch zu dieser Gruppe.

Sieben?

Sieben Runen.

Ich versuchte mich zu erinnern, wie viele Runen meine Finger bedeckt hatten. Wie viele Runen sich auf meinem rechten Handrücken miteinander verwoben hatten. Ich hatte keine Ahnung, aber es waren sehr viele gewesen. *So* viele. »Und was ist mit einer Inschrift? Du weißt schon, Sätze und so was?« Ich konnte immer nur ein paar Worte auf einmal herausbringen. »Bekommen die Leute … das manchmal? Um … ihre Handgelenke herum?«

»Oh nein. Definitiv nicht. So was sieht man nur in Märchenbüchern«, schnaubte Te Léna. »Damals nannte man das eine Götterbindung. Ein Segen von den Göttern. Natürlich waren sie nicht real. Die wichtigsten Paare in der Geschichte Yvelias sollen diese Götterbindungen gehabt haben, doch das war alles bloß romantischer Quatsch. Nur etwas, das die Geschichtenerzähler ausschmückten, um ihre Erzählungen tragischer zu gestalten. Außerdem sahen sie in den illuminierten Büchern beeindruckend aus.«

Ich schaute sie zwar an, sah sie aber gar nicht, blickte direkt durch sie hindurch. »Tragisch?«

»Die Liebenden in diesen Geschichten haben immer schrecklich gelitten. Und einer von ihnen ist *immer* gestorben. Es waren schöne Geschichten, aber sie endeten jedes Mal mit Herzschmerz.«

»Klingt … furchtbar.« Ich versuchte zu lachen, doch mir fehlte der Atem dafür.

Endlich zeichnete sich auf Te Lénas Gesicht Sorge ab. »Alles in Ordnung mit dir? Du siehst etwas blass aus.«

»Ja. Ja, mir geht's gut. Ich … Weißt du zufällig, wo Fisher ist?«

»Er bat mich, dir zu sagen, dass er in seinem Zimmer auf dich wartet.«

»Oh, gut. Danke. Ich glaube, ich werde jetzt zu ihm gehen. Denn es gibt da etwas, worüber ich mit ihm reden muss.«

35

ORAKEL

Onyx folgte mir aus der Schmiede und trottete neben mir her, während ich durch die Flure von Cahlish hastete. In dem Moment, als ich die Tür zum Schlafzimmer aufstieß, huschte er hindurch und sprang auf das Bett, wo Fisher mit nacktem Oberkörper gegen die Kissen gelehnt saß und in einem Buch blätterte.

Er lächelte, als der kleine Fuchs auf seinen Schoß hüpfte und sein Kinn abzulecken begann. Es war tatsächlich ein *Lächeln* – das allerdings verblasste, als er sich mir zuwandte und sah, in welchem Zustand ich war. »Verdammt, kleine Osha. Hat man dich auf dem Weg hierher angegriffen? Du bist völlig verschwitzt.«

Ich knallte die Tür hinter mir zu. »Warum hast du mich nicht bei meinem Namen genannt? Vorher?«, keuchte ich.

»Was?«

»Seit Wochen bin ich hier, und bis heute hast du dich geweigert, meinen Namen auszusprechen. Warum?«

Fisher legte das Buch auf das Bett und hob Onyx vorsichtig von seinem Schoß. »Ich … Ich wollte nur …«

»Ich hatte gerade ein wirklich interessantes Gespräch mit Te Léna. Als sie mich nach meiner Begegnung mit den Fressern geheilt hat, war ich noch zu krank, um es zu bemerken, aber jetzt ist mir aufgefallen, dass ihre beiden Hände mit fantastischen Tattoos bedeckt sind.« Ich hielt meine Hände hoch, um meinen Worten mehr Nachdruck zu verleihen. »Sie hat mir erzählt, woher sie sie hat und warum. Und dann … Haha! Stell dir meine Überraschung vor, als sie mir von *Götterbindungen* erzählte, Fisher!«

»Fuck«, flüsterte er.

»Komisch – ich habe genau das Gleiche gesagt!«

»Hör zu, ich …«

»Sag mir, warum du meinen Namen nicht aussprechen wolltest«, knurrte ich. Mein Herz hämmerte in der Brust. Wenn ich mich nicht bald setzte, würde ich umfallen, aber zuerst wollte ich es aus seinem Mund hören. Ich wollte sein verdammtes Geständnis. »Ich weiß, dass du mich nicht anlügen kannst, also mach schon. Sag mir, warum.«

Er saß stocksteif vor mir, seine nackte, tätowierte Brust bewegte sich nicht, seine schwarzen Locken fielen ihm ins Gesicht, so perfekt, so gut aussehend – und dieses verfluchte Ding tief in meiner Seele schmerzte und flüsterte: *Er gehört mir.*

Du weißt, warum, antwortete er in meinem Kopf.

»Nein, Fisher. Sag es laut.«

»Also gut, in Ordnung, wie du willst. Am Anfang habe ich deinen Namen nicht ausgesprochen, weil ich dich verdammt noch mal gehasst habe«, erklärte er. »Ich habe gehasst, was du verkörperst.«

Mein Blut lief kalt wie Eis durch meine Adern, aber ich musste es hören. »Und was ist das?«

»Schwäche. Verwundbarkeit.«

»Ich bin nicht schwach, Fisher! Ich bin nicht wie diese jämmerlichen Schmetterlinge, die in der Kälte schlüpfen und sterben …«

»Nicht deine! *Meine!*« Plötzlich schlug er sich wütend mit der Faust gegen die Brust. »*Meine* Schwäche! *Meine* Verwundbarkeit! Ich wusste seit Jahrhunderten, dass du erscheinen würdest. Dass du eines Tages auftauchen und alles verändern würdest. Du bist die Schwachstelle in meiner Rüstung, Saeris. Der Spalt, durch den das Messer eindringt. Du bist diejenige, die Malcolm verletzen wird, weil er mich verletzen will, und ich konnte den Gedanken nicht … konnte ihn verdammt noch mal nicht *ertragen*!«

Ich biss mir auf die Zungenspitze, bis ich Blut schmeckte.

»Und du hast recht: Ich habe dir einmal von den Oshellith erzählt. Habe dir gesagt, dass sie an einem Tag schlüpfen und sterben. Aber ich war grausam, Saeris – ich habe dir nicht alles über sie erzählt.«

Im Schlafzimmer hatte sich nichts verändert. Nichts hatte sich bewegt, aber plötzlich war alles totenstill. Die Personen auf den Gemälden an den Wänden, mit ihren zerfetzten Gesichtern, schienen alle den Atem anzuhalten. »Was meinst du damit?«, flüsterte ich.

»Die Oshellith schlüpfen im Leben der meisten Fae nur ein einziges Mal – hoch oben im Norden, in den Einöden, weit jenseits des Ajun-Himmels, wo die Drachen einst lebten. Die Luft ist dort so kalt, dass sie einem in der Lunge gefriert, wenn man sie ohne Maske einatmet. Über Jahrhunderte hinweg existiert dort kein Leben. Aber einmal in tausend Jahren legen sich die heulenden Winde und kündigen die Ankunft der Oshellith an. Die Nachricht von diesem Ereignis verbreitet sich schnell. Dann machen sich die Mutigsten unter uns auf den Weg. Sie ziehen zu Fuß dorthin, wo kein Pferd hinkommt. Wenn sie das Tal erreichen, in dem die Oshellith schlüpfen, suchen sie die Kokons der Schmetterlinge und schützen sie mit ihrem eigenen Körper. Sie spenden ihnen so viel Wärme, wie sie nur können und so lange wie möglich. Es kann bis zu zwölf Stunden dauern, bis ein Oshellith schlüpft. Aber wenn es so weit ist …« Kingfisher schluckte und schüttelte den Kopf. »Es ist das Schönste, was man in seinem Leben erleben kann. Sie leuchten blau und rosa und silbern, umgeben von einem ätherischen Licht. Sie bringen Sphärenmusik hervor, obwohl niemand weiß, wie. Ein süßer, sanfter Gesang, der zu heilen vermag. Die Oshellith paaren sich und legen ihre Eier, aber danach erfüllen sie den Himmel und tanzen. Sie zu beschützen, solange sie leben, gilt als hochheiliger Ritus, bei dem viele von uns sterben. Und genau das bedeutet ›Oshellith‹ auf Alt-Fae, Saeris. *Hochheilig.*«

Mit gequälter Miene schloss er für einen Moment die Augen. Sein Atem ging stoßweise und unregelmäßig. »Alle Namen in dieser Welt besitzen Macht. Und *jeder* Name hat eine Bedeutung. Wir haben wahre Namen, die wir mit niemandem teilen. Weder mit unseren Freunden noch mit unseren Familien. Oft sind unsere Mütter die einzigen Personen, die ihn wirklich kennen. Und selbst eine Mutter könnte den Namen ihres Kindes zu ihrem eigenen Vorteil nutzen, um Macht zu erlangen. Diese Welt ist … beschissen, das gebe ich zu. Und dann tauchst du auf und hast einen einzigen verdammten Namen, und jeder kennt ihn. Und ich *konnte* ihn nicht aussprechen, weil ich Angst hatte. Davor, was mit mir passieren würde, wenn ich ihn aussprach. Denn damit hätte ich anerkannt, dass du nach all der Zeit endlich erschienen bist. Also habe ich dich stattdessen Osha genannt. Aber der Name hatte eine tiefere Bedeutung, Saeris. *Für mich* hat er eine tiefere Bedeutung.«

Das konnte unmöglich sein Ernst sein. »Die ganze Zeit über …«, flüsterte ich. »Aber du hast mich von Anfang an so genannt.«

Kingfisher nickte langsam, seine Augen leuchteten hell. *»Hochheilig«,* wiederholte er im Flüsterton.

Ich schlug die Hände vors Gesicht und schluchzte auf – ich

konnte mich nicht länger zurückhalten. Der Name, den er mir gegeben hatte, der Name, den ich *hasste,* war in Wahrheit ein öffentliches Bekenntnis dafür, was ich ihm von Anfang an bedeutet hatte. Die Wucht dieser Erkenntnis bewirkte, dass ich eine gefühlte Ewigkeit in Tränen aufgelöst war. Schließlich erfasste mich eine Art innerer Ruhe. »Woher hast du es gewusst? Dass ich auftauchen würde? Du hast gesagt, dass du es wusstest.«

Fisher verzog das Gesicht. »Ich habe es vor langer Zeit erfahren. Von meiner Mutter. Sie war ein Orakel. Ich habe ihr nicht geglaubt, aber dann, als ich entführt wurde …« Er schluckte schwer; seine Augen füllten sich mit Tränen. Rasch rutschte er an den Rand des Betts und stützte sich mit den nackten Füßen auf dem Boden ab. Er bekam keine Luft.

Er bekam keine Luft!

Ich machte einen Schritt auf ihn zu, doch er streckte mir die Handfläche entgegen und bedeutete mir, nicht näher zu kommen. Dann schloss er die Augen, beugte sich vor und hielt sich an der Bettkante fest, bis seine tätowierten Knöchel weiß hervortraten. Es dauerte viel zu lange, bis er endlich stockend einatmete.

Mit ihm war alles okay. Er bekam wieder Luft.

Mit einem Schluchzen taumelte ich rückwärts, bis ich gegen die Kommode hinter mir stieß und langsam zu Boden sank.

»Ich muss … vorsichtig sein«, keuchte er. »Ich kann nicht …« Er verstummte und warf mir einen bedeutungsvollen Blick zu. Ein Blick, der mich darum bat, zu verstehen, was er mir sagen wollte. Dass es Dinge gab, die er nicht aussprechen konnte, ohne schlimme Konsequenzen zu erleiden. Dass ich die Lücken selbst füllen musste. »Meine Mutter hat über dich geschrieben«, flüsterte er. »Seiten über Seiten. Sie wusste, dass sie bald sterben würde, und so hat sie mir ein Buch geschrieben. ›Eine Mutter ist immer für ihren Sohn da‹, sagte sie mir. ›Es spielt keine Rolle, ob er heranwächst und irgendwann über all seine Kräfte verfügt. Selbst das Herz des stärksten Kriegers kann brechen, und seine Seele kann zerschmettert werden. Da ich nicht mehr bei dir sein werde und dich trösten kann, wenn dir die Herausforderungen, die vor dir liegen, zu groß erscheinen, nimm dieses Buch und benutze es als deinen Leitfaden. Aber vor allem merke dir eines: Es wird Zeiten geben, in denen die Welt versucht, dich zu zerstören, Kingfisher. Doch du bist stärker, als du dir auch nur vorstellen kannst. Du wirst nicht versagen. Und du wirst dich der Welt nicht allein stellen.‹«

Meine Wut war zwar enorm, doch angesichts dieser Enthüllung geriet sie ins Wanken. Ich wusste nicht mehr, wie ich mich fühlen sollte – dafür gab es viel zu viel zu verdauen.

Fisher ließ den Kopf hängen, ein bitteres Lächeln umspielte seinen Mund. »Sie sagte, wenn ich dich am meisten bräuchte, würdest du wie ein Meteorit in mein Leben stürzen und eine Welle des Chaos mit dir bringen, die meine ganze Welt auf den Kopf stellt. Sie meinte, dass dein strahlendes Licht so hell wäre, dass es selbst die Hölle erleuchten könnte, und dass du mich aus der Dunkelheit hinausführen würdest. Sie hatte keine Ahnung, wie dein Name lautete. Nur dass du dunkles Haar und ein wunderschönes Lächeln haben würdest. Und dass ich dich mit einer Leidenschaft lieben würde, die meinem ganzen Wesen widerspräche.«

Mein Herz krampfte sich zusammen, meine Kehle brannte vor Rührung. Vor Jahrhunderten hatte eine Mutter in die Zukunft ihres Sohnes geblickt, um Trost zu finden und sich zu vergewissern, dass er ein gutes Leben führen würde. Und sie hatte den Schmerz und das Leid gesehen, das die Schicksalsgöttinnen für ihren Jungen bereithielten, und dann hatte sie *mich* gesehen und gewusst, dass es ihm gut gehen würde. Die Last, die das mit sich brachte …

Fuck, ich bekam kaum noch Luft.

»Sie sagte, sie habe das Gefühl, dich zu kennen. Dass du und sie Freunde seien, obwohl tausend Jahre zwischen euch stünden. Und sie … sie hat dich *gezeichnet.*« Fishers Stimme klang immer angespannter, während er stockend weiterredete. Ständig den Tränen nahe, zwang er sich zu einem Lachen. »Sie hat dich beinah perfekt porträtiert.«

Ich war nicht so stark wie Fisher. Ich ließ meinen Tränen freien Lauf. »Beinah?«, flüsterte ich.

Fisher schluckte und sah auf seine Hände hinunter. Als er meinen Blick wieder erwiderte, wirkte er erschüttert. »Sie hat sich geirrt, teilweise. Bei Kleinigkeiten. Kleine Details, mit großen Konsequenzen.« Er deutete auf sein Ohr. »Auf all ihren Zeichnungen waren deine Ohren wie meine. Du warst eine Fae. Und als ich dich sah …« Er holte tief Luft, richtete sich ein wenig auf. »Als ich spürte, dass Solace mich rief und ich aus dem Becken stieg, erkannte ich, dass du ein Mensch bist. Und ich wusste sofort, wie leicht dieser Ort dich zerstören könnte. Also entschied ich mich, dich dort zu lassen. Aber dann konnte ich dich einfach nicht zurücklassen«, fuhr er fort. »Dein Bauch war aufgeschlitzt. Du lagst im Sterben. Mir blieb nichts anderes übrig, als dich hierherzubringen. Darum beschloss ich, mich dir gegenüber wie ein Mistkerl zu verhalten, damit du mich verdammt noch mal hasst und nichts mehr mit mir zu tun haben willst.«

»Ein toller Plan«, flüsterte ich. »Der ist *voll* aufgegangen.«

Sein schiefes Lächeln brach mir fast das Herz. »Sei ehrlich. Er hat eine ganze Weile lang gut funktioniert.«

Wehmütig schüttelte ich den Kopf. »Wären diese Runen auf meinen Händen aufgetaucht, wenn er wirklich funktioniert hätte?«

»Nein«, räumte er ein. »Ich glaube nicht.«

»Was *bedeuten* sie, Fisher? Für uns?«

»Hat Te Léna es dir nicht gesagt?«, fragte er.

»Ich möchte, dass *du* es mir sagst.«

Eine angespannte Stille breitete sich im Raum aus. Fisher starrte auf den Teppich und zupfte an seinem Daumennagel. »Meine Mutter hat nie von einer Seelenverbindung gesprochen. So was gab es zu ihrer Zeit schon lange nicht mehr. Und mir ist der Gedanke auch nie in den Sinn gekommen. Doch als ich dich in der Blutlache liegen sah, habe ich sie gespürt – wie ein Band, das sich zusammenzieht. Und ich konnte sie an dir riechen. Das hat … Das hat mich so verdammt wütend gemacht.« Ein Muskel zuckte an seinem Kiefer. »Ich war wütend, dass die Schicksalsgöttinnen uns auf *diese* Weise miteinander verbunden hatten, obwohl seit ewigen Zeiten niemand mehr von einer Bindung betroffen gewesen war. Ich war wütend, dass es geschah, bevor einer von uns beiden überhaupt die Chance hatte, den anderen kennenzulernen. Ich wusste nicht, dass die Runen einfach so auftauchen würden. Ohne jede verdammte Vorwarnung. Ohne dass wir verheiratet waren oder auch nur … für uns selbst entschieden hatten, ob wir zusammen sein wollten.

Während du geschlafen hast, habe ich miterlebt, wie sie erschienen sind. Ich sah, wie sie immer dunkler wurden, eine nach der anderen, mehr Runen, als ich je gesehen hatte – und es hat mich zu Tode erschreckt, Saeris.« Er nickte traurig vor sich hin. »Wie die Geschichte zeigt, haben solche Zeichen ihren Preis. Es handelt sich um die Art von Zeichen, über die mein Volk Geschichten erzählt – aber keine davon mit gutem Ausgang.«

Dann stimmte es also. Te Léna hatte recht gehabt. *Tragisch*, hatte sie gesagt. Das Wort hallte in meinem Kopf wider und wurde mit jeder Wiederholung lauter.

»Es geht mir nicht gut«, flüsterte Fisher. »Ich kann nicht schlafen. Ich werde ständig heimgesucht. Ich sehe Dinge. Ich höre Dinge. Und es wird immer schlimmer.« Er wickelte den Anhänger um seinen Finger und schloss seine Hand darum. »Der wird nicht mehr lange helfen …«

»Ich kann dir eine andere Reliquie machen. Ich habe gerade eine angefertigt.«

»Das hier ist nicht nur eine Reliquie, Saeris. Der Anhänger ist mit einem Schutzzauber versehen. Meine Mutter ist vor ihrem Tod zu den Hexen gegangen und hat ihn für mich anfertigen lassen, zusammen mit einigen anderen Objekten – Objekte, von denen sie wusste, dass ich sie brauchen würde. Aber dieses Ding in mir wird immer stärker. Es gibt keine einzige Zauberformel, die stark genug wäre, um es für immer in Schach zu halten. Schon bald wird der Anhänger nicht mehr ausreichen, und ich werde verloren sein. Aber du brauchst dir keine Sorgen zu machen. In Anbetracht dessen, was mich erwartet, werde ich mich weigern, dich an mich zu binden. Ich werde es nicht akzeptieren. Ich werde nicht zulassen, dass du an mich gekettet bist, wenn es wirklich übel wird.«

»Du … willst unsere Verbindung ablehnen?« Dieser Gedanke schnürte mir die Kehle zu. Die Worte schnitten so tief ein wie Messer. Ich bewegte mich auf einem emotionalen Drahtseil, das bei jeder neuen Information hin und her schwankte.

Fisher seufzte. »Ich bin mir nicht sicher, wie es genau funktioniert. Ich habe die Bibliothek hier in Cahlish durchforstet. Zwei Wochen lang habe ich alles gelesen, was ich zum Thema Seelenverbindung in die Finger bekam. Ich wollte einen Weg finden, um zu verhindern, dass sie überhaupt entsteht – auch wenn ich wusste, dass es dafür schon zu spät war.« Er zuckte die Schultern. »Dabei habe ich herausgefunden, dass beim Erscheinen der ersten Runen eine Wartezeit eingeleitet werden kann, während der jede Partei entscheiden kann, ob sie die Bindung akzeptiert oder ablehnt. Diese Wartezeit habe ich für uns in Ballard eingeleitet.«

Langsam begannen sich die Einzelteile zusammenzufügen. »Dafür hattest du also all diese Bücher? In deinem Zelt in Irrín?« Beim Gedanken daran hätte ich mich am liebsten zu einer Kugel zusammengerollt und das Atmen eingestellt. »Das hast du also die ganze Zeit gemacht, als du verschwunden warst? Nachdem ich von den Fressern angefallen wurde? Du hast nach einem Weg gesucht, dich zu befreien?«

Mit leerem Blick schüttelte Fisher langsam den Kopf. »Ich habe nach einer Möglichkeit gesucht, *dich zu retten.*«

»Also hast du die Wartezeit eingeleitet. Meinetwegen. In meinem eigenen Interesse. Weil es das Beste war«, fauchte ich.

Fisher lachte bitter. »Das Beste wäre gewesen, die Bindung rundheraus abzulehnen.«

»Warum hast du es dann nicht getan?«

»Diese Frage habe ich mir seitdem immer wieder gestellt. Ich war fest dazu entschlossen, als ich sah, wie die Runen auf deiner Haut dunkler wurden. Und umso mehr, als die Götterbindungen auftauchten. Aber dann, als es so weit war, konnte ich es nicht. Keine Ahnung, warum. Ich … Ich konnte es einfach nicht. Aber mach dir keine Sorgen. Der Monat wird vergehen, und nichts wird sich ändern. Als Erstes werden wir Everlayne zurückholen. Dann wirst du die Reliquien fertigstellen. Und wenn das erledigt ist, kehrst du nach Zilvaren zurück, zu deinem Bruder.«

Ich versank mit jeder Sekunde tiefer und tiefer im Kummer, während Hoffnung und Glück immer weiter davontrieben. »Na großartig! Du hast also alles schon genau vorausgeplant. Herzlichen Glückwunsch. Ich freue mich für dich.«

Fisher wirkte gekränkt. Gut so. Das sollte er auch sein. »Saeris …«

»Nein. Nein, wirklich. Ich finde es großartig, dass du so lange Zeit hattest, über all das nachzudenken. Dass du schon seit Hunderten von Jahren wusstest, dass ich in deinem Leben auftauchen würde. Dass du wusstest, was diese Tätowierungen bedeuten, und du entscheiden konntest, mich zu meinem eigenen Besten zurückzuweisen und mich nach Zilvaren zurückzuschicken. Ich bin begeistert, dass du all diese furchtbaren, schwierigen Entscheidungen für mich getroffen hast, Kingfisher.«

»Ach, hör auf! Sei realistisch!« Fisher stand auf und fuhr sich mit den Händen durch die Haare. Er überragte mich wie eine Wand aus Muskeln und Tinte und Verzweiflung. »Ändert das irgendetwas? Jetzt, da du das alles weißt? Stehen uns plötzlich mehr Möglichkeiten zur Verfügung? Lösungen, die nicht völlig beschissen sind?«

»Ich weiß nicht, ob das irgendetwas ändert! *Du* bist derjenige, der alle Antworten kennt. Was steht in dem Buch deiner Mutter? Was passiert als Nächstes?«

Erneut zuckte ein Muskel an seinem Kiefer. »Da steht nichts. Du wirst erst ganz am Ende des Buchs erwähnt. Sie schrieb nur, dass ich dich finden würde und dass die Schicksalsgöttinnen von da an unseren Weg leiten.«

Na fantastisch! Ich ließ meinen Kopf gegen die Kommode hinter mir fallen und schloss die Augen. »Scheiß auf die Schicksalsgöttinnen – sie entscheiden einen Dreck für mich. *Ich* entscheide, wie meine Zukunft aussieht.«

»Du musst nach Hause zurückkehren, Saeris. Du kannst in Zilvaren daran arbeiten, dein Volk zu befreien. Du kannst noch immer glücklich werden. Ich werde sterben, und …«

Ich riss die Augen auf. »Was meinst du damit, dass du *sterben* wirst? Du stirbst nicht. Du bist nur … Du bist …«

Er stieß den schwersten Seufzer aus, den ich je gehört hatte. Dann ging er vor mir in die Hocke. Als er nach meiner Hand griff, zog ich sie weg und stieß mir dabei den Ellbogen an der Kommode. Missbilligend schüttelte er den Kopf und griff ein zweites Mal nach meiner Hand. Dieses Mal ließ ich ihn gewähren. Er verschränkte seine Finger mit meinen und schaute lange auf unsere Hände hinunter. »Du hast recht«, sagte er schließlich und sah zu mir auf. »Von Schmerzen und schrecklichen Halluzinationen an den Rand des Wahnsinns getrieben zu werden, wird mich nicht umbringen. Aber das ist kein Leben – zumindest keins, das ich leben möchte. Und ich wäre für andere eine Gefahr. Irgendwann würde ich die Menschen verletzen, die mir etwas bedeuten. Auf jeden Fall aber wäre ich eine Last, und ich will weder dir noch sonst jemandem aufbürden, sich um mich kümmern zu müssen. Das werde ich nicht zulassen.«

»Du willst dich also einfach *umbringen*?«

Fisher war zum Zerreißen angespannt wie eine Bogensehne. »Renfis wird mir helfen …«

Ich stieß ihn von mir, so fest ich nur konnte. Er kippte nach hinten und landete auf seinem Hintern, weil ihn der Stoß überrascht hatte. Wütend sprang ich auf und stieg über ihn hinweg, um Abstand zwischen uns zu bringen. »Wage es ja nicht, diesen verdammten Satz zu beenden«, fauchte ich. »Du bist so … so verdammt *egoistisch*!«

Das Silber in seinem rechten Auge hatte das Grün der Iris verschluckt. Er setzte sich auf und schlang die Arme um die Knie. Bei den Göttern … diese Hoffnungslosigkeit in seinem Blick. Er war am Boden zerstört.

»Ich weiß«, stieß er hervor. »Ich will das nicht. Ich will …« Aber was auch immer er nach diesen Worten sagen wollte, war zu schmerzhaft. Er wippte mit den Beinen und stieß zittrig den Atem aus.

Plötzlich traf mich ein Gedanke. »Du kannst nicht einfach aufgeben. Wenn du stirbst, wird auch Lorreth sterben.«

»Was?«

»Du hast ihn gerettet. Du hast ihm einen Teil deiner Seele gegeben. Wenn du stirbst, bist du gefangen und musst darauf warten, dass deine Seele wieder vollständig ist, bevor du weiterziehen kannst.«

Missmutig zog Fisher eine Augenbraue hoch. »Das war unsere

Privatsache. Aber anscheinend erzählt er das jetzt einfach überall herum. Hör zu, ich habe meinen Frieden mit dem gemacht, was auch immer danach mit mir passiert. Wenn ich festsitze und tausend Jahre lang im Äther herumschwebe, dann soll es so sein. Das wäre noch immer unendlich viel besser als die Alternative.«

»Lorreth sagte, er würde eher sterben, als das zuzulassen. Willst du wirklich auch sein Leben abkürzen?«

»Lorreth wird nicht mal merken, dass ich verschwunden bin«, knurrte er.

»Natürlich wird er das! Glaubst du ernsthaft, ihm fällt nicht auf, dass du weg bist? Oder willst du ihm etwa erzählen, dass du in ein anderes Reich ziehst, um ein besseres Leben zu führen?«

»Etwas in der Art«, murmelte er.

»Du bist so ein verdammter Idiot, Fisher. Diese Leute sind deine Freunde. Sie lieben dich. Willst du Ren wirklich bitten, dir beim Selbstmord zu helfen? Und es dann vor allen anderen geheim zu halten, denen du etwas bedeutest? Das würdest du Ren wirklich zumuten? Außerdem ist Lorreth clever. Er würde dir nicht abnehmen, dass du Yvelia verlässt und nicht mehr zurückkommst.«

»Das wird er müssen, oder?«

»Den Teufel wird er tun.« Ich ging auf die Tür zu.

»Wohin gehst du, Saeris?«, rief er mir nach.

»Ich lege mich schlafen. Und morgen früh gehe ich in die Bibliothek und werde herausfinden, wie ich Everlayne *und* dich retten kann. Denn ich lege nicht einfach die Hände in den Schoß und akzeptiere die Niederlage, sobald es schwierig wird. Ehrlich gesagt bin ich schockiert, dass *du* das tust.«

36

ISEABAIL

Ich versuchte, in dem Zimmer einzuschlafen, in dem wir bei unserer Ankunft in Cahlish übernachtet hatten. Aber Carrion schnarchte so laut, dass ich eine Bettdecke in eines der eleganten Wohnzimmer schleppte und erschöpft auf einem der Polstersofas einschlief.

Irgendwann nach Sonnenaufgang erwachte ich aus einem unruhigen Schlaf und entdeckte Fisher, der in dem Ohrensessel neben mir saß und aus dem Fenster auf den zerklüfteten Gipfel des Omnamerrin starrte. Der herrliche Duft von wilder Minze trieb mir die Tränen in die Augen, aber es gelang mir, mich zusammenzureißen, während ich die Bettdecke zusammenfaltete und den Abdruck meines Körpers aus den Sofakissen klopfte. Am liebsten hätte ich den Raum verlassen, ohne mich mit Fisher auseinanderzusetzen, doch als ich an ihm vorbeiging, ergriff er meine Hand, und ich hatte weder die Kraft noch den Willen, sie zurückzuziehen. Er lehnte seine Stirn gegen meinen Arm, schloss die Augen, und ein winziges Stück tief in meinem Inneren zerbrach. Sanft fuhr ich mit meiner freien Hand durch sein Haar – und schrie zugleich innerlich auf, so wahnsinnig wütend auf ihn und auf mich selbst und auf die Götter und das ganze verdammte Universum, weil es uns das angetan hatte.

Fisher wehrte sich nicht, als ich meine Hand zurückzog und weiterging. An der Tür hielt ich inne, warf einen Blick über die Schulter und wünschte mir sofort, ich hätte es nicht getan. Er starrte wieder aus dem Fenster, hatte aber eine Hand über den Mund gelegt, und seine Finger bohrten sich in seine Wange. Die ausgeprägten Schatten unter seinen Augen zeugten von unzähligen schlaflosen Nächten. Sogar seine hängenden Schultern zeigten, wie erschöpft er war. In diesem Zustand konnte ich ihn nicht zurücklassen. Ich konnte es einfach nicht.

Noch im Türrahmen ließ ich die Bettdecke fallen. Fisher schloss die Augen, als er merkte, dass ich zu ihm zurückkehrte. Die Nervosität und das Zögern, das ich früher bei jeder Berührung mit ihm empfunden hatte, waren verschwunden. Er lehnte sich an mich, legte seinen Kopf an meinen Bauch, schlang die Arme um meine Beine und umfasste die Rückseite meiner Oberschenkel. Und ich hielt ihn fest. Sekunden vergingen. Lange Minuten. Ich legte eine Hand zwischen seine Schulterblätter und ließ sie dort kreisen, voller Sehnsucht und Schmerz und Wunschträumen.

Irgendwann setzte er sich aufrecht und ließ sich mit geröteten Wangen in den Sessel zurücksinken. Er weigerte sich, mich anzuschauen, doch er nickte, als wollte er sagen: »Es ist okay. Mir geht's gut.«

Schweigend verließ ich den Raum.

»Die letzte Hexe hat Yvelia vor hundert Jahren verlassen«, sagte Lorreth. »Und gut doppelt so lange hat niemand mehr ein Mitglied des Balquhidder-Clans gesehen. Wir wissen noch nicht mal, wohin sie verschwunden sind! Uns bleiben weniger als sechsunddreißig Stunden, bevor wir in Gillethrye sein müssen, und wir können diese Stunden nicht damit verbringen, unter Steinen zu wühlen und in Erdlöcher zu rufen, um einen Haufen alter, flatulenter Hexen zu suchen, die nicht gefunden werden wollen.«

Danya schnaubte.

Niemand sonst in der Bibliothek lachte.

Nicht mal Carrion. Aber das lag vermutlich daran, dass er nicht wusste, dass »flatulent« nichts anderes bedeutete als »furzend«.

Von meinem Platz hinter dem riesigen Berg von Büchern, der sich vor mir auf dem Tisch stapelte, beobachtete ich, wie Ren sich die Schläfen massierte und das Gesicht verzog. »Ohne eine Hexe sind wir geliefert«, sagte er. »Sie sind die Einzigen, deren Blutmagie stark genug ist, um eine Hörigkeit zu durchbrechen. Die Einzigen, die stark genug sind, um Malcolms Gift einzudämmen, während Te Léna es aus Laynes Körper zieht.«

»Es wird Wochen dauern, bis es aus ihr herausgespült ist – und das auch nur, wenn wir Glück haben«, sagte Te Léna, die am Fenster stand. Sie hatte die Arme um den Oberkörper geschlungen, als sie sich umdrehte und uns alle ansah. »Wahrscheinlicher ist, dass es Monate dauern wird. Ich kann andere Heiler um Hilfe bitten, aber Malcolms Gift ist wie Säure: Es zerfrisst alles, mit dem es in Berührung kommt. Bis wir bei ihr sein können, werden die Verletzungen an Everlaynes Körper katastrophal sein. Es bräuchte eine wirklich beeindruckende Hexe, um einen Körper lange genug aufrechtzuerhalten, bis wir ihn von dieser Art Schaden heilen können.«

»Fantastisch! Also brauchen wir nicht nur eine Hexe, sondern die mächtigste Hexe aller Zeiten«, sagte Ren geistesabwesend. Seit Everlayne am Flussufer aufgetaucht war, schien er nicht mehr er selbst zu sein. Normalerweise war er immer bereit, einen Ausweg aus einer Notsituation zu suchen, egal wie aussichtslos sie schien, aber diese

Ereignisse hatten ihn bis ins Mark erschüttert. In der letzten Stunde hatte ich ihn viermal dabei ertappt, wie er gedankenverloren auf den Tisch starrte. Es schien, als stünde er unter Schock.

Kurz nachdem das Frühstück serviert worden war, war auch Fisher in der Bibliothek aufgetaucht. Er hatte auf seinem Teller herumgestochert, sich dann aber irgendwann erhoben und wie ein Verrückter angefangen, Bücher aus den Regalen zu ziehen. Mit tintenverschmierten Fingern drehte er den Federkiel, mit dem er wie rasend Notizen gemacht hatte, legte ihn dann zur Seite und tippte auf die Stelle auf dem Tisch, auf die Ren starrte, um die Aufmerksamkeit seines Freundes zu erregen. »Es gibt noch immer ein paar Halbhexen in Faulton's Gap. Darüber hinaus kann ich kein Schattentor erzeugen, ohne dass Belikon dessen Magie spürt und uns einen Besuch abstattet. Du und ich werden dorthin reisen und nachsehen, ob eine von ihnen stark genug und bereit ist, uns heute Nachmittag zu helfen.«

Ren schien dadurch ein wenig Auftrieb zu bekommen. Ich sah die Hoffnung in seinen Augen aufflackern und musste den Blick abwenden. »Ein guter Plan«, sagte er. »Ich mache mich sofort reisebereit.«

»Ich nehme nicht an, dass ihr mich mitnehmt?«, fragte Carrion. »Ich wollte schon immer mal eine echte Hexe kennenlernen.«

»Nein«, sagte Fisher rundheraus. »Du bleibst hier. Du würdest nur versuchen, bei einer von ihnen zu landen. Wir müssen sie dazu bringen, uns zu helfen, statt einen Krieg mit ihnen anzuzetteln, nur weil du deinen Schwanz nicht in der Hose behalten kannst.«

Lorreth tat so, als müsste er würgen. »Argh! Er würde *nicht* versuchen, eine Hexe zu vögeln.«

»Nein, Fisher hat recht«, räumte Carrion seufzend ein. »Das würde ich definitiv. Du weißt schon … nur um sagen zu können, dass ich es ausprobiert habe.«

»*Ich* gehe mit euch«, verkündete Danya. Seit ihrem Auftauchen in der Bibliothek hatte sie nicht viel gesagt und eigentlich nur dagesessen und ihre neue Hand gedehnt und gedreht, als würde sie nach Fehlern suchen. Te Léna hatte bemerkenswerte Arbeit geleistet – mehr als Danya verdient hatte – und ziemlich starke Magie angewendet, um die Hand zu ersetzen. Und dennoch hatte ich noch kein einziges Dankeswort aus dem Mund der Kriegerin gehört. »Ich werde nicht hier herumsitzen und mit diesen Idioten langweilige Bücher durchblättern, wenn ich in der Zwischenzeit etwas Nützliches tun könnte.«

Selbstverständlich war es nützlich, die Bücher nach Möglichkeiten zu durchsuchen, mit denen wir Layne helfen konnten. Vielleicht fand sich in ihnen ja sogar etwas, das unsere Probleme im Handumdrehen löste – aber das war Danya egal. Ihrer Ansicht nach ließ sich ein Problem nur dadurch beseitigen, dass man mit voller Wucht darauf einschlug oder so lange darauf einstach, bis es tot war – und sie hatte kein Interesse daran, sich das Gegenteil beweisen zu lassen.

»Wir sind auch dafür, dass sie mit euch geht«, sagte Carrion und hob die Hand. »Keiner von uns will, dass eine dunkle Wolke über der Bibliothek hängt, während wir hier zu arbeiten versuchen.«

Danya fletschte die Zähne, bis ihre Eckzähne hervortraten, womit sie sich ein interessiertes Grinsen von Carrion einhandelte. Aber Fisher schritt ein, bevor Danya etwas wirklich Abscheuliches sagen konnte. »Also gut, du kommst mit uns. Ihr anderen schaut euch die Manuskripte an, für den Fall, dass sich etwas findet.«

Lorreth, Carrion, Te Léna und ich nickten. Als Fisher begann, die Bücher zuzuklappen, die er durchsucht hatte, legte die Heilerin ihm eine Hand auf den Arm. »Bevor du gehst, schau kurz bei mir vorbei. Und sofort nach deiner Rückkehr.«

Ich hatte es mir nicht eingestehen wollen, aber ich war eifersüchtig auf Te Léna gewesen. Ich hätte schwören können, dass zwischen ihr und Fisher etwas lief, doch inzwischen hatte ich meinen Irrtum erkannt. Nachdem ich gehört hatte, wie sie über ihren Ehemann sprach, und gesehen hatte, mit welcher Freude sie mir ihre Runen gezeigt hatte, bestand für mich kein Zweifel mehr, dass sie nicht an Fisher interessiert war. Damit blieb nur noch eine andere Erklärung: Irgendwie half sie ihm mit dem Quicksilver in seinem Kopf. Und wenn er sie vor seiner Abreise *und* nach seiner Rückkehr aufsuchen sollte, dann musste die Situation wirklich schlimm sein.

Ein paar Stunden später hatte sich die Welt jenseits der Bibliotheksfenster in ein eigentümliches Blaugrau verwandelt, und es schneite heftig. Im Inneren von Cahlish war es so warm wie immer, aber die winterliche Szenerie jenseits der Scheiben ließ mich unkontrolliert frösteln. Wir hatten noch immer nichts entdeckt, was Layne oder Kingfisher helfen konnte, und meine Frustration wuchs von Minute zu Minute. Wie konnte es sein, dass es in einem Land voller magischer oder übernatürlicher Bedrohungen keine Bücher darüber gab, wie man mit ihnen umging, obwohl diese Probleme doch unvermeidlich waren? Es ergab keinen Sinn. Ich kannte alle Bücher, die Fisher zum Thema Quicksilver besaß, und ich wusste bereits, dass sie keine Informationen darüber enthielten, was man tun konnte, wenn es in jemanden *eingedrungen* war.

Wir waren keinen Schritt vorangekommen, als die Türen der Bibliothek aufschwangen und Ren hereinstürmte und unterdrückt fluchte. Sein hellbraunes Haar war vom Wind zerzaust, seine Lederrüstung verschwunden. Er war von Kopf bis Fuß mit Schlamm bedeckt und sah aus, als wollte er mit der Faust auf etwas einschlagen.

»Was zum Teufel ist mit dir passiert?«, fragte Lorreth.

»Die verfluchte *Danya*«, zischte Ren. »Wir haben die Halbhexen gefunden. Wir haben ihnen erklärt, was mit Everlayne passiert ist und warum wir sie aufgesucht haben. Sie waren nicht besonders begeistert, wollten aber helfen. Doch dann machte Danya die beschissene Bemerkung, dass es das Mindeste sei, was sie tun könnten – schließlich hätten die Hexen Yvelia den Rücken gekehrt und die Fae im Stich gelassen, sodass wir jetzt das von ihnen verursachte Chaos aufräumen müssten. Und im nächsten Moment war die Hölle los.«

»Diese Frau ist wie ein wildes Tier«, knurrte Lorreth. »Wenn sie noch mal versucht, mich zu schlagen, lege ich sie übers Knie und versohle ihr den Hintern. Und das wird *kein* Spaß für sie. Fisher bringt sie doch nicht hierher zurück, oder?«

»Nein.« Ren warf sich in einen Sessel, stand aber gleich wieder auf und biss sich auf die Unterlippe. »Er bringt sie nach Irrín und kehrt dann allein nach Faulton's Gap zurück, um die Hexen wieder zu beruhigen.«

»Gab es dort jemanden, der stark genug war, Everlayne zu helfen?«, fragte ich.

»Ja, eine Hexe.« Ren schnaubte frustriert. »Vermutlich das nervigste, unflätigste Geschöpf, das mir je begegnet ist. Kaum alt genug, um zu fluchen, aber sie hat uns mit einigen unzweideutigen Ausdrücken bedacht. Sie meinte, wir seien kriegslüsterne Ketzer. Dann hat sie mir mit einem Hexenspruch einen Energiestoß in den Hintern verpasst, woraufhin ich wie ein Schwein in einer Schlammgrube gelandet bin.«

Lorreth kämpfte mit dem Lachen, doch als ich verzweifelt den Kopf schüttelte und dabei die Augen weit aufriss, hielt er sich zurück. Schließlich räusperte er sich und fragte: »Aber Fisher glaubt, dass er sie überzeugen kann?«

»Ja. Es wäre allerdings ein verdammtes Wunder, wenn ihm das gelingt – wenn man die dortige Stimmung bei unserem Aufbruch bedenkt.«

Drei Stunden später kehrte Fisher zurück, mit einer Frau im Schlepptau. Sie sah ungefähr so alt aus wie ich, aber das hatte in Yvelia nichts zu bedeuten. Wahrscheinlich war sie neunhundert Jahre alt. Sie besaß feuerrote Locken und leuchtend blaue Augen. Ihr Gesicht und sogar ihre Stirn waren mit Sommersprossen übersät. Und sie trug praktische Kleidung: ein lockeres cremefarbenes Hemd mit weiten Ärmeln, eine jagdgrüne Samtweste mit goldenen Knöpfen an der Vorderseite und dazu eine eng anliegende schwarze Hose.

»Leute, das ist Iseabail.« Fisher sprach es *Ih-scha-bhal* aus, und der Name ging ihm leicht über die Lippen, als hätte er zwanzig andere Frauen mit demselben Namen gekannt. »Sie ist die Enkelin von Malina, der Hochhexe von Balquhidder. Freundlicherweise hat sie sich bereit erklärt, gemeinsam mit uns Laynes Hörigkeit zu brechen, sobald wir sie morgen Abend hierher zurückholen.«

Die Erbin des Balquhidder-Clans betrachtete unsere Gruppe, die sich um den Tisch versammelt hatte und über den Büchern brütete, und rümpfte die Stupsnase. »Und das ist alles?«, fragte sie in einem singenden Tonfall. »Ihr wollt es mit Malcolm aufnehmen und seine neueste Domestikin entführen – mit nur drei Fae und zwei Menschen?«

Fisher ging um sie herum, stellte sich an den Kamin und streckte die Hände in Richtung der Flammen aus, um sie aufzuwärmen. »Nein, natürlich nicht. Die Menschen bleiben hier«, sagte er.

Hatte er mir absichtlich den Rücken zugewandt, um meine Reaktion nicht sehen zu müssen? Garantiert. Vermutlich dachte er, ich würde mich nicht vor allen Leuten mit ihm streiten, wenn er mir nicht in die Augen sehen konnte – aber da machte er sich was vor. »Natürlich kommen wir mit«, sagte ich. »Everlayne ist unsere Freundin.«

»Ich bin Everlayne zwar noch nie begegnet«, warf Carrion ein, »aber ich werde trotzdem mitkommen. Aus Solidarität und so weiter.«

Fisher drehte sich um und stellte sich mit dem Rücken zum Feuer. Die Resignation stand ihm bereits ins Gesicht geschrieben. »Bist du dir sicher, dass du dafür bereit bist?«

»Ich hatte am Fluss keine Probleme, oder?«

»Ja, schon. Aber das waren Fresser, hirnlos und dumm. Wir werden es in Gillethrye nicht mit Fressern zu tun bekommen, Saeris, sondern mit Malcolm und seinen Lords. Monster allesamt. Nicht einer von ihnen kennt die Bedeutung des Wortes Gnade. Sie würden dich nur zum Spaß mit Gift vollpumpen und dabei zusehen, wie du dich zu Tode schreist. Wenn du mitkommst, bist du bereit, dich dieser Möglichkeit zu stellen?«

Er versuchte, mir mit der Wahrheit Angst einzujagen. Zugegeben, mir lief ein Schauer über den Rücken, aber er kannte mich inzwischen gut genug, um zu wissen, dass ich mich nicht von meiner Furcht davon abhalten lassen würde, meine Freundin zu retten. »Ja, ich bin bereit«, antwortete ich.

Fishers Miene war unergründlich. »Und du?«, wandte er sich an Carrion. »Bist du auch bereit?«

»Klar, warum nicht? Ich bin sowieso zu gut aussehend, um alt zu sterben.«

Fisher ließ den Kopf hängen und verschränkte die Arme vor der Brust, sodass sein Hemd straff gespannt wurde und fast jeden Muskel seines Körpers betonte. Als er wieder aufblickte, zuckte er die Schultern und seufzte: »Also gut. Na schön. Wie käme ich dazu, dich aufzuhalten?«

37

VIEL SCHÄRFER

Meine Augen waren total gerötet, als ich mich in dieser Nacht erneut zum Schlafen auf die Couch legte. Die kahlen Äste der Bäume vor dem Fenster klopften und kratzten an der Scheibe, und der Schnee fiel stärker denn je. Allem Anschein nach wollte er Cahlish unter seinem Mantel begraben und uns, die wir im Warmen saßen, in den Mauern des Hauses umfangen, damit uns nichts Schlimmes widerfuhr. Aber leider konnten wir nicht mehr lange an unserem sicheren, gemütlichen Zufluchtsort bleiben, geschützt vor den schrecklichen Dingen, die in der Dunkelheit lauerten. Morgen Abend würden wir uns in die Welt hinauswagen und uns ihnen stellen.

Ich war fast eingeschlafen, als Fisher zu mir kam. Barfuß und ohne Hemd stapfte er ins Wohnzimmer, und die Tinte wirbelte über seine Haut, während er den Raum durchquerte. »Glaubst du wirklich, dass ich dich wieder hier draußen schlafen lasse?«, fragte er.

»Ich wusste nicht, ob du mich in deinem Bett haben willst«, erwiderte ich.

»Wenn es nach mir ginge, würden wir keine einzige Nacht mehr getrennt verbringen.« Behutsam griff er nach dem Ende meines Zopfs und zog ihn zu sich heran. Dann löste er die Stränge und lockerte meine Haare mit den Fingern. Ein besorgter Ausdruck stand in seinen Augen, als er mich direkt ansah. »Macht dir das Angst?«, raunte er.

»Nein. Ich …« Bei den Göttern! Seine Hände fühlten sich unglaublich an. Es war so intim, wie er mit seinen Fingern durch mein Haar fuhr. »Das macht mir keine Angst«, flüsterte ich. »Ich will es ebenfalls.«

Es wäre ein Leichtes gewesen, meine Gedanken mit mir durchgehen zu lassen. Ich hätte ihm so viele wütende, gekränkte und verängstigte Worte entgegenschleudern können – aber das hatte ich am Abend zuvor schon zur Genüge getan, und ich hatte wirklich keine Lust auf eine Wiederholung.

Und als würde Fisher etwas Ähnliches denken, nahm er mein Gesicht in seine Hände und sagte leise: »Lass uns heute Nacht einfach nur zusammen sein. Du und ich. Morgen Abend holen wir Everlayne nach Hause. Und sobald Iseabail und Te Léna sie geheilt haben und sie wieder ganz die Alte ist, können wir uns um mich kümmern. Okay?«

Unendliche Erleichterung erfasste mich. Fisher sprach nicht länger davon, wie aussichtslos der Versuch war, einen Weg durch all dieses Chaos zu finden. Stattdessen gab er mir zu verstehen, wir sollten uns um das kümmern, was direkt vor uns lag, und dann sehen, wie es weiterging. Ein viel positiverer Ansatz als die kompromisslose Einstellung vom Vorabend.

Ich schaute zu ihm hoch, und sein Anblick schnürte mir die Brust zu. »Ja, bitte.«

Fisher nickte und grinste dann süffisant, während sich hinter ihm ein Schattentor öffnete. Blitzschnell hob er mich hoch und trat rückwärts in den wirbelnden Rauch, bevor ich auch nur daran denken konnte, ihn als faul zu bezeichnen, weil er nicht zu Fuß in sein Schlafzimmer ging.

Doch als wir durch das Tor traten, waren wir nicht in seinem Zimmer, sondern in seiner Bleibe in Ballard, mitten im Wohnzimmer über der Bäckerei, umgeben von Unmengen von Kerzen: auf dem Kaminsims, in den Bücherregalen und auf dem kleinen Esstisch, an dem wir gefrühstückt hatten. Und sie tauchten die Fensterbänke der großen Erkerfenster in flackerndes Licht. Überall standen Kerzen, wohin ich auch blickte.

Ein kleines Lächeln umspielte Fishers Mundwinkel, und auf seiner Wange bildete sich ein Grübchen, während er mich dabei beobachtete, wie ich alles betrachtete.

Ich wirbelte zu ihm herum und schlug mir die Hände vor den Mund. »Es ist wunderschön«, flüsterte ich.

Fisher stellte sich dicht hinter mich und schloss mich in seine Arme. »Es ist noch nicht fertig.« Sein Atem bewegte meine Haare … und noch etwas anderes, tief in meinem Inneren. Ich spürte, wie seine Kraft über meinen Bauch rauschte, als schwarzer Rauch aus seinen Händen aufstieg und den Raum erfüllte. Schon bald hatte er sich überall ausgebreitet und alles andere der Sicht entzogen. Alles bis auf die flackernden Flammen der Kerzen. Sie erhellten die Dunkelheit – tausend brennende Lichtpunkte, so hell wie die Sterne. Ich hatte das Gefühl, als befänden wir uns dort oben bei ihnen, in der Leere schwebend, wo nichts uns erreichen und niemand uns verletzen konnte und wir alle Zeit der Welt hatten.

Du hast das für mich getan? Irgendwie fühlte es sich falsch an, laut zu reden. Ich wollte nicht, dass meine Stimme die Illusion zerstörte, die er für uns geschaffen hatte, also fragte ich ihn in Gedanken.

Ja, antwortete er schlicht. *Und für mich ebenfalls. Ich bin tatsäch-*

lich egoistisch, Saeris. Ich wollte etwas Ruhiges, Kleines und Besonderes für uns beide. Etwas, das für immer uns gehört. Er drückte sein Gesicht in meine Halsbeuge und küsste mich dort.

Die Hitze seines Mundes versengte meine Haut, und ich erbebte. Langsam schloss ich die Augen, lehnte mich rückwärts gegen ihn und ließ seinen mächtigen Körper mein Gewicht auffangen, mit einem Gefühlscocktail aus großer Geborgenheit und herzzerreißender Trauer im Herzen. Aber mein Kummer würde mich heute Nacht nicht beherrschen. Fisher hatte recht. Es wäre töricht, die Nacht vor unserem Aufbruch zu unserem schlimmsten Albtraum mit Streitigkeiten oder in Tränen aufgelöst zu verbringen. Entschlossen unterdrückte ich das Brennen in meiner Kehle, drehte mich um und schlang die Arme um seinen Hals.

Lass mich vergessen, dass ich jemals gelitten habe, befahl ich. *Lass mich vergessen, dass ich wieder leiden werde.*

Kingfisher stürzte sich auf mich wie eine Flutwelle. Sein Mund fand meinen in der Dunkelheit, und der Kuss löschte die Welt aus. Heiß und fordernd glitten seine Lippen über meine, drängten sie dazu, sich zu öffnen, und dann kostete er mich, erkundete meinen Mund, und seine Zunge ergriff von mir Besitz. Als die Spitzen seiner Eckzähne meine Unterlippe durchbohrten, stöhnte ich auf, und der metallische Geschmack von Blut erfüllte meinen Mund. Fisher atmete hörbar aus und stöhnte ebenfalls. Sein heißer Atem ging schneller, während er mich leidenschaftlicher küsste und seine Hände in meine Haare schob. Ich spürte ihn drängend an meinem Hüftknochen, sein Schwanz bereits steinhart. Mein Magen machte einen Satz.

Bei den Göttern, ich wollte ihn.

Ich wollte ihn ganz und gar.

Meine Seele brannte, und es war mir egal, ob ich bis in alle Ewigkeit brennen würde. Solange ich nur mit ihm zusammen brannte.

Seine Zähne verfingen sich erneut an meiner Lippe, an meiner Zungenspitze. Der Geschmack meines Blutes verstärkte sich, aber ich zuckte nicht zurück. Fishers Hände wanderten meinen Körper hinunter, umfassten meinen Hintern, und seine Finger gruben sich in meine Pobacken. Sein Atem ging jetzt noch schneller, nur durchbrochen von einem gequälten Stöhnen. Er zog mich näher an sich heran, küsste mich noch leidenschaftlicher und drückte seinen Schwanz gegen meinen Bauch, sodass ich sein verzweifeltes Verlangen spüren konnte.

Mach dich auf was gefasst, sobald ich dich aus diesen Sachen raus habe, knurrte er in meinem Kopf. *Ich werde dich so hart ficken, dass du dich eine Woche lang nicht mehr hinsetzen kannst.*

Fisher! Keuchend klammerte ich mich an ihn, voller Erwartung auf die Hitzewelle, die ich in dem Moment spüren würde, in dem er in mich eindrang. Ich wollte es. Sehnte mich so sehr danach, dass ich hätte schreien können.

Götterbindung.

Wir waren göttergebunden.

Seelengefährten.

Inzwischen konnte ich es spüren – ein leuchtender Energiestrang, der uns zueinander hinzog, während Fisher mich in den Armen hielt. Wenn ich diese Bindung wollte, brauchte ich nur meinen Geist auszusenden und sie zu akzeptieren.

Fisher knurrte, als ein weiterer Schwall Blut aus meiner Lippe quoll, und verlor endgültig die Beherrschung. Mit einem Ruck riss er meine Hose auf und schob seine Hand vorn hinein, und seine Finger bahnten sich geschickt einen Weg in Richtung meiner warmen Mitte.

Heilige Scheiße. So. Verdammt. Feucht. Sein zufriedenes, hungriges Knurren sandte einen Schauer über meinen Rücken, der dann meinen gesamten Körper erfasste, als er keine weitere Zeit verschwendete und seine Finger in mich hineinschob.

Ich versteifte mich in seinen Armen und stieß einen erstickten Schrei aus, der die Kerzenflammen zum Flackern brachte.

Oh, bei den Göttern! Bei den Göttern!

Die Luft bebte vor Energie. Fishers Schatten kräuselten sich auf meiner Haut wie Wasser. Ich atmete ihn ein, hieß ihn in mir willkommen und spürte, wie er ein Teil von mir wurde. Er *war* ein Teil von mir – das fühlte ich bis tief ins Mark. Wenn ich das *tatsächlich* wollte, würde er die Achse sein, um die ich mich drehte. Ich würde ihm gehören. Zwei Gegenstücke, voneinander unabhängig. Bereits vollständig, aber gemeinsam stärker, als jeder Einzelne für sich je werden könnte. Es war meine Entscheidung. Als ich mit den Händen über seine glatte, starke Brust strich, kribbelten meine Handrücken, und ich wusste, dass die Tinte wieder da war. Jeder Finger prickelte dank der Kraft der Runen, die sich auf ihm abzeichneten. Mein linker Handrücken vibrierte vor Wärme, aber der rechte pochte vor Energie, als sich dort eine Rune nach der anderen aufbaute. Die Götterbindungen zeigten sich als letzte: Feine Feuerstränge legten sich um mein Handgelenk und zogen sich meine Arme hinauf. Weitere Tinte folgte. Sie glitt über meinen Bauch und streichelte meine Oberschenkel. Mächtige Säulen stiegen meinen Rücken hinauf und schlangen sich um meine Wirbelsäule. Ich spürte sie überall.

Hatte er uns deshalb in diese Dunkelheit getaucht? Hatte er den Beweis für unsere Götterbindung versteckt, um mich nicht durch die Stärke der Verbindung einzuschüchtern, die sich gerade an meinem Körper manifestierte? Die Antwort auf diese Frage lautete vermutlich Ja. Er wollte sich erst damit befassen, wenn Everlayne sicher und gesund nach Cahlish zurückgekehrt war, und das verstand ich. Ich ließ die Zeichen über meine Haut wandern und konzentrierte mich vorläufig auf die Wärme von Fishers Händen und Lippen. Uns blieb später noch Zeit dafür.

Dein Duft macht mich verrückt, knurrte Fisher. *Du bist wie eine verdammte Droge. Du entzündest ein Feuer in mir.*

Ich wusste genau, was er meinte. Der Duft war immer da gewesen, schon im Winterpalast. Jedes Mal, wenn ich seinen Geruch in der Luft wahrgenommen hatte, hatte mein Puls zu rasen begonnen. Leere Räume waren gefährliche Orte. Wenn ich in Cahlish das Wohnzimmer oder die Schmiede betrat oder durch einen Korridor ging, hatte ich das Gefühl, als wäre Fishers Geist auch dort und würde mich begleiten. Der Geruch von Winterkiefer und kalter Bergluft ließ mein Herz höherschlagen.

Seine Finger bewegten sich in mir, und der Druck seiner Hand, die mein Geschlecht umschloss, entfachte in mir die ersten Anzeichen von Wahnsinn. Dieser Mann würde mein Ende bedeuten. Er würde mich während meiner besten Tage für sich beanspruchen und mich in meinen schlimmsten Zeiten tragen. Er würde mir die Bedeutung von Ekstase zeigen und mich darin ertränken, bis ich verdammt noch mal verging.

Bitte, Fisher. Bei den Göttern, ich will dich.

Sein tiefes, grollendes Lachen, das über die Oberfläche meines Geistes glitt, war die reinste Sünde.

Du hast mich schon, kleine Osha. Und ich habe dich.

Seine Finger zogen sich aus meiner Mitte zurück und glitten zu meiner Klitoris. Dann widmete er seine ganze Aufmerksamkeit dem geschwollenen Nervenbündel am Scheitelpunkt meiner Schenkel und rieb mit seinen Fingerspitzen in engen, kleinen Kreisen darüber, um mich schnell zum Orgasmus zu bringen.

Ich seufzte, als sein Mund zu meinem Kiefer wanderte und über meiner Ohrmuschel schwebte. Eine Gänsehaut breitete sich auf meinen Armen und Beinen aus, und die Haare in meinem Nacken stellten sich auf, als sein heißer Atem über meine Haut strich.

»Niemand wird dich *jemals* so ficken, wie ich dich ficken werde, Saeris Fane. Ich werde dich gleich allen sieben Göttern vorstellen.

Wenn du ihnen begegnest, vergiss nicht, ihnen mitzuteilen, dass *ich* derjenige bin, den du auf den Knien anbetest.«

Fuck!

Er hatte es laut ausgesprochen.

Natürlich war es verdammt heiß, dass er mir in meinem Kopf sagte, was er mit mir machen würde. Doch als ich seine Stimme hörte, knurrend und voll unverhohlenem Verlangen, konnte ich einfach nicht anders: Ich verlor den Verstand. Mein Hemd musste zuerst dran glauben. Ich gab Fisher nicht mal die Gelegenheit, es wegzuzaubern. Der Stoff, der meine Brüste band, kam als Nächstes an die Reihe. Dann die Stiefel. Die Hose. Fisher half mir, sie mir von den Beinen zu reißen, und brachte einen ungeduldigen Laut hervor, als es nicht schnell genug ging. Verzweifelt griff ich nach dem Bund seiner Hose, um sie zu öffnen, doch er übernahm das für mich und beschleunigte den Vorgang, indem er sie sich von den Füßen kickte.

Du willst, dass ich dich anbete? Ich werde dich anbeten, dachte ich. Fisher mochte große Pläne für mich haben, aber ich hatte meine eigenen. Ich sank auf die Knie, beugte mich vor und legte meine Hand um seinen festen, harten Schaft. Dazu hatte er mir bisher keine Gelegenheit gegeben. Bei unseren letzten Nächten hatte sich alles nur um mich gedreht: Fisher hatte unheimlich viel Zeit zwischen meinen Schenkeln verbracht und mir mit seinem Mund einen überwältigenden Höhepunkt nach dem anderen geschenkt. Aber jetzt war ich an der Reihe.

Mit vor Adrenalin zitternden Nerven streckte ich meine Zunge aus und leckte langsam, aufreizend über Fishers geschwollene Eichel. Heilige *Scheiße!* Lusttropfen quollen aus der Spitze, und der leicht salzige Geschmack benetzte meine Zunge, als ich sie um seinen steifen Schaft gleiten ließ.

Energie strömte über mich, und Fishers Schatten zogen sich zurück. Die Dunkelheit verschwand. Der Raum war noch immer dämmrig, aber ich konnte Fisher jetzt sehen: seine kräftigen Oberschenkel, die prächtige, v-förmige Vertiefung an seiner Leistengegend, seine beeindruckenden, gut definierten Bauchmuskeln und seine breite Brust, mit wirbelnder Tinte bedeckt. Und dann sein Gesicht. Sein atemberaubendes Gesicht. Seine Lippen waren leicht geöffnet, die Augen aufgerissen und leuchtend vor Begierde. Mein Puls beschleunigte sich und begann unkontrolliert zu rasen, als ich das dünne Rinnsal Blut bemerkte, das an seinem Kinn herunterlief.

Mein Blut.

Jetzt, da ich ihn sehen konnte, konnte ich auch *meine* Hände erkennen. Und meine Vermutung bestätigte sich: Die Zeichen waren zurückgekehrt, kräftiger und leuchtender als je zuvor, und bedeckten meine Finger, meine Handrücken und meine Unterarme. Mit hochgezogener Augenbraue schaute ich Fisher an, während ich mit der Zungenspitze *äußerst* langsam über seine Erektion fuhr. »Ich dachte, du wolltest sie vor mir verstecken«, sagte ich.

»Okay, möglicherweise hast du recht. Aber ich will verdammt sein, wenn du dich mit deinem süßen Mund an mir zu schaffen machst und ich nicht zusehen darf.« Er betrachtete die Tinte, die meine Haut überzog, und ließ den Anblick auf sich wirken. Als sich unsere Blicke erneut trafen, leuchtete ein Feuer in seinen Augen. »Und überhaupt, *ich* habe keine Angst vor diesen Runen, kleine Osha. Du etwa?«

Und da war sie: eine Frage, die ich mir wieder und wieder gestellt hatte. Ich verstand die mit den Zeichen verbundenen Konsequenzen noch immer nicht und machte mir Sorgen, was sie möglicherweise für unsere gemeinsame Zukunft bedeuteten – falls wir uns dafür entschieden. Aber sie waren wunderschön. Eine äußerliche Manifestation dessen, was er mir inzwischen bedeutete. Ich sog seine Eichel in meinen Mund und registrierte zutiefst erfreut, dass Fisher daraufhin erbebte. Mit einem feuchten Plopp gaben meine Lippen ihn wieder frei.

»Ich habe mich noch nicht entschieden«, sagte ich vorsichtig. »Heute Abend habe ich keine Angst vor ihnen. Und das ist das Einzige, was im Moment zählt.« Erneut beugte ich mich vor, verzichtete auf weitere Neckereien und schloss meinen Mund um seinen Schwanz – und Fishers Augen rollten zurück.

»Heilige … Scheiße«, stöhnte er. Als er sich so weit erholt hatte, dass er mich wieder ansehen konnte, bildete sich ein Anflug von Panik in meiner Kehle. Er würde mich bei lebendigem Leib verschlingen. Und ich würde ihn gewähren lassen. Aber das hinderte meine Nervosität nicht daran, meine Wirbelsäule hinaufzuschießen, als ich daran dachte, was das alles mit sich brachte. Ich bewegte meinen Mund auf seinem Schwanz auf und ab, umspielte ihn mit meiner Zunge und genoss die samtweiche Beschaffenheit seiner Haut. Sein Schwanz zuckte, versteifte sich noch mehr, und ich nahm ihn tiefer in den Mund.

»Bei den Göttern, du bist so hübsch … mit deinem Mund auf diese Weise um mich herum.« Fisher zeichnete die Konturen meiner Wange nach, meines Kiefers, dann strich er mit der Daumenkuppe über meine Lippen, die sich um ihn spannten. Er sog seine eigene Unterlippe in den Mund und biss darauf, während er besitzergreifend knurrte. »Nur ich darf deine Lippen küssen. Nur ich darf deinen Mund vögeln.« Seine Eckzähne bohrten sich in seine Lippe, und zwei glänzende Perlen seines eigenen Blutes benetzten seinen Mund. Und dann schien er alle Bedenken in den Wind zu schlagen, bewegte die Hüften ruckartig vorwärts und schob sich tiefer in meinen Mund.

Ich wimmerte, als seine Eichel gegen meine Kehle stieß, und Fisher zuckte sofort zurück und zog sich mit einem wilden Zischen aus meinem Mund. *»Fuck!«*

Und dann stürzte er sich in einer Woge aus schwarzen Schatten und Rauch auf mich. Ohne auch nur einen Gedanken an das Bett oder das nur wenige Schritte entfernte Sofa zu verschwenden, nahm er mich an Ort und Stelle, auf dem Boden. Als er in mich eindrang, schrie ich vor Lust auf und konnte mich nur mit Mühe davon abhalten, augenblicklich zu kommen. Er dehnte mich so köstlich, und sein Gewicht auf mir schenkte mir perfekte Befriedigung.

Plötzlich verharrte er. Keuchend sahen wir einander in die Augen. »Sag mir, dass ich dich ficken soll, Saeris«, stieß er hervor. »Sag mir, dass du das willst.«

Ich krallte mich an seinem Rücken fest, wollte unbedingt, dass er sich bewegte, dass er mich wieder und wieder und wieder dehnte. »Ich … Bitte! Bei den Göttern, bitte nimm mich. Ich will dich. Ich will …«

»Mehr wollte ich gar nicht hören.«

Fisher stieß tief in mich hinein, den Kiefer fest zusammengebissen. Energie flackerte zwischen uns wie winzige Äste eines Blitzes, tanzte über unsere Haut und verband uns, während er seinen Schwanz bis zum Ansatz in mich versenkte.

Keuchend schnappte ich nach Luft und kämpfte darum, die Ruhe zu bewahren, während sich in meiner Brust ein Sturm aufbaute. Er würde mich zerstören, wenn er losbrach, und ich war noch nicht bereit. Der Sturm riss auch Fisher mit sich fort. Und während der Fae-Krieger sich in mir vor und zurück bewegte, hielt er mich mit aller Kraft fest, als hätte er Angst, dass ich verschwinden würde, wenn er seinen Griff lockerte.

Ich kam zuerst, und mein Orgasmus löschte meine Denkfähigkeit aus. Wie eine der Lawinen, die ich auf dem Omnamerrin hatte niedergehen sehen, stürzte er auf mich zu und riss mich mit sich. Mein Rücken wölbte sich vom Teppich hoch, und mein Körper verrenkte sich, als reine, unverfälschte Lust mich bis ins Mark erschütterte.

Fisher folgte mir. Als er kam, ließ der Klang seines atemlosen, wütenden Schreis die Glasscheiben in den Fensterrahmen beben. Ich sah zu, konnte den Blick einfach nicht von ihm abwenden, und eine Reihe neuer Tattoos blühte wie schwarze Blumen auf seiner Haut auf. Sie kletterten an der Seite seines Halses hinauf. Frische Runen säumten sein Schlüsselbein, verwoben und kräftig. Das Muster an seinem Hals erinnerte zunächst an Federn, und … Ja, es waren Federn. Die ausgebreiteten Schwingen eines majestätischen Vogels, die metallisch blau und grün schillerten und sich auf beiden Seiten seines Halses erstreckten, einzigartig und atemberaubend.

Er brüllte, vergrub sich ein letztes Mal tief in mir, sank auf mich herab und bedeckte mich mit seinem Körper.

Eine Zeit lang lagen wir einfach nur da, gefangen in den Nachwehen unserer Höhepunkte.

»Bei den Göttern! Das …« Ich schluckte heftig und versuchte, wieder zu Atem zu kommen. »Das war …«

Fisher stützte sich auf seinen Ellbogen, und mein Herz machte bei seinem Anblick einen Rückwärtssalto. Seine Locken waren zerzaust und standen kurz davor, sich zu kräuseln. Seine Wangen waren gerötet, die Schatten unter seinen Augen verschwunden. Zum ersten Mal wirkte er entspannt. Zufrieden. Und … listig? Denn ein süffisantes Lächeln breitete sich auf seinem Gesicht aus.

»Das war erst der Anfang, Saeris.« Er stupste meine Nasenspitze mit seiner an. »Du hast doch nicht etwa gedacht, dass ich so einfach mit dir fertig wäre, oder?«

Während der darauffolgenden drei Stunden trieben wir es in jedem Zimmer der Wohnung. Gerade als er an seine Grenzen zu stoßen schien, war er wieder hart und knurrte an meinem Hals, bereit für Runde drei. Und dann vier. Und dann fünf. Als wir schließlich beide erschöpft waren, machte er mir etwas zu essen, und wir setzten uns auf den Boden in der Mitte des Wohnzimmers, in Staubschutztücher gehüllt.

Nach dem Essen rieb sich Fisher mit den Fingern über den Hals und runzelte gespielt besorgt die Stirn. »Hab ich mir das nur eingebildet, oder ist hier tatsächlich eine neue Rune aufgetaucht?«, fragte er.

Ich schob mir eine Weintraube in den Mund und wackelte vielsagend mit den Augenbrauen. »Ja, das hast du richtig gespürt.«

Sein Lächeln bekam eine traurige Note, und er ließ die Hand sinken. »Worum handelt es sich?«, fragte er.

»Um Schwingen. Wirklich schöne Schwingen. Sie haben denselben metallischen Glanz wie diese hier«, antwortete ich und hielt die vielschichtige, komplizierte Rune an meiner rechten Hand hoch.

Fisher nickte langsam und legte den Kopf schräg, sodass die Sehnen an seinem Hals unter seiner neuen Tätowierung deutlich hervortraten. Er war so faszinierend wie ein Gemälde, mit seinem Haar, das sein Gesicht verdeckte, und seinen starken, geschickten Händen, die in seinem Schoß ruhten. Ich wünschte, ich könnte ihn skizzieren, um seinen Anblick für immer festzuhalten. Aber im Gegensatz zu seiner Mutter war ich keine Künstlerin. Und manchmal sollte es eben einfach nicht sein. Es gab nun mal Momente, die waren Geschenke. Geschenke, die man nur so lange im Herzen behalten sollte, wie man sich an sie erinnerte.

Glücklicherweise hatte ich ein ausgezeichnetes Gedächtnis.

»Was hat das zu bedeuten?«, fragte ich leise und deutete auf seinen Hals. »Warum hast *du* dieses Mal neue Tattoos erhalten?« Zwischen der dritten und vierten Runde hatten wir viel Zeit damit verbracht, meinen Körper gründlich zu untersuchen, und dabei festgestellt, dass *ich* keine neuen Kunstwerke entwickelt hatte.

Fisher zuckte vage die Schultern und legte sich auf den Teppich. Er streckte eine Hand nach mir aus und bedeutete mir, zu ihm zu kommen.

Ich stellte unsere Teller beiseite, folgte seiner Aufforderung, schmiegte mich an seine Seite und legte den Kopf auf seine Brust. Aber so leicht ließ ich ihn nicht vom Haken. »Du kannst eine Frage nicht einfach abtun, wenn du nicht antworten willst«, schimpfte ich und stieß ihn leicht in die Rippen. »Sag mir, warum die Tattoos heute Abend aufgetaucht sind und nicht in den anderen Nächten.« Ich drehte den Kopf, schloss ein Auge und spähte zu ihm hoch: Sein Hals füllte meine Sicht, und ich konnte nur die Hälfte seines neuen Schwingen-Tattoos sehen.

»Während unserer Kindheit lehren uns unsere Eltern die Kunst der Ablenkung, damit wir die Dinge, die wir nicht zugeben wollen, schützen können«, sagte er leise. »Wirst du vergessen, dass du diese Frage gestellt hast, wenn ich dich dazu bringe, dass du meinen Namen noch ein weiteres Mal laut herausschreist?«

»Auf keinen Fall!« Ich zwickte seine Brustwarze leicht mit den Zähnen, woraufhin Fisher aufjaulte und auf Alt-Fae fluchte.

»Vorsicht, Osha«, tadelte er. »Meine Zähne sind *viel* schärfer als deine.«

Er hatte mich an diesem Abend nicht gebissen, abgesehen von den kleinen Kratzern an meinen Lippen und meiner Zungenspitze, als wir uns so heftig geküsst hatten. Aber es war mir nicht entgangen, dass er seine Eckzähne beim Sex weit von mir entfernt gehalten hatte. Doch das hatte keine Rolle gespielt. Die Nacht war unglaublich gewesen. Mehr als unglaublich. Ich hätte nichts daran ändern wollen.

»Ich weiß bereits, wie scharf deine Zähne sind. Was ich dagegen nicht weiß, ist die Antwort auf die Frage, warum du ein neues Tattoo hast«, drängte ich.

Er zog mich näher an sich heran, legte sein Kinn auf meinen Scheitel und seufzte schwer. »Also gut, ich werde es dir sagen: In der Vergangenheit war es immer so, dass ein Teil eines Paars die Seelenverbindungszeichen als Erster bekommen hat. Wenn die andere Partei die Bindung akzeptierte, zeigten sich die Zeichen manchmal auch auf deren Körper. Allerdings nicht immer. Doch gelegentlich …« Er verstummte.

Ich stieß mich von ihm ab und setzte mich zu schnell auf. Mir schwirrte der Kopf, doch ich ignorierte den sich drehenden Raum und musterte Fisher mit leicht zusammengekniffenen Augen. »Du hast … *was*?«

»Ich habe die Götterbindung akzeptiert. Vorhin. Als ich in dir war. Als meine Seele um deine geschlungen war.« Er klang *so* ruhig. Keinerlei Anzeichen von Unsicherheit oder Nervosität.

Ich dagegen hatte das Gefühl, gleich ohnmächtig zu werden. »Du hast sie *akzeptiert*«, sagte ich.

»Ja.«

»Wie?«

»Es ist ganz einfach. Du triffst die Entscheidung. Du nimmst die Bindung für dich an. Und die Bindung nimmt dich an.«

»Nein! Wie konntest du das *annehmen*? Ich bin …« Ich schüttelte den Kopf und versuchte, meine Gedanken zu ordnen. »Ich bin ein *Mensch*. Abgesehen von all den Dingen, die wir klären müssen, sobald Everlayne in Sicherheit ist, bist du fast unsterblich, und meine Lebensspanne ist … ist …«

»… unvorteilhaft«, sagte Fisher. »Du hast recht. Dieser Teil ist beschissen. Aber …« Er runzelte die Stirn, schlang seinen Arm um meine Taille und zog mich zurück, damit ich wieder auf seiner Brust lag. Als ich mich dort niedergelassen hatte, fuhr er langsam mit den Fingern durch meine Haare. »Ich werde für jede einzelne Sekunde dankbar sein, jede Sekunde, in der ich zu dir gehöre, Saeris Fane«, sagte er. »Ob nun achtzig Jahre oder achtzehn Stunden – es spielt für mich keine Rolle. Die Zeit an deiner Seite wird immer die höchste Ehre meines Lebens sein. Aber du … Bekommst du gerade einen Herzinfarkt? Dein Puls *rast.*« Der Mistkerl lachte, und ich brach fast in Tränen aus. »Aber du brauchst nicht auszuflippen. Hier, schau mal.«

Er nahm meine Hand, hob sie an und zeigte sie mir. Ich sah zu, wie die dunklen Runen allmählich verblassten, bis meine Hände und Unterarme wieder unversehrt wirkten. »Nur weil ich die Bindung akzeptiert habe, heißt das nicht, dass du das auch musst. Du hast noch mehrere Wochen, um dich zu entscheiden. Und wenn du die Bindung ablehnst, dann ist das auch kein Problem. Meine neuen Schwingen werden verschwinden, und das war's dann.«

Er hatte mich als seine Seelengefährtin akzeptiert.

Trotz aller Hindernisse, die uns im Weg standen, und trotz aller guten Gründe, die gegen eine Seelenverbindung sprachen … er hatte es akzeptiert.

»Ich liebe dich, Saeris Fane«, flüsterte er leise an meinen Haaren. »Und ich bin ohnehin schon halb verrückt. Was spielt da eine weitere Komplikation schon für eine Rolle?«

»Ich …«

»*Bitte,* um der Götter willen, sag jetzt nichts. Lass mich einfach meine Fantasie genießen. Nur heute Nacht.«

Ich würde tatsächlich jeden Moment einen Herzinfarkt bekommen. Oder mein Herz würde entzweibrechen. So oder so, mein Herz steckte in Schwierigkeiten, und ich konnte es nicht länger schützen. Fishers Hand strich über meine Seite, und langsam wurde der Raum erneut dunkel, bis es sich wieder so anfühlte, als schwebten wir in einem Meer von Sternen.

Er wollte nicht, dass ich auf seine Erklärung reagierte. Das verstand ich, und ich konnte ihm für heute Nacht diese Bitte gewähren. Aber die Sonne würde bald wieder aufgehen, und wir würden uns dem Gespräch nicht länger entziehen können. Doch inzwischen machte mir der Schlaf die Glieder schwer und drückte auf meine Lider. Morgen würden wir Everlayne retten.

Ich war schon fast eingeschlafen, als mir aus heiterem Himmel etwas einfiel. »Bei unserem letzten Besuch hier hast du gesagt, dass die Einwohner von Ballard etwas haben, das du brauchst. Aber du hast es nicht bekommen«, flüsterte ich.

Fisher küsste mich sanft auf die Stirn, und um uns herum begannen die flackernden Kerzenflammen zu erlöschen. »Doch, das habe ich«, erwiderte er. Seine nächsten Worte hörte ich kaum noch, da ich bereits eindöste. »Ich bin hierhergekommen, um ein wenig Hoffnung zu schöpfen.«

38

MÄRTYRER ALS FREUNDE

Nach dem Aufwachen nahm ich als Erstes die weiche Matratze wahr, dann den Zuckerduft und schließlich das honigwarme Sonnenlicht, das ins Schlafzimmer fiel. Auf der anderen Seite des Fensters hüpften winzige Vögel von Ast zu Ast. Lächelnd reckte ich die Arme über den Kopf und erfreute mich daran, wie sehr mein Körper von den Abenteuern der letzten Nacht schmerzte. Und dann verebbte mein Lächeln langsam …

Irgendwann in der Nacht hatte Fisher mich ins Bett getragen. Nicht in das in dem kleinen Zimmer, in dem er als Kind geschlafen hatte, sondern in das Bett seiner Mutter. Und er lag nicht neben mir unter der Bettdecke. Die Schlafzimmertür stand weit auf, und dahinter konnte ich die unheilvollen schwarzen Konturen eines wirbelnden Schattentors erkennen.

»Nein. Nein, nein, nein, nein, *nein*!« Bestürzt kletterte ich aus dem Bett und zischte, als ich auf meine Stiefel trat. Beim Anblick der frischen Kleidung, die auf dem Stuhl am Fenster für mich bereitlag, sank mir der Mut. Ich stürmte um den Kleiderstapel herum und rannte nackt ins Wohnzimmer, dann nackt von Zimmer zu Zimmer und versuchte, meine aufsteigende Panik zu unterdrücken.

»Fisher? Fisher!«

Er war nicht in der Küche. Und auch nicht im anderen Schlafzimmer. Die Wohnung war leer. Erstarrte Rinnsale aus geschmolzenem Kerzenwachs bedeckten die Möbel und zogen sich an den Regalen hinab. Die Reste unseres Abendessens lagen noch auf der Küchentheke neben der Spüle. Und in der Mitte des Wohnzimmers, wo wir den Großteil der Nacht eng umschlungen verbracht hatten, wartete das verdammte Schattentor. Ich starrte darauf, und als mir im nächsten Moment Tränen in die Augen schossen, verschwamm das Tor zwar, verschwand aber nicht. Stattdessen schwebte es wenige Zentimeter über dem Teppich, begleitet von einem dumpfen Rauschen. Hastig schlug ich mir die Hände vor den Mund, konnte aber nicht verhindern, dass mein verzweifeltes Schluchzen laut durch die Wohnung hallte.

Was hast du getan, Fisher? Was hast du getan?

Kurz darauf fand ich den Zettel unter dem Stapel mit Kleidung, die er für mich zurückgelassen hatte.

Das mag jetzt dramatisch erscheinen, aber mit der Zeit wird es Sinn ergeben, Saeris.

Geh durch das Tor. Es wird dich nach Cahlish zurückbringen.

Warte dort mit den anderen. Ich schicke Layne zurück, sobald ich dazu in der Lage bin. Sag Iseabail, sie soll sie in dem Moment betäuben, in dem sie das Tor passiert. Weil Layne kurz vor der Verwandlung steht, wird euch nicht viel Zeit bleiben. Sie wird durch das Tor zurückkehren wollen, bevor ich es schlie-

ßen kann, also müsst ihr darauf vorbereitet sein. Ihr müsst sie aufhalten. Denn wenn sie wieder hindurchspringt, war alles umsonst.

Sag Lorreth, er soll sein Leben leben. Sag ihm, er soll sich keine Sorgen um mich machen. Ich habe unendlich viel Geduld und kein Interesse daran, Märtyrer als Freunde zu haben.

Sag Renfis, dass es mir leidtut. Dass er der Maßstab war, an dem ich mich immer orientiert habe, und dass Yvelia ein besserer Ort wäre, wenn ich als Mann nur halb so gut gewesen wäre wie er.

Und du, Osha: Ich entbinde dich von deinem Eid. Du weißt jetzt, wie man die Reliquien herstellt. Ein egoistischer Teil von mir möchte dich anflehen, möglichst viele Reliquien herzustellen, damit meine Freunde und ihre Familien aus Yvelia fliehen können, bevor dieses Reich fällt. Aber ich verstehe, wenn du gehen musst. Such nach Hayden und Elroy. Hilf deinen Freunden. Und dann geh auf Erkundungsreise. Da draußen gibt es unzählige Reiche, die nur darauf warten, entdeckt zu werden. Mach eines dieser Reiche zu deinem.

Ich habe noch nie an die Götter geglaubt, aber ich glaube, dass am Anfang des Lebens alle Dinge demselben Ort entspringen. Und ich habe die Hoffnung, dass sie am Ende des Lebens an denselben Ort zurückkehren.

Dort werde ich auf dich warten, Saeris Fane.

F

Schluchzend sank ich auf die Knie. Als ich das letzte Mal so geweint hatte, war die Asche meiner Mutter gerade vom Helllicht-Wind weggeweht worden. Damals hatte ich mir geschworen, nie wieder jemanden so nah an mein Herz heranzulassen, dass ich diese Art von Schmerz noch mal durchmachen musste. Aber hier kniete ich nun und zerbrach innerlich in tausend Stücke.

Ein Zustand, der sich noch verschlimmerte, als ich sah, was auf dem Kaminsims lag.

Nimerelle.

Das mattschwarze Schwert lag zwischen geschmolzenen Wachspfützen und Gläsern mit Pinseln, und das Sonnenlicht brach sich grell an seiner Spitze. Fisher hatte es nicht mitgenommen.

Ich wusste, warum. Wenn Malcolm Fisher tötete und ein Götterschwert in die Finger bekam, bestand die Gefahr, dass er einen Weg fand, die Klinge zum Leiten von Magie zu bewegen. Dann wären der Zerstörung, die er anrichten könnte, keine Grenzen gesetzt. *Und* er könnte das Quicksilver erstarren lassen. In dem Fall gäbe es kein Entkommen mehr – weder für mich noch für Fishers Freunde.

Also war Kingfisher nach Gillethrye aufgebrochen, um Everlayne und alle anderen zu retten, die ihm am Herzen lagen.

Und er war allein und unbewaffnet dorthin gereist.

Als ich durch das Schattentor in Fishers Schlafzimmer stürmte, stieß Carrion einen unterdrückten Schrei aus. Das Buch, in dem er gerade blätterte, rutschte ihm aus den Händen, und er wäre fast vom Stuhl gefallen.

»Bei den verdammten Göttern!« Keuchend griff er sich an die Brust. »Hättest du mich nicht vorwarnen können?«

»Wo sind die anderen?«, fragte ich.

»Keine Ahnung. In der Bibliothek? Auf der Suche nach einer Möglichkeit, diese Hörigkeitssache aufzuheben, sehen sie alle fast schon Sternchen. Was machst du mit Fishers Schwert?«

Ich warf Nimerelle auf das Bett, zusammen mit dem alten Hemd, das ich gefunden und um das Heft der Waffe gewickelt hatte, damit ich sie anheben konnte. »Vergiss das Schwert. Warum bist du nicht bei den anderen?«, fauchte ich.

Der zwielichtige Dieb zuckte unbeeindruckt die Schultern.

»Ich war auf der Suche nach Onyx. Da ich ihn nirgends finden konnte, nahm ich an, er würde hier schlafen. Was für ein verrücktes Schlafzimmer! Hast du die Kunstwerke gesehen?« Er deutete auf die zerfetzten Gemälde, die noch immer an den Wänden hingen, redete aber sofort weiter, ohne mir Gelegenheit zu einer Antwort zu geben: »Ich wollte den Raum schon verlassen, aber *dann* dachte ich, dass Fisher vielleicht ein Tagebuch geführt hat. Und weißt du, was? Er hat keins. Aber dafür hat er etwas noch viel Besseres.«

Ich durchquerte das Zimmer. »Wie spät ist es?«

»Moment mal, willst du nicht wissen, was ich hier gerade lese?«

»Lass mich raten: Es handelt sich um ein Buch mit Prophezeiungen, und darin befinden sich eine Menge Zeichnungen von mir mit spitzen Ohren.«

Enttäuschung ersetzte Carrions breites Grinsen. »Woher weißt du das?«

»Carrion, ich hab dafür jetzt keine Zeit. Wie spät ist es?«

»Fast zwei, vermute ich mal. Wir haben vor einer Weile zu Mittag gegessen. Ich hatte nicht damit gerechnet, dass jemand so viel *früher* durch dieses Ding kommt. Ren meinte, dass Fisher eine Nachricht für ihn hinterlassen hat und dass du vor Anbruch der Dämmerung zurückkehren würdest.«

»Oh ja, Fisher *liebt es,* Nachrichten zu hinterlassen«, knurrte ich.

Im nächsten Moment schloss sich das Schattentor, das Fisher für mich geöffnet hatte – offenbar war ihm irgendwie bewusst, dass es seinen Zweck erfüllt hatte. Ich sah zu, wie es verschwand, während ich innerlich vor Wut kochte.

»Ich spüre da eine gewisse Spannung in der Luft«, spöttelte Carrion. »Habt ihr beide euch schon gestritten?«

»Wenn du mit ›gestritten‹ meinst, dass ich ihn töten werde, dann lautet die Antwort Ja.«

Lorreth, Ren und Te Léna saßen am Bibliothekstisch, alle in ein Buch vertieft. Iseabail dagegen stand am Fenster und sah mit gelangweilter Miene zu, wie der Schnee fiel. Als Ren mich entdeckte, zeichnete sich Überraschung auf seinem Gesicht ab.

»Saeris. Ist alles …« Abrupt korrigierte er seine Frage: »Was ist los? Was ist passiert?«

Ich hätte vor Wut schreien können. Zornig warf ich den Brief, den Fisher für mich geschrieben hatte, vor dem General auf den Tisch und hielt mich an der Lehne des Stuhls fest, auf dem der Mistkerl gestern gesessen und zu all unseren Plänen genickt hatte – während er insgeheim seine eigenen Pläne schmiedete.

Als Ren die schräge Handschrift entziffert hatte, starrte er mich mit offenem Mund an und ließ den Brief fallen. Lorreth bat nicht mal darum, ihn lesen zu dürfen: Er beugte sich über den Tisch, nahm ihn an sich und überflog die Zeilen mit sich verfinsternder Miene. »Dieser törichte Mistkerl«, zischte er, schaute dann zu mir hoch und fragte in fassungslosem Ton: »Was zum Teufel glaubt er denn, was er da tut?«

Als ob ich eine Antwort auf diese Frage hätte! Tausend Flüche lagen mir auf der Zunge, doch ich behielt sie für mich. Im Moment zählte nur eine Frage, und von ihrer Antwort hing alles ab: »Gibt es in Gillethrye ein Quicksilver-Becken?«

Ren hatte kein einziges Wort gesagt, noch immer sichtlich geschockt vom Inhalt des Briefs. Er blinzelte, als er merkte, dass ihn alle anschauten. »Nein. Nicht dass ich wüsste«, antwortete er mit brüchiger Stimme. »Vor langer Zeit gab es mal eins, doch als Belikon an die Macht kam, hat er es sich gegriffen und mit dem Becken im Winterpalast zusammengelegt, damit dieses groß genug für den Transport einer ganzen Armee ist.«

Das war's dann.

Ich hatte meine Antwort.

In Gillethrye gab es kein Becken.

Jedes Fünkchen Hoffnung, an das ich mich geklammert hatte, löste sich in einer Rauchwolke auf.

Es hatte eine Chance bestanden. Zwar nur der Hauch einer Chance, aber immerhin. Fisher hatte gesagt, es gäbe hier in Cahlish weiteres Quicksilver. Vermutlich ein Becken. Und ich könnte Zugang dazu bekommen, sobald ich herausgefunden hatte, wie ich die Reliquien herstellen musste – was bedeutete, dass sich das Becken wahrscheinlich irgendwo in der Nähe befand. Wenn ich es ausfindig gemacht hätte, hätte ich weitere Reliquien herstellen können, und dann hätten wir losziehen und Fisher in den Arsch treten können, weil er so verdammt dumm war. Aber ohne ein Becken in Gillethrye …

Es war hoffnungslos.

Wir waren geliefert.

Ich ließ den Kopf hängen, und ein taubes Gefühl breitete sich wie Eis in meinen Adern aus.

Mistkerl.

Fast erwartete ich, dass er mir antworten würde, doch in meinem Geist blieb alles still.

Wie konnte er das tun? Wie konnte er das seinen Freunden antun? Mir? Er war nicht allein, aber er hatte beschlossen, diese Last ganz allein auf sich zu nehmen. Das war nicht heldenhaft oder mutig. Das war einfach nur verdammt dumm.

Lorreth fuhr sich mit der Hand über den Mund, wobei seine rauen Bartstoppeln ein schabendes Geräusch verursachten. »Ich glaube, ich muss gleich kotzen«, sagte er unverblümt.

Ren schob seinen Stuhl vom Tisch weg, blieb aber sitzen, die Hände auf den Knien. Allem Anschein nach fehlte ihm die Kraft zum Aufstehen. »Ich auch, Bruder. Ich auch«, murmelte er.

Einen Moment herrschte wieder Stille, bis Carrion sich räusperte. »Saeris?«

Ich schaute auf und sah, dass *er* sich jetzt Fishers Brief gegriffen hatte.

Er hielt das Stück Pergament hoch mit fragender Miene. »Wie lange war das Schattentor vorhin offen? Das in Fishers Schlafzimmer?«

»Ich weiß es nicht. Vermutlich Stunden. Ich hab keine Ahnung, wann er es geöffnet hat. Es war bereits da, als ich aufgewacht bin.«

»Nein, nein.« Carrion schüttelte ungeduldig den Kopf. »Wie lange blieb es offen, *nachdem* du hindurchgegangen warst? Ich habe nicht darauf geachtet, aber wir hatten doch schon ein paar Worte gewechselt, bevor es sich schloss, oder?«

»Ja. Ich nehme an … es hat vielleicht zehn Sekunden gedauert? Zwölf?«

»Dauert es immer so lange?«

»Äh …« Bei den vorherigen Malen, als ich mit Fisher durch ein Schattentor gereist war, hatte ich nicht sonderlich darauf geachtet. Ich war immer mit anderen Sachen beschäftigt gewesen.

Lorreth meldete sich zu Wort. »Ja, das stimmt. Ich weiß nicht, ob es jedes Mal so lange dauert, aber es schließt sich immer mit einer Verzögerung. Fisher hatte irgendwann mal davon gesprochen.«

Carrion nickte. »Hervorragend! Und in dem Brief steht, dass ihr euch wegen Everlayne bereithalten sollt, wenn er sie durch ein Tor hierherschickt. Dass sie versuchen wird, es zu benutzen, um zu Malcolm zurückzukehren. Mit anderen Worten: Das Schattentor führt nicht nur in eine Richtung. Und wenn Everlayne es benutzen kann, um nach Cahlish zu kommen …«

»… dann können wir damit auch dorthin reisen!« Mir versagten fast die Knie. Diese Erleichterung … verdammt, so was hatte ich noch nie zuvor erlebt. Mein Körper begann zu zittern.

Ren stand auf und atmete hörbar aus. »Ich könnte dich küssen, Carrion Swift.«

Carrion wirkte überrascht. Und dann irgendwie interessiert. Nachdem er eine Sekunde lang nachgedacht hatte, erwiderte er: »Ich hätte nichts dagegen. Aber vielleicht später. Erst einmal muss Saeris sich an die Arbeit machen, und ich habe vor, ihr dabei zu helfen.«

»Welche Arbeit?« Es grenzte an ein Wunder, dass ich die Frage überhaupt stellen konnte. In meinen Adern kursierte jetzt derart viel Adrenalin, dass sich die Bibliothek drehte und ich mich definitiv gleich übergeben musste.

Carrion grinste süffisant. »Ich werde dich durch das Portal begleiten. Dir helfen, dein Arschloch von einem Freund zu retten. Aber zuerst will ich eins von diesen schicken Schwertern.«

»Wieso können Skelette schlecht lügen?« Ich legte eine theatralische Pause ein. »Weil sie so leicht zu durchschauen sind. Verstehst du? Leicht zu *durchschauen*.«

Carrion krümmte sich förmlich zusammen. »Das war echt schrecklich.«

»Ach, halt die Klappe. Das Quicksilver hat einen Witz verlangt. Aber es hat nicht gesagt, dass es ein guter sein muss. In Zilvaren war ich Metallarbeiterin und Diebin, keine Komikerin.«

»Und ich war ein Schmuggler, habe aber trotzdem viel bessere Witze drauf.«

»Dann erzähl *du* ihm doch einen Witz!« Ich hielt den Schmelztiegel mit dem Quicksilver in die Höhe, und Carrion schnaubte und starrte auf das brodelnde, flüssige Metall.

»Also gut, von mir aus. Ein Ehemann wendet sich eines Tages an seine Frau und verkündet: ›Ich wette, du könntest mir nichts sagen, das mich glücklich und unglücklich zugleich macht.‹ Die Frau muss nicht mal darüber nachdenken. Sie dreht sich zu ihrem Mann um und erwidert: ›Dein Schwanz ist viel größer als der deines Bruders.‹«

Das Quicksilver, das bei meinem Witz keinen Ton von sich gegeben hatte, begann zu kichern.

»Was macht es da?«, fragte Carrion. »Es lacht, oder?«

Ich rollte mit den Augen und ließ das Quicksilver über die Schneide der erhitzten Klinge laufen, die ich über dem Feuer in der Esse eingespannt hatte. Mir war keine Zeit geblieben, ein neues Schwert von Grund auf anzufertigen. Aber Ren hatte in Cahlishs bescheidener Waffenkammer einen sehr ansprechenden Zweihänder entdeckt, den Carrion für gut befunden hatte. Das Quicksilver, das Ren aus der Waffenkammer mitgebracht hatte – anscheinend war es die ganze Zeit dort gewesen –, hielt die Klinge ebenfalls für akzeptabel genug, um sich damit zu binden. Und es hatte eingewilligt, zu diesem Schwert geschmiedet zu werden, vorausgesetzt, ich erzählte ihm einen Witz.

Während ihm mein Scherz anscheinend nicht gefallen hatte, hatte es Carrions Witz ganz eindeutig als Bezahlung akzeptiert. Denn das Quicksilver drang in dem Moment in die Klinge ein, als es mit ihr in Berührung kam, und überzog die Schneide der Waffe mit einem brillanten, schillernden Schimmer.

Der Himmel verdunkelte sich bereits, während ich die Klinge schärfte und Carrion eine Reihe weiterer Witze erzählte, die immer unflätiger wurden.

»Heilige Götter und Märtyrer, hör bitte auf«, flehte ich.

»Ich versuche nur, die Stimmung aufzulockern. Du siehst aus, als hätte dir jemand in deine Wasserration gepinkelt.«

Mehr Witze. Gib uns mehr Witze …

Ich funkelte das Schwert an, unfähig, seinen schlechten Geschmack zu verstehen. Wenn es jemals eine Waffe gegeben hatte, die perfekt zu ihrem Besitzer passte, dann diese. Carrion erzählte dem Quicksilver mit Vergnügen die schmutzigsten Witze, die man sich vorstellen konnte. Und als ich fertig war und Carrion seine Fingerkuppe auf die Schwertspitze drückte und dem Quicksilver die denkbar kleinste Kostprobe seines Blutes gab, reagierte die Klinge sofort.

Ja, ja. Unser Freund. Unserer. Er wird uns einen Namen geben.

Carrion starrte mit großen Augen auf die Waffe. »Das hab ich gehört!«

»Gut.« Ich drehte das Schwert um und reichte es ihm. »Dann gib ihm einen Namen und lass uns aufbrechen.« Inzwischen war es fast dunkel, und die anderen warteten auf uns.

Carrion hielt das Schwert in der Hand und drehte es hin und her. Nach reiflicher Überlegung meinte er: »Es sieht aus wie ein Simon.«

»Simon?«

»Ja. Simon. Mach mir keine Vorwürfe. So sieht es nun mal aus …« Er verstummte und lauschte. »Siehst du, der Name gefällt ihm. Es *will* Simon heißen.«

»Von mir aus.« Das Schwert hatte anscheinend beschlossen, nicht länger mit mir zu reden, also fragte ich: »Hat es sich entschieden, ob es dir trotz deines schwachen menschlichen Blutes Magie schenken will?«

Carrion grinste. »Es sagt, dass das nur mich was angeht und dass du es noch früh genug herausfinden wirst.«

»Ich hoffe, das heißt Ja«, brummte ich.

In der Bibliothek lief Ren nervös auf und ab und biss sich auf die Innenseite seiner Wange. Lorreth starrte ins Feuer.

»Wo sind Te Léna und Iseabail?«, fragte ich.

»Sie bereiten einen Raum für Laynes Behandlung vor«, erklärte Ren. »Iseabail hat alles mitgebracht, was sie ihrer Ansicht nach für den Betäubungszauber benötigt. Te Léna ist zuversichtlich, dass sie das Gift in Laynes Blut lange genug unterdrücken kann, um mit der Heilung ihres Körpers zu beginnen, aber …«

»Aber?«

»So etwas ist noch nie zuvor versucht worden. Jedenfalls nicht dass wir wüssten. Das Heilmittel für den Blutfluch ging vor über tausend Jahren verloren, und auch das half nur den Fae, die verflucht waren, nicht den, die sich verwandelt hatten. Neue Vampire müssen erst sterben, bevor sie sich verwandeln, und Hexenmagie hat keinen Einfluss auf Tote. Es besteht die Möglichkeit, dass Malcolms Gift Layne tötet, bevor sie geheilt werden kann, selbst wenn sie durch Iseabails Magie in ihrer Verwandlung aufgehalten wird.«

Lorreth rutschte unruhig auf seinem Stuhl hin und her. »Ich traue ihr nicht … der Hexe«, stellte er klar, bevor ich fragen konnte, wen er damit meinte. »Drachenliebhaber. Sie sind der Grund, warum wir überhaupt in diesem Schlamassel stecken. Wenn es sie nicht gäbe, gäbe es auch keine Vampire.«

»Ach, komm schon. Sag mir nicht, dass du das noch immer glaubst«, bemerkte eine sanfte, beschwingte Stimme an der Tür. Natürlich Iseabail. Sie hatte die oberen Strähnen ihres dichten roten Haars mit einer Spange zusammengefasst, während ihr der Rest offen bis weit über den Rücken fiel. Ihre aquamarinblauen Augen musterten Lorreth eindringlich, scharf wie Dolche. »Mein Volk wurde mein ganzes Leben lang verfolgt, dank dieser bösartigen Gerüchte. Wir haben schon vor Jahrhunderten bewiesen, dass wir nichts mit dem Fluch zu tun haben, der eure Spezies befallen hat. Der Balquhidder-Clan war eine von fünf Familien, die von eurem toten König Daianthus damit beauftragt wurden, ein Heilmittel für den Fluch der Fae zu finden. Wir waren maßgeblich daran beteiligt, ihn aufzuheben. Ich bin aus freien Stücken hergekommen, um euch zu helfen. Um die Tochter eines Tyrannen zu heilen, der ein Kopfgeld auf meine Familie ausgesetzt hat. Man sollte meinen, du wärst dankbar, Krieger.« Sie taxierte ihn mit leicht zusammengekniffenen Augen. »Wie war noch mal dein Name?«

»Du weißt verdammt genau, wie ich heiße«, knurrte Lorreth. »Wir sind uns schon mal begegnet, Hexe.«

»Ach, tatsächlich?« Iseabail schenkte Lorreth ein katzenhaftes Grinsen. »Das habe ich wohl vergessen.«

Im nächsten Moment schlug Ren so heftig mit der Faust auf den Tisch, dass wir alle zusammenzuckten. »Das reicht jetzt. Wir sind bereits angespannt und gestresst. Da müssen wir uns nicht auch noch untereinander streiten. Lorreth, Iseabail hat recht. Sie ist hierhergekommen, um uns zu helfen, und das hätte sie nicht tun müssen.«

In Lorreths Augen brannte ein erstaunlicher Hass, doch er senkte den Kopf und tat das Richtige – wobei er nur leicht unaufrichtig klang: »Es tut mir leid. Wir sind dir alle sehr dankbar, dass du hergekommen bist.«

Die Rothaarige machte den Eindruck, als würde sie den Anblick des sich windenden Kriegers genießen. Die wachsende Spannung im Raum war zum Schneiden.

Aber mir fehlte die Kraft, einen der schrecklichen Witze zu wiederholen, die Carrion in der Schmiede erzählt hatte – also musste ich die knisternde Energie auf andere Weise zerstreuen. Ich ging auf den Tisch zu und warf Carrion einen Blick über die Schulter zu. »Komm schon, warum erzählst du nicht allen, wie du dein neues Schwert genannt ha…«

Ein wütendes schwarzes Loch öffnete sich in der Luft.

Ein dunkelblauer Strich schoss daraus hervor und krachte auf den Tisch.

Bücher flogen in alle Richtungen.

Das Holz zersplitterte.

»Verflucht!«, brüllte Ren. Er war schneller als alle anderen und eilte Everlayne zu Hilfe.

Sie war von der verdammten Decke gefallen. Das Schattentor war dieses Mal nicht als senkrechter Durchgang erschienen: Es schwebte horizontal etwa drei Meter unter der Decke … und Everlayne hatte bei ihrem Sturz gerade unsere einzige Möglichkeit zerschlagen, es zu erreichen.

»Fuck!«, schrie Carrion.

»Schnell!« Lorreth rannte um den zerbrochenen Tisch herum und packte mich grob am Arm. Uns blieb keine Zeit für Höflichkeiten.

Ich sah in seinem Gesicht, was er vorhatte, und war damit einverstanden. Aber … »Moment! Mein Schwert!« Ich Närrin. Ich war so eine verdammte Närrin! Solace hing nicht an meiner Hüfte. Taladaius hatte gesagt, Malcolm würde sich mit Fisher in der Abenddämmerung treffen, aber dafür war es noch etwas zu hell. Ich war noch nicht bereit! »Carrion zuerst!«, brüllte ich.

Das Schwert lag auf dem Lesepult am anderen Ende der Bibliothek. Ich sprintete hinüber, schnappte es mir. Drehte mich um.

Lorreth und Ren hoben Carrion gerade durch das Schattentor. Sein Oberkörper war bereits verschwunden. Als hätte er sich auf der anderen Seite an irgendetwas festgehalten und hochgezogen, schossen seine Beine plötzlich in die Höhe – und er war weg.

»Saeris!«, krächzte Everlayne. Sie war nicht tot. Während ich durch die Bibliothek auf Lorreths ausgestreckte Arme zustürmte, blieb mir genug Zeit, den Göttern zu danken, dass sie noch lebte. Aber ich konnte nicht innehalten, um sie zu trösten.

»Ich bin bald wieder da, Layne!«

Lorreths Hände schlossen sich um meine Taille. Renfis packte meine Beine.

Everlaynes verzweifelter Schrei schoss durch meine Adern, als die Krieger mich in das Schattentor hinaufstießen. »Saeris! Warte! *Das Wasser!*«

Doch es war bereits zu spät, um in Panik zu geraten. Keine Zeit, sie zu fragen, was sie damit meinte. Das Schattentor packte mich, ein eisiger Wind zerrte an meiner Kleidung und stülpte mein Inneres nach außen. Blindlings griff ich nach oben, auf der Suche nach dem Halt, an dem Carrion sich hochgezogen hatte. Doch da war nichts. Die Schwerkraft änderte sich schnell und verwirrend, und plötzlich stand ich auf dem Kopf.

Und dann befand ich mich im freien

F

a

l

l

39

ANNORATH MOR!

Der Wind trieb mir Tränen in die Augen. Ich zwang mich, sie zu öffnen, und wünschte dann, ich hätte darauf verzichtet. Etwa fünfundzwanzig Meter freier Himmel erstreckten sich vor mir. Weiter unten: ein schimmerndes, riesiges Becken aus schwarzer Seide.

Nein.

Keine Seide.

Wasser.

Ein See.

Ich öffnete den Mund für einen Schrei …

… und schlug wie ein Meteorit durch die Oberfläche.

Schmerz.

Überall.

Ich konnte nicht …

SCHMERZ.

Bei den Göttern!

Ich bekam keine Luft.

Meine Rippen schrien. Schmerz zuckte meine Wirbelsäule hinauf und hinunter. Hämmerte in meinem Kopf.

Eiskaltes Wasser drang in meine Ohren und brannte mir in den Augen. Es war so schwarz, dass ich nicht erkennen konnte, wo oben und unten war.

Mein Körper reagierte – meine Beine strampelten und zappelten wild, Panik machte sich breit. Allumfassende Panik.

Meine Hände griffen blindlings um sich, auf der verzweifelten Suche nach etwas, an dem ich mich festhalten konnte. Doch da war nichts. Nur Wasser. Überall nur verdammtes Wasser.

Meine Lunge brannte vor Sauerstoffmangel. Ich musste atmen. Unbedingt. Ich musste an die Oberfläche kommen. Ich musste atmen. Ich musste …

Eine Bewegung im Wasser, dann erhielt mein Körper einen Stoß. Ich wurde zur Seite geschoben. Plötzlich spürte ich Hände auf mir. Jemand hatte mich in der Dunkelheit gefunden. Zwar konnte ich noch immer nichts sehen, aber ich drehte mich, strampelte, griff zu mit vor Kälte tauben Fingern. Ich klammerte mich an etwas – ein Stück Stoff – und hielt mich daran fest. Mein Herz dröhnte wie wild in den Ohren, als ich durch das Wasser nach oben gezogen wurde.

Mein Kopf durchbrach die Oberfläche, und ich schnappte zu Tode verängstigt nach Luft, während sich der Schock in meinem Nervensystem ausbreitete. Ich befand mich noch nicht in Sicherheit. Hatte keinen Boden unter den Füßen. Ich würde jeden Moment sterben.

»Ruhig, Saeris. Ist ja gut. Ist ja gut. Atme einfach tief durch. In zwei Sekunden sind wir am Ufer.«

Lorreth. Lorreth hielt mich. Ich zitterte heftig in seinen Armen, das Gesicht von ihm abgewandt. Und meine Zähne klapperten, während er schwamm und dabei kräftig mit den Beinen trat, als wäre ihm ein Rudel Höllendrachen auf den Fersen. Es dauerte länger als zwei Sekunden, um festen Boden zu erreichen, aber nicht sehr viel länger.

Schluchzend versuchte ich, mich in den sanften Wellen aufzusetzen, die an das Ufer des Sees schwappten. Mein ganzer Körper war zerschunden, und einige meiner Rippen mussten gebrochen sein. Als ich tief einatmen wollte, hatte ich das Gefühl, als würde mir jemand einen Dolch in die Seite stoßen. »Wo ist … Carrion?«, keuchte ich.

Glücklicherweise schien Lorreth nicht verletzt zu sein. Der Krieger stand am Ufer, bis auf die Haut durchnässt, und sein Haar klebte an seinem Rücken, während er die Dunkelheit sondierte. Ich konnte überhaupt nichts erkennen, aber das lag vermutlich daran, dass mir vor Schmerz der Kopf schwirrte.

»Da. Ich sehe ihn«, keuchte Lorreth. »Warte hier. Ich schwimme zurück und hol ihn.«

Ha! Was dachte er denn, wohin ich gehen würde? Ich ließ mich nach hinten fallen, woraufhin winzige, scharfe Felsen in meinen Rücken drückten. Der Himmel war mit so dichten Wolken verhangen, dass sie die Welt in Dunkelheit tauchten. Anfangs konnte ich nur wenig erkennen. Und dann, als der Schmerz in meiner Brust etwas nachließ und sich meine Augen an die neue Umgebung gewöhnten, entdeckte ich die bedrohliche Felswand, die hinter mir in den Himmel ragte.

Der Fels bestand aus schwarzem Obsidian, glatt wie Glas. Und er war mindestens dreißig Meter hoch.

»Fuck«, keuchte ich. *»Fuck, fuck, fuck.«* In den letzten drei Minuten war eine Menge passiert: Ich hatte in der Bibliothek gestanden, und wie aus dem Nichts war meine Freundin durch einen Tisch gekracht. Dann war ich durch ein Schattentor geschleudert worden, fünfundzwanzig Meter tief in ein eiskaltes

Gewässer gefallen und fast ertrunken. Und nichts davon hatte mir gefallen.

Langsam setzte ich mich auf, als Lorreth wieder aus dem See auftauchte und Carrion hinter sich herzog. Der Dieb stand nicht auf seinen eigenen Füßen – was kein gutes Zeichen war. Meine Sorge wuchs, als Lorreth ihn aufs Ufer warf und ich sah, dass Carrions Augen geschlossen und seine Lippen blau waren.

Meinen eigenen Schmerz vergessend, stemmte ich mich auf die Knie. »Warum wacht er nicht auf?«

»Er hat eine Menge Wasser geschluckt«, erwiderte Lorreth angespannt und kniete sich ebenfalls neben Carrion. Ich zuckte zusammen, als er Carrion mitten auf die Brust schlug. Der Schlag hätte selbst dem stärksten Krieger den Wind aus den Segeln genommen, aber Carrion reagierte nicht.

»Komm schon«, murmelte Lorreth und schlug ihn erneut.

Noch immer nichts.

Ich traute mich kaum zu blinzeln. »Carrion Swift, wenn du nicht sofort aufwachst, werde ich all deinen dämlichen Freunden im dritten Bezirk erzählen, dass du ein beschissener Liebhaber bist.«

Lorreth versetzte ihm einen weiteren Schlag in den Solarplexus.

»Ich meine es ernst!«, rief ich.

Carrion zuckte zusammen, als wäre er vom Blitz getroffen worden. Er rollte sich auf Lorreths Seite und erbrach keuchend und hustend einen Schwall Seewasser. Den Göttern sei Dank!

Ich sank zurück, landete schwer auf meinem Hintern und tauschte einen erleichterten Blick mit Lorreth.

Als Carrion sich ausgekotzt hatte, ließ er sich auf den Rücken fallen und musterte mich mit leicht zusammengekniffenen Augen. »Das würdest du … verdammt noch mal … nicht wagen!«

Wir waren nur zu dritt.

Renfis hatte es nicht geschafft.

Der General hatte Lorreth zum Schattentor hochgehoben und ihm zugerufen, er solle sich beeilen.

»Ich spürte, wie mich das Tor einsog, als es sich schloss«, berichtete Lorreth, während wir langsam wieder zu Kräften kamen. »Wäre ich eine Sekunde später gesprungen, hätte mich das verdammte Ding bestimmt in zwei Hälften geteilt.«

Er hatte einen Sekundenbruchteil mehr Zeit gehabt als ich, um Laynes Warnung vor dem Wasser zu verarbeiten. Im Fallen hatte er schnell begriffen, was ihn erwartete, sofort die Beine angezogen und sich fest zusammengekrümmt, um sich auf den Aufprall vorzubereiten. Carrion hatte überhaupt keine Warnung erhalten. Er ging davon aus, dass er mit der Brust zuerst auf dem Wasser aufgeschlagen war, und das Gleiche galt vermutlich auch für mich. Das erklärte zumindest, warum keiner von uns beiden ohne ein schmerzerfülltes Zischen atmen konnte.

Lorreth durchsuchte seine durchnässten Taschen und holte einen kleinen Lederbeutel hervor, der mit einer Kordel verschlossen war. Während Carrion und ich uns mühsam aufrappelten, kramte er in dem Beutel herum und förderte einen Bund Blätter zutage, die er so gut wie möglich trocken schüttelte. Dann bot er jedem von uns zwei Blätter an. »Kaut ein wenig darauf herum und schiebt sie anschließend unter die Zunge«, riet er. »Aber schluckt sie auf keinen Fall hinunter. Sonst scheißt ihr euch innerhalb von fünf Minuten in die Hose.«

»Was ist das?«, fragte Carrion.

»Witwenfluch. Es wird eure Schmerzen für ein paar Stunden betäuben. Vollständig betäuben. Wir tragen es immer bei uns, falls wir es im Kampf brauchen.«

»Warum dieser fröhliche Name?« Ich verzog das Gesicht, als ich auf den Blättern herumkaute. Sie waren gallenbitter.

»Weil sie extrem süchtig machen und einem das Gefühl geben, man könnte es mit einer ganzen Armee von Fressern aufnehmen. Viele Krieger probieren die Blätter erstmals, um den Schmerz einer Verletzung zu betäuben. Doch dann nehmen sie sie immer weiter. Und sterben schließlich.«

»Ah! Gut zu wissen.« Ich achtete sorgfältig darauf, den Blätterbrei nicht zu schlucken. Als ich ihn unter die Zunge schob, spürte ich bereits, wie die betäubende Wirkung der Pflanze einsetzte.

Der Nebel in meinem Kopf lichtete sich langsam. Und dann konnte ich wieder klar und konzentriert denken.

Wo zum Teufel *waren* wir?

Ich schaute mich um, aber der Anblick gefiel mir nicht. Wir befanden uns an einer Art Strand, in einer kleinen Bucht. In unserem Rücken ragten Klippen auf wie eine Reihe zerklüfteter Zähne. Sie umgaben den Strand und schlossen ihn vollständig ein. Es gab nur zwei Wege, den Strand zu verlassen. Wir hätten wieder in den See steigen und um die Klippen herumschwimmen können, aber das kam offensichtlich nicht infrage, da *weder Carrion noch ich schwimmen konnten.* Damit blieb uns nur eine einzige andere Möglichkeit: der Weg über die Klippen. Wir drei starrten auf die Wand aus Obsidian … und erbleichten.

Es war schon schlimm genug, aus einem Schattentor zu fallen und auf eine bretthafte Wasseroberfläche aufzutreffen. Aber von einer Klippe zu stürzen und auf einem Haufen scharfer Felsen aufgespießt zu werden … Das klang nach einem Himmelfahrtskommando, und dafür war ich noch nicht bereit.

Zum Glück hatten Carrion und ich eines gemein: Wir waren beide sehr gut im Klettern. Schließlich hatten wir den Großteil unseres Lebens damit verbracht, die Mauern des dritten Bezirks zu erklimmen. Mauern, die unfassbarerweise noch höher waren als diese Felswand und obendrein viel gefährlicher. Außerdem entfaltete der Witwenfluch jetzt seine *volle* Wirkung.

»Dann klettern wir also da rauf?«, fragte Carrion und reckte den Hals, um zu den Klippen hinaufzuspähen.

Fisher war dort oben.

Ich wusste, dass er dort war. Ich konnte ihn regelrecht *spüren.*

Blinzelnd starrte ich ebenfalls zu den Klippen hinauf und stellte erstaunt fest, dass es zu schneien begonnen hatte. Die Luft war erfüllt von dicken Schneeflocken, die in trägen Kreisen vom Himmel herabrieselten. Eine landete auf meiner Wange. Doch erst als ich sie beiseitewischte und meine Fingerspitzen mit einem feinen grauen Pulver beschmiert waren, erkannte ich, dass es sich gar nicht um Schnee handelte.

Vom Himmel über Gillethrye regnete es Asche.

In dem Moment, als ich die Hände auf die Felswand legte, dröhnte eine Explosion von Geräuschen in die Nacht hinaus. Der Lärm war so laut, und so viele verrückte Stimmen brüllten und schrien gleichzeitig, dass die Kieselsteine unter unseren Füßen vibrierten.

»Annorath mor!«

»Annorath mor!«

»Annorath mor!«

»Klettert«, rief ich. *»Klettert, so schnell ihr könnt!«*

Wir erklommen die Felswand in wenigen Minuten.

Und dank der Gnade der Götter auch halbwegs unversehrt.

Unsere Hände waren zwar mit tiefen Schnitten übersät und blutverschmiert, aber das spielte keine Rolle. Als wir uns über den Rand der Klippen hievten, bot sich uns ein Anblick wie aus einem Albtraum.

Ein riesiges, zum See hin offenes Amphitheater erhob sich um uns herum: Sitzreihen über Sitzreihen, die sich bis weit in den Himmel erstreckten – so überwältigend, dass ich dessen schiere Größe kaum fassen konnte. Das Bauwerk, wenn man es überhaupt so nennen durfte, war eine Art Megabau. Hunderttausende von Zuschauern saßen auf den Tribünen und brüllten sich die Seele aus dem Leib.

»Annorath mor! Annorath mor! Annorath mor!«

Der schreckliche Sprechchor erschütterte mich bis ins Mark. Es handelte sich um die ersten Worte, die mir das Quicksilver in der Schmiede des Winterpalastes zugeraunt hatte. Die Worte, die Fisher auf unerwartete Weise getroffen hatten. Damals hatte er den Eindruck gemacht, als hätte er Angst. Und jetzt wusste ich auch, warum. Das hier war nicht nur ein Amphitheater, sondern ein Schlachthaus. Und wir standen mittendrin.

»Was schreien die da?«, flüsterte Carrion.

»Erlöse uns«, antwortete Lorreth entsetzt.

Erlöse uns! Erlöse uns! Erlöse uns!

Jetzt hörte ich es auch, als wären die Worte in meinem Kopf übersetzt worden: Hunderttausende, die um ihre Erlösung flehten. Ich schaffte es einfach nicht, sie anzuschauen.

Stattdessen konzentrierte ich mich auf die tiefe Grube, die sich vor uns im Boden befand. Auf das weitläufige Labyrinth darin. Am anderen Ende des Labyrinths konnte ich gerade eben ein erhöhtes Podest ausmachen. Darauf saßen mehrere Personen. Und am Fuß des Podiums, am oberen Ende einer Steintreppe, die in das Labyrinth hinunterführte, kniete Fisher. Er war nur ein schwarzer Fleck, winzig klein im Vergleich zu dem kolossalen Bauwerk um uns herum, aber ich wusste, dass er es war. Keine Frage, er war es wirklich.

»Was zum Teufel und allen fünf Höllen ist das?«, flüsterte Lorreth.

Die Stimme, die hinter uns ertönte, ließ mir das Blut in den Adern gefrieren. Das letzte Mal hatte ich sie im Spiegelsaal in Madras Palast gehört, als ich um Gnade geschrien hatte. Und jetzt höhnte sie: »Genau genommen ist dies nur der erste Kreis der Hölle, Lorreth von den Gespaltenen Türmen. Aber ich würde mich freuen, dir alle fünf vorzustellen.«

Harron, der Hauptmann von Madras Garde, stand nur wenige Zentimeter hinter Lorreth. Statt Augäpfeln schimmerten Kugeln aus abgewetztem Metall – pures Quicksilver – in den Höhlen seines hageren Schädels. Seine aufgeplatzten Lippen waren dünn, seine Haut faltig und durchscheinend. Als ich den Dolch bemerkte, den er Lorreth gegen die Kehle drückte, zeichnete sich ein breites Grinsen auf seinem Gesicht ab, wodurch seine zerschmetterten Zähne zum Vorschein kamen.

»Ich würde dir ja hier und jetzt die Kehle aufschlitzen, nur um an das Mädchen ranzukommen«, keuchte er Lorreth ins Ohr, wobei sich diese irren Augäpfel in seinem Kopf drehten. Dass er mich ansah, konnte ich nur daran erkennen, dass sein Gesicht mir zugewandt war. Sein Lächeln bekam eine bedrohliche Note. »Du hast in letzter Zeit verdammt viel Ärger gemacht, Saeris. Dabei hättest du einfach sterben sollen wie ein gutes, kleines Schoßhündchen. Aber das macht nichts, das macht nichts. Vielleicht ist es ja besser so.«

Harron.

Wie war das möglich? Wie konnte *Harron* hier sein? Hier in Yvelia? Sein Anblick ergab einfach … keinen Sinn.

Lorreth hätte es mühelos mit ihm aufnehmen können. Er war ein vollblütiger Fae-Krieger, und der Hauptmann war ein Mensch. Ein sehr kranker Mensch, allem Anschein nach. Es wäre für den Fae ein Leichtes gewesen, herumzuwirbeln und ihn zu entwaffnen. Und ich war mir sicher, dass er genau das auch getan hätte … wenn da nicht die riesige Schar von Fressern gewesen wäre, die hinter ihm über die Felswand gekrochen kam.

Hunderte krabbelten auf allen vieren über den Boden auf uns zu, wobei dicke giftgrüne Speichelfäden aus ihrem Mund hingen. Diese Fresser sahen frisch aus, was sie noch furchterregender machte. Ihre Kleidung war verschmutzt, aber größtenteils intakt.

Ein rosiger Schimmer tönte noch ihre Haut. Zwar würde er bald verblassen, aber im Moment sahen sie noch wie Fae aus. Und sie wollten uns *fressen*. Wie eine herannahende Flut krochen sie vorwärts, aber eine leichte Bewegung von Harrons Hand hielt sie in Schach. Welche Macht übte *Harron* über diese Monster aus?

Der Hauptmann streckte seine freie Hand aus. Sie zitterte vor Anstrengung, als die Luft neben Carrion sich zu verhärten schien und dann wie Glas zersprang. Die Sprünge wurden zu Rissen, und dann zersplitterte die Luft, fiel in sich zusammen und bildete einen Strudel. Und daraus drang ein Laut wie Tausende Schichten qualvoller Schreie.

»Es würde viel zu lange dauern, dort hinüberzulaufen«, sagte Harron. »Und wir wollen doch nicht, dass ihr den Beginn der Spiele verpasst, oder?« Er deutete mit dem Kopf in Richtung des Strudels. »Da rein. Jetzt sofort. Wenn ihr euch beeilt, bleibt euch vielleicht noch Zeit, euch von eurem Freund zu verabschieden.«

Dieses Portal ließ sich in nichts mit Fishers Schattentor vergleichen. Mit Harrons Strudel stimmte etwas nicht. Er fühlte sich an wie eine Perversion der Natur, und mein Gefühl sagte mir ganz klar und deutlich, dass ich ihn nicht betreten sollte. Aber welche Wahl blieb mir schon? Mindestens dreihundert Fresser drängten sich jetzt am Rand der Klippe. Ihre Augen schauten leer und zeigten keinerlei Anzeichen der Fae, die sie einst gewesen waren. Nur unersättlichen Hunger. Nur den Tod. Ich wäre lieber zurück in die Seemitte gesprungen, als den schimmernden Strudel in der Luft zu betreten … aber ich fing Lorreths Blick auf, und mein Freund nickte.

»Keine Sorge, Saeris. Geh. Wir kommen gleich nach.«

Ich hoffe bei den Göttern, dass das nicht übel endet. Als ich über die Schulter zum Podium blickte und zu dem kleinen schwarzen Fleck, der am oberen Ende der Treppe kniete, drehte sich mir vor Nervosität der Magen um. *Wir sind da, Fisher. Wir kommen!*

Eigentlich erwartete ich keine Antwort, doch als ich durch Harrons Tor trat, erhielt ich eine.

Saeris? Fishers Stimme in meinem Kopf war von Panik erfüllt. *Saeris, komm* nicht *hierher!*

Aber es war bereits zu spät. Harrons Strudel riss mich mit sich mit.

40

VORSTELLUNGSRUNDE

Als Erstes sah ich ihn.

Immer und überall.

Mein Herz und meine Seele wussten genau, wo er zu finden war.

Fisher kniete blutüberströmt am Fuß einer kleinen Treppe, die zum Podium hinaufführte. Er war mit Schnitten und Kratzern übersät, und sein Haar klebte schweißnass an seinem Kopf. Die Halsberge mit dem Wolfskopf glänzte zwar noch an seiner Kehle, war aber mit rotem und schwarzem Blut bespritzt, und seine Lederrüstung hing zerfetzt an ihm herab. Gewaltige Schnitte zogen sich über seinen Brustpanzer. Die Armschienen an seinen Handgelenken waren blutbeschmiert. Er sah völlig zerschlagen aus und atmete gequält durch den Mund. Ohne den Kopf zu bewegen, warf er mir aus dem Augenwinkel einen Blick zu, und ich erkannte die Angst und die Verzweiflung darin.

Du hättest nicht herkommen sollen, kleine Osha, sagte er in meinem Kopf. Seine Stimme klang, als wäre er am Boden zerstört. Als Lorreth und Carrion neben mir aus dem Tor traten, Harron dicht hinter ihnen, sanken seine Schultern herab, und er schloss die Augen. *Ich wollte dich vor dem hier bewahren. Du solltest nicht mit mir leiden.*

Und dann – als ob ihn plötzlich ein Energieblitz durchzuckt hätte – warf Fisher den Kopf in den Nacken, fletschte die Zähne und spannte seine Halsmuskeln an.

»NEIN!« Ich versuchte, zu ihm zu laufen, aber meine Füße wollten sich nicht bewegen. Ich stand wie angewurzelt da.

»Seid gegrüßt, Freunde. Willkommen! Wir wurden einander noch nicht offiziell vorgestellt.« Eine Stimme, kalt wie Eis, schnitt wie eine Sense durch die Luft.

»Bei den Göttern!«, zischte Lorreth.

Eigentlich wollte ich den Blick nicht von Fisher abwenden, aber ich musste wissen, wer …

Heilige …

Hölle …

Der Witwenfluch ließ mich offenbar halluzinieren.

Es gab keine andere Erklärung für das, was ich dort sah.

In der Mitte des Podiums saß Malcolm. Seine scharfen Gesichtszüge und sein langes silbernes Haar waren unverkennbar. Er war auch derjenige, der uns begrüßt hatte. Es konnte nur er gewesen sein, denn die anderen beiden Personen, die rechts und links neben ihm saßen, kannte ich bereits – und sie wussten ganz genau, wer ich war.

Auf der rechten Seite des Podiums saß Belikon.

Und auf der linken Seite … Madra.

Beide waren in königliche Gewänder gekleidet: Der König von Yvelia trug jagdgrünen Samt, die Königin von Zilvaren war in ein hochgeschlossenes, goldglitzerndes Kleid gehüllt.

Ich versuchte, diesen Anblick wegzublinzeln, aber obwohl es unmöglich schien, blieben sie unverrückbar neben dem Vampirkönig sitzen.

Carrion war bleich geworden, seine übliche Arroganz verschwunden. Er betrachtete die drei Gestalten auf dem Podium mit unverhohlenem Hass in den Augen.

»Da niemand bereit zu sein scheint, uns einander vorzustellen …«, setzte Malcolm an, »gehe ich einmal davon aus, dass du Saeris bist. Und der Statur und dem Wolfssymbol auf deiner Brust nach zu urteilen, musst *du* einer von Kingfishers Lupo Proelia sein. Allerdings nicht der General, der mir so viel Ärger bereitet hat, denn Renfis ist mir schon begegnet. Dann bist du wohl Lorreth. Lorreth, der die Türme von Barillieth zertrümmert und Tausende meiner Kinder ermordet hat.« Seine kühlen grauen Augen blitzten vor Wut. Als sein Blick auf Carrion fiel, verflog sein Zorn. »Dich dagegen kenne ich nicht.«

Carrion verbeugte sich tief, aber die Geste war nicht als Ehrerbietung, sondern als Spott gedacht. »Carrion Sw…«

Malcolm nickte Harron zu, und der Wächter ließ den Griff seines Dolchs auf Carrions Hinterkopf niederkrachen. Carrion verstummte abrupt und sank auf die Knie.

Fisher knurrte – er kämpfte noch immer wütend gegen den Schmerz, der seinen Körper unablässig quälte. Lorreth und ich griffen beide nach unseren Schwertern, aber Belikon stieß ein polterndes Lachen aus und hob die Hand. »Ich warne euch alle vor weiteren Dummheiten. Eure Schwerter werden euch hier nichts nützen. Spürt ihr das nicht?« Er grinste und deutete in den Himmel und auf die Ascheflocken, die weiterhin durch die Luft schwebten. »Dieser Ort ist ein Friedhof. Selbst der Himmel ist vom Tod erfüllt. Der Boden unter uns besteht aus Knochen und Asche. Eure Magie kann euch hier nicht erreichen.«

Madra, die ihr blondes Haar unter ihrer glitzernden Krone

zu einem wunderschönen Zopf geflochten hatte, brachte einen missmutigen Laut hervor. »Du hättest es sie wenigstens versuchen lassen sollen, Bruder. Ich hatte mich schon darauf gefreut, ihre Gesichter zu sehen, wenn ihnen klar wird, wie tief sie in Schwierigkeiten stecken.«

Bruder?

Aber … wie konnte Belikon ihr *Bruder* sein?

Mensch. Fae. Vampir. Die drei Herrscher wirkten alle gleichermaßen selbstgefällig, als sie unsere Verwirrung bemerkten.

Ich konnte mich nicht länger zurückhalten. »Du glaubst wirklich, sie ist deine Verbündete? Dann irrst du dich. Sie ist diejenige, die das Quicksilver zum Erstarren gebracht und die Tore zwischen den Reichen geschlossen hat.«

Belikon schnaubte. »Natürlich war das Madras Werk. Das haben wir immer gewusst. Und zugegeben, anfangs waren wir aufgebracht. Aber es ist erstaunlich, wie unbedeutend diese kleinen Streitereien nach Jahrhunderten erscheinen.«

»In der Tat«, pflichtete Madra ihm bei. »Außerdem habe ich das Tor nur deshalb geschlossen, weil du diese Bestie hindurchgeschickt hattest, um mich zu ermorden. Also gab es auch von *meiner* Seite aus einiges zu verzeihen.«

Der König der Yvelia-Fae neigte den Kopf und akzeptierte den Vorwurf großmütig. »Das stimmt. Du hast vollkommen recht, Schwester. Auf allen Seiten wurden Fehler begangen. Glücklicherweise bietet sich uns die Gelegenheit, vergangenes Unrecht wiedergutzumachen. Und nun, nachdem unser Triumvirat wieder vereint ist, sind wir alle drei so mächtig wie seit einer Ewigkeit nicht mehr.«

Belikon hatte es also gewusst. All die Jahre hatte er gewusst, dass Madra die Tore geschlossen hatte, und er hatte Fishers Vater dafür die Schuld gegeben. Er hatte Finran nach Zilvaren in den Tod geschickt und dann der Schließung der Portale zwischen den Reichen bezichtigt. Hatte ihn zum Verräter erklärt und damit Schande über das Haus Cahlish gebracht. Edina hatte dafür bezahlen müssen. Und Fisher hatte bezahlt, wieder und wieder.

Eine nie gekannte Wut kochte in mir hoch, während ich den König anstarrte.

Anscheinend teilte Lorreth meine Wut. »Du bist eine verdammte Schande«, schäumte er. »Wie kannst du da oben neben *ihm* sitzen? Unser Volk befindet sich im Krieg mit Malcolm.«

»Krieg?« Belikon schnaubte. »Wir waren nie im *Krieg*, du Narr. Ich habe lediglich die Armee meines Bruders gefüttert.«

Da war es wieder, dieses Wort: *Bruder*. Ich verstand noch immer nicht ganz, was hier vor sich ging, aber einige Teile des Puzzles fügten sich langsam zusammen.

Belikon hatte sich geweigert, Waffen und Proviant nach Irrín zu schicken. Er hatte ein Embargo auf Silber verhängt – das einzige Material, mit dem sich Malcolm und seinesgleichen dauerhaft töten ließen – und sich geweigert, Teile davon nach Süden zu schicken. Denn warum sollte er Vorräte an Krieger verschwenden, die gar nicht überleben *durften*, wenn es nach ihm ging? Warum sollte er Krieger mit tödlichen Waffen ausstatten, wenn er nicht wollte, dass sie ihre Feinde töteten?

»Willst du deinem Spielzeug nicht eine kurze Pause gönnen, Malcolm?«, schnurrte Madra. Sie musterte Fisher mit deutlichem Interesse. »Es wäre eine Schande, wenn er stirbt, bevor er dein kleines Spiel spielen konnte. Ich würde zu gern sehen, ob er dich noch einmal besiegt. Schließlich habe ich es beim ersten Mal verpasst.«

Malcolm schaute sie an und lachte leise. »Oh, aber natürlich! Ich bitte um Verzeihung, Schwester. Immerhin habe ich dir versprochen, dass du Spaß haben wirst.« Zwar machte er keine sichtbare Geste, um Fisher von der unsichtbaren Folter zu befreien, aber Fisher sank im nächsten Moment nach vorn auf Hände und

Knie und schnappte nach Luft, plötzlich frei. Malcolm führte einen geschliffenen Glaskelch an den Mund, und die dicke, zähflüssige Flüssigkeit darin färbte seine bleichen Lippen rot. Mit einem blutigen, schadenfrohen Grinsen verkündete er: »Es bereitet mir *große* Freude, dass wir drei wieder vereint sind. Du hast viel verpasst, Madra, denn wir hatten eine wunderbare Zeit, vor allem in den letzten Jahren. Der Fall von Gillethrye war ein beeindruckender Anblick, nicht wahr, Bruder?«

»Spektakulär«, bestätigte Belikon. »Du warst dabei, nicht wahr, Hund? Du durftest das ganze Schauspiel von Anfang bis Ende miterleben. Du hattest einen Logenplatz!«

»Fick … dich …«, röchelte Fisher. »Ich werde … dich *vernichten.*«

Mein Herz raste in der Brust, mein Blut kochte.

Everlaynes Vater erhob sich, und sein Gesicht verzerrte sich hasserfüllt, als er die Stufen zu Fisher hinunterstieg. »Genau wie Finran. Unflätig und arrogant. So überlegen. So selbstgerecht. Aber du bist weniger wert als der Dreck unter meinen Füßen, *Kingfisher.*« Er stieß den Namen wie einen Fluch hervor. »Warum erzählst du deinen teuren Freunden nicht, was du hier getan hast, hm?« Er packte Fishers Haare und riss seinen Kopf zurück. »Was ist los, Junge? Hat es dir die Sprache verschlagen? Ach ja, richtig: Du kannst ihnen *tatsächlich* nicht sagen, was du hier getan hast, oder?«

Belikon bewegte sich schneller, als es für jemanden von seiner Größe hätte möglich sein sollen. Sein Knie zuckte vorwärts und krachte gegen Fishers Kiefer. Der brutale Aufprall ließ Fisher wieder auf den Steinboden sacken. Die Menge auf den Tribünen brüllte beifällig.

»*Nein!*« Ich trat einen Schritt vor, aber ein paar Hände schlossen sich um meine Arme. Wachen. Aus dem Winterpalast. Es waren also auch *normale* Fae hier? Mir schwirrte der Kopf. Ich schaute dem Mann, der meinen rechten Arm festhielt, in die Augen, und erkannte Scham darin. Also wusste er, dass das hier falsch war, und dennoch stand er einfach nur da und gehorchte den Befehlen eines Psychopathen. »Lass mich los!«

Belikon – ganz der Entertainer – wirbelte herum und breitete die Arme aus. Sein Lachen dröhnte über das Podium. »Was meinst du, Malcolm? Soll ich ihnen sagen, was er getan hat? Oder soll ich ihn von seinem Eid entbinden und *ihn* zwingen, es ihnen zu sagen?«

Malcolm trank einen weiteren Schluck Blut aus seinem Kelch und zuckte die Schultern, während er den Blick über die Tausende von Zuschauern schweifen ließ, die auf den Tribünen des Amphitheaters saßen. »Ich denke, wir sollten *sie* fragen«, sagte er leichthin. »Schließlich sind sie diejenigen, die er getötet hat.«

»Lügner.« Lorreth machte den Eindruck, als wollte er auf das Podium stürmen und Malcolm den Kopf abreißen. »Es war nicht seine Schuld!«

Diejenigen, die er *getötet* hat? Wovon redete Malcolm da? Ich sah zu den Tribünen hinauf und zwang mich endlich, die Menge dort genauer zu betrachten. Reihe um Reihe, dicht besetzt mit Fae, ihre Kleidung schwarz, ihre Haut …

Moment mal!

Ihre Haut … war *verbrannt.* Ihre Kleidungsstücke waren nicht einfach schwarz, sie schwelten. Ihre Münder waren zu schrecklichen Schreien verzerrt. Und ihre Augen – bei den Göttern, ihre Augen … Sie fehlten entweder oder waren zu Gelatine geschmolzen und liefen ihnen aus den Augenhöhlen. Frauen. Kinder. Männer. Alle tot. Alle bei lebendigem Leib verbrannt und doch irgendwie noch am Leben, gefangen in ihrem Elend.

Carrion stemmte sich gegen die Fae-Wachen, die ihn festhielten, und starrte auf den Albtraum, der uns umgab. »Fuck«, flüsterte er.

Belikon klatschte in die Hände und amüsierte sich köstlich über unser Entsetzen. »Du hast recht. Wir sollten *sie* fragen«, sagte er. Als er sich an die Toten wandte, drang seine Stimme übernatürlich laut in jeden Winkel des Amphitheaters: »Was sagt ihr, Fae von Gillethrye? Soll ich dem Hund den Maulkorb abnehmen? Soll er endlich seine Verbrechen gestehen?«

Ein Crescendo erbitterter Rufe schallte ihm entgegen. Ich konnte nicht verstehen, ob sie dafür oder dagegen waren, dass Belikon Fisher von dem Eid befreite, der ihn so lange daran gehindert hatte, über diese Katastrophe zu reden – ich hörte nur, wie Chaos ausbrach.

Belikon schien über diese Reaktion erfreut zu sein. »Wunderbar! Wunderbar! Die Fae von Gillethrye haben gesprochen.« Der König drehte sich wieder zu Fisher um, schlug ihm die Hände auf die Schultern und schüttelte ihn grob. »Kingfisher, Tod von Gillethrye, ich entbinde dich von deinem Eid uns gegenüber. Und nun erzähle deinen Freunden von der Abmachung, die du vor all den Jahren mit uns getroffen hast.«

41

GILLETHRYE

Fisher wischte sich das Blut vom Mund und kam mühsam auf die Beine. Es sah aus, als hätte ihn die Anstrengung den letzten Rest seiner Kraft gekostet, doch er richtete sich langsam auf. Es brach mir fast das Herz, als er auf uns zutaumelte und ich das wahre Ausmaß seiner Verletzungen erkannte.

Du kannst kaum laufen.

Aus seinen Augen sprach so viel Schmerz. Aber nicht aufgrund der Wunden, die sich über seinen Körper zogen. Es lag an diesem Ort.

Ich komme schon zurecht, Osha. Seine Stimme war nur noch ein Flüstern in meinem Kopf.

Lorreth streckte die Hände nach Fisher aus, um ihm beim Aufstehen zu helfen, doch Harron stieß ihn knurrend zurück. »Was haben sie mit dir gemacht?«, fragte der Krieger.

Fisher lächelte, sodass seine blutverschmierten Zähne zum Vorschein kamen, und sah den Hauptmann an. »Ich glaube, du hast es … Rache genannt? Stimmt's, Harron?«

»Weniger, als du für das verdienst, was du mir angetan hast«, fauchte Harron. »Ich hätte dich selbst getötet, wenn …«

»Halt den Mund, Mensch«, knurrte Belikon. »Kingfisher hat eine Geschichte zu erzählen. Berichte ihnen von dem Moment, als du gedacht hast, du könntest *mich* austricksen, Hund.«

Müde ergriff Fisher schließlich das Wort. »Die Horde hatte sich vor den Toren von Gillethrye versammelt. Zehntausende von Vampiren. Unsere Armeen im Süden waren in eine Schlacht mit einer viel kleineren Streitmacht verwickelt worden, aber das war nur ein Ablenkungsmanöver. Zu spät fanden wir heraus, dass der größere Teil von Malcolms Fressern nach Gillethrye marschiert war. Ich konnte nicht genug Krieger durch mein Schattentor transportieren, also nahm ich Ren und einige der anderen Wölfe mit, im Versuch, möglichst viele Leben zu retten.«

»Diese *Arroganz*«, zischte Belikon. »Sieben Krieger gegen zwanzigtausend. Er hat wirklich geglaubt, er könnte sie aufhalten!«

Fisher ignorierte den König und fuhr fort: »Wir sind nicht rechtzeitig hier eingetroffen. Bei unserer Ankunft waren die Horden bereits in der Stadt. Die Fae befanden sich alle auf den Straßen, um das Fest des ersten Liedes zu feiern – was den Horden die Arbeit nur noch erleichterte. Wie Heuschrecken zogen sie durch die Gassen und stürzten sich auf alles, was ihnen über den Weg lief … Sie saugten ihre Opfer aus oder überließen sie einem qualvollen Tod.«

Lorreth senkte den Kopf und nickte, als erinnerte er sich an diese Geschichte und als würde sie ihm in der Seele wehtun. Doch er schaute ruckartig auf, als Fisher erklärte: »Ich ließ Ren und die anderen zurück und machte mich auf die Suche nach Malcolm. Denn ich wollte versuchen, ihn eigenhändig zu töten. Doch ich konnte ihn nirgends finden, jedenfalls nicht zuerst. Stattdessen stieß ich auf diesen Mistkerl, der meine Mutter ermordet hatte.«

Belikon fuhr sich mit der Zunge über die Zähne. »Du glaubst, du kannst mich beschämen, indem du meine Sünden an die Öffentlichkeit zerrst? Da irrst du dich aber. Deine Schlampe von Mutter war angeblich das größte Orakel unserer Zeit, aber sie war vollkommen nutzlos.« Er lachte höhnisch. »Ich gebe es zu: In dem Moment, als sie den Balg, den ich ihr aufgezwungen hatte, auf die Welt gebracht hatte, habe ich ihr die Kehle aufgeschlitzt. Ich hatte die Nase voll von ihren verdammten Lügen.«

»Sie hat dich nie belogen«, sagte Fisher glattweg. »Selbst wenn ihr Leben davon abgehangen hätte, hätte sie dir nur die Wahrheit sagen können.«

Belikon fegte Fishers Worte beiseite. »Mach einfach weiter. Erzähl ihnen von der Abmachung, die wir getroffen haben.«

»Malcolm kam an der Spitze seines Heeres an, und da erfuhr ich, dass er und Belikon überhaupt keine Gegner waren, sondern Verbündete. Und sie hatten schon vor dem Blutfluch zusammengearbeitet. Die Tatsache, dass auch Madra mit ihnen im Bunde stand, habe ich erst heute herausgefunden. Ich wollte um die Freiheit der wenigen noch lebenden Bürger von Gillethrye verhandeln, und Belikon schlug einen Deal vor. Er fand eine Münze. Eine, die nur in Gillethrye verwendet wurde. Der kleinste Nennwert der Währung, die die Fae hier hatten. Er sagte, wenn die Münze auf den Boden fallen und mit dem Blatt nach oben landen würde, dann würde Malcolm seine Horde zurückrufen und die Stadt ohne weiteres Blutvergießen verlassen. Aber wenn die Münze den Boden berührte und mit dem Fisch nach oben landete, würde er die Stadt als sein Eigentum betrachten und sie zerstören, und ich müsste die noch Lebenden ihrem Tod überlassen und zu einem späteren Zeitpunkt gegen ihn auf dem Schlachtfeld antreten.«

»Du lässt die besten Teile aus«, warf Belikon ein. »Er durfte die Münze weder berühren noch ihren Fall beeinflussen. Und weder mir noch meinem Bruder etwas antun, uns kein einziges Haar auf unseren hübschen Köpfen krümmen. Und er durfte nicht über die Abmachung sprechen oder über die Tatsache, dass Malcolm und ich Brüder waren – bis das Ergebnis des Münzwurfs feststand. Er war einverstanden. Er war so verzweifelt darauf versessen, eine Handvoll Bauern zu retten, dass er einen Bluteid ablegte.«

»Passt jetzt gut auf!«, rief Malcolm vom Podium herunter. »Nun kommt meine Lieblingsstelle!«

Belikon blieb vor Fisher stehen, nur wenige Zentimeter mit der Nase von seiner Wange entfernt. Seine Gegenwart sollte ihn vermutlich einschüchtern, doch Fisher ignorierte den Dreckskerl und hielt den Blick auf mich geheftet. »Ich habe die Münze geworfen …«, sagte er.

»Und *ich* habe sie aufgefangen!« Malcolm hob sein Glas hoch und prostete sich selbst zu.

»Die Münze hat den Boden gar nicht berührt«, flüsterte ich.

»Die Münze hat den Boden gar nicht berührt!«, wiederholte Belikon hämisch.

Unendliche Trauer flackerte in Fishers schönen Augen auf. Das Quicksilver darin wirkte wie feine Spitze und zog sich durch seine gesamte Iris, vollkommen reglos.

»Malcolms Kinder haben sich satt gefressen, nicht wahr, Hund?« Belikon grinste und schob sein Gesicht näher an Fisher heran, sodass seine Stirn an Fishers Schläfe stieß. Doch er wartete vergebens auf eine Reaktion. Fishers Selbstbeherrschung war einfach unfassbar. Mir stiegen die Tränen in die Augen, als ich mich auf die Schwingen konzentrierte, die sich unter der Silberplatte an seiner Kehle ausbreiteten.

»Daraufhin habe ich die Stadt in Brand gesteckt«, berichtete Fisher, ohne seine Taten zu beschönigen. »Ich habe sie verbarrikadiert und alle darin eingeschlossen. Malcolms Horde hatte sämtliche Bewohner entweder gebissen oder getötet. Sie verwandelten sich direkt vor unseren Augen. Gillethrye war die Heimat von fast zweihunderttausend hochrangigen und rangniederen Fae. Hätte man ihnen erlaubt, sich Malcolms Horde anzuschließen, hätten sie das gesamte Reich verschlungen. Also gab ich den Befehl. Ich tat, was getan werden musste.«

»Das war ein verdammt gerissener Schachzug«, sagte Malcolm und verzog kokett die Lippen zu einem Schmollmund. Inzwischen war er vom Podium herabgestiegen und half Madra dabei, die Steinstufen hinunterzusteigen. Eine Gänsehaut breitete sich auf meinen Armen aus, als die beiden sich näherten. »Ich liebe es, mich nicht ganz an die Regeln zu halten. Dagegen mag ich es gar nicht, wenn andere das tun. Also beschloss ich, den armen kleinen Kingfisher noch ein wenig zu quälen. Ich muss zugeben, das war etwas grausam, aber …«

»Du hast Grausamkeit schon immer zu einer Kunstform erhoben, Bruder.« Madra lächelte affektiert, gab Malcolms Hand frei und schlenderte langsam um Fisher herum, wobei ihre Augen vor Faszination leuchteten. »Er ist *aufreizend* gut aussehend, nicht wahr? Ich kann verstehen, warum du ihn als Schoßhündchen behalten wolltest. Und ich kann es kaum erwarten, den Rest der Geschichte zu hören.«

»Nun ja, ich erschuf das teuflischste, gefährlichste Labyrinth, das ich mir ausdenken konnte, liebe Schwester«, sagte Malcolm, als ob dies offensichtlich gewesen wäre. »Ich habe Belikons Münze im Zentrum des Labyrinths versteckt, dann dieses Kolosseum darum erschaffen und die Tribünen mit den ewig brennenden Leichen all jener Kreaturen gefüllt, die unser armes kleines Seelchen hier retten wollte. Um sie von ihrem Leid zu erlösen, musste er nur die Münze finden und sie auf den Boden fallen lassen. Natürlich war es zu spät, um die Fae vor dem Tod zu bewahren, aber zumindest würde er ihr Leiden beenden. Und *dann* …«, fügte er mit einer theatralischen Geste hinzu, »hätte es ihm freigestanden, Rache zu üben … indem er mir auf dem Schlachtfeld gegenübertritt.«

Madra fuhr mit den Fingern an Fishers Kiefer entlang und leckte sich die Lippen.

»Fass ihn ja nicht an!« Ich wand mich wie wild und versuchte, mich von den Wachen loszureißen, doch sie hielten mich eisern fest.

Die Königin grinste und trat noch näher an Fisher heran, sodass ihre spitzen Brustwarzen, die sich durch den durchsichtigen Stoff ihres Kleids bohrten, seinen Arm berührten, während sie ihn umkreiste.

Fisher knurrte leise und bedrohlich und richtete seine hasserfüllten Augen auf die Königin von Zilvaren. »Halt Abstand zu mir, sonst passiert etwas, das dir nicht gefallen wird.«

»Ach, ich bitte dich.« Madra machte eine abschätzige Handbewegung. »Ich sage es dir nur ungern, aber ich kann mit dir machen, was ich will. Malcolm hat mich immer mit seinen Spielzeugen spielen lassen.«

»Ich spiele ebenfalls gern«, knurrte Fisher. »Vielleicht nicht heute, aber ich werde dich finden, Madra. Du solltest die Schatten lieber fürchten lernen – ich wurde aus ihnen gemacht. Eines nicht allzu fernen Tages werde ich aus einem heraustreten und dir die Kehle aufschlitzen.«

»Was bin ich doch für ein Glückspilz!« Gespielt gleichgültig zuckte Madra die Schultern, aber ich konnte es selbst von meinem Standort aus deutlich erkennen: Fishers Hass hatte sie getroffen. »Und was, bitte schön, habe *ich* getan, um eine derartige Aufmerksamkeit von jemandem wie dir zu verdienen?«

»Du hast meine Gefährtin sterilisiert, als sie noch ein *Kind* war«, zischte er. »Allein dafür werde ich deine unsterbliche Existenz zu einer nicht enden wollenden Qual machen. Eine Ewigkeit des Leidens, die selbst dein bösartiger Verstand nicht begreifen kann. In meinen Händen wirst du keinen Frieden finden. Ich werde dein Reich zerstören und deinen Namen aus den Annalen tilgen. Wenn ich mit deinem Vermächtnis fertig bin, wird Madra, die Unsterbliche, nie existiert haben. Und du wirst auf mein Geheiß weiterleben und bis in alle Ewigkeit leiden. Niemand wird davon erfahren. Niemanden wird es interessieren.«

Seine Worte erschütterten mich – der reine, unverfälschte Hass, der in ihnen lag. Ich hatte keine Ahnung gehabt, dass das Ganze ihn so sehr getroffen hatte. Zugegeben, als ich ihm davon erzählt hatte, hatte er seltsam reagiert, aber … dass die Sterilisation eine solche Reaktion bei ihm hervorrief?

Kingfisher vom Ajun-Tor lag auf den Knien im Dreck. Er war gebrochen und blutete, aber sein Versprechen auf Vergeltung war noch immer furchterregend genug, um eine Königin erzittern zu lassen.

Madra taumelte zurück, und ihr Lächeln verblasste. »Ich verstehe, was du meinst, Bruder«, sagte sie bebend und schaute zu Belikon. »Er ist ziemlich übellaunig, oder?«

»Ich muss doch sehr bitten! Du ruinierst meine Geschichte«, murrte Malcolm.

Madra versuchte, sich wieder in den Griff zu bekommen, konnte Fisher jetzt aber nicht mehr ansehen. »Du hast recht, Süßer. Ich entschuldige mich. Und was hat unser eigensinniger Held danach getan?«

»Er betrat mein Labyrinth und hat uns dann alle für eine sehr lange Zeit köstlich amüsiert.« Malcolm klopfte Fisher auf die Schulter. »Manchmal habe ich einige meiner anderen Freunde zu ihm geschickt, um mit ihm zu spielen. Und von Zeit zu Zeit habe ich ihn selbst besucht. Wir hatten immer so *anregende* Unterhaltungen. Und dann, eines Tages, schaffte er es bis ins Zentrum des Labyrinths. Ich muss sagen, ich war schockiert. Ich dachte, er würde viel länger dafür brauchen. Wie lange hat es gedauert, Fisher? Hundert Jahre?«

»Einhundertzwei.« Seine Augen waren jetzt wieder auf mich geheftet, als wäre ich ein Anker in einem Sturm … das Einzige, was ihm Halt geben konnte.

»Das stimmt. Einhundertzwei. Und die darauffolgenden acht Jahre hat er mit der Suche nach der Münze verbracht, nicht wahr, Liebster?«

Fisher zuckte zusammen – zum ersten Mal, seit die drei Regenten mit ihm zu spielen begonnen hatten.

Und ich zuckte ebenfalls zusammen.

Liebster. Malcolm hätte ihn alles Mögliche nennen können …

Fisher …

Er schüttelte kaum merklich den Kopf. *Nicht. Schenk ihnen keine Reaktion. Das macht es nur noch schlimmer.*

Malcolm lachte leise. »Und dann sah Taladaius eines Tages nach unserem Kingfisher und berichtete, dass der Boden so heftig bebte, dass das Gestein unter seinen Füßen zerbrach und ein Loch entstand. Und siehe da: ein Geheimnis.«

»Lass mich raten«, sagte Madra. »Unter deinem schönen Labyrinth befand sich ein Quicksilver-Becken. Und es war geweckt worden.«

»Genau! Sehr scharfsinnig.«

Belikon musterte mich vorwurfsvoll mit seinen wässrigen Augen. »Die gleichen Vibrationen haben auch meinen Palast erschüttert.«

Malcolm schnalzte missbilligend mit der Zunge. »So ein Durcheinander. Solch ein Chaos! Unser Kingfisher warf einen einzigen Blick auf das Quicksilver-Becken, und Taladaius erzählte, er sei in das Loch gesprungen und ohne zu zögern in das Becken hineingewatet. Darin verschwunden und nicht mehr zurückgekehrt. Das hat mich überrascht, Fisher. Ich habe dir so oft die Möglichkeit gegeben, mein Labyrinth zu verlassen, aber du hast das Angebot nie angenommen. Und dann bist du einfach aus heiterem Himmel verschwunden? Während all diese armen Kreaturen darauf warten, dass du ihr Leiden beendest? Das schien mir *höchst* untypisch.« Der Vampirkönig wirbelte auf den Fußballen herum. »Verrat es mir, ich möchte es unbedingt wissen: Was hat dich nach einhundertzehn Jahren in diesem Labyrinth dazu bewogen, es schließlich doch zu verlassen?«

»Du hast ihn zu Tode gelangweilt, und er hat es einfach nicht mehr ausgehalten«, höhnte Carrion. Bis jetzt hatte er kein Wort gesagt, aber es war ein Wunder, dass er so lange durchgehalten hatte. Carrion war nicht der Typ, der sich eine Gelegenheit, jemanden zu beleidigen, ungenutzt entgehen ließ – ganz gleich, wie schlimm die Situation auch sein mochte.

Malcolm trat vor, schloss die Hand um Carrions Kehle und entblößte seine spitzen Eckzähne, während er sich zu Carrions Hals vorbeugte. »Ich mag dich nicht, Mensch. Irgendwas an dir riecht … *merkwürdig*.«

»Das ist wahrscheinlich dieses seltsame … Moos … mit dem diese Wassernymphen … mich abgerieben haben …«, krächzte Carrion. »Es hatte einen eigenartigen … Geruch … an sich.«

Bei allen Göttern! Carrion wusste nicht, wann er aufhören sollte.

»Ein loses Mundwerk«, säuselte Malcolm. »Wenn das alles hier vorbei ist, wird es mir eine Freude sein, dich auszusaugen.«

»Du willst wissen, warum ich in das Quicksilver-Becken gestiegen bin?«, fragte Fisher. Ein Ablenkungsmanöver. Etwas, um die Aufmerksamkeit von Carrion wegzuleiten. Wenn wir jemals lebend hier rauskamen, würde ich dem Schmuggler für seine Dummheit den Hals umdrehen – und Fisher würde vermutlich ähnlich reagieren. Sein Trick hatte jedoch funktioniert.

Der Vampirkönig gab Carrion frei, und auf seinem Gesicht spiegelte sich Abscheu, als er sich wieder Fisher zuwandte.

»Er ist hineingestiegen, weil der Wahnsinn in seinen Adern ihn endlich gebrochen hatte«, mutmaßte Belikon. »Wir haben alle gewusst, dass es eines Tages so kommen würde. Lange bevor er vor den Toren von Gillethrye aufgetaucht ist, war er schon davon befallen.«

»Stimmt das, Liebster?«, fragte Malcolm. »Hat das Quicksilver in deinem Kopf dich endlich über den Rand des gesunden Fae-Verstands gestoßen?«

Fisher rieb sich die Stirn. »Ich habe mich tatsächlich schon besser gefühlt. Aber das ist nicht der Grund, warum ich gegangen bin.« Er neigte die Schultern leicht und verlagerte sein Gewicht kaum merklich auf die Fußballen. Ich registrierte es nur deshalb, weil mein Blick die ganze Zeit auf ihn geheftet war. Und ich hatte ihn oft genug kämpfen sehen, um zu wissen, dass Fisher sein Gewicht nicht ohne Grund verlagerte.

Ich versteifte mich, starrte ihn mit großen Augen an. *Was hast du vor, Fisher?*

Seine Augenbrauen zuckten. Wieder kaum merklich. *Bleib einfach stehen.* Dann wandte er sich an Malcolm: »Ich bin in dieses Quicksilver-Becken gestiegen, weil ich spürte, dass das Schwert meines Vaters nach mir rief. Und ich wusste, dass ich es hierfür brauchen würde.«

Im nächsten Moment verwandelte er sich zu Rauch. Fisher war verletzt und erschöpft, aber nie zuvor hatte ich ihn so schnell reagieren sehen. Er kam auf *mich* zu. Eine Hand schloss sich um meine Hüfte. Die andere griff nach der anderen Hüfte – nach dem Schwert, das dort in seiner Lederscheide steckte. Er zog Solace. Die Klinge leuchtete in der ascheverhangenen Luft strahlend auf, und dann stürmte er los, bewegte sich wie eine Flüssigkeit. Wie ein Blitz. Wie der *Teufel.*

Er duckte sich, wirbelte herum und drehte die Waffe so, dass die Spitze der Klinge nach unten zeigte. Dann ließ er sich auf ein Knie fallen, umklammerte das Heft mit beiden Händen und führte das Schwert in einem Bogen nach hinten und oben …

… in Belikons Bauch.

Es ging schnell. Sehr schnell. Ich war kaum in der Lage, der Bewegung zu folgen.

Damit hatte Belikon nicht gerechnet, so viel stand fest. Ein feuchtes Gurgeln drang aus dem Mund des yvelianischen Königs, als Fisher das Schwert seines Vaters zurückriss, sich erneut drehte und die Spitze direkt in Belikons Kehle stieß. Mit zusammengebissenen Zähnen legte er sein ganzes Gewicht in den Stoß, und die glänzende Klinge trat aus Belikons Nacken heraus.

»Ich brauche keine Magie, um dich zu erledigen, du *Arschloch*«, knurrte er. »Das hier ist für mich. Aber vor allem für meine Eltern.«

Madra, die Unsterbliche Königin der glänzenden Silberstadt, dem Banner des Nordens, stieß einen markerschütternden Schrei aus.

Und dann brach die Hölle los.

42

DAS KOMMT DICH TEUER ZU STEHEN

Ein Strom aus Blut rann über Belikons Kinn. Und es floss auch aus der klaffenden Wunde in seinem Bauch, dick und dampfend heiß in der kalten Nachtluft. Malcolms Augen verengten sich zu Schlitzen, schwarze Adern krochen über seine Wangen.

»Das war unklug.« Der Vampir stürzte sich auf Fisher, aber scharfes Silber schnitt durch die Luft und ließ ihn abrupt innehalten. Avisiéth zog einen Striemen über seinen Hals, und obwohl die Spitze von Lorreths Schwert die Haut des Vampirs kaum angeritzt hatte, reichte diese Berührung aus, um den Mistkerl aufschreien zu lassen. Schwarzer Rauch zischte aus der winzigen Wunde.

»LAUFT!«, brüllte Fisher.

In der Arena des Amphitheaters brach Chaos aus.

Harron hechtete auf mich zu. Die Wachen, die mich zurückgehalten hatten, waren dumm genug, mich loszulassen, als das silberäugige Monster heranstürmte. Da ich jetzt die Hände frei hatte, griff ich nach den Dolchen, die an meinen Schenkeln befestigt waren, und machte mich kampfbereit.

Harrons Begegnung mit dem Quicksilver hatte definitiv seinen Tribut gefordert. Der Hauptmann bewegte sich noch immer mit tödlicher Entschlossenheit, aber er war bei Weitem nicht mehr so schnell wie früher. Und meine Hände waren dieses Mal nicht hinter meinem Rücken gefesselt. Ich ging in Kampfstellung und unterlief seine Deckung, was ihn überraschte. Er hatte wohl gedacht, ich würde mich nur verteidigen, aber die Klinge, die ich ihm ohne Umschweife in den Bauch rammte, belehrte ihn eines Besseren.

»Miststück!«, brüllte er, zog sich dann zurück, starrte auf den Dolch, der aus seinem Körper ragte, und riss ihn heraus. Das Metall fiel klirrend auf den Stein.

Fünf Schritte entfernt schwang Carrion Simon, als hätte er jahrelang mit diesem Schwert trainiert. Er schlug auf drei Fresser ein und trennte ihnen in schneller Folge die Köpfe von den Schultern.

»BEWEGT EUCH!«, brüllte Fisher. »ZUM LABYRINTH!«

»Bist du so begierig darauf, wieder in deinen Käfig zurückzukehren, Schoßhündchen?«, rief Malcolm ihm zu. Mit gesenktem Kopf, die Schultern bis zu den Ohren hochgezogen, sah er aus wie eine Sandviper, die sich zum Angriff bereit machte. Er stieß Madras Wachen in ihren glänzenden goldenen Rüstungen beiseite, steuerte aber nicht auf Fisher zu, sondern auf Lorreth.

Der Krieger ging leicht in die Knie und hob Avisiéth erneut, bereit zum Kampf mit dem Vampir.

Doch Fishers Stimme durchdrang den Tumult. »Lorreth, nein! Nicht angreifen! Ich meine es ernst! Geht in das Labyrinth!«

»Das kommt dich teuer zu stehen«, sagte Harron. Und dann rammte er mir den Griff seines Dolchs gegen die Nase.

Ich hatte mich ablenken lassen, und das war mich in der Tat

teuer zu stehen gekommen: Blut schoss aus meiner Nase und spritzte bis in Harrons ausgezehrtes Gesicht, aber … der Schmerz, auf den ich gewartet hatte, blieb aus.

Der Witwenfluch. Fuck sei Dank für den Witwenfluch.

Belikon war auf die Knie gesunken, und sein Oberkörper schwankte vor und zurück, als würde er gleich umkippen, doch er lebte noch immer. Ich hörte das Schaben von Metall auf Knochen, als Fisher Solace aus Belikons Rumpf zog – aber ich würde denselben Fehler nicht zweimal begehen. Statt auf Fisher richtete ich meine ganze Aufmerksamkeit auf Harron.

»Du Ratte steckst bis über beide Ohren in Schwierigkeiten«, zischte der Hauptmann. »Die Figuren dieses Spiels sind seit Jahrtausenden im Spiel. Du begreifst nicht mal ansatzweise …«

Ich griff ihn erneut an, wobei ich den Dolch, der mir geblieben war, locker in der Hand hielt. Wieder unterlief ich Harrons Deckung, schlitzte ihm die Schulter auf und ließ Blut fließen. Er hatte unrecht. Zugegeben, dieses Spiel wurde seit Jahrhunderten gespielt. Aber das änderte nichts an den Spielregeln: Es ging ums Töten oder Getötetwerden, und ich wusste, was ich tun musste, um zu gewinnen.

»Um Himmels willen, *bring sie um*!«, befahl Madra. Die Königin hatte sich nicht in den Kampf eingemischt. Aus sicherer Entfernung schaute sie zu, schäumend vor Wut, die Vorderseite ihres schönen Kleids mit Wundsekret bespritzt.

»Wie viele Jahrhunderte benutzt sie dich schon für ihre Drecksarbeit, Harron?«, keuchte ich. Ich wich zurück, weg von seinem Dolch, und bewegte mich aus seiner Reichweite. »Hättest du nicht schon längst unter der Erde liegen müssen?«

»Madra hat mir ewiges Leben geschenkt …«

»Damit du ihr dienen kannst. Damit du ihr verdammter Sklave bist. Die Strafen der meisten Gefangenen enden irgendwann. Sie werden entlassen, oder sie …«, ich wich einem blitzschnellen Aufwärtshieb seines Dolchs aus, »… gehen durch das offene Tor, von dem du gesprochen hast. Aber du leidest lieber weiter, oder?«

»Der Tod hat mich vergessen, Schlampe. Mein Name steht nirgends in seinem Register.«

Ich spürte, wie sich ein kaltes Lächeln auf meinem Gesicht ausbreitete. Der Gedanke an diesen Moment hatte mir viele schlaflose Nächte bereitet. Bei unserer letzten Begegnung hatte Harron mich besiegt. Ich hätte durch seine Hand sterben sollen, und dieses Wissen hatte mich davor zurückschrecken lassen, ihm erneut gegenüberzutreten. Aber jetzt, da der Moment gekommen war … erkannte ich, dass ich besser war als er.

Ich hielt inne und ließ mein Zögern wie ein Zaudern aussehen, und der Hauptmann fiel auf den Köder herein. Er stürmte vorwärts und wollte mir mit dem Dolch die Kehle aufschlitzen. Aber ich ließ mich zu Boden fallen und trat ihm die Beine unter dem Körper weg. Danach war alles ganz einfach. Ich drehte mich und fiel auf ihn. Verhakte meine Beine um seine Kehle und drückte zu.

»Steh auf! Hör auf, mit ihr zu spielen!«

Madras missmutiges Keifen schien aus weiter Ferne zu kommen. Ich hörte nur noch Harrons Röcheln. Er versuchte, seinen Dolch nach hinten zu stoßen und ihn mir in den Oberschenkel zu rammen. Doch ich schlug seinen Arm weg und verdrehte ihm das Handgelenk, bis er die Klinge fallen ließ.

Spöttisch tat ich so, als wäre ich schockiert: »Moment mal! Ich glaube, der Tod hat sich gerade an deinen Namen erinnert, Harron.« Und dann brach ich ihm das Genick.

»SAERIS! MACH SCHON!« Jetzt war es Lorreth, der schrie. Malcolm lag auf dem Rücken am oberen Ende der Treppe, die hinunter ins Labyrinth führte. Ich hatte keine Ahnung, wie er dort gelandet war, aber er machte den Eindruck, als würde er sich erholen und jeden Moment wieder aufstehen.

Links von mir stieß Fisher Carrion mit einer Hand vorwärts,

während er mit der anderen sechs Fresser in Schach hielt. Carrion stolperte und fiel die Treppe hinunter. Fisher jagte einem der Fresser sein Schwert durch den Rumpf und versetzte ihm dann mit der stumpfen Seite von Solace' Klinge einen so kräftigen Schlag ins Genick, dass er dem Monster den Kopf abschlug, statt ihn abzutrennen. Mit wilden Augen ließ er seinen Blick über das Podium schweifen, bis er mich entdeckte.

Los jetzt!, befahl er. *Ich bin direkt hinter dir.*

»Harron!« Madras Stimme bebte vor Kummer. Sie setzte sich in Bewegung und steuerte direkt auf mich zu.

Doch ich wartete nicht ab, was sie tun würde, wenn sie mich erreichte, sondern schnappte mir den Dolch, den Harron sich aus seinem Bauch gezogen hatte, und sprintete in Richtung der Treppe. Meine Füße schienen kaum den Boden zu berühren, als ich die Stufen hinunterrannte, bis ich Lorreth und Carrion erreichte. Beide hielten ihre Schwerter kampfbereit in der Hand.

Als ich Fishers Hand auf meinem Rücken spürte, traf mich die Erleichterung wie ein Schlag in den Solarplexus. Er hatte nicht gezögert, zu mir aufzuschließen. »Los, los, los!«, rief er.

Gemeinsam rannten wir vier weiter.

Der Eingang des Labyrinths lag dunkel und bedrohlich vor uns. Als ich in den gähnenden Schlund stürmte, erkannte ich, dass die glatten Wände aus Obsidian bestanden. Und sie waren rasiermesserscharf.

»Lauft ruhig davon!«, rief Malcolm uns nach. »Das Labyrinth ist mein Reich. Es wird euch bei lebendigem Leib fressen!«

Fisher packte meine Hand, während wir weiterrannten, und ließ sie nicht mehr los.

»Wohin zum Teufel laufen wir?«, keuchte Lorreth.

Fisher zog mich nach links, in einen Gang aus Obsidian, der wie eine Sackgasse aussah. Doch dann entdeckte ich auf der rechten Seite einen schmalen Spalt, kaum breit genug, um eine Person hindurchzulassen, und Fisher schob uns hindurch. »Die ersten zehn Gänge des Labyrinths sind immer gleich. Dann steht man vor dem ersten Hindernis. Danach verändert sich der Weg ins Zentrum.«

»Der Weg verändert sich? Was soll das heißen?«, fragte Carrion.

»Ich meine damit, dass er sich verdammt noch mal verändert. Die Wände bewegen sich. Los, los, los!«

Carrion wurde bleich, lief aber weiter. Mich dagegen beunruhigte der Teil mit den sich bewegenden Wänden weniger als das Wort »Hindernis«. Und die Tatsache, dass Fisher über hundert Jahre hier drin festgesessen hatte. Andererseits hätte er uns nie in das Labyrinth gedrängt, wenn er es nicht für unsere sicherste Option gehalten hätte.

Er führte uns wieder nach rechts. Lorreth kam ins Rutschen, als er um die Ecke lief und seine Füße den Halt verloren. Er prallte gegen die Wand vor ihm, rappelte sich aber wieder auf und hastete weiter. Unglaublich: Nicht nur die Wände waren aus glattem Obsidian, auch der Boden unter unseren Füßen.

»Links! Nach links!«, rief Fisher.

Sag mir, dass du einen Plan hast. Wenn man um sein Leben lief, war es viel einfacher, in Gedanken mit jemandem zu sprechen.

Fisher antwortete: *Ja, ich habe einen Plan.*

Großartig! Und wie sieht der aus?

Seine Antwort kam sofort: *Du bist der Plan.*

Was meinst du damit: Ich *bin der Plan?* Das konnte nur ein Scherz sein. Aber wenn das stimmte, dann hatte er einen fast so schlechten Sinn für Humor wie Carrion.

Gleich, sagte er.

Ich wollte ihm gerade antworten, er solle es mir sofort sagen, als wir einen größeren Raum erreichten und sich mir der Magen umdrehte. Dort, in der Mitte des Gewölbes, stand die Art von

Monster, die ich bisher nur aus Albträumen kannte. In Zilvaren hatte es vor Spinnen gewimmelt: Sechsäugige Sandspinnen von der Größe eines Tellers, die einem im Schlaf mit ihrem Speichel die Haut betäubten und die Finger abfraßen. Aber das hier … das war …

»Heilige Scheiße!« Carrion kam schlitternd zum Stehen, rutschte aus und landete auf dem Hintern, wobei er fast mit dem Ding zusammengestoßen wäre.

Die Kreatur war dreimal so groß wie ein ausgewachsener Mann und hatte mehr Beine, als ich zählen konnte. Ihr kolbenartiger Hinterleib war rot und schwarz gesprenkelt und mit groben, langen Haaren bedeckt. Aber dann … Mein Magen machte einen Satz, als ich den Rest des Monsters betrachtete. Seine vordere Hälfte war zum Teil Fae: ein männlicher Torso mit einem aufgeblähten, aufgedunsenen Bauch. Dünne, ausgemergelte Arme. Fettige schwarze Haarsträhnen klebten an seinem ansonsten kahlen Kopf. Allerdings besaß er weder Ohren noch Augen oder Nase. Sein Gesicht bestand nur aus einem riesigen, kreisrunden Maul mit konzentrisch angeordneten Reihen messerscharfer Zähne.

Das Wesen stieß ein hohes Wimmern aus, sein Kopf peitschte in Carrions Richtung, und Fisher fluchte unterdrückt. »Nicht bewegen, Swift.«

»Wovon zum Teufel redest du?«, rief Carrion zurück. »Und ob ich mich bewegen werde!«

»Bleib verdammt noch mal, wo du bist«, knurrte Fisher. »Es kann dich weder sehen noch hören. Es verfolgt Bewegungen.«

»Aber …«

»Wenn du dich bewegst, bist du tot«, sagte Fisher barsch.

»Okaaaayyyy.«

Lorreth presste sich mit dem Rücken gegen die Wand, Avisiéth an seine Brust gedrückt. »Ich hasse Spinnen«, stieß er hervor.

»Das da ist keine Spinne. Das ist Morthil, ein Dämon. Wenn er dich erwischt, betäubt er dich mit seinem Stachel und frisst dich bei lebendigem Leib. Langsam. Über mehrere Tage …«

»Hör auf und sag mir lieber, wie ich *nicht* gefressen werde«, wimmerte Carrion.

Fisher hakte seinen kleinen Finger um meinen und atmete zittrig aus. »Uns bleibt nur eine Chance: Es gibt drei Ausgänge aus diesem Raum. Zwei davon führen zu anderen Räumen, und die wollen wir definitiv *nicht* betreten. Vertraut mir.«

Lorreth hatte sich keinen Millimeter bewegt, seit er den Dämon erblickt hatte. »Aber du hast gesagt, die Wände bewegen sich. Wie zum Teufel sollen wir den richtigen Ausgang finden?«

Fisher bewegte seinen Kopf ganz langsam und sah mich aus dem Augenwinkel an. »Im Zentrum dieses Labyrinths gibt es ein Quicksilver-Becken, Saeris. Du musst es finden.«

»Was?«

Der Spinnendämon zuckte mit dem Kopf in meine Richtung und beugte sich vor. Er machte einen Schritt auf mich zu, wobei seine langen, spindeldürren Beine sich im Einklang bewegten, und Carrion stöhnte auf. Das vordere rechte Bein des Dämons hatte sich erhoben und schwebte in der Luft, nur knapp über ihm. Wenn Morthil es absetzte, würde es direkt auf Carrions Kopf landen.

»Nur keine Eile oder so, Fane, aber wenn du das Quicksilver schnell aufspüren könntest, wäre ich dir sehr zu Dank verpflichtet«, quetschte der Dieb mit einer Stimme hervor, die drei Oktaven höher klang als sonst.

Meine anfängliche Überraschung über Fishers Bitte war verflogen. Jetzt hatte ich eine Aufgabe zu erledigen – eine, die ich mit ziemlicher Sicherheit bewältigen konnte. »Ein richtiges Becken?«, fragte ich.

Fisher drückte meine Hand. »Ein großes.«

Ich schloss die Augen und konzentrierte mich.

Es dauerte nicht lange, bis ich das Quicksilver spürte. Es war hier, in der Nähe, und skandierte gemeinsam mit den gequälten Seelen von Gillethrye.

Annorath mor!

Annorath mor!

Ich öffnete die Augen und schaute in die Richtung, in die wir uns wenden mussten. »Dort«, sagte ich. »Da entlang.«

»Wo entlang?«, rief Carrion nervös.

»Der Weg ganz links«, rief Fisher.

»Der direkt hinter dem verdammten Dämon?«

»Bleib einfach ruhig und warte, bis ich dir sage, dass du dich in Bewegung setzen sollst«, erwiderte Fisher.

Lorreth umfasste Avisiéths Heft fester und spähte in alle Richtungen des Raums. »Und wie machen wir das?«

»Fressen. Ich fresse.« Der Dämon hatte sein vor Zähnen strotzendes Maul nicht bewegt – die krächzenden Worte kamen irgendwie aus seiner Kehle. Er streckte seine Vorderbeine aus und tastete damit in der Luft herum, auf der Suche nach seiner Beute.

Lorreth zog eine entsetzte Miene. »Argh! Aber nicht uns! Uns frisst du nicht!«

Wenn wir jemals hier heil herauskamen, würde ich für den Rest meines Lebens traumatisiert sein. Fisher war mehr als einmal mit diesem Monster konfrontiert worden. Er hatte sich ihm gestellt, ohne zu wissen, welchen Weg er einschlagen sollte. Hatte es ihn *gefangen*? Hatte es …

Nein. Denk nicht darüber nach. Nicht jetzt.

Ich atmete durch und riss mich zusammen.

»Wirf einen Stein und lenke ihn ab oder so«, schlug Carrion vor.

»Das wird nicht funktionieren. Morthil ist schlauer, als er aussieht. Er kann die Größe von beweglichen Objekten einschätzen. Allerdings kann er nicht zwischen großen Objekten unterscheiden, die dicht nebeneinanderliegen. Wenn wir uns mit dem Rücken an die Wand drücken, können wir uns langsam am Rand des Raums entlangschieben und uns dann aus dem Staub machen.«

»Und was bedeutet das für mich?«, fragte Carrion.

»Es bedeutet, dass du sehr langsam über den Boden rutschst«, sagte Fisher. »Versuch, deine Arme und Beine nicht zu weit vom Boden zu heben. Und jetzt mach schon.«

Lorreth kroch als Erster an der Wand entlang, wobei ihm das Herz sichtbar in der Kehle schlug.

Der Dämon legte den Kopf schräg und suchte zuckend in alle Richtungen. Aber Fisher hatte recht: Morthil schien uns nicht von den Wänden des Labyrinths unterscheiden zu können. Langsam streckte Carrion die Arme vom Körper weg, presste die Handflächen auf den Boden und schob sich zentimeterweise vorwärts. Zwar kam er kaum voran, aber es war besser als nichts.

Lorreth erreichte den Ausgang hinter dem Dämon als Erster. Von meiner Position aus, eng an die Wand gedrückt, sah ich, wie er hinter der Öffnung zusammensank und seine Schultern vor Erleichterung durchsackten. »Kommt schon«, rief er und winkte uns zu sich. »Lasst uns von hier verschwinden.«

Ich erreichte ihn als Nächste.

Fisher war nur noch zwei Schritte von uns entfernt, als die Wand, an der Lorreth und ich lehnten, ächzte, bebte und sich in Bewegung setzte. *»Mist.«* Fisher nahm Blickkontakt mit mir auf und wirbelte dann zu Morthil herum.

Der Spinnendämon wandte den Kopf langsam in unsere Richtung, ein unheimliches Klicken drang aus seinem grässlichen Maul.

Und Fisher flüsterte: *»Los!«*

Im nächsten Moment ging der Dämon zum Angriff über. Seine Beine spreizten sich und schlitterten über den Obsidian, als er quer durch den Raum auf uns zustürmte. Fisher hechtete zu Carrion, packte ihn am Handgelenk und zerrte ihn zum Ausgang. Lorreth war im Nu zur Stelle. Er packte Carrion am Hemd und zog ihn auf die Beine.

Aber Morthil hatte uns bereits erreicht.

Fisher winkelte Solace an und schlug auf eines der Beine des Dämons ein. Die Klinge schnitt sauber hindurch und ließ es durch die Luft segeln.

Morthil schrie auf: Schmerz und Wut vermischten sich zu einem ohrenbetäubenden Kreischen.

Carrion packte Simon, machte einen Ausfallschritt und stach dem Dämon in den aufgedunsenen Bauch – was ihn allerdings nur noch wütender machte. Er bäumte sich auf und kletterte die Wand neben uns hinauf, wobei er wie wild mit seinem gebogenen Stachel um sich stach, auf der Suche nach Fleisch. Stattdessen fand er polierten Obsidian. Sein Stachel schlug mit voller Wucht in die Wand und hinterließ riesige Löcher im Gestein.

»Los!«, rief Fisher. *»Los!«*

Wir rannten weiter.

Und schafften es aus dem Raum, aber Morthil folgte uns, kletterte die Wände hoch und huschte hinter uns her, bis er uns einholte.

»Er darf den Raum nicht verlassen!«, rief Fisher.

Der Dämon kletterte hoch, nutzte die Wände auf beiden Seiten von uns und machte einen Satz vorwärts, sodass sein Körper direkt über uns schwebte. »ICH FRESSE!«, brüllte er. Sein Unterleib spannte sich an, stieß in den Raum zwischen den Wänden, und sein Stachel fuhr suchend durch den Gang.

Instinktiv drückte ich mich wieder an die Wand, drehte meinen Dolch und stieß ihn dem Dämon in den Unterleib. Eigentlich hatte ich auf den Stachel des Dämons gezielt, aber die Verletzung war auch so schwer genug.

Fisher nutzte das Schreckensgeheul des Monsters und schlug ihm ein weiteres Bein ab.

Morthil verlor den Halt an der rechten Wand und stürzte in den engen Gang, wo er mit einem dumpfen Aufprall auf dem Boden aufschlug und Lorreth dabei fast erdrückte. Der Krieger sprang zurück, hob Avisiéth und rammte das Schwert in das groteske Maul der Bestie. Ächzend legte er sein ganzes Gewicht auf das Heft der Waffe, bis die Spitze der Klinge aus dem Hinterkopf des Dämons herausragte.

»Ja!«, rief Carrion. »Ist er tot?«

»Vorübergehend. Er wird bald wieder neu entstehen – kleiner, aber auch schneller«, antwortete Fisher.

»Dann lasst uns verdammt noch mal von hier verschwinden, bevor das passiert.«

Fishers Hand lag beruhigend in meiner, doch er war jetzt nicht mehr der Anführer unserer Gruppe. Die Verantwortung lag nun bei mir. Während wir weiterhasteten, konnte ich spüren, dass wir uns dem Quicksilver näherten – aber es gab ein Problem.

»Warum bleiben wir stehen?«, keuchte Carrion.

»Die Wände verschieben sich ständig«, stieß ich hervor. »Das heißt, der Weg ändert sich dauernd. Ich muss mich vergewissern, dass wir in die richtige Richtung laufen, aber wenn *du* die Führung übernehmen willst, nur zu.«

Der Dieb hob die Hände. »Du hast recht. Bitte entschuldige. Ich bin im Moment nur etwas nervös. Und nicht gerade in Bestform.«

Ich verdrängte ihn aus meinen Gedanken und versuchte, eine Entscheidung zu treffen. Im Grunde war die Wahl einfach: links, rechts oder geradeaus. Aber die Gänge schienen sich bis in alle Ewigkeit zu erstrecken, und meine Angst machte mir immer stärker zu schaffen.

Was passiert, wenn wir in einen dieser anderen Räume stolpern?, fragte ich Fisher in Gedanken.

Sehr schlimme Dinge, antwortete er. *Aber denk nicht zu lange darüber nach, Saeris. Du schaffst das schon. Konzentrier dich einfach darauf, uns ins Zentrum des Labyrinths zu bringen. Wenn wir auf dem Weg dorthin auf weitere Probleme stoßen, werden wir damit fertig.*

»Sehr schlimme Dinge« war nicht gerade das, was ich hören wollte, aber ich atmete tief durch und lief los. »Hier entlang.« Wir hielten uns nach rechts. Vier Sekunden später setzten sich die Wände in Bewegung, und der Obsidian schnitt uns mit einem schabenden Geräusch den Weg ab.

»Verdammt!« Ich nahm den nächsten Gang nach links, dem Ziehen in der Magengrube folgend, doch kaum waren wir abgebogen, veränderten sich die Wände erneut, dieses Mal schneller, und glitten über den Weg vor uns, als würde sich eine Tür schließen.

»So hat es sich noch nie verhalten«, sagte Fisher. »Malcolm versucht, uns den Weg zu versperren – was bedeutet, dass wir auf dem richtigen Weg sind. Mach einfach weiter, Saeris.«

Je schneller wir uns vorwärtsbewegten, desto schneller verschoben sich auch die Wände. Sie schlugen förmlich wie Türen vor uns zu und versperrten einen Gang nach dem anderen. Aber die ganze Zeit hatte ich das Gefühl, als würde mich ein Faden mit dem Quicksilver verbinden und mich zu ihm hinziehen – und jedes Mal, wenn der Faden durchtrennt wurde, bildete sich ein neuer und zeigte mir einen anderen Weg. Mein Herz hämmerte gegen meine Rippen. Und es setzte einen Schlag aus, als Fisher mich am Hemdkragen packte und gerade noch rechtzeitig zurückzog, damit ich nicht von einer riesigen Obsidianplatte zerquetscht wurde. Doch mir blieb keine Zeit, um innezuhalten und den Adrenalinstoß abzuwettern.

»Wir kommen dem Becken näher«, sagte Fisher und holte keuchend Luft. »Ich erkenne es an der eingestürzten … Tribüne dort.« Er deutete auf die Mauern des Amphitheaters, die über den oberen Rand der Labyrinthwände hinweg noch immer sichtbar waren. Dort war in der Tat ein Teil der Tribünen eingestürzt. »Es ist … nicht mehr weit.«

Das Quicksilver war inzwischen auch in meinem Kopf lauter geworden. Jedes Mal, wenn wir um eine Ecke stürmten und zur nächsten sprinteten, spürte ich, wie der Faden, der mich mit ihm verband, stärker wurde. Es konnte nicht mehr weit sein. Nur noch ein paar Biegungen.

»Links! Nein, *rechts*!«

Wir liefen weiter. Das Quicksilver skandierte nicht länger gemeinsam mit der Menge – ich hörte es flüstern, denn sein Interesse war geweckt. *Sie kommt. Sie kommt. Hier entlang, Alchemistin. Komm zu uns.*

»Rechts!«

Glitzernder schwarzer Obsidian versperrte uns den Weg.

»Wieder rechts!«

Wir sprinteten um eine weitere Ecke, meine Füße rutschten auf dem glatten Gestein aus, und dann …

»Uffff!« Ich schlug hart auf dem Boden auf. Doch der bestand nicht mehr aus schwarzem Glas, sondern aus etwas Silbernem, Kaltem. Ich stöhnte ein zweites Mal auf, als etwas Schweres auf mich herabstürzte, dann landete Carrion neben mir.

»Tut mir leid«, ächzte er.

Meine Rippen mussten gebrochen sein – da war ich mir sicher. Der Aufprall auf die Wasseroberfläche war so hart gewesen, dass es an ein Wunder grenzte, dass er meine Eingeweide nicht pulverisiert hatte. Eigentlich hätte ich vor Schmerzen schreien müssen, aber der Witwenfluch tat noch immer seine Wirkung und pulsierte durch meinen Körper, den Göttern sei Dank.

Fishers Gerechtigkeitsrune tauchte vor meinen Augen auf. Ich ergriff die Hand, die er mir reichte, und ließ mir von ihm aufhelfen. Seine grimmige Miene bemerkte ich nicht sofort – ich war zu geschockt von dem Berg von Münzen, der sich vor uns auftürmte. Denn genau darauf waren wir gelandet: auf *Münzen.*

Sie waren winzig, nicht größer als mein Daumennagel. Silberglänzend, blitzend wie Fischschuppen. Steile Hügel aus Münzen, die an Sanddünen erinnerten, füllten das Zentrum des Labyrinths. Bestimmt Abermillionen.

Das hier war die Hölle, die auf Fisher gewartet hatte, als er endlich das Zentrum des Labyrinths erreicht hatte. Acht Jahre lang hatte er hier dahinvegetiert und versucht, die Münze zu finden, die Belikon bei ihrer Wette geworfen hatte. Kein Wunder, dass er sie nicht gefunden hatte. Jetzt wehte sein dunkles Haar in einem kalten Wind, während er den Ort betrachtete, mit einem unergründlichen Ausdruck in den Augen.

»So viele Jahre warst du hier gefangen, Bruder. Wo hast du geschlafen?«, flüsterte Lorreth. »Was hast du gegessen? Wie hast du *überlebt*?«

Fisher ließ den Kopf hängen. Jetzt, da er über diesen Ort und alles, was hier passiert war, reden konnte, schien er nicht zu wissen, wo er anfangen sollte. Er öffnete den Mund und atmete tief ein und aus. »Ich …«

»Aber das hast du nicht gebraucht, nicht wahr, Liebster?« Die Stimme schien aus allen Richtungen zu kommen und hallte von den Wänden wider. Ein Teil der am nächsten gelegenen Düne geriet ins Rutschen, und Münzen fielen klirrend und klickernd zu Boden. Plötzlich tauchte Malcolms Kopf über dem Münzberg auf, dann seine Schultern und schließlich der Rest seines Körpers, als er den Berg erklommen hatte. Wohlwollend lächelte er auf uns herab wie ein Vater, der stolz auf die Leistungen seiner Kinder war.

»Ich mag ein Vampir sein, aber ich war einst ein Fae. Die Magie, mit der ich geboren wurde, singt noch immer ihr dunkles Lied in meinen Adern. Ich habe sie benutzt, um diesen Ort speziell für unseren Kingfisher zu erschaffen, damit er nicht von so lästigen Nebensächlichkeiten wie Ruhepausen und Nahrung geplagt wurde. Solange er sich innerhalb der Grenzen meines Spielplatzes aufhielt, brauchte er beides nicht. Sehr rücksichtsvoll von mir, oder?«

»Über ein Jahrhundert lang in diesem Drecksloch ausharren zu müssen ohne auch nur etwas Schlaf als Atempause? Wirklich *sehr* rücksichtsvoll«, fauchte Lorreth.

Malcolm lachte freudlos. »Nicht doch – ich hätte es so viel schlimmer machen können. Du hast ja keine Ahnung, Lorreth von den Gespaltenen Türmen. Selbst jetzt hätte ich eure Reise hierher unendlich viel schrecklicher machen können. Einen Moment lang dachte ich doch tatsächlich, Morthil hätte eure kleine Gruppe erledigt. Aber ich bin froh, dass ihr es geschafft habt. Wir hatten uns schon etwas gelangweilt.«

»Scheißkerl«, zischte Carrion leise.

Hinter Malcolm tauchte ein goldener Haarschopf auf, und dann erschien Madra, gekleidet in die weibliche Version der vergoldeten Rüstung von Zilvarens Gardisten. Als Belikon ihr folgte, versteifte Fisher sich, und seine Hand schloss sich fester um Solace. Der yvelianische König hatte kein Loch mehr im Bauch, sondern wirkte gesund und munter, gekleidet in eine wintergrüne Tunika und schwarze Hose. Die Lippen vor Abscheu verzogen, zeigte er wütend auf Fisher und knurrte: »Glaubst du wirklich, dass du mir mit einem machtlosen Schwert das Leben nehmen kannst? Du wirst niemanden von uns mit einer simplen Klinge töten. Wir sind das Triumvirat, Hund. Drei Kronen, die sich eine Quelle teilen. Um jemanden von uns zu töten, musst du uns alle töten, und das ist keine leichte Aufgabe.«

»Ich werde es nur allzu gern versuchen«, konterte Fisher.

»Du hast noch nie verstanden, wann du aufgeben musst … wann du geschlagen bist, Junge. Das war schon immer dein Problem.«

»Ich werde erst geschlagen sein, wenn ich tot bin.«

»Ach, dieser Zeitpunkt kann für mich nicht früh genug kommen. Ich wollte dich schon seit dem Moment erledigen, in dem deine Mutter dich geworfen hatte. Aber du wirst schon bald sterben, und ich werde das Schwert deines Vaters neben deinen Schädel an meine Wand hängen. Und ich werde die Alchemistin nötigen, alle Reliquien zu schmieden, die ich brauche. Und dann werden wir zu dritt die alten Götter in die Knie zwingen und jedes Reich, das wir begehren, für uns beanspruchen. Willst du auf den Knien sterben oder mit dem Gesicht nach unten im Dreck? Du hast die Wahl.«

Ich hatte keine Ahnung, was Fisher als Nächstes plante, doch Belikon, Madra und Malcolm standen zwischen uns und dem Quicksilver. Zwar konnte ich es nicht sehen, aber ich spürte, wie das Becken auf der anderen Seite des Münzbergs pulsierte. Wir besaßen keine Magie an diesem Ort, aber unsere Feinde verfügten über reichlich Todesmagie, *und* sie hatten die Oberhand. Wenn wir zurückwichen, würden wir mit den anderen Schrecken konfrontiert werden, die im Labyrinth warteten, und das ohne Ausweg. Es gab kein Quicksilver, das mich jenseits der Mauern des Amphitheaters hätte rufen können. Der einzige Weg hier raus führte durch dieses Becken – was bedeutete, dass wir das Triumvirat, wie Belikon es genannt hatte, bezwingen mussten.

Erstaunlicherweise trat Carrion mit Simon in der Hand als Erster vor. »Wir mögen Fisher für einen arroganten Arsch halten, aber wir werden nicht zulassen, dass ihr ihn einfach tötet.« Sein Ton war selbstbewusst und unbekümmert, aber ich sah, wie seine Hand zitterte, als er die Spitze seines Schwerts auf Belikons Kopf richtete. »Und vor allem werden wir nicht zulassen, dass er von einem Dreckskerl getötet wird, der seine eigene Tochter ausliefert, damit sie von einem verdammten Vampir gefoltert und hörig gemacht wird.«

Was tut er da?, fragte Fisher in meinem Kopf. *Er bringt sich noch um.*

Ich hab keinen blassen Schimmer. Aber er sollte definitiv damit aufhören.

Belikon fuhr sich mit der Zunge über die Zähne; Verachtung spiegelte sich in seinen trüben Augen. »Jede Falle braucht einen Köder«, sagte er. »Außerdem wurde Everlayne geboren, um meiner Krone zu dienen. Wenn ich es für angebracht halte, dass sie für meine Zwecke stirbt, dann wird sie verdammt noch mal sterben.«

»Sie wird nicht sterben. Während wir hier miteinander reden, wird Malcolms Gift aus ihr herausgespült. Schon bald wird die Vampirseuche aus ihrem Blut verschwunden sein, und *er* wird keine Kontrolle mehr über sie haben.«

»Carrion, hör auf!«, zischte ich. Der Schlag, den Harron ihm auf den Hinterkopf versetzt hatte, musste ihn schwerer verletzt haben als gedacht. Allem Anschein nach hatte er den Verstand verloren.

»Genau, Carrion. Hör auf«, sagte Malcolm. »Du weißt nicht, wen du beleidigst.« Die aufgesetzte Munterkeit in seinen Augen war verschwunden. Er schwebte von dem Münzhügel herab, als würde er von einer Art unsichtbarem Wind getragen. Nie zuvor hatte ich etwas Ähnliches gesehen. Wir waren alle *dermaßen* geliefert.

Saeris? Hör zu: Diese Münzen sind gefälscht, sagte Fisher. *Es kann nicht anders sein. Denn die ursprüngliche Münze, mit der Belikon unseren Handel abschloss, bestand aus Silber. Sie versengte Malcolms Hand, als er sie auffing. Und jetzt wäre er nicht mal in der Lage, auf so vielen Silbermünzen unversehrt herumzustehen.*

Ich sah zu, wie Malcolms Stiefel den Teppich aus Münzen berührten. Mit einem selbstzufriedenen Grinsen schlenderte er auf Carrion zu; er hatte definitiv keine Schmerzen. Tatsächlich schien er erst in dem Moment leicht zusammenzuzucken, als er sich Carrions Schwert näherte. *Okay. Und was bedeutet das?*

Die ursprüngliche Münze enthielt sicher auch Spuren von Quicksilver. Die Bewohner dieser Stadt glaubten, dass es Glück bringen und sie den Göttern nahebringen würde. Enthält eine dieser Münzen Quicksilver?

Ich richtete mich unmerklich auf, als mir langsam dämmerte, worauf er hinauswollte. *Nein, kein Quicksilver,* antwortete ich in Gedanken. *Ich glaube nicht mal, dass diese Münzen aus Metall sind. Sie sind … vielleicht eine Illusion? Magie?*

Okay. Dann weißt du also, was du zu tun hast?

Malcolm zischte wie eine Schlange, als er Carrions Schwert zur Seite stieß. Dann beugte er sich zu dem Dieb vor und entblößte seine Fangzähne. »Und wie willst du uns aufhalten? Wir sind unsterblich. Wir sind Götter. Du bist nur ein Mensch mit zitternden Fingern und einem Zahnstocher. Was sollte mich davon abhalten, dir genau hier, genau an dieser Stelle, die Kehle herauszureißen?«

Saeris! In Fishers Stimme lag ein drängender Unterton.

Schon gut, erwiderte ich. *Ich weiß, was ich zu tun habe.*

Carrions Augen zuckten eine Sekunde lang zu mir. Sein Blick enthielt alle möglichen unausgesprochenen Worte. Dann senkte er sein Schwert, schaute Malcolm geradewegs ins Gesicht und antwortete: »Nichts hält dich davon ab. Na los, Blutegel. Beiß mich und sieh zu, was du davon hast.«

»Carrion, *nein*!« Der Schock traf mich wie ein Schlag ins Gesicht.

Malcolm schwebte um Carrion herum, das Gesicht vor Gier entstellt. Seine Lippen zogen sich zurück und enthüllten schmale, verlängerte Fangzähne. Nicht nur seine Eckzähne, sondern all seine Zähne waren zu bösartigen Spitzen geschliffen. Carrion bewegte keinen Muskel, um Malcolm aufzuhalten. Mit zurückgelegtem Kopf starrte er den Vampir trotzig an, bis Malcolm seinen Kopf vorschnellen ließ und seine Zähne in Carrions Kehle schlug.

»Bei den Göttern! Wir müssen … müssen etwas *tun*!«, schrie ich.

Fishers Hände schlossen sich um meine Arme – genau wie Lorreths. Beide Männer hielten mich mit steinernen Blicken fest. Und die ganze Zeit über trank der König der Vampire Carrions Blut.

Das konnte nicht wahr sein. Carrion wurde direkt vor unseren Augen ausgesaugt, und wir taten nichts. Nichts!

Es gibt nichts, was wir tun könnten. Fishers Stimme ging im Dröhnen in meinem Kopf fast unter. *Wenn wir versuchen, ihn von ihm wegzuziehen, werden wir alle sterben.*

Lass mich los! Ich muss es versuchen!

Knurrend versenkte Malcolm seine Zähne noch tiefer in Carrions Hals. Er war dabei, die Kontrolle zu verlieren, ganz in seiner eigenen Blutgier aufzugehen. Sein Kehlkopf bewegte sich auf und ab, während er in großen Schlucken Carrions Blut trank. Wie im Fieber zog er seine Fangzähne zurück – suchte er nach einem besseren Ansatzpunkt oder einer besseren Vene? Doch dann zuckte ein überraschter Ausdruck über sein Gesicht. Malcolm wippte auf die Fersen zurück, die Lippen rot verschmiert. Dann verzog er das Kinn und musterte Carrion stirnrunzelnd.

»Du …«, setzte er an.

Carrion war totenbleich, doch er grinste Malcolm an wie ein Verrückter. »Du hättest mich in der Arena wirklich ausreden lassen sollen. Es ist unhöflich, Leute zu unterbrechen, die sich einem gerade vorstellen wollen.«

Malcolm gab ihn frei, stieß ihn regelrecht weg.

Wie durch ein Wunder gelang es Carrion, sich auf den Beinen zu halten. »Mein Name ist Carrion Swift. Aber früher war ich unter dem Namen Carrion Daianthus bekannt. Erstgeborener Sohn von Rurik und Amelia Daianthus.«

Der Vampirkönig begann zu zittern. Ein heftiger Krampf

durchzuckte ihn, und ein dicker Schwall Blut schoss aus seinem Mund und spritzte über die Münzen zu seinen Füßen. »Du hast mich reingelegt?« Er würgte und erbrach einen weiteren Schwall Blut. *»Du hast mich ausgetrickst, damit ich Daianthus-Blut trinke?«*

»Heilige … Götter«, fluchten Fisher und Lorreth wie aus einem Mund.

»Was zum Teufel ist hier los?« *Daianthus?* Den Namen hatte ich schon mal gehört, wusste aber nicht mehr, in welchem Zusammenhang.

Wie von einem plötzlichen Gefühl der Dringlichkeit erfasst, wirbelte Fisher herum und packte mich an den Schultern. »Kannst du es spüren?«, fragte er. »Kannst du fühlen, wo es ist?«

»Ich … ich weiß es nicht! Ich …« Aber da war es. Der Hauch einer Stimme. Schwach. Dünn. Aber vorhanden. »Ja, ich kann es spüren.«

Schmutziger grauer Rauch strömte aus Malcolms Mund. Seine perfekte Porzellanhaut war plötzlich von pulsierenden schwarzen Adern überzogen.

»Was hast du getan?«, brüllte Belikon. Sowohl er als auch Madra schwebten den Münzenhügel hinunter und hoben die Hände …

Fisher schüttelte mich. »Saeris, ist es hier?«

»Nein, nicht hier.«

»Aber innerhalb des Labyrinths?«

Ich nickte.

Resolut drückte Fisher mir Solace in die Hand und schloss meine Finger um dessen Heft. »Dann los. Finde es. Setz dem hier ein Ende.«

Die Wirkung des Witwenfluchs ließ nach. Meine Rippen pochten vor Schmerz, während ich durch das Labyrinth rannte. Ich riss die Arme hoch, Solace zum Kampf bereit. Doch die Wände bewegten sich nicht mehr. Offensichtlich brauchten sie dafür eine Anweisung von Malcolm, aber der Vampir war zu sehr damit beschäftigt, Blut zu würgen … zu sterben?

Die Gänge aus Obsidian waren schon furchterregend gewesen, als ich sie mit meinen Freunden durchquert hatte, aber jetzt jagten sie mir panische Angst ein.

Es war viel zu ruhig.

Allerdings dauerte es einen Moment, bis ich begriff, warum.

Und dann wurde es mir klar: Die schwelenden Leichen auf den Tribünen waren verstummt.

Was hatte das zu bedeuten? War Fisher tot? Und Lorreth und Carrion auch? Am liebsten hätte ich laut geschrien. Angst und Panik nahmen immer mehr von mir Besitz. Ich stand kurz davor, den Verstand zu verlieren, und konnte das matte Flüstern kaum noch hören. Es schien immer leiser zu werden, auch wenn mein Gefühl mir sagte, dass ich ihm immer näher kam.

Saeris …

Saeris …

Es rief mich beim Namen.

Plötzlich war ich mir nicht mehr so sicher. Ich hatte geglaubt, ich wäre auf dem richtigen Weg, aber das Flüstern schien jetzt aus allen Richtungen zu kommen. *Wo bist du? Bitte,* flehte ich. *Ich brauche dich.*

Nicht brauchen, sagte die Flüsterstimme. *Wollen.*

Nein! Ich brauche dich. Ich muss meine Freunde retten. Du musst mir helfen. Bitte zeig mir, wo du bist!

Ich lief den Weg zurück, den ich gekommen war, und das Herz schlug mir bis zum Hals. Es war so dunkel. So still. Als ich an einer Abzweigung vorbeikam, spürte ich ein leichtes Ziehen im Magen, lief zurück und sprintete in die andere Richtung.

Die Flüsterstimme schwieg.

Bitte, hilf mir!

Dann also ein Handel, säuselte die Stimme.

Nein! Keinen Handel. Keine Tricks. Keine Deals.

Warum sollten wir dir dann helfen?

Ich hielt inne. Überwältigt von Erschöpfung und Schmerzen wollte ich mich nur noch zusammenkrümmen und am liebsten so tun, als ob nichts von all dem tatsächlich passierte. Doch stattdessen sagte ich: *Weil es falsch ist, was sie hier getan haben. Es ist böse, und du kannst es beenden.*

Gut und Böse sind zwei Seiten derselben Medaille, kicherte die Stimme.

»Wenn das witzig sein soll, dann … dann …« Resigniert riss ich die Hände hoch, und Tränen stiegen mir in die Augen.

Das Böse wird immer existieren. Das Gute wird immer existieren, sagte die Stimme.

»Ja! Aber sieh nur, wie viel Böses es hier gibt. So viel Schmerz, Tod und Leid. Ist es nicht Zeit für etwas Gutes? Um das Gleichgewicht wiederherzustellen? Ich …« Ich verstummte, weil ich nicht wusste, wie ich diese Diskussion gewinnen sollte. »Ich liebe ihn«, sagte ich schließlich. »Ich ertrage es nicht, wenn er stirbt.«

Der Kingfisherrrrr, flüsterte die Stimme.

Ja.

Dein Seelengefährte.

Ich starrte in die Dunkelheit, von Hoffnungslosigkeit erfüllt. »Ja«, sagte ich. »Mein Seelengefährte.«

Die Stille hallte ohrenbetäubend laut in meinen Ohren wider.

Die Flüsterstimme war verschwunden, der Faden, der mich zu ihm geführt hatte, einfach weg.

Es war vorbei. Ich saß in diesem schrecklichen Labyrinth fest, mutterseelenallein. Ich würde hier sterben. Ich würde es nicht mal schaffen, zu ihm zurückzukehren, damit wir gemeinsam sterben konnten.

Ein kleiner Gefallen, sagte die Flüsterstimme. *Wir werden dir für einen Gefallen helfen. Für die Wiederherstellung des Gleichgewichts. Und für die Liebe.*

Ich brach in Tränen aus. »Was für ein Gefallen?«, brachte ich erstickt hervor.

Wie schon gesagt: ein kleiner Gefallen.

Ein kleiner Gefallen. Das war vage genug, um alle möglichen Alarmglocken schrillen zu lassen, aber etwas Besseres würde ich nicht bekommen. Über die Konsequenzen dieser Dummheit musste ich mir ein anderes Mal Sorgen machen. »Also gut. Ja, ich schulde dir einen kleinen Gefallen.«

Dann hier entlang. Hier entlang.

Der Faden erwachte wieder zum Leben und zog mich vorwärts. Ich folgte ihm. Rannte weiter. Sprintete so schnell, wie mich meine Beine trugen …

… und schrie auf, als ich um eine Ecke bog und Morthil gegenüberstand.

Der Dämon war noch immer tot, aber das war kein großer Trost. Laut Fisher würde er »wieder neu entstehen« – was auch immer das bedeuten mochte. Und ich hatte keine Lust, in dem Moment in seiner Nähe zu sein.

»Wo bist du?«, zischte ich.

Die Flüsterstimme antwortete erfreut: *Hier drin! Wir sind im Inneren. Hier drin.*

»Was meinst du damit?« Inzwischen stand ich am Rande der Hysterie. Denn ich wusste bereits, was *im Inneren* bedeutete – ich konnte es fühlen, so nah, so laut summend. Aber ich wollte mir nicht eingestehen, was ich jetzt tun musste.

Im Inneren, beharrte die Stimme.

Auf Zehenspitzen schlich ich vorwärts und näherte mich dem dampfenden Leichnam des Spinnendämons. Er türmte sich vor mir auf, den Unterleib an der Stelle aufgerissen, an der ich ihm den Dolch in den Rumpf gejagt hatte. Eines seiner Beine lag einen

Meter entfernt auf dem Boden. Das riesige Maul in der Mitte seines Kopfs war verstümmelt von dem Hieb, den Lorreth ihm mit Avisiéth versetzt hatte – was seinen Anblick nur noch abscheulicher machte. Ich hielt den Atem an, als ich mich vorbeugte und in den gähnenden Rachen des Dämons spähte.

Fuck! Alle Hoffnungen, dass ich mich geirrt haben könnte, lösten sich in Luft auf, als ich den silbernen Schimmer tief im Schlund der Bestie sah.

Ein abgehackter, wortloser Schrei durchbrach die schwere Stille, die über dem Labyrinth lag. Irgendwo kämpften Fisher, Lorreth und Carrion um ihr Leben, und ich verschwendete hier nur Zeit.

Ich musste mich beeilen.

Komm schon, Saeris. Du schaffst das. Ein paar aufmunternde Worte von Fisher wären mir lieber gewesen, aber ich war mir sicher, dass er gerade alle Hände voll zu tun hatte. Also musste ich mich stattdessen selbst aufmuntern.

Ich hob die Hand und …

Oh.

Meine Haut war schwarz vor Tinte. Runen über Runen über Runen. Die Götterbindungen schillerten metallisch blau um meine Handgelenke, als ob sie sich verdichteten und irgendwie realer wurden.

Eine Hitzewelle durchfuhr meinen Körper.

Ich hatte es laut ausgesprochen, nicht wahr? Ich hatte akzeptiert, dass Fisher mein Seelengefährte war.

Der Gedanke war zu gewaltig und zu verrückt, um ihn in diesem Moment völlig zu verstehen.

Zögernd griff ich mit meiner tätowierten Hand in das Maul des Dämons.

Dessen Zähne glitzerten in kreisförmigen, hintereinander angeordneten Reihen. Und sie wurden immer kleiner, je tiefer sie im Rachen saßen. Aus dieser Nähe konnte ich die Spitzen der einzelnen Zähne sehen: wie dafür geschaffen, Fleisch zu zerreißen und zu zermalmen.

Tiefer.

Ich musste tiefer hineingreifen.

Mein Herz krampfte sich zwischen den Schlägen zusammen.

Die Luft gefror in meiner Lunge.

Tiefer.

Noch etwas tiefer …

Der Schlund des Dämons war noch immer warm – und schleimig. Ich schnitt eine Grimasse, als ich die Münze aus seinem Rachen fischte und meine Hand darum schloss.

Der Dämon zuckte, und ich geriet in Panik. Hastig riss ich den Arm aus seinem Maul, schrie auf und taumelte rückwärts.

Und eine Hand schloss sich um mein Handgelenk.

»Du gibst mir besser die Münze, Mädchen«, sagte eine raue Stimme.

Es war Malcolm.

43

EIN ANDERER WEG

Die Münze wog so gut wie nichts. Ich ballte meine Faust darum und versuchte, meinen Arm loszureißen. Aber Malcolm war stark. Seine scharfen Fingernägel gruben sich in mein Handgelenk, kratzten meine Haut auf.

Malcolms Atem stank nach Tod. »Es ist nie ratsam, sich in die Pläne von Unsterblichen einzumischen, Saeris Fane. Ganz besonders, wenn sie so viel Zeit und Mühe in diese Pläne investiert haben. Öffne deine Hand.«

»Nein! Es reicht. Fisher hat genug gelitten. Diese Menschen haben genug gelitten. Der Deal, den ihr gemacht habt, ist hiermit beendet!«

»Nein, noch nicht.« Der Vampirkönig wirbelte mich herum, und mir stockte der Atem. Seine Haut sackte von seinen Knochen und löste sich in feuchten, faserigen Fetzen von seinen Wangen und seinem Hals. Ein fauliger Geruch ging von ihm aus: der

Gestank von verwesendem Fleisch, das zu lange in der Sonne gelegen hatte. Selbst seine Augäpfel waren geschrumpft und in ihren Höhlen vertrocknet. Wer auch immer Carrion war, was auch immer er getan hatte, er hatte Malcolm einen gewaltigen Schlag versetzt. Allerdings war der König noch immer stärker als ich, und der Schmerz in meinen Rippen wurde inzwischen unerträglich. Ich konnte nur noch flach atmen – jeder Atemzug qualvoller als der vorherige.

»Du faszinierst mich.« Malcolms zerstörtes Lächeln würde mich von diesem Leben bis ins nächste verfolgen. »Eine Alchemistin, nach so vielen Jahren. Es hat mich nicht überrascht, dass Madra vor Jahrhunderten versucht hat, euch alle zu töten. Sie hatte immer große Angst vor deinesgleichen. Aber vermutlich war es nicht möglich, euch alle aufzuspüren. Es ist bekanntermaßen schwierig, Magie in Halbblut-Fae zu entdecken. Madra sind wahrscheinlich ein oder zwei Alchemisten durch die Finger geschlüpft. Sie müssen sich in ihrer Stadt versteckt, Familien gegründet und sich vermehrt haben. Unser Fae-Blut muss im Laufe der Jahrhunderte verdünnt worden sein, reduziert auf weniger als einen Hauch in einem Stammbaum. Aber dann kommst du daher. Ich muss sagen, ich bin beeindruckt. Die uralten Merkmale, kombiniert mit deiner Art von Macht … einfach unvorstellbar. Es gab durchaus einmal eine Zeit, in der ich sehr eng mit deinesgleichen zusammengearbeitet habe.« Er betrachtete mich. »Mit einer sehr begabten Alchemistin, die den Schlüssel zu meiner Blutgabe entdeckte. Sie war in vielerlei Hinsicht bemerkenswert. In anderer Hinsicht zutiefst enttäuschend. Vielleicht sollte ich dich am Leben lassen, wenn das alles hier vorbei ist. Allem Anschein nach brauche ich ein weiteres Wunder, dank dieses Mistkerls Daianthus.«

»Ich werde dir nicht helfen«, fauchte ich. »Ich kann nicht. Ich kann nur mit dem Quicksilver arbeiten.«

Malcolm schnalzte missbilligend mit der Zunge – ein feuchter, ekelhafter Laut. »Kleines Mädchen, deine Ignoranz ist schockierend.« Und dann schleuderte er mich von sich. Einfach so. Nur eine lässige Bewegung aus dem Handgelenk, und er schmetterte mich gegen die Wand.

Ich prallte hart gegen den Obsidian, bekam keine Luft mehr. Weißes Licht flammte hinter meinen Lidern auf, als ich zu Boden sank.

Verlier jetzt nicht *das Bewusstsein, Saeris. Wenn du ohnmächtig wirst, bist du so gut wie tot.*

Das klang nicht nach meiner Stimme, sondern wie Fishers. So klar. So laut. So nah …

Malcolm schob die Spitze seines Stiefels unter Solace' Heft und trat mir das Schwert aus der Hand. Er beugte sich tief zu mir herab, öffnete mit kalten Fingern meine Faust und nahm die Münze, um die ich so hart gekämpft hatte. Sie versengte seine Haut, aber nur für eine Sekunde – denn im nächsten Moment ließ er sie in einen kleinen Lederbeutel fallen und befestigte ihn an seinem Gürtel. Dann drehte er meine Hand um und fuhr mit einem eiskalten Finger über meine Tätowierungen. Er zeigte auf die Runen auf meinem Zeige- und Mittelfinger und nannte eine nach der anderen: »Erde. Luft. Feuer. Wasser. Salz. Schwefel. Quicksilver. Die ganze Bandbreite. Mehr Macht als jeder Alchemist, dem ich je begegnet bin. Du bist in der Lage, mir meine Kraft wiederzugeben und noch viel mehr.«

»Töte mich einfach, damit es vorbei ist. Ich werde dir nicht helfen«, ächzte ich.

»Wirklich?« Der Vampir legte den Kopf schräg und tippte auf die komplizierte, vielschichtige Rune auf meinem rechten Handrücken. Ich versuchte, meine Hand wegzuziehen, doch er schüttelte missbilligend den Kopf. »Apropos beeindruckende Zeichen: *So etwas* habe ich noch nie zuvor gesehen. Ein wahres Kunstwerk.

Allem Anschein nach hast du dir einen Seelengefährten zugelegt. Ich frage mich, wer das wohl sein mag.«

»Fick dich«, knurrte ich.

»Ich habe im Laufe der Jahre viel Zeit mit Fisher verbracht. Er ist eine echte Augenweide, und du darfst mir glauben, wenn ich dir sage, dass mir *seine* neuen Zeichen sofort aufgefallen sind. Aber eigentlich brauchte ich gar keine Tinte auf seiner Haut zu sehen, um genau zu wissen, dass du zu ihm gehörst. Ich habe dich in dem Moment an ihm gerochen, als er hier auftauchte und verlangte, dass ich seine Schwester gehen lasse. Ich habe deinen Körper an ihm gerochen.« Er stieß die Worte hervor, als hinterließen sie einen üblen Geschmack in seinem Mund. »Aber der Geruch deines Blutes war viel stärker. Ich konnte es nicht fassen. Dass er von dir *getrunken* hat«, höhnte er. »Während seiner Gefangenschaft in diesem Labyrinth trug er diese silberne Platte an seiner Kehle, jeden einzelnen Tag. Ein Geschenk seiner Mutter, vermute ich. Reines Silber, durchdrungen von einer besonders bösartigen Magie. Ich hätte ihm das Ding nicht abnehmen können, selbst wenn ich es gewollt hätte. Edina war mir immer ein Dorn im Auge. Ich versprach Fisher, ihn gehen zu lassen, wenn er mir nur eine einzige Kostprobe seines Blutes gäbe. Ich versprach, Gillethrye aus seinem Gedächtnis zu löschen, damit er alles über diesen Ort und die Ereignisse vergaß … wenn er nur ein einziges Mal von *mir* trinken würde. Ich wollte die Glückseligkeit erfahren, die die Spitzen seiner Zähne bewirken. Aber er hat sich mir verweigert. Er zog es vor, zu bleiben und zu leiden. Und dann kommst *du* daher. Ein erbärmlicher, schwacher Mensch? Seine Seelengefährtin? Das ist eine regelrechte Beleidigung.«

»Tut mir leid.« Es war beängstigend, wie meine Lunge beim Reden rasselte. »Er steht einfach nicht auf Untote.«

»Du hast keine Ahnung, wie erbärmlich der Rest deines kurzen Lebens sein wird, Mädchen«, zischte der Vampir. »Fisher wird mir gehören, auf die eine oder andere Weise. Und du *wirst* mir helfen, meine Wunden zu heilen. Du wirst mir helfen, eine unaufhaltsame Armee aufzubauen, die über ganz Yvelia hinwegfegen wird. Und er wird sich mir hingeben …«

Ich stach zu. Die Klinge an meinem Oberschenkel mochte nicht so beeindruckend sein wie Solace, aber sie war scharf – und das war letztlich das Einzige, was zählte. Ich rammte Malcolm den Dolch in die Kehle, auch wenn der Schmerz in meiner Brust mir einen Schrei entlockte.

Die Augen des Vampirs weiteten sich, aber seine Pupillen verengten sich zu senkrechten Schlitzen.

»Du … dumme …«

Ich drehte den Dolch beim Herausziehen und knurrte vor Anstrengung. Ein Stück von Malcolms Gewebe löste sich zusammen mit der Klinge, und Rauch und Blut schossen wie ein Geysir aus der Wunde. Das Blut des Vampirkönigs war nicht schwarz wie bei den Fressern, sondern arteriös – dunkelstes Purpur, aber noch immer rot. Rasend vor Wut umklammerte Malcolm seinen Hals und brüllte. Er brauchte keine Waffe, um mich zu töten. Seine Hände reichten völlig. Mit einem wütenden Knurren rammte er mir seine Faust in den Magen und stieß sie nach oben.

Halt durch, Saeris. Ich bin gleich da!

Fishers Stimme. Kristallklar und deutlich.

Er war auf dem Weg zu mir.

Doch er würde zu spät kommen.

Ein eisiger Schock raste durch meinen Körper. Ich spürte keinen Schmerz. Jedenfalls nicht sofort. Stattdessen schlich sich der Schmerz am Rand meines Bewusstseins heran wie morgendlicher Frost, der sich über eine Fensterscheibe stahl.

Und dann zersplitterte er mich förmlich.

Ich lag im Sterben.

Dafür hatte Malcolm gesorgt. Mit widerlicher Schadenfreude zog er seine blutüberströmte Hand aus meinem Bauch. »Es heißt, Bauchwunden sind die schlimmste Art zu sterben.« Seine Stimme war nur noch ein feuchtes Krächzen. Offensichtlich hatte ich ihm mit dem Dolchstich in den Hals eine schwere Wunde zugefügt, aber sein Kopf war noch dran – bedauerlicherweise. »Ich glaube, ich lasse dich einfach so hier liegen. Du wirst lange genug durchhalten, dass er dich in diesem Zustand findet. Ich liebe unseren Kingfisher – besonders dann, wenn sein Herz bricht.«

Unser Kingfisher? *Unser* Kingfisher? Dieser kranke Dreckskerl durfte nichts an ihm für sich beanspruchen. Fisher gehörte *mir.* »Ich werde dich umbringen«, stöhnte ich. »Es wird das Letzte sein, was ich tue … aber das wird es wert sein.«

Malcolm lachte. »Ach, ich bitte dich, Mädchen. Stirb mit etwas Würde. Du kannst mich nicht töten. Ich bin unsterblich.« Als er die Hand von seinem Hals nahm, konnte ich sehen, dass seine Kehle bereits verheilte. Zwar nur langsam, aber seine Muskelfasern setzten sich eine nach der anderen wieder zusammen. Der Vampirkönig *würde* heilen. Doch das spielte keine Rolle mehr. Ich hatte mir nicht eingebildet, dass ich ihn mit dem Dolch töten könnte – ich hatte ihn nur einen Moment ablenken wollen.

Malcolms Lächeln verebbte, als ich den kleinen Lederbeutel hochhob, in den er die Münze gesteckt hatte. Derselbe Beutel, den ich von seinem Gürtel gestohlen hatte, als er mir ein Loch in den Bauch rammte.

Er streckte die Hand aus, und seine Augen wirkten jetzt groß. »Gib ihn mir«, forderte er. »Gib ihn mir, dann kann ich dich vielleicht noch retten. Es ist noch nicht zu spät.«

Jetzt lachte ich ihn aus. Mein Mund füllte sich mit Blut, mein Körper verkrampfte sich vor Schmerz, aber das war es wert. »Ist das wirklich so wichtig für dich? Dass Fisher hierbleiben und leiden muss? Dass du all diese Leute bis in alle Ewigkeit hier behältst, brennend und vor Schmerz schreiend? Ist deine Seele wirklich *so* schwarz und krank?«

Malcolm zuckte entschuldigend die Schultern. »Ich habe keine Seele, Mädchen.« Und dann stürzte er sich auf mich.

Natürlich konnte ich ihn nicht davon abhalten, mir den Beutel zu entreißen und sich von mir zu entfernen. Ich versuchte es nicht mal. Das bisschen Energie, das ich noch besaß, sparte ich auf.

Die Augen des Vampirs leuchteten siegessicher. Doch ihr Glanz verblasste, als er den Beutel öffnete und feststellte, dass er leer war. Sein Blick zuckte zu mir zurück, und er starrte mich mit offenem Mund an.

Die kleine Münze summte fröhlich in meiner Hand, als ich sie hochhielt. »Wie lautete noch mal Belikons Deal? Blatt oder Fisch?«

»Nein, nicht!«, schrie Malcolm. *»TU ES NICHT!«*

Ich warf die Münze. Nicht zu hoch. Ich wollte ihm nicht die Chance geben, sie aus der Luft zu schnappen, so wie er es bei Belikon getan hatte. Die kleine Münze glitzerte hell, während sie sich drehte. Doch es spielte keine Rolle mehr, auf welcher Seite sie landete. Wichtig war nur, dass sie landete.

Der Boden bebte, als das glänzende Silber auf dem Obsidian aufschlug.

Einen Moment lang herrschte Stille, und die Ruinen von Gillethrye hielten den Atem an.

»Du dumme kleine Schlampe. Was hast du getan?«, flüsterte Malcolm.

Und dann war es so weit: Ein furchterregender Wind brach über das Labyrinth herein. Er kam aus dem Nichts und heulte durch die Gänge, in denen Fisher jahrzehntelang gefangen gewesen war. Er erhob sich aus dem Labyrinth und fuhr fauchend an den Tribünen des Amphitheaters entlang.

Annorath mor!

Annorath mor!

Annorath mor!

Der Wind peitschte die Schreie der gequälten Seelen auf, und als er an ihnen vorbeizog, verwandelten sie sich in Aschesäulen und wurden in seinem fauchenden Schlepptau hinweggefegt. Hunderttausende hochrangiger und rangniederer Fae durften endlich gehen, ihr Leid hatte ein Ende.

Bestürzt starrte Malcolm zu den Tribünen hinauf. »Nein. Das ist nicht … meine Kinder. Sie sollten meine Armee werden. Du … Du hast sie mir weggenommen!« Er wirbelte zu mir herum …

Aber ich lag nicht mehr dort, wo er mich zurückgelassen hatte. Ich war auf den Beinen, gebeugt und blutüberströmt und direkt neben ihm. Und ich hielt Solace in den Händen.

»Nur die *Götter* sind unsterblich«, knurrte ich. Und dann schlug ich Malcolm den Kopf ab.

Ich wurde rückwärtsgeschleudert.

Konnte nicht mehr aufstehen.

Malcolms Kopf ging in blauen Flammen auf, noch bevor er auf dem Boden aufschlug. Sein Körper wurde kurz darauf von den Flammen verzehrt. Ein Lichtstrahl schoss aus Solace hervor und hinauf in die Wolken, brachte sie zum Leuchten. Sekunden später prallte er ab und stürzte als blau getönte, verzweigte Energiestrahlen auf den Boden. Sie zertrümmerten den Obsidian und steckten das Amphitheater in Brand. Weitere Energiestrahlen lösten sich von der Schwertspitze, aber ich war zu geschwächt, um Solace erneut zu heben. Das brauchte ich auch nicht mehr. Malcolm war tot. Für ihn gab es kein Zurück mehr.

Die Energie, die von dem Schwert ausging, das Fishers Vater einst besessen hatte – Energie, die seit über tausend Jahren nicht mehr aufgestiegen war –, knisterte und erlosch schließlich.

Saeris! Saeris!

Fisher rief meinen Namen in meinem Kopf.

Erschöpft schloss ich die Augen und atmete zittrig aus. *Es ist alles in Ordnung. Mir geht's bald wieder besser. Madra …*

Dieses feige Miststück verschwand in dem Moment im Quicksilver, als der Wind aufkam.

Und … Belikon?

Lorreth kümmert sich gerade um ihn. Zusammen mit Carrion. Ihre Schwerter leiten wieder. Wo bist du?

Eine gute Frage. Ich hatte keine Ahnung, wie ich ihn zu mir führen sollte. *Ich bin … bei dem Dämon. Morthil.* Diese Information nützte ihm jedoch nicht viel. Nach dem Tod des Spinnendämons hatten sich die Wände so oft verschoben, dass für Fisher keine Chance bestand, mich nur aufgrund dieser Information zu finden.

Konnte er fühlen, wie geschwächt ich in diesem Moment war? Ich konnte wahrnehmen, dass seine Schulter verletzt war. Konnte seine Erschöpfung spüren. Ich verstand diese Verbindung zwischen uns zwar nicht ganz, aber nachdem ich meine Zeichen akzeptiert und ihn als meinen Seelengefährten anerkannt hatte, war sie stärker geworden. Ich wusste, dass er durch die Gänge stürmte. Und ich wusste auch, dass er Angst hatte.

Mach dir keine Sorgen, sagte er. *Ich bin gleich bei dir.*

Ich musste das Bewusstsein verloren haben, denn als ich wieder zu mir kam, ragte eine Gestalt über mir auf – aber nicht Fisher. Bestürzt versteifte ich mich und wollte nach Solace greifen, doch meine Arme waren taub. Meine Beine … mein ganzer Körper war taub. Ich konnte mich nicht bewegen. Ich sah silbernes Haar, und eine Woge der Verzweiflung erfasste mich. Hatte der Vampirkönig überlebt? Aber wie? Das konnte einfach nicht sein.

Doch dann erkannte ich, dass das Haar zu kurz war und nicht zu Malcolm gehören konnte. Es handelte sich um Taladaius – der Vampir, der Everlayne am Ufer des Darn festgehalten hatte.

»Ist schon okay, Saeris. Du wirst wieder gesund.« Fisher sank neben ihm auf die Knie, sein Gesicht war mit Ruß, Asche und Blut verschmiert. Und seine dunklen, schweißnassen Haare kräuselten sich um seine Ohren.

Ich öffnete den Mund, brachte aber keinen Ton hervor. Glücklicherweise hatte ich andere Möglichkeiten, mit ihm zu kommunizieren. *Als Te Léna gesagt hatte, dass einer der Seelengefährten, die mit einer Götterbindung versehen sind, immer stirbt, hätte ich nicht gedacht, dass es* so *schnell passiert.*

»Du wirst nicht sterben.« Fisher strich mir die Haare aus dem Gesicht, seine Hände zitterten.

»Ich fürchte doch«, wandte Taladaius ernst ein. »Sie wird bald sterben, ganz gleich, was auch passiert. Die Verletzungen in ihrem Bauch und ihrer Brusthöhle sind einfach zu groß.«

Fisher presste die Lippen zu einem dünnen Strich zusammen. Dann fuhr er sich mit der Hand durch seine wirren Haare und kniff die Augen zusammen.

»Wenn wir nichts unternehmen, wird sie in den nächsten Minuten sterben«, sagte Taladaius mit überraschender Sorge in der Stimme.

»Ich werde ihr einen Teil meiner Seele geben«, verkündete Fisher.

»Das kannst du nicht. Du hast Lorreth schon zu viel gegeben. Du wirst sofort dahinsiechen, wenn du versuchst …«

»Das ist mir scheißegal! Ich habe lange genug gelebt, Tal. Sie hat kaum gelebt. Ich gebe ihr meine Seele.« Schniefend beugte Fisher sich vor und legte seine Handflächen auf meinen zerfetzten Bauch.

Nein, Fisher.

Verzweiflung verzerrte seine Züge. Jadegrüne Augen, von heller Panik erfüllt, sahen mich direkt an. *Ich muss es tun,* sagte er. *Ich werde dich nicht sterben lassen.*

Du wirst dein Versprechen mir gegenüber nicht brechen, konterte ich. *Du hast geschworen, dass du mir nie wieder meinen freien Willen raubst. Aber genau das tust du, wenn du mich heilst und dabei stirbst. Ich werde dir nicht die Seele nehmen.*

»Ich kann mit den Konsequenzen eines gebrochenen Versprechens umgehen, wenn das bedeutet, dass du lebst«, sagte er laut.

Du hast in deinem Brief gesagt, dass wir nach diesem Leben zueinanderfinden werden. Dass wir mehr Zeit haben werden.

»Das ist richtig.« Er nickte, als glaubte er, er könnte mich damit trösten. Mit der Vorstellung, dass er auf mich warten würde, ganz gleich, was auch passierte. Aber er hatte mich falsch verstanden.

Nein, das ist nicht richtig. Ich habe dir schon mal gesagt, dass ich dir nie verzeihen werde, wenn du mich noch einmal zu etwas zwingst, das ich nicht will. Nie ist eine verdammt lange Zeit, Fisher. Wenn du dich für mich aufopferst, werde ich unsere Bindung in diesem und im nächsten Leben ablehnen.

Ich hasste die Verwirrung, die sich auf seinem Gesicht abzeichnete. Aber ich meinte es ernst. Fisher hatte sein ganzes Erwachsenenleben damit verbracht, sich für andere aufzuopfern. Ich würde lieber sterben, als zuzulassen, dass er sich für mich opferte.

»Uns läuft die Zeit davon«, mahnte Taladaius. »Es gibt einen anderen Weg – das weißt du ganz genau.«

»Nein«, knurrte Fisher.

Malcolms silberhaariger Sohn schnaubte frustriert. »Wann lernst du endlich, dass Sturheit dir nichts bringt? Lass mich dir helfen!«

Fisher starrte auf mich herab; das Quicksilver in seinen Augen wirbelte wie wild. »Ich …«

Wovon redet er?

»Fisher, wenn du willst, dass ich etwas unternehme, dann muss ich jetzt handeln.«

Fisher! Was meint er damit?

Mein wunderschöner, dunkelhaariger Seelengefährte schluckte heftig. *Tal war nach Malcolm der mächtigste Vampir. Aber er hat es vor dem König verborgen, damit er ihn nicht tötet. Er kann dich verwandeln.*

Mir schwirrte der Kopf. Ich konnte seine Worte einfach nicht begreifen. Taladaius wollte mich verwandeln? *Ich kann nicht … Ich will keine Fresserin werden, Fisher. Bitte.*

Fisher schüttelte den Kopf. »Du würdest keine Fresserin werden. Du würdest wie er sein.«

Ich würde nicht sterben?

»Nein.«

Müsste ich Blut trinken?

»Wir wissen es nicht.«

»Fisher, sie wird schwächer. Mir bleiben nur noch wenige Sekunden …« Ich hörte Taladaius' Stimme, doch sie klang, als wäre er unter Wasser.

Eine dunkle Decke legte sich über mich, wunderbar warm und angenehm, und ließ den Schmerz in meinem Bauch dahinschwinden.

»Sag mir, dass sie einwilligt!«, schrie Taladaius.

Die Welt verblasste.

Fishers Stimme war das Letzte, das ich hörte. »Ja, sie willigt ein.«

44

ACHSE

»Los, los, los!«

Ich würde mich jeden Moment übergeben müssen. Schmerz durchschnitt mich wie ein Messer …

»Bei den Göttern! Ist sie am Leben?« Carrions Gesicht tauchte über mir auf, blass und von Sorge gezeichnet.

BUMM!

Der Himmel stürzte ein.

Nicht der Himmel. Das Amphitheater.

Ein riesiger Steinbrocken löste sich aus den Tribünen, kippte in Zeitlupe in die Tiefe.

BUMM!

»Ich schwöre bei den Göttern, wenn sie das nicht überlebt …«

Lorreth, der Carrion an der Hemdbrust packte und zurückzerrte.

Feuer überall. Flammen, die dem zersplitternden Himmel entgegenschlugen.

Flammen, die in meinen Adern loderten. In meinem Hals.

Bei den Göttern, mein Hals …

»Öffne ein Schattentor!«

Fishers Stimme, voller Panik. »Ich versuch es ja, verdammt!«

Die Welt lag auf der Seite und zerbrach.

Überall Chaos. Überall Schmerz. Überall Zweifel. Überall Angst. Überall …

Plötzlich hielt alles inne.

Ich lag in Fishers Armen. Die Welt war verstummt, aber ich konnte das Gesicht meines Seelengefährten über mir erkennen und den schrecklichen Kummer darin, seine angespannten Halssehnen, als er Lorreth etwas zurief. Er war zu mir zurückgekehrt. Selbst als die Welt um uns herum unterging, war er *bei mir*.

Der Berg, der allen Stürmen trotzt, sagte eine Stimme klar und deutlich in meinem Kopf. Ich hatte keine Kontrolle mehr über meinen Körper. Keine Energie oder Kraft mehr, um auf die Stimme zu reagieren. Aber mein Bewusstsein war noch stark genug, um zu erkennen, dass sie jetzt anders klang. Ruhig. Konzentriert. Unmittelbar. Ich beobachtete meinen Seelengefährten, während mein Augenlicht schwächer und schwächer wurde, und hörte der Stimme zu.

Er ist der Sturm. Du bist die Ruhe, die auf ihn folgen muss. Sag mir, glaubst du an die Schicksalsgöttinnen, Alchemistin?

Ich schloss die Augen, während mir Tränen aus den Augenwinkeln rannen. Fisher öffnete ein Schattentor. Er würde mich nach Hause bringen. Ich würde in Cahlish sterben, vielleicht in seinem bequemen Bett. Ich …

Treibe nicht zu weit vom Ufer weg, Saeris Fane. Kehre jetzt um. Komm zurück.

Ich öffnete die Augen, und plötzlich begann mein Puls zu rasen. Adrenalin strömte durch mein Blut, ein elektrischer Strom schoss durch meine Brust und brachte mein Herz ruckartig zum Schlagen. »Fuck!«, keuchte ich. »Bei den Göttern! *Fuck!*«

»Es hat begonnen.« Irgendwo hinter mir erklang Taladaius' grimmige Stimme.

Fisher blickte mit tränenblinden Augen auf mich herab. »Es wird alles wieder gut. Halt durch, Saeris.«

Dann hörte ich erneut diese Stimme, klar und deutlich. *Du stehst vor einem Tor, die Hand zum Anklopfen erhoben. Bist du bereit hindurchzugehen? Willst du diesen Ort verlassen und herausfinden, was dahinter liegt?*

Dahinter? *Verlassen?* Ich blinzelte langsam. *Nein. Ich bin nicht bereit. Noch nicht.*

Die Stimme antwortete schroff, aber auch verwundert: *Ein Schatten fällt über Yvelia. Er wird alles verändern, was er berührt. Du willst also lieber hierbleiben, im Wissen, dass Leid und Not bevorstehen? Dass Opfer gebracht werden müssen?*

Ich schaute Fisher an. Betrachtete die großen, wunderschönen Schwingen, die sich über seinen Hals ausbreiteten. Spürte, wie sein Herz in seiner Brust raste und im Takt mit meinem eigenen pochte, als er seine Hand ausstreckte, um ein Schattentor zu erzeugen. Ich brauchte nicht über meine Antwort nachzudenken: Wie auch immer der Preis für ein Zusammensein mit ihm aussah, ich würde ihn bezahlen. *Ja,* sagte ich.

Wie du wünschst. Dann fordern wir unseren Gefallen ein, Saeris Fane. Wirst du dein Wort halten und uns diesen Gefallen erweisen?

Natürlich war es das Quicksilver. Und natürlich forderte es *jetzt* meine Schuld ein, wo ich nur eine Haaresbreite vom Tod entfernt war. *Was willst du von mir?*

Die Antwort erfolgte sofort: *Wir verlangen eine Audienz mit dir, Saeris Fane.*

Fisher sah stirnrunzelnd auf mich hinunter. »Saeris?«

Wirst du uns diesen Gefallen erweisen?

Eine Audienz? Es wollte mit mir *reden*? Das war in der Tat ein kleiner Gefallen – einer, den ich ihm kaum abschlagen konnte. *Ja, das werde ich. Sobald …* Sobald es mir gut genug geht, um ein Gespräch mit dir zu führen. Das hatte ich eigentlich antworten wollen, doch der Faden, der mir geholfen hatte, das Quicksilver-Becken im Zentrum des Labyrinths zu finden, straffte sich ruckartig. Mein Körper verkrampfte sich so heftig, dass Fisher mich fast fallen gelassen hätte.

»Was zum Teufel …? Saeris?«

Fisher drückte mich fest an sich. Sein Schattentor war offen, weniger als einen Meter entfernt. Er musste sich nur noch umdrehen und mit mir hindurchgehen. Ich griff nach dem Riemen seines Brustpanzers, während in meinem Kopf alle Alarmglocken schrillten. »Es tut mir leid«, keuchte ich. »Ich …«

Etwas riss mich aus seinen Armen.

»SAERIS!«

Ein unsichtbares Seil zerrte mich durch die Luft, quer durch das ganze Labyrinth. Meine Arme und Beine flogen hinter mir her, während ich heftig rückwärtsgezogen wurde. Luft rauschte an meinen Ohren vorbei. Auch Lorreth und Carrion schrien auf. Im Bruchteil einer Sekunde waren meine Freunde verschwunden, mein Seelengefährte war verschwunden, und ich raste mit halsbrecherischer Geschwindigkeit durch das Labyrinth.

»Bitte!«, rief ich. *»Bitte nicht!«* Was auch immer das Quicksilver vorhatte – es musste damit aufhören.

Mir drehte sich der Magen um, als mich ein plötzliches, schwereloses Gefühl erfasste: Ich stürzte in die Tiefe. Und dann sah ich nur noch Münzen – Tausende und Abertausende. Ein Teppich aus Münzen, der unter meinen Füßen vorbeipeitschte.

Als ich erkannte, wohin ich gezerrt wurde, überkam mich blinde Panik.

Kaum hatte ich das Quicksilver-Becken unter mir wahrgenommen, erhob sich eine Welle des flüssigen Metalls und peitschte um meine Taille. Mir blieb keine Zeit zum Schreien, während es sich fest um meine Rippen legte und mich unter die Oberfläche zog.

»Es ist tot.«

»Mach dich nicht lächerlich. Natürlich ist es nicht tot.«

»Wie kannst du da so sicher sein?«

»Weil Vater es so gewollt hat, Dummerchen. Er will nicht, dass es stirbt. Deshalb ist es nicht tot.«

Die Stimmen waren weiblich. Jung und verspielt. Die erste der beiden brachte einen abschätzigen Laut hervor. »Nun, zumindest sieht es tot aus.«

Ich öffnete die Augen und schaute in einen strahlend blauen Himmel.

Ein Vogel schoss durch mein Blickfeld, hin und her, und sang dabei aus voller Kehle. Ohne langes Nachdenken hob ich die Hand, um meine Augen vor der Sonne zu schützen, damit ich ihn besser erkennen konnte.

Zu spät. Ich machte mich auf den Schmerz gefasst … doch er blieb aus.

»Glaubst du, es versteht uns?«

Blinzelnd drehte ich den Kopf, und Grashalme kitzelten meine Wange. Ich lag in einem weiten Feld, am Fuß eines sanften Hügels. Auf der Kuppe des Hügels stand eine einzelne Eiche, so gewaltig und prachtvoll, dass es mir den Atem raubte. Ihre dicken Äste wiegten sich in der leichten Brise, ihre Blätter schimmerten und flackerten im Spiel von Sonnenstrahlen und Schatten.

Mühsam stemmte ich mich in eine sitzende Position hoch und entdeckte sofort die beiden jungen Frauen rechts von mir. Sie schienen achtzehn, vielleicht neunzehn Jahre alt zu sein. Und sie wirkten in jeder Hinsicht identisch. Beide trugen weite dunkelgraue Kleider, aber keine Schuhe. Ihre schwarzen Haare ergossen sich in Wellen bis hinunter zu ihren Hüften. Wache königsblaue Augen, durchzogen von Silberfäden, betrachteten mich mit großem Interesse, als ich mich langsam aufrappelte.

Das Mädchen auf der rechten Seite ergriff die Hand ihrer Schwester, dann kamen die beiden auf mich zu. »Erzähl uns, wie es sich anfühlt«, sagte sie mit klarer, angenehmer Stimme.

»Ich …« Ich räusperte mich. »Entschuldigung. Was meinst du mit *wie es sich anfühlt?«*

»Sex«, sagte das andere Mädchen und legte den Kopf schräg. »Mit diesem Mann. Dem Champion unseres Vaters.«

»Mit … *Fisher*?«

Beide Mädchen nickten eifrig wie eine Person.

»Ähhh …«

»Wir wollten ihn ja selbst ausprobieren, aber Vater hat es uns verboten«, sagte das rechte Zwillingsmädchen. »Seines Erachtens ist kein Lebewesen aus irgendeinem Reich würdig, uns berühren zu dürfen. Wir warten seit Äonen darauf, dass er uns einen eigenen Spielgefährten schenkt, aber bisher hat noch niemand von unseresgleichen die Reise zu unserem Corcoran gewagt.«

Corcoran?

Heilige … Höllen!

Die Corcoran waren …

»Wen von uns beiden betest du inständiger an?«, fragte das rechte Zwillingsmädchen. »Bal?« Sie deutete auf sich selbst. »Oder Mithin?« Sie zeigte auf ihr Gegenstück. »Wir liegen ständig im Wettstreit miteinander, wer von uns am beliebtesten ist.« In ihren Augen tobte jetzt ein Gewittersturm. Kaum hatte ich es bemerkt, spürte ich auch schon das stechende Prickeln der statischen Aufladung in der Luft, und eine Gänsehaut überzog meinen Körper.

Das hier … Passierte das hier wirklich? Waren die beiden tatsächlich *Göttinnen*? Ich unterdrückte meine Nervosität, neigte dann respektvoll den Kopf und hielt den Blick gesenkt. »Wie könnte jemand Bal mehr lieben als Mithin? Oder Mithin mehr schätzen als Bal? Ihr werdet von allen, die eure Namen kennen, gleichermaßen verehrt, meine Damen.«

»Meine *Damen*!«, riefen die Sonnengöttinnen gleichzeitig und schenkten sich gegenseitig ein zufriedenes Grinsen, während sie sich noch immer an den Händen hielten. »Sie hat wirklich ausgezeichnete Manieren.« Diejenige, die mir ihre Namen verraten hatte, streckte mir ihre Hand entgegen. »Und nun komm. Wir sollten uns beeilen. Vater erwartet dich, und er hat in letzter Zeit nicht viel Geduld. Er wird verärgert sein, wenn wir ihn noch länger warten lassen.«

Ich streckte meine Hand nicht nach ihr aus. In der einen Sekunde hing sie noch an meiner Seite, aber in der nächsten lag sie schon in ihren kühlen Fingern. Ich machte einen Schritt, und das Feld um uns herum dehnte sich aus und wurde zu einem grünen Fleck. Als meine Ferse erneut den Boden berührte, lag der Hügel nicht mehr vor uns – stattdessen standen wir auf seiner Kuppe, unter den Zweigen der imposanten Eiche.

Mein Verstand hatte Mühe, diesem Ortswechsel zu folgen – selbst meine Gedanken fühlten sich zähflüssig an.

Zwischen den Wurzeln der riesigen Eiche bildete ein über zwei Meter breites Band aus Silber einen Graben. So viel Quicksilver … Verblüfft stellte ich fest, dass Perlen des glänzenden Metalls wie Saft den breiten Baumstamm hinunterliefen und in den Graben flossen.

Auf einem glatten Felsen, etwa drei Meter entfernt, saß ein Mann, mit dem Rücken zu uns. Sein Gewand war genauso dunkelgrau wie das der Sonnengöttinnen, und er trug sein langes braunes Haar zu einem Kriegerzopf zurückgebunden. Kichernd bedeuteten Bal und Mithin mir, dass ich zu ihm gehen sollte.

Angst ballte sich in der Mitte meines Brustkorbs zusammen wie eine Faust. Wenn diese beiden übermütigen Mädchen tatsächlich Göttinnen waren, dann genügte mir schon ein Blick auf seinen Hinterkopf, um zu wissen, wer ihr Vater war.

Everlayne hatte kaum seinen Namen aussprechen können, ohne dabei zu zittern. Sie hatte mir unmissverständlich klargemacht, dass man diesem Gott *niemals* von Angesicht zu Angesicht gegenübertreten dürfte – nicht mal, wenn es sich nur um seine Statue handelte. Und jetzt saß er – oder zumindest eine Verkörperung von ihm – hier auf einem Felsen und wartete darauf, sich mit mir zu unterhalten.

Fuck!

»Komm zu mir, Alchemistin«, gebot er mir. Es war dieselbe Stimme, die mich gefragt hatte, ob ich durch das Tor gehen oder mit Fisher in Yvelia bleiben wolle. Irgendetwas sagte mir, dass ich diese Stimme schon seit Langem kannte. Ich setzte mich in Bewegung und ging mit angehaltenem Atem um den Felsen herum. Dort stellte ich mich dem Gott gegenüber, hob das Kinn an und sah ihm in die kühlen blauen Augen. Ich hatte irgendeine schreckliche Fratze erwartet. Ein abscheuliches, verzerrtes Gesicht mit Wahnsinn im Blick – aber das war nicht der Fall. Wäre er ein Mensch gewesen, hätte ich ihn auf jemanden in der Mitte seines Lebens geschätzt. Sein Gesicht hatte ein paar Falten und strahlte eine Freundlichkeit und Weisheit aus, die mich überraschte.

Er sah zu mir auf, die Hände auf die Knie gestützt, und fragte: »Weißt du, wer ich bin?«

Ich neigte den Kopf und schaute wieder auf meine Stiefel hinunter. »Zareth. Gott des Chaos.«

Zareth brummte: »Und du bist Saeris. Haydens Schwester. Niemandes Tochter.« Er deutete mit dem Kinn auf die Tintenzeichnungen auf meinen Händen. »Und die Seelengefährtin meines Champions.«

Ich blickte auf die Tätowierungen, noch immer leicht überrascht, sie auf meiner Haut zu sehen. »Ja«, bestätigte ich. »Ja, das bin ich.«

Zareth erhob sich von seinem Platz auf dem Felsen, und meine Beine begannen zu zittern. Er war nicht größer als Fisher und wirkte nicht breiter oder gottähnlicher. Aber bei dem schieren Gefühl der Macht, das von ihm ausging, während er mich betrachtete, wäre ich am liebsten auf die Knie gesunken, um mich ihm zu Füßen zu werfen. Er konnte mich mit einem Wimpernschlag auslöschen – da war ich mir absolut sicher. Wenn er es wollte, würde ich vergehen, ohne jemals überhaupt existiert zu haben.

»Wir müssen uns beeilen – sonst stirbst du, bevor du mir von Nutzen sein kannst. Ich werde mich so kurzfassen, wie es mir unter den gegebenen Umständen möglich ist. Ich habe viel Zeit damit verbracht, die Fäden des Universums zu beobachten und auf jemanden wie dich zu warten«, sagte er. »Endlich eine Alchemistin, die das Gleichgewicht wiederherstellt und den Weg frei macht für das, was kommen wird.« Er drehte sich um und ging zum Rand des Quicksilver-Beckens, das den großen Baum umgab, und ich folgte ihm, wie von seiner Macht angezogen.

Der Gott des Chaos trat bis an den Rand des Quicksilvers und sah mich an. »Wir stehen hier am Rande des Universums. Die Wurzeln, die du siehst und die tief in die Erde, in das Quicksilver hineinwachsen, sind die Anker des Schicksals.« Dann legte er den Kopf in den Nacken, und sein Blick wanderte hinauf in die Äste des Baums. »Die silbernen Blätter dort oben symbolisieren alle Reiche unserer Sphäre. Meine Familie ist der Hüter von allem, was du hier siehst. Wir bewässern die Wurzeln des Schicksals. Wir stutzen die Äste und beschneiden die Blätter, um Fäulnis und Verfall zu verhindern. Siehst du den schwarz verfärbten Zweig dort?«

Ich schaute in die Richtung, in die er zeigte, und bemerkte einen Zweig am Baum, dessen Rinde dunkler war als die der anderen, verschrumpelter und mit weniger silbernen Blättern. »Ja, ich sehe ihn.«

Zareth nickte. Dann hob er die Hand und fuhr mit den Fingern durch die Luft, und während ich zusah, lösten sich drei Blätter des Zweigs und fielen herab. Sie schwebten in die Tiefe, flatterten und drehten sich, bis sie auf der Oberfläche des Quicksilvers landeten. »Eine Fäulnis breitet sich unter unseren Reichen aus, Saeris«, sagte er. »Reiche, die von dieser Fäulnis befallen sind, müssen umgehend vernichtet werden, um den Rest des Baums zu schützen und zu verhindern, dass sich die Fäulnis ausbreitet. Verstehst du das?«

Diese Blätter waren also Reiche gewesen. Ganze Welten. Und Zareth hatte sie einfach ausgelöscht … mit einer einzigen Handbewegung. Ich starrte auf die Blätter, bis sie unter die Oberfläche des Quicksilvers sanken und verschwanden. War das möglich? Konnte er das wirklich einfach so getan haben? »Wie viele Bewohner …« Ich konnte den Satz nicht beenden, aber der Gott, der neben mir stand, wusste genau, was ich meinte.

»Milliarden«, antwortete er ohne den Hauch einer Gefühlsregung. Es stimmte also: Ich war soeben Zeuge eines Völkermords von unvorstellbarem Ausmaß geworden, und Zareth lächelte nur. »Du bist natürlich nicht die einzige Alchemistin im Universum«, sagte er. »Dort draußen gibt es Millionen deinesgleichen. Selbst in deinem Reich und sogar in der Stadt, die du einst deine Heimat genannt hast, gibt es Hunderte von Elementemagiern, die das Quicksilver beherrschen könnten. Doch als ich vor langer Zeit die Schicksalsgöttinnen befragte, wurde mein Interesse geweckt, als ich dich erblickte, Saeris Fane. Und nicht nur dich – sondern auch Kingfisher. Ich sah eine Achse im Fluss der Dinge. Einen brennenden Knoten im Gewebe all dessen, was kommen würde. Und als ich genauer hinschaute und die Stärke der Bindung bemerkte, die zwischen euch beiden besteht, habe ich zugegebenermaßen versucht, das Schicksal zu beeinflussen.«

»Wie meinst du das?«, flüsterte ich.

Zareth blickte den sanft geschwungenen Hang hinunter zu der Wiese, auf der seine Töchter sich fröhlich lachend an den Händen hielten und sich im hohen Gras drehten. »Du solltest als Fae geboren werden, im selben Reich wie dein Kingfisher. Also habe ich euch getrennt. Hunderte von Jahren vor deiner Geburt habe ich die Ereignisse um deine Geburt herum verschoben. Ich verschob die Figuren auf dem Spielbrett und platzierte dich weit weg, in ein Reich, das niemals mit seinem in Berührung hätte kommen dürfen. Doch dann beobachtete ich, wie die Äste des Universums gegen ihre Natur wuchsen und sich so ausrichteten, dass ihr euch dennoch begegnen würdet. Damals erkannte ich, dass es keine Rolle spielte, auf welche Weise die Äste und Zweige dieses Baums manipuliert wurden: Du und er … ihr würdet immer zueinanderfinden. Und ich konnte nichts tun, um das zu verhindern.«

Fisher hatte erzählt, dass seine Mutter sich manchmal geirrt hatte, wenn es um kleine Details ging, die große Konsequenzen haben konnten. Als sie vorhergesagt hatte, dass ich wie ein Meteorit in das Leben ihres Sohnes stürzen würde, hatte sie mich mit spitzen Ohren und Eckzähnen gesehen, genau wie ihren Sohn. Und nun stellte sich heraus, dass sie recht behalten hatte. Ich hätte *tatsächlich* als Fae geboren werden sollen. Der Gott des Chaos hatte sich einfach eingemischt.

»Warum?«, fragte ich. »Warum wolltest du uns trennen? Was macht es dir aus, ob wir uns lieben und unser Leben gemeinsam verbringen oder nicht?«

Zareth betrachtete mich einen Moment lang. Dann holte er tief Luft und ging an mir vorbei, um den Baum herum, bis zu einer Stelle am Ufer des Grabens, wo das Gras flach auf die Erde gepresst dalag … und die Äste des Baums zu kahlen, schwarz verfärbten Knoten verbogen waren. Von der anderen Seite aus hatte ich es nicht bemerkt, doch nun konnte ich deutlich erkennen, dass ein großer Teil des Baums dem Absterben nahe war.

»In der Natur gibt es zu allem ein Gegengewicht, mein Kind. Licht und Dunkelheit. Leben und Tod. Freude und Leid. Und das Gute und das Böse. Dieses Gesetz gilt für alle Reiche – ganz gleich, wo man existiert«, sagte er und breitete den Arm mit einer Bewegung aus, die die vielen Blätter des Baums umfasste. »Fäden wie du und Kingfisher, die zusammengezogen werden und sich auf einer Achse kreuzen, erschaffen eine Quelle der Kraft. Die Energie, die ihr beide vereint, zieht ein gleich großes Gegengewicht an. Jede mögliche Zukunft, in der ihr beiden zusammen seid, endet damit, dass ein großes Stück dieses Baums abstirbt. Niemand von uns kann einen anderen Weg vorhersehen.«

»Du … willst also sagen, dass Fisher und ich für das Ende des gesamten Universums verantwortlich sind?«

Zareth schüttelte den Kopf. »Nicht ihr persönlich. Aber der Moment, in dem ihr euch begegnet seid, und der Moment, in dem ihr Seelengefährten wurdet, hat einen Funken ausgelöst. Ein Leuchten in der Dunkelheit, das die Motten anzieht. Es war meine Pflicht, die Entstehung dieses Funkens zu verhindern – aber wie du bereits erfahren hast, lassen sich die Schicksalsgöttinnen nicht von ihrem Weg abbringen.«

Ich spürte meinen Herzschlag im ganzen Körper. »Weiß Fisher davon?«

Zareth schnaubte. »Nein. Ich habe die Ereignisse so arrangiert, dass er als junger Mann hierhergebracht wurde. Seine Mutter war gerade gestorben, und er zeigte sich uns gegenüber nicht sehr höflich.« Der Gott des Chaos runzelte die Stirn, als machte ihm die Erinnerung daran noch immer zu schaffen. »Er hat sich meine Familie zum Feind gemacht. Und er durfte nur weiterleben, weil ich es verlangte. Ich habe viel Zeit damit verbracht, die verschiedenen Ergebnisse und Wege dieses Universums zu studieren, nachdem du und Kingfisher euch begegnet seid, und obwohl ich kein Gleichgewicht gefunden habe, bei dem das Gute überwog, gab es Wege, die in die … Ungewissheit führten.«

»Ungewissheit?«

»Pfade, die auf Straßen führen, auf denen sowohl der Weg als auch das Ziel für mich nicht zu erkennen sind. Und in all diesen verborgenen Zukunftsversionen, in denen noch eine Chance für das Leben besteht, gibt es einen gemeinsamen Faktor.« Ich wollte es nicht hören. Es nicht herausfinden. Dieser Druck war einfach zu groß. Zareth wusste das, da war ich mir sicher – doch er fuhr fort: »Du und Kingfisher … ihr habt Seite an Seite gekämpft, und ihr wart göttergebunden.« Er deutete auf die Schriftzeichen, die sich um meine Handgelenke wanden. »Diese Eide besagen, dass du unter meinem Schutz stehst. Sie schützen sowohl dich als auch Fisher vor der unerwünschten Aufmerksamkeit meiner Brüder und meiner Schwester.«

»Sie *schützen* mich vor ihnen?«

»Sie würden Fisher am liebsten töten und das Danach dem Zufall überlassen. Sie würden es vorziehen, den aufziehenden Sturm abzuwettern und unseren Baum neu zu pflanzen, sobald reiner Tisch gemacht worden ist. Aber ich bin dagegen. Es würde meinen Töchtern das Herz brechen.« Er hielt inne und schaute zu den Mädchen unten auf dem Feld, die tanzend die Gräser nachahmten, die sich im Wind wiegten. Ihr Lachen wehte wie liebliche Musik zu uns herauf. »Ihretwegen bin ich bereit, ein Risiko einzugehen. Wenn du Fisher wahrhaftig als deinen Seelengefährten akzeptierst, dann musst du zustimmen, dass der Faden deines Lebens aus dem Gewebe des Universums herausgetrennt wird. Sobald du das getan hast, kann keiner von uns deine Zukunft beeinflussen. Wir werden dich nicht mehr sehen können, und weder meine Brüder noch meine Schwester werden sich in Zeitabläufe oder Ereignisse einmischen können, die dich betreffen. Du wirst auf dich allein gestellt sein.«

Auf mich allein gestellt? Was meinte er damit? »Diese Bürde sollte nicht auf den Schultern einer einzigen Person lasten – und schon gar nicht auf meinen. Ich bin eine Diebin! Nur … eine Frau! Ich kann nicht verantwortlich gemacht werden für …«

»Du bist für nichts verantwortlich. Du musst nichts weiter tun, als dein Leben zu leben.«

»Aber …«

»Lass es mich so sagen, Kind«, unterbrach mich Zareth. »Willst du, dass dein Seelengefährte stirbt?«

»Nein, natürlich nicht!«

»Dann weißt du Bescheid: Denn nur so kannst du ihn retten.«

»Ich …« Was sollte ich sagen? Wenn ich einwilligte, könnten Zareth und die anderen Gottheiten nicht mehr in meine Zukunft sehen oder irgendetwas tun, das die Ereignisse rund um mich herum beeinflusste. Aber sollten sie das überhaupt dürfen? Ihre Einmischung hatte dazu geführt, dass ich nicht in Yvelia, sondern in Zilvaren zur Welt gekommen war. Wie oft hatten sie die Wendungen des Schicksals beeinflusst, und wie viele Menschen hatten deswegen leiden müssen? Was gab *ihnen* das Recht dazu?

Zareth kniff die Augen leicht zusammen und sah mich an. »›Scheiß auf die Schicksalsgöttinnen – sie entscheiden einen Dreck für mich. Ich entscheide, wie meine Zukunft aussieht.‹ Hast du das nicht erst vor wenigen Tagen gesagt?«

Das hatte ich tatsächlich gesagt – und auch so gemeint. »Ja, schon, aber …«

»Wenn du *wirklich* Herrin über dein eigenes Leben sein willst, dann erreichst du nur auf diese Weise dein Ziel.«

Ich hatte das Gefühl, dass Zareth verzweifelt war – ein Gott, der alles sagen würde, um mich seinem Willen zu beugen. Aber es ließ sich nicht leugnen: Er *war* ein Gott. Er konnte mich dazu bringen, alles zu tun, was er wollte, und doch ließ er mir diese Wahl.

»Wie schmerzhaft ist es?«, fragte ich misstrauisch. »Dieses Heraustrennen des Fadens?«

»Nicht schmerzhafter als die Verwandlung, dem dein Körper in diesem Moment bereits ausgesetzt ist, Saeris Fane.«

Warum zum Teufel klang das nicht gerade beruhigend? »Wie genau wird es ablaufen?«

»Ich verwandle dich in etwas, das noch nie zuvor existiert hat«, antwortete er kryptisch. »Das Universum kann sich nicht auf etwas konzentrieren, das es nicht kennt.«

»Aber *wie*?«

»Ich bin nicht nur der Gott des Chaos, Alchemistin, sondern auch der Gott der Veränderung. Wenn ich etwas will, wird es geschehen.«

»Ich ...«

»Die Zeit wird knapp, Saeris. Triff deine Entscheidung.«

»Okay. Also gut. Ja, ich bin einverstanden.« Die Worte platzten aus mir heraus, bevor ich länger darüber nachdenken konnte. Wenn ich die Wahl hatte, etwas nie Dagewesenes zu werden oder so gut wie sicher zusammen mit dem Rest des Universums zu sterben, fiel die Entscheidung wirklich nicht schwer.

Die Götterbindungen an meinen Handgelenken flammten plötzlich auf und fraßen sich in meine Haut wie brennende Seile. »Dann wünsche ich dir viel Glück, Saeris. Und grüße Kingfisher von mir.« Und damit stieß der Gott der Veränderung mich in das Quicksilver.

45

WÄHLE MIT BEDACHT

Ich trieb auf einem Meer der Dunkelheit. Im Vergleich zu meiner letzten Begegnung mit einem großen Gewässer war ich erstaunlich gelassen, aber allem Anschein nach musste man im Jenseits nicht schwimmen können.

Über mir wölbte sich ein Sternenhimmel am Firmament, der die Existenz unendlich vieler Reiche versprach. Völlig zufrieden schwebte ich im Nichts und versuchte, sie zu zählen. Zwar verzählte ich mich immer wieder, doch es machte mir nichts aus, wieder von vorn anzufangen. Hier hatte ich nichts zu befürchten. Ich trieb eine Ewigkeit auf den Wellen und spürte, wie Zivilisationen aufstiegen und untergingen. In der Dunkelheit beobachtete ich das Universum, und das Universum beobachtete mich.

Ich wurde hundertmal geboren und starb hundertmal.

Und dann sah ich etwas, das eigentlich nicht hätte sein sollen.

Ein Vogel.

Er flatterte in der Leere um mich herum, seine wunderschönen Schwingen blitzten blau-grün. Er sang so lieblich, dass ich mich daran erinnerte, wie es war, ein Herz zu haben – und wenn auch nur, um seinen Schmerz zu spüren. Und wie es schmerzte!

Ich erinnerte mich an andere Dinge.

Jade, die Farbe von frischem Gras.

Minze und das Versprechen von Schnee in kalter Bergluft.

Ein schiefes Lächeln und dunkle, dichte Locken.

Ich erinnerte mich an einen Augenblick und dann an alle, und ich erinnerte mich daran, wie man ertrinkt.

Ich brauchte ihn wie die Luft zum Atmen.

Ich griff nach ihm, als würde ich nach der Oberfläche eines stillen, flachen Sees greifen.

Kingfisher.

Mein Kingfisher.

Mein Seelengefährte …

»FISHER!«

Keuchend setzte ich mich auf. Ich war komplett durchgeschwitzt, und in meinem Kopf drehte sich alles – so schlimm wie noch nie. Bei den Göttern, ich … Mir wurde schlecht. Ich sprang aus dem … dem Bett, ich hatte tatsächlich in einem *Bett* gelegen, und stolperte sofort über einen Eimer, der strategisch günstig neben dem Nachttisch stand. Auf dem Boden sitzend, die Beine weit gespreizt, griff ich nach dem Eimer und kotzte hinein, was das Zeug hielt. Als mein Magen leer war, ließ ich mich keuchend mit dem Rücken gegen die Bettkante sinken und schaute mich um.

Der Raum, in dem ich mich befand, besaß hohe Fenster, vor denen dunkelgrüne Vorhänge hingen. Überall standen schwere, dunkle Eichenmöbel: ein Kleiderschrank neben der Tür, eine Kommode, ein weiterer Schrank am Fenster und ein Regal voller Bücher. Der taubengraue Teppich, auf dem ich saß, war weich und samtig und fühlte sich herrlich an, als ich meine Finger darin vergrub …

Fuck!

Hastig griff ich nach dem Eimer und übergab mich erneut. Meine Bauchmuskeln waren völlig verkrampft, als ich ihn beiseitestellte.

»Man nennt es die große Säuberung«, sagte eine männliche Stimme. Taladaius hatte die Tür geöffnet, während ich mich erbrach, und lehnte nun mit verschränkten Armen am Türpfosten. Er betrachtete mich mit einem belustigten Lächeln.

Ein Vampir.

Malcolms Stellvertreter.

Ich sah mich im Zimmer um, auf der Suche nach etwas, womit ich mich verteidigen konnte – und bemerkte zum ersten Mal, dass ich nur schockierend winzige Shorts aus schwarzer Seide trug und ein durchsichtiges Trägertop aus demselben Material, das kaum etwas der Fantasie überließ. Keuchend gab ich die Suche nach einer Waffe auf und suchte stattdessen nach etwas, womit ich mich bedecken konnte.

Taladaius lachte in sich hinein, während er den Raum durchquerte und einen Morgenmantel hinter dem verzierten Wandschirm am Fenster hervorholte. Demonstrativ wandte er den Blick ab, als er auf das Bett zuging und ihn mir entgegenhielt. »Dein Körper hat in den letzten Stunden große Veränderungen durchgemacht«, sagte er. »Wenn alles so verläuft wie üblich, dürftest du bald wieder normale Nahrung zu dir nehmen können, aber es könnte ein oder zwei Tage dauern. Als ich mich verwandelt habe, hat es sechs Monate gedauert, bis ich nicht mehr alles, was ich essen wollte, hochgewürgt habe wie einen Haarballen.«

Ich schnappte mir den Morgenmantel und warf ihn mir um die Schultern. Dann sog ich mit aufgeblähten Nasenflügeln die

Luft ein – und hasste das seltsame, überwältigende Brennen tief in meinem Rachen. »Was meinst du mit ›verwandelt?‹«, fragte ich schroff.

Taladaius legte den Kopf schräg und schaute mich mitleidig an. »Du weißt genau, was ich damit meine. Oder etwa nicht?«

Vampir.

Vampir.

Vampir.

Ich funkelte ihn an, weigerte mich, das zu akzeptieren. »Ich bin nicht so wie du«, fauchte ich.

Taladaius nickte und bohrte die Spitze seines teuren Lederschuhs in die Teppichkante. »Oh, *das* ist mir klar, Saeris«, erwiderte er, die Hände in den Taschen.

»Was soll das bedeuten? Dieser Tonfall?«, fragte ich fordernd.

»Hier.« Der Vampir mit dem makellos frisierten silbernen Haar und den seltsam weichen Augen deutete mit einer Kopfbewegung auf den großen Spiegel an der Wand. »Komm und sieh es dir selbst an.«

Misstrauisch ging ich zum Spiegel. Die Arme um den Oberkörper geschlungen, machte ich mich auf eine unangenehme Überraschung gefasst. Ich hatte keine Ahnung, ob ich die Person wiedererkennen würde, die mich im Spiegelbild anstarrte. Aber ich erkannte sie. Abgesehen von den leichten Schatten unter meinen Augen war ich ganz und gar ich selbst. Saeris. Dasselbe dunkle Haar. Dieselben blauen Augen. Dieselben …

Ich zögerte. Drehte den Kopf.

Meine Ohren.

Der obere Rand meiner Ohren lief spitz zu. Die Spitzen schauten durch mein zerzaustes Haar, als wären sie schon immer dort gewesen. Ich öffnete den Mund, um zu fluchen, doch als ich meine Zähne sah, begann mein Herz zu rasen. Meine Eckzähne. Ich hatte sehr lange Eckzähne. Und sie sahen verdammt spitz aus.

»Ich bin … eine *Fae*?«, fragte ich Taladaius' Spiegelbild.

Er lächelte höflich, schüttelte aber den Kopf. »Soweit wir es beurteilen können, bist du halb Vampirin, halb Fae. Etwas, das keiner von uns je zuvor gesehen hat. Im Moment wissen wir nicht, welche Eigenschaften du von den Fae und welche du von den Vampiren übernommen hast. Unsere Heiler konnten nur eines mit Sicherheit sagen: Du bist nicht länger ein Mensch.«

Nicht länger ein Mensch.

Nicht vollständig Vampir.

Nicht vollständig Fae.

Meine Kehle schnürte sich zu. Ich riss mich von meinem Spiegelbild los und kniff die Augen fest zusammen. Ich durfte jetzt nicht darüber nachdenken. Ich brauchte meinen Seelengefährten. »Wo ist Fisher?«

Taladaius zuckte die Schultern und betrachtete plötzlich interessiert die dekorativen Putzornamente an der Zimmerdecke. »Oh, ich weiß es nicht. Vermutlich steckt er hier irgendwo.«

»Ist er verletzt? Ist er …«

»Ganz ruhig, Saeris. Ihm geht's gut. Er wird bald hier sein.«

Ich hatte nicht vor, den Worten eines Vampirs zu trauen. Als ich an mir hinunterblickte, sah ich, dass meine Tätowierungen noch auf meiner Haut schimmerten und der ganzen Welt verkündeten, dass ich Fishers Seelengefährtin war.

Ich sandte meine Gedanken aus und suchte nach ihm. Augenblicke später traf ich auf einen anderen Geist, der in tiefer Konzentration versunken war – Fisher. Er war hier. Ganz in der Nähe. Und er konzentrierte sich auf etwas, das ihm sehr schwerfiel. Aber es ging kein Schmerz und keine Sorge von seinen Gedanken aus, was mich aufatmen ließ. Anscheinend hatte Taladaius also die Wahrheit gesagt.

»Wo sind wir?«, fragte ich und ging um das Bett herum, wobei ich darauf achtete, genügend Platz zwischen mir und ihm zu lassen. Und wo war überhaupt Solace? Ich brauchte mein verdammtes Schwert.

»Fisher wollte dir selbst sagen, wo wir sind«, antwortete Taladaius.

»Was? Aber … *warum*?« Ich kniff die Augen leicht zusammen und versuchte, ihn zu durchschauen. Taladaius wirkte gleichermaßen entspannt wie belustigt – was mir auch nicht verriet, warum er unseren Aufenthaltsort geheim hielt. Verärgerung machte sich in mir breit. Ich durchquerte das Schlafzimmer, den Morgenmantel fest um meinen Körper geschlungen, und riss die Vorhänge auf.

Schmerz explodierte in meinem Kopf. Draußen herrschte kaum noch Licht, die letzten Sonnenstrahlen verschwanden bereits hinter dem Horizont, aber es fühlte sich an, als hätte man mir gerade mit einem Vorschlaghammer den Kopf eingeschlagen. *»Auuuu!«*

Taladaius, der sich bewusst im Schatten hielt, nahm sanft meine Hand vom Vorhang und zog ihn wieder zu. »Auch das wirst du bald besser ertragen können als die meisten von uns. Es dürfte nur etwas dauern, bis du dich daran gewöhnt hast. Was ist mit deinen Erinnerungen? Was weißt du noch über Gillethrye, Saeris?«

Der Name dieses Ortes jagte mir einen Schauer über den Rücken. »Ich … Wir haben gegen sie gekämpft. Malcolm, Belikon und Madra. Da war eine Münze. Ich habe sie geworfen, und …«

»Und dann?«

»Dann …« Ich starrte ihn an, und eine seltsame Furcht breitete sich in meinem Magen aus. »Er hat mich verwundet. Und ich … Ich habe ihn getötet. Du und Fisher … ihr seid gekommen. Und dann …«

»Und dann habe ich dich gebissen«, sagte Taladaius, nickte

und schaute schnell zur Seite, als ob er sich plötzlich unwohl fühlte. »Was danach geschah, habe ich mit einer Erinnerungssperre versehen. Die Verwandlung ist schwer. Und, na ja, ein Vampir-Ahnherr hat die Macht, diese Erinnerungen zu unterdrücken, also …«

»Entferne sie«, verlangte ich. »Entferne die Sperre.«

Taladaius machte den Eindruck, als wollte er sich weigern, sagte dann aber: »Wenn du dir sicher bist, dass du das willst, werde ich es tun. Aber es kann sehr traumatisch sein …«

»Entferne sie«, knurrte ich.

»Wie du wünschst.« Er brauchte mich nicht mal zu berühren – so einfach war es. In der einen Sekunde konnte ich mich nicht an den Moment erinnern, als Taladaius' Zähne sich in meinen Halsansatz bohrten. Nicht an die Horrorshow, die darauf folgte. Und in der nächsten kehrte alles schlagartig zurück.

Taladaius' Biss.

Fisher, der mich in seinen Armen trug. Ein Schattentor öffnete. Mein Flug durch die Luft auf das Quicksilver-Becken zu. Mein kurzes, angespanntes Gespräch mit Zareth.

Fisher, der mich aus dem Quicksilver zerrte. Er und Carrion, die sich stritten, als wollten sie sich gegenseitig umbringen.

Lorreth, der an meinem Bett saß, auf einer Art Laute spielte und mir leise etwas vorsang, während ich mich stöhnend hin und her warf.

Drei Tage, in denen ich in diesem Bett, in diesem Zimmer lag und Fisher anflehte, mich zu töten, weil ich den Schmerz keine Sekunde länger ertragen konnte.

Und dann der Moment, in dem ich jemanden … *biss.*

Meine Augen zuckten zu Taladaius' Hals.

Ich hatte *ihn* gebissen.

Er sah, dass ich erkannt hatte, was passiert war, und schenkte mir ein mattes Lächeln. Dann legte er den Hals schräg und präsentierte mir seine glatte, makellose Haut. »Es ist nichts passiert«, versicherte er. »Du hast die Haut kaum angeritzt.«

»Warum habe ich das getan?« Ich presste mir eine Hand auf den Mund – zu entsetzt, um die Lippen zu öffnen und eine Wahrheit zu akzeptieren, die ich bereits kannte, vor der ich aber zu viel Angst hatte.

»Fisher sollte für dieses Gespräch wirklich bei uns sein«, sagte Taladaius und ging auf die Tür zu.

»Nein! Ich …« Ich wusste nicht, was ich sagen sollte. »Ein Teil von mir hat das Gefühl, ich sollte dir danken, weil du mir das Leben gerettet hast.«

»Und der andere Teil?«

»Würde dich am liebsten umbringen für das, was du getan hast«, flüsterte ich.

Der Vampir nickte und blickte hinunter auf seine Lederschuhe. »Genauso ging es mir auch … für sehr, sehr lange Zeit. Es gab ganze Jahrhunderte, in denen ich das hasste, was aus mir geworden war, und Malcolm am liebsten vernichtet hätte. Damals wäre mir nichts lieber gewesen, als zu sterben und diese Welt zu verlassen.«

»Und warum hast du dich entschieden zu bleiben?«

Taladaius schenkte mir ein kleines, tieftrauriges Lächeln. »Das habe ich nicht. Mir blieb keine Wahl. Malcolm hat mich nicht gehen lassen. Ich habe einmal versucht, mich umzubringen, und er hat mir verboten, es jemals wieder zu versuchen. Sein Wort war Gesetz.«

»Aber jetzt ist er tot …«

»Und ich bin frei.« Taladaius wippte auf den Fersen. »Ich versuche noch immer zu einem Schluss zu kommen, was das für mich bedeutet. Aber die Dinge sind in letzter Zeit ziemlich interessant geworden.« Er musterte mich von Kopf bis Fuß und runzelte die Stirn, als müsste er seine nächsten Worte sorgfältig abwägen. Nach einem Moment verkündete er: »Es gibt zwei Arten von Ewigkeit, Alchemistin. Die eine ist der Himmel. Die andere ist die Hölle. Es spielt keine Rolle, was *ich* tue. Aber dir rate ich: Wähle *deine* Version der Unsterblichkeit mit Bedacht.«

Ich blinzelte und versuchte, diese Version von Carrion Swift zu verstehen.

Noch immer das gleiche kunstvoll zerzauste kupferbraune Haar. Noch immer dieselben blauen Augen und dasselbe schelmische Grinsen.

Aber auch spitze Ohren. Und spitze Eckzähne. Und er war so *groß*.

Ich versetzte ihm einen Schlag gegen die Brust.

»Au! Wofür war *das* denn?«

Aufgebracht wedelte ich mit dem Finger vor seiner Nase herum. »Dafür, dass du ein Arschloch bist. Ich kenne dich seit meinem *fünfzehnten* Lebensjahr!«

Er schüttelte den Kopf und hob abwehrend die Hände. »Und? Ich kenne dich seit meinem eintausendsechsundachtzigsten Lebensjahr. Bekomme ich jetzt einen Preis?«

»Du hast mir nicht gesagt, dass du der verdammte Erbe eines Fae-Throns bist!«

»Tja, das zählt wohl kaum zu den Dingen, die man einfach so *ausplaudert*, Fane. Und außerdem musste ich meiner Großmutter versprechen, es niemandem zu sagen.«

»Nur mit dem Unterschied, dass sie gar nicht deine Großmutter war, oder?!«

Carrion verzog das Gesicht. »Nein, nicht wirklich. Sie war eher eine Art Vormund. Oder eine Spielkameradin während meiner Kindheit. Und danach eine Freundin. Und schließlich war ich *ihr* Vormund. Keine Ahnung. Je älter wir wurden, desto komplizierter wurde das Ganze.«

Ich schüttelte den Kopf, während ich noch immer tapfer versuchte, alle Teile zusammenzufügen. »Also, Fishers Vater hat dich nach Zilvaren gebracht, als du noch klein warst, um dich vor Belikon zu schützen. Er hat deine Ohren und deine Eckzähne mithilfe von Magie kaschiert, damit du nicht auffällst. Außerdem hat er dir eine Tasche mit Büchern mitgegeben, damit du etwas über deine Herkunft lernst und zurückkehren kannst, wenn die Zeit reif ist. Und … eine Frau hat dich gerettet?«

»Ihr Name war Orlena«, berichtete Carrion. »Orlena Parry. Sie war eine Sklavin in Madras Palast. Aber in jener Nacht, als sie mich aus dem Quicksilver-Becken zog, schlich sie mit mir aus dem Palast und floh in den dritten Bezirk, weil sie wusste, dass sie dort in der Menge untertauchen konnte. Und dort blieb sie dann auch. Sie fand Arbeit als Näherin, besorgte uns eine Bleibe und zog mich wie ihren eigenen Sohn auf.«

Ich konnte es nicht fassen. Verwirrt betrachtete ich ihn, diese Fae-Version von Carrion, seine wahre Gestalt, und brach fast in Gelächter aus. »Und als Madra die Tore geschlossen hat, hast du dort festgesessen. Und dann hast du die nächsten tausend Jahre einfach … in Zilvaren *gelebt*?«

»Ja, darauf läuft es hinaus«, sagte Carrion. »Ich hatte diese Bücher, die Finran mir mitgegeben hatte – über die Fae und mein Volk. Als ich neun war, heiratete Orlena und nahm den Namen Swift an. Wenig später bekam sie eine Tochter. Petra. Petra wuchs heran und brachte ebenfalls ein Mädchen zur Welt. Die Bücher wurden über die mütterliche Seite vererbt – und ich mit ihnen. Diese Frauen hielten mich aus Schwierigkeiten heraus, so gut es ging, und sorgten dafür, dass ich nach Anzeichen dafür Ausschau hielt, dass sich das Quicksilver-Becken wieder geöffnet hatte. Sie fanden es grausam, dass ich in der Silberstadt festsaß, und waren der Ansicht, dass ich nach Hause zurückkehren und mein Volk regieren sollte. Die Frauen des Swift-Stammbaums waren immer sehr herrisch und übermäßig besorgt, was mein Liebesleben betraf.«

»Dann wusstest du also, was dich erwartete, als das Quicksilver wiedererwachte?«

Carrion lachte. »Nein. Nicht mal ansatzweise. Aber ich habe es gespürt, an dem Tag, als man dich in den Palast geschleift hat. Irgendetwas bewegte sich in der Luft. Eine Art von Energie, die mir seltsam bekannt vorkam. Ich erkannte es beim zweiten Mal, und irgendwie *wusste* ich, dass es mit dir zusammenhing. Ich lief zum *Mirage*, um nachzusehen, ob dir die Flucht gelungen war, und dort fand Fisher mich dann. Ich habe mich wirklich nur deshalb als Hayden ausgegeben, weil ich dachte, ich würde ihn schützen, Saeris. Ich hoffe, du glaubst mir das.«

»Ist schon okay, ich weiß.« Ich glaubte ihm wirklich.

Bei den Göttern, wie sehr das alles hier miteinander verwoben war! Fishers Vater war derjenige gewesen, der den wahren Thronfolger aus Yvelia herausgeschmuggelt hatte. Und tausend Jahre später hatte sein Sohn ihn wieder zurückgeholt. Das musste eine besondere Bedeutung haben. Zwar konnte ich es nicht genau benennen, aber ich war mir sicher, dass wir alle es bald herausfinden würden.

Und in all den Jahren hatte ein Fae-Kronprinz im dritten Bezirk gelebt, Waren geschmuggelt, Schlägereien angezettelt und den Bewohnern ganz allgemein auf den Nerven herumgetrampelt. Beinahe hätte ich Carrion gefragt, wie er seinen Verstand bewahrt hatte, während die Leute, die ihm wichtig waren, auf die Welt kamen, aufwuchsen, ihr Leben lebten und an Altersschwäche starben. Doch ich kannte die Antwort auf diese Frage bereits, und ich wollte mir nicht anhören müssen, wie er irgendwas Unflätiges über Whisky und Frauen von sich gab.

Apropos: »Du hast mit mir geschlafen«, knurrte ich und funkelte ihn noch wütender an.

Er grinste schamlos. »Gern geschehen.«

»Carrion!«

»Was denn? Du vögelst Fisher schon seit … weiß der Himmel wie lange!«

»Ja, aber ich wusste, was er war, als ich beschloss, mit ihm zu schlafen. Und er war mein Seelengefährte.«

Carrion schnaubte. Dann verschränkte er die Arme vor der Brust, rollte mit den Augen und seufzte. »Also gut, es tut mir leid, dass ich dir vor dem Sex nicht gesagt habe, dass ich ein magiebegabter politischer Flüchtling bin, der sich als Mensch ausgibt. Fühlst du dich jetzt besser?«

»Nein.«

»Ach, komm schon, Fane!« Er stupste mich mit dem Ellbogen an. »Ich bin jetzt ein Fae. Du bist jetzt eine Fae. Irgendwie. Das ist doch alles Schnee von gestern. Du bist nur verstimmt, weil du dir Sorgen um mich gemacht hast. Na los: Frag mich, wie ich Malcolms allmächtiges Gift überlebt habe. Ich kann dir ansehen, dass du es unbedingt wissen willst.«

»Lorreth hat es mir bereits gesagt. Da hast du's.« Lorreth war mein zweiter Besucher gewesen, kurz nachdem Taladaius mein Zimmer verlassen hatte. Als er meine Fae-Ohren gesehen hatte, hatte er noch herzhaft gelacht. Doch als er sah, wie spitz meine Zähne waren, hatte sein Lachen schon etwas weniger begeistert geklungen. Sofort nach seiner Ankunft hatte er mir erzählt, dass Everlayne lebte und Ren bei ihr saß und über sie wachte, obwohl sie in einen tiefen Schlaf gefallen war und nicht geweckt werden konnte. Te Léna und Iseabail waren jedoch zuversichtlich, dass sie jeden Moment erwachen könnte. Danach war Lorreth noch über eine Stunde geblieben und hatte mir von den Ereignissen nach meiner Rückkehr ins Labyrinth berichtet. Mit furchtbaren Schuldgefühlen hatte ich zugehört, als er mir erzählte, dass sie alle drei fast durch Belikons Hand gestorben waren, während sie mir Zeit verschafften, die Münze zu finden. Der Fae-Krieger hatte mich für verrückt erklärt, als ich mich dafür entschuldigte, dass es so lange gedauert hatte. Denn für ihn hatte es sich wie ein Wunder angefühlt, als der Wind die gesamte Todesmagie weggefegt hatte und ihre Schwerter wieder Magie leiten konnten. Madra war sofort durch das Quicksilver geflohen. Belikon hatte sich noch heftig widersetzt, aber in der Sekunde, in der Lorreths Engelsatem aus Avisiéth hervorgeschossen war, war auch er geflohen wie ein verdammter Feigling.

»Ach, wirklich?« Carrion zog eine Augenbraue hoch und musterte mich zweifelnd. »Und wie hat Lorreth von den Gespaltenen Türmen meine Geschichte erzählt? Lass mich raten: Mein Blut sei zu widerlich, um von Vampirgift beeinflusst zu werden.«

»Nein, er sagte, dass man das Blut deines Vaters für die Herstellung des Blutfluchs verwendet hatte – der Fluch, der es Malcolm ermöglichte, ein Vampir zu werden. Und dass ein Vampir weder von den lebenden Mitgliedern der Abstammungslinie, die den Fluch erschaffen hat, Blut trinken noch sie hörig machen kann. Er sagte, dass dein Blut Malcolm eigentlich auf der Stelle hätte töten müssen, aber weil er schon so lange gelebt hatte, war er zu mächtig.«

»Hmm.« Carrion brummte. »Das trifft es ziemlich genau.«

»Und Lorreth sagte auch, dass Malcolm deshalb Belikon beauftragt hatte, deine Eltern zu töten. Sie waren die einzige noch existierende Bedrohung in Yvelia.«

Carrion brummte erneut. Das Grinsen war aus seinem Gesicht verschwunden. »Ich kann mich kaum noch an sie erinnern.«

»Aber ich erinnere mich an sie.«

Mir stockte das Herz in der Brust. Ich wartete schon seit einer gefühlten Ewigkeit auf ihn. Fisher stand in der Tür und nickte Carrion mit steinerner Miene zu. Als er mich ansah, wurde sein Blick weicher.

Hey, du, flüsterte er in meinem Kopf.

Hey, selber du, antwortete ich.

Ich war unendlich erleichtert, dass sich daran nichts geändert hatte: Fisher konnte noch immer in Gedanken mit mir reden und umgekehrt. Bei all den drastischen Umwälzungen der letzten Tage schien die Bindung zwischen uns unverändert zu sein.

Seine Mundwinkel zuckten kaum merklich – der Hauch eines Lächelns. Das auch dann nicht verschwand, als er den Raum durchquerte und mir einen leichten Kuss auf die Stirn drückte.

»Willst du mir jetzt von meinen Eltern erzählen?«, fragte Carrion. »Oder fangt ihr gleich an, euch gegenseitig auszuziehen? Ich kann nämlich gehen. Natürlich *muss* ich nicht, aber ich kann.«

»Bitte geh, Carrion«, sagte Fisher mit fester Stimme. »Ich komme später zu dir und erzähle dir alles, was ich über sie weiß. Aber jetzt will ich erst einmal mit meiner Seelengefährtin allein sein.« Er sprach die Worte mit so viel Stolz aus: meine Seelengefährtin.

Murrend verließ Carrion den Raum, der jetzt plötzlich viel kleiner wirkte. Wir waren allein.

»Bist du traurig, dass du mich nicht mehr ›kleine Osha‹ nennen darfst?«, fragte ich. Bei den Göttern, was für ein verwirrendes Gefühl! Ich war hocherfreut, dass ein Teil von mir jetzt Fae war – dank Zareth. Weniger erfreut war ich über die Tatsache, dass ein Teil von mir jetzt eine Vampirin war – dank Taladaius. Ein Gefühl der Beklemmung machte sich in mir breit und wurde von Sekunde zu Sekunde unerträglicher. Aber Fisher senkte den Kopf jetzt auf sehr jungenhafte Weise, was mich innerlich erschauern ließ.

Er schaute mich unter seinen dunklen Augenbrauen hervor an und grinste. »Mensch, Fae oder Vampir. Es spielt keine Rolle, wie lange du lebst, Saeris, du wirst für mich *immer* hochheilig sein.« Doch dann verblasste sein Grinsen. »Habe ich das Richtige getan?«

Im Labyrinth war ich nicht in der Lage gewesen, selbst zu antworten. Er hatte die Entscheidung für mich treffen müssen. Und was für eine monumentale Entscheidung! Nachdem ich mich geweigert hatte, mich von ihm mit seiner Seele heilen zu lassen, war es kein Wunder, dass er mich jetzt ansah, als hätte er Angst, dass ich nie wieder mit ihm reden würde.

Das hier … war *gewaltig.*

Ich war nicht mehr ich selbst.

Ich war das Mündel eines Gottes und noch dazu nicht irgendeines Gottes. Das Gleiche galt für Fisher. Es gab noch so viel, was ich ihm sagen musste. Aber ich hatte keine Ahnung, wie er die Neuigkeiten aufnehmen würde … wenn ich ihm alles erklärte, was in den kurzen Minuten passiert war, die ich mit dem Gott des Chaos verbracht hatte. Irgendetwas sagte mir, dass Fisher jede Menge Fragen haben würde. Tausend Fragen.

Doch erst einmal war die Welt heller geworden. Klarer. Als ich Fisher ansah, schimmerte eine leuchtende Kraft in seinen Augen. Und in meiner Kehle brannte jetzt ein Verlangen, das sich immer schwerer ignorieren ließ.

Moment mal …

In Fishers Augen lag Magie.

Aber … etwas weniger Quicksilver.

Ich schnappte nach Luft und löste mich aus seinen Armen, woraufhin Fisher sich räusperte und eine leicht verlegene Miene zog. »Ich hatte mich schon gefragt, ob du es bemerken würdest«, sagte er.

»Ob ich es bemerken würde! Was … *wie*? Was ist passiert?«

»Te Léna hat einen Weg gefunden, die Wirkung des Quicksilvers zu dämpfen. Ich war monatelang bei ihr, um es in den Griff zu bekommen, aber ihre Behandlungen verloren immer mehr an Wirkung. Und dann sagte Iseabail, dass sie helfen könnte. Die beiden sind ein ziemlich gutes Team. Te Léna hat geholfen, das

Quicksilver zu beruhigen, und Iseabail hat es aus mir herausgelockt. Ich muss zwar noch tausend Behandlungen über mich ergehen lassen, und es wird lange dauern, aber es sollte funktionieren.«

»Das ist unglaublich! Das bedeutet …« Ich war zu nervös, um es auszusprechen.

Er würde *nicht* den Verstand verlieren.

Natürlich mussten wir uns noch um Belikon kümmern. Und um Madra. Und ich war weiterhin fest entschlossen, meinen Bruder und Elroy zu finden. Außerdem gab es noch tausend andere Probleme zu lösen, aber …

Einen Schritt nach dem anderen, brummte Fisher, nur in meinem Kopf. *Lass uns einfach den heutigen Tag überstehen. Und dann morgen. Und dann den Tag danach.* Der *wird allerdings besonders interessant werden.*

Warum? Was passiert übermorgen?

Fisher wirkte leicht besorgt, als er mich bei der Hand nahm. »Na ja, da wäre zunächst mal das hier.« Er führte mich zum Vorhang und zog ihn langsam zurück. Das Sonnenlicht, das kurz zuvor meine Augen und meine Haut versengt hatte, war jetzt verschwunden. Im ersten Moment hatte ich das Gefühl, als würde ich in ein schwarzes Loch blicken. Doch dann erkannte ich in der Ferne die flackernden Lichter vieler, vieler Lagerfeuer. Und das blasse silberne Band eines Flusses, der sich durch die schwarze Landschaft zog.

Der Darn.

Wir waren auf der falschen Seite des Darn.

Wir waren in Ammontraíeth.

»An den Fae-Höfen wird die Krone an den Erben des Regenten weitergegeben. Doch wenn der Regent ermordet wird, erhebt derjenige Anspruch auf die Krone, der ihn getötet hat. Der Vampirhof hatte bisher nur einen einzigen König. Malcolm hatte keinen Erben bestimmt. Er war entschlossen, ewig zu leben. Die Möglichkeit, dass ihn jemand töten könnte, war ihm nie in den Sinn gekommen.«

Mein Kopf bewegte sich bereits hin und her: Nein. Hastig wich ich vom Fenster zurück. »Auf keinen Fall. Fisher, ich bin nicht mal eine richtige Vampirin. Ich bin eine Halb-Fae! Ich kann nicht!«

»Sag *ihnen* das. Was den Vampirhof betrifft, steht deine Krönung an: In zwei Tagen bist du offiziell die neue Königin von Sanasroth.«

BONUS-
GESCHICHTEN

DAS TOR

ERSTER TEIL

LANGE ZUVOR …

Die Nacht war kristallklar. Kalt wie Eis.

Am Himmel über Ajun drängten sich die Sterne, glitzernd wie unzählige Diamanten am Firmament. Am schneebedeckten Berghang ragten bleiche Türme aus Quarz und Elfenbein empor, blass schimmernd, schlanken Geistern gleich. In diesen Türmen sangen Mütter ihre Kinder in den Schlaf. Schreiber brüteten über ihren Manuskripten. In den Küchen kneteten die Bäcker den Brotteig für den nächsten Tag. Und am legendären, dreißig Meter hohen Stadttor rauchten die Stadtwachen schwarze Zigarillos aus Lammarick-Wurzel, um das Blut in Wallung zu bringen und die Kälte zu vertreiben.

Alles war ruhig.

Alles war so, wie es sein sollte.

Doch das stimmte nicht.

Vor dem Tor lauerten die Wölfe.

Sie alle hatten sich an diesem Abend um mich versammelt: natürlich der allgegenwärtige Renfis; seine Zwillingsschwester Mirelle, mit einem leichten Lächeln auf den Lippen; Danya, deren blondes Haar sich wie ein fahler Strom über ihren Rücken ergoss; Korrix, schweigend im Schnee, die Hände auf sier Lederrüstung ruhend; Foley, grinsend wie ein Honigkuchenpferd und unablässig auf den Fußballen wippend; Vashgidyan mit seinem mondsilbernen Haarschopf und den weißlichen Augen; und der dunkelhaarige Lorreth, das neueste Mitglied der Lupo Proelia, der auf seiner Unterlippe kaute.

Ich blickte den Hang hinunter, starrte an meinen Freunden vorbei in die Dunkelheit und unterdrückte mein aufkommendes Zittern. Dabei war ich an Kälte gewöhnt – schließlich hatte ich mein halbes Leben in einem Land verbracht, in dem mir ein bitterkalter Wind um die Ohren peitschte. Aber es war nicht die Temperatur, die mich an diesem Abend in meinem Umhang erschaudern ließ. Es war die Furcht.

Wie ein Versprechen auf zukünftige Ereignisse jagte ein eisiger Wind über den Berghang, schnitt durch meine Lederrüstung und brachte den Geschmack von Schwefel und den Gestank von verwesendem Fleisch mit sich.

Neben mir, das Haar zu dicken Kriegerzöpfen zusammengebunden, reckte Ren mit besorgter Miene den Hals und sondierte den Nachthimmel nach Anzeichen von Gefahr. Ich beobachtete ihn in dem Moment, als er den megalithischen Schatten erkannte, der schwärzer war als die Nacht. Schwärzer als der Abgrund der Hölle. Die Gestalt der Bestie trank förmlich das Licht und verschlang es. Stiller Tod, so nannte man ihn hier, aber die Bestie hatte viele Namen. Der Drache. Altes Blut. Großvater Asche. *Omnamshacry.*

Doch kein Rauschen monströser, schlagender Schwingen drang durch die Nacht. Der Drache schwebte in einem leichten Aufwind über der Stadt und pirschte sich wie ein Gespenst durch die Dunkelheit heran.

»Ich *wusste,* ich hätte zu Hause bleiben sollen«, zischte Renfis leise. Als sich unsere Blicke trafen, schloss sich seine Hand um das Heft seines Schwerts, und ich sah an seinem Stirnrunzeln, dass er zum gleichen Schluss gekommen war wie ich: Wir waren erledigt.

Ich lachte leise und zwinkerte ihm zu: »Du kannst noch immer umkehren.«

»Das soll wohl ein Scherz sein«, schnaubte er. »Der Weg den Berg hinunter ist versperrt.«

»Ach, komm schon«, lachte ich spöttisch. »Wenn du dir wegen der Vampire Sorgen machst, dann umgeh sie doch einfach.«

»Ich soll sie einfach *umgehen*? Ha! Na sicher. Ich umgehe also fünftausend Fresser an einem Berghang – und lasse sie an mir vorbei in die Stadt marschieren.«

Ich zuckte die Schultern, den Himmel aber fest im Blick. »Klar, warum nicht?«

»Und wenn die Kinder anfangen zu schreien, halte ich mir einfach die Ohren zu?«

»Du könntest sie dir mit Schnee vollstopfen. Das dämpft die Geräusche des Gemetzels.«

Renfis nickte, und seine Augen funkelten, während er in die Finsternis starrte. »Wen interessieren schon die Ajun? Sie haben seit Jahrhunderten das Tor bewacht und verhindert, dass unsägliches Grauen in unsere Welt eindringt, aber was soll's? Das bittere Gesöff, das sie brauen, geht einem sowieso viel zu leicht die Kehle runter. Jedes Mal, wenn ich in Ajun bin, wache ich mit einem schrecklichen Kater auf.«

Ich grinste, obwohl sich mir der Magen umdrehte, als sich die

Luft über uns bewegte. »Ihr Essen ist ebenfalls zu gut. Ich esse hier immer viel zu viel.«

»Und ihre Frauen sind zu hübsch«, fügte eine Stimme hinter uns hinzu.

Lorreth hockte hinter einem schneebedeckten Felsen, das Schwert fest umklammert. Trotz der eisigen Temperaturen lief ihm eine Schweißperle über die Schläfe, rann die Wange hinunter und verschwand in seinem Bart. »Sie lassen andere Yvelianerinnen wie Moorhexen aussehen. Ziemlich unhöflich, wenn ihr mich fragt.«

Seit Anbruch der Nacht hatte er kaum etwas gesagt – schließlich hatte er noch nie fünftausend Fressern von Angesicht zu Angesicht gegenübergestanden. Noch nie eine Menge aus purem Hass gesehen, die auf zerquetschten Händen und Knien einen Berg hinaufkroch – begleitet von einem Drachen, der über unseren Köpfen patrouillierte und den er nicht sehen konnte. Kein Wunder, dass das neueste Mitglied unserer Bruderschaft nicht gerade zuversichtlich war, was unsere Chancen anging.

Zumindest wusste er, wie man sich verstellte. Wie man das Spiel spielte, das Ren und ich nun schon seit ein paar Jahrhunderten spielten. Renfis grinste den olivhäutigen Krieger wissend an. »Mach dir keine Sorgen wegen der Frauen hier, Barde«, flüsterte er. »Keine von ihnen ist an dir interessiert. Bei deinem Charme würde es mich überraschen, wenn du auch nur eine Moorhexe überreden könntest, für dich aus ihrer Unterwäsche zu steigen.«

Lorreth warf ihm einen vernichtenden Seitenblick zu. »Soll ich dir den Mund mit Seife auswaschen, Hübscher? Ich würde nie … niemals …«

Mir stockte der Atem.

Das Geplänkel meiner Freunde wurde leiser, als sich die Luft um uns herum verdichtete wie Teer.

Alles war still. Zu still. Zu *warm.*

»Und ob du das würdest«, zischte Ren.

»Und ich würde darauf wetten, dass einer dieser Fresser dich in fünf Minuten umhaut«, konterte Lorreth.

»Ach, wirklich? Was würdest du darauf wetten?«

Lorreth knurrte wie ein Hund. »Was immer du willst – da mache ich mir gar keine Sorgen. Wenn ich dir während des Kampfs auch nur einmal auf die Beine helfen muss, beanspruche ich deinen hübschen Dolch für mich. Den, an dem du ständig herumspielst wie an einem zweiten Schwanz.«

»Und wenn ich dich aus dem Schlamm ziehen muss, dann rasiere ich dir diesen blöden Bart ab«, erwiderte Ren.

Ich schloss meine Hand fester um das Heft meines Schwerts und starrte hinauf in den Nachthimmel. »Seid mal still, alle beide.«

»Was ist an dem Bart falsch? Er lässt mich stark und mächtig wirken.«

»Er hat kahle Stellen. Du siehst aus, als wärst du noch immer in der Pubertät. Außerdem würde eher die Hölle zufrieren, als dass ich in einem Kampf unterliege.«

Lorreth schnaubte und deutete hinaus in die Nacht. »So wie ich das sehe, sieht die Hölle verdammt frostig aus. Ihre übelsten Legionen kriechen gerade aus ihrem Schlund und kommen in diesem Moment auf uns zu.«

Ren schnaubte spöttisch, als ob das nicht der Wahrheit entspräche. »Also gut, dann …«

»Seid still!«

Ihr Grinsen verschwand, als sie mich beide anschauten. Meine Brüder. Meine Freunde. Aber in diesem Moment hätte ich sie am liebsten mit den Köpfen zusammengeschlagen. »Was ist? Hast du etwas gehört?«, fragte Ren.

Ich spähte den Berg hinauf, zu den anmutigen Türmen von

Ajun und den Tausenden von unschuldigen Seelen darin, die nichts von der Gefahr ahnten, welche vor ihrem Tor lauerte. »Nein«, antwortete ich und stieß langsam die Luft aus. »Ich höre überhaupt nichts.« Der Wind war erstorben. Das wilde Schnappen der Kiefer weiter unten am Berg hatte aufgehört. Etwas … stimmte nicht.

Beweg dich. Du musst los. Alle müssen los. Gemeinsam. Gemeinsam. Gemeinsam. Los, los, los!

Wie immer sprachen die Stimmen nur zu mir. Ich spürte die Vibration des Quicksilvers in meinem Auge und wusste, dass es sich bewegte. Früher war mir das rastlose Wirbeln des Metalls unangenehm gewesen, aber im Laufe der Jahre hatte ich mich daran gewöhnt. Jetzt bemerkte ich es erst, wenn andere es beobachteten und ihren Schock zu verbergen vergaßen.

Gemeinsam. Bewegt euch, drängte das Quicksilver. *Los. Alle müssen los. Jetzt sofort!*

Eine Woge der Übelkeit brach über mich herein; das Quicksilver schien in diesem Fall kein Zögern zu dulden. Es würde nicht nachlassen, bis ich ihm gab, was es von mir verlangte. Aber da es die ganze Zeit lächerliche Forderungen stellte, hatte ich nicht vor, seinem Drängen nachzugeben. Doch dann wehte der Schwefelgestank heran, und Panik schlug ihre Krallen tief in meinen Geist.

Ich wirbelte herum und brüllte aus vollem Hals: »LAAAUFT!«

Bevor ich ein zweites Mal Luft geholt hatte, waren meine Freunde bereits in Bewegung. Danya huschte wie ein silberner Fleck den Berghang hinauf. Zu meiner Linken lief Ren, mit hellwachem Blick, dicht an meiner Seite. Korrix und Mirelle folgten irgendwo hinter uns.

Hitze versengte die Luft. Ein Ball aus gelbem Licht flammte so hell auf wie die verschollene Sonne. Das Drachenfeuer erhellte die Bergflanke und beleuchtete nicht nur unsere Gruppe, sondern auch die abscheulichen Schatten, die sich seit zwei Tagen an unsere Fersen geheftet hatten.

Die Horde.

Zwar nicht Malcolms gesamte Streitmacht – er wäre nie so dumm gewesen, all seine Truppen zu schicken, nur um diesen einen Engpass zu erobern. Vermutlich hatte er ein Fünftel seiner Dämonen ausgesandt, um Ajun auszusaugen. Vielleicht war es aber auch die Hälfte seines Heers. Wir hatten ihre Anzahl nicht bestätigen können, doch das spielte jetzt auch keine Rolle mehr. Ein Fünftel oder die Hälfte – es war völlig unerheblich. Er hatte genug geschickt. Die Fresser schwärmten den Hang hinauf, kaum behindert durch den hüfthohen Schnee und die Eisschicht unter ihren Füßen.

Keiner von uns schenkte ihnen Beachtung. Während wir auf die Stadt zurannten, hielten wir den Blick auf eine viel direktere Gefahr gerichtet. Drachen waren noch nie für ihre Barmherzigkeit bekannt gewesen, aber dieser hier … Bei den Göttern, dieser Drache war der Tod in Person, umhüllt vom Höllenfeuer.

Der Drache ließ sich mit ausgebreiteten, zerfetzten Schwingen vom Himmel herab, um den Aufprall der Landung abzufedern. Seine vernarbten Schuppen glitzerten wie schwarze Spiegel an den Seiten seines monströsen Rumpfs. Mit gefletschten, fauligen Zähnen, so lang wie zwei Männer, drehte sich Omnamshacry um die eigene Achse, wobei sich seine massiven Klauen in den Schnee bohrten und sein gespaltener Schwanz gegen Stein und Eis schlug.

Dann brüllte er auf, und die ganze Welt erzitterte.

Ich war schon einmal einem Drachen begegnet – damals, in meiner Jugend. Eine viel kleinere Kreatur mit blau schillernden Schuppen. Das Feuer, das diese Bestie über das Schlachtfeld gespuckt hatte, war weißglühend gewesen und hatte Krieger in ihren Rüstungen entzündet, sodass sie auf der Stelle verbrannten. Doch das ließ sich in nichts mit dem Feuer vergleichen, das dieser alte Drache erzeugte: Als er seinen stachelbewehrten Hals krümmte, den Kopf einzog und seiner Wut freien Lauf ließ, brach ein Schwall aus Schwefel und geschmolzener Lava aus seinem Maul hervor. Spritzte in den Schnee um uns herum, zischte bösartig und ließ dicke Dampfsäulen in die Luft aufsteigen.

»Verdammt!« Rens Schrei wäre in dem Chaos, das rund um uns herum explodierte, fast untergegangen. »Wir werden das Tor nie erreichen!«

»Nicht, wenn du so rennst, als hättest du dir in die Hose geschissen«, keuchte Lorreth.

Los, los, los. Bewegt euch. Gemeinsam. Bewegt euch, psalmodierte das Quicksilver in meinem Kopf. Hinter uns dreien bewegte sich der Rest der Lupo Proelia im Rudel und stürmte den steilen Berghang hinauf in Richtung der Stadt, als hätten sie das Drängen des Quicksilvers gehört. Sie schlossen zu uns auf und scharten sich um mich – im Versuch, ihren Anführer zu schützen.

Ja. Gemeinsam. Gemeinsam …

»Ausschwärmen!«, brüllte ich. »Teilt euch auf! Sofort!« Die Worte brachen aus mir heraus – nicht annähernd so laut wie das zweite wütende Brüllen, das den Boden unter unseren Füßen erbeben ließ. Aber meine Wölfe hörten mich, und sie stellten den Befehl nicht infrage. In Sekundenschnelle hatten sie sich verteilt, bewegten sich behände auf verschiedenen Wegen und zerstreuten sich in der Dunkelheit.

Nein! Gemeinsam! Gemeinsam, haben wir gesagt!

»Ich werde meine Leute nicht als verdammtes Schutzschild benutzen«, knurrte ich.

Und warum nicht? Du bist wichtiger als sie. Viel wichtiger. Am wichtigsten.

»Halt … verdammt noch mal … die Klappe!« Ich setzte über einen zerklüfteten Felsvorsprung, schoss wie ein Pfeil durch den

Schnee. Wenige Zentimeter hinter mir traf eine Wolke aus geschmolzener Lava auf die Felsen und verflüssigte sie.

Mist, Mist, Mist!

Ich rief meine Schatten herbei und ließ mich von ihrem schwarzen Wind tragen, der mir gerade genug Auftrieb gab, um mich außer Reichweite der zischenden Lava zu bringen. Das Herz schlug mir in der Kehle. So war es nicht geplant gewesen: Wir hatten das Tor erreichen wollen, bevor der Drache überhaupt bemerkte, dass wir auf dem Berg waren. Wir hätten die Bewohner von Ajun warnen, sie auf den Angriff vorbereiten sollen. Doch inzwischen waren die Bewohner von Ajun schon von selbst darauf gekommen, dass sie angegriffen wurden; die Torwachen verließen ihren Posten und flohen in Panik.

Das Tor, das Ajun schützen sollte, war von einer uralten, mächtigen Magie durchdrungen. Kein niederes Wesen konnte es bezwingen. Seit Beginn der Geschichtsschreibung war das Tor noch nie überwunden worden. Doch das Tor schützte die Stadt nur, wenn es zuvor verschlossen worden war … und im Moment stand die turmhohe Eisenbarrikade sperrangelweit offen.

»Zu spät«, dröhnte der Drache. *»Ihr kommt zu spät.«*

Links von mir stürmte Lorreth durch den Rauchvorhang meiner Schatten. Weiß wie ein Laken, brüllte er entsetzt: »Sie können *reden*?«

Mir blieb keine Luft mehr für eine Antwort.

»Zurück in die Stadt! IN DIE STADT!« Von irgendwoher kam Renfis' donnernder Befehl, der die Leute davon abhalten sollte, aus dem Tor hinaus auf den Berghang zu strömen. Das Abkommen zwischen den Fae und dem Drachen hatte über dreihundert Jahre lang gehalten, aber jetzt waren all jene von Furcht erfüllt, die sahen, wie er den Berg in Flammen tauchte. Sie wussten, dass der Pakt gebrochen war, und hatten nicht die Absicht, in einer brennenden Stadt gefangen zu sitzen. Doch sie ahnten nichts von den

Tausenden von Fressern, die auf sie warteten. Wussten nichts von dem Albtraum, der dort draußen in der Kälte lauerte.

»Kehrt um! Rettet euch hinter die Stadtmauern, sofort!« Ich stimmte in Renfis' Rufe ein, aber keiner der Ajun-Fae hörte auf uns. In ihre Nachtgewänder gekleidet, schrien sie panisch, drückten sich ihre Säuglinge an die Brust, schwangen beschwerte Kerzenständer als Waffen und irrten auf bloßen Füßen durch den Schnee.

Narren.

Sie waren so gut wie tot.

Selbst wenn sie es an dem Drachen vorbei schafften, selbst wenn sie nicht von den Fressern ausgesaugt wurden, würde der Berg sie mit Sicherheit töten. Ich stieß einen unterdrückten Fluch aus und rannte weiter in Richtung Tor. Innerhalb der Stadtgrenzen waren noch immer Tausende von Fae – Unschuldige, die den Tod nicht verdient hatten. Aber noch im Laufen stellte mein Verstand bereits viel dunklere Berechnungen an. Seit Jahren hatte Malcolm seine Armee aufgestockt, mit so vielen neuen Fressern, wie er nur konnte. Viele Fae, die den Mitternachtskuss erhalten hatten, erwachten nicht mehr aus dem nachfolgenden Dämmerzustand – sie starben, und ihr Dasein war beendet. Aber einer von fünf Fae erwachte wieder. Und obwohl ich natürlich das Leben der Unschuldigen in der Ajun-Festung retten wollte, *musste* ich auch Malcolm daran hindern, die zwanzig Prozent von ihnen für sich zu beanspruchen, die wiederauferstanden und sich ihm anschlossen. Das war das Einzige, was zählte. Denn wenn er seinen Tribut einforderte, wäre dieser gerade ausgebrochene Krieg zwischen den Lebenden und den Toten vorüber, bevor er überhaupt begonnen hatte.

»Sie blasen die Hörner!«, rief eine weibliche Stimme. Vielleicht Danya? Oder Mirelle? Ich konnte es nicht sagen, weil mir das Blut in den Ohren rauschte. Ich konnte auch die Hörner nicht hören, die über die Bergkette schallten. Doch dann spürte ich es, in meinen Fußsohlen, meinem Brustkorb, meinem Gaumen: die Schwingungen von drei mächtigen Hörnern, die über das Chaos hinwegdröhnten.

Die Tore waren jetzt ganz nah – schwarz, verbogen und furchterregend.

Ich blieb stehen, wirbelte herum und hob mein Schwert, um mich der Bestie und den Untoten entgegenzustellen, während ich darauf wartete, dass meine Wölfe die Schwelle zur Stadt überschritten.

Der Drache grub seine Klauen in den steilen Hang, durchbohrte Schnee, Fels und Eis. Der fleischgewordene Albtraum schwenkte seinen Kopf hin und her, und seine goldenen Augen funkelten uns an, als wir es einer nach dem anderen durch das offene Tor nach Ajun hinein schafften.

Langsam kam der Drache einen Schritt näher, und ich reagierte – streckte den Arm aus und zwang die Magie, die hinter meinem Brustbein brodelte, mit aller Kraft aus mir heraus. Sie gehorchte mir schnell und begierig, als bettelte sie förmlich darum, entfesselt zu werden. Schatten schossen aus mir heraus, jagten mit unbegreiflicher Kraft über den Schnee und formten sich zu einem wogenden Wall. Sie verhüllten das Wenige, was vom Berg zu sehen war, und verdeckten den Blick auf die heranstürmende Horde der Fresser. Der Drache ließ sich jedoch nicht verbergen – er war einfach zu groß. Meine Schatten fuhren an seinem Rumpf hinauf, glitten wie Seide über seine Schuppen, bis sie seine Schwingen erreichten.

Lorreth beobachtete das Ganze erstaunt. »Was machst du da …?« Doch die Frage erstarb auf seinen Lippen.

Mit zusammengepressten Zähnen formte ich im Geiste einen Speer. Währenddessen verdichtete sich der Rauch und bildete hoch über dem Drachen eine Nachbildung dieser Waffe. Der

Drache knurrte, denn er ahnte, was kommen würde – aber er konnte sich nicht bewegen. Meine Schatten hatten sich wie Fesseln um seine Beine gelegt und sich zu Haken verfestigt, die sich in seine Muskeln bohrten und ihn am Boden verankerten. Und dann fuhr der Speer, den ich über Omnamshacry geformt hatte, ruckartig in die Tiefe und nagelte eine seiner Schwingen auf das Eis.

Der Drache schrie auf. Blut floss in Strömen über die zähe Membran seiner Schwinge und ergoss sich schwarz und stinkend in den Schnee. *»Fluchgeborener! Lass mich … frei!«*

Doch ich dachte gar nicht daran, ihm zu gehorchen oder mich von seiner Wut und seinen Drohungen einschüchtern zu lassen. Stattdessen stand ich einfach da und beobachtete ungerührt, wie er um sich schlug und brüllte. Für gewöhnlich bereitete es mir keine Freude, ein Lebewesen leiden zu sehen … aber das hier war etwas anderes. Drachen waren ein Fluch. Ihre Herzen waren hohl – eine schwarze Leere, in der nichts Gutes überleben konnte. Für diese Art des Bösen durfte es kein Mitleid geben.

»Werden die Fresser da durchkommen?«, fragte Ren und deutete auf den Wall aus Schatten, der nun die Stadt umgab.

Die Antwort auf diese Frage war eindeutig: »Ja.« Es bestand keine Möglichkeit, sie für immer fernzuhalten. Meine Schatten waren ein Teil von mir. Meine Magie. Sie benötigten Energie, um zu existieren, und das schiere Ausmaß des Walls, den ich zwischen uns und der Horde errichtet hatte, war zu groß, um ihn unbegrenzt aufrechtzuerhalten.

»Wie viel Zeit bleibt uns?« Korrix' dunkle Augen glitzerten fasziniert, während sier den Drachen beobachtete, der wütend gegen seine Fesseln ankämpfte.

Ich presste die Kiefer zusammen und atmete tief und langsam aus. »Nicht viel«, antwortete ich schließlich. »Wo sind Vash und Foley? Mirelle?«

»Schon in der Stadt«, brummte Korrix. »Mirelle ist losgezogen, um die Lazarette auf die Flut der Verwundeten vorzubereiten. Vash und Foley suchen nach der Waffenkammer.«

»Gut. Folg ihnen in die Stadt und treib so viele Schwache und Kranke zusammen wie möglich«, sagte ich. »Lorreth, Ren, ihr beide steigt auf die Spitze des Ostturms und seht zu, dass ihr jemanden findet, der eine Nachricht kristallsenden kann. Der König muss erfahren, was hier vor sich geht.« Wir wussten zwar alle, dass es dem König vollkommen gleichgültig war. Das Schicksal von Ajun interessierte ihn nicht – genau aus dem Grund waren wir jetzt auch nur zu acht, um die Stadt zu schützen. Aber wenn keine Nachricht ausgesandt wurde, würde der Dreckskerl so tun, als hätte er nichts von der Gefahr gewusst, die Yvelias nördlichstem Außenposten drohte. Stattdessen würde man *mich* dafür verantwortlich machen. Irgendwie, auf irgendeine Weise würde Belikon mir die Schuld für all das hier geben.

»Wir sollten bei dir bleiben«, sagte Lorreth.

Ich schüttelte den Kopf. »Ich habe Danya. Geht.«

Wir hatten uns schon öfter in solchen Situationen befunden. Okay, vielleicht war unsere Lage in der Vergangenheit nicht *ganz* so schlimm gewesen, aber wir hatten immer einen Ausweg gefunden, und meine Brüder vertrauten mir deshalb. Sie nickten wortlos, drehten sich um und sprinteten in die Stadt.

Als ich mich wieder dem Drachen zuwandte, hatte er aufgehört zu kämpfen und beobachtete mich mit hasserfülltem Blick. Sein gewaltiger Rumpf lag in den Schatten verborgen.

»Und was nun, Faeling?«, zischte der alte Omnamshacry. »Du stehst auf geheiligtem Bodennnn … aber das Tor ist nicht geschlossen. Das Tor, das nicht berührt werden kann. Das Tor, das nicht geschlossen werden kann. *Nicht von deinesgleichennnn …*« Seine Worte donnerten durch die Luft, sanken in die Erde und erschütterten Yvelia bis in die Grundfesten.

Waren sie inzwischen in der Stadt?

Alle?

Atemlos schaute ich mich um, aber die einzigen Gestalten, die sich von den Stadttoren entfernten, waren die Ajun-Fae – zu sehr in ihrer Angst gefangen, um klar denken zu können. Es war also geschafft. Zumindest meine Freunde würden in Sicherheit sein. Genau wie der Rest der Stadt.

»Fisher! Was jetzt?«, rief Danya. »Was sollen wir tun?«

Der Drache hatte recht gehabt: Das Ajun-Tor war geschmiedet worden, um die Gräuel dieses Reichs fernzuhalten … aber es war auch dazu gedacht, den Manipulationen der Fae zu widerstehen.

Eisen.

Das Ajun-Tor war aus Eisen geschmiedet worden, und kein Mitglied der Fae, ob von hohem oder niederem Rang, König oder Bauer, konnte es berühren, ohne schreckliche Konsequenzen zu erleiden. Genau deshalb hatte Malcolm seine Horde gerade an diesem Tag losgeschickt. Die Ajun-Fae feierten nämlich das Mayheillen-Fest, was bedeutete, dass alle Tore fünf Tage und fünf Nächte geöffnet werden mussten – eine symbolische Geste, die das Glück in der Stadt willkommen heißen und gefangenen Geistern die Flucht in die Kälte ermöglichen sollte. Abergläubische Narren. Von allen archaischen, lächerlichen Ritualen, die es zu befolgen galt, war die Öffnung der Tore das dümmste von allen.

Nur wenige von Yvelias Kreaturen waren unempfindlich gegen die Wirkung von Eisen. Die Feuerkobolde, die normalerweise für das Öffnen und Schließen der Tore zuständig waren, waren von den schrillen Hörnern alarmiert worden, aber sie würden es nicht rechtzeitig hierherschaffen.

Omnamshacry war bereits vor dem Tor. Genau wie die Horde.

Ich holte tief Luft, wappnete mich und wandte mich dem Drachen zu. »Welchen Handel hat er mit dir abgeschlossen?«, rief ich.

»Welchen Schatz hat Malcolm dir versprochen, dass er dich dazu bringen konnte, deinen Eid zu brechen?«

Aus dem Schlund des Drachen ertönte ein leises Klicken. »Die Toten, die fallen und nicht wieder auferssssstehen«, antwortete er. »Seine Vipern beißen, und seine Vipern trinken … aber das Fleisch fresssssen sie nicht.«

»Die Ajun haben dir Gold gegeben. Silber«, knurrte ich. »Außerdem die wertvollsten Edelsteine, die die Erde hervorbringt. All das haben sie dir geschenkt – im Gegenzug dafür, dass du über diese Stadt wachst.«

»Ja, Sssssilber ist gut. Gold ist besserrrrr. Und die Diamanten und Rubine schmücken die Wände meiner Höhle. Aber ein Drache hat noch andere Begierden«, zischte er. »Ein Drache muss *esssssen.* Und nun lass mich durch, damit das Festmahl beginnen kann.«

»Fisher! Was zum Teufel machst du da? Beweg dich!«, rief Danya. »Komm in die Stadt!«

Aber ich konnte nicht durch das Tor gehen – nicht jetzt. Es gab nur einen Weg, meine Freunde zu schützen. Und nicht nur sie, sondern auch den Rest der Ajun-Fae. Es würde meinen Tod bedeuten, aber es musste geschehen.

Ich trat einen Schritt zurück und legte meine Hände auf das Ajun-Tor.

»Fisher, nein!« Der Schrei hallte durch die Stille. »Nein! Was tust du da? Lass los!«

Renfis war einst von einem Pfeil mit einer Eisenspitze gestreift worden. Die Pfeilspitze hatte seine Haut kaum berührt, doch selbst dieser flüchtige Kontakt mit dem Metall hätte normalerweise den Tod bedeutet. Aber Ren war stark: Eine Woche lang hatte er in einem Heilerzelt am Rand unseres Kriegslagers schweißnass um sein Leben gekämpft. Damals hatte ich beschlossen, dass ich nie durch einen Eisenpfeil sterben würde. Ich begann, mich selbst abzuhärten, indem ich meine Hand über kleine Mengen von Eisenspänen hielt. Nach einer Weile ging ich dazu über, eine Fingerspitze auf das zerriebene Eisenpulver zu drücken. Im Laufe der Jahre war ich so weit fortgeschritten, dass selbst eine Pfeilspitze in meiner zusammengeballten Faust mir nur noch einen unangenehmen Brechreiz in der Magengrube verursachte.

Aber das hier war etwas anderes. Das hier waren Tonnen und Abertonnen von Eisen. Magisch verstärktes Eisen. Und es wollte mich töten. In dem Moment, in dem ich meine Fäuste um die dicken Stäbe schloss, begannen meine Handflächen zu schwelen.

»Fisher, was soll der Schwachsinn?!« Danya stürmte auf mich zu, die hellblauen Augen blitzend vor Angst. »Hör auf damit! Die Kobolde sind doch schon auf dem Weg!«

Ich ignorierte sie. »Bring die Kinder in die Bibliotheken. In die Observatorien. So hoch hinauf in der Stadt, wie es nur geht«, befahl ich. »Verbarrikadiere die Türen. Die Morgendämmerung wird in fünf Stunden anbrechen. Wenn die Toten in die Stadt gelangen …«

»Das ist Wahnsinn! Hör auf damit! Du bringst dich noch um!«

Hätte das Tor aus irgendeinem anderen Metall bestanden, hätte ich es mit Leichtigkeit schließen können. Aber es spielte keine Rolle, wie viel das Eisen wog. Die Magie machte es unbeweglich. Stöhnend vor Anstrengung, stemmte ich mich mit meinem ganzen Gewicht gegen das Tor.

»Geh, Danya. Bring sie in Sicherheit. Worauf … zum Teufel … wartest du noch?«

Das Tor rührte sich nicht. Das Eisen versengte meine Haut und bohrte sich durch meine Muskeln wie ein heißes Messer durch Butter. Erst als es auf Knochen traf, fraß sich das Metall nicht weiter vor. Der Schmerz war schlimmer als alles, was ich je ertragen hatte, aber ich unterdrückte ihn. Verschloss ihn hinter einer Tür. Begrub ihn. Machte weiter.

»Das kann nicht … dein Ernst sein.« Entsetzt starrte Danya auf meine rauchenden Hände.

Hinter uns lachte Omnamshacry. »Ahh, dieser Duft! Verbranntes Fae-Fleisch. Bald wird es mir gehören. Alles wird mir gehören. Ein Berg von Fleisch. Es wird uns für tausend Jahre und länger sättigen. Dieser Ort ist nichts als ein Frrrrrrriedhof. Ich werde deine Knochen abnagen.«

Von mir aus konnte der Dreckskerl Schachfiguren aus meinen Knochen schnitzen. Ich musste nur dieses verdammte Tor schließen – danach konnte er alles haben, was noch von mir übrig war. Eine Woge der Übelkeit erfasste mich. Hinter mir wurde das wütende Bellen und Knurren immer lauter. Die Horde hatte den Berg erklommen und war jetzt nicht mehr weit entfernt. Danyas weit aufgerissene Augen verrieten mir, dass sie sie kommen sah.

Doch ich würde nicht hinschauen.

Erneut stemmte ich mich mit aller Kraft gegen das Tor, schrie auf und zwang meine Hände, sich um die dicken Eisenstäbe zu schließen. Die Sohlen meiner Stiefel fanden Halt auf dem Eis … und langsam, zu langsam, setzte sich das Tor in Bewegung.

»Warum musst *du* immer derjenige sein?«, flüsterte Danya. »Wir sind zu acht, Fisher. Lass uns helfen.«

Der Boden bebte, als die Fresser hinter mir losstürmten, und ich versuchte mit allem, was in mir steckte, dieses verfluchte Tor zu schließen.

»Fisher!«, schluchzte Danya, während ich brüllend die Schulter gegen das verzauberte Eisen presste. Die Haut unter meiner Rüstung berührte das Metall zwar nicht, begann aber trotzdem zu schwelen – zu nahe an den vielen Schichten von Magie, die die Stadt Ajun und ihre Bewohner seit Jahrtausenden geschützt hatten.

Das Tor bewegte sich. Die Fresser stürmten vorwärts. Im Innenhof auf der anderen Seite des Tors weinten Kinder. Jenseits der Kakofonie der Geräusche, über all dem, lachte der Drache. Blut rann in Strömen von meinen Händen, über meine Handschuhe, bedeckte meinen Brustpanzer und tropfte in den Schnee.

Dunkelrot auf Weiß.

Tropf.

Tropf.

Doch dann verwandelten sich die purpurnen Tropfen, die in den Schnee fielen, in ein metallisch glänzendes Silber.

Wie ein Blitz zuckte die Magie, die das Tor umgab, durch meine freiliegenden Knochen und sang ihr schreckliches Lied in meinen Armen. Ich spürte, wie ich von innen heraus zerbrach. Spürte, wie das Blut in mir zu kochen begann. Spürte, wie mein Körper versagte und mein Geist mit ihm. Aber noch war es nicht so weit. Und noch gab es das Quicksilver.

Wir beugen uns nicht, wütete es. Viele Stimmen, die alle gemeinsam sprachen. Der Fluch, der für immer in einer dunklen Ecke meines Bewusstseins kauerte, erhob sich, breitete sich wie ein Lauffeuer in mir aus, stählte meine Adern und löschte den Schmerz. *Wir sind nicht durch fremde Magie gebunden,* fauchte es. *Und* du *auch nicht.*

Wie eine Kerzenflamme, die von einem plötzlichen Windstoß getroffen wurde, verflog die Magie, die mich attackiert hatte, und verpuffte. Die Qualen, die das Eisen ausgelöst hatte, waren noch immer da, aber jetzt, ohne die Magie … konnte ich es schaffen.

Schnell, drängte das Quicksilver. *Schneller, schneller. Sie kommen. Sie kommen!*

Das musste ich mir nicht zweimal sagen lassen. Auf der anderen Seite des Tors stieß Danya einen erstickten Schrei aus und starrte auf meine Hände. Dann tauchten Ren und Lorreth auf der langen Steintreppe am anderen Ende des Innenhofs auf, beide mit

Schwertern in den Händen. Als sie sahen, was ich vorhatte, stießen sie wilde Flüche aus.

»Du verdammter Idiot! Was machst du da?« Ren erreichte als Erster das Tor. Er stieß seinen Arm durch die Eisenstäbe und versuchte, mich von dem Metall wegzuschieben, aber ich fauchte ihn nur an und fletschte die Eckzähne.

»Öffne ja nicht das Tor«, knurrte ich.

»Was soll das heißen? Noch ist es offen, verdammt noch mal! Du kannst noch hindurchschlüpfen!«, drängte Lorreth, das Gesicht mit Blut und Dreck bespritzt. »Wir werden es von innen schließen!«

»Fasst es nicht an. Wenn ihr dieses Tor berührt, werdet ihr alle sterben. Bleibt, wo ihr seid, und helft ihnen.«

»Fisher! Ren, sag du es ihm!«

Aber Renfis zog seine Hand durch die Gitterstäbe des Tors zurück, und eine seltsame Ruhe legte sich auf ihn. Er blickte auf die Lücke, die zwischen Tor und Mauer verblieben war.

Noch gut sieben Schritte.

Sechseinhalb Schritte.

Dann wandte er sich mir wieder zu und sah mir direkt in die Augen. »Wenn er das Tor von innen verschließt, gibt es draußen niemanden mehr, der die Stadt verteidigen kann«, erklärte er leise.

»Er ist nur ein einziger Mann!«, stieß Danya hervor. »Ein Mann gegen fünftausend Fresser und einen verdammten Drachen.«

Bei den Göttern! Diese Worte laut ausgesprochen zu hören, brachte mich ins Wanken. Was konnte *ich* gegen eine solche Macht ausrichten? Die Wahrheit war einfach: Nichts. Ich konnte sie nicht zurückhalten – das war schlichtweg nicht möglich. Aber ich konnte dieses Tor schließen. Und in fünf Stunden würden die Fresser entweder im Morgengrauen verglühen oder sich einen Unterschlupf suchen müssen. Belikons Armee würde eintreffen, und der alte Omnamshacry müsste sich einer Streitmacht von tausend

Fae-Elitekämpfern stellen. Es würde blutig werden. Viele würden sterben, aber …

Meine Stiefel rutschten im Schnee aus.

In einem einzigen Augenblick hatte ich den Halt verloren. Ich taumelte und ging so krachend zu Boden, dass mir sämtliche Luft aus der Lunge wich.

Die Erschöpfung fiel über mich her wie ein Falke über seine Beute. Und die leise Stimme in mir – die Stimme, die nur mir gehörte und nicht dem Quicksilver – flüsterte Worte, die schwer zu ignorieren waren. *Bleib einfach liegen. Endlich. Bleib einfach … liegen.* Mit ihnen verflog alle Hoffnung. Es war vorbei. Erledigt. Wenn ich hier liegen blieb, im Schnee und in meinem eigenen Blut, würde alles vorbei sein, oder? Einfach alles. Der ständige Kampf. Der ständige Schmerz. Die ständigen Opfer …

»Steh auf.«

Meine sich überschlagenden Gedanken kamen abrupt zum Stillstand.

Ich öffnete die Augen, und vor mir, auf der Außenseite des Tors, hockte Renfis, weniger als einen Schritt entfernt, Entschlossenheit im Blick. »Steh auf«, wiederholte er.

»Ich weiß nicht …«, keuchte ich. *»Ich kann nicht.«* Das Eisen hatte seine Arbeit getan. Ich hatte es nicht nur meine Haut berühren lassen – ich hatte es mit beiden Händen umklammert, obwohl ich wusste, was mich das kosten würde. Es war ein Wunder, dass ich überhaupt noch atmete. Die Kälte kroch durch meine Knochen. Mein Leben sickerte in den Schnee. Es war nur noch eine Frage der Zeit.

»Das war's dann also? Du ruinierst dir die Hände und gibst dein Leben her, um all diese Leute zu retten, und jetzt bringst du den Job nicht zu Ende?«

Ich hob den Kopf, verärgert über seinen Tonfall. »Ich habe es versucht.«

»Oh, okay. Na toll! Wenn die Geschichtsschreiber in ein paar Jahrhunderten wieder nach Ajun zurückkehren, werde ich dafür sorgen, dass sie das in deinen Grabstein meißeln. *Er hat es versucht.*«

Was für ein Arschloch!

Ich wusste, was er vorhatte.

»Oh, warte, stimmt ja: Ich werde nicht dafür sorgen können, dass sie diese Grabinschrift einmeißeln, weil ich dann nämlich auch tot bin. Ich und Lorreth und Danya. Und meine Schwester. Vash. Korrix. Foley. Alle, die dir wirklich etwas bedeuten. Ganz zu schweigen von jedem einzelnen Mitglied der Fae innerhalb dieser Mauern. Alle tot.«

»Du Mistkerl«, stöhnte ich.

Er schenkte mir ein grimmiges Lächeln. »Stimmt.« Aber mehr sagte er nicht – und das war auch nicht nötig. Sein Trick hatte funktioniert, und ich war bereits dabei, mich auf die Knie und dann auf die Füße zu hieven. Jede Zelle meines Körpers brannte, aber ich hob meine versengten Hände und schloss sie erneut um die Eisenstäbe.

Mein Bruder erhob sich mit mir. »Du schaffst das«, sagte er leise.

Also schaffte ich es. Nicht weil ich glaubte, dass ich dazu in der Lage war, sondern weil *er* es glaubte. Und in meinen letzten Lebensmomenten wollte ich ihn nicht enttäuschen.

Ich schob mit aller Kraft, biss die Zähne zusammen und brüllte.

Langsam, mit keuchendem Atem und weißglühenden Schmerzen, bewegte ich das verfluchte Tor.

»Noch vier Schritte«, murmelte Renfis. »Komm schon, Fisher. Schieb.«

»Komm schon, du fauler Sack«, fügte Lorreth hinzu. »Du hast dich beim Scheißen schon mehr angestrengt. Mach schon, beweg das verdammte Ding.«

Trotz der Schmerzen, des Blutes und der Monster, die sich gegen meinen Schutzwall warfen, musste ich laut lachen. Tränen liefen mir übers Gesicht. »Ich werd … dir die Hölle heißmachen, Arschloch.«

»Wehe, wenn nicht«, antwortete er. Ich hörte die blanke Rührung in seiner Stimme, konnte ihn aber nicht sehen. Mein Blickfeld hatte sich verengt und konzentrierte sich auf einen einzigen Bereich: die zwei Schritte, die zwischen dem Tor und der Mauer verblieben. Verzweifelt keuchend versuchte ich, die Kraft aufzubringen und diese Lücke zu schließen. Es fehlte nicht mehr viel.

»Komm schon. So ist es richtig, Bruder. Schieb«, drängte Renfis.

Der Schutzwall gab nach. Ich spürte, wie meine Schatten zu mir zurückkehrten – langsam, aber sicher, einer nach dem anderen. Die Zeit lief mir davon. Mit der wenigen Energie, die mir noch blieb, stemmte ich mich gegen das Tor, und es bewegte sich einen Daumenbreit vorwärts.

Zwei.

Fünf.

Dann legten sich Hände auf meinen Rücken.

Fuck!

Mein Puls schoss in die Höhe. Die Fresser! Sie …

Doch es handelte sich nicht um die Fresser. Sie hatten den Wall nicht durchbrochen – noch nicht. Aber der Klang der Stimme hinter mir ließ *mich* fast zusammenbrechen: »Komm schon, du sturer Esel. Dann machen wir es eben gemeinsam.«

Die Hände auf meinem Rücken waren Rens. Und Lorreths. Stark. Ruhig. Fest. Die Hände meiner Brüder, die auf der falschen Seite des Tors standen, neben mir. Bereit, mir zu helfen. Bereit, mit mir zu kämpfen. Bereit, mit mir zu sterben. Sie waren durch den Spalt geschlüpft, kurz bevor er zu eng geworden war, und jetzt standen sie an meiner Seite. Zwar konnten sie das Tor nicht berühren, aber sie konnten mir ihre Kraft schenken, um diese Aufgabe zu vollenden. Und gerade als der Schutzwall versagte und Malcolms gefräßige Horde meine Schatten durchbrach, stemmte ich mich gegen das verdammte Tor, und meine Brüder stemmten sich mit mir.

Das Geräusch von Eisen, das auf Stein prallte, schallte in die Nacht hinaus, donnernd und wunderschön.

Das Tor war verschlossen.

Die Bewohner innerhalb der Stadtmauern waren in Sicherheit.

Im nächsten Moment versagten mir die Beine, und ich sank wie ein Stein zu Boden. Die Nacht war bereits so dunkel, dass ich kaum etwas sehen konnte, aber die Ränder meines Sichtfeldes wurden noch dunkler und verengten sich weiter.

»Das hättet ihr nicht tun … sollen«, keuchte ich. »Keiner von euch beiden.«

»Wir alle *drei* hätten das nicht tun sollen.«

Ein strahlend weißes Licht flackerte auf und erhellte kurz die Dunkelheit – und dort, etwa zwanzig Schritte entfernt, stand Danya mit hoch erhobenem Schwert, über dessen Klinge blauweiß schillernde Flammen zuckten. Als sie mir einen Blick über die Schulter zuwarf, sah ich, dass sie grinste wie eine Sünderin im Freudenhaus. »Was denn? Ich kann doch nicht zulassen, dass diese Mistkerle den ganzen Ruhm für sich allein beanspruchen.«

Sie ließ ihr Schwert – Celeandor – elegant durch die Luft wirbeln, und Flammen züngelten in den nächtlichen Himmel. Ich hatte fast vergessen, dass ihr Vater ihr schließlich doch sein Götterschwert geschenkt hatte. Damit bestand wenigstens eine Chance, dass die drei sich einen Weg durch die Fresser bahnen und den Berg hinunterstürmen konnten. Zugegeben, nur eine winzige Chance, aber immerhin …

»Deine Schatten«, sagte Lorreth leise. »Der Wall ist verschwunden. Sie kommen.«

Ich hörte sie jetzt ebenfalls. Das Geräusch war unverkennbar: ein Heer gefräßiger Dämonen, von blinder Blutgier zur Raserei angestachelt. Die wogende schwarze Flut strömte die letzten dreißig Meter des Berghangs hinauf, direkt auf uns zu.

Jetzt würde es schnell gehen.

Zu schnell.

Es blieb nicht viel Zeit.

»Renfis …«

Er blickte auf mich herab mit Panik im Gesicht. »Nein«, flüsterte er.

»Doch. Beende es«, keuchte ich. »Wenn ich nicht kämpfen kann, darfst du nicht … zulassen, dass sie mich … fres…«

»Bei den Göttern, halt endlich die Klappe«, stöhnte Danya. »Keiner von uns wird dich töten. Denn du wirst uns nicht so ein Trauma verpassen. Du wirst es überleben. Das gilt für uns alle.«

Der Drache weiter unten am Hang brüllte, seine Wut verpestete die Luft mit Schwefelgestank. Er konnte es spüren: Das winzige Fragment an Kraft, das ich noch besaß, erlosch – und mit ihm der Schattenspeer, der ihn noch immer an das Eis fesselte.

Danyas vorschnelle Einschätzung der Situation hätte nicht absurder sein können. In dem Moment, in dem der alte Omnamshacry sich befreite, würde er sich an uns laben. Aber bis dahin würden unsere Leichen längst im Schnee auskühlen.

»Ihr solltet g… geh…« Ich verstummte, als ein Schwall aus Salz und Kupfer in meinen Mund strömte. Vorsichtig berührte ich meine Lippen, in der Erwartung, dass meine Fingerkuppen blutrot schimmerten, doch stattdessen tropfte Silber von ihnen herab. *Warum so viel Silber? Was …*

Im nächsten Moment explodierte der Himmel vor Licht.

Nicht vor Schwefel oder Feuer.

Grelles Tageslicht versengte mir die Augen.

Die Welt erstarrte.

Ruhig.

Lautlos.

Ich blinzelte, und mir stockte der Atem. Der Schmerz war verschwunden und mit ihm das Grauen des Berghangs.

»Psst. Sei nicht albern. Er ist der Zweitschönste«, verkündete eine weibliche Stimme.

Ich war nicht länger auf dem Hang vor Ajun, sondern ganz woanders. Warme Sonnenstrahlen fielen auf mich herab und ließen das verkrustete Eis auf meinem Brustpanzer tauen. Hohe Grashalme raschelten und rauschten um mich herum und wiegten sich in einer sanften Brise.

Mit rasendem Puls sprang ich auf. »Meine Freunde! Wo sind meine Freunde?«

Von irgendwoher ertönte leises Kichern.

Ich befand mich in der Mitte eines weitläufigen Gebirgszugs. Auf einer Anhöhe ragte ein mächtiger Baum auf, allerdings so weit entfernt, dass ich die Gestalt, die auf einem Felsbrocken darunter saß, gerade noch ausmachen konnte. Und dort oben stand noch eine weitere Gestalt. Schlanker. Allem Anschein nach eine Frau, obwohl ich ihre Gesichtszüge nicht erkennen konnte. Der Mann oder das Wesen, mit dem sie sprach, war mir jedoch egal.

Denn ich wusste genau, wo ich war, und ich war verdammt wütend deswegen. »Schick mich zurück!«, brüllte ich. »Sofort!«

Zwei junge Mädchen – Zwillinge – erhoben sich aus dem tanzenden Gras, wunderschön und schelmisch grinsend. Ihre dunklen Haare schwebten in einer unsichtbaren Brise, als sie die Röcke rafften und lachend auf mich zueilten, einen Finger an die Lippen gepresst. »Pst«, mahnte die Linke der beiden. »Nicht so laut, Wildes Herz. Ohne Vaters Erlaubnis dürfen wir keine Gäste empfangen.«

Wütend funkelte ich das Mädchen an, und Blut und Quicksilver strömten aus meinem Mund, als ich ein zweites Mal forderte: »Schick mich zurück, Mithin.«

Das Mädchen – die *Göttin* – wirkte gekränkt. »Ich bin nicht Mithin. Ich bin Ba…«

»Du bist *Mithin*. Und jetzt schick mich wieder nach Hause.«

Das Götterkind zog einen hübschen Schmollmund, enttäuscht, dass seine Lüge nicht funktioniert hatte. »Du bist der Einzige, der uns je auseinanderhalten konnte. Selbst Vater bringt uns manchmal durcheinander.«

Neben ihr ließ sich die andere Göttin, die ihr in fast jeder Hinsicht glich, ins Gras fallen. »Du ruinierst jedes Mal unsere Spiele, Wildes Herz.«

»Das hier ist kein Spiel. Ich muss zurück. Meine Freunde *brauchen* mich.«

»Ach ja?« Bal warf mir einen koketten Blick zu und bauschte ihre Röcke auf, während sie sich neben ihrer Schwester niederließ. »Und was erhoffst du dir davon, wenn wir deiner *sehr* unhöflichen Forderung nachgeben?«

Mithin beugte sich vor und strich mit den Fingerkuppen über mein Kinn. »Du bist sehr geschwächt. Wenn wir dich zurückschicken, wirst du mit Sicherheit sterben.« Sie schob sich die Fingerspitzen in den Mund und kicherte, als mein Blut auf ihre Zunge traf. »Du meine Güte«, flüsterte sie.

Bals kristallklare Augen blitzten; sie starrte ihre Zwillingsschwester an und fragte in forderndem Ton: »Wonach schmeckt er?«

»Hm. Nach Hoffnung.« Mithin dachte einen Moment nach. »Vermischt mit etwas Angst. Unerfülltes Potenzial. Und Liebe.«

Liebe? Dieses Wort überraschte mich. Was wusste ein Gotteskind schon von der Liebe?

Schmollend ballte Bal die Fäuste. »Das ist nicht fair. Ich will ihn auch probieren.« Schnell griff sie nach meinem Gesicht.

Doch ich schlug ihre Hand weg, bevor sie mich berühren konnte. Die Bewegung verursachte keinerlei Schmerzen, aber ich fühlte, dass mit mir etwas nicht stimmte. Ich balancierte auf Messers Schneide und war im Begriff, über eine Art Felsklippe zu stürzen … Und obwohl ich den Abgrund nicht sehen konnte, spürte ich, dass der Sturz ewig dauern würde. Allerdings durfte ich mir nicht erlauben, jetzt darüber nachzudenken. »Ich bin nicht dein Schoßhündchen. Du kannst mich nicht einfach ohne meine Erlaubnis *probieren*«, knurrte ich und stieß mich von den Zwillingen ab. Trotzdem fühlte ich mich nicht besser. Nicht weniger losgelöst von meinem Körper. »Warum habt ihr mich hierhergebracht? Und sagt mir die Wahrheit. Keine Spielchen.«

Bal schmollte, noch immer verärgert darüber, dass ich sie nicht mein Blut hatte kosten lassen. Mithin antwortete als Erste: »Unser Leben hier ist sehr eingeschränkt, Süßer.« Sie ließ sich ins Gras sinken und reckte sich wie eine Katze. »Wir verbringen viel Zeit damit, dich zu beobachten. Das vertreibt uns die Langeweile. Wir konnten doch nicht zulassen, dass dich all diese grausamen Kreaturen einfach fressen, oder? Was würden wir dann mit uns anfangen?«

Die Bedeutung ihrer Worte traf mich tief und schwer. »Also habt ihr eingegriffen. Er hat euch *eingreifen* lassen?«

Bal rollte mit den Augen und rupfte einen Grashalm aus der Wiese. »Wie oft hast du uns schon in unserem Reich besucht, Kingfisher?«

Für diese Antwort musste ich nicht lange nachdenken. Der erste Besuch hatte stattgefunden, als ich noch ein Junge gewesen war und Belikon mich ohne Reliquie in das Quicksilver-Becken geschickt hatte. Dann vor drei Jahrhunderten, als der Gott des Chaos mit einem Vorschlag an mich herangetreten war, den ich kurzerhand abgelehnt hatte. »Das hier ist das dritte Mal«, antwortete ich.

»Und wie oft hast du erlebt, dass unser Vater eingegriffen hat, um eine Katastrophe im Universum abzuwenden?«

»Kein einziges Mal.«

»Genau. Deine Anwesenheit hier hat nichts mit Zareth zu tun.« Mithin grinste, als wäre sie sehr stolz darauf. »*Wir* haben dich hergeholt. Während wir hier gerade miteinander reden, ist er mit seinen Gedanken ganz woanders. Er weiß wahrscheinlich nicht mal, dass du hier bist.«

Die Götter liebten Irreführungen und Missetaten. Das hatte ich während meiner Kindheit am eigenen Leib erfahren. Aber in Mithins Stimme schwang ein Unterton mit, der sich in meinem Hinterkopf festsetzte. Und ob es mich nun interessierte oder nicht, ein Teil von mir merkte auf und hörte aufmerksam zu.

Doch im nächsten Moment wehte ein Duft zu mir heran und sandte einen elektrisierenden Schauer durch meinen Körper. Wie Lilien und Zucker und Licht und Lachen und Rauch und …

Ich bekam kaum noch Luft.

»Wer ist das?«, keuchte ich. »Da oben auf dem Hügel bei ihm?« Sosehr ich auch blinzelte, ich konnte sie nicht erkennen. Das plötzliche Sehnen in meiner Brust war stärker als alles, was ich je zuvor erlebt hatte. Einfach überwältigend.

Bal und Mithin lachten und sprangen auf, als ich mich in Bewegung setzte, in Richtung des Hügels. Dann nahmen sie meine zerschundenen Hände und hielten mich fest. »Das da ist die Zukunft«, tadelte Mithin.

»Das hier ist die Vergangenheit«, fügte Bal in einem singenden Tonfall hinzu.

Mit jeder Faser meines Herzens sehnte ich mich nach der Hügelkuppe, wollte unbedingt dort oben sein. Doch die Göttinnen waren älter als der Kern des Universums, und ihre leichte Berührung meiner Hände reichte, um mich an diesem Ort zu verankern.

»Unser Zuhause ist seltsam«, säuselte Bal. »Die Zeit existiert hier für sich selbst. Zeit auf Zeit, auf Zeit, auf Zeit …« Ihre Stimme bekam einen traumhaften Tonfall und verschwamm irgendwie. »Aber dieser Ort ist nicht für dich bestimmt, noch nicht.«

»Sie ist verletzt«, flüsterte ich. Ich konnte es riechen: Ihr Blut rief nach mir, berauschend, wie ein Sirenengesang. »Etwas … ihr ist etwas zugestoßen. Sie ist …«

»Sie ist in Sicherheit«, beruhigte Mithin mich. »Unser Vater erzählt ihr von den Dingen, die kommen werden. Dinge, die nicht für deine Ohren bestimmt sind. Komm.«

Ein beißender Schmerz brachte mich wieder zur Besinnung. Die Göttinnen hielten mich jetzt fester, ihre Hände eisern um meine geschlungen. Ein strahlend weißes Licht strömte zwischen ihren Fingern hindurch und tropfte in das Gras unter unseren Füßen. »Unser Vater hat uns zwar keine Erlaubnis zum Eingreifen gegeben«, räumte Mithin ein, »aber er weiß alles, was geschehen ist und was geschehen wird. Und da er das hier nicht verhindert hat, ist es sein Wille. Du *wirst* geheilt werden. Du *wirst* zurückgeschickt werden …«

»Aber …«

Im nächsten Moment strömte etwas über mich hinweg, durch mich hindurch … und zerstreute mich in alle Richtungen: so viel Macht, dass ich mich für einen Sekundenbruchteil nicht mehr um die belanglosen Torheiten des Universums kümmerte. Ich *war* das Universum. Und dann war ich es nicht mehr.

Die Göttinnen zogen mich zurück, weg von diesem Sturz in die Ewigkeit. Ich kam wieder zu mir, und als ich die Augen öffnete, ruhte ein neues Gewicht in meinen frisch geheilten Händen. Nicht länger *ihre* Hände, sondern ein glitzerndes schwarzes Schwert.

Stirnrunzelnd betrachtete ich die Klinge, unfähig, meinen Schock zu verbergen. »Was ist das?«

Das Schwert besaß eine ganz eigene Schönheit. Nichts Traditionelles. Keine kunstvolle Gravur. Sein Heft war nicht verziert. Aber es hatte etwas Urgewaltiges an sich, etwas, das mich ansprach, und als ich meine Hände um seinen Griff schloss, es vor mir ausstreckte und die dunkle Klinge studierte, hatte ich das Gefühl, als hätte ein Teil meiner Seele, der seit meiner Geburt verschollen war, endlich den Weg zu mir zurückgefunden.

»Eine uralte Klinge«, sagte Bal kokett, trat einen Schritt zurück und hakte sich bei ihrer Schwester unter. Und dann betrachteten mich beide mit stiller Zufriedenheit im Gesicht.

Ich drehte die Waffe und spürte ihr Gewicht, die *Rechtmäßigkeit* des Schwerts in meiner Hand. »Wie heißt es?«

Mithins Lachen hallte wie eine silberhelle Glocke über die Wiese. »Das können *wir* nicht bestimmen. Nur der wahre Besitzer eines Schwerts darf ihm einen Namen geben. Dieses hier hat seit Jahrtausenden auf dich gewartet, nicht wahr, Schwester?«

»In der Tat«, bestätigte Bal. »Wir fürchten, du wirst schon sehr bald herausfinden, wie du es nennen sollst. Da wir gerade dabei sind …«

Die Zwillinge setzten sich in Bewegung, gingen mit raschelnden Röcken rückwärts. Panik breitete sich in meiner Brust aus. Sie verschwiegen mir etwas. Da war irgendetwas, das ich sie fragen sollte. Etwas, das ich unbedingt wissen musste. Ich …

Ich machte einen Schritt vorwärts und stürzte mit dem Gesicht voran in ihre Realität. Als wäre ich versehentlich in tiefes kaltes Wasser gestolpert. Ich strampelte, keuchte …

… und plötzlich war die Wiese verschwunden. Und mit ihr die Göttinnen und die Anhöhe und der ferne Baum. Und noch etwas anderes, *jemand* anderes war verschwunden.

Als ich zu mir kam, fand ich mich am Fuß des Ajun-Tors wieder.

Die Horde war nur noch wenige Meter entfernt. Meine

Freunde machten sich gerade für den Angriff bereit. Renfis schrie irgendetwas und rannte bereits auf die Toten zu, während sich in seinen Händen die Anfänge einer blauen Energiekugel bildeten. Ich war genau an der Stelle, an der ich noch vor wenigen Augenblicken gelegen hatte …

Nur mit dem Unterschied, dass ich jetzt geheilt war, ganz war.

Und ein *Götterschwert* in den Händen hielt.

DAS TOR

ZWEITER TEIL

Der Tod war einfach.

Ein letzter stockender Atemzug.

Wärme, die den Körper verlässt.

Sich entspannende Pupillen.

Unscharf werdender Blick.

Irgendwann muss sich jeder mit dem Tod auseinandersetzen. Der große Traum vom ewigen Leben interessierte mich nicht. Natürlich gab es Wege, die man beschreiten konnte, wenn man die Ewigkeit anstrebte. Ich hatte viele Gelegenheiten gehabt, überzulaufen und mich in die Reihen der Untoten einzufügen, und es hätte mich nicht mehr gekostet als zwei nadelspitze Wunden am Hals. Ein langsames, träges Dahintreiben des Geistes und ein allmählicher Abstieg in die Dunkelheit.

Als würde man schweben, hieß es.

Als würde man träumen.

Aber ich hatte etwas Derartiges nie auch nur in Erwägung gezogen.

Der Preis war zu hoch. Das Leben war zu schön, um es gegen die *Nachbildung* eines Lebens einzutauschen. Nein, ich war bereit und willens, den Tod zu akzeptieren, wenn er mich persönlich aufsuchte. Nur *heute* würde ich ihn nicht akzeptieren. Hier in dieser Eishölle würde ich die Hand des Todes nicht ergreifen. Ich war nicht dazu bestimmt, in *Ajun* zu sterben, während mich der Schwefelatem eines Drachen blendete und mir die panischen Geräusche meiner Freunde in den Ohren widerhallten, die um ihr Leben kämpften.

Ich hatte andere Pläne für meinen Tod.

Ein weiches Bett.

Ein gutes Buch (gerade beendet) auf dem Nachttisch.

Das erste Licht der Morgendämmerung, das durch ein offenes Fenster hereindrang.

Vogelzwitschern.

Ein süßer Duft in der Luft.

Nicht der Gestank von verkohltem Fleisch.

Nicht *das hier*.

»Rückzug! Sie kommen! Neu formieren!«

Rens Schrei fuhr meine Wirbelsäule hinauf wie ein Messer, das über einen Knochen ruckelte. Andere brachen unter Druck zusammen. Sie blickten in das Gesicht einer Kreatur wie dieses Drachen, und ihnen sank der Mut. Doch wenn mein bester Freund einem so schrecklichen Feind gegenüberstand, richtete er sich kerzengerade auf, und der Griff um sein Schwert wurde fester. Er wich nicht zurück. Ajun rühmte sich zahlreicher Krieger, die genauso entschlossen und mutig waren wie mein bester Freund. Fünfzehn von ihnen befanden sich innerhalb der Stadtmauern – die wildesten, kampferprobtesten orithianischen Krieger, die Yvelia je gekannt hatte. Aber sie dienten einem höheren

Ziel und würden ihre Posten niemals verlassen. Nicht einmal für diesen Kampf hier.

Also tat Ren, was er tun musste, und rief zum Rückzug auf. Denn die Ajun-Fae, die sich aus dem Tor herausgewagt hatten, bevor es sich schloss, waren keine Krieger. Sie waren mutiger, als sie es hätten sein müssen, aber sie besaßen keinerlei Kampferfahrung. Sie trugen lediglich behelfsmäßige Waffen und hatten Angst, und Malcolms Fresser töteten sie in einem beunruhigenden Tempo. Es war ein sinnloses Gemetzel.

Ich sah, wie eine Fresserin in einem zerrissenen blauen Ballkleid wie eine Katze durch die Luft sprang und auf einem großen Mann landete, der nur einen Besenstiel als Waffe hatte. Das Holz war hastig zu einer scharfen Spitze geschnitzt worden, aber ihm blieb nicht einmal genug Zeit, den Stiel zu heben, als sie auch schon über ihn herfiel, ihre krallenbewehrten Finger in seinen Kopf bohrte und ihn zur Seite riss, die Fangzähne bereits gefletscht …

Ein Draht aus schwarzem Rauch legte sich wie eine Schlinge um ihren Hals. Vor meinem inneren Auge stellte ich mir vor, wie sich der mächtige Draht zusammenzog … und der Rauch gehorchte und schnitt durch das verweste Gewebe. Auch das spürte ich – ein Gefühl, an das ich mich nie gewöhnen würde. Der Moment, in dem die faulige Haut aufplatzte, die Muskeln darunter nachgaben, der spröde Knochen splitterte. Gefolgt von einem lauten Knacken.

Natürlich spielte ein gebrochenes Genick bei diesen Teufeln keine Rolle. Selbst wenn jeder einzelne Knochen in ihrem Körper gebrochen war, griffen sie wieder und wieder an, verzweifelt auf der Suche nach Blut. Es erforderte mehr, um sie endgültig auszuschalten. Als ich an dem Ajun-Fae vorbeistürmte, konzentrierte ich mich auf meine Kraft, die ich um den Hals der Fresserin geschlungen hatte, und zog ruckartig daran. Im nächsten

Moment flog ihr Kopf von den Schultern, schwarzes Sekret und Rückenmarksflüssigkeit spritzten in die Luft, und der Fae schrie entsetzt auf.

Möglicherweise war er ein Historiker. Oder eine Art Schreiber. Doch er kannte keine Gewalt. Sie lebte nicht in seinem Herzen, so wie sie sich in meinem niedergelassen und eingenistet hatte. Wenn er die heutige Nacht überlebte, würde ihn der Anblick dieser einst schönen Fresserin, deren Kopf über ihm explodierte, bis ans Ende seiner Tage in seinen Träumen verfolgen. Und wenn das das Schlimmste war, was seinen Schlaf störte, durfte er sich sehr glücklich schätzen.

Ich lief weiter, fädelte mich durch die Lebenden und die Toten und schlug so viele Köpfe ab, wie ich mit meinen Schatten erreichen konnte. Das Götterschwert in meinen Händen sirrte wie wild, als hätte es eine Ewigkeit auf diesen Moment gewartet. Es verlangte, dass ich seine Klinge gegen etwas Widerwärtiges einsetzte – es wollte *Gerechtigkeit* walten lassen. Aber das erste Blut, das diese Klinge vergoss, würde nicht von einem Fresser stammen. Ich würde sie mit etwas viel Legendärerem taufen.

Ajuns behelfsmäßige Armee zog sich zurück, in Richtung des Tors. Ich rettete so viele, wie ich nur konnte, aber sie gingen trotzdem in Scharen zu Boden. Sowohl Männer als auch Frauen, viel zu schnell getötet, um sie alle zu zählen. Ihre Schreie erschütterten den Himmel, aber ich rannte trotzdem weiter, schlüpfte zwischen ihnen hindurch und stürmte auf mein Ziel zu.

Der Drache.

Er ragte turmhoch über dem Kampfgetümmel auf, und seine glänzenden schwarzen Schuppen reflektierten den Feuerschein der Brandpfeile, die in Wellen über uns hinwegzischten. Er rührte sich nicht von der Stelle. Sein schrecklicher Schlund blieb geschlossen, während er den Kampf mit hungrigen kalten Augen beobachtete.

»Warum … greift er nicht … an?«, fragte eine keuchende Stimme. Lorreth. Er hatte zu mir aufgeschlossen und passte sich meinem Tempo an, während seine Kriegerzöpfe hinter ihm herwehten.

»Er … wartet«, antwortete ich schnaufend. »Er sucht.«

»Wonach?«

Ich setzte über einen Haufen von Leichen und stürmte vorwärts. »Nach … *uns.*«

Drachen waren kalt, und sie waren grausam. Außerdem waren sie nachtragend. Die Lupo Proelia hatten schon einmal einen Drachen besiegt, und das wusste dieser Drache. Er wollte Rache.

Noch während sich der Gedanke in meinem Kopf formte, sah ich eine geschmeidige Gestalt den Hang hinauflaufen. Sie hielt ein Kind auf dem Arm. Mirelle war schon immer die Schnellste von uns gewesen – der Wind schien sie bei jedem Schritt zu tragen. Und die heutige Nacht bildete keine Ausnahme. Wie ein verschwommener Schemen aus Weiß und Schwarz stürmte sie den blutüberströmten Hang hinauf …

… und Omnamshacry setzte sich in Bewegung.

»Verflucht!« Lorreth änderte instinktiv den Kurs. Ich wandte mich mit ihm nach links, um Renfis' Schwester abzufangen.

Die Hörner ertönten erneut in einem verzweifelten Ruf um Hilfe, doch es kam keine. Ajun war auf sich allein gestellt. Der Drache reckte seine Schwingen, und als er sie einmal, dann zweimal schlug, raste eine Druckwelle den Berghang hinauf. Doch er hatte nicht vor abzuheben. Er brauchte nur kurz über das Heer der Fresser hinwegzuschweben, damit er auf der anderen Seite des Hangs landen konnte.

»MIRELLE!« Ein Schrei drang aus meiner Kehle. Dreißig Meter lagen zwischen Mirelle und ihrem Bruder. Und natürlich rannte sie auf ihn zu. Ich sah Ren, der die wenigen Fae um sich scharte, die noch vor dem geschlossenen Tor versammelt waren.

Mirelle strauchelte, als der Drache hinter ihr landete, erschüttert von der Wucht seines Aufpralls. Doch sie hielt nicht inne, um sich umzusehen. Stattdessen drückte sie das Kind fester an ihre Brust, senkte den Kopf und lief noch schneller.

Dann bemerkte Ren seine Schwester.

Er sah, dass sie auf ihn zurannte, und die Zeit verlangsamte sich.

Der unerschütterliche Renfis, mit plötzlichem Entsetzen in den Augen. Sein Mund öffnete sich zu einem stummen Schrei. Mit einer raschen Bewegung zog er Energie an, sammelte sie in seinen Händen. Die blau-weiße Kugel zerriss die Nacht in dem Moment, als ich meine Hände hob und meine eigene Kraft aussandte – und Schatten und Licht die Bestie gleichzeitig trafen. Energie knisterte über Omnamshacrys Schuppen, Schatten bildeten Ketten und peitschten um seine riesige Gestalt … aber zu spät. Der Drache war bereits über ihr. Mirelle war erledigt.

Schwefel und Feuer hagelten den Hang hinunter, und für einen Moment kam die Welt abrupt zum Stehen. Die Luft erstarrte in meiner Lunge. Sämtliche Geräusche verstummten.

In der einen Sekunde rannte Mirelle noch den Hang hinauf, das Kind in den Armen – in der nächsten lebte sie nicht mehr.

»Nein! Neeeeiiiiin!«, brüllte Lorreth.

Wir liefen nicht länger.

Wohin sollten wir jetzt auch noch laufen?

Als der mächtige Drache seine Kehle geleert hatte und seine riesige Feuerfahne erloschen war, schwenkte er den Kopf hin und her. Schwefel tropfte von seinen schwarz versengten Zähnen … und dann durchtrennte er die verkohlten Überreste unserer Freundin mit einem Biss.

Lorreth sank auf die Knie. Oben am Hang, beim Tor, war die Welt meines besten Freundes gerade untergegangen. Ich wusste, dass es so war, aber ich konnte ihn nicht sehen. Nur das grelle

Leuchten der Energie, die er erneut zu sich heranzog – mehr Energie als je zuvor. Wie eine kleine, brennende blau-weiße Sonne sammelte sich die Energie und stieg und stieg …

»Er wird sich umbringen.« Die Worte klangen emotionslos. Tot. Nichts weiter als eine Feststellung. Wenn Ren weiter Energie anzog, würde er sich vollkommen verausgaben, und dann wären zwei meiner Freunde tot. Statt meine Anstrengungen zu verdoppeln und dem Drachen noch mehr Kraft entgegenzuschleudern, wandte ich meine Aufmerksamkeit Renfis zu. Mir blieb keine Zeit, ihn zu erreichen. Doch ich musste jetzt an seiner Seite sein. Ich musste jetzt *unbedingt* bei ihm sein.

Jetzt …

Jetzt …

Jetzt …

Der Drang pulsierte in meinen Adern wie ein Gebet. Ich spürte es in jeder Faser meines Körpers. Und als ich den Fuß hob und mich vorbeugte, wusste ich, dass es mir gelingen würde. Wie aus dem Nichts erhob sich eine Wand aus wogendem Rauch und Schatten und bildete einen wirbelnden Strudel. Einen Strudel, wie ich ihn bisher nur ein einziges Mal erzeugt hatte – in jener Nacht, als wir Lorreth an der Schwelle zum Tod gefunden hatten. Damals hatte ich ein Schattentor heraufbeschworen, um ihn nach Cahlish zu bringen, und das Tor hatte ihm das Leben gerettet. Jetzt erzeugte ich es, um Ren zu retten.

Lorreth folgte mir ohne ein weiteres Wort. Als wir beide auf der anderen Seite des Tors heraustraten, strömte Licht aus Renfis' Augen und aus seinem Mund. Seine weit gespreizten Finger waren gekrümmt, als hätte er etwas so fest umklammert, dass er es nicht loslassen konnte. Sein Körper zitterte, gepeinigt von der Energie, die er herbeirief.

Lorreth wollte ihm eine Hand auf die Schulter legen, doch ich packte sein Handgelenk und schüttelte den Kopf. »Du wirst sterben, wenn du das tust«, sagte ich leise. »Die Energie will einen Weg zur Erde finden. Wenn du ihn berührst, wird jeder letzte Funke von Magie durch dich hindurchfließen. Du würdest von innen gekocht werden.«

»Wir können nicht zulassen, dass er sich völlig verausgabt … dass er total durchbrennt!«

Das stimmte. Wenn man erst einmal durchbrannte, kehrte die eigene Kraft nie wieder zurück. Und selbst wenn es doch geschah, war sie nie mehr dieselbe. »Renfis«, sagte ich. »Ren. Du musst loslassen.«

»Er … hat sie getötet«, schluchzte er. »Sie ist tot. Sie ist *tot*! Ich …« Er schüttelte den Kopf, biss die Zähne zusammen und funkelte den Drachen an. Weiter unten am Hang, inmitten der verzweifelten Schlacht, lachte der Drache, erfreut über die sich entfaltende Szenerie. »Ich werde ihn verdammt noch mal umbringen«, knurrte Ren.

»Und ob du das wirst! Und wir werden dir dabei helfen, versprochen. Aber du musst jetzt damit aufhören. Du schadest dir nur selbst.« Die schiere Menge an Energie, die er anzog, konnte nicht viel länger in einer einzigen Person gesammelt werden. Den Gerüchten nach war das die schlimmste Art von Schmerz – ein schreckliches Brennen in jeder einzelnen Körperzelle. Es hieß, dass das Anziehen von zu viel Magie den Anwender Stück für Stück auflösen würde, bis seine Organe versagten und seine Seele zerfetzt wurde. Nur der Körper blieb zurück. Und der würde zwar irgendwann heilen, aber all das, was diese Person ausmachte, war zerstört.

»Was willst du damit erreichen, wenn du hier stirbst?«, fragte Lorreth drängend.

»Es ist mir egal, ob ich sterbe. Mirelle ist tot. Ohne sie …«

»Du wirst sie eines Tages wiedersehen, du Narr«, ermahnte ich ihn. »Wenn das Schicksal es für richtig hält und keine Sekunde eher. Aber du wirst sie niemals wiedersehen, wenn du deine verdammte Seele verbrennst.« Zugegeben, es war brutal, in diesem Moment so unfreundlich mit ihm zu reden – jetzt, da die Wunde noch frisch war und noch nicht einmal begonnen hatte, so sehr zu schmerzen, wie es unweigerlich der Fall sein würde. Aber ich hatte nicht vor, noch einen meiner Freunde zu verlieren. »Lass die Energie los, Ren«, stieß ich hervor. »Ich befehle dir, sie freizugeben.«

Offenbar hatte er mich gebraucht, um ihm diesen Befehl zu erteilen. Um ihm die Entscheidung abzunehmen und ihn zu zwingen aufzuhören. Sofort folgte er meiner Aufforderung und gab seine schwache Kontrolle über dieses Meer an Energie auf, das er zu sich herangezogen hatte. Ein blendendes Licht erhellte die Dunkelheit. Einen Moment lang dachte ich, ich hätte das Gehör verloren. Alles war still: der Wind, die Schreie der Ajun-Fae unter mir und das Knurren der Fresser. Und dann erschütterte ein donnernder Knall den Berg, und eine Druckwelle explodierte aus Renfis heraus und schleuderte Lorreth und mich rückwärts, gegen die Stadtmauer.

Die Welle raste den Abhang hinunter, katapultierte Fresser und Fae gleichermaßen in die Luft und schickte sie in die Dunkelheit. Die Energie verzweigte sich, drehte sich um sich selbst, verknotete sich zu einem Seil und peitschte auf den Drachen zu. Und dann fand sie ihr Ziel. Der Treffer war furchterregender als ein Blitzschlag. Er traf Omnamshacry in die Seite, durchdrang die dicken Schuppen und bohrte sich zwischen die Rippen der Bestie.

Nichts hatte jemals zuvor die Schuppen eines Drachen durchdrungen. *Nichts*.

Pure Wut hallte von der Bergkette wider, als Omnamshacry aufbrüllte. Im selben Moment, als der Energiestoß Rens Körper verließ, verdrehte er die Augen, sank zu Boden und lag reglos da.

Lorreth erreichte ihn als Erster. »Er hat zu spät losgelassen.«

»Nein.« Ich schüttelte den Kopf. »Er ist bewusstlos, aber nicht tot. Er wird sich davon erholen.« Doch ich wusste, dass die Chance verdammt gering war, dass Renfis jemals wieder der Alte werden würde. Er hatte gerade seine Schwester verloren. Seinen Zwilling. Und einen Zwilling zu verlieren … das Band zu verlieren, das zwischen ihnen bestanden hatte … Ren würde sich nie wieder ganz fühlen. »Sieh zu, dass du ihn irgendwohin bringst, wo er nicht in Gefahr ist. Und dann komm wieder«, sagte ich grimmig. »Wir haben noch eine Rechnung zu begleichen.«

Ich wusste nicht, wohin Lorreth Ren brachte. Denn ich war bereits losgestürmt, und jetzt klaffte ein Loch in meiner Brust, eine Meile breit und eine Meile tief. Es war wirklich passiert. Es war real. Und unerträglich. Mirelle war tot. Diese Erkenntnis durchdrang den Nebel in meinem Hirn, bohrte sich wie ein Messer in meinen Bauch, und anstatt mich mit Trauer zu erfüllen, wurde ich langsam von einer eiskalten Wut verzehrt.

Mirelle hatte nie etwas von mir verlangt. Sie war so zuverlässig gewesen wie ihr Bruder. Unerschütterlich. Ich wusste, wenn ich sie brauchte, würde sie immer für mich da sein – und umgekehrt. Doch jetzt hatte ich das Gefühl, als wäre einer der Eckpfeiler meines Fundaments weggetreten worden und der Boden unter meinen Füßen würde mich nicht mehr tragen.

Während ich auf den Drachen zustürmte, war sie überall: Sie wurde von einem Fresser zu Boden gerissen und schrie in panischer Angst; sie war selbst eine Fresserin, die durch die Luft sprang und sich auf eine blonde Fae im Nachthemd stürzte. Sie war das kleine Mädchen, das barfuß im Schnee hockte und nach seiner Mutter rief, und die alte Frau, die auf dem kleinen Felsvorsprung stand und nach ihrem verschollenen Seelengefährten schrie. Wohin ich auch schaute – Mirelle wandte sich direkt an mich.

Die Fresserin: »Du hast geschworen, mich zu beschützen.«

Die alte Frau: »Du hast mich hierhergebracht.«

Das kleine Mädchen: »Du hast mich sterben lassen.«

Eine weitere Fresserin: »Mein Körper ist mit dem des kleinen Mädchens verschmolzen.«

Ein Bogenschütze, der seine Sehne spannte: »Es war die reinste Qual, in diesen Flammen zu verbrennen.«

Eine Frau, die einen leblosen Körper hinter sich herzog: »Es ist deine Schuld, dass ich tot bin.«

Ein weiterer Fresser: »Es ist *deine* Schuld, dass ich tot bin.«

Und ein anderer: »Es ist deine Schuld, dass ich tot bin.«

»Haltet *die Klappe*!«, zischte ich. Das Ganze war nicht real. Den Dingen, die ich sah, konnte ich nie wirklich trauen. Das Quicksilver in meinem Kopf zeigte mir alle möglichen Halluzinationen, und keine einzige war schön, aber diese Visionen waren besonders grausam. Der Vorwurf in jedem Wort, das Mirelle mir entgegenschleuderte, traf mich bis ins Mark. Diese Gespenster hatten recht. Ich hatte sie hierhergebracht. Ich hatte tatsächlich versprochen, sie zu beschützen – schon vor langer Zeit, als sie den Lupo Proelia beigetreten war. Als ich sie in die Stadt schickte, hatte ich angenommen, sie wäre in Sicherheit. Aber natürlich war sie nicht innerhalb der Stadtgrenzen geblieben. Sie musste in dem Moment hinausgelaufen sein, als sie sah, dass da draußen Kinder in der Kälte waren. Ich hätte wissen müssen, dass sie genau das tun würde. So war Mirelle nun mal – liebenswürdig, freundlich und fürsorglich. Immer bereit, sich aufzuopfern, um die Schwachen zu schützen.

Du hast mich sterben lassen.

Du hast mich sterben lassen.

Du hast mich sterben lassen.

Die Leichen im Schnee waren allesamt Mirelle. Sie funkelte mich aus hundert verschiedenen Blickwinkeln böse an, während ich weiterlief, um gegen den Drachen anzutreten. Doch als sie mit ihren blutverschmierten Händen nach meinen Stiefeln zu greifen begannen, konnte ich es nicht länger ertragen.

»Das reicht! Ich meine es ernst. *Es reicht!*«

Aber das Quicksilver kannte keine Gnade. Es machte ihm Spaß, mich zu quälen. Eines Tages würde es mich noch in den Wahnsinn treiben.

Verräter.

Du bist so arrogant.

Du bist so grausam.

Du hast zugesehen, wie er mich gefressen hat …

»GENUG!« Als ich Lorreth vor sechs Monaten nach Cahlish transportiert hatte, war ich danach nicht in der Lage gewesen, ein weiteres Schattentor heraufzubeschwören. Ich hatte es tagelang versucht, doch vergebens. Jetzt dachte ich nicht mal mehr darüber nach. Ich wusste nur, dass ich nicht hier sein und über ein Schlachtfeld voller Leichen laufen wollte, die alle das Gesicht meiner Freundin trugen. Ich wollte diesem verdammten Drachen Auge in Auge gegenübertreten.

Die Zeit zersplitterte. Ich rannte, und dann sprang ich in eine Wand aus Rauch … und als ich aus ihr heraushechtete, befand ich mich genau vor ihm.

Der Drache über mir verdunkelte den Himmel. Schwarze, metallisch glänzende Schuppen beherrschten mein Sichtfeld. Ich war nah genug, um den Dampf zu sehen, der zwischen den Schuppen hervorzischte. Nah genug, um die Hitze zu spüren, die von seinem mächtigen Körper ausging. Der Geruch … bei allen Göttern! Der durchdringende Schwefelgestank brannte mir in der Nase, raubte mir fast den Atem.

Ich handelte, bevor er meine Anwesenheit bemerken konnte, kaum mehr als eine Ameise zu seinen Füßen. Die ganze Wut über das, was der Drache Mirelle angetan hatte, der ganze Hass, der ganze Schmerz … all das kochte hoch und strömte in einer Flutwelle aus mir heraus. Die Luft färbte sich schwarz, von Schatten erfüllt. Omnamshacry brüllte, als er erkannte, was geschah, und selbst durch die dicke Decke aus Schatten, in die ich mich gehüllt hatte, konnte ich sehen, wie der Himmel über mir in einer Wolke aus flüssigem Gestein und Feuer aufleuchtete.

»Heilige Scheiße!« Ich versuchte, den Fluch zu unterdrücken, aber es bestand nicht die geringste Chance, angesichts eines solchen Albtraums zu schweigen.

Der Drache schlug um sich und ließ seine krallenbewehrten Tatzen in den Schnee herabfahren. Inmitten der Tinte konnte er mich nicht erkennen – und als ihm das bewusst wurde, tat er das Einzige, womit ich nicht gerechnet hatte: Er versuchte abzuheben.

»Heilige Märtyrer!« Ein Teil von mir wünschte sich nichts sehnlicher, als ihn in die Nacht davonfliegen zu lassen. Omnamshacry war nicht ohne Grund der letzte lebende Drache in ganz Yvelia – in allen Fae-Reichen. Er war uralt und gewaltig, und er war bösartig. Ihm gegenüberzutreten, würde mich wahrscheinlich das Leben kosten. Aber wenn er verschwand, was dann? Würde er warten, bis wir weg waren, und dann die Stadt in einer anderen Nacht angreifen? Er hatte seinen Eid zum Schutz von Ajun gebrochen. Jetzt blieb ihm nichts anderes übrig, als die Stadt auf die eine oder andere Weise zu zerstören. Durch das Tor würde er nicht eindringen können, aber er konnte die Stadtmauern niederbrennen, bis der Stein schmolz und das Felsgestein darunter zu Lava wurde. Und dann würde er jedes einzelne Lebewesen im weiten Umkreis verschlingen.

Ich biss die Zähne zusammen, sandte meinen Geist aus und schloss ein Netz um die Schwingen des Drachen – und meine Magie reagierte sofort: Im nächsten Moment bildete sich ein Netz aus Schattenseilen, die sich über den Rücken der monströsen Kreatur spannten. Innerhalb weniger Sekunden war Omnamshacry darin gefangen wie eine Fliege in einer Spinnwebe. Der Drache brüllte seine Wut heraus, wieder und wieder, doch er war nicht in der Lage, seine Schwingen auszubreiten. Diese Fesselung fiel mir schwerer als die Errichtung des Schutzwalls gegen die Fresser. Und noch viel schwerer als der Speer, den ich erschaffen hatte, um ihn am Boden festzuhalten. Omnamshacry war so verdammt stark. Wie lange würde ich ihn noch so fesseln können?

Ich hatte das Gefühl, als würde ich versuchen, Wasser in den Händen zu halten. Sosehr ich mich auch bemühte, ich konnte förmlich spüren, wie mir die Magie durch die Finger rann. Der Drache würde sich irgendwann befreien. Und dann waren wir alle geliefert.

Ich rief noch mehr Schatten herbei, zog die Dunkelheit zu mir heran, durch mich hindurch, aus mir heraus. Aber es würde nicht reichen. Ren war gefährlich nah daran gewesen, sich selbst mit seiner Energie vollständig zu verbrennen. Und mit mir würde das Gleiche passieren, wenn ich nicht aufpasste. Ich würde zur Dunkelheit werden, so tief in sie hineinfallen, dass ich nie wieder an die Oberfläche meiner Kraft zurückfand. Ich musste mich zurückhalten, aber …

Ich verlor … meine …

Verflucht!

Meine Schatten federten zurück, zu stark gedehnt. Sie strömten schlagartig zu mir, und der Schmerz von so viel Magie, die gleichzeitig zurückkehrte, ließ mich auf die Knie sinken. So viel Kraft. Zu viel Kraft.

Ich bekam keine … Luft mehr, meine Lunge konnte sich nicht dehnen … als würde ein zehn Tonnen schweres Gewicht auf meiner Brust lasten.

Als meine Augen nicht länger tränten und es mir gelungen war, mich aufzurappeln, schwebte der Drache bereits in der Luft. Ein unheimliches Kreischen durchdrang die Nacht. Trotz seiner unglaublichen Größe konnte ich seine Gestalt kaum erkennen, während er sich drehte und über uns hinwegraste.

Aber ich konnte ihn dort oben spüren. Seine dunkle bösartige Präsenz schien die Luft aufzuladen, und mir standen sämtliche Nackenhaare zu Berge. Omnamshacry hatte nicht vor zu fliehen. Er würde sich auf die letzten noch Lebenden stürzen, die am Berghang um ihr Leben kämpften. Und sobald er mit ihnen fertig war, würde er die Stadt angreifen.

Lauf, drängte das Quicksilver.

»*Wohin* soll ich laufen?«, zischte ich.

Zurück zu deinen Freunden. Such sie. Jetzt sofort.

Mir blieb keine Zeit, um nach dem Warum zu fragen. Keine Zeit, mich zu fragen, ob es sich um einen weiteren selbstsüchtigen Trick des Quicksilvers handelte. Ich vertraute meinem Bauchgefühl, und mein Bauchgefühl riet mir zu gehorchen. Im nächsten Moment sprintete ich wieder in Richtung der Stelle, an der ich Lorreth zurückgelassen hatte …

… und dann katapultierte ich mich durch ein weiteres gähnendes Schattentor, fliegend und fallend zugleich. Ich stürzte förmlich aus dem Schattentor, total ungelenk und unfähig, auch nur die Hände auszustrecken, bevor ich mit dem Gesicht voran im harten Schnee landete.

»Das sah aus, als hätte es wehgetan«, krächzte Ren.

Er war bei Bewusstsein. Es ging ihm gut. Zwar wirkte er etwas mitgenommen, aber er stand auf seinen eigenen zwei Beinen. Neben ihm ragte Lorreth auf und schenkte mir ein grimmiges Lächeln. Und dann war da noch Danya, ihr helles Haar von rotem Blut und schwarzem Schmutz durchzogen. Aber die drei waren nicht allein. Sämtliche Wölfe hatten sich versammelt und warteten draußen vor dem Tor. Korrix, mit einer Doppelaxt in den

Händen. Vash, auf dessen Wange eine lange gezackte Schnittwunde klaffte. Foley, mit einem mörderischen Glitzern in den Augen. Mein Herz sank wie ein Stein in meiner Brust, als ich das Rudel sah. Denn das konnte nur eines bedeuten.

»Das Tor …«

Doch Vash schüttelte den Kopf und unterbrach mich: »Keine Sorge. Die Feuerkobolde sind endlich eingetroffen. Wenn du das Tor nicht geschlossen hättest, wäre die ganze Stadt inzwischen verloren. Wir haben die Kobolde überredet, das Tor gerade so weit zu öffnen, dass wir hinausschlüpfen konnten.«

Ich dankte den Göttern für diese Nachricht. Zumindest hätte ich ihnen danken *sollen*. Ohne Bals und Mithins Eingreifen wäre ich sicher schon tot, aber ich brachte es einfach nicht über mich, ihnen dankbar zu sein. Sie hatten mich nicht aus Güte gerettet, sondern nur, weil sie sich langweilten. Mirelle hatten sie trotzdem sterben lassen. Hatten Hunderte von anderen mit ihr sterben lassen, obwohl es in ihrer Macht gestanden hätte, das alles zu verhindern.

Und als wüssten die Zwillinge genau, was ich gerade dachte, schien das eiserne Schwert in meiner Hand vor Energie zu sirren und schwerer zu werden – eine Erinnerung. Ein sanfter Anstoß. *Es ist nicht unsere Aufgabe, uns in die Angelegenheiten niederer Kreaturen einzumischen, Wildes Herz. Wir haben alles in unserer Macht Stehende getan, haben dir das Werkzeug in die Hand gedrückt, das du brauchst, um die Sache zu beenden. Wir haben dir das* Schwert *gegeben.*

»Heilige Götter und Märtyrer! Seht mal«, sagte Danya atemlos und zeigte auf den Himmel. »Omnamshacry kommt zurück. Er wird den ganzen Berg niederbrennen.«

Das rote Glühen war in der Kehle des Drachen bereits zu sehen und schimmerte kurz darauf auch durch die Lücken zwischen seinen Schuppen hindurch, als er beängstigend schnell heranraste wie ein vom Himmel herabfallender Stein. Es blieb keine Zeit, um lange nachzudenken. »Er wird seinen Schwefelschwall auch über die Horde verteilen und nicht nur über die Fae. Wenigstens etwas. Wie viele Feuerattacken hat er schätzungsweise noch in sich, bevor er landen muss?«

Korrix antwortete zuerst. Von den Lupo Proelia hatte sier die meiste Erfahrung mit Drachen. Korrix war einst im Umgang mit ihnen geschult worden, als man noch glaubte, man könnte die Bestien zähmen. Aber natürlich hatte sich seitdem viel verändert. »Die meisten großen Drachen können zweimal Flammen spucken, bevor sie ihre Feuerkammern wieder auffüllen müssen. Aber dieser Drache ist nicht nur groß, sondern ein Monster. Er hat drei Attacken in sich, bevor er landen muss. *Mindestens* drei«, fügte sier in zweifelndem Tonfall hinzu.

Mit markerschütterndem Gebrüll stürzte sich Omnamshacry auf die Fresser und die Fae und überzog den Berghang mit geschmolzener Lava. Die Szenerie vor uns war bereits der völlige Wahnsinn … doch jetzt handelte es sich um lichterloh brennenden Wahnsinn. Auf dem Weg den Hang hinunter bildete der Schwefel Bäche und Ströme, die Schnee und Eis in Dampf verwandelten und sowohl die Lebenden als auch die Toten verbrannten.

Wir befanden uns außerhalb der Reichweite des Gemetzels, aber nur knapp. Und auch nicht mehr lange. Eine Woge brütender Hitze schlug mir ins Gesicht, als ich sah, wie der Drache sich erneut in den Himmel erhob und sich für einen zweiten Angriff vorbereitete.

»Wo wird er landen?«, fragte ich, während ich bereits versuchte, selbst eine Antwort darauf zu finden.

»Er braucht ein glattes Plateau, um wieder abheben zu können«, erklärte Korrix.

»Auf den Zinnen kann er nicht landen. Nicht, solange das Tor noch steht und dessen Magie die Stadt schützt«, fügte Vash hinzu.

Danya zeigte als Erste auf die zerklüfteten Felsen, die sich etwa dreißig Meter weiter den Berghang hinauf befanden. »Dort ist ein Felsvorsprung«, erklärte sie. »Ohne irgendwelche Hindernisse. Er kann sich über den Rand fallen lassen und direkt eine Luftströmung erwischen. Außerdem ist das Plateau höher gelegen. Von dort aus kann er besser nach uns suchen.«

Ich nickte. Sie hatte recht. Der Drache würde strategisch denken. Er würde uns – *mich* – schnell finden und die Sache rasch beenden wollen. Sofort wandte ich mich an meine Freunde, obwohl ich bereits wusste, dass meine Bitte der reinste Irrsinn war: »Wir treten dort gegen ihn an. Wir verstecken uns in den Schatten, und wenn er landet, attackieren wir alle gleichzeitig.«

Lorreths Gesicht war aschfahl, doch er nickte nur. »Einverstanden.«

»Ich habe ein Götterschwert«, sagte Danya. »Und die neue Waffe, die du da trägst, sieht aus, als wäre auch sie von den Göttern gesegnet. Aber was ist mit den anderen?«

Der Himmel leuchtete ein zweites Mal auf. Ein neuer Schwall Schwefel hagelte auf den Berg herab, dieses Mal viel näher. Er kam direkt auf uns zu. Wir … verdammt!

»Los, los, los!«

Gemeinsam rannten wir los, wichen brennenden Schwefelbrocken aus, schlitterten das schmelzende Eis hinunter, rutschten und rutschten …

Eine Kakofonie aus Schreien ertönte in meinen Ohren. »Wir schaffen das schon«, rief Korrix über das Getümmel hinweg. »Tu es einfach. Wir kommen nach!«

»Ich wollte schon immer mit fliegenden Fahnen abtreten!«, schrie Vash.

Danya schlitterte vor mir durch den Schnee und konnte sich gerade noch vor einem Sturz bewahren. »Jetzt, Fisher! Erzeuge ein Schattentor!«

»Wir werden vermutlich sterben«, rief ich. »Aber wenigstens wird man Lieder über uns singen! Auch ein Weg, um unsterblich zu werden!« Ich erzeugte das Schattentor, ohne mich noch mal umzudrehen. Denn ich wusste, dass sie mir folgen würden. Daran zweifelte ich keine Sekunde. Wir waren nicht nur Krieger. Wir waren eine Familie. Und wenn einer von uns bereit war, sein Leben zu opfern, um das Ajun-Tor zu schützen, dann galt das selbstverständlich auch für alle anderen. Ein schwarzer, kalter Wind schnitt durch meine Lederrüstung und zerrte an meinen Haaren. Es fühlte sich seltsam an, durch ein Schattentor zu stürzen und gleichzeitig zu spüren, dass meine Brüder und Schwestern mir folgten. Ihre Angst war wie ein scharfes metallisches Brennen auf meiner Zungenspitze. Aber ich spürte auch ihren Mut – und das genügte, um mir selbst Mut zu machen.

Als wir auf das Felsplateau hinaustraten, nur wenige Schritte vom Rand des Felsvorsprungs entfernt, den Danya uns gezeigt hatte, erhob sich der Drache gerade von seiner dritten Attacke auf den Berghang, und ich wusste instinktiv, dass es keine vierte Attacke geben würde. Das Glühen in seiner Kehle leuchtete jetzt viel schwächer, und die Reserven in seinen Feuerkammern waren zu gering, als dass ihr Licht zwischen seine Schuppen hätte durchschimmern können. Die gewaltige Menge an Schwefel, die bereits den Berg hinunterlief, bedeutete, dass er nicht erneut angreifen konnte – zumindest so lange nicht, bis er seine Reserven aufgefüllt hatte.

»Pass gut auf, was er macht«, zischte Renfis. »Er kehrt um. Ist er … ist er auf dem Weg hierher?«

Unser Plan hing davon ab, dass der Drache hier landete. Wenn er einen anderen Ort für die Landung wählte, wäre das Überraschungsmoment verloren. In dem Fall müssten wir uns direkt vor ihn teleportieren, und …

»Da. Ja, ich kann ihn erkennen. Er kommt!«, rief Vash. Und

tatsächlich: Omnamshacry war zwar nicht zu sehen, aber der Himmel, der seine Silhouette umgab, wirkte irgendwie heller. Das Erlöschen der Sterne, die aus dem Blickfeld verschwanden und dann wieder auftauchten, markierte seine Flugbahn. Und dann war er über uns, die Krallen ausgestreckt, und stürzte direkt auf uns hinab.

Meine Schatten hüllten uns bereits ein. In dem Moment, als Omnamshacry auf dem Felsplateau landete, stieß ich einen Schrei aus und brüllte meine Herausforderung zum Himmel hinauf, damit die Götter es ja nicht wagten, uns diesen Sieg zu nehmen. *»Ni' Mirelle!«*

»Ni' Mirelle!«

»Ni' Mirelle!«

»Ni' Mirelle!«

Der Schrei hallte um mich herum wider, als ich angriff. Ich stürzte mich auf die Bestie, und meine Wölfe folgten mir.

Der Angriff verlief alles andere als sauber und glatt.

Ich erreichte den Drachen als Erster und fesselte ihn mit meinen Schatten. Doch das verschaffte uns nur eine kurze Pause. Denn er zappelte und brüllte bereits wie wild, als wir ihn zu erklimmen begannen: ich voran, dann Danya, danach Renfis, Lorreth, Vash, Korrix und Foley.

»Spießt ihn auf! Götterschwerter zuerst!«, rief ich.

Durchbohr ihn. Durchbohr ihn richtig tief, rief das Quicksilver. *Tief und fest gibt ihm den Rest.*

Danya schwang ihr Schwert bereits in Richtung Omnamshacrys buckliger Wirbelsäule. Ein Energieknistern ging von der Spitze ihrer Klinge aus, als sie sie anhob und sirrend herabstieß, doch das Schwert streifte die Drachenschuppen nur, rutschte vom Rücken des Ungeheuers herunter. Ren schickte eine Energieladung auf den Drachen herab, aber dieses Mal bewirkte sie nichts. *Nichts.* Entweder war seine Magie von der massiven Entladung zuvor erschöpft, oder der Drache blockte sie jetzt irgendwie ab. Aber das war nicht möglich. Drachen besaßen keine angeborene Magie.

»Dumme Faelinge!«, zischte Omnamshacry. »Narren! Ich bin älter als die Sterne an eurem schwindenden Himmel. Die Spitzen eurer Schwerter sind nutzlos. Euer Fleisch wird süßer als Honig schmecken. Süßer als das derjenigen, die bereits in meinem Bauch liegen …«

»Stirb!« Der gequälte Schrei hinter mir stammte von Mirelles Bruder. Ren schrie auf, als er einen weiteren Schwall blau-weiß glühender Energie auf den Drachen losließ, und dieses Mal zeigte sie Wirkung. Zwar keine große, aber sie ließ den Drachen zumindest zusammenzucken. Rauch stieg aus dem Rücken der riesigen Bestie auf und gab den Blick auf eine Reihe verbrannter Schuppen frei.

Omnamshacry schüttelte seinen massigen Körper, und ich konnte mich nur mit Mühe festkrallen.

»Nein! Foley!« Danya streckte die Hände nach ihm aus, aber unser Bruder verlor das Gleichgewicht, wurde in die Dunkelheit geschleudert und verschwand, einfach spurlos. »Foley!«

Denk jetzt nicht an ihn. Später. Nicht jetzt.

Ausnahmsweise lag das Quicksilver mit seiner kalten Einschätzung richtig. Ich konnte es mir nicht leisten, jetzt an Foley zu denken. Dafür würde später noch Zeit sein. Und ich wusste jetzt, was ich zu tun hatte.

Der Drache hatte es selbst gesagt: Die Spitzen unserer Schwerter waren nutzlos. Sie konnten nichts gegen seine Schuppen ausrichten. Aber auch Drachen besaßen Weichteile. Teile, in die eine Schwertspitze tief eindringen würde … und ich wusste, wo ich sie finden konnte.

Es war der reinste Irrsinn. Ich würde diese Aktion niemals überleben, aber ich musste es zumindest versuchen.

Und ich durfte meine Entscheidung nicht anzweifeln. Wenn ich mir erlaubte, auch nur eine Sekunde zu zögern, würde ich den Mut verlieren. Also rannte ich über den Rücken des Drachen und kämpfte bei jedem Schritt um das Gleichgewicht, während er sich wand und um sich schlug. Sein gehörnter, zerfurchter Kopf wäre leichter zu überqueren gewesen – denn die Rückenschuppen waren größer, gewölbter. Rutschiger. In der Sekunde, in der ich die Stirn der Bestie erreichte, wusste ich es bereits: Ich würde es niemals bis zu seinem Auge schaffen. Mit einem mächtigen Kopfschütteln war alles vorbei.

Und ich fiel nicht einfach nur herunter, sondern wurde weggeschleudert wie ein lästiges Insekt.

»Fisher!«, brüllte Lorreth.

Doch mein Schattentor entstand bereits vor mir. Ich würde nicht über die Felsklippe stürzen. Meine Fingerspitzen berührten die Schatten …

… und eine Schwefelwolke verschlang mich.

Das Maul des Drachen schloss sich – Omnamshacry hatte mich einfach aus der Luft geschnappt.

Hitze.

Hitze und brennende Schmerzen.

Panik trommelte in meinen Adern.

Ich war geliefert. So gut wie *tot.* In wenigen Sekunden würde ich entweder verbrannt oder verschluckt werden, und beide Möglichkeiten waren zu … zu beängstigend. Zu furchtbar. Zu schrecklich …

Das Schwert, drängte das Quicksilver. *Das Schwert. Das Schwert!*

Im Schlund des Drachen herrschte absolute Finsternis. Ich bekam keine Luft. Jedes Mal, wenn ich zu atmen versuchte, sog ich Gift ein, aber mir blieb keine andere Wahl. Außerdem brauchte ich ohnehin nur noch einen letzten Atemzug. Einen letzten Atemzug für einen letzten Schrei, als ich das Schwert, das ich wie durch ein Wunder noch immer in der Hand hielt, fest umklammerte und mit aller Kraft nach oben in den Gaumen des Drachen stieß.

»NI' MIRELLE!«

Der Schrei in Alt-Fae war Herausforderung und Verwünschung zugleich.

Ein Schrei nach Rache.

Nach Vergeltung.

Für meine Freundin, die von der Bestie getötet worden war, und für diejenigen, die um sie trauern mussten.

Ni' Mirelle.

Für Mirelle.

Die Klinge fand ihr Ziel, drang weiter nach oben – und ich spürte, wie sie sich durch das Gewebe bohrte. Hastig wappnete ich mich für das Feuer, doch es kam nicht. Stattdessen schoss ein Energiestrom aus der Tiefe hoch, durch mich hindurch, durch mein Blut, meine Knochen und meine Muskeln. Mehr Kraft, als ich je erlebt hatte. Allerdings handelte es sich weder um meine eigene Kraft noch um die des Schwerts. Klinge und Körper wurden eins und wirkten wie ein Leiter aus einem tieferen Energiereservoir – denn durch uns strömte die Rache der Götter.

Der Drache brachte keinen Laut hervor. Er bebte, so wie ein Berg kurz vor dem Einsturz bebte … und dann geschah es:

Omnamshacry brach zusammen.

Tot.

Mit mir in seinem stinkenden Maul, gefangen …

Ich weiß nicht mehr, wie viele Stunden vergingen, bis die anderen mich befreiten. In dieser Art von Dunkelheit konnte ich keine Schatten herbeirufen. Außerdem hätte ich dafür auch keine Kraft mehr gehabt. Aber was auch immer passieren mochte: Ich *wusste*, dass ich hier nicht sterben würde. Und dieses Wissen sorgte für eine eigenartige Ruhe. Sie legte sich auf mich, aber nicht wie ein Schlaf. Stattdessen versank ich in eine andere Art von Bewusstsein – an einen ruhigen Ort zwischen den Welten, wo die Toten eine Zeit lang verweilten, bevor sie wohin auch immer weiterreisten.

Und genau an diesem Ort fand ich sie. Sie wartete bereits auf mich.

»Ich wusste ja, dass du dumm bist, aber ich hätte nie gedacht, dass du *so* dumm bist«, sagte sie mit ihrem typischen Grinsen. Sie hielt ein Buch in der Hand, und Sonnenlicht beschien ihr Gesicht. Ich konnte kein Blut entdecken. Keinen Schmerz in ihren Augen. Kein Leid.

»Du trägst ein Kleid«, bemerkte ich in leicht spöttischem Ton.

Rens Schwester streckte mir die Zunge heraus. »Eigentlich solltest du mir sagen, dass ich schön bin«, tadelte sie.

»Das stimmt. Du siehst immer schön aus«, erwiderte ich.

Gespielt genervt rollte sie mit den Augen wie immer, wenn sie frustriert war. »Das hättest du mir mal früher sagen sollen. Als es noch etwas … *anderes* hätte bedeuten können. Als es die Situation zwischen uns hätte ändern können.«

Ich wusste, was sie meinte. Zwischen uns hatte es immer diese Spannung gegeben. Dieses Verlangen, das ich auch jetzt noch an ihr wahrnahm. Eine Tür, die nur einen sanften Schubs brauchte, um sich zu öffnen. Trauer erfasste mich, als ich daran dachte, was hätte sein können … und was ich ihr niemals hätte geben können. »Es tut mir so …«

»Wag es ja nicht, mir zu sagen, dass es dir leidtut, Lord Cahlish.« Sie lachte – ein helles, aufrichtiges, wenn auch leicht trauriges Lachen. »Ich war für dich immer wie eine Schwester. Das weiß ich. Ich habe es immer gewusst. Und es war genug. Ich schwöre …« Sie nickte und griff nach meiner Hand. »Ich *schwöre*, dass es genug war. Und das hier ändert nichts daran. Ich bin mein ganzes Leben lang deine Schwester gewesen, und ich werde nicht zulassen, dass eine Kleinigkeit wie der Tod mir jetzt in die Quere kommt.«

»Mirelle …«

»Hör auf zu reden, Fisher. Dazu gibt es nichts mehr zu sagen. Außerdem muss ich dir dringend etwas anderes mitteilen. Wichtige Dinge, die du unbedingt erfahren musst. Hörst du mir zu?«

Ich nahm ihre Hand und drückte sie fest. »Immer.«

»Als Erstes musst du wissen, dass die Götterschwerter bald wirkungslos werden.«

»Wirkungslos?«

»Hab ich nicht gerade gesagt, du sollst zuhören?«

Ich schloss den Mund.

»Das Ganze wird eine Weile dauern, aber der Vorgang wird bald beginnen. Irgendwann werden alle Schwerter in einen Ruhezustand versinken. Bis auf dein Schwert. Ich habe einen Teil von mir daran gebunden. Der kleine Kern an Magie, den meine Seele besaß, gehört jetzt zu diesem Schwert. Sie wird dir helfen, wenn du sie brauchst …«

»Mirelle! Nein! Das darfst du nicht! Nimm sie zurück!« Ich versuchte, meine Hand wegzuziehen, doch sie hielt sie eisern fest.

»Nein, auf keinen Fall. Es ist bereits geschehen. Außerdem bin ich auf diese Weise noch immer ein Teil der Lupo Proelia. Ich werde noch immer bei dir sein. Und bei Renfis. Und genau das möchte ich.«

Das durfte … *würde* ich nicht zulassen.

»Hör auf, mich so anzusehen«, tadelte sie. »Du reagierst furchtbar theatralisch. Ich bin schon tot, also welchen Unterschied macht das schon? Das Zweite, was ich dir sagen muss, betrifft deine Mutter. Sie möchte, dass du weißt, wie sehr sie dich liebt. Sie ist ebenfalls bei dir. Wird *immer* bei dir sein. Und zu guter Letzt …«

Licht drang in die Dunkelheit.

»Zu guter Letzt …«

Sie wurde schwächer.

»Mirelle?«

»Sie will, dass ich dich warne: Du musst deinen *wahren* Namen unbedingt hüten. Sie sagt, dass dein Leben davon abhängt …«

Und dann war sie fort.

DER FUCHS. DIE STIEFEL. DAS KLEID

Die Frau war eine Plage.

Eines Tages würde sie mich noch ins Grab bringen.

Auf meinem Weg durch Cahlishs Korridore wich ihr Fuchs nicht von meiner Seite, enger bei mir als meine eigenen verdammten Schatten, brachte unentwegt begeisterte Schnatterlaute hervor und starrte mich mit glänzenden schwarzen Augen an. Ich warf ihm einen finsteren Blick zu und fletschte die Zähne, während ich nach links abbog.

»Hast du nichts anderes zu tun?«

Offensichtlich nicht. Sein Maul war leicht geöffnet, seine rosafarbene Zunge hing halb heraus, und während er blinzelnd zu mir hochspähte, sah es verdammt danach aus, als würde er mich angrinsen.

Halbherzig stupste ich ihn mit der Stiefelspitze an, woraufhin er außer Reichweite sprang. Aber statt durch den Korridor davonzurennen, um jemand anderem auf die Nerven zu gehen, blieb er an meiner Seite, wenn auch mit etwas mehr Abstand.

»Sie hat keine Ahnung, wo du gerade bist, oder?«, zischte ich und bog erneut nach links ab. Es war eine Ewigkeit her, dass ich durch die Korridore meines Elternhauses gelaufen war. Einhundertzehn Jahre im Labyrinth. Einhundertzehn Jahre, getrennt von meinem Volk, unfähig, es zu beschützen. Über ein Jahrhundert, in dem ich nicht in der Lage gewesen war, die Orte meiner Kindheit zu besuchen oder in der Bibliothek zu sitzen und mich an meine Mutter zu erinnern. Dabei war sie einst aus diesem Haus nicht wegzudenken gewesen. Ihr dezenter Jasminduft hatte das ganze Haus erfüllt. Oft hatte sie an einem Fenster gestanden und auf mich herabgelächelt – auf den Platz zu ihren Füßen, wo ich als Kind immer gespielt hatte. Oder ihre Stimme war von irgendwo durch die Gänge geklungen – ein leiser Widerhall des Wiegenlieds, das sie mir im Dunkeln vorsang, wenn ich Angst bekam.

Inzwischen war in Cahlishs Korridoren nichts mehr von ihr zu spüren. Selbst ein Geist brauchte einen Halt. Jemanden, der sich an ihn erinnerte. Ohne mich, ohne meine Erinnerungen, war meine Mutter von diesem Ort verschwunden wie ein Traum nach dem Erwachen. Ich versuchte, nicht weiter darüber nachzudenken, während ich auf mein Ziel zueilte.

Es versetzte mir einen Stich ins Herz, dass die Korridore meines Elternhauses nicht mehr nach Jasmin dufteten.

Stattdessen hatte sich ein anderer Geruch hier ausgebreitet. Ein Duft, der mich mit Unmut erfüllte.

Der mich verrückt machte.

Den ich einfach nicht *ertragen* konnte.

»Mylord! Mylord, wo … *Wartet!* Wo wollt Ihr denn hin? Das Abendessen wird gleich serviert!« Archer hastete um die Ecke. Er hielt einen Stapel Bücher in den Händen – allerdings äußerst vorsichtig, damit die Seiten seinen Oberkörper nicht berührten.

Schließlich waren die kleinen Risse auf seiner Brust von winzigen Rinnsalen seiner Feuermagie durchzogen, und Papier war bekanntermaßen leicht entflammbar.

»Zu den Gemächern meiner Mutter«, antwortete ich. »Keine Sorge, ich werde nicht zu spät zum Abendessen erscheinen.« Obwohl meine Wut bei diesen Worten aufloderte wie die Sonne, heiß und explosiv, achtete ich sorgfältig darauf, meinen Ton zu mäßigen, damit man mir meine Verärgerung nicht anmerkte. Archers Gesicht war eine meiner frühesten Kindheitserinnerungen. Er hatte mir die ersten Bettell-Kekse unter das Kopfkissen gelegt, als ich meinen ersten Zahn bekommen hatte. Und als mein Vater nicht aus Zilvaren zurückgekehrt war und meine Mutter sich sechs Tage lang in der Bibliothek eingeschlossen hatte – einfach nicht in der Lage, der Welt gegenüberzutreten, weil der Kummer sie erdrückte –, da war Archer derjenige gewesen, der sich um mich gekümmert hatte. Er hatte mich in die Küche mitgenommen, mir all die in Vergessenheit geratenen Geschichten seines Volkes erzählt und sein Bestes getan, um mich von meinem eigenen Kummer abzulenken. Ganz gleich, wie schlecht gelaunt ich auch sein mochte – ich würde niemals ein böses Wort gegen ihn richten.

»Und …« Archer schluckte schwer, und eine kleine, flackernde Flamme erwachte auf seinem Handrücken. Mit leicht betretener Miene blies er sie hastig aus und fuhr dann fort: »Und Ihr seid Euch sicher, dass ich nicht auch für Renfis ein Gedeck auflegen soll? Ihr erwartet keinen Eurer anderen …«

»Keine Sorge, Archer. Heute Abend werden nur das Mädchen und ich gemeinsam speisen. Ich habe Ren versprochen, mich von meiner besten Seite zu zeigen, um den Frieden zu wahren. Wenn ich nicht zumindest den Anschein erwecke, dass ich mir Mühe gebe, wird die Hölle los sein oder Schlimmeres, da bin ich mir sicher.«

Onyx duckte sich, schlängelte sich zwischen mir und dem Feuerkobold hindurch und zwickte spielerisch in Archers Knöchel – was dem Kobold einen kleinen beunruhigten Schrei entlockte. »Werden wir noch mehr Waldtiere ins Haus einladen, Mylord?«

Ich brummte missbilligend. »Es ist wirklich sehr ärgerlich, dass der Fuchs es ins Haus geschafft hat. Aber allem Anschein nach ist dieser Mensch es nicht gewöhnt, eine abschlägige Antwort zu erhalten. Ich habe festgestellt, dass es einfacher ist, wenn ich meine Diskussionen mit ihr mit Bedacht wähle. Wir müssen den Fuchs ertragen. Zumindest vorläufig.«

»Ach, eigentlich habe ich nichts gegen ihn«, sagte Archer mit hoher Stimme. »Ich glaube, er mag mich.«

Ich warf dem nervigen Fuchs einen finsteren Blick zu, woraufhin er mich erneut angrinste, mit weißen Zähnen und heraushängender Zunge – als wüsste er, dass ich von ihm sprach. »Sieht ganz so aus.«

»Und offensichtlich mag er *Euch* auch, Mylord.«

Darauf antwortete ich lieber nicht. Der Fuchs war eine Plage. Er sollte mir verdammt noch mal nicht auf Schritt und Tritt folgen, nicht in meinem eigenen Haus.

»Soll ich ihn in das Zimmer der jungen Dame zurückbringen?«, fragte Archer.

Bevor ich überhaupt die Chance hatte, meine Antwort zu überdenken, war sie mir auch schon über die Lippen gekommen: »Nein. Nein, ist schon in Ordnung. Ich denke nicht …« Ich räusperte mich. »Vermutlich richtet er keinen Schaden an.«

»Wie Ihr wünscht, Mylord.«

»Archer, wann wirst du endlich auf mich hören? Bitte nenn mich Fisher. Dieses ›Mylord‹ macht mich nervös.«

»Wie Ihr wünscht, Mylord.«

»Archer.«

Der Feuerkobold schenkte mir ein zerknirschtes Lächeln. »Entschuldigung. Ich … Ich werde mich nach Kräften bemühen … zu versuchen, Euch bei diesem Namen zu nennen. Aber die Liebe, die ich Euren Eltern entgegengebracht habe, verlangt, dass ich Euch respektvoll anspreche.«

»Respekt, den ich nicht verdiene …«

»Mylord!«

Das hätte ich nicht sagen sollen. Es war nur natürlich, dass Archer widersprach, doch er kannte die Wahrheit nicht. Wenn ich ihm von Gillethrye hätte erzählen können, hätte ich es sofort getan. Die Schuldgefühle quälten mich Tag und Nacht. Meine Seele *sehnte* sich danach, alles zu beichten: meine Taten und meine Verantwortung für das Schicksal der Bewohner dieser Stadt. Doch der Eid, den Belikon mir aufgezwungen hatte, legte sich wie eine Schlinge um meinen Hals, wann immer ich auch nur daran *dachte*, darüber zu sprechen. Also würde Archer es nicht verstehen können. Er würde mich immer als den kleinen Fae sehen, den er mit aufgezogen hatte. Ahnte nichts von dem Ungeheuer, in das ich mich verwandelt hatte.

Wir näherten uns dem Ende des langen, mit Teppichen ausgelegten Flurs – perfektes Timing. Ich wechselte das Thema: »Sind die Gemächer meiner Mutter unverriegelt, Archer?«

»Ja, sie sind offen, Mylor… *Fisher*.«

Zugegeben, er hatte es immer verabscheut, meinen Namen auf diese Weise zu verwenden.

»Ich dachte, Ihr möchtet vielleicht ihre Bibliothek aufsuchen, jetzt, da Ihr zurück seid. Ich war gerade auf dem Weg dorthin, um diese Bücher zurückzubringen. Ich hoffe, es macht Euch nichts aus. Ihr hattet ja gesagt, ich könnte mir gelegentlich das ein oder andere Werk ausleihen, und ich habe immer sorgfältig darauf geachtet, die Bücher nicht zu beschädigen. Ehrenwort.«

»Nur die Ruhe, Archer. Diese Einladung gilt noch immer: Du

kannst dir aus ihrer Bibliothek und aus der Hauptbibliothek im Haus alles ausleihen, was du willst … wann immer dir danach ist. Du brauchst dich mir gegenüber nicht zu rechtfertigen.«

Wenn ein Feuerkobold hätte erröten können, dann wäre Archer jetzt mit Sicherheit rot angelaufen.

Endlich erreichten wir die Tür zu den Gemächern meiner Mutter, und das Herz schlug mir bis zum Hals. Als ich den Türknauf drehte und eintrat, verbannte ich jegliche Emotionen aus meinem Gesicht. Aber ich empfand sie alle: den Schmerz, die Leere. Die versiegte Quelle.

Hier standen noch viel mehr Dinge, die an sie erinnerten: Jeder kleinste Schnickschnack, jedes Schmuckstück, jeder Pinsel, jedes Buch, jedes Stück Seide, jeder Handspiegel … all das hatte ihr gehört. Sie hatte mir erlaubt, zu ihr auf ihr riesiges Pfostenbett zu klettern, und wir hatten Festungen aus ihren prächtigen Federkissen gebaut. Hier war ihr Verlust deutlich schwerer zu verkraften – in ihren Gemächern, wo ihre Hand jedes Möbelstück und jedes Stückchen Stoff berührt hatte. Sie war mit jeder Faser dieses Zimmers verwoben.

Archer ging voran, durch das Wohnzimmer meiner Mutter, völlig blind gegenüber der Tatsache, dass meine Schritte ins Stocken gerieten. Erst als er seine zerklüftete Hand auf den Knauf der Tür legte, die zu ihrem Schlafzimmer führte, hatte ich wieder zu ihm aufgeschlossen. Der kleine Feuerkobold schwang auch diese Tür auf und trat zögernd hindurch, als wüsste er, dass das Betreten *dieses* Bereichs mir besonders schwerfallen würde.

»Einige der Regale in der Bibliothek mussten vor acht Jahren ersetzt werden«, berichtete er, während ich ihm folgte. »Das Dach war undicht, sodass Feuchtigkeit eindringen konnte, aber … kein Grund zur Panik. Keines der Bücher wurde unwiderruflich beschädigt.« Er warf mir einen Blick über die Schulter zu. »Mylord? Kommt Ihr weiter?«

Ich war in der Mitte des Schlafzimmers stehen geblieben – dem Zimmer, das einst meiner Mutter *und* meinem Vater gehört hatte. »Eigentlich wollte ich nicht in die Bibliothek, Archer. Zumindest nicht … heute Abend. Ich bin nur hergekommen, um etwas zu holen.«

Archer hatte die Kunst, sich seine Gefühle nicht anmerken zu lassen, während meiner Abwesenheit nicht verfeinert: Seine Augen mit dem orangeroten Glühen einer kleinen flackernden Flamme wurden groß, als er meine Worte verarbeitete. »Oh! Braucht Ihr Hilfe bei der Suche?«

Ich schenkte ihm ein kleines trauriges Lächeln. »Nein, ich komme schon zurecht. Bitte, geh ruhig vor und stell die Bücher zurück. Und such dir bei der Gelegenheit gleich ein paar neue Titel aus. Ich werde mich nicht lange hier aufhalten. Wir sehen uns dann beim Abendessen.«

Archer war nicht an mich *gebunden*. Im Gegensatz zu einigen anderen Fae-Herrenhäusern war Cahlish kein Gefängnis. Die Kobolde und die anderen, rangniederen Fae-Wesen, die hier lebten, waren nicht verpflichtet, dem Lord oder der Lady des Hauses zu dienen. Sie konnten nach Belieben kommen und gehen und wurden für ihre Arbeit bezahlt. Und wenn ihnen ihre Aufgabe nicht *gefiel*, stand es ihnen frei, andere Posten im Haushalt auszuprobieren oder sich eine neue Arbeitsstelle zu suchen. Meine Eltern waren in dieser Hinsicht sehr fortschrittlich gewesen. Es gab nicht viele andere hochrangige Fae-Anwesen, die so verfuhren wie wir hier in Cahlish, aber bei uns war es nie anders gewesen. Und es funktionierte. Diejenigen, die sich dafür entschieden, in Cahlish zu bleiben und den Hausherren zu dienen, taten das, weil sie es *wollten* – und Archer bildete da keine Ausnahme. Es war sogar durchaus möglich, dass er seine Aufgabe hier ein wenig zu sehr liebte. Ich war etwas mehr als hundert Jahre fort gewesen; doch jetzt, da ich wieder zurückgekehrt war, hätte er am liebsten an meiner Stelle für mich ein- und ausgeatmet – und wenn auch nur, damit ich mich nicht mit einer so banalen Aufgabe abgeben musste. Tatsächlich machte er jetzt einen leicht enttäuschten Eindruck, weil ich seine Hilfe nicht brauchte. Doch er neigte den Kopf und verbeugte sich trotzdem.

»Wie Ihr wünscht, Kingfisher.«

Als er in der Bibliothek verschwunden war, nahm ich mir einen Moment Zeit, um mich zu sammeln. Und erst als mein Puls sich beruhigt hatte und ich mich geerdet fühlte, ging ich um das Bett meiner Mutter herum und öffnete die Doppeltüren zu ihrem Ankleidezimmer.

Jasmin.

Ein leises Lachen.

Der Hauch von Satin und Seide an meinen Wangen.

»Und wo könnte mein kleiner Sohn sein? Wo, oh, wo ist mein Kingfisher? Er kann sich unmöglich hier drin versteckt haben.«

Ich schüttelte den Kopf, um die Erinnerung zu verdrängen.

Meine Mutter hatte sich nie dafür interessiert, viele Dinge zu besitzen, hatte nie Lust gehabt, sich in Prunk zu hüllen. Mein Vater war derjenige gewesen, der die feinen Gewänder für sie gekauft hatte. Kleider in allen Farben und aus allen Stoffen. Meine Erinnerungen an meinen Vater waren hauptsächlich durch solche Momente geprägt: die ruhige Art und Weise, wie seine Augen lebendig wurden und vor Stolz strahlten, wenn er meine Mutter mit Geschenken von seinen Reisen in die anderen Reiche überhäufte.

Auf der linken Seite des Ankleidezimmers hingen Dutzende von Kleidern. Alle noch immer perfekt, ihre Farben noch so leuchtend wie an dem Tag, an dem mein Vater sie seiner Liebsten geschenkt hatte: eine Woge aus Tüll, bestickten Röcken und Brokatstoffen.

Seine Kleidung dagegen war nicht ganz so prunkvoll gewesen.

In seinem Bereich des Schranks hingen Schlupfjacken und dezente, aber gut geschnittene Jacketts in Blau, Dunkelgrün und Schwarz. Mein Vater hatte unter der Herrschaft von Rurik Daianthus gelebt. Zu seiner Zeit – bevor Belikon sich unter dem Deckmantel der Freundschaft in den Palast eingeschlichen und den wahren König getötet hatte – hatte Frieden geherrscht, und das spiegelte sich auch in Vaters Garderobe wider. Früher hatte er es nicht nötig gehabt, von morgens bis abends in Lederrüstung gekleidet und bis an die Zähne bewaffnet herumzulaufen. Einst hatten in Cahlish Festbälle stattgefunden. Jagdgesellschaften. Mein Vater hatte Dinge mit seinen eigenen Händen gebaut und mir das Reiten beigebracht, und er hatte mir gezeigt, wie man ein Skiff den Darn hinuntersteuerte, sobald die Temperaturen stiegen und das Eis auf dem Fluss für ein oder zwei Monate schmolz.

Aber das lag schon sehr, *sehr* lange zurück.

Ich kämpfte gegen den Drang an, mit der Hand über seine Hemden zu streichen und noch länger in der Vergangenheit zu verweilen. Dann beugte ich mich zum hinteren Teil des Schranks vor, um das hervorzuholen, weswegen ich gekommen war: schwere Stiefel. Schwarz. Kräftiges, gutes Leder. Die Art von Stiefeln, die einem Mann bei guter Pflege lange gute Dienste leistete. Ich nahm sie an mich und drehte mich um, um so schnell wie möglich von hier zu verschwinden, doch dann …

Abrupt hielt ich inne.

Ein Kleid im hinteren Bereich des Schranks weckte mein Interesse. Der königsblaue Stoff der Ärmel berührte den Boden – der einzige Grund, warum ich es überhaupt bemerkte. Keines der Gewänder meiner Mutter hatte man auf diese Weise gelagert. Genau wie die Kleidungsstücke meines Vaters waren auch sie vor langer Zeit von den Luftgeistern verzaubert worden: Ihre Magie schützte das Material vor Schäden, die mit den langen Jahren fernab der Welt einhergingen. Eigentlich hätten dieses Kleid und die anderen daneben meine Aufmerksamkeit nicht so erregen sollen, aber …

Eine Stimme drängte mich in sanftem Tonfall, näher zu treten – ganz anders als das Quicksilver mit seinen verrückten Forderungen. Eine Stimme, die mir so vertraut war wie meine eigene, obwohl ich sie seit einer gefühlten Ewigkeit nicht mehr gehört hatte.

Ihre Kleider, mein Lieber. Sie gehören ihr.

Wut kochte in mir hoch und schnürte mir die Kehle zu.

Nein, auf keinen Fall. Weder heute noch irgendwann in der Zukunft. Aufgebracht machte ich auf dem Absatz kehrt, stürmte aus dem Ankleidezimmer und knallte die Tür hinter mir zu …

Der Fuchs jaulte. Ich hatte das verdammte Tier im Ankleidezimmer eingesperrt. Aber … das geschah ihm recht. Was lief er mir auch die ganze Zeit nach! Als ich mich entfernte, stieß er ein weiteres klagendes Heulen aus. Und auf halbem Weg zur Tür breitete sich ein mulmiges Gefühl in meinem Magen aus. Ich zögerte und spürte … etwas Unbekanntes. Ein seltsames unwillkommenes Ziehen, das mir ein leises Knurren entlockte, als ich widerstrebend kehrtmachte und in das verdammte Ankleidezimmer zurückstürmte. Hastig riss ich das erstbeste, sorgfältig in eine Schutzhülle eingepackte Gewand von der Kleiderstange und lief leise fluchend zur Tür – nachdem ich mich vergewissert hatte, dass das Haustier des Menschen nicht länger eingesperrt war.

Der Fuchs schien mich jetzt besonders breit anzugrinsen und noch enger an mir zu kleben, als ich die Gemächer meiner Mutter verließ. Auf dem Weg durch die Korridore hämmerte mein Puls wie wild in meinen Ohren, und kurz darauf stieß ich die Tür zu dem Zimmer auf, in dem die Frau und der idiotische Schmuggler in der Nacht zuvor geschlafen hatten. Sie war nicht da, als ich in den Raum stürmte – aber *er* schon.

Der Schmuggler saß in einem der Ohrensessel am Fenster und wirkte vollkommen entspannt, die Füße auf den niedrigen Tisch gelegt und ein Buch in den Händen. Das Licht, das durch das Flügelfenster hinter ihm in den Raum fiel, vergoldete seine Haare und ließ die kupferfarbenen Strähnen wie Flammen leuchten. Als er mich auf sich zukommen sah, besaß er die Frechheit, zu mir hochzuschauen und zu lächeln, als würde er sich tatsächlich freuen, mich zu sehen.

»Ah, schau an, wer da ist!« Er klappte sein Buch zu. »Mein Retter und Entführer, genauso grüblerisch und gut aussehend, wie ich ihn in Erinnerung habe.«

Knurrend schlug ich seine schmutzigen nackten Füße vom Tisch und warf ihm einen finsteren Blick zu. »Wie ich sehe, hast du es dir gemütlich gemacht.«

»Was hätte ich denn sonst tun sollen?« Er lachte so ungekünstelt, dass ich ihm am liebsten eine Ohrfeige verpasst hätte. »Heulend und schluchzend durch die Korridore streifen, auf der Suche nach dem nächstgelegenen Ausgang?«

»Es hätte dich niemand aufgehalten. Ich hab nichts mit dir zu schaffen. Du kannst jederzeit gehen.«

Daraufhin zog er eine gekränkte Miene. »Und Saeris? Diese Freiheit gilt vermutlich nicht für sie, oder?«

»Sie kann sich in Cahlish frei bewegen … so viel sie will.«

Der Schmuggler namens Carrion Swift grinste wissend und wedelte mit dem Finger vor meiner Nase herum, als hätte ich seine Worte gerade bestätigt. »Sie mag es nicht, wenn man ihr sagt, was sie zu tun und zu lassen hat.«

»Sie hat eine Abmachung mit mir getroffen. Es spielt keine Rolle, ob es ihr gefällt oder nicht. Sie hat geschworen, meine Befehle zu erfüllen – im Gegenzug für den Gefallen, den ich ihr getan habe.«

Carrion ließ den Kopf gegen die Sessellehne sinken und brach in Gelächter aus. »Ein echter Gefallen! Sie macht sich große Sorgen um ihren unglückseligen Bruder. Ihn hättest du herholen sollen, aber stattdessen hast du mich mitgenommen.«

»Ja, schon gut. Niemand bedauert das mehr als ich.«

Carrions Blick wanderte schnell zu den Gegenständen in meinen Händen, und er lächelte breit. »Und doch bist du hier und hast Geschenke mitgebracht. Zugegeben, ich bin es ja gewöhnt, dass die Leute schnell Gefühle für mich entwickeln, aber ich glaube, das hier könnte einen neuen Rekord darstellen.«

»Du hältst dich wohl für sehr schlau, was?«

»Mm.« Er zuckte die Schultern. »Ziemlich.«

»Du hast nichts als eine große Klappe.«

Der Schmuggler zog eine Augenbraue hoch und musterte mich. »Dann sind die Stiefel also *nicht* für mich?«

Wenn ich ihn jetzt tötete … wie lange würde es dauern, bis das Mädchen es bemerkte? Ich war hin- und hergerissen – vielleicht sollte ich eine Münze werfen. Sie hatte zwar darauf bestanden, dass ich ihn nicht im Winterpalast zurückließ, aber sie schien ihn nicht mal zu mögen. Den Interaktionen der beiden nach zu urteilen, konnte sie seine Anwesenheit kaum ertragen. Meiner Einschätzung nach würde ich allen Beteiligten vermutlich einen Gefallen tun, wenn ich ihn aus Versehen irgendwo von einer Klippe stieß. Andererseits hatte ich beim Münzwurf in letzter Zeit nicht gerade viel Glück gehabt …

»Die Stiefel sind für dich.«

»Hervorragend! Ich habe eiskalte Füße.« Swift wollte die Stiefel an sich nehmen, doch ich hielt sie außerhalb seiner Reichweite.

»Unter einer Bedingung.« Meine Wangen fühlten sich heiß an. Alles war irgendwie zu heiß. Seit Betreten des Zimmers hatte ich nicht mehr durch die Nase geatmet, doch als ich jetzt Luft holte und dieses schwache, kaum wahrnehmbare Parfüm roch – dasselbe Parfüm, das an jenem Tag in der Luft gehangen hatte, als sich das Mädchen an meinem Schoß gerieben hatte –, begann mein Blut zu kochen. »Du musst ein Bad nehmen.«

Der Schmuggler verzog das Gesicht. »Ein *Bad*?«

»Ein ausgiebiges Bad«, fügte ich hinzu.

»Aber ich weiß nicht …«

»Keine Diskussion.« Heilige Götter und Märtyrer, wenn er noch ein Wort sagte, würde ich mich nicht länger zurückhalten können. »Du nimmst ein Bad und schrubbst dir gründlich die Haut. Es liegt an dir, ob du dir dabei ein Paar Stiefel oder ein blaues Auge einfängst.«

»Okay. Wenn du es so formulierst, nehme ich wohl ein Bad«, sagte er.

Wie aufs Stichwort klopfte es an der Tür. Als ich mich kurz zuvor im Badehaus auf die Suche nach einer Wassernymphe gemacht hatte, war Maeyla mir als Erste über den Weg gelaufen. Sie hatte nicht mit der Wimper gezuckt, als ich ihr erklärt hatte, was ich von ihr wollte. Und auch nicht, als ich sie gebeten hatte, möglichst viel Wanderer-Moos mitzubringen. Als sie jetzt das Schlafzimmer betrat und ihr langes blondes Haar hinter ihr herwehte, als würde sie sich unter Wasser bewegen, sah ich, wie der Blick des Schmugglers über ihre Kurven wanderte – und ich musste mich zusammenreißen, um kein Wort zu verlieren. Er hatte das Mädchen gehabt. Er hatte sie berührt und geküsst und sie vermutlich genommen … und da hatte er noch immer das Bedürfnis, andere Frauen anzusehen? Mit ihm stimmte etwas nicht, ganz und gar nicht.

»Meine Schwestern und ich sind bereit, Mylord«, sagte Maeyla in sanftem, singendem Tonfall. Ihre Worte klangen wie ferne Musik. Alle Wassernymphen besaßen diese Gabe – die Fähigkeit, die Unwissenden mit ihren silberhellen Stimmen zu betören. Doch als ich mich das letzte Mal von ihrer Magie hatte beeinflussen lassen, war ich noch grün hinter den Ohren gewesen. Inzwischen hatte ich längst die Fähigkeit entwickelt, ihrem Sirenengesang zu widerstehen. Was jedoch nicht für Carrion Swift galt.

Er hatte bereits einen glasigen Blick und wirkte halb betrunken, als er auf die Frau zuging. »Du hast auch noch *Schwestern*?«, fragte er.

Maeyla lachte leise und nickte. »In der Tat. Ich habe drei. Möchtest du sie kennenlernen?«

»Es gibt nichts, was mir auf dieser – oder in der nächsten – Welt lieber wäre.« Seine Worte klangen gedämpft, als wäre seine Zunge plötzlich zu groß für seinen Mund.

Maeyla sah mich an und bat damit um Erlaubnis, den Schmuggler mitzunehmen. Doch statt ihren Blick zu erwidern, neigte ich nur den Kopf und starrte auf den Teppich, während sie Swift an der Hand nahm und aus dem Raum führte.

Unfassbar!

Selbst wenn ich nicht gelernt hätte, mich vor Wassermagie zu schützen, hätte ich die Hand der Nymphe niemals so leicht genommen. Nicht nach meiner Begegnung mit diesem Menschen.

Ein Mensch.

Schon der Gedanke an dieses Wort löste etwas Seltsames in mir aus. Kein Mensch hätte in der Lage sein dürfen, so starke Gefühle in mir hervorzurufen.

Und dennoch …

Ich durchquerte das Zimmer und blieb vor ihrem Bett stehen. Es war gemacht, die Bettdecke sorgfältig glatt gestrichen. Nichts deutete auf sie hin, aber ich wusste genau, dass es sich um ihr Bett handelte. Denn ich konnte sie riechen. Allerdings war der Duft hier irgendwie anders. Nicht ganz so intensiv. Trotzdem wurde mir schwindlig, als ich das Kleid aus der Schutzhülle nahm und …

… die Tür langsam aufschwang.

Verdammt!

Sie durfte nicht wissen, dass ich hier war. Durfte mich nicht sehen. Instinktiv sandte ich eine Schattenwolke aus, die sich in der Ecke des Raums sammelte. Im Bruchteil einer Sekunde hatte ich das restliche Tageslicht, das durch das Fenster hereinströmte, gedimmt und mich in die verdunkelte Ecke zurückgezogen, in den Schutz meiner Schatten.

Aber der Fuchs … Dieser verdammte Fuchs folgte mir!

Ich funkelte ihn an, damit er ja keinen Laut machte. Doch er schlängelte sich einfach zwischen meinen Beinen hindurch und setzte sich auf meine rechte Stiefelspitze, wobei er äußerst selbstzufrieden wirkte. Ich wollte gerade nach ihm greifen, aber in diesem Moment betrat sie den Raum.

Ihre Haut war von der Schmiedearbeit vollkommen verschwitzt, und ihr schwarzes, zu einem dicken Zopf geflochtenes Haar schwang hinter ihrem Rücken hin und her, während sie sich umschaute und feststellte, dass ihr nerviger Mitbewohner nirgends zu sehen war. Ihre Augen leuchteten hell und klar wie der Himmel an einem Wintermorgen über ihrer kleinen Stupsnase. Einfach hinreißend. Mit ihren hohen Wangenknochen und der schlanken Gestalt war es kein Wunder, dass meine Mutter sie in ihren Visionen für eine Fae gehalten hatte. Aber ihre Ohren …

Rund.

Menschlich.

Sie war nun mal ein Mensch – was bedeutete, dass ihr Leben nur einen Wimpernschlag dauerte. Sie würde hell aufflackern … eine Flamme, die die Dunkelheit erhellte. Und dann würde ihr Lebenslicht erlöschen.

»Hm. Wanne? Wenn ich eine Wanne wäre, wo würde ich mich dann befinden?«, murmelte sie vor sich hin und öffnete die Tür am anderen Ende des Zimmers – die Tür, die in das angrenzende Wohnzimmer führte. Als sie sich wieder umdrehte, hatte ich bereits eine Magiewoge ausgesandt – etwas, das mir nicht leichtfiel. Die Fähigkeit zur Magie hatte ich von meinem Vater geerbt, die Schatten von meiner Mutter. Sie waren immer zur Stelle, wenn ich sie brauchte. Aber die Gabe der Illusion ruhte tiefer, in der Quelle meiner Macht. Ich musste nach ihr greifen, und sie war nicht immer da, wenn ich sie zu packen versuchte. Doch heute ließ sie sich glücklicherweise leicht fassen.

Saeris dachte sich offensichtlich nichts dabei, als sie sich umdrehte und die Tür neben ihrem Bett entdeckte – eine Tür, die eine Sekunde zuvor noch nicht existiert hatte. Sie ging hindurch, in ein Badezimmer, das ebenfalls noch nicht existiert hatte, und ließ Wasser in die Kupferwanne ein, die ich gerade für sie herbeigezaubert hatte. Das gesamte Bad war in jeder Hinsicht echt: die Wände, die Decke und die dicken, warmen Handtücher auf dem Ständer. Die Seife und das heiße Wasser, das aus dem Hahn sprudelte, als sie ihn drehte. Und das alles würde so lange echt bleiben, wie sie es wahrnahm. Sobald sie mit dem Bad fertig war, würde es einfach aufhören zu existieren.

Sie begann, sich auszuziehen, und im rechteckigen Lichtspalt, der durch die halb geöffnete Tür fiel, nahmen die Bilder Gestalt an, die mich in meinen Träumen geplagt hatten. Ihre Schulterblätter ragten zu weit heraus. Bei den Göttern, sie war zu dünn! Zilvaren hatte dafür gesorgt, dass sie mager blieb. Selbst wenn meine Mutter sich in ihrem Tagebuch geirrt hatte und sie *nicht* meine Gefährtin war, würde ich dafür Sorge tragen, dass sie während ihrer Bindung an mich etwas Fleisch auf die Rippen bekam. Sie würde regelmäßig essen, solange sie bei mir war. Sie würde nie wieder hungern oder Durst leiden. Ich würde sie beschützen, ganz gleich, was auch passierte. Und wenn die Zeit gekommen war, würde ich sie nach Zilvaren zurückschicken und …

Der Gedanke verflüchtigte sich.

Weigerte sich zu existieren.

Irgendwann würde ich sie zurückschicken müssen. Das *musste* ich tun. Und …

Bei den Göttern! Sie streifte gerade ihre Hose herunter.

Mit einer sanften Handbewegung schloss ich die Tür und versperrte den Blick in das provisorische Bad. Ich würde ihren Körper nicht betrachten. Nicht auf diese Weise, ungebeten, in diesem ungewollt intimen Moment. Ich … ich würde sie überhaupt nicht betrachten. Welchen Sog ich auch immer spürte, der unbarmherzig an meinem Inneren zerrte, er durfte nicht sein, und … und …

Ich musste gehen. *Jetzt sofort.*

Rasch trat ich aus den Schatten und legte das Kleid, das ich noch immer wie ein Narr festhielt, benommen auf das Bett.

Als mein Blick darauf fiel, wusste ich sofort, dass es sich nicht um eines der Gewänder meiner Mutter handelte. Dieses Kleid bestand aus nachtschwarzem, durchsichtigem Stoff, war wie flüssige Seide und besaß nicht nur einen tiefen Ausschnitt, sondern dazu an der Seite einen atemberaubenden Schlitz, der zweifellos vom Knöchel bis zur Hüfte reichte. Mein Vater hätte so etwas niemals für meine Mutter in Auftrag gegeben. Es war einfach nicht ihr Stil.

Aber ich konnte mir vorstellen, dass es *ihr* Stil war. Ein aufreizendes Kleidungsstück, das jede Kurve ihres Körpers umschmeichelte und betonte. Zwar hatte ich keine Ahnung, woher es stammte oder wie lange es dort im Ankleidezimmer zwischen den Sachen meiner Mutter gehangen hatte, aber es war definitiv für Saeris Fane angefertigt worden.

Ich ließ meinen Blick darauf verweilen, schloss schließlich die Augen und versuchte zu atmen. Aber vielleicht hatte Archer mir diese Fähigkeit ja doch unabsichtlich genommen, denn mir schwirrte der Kopf, als ich mich vom Bett abwandte und aus dem Zimmer hastete.

Ich *würde* dieses Abendessen überstehen.

Ich *würde* mich wie ein totales Arschloch verhalten.

Ich *würde* sie dazu bringen, mich gerade so weit zu hassen, dass das alles für uns beide erträglich blieb.

Und wenn die Zeit gekommen war, würde ich Saeris Fane in ihr Reich zurückschicken.

Mir blieb keine andere Wahl.

Weil sie hier bei mir nicht in Sicherheit war …